Rudolf Pörtner, Jahrgang 1912, lebt als Schriftsteller in Bad Godesberg. Er studierte in Marburg, Berlin und Leipzig. Geschichte und Altertumswissenschaft beschäftigten ihn schon lange bevor die Welt der »Götter, Gräber und Gelehrten« für die Öffentlichkeit entdeckt wurde. Diesen Wissensgebieten blieb er auch während seiner journalistischen Tagesarbeit treu. Da er als Berichterstatter häufig unterwegs war, bot sich ihm vielfach Gelegenheit, die Welt der Alten an Ort und Stelle kennenzulernen. In den Ruinen von Pergamon stellte sich ihm eines Tages die Frage nach der antiken Hinterlassenschaft in Deutschland. Er machte sich auf eine Entdeckungsreise, die ihn viele tausend Kilometer kreuz und quer durch Deutschland führte. Die Ausbeute seiner Reisen und Studien legte er in einer Reihe von Büchern nieder. Davon sind als Knaur-Taschenbücher erschienen: »Bevor die Römer kamen« (Band 3069), »Die Erben Roms« (Band 3132), »Mit dem Fahrstuhl in die Römerzeit« (Band 3144), »Das Römerreich der Deutschen« (Band 3227) und »Die Wikinger-Saga« (Band 3337). Rudolf Pörtner wurde 1974 als erster mit dem C.-W.-Ceram-Preis ausgezeichnet.

Februar 1980
Vollständige Textausgabe
Droemersche Verlagsanstalt Th. Knaur Nachf.
München/Zürich
Lizenzausgabe mit freundlicher Genehmigung des Econ Verlages

Umschlaggestaltung Franz Wöllzenmüller
Umschlagillustration Jerusalem, Holzschnitt 15. Jh.;
Archiv für Kunst und Geschichte, Berlin
Satz IBV Lichtsatz KG, Berlin
Druck und Bindung Ebner Ulm
Printed in Germany
ISBN 3-426-03618-5

Rudolf Pörtner:
Operation Heiliges Grab

Legende und Wirklichkeit der Kreuzzüge (1095–1187)

Mit 30 Abbildungen und Karten

Droemer Knaur

Inhalt

Vorwort 7

Erster Abschnitt Ouvertüre 11

Die Fanfare von Clermont 12

Zweiter Abschnitt Die »Prähistorie« der Kreuzfahrerzeit . . . 33

Die kriegführende Kirche 34
Die Soldaten Christi 51
Das west-östliche Spannungsfeld 85

Dritter Abschnitt Der Erste Kreuzzug 111

Der Kreuzzug des Eremiten 112
Goldene Esel am Goldenen Horn 125
Die Pilgerfahrt der Ritter 136
Das Jahr Gottfrieds 164
Das Werden eines Königreiches 173

Vierter Abschnitt Die Kriegführung 205

Franken, Türken und – Trojaner 206
Die Schlacht als liturgisches Festspiel 230
Die Helden des Kriegsspektakels 247

Fünfter Abschnitt Der Weg nach Hattin 261

Allianzen, Kriege und Skandale 262
Abt Bernhard und der Zweite Kreuzzug 299
Balduin III. – ein Krösus an Charme und Erfolg 342
Amalrichs Ägypten-Feldzüge 362
Das Cannae der Kreuzritter 375

Sechster Abschnitt Das Königreich Jerusalem 405

Die Kreuzritter als Paragraphenritter 406
Die Orden – Staaten im Staate 430
Die Begegnung mit dem Orient 447

Siebter Abschnitt Finale 469
...und starb in Schande 470

Zeittafel 475
Die Quellen 481
Literaturverzeichnis 484
Touristische Hinweise 486
Personen- und Sachregister 491

Vorwort

Selbst wenn die Geschichte zu nichts anderem zu gebrauchen wäre, eines muß man ihr sicher zugute halten: Sie ist unterhaltsam. Oder genauer gesagt – denn jeder sucht die Zerstreuung, die ihm am besten gefällt –: Es gibt unbestreitbar eine große Anzahl von Menschen, die Geschichte unterhaltsam finden. Mir persönlich hat sie immer, so weit ich zurückdenke, großes Vergnügen bereitet. Wie allen Historikern, vermutlich.

Marc Bloch
(in: Apologie der Geschichte oder
Der Beruf des Historikers)

Dieses Buch beschäftigt sich mit dem zentralen Ereignis des Mittelalters – den Kreuzzügen, das heißt dem Versuch, die Urländer der Christenheit im Nahen Osten, vor allem das Heilige Land selbst, zurückzuerobern und von der »muselmanischen Pest« zu befreien.
Es ist bekannt, daß dieser Versuch, trotz immenser Blutopfer und bedeutender Anfangserfolge, gründlich mißlungen ist. Dementsprechend haben die bewaffneten Wallfahrten nach Jerusalem – »die Stelle, wo Gott menschengleich einherging«, wie Walther von der Vogelweide sang – bis heute einen schlechten Ruf; denn die Welt liebt den Mißerfolg nicht. Viele Historiker betrachten die ritterlichen Kreuzfahrten mit unverhohlener Skepsis, manche mit deutlicher Abneigung und spürbarer innerer Distanz. So gelten sie etwa als ein Unternehmen, »das in jedem praktischen Sinne unvernünftig war«, als ein »Akt grandioser Unvernunft«, der »unendliches Unheil« stiftete, als »wahnwitziges Abenteuer«, als »tragische und zerstörerische Episode«, als »letzte Barbareninvasion«, kurzum: als ein Ereignis von erschreckender Irrationalität und höchst zweifelhafter Moral, das in der abendländischen Geschichte nicht gerade ein Ruhmesblatt darstellt.
Aber selbst die engagiertesten Kritiker der Kreuzzüge – und es ist Mode geworden, sie von der Plattform angemaßter Aufgeklärtheit harsch abzuurteilen – müssen bekennen, daß dieser ungebremste Ausbruch maßloser Gefühle »ungeahnte Kräfte freisetzte«, daß die Kreuzzüge die Landkarte der Ostmittelmeerregion gründlich veränderten, gravierende politische Schwerpunktverlagerungen bewirkten und den Beginn eines neuen Zeit-

alters ankündigten. Sie lieferten die europäische Christenheit einer unglaublichen Verstörung, einer Art von Kollektivscham aus und erzeugten damit eine heilsame, weit über das Mittelalter hinauswirkende schöpferische Unruhe.
Aber auch die Geschichte der Kreuzzüge selbst ist von einer mächtigen inneren und äußeren Dramatik erfüllt: Schlachten, Belagerungen, Raubzüge, politische Rankünen, publizistische Schaustücke, Staatsbesuche, epidemisch auftretende Psychosen, handfeste private Skandale, Handelsmanöver und Siedlungsexperimente sind über weite Strecken untrennbar ineinander verschmolzen und bilden in ihrer Gesamtheit eine atemberaubende *comédie humaine* des Mittelalters, phantastischer als menschliche Phantasie sie je hätte erdenken können.
Das hat schon die Zeitgenossen immer wieder gereizt, ihre Federn am Thema der Kreuzzüge zu wetzen und zu erhitzen. Spätere Historikergenerationen haben davon profitiert. Sie konnten sozusagen aus dem vollen schöpfen. Denn die Berichte der zeitgenössischen Chronisten enthielten alles, was einer geschichtlichen Darstellung Glut und Farbe verleiht: detaillierte Kriegsberichte, porträtgerechte Personenbeschreibungen, menschlich bewegende Szenen, pikante Anekdoten und Kulissenklatsch. Sie brauchten ihre Imaginationskraft also kaum zu bemühen, sie konnten aus den wohlgefüllten literarischen Scheuern leben, die ihnen die Augen- und Ohrenzeugen der Kreuzfahrten hinterlassen hatten. Aber diese Überfülle an Material war (und ist) natürlich eine große Gefahr – und wer könnte leugnen, daß viele Kreuzzughistoriker der Versuchung erlegen sind, alles das für bare Münze zu nehmen, was die meist mönchischen Berichter der Kreuzfahrerheere, schon ihrer Herkunft nach unbekümmert-naive Schwarzweißmaler, zusammengefabelt haben.
Die Schwierigkeiten, Legende und Wirklichkeit sauber voneinander zu trennen, sind auch heute noch nicht behoben, doch haben zahlreiche neue quellenkritische Untersuchungen und die fortschreitende Erschließung byzantinischer, arabischer und armenischer Chroniken in den letzten Jahrzehnten so viele neue Erkenntnisse zutage gefördert, daß es schon aus diesem Grunde lohnt, eine Neubearbeitung zu riskieren.
Die Kreuzfahrten stellen sich dem heutigen Historiker aber nicht nur als eine ereignispralle mittelalterliche Ilias, als ein spektakuläres Kriegs- und Schlachtengemälde von riesigen Ausmaßen dar, sie bilden zugleich den griffigsten Schlüssel zum Innenleben ihrer Zeit, zum Denken und Fühlen einer Welt, die so gänzlich anders war als die unsere – anders strukturiert, anders organisiert, überhaupt: einer anderen Form des Lebens verhaftet, einem anderen Pulsschlag hingegeben. Die Kreuzzüge gewinnen damit eine bedeutende historische Tiefendimension – wer das Mittelalter begreifen will, muß zunächst versuchen, die Kreuzzüge zu begreifen. Auch diese Tiefendimension ist für die Geschichtswissenschaft immer wieder

Anlaß gewesen, sich mit den Zügen ins Heilige Land zu beschäftigen und nicht nur ihren Ablauf zu beschreiben, sondern auch ihre geistigen, psychologischen und gesellschaftlichen Antriebe zu ergründen.
Waren sie ein romantisches Abenteuer, getränkt mit den Elixieren der mittelalterlichen Heldenepen? Waren sie ein von der römisch-katholischen Kirche initiierter Glaubenskrieg und damit so etwas wie die abendländische Antwort auf den Siegeszug des Islam? Waren sie ein mit Bedacht und Methode vorbereiteter Versuch, das Schisma der christlichen Glaubenswelt zu beseitigen und das Römische Imperium wenigstens im kirchlichen Raum wiederherzustellen? Waren sie die blutige, verwegene Ouvertüre der Entdeckerzeit, ein frühes Kolonialunternehmen, ein handelspolitischer Kraftakt auf der Suche nach neuen Märkten? Oder ganz einfach: ein explosiver Ausbruch aus der sozialen und geistigen Enge des mittelalterlichen Europa? Waren sie am Ende von allem etwas?
Jedenfalls stellen sie ein außerordentlich vielschichtiges und komplexes Ereignis dar, das nicht nur der chronistischen Darstellung, sondern auch der Analyse und Erklärung bedarf. Daher sind in die hier vorliegende Geschichte des Königreiches Jerusalem, mit dessen Zerschlagung das Buch endet, drei Abschnitte eingeblendet, die versuchen, den zeitgeschichtlichen Hintergrund aufzuhellen, im besonderen: die »Prähistorie« der Kreuzfahrerzeit (mit Carl Erdmann zu sprechen: die Entstehung des Kreuzzugsgedankens), die Grundsätze und Gewohnheiten, Techniken und Taktiken der mittelalterlichen Kriegführung und das juristisch-administrativ-gesellschaftliche Alltagsbild der Kreuzfahrerstaaten, einschließlich der in ihnen entstandenen Ritterorden.
Auch damit sind keineswegs alle Probleme angesprochen. Es bleiben eine Reihe offener Fragen, die auch die »Batterien amerikanischer Schreibmaschinen« (deren Verdienste um das neue Bild der Kreuzfahrerzeit der englische Historiker Steven Runciman respektvoll hervorhebt) bislang nicht beantwortet haben – und die auch wahrscheinlich niemals gänzlich beantwortet werden können. Festzuhalten ist jedoch, daß die Kreuzzüge wie kaum ein anderes Ereignis der Weltgeschichte zeigen, daß Gott und der Teufel in der menschlichen Brust nachbarschaftlich behaust sind. Gleichzeitig zu rauben und zu beten, zu töten und zu prozessionieren, zu morden und zu psalmodieren und exzessiven Terror im Zeichen eines angeblich übergeordneten Auftrags zu üben – das alles läßt uns erschauern, aber auch in einen Spiegel unserer selbst blicken.
Vielleicht ist es gut, auch an diese stets gleichbleibende innere Aktualität eines Kreuzfahrerbuches zu erinnern. Kreuzfahrer hat es zu allen Zeiten gegeben. Es kann nicht schaden, sich der schrecklichen Paradoxie ihres Erscheinungsbildes bewußt zu werden,

Bonn-Bad Godesberg *Rudolf Pörtner*

Erster Abschnitt Ouvertüre

Notiz für den Leser

Wie die Schüsse von Sarajewo den Beginn des Ersten Weltkrieges markieren, so steht am Anfang des Zeitalters der Kreuzzüge die hochdramatische Kundgebung von Clermont, auf der Papst Urban II. am 27. November 1095 zum Kampf gegen die Ungläubigen und zur Wiedereroberung Jerusalems aufrief. Wer es unternimmt, die Geschichte der bewaffneten Wallfahrten ins Heilige Land zu schreiben, ist also der Sorge enthoben, nach einem effektvollen Anfang zu suchen. Die Veranstaltung von Clermont, deren innere Spannung über fast neunhundert Jahre hinweg bis heute spürbar ist, wird im ersten Kapitel dieses Buches sozusagen in Großaufnahme wiedergegeben – und zwar mit voller Absicht; denn die Fanfaren von Clermont lassen bereits etwas von der »Mache« ahnen, die in der spontan aufbrechenden »Gott will es!«-Bewegung wirksam war. Gezeigt wird aber auch, wie den Initiatoren des Unternehmens, das heißt Papst Urban und seinen kirchlichen Paladinen, schon in den ersten Monaten nach Clermont die Zügel entgleiten und wie in die sorgfältig vorbereitete Planung eines Krieges gegen die Muslims ein unerwartetes Ereignis einbricht. Verführt und geführt von dem Eremiten Peter von Amiens bildete sich eine nahezu waffenlose Armee armer und kleiner Leute, die unbekümmert um ihre militärischen Möglichkeiten, genau wie die Krieger der fünf großen Ritterheere, von der Vorstellung fasziniert waren, das Heilige Grab aus den Händen der Ungläubigen zu befreien. So enthält die Bilanz dieses ersten Abschnittes bereits eine sehr wichtige Erfahrung – daß die »Mache« nicht ausreichte, gefährliche Spontanaktionen zu verhindern. Die Kirche befand sich bereits wenige Monate nach Clermont in der Rolle des goetheschen Zauberlehrlings. Sie wurde die Geister, die sie gerufen hatte, nicht mehr los.

Erstes Kapitel

Die Fanfare von Clermont

Die Kundgebung, die das Zeitalter der Kreuzzüge eröffnete

Urban II., »Papst der heimlichen Schliche«

Der päpstliche Thronsessel stand auf freiem Feld vor der Stadt. Eine riesige Menge umdrängte ihn. Erzbischöfe, Bischöfe und Äbte. Edle Herren mit ihren Rittern und Knechten. Und viel Volk. Händler, Handwerker, Bauern. Ehrbare Bürgerinnen, freche Dirnen, lärmende Kinder. Wanderprediger, singende Pilger, psalmodierende Mönche.

Nur wenige wußten, was Papst Urban II. veranlaßt hatte, das Konzil von Clermont mit einer öffentlichen Kundgebung zu beenden. Aber alle spürten den Ernst, die Schwere, die Spannung der Stunde. Alle waren bereit, sich ansprechen, sich packen, sich mitreißen zu lassen.

Das Konzil hatte bis zu diesem Tag in der bischöflichen Kathedrale getagt. Am 18. November 1095 war es nach einem feierlichen Gottesdienst zusammengetreten. Der Heilige Vater selbst hatte den Vorsitz bei den Beratungen geführt, die vornehmlich mit Problemen des innerkirchlichen Alltags befaßt waren. Man hatte sich, wie schon häufig, mit dem Verbot der Laieninvestitur beschäftigt, Entschließungen gegen die Simonie, den Verkauf geistlicher Ämter, gefaßt, die Forderung des Zölibats bekräftigt, den Bann gegen den ehebrecherischen König Philipp I. von Frankreich erneuert – und was dergleichen mehr auf der Themenliste gestanden hatte.

Das Konzil hatte, dank sorgfältiger Vorbereitung, schnelle und genaue Arbeit geleistet und in weniger als einer Woche dreiunddreißig Kanones hinter sich gebracht. Für Dienstag, den 27. November, war nun eine öffentliche Sitzung anberaumt worden. Einziger Programmpunkt: eine Erklärung und ein Aufruf des Oberhirten der katholischen Christenheit.

Die Veranstaltung fand vor dem Osttor von Clermont statt, vielleicht auf der heutigen Place Delille. Und schon der feierlich-gemessene Auftritt des Apostelfürsten bestätigte, daß die Versammlung mehr als den päpstlichen Segen zu erwarten hatte. Der Stellverteter Christi auf Erden erschien an der Spitze mehrerer Hundertschaften hoher Kirchenfürsten. Die Konzilsakten nennen neben zahlreichen anderen geistlichen Würdenträgern

den Kardinalsdiakon Johannes,

den Kardinal und Prior Richard von Marseille,

den Kardinal Bruno, der zugleich Bischof von Segni war und später Abt von Monte Cassino wurde,

die Erzbischöfe Adalbert von Bourges, Dagobert von Pisa und Roger von Reggio sowie
die Bischöfe Wilhelm von Orange, Amalus von Bordeaux und Adhemar von Puy.

Ein erlauchtes Kollegium, auch wenn Spanien nur spärlich, England und Deutschland überhaupt nicht vertreten waren. Insgesamt sollen 14 Erzbischöfe, 225 Bischöfe und mehr als vierhundert Äbte dem Ereignis von Clermont beigewohnt haben.
Papst Urban, 53 Jahre alt, überragte sie alle. Erzengelgleich schritt er an der Spitze seiner Berater und geistlichen Mitstreiter auf den Thronsessel zu: ein majestätischer, hochgewachsener, bärtiger Herr, dessen ritterliche Herkunft das liturgische Festgewand nicht verbarg.
Urban II., der Grandseigneur unter den Päpsten, entstammte einer hochvornehmen altfranzösischen Familie, die in der Champagne, bei Châtillon sur Marne, zu Hause und reich begütert war. Er war bei Bruno von Köln, dem Begründer des Kartäuserordens, zur Schule gegangen, später Domherr von Reims geworden, dann Mönch und Prior des berühmten Reformklosters Cluny und 1078 von Papst Gregor VII. zum Kardinalbischof von Ostia und Velletri ernannt worden. Als einer der engsten Vertrauten Gregors hatte sich Odo de Lagery von Monteil – so sein Familienname – als Legat des Laterans in diplomatischer Mission hervorragend bewährt und mit Mut und Glaubensstärke die Unwirtlichkeit einer deutschen Kerkerzelle ertragen, die ihm von Kaiser Heinrich IV. zeitweilig als Domizil angewiesen worden war. Von Gregor selbst als Nachfolger vorgeschlagen, war er nach dem kurzen Intermezzo, in dem der Abt von Monte Cassino als Viktor III. die Tiara des Apostelfürsten trug, vom Konklave in Terracino zum Papst gewählt worden.
Die kirchlichen Chronisten wahren gegenüber dem zweiten Urban bis heute eine höfliche, aber deutlich wahrnehmbare Distanz. Sie werfen ihm vor, er habe »über den niedrigen Interessen des Prestiges und der finanziellen Rentabilität« allzu häufig die »idealen Ziele« seines hohen Amtes verraten. Im Klartext – dieser Urban war mehr Weltkind als Heiliger und alles andere als ein Freund von Traurigkeit; in der satirischen Schilderung eines anonymen Zeitgenossen wird ihm zum Beispiel ein allzu liebevolles Verhältnis zu den großen Weinen seines Landes vorgeworfen. Auch unterhielt er bedenklich innige Beziehungen zum schnöden Mammon. So soll er der Korona seiner trinkfreudigen Kumpane einmal anvertraut haben, daß er in dieser Welt nichts zu suchen habe, wenn er sich weigerte, »von Räubern und Gottlosen Geld anzunehmen«. Er drückte deshalb auch gern ein oder gar beide Augen zu, wenn ein Bischof oder Abt durch die Hintertüren der Simonie auf unziemliche Weise ins Amt gelangte.
Nein, dieser Graf aus der Champagne war kein zweiter Gregor. Er ver-

stand zwar zu herrschen, doch erließ er keine schroffen Befehle. Er regierte mit Nachsicht und mit Weltverständnis. Von Canossa-Aktionen hielt er nichts. Es genügte ihm völlig, ihn seinen Wünschen gefügig zu machen – wobei er in der Wahl seiner Mittel nicht eben wählerisch zu nennen war.

Im Gegensatz zu Gregor, der sich selbst rücksichtslos dem Diktat seiner Prinzipien unterwarf, wirkte Urban auf seine Zeitgenossen auch einigermaßen grundsatzlos. Die spätere Geschichtsschreibung hat dieses Bild jedoch weitgehend korrigiert. Aus neunhundertjähriger Distanz betrachtet, war dieser »Papst der heimlichen Schliche und unsauberen Mittel« der konsequente Vollstrecker des Gregorschen Testamentes, ja, geradezu der Retter der Gregorschen Politik, die er – seinem Temperament gemäß – geschmeidig und anpassungsfähig bruchlos weiterführte. Denn auch Urban verfocht den Jurisdiktions- und Lehrprimat des Bischofs von Rom und die

Ausdehnung des Islam

Unterordnung der weltlichen Gewalten unter die Macht des Papstes, jedoch vorsichtiger und verhüllter, hinter einer Nebelwand gespielter Freundlichkeit und väterlicher Bonhomie, die die Härte und Konsequenz seiner feingesponnenen Diplomatie sorgsam verhüllt. Bei allem Pragmatismus verraten Urbans Regierungsjahre politischen Weitblick, souveräne Planung und ein hellwaches Gefühl für die geistigen und religiösen Strömungen der Zeit.

Ein Mann der Intuition war er allerdings nicht. Kühle Vernunft rangierte bei ihm eindeutig vor der blitzartigen Erleuchtung. Wie kein zweiter Staatsmann seiner Zeit beherrschte er jedoch die Mechanismen der Massenpsychologie, und wenn er, wie in Clermont, einer erregten, brodelnden, gleichsam überkochenden Menge gegenüberstand, verfügte er über eine forensische Beredsamkeit, der alle Register der Rhetorik, vom leisen Piano bis zum großen Orgelfortissimo, zur Verfügung standen.

Vier Chronisten haben ein Jahrzehnt später Urbans Rede auf dem Felde von Clermont niedergeschrieben. Einer von ihnen, Balderich von Dol, erklärt ausdrücklich, daß er dabeigewesen sei. Auch Fulcher von Chartres und Robert von Reims tun so, als hätten sie die Kundgebung miterlebt. Guibert von Nogent läßt durchblicken, daß sein Bericht auf den Aussagen verläßlicher Zeugen beruht. Trotzdem geben die vier Autoren vier verschiedene Reden wieder. Jeder erinnert sich auf seine Weise. Jeder liefert ein Destillat eigener Produktion. Jeder hat nach seinem Geschmack von der Kunst des Weglassens und des Dazutuns ausgiebig Gebrauch gemacht.

Aus allen vier nachträglichen Stenogrammen geht jedoch hervor, daß auch diese Rede Urbans eine hochkarätige publizistische Meisterleistung war: ein Lehrstück politischer und religiöser Verführungskunst – und die gemeinsame Essenz ist leicht herauszufiltern.

Nach Balderich von Dol beklagte er zunächst die mannigfachen und schweren Bedrückungen der Christen im Heiligen Land. Voller Zorn wies er darauf hin, daß viele Gotteshäuser in Ställe oder gar in Moscheen verwandelt worden seien. Er zitierte das Wort des Psalmisten »Wir sind eine Schmach, ein Spott geworden«, sprach erneut von den bitteren Leiden der Gläubigen im Lande des Erlösers, von der Grausamkeit der Seldschuken und ihren hinterhältigen Überfällen auf fromme Pilger und malte ein so pralles Panorama des Schreckens und der Düsternis, daß in den Herzen seiner Hörer ein wilder Zorn zu züngeln begann.

Auch Fulcher und Robert berichten, daß Urban mit bewegten Worten zunächst von den Nöten der »christlichen Brüder im Orient« gesprochen habe und von der Notwendigkeit, den »treuen Dienern Gottes« baldige Hilfe zuteil werden zu lassen. Nach Guibert schilderte er aber auch die Herrlichkeit Jerusalems und die Freuden des Landes, in dem nach dem Bibelwort Milch und Honig flössen. Er wandte sich dann an die katholische Geistlichkeit, die er das »Salz der Erde« nannte, und verpflichtete sie, zu ihrem Teil dazu beizutragen, daß den in Not und Bedrängnis geratenen Glaubensbrüdern geholfen werde.

Sein Hauptappell aber galt der französischen Ritterschaft, der fränkischen Nobilität, die schon unter dem großen Kaiser Karl so mutig und so erfolgreich gegen die Muselmanen zu Felde gezogen sei. Wie dereinst die Makkabäer, so sollten die frommen und tapferen Herren »des von Gott so besonders geliebten und begnadeten Volkes« als Herolde Christi ausziehen und um Glauben und Freiheit kämpfen, die überseeischen Christen von ihren Drangsalen befreien und das »gemeine Gezücht der Araber und Türken« aus dem Heiligen Lande verjagen.

Dem Aufruf zur bewaffneten Pilgerschaft folgte die Verheißung künftigen Lohns. Der Heilige Vater – in Geschäften, wie berichtet, wohlbewandert – stellte darüber einen förmlichen Wechsel aus. Die Kirche werde, so erklärte er, die Reise nach Jerusalem mit der Vergebung aller Sünden abgelten. Wenn einer sein Leben lasse auf dieser Fahrt, »sei es zu Lande, zu Wasser oder in der Schlacht gegen die Heiden«, so werde ihm die ewige Seligkeit sicher sein.

Es folgte ein Finale, das Urbans Forderungen und Verheißungen noch einmal auf wenige schlagkräftige Sätze und rhetorische Trommelwirbel konzentrierte. Möchten doch diejenigen, die bisher in rechtswidriger Fehde verbrecherisch gegen Gläubige gekämpft hätten, sich fortan mit den Ungläubigen schlagen. Möchten doch diejenigen, die sonst Söldlinge um schnöden Lohn gewesen seien, jetzt die Ewigkeit gewinnen. Möchten doch diejenigen, die ihre Kräfte bislang erschöpft und vergeudet hätten, nun sich anstrengen für göttliches Entgelt.

»Was soll ich alldem noch hinzufügen?« rief Urban aus. »Auf der einen Seite werden die Elenden sein, auf der anderen die wahrhaft Reichen. Dort die Feinde Gottes, hier seine Freunde. Verpflichtet euch, ohne zu zögern! Mögen die Krieger ihre Angelegenheiten ordnen und aufbringen, was nötig ist, um ihre Ausgaben bestreiten zu können. Wenn der Winter endet und der Frühling kommt, sollen sie fröhlich sich auf den Weg machen – unter der Führung des Herrn.«

Urban hatte mit Feuer und Inbrunst gesprochen. Seiner mitreißenden, alle Dämme der Vernunft überspülenden Suada war es schon nach wenigen Minuten gelungen, die Massen zu begeistern, zu berauschen und zu erhitzen. Schon während seiner Rede kam es zu stürmischen Beifällen, zu Tränenausbrüchen, zu frenetischem Geschrei. Pilgergruppen, mit denen die Menge vorsorglich durchsetzt worden war, steigerten die Erregung, indem sie Urbans Worte nachdrücklich bestätigten und gleichsam chorisch untermalten.

Nun, nach Urbans mächtigem Schlußfeuerwerk fielen Tausende in die Knie und stimmten gemeinsam Gebete an. Und sogleich fühlten alle, wie Fulcher von Chartres notiert, »sich vom heiligen Eifer erfüllt und meinten, nichts könnte ruhmreicher sein«, als unverzüglich gegen den bösen Feind zu ziehen. Als erster erhob sich – »strahlenden Angesichts« – der Bischof Adhemar von Puy, nach dem deutschen Abt Ekkehard von Aura ein »bewundernswert heiligmäßiger und weiser Mann«, warf sich vor dem Heiligen Vater nieder und bat um die Erlaubnis, am Krieg gegen die Ungläubigen teilnehmen zu dürfen – die ihm auch, gewissermaßen spontan, auf der Stelle gewährt wurde.

Nun kniete auch Kardinal Gregor nieder, beichtete im Namen aller Anwesenden und erbat die Absolution und den Segen des Papstes. Gleichzeitig intonierten Sprechchöre mit den Worten »Confiteor« und »Deus lo volt« eine Art von rhythmischem Jubelgesang. Und plötzlich waren

auch, wie aus Zauberhand, ungezählte, weithin leuchtende rote Kreuze zur Stelle, mit denen die Teilnehmer der Kundgebung ihre Mäntel, Röcke und Joppen schmücken konnten.
Ohne Zweifel – Urban hatte allen Grund, mit seiner Regie zufrieden zu sein. Die Veranstaltung nahm ihren präzis geplanten Verlauf. Die Erregungskurve hatte, auf die Minute genau, ihren Höhepunkt erreicht.
Er sprach dann noch ein zweites Mal. Nun aber nicht mehr klagend und beschwörend, sondern befehlend. Er erkenne, so rief er der Menge zu, Gottes Stimme in dem begeisterten Zuspruch aller Versammelten und erkläre daher das Zeichen des Kreuzes zum Zeichen des bevorstehenden Kampfes und den Ruf »Deus lo volt – Gott will es!« zum Schlachtruf aller christlichen Ritter und Krieger, die Heimat, Frauen und Kinder verlassen würden, um die Ungläubigen aus dem Lande des Erlösers zu vertreiben.
Als Ziel des Unternehmens nannte er ausdrücklich das Heilige Grab und bereicherte damit das Vokabular der Ausziehenden um ein weiteres sehr wirksames Schlagwort; denn das Heilige Grab in Jerusalem galt als das zentrale Heiligtum der Christenheit, als Mittelpunkt der Welt schlechthin.
In Bernhard Kuglers pathetischer, nun schon fast hundert Jahre alten Darstellung: »Wie ein Herold Gottes hatte er zum Heiligen Kriege aufgerufen und von allen Waffenfähigen verlangt, daß sie sich in den Dienst des höchsten Kriegsherrn, Jesu Christi, stellten zum Streite gegen die Ungläubigen, zur Befreiung Jerusalems, zur Erfüllung des Wortes ›DASS SEIN GRAB WIEDER GLORREICH WERDE‹.«

Kreuzfahrer der ersten Stunde

Papst Urban verweilte noch einige Tage in Clermont und setzte die Beratungen mit den Bischöfen, Erzbischöfen und Kardinälen fort. Die Kirchenfürsten tagten in Permanenz, um die auf dem Feld von Clermont geweckte Begeisterung in die vorgesehenen Kanäle zu leiten. Zugleich galt es, die sachlichen Voraussetzungen für einen Kriegszug gegen die Ungläubigen zu schaffen.
Ein imposantes Gesetzeswerk entstand. Urban ließ durch seine Theologen und Juristen exakt formulierte Bestimmungen über die Teilnahme am Heiligen Krieg zu Papier bringen. Der irdische Besitz der *milites Christi* wurde für die Dauer ihres Einsatzes gegen die Muslims der Treuhänderschaft der Kirche unterstellt. Gleichzeitig wurde eine Art Schuldenmoratorium für die Anleihen erlassen, die viele Ritter aufnehmen mußten, um ihren kostspieligen Zug zum Heiligen Land zu finanzieren.
Das bereits am Kundgebungstage so sichtbar in Erscheinung getretene Kreuzzeichen, von Urban zum offiziellen Symbol erhoben, wurde über-

Gottfried von Bouillon, Herzog von Niederlothringen, bricht – dem Aufruf Papst Urbans II. folgend – im Frühjahr 1096 mit seinem Kreuzfahrerheer ins Heilige Land auf.
(Miniatur aus Wilhelm von Tyros' Kreuzzuggeschichte, Bibliothèque Nationale, Paris)

dies mit Gesetzeskraft ausgestattet. Die Annahme des Kreuzes verpflichtete Ritter und Reisige, alle Anstrengungen und Fährnisse einer bewaffneten Pilgerreise nach Jerusalem freudigen Herzens auf sich zu nehmen und jederzeit bereit zu sein, ihr Leben für die Befreiung der Heiligen Stadt zu opfern. Selbstverständlich hatten sie die einstigen Rechte und Privilegien der Kirche in den eroberten Gebieten unverzüglich wiederherzustel-

len. Eidbrüchigen und Deserteuren wurden Gottes Zorn und der Kirchenbann angedroht, allen ehrlichen, gutwilligen und tapferen Soldaten Christi himmlisches Geleit zugesagt.
Zum Führer und geistlichen Schirmherrn der Expedition ernannte Papst Urban den Bischof Adhemar von Puy, der durch seinen spektakulären Kniefall auf dem Feld von Clermont als erster seinen Willen bekundet hatte, sein christliches Gewissen durch einen Zug ins Heilige Land zu entlasten. Urban bewies auch mit dieser Wahl seine souveräne Menschenkenntnis. Der aus dem Geschlecht der Grafen von Valentinois stammende Bischof war, wie sein Herr und Meister, ein mitreißender Prediger, er hatte Pilgererfahrung, wußte als wortgewandter Unterhändler im Umgang mit weltlichen Herren seinen Mann zu stehen und war auch im diplomatischen Metier wohlbewandert. Robert von Reims – auch Robert der Mönch genannt – hat ihn als einen aufgeschlossenen, großmütigen und glaubensstarken Mann dargestellt, der eigentlich nur einen Fehler hatte: daß sein angeborenes Vermittlertalent nicht immer ausreichte, seine mangelnde Befehlsfreudigkeit zu verbergen.
Auch das Problem der militärischen Führung scheint Papst Urban schon in Clermont beschäftigt zu haben. Jedenfalls trafen bereits vier Tage nach der Freilichtkundgebung von Clermont – schneller, als Nachrichtenmittel und Geographie es zuließen – Boten des Grafen Raimund von Toulouse im päpstlichen Hauptquartier ein und teilten mit, daß ihr Herr begierig sei, am Krieg gegen die Ungläubigen teilzunehmen. Der Heilige Vater ehrte die Delegation des ihm wohlbekannten mächtigsten Mannes Südfrankreichs durch eine Privataudienz und bestätigte ihren Auftraggeber damit als Kreuzfahrer der ersten Stunde; von einer offiziellen Ernennung zum Befehlshaber sah er allerdings ab.
Einen Tag später, am 2. Dezember 1095, verließ er Clermont – den kleinen Bischofssitz in der Auvergne, in dem soeben das größte, maßloseste, blutigste und folgenschwerste Unternehmen des Mittelalters mit einer ebenso furiosen wie wohlberechneten Ouvertüre begonnen hatte.

Frankreichs Glocken läuten für Jerusalem

Dem Ereignis von Clermont folgte eine Monate währende Werbe- und Propagandareise, auf welcher der Stellvertreter Christi auf Erden in ganz Süd- und Westfrankreich die Kreuzzugstrommeln rühren ließ. Sein Umzug führte von einem kirchlichen Stützpunkt zum andern: von Kloster zu Kloster, von Bischofssitz zu Bischofssitz. Das Weihnachtsfest verbrachte Urban in Limoges, wo er bei einem Festtagsgottesdienst in der Kathedrale erneut in höchsteigener Person von der Kanzel herab beklagte, daß sich die Heiligen Stätten der Christenheit in der unheiligen Hand der

Muselmanen befänden. Nach einem Aufenthalt in Poitiers veranstaltete er während der Fastenzeit eine Synode in Tours, die wie das Konzil von Clermont mit einer öffentlichen Kundgebung endete, diesmal auf einer Wiese am Ufer der Loire.

Anschließend zog er über Bordeaux nach Toulouse. Dort traf er sich im Frühsommer zu vertraulichen Beratungen mit dem Grafen Raimund. Der vornehmste, reichste und frommste Landbesitzer des Südens geleitete ihn dann mit einem stattlichen Gefolge über Carcassonne nach Nîmes, wo Urban die Provinzoberen der Kirche erneut zu einer Synode versammelte.

Urban ließ auf dieser Reise keine Gelegenheit aus, Frankreichs Glocken für das Unternehmen Jerusalem läuten zu lassen. Der Praktiker der Politik, der genau wußte, daß auch große Konzeptionen zu ihrer Realisierung unablässiger Kleinarbeit bedürfen, gab keine Ruhe. Seine Tage standen im Zeichen unaufhörlicher Besprechungen. Er konferierte, veranstaltete Empfänge, nahm Huldigungen entgegen. Er predigte, hielt Gottesdienste ab, spornte Äbte und Bischöfe zu vermehrten Anstrengungen und segnete sie, vermutlich nach dem Grad ihrer Begeisterung, mit Geschenken und wertvollen Privilegien.

Der Pragmatiker Urban begnügte sich aber nicht damit, die hohe Geistlichkeit auf seine Kreuzzugsidee zu verpflichten. Der Heilige Vater korrespondierte mit dem exkommunizierten König Philipp von Frankreich, unbekümmert um dessen sakraments- und ehewidriges Verhältnis mit einer adligen Dame, erließ Aufrufe an die Edlen des Landes und sorgte durch zahlreiche Sendschreiben für ständige Vollbeschäftigung der päpstlichen Kanzlei.

Einige dieser väterlich-mahnenden Episteln sind uns erhalten. Im Februar 1096, zehn Wochen nach Clermont, wandte sich der Papst an die Fürsten von Flandern, erklärte ihnen mit eindringlichen Worten, daß »barbarisches Wüten die Kirchen Gottes im Orient zerstört« habe, und verwies sie auf die Möglichkeit, durch Teilnahme an der geplanten Befreiungsaktion ihrer Sünden ledig zu werden. Im September 1096 sicherte er auch den Bürgern von Bologna zu, »daß allen, die zum Heil ihrer Seelen« sich dem Zug gegen die Ungläubigen anschlössen, »die ganze Buße für ihre gebeichteten Sünden erlassen« werde.

Doch machte er sich auch Gedanken über die praktische Durchführung des Unternehmens. So entsandte er zwei päpstliche Legaten in die Republik Genua, um die reichen Bürger dieser Stadt für die bevorstehende Aktion zu interessieren und ihnen außer sicherem himmlischen Lohn auch irdischen Profit in Aussicht zu stellen. Den Bischof der mächtigen Seestadt Pisa nahm er durch die Erhebung zum Erzbischof für seine Pläne ein, außerdem überließ er ihm die Insel Korsika für einen Jahreszins von nur fünfzig Pfund.

Der Erfolg des päpstlichen Unternehmens zeichnete sich schon im Frühjahr 1096 ab. Die Kreuzzugbegeisterung folgte dem Itinerar des Apostelfürsten wie ein Feuerschweif. Das Fieber machte sich jedoch bald selbständig und breitete sich dann epidemisch aus.
Die ersten militanten Kreuzfahrergruppen bildeten sich in Süd- und Westfrankreich, wo sich außer den bischöflichen Kanzleien auch die Schreibstuben und Predigerseminare der Klöster, sozusagen als Unteragenturen einer mächtigen Propagandazentrale, voll und ganz in den Dienst der Heiliggrab-Publizistik stellten. Auch das den Päpsten besonders ergebene Süditalien wurde schon im Frühsommer 1096 vom Clermont-Rausch ergriffen.
Lediglich im kaisertreuen und daher papstfeindlichen Deutschland stießen die Kreuzzugprediger – nach Reinhold Röhrichts betrübter Feststellung – auf Mißtrauen und Skepsis, gelegentlich mußten sie sogar groben, unflätigen Spott ertragen, bis auch hier schließlich »das psychische Contagium« zu wirken und der Urbansche Aufruf die Gemüter zu bewegen und zu erhitzen begann.
Schließlich verfiel ganz Europa unter dem Eindruck dieses Dauerfeuers von Klage und Beschwörung in eine Art von metaphysischer Begeisterung, die am Ende die Formen einer grassierenden Massenpsychose annahm. Nicht nur in Aquitanien und in der Gascogne, in der Bretagne und in der Normandie, sondern auch in Spanien und Irland, in England, Schottland und in Dänemark »erhoben sich«, wie es in der religiös berauschten Sprache des mainfränkischen Abtes Ekkehard von Aura heißt, »die Herzen aller«, und es wuchsen »dank dem wunderbaren und unerforschlichen Ratschluß Gottes... so viele Glieder Christi, verschieden nach Sprache, Stämmen und Völkern, plötzlich in gemeinsamer Liebe glühend zu dem einen Körper Christi zusammen«.
Guibert von Nogent ruft in seinen *Gesta Dei per Francos* Gott zum Zeugen dafür an, daß man ihm berichtet habe, »es seien in einem unserer Seehäfen Männer von ich weiß nicht welchem barbarischen Volk angekommen, die eine so unbekannte Sprache hatten, daß sie sich nicht verständlich machen konnten und daher die Finger kreuzförmig übereinanderlegten, um an Stelle von Worten anzudeuten, daß sie für die Sache des Glaubens ausziehen wollten«.
Kurzum: Urbans »himmlische Posaune« hatte ganz Europa geweckt. Die päpstlichen Pläne begannen sich zu realisieren. Von der Nordsee bis zum Mittelmeer, vom Rhein bis zu den Pyrenäen verwandelte sich der Kontinent in einen riesigen Bereitstellungsraum. Ungezählte kriegstüchtige Herren strömten zusammen, »nahmen das Kreuz«, verkauften oder verpfändeten ihre Güter und verließen Haus und Hof, Frauen und Kinder, um zum gottgewollten Kampf gegen die Ungläubigen ins Heilige Land zu ziehen.

Den Anfang hatte, wie berichtet, Urbans Freund und Vertrauter Raimund gemacht: Raimund von St. Gilles, Graf von Toulouse und Marquis der Provence, um seinen ganzen splendiden Titel zu nennen – ein Kavalier aus dem reichen, kultivierten französischen Süden, der wohl auch selbst ein recht kultivierter Herr war, ein Edelmann mit Geschmack und Bildung, im Strahlungsbereich des spanischen Kalifats aufgewachsen.
Raimund hatte bereits in jungen Jahren dem »heiligen Petrus« einen Diensteid geschworen und sich als Lehnsmann Christi im päpstlichen Auftrag mit den Arabern in Spanien geschlagen. Man sagte ihm allerdings nach, daß er dabei durch widerrechtliche Aneignung von Kirchengut die Liebe der Päpste allzusehr beansprucht habe. Der Ruf großer Frömmigkeit war ihm jedoch treu geblieben. Auch die militärischen Qualitäten des verdienten Spanienkämpfers wurden von niemandem in Frage gestellt. Doch galt er als ein äußerst schwieriger Herr. Der hochdiffizile Schwärmer, der jederzeit bereit war, für seinen Glauben einen frommen Betrug auf sich zu nehmen, war auch im Alltag des Kriegerhandwerks leicht reizbar und empfindlich, ehrgeizig und immer etwas verbittert.
So scheint ihn von Anfang an gewurmt zu haben, daß ihn Papst Urban nicht zum Oberbefehlshaber der Kreuzzugarmee ernannte. Seinen Erwerbssinn und seine gekränkte Eitelkeit überwindend, investierte er dennoch beträchtliche Teile seines riesigen Vermögens in das Unternehmen des Heiligen Stuhles. Die provençalisch-südfranzösische Heeresgruppe, die Raimunds Geld und Initiative ins Leben rief, war eine der stärksten in der großen Kreuzfahrerarmee, genau wie ihr Herr freilich auch eine der labilsten.
Aus dem französischen Herrscherhaus kam Graf Hugo von Vermandois, ein Bruder des königlichen Ehebrechers Philipp. Auch dieser Hugo war ein Kavalier vom Scheitel bis zur Sohle: Kugler hat ihn einen »stattlichen Rittersmann in der Vollkraft seiner Jahre« genannt und die naheliegende Vermutung geäußert, daß er sich, »seiner hohen Geburt wegen«, bei der Kreuznahme als künftiger Herrscher im Heiligen Land gefühlt habe. Daß es dafür nicht reichte, daß Königsbruder Hugo »zu unbedeutend an Geist und Charakter« war, hat sich erst später herausgestellt.
Auch der Graf Robert von der Normandie gehörte einer europäischen Herrscherfamilie von höchstem Rang an. Sein Vater war jener Herzog Wilhelm, der 1066 von der französischen Normandie aus die britannische Insel erobert hatte, sein Bruder Wilhelm als Nachfolger des »Eroberers« König von England, während für ihn selbst nur das elterliche Herzogtum – und auch dieses nur als familiäres Lehen – übriggeblieben war. Landesväterliche Gefühle scheinen Robert, einem harten, ausdauernden und verwegenen Krieger, wie es sich für den Sohn einer aus wikingischen

Häuptlingen hervorgegangenen Sippe gehörte, aber nicht bedrückt zu haben. Er verpfändete für zehntausend Mark Silber die Normandie seinem Bruder Wilhelm und stellte mit dem Erlös eine kleine, aber schlagkräftige Privatarmee auf, für deren Kommandostellen er befreundete normannische, flandrische und britische Adlige gewann.

Der renommierteste von ihnen war sein Schwager Stephan von Blois und Chartres, ein reicher, freigebiger und wohlerzogener Herr, dem die Chronisten allerdings keine Kränze geflochten haben, da er allzu eitel, geckenhaft und unbeständig war und angesichts drohender Gefahren zu schmählichen Absetzbewegungen neigte. Auch Robert von Flandern gehörte dieser nordfranzösisch-englischen Herrenschaft an, ein tüchtiger, ehrenwerter Soldat, geschickt im Umgang mit Schwert und Lanze, jedoch ohne Führerqualitäten, obwohl sich gerade ihm eine beträchtliche Zahl von Streitern verpflichtet hatte.

Sie alle überragte jedoch der ritterliche Kämpe, den Nachruhm, Sage und Legende zum Führer des Ersten Kreuzzuges emporstilisiert haben – der Fürst Gottfried von Bouillon, ein Herr und Ritter, den außer rühmlicher Herkunft (Gottfried führte seine Abstammung auf Karl den Großen zurück) und beträchtlichem Güterbesitz auch der Rang einer hohen Reichswürde auszeichnete: der von Bouillon war gleichzeitig Herzog von Niederlothringen.

Auch Gottfried hatte das Pech gehabt, daß er das Licht der feudalistischen Welt des Mittelalters lediglich als Zweitgeborener erblickt hatte, genauer gesagt: als zweiter Sohn des Grafen Eustach von Boulogne und seiner Gattin Ida, der Schwester des höckrigen Herzogs Gozelo von Niederlothringen. Und hätte der junge Gottfried in dem buckligen Herzog nicht einen wohlmeinenden väterlichen Freund gefunden, so wäre auch ihm das Schicksal nicht erspart geblieben, als überflüssiger Esser unter dem Dach des älteren Bruders leben zu müssen. Der krumme Gozelo holte ihn nämlich an seinen Hof und setzte ihn später kurzerhand als Erben ein. Gottfried benötigte zwar einige Zeit, die Legitimität dieses Vermächtnisses mit dem Schwert nachzuweisen, doch hatte er sich schließlich so weit durchgesetzt, daß Kaiser Heinrich IV. ihn in seinem Amt bestätigte und den französischen Hocharistokraten zum Fürsten des Deutschen Reiches ernannte.

Auch Herzog Gottfried hat sich, wenn man den zeitgenössischen Chronisten glauben darf, spontan entschlossen, dem Ruf und den Verheißungen Urbans zu folgen. Auch er verkaufte, verpachtete oder verpfändete einen großen Teil seiner Besitzungen und sammelte ein starkes Heer, dessen harten Kern Lothringer und linksrheinische Deutsche bildeten. Und auch er bewog einige seiner nächsten Verwandten, sich der abenteuerlichen Kreuzfahrt anzuschließen.

Der Tüchtigste von ihnen war sein jüngerer Bruder Balduin – Graf Balduin von Boulogne: ein hochmütiger, hochfahrender, machtbewußter Aristokrat, der noch einen Kopf größer war als Gottfried, aber wesentlich schlanker als dieser; und überhaupt in vielem dessen Widerpart. Balduin, nach Familientradition zunächst dem Dienst der Kirche verschrieben, hatte die Domschule in Reims besucht und dort – im Gegensatz zu seinem schlichten, etwas unbedarften Bruder – Geschmack und Bildung erworben. Auch Gottfrieds hausbackene Tüchtigkeit war nicht seine Sache. Balduin liebte Pracht und Luxus, und sein Frauenverschleiß scheint beträchtlich gewesen zu sein (obwohl er seine normannische Gemahlin Godvere und ihre Kinder mit auf die beschwerliche Reise nahm). Doch war er alles andere als ein ritterlicher Playboy. Gefahren und Strapazen lockten ihn genauso wie die weichen Pfühle der Damen, die er betörte, ohne ihnen ergeben zu sein. Ein harter, stählerner Typ also, durch und durch Willensmensch: mutig, klug, gewissenlos. Von allen Teilnehmern des Ersten Kreuzzuges der erfolgreichste.

Bedeutender als Gottfried, der Star des Urbanschen Unternehmens, war der Normanne Bohemund, ein Sohn des berühmten Robert Guiskard (welcher nach der Eroberung von Süditalien vor den Toren von Konstantinopel der Pest erlegen war) und seiner ersten Frau Alberada. Ein hartgesottener, erfahrener Berufskrieger, im Feldlager aufgewachsen, von eiserner Gesundheit, überschießender Vitalität und hoher Intelligenz. Bohemund brauchte – seine Einkünfte als Fürst von Tarent hätten auch kaum dazu gereicht – kein eigenes Heer aufzustellen. Die vagabundierenden Söldnerhaufen des normannischen Süditaliens strömten ihm in Scharen zu, als er sich bereit erklärte, sie ins Heilige Land zu führen. Und auch in seinem Fall genügten Herkunft und militärischer Ruf, zahlreiche Mitglieder seiner kriegsgewohnten Sippe zur Teilnahme am Kreuzzug zu bewegen.

Von ihnen wiederum hat Bohemunds Neffe Tankred die Chronisten am stärksten angezogen. Sie schildern ihn als einen verschlagenen, ehrgeizigen und habgierigen Draufgänger, den das Berserkerblut seiner nordischen Vorfahren im blutigen Kampf regelrecht berauschte. Daß in seiner Wolfsnatur auch Platz für tiefe christliche Frömmigkeit war, haben sie offenbar nicht als Widerspruch empfunden.

So stand ein halbes Jahr nach Clermont ein imposantes Aufgebot an christlichen Rittern bereit, Lust und Last eines Krieges gegen die Ungläubigen auf sich zu nehmen. Das Kreuzzeichen auf Gewand und Rüstung, brannten sie darauf, sich auszuzeichnen, zu kämpfen und Türken und Araber den Zorn Europas spüren zu lassen. Das hinderte diese Fürsten, Grafen und Barone allerdings nicht, ihre geheimen Wünsche, ihren Ehrgeiz und ihre Rivalitäten mit auf die große Fahrt zu nehmen, die nach päpstlichem Ratschluß am 15. August 1096, nach Einbringung der Ernte, am Tag der Himmelfahrt Mariä, beginnen sollte.

Das ungeheure Echo, das Papst Urbans Aufruf in der Welt des europäischen Adels, und hier besonders in der französischen und normannischen Nobilität, weckte, war das Ergebnis schlauer, einfühlsamer und genau berechneter Vorbereitung, Resultat einer wohldurchdachten Herz- und Hirn-Massage, für die die Kirche alle ihre Erfahrungen und ihren allumfassenden Apparat einsetzte – und insofern Produkt souveräner Planung. Die Fanfare von Clermont hatte inzwischen aber auch die Ohren und Seelen der »kleinen Leute« erreicht und dort eine Wirkung hervorgerufen, die wahrscheinlich von niemand erwartet worden war. Diese nicht programmierte Reaktion, die sowohl kirchliche als auch weltliche Institutionen vor fast unlösbare Probleme stellte, nahm in kurzer Zeit die Ausmaße und die Gewalt einer Lawine an.
Sie wurde nicht durch Konzilien und päpstliche Sendschreiben, sondern durch Wanderprediger ausgelöst. Diese Wanderapostel und Erwecker – ambulante Jünger Christi – agierten vor allem im vorkirchlichen Raum. Sie zogen von Dorf zu Dorf, von Stadt zu Stadt, sie predigten auf Landstraßen und Märkten, in Wirtshäusern und in den Herbergen der Klöster, und natürlich sprachen sie die Sprache des Volkes, handfest und ohne ein Blatt vor den Mund zu nehmen, um verständliche Bilder und Gleichnisse nie verlegen. Ihr Generalthema war die Sünde, waren Unglaube und Hoffart, Sinnenlust und Völlerei, und der ständige Refrain all ihrer Variationen über rechten und unrechten Lebenswandel bestand in der Aufforderung, nun endlich vom Teufel abzulassen, die Güter dieser Welt zu verachten, das hiesige Leben geringzuschätzen und sich durch Reue und Buße zeitig auf die Ewigkeit vorzubereiten.
Die Erwecker, Beschwörer und Verkünder hatten bereits »vor Clermont« beträchtlichen Zulauf. Manchem Wanderprediger folgten ganze Rotten von Bekehrten, die die Monologe ihres Apostels sozusagen chorisch begleiteten, sich gelegentlich auch wohl selbst in der Kunst der Seelenrettung übten. Arme Teufel, hemdlose, hungernde Habenichtse – Getriebene, die sich für Treiber hielten, um Jakob Burckhardts skeptischen Satz zu zitieren.
Es versteht sich von selbst, daß sich die eifernden Landfahrer Christi, meist Bettelmönche, auch der Kreuzzugidee bemächtigten – und daß diese ihr Repertoire dramatisch bereicherte. Sie trugen den Urbanschen Aufruf weiter, komprimierten ihn auf wenige schlagkräftige Formeln und übersetzten ihn in die Sprache der Märkte, Kirchweihen und Visionsfeste. Das Feuer, das sie legten, begann in Zentralfrankreich zu glimmen und zu glühen, loderte schon nach wenigen Wochen hellauf und breitete sich dann, einem Steppenbrand gleich, in alle Richtungen der Windrose aus. Schrittmacher der fast minuziös zu verfolgenden Bewegung war ein

Rekonstruktion eines zeitgenössischen Kreuzfahrerschiffes.
(Archiv für Kunst und Geschichte, Berlin)

Mönch, der neben den Rittern Raimund, Gottfried und Bohemund eine der Zentralgestalten des Ersten Kreuzzugs wurde: Peter von Amiens, auch Peter der Einsiedler genannt.

Der Seelenfänger auf dem Esel

Peter war in der Picardie zu Hause. Seine Eltern waren Bauern oder kleine Landadlige. Von seiner Jugend, seiner Ausbildung, seinem Leben vor Beginn seiner Predigertätigkeit wissen wir nichts. Nach einem Bericht der byzantinischen Kaisertochter Anna Komnena hatte er bereits 1094 eine Wallfahrt nach Jerusalem unternommen. Doch war es ihm damals offenbar nicht vergönnt gewesen, durch ein Gebet am Heiligen Grab seiner Sünden ledig zu werden. Er fiel türkischen Landstreichern in die Hände und wurde von ihnen, ungeachtet seines geistlichen Anliegens, in der profansten Weise verprügelt und ausgeplündert, so daß er gezwungen war, unverrichteter Dinge heimzukehren.

Auf der historischen Bühne der Kreuzzugzeit erscheint Peter als zürnender Prophet, der – gestärkt durch mehrjährige Bußübungen in der Einsamkeit – eifernd und predigend auf einem Esel durchs Land zog. Eine groteske, seltsam-abstruse, fast unwirkliche Gestalt: klein, ausgemergelt und unglaublich mager, mit pergamentfarbener, schweinsledener Haut, in der hageren Prophetenphysiognomie glühende und brennende Augen. Das dürre, fast fleischlose Männchen, das (nach Runciman) »auf schreckliche Weise dem Esel ähnelte, den es ritt«, trug eine Kutte aus grobem, schweißdurchtränktem und staubverkrustetem Wollstoff. Denn da Peter seiner irdischen Leiblichkeit eine gleichsam apostolische Verachtung bewies, vermied er es peinlich, sich zu waschen. Nach biblischem Vorbild verschmähte er die Speisen der Reichen und lebte fast ausschließlich von Fischen und verdünntem Wein.

Doch dieser elende, spindeldürre Eselsreiter war ein wortmächtiger Seelenfänger von gebieterischer Macht, ein Magier der Massenpsyche, der die gefährliche Kunst, die Menschen je nach Bedarf zu entflammen, zu erzürnen oder zu betören, mit nachtwandlerischer Sicherheit beherrschte.

Wenn er »funkelnden Auges und durch Entbehrungen abgemagert« vor seine Zuhörer trat, dann machte er »solchen Eindruck auf ihre erregten Sinne«, daß sie wie gebannt an seinen Lippen hingen. Nach Albert von Aachen vermochten selbst »Bischöfe und Äbte, die vornehmsten Weltleute und die Fürsten verschiedener Reiche« seinen Worten nicht zu widerstehen.

Die Armen und Kranken, die Erniedrigten, Geschundenen und Geschlagenen hat er geradezu hypnotisiert. Der Pöbel der Landstraßen und

Märkte gehorchte ihm »wie einem Wundermann«, überhäufte ihn mit Gaben und feierte seine Heiligkeit mit so großen Lobsprüchen, daß die meisten sich nicht entsinnen konnten, »man habe je einer anderen Person ähnliche Ehren erwiesen«. Wer einen Fetzen seiner schmutzstarrenden Kutte erwischte, dünkte sich im Besitz einer kostbaren Reliquie, und selbst die ausgerissenen Haare des knochigen Esels, der den unterernährten Propheten über Land und Länder trug, galten als wundertätige Medien.
Peter verfügte, wie aus den Berichten der Kreuzzugchronisten zu schließen ist, über ein wohlbestücktes Arsenal erbaulicher Themen. In seinen Predigten grollte und gewitterte es von Flüchen, Drohungen und Verwünschungen gegen Räuber und Diebe, Meineidige und Mörder, Ehebrecher und Sittenstrolche. Andererseits war er unaufhörlich bemüht, Frieden zu stiften, Feinde zu versöhnen und Sünder auf den rechten Weg zu bringen. Geretteten Seelen schenkte er daher jeden erdenklichen Beistand. Gelang es ihm beispielsweise, eine Hure zu bekehren, so verschaffte er ihr nicht nur eine standesgemäße Aussteuer, sondern auch den dazugehörigen Gatten.
Aber erst in Urbans Aufruf fand Peter das Thema seines Lebens. Der gescheiterte Pilger, den türkische Schnapphähne vor dem Erreichen der Heiligen Stadt zur Umkehr gezwungen hatten, pflegte seinen staunenden Hörern zu berichten, daß ihn der Patriarch Simeon von Jerusalem beauftragt habe, »die Völker jenseits der Berge, die man die Franken heiße und die sehr gute Christen seien«, um Hilfe zu bitten. Er erzählte ihnen von den Visionen, die ihm angesichts des Heiligen Grabes zuteil geworden seien, von einem himmlischen Brief, in dem geschrieben stand, die Gläubigen würden es den Ungläubigen schon zeigen, sie müßten es nur wollen, ja er ließ sogar Abschriften dieses Dokumentes herstellen und unter seinen Anhängern zirkulieren.
Und er spickte diese Phantasien mit Berichten über feurige Kometen und blutrote Wolken, über Sonnen- und Mondfinsternisse, glitzernde Sternschnuppenregen und gespenstische Nordlichter, lauter untrügliche Zeichen göttlichen Zorns – und weckte auch damit Ängste und metaphysische Schauer.

Peters Lumpenarmee

Peter und seine Hilfsprediger begannen ihren Erweckerritt im Orléannais. Sie durchzogen das Land um Chartres und die Gegend von Etampes, berührten Epernay und Poissy und gelangten über die Champagne nach Lothringen. Anfang April hielt sich »der Eremit« in Trier auf, am 10. April, dem Ostersamstag des Jahres 1096, traf er in Köln ein und »ruhte

sich dort eine Woche aus, ohne jedoch seine Tätigkeit als Prediger zu unterbrechen«.
Bei seiner Ankunft in Köln, viereinhalb Monate nach Clermont, folgte dem Magier auf dem Esel bereits eine ganze Armee von Desperados, von Tagedieben und Strolchen, von Hemd- und Hirnlosen, Gläubigen und Spöttern. Männer, Frauen, Kinder, Alte, Krüppel, Kranke liefen ihm in unübersehbaren Scharen nach, meist hungernde Bauern und ihre Familien, aber auch Stadtleute und junge Herren aus ritterlichen Familien sowie Dirnen und anderes »lockeres Weibsgesindel«... Nach der Schätzung des Mönches Albert von Aachen eine Horde von fünfzehntausend Menschen. Erregt, verzückt, fanatisiert. Betend singend, psalmodierend.
Peter hat in Köln wahrscheinlich versucht, die rheinische Ritterschaft zu bewegen, die von ihm mobilisierten Massen anzuführen. Das scheint ihm auch gelungen zu sein. Schon vorher, auf seiner Predigtfahrt zwischen Berry und Aachen, hatten sich etliche kriegs- und befehlsgewohnte Barone seinem Zug angeschlossen. Die Chronisten nennen unter anderen die Franzosen Walter Sans-Avoir (= Habenichts), Rheinhold von Breis, Gottfried Burel, Walter von Breteuil und den Vicomte Wilhelm von Melun, der wegen seiner Holzhackerkraft den Beinamen »der Zimmermann« führte, dazu zwei deutsche Priester unbekannter Herkunft, Volkmar und Gottschalk genannt.
Nun, am Rhein und später am Neckar, stießen auch einige deutsche Ritter zu Peters Lumpenarmee, so die Grafen Hugo von Tübingen, Heinrich von Schwarzenberg und Walter von Teck sowie die drei Söhne des Herrn von Zimmern. Dazu ein außerordentlich übel beleumundetes Subjekt: der Graf Emicho von Leiningen, ein weithin gefürchteter Raufbold und Straßenräuber, der bereits eine Reihe blutiger Delikte auf dem Kerbholz hatte – was ihn nicht hinderte zu behaupten, daß ihm der Himmel selbst ein Kreuzzeichen auf der Brust eingebrannt habe.
Peter hatte jedoch keine Wahl. Er konnte es sich, schon in Köln, nicht mehr leisten, Ritter vom Schlage eines Leiningen zurückzuweisen. Wenn ihm die hungernden Haufen seines Arme-Leute-Heeres nicht entgleiten sollten, brauchte er Unterführer, die sie wenigstens den Elementargesetzen der militärischen Disziplin unterwarfen.
Der Zuzug hielt an. Da Peter wohl selbst an das biblische Land glaubte, in dem Milch und Honig flossen, da er goldene Berge versprach und den Anblick und die Schätze einer Stadt mit goldenen Zinnen, da er weder mit irdischen noch mit himmlischen Verheißungen geizte, vergrößerte sich seine Armenlegion von Tag zu Tag. Guibert von Nogent erinnerte sich später, daß viele Bauern es sich geradezu zur Pflicht gemacht hätten, ihren Besitz zu verschleudern. »Was sehr teuer schien, als alle Welt seßhaft war, wurde plötzlich zu einem Spottpreis verkauft... Da eine große Zahl Menschen es eilig hatte, ihre Geschäfte zu Ende zu führen, wurden – und

es ist erstaunlich, das zu hören, und diene als Beispiel für die unerwartete Minderung aller Werte – sechs Mutterschafe« – die bis dahin dreißig oder vierzig Denare gekostet hatten – »für fünf Denare angeboten.«
Kurzum, viele Bauern veräußerten ihr Hab und Gut, verhökerten und verschenkten ihren armseligen Kram, gaben alles fort und strömten auf die Sammelplätze der Peterschen Heerhaufen, um mit dem hageren Eselsreiter nach Jerusalem zu pilgern.
So entstand die merkwürdigste Armee, die es je gegeben hat: eine Armee ohne Zucht, ohne Ordnung, fast ohne Waffen, Produkt eines Massenwahns, der sich in weniger als einem halben Jahr wie eine ansteckende Krankheit verbreitet hatte. Ein Aufgebot mehr der Hölle als des Himmels: streitbare Männer, die sich das Zeichen des Kreuzes selbst in die Haut eingebrannt hatten, wild entschlossen, ihr Leben im Kampf gegen die Kohorten des Antichrist zu riskieren; fanatisierte Bettelmönche, die eifernd und predigend die ohnehin erregten Massen bis zur Weißglut erhitzten; Glücksritter, die in der Stadt des Herrn mit einem Schlage reich zu werden hofften; Taschendiebe und Geschäftemacher, die ihre Kreuzbrüder gewissenlos um das Letzte prellten. Und viele, viele Frauen: Bäuerinnen, die ihre kärglichen Vorräte nicht aus den Augen ließem; Weiber in Mannskleidern, die vom Blut erschlagener Feinde träumten; und ungezählte »liederliche Dirnen«, deren Weizen blühte wie nie zuvor.
Am meisten hat schon die Zeitgenossen das Los der Kinder beschäftigt. Guibert berichtet von armen Leuten, »deren zweirädrige Karren von eisenbeschlagenen Ochsen gezogen wurden«. Auf diesen Karren, zwischen Mehl- und Getreidesäcken, hockten kleine Kinder, und sobald sie »ein Schloß oder eine Stadt erblickten, fragten sie eifrig, ob das jenes Jerusalem sei, zu dem sie auf dem Wege wären«.

Zweiter Abschnitt Die »Prähistorie« der Kreuzfahrerzeit

Notiz für den Leser

Die Kreuzfahrten – das zentrale Ereignis des Mittelalters, wie auch immer man sie begreift und wertet – waren nicht das Produkt eines Augenblickseinfalles. Sie hatten eine lange Vorgeschichte. Um diese Vorgeschichte geht es in den folgenden drei Kapiteln, deren Lektüre einige Geduld und etliches Stehvermögen erfordern mag. Drei wichtige Themenkreise werden abgehandelt, drei grundsätzlich bedeutsame Fragen gestellt. Erstens: Wie eigentlich kam die Kirche dazu, Krieg zu führen, wie konnte sie es mit ihrer christlichen Friedensbotschaft vereinbaren, als kriegführende Macht in die Arena weltlichen Streites hinabzusteigen? Zweitens: Wer waren die Krieger, die sie mobilisierte, jene europäischen Ritter und Aristokraten vor allem, die sich von Gott selbst beauftragt fühlten, über Tausende von Kilometern nach Jerusalem zu ziehen und einen aussichtslosen Marathonkrieg gegen die Muselmanen zu riskieren? Welchen Traditionen folgten sie, welche Motive erfüllten sie, welche Ziele hatten sie im Sinn und – Hintersinn? Und drittens: Welche politischen, sozialen und religiösen Kräfte prägten die Räume, in die die Kreuzfahrer hineinstießen? Welche Bedeutung hatte die arabische Welt, welchen Stellenwert Byzanz, welche Rolle spielte die Ostkirche in den Überlegungen der Päpste der römisch-katholischen Kirche? Fragen über Fragen, die nicht mehr und nicht weniger besagen, als daß die Kreuzfahrten kein simpler Glaubenskrieg waren – und daß sie notwendigerweise Gegenkräfte mobilisierten und damit eine Veränderung der politischen Weltlage bewirkten. Kurzum: Die nächsten Kapitel versuchen sich – nach der Beschreibung der fulminanten Ouvertüre von Clermont – in der Kunst der historischen Analyse. Sie sind bemüht, das Werden des Kreuzzuggedankens zu schildern und die politischen, sozialen und theologischen Hintergründe der bewaffneten Pilgerfahrt aufzuhellen – und dem Leser damit wenigstens einen Eindruck von der ungeheuren Kompliziertheit des Geschehens zu vermitteln.

Zweites Kapitel

Die kriegführende Kirche

Augustins Vermächtnis, Gregors Erbe – Schwerter, die heiliggesprochen wurden

Akt »grandioser Unvernunft«

Urbans Aufruf in Clermont richtete sich, strenggenommen, gegen die Gebote Christi. Vom Geist der Feindesliebe war in der Lava seiner Rede nichts zu spüren. Urban verkündete nicht Friede, sondern Krieg; er predigte Haß, nicht Versöhnung.

Wie war das möglich? Wie konnte es geschehen, daß nicht der Staat, sondern die christliche Kirche den Gebrauch der Waffen befahl? Daß der Heilige Vater in höchsteigener Person ein Unternehmen einsegnete, von dem er wissen mußte, daß es Ströme von Blut kosten würde? Daß er einen päpstlichen Legaten ernannte, dessen dezidierte Aufgabe es war, die ausziehenden Kreuzfahrer zu begleiten und zu beraten und ihnen in kritischen Situationen mit der Kraft seiner Fürbitte beizustehen?

Wie konnte es geschehen, daß Tausende, Zehntausende von Rittern wie auf ein Signal vom Himmel hin zusammenströmten, um die Strapazen und Gefahren einer bewaffneten Pilgerfahrt nach Jerusalem auf sich zu nehmen? Daß Bauern ihre Höfe, Bürger ihre ummauerten Städte verließen, um sich fern ihrer Heimat auf einen wenig aussichtsreichen Kampf mit Arabern und Türken einzulassen? Daß Frauen und Kinder in Scharen aufbrachen, um die goldenen Zinnen Jerusalems zu erblicken?

Die Historiker sind sich darüber einig, daß diese Bewegung, dieser Akt »grandioser Unvernunft«, der alle Züge einer Massenpsychose trägt, nicht restlos zu erklären ist. Die Kreuzzugbegeisterung gehört zu den christlichen Phänomenen, die sich der rationalen Analyse weitgehend verschließen – zumal diese Begeisterung mehr als zwei Jahrhunderte weiterglühte (oder soll man sagen: weiterwütete?). Auch die mit vielen neuen Detailkenntnissen aufgeladenen »Batterien amerikanischer Schreibmaschinen«, von denen der Engländer Steven Runciman in seinem fundamentalen Kreuzzugwerk respektvoll spricht, haben diese Kernfragen zum großen Teil unbeantwortet gelassen.

Aber natürlich war die ungeheure eruptive Entladung, die der Kundgebung von Clermont folgte, nicht das Produkt eines Tages. Urbans Aufruf markiert nicht nur einen weithin sichtbaren Anfang, sondern zugleich den »Höhepunkt einer Entwicklung«. Die Kreuzfahrten haben eine lange diffizile Vorgeschichte, deren Rekonstruktion Generationen von Gelehrten beschäftigt hat. Die Quintessenz – die Entstehung der Kreuzzüge – ist auf das Zusammentreffen zahlreicher historischer Kräfte in einer einmaligen historischen Situation zurückzuführen. Kirchliche Entscheidungen, soziale Motive und politische Überlegungen haben dabei mitgewirkt. Wenn man verstehen will, was damals in den Herzen und Hirnen der Menschen – der Führer wie der Verführten – vorging, muß man sehr weit zurückgehen. Die »Prähistorie« der Kreuzzüge umfaßt nahezu ein Jahrtausend.

Der gerechte und der ungerechte Krieg

Die frühchristlichen Kirchenväter waren von der Überzeugung durchdrungen, daß Krieg, Waffengewalt und Blutvergießen verwerflich seien. In der Missionspflicht erblickten sie lediglich einen geistigen Auftrag, dem der rechtschaffene Christ durch Predigt und beispielhaftes Leben gerecht zu werden habe. Sie kannten – nach Carl Erdmann – »nur den profanen, für das Staatswohl geführten Krieg« und lehnten ihn ohne Einschränkung aus Gewissensgründen ab.
Der Apologet Justinus, 165 als Märtyrer in Rom hingerichtet, trat dafür ein, »Schwerter in Pflüge, Lanzen in Ackergerät« zu verwandeln. Tertullian, der Jurist und stoizistisch gebildete Denker, nannte um 200 die Feindesliebe das Grundgesetz des christlichen Daseins. Origenes, bis 230 Lehrer an der sogenannten alexandrinischen Katechetenschule, schmähte die Kriegskunst und forderte alle Glaubensgenossen auf, sich als »Kinder des Friedens« zu bekennen. Und Cyprian, um 250 Bischof von Karthago, führte Klage darüber, daß man es Tapferkeit nenne, »wenn das Morden im Namen des Staates geschehe«. Demgemäß galt der Soldatenberuf als »widerchristlich« – was nicht ausschloß, daß man sich um der Liebe willen mit der beschämenden Tatsache abfand, daß es schon damals christliche Soldaten gab.
Die Malaise begann an dem Tag, da Kaiser Konstantin dem Christentum Toleranz verschaffte und damit begann, das Römische Reich in ein christliches Imperium umzuwandeln. Denn wie anders als mit der Macht der Waffen sollte man diesen Staat, den Beschützer und Garanten der Lehre Jesu, gegen seine Widersacher verteidigen?
Den christlichen Denkern, die ihren Scharfsinn an diesem steinigen Problem wetzten, kam zugute, daß das Evangelium »keine ausdrückliche Verdammung des Krieges« enthält. Sie erkannten den Heeresdienst als gesetzmäßig an, quittierten dem Staat gewisse kriegerische Funktionen und begannen Gebete für die Vernichtung der Heiden zu verfassen. So kannte schon Ambrosius, um 340 bei Trier geboren, keine Bedenken, Kaiser Gratian zum Kampf gegen die verruchten Völker der Goten aufzu-

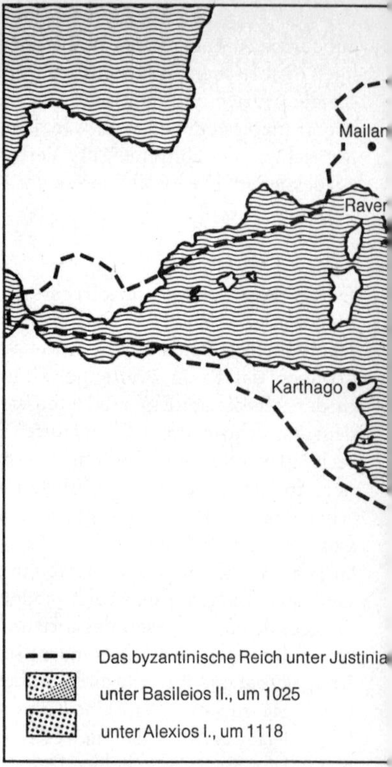

rufen, da keine Sicherheit sei, »wo der Glaube angetastet« werde. Und als Kaiser Theodosius 393 gegen seinen Mitkaiser Eugenius zu Felde zog, bereitete er sich auf das Unternehmen durch ausgiebiges Fasten und Beten vor... Nach dem Sieg ließ er seinen Gegner exekutieren.
Die grundsätzliche Klärung der Begriffe – oder, wenn man so will, die Harmonisierung des Konfliktes von christlicher Friedensethik und Krieg – verdankte die junge Kirche dem heiligen Augustin, der mit seinem nach der Eroberung Roms durch König Alarichs Goten verfaßten *Gottesstaat* nicht nur die letzte große Kampfschrift gegen die Heiden verfaßte, sondern auch die Fundamente der christlichen Geschichtsphilosophie legte.
Auch Augustin war weit davon entfernt, den Krieg zu verherrlichen. Auch er hielt ihn für ein Übel, für eine Ausgeburt der Hölle und ein Werkzeug des Teufels, doch vertrat er die Meinung, daß es selbst für einen gerechten Christen Situationen gebe, in denen er, ohne sündig zu

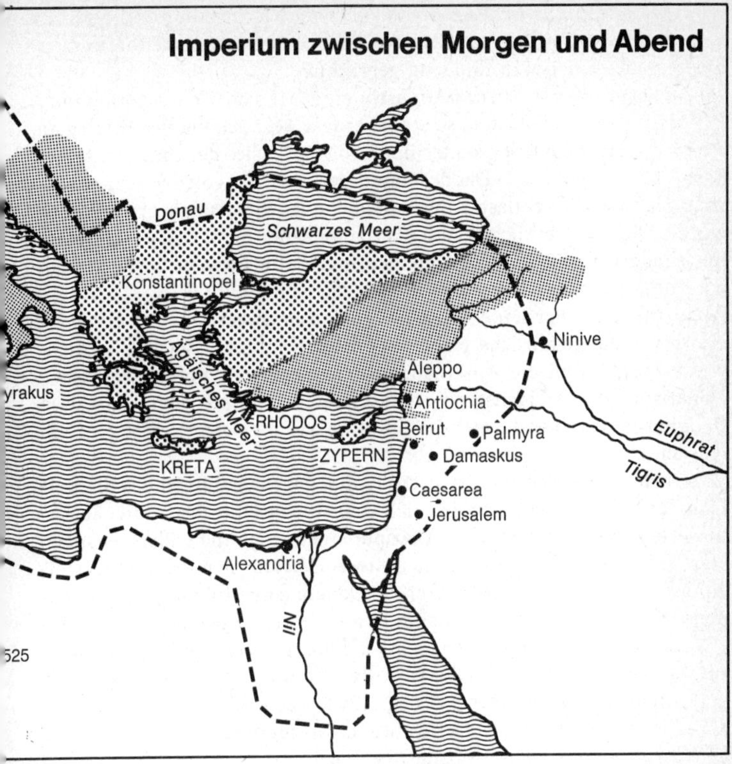

werden, zur Waffe greifen müsse. Wer angegriffen werde, so lautet sein simpler Leitsatz, habe das Recht, sich zu verteidigen, er dürfe auch versuchen, geraubtes Gut zurückzuholen, und zu diesem Zwecke Krieg führen: denn dieser Krieg sei ein gerechter Krieg. Mit anderen Worten – der heilige Augustin erfand den Unterschied zwischen gerechtem und ungerechtem Krieg, einen fundamentalen, in der Praxis allerdings sehr dehnbaren Unterschied, der, wie man weiß, bis heute in jeder bewaffneten Auseinandersetzung bis zur Unkenntlichkeit strapaziert wird.
Augustin hat damit – so Carl Erdmann – »die Idee der ›Kriegsschuld‹ in die christliche Geschichte eingeführt und sie zum Angelpunkt der europäischen Kriegstheorie gemacht; sie ist in ihrer Geltung während eines Jahrtausends unbestritten geblieben und noch heute von schwerem Gewicht. Der Gute darf einen Krieg nur aus Notwendigkeit führen, und sein Zweck soll dabei immer der Friede und letztlich auch das Wohl des Geg-

ners sein. Die kriegerische Gesinnung ist damit verurteilt, und die christliche Friedensethik, die Augustin durchaus als solche anerkennt, mit der Existenz des Krieges in Einklang gebracht.«

Den Kriegern selbst erteilte Augustin eine Art von Generalabsolution. Für den einzelnen Soldaten, so stellte er fest, sei auch die Beteiligung an einem ungerechten Krieg keine Sünde, solange er sich des Unrechts seiner Sache nicht bewußt sei. »Das bedeutete, daß das Heer von der Verantwortung grundsätzlich entlastet, diese vielmehr dem Staatslenker zugewiesen wurde. Die Kriegsethik war nun überhaupt kaum mehr Sache des Soldaten, sondern des Fürsten, welcher zu prüfen hatte, ob seine Sache gerecht oder ungerecht, der Krieg also erlaubt oder unerlaubt sei.«

Augustin selbst hat seine Kriegslehre dann noch vertieft und erweitert und bis in die gefährliche Nähe des Glaubenskrieges laviert; die Stichworte lieferte ihm die Auseinandersetzung mit den nordafrikanischen Donatisten, deren Eigenständigkeitsbestrebungen nach dem erfolglosen Religionsgespräch von Karthago im Jahre 411 als ketzerisch abgeurteilt wurden.

Da sich der literarisch-publizistische Kampf gegen die Jünger des Bischofs Donatus als wirkungslos erwies, rief Augustin die Hilfe des Staates an und forderte einen obrigkeitlichen Disziplinarakt gegen die widerspenstigen Häretiker und Schismatiker. Im weiteren Verlauf der Auseinandersetzung ließ er klar erkennen, daß er die Donatistenverfolgung als notwendigen Krieg betrachtete. So fand in seinem System auch der Ketzerkrieg einen Platz: der »Heilige Krieg« ein » *bellum Deo auctore,* bei dem Heerführer und Soldaten ... als Diener Gottes gelten« und der Gegensatz von gerechtem und ungerechtem Krieg sich bis zur Absolutheit verhärtet. »Die einen streiten für das Licht, die anderen für die Finsternis, die einen für Christus, die anderen für den Teufel.«

Augustins Thesen zielten noch nicht, wie Carl Erdmann weiter bemerkt, auf »einen aggressiven Religionskrieg zur Ausbreitung des Christentums«. Das Stichwort vom »gottgewollten Heiligen Krieg« aber war gefallen, die Notwendigkeit einer kriegführenden Kirche theoretisch begründet. Es genügte, auf diesem Fundament weiterzubauen.

Der erste, der das tat, war Papst Gregor I., der von 590 bis 604 die Geschicke der abendländischen Christenheit verwaltete und sich demütig »Knecht der Knechte Gottes« nannte. Gregor ist nicht nur als Begründer des Kirchenstaates und unentwegter Reformer, sondern auch als großer Missionspapst in die Geschichte eingegangen. Seine Methoden beim Seelenfang waren nicht immer sehr vornehm. »Hartnäckige Nichtchristen« etwa bekehrte er durch Auferlegung höherer Steuern. Auch verlieh er der Missionierung heidnischer Völker durch Waffengewalt seine väterliche Zustimmung. Der Grundsatz des »Unterwerfens, um zu taufen« wurde von ihm formuliert, so daß damit außer dem »Ketzerkrieg zur Erhaltung

der Kirche im Innern« auch »der Missionskrieg zur Verbreitung des Glaubens nach außen« seine theoretische Rechtfertigung fand.
In der Bekehrungspraxis gewann die Alternative »Tod oder Taufe« zunächst keine Bedeutung. Die Mehrzahl der Kirchenlehrer hielt sogar daran fest, daß das Friedensgebot der Kirche auch gegenüber Heiden seine Gültigkeit habe, zumindest so lange, wie sie selbst Frieden hielten und sich als Feinde Christi aufführten. Erst zweihundert Jahre später, in den Sachsenkriegen Karls des Großen, wurde dieses »Entweder – oder« mit jener Härte und Konsequenz durchgeführt, die Gregor I. in seinen Briefen gefordert hatte.
Damit war ein neuer Wendepunkt erreicht – die Allianz der Karolinger mit den Apostelfürsten, die den sächsischen Bekehrungsfeldzug moralisch trug, hat entscheidend dazu beigetragen, die Kirche zu militarisieren und das Papsttum in eine weltliche Macht zu verwandeln.

»Erhebe dich also, Soldat Christi...«

Diese Entwicklung war allerdings nicht frei von retardierenden Momenten. Zur selben Zeit, da Papst Paschalis I. am Osterfest 823 den Karolingersproß Lothar zum Kaiser krönte und ihm ein geweihtes Schwert zum Schutz der Kirche überreichte, verfocht der Abt Hrabanus Maurus – Prior in Fulda, dem Kloster des Bonifatius, der 754 in Friesland waffenlos den Märtyrertod gestorben war – hartnäckig die Meinung, daß auch Totschlag im Krieg der kirchlichen Buße bedürfe. Und noch um 860 erklärte Papst Nicolaus I. jeglichen Krieg für Teufelswerk und Fahnenflucht für verzeihlich.
Aber bereits Leo IV., sein Vorgänger, hatte andere Zeichen gesetzt. Leo übernahm 849 selbst das Kommando des Heeres, das den an der Tibermündung gelandeten sarazenischen Piraten entgegenzog. Gleichzeitig stellte er allen Verteidigern der Kirche, die im Kampf fallen würden, himmlischen Lohn in Aussicht. Zweieinhalb Jahrzehnte später sicherte Johannes VIII. den päpstlichen Kriegern für ihren Tod im Krieg gegen die Sarazenen und Normannen Märtyrerrang und Vergebung aller Sünden zu. Papst Johannes X. rühmte sich 915 nach seinem Sieg über die Araber am Garigliano, persönlich am Gefecht teilgenommen zu haben.
Die zunehmende Militarisierung der Kirche wurde, wie man sieht, durch die ständige Bedrohung der katholischen Christenheit durch heidnische Völker gefördert. Die Küsten Westeuropas waren damals nahezu schutzlos den Überfällen der Wikinger ausgesetzt. Die Araber beherrschten das Mittelmeer. Zentraleuropa wurde fast Jahr um Jahr von den Ungarn heimgesucht. Und alle heidnischen Angreifer hatten es vornehmlich auf kirchlichen Besitz abgesehen. Die Voraussetzungen für einen »gerechten

Krieg« waren damit vollauf erfüllt. Päpste und Bischöfe konnten sich mit gutem Gewissen auf die Elementargebote der augustinischen Kriegsethik berufen, wenn sie sich energisch zur Wehr setzten und es an gutem, dabei wohlfeilem Zuspruch für ihre Verteidiger nicht fehlen ließen.

Da Augustins Regeln auch den Wiedergewinn geraubten Gutes legitimierten, fiel es der Kirche nicht schwer, nach dem allmählichen Schwinden der Gefahr nun ihrerseits aggressiv zu werden. In der älteren Kreuzzugliteratur werden in diesem Zusammenhang meist zwei frühe Dokumente zitiert, die sich bereits auf die Rückeroberung des Heiligen Landes – das heißt: den Wiedergewinn christlichen Erbgutes – beziehen: ein kurz vor der Jahrtausendwende entstandener Brief des Gerbert von Reims, der unter dem jungen Kaiser Otto III. als Silvester II. kurze Zeit später in den Lateran einzog, und eine Enzyklika von Papst Sergius IV., der zehn Jahre später die Tiara des Bischofs von Rom trug.

In Gerberts Epistola richtet die Kirche von Jerusalem ein förmliches Hilfsgesuch an die römische Universalkirche, das in den Worten »Erhebe dich also, Soldat Christi, nimm das Banner und kämpfe« seinen rhetorisch-schwungvollen Höhepunkt findet. Doch hat diese Stelle wahrscheinlich nur symbolische Bedeutung. Mit dem *miles Christi* dürfte lediglich der »alte Streiter Christi« gemeint sein, der ein Leben im Glauben als unentwegten Kampf gegen das Böse versteht. Und die Enzyklika des Sergius, der angeblich mit einer päpstlichen Flotte nach Syrien segeln wollte, um von dort aus ein Landheer nach Jerusalem zu führen, ist vor einiger Zeit als Fälschung entlarvt worden, die nach der Kundgebung von Clermont von Urbans tüchtigen Kreuzzugpropagandisten im Kloster St. Pierre de Moissac bei Toulouse hergestellt wurde.

Was bei Gerbert vermutlich symbolisch gemeint war, füllte sich von der Mitte des 11. Jahrhunderts an jedoch mit eindeutig militärisch-weltlichem Sinngehalt auf. Die *militia Christi* wurde eine *militia saecularis*. Die vom Kloster Cluny in Burgund und der lothringischen Benediktinerabtei Gorze ausgehende Kirchenreform hat bei diesem Erlaß als kraftvoller Katalysator mitgewirkt. Die Erneuerungsbewegung wollte ja nicht nur den alten Ordensregeln wieder den gebührenden Respekt verschaffen, sie suchte den gesamten Alltag mit christlichen Vorstellungen zu durchdringen und außer der Welt der Mönche auch die der Laien – der Ritter vor allem – im Sinne eines kämpferischen Glaubens zu spiritualisieren. Dieser neue offensive Geist der Kirche reicherte die alten augustinischen Thesen nicht nur mit neuen Inhalten an, er setzte sie auch bedenkenlos in kriegerische Wirklichkeit um. Schon unter Kaiser Otto III. verfocht der

Abteikirche des 910 gegründeten Klosters Cluny, von dem im 10. und 11. Jahrhundert die wichtigste Reform des Mönchstums ausging.
(Bildarchiv Foto Marburg)

Mönch Bruno von Querfurt, der 1009 in Preußen den Märtyrertod starb, leidenschaftlich die Idee der christlichen Bekehrungskriege gegen heidnische Völkerschaften. Waso von Lüttich, eine der kraftvollsten Gestalten aus dem Kreis der lothringischen Reformer, der, wie uns sein Biograph überliefert hat, »als Bischof Gregor dem Großen, in seinen Kriegstaten aber dem Judas Makkabäus« glich, leitete seine militärischen Operationen selbst, verstand sich wie nur wenige auf die Kunst des Burgenbrechens und schuf aus einer ihm ergebenen Gruppe von Rittern, die er eidlich auf Jesus Christus verpflichtete, so etwas wie eine kirchliche Sondertruppe. Kaiser Heinrich III., der bedeutendste weltliche Protektor der Kirchenreform, bemühte sich sogar, seinen Feldzug gegen die christlichen Ungarn im Jahre 1044 als »heiliges Unternehmen« erscheinen zu lassen. Bevor er auszog, ließ er den magyarischen König durch Papst Benedikt exkommunizieren. Nach dem Sieg veranstaltete er eine liturgische Dankesfeier, bei der er sich »mit seinen Fürsten und dem Heere barfuß vor einer Kreuzesreliquie niederwarf«. Der Abt Bern von der Reichenau feierte ihn gleichzeitig als »Förderer des Friedens«, während er den Ungarnkönig als einen vom Teufel entsandten Verbrecher brandmarkte.

Normannen – Gegner und Vasallen der Päpste

Am stärksten aktualisierten sich die Vorstellungen vom »heiligen, gottgewollten Krieg« jedoch im Raum der Kirche selbst. Papst Leo IX. – ein Sproß aus dem elsässischen Grafengeschlecht derer von Egisheim, nach Haller »Staatsmann und Kriegsherr ebensosehr wie Priester und Seelenhirt, und beides in bester Prägung« – leitete einen Feldzug gegen die süditalienischen Normannen, die zwar ebenfalls längst christianisiert waren, nun aber, da sie die Interessen des Kirchenstaates bedrohten, kurzerhand zu Heiden und Ketzern erklärt wurden. Zwar wurde er, trotz inständigem Beten während der Schlacht, bei Civitate von den verhaßten Agarenern – eine Vokabel, mit der normalerweise die muslimischen Seeräuber beschimpft wurden – vollständig geschlagen und sogar gefangengenommen, trotzdem stellt dieser Krieg einen der wichtigsten Markierungspunkte auf dem langen Marsch der Kirche zu den Kreuzzügen dar. Zum erstenmal in der Geschichte des Abendlandes hatte Leo IX. nämlich ein rein »päpstliches Heer« zusammengetrommelt und mit zahlreichen kirchlichen Privilegien ausgestattet, die dieser Streitmacht fast den Rang einer geweihten Armee, ihrem Krieg den Charakter eines religiösen Unternehmens verliehen. Zum erstenmal auch hatten die kirchlichen Publizisten einen Feldzug mit einem derartigen propagandistischen Feuerwerk eingeleitet, daß der »kriegerische Sinn des Heeres« vollständig »mit kirchlichem Sinn« durchdrungen war.

Selbst die Normannen waren davon beeindruckt. Sie verteidigten ihre Besitzungen zwar mit all der Härte und Umsicht, der professionelle Krieger fähig sind, vermieden aber alles, sich mit dieser neuen *ecclesia militans* zu überwerfen, und erwiesen auch dem gefangenen Heiligen Vater Ehre und Respekt. Nach wenigen Monaten schon ließen sie ihn frei und schickten ihn, unter dem Schutz eines ritterlichen Geleits, nach Rom zurück.

Kurze Zeit später, am 19. April 1054, starb er an der Gruft Sankt Peters. Die Formel, daß es Pflicht der Päpste sei, »die Schafe Christi zu befreien und dafür auch die Machtmittel der Obrigkeit einzusetzen«, überlebte ihn. Sie ging sozusagen ins Bewußtsein der Zeit ein. Papst Urban II. hat die Wendung *liberanda christianitas*, die Leo IX. in einem Brief an den byzantinischen Kaiser Konstantin Monomachos benutzte, wörtlich übernommen.

Schon sechs Jahre nach Leos süditalienischem Feldzug kam es zu dem großen »weltgeschichtlichen Bündnis zwischen den Normannen und der Kirche«, das weit über Clermont hinaus bis in die hohe Zeit der Kreuzzüge weiterwirkte. Im Jahre 1059 wurden die Nachfahren jener nordischen Invasoren, die sich anderthalb Jahrhunderte vorher an der Seinemündung in Frankreich festgesetzt hatten, Vasallen der Kurie. Die Lehnspflicht, die die Fürsten Richard von Capua und Robert Guiskard in Melfi beschworen, erstreckte sich theoretisch zwar nur auf kirchliche Kriege, reichte für die politische Alltagspraxis aber aus und stiftete beiden Seiten Nutzen. Noch im selben Jahr vertrieb der Normanne aus Capua den Gegenpapst Benedikt aus der Burg Galera. 1061 begann Robert Guiskard, nach dem Text von Melfi »von Gottes und Sankt Peters Gnaden Herzog von Apulien und Kalabrien und mit beider Hilfe künftig von Sizilien«, mit der Eroberung der ihm bereits überschriebenen Insel.

Es war ein heiliger, gottgewollter Krieg, denn es galt, die auf Sizilien lebenden Christen von der Tyrannei der Sarazenen zu befreien. Niemand sprach von einem Kreuzzug (das Wort ist erst im späten 13. Jahrhundert entstanden). Die Schwelle zum Zeitalter der Kreuzzüge war mit dem »Unternehmen Sizilien« jedoch überschritten.

Heiliger Krieg in Spanien

Das nächste Kapitel schrieb der Krieg gegen die Araber auf der Iberischen Halbinsel, der ebenfalls von der Kirche geplant, gefördert und sozusagen heiliggesprochen wurde.

Die spanische Karte sah damals ziemlich scheckig aus. In der zweiten Hälfte des 10. Jahrhunderts hatte sich die Herrschaft der Muslims unter Führung des Kalifen Abd ar-Rahman III. und des Wesirs Mansur Muhammed ibn Abi Emir, der von den Spaniern Almansor, das heißt: der Siegreiche, genannt wurde, noch einmal kräftig konsolidiert. Am stärksten war davon das im Nordwesten des Landes gelegene christliche Königreich Leon betroffen worden. Nach 997 hatten Krieger des Propheten die Stadt des spanischen Schutzpatrons Jakob, Santiago de Compostela, nach Rom und Jerusalem der dritte Wallfahrtsort der katholischen Christenheit, erobert und geplündert. Nach dem Tod des Reichsverwesers Almansor war die Aktivität der Ungläubigen jedoch wieder erlahmt, und die *Reconquista*, die langwierige Rückeroberung der Halbinsel, hatte begonnen.

Der Kopf der frühen *Reconquista* war der König Sancho III. von Navarra. Auf seine Initiative ging der Versuch zurück, 1014 eine Liga der christlichen Fürsten Spaniens zu etablieren. Die Aktion blieb zwar auf halber Strecke liegen, nicht zuletzt deshalb, weil König Robert von Frankreich nicht die erwünschte und erhoffte Hilfestellung leistete, führte jedoch zu einer engen Liaison zwischen der spanischen Kirche und dem mächtigen Kloster Cluny. König Sancho stellte die Verbindung zu dem ersten der beiden großen Äbte her, die das burgundische Kloster zusammen 115 Jahre regierten: dem berühmten Odilo von Cluny, der das Amt des Priors von 994 bis 1048 vierundfünfzig Jahre verwaltete (sein Nachfolger Hugo brachte es sogar auf einundsechzig Jahre).

Die von Sancho begründete Zusammenarbeit der christlichen Könige Spaniens mit der cluniazensischen Klosterkette erwies sich als ebenso dauerhaft wie nützlich. Die Cluny-Abteien übernahmen die Betreuung der Santiago-Pilger, die den spanischen Königtümern außer geistlichem Ruhm ständig fließende Einnahmen garantierten, schlossen die *Reconquista*-Bewegung in ihre täglichen Gebete ein und sorgten durch ihre weitverzweigten Beziehungen für den notwendigen militärischen Nachschub. Ihrer Fürsprache vor allem hatten es die iberischen Christen zu verdanken, daß sich der französische Adel, meist normannische, burgundische und gascognische Ritter, zunehmend für ihre Sache engagierte. Selbstverständlich geriet die spanische Kirche damit in den Sog der cluniazensischen Reform. Klöster und Bistümer des christlichen Spaniens wurden mehr und mehr Filialen der großen burgundischen Abtei.

Zwei Jahre nach dem Abschluß der Allianz zwischen dem Heiligen Stuhl und den normannischen Fürstentümern übernahm die päpstliche Kurie auch auf der Iberischen Halbinsel die Führung des antiarabischen Kampfes. Der Zeitpunkt war günstig. Ein muslimischer Terrorist hatte 1063 den König Ramiro I. von Aragonien ermordet und damit einen willkommenen Vorwand für die Aktivierung des Krieges gegen die Ungläubigen geliefert. So konnte Papst Alexander II. im Jahre 1064 erneut zu einem Heiligen Krieg aufrufen. Die praktische Durchführung überließ er dem normannischen Söldnerführer Wilhelm von Montreuil, dem Schwieger-

sohn des dienstverpflichteten Fürsten Richard von Capua, der in Norditalien ein Expeditionskorps aufstellte, sowie den Grafen Ebolus von Roucy und Guido-Gottfried von Aquitanien, die Hilfskontingente für Spanien in Frankreich sammelten.
Der Feldzug, an dem wahrscheinlich auch ein päpstlicher Legat teilnahm, brachte außer der Eroberung von Barbastro, das überdies bald wieder verlorenging, allerdings nur geringen Ertrag. Um so größer war der moralisch-propagandistische Erfolg. Die Berichte über den spanischen Krieg, der außer Beute und blutiger Heidenhatz auch den Erlaß der weltlichen Sündenstrafen und damit ein reines, anfechtungsfreies Gewissen versprach, weckten Interesse in ganz Europa. Unablässig zogen von nun an adlige Herren mit ihren Männern nach Spanien, um dort als Vasallen Petri gegen die verruchten Knechte Mohammeds zu streiten.
Aber nicht nur in Sizilien und Spanien betätigte sich der Lateran in den sechziger Jahren des 11. Jahrhunderts als kriegführende Macht, sondern auch in Italien. In Mailand förderte er die *Pataria*, eine »halbkirchliche, halbsoziale Volksbewegung«, die 1064 in dem Ritter Erlembald einen tüchtigen und von der Notwendigkeit der Ketzer- und Heidenausrottung tief überzeugten Anführer fand. Der Heilige Stuhl gewährte auch den Flottenaktionen der Pisaner gegen die arabischen Handelsstädte in Nordafrika Unterstützung und stand mit seinen normannischen Auxiliarverbänden im Kampf gegen die Widersacher des Kirchenstaates in der Campagna.
Kurzum, die Apostelfürsten gehörten in dem »riesigen Kriegstheater«, das von der Mitte des 11. Jahrhunderts an das Abendland mit lärmenden Schlachten und Polemiken erfüllte, zu den aktivsten, entschlossensten und – nicht zuletzt dank ihren »metaphysischen« Parolen – erfolgreichsten Akteuren der politischen Szene in Europa.
Die Widerstände hielten allerdings an. Die Historiker kennen eine ganze Phalanx von Gegnern der päpstlichen Machtentfaltung. Petrus Damiani, der reformfreudige Prior der Einsiedlergemeinde Fonte Avellana, hat sie ebenso befehdet wie der große scholastische Theologe Anselm von Canterbury. In Deutschland wurde sie vor allem von dem Bischof Burchard von Worms und den Mönchen Lampert von Hersfeld und Hermann von der Reichenau entschieden bekämpft.
Die kirchliche Doktrin blieb also uneinheitlich und widersprüchlich. Die natürliche Inkongruenz von Gewaltanwendung und christlicher Friedensbotschaft bereitete noch immer mehr Unbehagen, als den kurialen Machtpolitikern recht sein konnte. Es bedurfte der ungeheuren Wirkung, die von der Gestalt und dem Werk des siebenten Gregor ausging, um die Idee des Heiligen Krieges jenen Absolutheitsanspruch zu verschaffen, der zweihundert Jahre lang immer neue Kreuzfahrerheere mobilisierte.

Die Urteile über Papst Gregor VII., den Sohn eines Schmiedes (oder Ziegenhirten) aus der Toscana, sind noch immer widersprüchlich. Die einen sprechen mit Petrus Damiani vom »heiligen Satan«, die anderen vom edlen, milden Seelenhirten und asketischen Glaubensmenschen. Seine Streitbarkeit, sein dämonisches, immer forderndes Naturell und die kalte Glut seines Denkens und Wollens werden in den Geschichtsbüchern ebenso hervorgehoben wie seine Selbstlosigkeit, seine tiefe Frömmigkeit und seine abgründige, schonungslose Ehrlichkeit vor sich selbst. Einig ist man sich aber nicht nur darüber, daß er ein Mensch mit kaum meßbaren inneren Spannungen war, unbestritten ist auch, daß er dem mittelalterlichen Papsttum die Härte, Konsequenz und geistige Durchschlagskraft verlieh, die es auf den Gipfelpunkt seiner Macht führten.
Der Kampf zwischen *Sacerdotium* und *Imperium*, zwischen kirchlicher und weltlicher Macht, erscheint heute, wie Jacques Le Goff meint, zwar leicht als »Illusionstheater« und »großsprecherisches Spektakel der Vorbühne«, zweifellos hat dieser Kampf, dessen Zentralgestalt Papst Gregor VII. war, aber ungeheure Kräfte freigesetzt – auch die, die das Zeitalter der Kreuzzüge heraufführten.
Gregor hat schon vor seiner Wahl zum Apostelfürsten mit unerbittlicher Konsequenz auf die Militarisierung der Kirche hingearbeitet. Als Archidiakon und graue Eminenz des Lateran stiftete er, noch unter dem Namen Hildebrand, den er sich als Mönch von Cluny zugelegt hatte, das päpstliche Bündnis mit den Normannen, mit dem er die Feinde von gestern sozusagen »umdrehte«. Bei den Kämpfen mit dem Gegenpapst Honorius 1062/63 kommandierte er, wenn auch mit magerem Erfolg, die päpstlichen Truppen »wie ein Feldherr«. Er gewann den Grafen Erlembald für die militärische Führung der *Pataria* genannten Mailänder Armenmiliz. Er leitete die Verhandlungen, die der Landung des Herzogs Wilhelm von der Normandie in England vorangingen, und verschaffte *dem Eroberer* das päpstliche Plazet für sein Unternehmen, ja, er verlieh ihm sogar das Petrus-Banner, so daß auch dieser Krieg in den Ruch der Heiligkeit gelangte. Und schon die Zeitgenossen haben dem Archidiakon und päpstlichen Kabinettchef Hildebrand angekreidet, daß er die kurialen Finanzen bedenkenlos in Anspruch nahm, um den Sold für die normannischen Auxiliarverbände aufzubringen.
Das hinderte ihn nicht, unmittelbar nach seiner Wahl einen Feldzug gegen die Normannen vorzubereiten, als diese sich seinen Wünschen nicht fügten. Gleichzeitig drohte er dem französischen König Philipp mit einer offenen Invasion, wenn er fortfahren sollte, sich an den nach Santiago wallfahrenden Pilgern unzulässig zu bereichern.
Selbstverständlich nahm er auch den spanischen Feldzug ganz in seine

persönliche Obhut. Als Ebolus von Roucy 1073/74 eine neue Aktion gegen die verhaßten Muselmanen startete, forderte er in Rundbriefen die Fürsten und Ritter der Christenheit auf, sich an der verdienstvollen Kampagne zu beteiligen. Ebenso lieh er dem Feldzug des Guido-Gottfried von Aquitanien im Jahre 1080 moralische und materielle Unterstützung.
Die Chronisten konnten auch bald mancherlei Erfolge melden, so etwa die Eroberung von Toledo 1085. Zwar hatten die christlichen Streiter dann alle Hände voll zu tun, mit der von den nordafrikanischen Almoraviden inszenierten Gegenoffensive fertig zu werden, dennoch blieb Spanien das Manöverfeld der Idee vom Heiligen Krieg.
Gregor selbst fühlte sich als Planungschef und Kommandeur. Er ernannte die Befehlshaber und unterstützte sie bei der Anwerbung von Truppen, und er ließ keinen Zweifel daran, daß er die eroberten Gebiete als päpstliches Eigentum betrachtete.
Es paßt in dieses Bild eines durchaus weltlich gesonnenen, auf Expansion bedachten päpstlichen Kriegsherrn, daß er auch den ersten Plan eines Kreuzzuges in den Orient entwarf. Er entstand im Jahre 1074, etwa gleichzeitig mit den gegen Robert Guiskard und König Philipp gerichteten Projekten. Ein Brief an Wilhelm von Burgund, im Februar dieses Jahres diktiert, weist erstmalig vage darauf hin, aber schon einen Monat später, in einem Aufruf »an alle, die den christlichen Glauben verteidigen wollen«, klingt die Fanfare von Clermont laut und vernehmlich an. Da ist von den schlimmen Heiden die Rede, die gegen das christliche Imperium von Byzanz anrennen und die Glaubensgenossen zu Tausenden niedermetzeln. Der Appell spricht von der Pflicht, allen bedrängten Christen zu helfen und dafür, wenn notwendig, das Leben einzusetzen. Seine Heiligkeit sei entschlossen, sich dieser Aufgabe zu stellen, und rufe im Namen des heiligen Petrus auf, das gleiche zu tun. Die darüber gefaßten Beschlüsse sollten dem Papst durch Boten kundgetan werden.
Einige Monate später, im Dezember 1074, erklärte er, daß er selbst »als Heerführer und Bischof« die christliche Kriegsfahrt über Land und Meer anführen wolle. Schließlich nannte er – ausgerechnet in einem Brief an seinen Todfeind, den deutschen Kaiser Heinrich IV. – sogar Jerusalem und das Heilige Grab als Kriegsziel.
Viele Historiker heben die »abenteuerlich-phantastischen Züge« des Gregorianischen Kreuzzugprojektes hervor. Mehr als das Planspiel eines kühnen, aber realitätsfernen Geistes ist es in der Tat nicht gewesen. Gregor hatte bald mit größeren und näherliegenden Sorgen als der bedrohten Lage der morgenländischen Christen zu tun. Die Normannen – obwohl päpstliche Lehnsritter – machten ihre eigene, eindeutig gegen Byzanz gerichtete Politik. Der französische Adel suchte Beute und geistliches Heil lieber in Spanien als im Orient. Und schließlich nahm die Auseinandersetzung mit Heinrich IV. den »Heiligen Satan« derart in Anspruch, daß

er gezwungen war, den Plan einer bewaffneten Morgenlandfahrt unter dem Banner des heiligen Petrus wieder zu den Akten zu nehmen.
Der Gedanke des Heiligen Krieges aber hat ihn bis zu seinem Tod im Jahre 1085 nicht mehr losgelassen. Wo es möglich war, baute er den päpstlichen Anspruch, Werkzeug und Vollstrecker göttlichen Auftrags zu sein, in seine praktische Politik ein. Er versuchte deshalb auch, seinen erbitterten Kampf mit Heinrich IV. in den Rang eines Ketzerkrieges zu erheben, zeitweise mit unverkennbarem Erfolg. Wenn die aufständischen Sachsen dem Herrscher übermitteln ließen, daß sie mit ihm »als einem barbarischen (das heißt: heidnischen) Feind einen gerechten Krieg führen und ... für die Kirche Gottes kämpfen« würden, wenn er ihre alten Rechte nicht wiederherstellte – wer vernähme da nicht die Stimme Gregors?
Allerdings waren die Propagandisten des schlimmen Heinrich bemüht, auch ihrerseits das kirchliche *Te Deum* und *Kyrie eleison* ausgiebig zu bemühen und dem Heiligen Vater nachzuweisen, »daß die Religion durch die Anwendung weltlicher Gewalt entweiht würde«. Wesentliche Elemente der späteren Diskussion wurden hier bereits vorweggenommen.

Augustin – aktualisiert und polemisch aufbereitet

Die progregorianischen Stimmen gaben jedoch den Ton an. Nicht nur die Agitatoren und Pamphletisten des Laterans selbst leisteten fleißige Arbeit, auch seine Anhänger »draußen im Land«, die engagierten Reformer vor allem, verwandten viel frommen Eifer darauf, die unbedingte Gleichsetzung von Christenpflicht und Heidenhaß, kirchlichem Interesse und Heidenkrieg in gängige Münze umzuwechseln. Der bedeutendste von ihnen war der Bischof Anselm von Lucca, der, wie es in seiner Biographie heißt, dem Papst »zuverlässigen Gehorsam erwies, mit vollkommenem Hasse die Partei der Gebannten haßte und die katholische Einheit liebte und verteidigte«.
Anselm, der als Berater der hartnäckig gregorianisch gesonnenen Markgräfin Mathilde von Tuscien sowohl für kirchliche als auch für militärische Fragen zuständig war, machte sich besonders durch eine Kanonessammlung verdient, die, wie Carl Erdmann meint, »in der Geschichte des Kirchenrechts eine neue Ära« eröffnete. Er aktualisierte darin die Lehren Augustins, stützte sie durch Ketzeredikte des justinianischen Rechtes sowie Briefe von Pelagius I. und Gregor I. ab und ergänzte die Äußerungen dieser Autoritäten durch eigene Überlegungen. Auf diese Weise errichtete er »ein wohlausgeführtes Ideengebäude«, das sich dem Historiker als die perfekteste Begründung der Kreuzzugidee darstellt.
Auch nach Anselms spitzfindiger Beweisführung ist der Krieg »an sich« verwerflich, doch wird er zu einem sittlichen Gebot, wenn man dabei das

Heil des Feindes im Auge hat. Ein »Kampf gegen die Bösen« ist deshalb »keine eigentliche Verfolgung, sondern eine Äußerung der Liebe« – gleichsam ein Akt der Güte und des Mitleids. Demnach kann auch die liebende und Liebe verkündende Kirche Krieg führen, »zum Kampfe mahnen und den Befehl zur Verfolgung der Feinde und zum Beutemachen geben«.

Die Thesen des subtil denkenden Anselm von Lucca erfuhren durch die Schriften seines Landsmannes Bonizo von Sutri eine treffsichere, polemisch durchdachte Zuspitzung und wurden damit für den Alltag wirkungsvoll aufbereitet.

Besonders in seiner um 1085, zehn Jahre vor Clermont, verfaßten Streit- und Erbauungsschrift *Liber ad amicum* beschäftigte auch er sich mit den Gewissensproblemen des gläubigen Christen, der gezwungen ist (oder wird), zur Waffe zu greifen. Bonizo holte weit aus. Er beweihräucherte altchristliche Märtyrer, die mit dem leibhaftigen Teufel kämpften. Er feierte die glaubensstarken Einwohner von Alexandrien, die arianischen Ketzern erbitterte Schlachten lieferten. Er besang die Bevölkerung des antiken Mailand, die ihre gefangenen Bischöfe mit Gewalt befreite. Er widmete auch der kirchentreuen *Pataria* im zeitgenössischen Mailand und ihrem Anführer Erlembald eine bewundernde Betrachtung, ebenso der Gräfin Mathilde, der schwertfreudigen *filia Petri*, deren gefallene Mitstreiter er kurzerhand in den Heiligenstand versetzte.

Sein Sermon gipfelte in schlagkräftigen rhetorischen Fragen. Wenn es erlaubt sei, für den irdischen König Krieg zu führen, sollte man dann nicht auch für den Himmelsfürsten zur Waffe greifen dürfen? »Wenn für den Staat, dann nicht für die Gerechtigkeit? Wenn gegen die Barbaren, dann nicht gegen die Ketzer?«

Das Schwert Petri

Erdmann zitiert noch ein weiteres Dokument: ein Gedicht aus den achtziger Jahren des 11. Jahrhunderts, das deutlich macht, mit welchem Geschick und mit welcher Beflissenheit die kirchlichen Reformer Stimmung für einen »Heiligen Krieg« gegen die Ungläubigen machten. Es entstand 1087, nach einem erfolgreichen, von den Pisanern geführten Flottenunternehmen gegen muselmanische Städte in Nordafrika.

»Da erscheint das ganze Unternehmen als ein Kampf Christi gegen die Feinde Gottes; der Kriegsgrund ist die Befreiung vieler christlicher Gefangener; in der Schlacht bläst Michael seine Posaune wie beim Kampf mit dem Drachen, und Petrus erscheint mit Kreuz und Schwert; die Krieger beichten und kommunizieren vor dem Kampfe, ein getöteter Graf wird als Märtyrer gefeiert; zahlreich sind die alttestamentarischen Vergleiche, mit Gideon und Judas Makkabäus, mit der Einnahme Jerichos, mit David und Goliath, mit der Erschlagung der Scharen Sanheribs durch den Engel und mit der Befreiung Israels; daneben fehlt es auch nicht an weltlichen Gedankengängen, an Vergleichen mit den Kämpfen gegen Karthago und an Äußerungen eines neuen Pisaner Patriotismus. Von besonderem Interesse ist die Nachricht, daß man den besiegten Emir schwören ließ, er trage das Land künftighin vom heiligen Petrus zu Lehen und werde nach Rom einen Tribut zahlen.«

Ein typisches »Kreuzzuggedicht«, dessen Ingredienzen in der späteren Kreuzfahrerliteratur tausendfach wiederkehren – obwohl es sich bei der pisanischen Aktion mehr um eine »kaufmännische Angelegenheit« als um einen Heiligen Krieg gehandelt haben dürfte.

Den militärischen Planungen Gregors blieb, wie man weiß, jeglicher Erfolg versagt. Keines seiner Kriegsprojekte wurde verwirklicht. Wenn es ernst wurde, sah er sich mit schnöder Regelmäßigkeit von allen denen verlassen, auf deren Hilfe er gebaut hatte. Dennoch gilt er mit gutem Recht als der kriegerischste aller Päpste. Für ihn war das Schwert Petri nicht nur ein Synonym für kirchliche Strafen, sondern auch eine höchst irdische Waffe zur Durchsetzung kirchlicher Interessen. Ohne jede Einschränkung erhob er den Anspruch, beide Schwerter selbst zu führen.

Gregor hat es nie offen ausgesprochen, doch weisen alle seine Äußerungen darauf hin, daß sein Ziel ein großes christliches Imperium war, das nicht von den Kaisern, sondern von den Päpsten geführt werden sollte: den legitimen Nachfolgern der römischen Cäsaren, die göttlicher Ratschluß mit totaler Macht belehnt und daher jeglichem weltlichen Einspruch entzogen hatte.

So stieß der Lateran unter seiner Führung in extreme Positionen vor. Gregor hat ein Äußerstes an geistiger Aufrüstung geleistet. Als er zehn Jahre vor Clermont starb, war es um die Machtmittel und um die machtpolitische Situation der Kirche schlecht bestellt – Kriege gegen Schismatiker, Ketzer und Heiden waren fest in ihr Lehrgebäude integriert.

Drittes Kapitel

Die Soldaten Christi

Motive, Antriebe und Ziele der ritterlichen Kreuzfahrer

Die Welt – ein riesiges Schlachtfeld

Noch eine zweite, parallel dazu verlaufende Entwicklung mündete unter Gregor in ihren Reifeprozeß ein: die Verkirchlichung des Kriegerstandes. Auch dieser Vorgang – die Durchdringung des grundbesitzenden, immer zu Krawall und Krieg aufgelegten Adels mit militant missionarischem Geist – brauchte seine Zeit. Trotz vieler retardierender Momente war aber bereits Gregor fest überzeugt, daß es den Päpsten im Bedarfsfall gelingen werde, an die fünfzigtausend Ritter für ihre Zwecke zu mobilisieren.

Es ist der Kirche nicht leichtgefallen, die germanischen Raubaristokraten zu christianisieren, das heißt: zu einer Lehre zu bekehren, die den germanischen Traditionen und Moralvorstellungen diametral entgegenwirkte. Die kirchlichen Glaubensboten mußten daher – auch wenn sie unter dem Schutz weltlicher Schwerter das Wort Gottes verkündeten – mancherlei Kompromisse eingehen. In der Regel sahen sie es bereits als einen Erfolg an, wenn der Taufakt, den sie den gewonnenen Seelen auferlegten, dazu führte, daß sich die Schatten der alten Götter langsam verflüchtigten.

Der Gott der Christen füllte das Vakuum zwar allmählich aus, nahm dabei aber – in seiner »Dreieinigkeit« für primitive Gemüter ohnehin nicht zu begreifen – eine andere Gestalt und eine andere Wesensart an. Er verwandelte sich in einen mächtigen Kriegsgott, dessen unerforschlicher Wille das Schlachtenglück souverän bestimmte, der manchmal sogar selbst mit Grimm und furiosem Temperament in den Kampf eingriff. Auch die Wotanschen Patriarchenzüge wurden auf diesen neuen Christengott übertragen. Gottvater wirkt noch in der Lyrik der provençalischen Troubadoure und in der Epik der mittelhochdeutschen Dichter (nach Adolf Waas) »wie ein Kaiser am Hof«, unbegreiflich in seiner Weisheit, edel in seiner Gerechtigkeit und Güte, gefährlich in seinem Zorn: ein durchaus ritterlicher, »feudalisierter« Gebieter, dessen psychische Substanz deutlich auf die Bilderwelt der germanischen Mythologie verweist.

Auch die Gestalt des Dulders am Kreuz machte eine gründliche Metamorphose durch. Schon die reliefartige Steinritzzeichnung auf dem aus dem 17. Jahrhundert stammenden Grabstein von Niederdollendorf – »die älteste germanische Darstellung Christi, die wir kennen« – zeigt ihn panzerbewehrt und speerbewaffnet, von einer strahlenden Lichtaureole um-

geben, als gewappneten Himmelskönig. Auch Christus ist dann immer mehr zum Kriegsgott geworden, der als Herr der himmlischen Heerscharen gleichsam Gottvaters Schwertarm war.
Als Himmelsvogt kommandierte er eine Armee kampffreudiger Heiliger, die genau wie er selbst jederzeit bereit waren, sich mit Getöse und cherubinischer Leidenschaft ins Schlachtgetümmel zu stürzen. Christus in schimmernder Wehr, als Befehlshaber der Himmelsreiterei, die in der Vorstellung des mittelalterlichen Menschen etwa die Aufgaben einer mobilen metaphysischen Eingreiftruppe versah – die Wandlung war vollkommen. Der barmherzige Schmerzensmann, der stellvertretend für alle Sünder dieser Welt am Kreuz erlosch, hatte in diesem ritterlichen Panorama keinen Platz mehr.
Der Eintritt der Nordgermanen in die christliche Welt verstärkte diesen Trend noch. Die Nachfahren der bluttrunkenen, waffenfreudigen, beutehungrigen wikingischen Völker trennten sich zwar ohne Gewissenspein von ihren pokulierenden Göttern in Walhall, nicht aber von ihrer archaischen Kriegsethik. Mehr noch, ihr Auftreten, vor allem auf ihren Außenposten in England, in der französischen Normandie und im Mittelmeer, frischte die germanischen Traditionen noch einmal kräftig auf. Ihre Schwert- und Kampfbesessenheit wirkte aktivierend wie eine Bluttransfusion und trug damit entscheidend zur Entstehung jenes mittelalterlichen Rittertums bei, dem Waffenhandwerk, Feldzüge und Raubfahrten zentrale Lebensaufgabe waren.
Diese kriegerische Aristokratie lebte nach Gesetzen, die sich nur wenig von denen des Urwaldes unterschieden. Jedermann war jedermanns Feind. Jeder sah es als sein gutes Recht an, nach Leben und Besitz des Nachbarn zu trachten, sich im Kampf Mann gegen Mann als der Stärkere zu erweisen. Jeder glaubte, nach Herzenslust erschlagen, erbeuten, erobern zu dürfen. Tapferkeit galt als höchste aller Tugenden, Feigheit als unentschuldbare Schmach. Noch die Heldenepen des hohen Mittelalters (die allerdings durchweg auf ältere Vorbilder zurückgehen) stellen sich als eine unermüdliche, fast penetrant langweilige Variation des Satzes dar, daß die Welt ein riesiges Schlachtfeld sei, das Leben eines Ritters im funkensprühenden Schwertgang seine höchste Erfüllung finde.
In diesen Gebetsmühlen eines auf die Kunst des Tötens reduzierten Heldentums feiert die germanische Blut-und-Wunden-Mystik, wenn auch christlich getarnt, noch einmal fröhliche Urständ. Die auf Abenteuer ausziehenden Ritter schlagen sich unaufhörlich. Sie treten gegeneinander an wie dressierte Kampfhähne. Sie verhöhnen sich, ereifern sich, verprügeln sich. Und fast jede dieser stereotypen, wie nach einem Lehrbuch ablaufenden lautstarken Auseinandersetzungen endet letal.
Solche Begegnungen werden von den ritterlichen Autoren der kunstvollen Versepen mit einer pathologischen Lust an Grausamkeit und grellen

Farben beschrieben. Das Hirn des unterlegenen Gegners spritzt aus dem zerschlagenen Schädel, Gedärm quillt aus der zerstochenen Bauchdecke, strömendes Blut versickert in der durstenden Erde – und was dergleichen unerquickliche Abziehbilder mehr sind. Wenn irgendwo in diesen lärmenden Heldenliedern mit ihren ständig wiederkehrenden Entleibungsszenen ein subtiler Funke zu entdecken ist, dann allenfalls im Verhältnis des Ritters zu seinem Roß und seiner Rüstung. Vor allem dem Schwert wird – wie in der bluttrunkenen, todsüchtigen nordischen Dichtung – mythische Verehrung zuteil.
Der sterbende Held des Rolandliedes nimmt nicht etwa Abschied von der Welt, er gedenkt auch nicht der schönen, zierlichen Dame, für die sein ritterliches Herz dereinst erglühte, seine letzten Worte gelten seinem Schwert *Durandal,* und da es niemand nach ihm besitzen soll, zerschlägt er es an einem Fels – aber noch dieser letzte Schlag spaltet den Stein, auf dem der todwunde Held seinen exemplarischen Kriegertod stirbt.

Erfolge der Gottesfriedenbewegung

Die Entwicklung der adligen Herren zu Berufskriegern und nur dem eigenen Vorteil verpflichteten Rechtsverächtern wurde durch das fast staatenlose Dasein gefördert, in das ganz Mittel- und Westeuropa nach dem Zusammenbruch des karolingischen Reiches zurückfielen. Das Fehlen einer starken Obrigkeit begünstigte das Wiedererstarken jener regionalen Gewalten, die schon den merowingischen Königen und ihren Hausmeiern so viele Schwierigkeiten bereitet hatten und auch der Geistlichkeit nicht gerade im härenen Gewand des Büßers gegenübergetreten waren. Im Gegenteil – auch sie hatte damals ihre Not mit den feudalen Landbesitzern und örtlichen Magnaten gehabt, die keinen übergeordneten Willen anerkannten, über die Einrichtung der Kirche nach Gutdünken verfügten und selbst ihre Pfarrer als Privateigentum betrachteten.
Nach dem Verfall der karolingischen Reichsgewalt sahen sich Äbte und Bischöfe erneut vor das Problem gestellt, mit den vielen kleinen und großen Potentaten fertig zu werden, die selbst der große Kaiser Karl nur zeitweilig an eine rechtsstaatliche Ordnung gewöhnt hatte. An gutgemeinten, wenn auch unzulänglichen Versuchen, diese Aufgabe zu lösen, hat es weder im 9. noch im 10. Jahrhundert gefehlt. Doch brachten erst die Reformer von Cluny und Gorze den Mut, die Kraft und die Mittel auf, der totalen Verwilderung des weltlichen Regionaladels Einhalt zu gebieten.
Unter dem konsequenten Einfluß der radikalen Reformer, die ja nicht nur das Klosterleben erneuern, sondern das gesamte Dasein mit dem Geist christlicher Ordnung durchdringen wollten (und diesen Zielen zuliebe

den Konflikt mit den bestehenden Gewalten methodisch ansteuerten), usurpierte die Kirche etwa von der Jahrtausendwende an einen großen Teil der staatlichen Funktionen. Auch dem Adel gegenüber setzte sie sich als übergeordnete Macht immer stärker in Szene. Geistliche Würdenträger nahmen an den ritterlichen Zeremonien teil. Sie segneten die Waffen der Krieger und beteten für ihren Erfolg. Den adligen Herren selbst stellten sie ihre Fürsprache am Tage des Jüngsten Gerichtes in Aussicht.
In der Tat begann der fehdegewohnte Adel die Klöster- und Bistumsgüter zu respektieren. Viele ältere Haudegen vertrauten am Ende ihrer Raubaristokratentage ihr bis dahin wartungsfreies Gewissen einer läuternden Klosterzelle an. Auch die Heldenliteratur trug diesem Wandel Rechnung – todwunde Recken beichteten nun und empfahlen sich der Gnade Gottes, bevor sie den letzten wilden Atemzug taten.
Das sichtbarste und sicherlich auch bedeutsamste Ergebnis dieses Domestizierungsversuches war jedoch die im späten 10. Jahrhundert einsetzende Gottesfriedenbewegung. Durch sie versuchten die Reformer allen Ernstes, den ständigen Fehden und Privatkriegen der Ritter Einhalt zu gebieten. Auch dabei gingen sie mit bemerkenswerter Methodik vor. Zunächst verpflichteten sie die an Raub und Totschlag gewöhnten Ritter, ihren Waffen wenigstens an den hohen Tagen des Kirchenjahres Ruhe zu gönnen. Später, etwa seit 1040, dehnten sie ihre Forderungen auf die gemeinen Feiertage aus. Schließlich erließen sie ein allgemeines Fehdeverbot für die Zeit von Mittwoch abend bis Montag früh, so daß einem frommen Ritter nur noch ein magerer Wochenanfang blieb, seine Händel mit den Nachbarn auszutragen oder die Pilger auf den Landstraßen auszurauben.
Gleichzeitig versuchten die Reformer, die schwertfreudigen Herren zu bewegen, sich bei Besitzstreitigkeiten einem kirchlichen Schiedsspruch zu unterwerfen; Zuwiderhandelnden oder renitenten Seelen drohten sie schwere Bußen an, Ausschluß aus der Gemeinde etwa oder verschärften Strafvollzug im Jenseits.
Ihre Erfolge waren respektabel. In Frankreich, in Burgund und Oberitalien ließen sich viele um ihr Seelenheil besorgte Ritter herbei, von ihrem angestammten Recht auf Selbsthilfe nur noch innerhalb der vorgeschriebenen Termingrenzen Gebrauch zu machen. Von der Mitte des 11. Jahrhunderts an war der Gedanke der zeitweiligen Waffenruhe fest verankert. Sogar in der Normandie hatten zahlreiche adelsstolze Herren, wenn auch murrend und widerstrebend, das schwere Joch der Gottesfriedenbewegung auf sich genommen.
Aber natürlich gab es Friedensbrecher. Nicht jeder Ritter hatte ein offenes Ohr für die Beschwörungen und Drohungen der Kleriker. Nicht jeder ließ seinen Tatendrang auf zwei Tage in der Woche reduzieren. Friedensfeinde konnten aber auch die kirchlichen Instanzen nur mit profanen diesseitigen Mitteln bekämpfen. So mußte die – fraglos von heiligem Ernst und

Eifer getragene – Gottesfriedenbewegung bald erfahren, daß (um Carl Erdmanns melancholischen Satz zu zitieren) die »Organisation des Friedens« immer auch die »Organisation des Krieges« ist. Auch der Gottesfriede wurde notwendigerweise militant.
So gab es in vielen Städten, Bistümern und Klosterherrschaften Frankreichs und Italiens um die Mitte des 11. Jahrhunderts kirchliche Milizen, die vorwiegend gegen friedensunwillige Ritter eingesetzt wurden. Daß auch sie für ihre Unternehmungen den Dekor des Heiligen Krieges beanspruchten, geht aus den zeitgenössischen Quellen klar hervor. »Da der Friede« – so Erdmann – »von der Kirche gehütet und seine Erhaltung zur religiösen Pflicht gemacht wurde, mußte auch der dafür geführte Krieg zum Gottesdienst werden.«
Doch das alles war nur Vorspiel. Auch die hartnäckigsten Reformer mußten eines Tages begreifen, daß ihre Mittel nicht ausreichten, den Tatendrang, die Beutelust und die Abenteuerfreude der adligen Herren in benediktinische Frömmigkeit umzusetzen. Was lag daher näher, als ihre strömende Vitalität auf die Mühlen der klerikalen Interessen zu leiten! War es schon nicht möglich, sie mit der gottgefälligen Mühsal der mönchischen Ideale zu befreunden, so konnte man doch versuchen, sie zu Soldaten der Kirche zu machen.
Es ist viel darüber gestritten worden, wie weit dieses Rezept das Interesse des Laterans an den Kämpfen in Spanien bestimmt hat. Sicherlich muß es einkalkuliert werden. Und fraglos stand auch hinter Papst Urbans Aufruf zur morgenländischen Kreuzfahrt nicht zuletzt die Absicht, den Ländern der lateinischen Christenheit den Frieden zu verschaffen, den sie so dringend benötigten. Doch wird diesem Faktor, besonders in älteren Veröffentlichungen, allzu großes Gewicht zuerkannt. Wenn auch heute noch gelegentlich die These vertreten wird, daß die Kreuzzüge vor allem ihrer Ventilwirkung wegen veranstaltet wurden, so wird damit ein ganzer Komplex von Motiven unzulässig versimpelt.
Die Kirche hat den berstenden Tatendrang des europäischen Adels damals nicht nur abgelenkt, sondern auch durch eine neue, sozusagen maßgeschneiderte Ideologie in heute kaum noch begreifliche Dimensionen hineinwachsen lassen. Die Gefühlsmächtigkeit der Kreuzzüge und die unermeßliche seelische Kraft, die sich in ihnen entlud, beruhten nicht zuletzt darauf, daß es gelang, die ungebremst ausufernde Aktivität der Ritter zu spiritualisieren und damit für ein fernes, wenn nicht utopisches Ziel zu mobilisieren.
Zentralbegriff dieser geistigen Mobilmachung war das Schlagwort *militia Christi.*

Der Begriff *militia Christi* ist fast so alt wie das Christentum selbst. Schon die frühen Kirchenlehrer verglichen das menschliche Dasein gern mit einem ständigen Ringen gegen den Teufel und das Böse in der eigenen Brust. Als besonders bewährte Soldaten Christi priesen sich die Märtyrer.

Später ursurpierten die Mönche und Kleriker das Wort und wandelten es mannigfach ab, zur *militia Dei* etwa, zur *militia coelestis* oder zur *militia spiritualis.* Immer aber hatte es einen ethisch-moralischen Sinn. So wurde zum Beispiel das Leben in einer mönchischen Gemeinschaft als geistlicher Kriegsdienst verstanden; auch in einem Kloster, so schrieb Wilhelm von Dijon um 990, würden erbitterte Schlachten geschlagen, Schlachten gegen Satan und seine hinterhältigen Helfer nämlich, auch im Kloster herrsche, wie in einer Armee, das Gesetz des Gehorchens.

Den Gegenbegriff einer auf rein weltliche Ziele gerichteten Kriegführung umschrieb die Wendung *militia saecularis.* Beide Begriffe wurden in der Regel sauber auseinandergehalten. Gewisse Ansätze der Vermengung sind allerdings schon in karolingischer Zeit erkennbar. Carl Erdmann sieht sie etwa darin, daß der Erzengel Michael von dieser Zeit an in der geistlichen Literatur als Kriegspatron dargestellt wird. Auch der heilige Petrus nahm damals entschieden diesseitig-militärische Züge an. Die Heere Karls des Großen verehrten ihn als Oberheiligen. Der Dichter des sächsischen *Heliand* stellte ihn, vor allem in der Malchus-Episode, als perfekten, heißblütigen Schwertkämpfer dar.

Der entscheidende Wandel vollzog sich jedoch erst um die Jahrtausendwende. Je eindeutiger sich die Kirche als kriegbejahende, kriegführende Macht etablierte, je mehr sie sich staatlich-obrigkeitlicher Funktionen bemächtigte, um so mehr begann sich auch der Gegensatz von *militia Christi* und *militia saecularis* zu verwischen. Der weltliche Krieger, der sein Schwert zugunsten der Kirche führte, konnte fortan damit rechnen, auch als geistlicher Krieger, als Soldat Christi, anerkannt zu werden. »Der Krieg im Interesse der Kirche« – so Steven Runciman – »wurde nicht nur statthaft, sondern sogar wünschenswert.«

Papst Gregor VII. hat diese Entwicklung energisch gefördert. Auf ihn war es vor allem zurückzuführen, wenn die Kirche nun mit Erfolg versuchte, auch die im europäischen Adel weiterlebenden altgermanischen Lehnsvorstellungen für ihre Zwecke nutzbar zu machen. Die Rolle des obersten Lehnsherrn wurde dabei bald Gottvater, bald Christus, bald dem heiligen Petrus zuerkannt. Beispielsweise fragte Gregor im Jahre 1080 bei dem Normannenfürsten Robert Guiskard an, ob er »Gott seinen Waffendienst zum Geschenk darbringen« wolle. Häufig gebrauchte er auch das Wort *militia Christi,* das er, nun in recht diesseitiger Bedeutung, auf »alle mit dem Schwert kämpfenden Diener der Kirche« bezog. Am meisten hat er allerdings den Begründer des päpstlichen Amtes – seinen erlauchten Vorgänger, den ersten Bischof von Rom – als obersten Kriegsherrn zitiert, vermutlich in der Absicht, damit den Lateran selbst als höchste Lehnsbehörde zu installieren.

Der 153. Nachfolger Petri begann damit einen Fischzug, der dem des Fischers Simon Petrus nicht nachstand. Er warf ein Netz, das letztlich der gesamten abendländischen Ritterschaft auferlegte, den »heiligen Petrus mehr zu lieben als alle weltlichen Fürsten, wenn sie wahrhaft seine Söhne und *milites* sein« wollten (wie er in einem Brief an französische Grundherren schrieb). Das heißt: die Päpste nahmen – stellvertretend für Gott, den gewappneten Himmelskönig und den »wahrhaften Stifter der Kirche« – den europäischen Kriegeradel gleichsam »in Dienst« und verpflichteten ihn damit, germanischen Traditionen entsprechend, zu unbedingter Treue und der Bereitschaft, sich jederzeit für sie einzusetzen und totschlagen zu lassen.

Gregors emsige Propagandakleriker haben auch die Idee vom christlichen, der Kirche verschworenen Ritter mit großem Geschick für den Alltag hergerichtet. Anselm von Lucca zum Beispiel stellte apodiktisch fest, auch Krieger könnten »gerechte und heilige Männer« sein, sofern sie für das Wohl der Allgemeinheit kämpften. Jakob von Vitry begründete mit advokatischer Schläue die juristischen Konsequenzen der Lehnsverpflichtungen gegenüber Gott und seinen Helfern. Den wichtigsten Beitrag aber lieferte auch zu diesem Thema der mit großer Leidenschaft agierende und schreibende Bonizo von Sutri. In seinem Buch *Liber de vita christiana* – seinem zweiten bedeutenden Werk neben dem *Liber ad amicum* – hat er die Pflichten eines christlichen Ritters in sieben verbindlichen Geboten zusammengefaßt.

Für ihn, den von Zweifel nicht angekränkelten Gefolgsmann und Exegeten Gregors, galt als besondere Sache der Ritter,

1. ihren Herren ergeben zu sein,
2. nicht nach Beute zu streben,
3. zum Schutz des Lebens ihrer Herren das eigene Leben nicht zu schonen,
4. für das Wohl der *res publica* bis zum Ende zu kämpfen,
5. Schismatiker und Ketzer zu bekriegen,
6. Arme, Witwen und Waisen zu verteidigen und
7. die gelobte Treue nicht zu brechen und ihren Herren nicht meineidig zu werden.

Das sieht, auf den ersten Blick, nicht gerade revolutionär aus. Dennoch markieren diese Regeln einen weiteren bedeutsamen Schritt auf dem komplizierten Weg zu einer handfesten, simplen und schlagkräftigen

Kreuzfahrerideologie. Das Buch *De vita christiana* – »ein interessantes Stück mittelalterlicher Soziologie« (das neben vielen anderen Programmpunkten auch einen Katalog von »Ehehindernissen« enthält) – bestätigt, daß die Kirche bereits in den Jahrzehnten vor Beginn der Kreuzzüge systematisch auf eine Allianz mit dem Krieger hingearbeitet, ja, geradezu versucht hat, ihn für ihre Zwecke zu »requirieren«. Die Grenzpfähle zwischen der *militia Christi* und der *militia saecularis* wurden methodisch niedergelegt. Ritterliches Berufsbild und klerikales Weltbild flossen ineinander.

Kirche und Krieger hatten fortan einen gemeinsamen Ehrenkodex, der schon bald über seine Ursprungsregion weit hinauswirkte und gewissermaßen internationale Maßstäbe setzte. Die auf der altgermanischen Gefolgschaftsidee beruhenden kämpferischen Ideale der abendländischen Schwertaristokratie wurde nahezu vollständig in die Politik der Päpste integriert. Der Zentralbegriff der germanischen Tugend, die Treue, und der Zentralbegriff der christlichen Lehre, der Glaube, verschmolzen miteinander – verschmolzen so sehr, daß das lateinische Wort *fides* nun sowohl »Treue« als auch »Glaube« bedeutete und die Lust am Krieg und die Liebe zu Gott eine unauflösliche Legierung bildeten.

Auch dieser Vorgang, der im historischen Rückblick wie ein genialer Trick wirkt, war ein Vorgang von geschichtlicher Dimension. Ob man, wie Johannes Haller, von einer Germanisierung der Kirche spricht oder, wie Adolf Waas, von ihrer Feudalisierung, erscheint dabei unwichtig. Wichtiger ist jedenfalls, daß auch auf diese Weise die reale Macht der Kirche bedeutend gestärkt und bereichert wurde. Denn die Ritter, die – des Lesens und Schreibens und damit der Bedeutung abstrakter Formeln meist unkundig – Gottvater, Christus oder den himmlischen Türhüter als Lehnsherrn anerkannten, waren fortan gehalten, ihre Interessen denen der Kirche und den Wünschen ihrer Stellvertreter unterzuordnen.

Es war allerdings kein einseitiger Vertrag. Das Grundgesetz des germanischen Gefolgschaftswesens verpflichtete den Herrn seinerseits, für seine Männer aufzukommen. Er hatte ihre Treue zu lohnen. Er hatte sie zu speisen, zu tränken und zu kleiden und somit für ihren Lebensunterhalt aufzukommen. Das genügte jedoch nicht. Die »Leute« erwarteten von ihm, daß er ihnen seine Macht und seinen Großmut auch durch möglichst viele und reiche Geschenke bewies. Der Mann, der sich in seine Dienste begab, hatte Anspruch auf Entgelt – nicht zuletzt in Gestalt von »Lehen«, von verliehenem Grundbesitz.

Die feudalisierte Kirche hat diese feudalistischen Traditionen übernommen. In ihren Verträgen mit den normannischen Fürsten oder den nach Spanien ziehenden Rittern hat sie, nach gut germanischem Brauch, den Anspruch der Eroberer auf Übereignung der eroberten Gebiete anerkannt. Ihre wichtigste Gegenleistung war jedoch anderer Art. Sie ge-

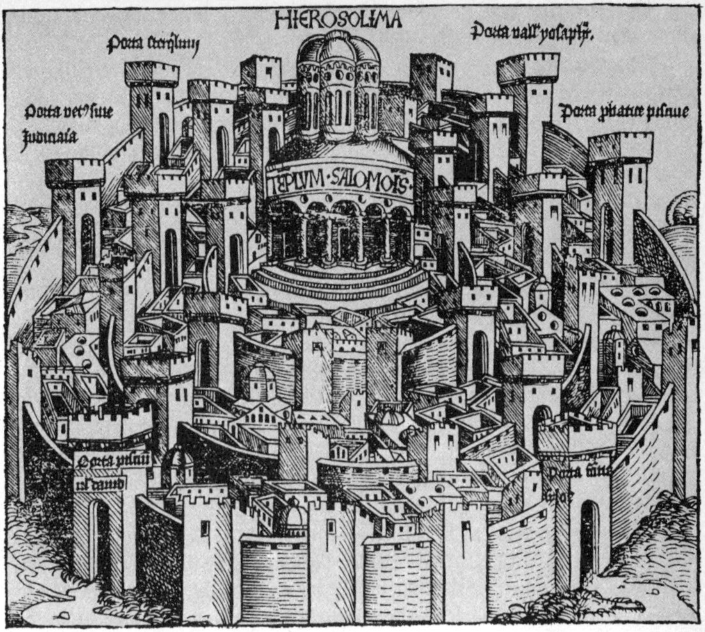

Ansicht der Stadt Jerusalem vor ihrer Zerstörung.
(Holzschnitt aus Hartmann Schedels Weltchronik, 15. Jahrhundert; Foto: Archiv für Kunst und Geschichte, Berlin)

währte den Soldaten Christi weitgehenden Erlaß ihrer Sündenstrafen. Sie zahlte in metaphysischer Münze.
Auch dieses Verfahren hat eine lange Geschichte. Jerusalem, die Heilige Stadt, spielte darin eine bedeutende Rolle.

Die heilige Helena und die Heilige Stadt

Im Jahre 326 pilgerte die Kaisermutter Helena mit Pomp und großem Gefolge nach Jerusalem. Ein Jahr zuvor hatte ihr Sohn, der große Konstantin, auf dem Konzil von Nicäa verfügt, daß die heidnischen Tempel über den heiligen Stätten der Heiligen Stadt abzureißen und an ihrer Stelle würdige christliche Bauten zu errichten seien. Unter Leitung des Bischofs Makarius von Jerusalem waren die notwendigen Demontagearbeiten inzwischen angelaufen.

Die Kaisermutter kam gerade in dem Augenblick, in dem – wohl nicht ganz zufällig – das Grab des Erlösers unversehrt freigelegt wurde: ein Wunder, das nach den Worten Konstantins »alle menschliche Vorstellungskraft übertraf«. Die als Tochter eines illyrischen Schankwirts geborene heilige Helena honorierte das Mirakel mit gezielter Großzügigkeit. Sie zapfte unbekümmert die kaiserlichen Schätze an, schenkte und spendete mit vollen Händen, stiftete angeblich nicht weniger als 28 Gotteshäuser, darunter die Geburtskirche in Bethlehem, und entdeckte das Heilige Kreuz, dessen Auffindung dann alljährlich zusammen mit dem Weihetag der Grabbasilika feierlich begangen wurde.
Sieben Jahre später gelangte ein Pilger nach Jerusalem, der den Weg, die Stationen und die Eindrücke seiner Reise genau verzeichnet hat. Der Anonymus, von dem wir nur wissen, daß er in Bordeaux aufbrach (und der deshalb der »Pilger von Bordeaux« genannt wird), ließ keine der berühmten biblischen Stätten aus. Er besichtigte das Tempelareal, in dem noch ein Turm des salomonischen Palastes stand, den Siloah-Teich, das Haus des Hohenpriesters Kaiphas, in dem noch die Säule gezeigt wurde, an der Christus gegeißelt wurde, und erstieg den Ölberg, den Konstantin, nach Salomo und Herodes der dritte große Bauherr Jerusalems, ebenfalls mit einer Kirche gekrönt hatte. Den Höhepunkt seiner Pilgerschaft aber bildete eine andächtige Stunde in der Felsengruft, »in der, einen Steinwurf weit von Golgatha, der Leichnam des Gekreuzigten beigesetzt worden war«. Hier erhob sich die inzwischen fertiggestellte konstantinische Basilika – in den Augen des aquitanischen Wanderers »ein Bau von wunderbarer Schönheit«.
Auch der Name der heiligen Paula, einer reichen römischen Dame aus dem Geschlecht der Gracchen, die 386 im Gefolge des Kirchenvaters Hieronymus zu den heiligen Stätten zog, erscheint im imaginären Goldenen Buch der Pilgerstadt Jerusalem. Emphatischer gestimmt als der nüchterne Tourist aus Bordeaux, betete sie auf dem Golgatha-Hügel mit einer Inbrunst, »als ob sie den Herrn noch am Kreuze sähe«, und »schlürfte den Staub« der Grabeskirche »wie der Dürstende das ersehnte Wasser«. Sie ließ sich dann in Bethlehem nieder, wo sie 404, als Klostergründerin hoch verehrt, fern der Heimat am Geburtsort Christi starb.
Als nächste prominente Pilgerin verzeichnet die Kirchengeschichte eine vornehme Frau aus der spanischen Provinz Galicien. Die Nonne Aetheria (auch Egeria oder Hetheria genannt), die nach eigenem Geständnis »überaus neugierig« war und »alles zu wissen« begehrte, hat in ihren Briefen an die teuren Mitschwestern zu Haus vor allem über Gottesdienste, Prozessionen und liturgische Bräuche in Jerusalem berichtet. Es geht daraus hervor, daß es im Umkreis der christlichen Gedenkstätten bereits zu ihrer Zeit zahlreiche rituelle Programme gab, die den frommen Pilger vom frühen Morgen bis zum späten Abend unaufhörlich in An-

spruch nahmen. Ihre Wirkung muß beträchtlich gewesen sein. Wenn zum Beispiel der Bischof von Jerusalem die Auferstehungsgeschichte verlas, so erhob sich, wie die scharfsichtige, gelegentlich auch scharfzüngige Aetheria einem ihrer Briefe anvertraut hat, »ein solches Stöhnen und Ächzen bei allen Menschen, und es flossen so viele Tränen, daß es auch den Hartherzigsten rühren konnte«.

Noch einmal, im Jahre 438, erlebte das frühchristliche Jerusalem so etwas wie einen Staatsbesuch. Die Kaiserin Eudokia, Tochter eines Athener Gelehrten und Gemahlin des zweiten Theodosius, trat mit der gleichen Großartigkeit wie die heilige Helena auf und scheint wie diese, um ihre Spuren im Heiligen Land zu verewigen, die kaiserliche Kasse nach Kräften strapaziert zu haben.

Ihre Staatsvisite war jedoch nur Vorspiel. Einige Jahre später floh Eudokia vor der Eifersucht des kaiserlichen Herrn und Gebieters hinter die Mauern Jerusalems und verblieb hier für den Rest ihres Lebens. Ihr Dasein gehörte nun ganz der Kirche. Sie schrieb geistliche Hymnen, sammelte zahlreiche Reliquien und stiftete, wie Cyrill von Scythopolis überliefert hat, »eine so große Menge von Kirchen und so viele Klöster und Hospize für die Armen und Alten«, daß sie schließlich »nicht mehr zu zählen« waren. Insgesamt soll Eudokia ihrer Bauleidenschaft anderthalb Millionen Goldstücke geopfert haben – und das in einer Zeit, da man für zwei Goldstücke ein ganzes Jahr leben konnte.

Als sie 460 starb (und ihrem Wunsch entsprechend in der von ihr errichteten Stephansbasilika bestattet wurde), war Jerusalem bereits der meistbesuchte Wallfahrtsort der Christenheit geworden – eine Stadt, die zwar in einem »Meer von Ungläubigen« lag, aber trotz ihrer Insellage fähig war, die immer größer werdenden Pilgerscharen zu beköstigen, zu beherbergen und zu verpflegen.

Zentrum des Pilgertourismus

Dieser Pilgertourismus machte die Heilige Stadt auch zu einer unheiligen Stadt. Kirchenvater Hieronymus hat inständig vor diesen Wallfahrten nach Jerusalem gewarnt und bewegte Klage darüber geführt, daß an den »Stätten des Kreuzes und der Auferstehung Soldaten, Huren, Komödianten und Possenreißer« ihr Unwesen trieben. Auch der Bischof Gregor von Nyssa, geboren in Caesarea in Kappadokien, war der Meinung, daß hinter den Mauern der Heiligen Stadt alle Laster dieser Welt zu Hause seien. Auch er hielt Pilgerreisen nach Jerusalem für eine unzumutbare Bedrohung christlicher Tugenden – die er allerdings auch dann schon gefährdet sah, wenn ein Mannsbild einer Pilgerin beim Besteigen ihres Reittieres Hilfestellung leistete.

Solche Warnungen wurden jedoch geflissentlich überhört, wahrscheinlich haben sie die immer mehr in Schwung kommende Pilgermode sogar mehr gefördert als behindert. Dementsprechend veränderte sich auch das Panorama der Stadt.
Die älteste Bildkarte Jerusalems – ein aus dem 6. Jahrhundert stammendes Fußbodenmosaik, das 1897 in den Ruinen einer Kirche in Medeba in Jordanien entdeckt wurde – läßt deutlich die massierten Ansammlungen von Klöstern, Herbergen und Hospitälern erkennen, die die Heiligen Stätten regelrecht zernierten. Stellt man sich dazu die obligaten Einkaufs- und Flanierstraßen vor, so ergibt sich das typische Bild eines Wallfahrerortes, in dem fromme Weltferne und weltlich-kommerzieller Trubel im engsten Konnubium lebten. Symptomatisch für diese Doppelnatur: daß Jerusalem damals das Zentrum eines lukrativen, meer- und grenzüberwindenden Reliquienhandels war.
Das änderte sich, als nach der justinianischen Blütezeit die Heilige Stadt und das Heilige Land 614 von den Persern, 640 nach kurzfristiger Rückkehr der Byzantiner von den Arabern erobert wurde. Die Moslims betraten die Heilige Stadt – die sie ja auch selbst, neben Mekka, Medina und Damaskus, zu den »Paradiesstädten« zählten – zwar mit großer Ehrfurcht, sie tolerierten auch die christliche Gemeinde von Jerusalem und gewährten ihr eine Art von Autonomie, die Macht aber lag fortan ausschließlich in den Händen der neuen Herren. Und nicht alle waren so vornehmer, duldsamer und zartbesaiteter Natur wie der Kalif Omar, der unmittelbar nach der Kapitulation Jerusalems im Jahre 640 die Grabeskirche in seine persönliche Obhut nahm.
Da die arabische Expansion im Mittelmeer die Anreise nach Jerusalem sehr erschwerte, ließ der Pilgerverkehr im 7./8. Jahrhundert stark nach. Doch hat er nie gänzlich aufgehört. Die Wallfahrten wurden zwar beschwerlicher und kostspieliger, blieben aber frommer Brauch.
Um 670 unternahm der fränkische Bischof Arculf eine mehrjährige Pilgerschaft, die ihn über Ägypten, Palästina und Syrien nach Byzanz und von dort heil zurückführte. Ein halbes Jahrhundert später, von 723 bis 726, durchwanderte der angelsächsische Mönch Willibald – später erster Bischof von Eichstätt in Bayern – den gesamten Vorderen Orient und gelangte dabei viermal nach Jerusalem. Doch bestätigt gerade das Tagebuch seiner Exkursion, daß eine solche Pilgerfahrt nicht nur ein hohes Maß an christlicher Demut und Leidensbereitschaft, sondern auch Mut, Abenteuerlust und eiserne Gesundheit voraussetzte.
Willibald war mehrfach dem Hungertod nahe, zweimal lag er schwerkrank darnieder, wiederholt wurde er eingesperrt, etliche Male seiner bescheidenen Habe beraubt. Er hatte Paßschwierigkeiten und geriet unter Schmuggelverdacht. Einmal, wahrscheinlich auf der dem Karmel vorgelagerten Ebene, trat ihm und seinen Gefährten sogar ein leibhaftiger Löwe

entgegen, der sie »mit aufgerissenem Rachen anbrüllte und grollend pakken und verschlingen wollte«.
An der Härte dieser Pilgerreisen änderte sich auch nur wenig, als Kaiser Karl der Große und der Kalif Harun al Raschid, der Märchenkönig aus »1001 Nacht«, zu Beginn des 9. Jahrhunderts ihr gemeinsames Interesse an der Fortdauer der Wallfahrten entdeckten und durch ein Abkommen besiegelten.
Die Gefahren für Leib und Seele scheinen den Willen zur frommen Wanderschaft nur stimuliert zu haben. Selbst der wahnsinnige Kalif Al Hakim, der »treulose und hochmütige Wüterich«, der 1009 die nun schon fast siebenhundert Jahre alte Kirche zum Heiligen Grab niederreißen ließ, hat diesen Pilgertourismus nicht zum Erliegen gebracht. Ja, der Pilgerverkehr erreichte gerade um die Jahrtausendwende einen Umfang wie nie zuvor. Das sehnsüchtige Verlangen, wenigstens einmal im Leben an den Heiligen Stätten die Schauer frommer Demut und Ergriffenheit zu spüren, nahm fast ekstatische Züge an.
Radulph Glaber, der Chronist von Cluny, berichtet, daß außer den kleinen Leuten auch »Könige, Grafen und Prälaten« zum Grab des Heilands wallfahrteten. »Hochgeborene Frauen zogen, was man nie gesehen hatte, mit dem niedrigsten Volk« nach Jerusalem. »Und viele begehrten dort zu sterben, bevor sie in ihre Heimat zurückkehrten.«
Allerdings war eine Reise nach Jerusalem auch eine Sache des Sozialprestiges; ein begüterter Grundbesitzer konnte sich dem ungeschriebenen Gebot, Reputation und Kreditwürdigkeit durch eine Wallfahrt ins Heilige Land zu beweisen, kaum entziehen.
Radulph Glabers Chronik verzeichnet viele südfranzösische Aristokraten als Pilger. Doch haben auch zahlreiche normannische Fürsten und Ritter der Pilgermode ihren Tribut entrichtet, so etwa der berühmte Herzog Robert der Teufel. Deutsche Quellen weisen vor allem hochgestellte Kirchenfürsten als Wallfahrer aus, auch vornehme, fromme Frauen wie die Gräfin Hilda von Schwaben, die 969 auf ihrer Heilig-Land-Reise starb, oder die Herzogin Judith von Bayern, deren Wallfahrt für das Jahr 970 bezeugt ist. Aus Italien kamen der Bischof von Olivolo und der heilige Johannes von Parma, den es nicht weniger als sechsmal nach Jerusalem zog. Selbst der hohe Norden ist auf dieser Liste prominenter Wallfahrer vertreten. Thorvald Kodransson, der Apostel Islands, holte sich 990 am Grabe Christi die Kraft, seinen heidnischen Landsleuten das Wort Christi zu predigen. Auch König Harald der Harte von Norwegen weilte 1034, als Kommandeur der Warägergarde der Kaiser von Byzanz, in der Heiligen Stadt.

Viele von ihnen wurden durch die Reformer von Cluny ermuntert. Die »Gewissenshüter der westlichen Christenheit«, die mit ihrer ansteckenden Leidenschaft die Herzen der Wallfahrer mit tiefer gläubiger Inbrunst erfüllten, machten sich auch um die Pilgerpraxis verdient. Die unermüdliche Organisation Cluny sicherte die Straßen nach Jerusalem durch zahlreiche Raststätten und Hospize ab. Ihr kam dabei zugute, daß sie nach der Christianisierung Ungarns im Jahr 975 die von ihren Predigern mobilisierten Pilgerheere einigermaßen ungefährdet über die Donauländer nach Byzanz leiten konnte, wo vor dem Weitermarsch durch Kleinasien (oder der Weiterfahrt über See) die reichsten Reliquiensammlungen der Welt besichtigt werden konnten: eine Herzensstärkung, die gewissermaßen zum touristischen Programm gehörte.

Eine zweite Route führte zu Wasser von Bari nach Dyrrhachion (dem heutigen Durazzo) und von dort auf der alten imperialen *Via Egnatia* über Thessalonike und Rodosto, ehe sie sich kurz vor Byzanz mit der Belgrad-Sofia-Adrianopel-Straße vereinigte. Beide Pisten waren in der Lage, ganze Pilgerregimenter zu verkraften. Das war sehr wichtig. Dank Cluny zogen nämlich schon im frühen 11. Jahrhundert die meisten Wallfahrer in Gruppen in das Heilige Land. So sollen mit dem Bischof Gunther von Bamberg 1064/1065 nicht weniger als siebentausend Gläubige nach Jerusalem gewandert sein.

Eine Wallfahrt war auch in dieser Zeit nicht gerade ein ungetrübtes Marschvergnügen. Der Bamberger Pilgerzug zum Beispiel wurde bei Ramleh in Palästina von räuberischen Beduinen überfallen und mußte sich tagelang ihrer hinterhältigen Angriffe erwehren. Der Einzug in Jerusalem entschädigte die Wallfahrer jedoch für die vielen Strapazen, die sie unterwegs zu erdulden hatten. Sie betraten eine Stadt, die – mit ihren abendländischen Schwestern verglichen – über alle Maßen schön und prächtig war.

»Von allen Provinzstädten«, so hat sie ein ungenannter Araber 985 beschrieben, »ist keine größer als Jerusalem. Manche Hauptstädte sind in der Tat kleiner, und nirgendwo findet man feinere oder solidere Bauten. Die Versorgung mit Lebensmitteln ist ausgezeichnet, die Märkte sind sauber, die Trauben riesengroß – und wo gibt es Quitten, die denen der Heiligen Stadt gleichkommen? Allah – sein Name sei gepriesen – hat hier die Früchte aus dem Tiefland, von den Ebenen und den Bergen zusammengetragen: die Orange und die Mandel, die Dattel und die Nuß, die Feige und die Banane, außerdem Milch, Honig und Zucker in Fülle... Jerusalem ist auch der angenehmste Ort, was das Klima anbelangt, denn die Kälte tut nicht weh, und die Hitze ist nicht ungesund.«

Und weiter: »In Jerusalem gibt es alle Arten von gelehrten Männern und

Ärzten, und deshalb sehnt sich das Herz eines jeden klugen Mannes hierher. Das ganze Jahr hindurch sind die Straßen voll von Fremden, und wenn gesagt wird, Jerusalem sei die erlauchteste der Städte – vereinigt sie nicht alle Vorteile dieser und der anderen Welt?« Alle Kinder dieser Erde fänden in Jerusalem einen Markt für ihre Waren und Wünsche. Doch sei auch der gut aufgehoben, der »mit brennendem Herzen« nach der anderen Welt verlange.
Und schließlich: »Was die über allem stehende Besonderheit betrifft: ist dieses Jerusalem nicht der Ort des Jüngsten Gerichtes, wo eines Tages das große Sammeln und Sichten stattfindet?«

Jerusalem – Mitte und Ende der Welt

»Die über allem stehende Besonderheit« – es gab in der Tat keine zweite Stadt, die so reich an geschichtlichen und religiösen Erinnerungen, so schwer an Traditionen, so stark an mythenbildender Kraft wie Jerusalem war.
Schon das Alte Testament beschreibt die Stadt Davids als Mitte der Welt. »Dies ist Jerusalem«, heißt es beim Propheten Ezechiel, »mitten unter die Völker habe ich es gesetzt und ihre Länder ringsherum.« Nach jüdischer Überlieferung bildet Palästina die Mitte der Welt, Jerusalem die Mitte von Palästina. Im Zentrum Jerusalems lag der Tempel, im Zentrum des Tempels das Allerheiligste. Hier im Allerheiligsten stand die Bundeslade, die wiederum auf dem Stein Schetijah stand, der so etwas wie das Kernelement des Lebens war.
Denn hier, an dieser Stelle, hatte Gott die Welt geschaffen. Hier war Adam geboren. Hier hatte alle Geschichte begonnen.
Das Christentum hat dieses mythische Zentrum der Welt ein wenig weiterbewegt: von der Tempelstätte zum Ort der Kreuzigung und Auferstehung. Von konstantinischer Zeit an markierte die Kirche über dem Felsengrab – die Anastasis, ein Kuppelbau auf Säulen – den Erdmittelpunkt und damit Anfang und Ende alles irdischen Lebens.
Der Islam verlegte den magischen Mittelpunkt wieder ins Tempelareal. Nach der arabischen Überlieferung hat Mohammed, nachdem er auf Geheiß des Erzengels Gabriel mit seinem Flügelroß Al Burak nach Jerusalem geritten war, mit Abraham, Moses, Jesus und anderen Propheten am Heiligen Fels (der Stätte des jüdischen Brandopferaltares) inständig gebetet, bevor er von dort zum siebenten Himmel aufstieg. Zu Ehren dieser Legende errichtete Kalif Abdal Malik den 691 geweihten Felsendom, jenen Kuppelbau, der die vielgestaltige Baulandschaft Jerusalems bis heute souverän beherrscht, und schuf damit die majestätische Kulisse der am Tage des Jüngsten Gerichtes beginnenden Welterneuerung.

Auch das Christentum hat seine Endzeitvorstellungen auf Jerusalem projiziert. Seine dichtenden Mönche und Kleriker fügten die schon von Tobias und Jesaja entworfenen, von Paulus und den Apokalyptikern wiedererweckten Visionen dem Goldglanzbild jenes himmlischen Jerusalem an, das ausersehen war, mit seinen saphirenen Toren und diamantgeschmückten Straßen und Plätzen dereinst die Stadt der Auserwählten und Gerechten, die Pforte zum Paradies, das Ziel der »großen Pilgerfahrt aller Völker« zu werden. Die aktuelle Wirkung dieses farbensatten Breitwandgemäldes, das schon in den frühchristlichen Jahrhunderten eine merkwürdige Kraft der Entrückung bewies, haben die Legendenschreiber des Mittelalters noch dadurch verstärkt, daß sie es mit Ereignissen und Gestalten der abendländischen Geschichte anreicherten.
So ist vor allem die Monumentalfigur des »großen Kaiser Karl« in das mächtige Endzeitfresko eingegangen. Das karolingische Reich dehnte sich dabei bis Palästina aus. Die Hospize, die Karl der Große im Einverständnis mit dem Kalifen Harun al Raschid in Jerusalem gestiftet hatte, wurden das Produkt einer kaiserlichen Wallfahrt. Die ungehemmte Phantasie der frommen Klosterbrüder erfand auch einen Kriegszug Karls ins Heilige Land, der natürlich mit der Verjagung der Ungläubigen aus der Heiligen Stadt endete. Die Endzeitpropheten erinnerten sich schließlich auch der alten sibyllinischen Weissagung, die besagte, daß der letzte Kaiser des neuerstandenen Römischen Imperiums alle Heiden besiegen, nach Jerusalem wallfahren und die wiedervereinigten Reichshälften in Gottes Hand legen werde. Und wenn sie diese Weissagung auch nicht ausdrücklich auf den großen Karolinger bezogen – dieser »Endkaiser« trug sichtlich die Züge Karls und residierte im himmlischen Jerusalem.
Es ist eine wissenschaftliche Streitfrage, wie weit die Erwartung des Jüngsten Gerichtes zur Entstehung des Kreuzzuggedankens beigetragen hat. Haben sich die Kreuzritter selbst vielleicht als Vorreiter der beginnenden Endzeit gefühlt? Die neuere deutsche Geschichtsschreibung ist da skeptischer als die französische und neigt, im Gegensatz etwa zu Alphandéry, der Auffassung zu, daß die »Eschatologisierung der Massen« lediglich in »bestimmten Reizsituationen« virulent geworden ist.
Eine solche Einschränkung mindert jedoch die Bedeutung nicht, die Jerusalem während der letzten Jahrzehnte vor Beginn der Kreuzzüge als eine Art von Psychodroge im Stoffwechsel der Zeit gewonnen hatte.
Der Name der Heiligen Stadt erzeugte eine fast endlose Folge religiöser und weltlicher Assoziationen. Er ließ an David und Salomo denken, an klingendes Saitenspiel und fromme Psalmen, an goldene Zinnen und prächtige Tempel, an die »Stammburg Jesu« und das Land, in dem Milch und Honig flossen. Er erinnerte an die Wunder, die an den Heiligen Stätten geschehen waren und noch immer geschahen, er beschwor die dramatischen Szenen von der Kreuzigung und Auferstehung des Herrn, und er

belastete die Herzen aller redlichen Christenmenschen mit der peinigenden Vorstellung, daß Ungläubige das Land Christi beherrschten – und weckte dennoch Hoffnungen auf eine baldige Wiederkehr des Paradieses.
Ganze Katarakte von Gefühlen müssen das Ergebnis solcher Assoziationen gewesen sein: apokalyptisches Grausen und metaphysische Erwartungen, Liebe zum christlichen Mitstreiter, Haß und Zorn auf die Heiden, die Sehnsucht nach einer künftigen besseren Welt – und die Bereitschaft, für den kommenden Messias bereits in diesem Leben aller irdischen Güter zu entsagen.
Kurzum, das Wort Jerusalem barg ein ungeheures magisches Potential. Es war Geschichte und Legende, Programm und Gesetz zugleich. Eine unheimliche Suggestion ging von ihm aus. Es besaß eine Sprengkraft, die weit über die von Papst Urban II. einkalkulierte Wirkung hinausging.

Die Idee der bewaffneten Wallfahrt

Urban hat den Namen Jerusalem in seiner Rede auf dem Feld von Clermont wahrscheinlich nicht ausgesprochen. Offenbar hat er nach Art geschickter Rhetoriker das Wort eingekreist, ohne es zu gebrauchen. Den psychologischen Reizwert der Karte Jerusalem hat der erfahrene Seelenfänger dennoch voll ins Spiel gebracht. Die tropische Gefühlswelt der Pilger war ihm – dem »gelernten« Cluniazenser – ja wohlvertraut. Er kannte die Leidenschaften, deren Wallfahrer fähig waren, und wußte um die Ekstasen, die frommer Glaube zu erzeugen vermag.
Als Sproß eines vornehmen Adelsgeschlechtes aus der Champagne war er aber auch in der archaischen Seelenlandschaft der ritterlichen Feudalherren zu Hause, die der Leere ihres Daseins dadurch Herr zu werden suchten, daß sie sich ständig befehdeten und zerfleischten. Er war sich darüber klar, daß sie zwar übervolle Herzen, aber leere Köpfe hatten, und nahm die ungebremste Kriegslust und den engstirnigen Ehrenkodex dieser Herren ebenso als gegeben hin wie ihre Habgier und ihren törichten Stolz. Vor allem aber: er verstand und beherrschte ihre Sprache, und der Umgang mit seinen adligen Freunden hatte ihn längst gelehrt, daß es leicht war, sie für eine Aufgabe zu begeistern, die ihren Unternehmungsgeist ebenso ansprach wie ihre naive Frömmigkeit und souveräne Bildungsverachtung.
Wenn Urban in seiner Rede von Clermont den Gedanken der christlichen Wallfahrt mit dem Heidenkriegskonzept verband und gleichzeitig damit der Theorie vom ritterlichen Lehnsmann Gottes ihren letzten Schliff gab, so war er dazu dank seiner Herkunft und Erfahrung wie kein zweiter prädestiniert.

Es gehörte trotzdem Mut dazu. Denn es galt als ungeschriebenes kirchliches Gesetz, daß Pilger für die Dauer ihrer Reise auf den Gebrauch von Waffen verzichteten. Urban hat dieses Gebot jedoch ungerührt vom Tisch gewischt und die Prähistorie der Kreuzzüge somit um ein weiteres wichtiges Faktum bereichert. Er lieferte auch gleich das notwendige Ritual dazu – fortan wurden vor einer Wallfahrt nicht nur Stab und Tasche, die traditionellen Pilgerinsignien, sondern auch das Schwert gesegnet.

Die Historiker sind sich über die kirchengeschichtliche Bedeutung dieses Schrittes einig. »Zum ersten Mal«, so ist bei Erdmann zu lesen, »wurde in Clermont die Idee der bewaffneten Wallfahrt proklamiert... Es war nunmehr kirchenrechtlich anerkannt, daß die Pilger Waffen tragen und unterwegs Krieg führen durften und trotzdem des geistlichen Gewinnes ihrer Pilgerfahrt nicht verlustig gingen. Die Zeitgenossen haben die Bedeutung dieses Schrittes sehr wohl erkannt; eine Reihe von Quellen definiert den Kreuzzug kurzweg dahin, daß man mit den Waffen nach Jerusalem zog... Das war... ein weiterer hochbedeutsamer Schritt auf dem Wege der kirchlichen Rezeption des Waffenhandwerks.«

Noch deutlicher hat Hans Eberhard Mayer den in Clermont erstmals klar formulierten Kreuzzuggedanken als »eine konsequente Fortbildung der Pilgeridee« definiert. »Niemand wäre es eingefallen, zur Eroberung des Heiligen Grabes auszuziehen, wären nicht schon Jahrhunderte hindurch die Menschen immer und immer wieder dorthin gewallfahrt... Der Zusammenhang zwischen Wallfahrt und Kreuzzug liegt offen zutage; das Verdienst, beides institutionell verknüpft zu haben, gebührt Urban II.« Und weiter: »Der Kreuzfahrer war eine Art Vorzugspilger, ein Pilger mit Waffenehre. Er stand eine Stufe höher als der friedliche Jerusalempilger, aber der Unterschied war nur ein gradueller, kein grundsätzlicher.«

Mit der »Militarisierung der Pilgerschaft« war auch die Idee der *militia Christi* entscheidend weiterentwickelt worden. Die Kreuzritter, die ins Heilige Land zogen, waren nicht mehr, wie etwa noch Gregors Normannen, Söldner des Laterans, sie fühlten sich als echte Soldaten Christi, die nicht etwa für die Kurie, sondern für den Himmelskönig selbst kämpften. »Die Episode der papalistischen *militia sancti Petri*« gehörte damit der Vergangenheit an, die »Ritteridee des 11. Jahrhunderts« war endgültig »zum Durchbruch gelangt«. Jeder waffentragende Herr müßte sich fortan für die Verteidigung und Wiedervereinigung der Christen in aller Welt einsetzen.

Wechsel auf das Glück im Jenseits

Und der Lohn? Die Gegenleistung? Welches Entgelt hatten die Ritter Gottes zu erwarten?

Papst Urban II. hat auch diese Frage auf dem Feld von Clermont eindeutig beantwortet. Sein Zauberwort hieß »Ablaß«, hieß: Vergebung aller Sünden.
Auch dieser Ablaß (lateinisch: *indulgentia* = Nachlaß, Nachsicht, Straferlaß) war ein Produkt der Pilgerpraxis.
Wir wissen nicht genau, wann der Gedanke aufkam, daß ein Gebet an den Stätten der Heiligen und Märtyrer nicht nur Wunder zu wirken, sondern auch die Last der Sünden zu mindern vermöge. Die Kirchenhistoriker verlegen diesen Vorgang etwa ins 7. Jahrhundert und glauben belegen zu können, daß keltische Einflüsse dabei im Spiel waren. Die Autoritäten des kanonischen Rechtes haben zunächst mit Eifer und Leidenschaft gegen diesen Einbruch in das kirchliche Bewußtsein gewettert. Doch übte die naive Vorstellung, daß man durch die Mühsal einer Wallfahrt dem Fegefeuer entgehen könne, bald eine solche Wirkung aus, daß sie Schritt um Schritt zurückstecken mußten.
Spätestens vom 10. Jahrhundert an hatte sich der Glaube an die metaphysische Reinigungskraft einer Pilgerfahrt gegen alle theologischen Bedenken durchgesetzt. Wallfahrten wurden in den Katalog der kanonischen Bußstrafen aufgenommen und damit Teil der kirchlichen Sühnepraxis. So ist bei vielen prominenten Pilgern der Vorkreuzzugzeit zu vermuten, daß sie von Gewissensbeschwernissen auf die fromme Wanderschaft getrieben wurden.
Je mehr sich die Kirche militarisierte, um so mehr sicherte sie auch ihren Kriegern sichere Plätze im Jenseits zu. Papst Johannes VIII. versprach schon um 880, in der hohen Zeit der Normannenstürme, allen denen, »die im Kampf gegen Heiden und Ungläubige« fielen, den »Frieden des ewigen Lebens«. Leo IX. stellte 1050 allen Soldaten des Heiligen Stuhles den Erlaß ihrer Bußstrafen und vollständige Absolution in Aussicht. Ein gutes Jahrzehnt später, 1064, entsühnte Papst Alexander II. durch eine »ablaßähnliche Verlautbarung« die Teilnehmer des spanischen Feldzuges.
Ebenso ließ sich Papst Gregor die Chance nicht entgehen, seinen Milizen einen Teil ihres Soldes in Wechseln auf das Jenseits auszuzahlen. Er versuchte auch, mit der Macht des Sündenabschlags politisch zu agieren. Dem Gegenkönig seines deutschen Erzfeindes Heinrich, Rudolf von Rheinfelden, und dessen Anhängern gewährte er 1080 »Absolution von allen ihren Sünden«. Den Fürsten Robert Guiskard und Wilhelm von Hochburgund sicherte er wiederholt zu, daß ihnen als Parteigänger des Papstes das ewige Leben sicher sei. Zum zweiten Male aus Rom vertrieben, versprach er allen Nothelfern »Sündenvergebung, Segen und Gnade in diesem und jenem Leben«.
Auch Papst Urban II. hat nach Kräften mit dem Pfund der Sündenvergebung gewuchert und bedenkenlos Lohn für militärische Dienstleistungen im Interesse der Kirche versprochen, so etwa in seinem berühmten Tarra-

gona-Aufruf, in dem er, ganz im Stile Gregors, den kurialen Spanienkämpfern versicherte, daß sie im Falle ihres Todes »das ewige Leben nach Gottes gnädigem Erbarmen« zu erwarten hätten. In Clermont warf er die Angel noch weiter aus. Indem er dem geplanten »Unternehmen Himmelskönig« den Charakter und den Heilswert einer Wallfahrt zum Heiligen Grabe zuerkannte, weckte er den Eindruck, daß die Pforten des Paradieses für jeden Kreuzfahrer weit geöffnet seien.

Dieser Eindruck trog allerdings. Einen »Plenarablaß« im Sinne einer vollständigen Sündenvergebung hat Urban nicht gewährt. Das Konzil von Clermont beschloß »in sehr präziser und nicht mißzudeutender Form«, wie Hans Eberhard Mayer meint, lediglich »einen Nachlaß der kanonischen Bußstrafen«. Urban verkündete »ausschließlich und allein... den vollen Erlaß der von der Kirche auferlegten Bußstrafen«; das heißt: eine Befreiung von der »Pönitenz«, nicht eine pauschale, für das Jenseits verbindliche Sündentilgung. Die Endabrechnung verblieb – selbstverständlich – in der Hand Gottes.

Die geistlichen Trommler der Kreuzzugbewegung, die Bettelmönche vom Schlage eines Peter von Amiens vor allem, haben sich über diese ebenso feinen wie bedeutsamen Unterschiede jedoch großzügig hinweggesetzt. In ihrer populären Auslegung wurden die spitzfindigen Clermonter Beschlüsse in ein simples »Sündentilgungsverfahren« umfunktioniert, ein Verfahren, das von der Kurie zwar mit Unbehagen registriert, im übrigen jedoch toleriert wurde. Erst in dieser vergröberten Form erreichte der »Ablaß von Clermont« jene Schlagkraft und Effizienz, die fast zwei Jahrhunderte lang immer neue Kreuzfahrer mobilisiert hat.

Außer den Wanderpredigern haben auch die schreibenden Mönche und ritterlichen Sänger den Ablaßgedanken vielfältig variiert, und auch sie begannen bald, dem Trend zur Simplifizierung nachzugeben. Der Erzbischof Turpin im *Rolandslied* (das kurz vor oder nach Beginn des Ersten Kreuzzugs seine endgültige, gleichsam seine Clermonter Fassung erhielt) verkündet den in die Schlacht ziehenden Rittern das ewige Leben noch mit jenem frommen Pathos, in dem sich theologische und seigneurale Stilelemente wunderlich durchdringen. Aber schon die nächste Generation läßt eine Neigung zu wesentlich handfesteren Argumenten erkennen. Kein Geringerer als der heilige Bernhard hat der Kreuzzugpropaganda dann das gleichsam holzgeschnittene Bild geliefert, mit dem Tausende von Erweckern hausieren gingen.

»Wenn du ein kluger Kaufmann bist«, heißt es in einem Werberundschreiben des Abtes von Clairvaux, »nimm das Kreuz, auf daß du für alles, was du reumütigen Herzens bekennst, Ablaß erhältst. Die Ware ist billig – wird sie jedoch mit frommer Gesinnung erworben, so gilt sie so viel wie das Reich Gottes.«

Damit war das Stichwort gegeben. Das Bild vom klugen Kaufmann wurde tausendfach vervielfältigt. Der Bischof Heinrich von Straßburg, die Mönche Martin von Paris und Etienne von Bourbon, die Dichter der *Carmina Burana*, die Minnesänger Heinrich von Rogge – sie alle haben mit derartigen Lohn- und Soldvokabeln für Kreuzfahrt und Ablaß geworben. Auch der anonyme Held eines *Predigtmärleins* des Priors Cäsarius von Heisterbach scheint händlerischen Erwägungen zugänglich gewesen zu sein. Der gute Mann war von seiner Ehefrau, die ihn – sicherlich zu eigenem Nutz und Frommen – vor den Verführungen einer Pilgerreise bewahren wollte, eingesperrt worden. Durch das geschlossene Fenster aber drang die Stimme eines ambulanten Predigers an sein Ohr, der seinen Hörern erklärte, daß man durch eine Wallfahrt nach Jerusalem ebensoviel Sündennachlaß erwerben könne wie durch sechzigjähriges Fasten und ständiges Tragen eines Bußgürtels. Der Eingesperrte hielt das für ein vorteilhaftes Angebot. Er sprang aus dem Fenster und »nahm das Kreuz«. Er entschied sich für die gefährlichere, aber wesentlich kurzfristigere und wahrscheinlich auch kurzweiligere Form der Pönitenz.

Die Geschichte beweist, daß die Kreuzzugwerber drastische Belehrungen nicht verschmähten. Wir wissen aber auch, daß sie – zumindest zwischen den Zeilen – nicht nur metaphysischen Lohn versprachen, sondern auch die Hoffnung auf schnöden irdischen Gewinn weckten: Honorar in Gestalt von Abenteuern, Grundbesitz, schnell erworbenem Reichtum. Die Kirche hat sich auch in dieser Hinsicht dem Gesetz des Feudalismus elastisch angepaßt.

Schafe, Ochsen, Hunde – die Dreiklassentheorie des Mittelalters

Eadmer, der Kaplan des berühmten Anselm von Canterbury, hat fünfzehn Jahre »nach Clermont« die mittelalterliche Sozialstruktur durch das »Beispiel von den Schafen, den Ochsen und den Hunden« verdeutlicht.

»Die Schafe«, so heißt es in seinem *exemplum,* »sind dazu da, um Milch und Wolle zu geben; die Ochsen, um die Erde zu pflügen; die Hunde, um die Schafe und die Ochsen gegen die Wölfe zu verteidigen. Erfüllt jede dieser Tiergattungen ihre Aufgabe, so beschützt Gott sie... Ebenso erhält er die Stände, denen er die verschiedenen Ämter in dieser Welt übertragen hat.«

»Die einen – die Geistlichen und die Mönche – hat er bestellt, auf daß sie für die anderen beten, sie voller Sanftmut, wie die Schafe, mit der Milch der Verkündung tränken und ihnen durch die Wolle des guten Beispiels eine glühende Liebe zu Gott einflößen. Die Bauern hat er bestellt, auf daß sie – wie die Ochsen durch ihre Arbeit – für den Lebensunterhalt ihrer selbst und der anderen Sorge tragen. Andere schließlich – die Krieger – hat er bestellt, auf daß sie im Maße des Notwendigen Macht zur Schau tragen und diejenigen, die beten, sowie diejenigen, die die Erde bearbeiten, vor Feinden wie vor Wölfen schützen.«

Jacques Le Goff, der Eadmers »allegorische Fabel« in seiner voluminösen Kulturgeschichte des europäischen Mittelalters zitiert, nennt noch zwei weitere Gewährsleute dieser Dreiklassentheorie: den Bischof Adalbert von Laon, der in seiner um 1020 erschienenen Biographie Roberts des Frommen vom dreigeteilten Hause Gottes sprach, in dem »die einen beten, die anderen kämpfen, die dritten schließlich arbeiten«, und dazu erklärte, daß diese »drei Teile nicht auseinandergerissen werden« dürften, da »die Dienste des einen die Voraussetzung für die Werke der anderen« seien, und den englischen König Alfred den Großen, der bereits anderthalb Jahrhunderte vorher seine Untertanen in *jebedmen, fyrdmen* und *woremen* einteilte und wahrscheinlich der Erfinder dieses Schemas war.

Die These von der dreigeteilten Gesellschaft – eine letztlich klerikale, den Vorrang der Beter proklamierende These, die sich haargenau in das gregorianische Konzept einpaßte – hat die gesellschaftlichen Vorstellungen des Mittelalters vollständig beherrscht. Sie hatte die Kraft und Ausschließlichkeit eines Glaubenssatzes. Die Einteilung in *oratores, bellatores* und *laboratores* galt als heilig. »Die drei Stände stellten eine gottgewollte Ordnung dar. Sich gegen diese Ordnung auflehnen hieß: gegen Gott rebellieren.«

Im unheiligen Alltag bedeutet diese gottgewollte Ordnung, daß Kleriker und Krieger gemeinsam vom Schweiß der fronenden Bauern lebten. Reichtum und Macht lagen ausschließlich in den Händen von Geistlichkeit und Ritterschaft, die sich selbst zwar mit Mißtrauen und Argwohn begegneten, in der Bekämpfung jeglichen Wandels aber einig waren. Der Staat war kaum existent. Selbst der König konnte nur dann ein königliches Dasein führen, wenn er die petrifizierten Rechte von Kirche und Grundbesitz respektierte.

Der Bau der mittelalterlichen Gesellschaft zeichnete sich, jedermann sichtbar, auch in der Landschaft ab.

Da waren die Klöster, die Bistumssitze und Wallfahrerstätten – die Zentren von Macht und Reichtum der Kirche. Hier lebte man frei von Not. Hier gab es Bibliotheken und Skriptorien, Bildungsbeflissenheit und gelehrte Diskurse. Hier waren Buchmaler und Kunstschmiede, Dichter und Grammatiklehrer, Baumeister und Geometer am Werk. Und während sie alle sich dem Gebot der selbstgewählten Armut unterwarfen, schufen sie zu Ehren Gottes Dome und Kathedralen, ehrten sie den Gottessohn mit goldenen Schreinen und Kelchen, mit Fahnen und prächtigen Gewändern, mit kostbaren Teppichen und Preziosen.

Und da waren die Zentren von Macht und Reichtum der Herren: die Burgen und Märkte und Messeplätze, die sie kontrollierten. Hier herrschte nicht das Alphabet, sondern das Schwert. Die Tage dienten der Jagd, der

Fehde oder dem Müßiggang. Die Abende füllten unmäßige Gelage. Die Interessen galten Hunden und Pferden, der Falkendressur und rohen Späßen, deren bevorzugte Objekte die wehrlosen Bauern waren.
Diese lebten auf der Schattenseite des Lebens, in elenden, fensterlosen, strohgedeckten Hütten, die weder Wärme noch Behaglichkeit boten, in schmutzigen Weilern und armseligen Dörfern. Selbst die schreibenden Mönche konnten nicht umhin, von ihrem Dasein als ständiger Mühsal und Plage, als unaufhörlichem Kampf mit nackter Not zu berichten. Denn von aller Bedrückung und Auspowerung abgesehen – auch ihr Wirtschaften vollzog sich nach Gesetzen, die keinen Fortschritt kannten, keine Hoffnung weckten, keinen Weg aus der Misere wiesen.
»Und ihrer Tränen und Seufzer«, so Adalbert von Laon, »ist kein Ende abzusehen.«

Hunger, Not und apokalyptische Schrecken

Die Bauern ackerten und pflügten, säten und ernteten nach Väterart, nach heutigen Begriffen also höchst extensiv. Sie betrieben Zweifelder-, bestenfalls Dreifelderwirtschaft; ein Drittel oder gar die Hälfte ihrer Felder lag jeweils brach. Die Pflüge reichten für eine gründliche Bearbeitung des Bodens nicht aus. Das magere, häufig nur unzulänglich versorgte Vieh erzeugte nicht Mist genug, ihn kräftig zu düngen. So warfen die Äcker nur karge Erträge ab. Nach den Berechnungen englischer und französischer Wirtschaftshistoriker dürften sie selbst in guten Jahren nur das Vier- bis Fünffache des Saatgutes geliefert haben. Die Durchschnittswerte lagen beim Zweieinhalb- bis Dreifachen.
Außerdem waren die Ernten ständig gefährdet. Unwetter und Überschwemmungskatastrophen stellten häufig in Stunden die Arbeitsleistung eines Jahres in Frage. In Dürreperioden fehlte es an Wasserreserven. Gegen epidemisch auftretende Pflanzenerkrankungen war kein Kraut gewachsen. Auch die Viehbestände wurden häufig durch verheerende Seuchen dezimiert oder gänzlich ausgerottet. Und weder Beten noch Fluchen halfen den gepeinigten Bauern, wenn die Hirsch- oder Wildschweinrudel aus den gräflichen Forsten in ihre Felder einbrachen.
Der Primitivität der Bodenbearbeitung und der Schutzlosigkeit gegenüber äußeren Unbilden entsprach das totale Stagnieren der technischen Entwicklung. Das Inventar eines Bauernhofes bestand aus unzulänglichen Ackergeräten und zweirädrigen Karren, die meist mit Ochsen oder Eseln, seltener mit Pferden bespannt wurden. Den Energiebedarf deckten fast ausschließlich Mensch und Tier. Eisen, obwohl seit zweitausend Jahren in Mittel- und Westeuropa bekannt, war noch immer Mangelware. Lediglich Holz stand ausreichend, ja, reichlich zur Verfügung.

Noch um die Jahrtausendwende waren die Länder der westlichen Christenheit hauptsächlich Waldländer, nach der Beschreibung von Jacques Le Goff »eine Art geographisches Negativ der muselmanischen Welt: dort Steppen und Wüsten, von Oasen und einigen Waldflecken unterbrochen; hier ein Waldmantel mit Lichtungen, in denen sich verstreute Gemeinschaften« ansiedelten.

Die »Allgegenwart des Waldes« bestimmte auch Psyche und Denkart der Bauern; die geistige Düsternis hellten nur wenige spärliche Lichtungen auf. In den unerschlossenen Hirnen der mittelalterlichen Waldmenschen war kein Platz für wirtschaftliche Erwägungen, für Profit- und Produktivitätsgesetze, überhaupt für zweckhaftes Denken. Ökonomie galt als eine Sache des Teufels, rationelle Tätigkeit als anrüchig und verdächtig, der Umgang mit Zahlen und meßbaren Werten war verpönt. Nicht nur aristokratische Habenichtse, sondern auch Bettelmönche fühlten sich verpflichtet, Kaufleuten, Händlern und Krämern mit abgründiger Verachtung zu begegnen. Noch im hohen 13. Jahrhundert kreidete eine italienische Novelle dem königlichen Psalmensänger David als Sünde an, daß er die Absicht gehegt hatte, die Zahl seiner Untertanen feststellen zu lassen. »Dieser vermessene Plan mißfiel Gott sehr.«

Es fehlte daher auch an jeglicher Vorsorge. Man lebte von der Hand in den Mund, fröhlich und guter Dinge, wenn das Schicksal es gut meinte – am Rande des apokalyptischen Schreckens, wenn Gott seinen Segen versagte. Vorräte für Notzeiten zu halten, war schon deshalb nicht möglich, weil es keine festen Speicher und Magazine gab (die der römischen Zeit waren längst verfallen oder ausgeschlachtet). In den Holzscheunen aber vernichteten alljährlich die Untergrundarmeen räuberischer Ratten und anderer Schädlinge große Teile der eingefahrenen Ernten. Da auch das imposante Straßensystem des Imperiums längst zu einem Torso zerschlagen worden war, fehlte es an den elementarsten Voraussetzungen, den Jahren der Drangsal wirksam zu begegnen.

Und solche Jahre hat es viele gegeben. In Not zu leben, war Schicksal und Norm. Das Mittelalter war eine Welt des Hungers, der Knappheit, des immerwährenden Mangels. Keine andere Epoche hat in ihren Träumen und Phantasien so sehr den Zustand des Sattseins herbeigesehnt. Keine andere Zeit hat das Wunder von der Speisung der Fünftausend so tief und inbrünstig nacherlebt. Die Heiligenlegenden quellen über von Berichten über himmlische, durch Gebet und Gottvertrauen bewirkte Fleisch- und Brotspenden. Die prallen Freuden des Sattseins waren eines der Lieblingsthemen der Vagantendichter, und auch in den Liedern der Minnesänger kam das Essen gleich nach dem Minnen.

Alle Brot- und Hungerlyrik verblaßt jedoch neben dem Schreckensreport über die Notjahre 1032, 1033 und 1034, den der Mönch Radulph Glaber aus Cluny der Nachwelt hinterlassen hat.

»Unablässige Regenfälle«, so heißt es in diesem Protokoll des Grauens, »hatten das ganze Erdreich derart aufgeweicht, daß man drei Jahre lang keine Furchen ziehen konnte, die die Saat hätten aufnehmen können. Zur Erntezeit waren die Felder ganz von Unkraut und der verderblichen Tollgerste überwuchert... Fand man glücklich Nahrung zum Verkauf feilgeboten, so konnte der Verkäufer jeden Wucherpreis dafür fordern. Nachdem die Menschen die wilden Tiere und die Vögel verzehrt hatten, begannen sie, Aas... zusammenzutragen, um sich daran zu sättigen. Manche sammelten, um dem Tode zu entgehen, im Wald wilde Wurzeln und in den Flüssen das Wasserkraut. Entsetzen faßt jeden, der von den Verirrungen vernimmt, die damals das Menschengeschlecht befielen.«

»In ihrem wütenden Hunger verschlangen die Menschen sogar das Fleisch von ihresgleichen. Reisende wurden von Kräftigeren fortgeschleppt, ihre Glieder abgehauen, am Feuer gebraten und verzehrt. Viele, die sich von einem Ort an den anderen begeben wollten, um dem Hunger zu entrinnen, wurden von ihren Gastgebern in der Nacht erwürgt und dienten ihnen als Nahrung. Viele zeigten einem Kinde eine Frucht oder ein Ei, lockten es an einen entlegenen Ort, brachten es um und verschlangen es. Und auch die Leiber der Toten wurden vielerorts aus der Erde gescharrt, um den Hunger zu stillen.«

»Damals machte man in der Gegend von Macon einen Versuch, wie man ihn unseres Wissens vordem noch nirgends unternommen hatte. Viele Menschen gruben weiße Erde, dem Ton ähnlich, aus dem Boden, mischten sie unter das wenige, was sie an Mehl oder Kleie besaßen, und buken aus diesem Gemisch Brote, mit denen sie dem Hungertode zu entgehen hofften, doch nährte dieses Verfahren nur die Hoffnung auf Rettung und schaffte nur scheinbar Linderung. Überall sah man bleiche und abgezehrte Gesichter... Und da man, wie berichtet, wegen der großen Zahl der Toten nicht jeden einzelnen bestatten konnte, gruben mancherorts gottesfürchtige Männer Massengräber, in die die Leichen der Abgeschiedenen zu Fünfhunderten und mehr geworfen wurden, so viele das Grab fassen mochte, durcheinander, halb nackt oder ganz unbedeckt... Und immer weiter griff die Hungersnot um sich, so daß das Auslöschen des ganzen Menschengeschlechtes zu befürchten stand.«

Frankreich wurde jedoch nicht nur von 1032 bis 1034 von einer verheerenden Hungersnot heimgesucht. Auch in den Jahren 1005/06 und 1043/45 glaubten viele Menschen angesichts der täglich karger werdenden Brotzuteilungen, das Ende der Welt sei gekommen.

Ebenso hat Deutschland mehrfach in diesem Jahrhundert grausame Not gelitten. Zwischen 1066 und 1072 regierte der Hunger derart in Bremen, daß »viele Arme tot in den Gassen« gefunden wurden. Im Jahre 1083 war der Sommer in Sachsen so heiß, »daß zahlreiche Kinder und Greise an der Ruhr starben«. Und 1094, ein Jahr vor Clermont, herrschte, nach dem Chronisten Kosmas, »in den germanischen Ländern eine solche Sterblichkeit, daß die Bischöfe, die von einer Synode in Mainz über Amberg heimreisten, nicht in die Pfarrkirche gelangen konnten, um dort die Messe zu zelebrieren, denn der Fußboden war überall mit Leichen bedeckt«.

Dem Hunger folgten zahlreiche Krankheiten und Seuchen. Die Tuberkulose grassierte ebenso wie Epilepsie oder Veitstanz. Lepra, Krätze, Ekzeme, Abszesse, Geschwüre und Geschwülste verunstalteten die Armen- und Bettlerheere, die an ihren Kröpfen, Buckeln oder gelähmten Gliedern ohnehin schwer zu tragen hatten. Da es weder Ärzte noch Medikamente gab und Gebete und Wallfahrten sich bei der Bekämpfung von Hungerfolgen als untauglich erwiesen, starben die Kranken in Notzeiten zu Tausenden dahin.

Die schrecklichsten Wirkungen erzeugten die giftigen Alkaloide des Mutterkorns. Das »heilige Feuer«, das sie entzündeten, fraß sich mehrfach im 11. Jahrhundert, einem Flächenbrand gleich, durchs Land. Meist trat es in Gestalt schwerer Durchblutungsstörungen und schmerzhafter Kontrakturen der Muskulatur der Glieder auf und führte, begleitet von Schwindel und Erbrechen, in wenigen Tagen zu einem qualvollen Tod. »Von einem unsichtbaren Feuer befallen«, so hat der deutsche Abt Ekkehard von Aura diese Krankheit beschrieben, »brannte man an irgendeinem Teil des Körpers so lange unter schwerer, ja, unvergleichbarer Qual, bis man entweder das Leben und damit diese Marter oder diese Marter zusammen mit dem befallenen Glied verlor. Es sind noch heute einige bekannt, die durch dieses Leiden an Händen oder Füßen vestümmelt sind.« Vielfach rief das Mutterkorn auch furchterregende Träume, Visionen und Halluzinationen hervor, die bewirkten, daß sich die Kranken wie »tollwütige Hunde« gebärdeten.

Wahrscheinlich befanden sich unter den Tausenden von Armen, die fanatisiert und selbstvergessen dem Eselsreiter Peter folgten, auch ungezählte Kranke und Besessene. Jedenfalls kamen die meisten seiner Mitläufer aus Landstrichen, die zwischen 1090 und 1095 von schweren Notjahren betroffen waren. Von Hunger geschwächt, von Krankheiten ausgezehrt, vom »heiligen Feuer« entflammt und verwirrt, waren die Armen Ostfrankreichs und Lothringens eine leichte Beute jener eifernden Bettelmönche, die Urban euphemistisch seine »Wortaussäer« genannt hat.

Hemdlose, Hungernde und Darbende gab es jedoch nicht nur unter den kleinen Leuten, sondern auch unter den großen Herren. Überspitzt ausgedrückt: Arme gab es auch unter den Reichen. Es gab viele arme Ritter.
Die mittelalterliche Aristokratie wird von neueren Historikern meist ziemlich zerrupft. Auch Jacques Le Goff hat mancherlei an ihr auszusetzen. Nach seiner Meinung bestand ihr Beitrag zur Wirtschaft im wesentlichen aus dem Eintreiben von Abgaben und Zöllen. Die Barone investierten nicht, sie verzehrten, verpraßten und vergeudeten. Sie »monopolisierten« Land und Produktion und sahen es als ihr gutes Recht an, ihre Bauern und Leibeigenen fronen zu lassen, während sie selbst auf Jagd gingen oder ihre Tage mit frischfröhlichen Fehden totschlugen. Sie verfügten über Fischteiche und Bienenstöcke, über Hühnerhöfe und Taubenschläge, über Gemüsegärten und Weinberge, und sie konnten es sich leisten, ihre Frauen mit Seidenstoffen und goldenen Geschmeiden zu behängen, ihre Burgen mit Wandbehängen, Federkissen und Teppichen zu schmücken.
Aber dieses zornige Bild ist, aus was für Gründen auch immer, künstlich geschönt. Auch diese Herrensitze waren alles andere als komfortabel. Die Mauern der Burgen strahlten Kälte aus. Die Wände troffen von Feuchtigkeit. Die Fensteröffnungen waren nicht verglast. Rauchgeschwängerte Luft verschlug den Atem. Als Tische dienten roh behobelte, auf Holzblöcken liegende Holzplatten. Man aß aus Holznäpfen oder irdenen Schalen, Man schlief auf Stroh, nackt, in Decken oder Felle gehüllt, meist auf dem Boden, seltener in Bettgestellen. Die spärliche Beleuchtung lieferten Talglichter oder brennende Späne.
Eine höchst unbehagliche Welt also. Roh, unbehauen und unhygienisch. Mit dem Luxus und Raffinement des Orients verglichen, eine Welt ohne jeglichen zivilisatorischen Anspruch.
Und auch die Reichen hatten – wie die großen Ritterepen des Mittelalters zu Genüge erkennen lassen – ihre sozialen Probleme. Die Söhne lehnten sich gegen die Väter auf, wenn diese nicht rechtzeitig starben und damit das Warten auf das Erbe ungebührlich verlängerten. Oder sie zogen als fahrende Ritter von Burg zu Burg, beunruhigten die Landstraßen und Märkte und verkauften kampflüstern, abenteuerfreudig und auf Beute erpicht ihre Erfahrungen im Waffenhandwerk überall da, wo tüchtige Streithähne gesucht wurden.
Die Ritterepen spiegeln auch die Kämpfe der rivalisierenden Brüder, die ebenfalls zum festen Programm des ritterlichen Alltags gehörten, eindrucksvoll wider. Diese Auseinandersetzungen wurden vor allem durch das um die Jahrtausendwende in Frankreich eingeführte Erbrecht des Erstgeborenen angeheizt. Die »Primogenitur« beugte zwar der gefährli-

chen Zersplitterung des Grundbesitzes vor, verurteilte aber die Zweit- und Spätergeborenen zu dauernder Abhängigkeit. Wenn es ihrer Natur widerstrebte, sich mit den Brosamen vom Tisch des großen Bruders zu begnügen und als dessen lebenslänglicher Knecht zu leben, mußten sie versuchen, selbst Land zu erwerben – was in der Regel nur möglich war, wenn sie es anderen wegnahmen, das heißt eroberten.

Schon Papst Gregor hat diesen Landhunger der »Zweitgeborenen« und außerplanmäßigen Esser in seine Pläne einkalkuliert. »Wenn du uns«, schrieb er 1075 an König Sven II. von Dänemark, »einen deiner Söhne mit einer Anzahl treuer Ritter zum Kriegsdienst für den apostolischen Hof schicken willst, so wollen wir ihn zum Fürsten und Verteidiger des Christentums in einer gewissen reichen Provinz am Meere machen, die jetzt im Besitz feiger und schmutziger Ketzer ist.« Die Kriegsdienste des Herzogs Gottfried von Lothringen versprach er mit Sardinien, die des Herzogs Welf IV. von Bayern mit der Markgrafschaft Este zu honorieren.

Papst Urban hat, seinem diplomatischen Naturell entsprechend, die Besitzfreude der überzähligen Söhne nicht derart unverhüllt angesprochen. Seine Prediger jedoch dürften auch mit diesem Pfund nach Belieben gewuchert haben. Neuere Untersuchungen französischer Historiker weisen jedenfalls nach, daß sein Aufruf zum Kreuzzug vor allem in den Landschaften ein Echo fand, in denen sich das Erbrecht der Erstgeborenen bereits durchgesetzt hatte: in Nordfrankreich, in der Normandie und in den normannischen Staaten Süditaliens.

Hans Eberhard Mayer beschäftigt sich in diesem Zusammenhang auch mit den verschiedenen Formen des familiären Gemeinschaftsbesitzes, der durch neuere Studien von Duby und Herlihy sowohl für Italien als auch für Frankreich südlich der Loire nachgewiesen worden ist. Dieser Gemeinschaftsbesitz ist für das Maconnais zum Beispiel in der Rechtsform der *Frérêche* (d. h. der Bruderschaft) überliefert. Ihr Zweck: die Zerstükkelung des Familienbesitzes zu verhindern.

»Im Erbfall teilte man den Besitz also nicht auf, sondern führte ihn in Gesamtregie der Geschwister weiter, nahm bisweilen auch Onkel und Neffen, ja sogar juristische Personen in die Gemeinschaft auf... Diese Lebensform war aber nur durchführbar, wenn sich der einzelne einer strikten Disziplin unterwarf. Dies galt vor allem für die Heiratspolitik, denn der Erfolg der *Frérêche* hing davon ab, daß die Zahl der Teilhaber das wirtschaftlich vertretbare Maß nicht überschritt« – was nach Lage der Dinge nur durch eine »Restriktion der Ehen« möglich war.

»Die Aufrechterhaltung des wirtschaftlichen und sozialen Status der Familie, mit anderen Worten, des Lebensstandards, legte im einzelnen also beträchtliche Opfer auf... Nicht alle waren bereit, sich den harten Anforderungen des Kollektivs zu beugen... Einen Weg aus der Gemeinschaft bot die Kirche, aber er führte von einem Kollektiv ins andere. Der Kreuzzug dagegen... bot eine wirkliche Möglichkeit der Loslösung aus der Vormundschaft der *Frérêche*, eine Möglichkeit zur Verselbständigung des einzelnen«, die zudem noch den Vorteil hatte, daß sie sich in die auf Beschränkung der Kinderzahl ausgerichtete Familienpolitik nahtlos einpaßte.

Mayer nennt auch ein Beispiel: die maconnaisische Familie Les Hongre, »die 1096 fünf Männer zählte. Zwei von ihnen waren Mönche, zwei gingen, ohne zurückzukehren, nach Jerusalem, so daß der verbleibende Humbert den Allodialbesitz allein erbte; 1147 ging Humberts Enkel auf den Kreuzzug und überließ seinem Bruder freiwillig die gesamte Erbschaft. Deshalb war die Familie noch zu Beginn des 13. Jahrhunderts vermögend, als andere Standesgenossen bereits unter dem Druck neuer wirtschaftlicher Verhältnisse zu verarmen begannen.«

Die Chronisten der Kreuzfahrerzeit verweisen immer wieder auf die Glaubenstreue der um das Heilige Land kämpfenden Ritter. Auch die meisten modernen Historiker sind der Ansicht, daß man es sich allzu leicht machte, täte man die Kreuzritter als eine gierige Meute landhungriger Adliger ab. Bei aller Frömmigkeit aber, bei allem Glaubensfanatismus, bei all ihrem oft bewiesenen Willen, sich für den Himmelskönig bis zur letzten Konsequenz zu schlagen, haben die ausziehenden Grafen und Barone die irdischen Chancen eines Kriegszuges gegen die Ungläubigen doch immer fest im Auge gehabt.

Vor die Wahl gestellt, zu Hause als überflüssige Esser diskriminiert zu werden oder unter südlicher Sonne nicht nur für die Heilige Dreieinigkeit, sondern auch für ihren eigenen Nutzen zu kämpfen, entschieden sie sich zu Tausenden und Abertausenden für die Chance, das Gesetz der Not und des ständigen Zurückstehens, irgendwo draußen in der weiten Welt, zu durchbrechen.

Die neue Wunder- und Wanderlust

Das Gesetz der Not – ja, es herrschte Not im Abendland, eine Not, die um so schlimmer war, als ihr Ende nicht abzusehen war. Allem Elend und allen Katastrophen zum Trotz begann im 11. Jahrhundert jedoch ein lang anhaltender Aufschwung. Etwa von der Jahrtausendwende an verbreitete sich eine merkwürdige Unruhe in Europa, die an vielen Fronten zu Veränderungen führte.

Es begann mit einer Art von »Agrarrevolution«, die – nach Jacques Le Goff – durch die Einführung des eisernen Räderpflugs, den Ausbau der Dreifelderwirtschaft, vermehrte Rodungen und die allmähliche Ablösung des Zugochsen durch das Pferd zu reicheren Ernten führte. Neue Dörfer wurden gegründet, Wälder gerodet, Sümpfe trockengelegt. Auch der handwerklich-industrielle Bereich machte Fortschritte. Die Wassermühle, seit langem bekannt, aber wenig genutzt, trat ihren Siegeszug an. Das Aufblühen der Textilindustrie in Nordfrankreich, Flandern und Süddeutschland ließ neue Gewerbezentren und Märkte entstehen – eine Tatsache, die sich in den Wachstumsringen der später so reich gewordenen Maas-, Rhein- und Donaustädte deutlich abzeichnet.

Der Anstieg der Bevölkerungszahl spiegelt die Dynamik dieses Aufschwungs deutlich wider. Nach den Berechnungen des Engländers Bennett lebten in Europa zu Beginn des 3. Jahrhunderts, in der hohen Zeit des Imperium Romanum, etwa 67 Millionen Menschen. Ihre Zahl sank bis zum Jahre 700 auf 27 Millionen ab, stieg bis zur Jahrtausendwende wieder auf 42 Millionen und kletterte innerhalb der nächsten Jahrhunderte auf 73 Millionen. Das Wachstum zwischen 1000 und 1300 war demnach doppelt so groß wie in den drei Jahrhunderten davor.

Dieses Wachstum – ein Sieg der menschlichen Vitalität über Armut und Stagnation – setzte auch starke seelische Kräfte frei. Die Bereitschaft zu metaphysischer Ergriffenheit steigerte sich. Eine tiefe, schwärmerische Frömmigkeit erfüllte von der Jahrtausendwende an die Völker der westlichen Christenheit, nach Friedrich Sieburg »ein hochgerecktes, fast gereiztes religiöses Gefühl«, das bereit war, »in die Dunkelheit mystischen Denkens hinabzusteigen«. Die Gotteshäuser wurden Stätten dramatischer psychischer Entladungen. Schluchzen, Weinen und Seufzen und andere Bekundungen ungehemmter religiöser Inbrunst gingen in den kirchlichen Alltag ein. Der Anblick von Reliquien vermochte Ekstasen hervorzurufen. Gebete an Wallfahrtsstätten lösten Spontanheilungen aus. Die religiöse Phantasie erhitzte sich bis zu Rauschzuständen, die später – während der Kämpfe mit den Muslims – zu schaudererregenden Blutorgien führten. Berichte über Wunder und Erscheinungen wurden gläubig von Mund zu Mund weitergegeben. Viele Menschen hofften auf das kommende Reich. Ebenso viele waren von dumpfer, kreatürlicher Angst besessen, die – dem Mutterkorn vergleichbar – apokalyptische Visionen und Schreckensvorstellungen erzeugte.

In dieses Bild einer mächtigen seelischen Eruption paßt die ungeheure Wanderlust, die sich von der Jahrtausendwende an der Völker Europas bemächtigte. Viele Menschen begannen zu nomadisieren, unaufhörlich »Länder zu durchstreifen, ohne jemals müde zu werden«, und die Bewegung um der Bewegung willen zu lieben. Sie wurden von einer regelrechten Mobilitätspsychose ergriffen, die sie in Massen auf die Landstraßen trieb.

Der Pilgertourismus nahm nie geahnte Ausmaße an. Die neuen Gewerbezentren lockten zahlreiche Kaufleute und Händler, ihr Glück draußen in der Welt zu suchen. Und zu den auf Abenteuer ausziehenden Herren gesellten sich jene Rudel von vagabundierenden Klerikern, Studenten und Schülern, die bärtig, barfüßig und fellbekleidet durch die Länder der westlichen Christenheit zogen, angeblich um ihren Studien nachzugehen, in Wahrheit aber, um im ständigen Unterwegssein die Ekstasen der Freiheit und der Ungebundenheit zu genießen.

In dieser Mobilität lebte die Unruhe der Völkerwanderungszeit mächtig wieder auf. Sicher wurde sie aber auch – soweit überhaupt erklärbar – von der Sehnsucht beflügelt, aus der überkommenen, gewissermaßen heiliggesprochenen Sozialstruktur und damit aus der beklemmenden Enge des Lebens auszubrechen.

Das gilt für die vagabundierenden Ritter, in deren überschießende Abenteuerfreude außer ihrem vulgären Räuberinstinkt sicher auch das Verlangen wirksam war, die Weite und Vielgestaltigkeit der Welt kennenzulernen. Es gilt für die streunende Jugend, jene lebenshungrigen »akademischen« Zugvögel vor allem, deren Vagantenpoesie schon im frühen 12. Jahrhundert nicht nur die Lust am Wein, sondern auch ein hohes Maß an erotischer Ungeniertheit verrät. Es gilt für die vielen Bauern, die ihren Besitz aufgaben und ihr Glück in den Städten und Marktflecken suchten. Die Devise »Stadtluft macht frei« ist zwar erst später zu einer gängigen Münze geworden, doch war der Flügelschlag zukünftigen bürgerlichen Selbstbewußtseins schon am Ende des 11. Jahrhunderts zu spüren.

Ein magisches Datum erhellt die Szene des ausklingenden Centenniums – im Jahre 1074, zwei Jahrzehnte vor Clermont, rebellierten Kölner Bürger, wenn auch aus nichtigem Anlaß, zum erstenmal gegen die Herrschaft ihres Erzbischofs.

Lehrstück in angewandter Psychologie

Diese neue Macht – die Städte und ihre Bürger – hat Urban in seiner Rede in Clermont allerdings noch nicht angesprochen. Das geschah erst später. Sein Kreuzzugaufruf richtete sich bewußt und ausdrücklich an die christliche Ritterschaft, an die grundbesitzende Aristokratie, die ungebildeten, aber rast- und ruhelosen Barone, die sich ein Leben ohne Kampf und Fehden nicht vorstellen konnten – und die dann tatsächlich das Rückgrat der großen Kreuzfahrerheere wurden, die das Abendland zwei Jahrhunderte lang gegen die Ungläubigen aufzubieten vermochte.

Der Plan eines Krieges gegen die Muslims im Heiligen Land war also keineswegs so phantastisch, wie es auf den ersten Blick erscheinen mag. Die Zeit war reif für ein großes Unternehmen, auch wenn seine Ziele hybrid und verschwommen, seine Chancen unberechenbar waren. Die Länder der westlichen Christenheit befanden sich in Aufbruchstimmung, in einer merkwürdig-fiebrigen Verfassung. Die Herzen der Menschen erfüllte eine tiefe Frömmigkeit, die demütig und aggressiv zugleich war. Die Kräfte, die Reformer und Gregorianer geweckt hatten, drängten zur Entladung.

Die Kirche, die entschlossen war, die Kriege, zu denen ihr totalitärer Anspruch drängte, in eigener Regie zu führen, konnte sicher sein, daß es ihr an Soldaten nicht fehlen würde – daß Tausende, Zehntausende von Rittern nur darauf warteten, gerufen zu werden, lauter waffengewohnte, kriegserfahrene Herren, die darauf brannten, sich auszuzeichnen, zu kämpfen, zu töten, zu rauben, zu erobern.

Papst Urban und seine Prediger haben sich, wie wir wissen, mit bewundernswertem psychologischem Gespür auf die Traditionen, Sehnsüchte und geheimen Gefühle dieser christlichen Ritterschaft eingestellt. Sie haben bewußt ihr altgermanisches Kriegerethos angesprochen, das Kampf und Leben identifizierte und den »Strohtod« zu Hause als schändlich verschmähte; sie haben ihr mächtiges mystisches Gefühlspotential erschlossen, das von den Cluniazensern bereits methodisch »ideologisiert« und erfolgreich für Gott, Christus und die Kriche mobilisiert worden war; und sie haben auch jenen wilden, ungehemmten und erregenden Drang nach außen geschürt, der gleichermaßen ein Produkt sozialer Not, ein Effekt gesellschaftlicher, sozusagen systemimmanenter Spannungen und Ausdruck jener geheimnisvollen Unruhe war, die von der Jahrtausendwende an das Abendland beseelte und dynamisierte. Dabei kam ihnen zugute, daß schon unter Gregor all die Schlagworte und werbekräftigen Umschreibungen gefunden worden waren, die dazu dienten, den waffentragenden Adel stärker an die Kirche zu binden.

Sie sprachen vom göttlichen Lehnsherrn, vom Himmelskönig Christus und seinen gewappneten Schlachtenhelfern, den fliegenden Heerscharen der Heiligen. Sie proklamierten nicht Krieg oder christliche Expansion, sondern riefen zu bewaffneter Wallfahrt auf. Sie gewährten Ablaß und Sündenvergebung und eröffneten damit einen »neuen Weg der Buße« (wie es bei Ekkehard von Aura heißt), machten aber gleichzeitig keinen Hehl daraus, daß im »goldenen Jerusalem« außer dem ewigen Leben auch irdische Güter wohlfeil zu erwerben seien, daß dem Kreuzfahrer nicht nur das Paradies, sondern auch Macht, Karriere und Reputation im Diesseits sicher sei.

Es war ein Lehrstück in angewandter Psychologie – und es tat seine Wirkung; die Ritter hatten, wie erwartet, ein offenes Ohr für die päpstlichen Fanfaren und Schalmeien. Ohnehin gewohnt, sich für Kleidung und Unterkunft, für Essen und Trinken sowie für kleine und große Geschenke zu verkaufen und zu »versolden«, ließen sie sich willig auf den allmächtigen Lehnsherrn im Jenseits und seinen hochgemuten, waffengewohnten Sohn verpflichten. Noch freudiger vernahmen sie wahrscheinlich die An-

kündigung, daß die Kirche nicht zögern werde, ihnen die eroberten Länder einschließlich aller erbeuteten Reichtümer zu übereignen!
Was konnte ihnen schon mehr geboten werden! Im Zeichen und im Auftrag einer erhabenen Idee auf Abenteuer auszuziehen, die wohlhabendsten Länder der Welt zu bekriegen und zu berauben, Ungläubige totzuschlagen, ihre Häuser anzustecken oder zu requirieren, ihre Frauen und Töchter zu mißbrauchen und obendrein aller Sünden und Gewissensbeschwernisse ledig zu werden – dieses Programm verfehlte seine Wirkung nicht. Es war den abendländischen Rittern und Baronen sozusagen auf den Leib geschrieben.
Und nicht nur ihnen, sondern auch den vielen kleinen, armen, sozial derangierten Mitläufern, den hemd- und mittellosen Bauern aus Lothringen oder Flandern, dem Rheinland oder der Ile-de-France, der Languedoc oder der Provence, die ohne Aussicht auf Besserung ihrer wirtschaftlichen Verhältnisse, ausgemergelt vom Hunger, aber erfüllt von der flackernden Hoffnung auf den baldigen Beginn des Gottesreiches, ihr Elendsdasein fristeten – mußten sie sich nicht wie Ertrinkende an die leichtfertigen Versprechungen der Wanderprediger und Bettelmönche klammern, waren sie nicht Wachs in den knetenden Händen der fanatisierten Demagogen Gottes, die Urbans Aufruf von Clermont in die vulgäre Sprache der Märkte und Landstraßen übersetzten?
Und schließlich diese Bettelmönche selbst, diese Erwecker aus Leidenschaft, deren Armut nicht Schicksal, sondern selbstgewählte Aufgabe war – konnte sich Urban eindrucksvollere und überzeugendere Propagandisten einer bewaffneten Pilgerschaft wünschen als diese *pauperes,* die ihren Willen zur Entsagung und zum Weltverzicht gleich einer Monstranz vor sich hertrugen?

Urbans historische Leistung

Die alle überragende Figur in diesem dramatischen *spectaculum mundi* war jedoch Urban selbst, der seigneurale Papst, der kein kaltglühender Programmatiker wie Gregor war, aber ein Genie der Planung, ein Mann, der seine Unternehmungen mit der Sorgfalt und Umsicht eines modernen Managers vorbereitete. Urban hat die abendländischen Ritter, die Gregor als Vasallen des Heiligen Stuhles an die Kurie zu fesseln trachtete, an die Idee der bewaffneten Wallfahrt gebunden und der Kreuzzugbewegung damit ihren zentralen Gedanken vermacht. Trotzdem war er nicht eigentlich ein origineller Geist; auch die »Operation Heiliges Grab« war ein Teil der gregorianischen Reform und speiste sich aus gregorianischen Gedanken.
Urbans Größe, so lauten die Schlußsätze von Carl Erdmanns tiefgründi-

gem Buch über die »Entstehung des Kreuzzuggedankens«, liegt »in der unvergleichlichen Geschicklichkeit, mit der er der Stimmung seiner Zeitgenossen entgegenzukommen, die verschiedenartigen Strömungen zu sammeln und die schlagkräftigen Parolen zu prägen verstand«.
»So konnte es kommen, daß die Kreuzzugbewegung mit einer Wucht zum Durchbruch kam, die schon die Zeitgenossen ebenso erstaunt hat wie den modernen Betrachter. Gregor VII. hatte den Strom des Kreuzzuggedankens, der bereits in den sechziger Jahren große Stärke erreicht hatte, in ein gesondertes und gar zu enges Bett abzuleiten gesucht und ihn damit tatsächlich nur aufgestaut. Urban II. verstand es, an der rechten Stelle den Damm zu öffnen und noch andere Wasser mit dem großen Strom zu vereinigen.«
»Der Durchbruch der Ritterbewegung im ersten Kreuzzug zeigt jenes Ineinander von historischer Kontinuität und Revolution, wie es den bewegenden Ereignissen der Weltgeschichte eigen ist.«
Die Worte Erdmanns haben noch immer Gültigkeit. Viele Fragen müssen dennoch unbeantwortet bleiben. Bei allen scharfsinnigen Analysen und überraschenden Aufhellungen, die die Geschichte der Kreuzzugzeit vor allem jüngeren Historikern, Sozialwissenschaftlern und Psychologen verdankt – es bleibt ein unklärbarer Rest. Noch immer läßt sich die merkwürdige Unruhe, die die westliche Christenheit nach der Jahrtausendwende ergriff, nicht schlüssig erklären. Noch immer bilden Frömmigkeit und Abenteuerfreude, metaphysische und profan-diesseitige Motive ein unauflösliches Ferment im Seelenhaushalt eines Kreuzfahrers. Noch immer ist uns die Mentalität der bis an die Zähne bewaffneten, zu jeder Untat aufgelegten ritterlichen Gottesstreiter über viele Seiten hinweg ein Buch mit sieben Siegeln.
So wird der phänomenale Erfolg des Urbanschen Aufrufes wohl nie in seine letzten Winkel hinein geklärt werden. Auch Urban selbst scheint – bei aller Planung, bei aller »Mache« – die Lawine, die er auslöste, überrascht zu haben. Aus etlichen Briefen ist zu schließen, daß ihm die Begegnung mit den enthusiasmierten Massen schlaflose Nächte bereitete. Und als sicher ist anzunehmen, daß ihm zumindest Peters Armenarmee nicht ins Konzept paßte: in das große, weit über einen einmaligen Kreuzzug hinausweisende Konzept, das sein eigentliches Ziel vorsichtig verschwieg.
Auch dieses Konzept entstammte dem Erbe Papst Gregors. Und es ging darin um mehr als die Befreiung des Heiligen Landes.

Viertes Kapitel

Das west-östliche Spannungsfeld

Die Päpste, der Islam, Byzanz und die Ostkirche

Nach dem Sieg ein Konzil in Byzanz

Der Brief, den Papst Gregor VII. im Jahre 1074 an König Heinrich IV. von Deutschland schrieb, enthält einige interessante und aufschlußreiche Wendungen, die erkennen lassen, daß es ihm bei seinen Kreuzzugplänen um mehr als die Eroberung des Heiligen Landes ging.

Nachdem er dem Empfänger – wie berichtet – eindringlich vor Augen geführt hatte, daß die schlimmen Heidenvölker »mit Gewalt gegen das christliche Imperium von Byzanz« vordrängen und die dort lebenden Glaubensbrüder »zu Tausenden niedermetzelten«, wies er darauf hin, daß er selbst Vorbereitungen treffe, den Orientalen zu helfen, und alle abendländischen Christen aufrufe, das gleiche zu tun.

»Diese meine Mahnung«, fuhr er fort, »haben italienische Ritter und solche jenseits der Alpen auf Gottes Eingebung hin... gern aufgegriffen. Schon bereiten sich über fünfzigtausend Mann vor. Wenn sie mich zum Führer und Bischof haben können, wollen sie sich mit bewaffneter Faust gegen die Feinde Gottes erheben und bis zum Grab des Herrn unter seiner eigenen Führung gelangen.« Und dann der entscheidende Satz: »Das aber stachelt mich in besonderem Maße zu diesem Werke an, daß die Kirche von Konstantinopel, die in der Frage des Heiligen Geistes mit uns in Glaubensspaltung lebt, sich nach Einigkeit mit dem Sitz des Apostels sehnt.«

Der rätselhafte, dunkelsinnige, hochdiplomatische Satz legt sichtlich Wert darauf, seinen Inhalt nur einem kleinen Kreis Mitdenkender preiszugeben. Dennoch handelt es sich um einen Schlüsselsatz, der die Wünsche und Ziele der römischen Kirche und mit ihnen die gesamte macht- und glaubenspolitische Situation des zu Ende gehenden 11. Jahrhunderts erhellt. Worauf wollte Gregor hinaus?

Drei Jahre vorher hatten die von den Seldschuken geführten Türken die Truppen des byzantinischen Kaisers Romanos Diogenes bei Mantzikert in Armenien schwer geschlagen und diesen selbst gefangengenommen. Das griechische Reich befand sich seitdem in latenter Gefahr. Von allen Seiten bedrängt, stand es in einem verzweifelten Abwehrkampf gegen einen ganzen Ring feindlicher Völker und Völkerschaften.

In dieser Situation wandte sich der Nachfolger des Romanos, Kaiser Mi-

chael VII., an Papst Gregor, bat ihn um Hilfe und bot ihm gleichzeitig Verhandlungen über die Wiedervereinigung von Ost- und Westkirche an. Gregor nahm den Faden auf und sandte den Patriarchen Dominicus von Venedig zu exploratorischen Gesprächen nach Byzanz. Der päpstliche Legat kehrte im Spätherbst des Jahres 1073 zurück und bestätigte, daß das griechische Reich dringend militärischer Hilfe bedürfte.
Gregor erkannte sofort die Chance, die sich ihm hier bot, und entwarf – in einer »blitzartigen Eingebung phantasievoller Staatskunst«, wie Steven Runciman meint – jenen kühnen, fast abenteuerlichen Plan, den er zunächst in Briefen an die Grafen von Burgund, Savoyen und Toulouse, sodann in Sendschreiben »an alle Getreuen Sankt Peters, vor allem jenseits der Alpen«, und schließlich in einer persönlichen Botschaft an König Heinrich IV. vorsichtig enthüllte.
Das Projekt, das sich hinter seinen abstrahierenden Wendungen verbarg, sah folgendes vor: Papst Gregor wollte sich an die Spitze eines christlichen Heeres stellen, das Heilige Land zurückgewinnen, die Ungläubigen aus Kleinasien vertreiben und nach dem Sieg in Byzanz ein Konzil veranstalten, auf dem die gerettete Ostkirche mit sanfter Gewalt gezwungen werden sollte, in den Schoß der römischen Kirche zurückzukehren.
Die Aufschlüsselung der Gregorschen Briefe hat den Kreuzzügen, die jahrhundertelang ausschließlich als Glaubenskriege betrachtet wurden, eine mächtige politische Dimension verschafft. Schon Carl Erdmann war der Meinung, daß der Plan, »eine Union mit der orientalischen Kirche herbeizuführen und den römischen Primat dort zur Anerkennung zu bringen«, ihr Hauptmotiv gewesen sei. Ähnlich hat sich Friedrich Heer geäußert; der von Gregor projektierte Feldzug hatte »deutlich das Ziel, die Ostkirche seinem päpstlichen Rom zu unterwerfen«, die Befreiung des Heiligen Landes war demgegenüber »ein sekundäres Ziel«. Sinngemäß auch Adolf Waas: Die Hilfe für Byzanz war »nur Mittel zum Zweck, die Eroberung des Heiligen Grabes nur werbend zugefügtes Ziel«.
Es ging nicht um Jerusalem, sondern um das abtrünnige zweite Rom. Gregors Kreuzzugplan wurde, wie bekannt, nie verwirklicht. Er blieb aber virulent, und als Urban 1095 zum Kampf gegen die Ungläubigen aufrief, war er so aktuell wie zuvor. Araber und Byzantiner beherrschten das Mittelmeer, und die Ostkirche lebte, fern der Macht und Gnade Roms, ihr eigenes Dasein.
Das heißt: die von der römisch-katholischen Kirche inspirierten Kreuzzüge stießen in ein Spannungsfeld hinein, das von drei starken Kräften bestimmt wurde: den muselmanischen Völkern, dem griechischen Reich und der abtrünnigen griechischen Kirche, die mit diesem Reich in engstem Konnex lebte.

Als Abdallah, der Sohn das Abdul Motallib und Enkel des Haschim, die edle Amina aus dem Geschlecht der Zahriten kaufte und ehelichte, sollen zweihundert unbescholtene Jungfrauen der arabischen Stadt Mekka an gebrochenem Herzen gestorben sein – so über alle Maßen schön, vornehm und wohlerzogen war, nach der orientalischen Legende, dieser Abdallah aus dem Stamm der Koreichiten.
Sproß der Verbindung Abdallah und Amina war ein Sohn, der – 570 geboren – den Namen Abu'l-Kasim Mohammed Ibn Abdallah erhielt und sich später, noch prächtiger, Mohammed Ibn Allah Ibn el Motallib Ibn Haschim el Koreichite nannte. Als Prophet Allahs, des einen und einzigen Gottes, ist dieser Mohammed (das heißt: der Gepriesene) einer der großen Religionsstifter der Menschheit geworden, ein Weltveränderer wie kaum ein zweiter – der Schöpfer des Islams.
Seiner schönen, vornehmen, allerdings nur mäßig begüterten Eltern hat sich der Knabe Mohammed nicht lange erfreut. Er wurde früh Waise und wuchs dann, mit seinem aus fünf Kamelen und einer äthiopischen Sklavin bestehenden Erbe, im Hause seines Onkels Abu Taleb in der Wüstenstadt Mekka auf.
Dieses Mekka, zehn Kamelreisetage vom Sinai, zwölf von Jerusalem entfernt, war damals eine riesige Karawanserei, in der sich alljährlich zur Zeit des großen Marktes Zehntausende von Kaufleuten mitsamt ihren Dienern und Sklaven trafen, dazu die obligaten Gaukler und Spaßmacher, Märchenerzähler und Schlangenbeschwörer, Pastetenbäcker und Dirnen, die auf ihre Weise trachteten, am Warenumschlag teilzunehmen.
Das Mekka der Händler und Karawanenführer – ein weiß-grüner Fleck inmitten der glühenden arabischen Wüste – war aber auch eine vielbesuchte Pilgerstadt. Die Wallfahrer zog ein mächtiger Steinkubus an, an dem sich, der Überlieferung nach, Erzvater Abraham und sein Sohn Ismael auf ihrer Wanderung ins Gelobte Land eine Rast gegönnt hatten. Ursprünglich hell wie Sand, inzwischen aber schwarz geworden, »schwarz von allen Verbrechen der Menschen«, war er in die Südostecke eines fensterlosen Tempels eingemauert, den die Araber bis heute die *Kaaba* (den Würfel) nennen. Die *Kaaba* enthielt aber auch die Abbilder zahlreicher Götter, die dort gnädig die Opfer ihrer Gläubigen entgegennahmen; außer Kamelen und Ziegenböcken wurden ihnen, wie es heißt, auch Kinder dargebracht.
Über die Jugendjahre des Propheten verraten die arabischen Quellen nicht viel; erst der Fünfundzwanzigjährige tritt voll ins Licht der Geschichte: einer Geschichte freilich, an der naiver Glaube und religiöse Propaganda, frommer Überschwang und bewußte Denkmalpflege kräftig mitgewirkt haben.

Im Jahre 595 wurde er Sekretär und Vertrauter der reichen Kaufmannswitwe Chadidscha, die ihm seine Treue und Tüchtigkeit alsbald mit einem lohnenden Ehevertrag vergalt. Chadidscha muß eine erstaunliche Frau gewesen sein, denn sie schenkte ihm, obwohl sie die »Vierzig« zu dieser Zeit bereits überschritten hatte, noch zwei Söhne (die früh starben) und vier Töchter. Außerdem räumte sie ihm die Verfügungsgewalt über ihr beträchtliches Vermögen ein.
Mohammed gedieh prächtig dabei. Als er das vierte Lebensjahrzehnt vollendete, galt er in seiner Heimatstadt als ein würdiger, wohlhabender und respektgebietender Herr, der – bescheiden lebend – seine Besitztümer mit Erfolg und Umsicht mehrte und der alternden Herrin seines Herzens die eheliche Treue wahrte. Sein Haar war zu dieser Zeit, nach der Schilderung seines Schwiegersohnes Ali, des Gatten der letztgeborenen Fatima, »dicht und glänzend und reichte ihm bis an die Schulter«. Ein wohlgepflegter schwarzer Bart bedeckte Kinn und Brust. Seine nachtdunklen Augen funkelten. Im Rat der Stadt exzellierte er als hervorragender Redner. Doch ließ er sich nur selten zu vulgärem Lachen verführen.
Kurzum: er war eine Zierde der Bürgerschaft; vornehm und konservativ, ein Mann der Ordnung und des guten Geschäftes – eine Säule des Establishments.

Visionen eines Karawanenchefs

Trotzdem anders als die anderen. Nervöser, empfindsamer, grüblerischer. Schon früh suchten ihn seltsame Erlebnisse heim. Der Fünfjährige sah sich von einem »großen, helleuchtenden Vogel« überfallen, der ihm mit zuckendem Schnabel die Brust zerhieb. Der Vierzehnjährige führte tiefsinnige, bohrende Gespräche mit dem Eremiten Bahira, einem Christenmenschen, der ihm von Jesus von Nazareth erzählte und die Vermutung äußerte, jener gleißende Vogel sei der Erzengel Gabriel gewesen. Der begüterte Kaufherr und Karawanenchef schloß auch Freundschaft mit dem blinden Goldschmied Ouraka, einem getauften Juden, der ihn in die Gedankenwelt des Talmud, des Alten Testamentes und der Evangelien einführte.
Von seinen Gesprächen und Gesichten bewegt, pflegte er sich einmal im Jahr, fastend und meditierend, in eine Höhle im nahen Heragebirge zurückzuziehen. Dort geschah es. Dort traf ihn, vierzigjährig, der Blitz der Erkenntnis, der den vermögenden Kaufmann und Händler sein zweites Leben beginnen ließ.
Eines Abends, kurz vor Sonnenuntergang – so ist den Offenbarungen seiner Jünger zu entnehmen – stürzte jenes ungeheure geflügelte Wesen, das ihm schon einmal erschienen war, erneut auf ihn nieder, streckte ihn,

eine grüne, mit einer Leuchtschrift versehene Standarte schwingend, zu Boden, gab sich als Erzengel Gabriel zu erkennen und ernannte den zagenden, zitternden, halberstickten und fast geblendeten Mohammed zum Propheten Allahs.
Chadidscha, die treusorgende Hausfrau und Mutter, wurde die erste Anhängerin, die erste Prophetin des Propheten. Auch Vetter Ali, Schwiegersohn Osman und der Diener Zaid waren seinen Bekehrungsversuchen zugänglich. Ihnen folgte der Stammesgenosse Abu Bekr, der in den folgenden Jahren von seinen ersparten 40000 Silberlingen 35000 darauf verwandte, erweckungswillige Sklaven zu kaufen. Auch bewog er fünf befreundete Honoratioren, sich öffentlich als Anhänger Mohammeds zu bekennen. Mit ihnen zusammen bildete er so etwas wie einen Führungsstab, einen »Sechserrat« der jungen Bewegung.
Mohammeds Visionen wiederholten sich indes zeitweise mit einer solchen Heftigkeit, daß sogar sein Reitkamel zusehends nervöser und labiler wurde. Die Händler und Kaufleute der Stadt Mekka aber zeigten ihm die kalte Schulter. Sie hielten Mohammeds Lehre vom »einen und einzigen Gott« angesichts ihres lukrativen Göttertempels für unverantwortlich, und wenn er vor den Pilgern auf dem Platz der *Kaaba* von seinen metaphysischen Erlebnissen sprach, nannten sie ihn einen Verrückten. Sie schalten ihn einen Tölpel, bespuckten ihn und bewarfen ihn mit den Eingeweiden der Opfertiere.
Als Chadidscha, die »Mutter der Gläubigen«, neun Jahre nach dem Erscheinen Gabriels in der Herahöhle starb, war Mohammeds Bund über den Umfang einer Familiensekte noch immer nicht hinausgewachsen. Doch dann hatte er eine neue Vision; er sah sich auf einem geflügelten Roß gen Jerusalem reiten und von dort in den Himmel aufsteigen. Auch diesmal wurde er nicht müde, seine nächtliche Exkursion zu beschreiben. Er schilderte sie mit einer solchen Vehemenz und Beredsamkeit, daß sich die Zahl seiner Anhänger sichtlich mehrte. Eine Versammlung des Geldadels von Mekka beschloß daraufhin den Tod des unbequemen, geschäfteschädigenden Verkünders.
Mohammed kam dem Anschlag jedoch zuvor. Am 16. Juli 622 – dem Tage Null der islamischen Zeitrechnung – setzte er sich mit seinem Freund Abu Bekr aus der feindseligen Stadt ab, verbarg sich einige Tage in einer Höhle des zerklüfteten Heragebirges und machte sich dann zu jenem abenteuerlichen Wüstenritt auf, der als die *Hidschra* (= Auszug oder Auswanderung) im Symbolgut des Islams einen festen Platz gefunden hat. Am 24. September 622 traf er in der 350 Kilometer entfernten Oase Yatrib ein, die später den Namen Medinet en-Nebbi (das heißt: Stadt des Propheten) annahm und heute, nach Mekka, die zweite Heilige Stadt der Muslims ist.

In Medina ging seine Saat auf. Hier wuchs er nun vollends in die Rolle des Propheten hinein. Hier nahm seine Sekte Gestalt an. Hier wurden seine Träume und Offenbarungen Teil eines theokratischen Lehrgebäudes. Hier diktierte er den *Koran* (arabisch: Lesung oder Rezitation), das heilige Buch des Islams, bestehend aus Endzeitphantasien und Gerichtsprognosen, Belehrungen und Ermahnungen, Erbauungstexten und hygienischen Vorschriften. Hier wurde aus dem Verkünder und Erwecker der Religionsstifter.

Von Medina aus führte er auch Krieg gegen Mekka, den heiligen Krieg – den *Dschihad* unter der grünen Fahne des Propheten. Zehn Jahre führte er diesen Krieg gegen die Händler und Plutokraten seiner Heimatstadt, die sich seinen inneren Stimmen so schnöde versagt hatten. Die Überlieferung spricht von fünfundsechzig Feldzügen, von denen er siebenundzwanzig selbst anführte: eine fast ununterbrochene Folge von Schlachten und Belagerungen, Überfällen und Raubaktionen, Massakern und Massenexekutionen.

Acht Jahre nach der *Hidschra*, 630, zog er mit zehntausend bewaffneten Anhängern nach Mekka zurück, besetzte die Stadt, die seine einstigen Feinde kampflos räumten, ließ 360 Götterbilder zerschlagen und erklärte die Stadt der *Kaaba*, deren unumschränkter Herr er nun war, zur Heiligen Stadt des Islams.

Mohammed kehrte als ein Verwandelter heim. Sein Steckbrief enthielt fortan nichts mehr, was an den treuen Chadidscha-Gatten, den ehrenwerten Ratsherrn und »verfolgten Prediger« von einst erinnerte. Er hatte nun elf Frauen, zehn Witwen und seine Favoritin Aischa, eine Tochter des Abu Bekr, und wenn man der islamischen Überlieferung glauben darf, so konnte sich keine von ihnen über einen Mangel an ehelichem Zuspruch beklagen.

»Frauen und Macht« waren, wie der Amerikaner Will Durant anzüglich bemerkt, »die einzige Schwelgerei« im Leben des Propheten geworden, der nach so vielen Visionen und Erscheinungen nun auch sein Herz für die irdischen Freuden entdeckte – ohne freilich die metaphysischen Wonnen darüber zu vergessen.

Die drei kostbarsten Dinge dieser Welt, so gestand er der kapriziösen Aischa, seien Wohlgerüche, Frauen und inständige Gebete. An diesen kulinarischen Leitsatz hielt er sich gewissenhaft. Er parfümierte sich, pomadisierte Bart und Haare, versah seine Augen mit Lidschatten und pflegte sich auf die Nächte mit den ständig wechselnden Gefährtinnen seines Lagers durch ausgiebige Andachten vorzubereiten. Im übrigen lebte er, wie es heißt, einfach und genügsam. Er hauste in einer Hütte aus ungebrannten Ziegelsteinen, trug geflickte Schuhe und Kleider, lebte von Datteln,

Gerstenbrot und Ziegenmilch, verschmähte jeglichen Weingenuß und war, wenn ihn nicht gerade das Schreien eines Esels aggressiv gestimmt hatte, mild und gütig zu jedermann, seine Feinde ausgenommen, die er konsequent und skrupellos zur Strecke brachte.
Zwei Jahre blieben ihm nach der Besetzung Mekkas noch, die Ernte seines Lebens einzubringen – zwei Jahre ohne Schatten. Er regierte wie ein Souverän, schickte Gesandtschaften nach Persien und Griechenland, erließ Gesetze und sprach Recht im Namen Allahs, kommandierte ein fanatisiertes Heer, das gleichsam im Handgalopp ganz Arabien eroberte, und wurde von seinen Anhängern glühend verehrt. Die ausgekämmten Haare des Propheten bewirkten schon zu seinen Lebzeiten wunderbare Heilungen.
Er starb in Medina, bis zur letzten Stunde von der Vorstellung geplagt, vergiftet zu sein, getröstet jedoch durch die Gegenwart Aischas, an deren weicher, warmer, wohlriechender Brust er am 7. Juni 632 verschied.

Die fünf Säulen des Islams

Die Frage stellt sich: Wer war eigentlich dieser Mohammed? Oder besser: Was eigentlich war er nicht?
Ein Schwindler, ein Betrüger, ein notorischer Lügner? Ein Scharlatan, ein Volksverführer, ein Demagoge? Ein hochgradiger Neurotiker, ein übersensibler Allergiker, ein krankhafter Egozentriker? Ein Realist, ein Träumer, ein Visionär? Ein dekadenter Ästhet, ein Getriebener, ein Treibender? Ein revolutionärer Traditionalist, ein konservativer Neuerer? Ein religiöser Fanatiker, ein politisches Genie, ein drakonischer Gesetzgeber?
Wir wissen es nicht. Wir sind außerstande, das Kernelement seines Wesens zu benennen.
Wir ahnen aber, daß er von allem etwas war: potenzierte humane Substanz, faszinierend in ihrer Vielfalt, schrecklich in ihren Widersprüchen; naiv und raffiniert, konsequent und launisch, schlau und bieder, brutal und gütig, kühl und hitzig. Und dennoch: »Wenn wir die Größe eines Menschen nach seinem Einfluß beurteilen«, war er ein »Riese der Geschichte«, ebenso unbegreiflich wie unermeßlich in seiner Wirkung.
Mohammed war der Begründer des Islams, dem sich heute noch fünfhundert Millionen Menschen verpflichtet fühlen. Der Name bedeutet: »Eintritt in den Stand des Heils«, das allerdings von der »Ergebung in den Willen Allahs«, von der Unterwerfung unter den Willen des einen, des einzigen Gottes abhängig gemacht wird. Denn der Islam ist eine radikal monotheistische Religion.
Die Lehre Mohammeds basiert auf jüdisch-christlichem Gedankengut,

vor allem auf den Bildern und Begriffen der alttestamentarischen Propheten. Nach dem *Koran* – der Bibel der Muslims, die nach der arabischen Legende in ihre Urfassung auf Palmblätter, Tontafeln und die gebleichten Schulterknochen von Schafen diktiert wurde – hatte Mohammed fünf Vorgänger: Adam, Noah, Abraham, Moses und Jesus Christus. Sie alle haben die Menschen Gottesliebe und Gottesfurcht gelehrt, am reinsten der Prophet aus Nazareth, dessen Worte sechs Jahrhunderte lang den Weg zur Wahrheit wiesen, ehe sie vom Christentum, nach islamischer Auffassung, verraten wurden. Seine Lehre zu erneuern, war der Auftrag, den Mohammed in der Höhle im Heragebirge vom Erzengel Gabriel empfing.

Diese Erneuerung war nicht zuletzt eine gründliche Vereinfachung. Der Kaufmann aus Mekka verwarf die These von der göttlichen Dreieinigkeit, deren theologische Spitzfindigkeit er wahrscheinlich nicht begriff, und proklamierte statt dessen den einen und einzigen Gott: einen allmächtigen, Gesetze erlassenden, Normen schaffenden, fordernden und zürnenden Gott, dessen Rigorismus an die Strenge des alten Judengottes Eloah (dem auch sein Name verwandt ist) erinnert. Über den Grundwiderspruch, daß der den göttlichen Ratschlüssen ausgelieferte Mensch am Tage der Auferstehung dennoch einem hochnotpeinlichen Gerichtsverfahren unterworfen wird, hat sich Mohammed großzügig hinweggesetzt.

Voraussetzung für den Einzug ins Paradies, wo den »Auserwählten« außer üppig blühenden Gärten mit heiteren Bächen und schattigen Bäumen, außer brokatenen Gewändern und himmlischen Festgelagen glutäugige Huris erwarten, war allerdings die Einhaltung der fünf muslimischen Grundgesetze, die Mohammed selbst als die »fünf Säulen« des Islams bezeichnet hat:

1. das Glaubensbekenntnis mit der einprägsamen Formel »Es gibt nur einen Gott, und Mohammed ist sein Prophet«,
2. das fünfmal täglich zu verrichtende Gebet, das dem gläubigen Muslim zugleich fünfmal täglich zu wiederholende gymnastische Übungen auferlegt,
3. das Fasten während des *Ramadan*-Monats,
4. der *Haddsch*, die Pilgerfahrt zum Stein Abrahams in Mekka oder zum Grab Mohammeds in Medina (wobei Ersatzleistungen gestattet sind),
5. der *Sakat*, das gesetzlich festgesetzte Geldopfer und die Pflicht, Almosen an Bedürftige zu geben.

Auch der *Heilige Krieg*, obwohl nicht zu den »fünf Säulen« rechnend, gehörte zu den Pflichten, die Mohammed den Muslims auferlegte. Der Prophet hat sich auch in diesem Fall nicht auf Haarspaltereien eingelassen.

Der *Dschihad* war von Anfang an »weder in der Theorie noch in der Praxis ein Verteidigungskampf, sondern... ein offensives Unternehmen«, das ohne Gewissensbisse darauf gerichtet war, die Ungläubigen, wenn nicht zum Glauben, so zu Gehorsam und erhöhten Abgaben zu zwingen. Der Islam bedurfte weder eines Augustin noch eines Gregor, seine atemberaubende Expansion zu rechtfertigen. Sein Ausdehungsdrang war sozusagen vorprogrammiert.

Ihm kam dabei zugute, daß Mohammed auch ein umfangreiches Ritualwerk schuf, ein raffiniert angelegtes zeremonielles Programm, das den gläubigen Muslim von der Wiege bis zur Bahre einer strengen Disziplin unterwarf.

Mohammed hat aber nicht nur durch seine Gesetze und rituellen Vorschriften, sondern auch durch sein Leben – oder wenn man so will: durch die Legende seines Lebens – eine ungeheure Wirkung ausgeübt; auch seine Gestalt hat Stil gebildet, hat Schule gemacht.

Seine Grausamkeit, seine beduinische Unruhe, sein Fanatismus, seine Güte gegen Freunde, seine Launen, seine hochgradige Sensibilität, seine Lust an schwellenden Pfühlen und üppiger Fleischlichkeit, ja, selbst seine Teppichhändler-Schlauheit (Mohammed widmete sich auch als designierter Prophet unablässig seinen Geschäften) – das alles ist in die Psyche, die Kunst und in die sozialen Strukturen der arabischen Welt eingegangen; das alles bewies eine phänomenale gemeinschaftsbildende Kraft, erzeugte ein »hochexplosibles Gemisch« aus religiöser Inbrunst und nationaler Begeisterung und setzte Energien frei, die innerhalb eines halben Jahrhunderts die politische und geistige Geographie des mittelmeerischen Raumes von Grund auf veränderten.

Der Islam wurde Weltmacht. Der Sand der arabischen Wüste verwandelte sich in vulkanische Lava. »Die Weltgeschichte«, so Henri Pirenne, »kennt kein Beispiel, das an Universalitäten und jähen Folgen mit der Ausbreitung des Islams... verglichen werden könnte.«

Die arabische Expansion

Schon ein Jahr nach dem Tod Mohammeds begann jener unvergleichliche Sturmlauf, der innerhalb eines Jahrhunderts außer der Arabischen Halbinsel ganz Mesopotamien und Vorderindien, Nordafrika und Spanien islamisierte.

Zwei Männer aus Mohammeds engstem Kreis, zwei Gläubige der ersten Stunde, waren die ersten *Kalifen* (das heißt: »Stellvertreter« des Propheten): Abu Bekr, der Vater der schönen Aischa, ein kleiner, hagerer, kaltglühender Asket, der Zweifel an seine Berufung dadurch behob, daß er unmittelbar nach Mohammeds Hinscheiden ein Rebellenheer bei Medina

vernichtend schlug und bereits ein Jahr später mit der Eroberung Persiens begann; und Omar ibn al-Chattab, Abu Bekrs Freund und Berater – ein großer, breitschultriger, kahlköpfig-rotbärtiger Beduine von gleichfalls puritanischer Strenge, der immer eine Peitsche bei sich trug und seinen eigenen Sohn wegen Trunkenheit zu Tode prügelte.
Schon unter diesem zweiten »Stellvertreter«, der 634, nach Abu Bekrs Tod, den Auftrag Mohammeds übernahm, breitete sich der Islam wie ein Steppenbrand aus.

635 fiel Damaskus (das später, von 661 bis 750, Hauptstadt des arabischen Reiches war);

636 wurde Antiochia erobert;

637 zog Omar, der das Kriegführen seinen Feldherren überließ, auf seinem weißen Kamel in Jerusalem ein, weilte zehn Tage in der Heiligen Stadt und wählte den Platz für die nach ihm benannte Moschee aus;

641 warfen Omars fanatisierte Krieger das persische Sassanidenreich nieder, im selben Jahr gründeten die Muselmanen Kairo und eroberten nach zweijähriger Belagerung Alexandria mit seinen viertausend Palästen und vierhundert Theatern; und schon

644 befanden sich Syrien und Ägypten in den Händen einer Oberschicht von fünfhunderttausend Arabern, die allerdings, zu Omars großem Kummer, bereits anfingen, der Mehrung ihres Reichtums und der Auffüllung ihres Harems mehr Aufmerksamkeit zu widmen als der Ausbreitung ihres Glaubens.

Als Omar im selben Jahr in der Moschee von Medina aus nichtigem Grund von einem persischen Sklaven erdolcht wurde, hinterließ er ein Reich, das sich bereits vom iranischen Hochland bis zu den Sandwüsten Libyens erstreckte: ein wohlgeordnetes, wohlverwaltetes Reich, das unter dem klugen, umsichtigen Omar auch seine innere, theokratisch geprägte Form gefunden hatte.
Selbst die Diadochenstreitigkeiten, die nach Omars Tod in der Moschee gleichsam planmäßig ausbrachen, vermochten die wilde Kraft und den Ausdehnungsdrang des arabischen Imperiums nur kurzfristig zu bremsen. Um 660, unter dem Kalifen Moawija, der Mohammeds Schwiegersohn Ali ablöste und seine Hauptstadt von Medina nach Damaskus verlegte, begann die zweite große Welle der Expansion, »gewaltiger noch als die erste«. Sie überspülte zunächst Zypern, Rhodos und Kos, rollte bis vor die Tore von Byzanz und erreichte 674 die Ufer des Indus, 693 Armenien und damit den Kaukasus und das Kaspische Meer. Vier Jahre später wurde Karthago in Nordafrika eine Beute der Muselmanen. Im Jahre 711 setzte der Berber Tarik über die Straße von Gibraltar, stürzte sich auf das morsche Westgotenreich und eroberte 712 Sevilla, 716 Lissabon.
Um 720 drangen die Muslims, offenbar in der festen Absicht, nun auch

Europa in »eine Provinz von Damaskus« zu verwandeln, nach Frankreich ein, wo sie sich in Narbonne festsetzten. Erst 732, genau hundert Jahre nach dem Tod des Propheten, wurden sie in der Doppelschlacht von Tours und Poitiers, mit der der fränkische Hausmeier Karl Martell seinen Namen in der Geschichte Europas verewigte, erstmals schwer geschlagen. Das hinderte sie jedoch nicht, 735 noch einmal anzutreten und nach der Eroberung von Arles sich 737 der Stadt Avignon in der Provence zu bemächtigen.

Nach dem großen Sturmlauf zu Lande bauten sie im 9. Jahrhundert ihre Positionen am Mittelmeer durch maritime Stützpunkte aus und richteten gleichzeitig verstärkte Angriffe gegen Italien:

809/10 okkupierten sie die Inseln Korsika und Sardinien;
827 landeten sie auf Sizilien;
840 nahmen sie Bari;
843 eroberten sie Messina;
846 drang ein muselmanisches Heer von Ostia aus bis vor die Tore von Rom vor;
849 versuchten sie erneut, über der »Zitadelle der westlichen Christenheit« die grüne Fahne des Propheten aufzupflanzen;
876 plünderten sie die Campagna, und
884 ließen sie das Kloster Monte Cassino, die Heimstatt des heiligen Benedikt, in Flammen aufgehen.

Das Mittelmeer – Mitte der altchristlichen Welt

Um 900 reichten die Länder der arabischen Welt vom Indischen Ozean bis zum Atlantik, vom Indus bis zum Guadalquivir, von Samarkand bis Marokko. Um diese Zeit hatte der Islam seinen revolutionären Elan allerdings schon eingebüßt. Seine kriegerischen Unternehmungen hatten nur noch den Rang von Raub- und Beutezügen. Der religiöse Fanatismus der Muselmanen war zwar nicht erloschen, doch hatten sie längst begriffen, daß auch ein florierender Handel der Lehre des Propheten Macht und Einfluß verschaffte und daß nicht nur die Gesetze des *Koran,* sondern auch Wissenschaft und Kunst – nicht zuletzt die Kunst des guten Lebens – dem Leben Erfüllung zu schenken vermochten.

Außerdem war das arabische Großreich schon längst in eine Reihe konkurrierender Teilreiche zerfallen, deren Herrschersippen – Samaniden und Saffariden, Hamdaniden und Hammadiden, Abbasiden und Fatimiden, Aghlabiden und Omaijaden, um nur einige wenige zu nennen – einander nicht eben freundlich gesonnen waren. Der politische Schwerpunkt lag eindeutig im Osten, nicht mehr in Damaskus, sondern in Bagdad. Diese Gewichtsverlagerung hatte auch eine tiefe innere Verwandlung be-

wirkt. Despoten und Bürokraten regierten diese Staaten, und ihre Feldherrn waren nicht mehr prophetengläubige Beduinenhäuptlinge, sondern militärische Profis, die ihre Skalvenarmeen nicht zuletzt mit Hilfe des Henkers führten.
Für Europa war diese arabische Welt spätestens von der Jahrtausendwende an keine unmittelbare Gefahr mehr. Doch genügte die Berührung mit den muselmanischen Kaufleuten, Sklavenhändlern und Piraten, die Erinnerung an die Zeit der Bedrohung wachzuhalten. Auch war die geschichtliche Wirkung der arabischen Expansion zumindest im Mittelmeerraum auf Schritt und Tritt zu spüren. Das Meer, das einmal die »Mitte des Imperiums« gewesen war, war nun zur Hälfte ein arabisches Gewässer, »der Ring, den römische Staatskunst, als sie ganz groß war«, um dieses Meer geschmiedet hatte, zerrissen und zerbrochen.
Die Traditionen dieses Imperiums aber lebten und wirkten weiter – am stärksten in der römischen Kirche. Denn dieses Meer war ja auch »die Mitte der altchristlichen Welt« gewesen. »Afrika, Ägypten, Vorderasien, Kleinasien«, diese Länder hatten dereinst nicht nur die Hälfte von Macht und Reichtum des Imperiums bedeutet, sondern auch – so Hans Freyer – »Origenes und die Schule von Alexandria, die wichtigsten kirchlichen und häretischen Bewegungen der patristischen Zeit, Augustin, das Heilige Land selbst, Jerusalem und das Grab Christi«.
Diese Länder waren mehr als Vergangenheit, als blasse Erinnerung. Sie weckten Gefühle, in denen Schmerz und Trauer, Zorn und Empörung mitschwangen. Sie waren der Nährboden von Gegenkräften – auch derer, die dann den utopischen Versuch unternahmen, das Rad der Geschichte noch einmal zurückzudrehen.

Vom Römerreich zum Rhomäerreich

Aber dieses »Rom« hatte ja nicht nur den Nahen Osten und Nordafrika verloren – auch das Byzantinische Kaiserreich führte längst ein Eigenleben. Mehr noch: dieses »zweite Rom« erhob den Anspruch, das eigentliche Rom zu sein, der legitime Erbe des Imperiums. Und die Ostkirche spielte dieses Spiel mit.
Am Anfang der byzantinischen Geschichte steht kein von Visionen heimgesuchter Neurotiker, sondern ein genialer Praktiker der Macht, der als Feldherr und Kaiser die Zentralgestalt seines Jahrhunderts war – steht der große Konstantin, der sich 324 zum Alleinherrscher des von Diocletian geteilten Reiches aufschwang und noch im selben Jahr mit dem Bau einer neuen Hauptstadt auf dem Boden der alten griechischen Kolonie Byzantion begann.
Bereits fünfeinhalb Jahre später, am 11. Mai 330, wurde diese neue, an

der Grenze von Europa und Asien gelegene Residenz am Bosporus geweiht und ihrer Bestimmung übergeben. Wie die alte Hauptstadt am Tiber auf sieben Hügel gebaut, erhob sie vom ersten Tag an Anspruch, das »zweite Rom« zu sein. In der Tat haben sich die Byzantiner immer als Römer (in ihrer Sprache als Rhomäer) gefühlt, ihr Reich nie anders als Römisches Reich genannt. Die römische Staatsidee behielt ihre Gültigkeit. Auch das griechische Kaiserreich wurde ein Imperium, in dem viele Völker unter einem Dach lebten, in der straffen Ordnung eines wohlorganisierten Militär- und Beamtenstaates, dem die christliche Kirche einen starken, fast unerschütterlichen Glauben an sich selbst verlieh.
Der theoretisch nie aufgegebene Anspruch, als alleiniger Sachwalter, Erbe- und Traditionshüter des *Imperium Romanum* anerkannt zu werden, setzte mächtige Kräfte frei. So stellte der in Byzanz amtierende Kaiser Theodosius der Große 394 durch seinen Sieg über den westlichen Gegenkaiser Eugenius die Rechts- und Glaubenseinheit des Reiches noch einmal her. Hundert Jahre später, nach dem Zusammenbruch der westlichen Reichshälfte, entsandte Kaiser Zenon den Goten Theoderich nach Italien, mit dem ausdrücklichen Auftrag, dort die Rolle des germanischen Reichsverwesers Odoaker zu übernehmen.
In der Mitte des 6. Jahrhunderts gelang es Kaiser Justinian erneut, das Mittelmeer bis auf drei schmale Küstenstreifen in Frankreich, Spanien und Marokko wieder in ein römisches Binnenmeer zu verwandeln. Der Bauernsohn aus Makedonien, der 527 ein Reich übernahm, das im Westen nur noch bis zur Adria und zur Großen Syrte reichte, brachte – gleichzeitig mit Persern und Slawen beschäftigt – das Vandalenreich in Nordafrika zu Fall, vernichtete die Ostgoten in Italien, drängte die Westgoten ins Innere der Iberischen Halbinsel zurück und gewann damit dem Reich die Gestalt zurück, die wenigstens in ihren Umrissen an das alte Imperium erinnerte.
Freilich war den Eroberungen der justinianischen Generale keine Dauer beschieden. Die Erneuerung blieb Episode. Im historischen Rückspiegel stellt sich dieser letzte große Versuch einer Restauration nur als militärisches Flickwerk dar. Wenige Jahrzehnte später war der byzantinische Staat bis auf einige Brückenköpfe in Italien, Sizilien und Nordafrika wieder auf die Länder und Inseln im Ostmittelmeer zurückgeworfen – und auch diesen Raum vermochte er nur unter Aufbietung aller Kräfte gegen eine Unzahl von Feinden zu verteidigen, die, immer wieder besiegt, den Köpfen der Hydra gleich, immer wieder nachwuchsen.
Fast ein halbes Jahrhundert lang, rund gerechnet von 580 bis 630, war das griechische Reich heftigen Angriffen der Perser und Awaren ausgesetzt. Nach zahlreichen Rückschlägen und Gefahrensituationen vermochte erst Kaiser Heraklios, ein Sohn des Exarchen von Karthago, des bedrohlichen Zangenangriffs Herr zu werden und das schwer bedrängte Reich vor dem

Zusammenbruch zu retten. Kaiser Heraklios, der 610 den unfähigen Unteroffizier-Potentaten Phokas stürzte und gleichzeitig damit eine neue Dynastie begründete, schlug 626 die bis vor die Hauptstadt vorgedrungenen Perser und Awaren zurück, warf 627 nach einem Sieg bei Ninive das Königreich Persien nieder, gewann auch Syrien, Palästina, Ägypten und die kleinasiatischen Provinzen zurück und richtete 630, wie berichtet, das Heilige Kreuz in Jerusalem wieder auf.

Aber schon zwei Jahre später sah er sich den von Mohammed und seinen Kalifen geeinigten Arabern gegenüber, die bereits im ersten Ansturm Syrien und Palästina, Ägypten und Libyen aus dem Bestand des byzantinischen Reiches herausbrachen.

Trotzdem ist gerade das rhomäisch-christliche Kaiserreich der große Gegenspieler der Araber geworden. Zeitweise bis auf seine Hauptstadt zusammengeschrumpft (die sich einer von 673 bis 678 dauernden Blockade durch eine muselmanische Flotte nur mit Hilfe der byzantinischen Geheimwaffe, des »griechischen Feuers«, erwehrte), fand es doch immer wieder den Mut und die Energie, kräftig zurückzuschlagen und die islamische Expansion zu stoppen. Bedeutendste Figur dieses Ringens wurde Kaiser Leon III., der aus dem Distrikt Isaurien in Kilikien stammte und daher der Isaurier genannt wurde.

Leon ließ, abermals mit Hilfe seiner »Flammenwerfer«, 717 eine arabische Armada – die angeblich aus achtzehnhundert Schiffen bestand und in den Bosporus gleich einem »fahrenden Wald« eingedrungen war – in Flammen aufgehen und unternahm dann eine Reihe von Feldzügen, an deren Ende ganz Kleinasien wieder fest in der Hand der Byzantiner war.

Von dieser Zeit an war Byzanz, das sich seit Konstantin dem Großen Konstantinopel nannte, das Zentrum des antiarabischen Widerstandes. In der Mitte des 9. Jahrhunderts ging es aus der Verteidigung zum erfolgreichen Gegenangriff über: 875 zum Beispiel gewann es Bari zurück, im 10. Jahrhundert Armenien, Mesopotamien und Nordsyrien sowie Zypern und Rhodos, Kreta und die Kykladen.

Wenn auch die Verbindung zum Westmittelmeer durch den von den Arabern gehaltenen Sperriegel Sizilien unterbrochen blieb, so war doch die griechische Hälfte das alten Imperiums um die Jahrtausendwende wieder fest in oströmischem Besitz – Byzanz die Hauptstadt eines Reiches, dessen Bevölkerung sich aus Armeniern und Persern, Kappadokiern und Syrern, Juden und Levantinern sowie »rhomäischen« und slawisierten Griechen wunderlich genug zusammensetzte.

Römisch war dieses Reich freilich nur noch dem Namen nach. Gewandelt hatten sich die geographischen Grenzen und die Völkerschaften, die innerhalb dieser Grenzen siedelten und hausten, auch die Verwaltung, das Heerwesen, die Sprache, die Kultur und der »Stil« dieses Reiches – nicht zuletzt auch der der christlichen Religion.

Die Entwicklung vollzog sich »nicht schlagartig«, sondern langsam, fast unmerklich, über Jahrhunderte hinweg. Trotzdem war sie in der Hauptsache das Werk der drei Kaiser Justinian, Heraklios und Leon.

Justinian hat zusammen mit seiner Gemahlin Theodora – der schönen und klugen Tochter eines Bärendompteurs, die als begabte Pantomimin und Herrin in vieler Herren Betten Karriere machte – die Verwaltung straff zentralisiert, die Rechtsprechung durch die Sammlung und Ergänzung des *corpus juris* neu fundamentiert, die Provinzialbehörden entmachtet, die Militärbefehlshaber fest an die Kandare gelegt und das höfische Zeremoniell verfeinert.

Kaiser Heraklios – der schon äußerlich, mit seinem »Schnurrbart von der Größe einer Fahrradlenkstange«, wie es bei der englischen Archäologin Kathleen Kenyon heißt, mehr einem östlichen Despoten als einem Cäsar glich – nahm den Titel *Basileus* an, schaffte die lateinische Hof- und Heersprache zugunsten des Griechischen ab, ersetzte die Söldnerheere durch fest angesiedelte Bauernsoldaten, verwandelte die Provinzen in Militärbezirke und schuf damit die vielgerühmte byzantinische *Themenverfassung,* dank der »draußen im Reich« auch dann Ruhe herrschte, wenn es in der Metropole drunter und drüber ging.

Leon III., der auch als Steuergenie in die byzantinische Geschichte einging, schritt den Weg des Justinian und Heraklios konsequent zu Ende, indem er durch ein umfassendes Gesetzeswerk die Staatsgewalt und die Stellung des Basileus noch mehr verstärkte.

Damit war, wie Hans Freyer meint, »das frühmittelalterliche Byzanz geschaffen worden, die wirtschaftlich blühende, kriegsmächtige und seegewaltige, schließlich an allen Fronten wieder siegreiche Reichsmacht, die unter den Kaisern der makedonischen Dynastie im 9. und 10. Jahrhundert ihren Höhepunkt erreicht und bis über die Jahrtausendwende hinweg festgestanden hat«.

Diesen Jahrhunderten vor allem verdankt die byzantinische Geschichte ihren unzerstörbaren Glanz, ihre »eigene Qualität«; an diese Jahrhunderte denkt der Historiker, wenn er bewundernd von byzantinischer Staatskunst, byzantinischer Kultur spricht.

Es war in der Tat ein merkwürdiges Reich, faszinierend und erschreckend zugleich, überwältigend in seinen zivilisatorischen Leistungen, imponierend in seiner militärischen Kraft, überschießend in seiner kaufmännischen Tüchtigkeit – und fruchtbar selbst in seinen spektakulären dramatischen Krisen, die vor allem den Hof betrafen und sich in der verkürzenden historischen Rückschau als eine fast ununterbrochene Folge von Palastrevolutionen und Morden, hinterhältigen Anschlägen und exquisiten Intrigen, abgefeimten Gemeinheiten und aparten Grausamkeiten darstellen.

Antar ibn Schaddâd, altarabischer Dichter und Held seines Stammes. (Hinterglasbild nach einer islamischen Miniatur aus dem 13. Jahrhundert; Archiv für Kunst und Geschichte, Berlin)

Nirgendwo sind so viele Giftmorde begangen, so viele Augen ausgestochen, so viele Glieder zerbrochen worden wie in Byzanz.
Trotzdem: welch ein Aufgebot majestätischer, kraftvoller, mächtiger Monarchen, welch eine Galerie kluger, geschickter Herrscherinnen:

die Kaiserin Irene (797–802) zum Beispiel, die sich selbst Basileus (und nicht Basilissa) nannte, skrupellos ihren Thron verteidigte, den eigenen Sohn einkerkern und blenden ließ, aber ein Herz für die Armen hatte, zahlreiche karitative Einrichtungen ins Leben rief und in der Verbannung, ohne zu murren, von ihrem Lohn als Schneiderin lebte; oder:

der Makedonier Basileios (867–886), der schreibunkundige, athletisch gebaute Bauernsohn, der zunächst Stallknecht, dann Ehemann einer vornehmen und reichen Dame war, dann Freund Kaiser Michaels III., dessen Mätresse Eudokia er heiratete, dann Mitkaiser und Mörder seines Gönners, schließlich aber ein weiser Gesetzgeber wurde, ein versierter Finanzpolitiker, ein leidenschaftlicher Paläste- und Kirchenbauer – und Begründer der makedonischen Dynastie, die von allen byzantinischen Kaisersippen am längsten regierte; oder:

Leon VI. (886–912), der Weise genannt, ein Produkt der Verbindung Eudokias mit Michael und Basileios – ein Dichter und Literat auf dem Thron, der viermal heiratete, gescheite Abhandlungen über theologische Fragen und die Kunst der Staats- und Kriegführung schrieb und die grundlegenden Vorschriften der byzantinischen Gewerbeordnung erließ; oder: sein Sohn

Konstantin VII. (913–959), der »Purpurgeborene«, der die literarischen Neigungen seines Vaters teilte und während seiner sechsundvierzigjährigen Regierungszeit u. a. eine Weltgeschichte der Geschichtsschreibung sowie vortreffliche Handbücher über Zeremonien, Etiketten und Ritualien verfaßte; oder:

Basileios II. (976–1026), ein Sohn des zweiten Romanos und der mord- und liebeserfahrenen Griechin Theophano, der achtzehnjährig Kaiser wurde, sich zahlreicher Aufstände zu erwehren hatte, den Beinamen Bulgarentöter empfing, weil er fünfzehntausend bulgarische Gefangene blenden ließ, gegen den Widerstand der Großgrundbesitzer eine Bodenreform durchsetzte und bei seinem Tod seinen Töchtern Zoë und Theodora ein Reich hinterließ, wie es die Welt seit Justinian nicht mehr gesehen hatte – ein blühendes Reich, »nicht nur der Geltung, sondern auch der Leistung nach«.

Um die Jahrtausendwende gab es weder in der abendländischen noch in der arabischen Welt ein Land, das mit dem byzantinischen Reich wetteifern konnte; byzantinische Staatskunst und Diplomatie, Verwaltung und Rechtsprechung, Steuertechnik und Armenfürsorge waren sozusagen konkurrenzlos in der Welt.

Die Wirtschaft florierte. Die Ordnung des Alltags wurde durch die Morde und Intrigen am Hofe kaum gestört. Literatur, Kunst und Wissenschaft erlebten in der makedonischen Renaissance eine Hochblüte. Weltgeschichten wurden geschrieben, zeitgenössische Chroniken verfaßt; Lexika, Enzyklopädien und Anthologien entstanden. Die Schriftsteller beherrschten die Kunst des aufklärenden Lehrgedichtes ebenso wie die der maliziösen Parodie oder des bissigen Epigramms.

Es gab Elementar-, Grammatik- und Philosophenschulen, besonders verdiente Philosophen durften sich »Konsuln der Philosophie« nennen. Gesetzessammlungen und medizinische Lehrbücher wurden ständig ergänzt und auf den letzten Stand gebracht. Byzantinische Mosaiken und Miniaturen, Email- und Glaswaren, Bronzearbeiten und Elfenbeinschnitzereien waren weit über die Grenzen des Reiches hinaus verbreitet und gefragt.

Und Byzanz selbst, die Hauptstadt am Rande zweier Kontinente, war nie schöner und vitaler als in dieser Zeit. Es war prächtiger als Rom und Cordoba, schillernder als Alexandria und Bagdad. Es war eine Millionenstadt, die – nach einem Satz des Robert von Clari – »zwei Drittel des Reichtums aller Welt« in ihren Mauern vereinigte. Eine Stadt, die alle Spielarten und Möglichkeiten des Lebens auskostete. Eine Metropole mit Kaiserpalästen und Mietskasernen, mit Prachtstraßen und kotigen Gassen, mit Triumphbögen und Elendsquartieren, mit Hippodromen und Altersasylen.

Byzanz zählte so viele Kirchen, »wie das Jahr Tage hatte«, und ebenso viele Pilgerherbergen und Freudenhäuser, und oft genug lagen sie dicht beieinander. Die Villen der Reichen waren mit Marmorböden, Wandmalereien und seidenen Wandbehängen ausgestattet, die Armen wurden von karitativen Institutionen gespeist, mit Pferderennen, Tierhetzen und artistischen Sensationen unterhalten und durch eine hervorragend funktionierende Beeinflussungs- und Propagandamaschinerie, so gut es eben ging, bei Laune gehalten ...

Ja, es war wirklich »eine Welt für sich«, wie schon um die Mitte des 19. Jahrhunderts Jakob Philipp Fallmerayer schrieb, der für die Deutschen den Orient und mit ihm das byzantinische Reich entdeckte, »ein Atlantis der Glückseligkeit, ein Vorratshaus irdischer Wonne, Sitz der Widersprüche, bewegungsvoll und einsam, Land und Wasser, das große Weltamphibium voll Blumenduft, Licht und Schatten und langer Karawanen-

züge, voll musikalisch-sausenden Wogenspiels, voll Gondeldrang und vorüberschiffender Delphine«. Es war »die ungeheure Burg des alten Kontinentes, nach Ost und West durch weite Landöden, nach Süd und Nord durch tosende Sunde von fremder Zone losgetrennt. Wer hier mit Kraft regierte, dem gehorchte die Welt«.
Eine Welt für sich. Aus dem *Imperium Romanum* hervorgegangen, aber eben doch ein Reich von eigenem Wuchs und eigener Prägung, ein griechisch-orientalisches Gemeinwesen: mittelmeerisch und östlich zugleich. Das zweite Rom – aber längst nicht mehr römisch. Und auch die christliche Kirche dieses Reiches hatte sich Rom längst entfremdet; das »Imperium zwischen Morgen und Abend« hatte auch das Christentum seinem totalitären Anspruch längst unterworfen, das heißt: orientalisiert und in den Staat eingebaut.

Vom Monophysitismus zum Cäsaropapismus

Die Geschichte des Auseinanderlebens von West- und Ostkirche – oft je nach Standpunkt als Abfall der einen von der anderen deklariert – zieht sich über mehr als ein halbes Jahrtausend hin und stellt sich als eine höchst dramatische Chronik dar, in der Religion und Politik, Theologie und Staatsräson, Kultur und Sprache beinahe untrennbare Faktoren bilden.
Schon die frühe christliche Kirche wurde, wie man weiß, von heftigen Richtungskämpfen heimgesucht, von hitzigen und zornigen Auseinandersetzungen über die rechte Lehre, das richtige Verständnis der kirchlichen Ordnung und die angemessene Form des Kultus. Und schon in früher Zeit »dachten« die östlichen Länder des Imperiums vielfach anders als die westlichen. Dazu kamen seit dem 3. Jahrhundert die sprachlichen Trennungen und seit der konstantinischen Wende die politischen Aspekte jeder kirchlich-theologischen Auseinandersetzung.
Die beginnende Reichskirche wurde erschüttert durch den Streit um die Lehre des alexandrinischen Presbyters Arius, der die Stellung Christi innerhalb der Trinität antastete. Und hundert Jahre später brach der Kampf um das Wesen des menschgewordenen Gottessohnes aus, der zugleich ein Kampf zwischen Konstantinopel (Nestorius) und Alexandrien (Cyrill) war.
Mit einem heute nur schwer verständlichen Aufwand an Scharfsinn und Gelehrsamkeit hat man sich auf immer neuen Synoden und Konzilien, in immer neuen Kontroversen um die Klärung der trinitarischen und christologischen Fragen bemüht. Dabei waren es nicht nur die Theologen und das fromme Kirchenvolk, die an diesen Kämpfen Anteil nahmen, all diese Schwierigkeiten hatten immer auch einen kirchenpolitischen und

einen politischen Aspekt. Die Reichseinheit stand oft genug in Gefahr. Die Entscheidung des ökumenischen Konzils von Chalkedon 451 sollte den Abschluß der dogmatischen Kontroverse bringen. Der Westen hatte durch Papst Leo I. den Beschluß dieser Reichssynode vorgeformt. Aber im Osten verweigerte man der Lehre von Chalkedon weithin die Gefolgschaft. Entgegen der Aussage, daß Christus aus zwei Naturen, einer göttlichen und einer menschlichen, bestehe, beharrte man auf der Meinung, daß der menschgewordene Erlöser aus zwei Naturen eins geworden sei (daher Monophysitismus).
Der dogmatische Streit um Chalkedon verband sich mit den Bestrebungen der östlichen Völker (Syrer, Kopten) nach Selbständigkeit und förderte den Zerfall des Ostreiches, schuf aber zugleich neue Spannungen mit der Kirche des Westens. Denn jeder Versuch, den Monophysiten entgegenzukommen, wurde im Westen mit Mißtrauen betrachtet, obwohl politisch diese Versuche für das Reich lebensnotwendig waren.
Als 638 der Kaiser Heraklios den Streit mit einem Machtwort, durch das die Lehre von der doppelten Natur Christi für obligatorisch erklärt wurde, beenden wollte, war es eigentlich schon zu spät. Denn die monophysitischen Teile fielen in dieser Zeit den islamischen Eroberern anheim und begrüßten sie als Befreier von dem Joch des irrgläubigen Kaisers in Konstantinopel. Während Heraklios dogmatisch den Wünschen und Auffassungen der westlichen Christenheit entgegenkam, stellte er fast im gleichen Atemzug in seinem Machtbereich die Stellung und Würde des Papstes in Frage. Er ernannte sich selbst zum Stellvertreter und Erzpriester Gottes und usurpierte damit für den byzantinischen Basileus das Recht, die Patriarchen von Konstantinopel ein- und abzusetzen, Konzile einzuberufen, die kirchlichen Angelegenheiten der Staatsräson zu unterwerfen und theologische Streitigkeiten kraft Kaiserwort aus der Welt zu schaffen.
Die Herrschaft des Staates über die Kirche, die Justinian bereits praktisch ausgeübt hatte, war damit auch staatsrechtlich verankert. Im 18. Jahrhundert hat man für diese Personalunion von weltlicher und geistlicher Herrschaft das markante Wort *Cäsaropapismus* geprägt.

Die Päpste und der Bilderstreit

Folgerichtig haben die byzantinischen Kaiser in dem großen, über hundert Jahre währenden Bilderstreit ihre »cäsaropapistische« Souveränität hart ausgespielt. Es ging in diesem Zwist um die fundamentale Frage, ob eine Abbildung Christi oder seiner Heiligen Ketzerei sei oder nicht. Dieses Problem hat nicht nur die theologischen Griffelspitzer und Seiltrickmagier, sondern auch die byzantinischen Herrscher ausgiebig beschäftigt.

Schon sein Auftakt ging auf kaiserliche Initiative zurück. Leon III., der Retter von Byzanz, verbot 726 die Verehrung religiöser Bilder: eine Entscheidung, bei der die im Osten (auch bei Juden und Muslims) weit verbreitete Feindschaft gegen die Darstellung religiöser Motive wohl ebenso Pate gestanden hat wie die Hoffnung, die reichen und immer etwas renitenten Klöster des Landes zur Ader lassen zu können.
Die Päpste haben die Gefahren dieser Entwicklung beizeiten erkannt und sich standhaft geweigert, den »Cäsaropapismus« und alle von ihm vertretenen und verfügten Abweichungen von den Lehren Roms anzuerkennen. Obwohl ihre Macht, verglichen mit der der Herrscher von Byzanz, zeitweise gleich Null und Widerspruch gefährlich war, hielten sie hartnäckig an den Prinzipien des römischen Primats fest.
»Du weißt, Cäsar«, schrieb Papst Gregor II. an Leon III., der sich »Imperator und Priester« nannte, »daß die Dogmen der heiligen Kirche nicht der Kaiser, sondern der Päpste Sache sind.« Oder an anderer Stelle: »Wir werden dir gehorchen, Kaiser, in dem, was das irdische Leben, die Steuern, die Zölle, die Geschäfte betrifft, denn auf diesem Gebiet ist dir die Sorge für unsere Angelegenheiten übertragen worden. Aber nach der Kirchenverfassung haben wir Hirten, die uns das Wort verkünden und die kirchlichen Gesetze festlegen.« Oder noch kürzer, noch fordernder: »*Wir* besitzen die Urteilskraft Christi.«
Sein Nachfolger Gregor III. ging noch einen Schritt weiter und drohte dem Kaiser, nachdem er sich durch ein Konzil in Rom im November 731 der Unterstützung durch die kirchlichen Würdenträger versichert hatte, den Zorn der Kirche an. »Wenn von dieser Stunde an«, so ließ er in einem abschließenden Dekret verkünden, »einer, der jene verachtet, die am alten Brauch der Apostolischen Kirche festhalten, im Zorn auf die Verehrung der heiligen Bilder... diese Bilder abschafft, sie zerstört, profaniert oder schmäht, so sei er vom Fleisch und Blut unseres Herrn Jesu Christus und aus der Einheit und dem Gefüge der ganzen Kirche ausgeschlossen.«
Der Basileus reagierte auf diese Drohung mit den ihm zur Verfügung stehenden weltlichen Mitteln – er belegte die reichen päpstlichen Güter im byzantinischen Italien mit konfiskatorischen Steuern, unterstellte sie dem Patriarchen von Konstantinopel und mobilisierte eine mächtige Flotte gegen den Heiligen Vater; ohne Erfolg allerdings; denn sie wurde »dank Gottes Zorn« durch einen heftigen Sturm in der Adria total vernichtet.
Nach den dramatischen Ereignissen des Jahres 732 nahm der Bilderstreit zwar wieder die Formen eines theologischen Stellungskrieges an, bei dem die Ideologen und nicht die Militärs die Klingen kreuzten, doch hat er zweifellos zu einer der bedeutsamsten weltpolitischen Entscheidungen des frühen Mittelalters beigetragen: dem Bündnis der Päpste mit den Franken – der Allianz des Heiligen Stuhles mit den Karolingern, durch

die sich der Lateran die notwendige machtpolitische Rückendeckung für seine ständigen Auseinandersetzungen mit dem byzantinischen Reich verschaffte.

1054: endgültige Spaltung der Kirche

Auch im Alltag lebten sich die beiden Kirchen immer mehr voneinander weg, obwohl sie den schönen Schein der Einheit aufrechterhielten. Will Durant hat das sehr eindrucksvoll beschrieben: »Unterschiede in Sprache, Liturgie und Lehre trieben während dieser Jahrhunderte das lateinische und griechische Christentum immer weiter auseinander, so wie eine biologische Gattung sich in örtlicher Aufspaltung mit der Zeit auseinanderentwickelt. Die Liturgie, die kirchlichen Gewänder, Gefäße und Ornamente der Griechen waren komplizierter, üppiger und kunstvoller als diejenigen des Westens; das griechische Kreuz war gleichschenklig; die Griechen beteten stehend, die Römer kniend; die Griechen tauchten den Täufling im Wasser unter, die Römer besprengten ihn nur; die Ehe war den römischen Priestern verboten, den griechischen gestattet; die römischen Priester rasierten sich, die griechischen trugen kontemplative Bärte. Die römische Geistlichkeit spezialisierte sich auf die Politik, die griechische auf die Theologie.«
Der Anstoß zum endgültigen Schisma ging allerdings auf die lateinischen Theologen zurück. Mit dem Auftreten der Reformer und der Erneuerung des universalen Anspruchs der römischen Kirche wurden die alten – nie beigelegten, aber zeitweise totgeschwiegenen – Meinungsverschiedenheiten wieder virulent. Es begann mit dem berühmt gewordenen Streit um die Einfügung des Wortes *filioque* in das nicänische Glaubensbekenntnis. Papst Sergius IV. nahm diese Wendung 1009 in die traditionelle Erklärung zu seinem Einzug in den Lateran auf und stieß damit bei Patriarch Sergius II. von Konstantinopel auf entschiedenen Widerstand. Um diesem Widerstand den notwendigen Nachdruck zu verleihen, lehnte er es ab, den Namen des neuen Papstes in die Wohltäterliste der Patriarchatskirchen einzutragen.
Das war zunächst nicht mehr als nur ein Verstoß gegen das herrschende Protokoll. Er genügte jedoch, den letzten Akt der Tragödie in Gang zu setzen:

1024 verwarf der Lateran eine Kompromißformel des Patriarchen, die auch der byzantinischen Kirche, unter Wahrung der Titularhoheit Roms, Universalität zuerkannte;

1043 vereinheitlichte Patriarch Michael Kerullarios die Bräuche und Riten der Ostkirche und ließ die Filialen der römischen Kirche im byzantinischen Machtbereich schließen;

1054 legte der Kardinal Humbert, von Leo IX. zu neuen Verhandlungen nach Konstantinopel entsandt, nach dem Scheitern seiner Gespräche mit Kerullarios auf dem Altar der Hagia Sophia eine Bulle nieder, die den Kirchenbann über den Patriarchen verhängte.

Damit war die Spaltung vollzogen. Byzanz galt fortan als abtrünnig. Seit 1054 gab es zwei Christenheiten – entgegen der päpstlichen Doktrin, die besagte, daß einzig dem Heiligen Vater in Rom, dem Stellvertreter Christi, die Macht gegeben sei, »im Himmel und auf Erden zu binden und zu lösen«.

Alexios' Hilferuf und das Konzil von Piacenza

Einen offenen Kampf konnte sich jedoch weder die West- noch die Ostkirche leisten. Beide hatten ihre profanen, weltlichen Sorgen. Die Päpste lebten in ständigem Zwist mit den deutschen Kaisern und den von ihnen bestellten Gegenpäpsten. Und die Haltung der Patriarchen bestimmte die Launen, Wünsche und Pläne des Basileus – vor allem aber seine Nöte. So kam es nach der Schlacht von Mantzikert und dem grausamen Ende des Kaisers Romanos Diogenes, der – von den Seldschuken freigelassen – nach byzantinischem Brauch geblendet und dabei derart übel zugerichtet wurde, daß er wenige Tage später starb, zu jenem dramatischen Hilferuf, der mittelbar die Stichworte zu Gregors hintersinnigem Kreuzzugplan lieferte.
Es ist bekannt, daß Gregor, durch seinen Kampf mit Kaiser Heinrich IV. hinreichend ausgelastet, sein Projekt freundschaftlich-militärischer Hilfe für Byzanz bald wieder zu den Akten legen mußte. Ja, als Kaiser Michael 1078 gestürzt wurde, nutzte er die Gelegenheit, gegen dessen Nachfolger Nikephoros Botaniates den päpstlichen Bannstrahl zu richten. Drei Jahre später übertrug er seinen Bann auch auf Kaiser Alexios Komnenos, der daraufhin sämtliche lateinischen Kirchen im byzantinischen Reich schließen ließ. Als Gregor 1085 starb, waren die Beziehungen von Rom und Byzanz, von Papst und Basileus, wieder so frostig wie zuvor. Urban trat also auch in dieser Hinsicht ein schweres Erbe an.
Obwohl er sich unmittelbar nach seiner Wahl als »Fortsetzer Gregors« bekannte (»was dieser verworfen, verwerfe auch er, was Gregor gebilligt, bestätige er«), war er doch vom ersten Tag an bemüht, das schwer befrachtete Verhältnis zu Byzanz zu normalisieren – vielleicht in der Einsicht, daß Gregors Kreuzzugplan anders nicht zu realisieren sei.
Nachdem er Kaiser Alexios vom Bann gelöst hatte, entschloß sich auch Byzanz zu versöhnlichen Gesten. Die Verständigung begann – man tauschte Gesandtschaften aus, schrieb freundschaftliche Briefe, sprach

von bedauerlichen Mißverständnissen und versicherte sich gegenseitig, daß kein Grund zu Zwistigkeiten bestände. Schon 1090 scheint Urban dem Basileus bei der Anwerbung von Söldnern in Westeuropa geistliche Hilfestellung gewährt zu haben.
Kaiser Alexios hatte damals allen Grund, sich um Beistand zu bemühen. Ihm stand das Wasser bis zum Hals. Im Norden sah er sein Reich von Petschenegen, Kumanen und Bulgaren, im Mittelmeer von den Normannen bedroht. In Kleinasien hatten die (erst im 10. Jahrhundert zum Islam bekehrten) Türken ihre Herrschaft bis zur Küste ausgedehnt, Syrien und Palästina unterworfen, Antiochia erobert und Smyrna und Nicäa besetzt. Zwar hatte der Tod des Seldschukenfürsten Malik 1092 dem bedrängten Reich eine Atempause verschafft, doch reichte seine Kraft für einen energischen Gegenschlag nicht mehr aus.
So wandte sich Alexios im Frühjahr 1095 an Papst Urban II. mit einem dringlich gehaltenen Hilfegesuch. Auf dem großen Konzil von Piacenza, an dem angeblich viertausend Geistliche und dreißigtausend Laien teilnahmen, darunter die aus Kiew stammende Kaiserin Praxedis, die bewegte Klage über ihre Schlafzimmererlebnisse mit dem deutschen Kaiser Heinrich IV. führte, verschaffte der Heilige Vater der byzantinischen Delegation die Gelegenheit, ihr Anliegen öffentlich vorzubringen. Nach dem Bericht des Mönches Bernold von St. Blasien bat »die Gesandtschaft des Kaisers von Konstantinopel... den Herrn Papst und alle gläubigen Christen inständig, ihm gegen die Heiden Hilfe zu bringen zur Verteidigung der heiligen Kirche, die die Heiden in jenen Gegenden beinahe schon vernichtet hatten. Denn diese hatten die Gebiete bis zu den Mauern von Konstantinopel schon erobert.«
Der Papst befürwortete das Hilfegesuch des Basileus und forderte die Ritter Europas (die außerhalb ihrer Heimat zu beschäftigen ohnehin zu seinem Programm gehörte) nachdrücklich auf, ihre Waffen in den Dienst der gottgefälligen Sache zu stellen und die orientalischen Christen vor den blutigen Schwertern der Ungläubigen zu bewahren. Das war alles – ein höflicher, verständnisvoller, aber unverbindlicher Bescheid.

Nicht Jerusalem, Byzanz war das Ziel

Vier Monate später, im Juli 1095, begab sich Urban über Cremona, Mailand und Asti nach Frankreich. Am 5. August traf er in Valence ein. Zehn Tage später stieg er bei Bischof Adhemar von Puy ab. Vom 1. September an war er Gast des Grafen Raimund von Toulouse und Saint Gilles. Über Tarascon, Avignon und Lyon zog er weiter nach Cluny, dem Mutterkloster der Reformer, das ihm am 25. Oktober seine Tore öffnete, drei Wochen »vor Clermont«.

Die Historiker sind überzeugt, daß erst auf dieser Reise Urbans Kreuzzugplan Gestalt angenommen hat. Das Projekt scheint sich vor allem in den Gesprächen mit dem Bischof Adhemar – nach Kugler einem Mann so »recht nach dem Herzen Urbans, berühmt wegen seiner Frömmigkeit und zugleich ein ritterlicher Streiter in der Verteidigung kirchlicher Rechte« – und dem mächtigen und reichen Grafen Raimund verdichtet zu haben. Beide haben ihm offenbar begeistert zugestimmt. Die Entscheidung über den Plan, dem erschöpften byzantinischen Reich aus der Klemme zu helfen und anschließend die Ostkirche mit militärischem Nachdruck zur Erneuerung der alten Bindungen zu bewegen, scheint allerdings schon bei Adhemar gefallen zu sein. Von dort gingen jedenfalls, noch im August, die Einladungen zum Konzil von Clermont aus.
Die Frage, ob Urban sich von Gregors Kreuzzugplan inspirieren ließ, wird von seinem Biographen im *Liber pontificalis* mit ja beantwortet. Auch Erdmanns scharfsinnige Untersuchung der *Entstehung des Kreuzzuggedankens* hat ergeben, daß Jerusalem und das Heilige Land nur vorgegebene Ziele waren, daß es auch Urban entscheidend um »die Befreiung der orientalischen Kirche in ihrer Gesamtheit« ging. Ebenso glaubt Hans Eberhard Mayer an ein »bewußtes Anknüpfen« an den Entwurf Gregors, »wie Urban sich auch in anderen Dingen als Vollender der Pläne erwiesen hat«, die dieser geniale Programmatiker selbst nicht verwirklichen konnte.
Doch wem auch der Ruhm der Urheberschaft gebührt – wir wissen heute, daß die Päpste mit den Kreuzfahrten mehr als die Wiedereroberung des Heiligen Landes erstrebten; daß »kirchenpolitische Hintergedanken« im Spiel und nicht Jerusalem, sondern Byzanz das Kriegsziel war.
In die siebzehnhundert Jahre alte Geschichte des nachdiokletianischen West-Ost-Konfliktes projiziert, stellen sich die Kreuzzüge demnach als der erste große Versuch der Länder Westeuropas dar, die tragische Spaltung und Zerschlagung des *Imperium Romanum* rückgängig zu machen und Roms Einflußbereich wieder bis zu Euphrat und Tigris auszudehnen. Die dunklen Jahrhunderte des Mittelalters hat, wie bekannt, nichts so sehr fasziniert wie der Gedanke einer Erneuerung des Reiches. Vielleicht waren solche Vorstellungen auch in Urban und seinen Beratern lebendig, als sie 1095 Gregors utopischen Plan von 1074 ausgruben und ihn, mit der Idee der bewaffneten Wallfahrt angereichert, politisch-militärische Wirklichkeit werden ließen.

Eine Flut, die alle Deiche überspülte

Seine beispiellose Wirkung verdankte der Aufruf von Clermont allerdings nicht den weitgesteckten strategischen Zielen, sondern seiner erre-

genden, mitreißenden Aktualität, die – wie wir sahen – eine Vielzahl von Gründen hatte und das Ergebnis einer einmaligen Konstellation war.
Die Kirche hatte sich längst als kriegführende Macht etabliert. Die europäische Ritterschaft war bereit, sich für einen sicheren Platz im Jenseits zur Ehre und zum Nutzen dieser Kirche in fernen Ländern zu schlagen und gleichzeitig damit aus der Enge eines Lebens auszubrechen, das germanischen Räubertraditionen verhaftet und, verglichen mit dem hochzivilisierten Dasein in den Ländern des arabischen und byzantinischen Reiches, von bedrückender Armut und Hoffnungslosigkeit war.
Es war also mehr als »ein phantastischer Einfall«, als Urban auf dem Felde von Clermont die westliche Christenheit zum Kampf gegen die Ungläubigen aufrief. »Der Gedanke fiel auf vorbereiteten Boden.« Die Zeit war reif. Die Menschen waren willig, ein Abenteuer zu wagen, das über alle Erfahrungen, alle Bedenken, alle Vernunft hinausging.
Urban hat zumindest eins gewußt: welch ungeheures Gefühlspotential er mit seiner Rede in Clermont weckte; die Wirkung übertraf aber alle Erwartungen.
»Die Kunde« – so der deutsche Abt Ekkehard von Aura – »verbreitete sich bald überall und bewegte den ganzen Erdkreis. Darüber hinaus überflog sie, was geradezu wunderbar klingt, die Grenzen des Ozeans und ließ die Meere selbst sich für die Heerscharen des himmlischen Königs über und über mit den Flotten der Inselbewohner füllen ... So wuchsen, dank der wunderbaren und unwägbaren Anordnung Gottes, viele Glieder Christi, verschieden nach Sprache, Stämmen und Völkern, plötzlich in gemeinsamer Liebe glühend zu dem einen Körper Christi zusammen, und etwa hunderttausend Mann wurden für das Heer Christi gezeichnet, aus Aquitanien und der Normandie, aus England, Schottland und Irland, aus der Bretagne, Galizien, der Gascogne, Flandern, Lothringen und den übrigen christlichen Ländern, deren Namen mir jetzt gar nicht alle einfallen.«
Eine nicht aufzuhaltende, alle Deiche überspülende Flut. Selbst Urban scheint, wie seine Briefe verraten, ein wenig bange geworden zu sein angesichts der Ströme und Sturzbäche, die er gerufen hatte. Doch nun waren sie nicht mehr zu zähmen.
Ein Jahr nach Clermont stand ein riesiges Aufgebot eisenklirrender christlicher Ritter bereit, nach Jerusalem zu ziehen. Am 15. August 1096, am Tage von Mariä Himmelfahrt, sollten sich die verschiedenen Heere in Marsch setzen.
Das Unternehmen Himmelskönig, die Operation Heiliges Grab konnte beginnen.

Dritter Abschnitt Der Erste Kreuzzug

Notiz für den Leser

Nach der Analyse wieder die Reportage. Nach der Aufschlüsselung der Vorgeschichte nun die Geschichte selbst: die Chronik des Geschehens. Der Vorhang hebt sich, das Drama beginnt. Die nächsten fünf Kapitel beschreiben den Ersten Kreuzzug und die bewegenden Schicksale der ersten Kreuzfahrergeneration bis zur Gründung des Königreiches Jerusalem und sind dementsprechend prall von Handlung – Action würden die Filmregisseure von heute sagen. Die Action beginnt mit dem Untergang der Peter-Banden und dem Marsch der fünf Ritterheere nach Konstantinopel, wo die – nunmehr Franken genannten – Kreuzfahrer zum erstenmal mit dem Kaiser des rhomäischen Reiches auf denkwürdige, weit in die Zukunft weisende Art die Klingen kreuzten. Die wichtigsten Stationen des darauf folgenden Kapitels sind der Sieg von Doryläon, der »lange Marsch« der Kreuzfahrerarmee durch die Glutwüsten Anatoliens, die fast ein Jahr dauernde Belagerung Antiochias, die den Erfolg des Ersten Kreuzzuges mehrfach in Frage stellte, und schließlich die Eroberung der Heiligen Stadt. Zwei weitere Kapitel befassen sich mit dem Jahr Gottfrieds in Jerusalem und der dann folgenden Machtübernahme durch seinen Bruder Balduin, mit dem eine der imposantesten Gestalten der Kreuzfahrerzeit die historische Bühne betritt: ein intelligenter, willensstarker, skrupelloser Abenteurer und unwiderstehlicher Krieger, der fast aus dem Nichts heraus die Grundlagen eines Königreiches schuf, das immerhin, unter fast unvorstellbaren Bedingungen, nahezu ein Jahrhundert überstand. Die fünf Kapitel zusammen stellen ein Stück großen Welttheaters dar, ein ebenso farbiges wie dramatisches Breitwandspektakulum – reich an blutigen Kämpfen, reich an erstaunlichen Begebenheiten, reich an ungewöhnlichen Gestalten, die sich der Erinnerung einprägen, auch wenn man sie entheroisiert und vom hohen Kothurn des großen Geschichtsdramas in die schnöde Wirklichkeit zurückbeordert.

Fünftes Kapitel

Der Kreuzzug des Eremiten

Marsch und Untergang der Peter-Banden

Silber für den Tod Christi

Der Erste Kreuzzug begann in Deutschland. Schon vor dem Aufbruch ins Heilige Land drängte es einige der von Peter und seinen Predigern zusammengetrommelten Haufen, ihren Zorn auf die Feinde Christi in blutige Tat umzusetzen. Opfer ihrer brünstigen Wut wurden die rheinischen Juden.

Bereits seit römischer Zeit gab es diese jüdischen Gemeinden in den Städten und Flecken am großen, rebenbekränzten Strom, der zugleich die meistbefahrene Nord-Süd-Straße Europas war. Die Hebräer, wie man sie vielfach nannte, lebten dort als Händler, Kaufleute und Geldausleiher, unterhielten rege Verbindungen mit den mittelmeerischen Ländern und hatten es im Laufe der Jahrhunderte, trotz mancherlei Ungemach, zu einigem Einfluß und Wohlstand gebracht.

Sie erfreuten sich der Gunst des hohen weltlichen und geistlichen Adels, der von ihren weitreichenden geschäftlichen Beziehungen gern Gebrauch machte, wurden aber von den Mönchen, der niederen Geistlichkeit und den armen Rittern souverän verachtet. Da sie auch ihren christlichen Konkurrenten ein Dorn im Auge waren, hatten sie, ungeachtet ihrer kaiserlichen oder bischöflichen Freibriefe, mehr Feinde als Freunde und waren daher zahlreichen Schmähungen und Bosheiten ausgesetzt. Um so mehr neigten sie dazu, sich von ihrer mißgünstigen Umwelt abzukapseln und sich in das Getto ihrer alttestamentarischen Glaubensübungen und Schriftauslegungen zurückzuziehen.

Schon Ende 1095, wenige Wochen nach Clermont, gingen in Deutschland und Frankreich Gerüchte über ein Massaker um, das berauschte Kreuzfahrer an Juden in Rouen verübt haben sollten. Ob dieses Gemetzel je stattgefunden hat, ist fraglich. Peter von Amiens, der Erwecker auf dem Esel, war jedoch Weltkind genug, sich das Gemunkel über derartige Ausschreitungen zunutze zu machen und den französischen Juden einen Brief abzupressen, in dem sie die Glaubensgenossen »aller Orte, durch die ihn sein Weg führte«, aufforderten, ihm und seinen Anhängern »Lebensmittel zu liefern«.

Das Dokument hatte die erwünschte Wirkung. Als Peter, um nur ein Beispiel zu nennen, Anfang April 1096 mit seinen ebenso hungrigen wie er-

regten Scharen in Trier ankam, machten ihm die Juden der alten Kaiserresidenz »die erwarteten Geschenke«, so daß er gut verköstigt und verproviantiert nach Köln weiterziehen konnte.
Auch Herzog Gottfried verstand mit seinem Pfund zu wuchern. Nachdem er die Juden zunächst dadurch erschreckt hatte, daß er öffentlich schwor, er werde den Tod Christi mit ihrem Blute sühnen, verbürgte er sich nach Zahlung von Subsidien für ihre Sicherheit. Die jüdischen Gemeinden von Köln und Mainz brachten dafür je fünfhundert Silberstücke auf.

Juden-Massaker im Rheinland

Vielen Kreuzfahrern war dieses Verfahren jedoch zu umständlich. Sie hielten es für einfacher, derartige Subsidien mit Gewalt einzutreiben und dabei vor allem denjenigen Hebräern auf den Leib zu rücken, die ihnen das Geld für die Reise nach Jerusalem vorgeschossen hatten.
Haupt dieser Bewegung wurde der bereits genannte Ritter Emicho von Leiningen, ein rüder, von Raub und Totschlag lebender rheinischer Edelmann, der genau wie der hagere, schmutzige Peter die Gabe besaß, die Hirne der Menschen zu vernebeln und ihre Seelen zu erleuchten. Zu diesem Zweck pflegte er auf ein Kreuz zu weisen, das in wundertätiger Weise auf seinem Körper eingebrannt war. Einen seiner Unterführer rüstete er mit einer Gans aus, von der die Sage ging, sie sei vom Heiligen Geist beauftragt worden, den Heilig-Land-Pilgern auf dem rechten Weg voranzugehen.
Graf Emicho von Leiningen, den selbst der fromme, den Juden nicht eben wohlgesonnene Abt Ekkehard von Aura eines »verrufenen und gewalttätigen Lebenswandels« bezichtigt, gab sozusagen den Startschuß. Am 3. Mai 1096, an einem Sabbat, überfiel er mit seiner Meute die Juden von Speyer, die allerdings, offenbar vorgewarnt, sich in der Mehrzahl in den bischöflichen Palast geflüchtet hatten. Nur »elf fromme Menschen« gerieten nach dem Bericht des jüdischen Chronisten Salomon bar Simeon unter die Hufe der Emicho-Bande und wurden kurzerhand totgeschlagen. Eine um ihre Unschuld bangende Jungfrau zog es vor, sich selbst zu entleiben.
Der Überfall auf die Juden von Speyer eröffnete eine Reihe von Pogromen, die nahezu sämtliche rheinischen Städte erfaßte. Am 20. Mai wiederholte der Ritter von Leiningen sein speyerisches Kesseltreiben in Worms, jedoch mit ungleich größerem Erfolg. Seine Bande stürmte, da sie wie in Speyer die Häuser der Hebräer leer fand, den bischöflichen Palast und veranstaltete in seinen Fluren und Sälen ein Gemetzel, bei dem nach zeitgenössischen Angaben an die fünfhundert flüchtige Juden den Tod fanden.

Fünf Tage später griffen Emichos Kreuzfahrer Mainz an. »Sie fanden es billig« – so die *Sächsische Weltchronik* – »Christus an Heiden und Juden zu rächen. Deshalb erschlugen sie in der Stadt Mainz neunhundert Juden und verschonten selbst Weiber und Kinder nicht. Allenthalben türmten sich Berge von Leichen, gar erbarmungswürdig anzuschauen, die man auf Karren zur Stadt hinausschaffte.«

Die Kölner Judengemeinde – wahrscheinlich die älteste Deutschlands – kam glimpflicher davon. Die Israeliten, wie Salomon bar Simeon seine Landsleute nennt, suchten nämlich nicht beim Erzbischof Zuflucht, sondern tauchten, über die ganze Stadt verstreut, bei ihren christlichen Freunden unter. Emichos Rotten hielten sich deshalb an ihren Häusern schadlos, die sie teils zerstörten, teils plünderten. »Sie demolierten auch die Synagoge und zogen die Thora-Rollen hervor, die sie zum Gegenstand ihres Gelächters machten und auf den Straßen verstreuten.« Sie bemächtigten sich ferner »des Moses Isaak in dem Augenblick, da er sein Haus verließ, und führten ihn in eine Kirche. Als er sie anspie und beschimpfte, brachten sie ihn um. Eine angesehene Frau namens Rebekka wurde ebenfalls von ihnen getötet.«

Eine kleinere, aber selbständig operierende Gruppe der kreuzgeschmückten Marodeure suchte gleichzeitig – das heißt: während des heiligen Pfingstfestes – Trier heim. Ihre Ankunft löste eine solche Panik aus, daß viele Juden sich in der Mosel ertränkten. In Metz brachte die Bande weitere zweiundzwanzig »Feinde Christi« zur Strecke. Dann zogen die Totschläger zum Niederrhein und stellten in Neuß, Wevelinghoven und Xanten den aufgescheuchten, verängstigten Hebräern nach.

Mit Reisemitteln wohlversehen, beendeten sie hier ihre Treibjagden und wanderten den Heerhaufen Emichos nach – sofern sie nicht vorzogen, ihre Gelübde bereits als erfüllt anzusehen und im Bewußtsein vollständiger Entsühnung zu ihren Frauen, Kindern und Äckern zurückzukehren.

Das Ende an der Donau

Graf Emicho von Leiningen hatte indessen mit seinen Anhängern die beschworene Fahrt ins Heilige Land angetreten.

An der ungarischen Grenze angekommen, erfuhr er, daß die Marschgruppen Volkmars und Gottschalks – nachdem sie die Prager und Regensburger Juden dem »Zorn Gottes« unterworfen hatten – von den Ungarn unmittelbar nach Grenzübertritt aufgerieben worden seien. König Koloman verweigerte auch Emicho den Durchzug durch sein Land und sperrte die Donaubrücke bei Wieselburg.

Die Kreuzfahrer, meist Ritter und berittene Söldner aus dem Rheinland, bauten daraufhin eine eigene Brücke und begannen mit der Belagerung

von Wieselburg. Dann aber wurden sie von den disziplinierten Truppen Kolomans in eine Schlacht verwickelt und bis auf wenige Mann zusammengeschlagen. Der Raubgraf Emicho gehörte zu den wenigen, die zu fliehen vermochten; er entkam auf einem schnellen Pferd und kehrte in seine Heimat zurück, wo er den Chronisten offenbar keine Gelegenheit mehr verschafft hat, sich mit ihm zu beschäftigen.
Ein grausiges, erschreckendes Vorspiel – dieser »rheinische Kreuzzug« nebst seinen böhmischen und bayerischen Ablegern. Ein sinnloses Morden und Plündern, für das der Name Christi ein willkommenes Alibi geliefert hatte. Und viele, viele Tote, auch wenn man den Zahlen der zeitgenössischen Berichter gebührend mißtraut.
Noch zehn Jahre später vertraute der Abt Ekkehard von Aura – ein glühender Anhänger der Kreuzzugbewegung, der 1101 mit dem Herzog Welf von Bayern selbst ins Heilige Land pilgerte – seiner Chronik den melancholischen Satz an, daß viele Menschen zwar den »Eifer für Gott besaßen«, aber nicht »nach der Weisheit Gottes« handelten. Das war für ihn auch der Grund dafür, »daß einige einfältige Brüder, die die Sache nicht durchschauten, Ärgernis nahmen, das ganze Kreuzzugunternehmen voreilig verurteilten und es für eitel und vermessen erklärten«.

Der Ritter von Habenichts und seine Habenichtse

Auch die Heerhaufen des gewesenen Eremiten marschierten ins Verderben. Kaum einer sah die Heimat wieder.
Der ungeduldige Sans-Avoir war der erste, der mit seinen Scharen zum Zug ins Heilige Land aufbrach. Wenige Tage nach Ostern verließ er das Kölner Biwak. Walter von Habenichts – von dem es hieß, er habe seinen Namen aus Demut angenommen, weil er um nichts reicher sein wollte als seine armen christlichen Brüder – war ein tüchtiger und redlicher Kriegsmann, der im Gegensatz zu Emicho von seinen Schutzbefohlenen Ordnung und Wohlverhalten verlangte.
In der Tat gelang es ihm, sein vorwiegend aus französischen Habenichtsen bestehendes Aufgebot in leidlicher Disziplin neckaraufwärts und donauabwärts durch Deutschland zu führen. Am 8. Mai 1096 öffnete sich ihm die ungarische Grenze. Der zuvor verständigte König Koloman ließ es auch während des Weitermarsches nicht an der notwendigen Fürsorge fehlen. Ende Mai betrat das von Sans-Avoir befehligte Heer bei Belgrad den Boden des byzantinischen Reiches.
Dem dortigen Militärbefehlshaber lief es beim Anblick der ihm folgenden Armenarmee kalt über den Rücken. Und da er nicht wußte, wie er sich verhalten sollte, bemühte er sich, den Gepflogenheiten des byzantinischen Reiches entsprechend, um eine kaiserliche Order. Er sandte Boten

zum Gouverneur in Nisch, der seinerseits in Konstantinopel anfragen ließ, was zu tun sei.
Walters Heerbann wurde inzwischen bei Belgrad festgehalten. Bald waren die letzten Vorräte aufgezehrt. Die von ihren leeren, schmerzenden Mägen gepeinigten Kreuzfahrer schwärmten aus und fouragierten auf eigene Faust. Die heimische Bevölkerung, die weder ihre Gefühle noch ihren Besitz respektiert sah, setzte sich zur Wehr. Es kam zu blutigen Schlägereien, die byzantinischen Truppen griffen ein, es gab Tote und Verwundete auf beiden Seiten. Einige von Walters Leuten verbrannten in einer Kirche.
Dem Ritter von Habenichts gelang es jedoch, seine marodierenden Banden wieder zu sammeln und unter Vermeidung weiterer Zusammenstöße nach Nisch marschieren zu lassen. Dort wurden sie erneut einem mehrtägigen Zwangsaufenthalt unterworfen. Inzwischen funktionierte die riesige Maschinerie des byzantinischen Reiches jedoch. Walters erregtes, unterernährtes Lumpenaufgebot wurde nicht nur ausreichend verproviantiert, sondern auch mit einer militärischen Eskorte versehen, die es ohne neuerliche Zwischenfälle bis vor die Mauern von Konstantinopel geleitete.
Dort schlugen die hemdlosen Haufen ihr Lager auf, um die Ankunft des »Eremiten« abzuwarten.

Generalabsolution für eine Lumpenarmee

Peters Zug verlief wesentlich dramatischer. Und noch wunderlicher, noch grotesker, noch bizarrer als der Marsch des Barons von Habenichts. Im Zentrum auf seinem ausdauernden, dürren Esel der ebenso ausdauernde, dürre Peter. Proviant und Kriegskasse auf schwerfällig mahlenden, knirschenden Karren. Die rheinischen und lothringischen Ritter hoch zu Roß, über die Kolonnen der mühsam dahinstampfenden, ausgedörrten Marschierer verteilt. Insgesamt, Weiber und Kinder eingerechnet, an vierzigtausend Krieger Christi. Schwitzend, keuchend, ächzend, betend, singend – aber unzulänglich oder gar nicht bewaffnet.
Auch Peters Zug erreichte ohne sonderliche Störungen die ungarische Grenze, wo ihn Beauftragte des gutwilligen Königs Koloman staunend, aber respektvoll empfingen. Auch der Weitermarsch vollzog sich zunächst ohne besondere Vorkommnisse. Erst in Mittelungarn scheint es Ärger und Ungelegenheiten gegeben zu haben.
Guibert von Nogent hat ein außerordentlich eindrucksvolles, gleichsam in Holz geschnittenes Bild von den Ausschreitungen entworfen, die sich die Rotten des Eremiten dort zuschulden kommen ließen. »Getrieben von abscheulicher Wut«, setzten sie die Getreideschober in Brand, stellten sie

jungen Mädchen nach, taten ihnen Gewalt an, »schändeten Ehen, indem sie den Männern ihre Frauen raubten«, und rissen wohlmeinenden Gastgebern die Bärte aus. Doch besteht Grund zu der Annahme, daß er Peters gläubige Haufen hier mit Emichos schlimmen Banden verwechselt hat. Wahrscheinlich haben sich die aufgestauten Leiden und Leidenschaften erst bei Semlin, an der ungarisch-byzantinischen Grenze, erstmalig entladen.

Die aus nichtigem Grund entstandene Auseinandersetzung wuchs sich zu einem blutigen Krawall und schließlich zu einer »regelrechten Schlacht« aus, die damit endete, daß das erbitterte Petersche Kriegsvolk die Zitadelle und ihre Magazine stürmte und angeblich viertausend Ungarn tötete. Dieser Zwischenfall löste auch auf der anderen Seite der Save Alarm aus. Die byzantinischen Grenztruppen versuchten die Heerhaufen des Eremiten zu zwingen, den Fluß an einer vorbestimmten Furt zu überqueren, waren aber zu schwach, mit den brodelnden Massen, die schon längst keinem Befehl mehr gehorchten, fertig zu werden. Sie zogen sich daher in die Berge zurück und überließen Belgrad, das die erschreckte Bevölkerung bereits fluchtartig verlassen hatte, der Wut und Habgier der Peter-Banden, die wie ein gefräßiger Heuschreckenschwarm über die Stadt herfielen, sie ausräuberten und an allen vier Ecken anzündeten.

Beim heutigen Nisch in Serbien, dem Geburtsort Kaiser Konstantins, stießen die Kreuzfahrer erneut auf petschenegische Söldner des Kaisers von Byzanz. Wieder begannen die Händel mit mutwilligen Brandstiftungen und gewaltsamen Fourageaktionen der hungrigen Pilger. Diesmal jedoch ließen sich die kriegsgewohnten Petschenegen das Gesetz des Handelns nicht aus der Hand nehmen. Sie überfielen den Peterschen Heerwurm und zerstückelten ihn. Die Gläubigen, die ausgezogen waren, die christlichen Byzantiner im Kampf gegen die Feinde Christi zu unterstützen, zerstreuten sich in den Wäldern zu beiden Seiten der Straße, wo viele von ihnen erwischt und – nach den Bräuchen des Landes – versklavt wurden. Albert von Aachen behauptet, daß Peter in dieser Marschschlacht fast zehntausend Mann, ein Viertel seiner bejammernswerten Heerhaufen, verloren habe.

Von da an verlief die Reise einigermaßen glatt; in Sofia, das am 12. Juli erreicht wurde, »übernahmen« byzantinische Truppen, die sich über Nacht wieder in Verbündete verwandelt hatten, den Leidenszug Peters, verköstigten ihn ordnungsgemäß und führten ihn unter strenger militärischer Bewachung nach Konstantinopel.

Eine merkwürdige Szene, die die Paradoxie der Situation grell beleuchtet, beschließt diesen ersten Akt des aberwitzigen Volkskreuzzuges. In der Nähe von Adrianopel erwarteten den dürren Eselstreiber zwei kaiserliche Gesandte, die ihm eine »huldvolle Botschaft« des Basileus überbrachten und seiner Lumpenarmee eine Art von Generalabsolution für alle unter-

wegs begangenen Missetaten erteilten. Peter war von diesem allerhöchsten Gunstbeweis so gerührt, daß Tränen sein zerfurchtes, schweinsledernes Antlitz überströmten.
Am 1. August 1097 schlug er mit seinem erschöpften, geschundenen Heerhaufen im Vorfeld von Konstantinopel sein Lager auf.

Über den Bosporus nach Nikomedia

Was weiter geschah, hat Anna Komnena, die Tochter des byzantinischen Kaisers Alexios Komnenos, in der zum Ruhm ihres Vaters geschriebenen *Alexiade* berichtet – einem Geschichtswerk, das trotz seinem offiziösen Charakter verrät, wie sehr die Autorin Ohren- und Augenzeugin der dargestellten Ereignisse war.
Anna Komnena spricht vom Auftritt der *Kelten* wie von einem erschrekkenden Naturereignis. Sie sah »eine unermeßliche Menge von Männern aus dem Volk, mit Frauen und Kindern« durch die Vorstädte ziehen, und alle trugen rote Kreuze auf den Schultern. Ihre Zahl war – hier schwelgt die gescheite Kaisertochter, die später den Geschichtsschreiber Nikiphoros Bryennios heiratete, in abgegriffenen Bildern – »größer als die der Sandkörner am Ufer des Meeres und der Sterne am Himmel«, so daß ein »Gewühl entstand, wie man es seit Menschengedenken nicht gesehen hatte... Alle Straßen wimmelten von Menschen«, die »wie Gießbäche herabgestürzt«, aber gleichzeitig von einer solchen »heiligen Glut« entflammt waren, daß ihre Gesichter den Wunsch und »den Eifer verrieten, den Weg des Himmels zu gehen«.
Leider stellte sich auch hier bald heraus, daß für viele von ihnen der Himmel mit dem wohlfeilen Erwerb irdischer Habe identisch war. Zwar hatte ihnen ein kaiserliches Edikt ausdrücklich gestattet, »nach Belieben zu kaufen, was in der Stadt verkäuflich war«; unchristliches Geschacher verachtend, zogen sie es jedoch vor, sich stehlend und plündernd der zahlreichen verführerischen Dinge zu bemächtigen, die auf den reich beschickten Märkten angeboten wurden. Nicht genug damit, verwüsteten sie, wie Guibert von Nogent mißbilligend vermerkt, »die Paläste der Stadt, setzten öffentliche Gebäude in Brand, rissen die Bleiplatten von den Dächern der Kirchen und verkauften dieses Blei wieder an die Griechen«.
Kaiser Alexios dürften diese Ausschreitungen schlaflose Nächte bereitet haben. Er hatte die *Kelten* ins Land gerufen, und er hatte alle erdenklichen Vorbereitungen getroffen, die Heere, die ihm Papst Urban zugesagt hatte, sicher nach Konstantinopel zu geleiten, aber natürlich hatte er nicht damit gerechnet, daß sich – so Annas glaubwürdige Aussage – »das ganze Abendland und alle barbarischen Völker von jenseits der Adria bis zu den Säulen des Herkules« in Bewegung setzen und statt einer kampftüchtigen

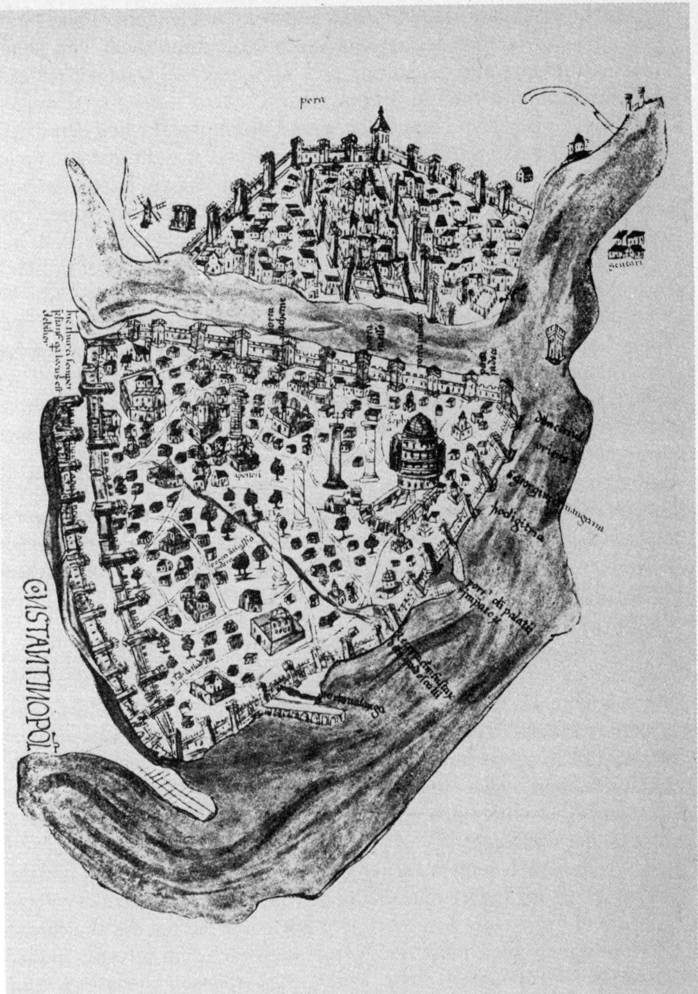

Ansicht der Stadt Konstantinopel vor der Eroberung durch die Türken. Es handelt sich bei dieser Abbildung um die älteste authentische Wiedergabe der Stadt. (Aus: Liber Insularium Archipelagi, Florenz 1422; Foto: Archiv für Kunst und Geschichte, Berlin)

Armee unübersehbare Haufen beutelüsternen, verblendeten Pöbels mobilisieren würden. Nun lagerte ein wahres Landfahrerheer vor seiner Hauptstadt, raubte und randalierte und hielt seine Militärpolizisten und Verpflegungsintendanten in Atem.
Kaiser Alexios war kein Freund übereilter Entschlüsse. Er ließ den Eselstreiber – den »Kukupetros«, den »kleinen Peter«, wie ihn die Komnena fast zärtlich nennt – zu sich bitten, sprach ihn gnädig an, hörte ihm verständnisvoll zu, füllte seine Kasse auf und entließ ihn mit dem guten Rat, zunächst die Ankunft des annoncierten Ritterheeres abzuwarten. Bis dahin möge er sich übereilter Entschlüsse und vor allem jeglicher militärischen Aktionen enthalten.
Unter dem Eindruck der nicht nachlassenden Ausschreitungen verfügte er jedoch einige Tage später, daß das Petersche Kriegsvolk den Bosporus »unverzüglich zu überschreiten« und sich auf dem bithynischen Ufer niederzulassen habe. Als vorläufiges Quartier wies er ihm die von ihren Einwohnern verlassene Stadt Nikomedia an. Dort trafen Peters Kreuzfahrer, verstärkt durch die Scharen des Ritters von Habenichts, am 6. und 7. August 1096 ein.
Eine Woche vor dem von Urban terminierten Abmarsch des Ritterheeres befand sich die Kleine-Leute-Armee des Peter von Amiens also bereits auf asiatischem Boden – im Niemandsland zwischen Griechen und Türken.

Durst in Xerigordon

Hier in Nikomedia hätte das Peter-Heer die Chance gehabt, sich wohlversorgt und gut ernährt als Gast des Kaisers von den Strapazen und blutigen Zwischenfällen seines langen Marsches zu erholen. Peter war in der Tat verständig genug, sich für eine längere Ruhepause einzusetzen. Seine Ritter und Glücksritter aber waren nicht gesonnen, ihre Kampf- und Beutelust länger zu zügeln.
Zwistigkeiten zwischen Deutschen und Italienern auf der einen und den Franzosen auf der anderen Seite schürten die Unruhe, die sich der Peter-Banden mehr und mehr bemächtigte. Zwar marschierten die verschiedenen Kontingente des Heeres noch gemeinsam nach dem befestigten Platz Civetot bei Helenopolis, dort aber begannen sie ebenso unbedacht wie unerfahren auf eigene Faust zu agieren – die Deutschen und Italiener unter Führung des Ritters Reinhold, die Franzosen unter jenem Gottfried Burel, der sich schon bei der Erstürmung der Zitadelle von Semlin den Ruf eines verwegenen Kriegers erworben hatte.
Ihr Unglück war, daß sie ihre ersten Raubzüge mit Glück bestanden. Sie begannen mit Überfällen auf Dörfer ihrer griechischen Glaubensgenossen, riskierten aber bald auch Ausflüge in die türkische Einflußzone. Ein

französischer Haufen drang schließlich bis in die Vororte von Nicäa vor, der Residenz des Seldschuken-Sultans Kilidsch Arslan ibn-Suleiman, und veranstaltete ein grausames Massaker, auf dessen Höhepunkt – nach allerdings unverbürgten Nachrichten – kleine Kinder auf Spießen gebraten wurden. Dann griff er eine Gruppe türkischer Grenzmiliz mit solcher Vehemenz an, daß diese schreckerfüllt davonstob. Stolz kehrten die beutebesessenen Pilger als siegreiche Heidentöter ins Lager zurück.

Dieser unerwartete Triumph weckte den Neid der deutschen Kreuzfahrer. Auch ihr Blut geriet in Wallung. Auch sie beschlossen, zu einem tatkräftigen Schlag gegen die verhaßten Ungläubigen auszuholen.

Mit sechstausend Mann an Nicäa vorbeimarschierend, griffen sie, durch die Gebete mitziehender Geistlicher moralisch gestärkt, die Burg Xerigordon an, nahmen sie im Handstreich und nisteten sich auf ihr ein. Der Erfolg war jedoch nur von kurzer Dauer. Schon fünf Tage später schlossen türkische Einheiten die Xerigordon-Eroberer in ihrem Raubhorst ein und isolierten sie von den außerhalb der Festung liegenden Quellen. Zum erstenmal mußten die christlichen Kreuzfahrer nun erfahren, was es hieß, unter der glühenden Sonne Kleinasiens gegen einen mit der Natur des Landes vertrauten Gegner Krieg zu führen.

Durst dörrte sie aus und erzeugte wilde Halluzinationen in ihren ohnehin verwirrten Köpfen. Verzweifelt versuchten sie, die schmerzende Glut in ihren Eingeweiden zu löschen. Nach dem Bericht eines anonymen Geschichtsschreibers tranken sie das Blut ihrer Pferde und Esel. »Einige warfen Schärpen und Lappen in die Latrinen und drückten sie in ihrem Mund aus; wieder andere gruben feuchten Boden auf, legten sich nieder und häuften die Erde auf ihre Brust.«

Acht Tage kämpften die Eingeschlossenen, von den Priestern immer wieder zum Durchhalten angespornt, einen erbitterten Kampf gegen die höllische Lava, die ihre Leiber durchströmte. Dann kapitulierten sie. Und die Türken machten kurzen Prozeß mit ihnen. Wer sich weigerte, fortan Allah und seinen Propheten zu dienen, verlor seinen Kopf. Die Renegaten wurden versklavt. Unter denen, die »Christus verrieten«, befand sich der Ritter Reinhold, der das Unternehmen Xerigordon ausgeheckt und angeführt hatte.

Die Katastrophe von Civetot

Inzwischen hatten die Türken in der Umgebung von Civetot das Gerücht ausstreuen lassen, das die Deutschen Nicäa erobert und unermeßliche Beute eingebracht hätten. Der Trick – ein bemerkenswerter Akt psychologischer Kriegführung – hatte zwar nicht ganz die erwartete Wirkung; einige der älteren christlichen Ritter rochen den vergifteten Braten und verhinderten den unverzüglichen Aufbruch ins Blaue, den der Gegner erhofft hatte. Das Gemunkel schuf jedoch Unordnung und verbreitete jene Ungewißheit, die der fruchtbarste Nährboden für übereilte Entschlüsse ist. Als die bittere Wahrheit über Xerigordon publik wurde, bemächtigte sich der Kreuzfahrer im Lager von Civetot eine zugleich lähmende und aufbegehrende Verstörtheit. Im Kriegsrat der adligen Anführer setzte sich schließlich – in Abwesenheit des in Konstantinopel weilenden Peter – der Ritter Gottfried Burel durch, der sofortige Rache für Xerigordon verlangte.

Die Katastrophe trat über Nacht planmäßig ein. Nur drei Meilen vom Lager entfernt, in einer engen, schluchtenreichen, bewaldeten Tallandschaft, wurde das immer noch fast zwanzigtausend Mann starke Eremiten-Heer von den im Hinterhalt versteckten Türken im Morgengrauen überfallen und durch einen Hagel von Pfeilen – die übliche Angriffsouvertüre der Muslims – derart durcheinandergebracht, daß es völlig aufgelöst ins Lager zurückstob, wo die Priester den zurückgebliebenen Alten, Kranken, Frauen und Kindern gerade die Frühmesse zelebrierten. Geordneter Widerstand war nun nicht mehr möglich. Die seldschukischen Krieger hieben die Peterschen Rotten, die ausgezogen waren, das Heilige Grab zu befreien, fast vollständig zusammen. Um Mittag war das Schicksal der Expedition besiegelt.

Auch die meisten Ritter, obwohl zu Pferde und gut bewaffnet, wurden ein Opfer ihrer sträflichen Leichtfertigkeit. Walter von Habenichts und Hugo von Tübingen, die Brüder Albert und Konrad von Zimmern und »was sonst noch an ansehnlicheren Männern vorhanden war«, fielen im Kampf. Gottfried Burel und Friedrich von Zimmern schlugen sich schwerverwundet durch, zusammen mit etwa dreitausend Mann, die sich in einem verlassenen Schloß an der Küste festsetzten und es so lange verteidigten, bis sie von byzantinischen Kriegsschiffen evakuiert wurden. Kaiser Alexios ließ ihnen die Waffen abnehmen und schickte sie, die wenigstens das nackte Leben gerettet hatten, nach Haus.

Die gebleichten Gebeine der Gefallenen sah Fulcher von Chartres noch ein Jahr später auf den Feldern von Nikomedia liegen. Wenn man Anna Komnena glauben darf, dienten sie später als Baumaterial. »Menschen von demselben Stamm wie die niedergemetzelten Barbaren bauten daraus Mauern wie die einer Stadt, und anstelle des Mörtels füllten sie die Zwischenräume mit den Gebeinen der Toten und machten aus dieser Stadt gewissermaßen ihr Grab. Dieser befestigte Platz besteht heute noch, umgeben von einer Mauer aus Steinen und Knochen.«

Bilanz eines Debakels

Der Kreuzzug des Volkes, wie die tieftragische Groteske der Peter-Kampagne gegen die Ungläubigen meist genannt wird, hat schon die zeitgenössischen Chronisten beschämt und verwirrt. Auch die meisten späteren Kreuzzughistoriker vermögen angesichts der Katastrophen von Xerigordon und Civetot ihre Betretenheit kaum zu verbergen. Sie neigen deshalb dazu, ihn als eine periphere Angelegenheit abzutun oder gar mit dem Mantel gnädigen Schweigens zu bedecken. Ihrer Unsicherheit entsprechend, fallen auch die Urteile über diese aberwitzige Expedition höchst widersprüchlich aus.

Die einen sprechen von »frommen Pilgern« und gläubigen Bauern, »die sich nutzlos, aber nicht ohne Ehre hinmorden ließen«, andere von verführten »kleinen Leuten«, wieder andere von Streunern, Tagedieben und Taugenichtsen. Kugler glaubt dem Schicksal sogar danken zu müssen, daß es Europa durch das Petersche Unternehmen von nutzlosem Gesindel befreite. René Grousset spricht von »schlechtbekehrten Sündern« und »gewesenen Räubern«, die auf ihrem Hungermarsch »wieder zu Räubern wurden«, und macht keinen Hehl daraus, daß er »diesem Schaum auf der Woge der Kreuzzüge« nur widerwillig einige Seiten widmet.

Die Wahrheit dürfte auch in diesem Fall mehrere Gesichter gehabt haben. Die Volkshaufen, die der wortmächtige Peter und seine engagierten Prediger (die zum großen Teil mit in den Untergang zogen) mobilisiert hatten, bestanden sicherlich nicht nur aus Landstreichern und hemdlosen Abenteurern. Es handelte sich im Kern um eine Armee hungernder Bauern und Pächter, die hoffend und wundergläubig, aber ohne Disziplin, ohne Ordnung, ohne die geringsten geographischen Kenntnisse, »ohne Ausrüstung, ohne Planung« unter Führung einiger adliger Desperados ins Blaue hineinwanderten, unmäßige Strapazen auf sich nahmen und mit der Dauer des Marsches immer anfälliger für Kurzschlußhandlungen wurden. »Ein Wunder«, meint Waas, »daß sie Konstantinopel überhaupt erreichten.«

Die Generalbilanz? Die Gläubigkeit, Begeisterung und »lebendige Erregung« des Eremiten-Heeres setzten zwar ungeheure Kräfte frei, vermochten das Defizit an Ausbildung, Ordnung und Disziplin aber nicht auszugleichen. Dieses Manko, verbunden mit Hunger, Besitzgier und dem Gefühl des Verlorenseins in einer feindlichen Umwelt, löste Fehlleistungen aus, die militärisch nicht wiedergutzumachen waren und somit direkt ins Verderben führten.

Das totale Debakel hat allerdings nicht verhindert, daß der Urheber dieses Zuges – der ebenso abstruse wie imponierende Peter von Amiens – noch zu seinen Lebzeiten ein Mythos wurde. Die frühe Kreuzfahrerliteratur hat ihm mehr Kränze gewunden als den Anführern des erfolgreichen er-

sten Ritterkreuzzuges. Das *Jerusalem-Lied*, das *Antiochia-Lied*, das *Lied von den Armen und Schwachen*, alle im französischen Sprachraum entstanden, haben ihn hymnisch besungen und verherrlicht und zu einer Gestalt emporstilisiert, neben der die Päpste Gregor und Urban, die Väter des Kreuzzuggedankens, wie Statisten, allenfalls wie Stichwortgeber wirken: ein Faktum, das die melancholisch stimmende Erfahrung erhärtet, daß das Charisma eines geborenen Demagogen und Magiers der Massenseele nicht nur seine eigenen Niederlagen überlebt, sondern auch die Havarien, die er anderen bereitet.
Dem nachfolgenden Ritterheer brachte der Untergang der Peter-Armee allerdings einen gewichtigen Vorteil. Die Seldschuken meinten es mit einer regulären Armee zu tun gehabt zu haben und fühlten sich siegessicher. Sie glaubten daher nicht mehr an die fränkische Gefahr und sahen den aufziehenden Ereignissen mit dem gleichen Leichtsinn entgegen, der Peters Banden direkt ins Verderben geführt hatte.
Das Heer der Ritter, das sich, wie vorgesehen, am 15. August 1096 in Marsch gesetzt hatte, hat davon entscheidend profitiert.

Sechstes Kapitel

Goldene Esel am Goldenen Horn

Geschenke und Schwüre in Konstantinopel – Kaiser Alexios und die fränkischen Fürsten

Eine mächtige Armada, keine Armee

Im Spätsommer des Jahres 1096, knapp acht Monate nach der Kundgebung von Clermont, trat das riesige Ritterheer seinen Marsch nach Jerusalem an – dreihunderttausend Kreuzfahrer, so ließ Papst Urban dem byzantinischen Kaiser Alexios Komnenos melden, seien auf dem Wege in das Land, »wo SEINE Füße gegangen«.

Es war – obwohl triftiger Grund besteht, die von Urban genannte Zahl zu bezweifeln – eine ungeheure Heeresmasse, die sich zum festgesetzten Termin, dem Tag von Mariä Empfängnis, ebenso ungeduldig wie schwerfällig in Bewegung setzte. Eine mächtige Armada, aber keine Armee. Im Kern ein imponierendes Aufgebot kriegserfahrener Fürsten und händelfreudiger Haudegen. Auch dieser Streitkraft »kühner Recken und Ritter« folgten jedoch, wie dem Peterschen Esel, zahllose Haufen zusammengelaufenen Volkes; bewaffnet zwar, aber im Umgang mit Waffen nicht geübt; begeistert und entflammt, aber an Disziplin und körperliche Strapazen nicht gewöhnt. Das alles, einschließlich der mitziehenden Frauen, Kinder und Mönche, in landsmannschaftlichen Verbänden marschierend, aber ohne militärische Ordnung, ohne Drill, zusammengehalten nur durch den gemeinsamen Wunsch und Willen, die Ungläubigen die Kraft christlicher Schwerter spüren zu lassen.

Dieses merkwürdige Heer – das merkwürdigste und (nach Kugler) »demokratischste Heer, das es je gegeben hat« – war überdies ein Heer ohne Kopf; es hatte keine verantwortliche Spitze, keine einheitliche Befehlssprache, nicht einmal eine eigentliche Kommandohierarchie.

Der Graf Raimund von Toulouse hatte sich, wie bekannt, Hoffnungen darauf gemacht, vom Papst mit der militärischen Leitung der Kreuzfahrerarmee betraut zu werden. Daß es eine trügerische Hoffnung gewesen war, erfüllte ihn mit Gram und Groll. Auch die übrigen Fürsten waren peinlich darauf bedacht, sich von niemand in die Führung ihrer Verbände hineinreden zu lassen. Zwistigkeiten, Eifersüchteleien und Intrigen waren daher ein fester Bestandteil des Alltags der Kreuzfahrerarmee. Adhemar von Puy, der als Beauftragter des Papstes wenigstens die unbestritten höchste moralische Autorität des Heeres war, hatte seine liebe Not mit den aufgeblasenen, bärbeißigen Herren, die die von ihnen gesammelten

(und zum Teil auch ausgesteuerten) Verbände gleichsam als Privateigentum betrachteten.
Kurzum: diese Kreuzfahrerarmee, eine Art mittelalterlicher Europa-Armee, gehorchte den Traditionen und Gewohnheiten des abendländischen Feudalismus mehr als autochthonen militärischen Gesetzen. Dieser Einstellung entsprach auch der Beschluß der fünf Heeresgruppenkommandeure, zunächst getrennt zu marschieren und sich erst vor den Mauern von Konstantinopel zu vereinigen.

Unter dem Banner des heiligen Petrus

Als erster ließ der Graf Hugo von Vermandois zum Aufbruch blasen, ein nervöser, unsteter und anspruchsvoller Herr, der, »von fahrigem Tatendrang ergriffen« (wie es in Kuglers farbiger Kreuzzugbeschreibung heißt), die bewaffnete Wallfahrt als eine willkommene Gelegenheit betrachtete, die Szene in einer splendiden Doppelrolle als Bruder des Königs von Frankreich und als Vertrauter des Papstes zu beherrschen.
Graf Hugo zog über Rom, wo er sich von Urban das Banner des heiligen Petrus mit auf den Weg geben ließ, nach Bari. Von dort schickte er Wilhelm den Zimmermann, einen der wenigen Überlebenden der berüchtigten Emicho-Banden, über die Adria nach Dyrrhachiom, um die byzantinische Verwaltung über seine bevorstehende Ankunft gebührend zu informieren. Der Himmel war seiner Pilgerschaft jedoch wenig freundlich gesonnen. Hugos Schiffe, die dem Zimmermann nach einigen Tagen folgten, gerieten in einen bösen Sturm. Einige sanken, mitsamt den Kreuzfahrern, die sie trugen.
Auch der eitle und nicht sehr mutige Hugo wurde bei Kap Palli schiffbrüchig an Land geworfen, »sozusagen von den Wogen ausgespien«, und benötigte einige Tage, um sich von seinen byzantinischen Gastgebern wieder instandsetzen zu lassen. Daß er, obwohl als Alliierter begrüßt, mit Wachen umgeben und nicht aus dem Auge gelassen im Konvoi nach Konstantinopel geleitet wurde, scheint ihn angesichts der pfleglichen Sonderbehandlung, die man ihm angedeihen ließ, nicht weiter beschwert zu haben.
Seine Ritter und reitenden Söldner, die meisten aus Zentralfrankreich, folgten ihm nach etlichen Ruhetagen, wohlversorgt und nicht aus den Augen gelassen, auf der alten imperialen *Via Egnatia* – zu ernsthaften Zwischenfällen ist es dabei nicht gekommen.
Als nächster brach der Herzog Gottfried auf. Seine Lothringer und Rheinländer zogen auf den Straßen der Peterschen Bettelarmee rheinaufwärts und donauabwärts und trafen Anfang Oktober in Leitha ein, wo Gottfried seinen Bruder Balduin samt Frau und Kindern als Geisel an Kö-

nig Koloman überstellte. Nach Durchquerung Ungarns marschierte das Heer des Herzogs dann auf jener ehrwürdigen Militär- und Händlerstraße, über die nach einer grauen Überlieferung schon Karl der Große ins Heilige Land gezogen war, über Belgrad, Nisch und Sofia nach Adrianopel.
Angemessen versorgt und mißtrauisch kontrolliert, hatten Gottfrieds Ritter bis dahin weder Grund noch Gelegenheit, über die Stränge zu schlagen. Die Bande der Disziplin rissen erst vor Konstantinopel, bei Selymbria am Marmarameer, als es plötzlich hieß, Hugo von Vermandois sei von Kaiser Alexios festgesetzt worden. Nach achttägigen Plünderungen gelang es Gottfried jedoch, seine ergrimmten Krieger zu besänftigen und in leidlicher Ordnung nach Konstantinopel zu führen.
Am 23. Dezember 1097, zwei Tage vor dem höchsten Fest der Christenheit, trafen sie dort ein und bezogen Lager am Goldenen Horn.

Prügel für den päpstlichen Legaten

Einen dritten Weg wählte die Streitmacht des Herzogs Bohemund von Tarent: die bestausgerüstete, bestausgebildete und schlagkräftigste Einheit in diesem großen Kreuzfahrerheer überhaupt.
Die fast ausschließlich aus erfahrenen, hartgesottenen »Profis« bestehende Bohemund-Armee ging zwar ebenfalls in Bari an Bord, setzte aber nicht nach Dyrrhachiom, sondern nach dem weiter südlich gelegenen Avlona über.
Von dort zogen die südnormannischen Söldner quer durch die albanischen Berge, auf Straßen und Wegen, die viele von ihnen bereits fünfzehn Jahre vorher als Feinde des byzantinischen Reiches marschiert waren, und schon auf diesem Teil der Strecke kam es zu Auseinandersetzungen mit der eingesessenen Bevölkerung, die sich standhaft weigerte, die Tatsache, daß der gefürchtete Herzog von Tarent diesmal als Verbündeter des Kaisers ins Land gekommen war, mit freundschaftlichen Gefühlen zu honorieren. Auch die petschenegischen Polizeitruppen, die dann von Vosma aus das bewaffnete Geleit übernahmen, ließen keinen Zweifel daran, daß sie den nunmehr alliierten Normannen mit äußerstem Argwohn begegneten.
So kam es schon bald zu Prügeleien, Totschlägen und handfesten Händeln, die gelegentlich den Charakter militärischer Gefechte annahmen; doch haben diese Zusammenstöße den Marsch der Normannen offenbar nicht behindert, ihre Lust an Raub, Krawall und einträglichem Frevel nicht geschwächt. Bohemund jedenfalls empfand sie als derart alltäglich, daß er keine Bedenken hatte, sich am 1. April 1097 in Russa, dem heutigen Keschan in Thrakien, von seinem Heer zu trennen und mit einer Voraus-

abteilung nach Konstantinopel abzusetzen. Acht Tage später sattelte er dort ab.
Für einen vierten Anmarschweg hatte sich der gründliche Raimund entschieden. Der Graf von Toulouse und Saint-Gilles überquerte mit seinen Provençalen von Südfrankreich aus die Alpen, um über Norditalien zur istrischen Küste zu ziehen. Schon in den serbischen Bergen hatte er sich zahlreicher Überfälle durch die dort siedelnden slawischen Stämme zu erwehren. Weiteren Ärger bereiteten ihm, nachdem er in Dyrrhachiom die *Via Egnatia* erreicht hatte, die berüchtigten Petschenegen, die kaiserlichen Polizeitruppen, die einmal sogar den päpstlichen Legaten Adhemar von Puy vom Maultier zerrten, ausraubten und leiblich und seelisch derart verwundeten, daß er sich in Thessalonike einige Tage Ruhe gönnen mußte.
Raimund richtete daraufhin ein geharnischtes Protestschreiben an den Kaiser, in dem er von »vollendetem Verrat» sprach, ließ sich durch bald darauf eintreffende Boten des Basileus jedoch wieder besänftigen und zog es dann ebenfalls vor, sein Heer zu verlassen und sich von einem Sonderkommando nach Konstantinopel eskortieren zu lassen.
Den Beschluß machte die von Herzog Robert von der Normandie geführte nordfranzösische Armee. Der älteste Sohn Wilhelms des Eroberers, der zwar Mut und Charme besaß, aber nicht gerade vor Tatkraft barst, verschmähte unziemliche Eile. Nach seinem Zug über die Alpen holte er in Lucca zunächst den päpstlichen Segen ein. Sodann nahm er sich Zeit, in Rom am Grabe Petri zu beten. In Apulien angekommen, ergänzte er seine Rüstung durch das Haar der Heiligen Jungfrau, eine »kostbare Reliquie«, die er sich von seinem Schwager Roger Borsa schenken ließ.
Während die flämischen Ritter unter Robert von Flandern Anfang Dezember nach Epirus übersetzten, entdeckte der normannische Robert die Annehmlichkeiten des süditalienischen Winterklimas und gönnte sich und seinen Rittern bis zum Frühjahr Ruhe in Kalabrien. Erst Anfang April sammelt er bei Brindisi seine Heerhaufen wieder ein, um sie nach Dyrrhachiom einzuschiffen.
Die Überfahrt stand erneut unter einem bösen Stern. Ein Lastensegler mit vierhundert Rittern und Knechten, zahlreichen Pferden und Maultieren sowie etlichen Kisten voller Gold versank in den aufgewühlten Fluten der Adria. Fulcher von Chartres, der im Gefolge des Grafen Stephan von Blois die Aufgaben des »Schreibers vom Dienst« versah, berichtet zwar, daß die an Land geschwemmten Leichen dank einer wunderbaren Fügung das Zeichen des Kreuzes zwischen den Schulterblättern trugen, führt aber gleichzeitig Klage darüber, das viele »schwache Herzen« daraufhin auf die Fortsetzung des Unternehmens verzichteten.
Die Mehrzahl der frommen Ritter ließ sich jedoch nicht beirren und gelangte unversehrt und guten Mutes nach Dyrrhachiom. Ihr Weiter-

marsch auf der *Via Egnatia* scheint sich ohne weitere Zwischenfälle vollzogen zu haben.

Bange Frage in Byzanz

Aus der Chronik des Fulcher von Chartres geht allerdings hervor, daß das Auftreten der byzantinischen Polizeitruppen auch die normannisch-flämischen Heere maßlos empört hat; noch beredter hat Raimund von Aguilers, der Kaplan des Grafen von Toulouse, die Gefühle des Zorns und der Erbitterung beschrieben, die die Begegnung mit den Byzantinern bei den Kreuzfahrern freisetzte.

Die westeuropäischen Herren, die ausgezogen waren, das griechische Reich von der Pest der Ungläubigen zu befreien, sahen sich von Wachmannschaften geleitet, die jede Bewegung kontrollierten und gegen Plünderer und Räuber unverzüglich einschritten. Noch mehr erboste die stolzen fränkischen Barone, daß diese byzantinische Militärpolizei, obwohl sie sich vorwiegend aus Angehörigen unterworfener Völkerschaften, aus »Türken, Kumanen, Petschenegen und Bulgaren«, rekrutierte, ihnen eine souveräne Verachtung bewies und sich, zumal in den Engpässen der Gebirge, ein Vergnügen daraus machten, sie an ihre Allgegenwart und damit an die Allgegenwärtigkeit der kaiserlichen Macht zu gewöhnen.

Doch weckte nicht nur diese ständige Überwachung den Zorn der gläubigen Morgenlandfahrer – die abendländischen Ritter spürten auch (so Hermann Hefele, der Übersetzer des *Albericus Aquensis*), »daß Ostrom der großen Idee der Kreuzzüge ohne innere Sympathie... gegenüberstand, und sie fügten sich der inneren Forderung des Zusammenarbeitens nur mit Mißtrauen und quittierten jede Übervorteilung... mit Haß und Verleumdung. Sie waren nie imstande, diesen merkwürdigen Hof mit seiner überlegenen politischen Bildung, seinen philosophischen und theologischen Interessen und seiner übermäßig verfeinerten Kultur, über der schon der Hauch der Fäulnis und des Sterbens lag, zu verstehen noch die berechtigten Ansprüche seiner alten Tradition zu würdigen.«

»Sie sahen nur die gefährliche Geschmeidigkeit« dieser byzantinischen Beamten und Bürokraten »und belasteten nun skrupellos den überlegenen Gegner für Jahrhunderte im ganzen Abendland mit dem Vorwurf der sprichwörtlich gewordenen griechischen Treulosigkeit.«

So kamen sie, woher sie auch kamen, mißgünstig, ergrimmt und »trotzigen Sinnes« nach Konstantinopel: bereit, dem mächtigen Basileus die Zähne zu zeigen. Zwar verwirrte der Anblick dieser Stadt ihre Sinne, sie staunten über die Kraft und Herrlichkeit dieser Residenz, ihre goldenen Kuppeln und schimmernden Dächer, ihre prächtigen Kirchen und Paläste,

ihre reich beschickten Märkte und Bazare, doch waren sie entschlossen, sich weder bluffen noch düpieren zu lassen und Streitigkeiten nicht durch Advokaten, sondern nach gut abendländisch-ritterlicher Art mit dem Schwert aus der Welt zu schaffen.
Andererseits: auch Byzanz war schockiert, auch der Kaiser war beunruhigt. Alexios hatte militärische Hilfskontingente erbeten, nicht unübersehbare Heerhaufen. Er hatte mit tüchtigen Söldnern gerechnet, die für Geld und gute Gage bereit waren, ihre Haut zu Markte zu tragen, nicht mit einer rauhbeinigen, händelsüchtigen Ritterarmee, die sichtlich anderen Interessen als denen des griechischen Reiches verpflichtet war. Er hatte kriegserfahrene Soldaten erwartet, nicht diese »heißblütigen, feurigen Kelten« (wie es in der *Alexiade* seiner Tochter Anna heißt), nicht diese halbwilden, lärmenden Streithähne, die weder lesen noch schreiben konnten und sich den Teufel um die Gesetze des Landes kümmerten – die überdies von zahlreichen Waffenlosen begleitet waren, die statt der Schwerter Palmenzweige trugen.
Doch war es nicht nur diese riesige Kreuzfahrerarmee allein, die ihn alarmiert hatte. Alexios wäre kein Byzantiner gewesen, wenn er die geheimen Absichten des Laterans nicht gewittert hätte. Der Kaiser und seine Berater, für die es eine pure Selbstverständlichkeit war, über die Hintergedanken nicht nur ihrer Gegner, sondern auch ihrer Partner nachzudenken, vermuteten mit einigem Recht, daß dieser Kreuzzug nicht allein gegen die Ungläubigen, sondern auch gegen Byzanz und die abtrünnige Ostkirche gerichtet war, und sie stellten sich bange, aber berechtigte Fragen.
Würden diese von ebensoviel Habgier wie heiligem Feuer erfüllten Ritter ihre Eroberungen je wieder herausrücken? Hatte man mit den normannischen Heeren nicht schon Ungelegenheiten genug gehabt? Hatten sie nicht erst in jüngster Zeit Palermo genommen, die adriatischen Besitzungen in schwere Bedrängnis gebracht? Mußte man in diesen kulturlosen, gesetzverhöhnenden Barbaren, die sich so großsprecherisch als Nothelfer und Verbündete aufführten, nicht notwendigerweise die Gegner von morgen sehen?
Aber wenn Alexios dem Braten auch nicht traute, er war zu dem Ergebnis gelangt, daß er zunächst keine andere Wahl hatte, als gute Miene zum bösen Spiel zu machen. Er hatte sich entschlossen, den generösen Gastgeber zu spielen und – wie er später auch seinem Sohn empfahl – »die offenen Rachen dieser Barbaren« zu stopfen. Gleichzeitig aber wollte er ihre Anführer eidlich verpflichten, ihn nach abendländischem Muster als obersten Lehnsherrn und alle eroberten Länder als Teile des byzantinischen Reiches anzuerkennen – um damit wenigstens die juristischen Positionen zu schaffen, von denen aus die künftigen Auseinandersetzungen geführt werden konnten.

Im übrigen, auch darüber war er sich klargeworden, mußte er versuchen, die zwar erbetenen, aber ungeschätzten Gäste so schnell wie möglich wieder loszuwerden.
Sein Glück war, daß die einzelnen Heeresgruppen nacheinander eintrafen, er ihre Anführer also der Reihe nach einer konsequent durchgeführten Doppeltherapie von Druck und Bestechung unterwerfen konnte.

Nachschubsperre für Gottfried von Bouillon

Bei Hugo von Vermandois, dem Erstankömmling, bedurfte es der Einschüchterung nicht einmal. Der Graf von Frankreich, eitel, sprunghaft und verwöhnt, ließ sich willig von der wohlkalkulierten Noblesse und dem Reichtum des Kaisers blenden, leistete bedenkenlos den gewünschten Schwur und freute sich königlich über die Geschenke, mit denen Alexios seine Eidbereitschaft verschwenderisch lohnte. Als Gottfried zwei Tage vor Weihnachten in Konstantinopel eintraf, war Hugo deshalb auch gern bereit, ihn in gleichsam offiziöser Funktion aufzusuchen und über des Kaisers Forderung zu informieren.
Gottfried weigerte sich jedoch, zur Audienz im Palast zu erscheinen. Von der Vielzahl der auf ihn einstürmenden Eindrücke verstört, war er ohnehin in denkbar schlechter Laune nach Konstantinopel gelangt. Noch gereizter und hilfloser wurde er, als kurz nach seiner Ankunft, wie Alberts dramatischer Epopöe zu entnehmen ist, »byzantinische Franken« sich heimlich bei ihm meldeten und »vor der Verschlagenheit des Kaisers, vor seinen vergifteten Gewändern und seinen heimtückischen Worten« warnten. Derart über »die griechische Hinterlist« belehrt, wollte er die Ankunft der übrigen Fürsten abwarten und dem Kaiser bis dahin die kalte Schulter zeigen.
Da er ein ausgesprochener »Steher« war, ebenso ausdauernd im Kampf wie im Gebet, mußte auch Alexios bald begreifen, daß freundliche Sendschreiben und andere diplomatische Gunstbeweise nicht genügten, den Sinn des hölzern-spröden Herzogs zu wandeln. Er versuchte es also mit härteren Mitteln. Er sperrte den Nachschub, hielt Pferdefutter, Fisch und Brot zurück und ließ das Lager der Lothringer durch Militärpolizei umstellen. Die gereizten Kreuzfahrer antworteten mit Überfällen, Plünderungen und Brandstiftungen, bei denen sich Gottfrieds Bruder Balduin hervortat.
Da eine komplette Blockade sich als undurchführbar erwies, brach Alexios die Befriedungsaktion wieder ab und verlegte sich erneut auf Verhandlungen – mit dem Erfolg immerhin, daß Gottfried einer Verlegung seines Biwaks nach Pera zustimmte (wo es, was er natürlich nicht ahnte, von den kaiserlichen Sicherheitsorganen besser überwacht werden konnte).

Dann begann der Basileus das Spiel von neuem. Pokernd, intrigierend, provozierend ließ er die lothringischen Kreuzfahrer seine Macht spüren, ohne sie mehr als unerläßlich notwendig anzuwenden. Er bat Gottfried abermals zur Audienz und befahl, als dieser ihn erneut abschlägig beschied, auch das Lager Pera unauffällig zu zernieren. Dann sperrte er erneut die Proviantzufuhr, diesmal in Raten: zunächst das Futter für die Pferde, dann den Fisch, dann das Brot.

Die rheinisch-lothringischen Ritter revanchierten sich wiederum mit eigenmächtigen Fourageaktionen. Als es dem Grafen Balduin gelungen war, sechzig petschenegische Militärpolizisten aufzubringen und festzusetzen, fühlten sie sich sogar stark genug, die Häuser von Pera anzuzünden und sich unter Hornsignalen vor dem Haupttor des kaiserlichen Palastviertels zusammenzurotten. Da auf den Mauernzinnen die gefürchteten byzantinischen Bogenschützen postiert waren, wagten sie allerdings nicht, es anzugreifen.

Am nächsten Morgen versuchte Graf Hugo noch einmal, den Herzog von Lothringen zum Einlenken zu bewegen. Gottfried fuhr ihn jedoch rauh an, nannte ihn einen »Königssohn, der sich zum Sklaven gemacht« habe, und verbat sich weitere Einmischungen. Nicht besser erging es kaiserlichen Abgesandten, die gegen Mittag im lothringischen Lager erschienen und eine neue Offerte des Kaisers überbrachten.

Am Nachmittag kam es zu der nun nicht mehr vermeidbaren, bewaffneten Auseinandersetzung, zu einer »regelrechten Schlacht«, wie in vielen Kreuzzugbeschreibungen zu lesen ist. Alexios, der inzwischen die Geduld verloren hatte (oder die Situation für »reif« hielt), setzte reguläre Truppen ein, und diese bereiteten den Lothringern eine schnelle und vollständige Niederlage. Diese Niederlage wirkte Wunder. Nun endlich kapitulierte der eiserne Gottfried. Er erklärte sich bereit, den geforderten Eid zu leisten. Und Alexios bewies, daß in seinem Register psychologischer Hilfsmittel versöhnliche, ja, aufmunternde Gesten für den Besiegten nicht fehlten.

Bei der Eidesleistung – die nach Albert von Aachen zu Beginn der Fastenzeit, nach Anna Komnena dagegen erst am 3. April 1097, am Ostersamstag, stattfand – trat er Gottfried, als hätte es nie einen Zwist gegeben, mit väterlichem Wohlwollen gegenüber und ehrte ihn »und alle anderen Fürsten« mit einem zeremoniösen Friedenskuß. Von so viel Großmut begütigt und versöhnt, unterwarf sich der Herzog dem Basileus, der ihn seinerseits, »dem Landesbrauch gemäß«, als Sohn in die kaiserliche Familie aufnahm. »Und alsogleich wurden« – nach Alberts treuherziger, wenn auch sichtlich orientalisch inspirierter Darstellung –»aus der kaiserlichen Schatzkammer dem Herzog und seinen Begleitern unschätzbare Geschenke gebracht, Gold und Silber und Purpur aller Art, Maultiere und Pferde und was sonst der Kaiser an Kostbarkeiten besaß.«

Ein opulentes Mahl beschloß die franko-byzantinische Verständigung. Und noch am selben Tag begann die kaiserliche Flotte das rheinisch-lothringische Heer nach Kleinasien überzusetzen.

Eide, Bruderküsse, Festmenüs

Des Kaisers nächster Gesprächspartner war der Normanne Bohemund, der knochenharte, zielbewußte, verschlagene Herzog von Tarent, der sechzehn Jahre zuvor Dyrrhachiom erobert und Alexios in Griechenland und Makedonien zweimal schwer geschlagen hatte – und dessen Name seitdem genügte, den Basileus und seine Berater frösteln zu lassen.

Die *Kaisarissa* – die damals vierzehnjährige Anna Komnena – hat den Auftritt dieses Bohemund am Hofe von Byzanz offenbar als Augenzeugin miterlebt. Sie empfand etwas »unbestimmbar Erschreckendes« beim Anblick des hochgewachsenen, »harten und wilden« Mannes, der noch mit seinem Lachen »seine Umgebung schaudern« ließ, aber auch einen »gewissen Zauber« ausstrahlte; denn dieser majestätische Kriegerfürst entsprach in seiner apollinischen Erscheinung »den Maßen des Polyklet«, er hatte einen »geschmeidigen Geist« und wußte seine wohlberechneten Worte so zu drechseln, daß sie alles und doch gar nichts besagten. Er war der einzige, so vertraute sie noch im distanzierenden Rückblick von Jahrzehnten der Lebensgeschichte ihres Vaters an, der dem Alexios Komnenos »an Glück, Beredsamkeit und anderen Gaben der Natur« nicht nachstand.

Die Begegnung mit Bohemund nahm denn auch einen gänzlich anderen Verlauf, als der Kaiser erwartet hatte. Der gefürchtete Gegner von einst spielte mit vollendeter Grandezza die Rolle des verständnisvollen, wohlgesonnenen Alliierten und erklärte sich ohne Zögern bereit, den gewünschten Lehnseid zu leisten. Gleichzeitig erklärte er allerdings, daß ihn außer seinem »beleidigten Glauben« auch der Wunsch und die Hoffnung, irgendwo im Morgenland ein eigenes Fürstentum zu erwerben, auf die Kreuzfahrt getrieben hätten.

Das war, bei aller Konzilianz, doch eine klare Kampfansage, mit der unverhohlen die Absicht ausgesprochen wurde, sich nicht allzulange mit Formalitäten aufzuhalten. Alexios scheint mit gleicher Münze zurückgezahlt zu haben. Er honorierte Bohemunds Schwur mit wertvollen Geschenken (nach Alberts naiver Vorstellung mit einem »wunderbaren und unglaublichen Schatz an Gold und Silber und köstlichen und kunstvollen Gefäßen«), wies aber gleichzeitig seine Geheimpolizei an, den gefährlichen Normannen sorgfältig zu beschatten.

Weit schwieriger gestalteten sich des Kaisers Verhandlungen mit Raimund von Saint-Gilles, der – enttäuscht über die Nichternennung zum

Oberbefehlshaber – ohnehin ständig bemüht war, sich in Szene zu setzen und seine sensible Launenhaftigkeit sichtbar zu pflegen.
Schon die erste Zusammenkunft mit dem Basileus verlief denkbar unerquicklich. Raimund erfuhr unmittelbar vor der Audienz, daß es noch im Vorfeld der Hauptstadt zwischen seinen Südfranzosen und kaiserlichen Truppen zu einer regelrechten Schlacht gekommen und sein Heer dabei arg unter die Dreschflegel des Gegners geraten sei. Außerdem wurden ihm Gerüchte zugetragen, die wissen wollten, daß der Kaiser dem Herzog Bohemund eine Sonderstellung unter den Kommandeuren seiner fünf Heeresgruppen versprochen haben solle.
Raimund trat dem Basileus daher betont übellaunig gegenüber und lehnte den geforderten Schwur brüsk ab. Er sei nur dem Heiligen Vater Treue schuldig, erklärte er, und sein Gewissen verbiete ihm, einen anderen Lehnsherren als Christus anzuerkennen. Im übrigen ließ er durchblicken, daß er nicht gesonnen sei, sich dem Herzog von Tarent in irgendeiner Form zu unterstellen.
Alexios bewies erneut die Geduld und Langmut eines Mannes, der über eine Legion goldener Esel verfügt. Er gewährte Raimund Bedenkzeit und überließ es dann dem inzwischen in Konstantinopel eingetroffenen Bischof Adhemar von Puy, den eigensinnigen Grafen von Toulouse zu bekehren. Auch Gottfried und Bohemund, die den Erfolg des Kreuzzuges durch Raimunds Halsstarrigkeit in Frage gestellt sahen, wirkten an dieser Seelenwäsche kräftig mit – wobei sie nicht verfehlten, auf die regelmäßigen Zuwendungen zu verweisen, deren sie sich dank der Freigebigkeit des Alexios erfreuten. Schließlich verstärkten auch die zuletzt angelangten und sofort eidbereiten Anführer des flämisch-normannischen Kontingentes – außer dem Herzog Robert die Grafen Robert von Flandern und Stephan von Blois – den Druck auf den bockigen, pedantischen und verstörten Raimund von Saint-Gilles. Am Ende mit Erfolg, wenn auch nur mit halbem Erfolg.
Raimund ließ sich nämlich lediglich zu der ehrenwörtlichen Versicherung herbei, daß er nichts gegen das Leben, die Interessen und die Ehre des Kaisers unternehmen werde: eine feierliche Erklärung, die den festgefahrenen Karren der Verhandlungen zwar wieder flottmachte, ihre bombastische Leere und Unverbindlichkeit aber nicht verbarg.
So war auch der Fall Raimund bereinigt. Alexios sah nun keinen Grund mehr, dem Grafen von Toulouse vorzuenthalten, was er den übrigen Heerführern schon hatte zukommen lassen. Er traktierte ihn mit Geschenken und überhäufte ihn derart mit Liebenswürdigkeiten, daß Raimunds Trotz schnell dahinschmolz. So kehrte der Graf von Toulouse, nachdem er sein arg gerupftes, aber leidlich wiederhergestelltes Heer nach Kleinasien überführt hatte, noch einmal an den Hof von Byzanz zurück, um die einträgliche Gastfreundschaft des Basileus zu genießen.

Damit hatte die erste Begegnung zwischen Franken und Griechen ein versöhnliches Finale gefunden: Festmenüs und lautstarke Freundschaftsbekundungen beendeten das von gegenseitigem Mißtrauen und kaum verhohlener Feindschaft erfüllte Interim – eine denkwürdige politische Groteske, deren Ablauf bereits auf weitere künftige Verwicklungen verwies und die Tragödie ankündigte, die gut hundert Jahre später mit dem erschreckenden Sturm der Kreuzfahrer auf Konstantinopel ihren blutigen Höhepunkt erreichte.

Ein Franke auf dem Kaiserthron

Mehr noch als das franko-byzantinische Schwurtheater enthüllt eine Geschichte, die Anna Komnena überliefert hat, den klaffenden Gegensatz zwischen den rohen, ungeschlachten, aber kraftbewußten abendländischen Rittern und dem hochzivilisierten, reichen und wohlorganisierten »zweiten Rom«, das zwar noch blenden und betören konnte und die Mittel der Politik meisterhaft zu handhaben wußte, aber mit der ihm verbliebenen Macht doch schon recht haushälterisch umgehen mußte.
Bei einem Empfang im Palast, so heißt es in den Aufzeichnungen der Prinzessin, vermaß ein fränkischer Adliger sich, den Sitz des Basileus einzunehmen. Alexios, der »die anmaßende Art der Lateiner seit langem« kannte, ging wortlos darüber hinweg. Gottfrieds Bruder Balduin aber nahm den Protokollverächter bei der Hand und hieß ihn aufstehen.
Der tat, wie ihm befohlen, »schleuderte aber einen wütenden Blick auf den Kaiser« und äußerte sich unwillig darüber, daß Alexios sich setzen dürfe, indes tapfere Ritter stehen müßten. Der Basileus ließ sich die ungehaltenen Worte des Franken übersetzen, sagte aber noch immer nichts.
Erst beim Abschied rief er den »hochmütigen und unverschämten Lateiner« herbei und fragte ihn, »wer er sei, woher er komme und aus welchem Geschlecht er stamme«.
Er sei ein reinblütiger Franke aus adligem Geschlecht, erwiderte der Angesprochene. Es gebe in seiner Heimat, fuhr er fort, an einem Kreuzweg eine vor langer Zeit erbaute Kapelle, wo jeder, »der einen Zweikampf zu bestehen wünsche, sich aufstelle« und auf den Ritter warte, der es wagen möchte, ihn herauszufordern. »An jenem Kreuzweg«, sagte der fränkische Ritter, »habe ich lange müßig gestanden, um einen Gegner zu erwarten; aber der Mann, der kühn genug dazu gewesen wäre, ist niemals gekommen.«
Darauf antwortete der Basileus: »Wenn du bisher zu kämpfen suchtest, ohne Gelegenheit zu finden: die wirst du bekommen im Übermaß.«
Schon bald stellte sich heraus, wie recht er mit dieser Ankündigung hatte.

Siebentes Kapitel

Die Pilgerfahrt der Ritter

Die Durchquerung Anatoliens, das Wunder von Antiochia und die Eroberung Jerusalems

Die Kapitulation von Nicäa

Zunächst allerdings erfreuten sich die Ritter sichtbar der Gunst und der Gnade des Himmels.

Die ungeheure Armee Gottes erreichte, über Nikomedia marschierend, unbehelligt die seldschukische Hauptstadt Nicäa am Ostufer des Askanischen Sees, unweit vom Marmarameer. Die militärische Situation war vielversprechend. Denn der Sultan Kilidsch-Arslan I. schlug sich im Osten Anatoliens mit den Armeniern herum und hatte seine Residenz – in der Vorstellung, nach der Vernichtung der Peterschen Banden aller Sorgen ledig zu sein – nur mit einer schwachen Besatzung zurückgelassen.

Immerhin wurde es Mitte Mai, bis die Kreuzfahrer einen Belagerungsring um das von einer fast sieben Kilometer langen Mauer umschlossene Nicäa gebildet hatten. Byzantinische Militärberater und ortskundige Führer, darunter ein gewisser Tatikios, der (nach Alberts detailfreudiger Darstellung) zwar keine Nase mehr hatte, aber als »Verwandter des Kaisers und Genosse seiner geheimsten Pläne« großes Ansehen genoß, leisteten dabei wertvolle Hilfe. So erwogen die Verteidiger der Festung bereits deren Übergabe, als sie erfuhren, daß sich der Sultan mit einem starken Heer seiner Hauptstadt näherte.

Die Nachricht befeuerte auch die Stimmung im Lager der Franken. Die Barone, die bis dahin von ihrem Gegner kaum etwas gesehen hatten, glühten vor überschießender Streitbegier, die überdies noch durch die brennende Sonne und reichlichen Weingenuß stimuliert wurde. Als die Seldschukenarmee am 21. Mai 1097 versuchte, Nicäa von Süden her zu entsetzen, stellten sie sich unverzüglich zum Kampf.

Einen ganzen Tag tobte die Schlacht, und über weite Strecken sah es schlecht für die abendländischen Ritter aus, die zum erstenmal, in glühender Hitze und von berittenen Bogenschützen umschwärmt, unter morgenländischen Bedingungen gegen Feinde antraten, die ihnen weder an Zahl noch an Leidenschaft, Grausamkeit und Hinterlist unterlegen waren. Erst im Kampf Mann gegen Mann, sozusagen im Infight mit Lanze und Schwert, bewiesen die Kreuzfahrer eine derart explosive Kraft, daß sie die Türken schließlich in die Berge zurückwarfen.

Es war der erste große und – da auch die Zelte und Vorräte der Seldschuken erbeutet wurden – lohnende Sieg der fränkischen Barone, und schon in dieser ersten Begegnung zeigte sich, daß keine der beiden kämpfenden Parteien gesonnen war, der anderen irgendwelchen Pardon zu gewähren. Die Kreuzfahrer entdeckten ganze Wagen voller Stricke, mit denen die Türken, nach heimischem Brauchtum, die erhofften Gefangenen fesseln wollten, um sie auf den orientalischen Sklavenmärkten zu verkaufen. Die Ritter hingegen hieben ihren Beutetürken die Köpfe ab und warfen diese, auf Stangen gespießt, über die Mauer der Festung Nicäa. Etwa tausend Türkenköpfe sackten sie, nach Alberts gewissenhafter Schlachtbeschreibung, ein und schickten sie dem Kaiser nach Konstantinopel. Alexios lohnte die Aufmerksamkeit durch zusätzliche Proviantlieferungen.
Mehr noch als die glücklich beendete Schlacht bewies die nun systematisch durchgeführte Belagerung, daß das Kreuzfahrerheer auf die Aufgaben, die es zu lösen hatte, nur unzulänglich vorbereitet war. Zwar gelang es Raimunds Provençalen, durch Untergraben eines Mauerstückes einen Eckturm zum Einsturz zu bringen; da die Umwallung 240 Türme zählte, war der militärische Erfolg jedoch gleich Plusminusnull. Überdies stellte sich bald heraus, daß die Belagerten über den Askanischen See ständig versorgt wurden und daher keine Not litten.
Die Byzantiner retteten die Situation, indem sie mit Schiffen, die sie über Land heranschafften, die seldschukische Hauptstadt auch von der Wasserseite her blockierten. Der Erfolg trat prompt ein: die Besatzung kapitulierte. Doch übergab sie die Festung nicht den zum Sturm angetretenen Kreuzfahrern, sondern dem griechischen Admiral Manuel Butumites, dem Befehlshaber der im Askanischen See aufgefahrenen Flotte.
Die Übergabe der Stadt an die Beamten des Kaisers – nach Alberts ungehaltener Darstellung hatte Tatikios mit der abgeschnittenen Nase seine Hand dabei im Spiel – rief bei den Rittern, die sich um Sieg und Plünderung geprellt sahen, erneut Zorn und Empörung hervor. Alexios versöhnte sie jedoch, indem er ihnen den Großteil der in Nicäa eingebrachten Beute überließ und die tägliche Fourageration noch einmal erhöhte. Die Heerführer lud er nach Pelekanon ein, wo er sie erneut reich beschenkte, diesmal mit Gold und Juwelen aus der Schatzkammer des Sultans. So herrschte trotz allem noch einmal eitel Glück und Wonne im Lager der Kreuzfahrer.
Sie hatten die Ungläubigen zum erstenmal besiegt. Sie konnten sich Hoffnungen auf weitere reiche Beute und einen günstigen Fortgang der Operationen machen. Und Gott führte ihnen, wie es in Frutholfs *Weltchronik* heißt, »das Lebensnotwendige in solcher Fülle zu, daß für den Widder nur eine, für ein Rind nur zwölf Münzen genommen wurden«.
»In fünf Wochen«, so schrieb angesichts des züngelnden Übermutes, der sich des gesamten Heeres bemächtigt hatte, Graf Stephan von Blois seiner

fernen Gemahlin, »werden wir in Jerusalem sein« – vorausgesetzt, fügte er mit einem leisen Unterton des Zweifels hinzu, daß wir vor Antiochia nicht allzu lange aufgehalten werden.

Sieg und große Beute bei Doryläon

Es folgte die Durchquerung Anatoliens, der »große Marsch« der christlichen Kreuzfahrer über die kleinasiatische Halbinsel – jener strapazenreiche Zug über eine ungastliche, steinige, trockene Hochebene, über glutheiße Steppen und Salzwüsten und schroffe Gebirge hinweg, der die Scharen der frommen Schwertpilger auch ohne Feindeinwirkung gnadenlos dezimierte.

»Ohne Furcht vor drohendem Mißgeschick« – so Albert von Aachen – setzten sich die einzelnen Heeresgruppen wieder in Bewegung. Bohemund machte am 26. Juni den Anfang. Zwei Tage danach folgten ihm Raimund, Gottfried und Hugo, noch einen Tag später Robert von der Normandie. Byzantinische Kontingente unter Führung des erfahrenen Tatikios begleiteten die riesige Armee, die auf seinen Rat hin am 30. Juli wieder konzentriert wurde und dann in zwei Marschsäulen unter Bohemund und Raimund in enger Fühlung auf der einzigen großen Straße südwärts zog.

Wie gut des Tatikios Rat gewesen war, zeigte sich bereits am nächsten Tag. Die Armee Bohemunds, die nach Überquerung eines Gebirgszuges auf der Ebene von Doryläon (in der Nähe des heutigen Eskischehir) biwakiert hatte, wurde im Morgengrauen von den neu formierten Einheiten des Kilidsch-Arslan überfallen. Die größte Gefahr ging dabei, wie schon vor Nicäa, von den berittenen Bogenschützen des Seldschukensultans aus, die nach alter Nomadenart, die Kreuzfahrer umschwärmend, ihre Köcher leerschossen, den Kampf Mann gegen Mann jedoch mieden.

Der besonnene Bohemund ließ den nachziehenden Raimund über die neue Attacke der Türken sofort verständigen und gab seinen eigenen Kriegern Order, sich zunächst auf die Verteidigung des Lagers zu beschränken. Trotzdem gerieten sie bald in schwere Bedrängnis. »Aneinandergedrängt wie Hammel in einem Pferch«, sahen sich die süd- und nordnormannischen Ritter bis zur Mittagsstunde von den Seldschuken vollständig eingekreist, so daß sie, von Pfeilen umschwirrt und »von Schrecken erfüllt«, das schmähliche Ende ihrer kühnen Befreierträume gekommen glaubten.

Bohemunds Rechnung ging jedoch auf. Als die Sonne am höchsten stand, tauchten die ersten Kontingente des nachfolgenden Heeres auf dem Schlachtfeld auf und griffen die Türken unverzüglich und mit solchem Ungestüm an, daß diese nun ihrerseits in eine brenzlige Situation gerie-

ten. Nur durch schnelle Flucht vermochten sie sich der drohenden Einschließung zu entziehen.
Den »siegreichen Christen fiel auch diesmal alles in die Hände, was die Türken an Unterhalt für ihren Feldzug mitgenommen hatten: Getreide und Wein in nicht geringem Maße, Stiere, Rinder und Schafe, Kamele, Esel, Pferde und Maultiere, außerdem kostbares Gold und ungezähltes Silber, wunderbar gearbeitete und geschmückte Zelte.«
Ja, es war ein wunderbarer, ein »glänzend errungener«, ein folgenreicher Sieg, den nicht nur die zeitgenössischen Chronisten überschwenglich gefeiert haben. Bis heute sind sich die Historiker darüber einig, daß es vor allem diese Schlacht von Doryläon war, die den Weg nach Jerusalem frei gemacht hat. René Grousset zum Beispiel vergleicht sie mit den Siegen des großen Alexander am Granikos und bei Gaugamela-Arbela und meint, daß sie »für mehr als ein Jahrhundert die Machtfrage in Nahen Osten« löste.
Jedenfalls haben die Seldschuken schwer an dieser Niederlage getragen und nur noch geringfügige Versuche unternommen, den Marsch der Kreuzfahrer durch Kleinasien aufzuhalten.
Wir wissen, daß er dennoch immense Opfer forderte.

Glutheiße Wüsten und »teufliche Gebirge«

Kilidsch-Arslan zog sich in die Berge zurück, ließ aber das Land zu beiden Seiten der Vormarschstraße in ein Land »verbrannter Erde« verwandeln. Er befahl, alle Brunnen und Zisternen zu verschmutzen, alle Brücken zu zerstören, alle Dörfer anzustecken. Die Bevölkerung wies er an, passiven Widerstand zu leisten und die Feinde Allahs dem Zorn des Propheten und den Unbilden der Natur auszuliefern.
So wurde schon der Marsch der Kreuzfahrer durch die phrygischen Berge und Wüsten ein Marsch der Schrecken und Strapazen, der an ihren Mut, ihre Ausdauer und ihre Leidensbereitschaft übermenschliche Anforderungen stellte. Sie zogen durch eine baumlose, schattenlose, von sengender Hochsommersonne vulkanisch erhitzte Landschaft. Da der mitgeführte Proviant schon bald zur Neige ging, waren die Soldaten Christi gezwungen, sich von Zuckerrohrstengeln, den Zweigen und Blättern von Dornsträuchern, die sie »ausrissen und zwischen den Fingern zerrieben«, und dem stinkenden, schnell verderbenden Fleisch der verendeten Tiere zu ernähren. Daran mangelte es freilich nicht. Denn die Pferde und Esel brachen in der dörrenden Backofenglut zu Tausenden zusammen.
Auch die Menschen litten schwer unter der gnadenlosen, Halluzinationen und furchtbare Durstqualen erzeugenden Hitze. Albert berichtet, daß an einem einzigen Tag im August fünfhundert »Pilger beiderlei Geschlech-

tes ihre Seelen aushauchten«, und erzählt von schwangeren Frauen, die »ausgetrocknet in der Hitze des ausgebrannten Landes auf freiem Feld vor aller Augen niederkamen«, aber ihre Leibesfrucht gleichgültig liegen ließen. Ritter, die ihre Pferde verloren hatten, stiegen gänzlich unritterlich auf Ochsen und Rinder um. »Ziegen, Hammel und Hunde mußten« – nach den Aufzeichnungen des unbekannten Chronisten der *Gesta Francorum* – »in dieser äußersten Not« das Gepäck und die Waffen der Krieger tragen.

Als die Kreuzfahrerarmee Mitte August Ikonion, das heutige Konya, erreichte, war sie, wie die Chronisten übereinstimmend berichten, am Ende ihrer Kraft. Selbst die Fürsten hatte der Sechswochenzug durch Phrygien schwer gezeichnet. Der herkulische Gottfried hatte sich auf der Bärenjagd schwere Blessuren an »Wade und Muskel seines Beines« zugezogen, und Raimund von Toulouse war so krank, daß ihm der Bischof von Orange vorsorglich die Letzte Ölung spendete.

Der einwöchige Aufenthalt in dem mit Obstgärten und wasserreichen Bächen gesegneten Ikonion, der nachmaligen Seldschukenhauptstadt, genügte jedoch, die Leiber und Seelen der ermatteten Heilig-Land-Fahrer mit neuen Energien zu versorgen. Als sich ihnen wenige Tagemärsche weiter bei Heraklea wieder ein türkisches Heer entgegenstellte, griffen sie es mit derartiger Vehemenz an, daß es, von Entsetzen gepackt, eilends das Schlachtfeld räumte. Ein nächtlicher Komet, den die erregten Augen des Mönches Fulcher von Chartres am Firmament entdeckten, leuchtete den Flüchtenden heim.

Kurz darauf, bei Tyana, spaltete sich die Kreuzfahrerarmee erneut. Gottfrieds Bruder Balduin (der damit für geraume Zeit von der Szene abtritt) und Bohemunds Neffe Tankred beschlossen, Syrien auf dem direkten Wege durch die Kilikische Pforte zu erreichen. Die Masse des Heeres jedoch entschied sich, wahrscheinlich auf Anraten der byzantinischen Lotsen, für den Umweg über das nordöstlich von Tyana gelegene Caesarea Mazacha und die dort wieder südöstlich abbiegende Straße über den Antitaurus.

Die Piste über das kappadokische Caesarea war nicht nur, zumindest auf dem ersten Teil der Strecke, weniger beschwerlich, sie führte auch durch die Siedlungsgebiete der von den Türken verfolgten armenischen Christen, die von den Byzantinern bereits darauf vorbereitet waren, die Rolle einer »fünften Kolonne« zu übernehmen (um ein Wort von Régine Pernoud zu gebrauchen). Jedenfalls versorgten sie die erschöpften Kreuzfahrer nicht nur mit frischem Proviant und Trinkwasser, sondern führten ihnen auch einige erprobte Guerillaverbände zu. Außerdem stellten sie die notwendigen landeskundigen Begleiter zur Überwindung der Engpässe des Antitaurus.

Diese letzte Etappe des Marsches durch Kleinasien zwang der ermatteten

Pilgerarmee noch einmal extreme Strapazen auf. Die einzige Straße befand sich in einer desolaten Verfassung. Steile Hänge erklimmend und tiefe Abgründe passierend, hatte sie sich nach ausgiebigen Regengüssen in einen aufgeweichten, schlammigen Trampelpfad verwandelt, der kaum noch begehbar war. Viele Pferde stürzten in die Schluchten des »teuflichen Gebirges«, und »jedes fallende Saumtier riß«, wie die *Gesta Francorum* berichtet, »ein anderes mit«. Die Ritter »schlugen sich vor Schmerz und Traurigkeit an die Brust« und wurden ihrer Waffen überdrüssig. Viele »verkauften ihre Schilde und guten Panzerhemden«, andere »warfen sie von sich für nichts«, um unbelastet ihren Weg fortsetzen zu können – und alle waren der Verzweiflung nahe.
Schließlich war aber auch der Antitaurus bezwungen. In der ersten Oktoberhälfte öffneten die Armenier ihren erschöpften Befreiern die Tore und Verpflegungslager von Marasch und ließen sie für einige Tage die Freuden orientalischer Gastlichkeit genießen. Als die Pilgerarmee am 15. Oktober zum Weitermarsch aufbrach, war sie so weit restauriert, daß sie zügig vorankam.
Nur fünf Tage später erreichte die Vorhut unter dem unermüdlichen Bohemund die Eiserne Brücke über den Orontes – nur drei Stunden von Antiochia, der »königlichen Stadt«, der Hauptstadt von Syrien.

»In solcher beständigen Kurzweil des Krieges«

»Es war ein Mittwoch, da sie das Gebiet von Antiochia betraten und seine Mauern umlagerten«, hat Albert von Aachen die ersten Eindrücke der Kreuzfahrer im Vorfeld der Stadt beschrieben. Antiochia »ruhte in so tiefem Schweigen, daß man aus seinen Mauern weder Ton noch Laut vernahm. Man hätte meinen können, die ganze Festung sei von Verteidigern leer.«
Trotzdem verschlug ihr Anblick den Soldaten Christi den Atem. Die Stadt Antiochia lag zwanzig Kilometer vom Meer entfernt, an schroffe Berge gelehnt, auf einer fruchtbaren, korn- und obstgesegneten Ebene. Der riesige Mauerring, der sie schützte, umschloß außer dem eng gebauten Stadtgebiet mit seinen prächtigen Villenvororten und der auf einer Bergkuppe thronenden Zitadelle zahlreiche Gärten und Felder sowie ausgedehnte grüne Wiesen – eine schöne, lockende, beuteverheißende Stadt, einst die drittgrößte des Römischen Reiches, und eine fast uneinnehmbare Festung zugleich. Ihre mächtigen, unter Justinian entstandenen und um die Jahrtausendwende von griechischen Ingenieuren restaurierten Fortifikationen befanden sich in bestem Zustand und wurden von einer entschlossenen, wohlversorgten Besatzung verteidigt.
Kommandeur der formidablen Festung, deren Umwallung vierhundert

dreistöckige, bis zu fünfundzwanzig Meter hohe Türme krönten, war der Turkmene Yaghi-Siyan, ein erfahrener, im Sattel großgewordener Kriegsmann, dem Ibn al-Athir, der bedeutendste muslimische Chronist dieser Zeit, »Urteilssinn, Entschlossenheit und Umsicht« testiert hat. Yaghi-Siyan hatte Zeit gehabt, sich auf eine Belagerung durch das Kreuzfahrerheer vorzubereiten. Er verfügte über volle Waffen- und Proviantmagazine. Bäche, Quellen und Zisternen lieferten ausreichend Wasser. Seine Truppen waren gewöhnt, am kurzen Zügel zu gehen. Ihre Zahl reichte allerdings nicht aus, alle Positionen auf den Wällen und Türmen zu besetzen.

Außerdem hatte er es mit einer unzuverlässigen Bevölkerung zu tun, die seit undenklichen Zeiten die Kunst beherrschte, auf zwei Schultern zu tragen. Die Einwohnerschaft von Antiochia, das erst 1085 türkisch geworden war, bestand in ihrer Mehrheit aus griechischen und armenischen Christen, deren Sympathien für die Kreuzfahrer leicht zu berechnen waren. Yaghi-Siyan war deshalb vom ersten Tag an darauf bedacht, sie seine Macht spüren zu lassen. Er benutzte die Kathedrale des heiligen Peter, der in Antiochia sein erstes Bistum begründet hatte, als Pferdestall, wies zahlreiche Christen aus, belegte die Wohlhabenden mit schweren Abgaben, ließ sie Steine schleppen und an den Wurfmaschinen Dienst tun und hing den inhaftierten Patriarchen, wenn ihm der Sinn danach stand, in einem Käfig an der Stadtmauer auf.

Am 1. November 1097 traten die Anführer der Kreuzfahrerarmee zu einem ersten Kriegsrat zusammen. Raimund plädierte für einen sofortige Sturm auf die Festung, Bohemund jedoch setzte sich – aus sehr eigennützigen Motiven, wie sich später ergab – dafür ein, die Ankunft von zwei angesagten Flotten, einem byzantinischen und einem genuesischen Geschwader, im Hafen des heiligen Symeon vor Antiochia abzuwarten, und die ruhebedürftigen Fürsten entschieden sich, den langen anatolischen Marsch noch in den schmerzenden Knochen, für den normannischen Herzog. So begann eine Belagerung, die in den ersten Wochen mehr einer kriegerischen Lustbarkeit als einem militärischen Unternehmen glich.

Die Soldaten Christi biwakierten vor der Stadt, ohne sie restlos einzuschließen, und freuten sich der wohlverdienten Muße, schwelgten in Getreide, Wein und Früchten, genossen die Freuden eines bukolischen Lagerlebens und kümmerten sich um den Gegner nur, wenn dieser sich erfrechte, ihr derbfröhliches Freiluftdasein zu stören. Die notwendige Abwechslung schafften Fouragezüge in die nähere und weitere Umgebung und gelegentliche Zusammenstöße mit türkischen Streifen, die den gepanzerten Rittern die erwünschte Gelegenheit verschafften, sich an die Fersen erschreckt davonstiebender Muselmanen zu heften.

Die geistlichen Chronisten berichten etwas verschämt und betreten über diese ersten Wochen der Belagerung. Selbst Alberts frommes Heldenepos wirkt an dieser Stelle merkwürdig inhaltleer, obwohl er sichtlich bemüht ist, es mit anekdotischem Beiwerk aufzufüllen. »In solcher beständigen Kurzweil des Krieges«, beendet er eine seiner farbigen Gefechts- und Patrouillenbeschreibungen, »verging längere Zeit. Da begannen allmählich beim Volk Gottes die Lebensmittel knapper zu werden.«

Obwohl die erwarteten byzantinischen und genuesischen Flotten den Symeonshafen planmäßig erreicht und ihre Ladungen gelöscht hatten, waren die Vorräte um Weihnachten aufgezehrt. Das Heer begann wieder zu hungern. Die Fouragetrupps mußten immer weiter ausschwärmen, um Eßbares aufzutreiben.

Gleichzeitig schlug das Wetter um. Grimmige Stürme und eisiger Regen peitschten über die Orontes-Ebene, so daß Stephan von Blois in einem seiner wohlziselierten Briefe an die daheimgebliebene »sehr liebe und sehr liebenswerte Gattin« Adele, Tochter Wilhelms des Eroberers, die melancholische Bemerkung einfließen ließ, daß der Winter im Morgenland »unserem Winter im Abendland völlig ähnlich« sei. Die plötzlich grassierende Nässe und Kälte warf zahlreiche Kreuzfahrer nieder und begann erneut die eben restaurierten Reihen der Soldaten Christi zu lichten. Jeder Siebente soll in diesen grausamen Wintermonaten vor Antiochia einer Krankheit erlegen sein. Selbst den urgesunden Gottfried setzte ein böses Fieber zeitweilig außer Gefecht. Die Disziplin lockerte sich. Die Stimmung sank unter den Nullpunkt.

Es war ein Glück für die Kreuzfahrer, daß mit dem Beginn der kalten Jahreszeit wenigstens die militärische Tätigkeit zugenommen hatte und daß sie sich in etlichen kleineren Schlachten und Scharmützeln eindeutig als die Stärkeren erweisen konnten. Am 18. Dezember lockte Bohemund ein türkisches Kontingent in einen Hinterhalt, machte zahlreiche Gefangene und ließ sie vor den Mauern von Antiochia hinrichten. Am 29. Dezember schlugen Raimunds Ritter, allerdings unter schweren eigenen Verlusten, ein Ausfallkommando der Verteidiger blutig zurück. Zwei Tage später, am letzten Tag des Jahres 1097, zersprengte Bohemund bei Hama (südlich von Antiochia) ein Entsatzheer des Emirs von Damaskus und kehrte im Triumph, wenn auch ohne materiellen Gewinn, ins Lager zurück.

Trotz solcher Erfolge breiteten sich Mutlosigkeit und Verzweiflung jedoch immer mehr aus; vom Hunger demoralisiert, vom Anblick der unbezwingbar erscheinenden Festungswerke gelähmt, ergab sich das christliche Heer einer dumpfen Apathie, gegen die die von der Geistlichkeit verordneten Fastentage und Sondergottesdienste nichts auszurichten vermochten.

Die Chronisten verzeichneten die ersten Fälle von Fahnenflucht und gänzlich unchristlicher Feigheit. Die *Gesta Francorum* zum Beispiel berichten, daß selbst Peter von Amiens (der mit den Resten seiner zerschlagenen Bettelarmee seit Nicäa dem Ritterheer folgte) zusammen mit Wilhelm dem Zimmermann den unrühmlichen Versuch unternahm, sich von dem darbenden Heer abzusetzen. Ein Kommando unter dem Normannen Tankred holte die beiden Deserteure jedoch ein und brachte sie mit Schimpf und Schande ins Lager zurück, wo sich der ungeschlachte, riesenstarke »Zimmermann« in Bohemunds Zelt eine ganze Nacht im Strammstehen üben mußte.

Bohemunds Nacht-und-Nebel-Aktion

Überhaupt tritt der schlaue, hartgesottene, ränkevolle Herzog von Tarent in den Kreuzfahrerberichten nun immer eindrücklicher hervor. Offenbar verstärkte sich in dem entmutigten, von Zweifeln bedrängten Heer die Vorstellung, daß er als einziger die Situation noch retten könnte. Bohemund zögerte nicht, diese Stimmung anzuheizen. Gleichzeitig begann er mit der kühlen Routine des geübten Falschspielers die Karten so zu mischen, daß alle Trümpfe am Ende in seiner Hand waren.

Zuerst vertraute er dem byzantinischen Feldherrn Tatikios unter dem Siegel der Verschwiegenheit an, daß die fränkischen Fürsten sich von Kaiser Alexios verraten glaubten und daher beschlossen hätten, ihn als den Repräsentanten des hinterhältigen Basileus umzubringen, und tatsächlich fiel Tatikios auf die plumpe List herein. Er teilte den verblüfften Heerführern mit, daß er sich wegen der prekären Versorgungslage genötigt sehe, ins Reichsgebiet zurückzukehren, um für die notwendigen Nachschubgüter zu sorgen.

Als der Byzantiner sich im Symeonshafen eingeschifft hatte, wiegelte Bohemund die fränkischen Barone gegen seinen »Treubruch« auf. Nach diesem Verrat, so argumentierte er, habe der dem Kaiser geleistete Lehnseid keine verpflichtende Wirkung mehr. Schließlich ließ er durchblicken, daß er nicht mehr lange in der Lage sein werde, die Mittel für den Unterhalt seines Heeres aufzubringen – es sei denn, daß man ihm nach der Eroberung der Festung die Stadt und die Region Antiochia übereignen werde.

Bevor es darüber zu einem förmlichen Beschluß kam, mußte die »Armee Gottes« erneut ausrücken und sich einem zweiten Entsatzheer stellen, das der Emir Ridwan von Aleppo gesammelt hatte. Die Kreuzfahrer bestanden auch diese Probe und errangen einen weiteren eindrucksvollen Sieg, schlugen auch den gleichzeitigen Ausfall des Yaghi-Siyan zurück und vermochten sogar, nachdem eine englische Flotte am 4. März 1098 weitere Verstärkungen sowie Proviant und Belagerungsmaschinen gelandet hatte, den Ring um Antiochia zu schließen.

Die Verteidiger harrten jedoch unverdrossen aus, und die Monate verstrichen, ohne daß ein Ende der kraftraubenden Belagerung abzusehen

war, doch dann überstürzten sich plötzlich die Ereignisse, und wieder war es der verschlagene, zielstrebige Herzog von Tarent, der sie zu lenken und zu nutzen wußte.
Als Anfang Mai die alarmierende Nachricht eintraf, daß eine dritte Entsatzarmee, diesmal unter dem »schrecklichen Kerbogha von Mossul« und wesentlich stärker als die beiden ersten, im Anmarsch sei, eröffnete er den versammelten Fürsten, daß er den Schlüssel zur Eroberung der mächtigen Festung in der Tasche habe und ihn sofort anwenden werde, wenn man ihm den Besitz von Antiochia nicht streitig mache. »Lehnt ihr diese Bedingung ab«, so beschloß Bohemund seine kurze Ansprache, deren »abgefeimte Ironie« selbst in René Groussets hochgestimmter Kreuzzugbeschreibung mißbilligend vermerkt wird, »dann findet sich ein anderes Mittel, Antiochia zu erobern.«
Raimund, sein ständiger Widersacher, begehrte zwar auf und verwies auf den dem Kaiser geschworenen Lehnseid (den ausgerechnet er, der bockige Graf von Toulouse, nicht geleistet hatte), die übrigen »Säulen und Kapitäne des Heeres« aber kapitulierten und stellten lediglich die Bedingung, daß Bohemunds Normannen als erste in die Stadt eindringen müßten.
Der abgefeimte Herzog von Tarent enthüllte nun seinen Plan. In den Sitten und Bräuchen des Orients wohlbewandert, hatte er bereits vor geraumer Zeit – wahrscheinlich durch Vermittlung antiochenischer Christen, die zeitweise nach Belieben zwischen den Fronten wechseln konnten – Verbindung mit einem armenischen Renegaten namens Firuz aufgenommen, einem Turmkommandanten, und dieser hatte sich gegen gutes Geld bereit erklärt, seinen Turm heimlich zu übergeben und den Heiliggrabfahrern damit Zutritt zur Stadt zu verschaffen. Die Fürsten billigten, wenn auch etwas zweifelnd, die hinterhältige Nacht-und-Nebel-Aktion, und Bohemund bereitete den Handstreich mit generalstäblerischer Akkuratesse vor.
Um Yaghi-Siyan zu täuschen, ließ er am Abend des 2. Juni Gottfried von Bouillon und Robert von Flandern mit siebenhundert »erlauchten Rittern« in Richtung der vermuteten Kerbogha-Armee ausrücken. Die Verteidiger glaubten, sich auf eine ruhige Nacht vorbereiten zu können. Die siebenhundert Barone machten aber nach Eintritt der Dunkelheit kehrt und traten in aller Stille ebenfalls zum Sturm an.
Bohemund selbst befehligte das Kommando, das die »Zwei Schwestern« genannten Türme des Panzerschmieds Firuz kapern sollte. »Mühsam atmend und voller Angst«, daß unvorhersehbare Ereignisse seinen Plan noch scheitern lassen könnten, suchte er – nach der detaillierten Beschreibung des Erzbischofs Wilhelm von Tyros – vor Beginn des Unternehmens noch einmal alle Fürsten auf und bat sie dringlich, »sich bereit zu halten«. Er selbst trug in der Hand eine kunstvoll aus Hanf gefertigte Leiter, deren eines Ende mit eisernen Haken versehen war... Es war Mitternacht; in

der Stadt herrschte tiefe Stille, die Bürger schöpften neue Kräfte im Schlaf und fanden darin Erholung von ihren Nachtwachen und langen Mühen. Der Armenier »gab das Erkennungszeichen, empfing die Antwort und ließ sofort einen Strick herab, um die Leiter heraufzuziehen. Als sie oben und an beiden Enden gut befestigt war, fand sich freilich niemand, der es wagte, den Aufstieg zu versuchen... Da trat der edle Herzog selbst vor..., kletterte schnell alle Sprossen hinauf, und schon rührte seine Hand an den Mantel der Mauer. Firuz ergriff sie kräftig, und da er wußte, daß es Bohemund war, soll er gesagt haben: ›Es lebe diese Hand.‹ «
Bohemunds Ritter folgten, und obwohl die Strickleiter einmal riß und die hinabstürzenden Krieger in die »an der Mauer aufgestellten Lanzen und Speere« fielen, hatten bald sechzig Schwerbewaffnete die »Zwei Schwestern« und die anschließenden Mauerstücke bestiegen. Von dort schlichen sie zu den nächsten Türmen und hieben den schlafenden Verteidigern die Köpfe ab, wobei leider auch der Bruder des Firuz ein vorzeitiges Ende fand. Schließlich zerbrachen sie »die Riegel einer verschlossenen Pforte« und ließen die siebenhundert Ritter ein, die wenige Stunden vorher mit schmetternden Trompeten das Lager verlassen und damit Yaghi-Siyans Männer eingelullt hatten.
Der Rest war militärische Routine – bereits im Morgengrauen waren die großen Tore der Festung weit geöffnet, wehte auf der Vorburg der Zitadelle Bohemunds Banner, befanden sich die Franken mitten in der Stadt und säbelten unter tätiger Mithilfe ihrer befreiten Glaubensgenossen alle Türken nieder.
Yaghi-Siyan, durch den Gefechtslärm unsanft geweckt, versuchte in Begleitung seiner dreißig Pagen zu fliehen. Es gelang ihm auch, auf einsamen Pfaden in die Berge zu entkommen. Dort stürzte er jedoch von seinem Maultier und brach ein Bein. Seine Begleiter ließen ihn ohnmächtig zurück. Drei syrische Christen fanden ihn, erwiesen ihm zunächst die üblichen Ehrenbezeigungen und hieben ihm dann mit seinem eigenen Schwert den Kopf ab.
Mit dieser Trophäe begaben sie sich nach Antiochia und »brachten sie« – so Albert – »vor das Angesicht aller Christen und Fürsten. Der Kopf war ganz ungewöhnlich groß und dick. Die Ohren sehr breit und groß, voll von Haaren, das Kopfhaar weißgrau und ebenso der Bart, der ihm einstmals vom Kinn bis zum Nabel niederwallte.«

Hunger in Antiochia

Am Abend des 3. Juni 1098 befand sich ganz Antiochia, bis auf die hartnäckig verteidigte Zitadelle, in den Händen der Kreuzfahrer. Gerade noch rechtzeitig, gleichsam eine Minute vor zwölf, war der Sturm auf das mächtige Bollwerk gelungen. Einen Tag später nämlich erschienen »mit purpurroten Fahnen« dreihundert türkische Reiter vor der Stadt. Und schon am dritten Tag nach der Einnahme von Antiochia traf die Masse des Kerbogha-Heeres vor der Festung ein, stark genug, die zwölf Kilometer lange Umwallung unverzüglich einzuschließen.

So waren aus den Belagerern fast über Nacht die Belagerten geworden, und ihre Situation war alles andere als rosig. Denn Yaghi-Siyans Magazine waren nahezu leer gewesen. Die Beutetrupps der Barone hatten zwar mancherlei glitzernden Tand entdeckt, Würfel und Spielzeug und einiges Geld, dazu Pfeffer und andere Spezereien, aber nur wenige Lebensmittel. Die christlichen Ritter samt ihren Priestern, Knechten und sontigem Anhang waren also erneut gezwungen, die Riemen enger zu schnallen, zumal Kerbogha auch den Symeonshafen schnell unter Kontrolle gebracht hatte. Er ließ den Kreuzfahrern auch keine Zeit, ihre Reihen neu zu ordnen und sich mit den ungewohnten Aufgaben der Verteidigung vertraut zu machen. Schon am 9. Juni berannten seine Truppen erstmals die Wälle von Antiochia; die Zitadellenbesatzung unternahm gleichzeitig einen Ausfall. Das Unternehmen schlug zwar fehl, doch als die Kreuzfahrer nun ihrerseits einen Ausfall riskierten, wurden sie ebenfalls mit blutigen Köpfen heimgeschickt. Am 12. Juni schlug Kerbogha erneut zu, auch diesmal vergebens, aber wiederum so hart und entschlossen, daß selbst den Mitläufern des Pilgerheeres die Gefahr bewußt wurde, in der sie sich befanden. Niedergeschlagenheit bemächtigte sich der eingeschlossenen Kreuzfahrerarmee.

Wieder gab es Fahnenflüchtige, Überläufer, Deserteure. Der elegante, verwöhnte und den Unbilden des Krieges nicht geneigte Graf Stephan von Blois und Chartres hatte sich bereits am Tage vor dem Sturm auf Antiochia nach Alexandretta abgesetzt. Nach Bohemunds gelungenem Handstreich beschloß er zwar, zu seinen kämpfenden Brüdern in Christo zurückzukehren; als er jedoch von fern her die zahllosen Spitzkegel der türkischen Zeltstadt sah, machte er auf der Stelle kehrt und entzog sich weiteren Ärgernissen durch schnelle Einschiffung. In Philomelion in Kleinasien traf er mit Alexios zusammen und stellte ihm die Lage in Antiochia als derart aussichtslos dar, daß dieser sich entschloß, eine zur Unterstützung der Kreuzfahrer mobilisierte byzantinische Armee nach Konstantinopel zurückzuführen.

Andere hohe Herren folgten dem schlechten Beispiel des Grafen Stephan (der übrigens, nach Frankreich zurückgekehrt, von seiner Gemahlin Adele wegen seiner Feigheit derart ungnädig empfangen wurde, daß er ein zweites Mal das Kreuz einer Pilgerschaft nach Jerusalem auf sich nahm). Die meisten von ihnen ließen sich, um die »abschüssigen Bergpfade« zu erreichen, auf denen sie sich durch die türkischen Linien schleichen konnten, nachts an Tauen »von Mauer und Wall« herab und wurden daher »Strickläufer« genannt. Daß selbst der Schwager Bohemunds, Wilhelm von Grant-Mesnil, auf diesem schimpflichen Weg das Weite suchte, ist von den Chronisten besonders übel vermerkt worden.

Am meisten machte den Belagerten der Hunger zu schaffen. Antiochia war bereits zehn Tage nach der Eroberung sozusagen leergefressen. Um weiterzuleben, schlachteten die Kreuzfahrer nicht nur ihre Kamele, Esel und Maultiere, auch die meisten Pferde gingen den Weg allen Fleisches; nur wenige einsichtige Ritter begnügten sich damit, das Blut ihrer Rösser zu trinken. Hunde und Katzen wurden als Delikatesse gehandelt; ihr Marktwert stieg unablässig. Erfinderische Köche entdeckten, daß selbst die ritterlichen Schwertgehänge zu eßbaren Ragouts verarbeitet werden konnten. »Steinhartes oder faulgewordenes Leder... feuchteten sie an, machten es in heißem Wasser weich« und verschlangen es. Ja, viele der stolzen Barone, die ausgezogen waren, das Land, »da Milch und Honig fließt«, zu entdecken, scheuten sich nicht, vom »frischen Kot der Tiere« zu leben, den sie mit Hilfe von Pfeffer, Kümmel und dem Zusatz von anderen Gewürzen dem menschlichen Gaumen schmackhaft zu machen suchten.

»Ich weiß«, so fährt Albert von Aachen in seiner ungeschminkten, nichts beschönigenden, nichts verheimlichenden Kreuzzugreportage fort, »die Ohren schrecken zurück vor den Leiden und Qualen dieses unbeschreiblichen Hungers, den das eingeschlossene Volk Gottes damals zu erdulden hatte. Für ein einziges Hühnerei, wenn man ein solches finden konnte, zahlte man sechs Denare, für zehn Bohnen einen Denar; für den Kopf eines Esels, eines Pferdes, Rindes oder eines Kamels gab man ein Goldstück byzantinischer Währung, für einen Fuß oder ein Ohr sechs Denare... Das arme und niedrige Volk war in der Angst und Not des Hungers gezwungen, sein Schuhzeug zu verspeisen. Sehr viele füllten mit den Wurzeln von Brennesseln und anderen Kräutern des Waldes... ihren armen Bauch.«

Die Chronisten berichten auch von Menschenfresserei. Am meisten taten sich dabei die Anhänger Peters hervor, die in Antiochia – wenn man einem französischen Kreuzzuglied glauben darf – in einem »wilden Flamen«, der sich den türkischen Namen Tafur (das heißt: Bettelprinz) zugelegt hatte, einen neuen, offenbar an der Grenze des Irrsinns agierenden Anführer gefunden hatten. Der deutsche Lyriker und Romanzensänger Emanuel Geibel hat dieses alfranzösische Lied im 19. Jahrhundert in eine groteske, schwarzhumorige Bierbankballade umgegossen, die mit den Versen endet:

»Sie häuten ab die Türken
und weiden gut sie aus,
gesotten und gebraten
wird dann das Fleisch zum Schmaus.«

Die Folgen dieser Hungersnot müssen, auch wenn man von den redseligen Schilderungen der geistlichen Armeeschreiber die Hälfte abzieht, erschreckend gewesen sein. »Tägliche Todesfälle schwächten das Heer.« Viele Ritter erkrankten schwer, selbst Graf Raimund und Bischof Adhemar litten unter Koliken und Fieberdelirien. Aber auch die Kreuzfahrer, die sich mühsam auf den Beinen hielten, waren von Schwäche schwer gezeichnet. Sie schliefen während der Wachen ein oder brachen im Gefecht erschöpft zusammen, so daß viele von ihnen, nach Kuglers betrübter Feststellung, in tiefer Ohnmacht den Tod durch ein feindliches Schwert fanden.
Nur der Normanne Bohemund scheint von der immer mehr um sich greifenden Lethargie unberührt geblieben zu sein. Der Herzog von Tarent erwies sich auch in dieser Situation als ein Heerführer von Format. Nacht um Nacht war er unterwegs, um die Wächter auf den Mauern und Türmen zu kontrollieren. Ausfälle bereitete er dadurch vor, daß er den wenigen noch verfügbaren Pferden doppelte Rationen zuteilte, während er ihre Reiter fasten und beten ließ. Rittern, die sich weigerten, gegen den Feind zu ziehen, steckte er eigenhändig die Quartiere an. Einmal setzte er ein ganzes Stadtviertel in Brand, um die darin hausenden Krieger zu zwingen, ihre Positionen auf den Wällen einzunehmen.
Trotzdem verschlechterte sich die Lage von Tag zu Tag. Es gab immer mehr Tote, immer mehr Kranke, immer mehr Flüchtige. Nur noch ein Wunder konnte diese angeschlagene, taumelnde, verzweifelte Kreuzfahrerarmee retten, die für alle sichtbar von der Gnade Gottes verlassen war.

Die Grabung in der Peterskathedrale

Dieses Wunder geschah – ein veritables Wunder, das den geschwächten Leibern neue Kraft, den kleinmütig gewordenen Seelen neue Hoffnung schenkte. Es trat planmäßig ein, genau gezielt und sozusagen ins Schwarze treffend. Ein hervorragendes Beispiel psychologischer Krisenbewältigung.
Der provençalische Pilger Petrus Bartholomäus, Knecht des Ritters Wilhelm Petri, ließ sich am 10. Juni im gemeinsamen Quartier des Grafen Raimund und des Bischofs Adhemar melden und enthüllte den beiden erkrankten Anführern der südfranzösischen Heeresgruppe, daß ihm der heilige Andreas viermal, erstmalig bereits am 30. Dezember 1097, erschienen sei und ihn beauftragt habe, den Rittern Christi »die Lanze zu überbringen, die dereinst die Seite des Erlösers geöffnet« habe. Er, Petrus Bartholomäus, habe sich jedoch »für zu gering erachtet«, einen solchen Befehl auszuführen. Nun, nach neuerlicher Mahnung und der Ankündi-

gung des Heiligen, daß die himmlischen Heerscharen an der bevorstehenden Schlacht teilnehmen und den Sieg für die Christen erringen würden, habe er sich jedoch entschlossen, die Fürsten davon in Kenntnis zu setzen, daß die heilige Lanze in der Kirche des Apostels Petrus in Antiochia zu finden sei.

Der Bischof von Puy soll die Geschichte des armen Peter außerordentlich skeptisch beurteilt haben; der Graf von Toulouse jedoch war von den Aussagen des Visionärs derart beeindruckt, daß er ihn auf der Stelle der Obhut seines Kaplans Raimund von Aguilers übergab (der bereits während der Belagerung von Antiochia jede freie Stunde dazu nutzte, seine Kreuzzugerlebnisse schriftlich niederzulegen).

Weitere Offenbarungen folgten. Der Priester Stephan von Valence beschwor einen Tag später, während seines nächtlichen Gebetes in der Marienkirche dem Heiland selbst, begleitet von der Gottesmutter und dem Apostel Petrus, begegnet zu sein. Christus habe sich zunächst sehr ungehalten über das von Ausschweifungen und Untätigkeit geschwächte Heer geäußert, dann aber durch die inständigen Bitten der Heiligen Jungfrau und des heiligen Petrus bewegen lassen, Gnade zu üben und Hilfe im Kampf zu versprechen.

Als schließlich noch ein großer Stern über der Stadt aufleuchtete, der »sich in drei Teile teilte und auf das Lager der Türken fiel«, hatte Graf Raimund keine Bedenken mehr, den von Peter gewünschten Grabungstrupp auszurüsten und an der vom heiligen Andreas bezeichneten Stelle suchen zu lassen.

Einen ganzen Tag waren die zwölf Ritter, die Raimund für diese Aktion abkommandiert hatte, in der Kirche Sankt Peters tätig. Ohne Erfolg. Am Abend jedoch, im geheimnisvollen Dämmerschein, wurden die Ausgräber fündig. Petrus Bartholomäus selbst stieg »barfüßig und im Hemd« in die Grube, entdeckte die kostbare Reliquie und reichte sie hinauf. Raimund von Aguilers, Augenzeuge des Unternehmens, nahm sie in Empfang und küßte sie verzückt. Die Spatenritter brachen in Jubel aus, und bald drängten Griechen, Syrer und Armenier in das Gotteshaus, um das metaphysische Fundgut zu bewundern.

In kostbare Purpurseide gehüllt, wurde die heilige Lanze in der Kirche des heiligen Petrus dann zur Schau gestellt. Die Reaktion der schwer bedrängten, von Hunger geplagten Kreuzfahrer muß überwältigend gewesen sein. Die verzweifelte Stimmung schlug um. Der schwärmende Geist der Gläubigen, der in den profanen Niederungen des unfreiwilligen Fastens so sehr gelitten hatte, erfüllte sich mit neuer Zuversicht. Die Schwertpilger, die kaum noch ein Schwert zu führen vermochten, schöpften wieder Hoffnung und gerieten in derartige Begeisterungstaumel, daß sie auf der Stelle gegen die Ungläubigen loszuschlagen forderten.

Lediglich im Rat der Fürsten meldeten sich schnöde Zweifler. Ihre Wortführer waren die nüchternen Normannen, sowohl der nordfranzösischen als auch der süditalienischen Kreszenz. Da der Graf Raimund, aller Mystik und allen Mysterien zugänglich, die Echtheit der heiligen Lanze jedoch erbittert verfocht und der Stimmungsumschwung im Heer leibhaftig zu spüren war (den Mediziner von heute wahrscheinlich als eine Art Hungereuphorie bezeichnen würden), stellten sie ihre Bedenken einstweilen zurück. Das fiel ihnen um so leichter, als sich der Rat der Fürsten gleichzeitig entschloß, den Herzog von Tarent für die Dauer von vierzehn Tagen zum Oberbefehlshaber zu ernennen.

Kerboghas Niederlage

Bohemunds erste Tat dürfte freilich Kopfschütteln hervorgerufen haben; er schickte den Eselsreiter von Amiens zu dem türkischen Feldherrn Kerbogha, um diesen zum freiwilligen Abzug zu bewegen.
Der kleine Peter widmete sich dieser Aufgabe mit all der Unverfrorenheit und Beredsamkeit, die er sich im Laufe seines langen Wanderpredigerdaseins erworben hatte. Er sprach, ohne zu zögern, seine Verwunderung darüber aus, daß die Türken sich unterständen, die durch den Apostel Petrus der Lehre Christi gewonnene Stadt Antiochia dem Volke Gottes streitig zu machen, und forderte sie auf, ihre Stellungen zu räumen und abzuziehen – die christlichen Fürsten seien in diesem Fall bereit, ihnen die Mitnahme ihres gesamten Heergerätes zu gestatten. Schließlich schlug er Kerbogha sogar vor, sich taufen zu lassen; die Barone, die ihn gesandt hätten, ließen ihm sagen, daß sie erwägen würden, ihn dann als ihren Herrn und König anzuerkennen.
Kerbogha antwortete mit dem gleichen Zungenschlag. Er unterbreite den eingeschlossenen Christen das Angebot, erklärte er mit ausgesuchter und maliziöser Höflichkeit, sich zu Allah und seinen Propheten zu bekennen und somit Freiheit und Leben zu retten; wenn nicht, könne er ihnen nur Tod oder Sklaverei versprechen. Und er zeigte, nach Albert, auf die große Menge »von Fesseln und Ketten aller Art«, die für den Abtransport der bartlosen Jünglinge und unberührten Mädchen, die er zu schonen gedachte, schon bereitlagen.
Mit Peters erfolgloser Rückkehr waren die Würfel gefallen. Bohemund hatte erreicht, was wahrscheinlich der Zweck dieser grotesken Mission gewesen war. Die Fürsten begriffen, daß sie alles auf eine Karte setzen, ihr Schicksal Gott anvertrauen und in offener Feldschlacht den Kampf mit Kerboghas überlegener Armee riskieren mußten. Da keine Zeit mehr blieb, weitere Winke des Himmels abzuwarten, befahlen sie ihren Kriegern, sich schon am nächsten Morgen, nach ausgiebigem nächtlichem Be-

ten, »mit ihren Waffen zu umgürten« und im Vertrauen auf Gottes Hilfe den Feind zu stellen.
Der Aufmarsch der ausgehungerten, ausgemergelten Kreuzfahrerarmee vor den Mauern der Festung ist nicht nur von den zeitgenössischen Chronisten, sondern auch von späteren Historikern enthusiatisch beschrieben worden. Albert zum Beispiel nennt zwölf Kontingente, die sich – von zweihundert weißgewandeten, auf den Wällen postierten Priestern gesegnet – auf der Ebene vor Antiochia bereitstellten, und berauscht sich sichtlich an der Darstellung des Schlachtverlaufes. Alle aber, auch die arabischen Berichter, sind sich darin einig, daß der Kampf durch eine unbegreifliche Fehlleistung des türkischen Feldherrn Kerbogha entschieden wurde. Er gab nämlich, gegen alle Regeln der Kriegskunst und gegen die geharnischten Proteste seiner Unterführer, den verhängnisvollen Befehl, den feierlichen Aufzug der Christen nicht zu stören, da er mit einem Schlage alle vernichten wollte.
Die Kreuzfahrer konnten sich also wie auf einem Manöverfeld schulmäßig entwickeln und mit den letzten zweihundert Berittenen die Türken derart massiv, ungestüm und todverachtend angreifen, daß schon der erste Ansturm eine Bresche in die feindliche Front schlug. Dieser unerwartete Erfolg, zum guten Teil von Esels- und Maultierreitern erzielt, versetzte Kerboghas Armee in derartige Verwirrung, die abendländischen Ritter dagegen in einen derartigen Rauschzustand, daß sie einen vollständigen Sieg errangen. So groß war ihre Kampfbesessenheit, daß sie nicht einmal an den Zelten der türkischen Entsatzarmee halt machten, um zu plündern. Sie stürmten, von eruptiver Leidenschaft vorwärtsgetrieben, weiter und weiter, ließen dem Feind keine Chance, sich noch einmal zu sammeln, und hielten in ihrem wilden Sturmlauf erst inne, als sie die Eiserne Brücke erreicht hatten.
Das geschah am 28. Juni 1098. Die heilige Lanze hatte ihre Wirkung getan, hatte sich als himmlische Waffe erwiesen. Mit einigem Recht haben spätere Geschichtsschreiber vom Wunder am Orontes gesprochen.

Händel, Visionen, Rebellionen

Das Wunder währte jedoch nur wenige Tage. Denn nun, nachdem die akute militärische Gefahr behoben, der drohende Untergang verhindert war, brachen die alten Gegensätze, besonders unter den Fürsten, wieder auf. Die Gefühle religiöser Ergriffenheit machten erneut recht unheiligen Gelüsten und niederen weltlichen Interessen Platz.
Nachdem »die Kapitäne« und hohen Herren die Rechte des aus seinem Käfig befreiten Patriarchen erneuert, die von den Ungläubigen entweihte Basilika des heiligen Petrus gereinigt und damit ihr Soll als christliche Be-

Der Chronist Wilhelm von Tyros schildert in seiner Geschichte der Kreuzzüge die Belagerung von Antiochia.
(Miniatur aus dem genannten Werk, Bibliothèque Nationale, Paris)

freier geleistet hatten, beschlossen sie, den Weitermarsch zunächst zu vertagen. Zwei Gründe waren dafür ausschlaggebend: die Einsicht, daß das stark geschwächte Heer dringend einer längeren Ruhepause bedurfte, und die Hoffnung, daß die Zeit die nur theoretisch gelöste Frage nach dem zukünftigen Besitzer von Antiochia selbsttätig beantworten und den Heerführern die Gewissensentscheidung über ihren Lehnseid abnehmen werde.

Gleichzeitig entsandten sie den Grafen Hugo von Vermandois, der ohnehin seiner Pilgerschaft längst überdrüssig geworden war, nach Konstantinopel zum Kaiser. Tatsächlich erreichte er nach einem mehrmonatigen Ritt durch Kleinasien, auf dem sein Begleiter, der Graf Balduin von Hennegau, in der Nähe von Nicäa von einer seldschukischen Streife getötet wurde, im Spätherbst die ferne Hauptstadt. Seine Informationen riefen aber kaum mehr als akademisches Interesse hervor, da die Jahreszeit keine größeren militärischen Aktionen mehr erlaubte.

Die Lage in Antiochia wurde indessen immer mehr durch die intime Feindschaft des Herzogs von Tarent und des Grafen von Toulouse bestimmt, die beide keine Gelegenheit ausließen, einander zu schädigen oder wenigstens die Muskeln zu zeigen. Bohemund hatte die türkische Zitadellenbesatzung zur Übergabe, ihren Kommandanten Achmed ibn Merwan sogar zur Taufe bewogen und sein Quartier dann in die fast unbezwingliche Burg verlegt. Von dort aus beherrschte er den größten Teil der Orontesstadt. Immerhin war es Raimund im Gegenzug gelungen, sich

im Palast des Yaghi-Siyan zu verschanzen und dem verhaßten Widersacher den vollständigen Besitz Antiochias streitig zu machen.
Der Normanne war jedoch entschieden im Vorteil. Auch in der öffentlichen Diskussion, die von seinen Anhängern wahrscheinlich methodisch mit Munition versehen wurde, neigte sich die Waage immer mehr zugunsten des stolzen, kühnen, verschwenderischen, rücksichtslosen und schlauen Herzogs von Tarent, neben dem der Graf von Toulouse als ein zwar mächtiger, aber kleinlicher, habgieriger und scheinheiliger Nörgler erschien. Nicht nur die Masse des Heeres, sondern auch der große Gottfried von Bouillon befürwortete die Forderungen Bohemunds, die auf der anderen Seite lediglich von dem erbosten, eifersüchtigen Raimund und dem einsichtigen Adhemar konterkariert wurden.
Bald fiel aber auch der Bischof Adhemar von Puy aus. Kurz nach dem wunderbaren Sieg über die Kerbogha-Armee brach eine furchtbare Epidemie aus, allem Anschein nach eine Typhusepidemie, die die von Entbehrungen, Strapazen und apokalyptischen Ängsten geschwächten Pilger reihenweise niedermähte. Und einer der ersten, die »von diesem Tod ohne Eisen« (wie es bei Albert heißt) dahingerafft wurden, war der Legat des Papstes – am 1. August 1098 wurde er ein Opfer des »großen Sterbens«, das mit der fieberschwangeren, glühenden Hochsommerhitze begonnen hatte.
Das Hinscheiden Adhemars – der Bischof von Puy wurde in der Peterskathedrale von Antiochia am Fundort der heiligen Lanze bestattet, deren Echtheit er so hartnäckig angezweifelt hatte – löste eine allgemeine Fluchtbewegung aus. Auch die Fürsten zogen es vor, das verseuchte Antiochia zu verlassen. Bohemund setzte sich in das von Tankred eroberte Kilikien ab und ließ sich dort als neuer »Herr und Anwalt« der Provinz feiern. Gottfried begab sich nach Armenien, das sein Bruder Balduin erobert hatte. Robert von der Normandie zog nach Latakia, das er kurzerhand an Kaisers Statt übernahm, aber wegen seiner ungehemmten Besitzfreudigkeit schon nach wenigen Wochen an den byzantinischen Statthalter von Zypern wieder abtreten mußte.
Am 11. September, nach dem Abklingen der Epidemie, hielten die Fürsten in Antiochia einen Kriegsrat ab. Auf weitere Verzögerung bedacht, faßte die erlauchte Versammlung den abwegigen Beschluß, Papst Urban zu bitten, nun selbst den Befehl über das Kreuzfahrerheer zu übernehmen und an seiner Spitze nach Jerusalem zu ziehen. Von einem Weitermarsch war noch immer nicht die Rede – eine Tatsache, die erstmalig aufrührerische Reaktionen der Truppe zur Folge hatte. Durch neue Gesichte des Visionärs Peter Bartholomäus stimuliert, bildeten sich rebellische Haufen und drohten, ganz Antiochia anzustecken, wenn die hohen Herren über ihren zahlreichen Händeln das Ziel der gemeinsamen Pilgerfahrt, das Heilige Grab, je aus den Augen verlieren sollten.

Überhaupt zeigten sich nun wieder bedenkliche Auflösungserscheinungen. Gruppenweise schwärmten die Barone in das vom Feind gesäuberte Umland aus, um auf eigene Faust Krieg zu führen und sich jenem fröhlichen, unbeschwerten Räuberdasein hinzugeben, das sie alle ersehnt hatten. Schon gab es die ersten Kolonisten, die sich auf verlassenen Gütern festsetzten oder selbstherrlich zu Herren türkischer Dörfer ernannten. In Albara, fünfzig Kilometer von Antiochia entfernt, wurde im Oktober 1098 – nachdem die ungläubigen Bewohner entweder getötet oder als Sklaven verkauft worden waren – ein Priester aus dem Gefolge Raimunds, Peter von Norbonne, zum ersten lateinischen Bischof ernannt.

Am 5. November traten die Fürsten in Antiochia wieder zu einem Konsilium zusammen. Die Beratung entartete zu einem tagelangen Palaver über die dem Kaiser geschworenen Eide, versagte sich aber erneut konkreten Beschlüssen. Erst am 23. November erteilten Raimund von Toulouse und Robert von Flandern ihren Kontingenten den ersehnten Marschbefehl. Erstes Ziel ihres Zuges war Maarat an-Numan, eine südöstlich von Antiochia gelegene Festung, die der nordsüdlich verlaufenden Küstenstraße den notwendigen Flankenschutz verlieh. Bohemund folgte ihnen einige Tage später, leistete bei der Belagerung der Stadt, die mehr als zwei Wochen in Anspruch nahm, wertvolle Hilfe und besetzte etliche Straßenzüge, um zu verhindern, daß Raimund die gemeinsam bezwungene Festung als private Kriegsbeute kassierte.

Der darüber ausbrechende Streit beschäftigte die beiden Kampfhähne derart, daß der Kreuzzug erneut liegenzubleiben drohte. Nach einem unleidlichen Weihnachtsfest und drei weiteren Wochen zornerfüllten Wartens brach Mitte Januar offene Rebellion aus. Die Truppen Raimunds meuterten und verlangten den sofortigen Aufbruch nach Jerusalem. Um ihrer Forderung Nachdruck zu verleihen, ließen sie Maarat – dessen Bewohner allesamt getötet waren und daher keinerlei Mitspracherecht mehr geltend machen konnten – in Flammen aufgehen und begannen seine Wälle zu schleifen. Gleichzeitig übermittelten sie Raimund die geharnischte Botschaft, daß sie nicht ausgezogen seien, um Städte zu erobern, sondern um Gott zu dienen.

Raimund begriff angesichts der brennenden Stadt sehr schnell, daß seine Soldaten über die stärkeren Argumente verfügten, und gab – indes Bohemund nach Antiochia zurückkehrte, um die Stadt von den noch verbliebenen provençalischen Widerstandsnestern zu säubern – den ersehnten Marschbefehl. Immer auf wirksame Demonstration seiner Frömmigkeit bedacht, zog er selbst seinem Aufgebot im Pilgergewand voran, barfuß und ein Kruzifix in den Händen. Den Visionär Peter und die heilige Lanze ließ er gewissenhaft bewachen.

Der Marsch von Maarat nach Jerusalem wird von den meisten Kreuzzughistorikern mit wenigen Worten abgetan. In der Tat ist er weder mit der Durchquerung Anatoliens noch mit der Eroberung und Verteidigung Antiochias zu vergleichen. Andererseits war er kein militärischer Spaziergang, wenngleich es an spektakulären kriegerischen Unternehmungen fehlte. Außerdem gehörte auch auf diesem letzten Teil der Strecke der Streit zwischen den Fürsten zum grauen Alltag der christlichen Armee. Das nahe, mystisch verklärte Ziel vor Augen, fuhren sie fort, sich gegenseitig zu befehden und Steine in den Weg zu legen – obwohl der Normanne Bohemund nun aus dem Unternehmen sozusagen ausstieg und es vorzog, sich um sein neu erworbenes Fürstentum Antiochia zu kümmern.
Ein Umstand hat den Weitermarsch wesentlich erleichtert – die Befehlshaber der über das ganze Land verstreuten türkischen Emirate hielten die Kunst der Anpassung für den besseren Teil der Tapferkeit und leisteten daher keinen Widerstand mehr. Die um ihr Leben und ihren Reichtum besorgten Stammesführer wetteiferten, das durchziehende christliche Heer bei guter Laune zu halten und von der Großzügigkeit orientalischer Gastfreundschaft zu überzeugen. Die Kreuzfahrer hätten also, ausreichend mit Lebensmitteln, Vieh und Pferden und sogar mit ortskundigen Führern versorgt, ohne weitere Beschwernis direkt nach Jerusalem ziehen können.
Nach drei Wochen zügigen Marsches entschloß sich Raimund jedoch ohne jegliche Notwendigkeit, das Emirat Tripolis anzugreifen. Am 14. Februar erreichte er, nach der Durchquerung der Buqaia-Ebene, die Burg Arqa, die ihm den Weg nach Tripolis versperrte, und schloß sie ein. Die muselmanische Besatzung dachte aber nicht daran, vor den christlichen Belagerern zu kapitulieren. Sie verteidigte ihre »für menschliche Kraft und Weisheit uneinnehmbare Burg« unermüdlich und tat den frommen Pilgern aus Europa »mit Pfeilen und Steinen großen Schaden an«. Raimund sah sich Anfang März daher gezwungen, den Herzog Gottfried von Lothringen und den Grafen Robert von Flandern, die nach der Eroberung von Latakia mit der Belagerung von Dschabala beschäftigt waren, förmlich um Hilfe zu bitten. Gottfried und Robert entsprachen seinem Wunsch – sie verständigten sich mit dem friedenswilligen Emir der kleinen Hafenstadt und verlegten Truppen nach Arqa.
Raimund merkte zu spät, welch kapitalen Fehler er begangen hatte. Denn nun galt wieder das Gesetz der kollektiven Führung: Dispute, Zänkereien und Zerwürfnisse füllten die Tage wieder aus, nicht eben zum Nutzen der militärischen Aktionen. Die Situation komplizierte sich dadurch, daß der Normanne Tankred in den Dienst Raimunds trat und dessen Pläne, wahr-

scheinlich im Auftrag Bohemunds, nach Kräften sabotierte und daß fast gleichzeitig mit Gottfried und Robert eine byzantinische Gesandtschaft eintraf, die den fränkischen Heerführern einen vorläufigen Stopp des Feldzuges vorschlug, da der Kaiser selbst – der übrigens, wie sich später herausstellte, zur selben Zeit mit Kairo gegen die Kreuzfahrer konspirierte – mit einem Hilfsheer nach Syrien kommen wolle.

Raimund, der die Gelegenheit, sich vor dem Weiterzug nach Jerusalem die schöne Grafschaft Tripolis anzueignen, für günstig erachtete, war sofort geneigt, dem Vorschlag zuzustimmen. Gottfried und Robert lehnten jedoch entrüstet ab. Möglicherweise hatte der durch seinen Neffen Tankred informierte Bohemund, der ein Eingreifen des Kaisers in Antiochia fürchtete, seine Hand dabei im Spiel.

Der Graf von Toulouse versuchte nun erneut, sich mit den Mitteln der metaphysischen Beeinflussung durchzusetzen. Sein Seher Peter Bartholomäus hatte eine weitere Vision. Diesmal, so gab er zu Protokoll, sei ihm außer dem heiligen Peter und dem heiligen Andreas der Himmelskönig selbst erschienen und habe den sofortigen Sturm auf Arqa befohlen. Die provençalischen Priester und Prediger sorgten dafür, daß sich die erregende Kunde mit Windeseile verbreitete. Raimunds Geheimwaffe war jedoch schartig geworden. Das Heer nahm ihm die Peterschen Gesichte nicht mehr ab. Die Normannen, die schon in Antiochia die wundergläubigen Südfranzosen offen verhöhnt hatten, sprachen von Betrug und durchsichtigem Schwindel, und Roberts Beichtvater Arnulf von Rohes bezweifelte sogar die Echtheit der heiligen Lanze.

Raimund bot daraufhin weitere Visionäre auf, darunter hochgestellte Persönlichkeiten wie den Bischof von Apt und den Ritter Bertrand von Le Puy, weiter die Priester Everard und Peter Desiderius – ohne Erfolg jedoch. Die Skepsis war stärker als der Glaube. Offenbarungen waren, so dicht vorm Ziel, nicht mehr gefragt.

Raimund unternahm nun einen letzten Versuch. Er veranlaßte den armen, beschränkten, törichten Peter Bartholomäus, die Richtigkeit seiner Aussagen dadurch zu belegen, daß er sich einer Feuerprobe unterwarf. Die makabre Demonstration fand am 8. April 1099, am Karfreitag, statt und endete mit einem Triumph der Zweifler. Peter hatte, nur mit einem Hemd bekleidet, eine schmale Gasse zwischen zwei lichterloh brennenden Holzstößen zu passieren und zog sich dabei, auf höchst natürliche Weise, derartige Verbrennungen zu, daß er zwölf Tage später eines höchst natürlichen, wenn auch schrecklichen Todes starb.

Fünf Wochen später wurde die Belagerung von Arqa abgebrochen. Auf der Küstenstraße, das Meer und die dort kreuzenden englischen und genuesischen Flotten zur Rechten, zogen die Kreuzfahrer in Eilmärschen südlich, an den alten, ruhmreichen phönikischen Handelsplätzen Beirut, Sidon und Tyros vorbei, die sich die Schonung von Besitz und Leben

ebenfalls durch reichliche Subsidien erkauften. Und nun war plötzlich – nach so viel Blutvergießen, Anstrengungen, Krankheiten, Hader und Enttäuschungen – kein Halten mehr. Am 24. Mai wurde Akkon, am 26. Mai Caesarea, südlich von Haifa, erreicht, wo das hochgestimmte Heer vier Tage lang das Fest der Ausgießung des Heiligen Geistes feierte. Am 3. Juni biwakierte die immer noch stattliche Pilgerarmee vor dem verlassenen Ramleh. Dort gönnte sie sich noch einmal zwei Tage Ruhe, ehe sie am 6. Juni, in der Frühe, den Weitermarsch antrat. Noch im Laufe dieses Tages trafen die Pilger auf Abgesandte der Stadt Bethlehem, der Geburtsstadt Jesu Christi, deren Hilfegesuch mit der sofortigen Entsendung von zwei Hilfskontingenten unter Führung von Tankred und Balduin von Le Bourg beantwortet wurde.
Während die Christen Bethlehems mit Glockengeläut, »mit Hymnen und Lobgesängen und unter Austeilung des heiligen Weihwassers« ihren Befreiern entgegenzogen, näherte sich die Masse des Heeres bereits dem Weichbild der Heiligen Stadt. In den Mittagsstunden, nach einer nächtlichen Mondfinsternis, die die mitziehenden Geistlichen unverzüglich als eine Verfinsterung des mohammedanischen Halbmonds auslegten, erreichten die Kreuzfahrer den Hügel, den sie fortan *Montjoie*, das heißt: den Freudenberg nannten, und erblickten von dort, nach fast dreijährigem Marsch, das mythische Ziel ihrer Pilgerschaft: die Mauern, Türme und Kuppeln Jerusalems, des irdischen Abbilds des Himmels.
Man darf es den Chronisten glauben, wenn sie einmütig berichten, daß sich eine unbeschreibliche, unsagbare Bewegung der Soldaten Christi bemächtigte.
»Sie konnten sich der Tränen nicht enthalten. Sie warfen sich auf die Knie und dankten Gott, daß er ihnen gestattet habe, das Ziel ihrer Pilgerschaft zu erreichen, die Heilige Stadt, wo unser Heiland die Welt hatte retten wollen. Es war ergreifend, das Schluchzen all dieser Leute zu hören!«
»Sie rückten noch so weit vor, bis sie die Mauern und Türme der Stadt deutlich erkennen konnten, hoben dankend die Hände gen Himmel und küßten demütig den Erdboden.«

Belagerungstürme für die Heilige Stadt

Die Heilige Stadt – »unsere Mutter Jerusalem, die von den Söhnen der Unzucht ... ihren rechtmäßigen Kindern verweigert wurde«, wie Albert noch Jahrzehnte später zürnend schrieb – befand sich damals in ägyptischem Besitz. Die Fatimiden hatten die schweren Niederlagen der seldschukischen Heere genutzt, die 1070 an die Türken verlorene Stadt im Sommer 1098 billig zurückzuerobern. Die Wälle der neben Antiochia stärksten Festung des Ostmittelmeerraumes waren dabei schwer beschä-

digt worden. Eilends wiederhergestellt, bot sich die Stadt, die das Heilige Grab barg, den trunkenen Augen der Kreuzfahrer jedoch wieder als jenes mächtige steinerne Bollwerk dar, an dem seit Kaiser Hadrian römische, byzantinische und arabische Baumeister ihre Künste erprobt hatten.
Der ägyptische Gouverneur von Jerusalem, Ifthikar ad-Daula, hatte sich auf eine längere Belagerung eingerichtet. Die Proviantlager waren voll bis unter die Dächer. Zisternen und unterirdische Quellen lieferten reichlich Wasser. Die aus arabischen und sudanesischen Kontingenten bestehenden Besatzungstruppen galten als Eliteeinheiten. Und selbstverständlich hatte Ifthikar, genau wie der Turkmene Yaghi-Siyan in Antiochia, alle unzuverlässigen Elemente, vor allem die in Jerusalem lebenden Christen, zeitig ausgewiesen. Er hatte also allen Grund, der kommenden Belagerung, trotz zahlenmäßiger Unterlegenheit, gelassen entgegenzublicken.
Das »Heilige Heer« dagegen war erneut der Höllenglut einer fast schattenlosen Landschaft ausgeliefert, deren Quellen mit Fleiß verstopft, verunreinigt oder vergiftet waren. Die Viehherden hatte der sorgfältig planende Ifthikar ins Landesinnere treiben lassen. Und wieder, wie bereits in Antiochia, reichten die Kräfte der Kreuzfahrer nicht aus, Jerusalem gänzlich einzuschließen. Robert von der Normandie und Robert von Flandern bezogen vor der Nordmauer Stellung, nach den *Gesta Francorum* an der Kirche des heiligen Stephan, wo der erste Märtyrer der jungen Gemeinde »um des Namen Christi willen gesteinigt worden war«. Gottfried und Tankred übernahmen den Westabschnitt, und der Graf von Toulouse und Saint-Gilles belagerte Jerusalem im Süden, »auf dem Berge Zion bei der Kirche der Gottesmutter, wo der Herr mit seinen Jüngern dereinst das Abendmahl« gefeiert hatte. Die Ost- und Südostmauer blieb ungedeckt.
Am 12. Juni – nach ausgiebiger Beratung mit »einem gewissen Manne Gottes, der in einem alten Turm, steil und hoch, auf dem Ölberg als Einsiedler« hauste – unternahmen die Wallfahrer einen ersten Angriff. Die lapidare Devise des Eremiten, zunächst zu beten, dann zu fasten, dann zu stürmen, erwies sich jedoch als verfehlt. Da die Mauern von Jerusalem, entgegen der Ankündigung des frommen Türmers, nicht wie die Mauern von Jericho zerbarsten und Gottvertrauen und Todesverachtung die fehlenden Sturmleitern nicht zu ersetzen vermochten, blieb das Unternehmen, trotz einiger Anfangserfolge, im Pfeilhagel der Verteidiger liegen.
Drei Tage später beschlossen die Fürsten, das Wunder, das ihnen der Alte vom Berge versprochen hatte, nicht nur durch Fasten und Beten, sondern auch durch den Bau von Belagerungsmaschinen möglich zu machen. Und wieder hatten sie Glück – »mehr Glück als Verstand«, um eine Formel des israelischen Historikers Joshua Prawer zu verwenden; denn am 17. Juni legten in dem von den Muslims geräumten Hafen Jaffa sechs christliche Schiffe an, die, von Papst Urban ausgerüstet, außer Lebensmitteln

und Waffen auch Beile und Hämmer sowie Seile, Nägel und Bolzen geladen hatten.

Um »Sturmböcke, Widder und Schleudermaschinen herzustellen«, fehlte es nun nur noch an Balken und Bohlen. Auch diesem Mangel konnte, wenn auch unter einigen Schwierigkeiten, abgeholfen werden. Ein christlicher Syrer führte die Bautrupps der Ritter in die gut sechzig Kilometer entfernten Wälder von Samaria, wo alsbald kräftig geholzt wurde. Während Tankred und Robert von Flandern die militärische Sicherung übernahmen und Kamele und dienstverpflichtete Muselmanen als Lastträger eingesetzt wurden, begann im Lager vor Jerusalem unter dem Kommando von Gottfried und Raimund und unter Mitwirkung genuesischer Techniker der Bau von zwei mächtigen Belagerungstürmen und »nicht wenig anderen Maschinen«.

Es dauerte knapp drei Wochen, bis die fahrbaren, mit Schleudern ausgerüsteten Ungetüme montiert waren: noch einmal drei anstrengende Wochen, die die Geduld und das Stehvermögen der Pilger einer letzten harten Probe unterwarfen. Als schlimmster Feind erwies sich wiederum die Wassernot. Brennender Durst lieferte die Gottesstreiter, wie schon auf dem großen Marsch durch Anatolien, erneut höllischen Qualen aus.

Die eindrücklichste Beschreibung dieser »Pestilenz des Durstes« verdanken die Historiker auch in diesem Fall dem unbefangenen Erzählgenie des Albert von Aachen. »Wenn einzelne Brüder ausgeschickt wurden, nach Quellen zu suchen und Wasser zu holen, so kamen sie wohl manchmal unversehrt und mit gewonnenem Quellwasser zurück; manchmal aber blieben sie auch mit abgeschlagenen Köpfen im heidnischen Hinterland liegen. Und das Wasser, das sie in Ziegenschläuchen mitbrachten, war ... oft trübe und voll schlüpfriger Blutegel. Gleichwohl zahlte man zwei Pfennige für einen Schluck dieses Wassers, soviel der Mund aus dem engen Loch des Lederschlauches fassen konnte ... Sehr viele vom gemeinen Volk ... schluckten, froh, dieses Wasser trinken zu dürfen, schmutzige Würmer und Wassertiere mit hinunter, bis ihnen Gurgel und Bauch anschwollen und sie daran starben.«

Nach der Prozession der große Angriff

Die ungeheure Spannung, die sich der Pilgerarmee in diesen Wochen bemächtigte, verstärkte, wie üblich, die Eifersüchteleien der Fürsten, die auch vor den Toren der Heiligen Stadt noch ihren eigenen Vorteilen nachjagten. Tankred zum Beispiel fühlte sich als Besitzer Bethlehems und weigerte sich entschieden, sein Banner auf der Geburtskirche Christi wieder einzuziehen. Auch die zukünftige Stellung Jerusalems war Objekt ständigen Streites. Als zu allem Überfluß noch die Kunde eintraf, daß ein großes ägyptisches Heer im Anmarsch sei, gingen wieder Angst und Zagen im Lager um, so daß neue Gesichte, neue Rundsprüche aus dem Jenseits notwendig wurden, der angeschlagenen Moral wieder auf die Beine zu helfen.

Nach dem schmerzensreichen Ende des Petrus Bartholomäus oblag nun dem Priester Petrus Desiderius die erbauliche Pflicht, die Ratschläge des Himmels einzuholen und weiterzugeben. Sie waren nicht sonderlich originell, entsprachen aber haargenau der gefährdeten Situation des christlichen Heeres. Der jüngst verstorbene Bischof Adhemar, der dem Desiderius nächtlicherweise erschien, befahl nämlich kurz und bündig, ab sofort allen Zank und alle Querelen zu beenden, sodann zu fasten und barfüßig um die Wälle zu prozessionieren und schließlich, koste es, was es wolle, die Stadt des Heiligen Grabes zu erstürmen.

Adhemars geradlinige Order wurde strikt durchgeführt. Am 8. Juli zogen die Kreuzfahrer mit knurrenden Mägen, betend und Psalmen singend, um die zyklopischen Mauern Jerusalems, hinter denen sich das mythische Ziel ihrer Reise, das Grab des Erlösers, verbarg. Auf den Wällen der messianischen Stadt standen indessen die Ungläubigen, verhöhnten und verlachten die frommen Wallfahrer und reizten die ohnehin maßlos erregten Ritter und Knechte Gottes bis zur Weißglut, indem sie christliche Kreuze auf den Mauern aufstellten, bespien und beschmutzten und, nach Alberts trockener Beschreibung, »vor aller Augen zu bepissen sich nicht scheuten«. Die Barfüßerprozession endete auf dem Ölberg, wo wortmächtige Prediger und Erwecker – die Quellen nennen Peter von Amiens, der nun wieder ganz in seinem Element war, den Chronisten Raimund von Aguilers und den flandrischen Kaplan Arnulf von Rohes, einen »Kleriker von großer Wissenschaft und Beredsamkeit« – die Pilger einer weiteren Seelenwäsche unterwarfen.

Die wilde, schwärmerische Wut, die Mauerprozession und Ölbergandacht erzeugt hatten, widerstand allen irdischen Anfechtungen der nächsten Tage. Hellwach und aktiv wie nie zuvor, traf die Kreuzfahrerarmee ihre Vorbereitungen für den Sturm auf die Heilige Stadt. Schritt um Schritt wurden die mit Strauchwerk, Faschinen und Rinderhäuten verkleideten Belagerungstürme an die Wälle herangeschoben, wobei nicht nur die Pfeilschützen, sondern auch die »Flammenwerfer« der Verteidiger den Angreifern schwer zusetzten. So gelang es erst nach zweitägigen Mühsalen in der Mittagsstunde des 15. Juli 1099, die fahrbaren Bastionen unmittelbar vor der Mauer in Stellung zu bringen.

Sogleich begann der Angriff. Einen dieser Türme kommandierte der Herzog Gottfried von Bouillon, der Löwe von Lothringen. Wie ein Abgesandter des Himmels stand er in silbern schimmernder Rüstung mit seinem Bruder Eustachius neben einem goldenen Kruzifix auf der obersten Plattform des hölzernen Bauwerks, das die Stadtmauer »um die Länge ei-

ner Eschenlanze« überragte, und wehrte mit seinem Schild den auf ihn einprasselnden Hagel feindlicher Geschosse gelassen ab. Schließlich vermochten die Ritter des Herzogs vom mittleren Stockwerk des Turmes aus eine Brücke auf die Mauer zu werfen. Zwei flämische Edle, die Herren Litold und Gilbert von Tournai, stürmten als erste hinüber. Nahkampferfahrene Ritter aus Gottfrieds Leibwache folgten ihnen, und bald standen auch der hochgewachsene Herzog und sein Bruder Eustachius auf der Mauer und säbelten jeglichen Widerstand nieder. Gleichzeitig legten lothringische Krieger an dem eroberten Mauerstück ihre Sturmleitern an und drangen auf diesem Weg in die Heilige Stadt ein.
Zur selben Stunde vermochten die Ritter Tankreds und Roberts von der Normandie eine Bresche in die Mauer zu schlagen. Wenig später hatten auch die Provençalen des Grafen Raimund den Verteidigungsring Jerusalems aufgebrochen. Damit war die Entscheidung gefallen.

Das Massaker von Jerusalem

Der Kampf tobte in den Straßen der Stadt weiter. Die ägyptische Besatzung verkaufte, wie selbst aus den siegestrunkenen Berichten der christlichen Chronisten hervorgeht, ihre Haut teuer. Doch waren die Truppen des Ifthikar gerade im Kampf Mann gegen Mann gegenüber den schwer gepanzerten, wie berauscht um sich schlagenden fränkischen Schwertrittern eindeutig die Schwächeren.
Ihr Widerstand versteifte sich noch einmal im salomonischen Tempelbe-

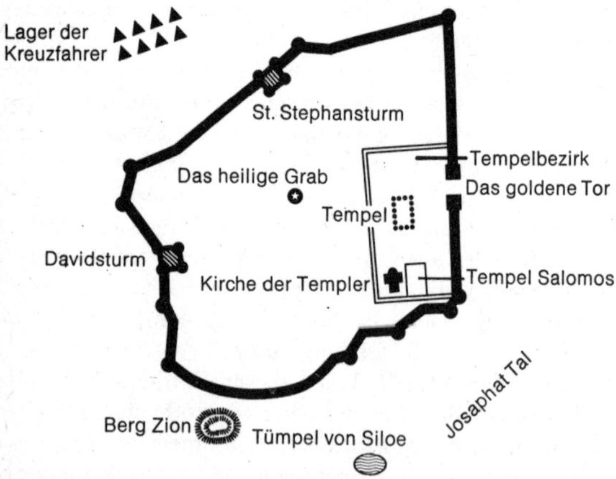

Der Sturm auf Jerusalem im Juli 1099 (Zeichnung)

zirk. Doch weder der prächtige Felsendom noch die ehrwürdige el-Aksa-Moschee konnten die schäumende Wut der Barone besänftigen. »Wenn jemand wissen möchte, was mit den Feinden der Stadt geschah«, so heißt es lakonisch in der Chronik des deutschen Abtes Ekkehard von Aura, »so höre er, daß die Sieger in der Vorhalle des Salomon und in dessen Tempel bis zu den Knien der Pferde im Blut der Sarazenen ritten.«

Das furchtbare Gemetzel, über das sowohl die zeitgenössischen Chronisten als auch die späteren engagierten Verfechter der Kreuzzugidee nur mit spürbarer Betretenheit berichtet haben, löschte aber nicht nur das Leben der arabischen und sudanesischen Verteidiger aus. Die Eroberer Jerusalems töteten, am Ziel ihrer Wallfahrt angekommen, alle Bewohner der Stadt Christi, alle Moslems, alle Juden, sie rasten, sie tobten, sie wüteten wie reißende Wölfe, erbarmungslos, ohne Herz und ohne Gewissen; Besessenen gleich, in einem wahren Delirium von Haß und Mordgier.

Auch Beutelust tobte sich aus. »Die Habsucht wühlte in den Schätzen.« Die christlichen Wallfahrer, denen nach dreijährigen Strapazen das triumphale Ende ihrer Pilgerschaft vergönnt war, fanden und nahmen, was sie gesucht hatten: Gold und Silber, Seidenstoffe und kostbare Geräte, auch Lebensmittel und Weine, lauter Produkte verfeinerter, auf Genuß und Sinnenfreude gerichteter Lebensart. Und manch armer Teufel und Habenichts sah seine geheimsten Wünsche erfüllt.

Erfolgreichster Plünderer des Tages war der Normanne Tankred, der Neffe Bohemunds und wie dieser nicht nur »ein grimmig wilder Ritter, der unersättlich nach Türkenblut dürstete«, sondern auch ein Mann, der seinen Besitz mit Bedacht zu mehren wußte. Tankred entdeckte die Schatzkammer des Felsendoms, brach sie auf und requirierte alle Kostbarkeiten, darunter, wie der arabische Chronist Ibn al-Athir berichtet, mehr als zweihundert goldene und silberne Leuchten, »riß auch das Gold von den vergoldeten Mauern, Säulen und Pfeilern« und brachte eine solche Beute zusammen, »daß sechs Kamele kaum imstande gewesen sein sollen, diese Schätze zu schleppen«.

Nach der »Blutarbeit« – der nur die Besatzung der Zitadelle, die *Davidswache*, entging, der Raimund gegen hohes Lösegeld freien Abzug gewährte – pilgerten die Kreuzfahrer, angeführt von ihren Fürsten, Rittern und Geistlichen, zum Heiligen Grab. Auch Gottfried von Bouillon, der Sieger dieses Tages, entledigte sich seines Panzers, warf ein linnenes Gewand über und wallte barfüßig »zum Grabe unseres Herrn Jesus Christus«. Mit ihm küßten Tausende und aber Tausende »die Stelle, wo der Erlöser gegangen«, und dankten Gott »in Tränen und frommer Lobpreisung«, daß er sie »gewürdigt habe zu schauen«, was ihres »Herzens höchste Sehnsucht gewesen war«.

Und alle glaubten, »den gekreuzigten Leib Christi vor sich zu sehen. Sie fühlten sich wie am Himmelstor.«

Achtes Kapitel

Das Jahr Gottfrieds

Jerusalem unter dem Schutz des Herzogs von Lothringen

Königreich oder Kirchenstaat?

Dem grauenvollen Gemetzel, bei dem, wie es in einer Kreuzzugbeschreibung des 19. Jahrhunderts heißt, fast die gesamte muslimische und jüdische Bevölkerung Jerusalems »ausgemordet« wurde, folgten erste notwendige Aufräumungsarbeiten und hygienische Maßnahmen. Brennende Häuser wurden gelöscht, die Toten auf den Straßen fortgekarrt, Scheiterhaufen zur Veraschung der Leichen entzündet. Und es gab Scheiterhaufen häuserhoch und zahlreich »wie Steine« – nur Gott, notierte der unbekannte Chronist der *Gesta Francorum*, habe sie gezählt.

Noch lag der atembeklemmende, stinkende, graugelbe Qualm der vielen Feuer schwer auf dem befreiten Jerusalem, als die Fürsten und Feldherren der Pilgerarmee, vermutlich am Sonntag, dem 17. Juli 1099, vor dem »Tempel Salomos« frisch gewaschen und gewandet zusammentraten, um über die Zukunft der Heiligen Stadt zu beraten. Schon bei dieser ersten Zusammenkunft stellte sich heraus, daß sie darüber noch gar nicht nachgedacht hatten. Sie hatten weder ein Konzept noch einen Plan. Wer sollte fortan in Jerusalem regieren, wer sollte es verteidigen, wem sollte es gehören? Sie wußten es nicht und warteten nun darauf, daß »Gott ihnen eingebe, wen ER zum Herrscher über alle und über die Heilige Stadt haben wollte«.

Da die verbindliche göttliche Erleuchtung ausblieb, begann die Kreuzfahrer ein neuer Konflikt zu beschäftigen. Die Fürsten plädierten für eine weltliche Herrschaft nach heimischem Feudalmuster, die Kleriker wünschten eine Art von Kirchenstaat, geführt von einem Patriarchen, der vom Papst eingesetzt werden und als dessen Stellvertreter firmieren sollte. Gegen die »theokratische« Lösung sprach allerdings, daß nach dem Tod des Bischofs Adhemar von Puy kein Kirchenmann von Rang für diese Aufgabe zur Verfügung stand.

Also einigte man sich fürs erste auf eine weltliche Herrschaft – man beschloß, ein Königreich Jerusalem zu errichten und die Krone dieses Reiches dem Grafen Raimund von Toulouse anzutragen, dem immer noch reichsten, mächtigsten und trotz all seiner Querelen angesehensten Heerführer, für den überdies sprach, daß er seit einiger Zeit enge, fast freundschaftliche Beziehungen zu Kaiser Alexios unterhielt.

Raimund lehnte jedoch ab, und zwar mit der glattzüngigen Bemerkung, daß er nicht wünsche, König in Christi Heiliger Stadt zu sein. Es war ein überraschender, allen Berechnungen zwiderlaufender Beschluß; niemand hatte mit dieser Absage gerechnet. Und bis heute vermögen die Historiker nicht zu sagen, was ausgerechnet den ehrgeizigsten aller Kreuzzugführer bewog, auf die Krone Jerusalems zu verzichten. Scheute er die Verantwortung? Wurde das Angebot von allzu vielen Bedingungen abhängig gemacht? Fürchtete er, ein ungeliebter Herrscher zu werden? War er seiner Provençalen nicht mehr sicher? Lag ihm an der Eroberung einer eigenen Grafschaft mehr als an einem Königstitel in der Stadt Davids? Versuchte er durch die Ablehnung dieses Titels auch seinen Konkurrenten unmöglich zu machen, eine weltliche Herrschaft in der Heiligen Stadt zu errichten? Oder wollte er lediglich zweimal gebeten werden, die schwere Bürde zu übernehmen?
Wenn er taktiert hatte, hatte er jedenfalls zu viel taktiert. Die Wahlmänner – offenbar froh, den unbequemen, schwierigen, hochfahrenden Grafen loszuwerden – nahmen seinen Entschluß gelassen hin und boten, ohne zu zaudern, dem Herzog Gottfried von Niederlothringen die Krone an. Und der fromme Gottfried nahm an, freilich nicht, ohne auch seinerseits ein hohes Maß an Demut zu beweisen. Er verzichtete auf den Königsrang. Statt dessen wählte er – seine geistlichen Berater dürften ein Wort dabei mitgesprochen haben – den ehrfurchtsvollen Titel eines *Advocatus Sancti Sepulchri:* eines Anwaltes und Verteidigers des Heiligen Grabes.
Der launische, unberechenbare Raimund soll – »vom Stachel des Neides gequält«, wie es beim gottfriedtreuen Albert heißt – vor Wut geschäumt haben, als sein alter Widersacher die Würde übernahm, die er selbst soeben von sich gewiesen hatte. Er weigerte sich auch, die von ihm besetzte Davidsburg zu räumen, und ließ sich erst auf Bitten der beiden Roberte herbei, sie dem Bischof von Albara zu überlassen, der sie dann an Gottfried weitergab. Raimund setzte sich schließlich ins Jordantal ab, wo er seine Truppe mit Palmblättern ausrüsten und sich im Ganges der Christen von ihren Sünden reinigen ließ, bevor er vor den Mauern von Jericho sein Lager aufschlug.
Am Sonntag, dem 1. August 1099, wurde auch der einstweilige lateinische Patriarch gewählt. Die Versammlung entschied sich, gegen den Widerstand der Provençalen, für den Kaplan Arnulf von Rohe, den Beichtvater des Herzogs Robert von der Normandie: einen sehr weltlich gestimmten Kleinkleriker, der keinen Hehl daraus machte, daß er mit den hinterhältigen Verführungskunststücken des Teufels nur dadurch fertig wurde, daß er ihnen nachgab. Auch in der Führung der Patriarchengeschäfte erwies er sich vom ersten Tag an als ein engagierter Praktiker. Die Tatsache, daß er erst kurz zuvor die Echtheit der heiligen Lanze be-

zweifelt hatte, hinderte ihn zum Beispiel nicht, unmittelbar nach Amtsantritt das »echte Kreuz« wiederzuentdecken, die heiligste Reliquie der Heiligen Stadt, die von orthodoxen Priestern versteckt worden war und erst nach Anwendung der Folter wieder ausgeliefert wurde. Die an der Kirche zum Heiligen Grab amtierenden Geistlichen der Ostkirche und der zahlreichen östlichen Sekten wies er aus. An ihrer Stelle setzte er zwanzig römisch-katholische Domherren ein – ein Akt, der ihm zumindest bei den niederen Klerikern der Kreuzfahrerarmee eitel Zustimmung verschaffte.
Mit Gottfried stellte er sich gut, so daß der Herzog von Niederlothringen fürs erste der Sorge enthoben war, über die Ungeklärtheit des Verhältnisses von weltlicher und geistlicher Macht in Jerusalem nachdenken zu müssen.
Das war gut so. Denn staats- und kirchenrechtliche Probleme lagen außerhalb seines militärisch begrenzten Horizontes. Auch wurde er sofort mit wichtigeren Aufgaben konfrontiert.

Die Kreuzfahrer siegen bei Askalon

Nur wenige Tage nach seiner Wahl erschien eine ägyptische Delegation in der Heiligen Stadt und übermittelte ihm den kuriosen Befehl, Jerusalem sofort wieder zu räumen, widrigenfalls ein von dem Wesir El-Afdal befehligtes Heer die Feindseligkeiten gegen die Franken eröffnen werde. Gottfried mobilisierte die Reste seines Heeres, bat Raimund und die übrigen Anführer um sofortige Hilfe (die diese ihm nach einigem Widerstand auch gewährten) und zog mit angeblich zwölfhundert Rittern und neuntausend Mann Fußvolk der ägyptischen Armee entgegen, die Askalon bereits erreicht hatte und dort weitere Verstärkungen abwartete.
Es war eine hervorragend ausgerüstete, weit überlegene Armee – die einzige Chance, die den Kreuzfahrern blieb, war sofortiger Angriff: ein Angriff gegen alle Kriegsregeln, dessen Erfolg einzig davon abhing, ob es ihnen gelang, den ahnungslosen Gegner zu überraschen.
Die Überraschung gelang vollständig. In den Abendstunden des 11. August 1099, nur drei Wochen nach dem Sturm auf Jerusalem, sammelten sich die verschiedenen Kontingente der Pilgerarmee bei Ibelin in der Nähe von Ramleh, bemächtigten sich noch in der Nacht, wie die Chronisten einmütig hervorheben, der fetten Viehherden des Feindes und brachen in den frühen Morgenstunden des 12. August mit der niederwalzenden Gewalt eines plötzlichen Orkans in das ägyptische Lager ein. Der Erfolg stand bereits nach wenigen Minuten fest – die Schlacht war geschlagen, bevor sie überhaupt begonnen hatte.
Die Ägypter, nach Alberts unbekümmerter Darstellung »an die dreihun-

derttausend Heiden, Sarazenen, Araber und Mohren aus dem Äthiopienlande«, rannten kopflos davon und leisteten kaum Widerstand. Viele von ihnen wurden am Stadttor von Askalon »erdrückt und getötet«, andere vom Furor der Franken ins Meer getrieben; wieder andere verbrannten in den Feigenbaumhainen oder Dornendickichten, die die Kreuzfahrer in Flammen aufgehen ließen. Viele warfen sich verzweifelt auf den Boden, und die wilden Franken köpften sie, »wie man Tiere köpft auf dem Markt«.

»Wahrhaftig«, so heißt es in der *Weltchronik* des Mönches Frutholf von Michelsberg, »der ganze Erdkreis focht für die Christen, und wenn die Beute im Lager nicht viele aufgehalten hätte, wären nur wenige von der großen Zahl der Feinde übriggeblieben, die von dem Kampf hätten berichten können.«

Aber auch die Beute übertraf alle Erwartungen. Die zeitgenössischen Berichter nennen riesige Herden an Schafen und Rindern, Böcken und Büffeln, Berge von Waffen und große Mengen Gold. Auch Banner und Schwert des ägyptischen Wesirs wurden im Triumphzug nach Jerusalem entführt.

Es fehlte nicht viel, so wäre auch Askalon selbst eine Beute der Franken geworden. Die Ägypter waren offenbar gewillt, dem Grafen Raimund, der der Besatzung der Davidsburg freien Abzug gewährt hatte, die Stadt zu übergeben, scheinen aber Verhandlungen mit Gottfried abgelehnt zu haben; möglich, wenn auch nicht bewiesen ist, daß Raimund selbst seine Hand dabei im Spiele hatte. Jedenfalls verblieb Askalon im Besitz des Feindes, so daß auch dieser berauschende Sieg mit einem Mißklang endete.

Gottfried und Raimund entzweiten sich nun endgültig. Der Graf von Toulouse zog mißmutig in nördlicher Richtung davon. Die beiden Roberte schlossen sich ihm an; heimwehgeplagt, aber in dem stolzen Bewußtsein, ihren Kreuzfahrereid erfüllt zu haben.

Nach Jerusalem, das inzwischen durch Peter von Amiens mit Hilfe von Bittgottesdiensten, Prozessionen und Predigten in Stimmung gehalten worden war, kehrten nur die lothringischen Barone und einige Ritter des Normannen Tankred zurück. Ein kleines Häuflein Verschlagener in einer Welt von Feinden. Verständlich, daß Gottfried die alten Kriegskameraden bei ihrem Exodus Anfang September unter Tränen beschworen hatte, ihm baldmöglichst Verstärkungen zu schicken.

1099: ein hochpolitisches Weihnachtsfest

Inzwischen war Papst Urban gestorben. Am 29. Juli 1099, zwei Wochen nach der Eroberung Jerusalems, hatte der verständige, lebenskluge Apostelfürst die Welt verlassen, die er so sehr geliebt und mit so geschickter Hand seinen Wünschen und Ideen gefügig gemacht hatte. Die Nachricht über den endlichen Erfolg »seines« Kreuzzuges war ihm nicht mehr zu Ohren gekommen. Doch hatte er noch zu seinen Lebzeiten einen neuen päpstlichen Legaten für die Pilgerarmee ernannt: den Erzbischof Dagobert von Pisa, einen erfahrenen, ehrgeizigen und mit allen Ölen der hohen geistlichen Diplomatie gesalbten Kirchenmann, dessen ungebremster Geld- und Machthunger allerdings nicht den christlichen Armuts- und Demutsgeboten entsprach. Eine Fehlentscheidung, vielleicht die einzige, die dem gescheiten Urban unterlief.

Dagobert hatte sich Ende 1098 einer pisanischen Flotte anvertraut, die aber keine sonderliche Eile bewies, ihren prominenten Passagier an der kleinasiatischen Küste abzusetzen. Die Pisaner kosteten, sicher mit Dagoberts Einverständnis, zunächst einige Monate die Freuden der Freibeuterei aus, bis sie bei Rhodos von einem byzantinischen Geschwader gestellt wurden. Es gelang ihnen jedoch, sich rechtzeitig, nach Verlust eines Schiffes, vom Feind abzusetzen. Ende August 1099 kreuzten sie vor Latakia auf. Dort verständigte sich der Piratenbischof mit dem Fürsten Bohemund, der Latakia von Land her belagerte, um diesen wichtigen byzantinischen Hafen seinem antiochischen Herrschaftsgebiet einzuverleiben. Gemeinsam versuchten Dagobert von Pisa und der Herzog von Tarent nun, den stark befestigten Platz zu Fall zu bringen.

Ihre Rechnung ging jedoch nicht auf. Unerwartet trafen nämlich die nordwärts ziehenden Kontingente der Kreuzfahrerarmee in dem kurz vor Latakia gelegenen Dschabala auf und machten Front gegen die Belagerer. Raimund bestellte den päpstlichen Legaten in sein Feldlager, überhäufte ihn, unterstützt von den Roberten, mit Vorwürfen, warnte ihn vor einer byzantinischen Gegenaktion und setzte ihm derart zu, daß Dagobert sich bereit erklärte, seine Flotte abzuziehen.

Bohemund, »dieser hinterlistige Fürst und habsüchtige Bruder«, wie ihn Albert tituliert, war gezwungen, die Belagerung abzubrechen,und setzte sich grollend nach Antiochia ab. Sein alter Widersacher Raimund hingegen zog, begeistert begrüßt, als Befreier in Latakia ein, wo sein »wohlbekanntes Banner« mit Billigung der Byzantiner fortan neben der kaiserlichen Standarte auf dem Zitadellenturm wehte. Auch die beiden Roberte erhielten ihre Belohnung. Griechische Schiffe segelten sie und die ihnen noch verbliebenen Ritter und Knechte nach Konstantinopel. Von dort traten sie den Rückweg in ihre flandrisch-normannische Heimat an.

Der zähe Bohemund begann indes ein neues Spiel. War ihm schon sein Anschlag auf Latakia nicht gelungen, so wollte er sich doch wenigstens des päpstlichen Legaten versichern. Er lud ihn nach Antiochia ein und versöhnte sich mit ihm. Als Dagobert erkennen ließ, daß es an der Zeit sei, die Interessen des Heiligen Stuhles – die er unbedenklich mit den seinen identifizierte – nun endlich auch in Jerusalem zu vertreten, erklärte er sich auf der Stelle bereit, ihn zu begleiten. Noch im Spätherbst ließ er ankündigen, daß er zusammen mit dem Erzbischof von Pisa in die Heilige Stadt wallfahren werde, um dort zu Weihnachten am Grabe des Herrn zu beten.

Gottfrieds Bruder Balduin, der sich inzwischen in Edessa fest etabliert hatte, erfuhr von dem Plan, witterte Unrat und beschloß, nun ebenfalls sein Pilgergelübde zu erfüllen.

So erlebte Jerusalem im Dezember 1099 ein nicht nur glanzvolles, sondern auch hochpolitisches Weihnachtsfest. Bohemund und Dagobert, die beide über die Machtmittel verfügten, die Gottfried so dringend benötigte, spielten ihre Trümpfe gelassen aus. Gemeinsam zwangen sie – Gebete verrichtend und Bruderküsse tauschend – den Herrn von Jerusalem, sich von seinem Interimspatriarchen Arnulf zu trennen und Dagobert von Pisa als rechtmäßigen, mit dem Segen des Papstes versehenen Nachfolger anzuerkennen.

Dem Patriarchenwechsel folgte eine hochbedeutsame Zeremonie: Gottfried empfing aus der Hand Dagoberts die Herrschaft Jerusalems als päpstliches Lehen; die Heilige Stadt und die von ihr kontrollierten Gebiete des Heiligen Landes waren damit ein Filialstaat des Laterans geworden – wobei allerdings offen blieb, ob Dagobert im päpstlichen Auftrag oder aus eigenem Ermessen handelte.

Auch Bohemund kniete nieder und erkannte das Territorium Antiochia als päpstliches Lehen an. Doch Besitztitel zählten bei ihm nicht viel. Er hatte sein Ziel erreicht. Jerusalem hatte nun zwei Herren, die kraft ihres Amtes dazu verurteilt waren, sich gegenseitig zu befehden. Er selbst konnte guter Dinge in seine Grafschaft (die er fortan Fürstentum nannte) zurückkehren. »Denn Dagoberts tatsächliche Macht«, so Hans Eberhard Mayer, »war gering, solange er Patriarch in Jerusalem war, während Bohemund als Lehnsmann des lateinischen Patriarchen nunmehr einen festen Rechtsanspruch auf Antiochia besaß, das er bisher nur unrechtmäßig und in Widerspruch zu seinem dem byzantinischen Kaiser geleisteten Eid beherrscht hatte.«

Von Balduin ist in den Berichten über das intrigenreiche Weihnachtsfest kaum die Rede. Offenbar hat er sich damit begnügt, das Katz-und-Maus-Spiel um seinen Bruder Gottfried aus nächster Nähe aufmerksam zu beobachten; dem neuen Patriarchen scheint er mit höchstem Mißtrauen begegnet zu sein. Jedenfalls hat er alles vermieden, was als Anerkennung Dagoberts hätte ausgelegt werden können.

Ein knappes Jahr später erwies sich, wie richtig er gehandelt hatte.

Immerhin hatte das hochpolitische Treffen, das am Dreikönigstag des Jahres 1100 mit einem gemeinsamen Bad im Jordan bei Jericho ein zeremonielles Ende fand, auch für Gottfried Vorteile gebracht. Mit dem zündenden Hinweis auf die von den Muslims verlassenen Güter und Dörfer in Palästina hatte er zahlreiche Ritter aus Bohemunds und Balduins Gefolge bewegen können, sich in der Umgebung der Heiligen Stadt anzusiedeln und in seine Dienste zu treten. So war ihm gleichsam über Nacht, wenn auch unter Abschwächung seiner rechtlichen Position, die militärische Macht zugewachsen, die er so dringend benötigte, um sein kleines Reich zu sichern und abzurunden.
Die Ereignisse des nächsten halben Jahres beweisen, daß er wenigstens mit diesem Pfunde zu wuchern verstand. Mit Mut, Geschick und Energie ging er an die Aufgabe heran, der Heiligen Stadt den notwendigen Lebensraum zu verschaffen. Zwar erstreckte sich sein Einfluß bereits auf das Hochland von Judäa und Galiläa, zwar war der ausdauernde, verwegene Tankred mit Hilfe der Bewohner christlicher Dörfer über Tiberias und Nazareth bereits bis zum Berge Tabor vorgedrungen, noch aber befand sich die Küste fast durchgehend in ägyptischem Besitz. Nur ein einziger schmaler Korridor nach Jaffa stellte die Verbindung Jerusalems zum Meer und damit zur Außenwelt her. Wenn das christliche Jerusalem weiterleben wollte, mußten seine Ritter die Häfen an der palästinensischen Küste erobern.
Gottfried hatte bereits im Dezember versucht, die kleine Stadt Arsuf nördlich von Jaffa zu kapern – jedoch vergebens. Ihre wohlausgebauten Festungswerke hatten den Belagerungsmaschinen der Kreuzfahrer mühelos widerstanden. Als die beiden fahrbaren Türme der Belagerer ein Opfer des »griechischen Feuers« geworden waren, hatte Gottfried das Unternehmen entmutigt abgebrochen.
Nun wandte er sich erneut gegen Arsuf, gegen die von den Fatimiden beherrschten Küstenstädte überhaupt. Da er weitere Belagerungen für sinnlos hielt, versuchte er die Häfen sowohl von ihrem Hinterland als auch von ihrem Nachschub über See abzuschneiden. Er begann ihre ländlichen Trabantensiedlungen systematisch auszuräubern und ließ gleichzeitig die Küste mit Hilfe der pisanischen Seeräuberflotte, die ihm Dagobert gleichsam als Morgengabe zur Verfügung gestellt hatte, von See her blockieren. Die Wirkung trat schon nach wenigen Wochen ein. Am 25. März 1100 traf eine Delegation der Bürger von Arsuf in Jerusalem ein, überbrachte ihm die Schlüssel der Stadttore und erklärte sich bereit, alljährlich einen beträchtlichen Tribut zu entrichten.
Der Fall Arsufs machte Schule. Bald schickten auch die Emire von Askalon, Caesarea und Akkon Botschaften an Gottfried, entboten dem ehernen

Franken ihre untertänigen Grüße und baten ihn, mit seiner »Gunst und Erlaubnis« weiterhin ihren Geschäften nachgehen zu können. Um ihn freundlich zu stimmen, schenkten sie ihm »zehn kräftige Pferde und drei Maultiere von schönstem Körperbau«, dazu Korn und Früchte, Wein und Öl; außerdem boten sie ihm die monatliche Zahlung von fünftausend byzantinischen Goldstücken an.
Gottfried nahm das Angebot an und ist offenbar gut damit gefahren. Besonders der Emir von Askalon tat alles, ihn bei guter Laune zu halten. »Die Menge der Geschenke«, weiß Albert zu berichten, »wuchs immer mehr, vor allem die Gaben an Getreide, Wein, Gerste und Öl, mehr als man sagen oder schildern kann.«
Von Proviant- und Nachschubproblemen nicht länger geplagt, konnte der Kustos des Heiligen Grabes schon im Mai des Jahres 1100 seine Macht auf Transjordanien ausdehnen, dessen Kernland östlich vom See Genezareth ein muslimischer Potentat beherrschte, den man wegen »seiner großen Fettigkeit und seinem gewaltigen Körperumfang den dicken Bauern« nannte. Gemeinsam mit Tankred, dem unermüdlichen Kriegsmann, dessen Taten in diesen Monaten fast den Ruhm seines Onkels Bohemund verdunkelten, unternahm Gottfried zwei Raubzüge, die den schwergewichtigen Muselmanen derart beeindruckten, daß auch er sich zu Tributzahlungen verpflichtete und damit die Muße zu weiterer ausgiebiger Mästung seines gefräßigen Leibes verschaffte.

Krankheit und Tod des Wächters am Heiligen Grabe

In Jerusalem schmolz Gottfrieds Macht in diesen Monaten allerdings mehr und mehr zusammen. Schon am 2. Februar 1100 zwang ihn der ehrgeizige, habsüchtige, machtlüsterne Dagobert, ihm ein Viertel von Jaffa zu übereignen. Am Ostertag, der im Jahre 1100 auf den 1. April fiel, mußte er ein Dokument unterzeichnen, durch das nicht nur ganz Jaffa, sondern auch Jerusalem in den Besitz des Patriarchen überging, mit der Einschränkung allerdings, daß Gottfried bis zu seinem Tod oder bis zur Eroberung eines eigenen Territoriums nicht nur der Protektor, sondern auch der Nutznießer der beiden Städte bleiben sollte.
Zur Eroberung dieses präsumptiven Fürstentums hat es jedoch nicht mehr gereicht. Der eiserne Gottfried zog es vor zu sterben. Ausgepowert von einem Krieg, der nun fast vier Jahre dauerte, und überfordert von der geistigen Mühsal, die sein nicht näher definiertes Amt als *Advocatus Sancti Sepulchri* ihm abverlangte, entrichtete er seiner erschöpften Natur den fälligen Tribut.
Am 18. Juni 1100, nach einem opulenten Mahl beim Emir von Caesarea, brach er zusammen. Die Symptome seiner Krankheit verweisen auf einen

Typhusfall; vielleicht hatte man ihn auch vergiftet. Er erholte sich zwar noch einmal und stellte sich, in die kühlere, frischere Luft Jerusalems zurückgekehrt, sogar den Forderungen des Regierungsgeschäftes. So verhandelte er beispielsweise mit einer venezianischen Abordnung, die ihm militärische Hilfe bei der geplanten Aktion gegen Akkon versprach, und bedankte sich dafür mit einem großzügigen Vertrag, der den Handel im Heiligen Land praktisch zu einem Monopol der Lagunenstadt machte.
Am 13. Juli brachen Gottfrieds und Tankreds Ritter zu dem geplanten Zug nach Akkon auf. Der Patriarch Dagobert – begierig, am Erfolg dieses Unternehmens teilzuhaben – begleitete sie und ließ Jerusalem in der Obhut Gottfrieds zurück, dessen Genesung, wie seine mönchischen Pfleger meinten, Fortschritte machte.
Doch kaum hatten die Truppen die Stadt verlassen, nahmen seine Kräfte rapide ab. Am 18. Juli 1100 tat er, nachdem er »unter Tränen« gebeichtet hatte, den letzten Atemzug – in der fromm-verklärenden Sprache Alberts: »schied er, mit geistlichem Schild bewaffnet, aus dem Licht dieses Lebens«.
Fünf Tage später, nach allgemeinem Wehklagen und Trauern, wurde er in der Vorhalle der Kirche vom Heiligen Grabe feierlich beigesetzt – ein Jahr und neun Tage nach der Eroberung Jerusalems, dessen erster christlicher Herr und Beschützer er gewesen war.
Inzwischen hatte »eine Gruppe lothringischer Haushaltsfunktionäre«, darunter der Ritter Warner von Gray, der Haushofmeister Matthäus und der Oberkämmerer Gottfried, die Macht in Jerusalem übernommen und die Davidsburg besetzt. Die Herren wußten, was sie wollten; sie wußten auch, daß sie sich keine Zeit lassen durften. Ohne das vor Akkon kämpfende Heer vom Tod des Herzogs zu verständigen, entsandten sie eine Delegation nach Edessa, die dem Grafen Balduin das Ableben seines Bruders melden und ihn gleichzeitig auffordern sollte, unverzüglich – gemäß germanischem Geblütsrecht – dessen Erbe anzutreten.

Neuntes Kapitel

Das Werden eines Königreiches

Die Geschichte Balduins von Boulogne, des ersten christlichen Herrschers im Heiligen Land

Das reiche und gelobte Land Armenien

In Armenien, zwischen Taurus und Euphrat, gab es zu Beginn der Kreuzfahrerzeit eine Reihe kleiner christlicher Fürstentümer, die gegenüber den seldschukischen Herrschaftsansprüchen wenigstens eine Scheinunabhängigkeit gewahrt hatten. Das größte und angesehenste dieser Fürstentümer gehörte dem Fürsten Thoros, der in Edessa residierte und seine Selbständigkeit dadurch behauptet hatte, daß er Türken und Byzantiner ständig gegeneinander ausspielte. Niemand traute ihm deshalb über den Weg, auch die Bevölkerung von Edessa nicht, die überdies Grund hatte, sich über die fiskalischen Daumenschrauben zu beklagen, die Thoros ihr angelegt hatte.

Als der Graf Balduin von Boulogne im September 1097 bei Tyana in Südanatolien seine Gemahlin Godvere und das große Heer der Kreuzfahrer verließ, um zusammen mit dem Normannen Tankred auf eigene Faust Krieg zu führen, befand sich in seinem Gefolge ein hervorragender Kenner der verzwickten Herrschafts- und Familienverhältnisse im großen Euphratbogen: ein Ritter namens Bagrat, der erst kurz zuvor, bei Nicäa, zu ihm gestoßen war. Bagrat war der Sohn eines vornehmen armenischen Geschlechtes und scheint seinem neuen Herrn die Hilfsbedürftigkeit seiner von den Türken bedrängten reichen Verwandten derart eindrucksvoll beschrieben zu haben, daß dessen Begehrlichkeit schon beim Zug durch die Kilikische Pforte eindeutig auf die fruchtbare Landschaft jenseits des großen Stromes gerichtet war.

Er bereitete seinem Konkurrenten Tankred daher so viele Schwierigkeiten, daß dieser es nach der Eroberung von Adana vorzog, zum Hauptheer zurückzukehren und sein Glück bei der Belagerung von Antiochia zu versuchen. Balduin selbst wandte sich ostwärts, hob mit seinen hundert Rittern einige türkische Garnisonen aus und wurde von den christlichen Armeniern jubelnd als Befreier begrüßt. Um Weihnachten 1097 konnten die Vorausabteilungen seiner kleinen Armee ihre Pferde im Euphrat tränken.

In der Festung Turbessel (die er im Handstreich genommen hatte) erreichte ihn in den ersten Januartagen des Jahres 1098 eine Delegation des Fürsten Thoros, der sich von dem großen Kerbogha-Heer bedroht fühlte und ihn deshalb dringend nach Edessa rief. Balduin spielte mit vollendeter Grandezza den Retter in der Not, zögerte seine Zusage aber so lange hinaus, bis sich der kinderlose Thoros bereit erklärt hatte, die Herrschaft mit ihm zu teilen und ihn an Sohnes Statt anzunehmen. Als Bagrat, der wahrscheinlich andere Ziele verfolgt hatte, seinem Unmut über diese Absprache Luft machte und mit seinem Bruder Kogh Vasil (das heißt: der Räuber) gegen ihn zu intrigieren begann, ließ ihn der verschlagene, kaltblütig planende Balduin verhaften und einer hochgradigen Folter unterwerfen. Am Ende war der Armenier froh, als er bei Nacht und Nebel aus dem Gewahrsam entweichen und sich in die schützenden Berge absetzen konnte.

Am 6. Februar 1098 traf Balduin, nur mehr von sechs Rittern begleitet, in Edessa (dem heutigen Urfa) ein und ließ sich von der Bevölkerung huldigen und von Thoros versippen. Nach armenischem Brauch mußte er zu diesem Zweck den Oberkörper entblößen und sich unter einem weiten Zweipersonenhemd an die nackte Brust drücken lassen. Wie Balduins Hofberichter und ständiger Begleiter Fulcher von Chartres erzählt, versäumte auch des Thoros Gemahlin nicht, den fränkischen Recken, der noch einen Kopf größer war als sein Bruder Gottfried, derart an ihr mütterliches Herz zu drücken.

Somit »Erbe und Mitregent« geworden, rückte Balduin schon wenige Tage später mit seinen Rittern und der heimischen Miliz gegen den Erbfeind von Edessa, den Emir Baldak von Samosata, ins Feld. Das Unternehmen verlief zwar wenig glücklich, immerhin konnte der Graf von Boulogne einige eroberte türkische Dörfer mit Besatzungen belegen und so den ständigen feindlichen Druck weitgehend neutralisieren. Sein Ruf im christlichen Armenien war schon nach diesem Feldzug fest fundiert.

Kurz nach seiner Rückkehr, am 7. März, rotteten sich die Bürger von Edessa gegen den ungeliebten, erfolglosen, habsüchtigen Thoros zusammen. Ob Balduin, wie der armenische Chronist Matthäus behauptet, bei diesem Aufstand Regie geführt hat, wird sich wohl nie ergründen lassen. Mit Sicherheit verstand er auch in diesem Fall, die ihm zugefallene Karte kaltblütig auszuspielen. Er riet dem entmutigten, alten Mann zur Kapitulation, verbürgte sich für sein Leben und nahm ihm die Schlüssel zu seiner Schatzkammer ab. Als Thoros am nächsten Tag versuchte, Edessa heimlich zu verlassen, wurde er – ob mit oder ohne Mitwisserschaft seines Adoptivsohnes – erwischt und mit Knüppeln und Spießen vom Leben in den Tod befördert.

So war der Graf Balduin von Boulogne – schlauer, berechnender und gewissenloser als alle seine Kontrahenten – in weniger als fünf Wochen Alleinherrscher in Edessa und Inhaber einer wohlgefüllten Schatzkammer geworden. Als erster aller landhungrigen Kreuzfahrer hatte er ein Fürstentum gewonnen und einen fränkischen Staat im Orient errichtet. Mit

gutem Gewissen sogar; denn die Grafschaft Edessa bildete den natürlichen Flankenschutz für das große Kreuzfahrerheer, das sich ohne diese Absicherung nicht auf das Abenteuer einer Belagerung Antiochias hätte einlassen können. Mehr noch – als sich Kerbogha im Mai auf eine dreiwöchige, nutzlose Belagerung Edessas einließ, verlor er dort die Zeit, die er vor Antiochia zu spät kam. Balduin wurde damit, ohne es zu wollen, der Retter des gesamten Kreuzzugunternehmens.
Die Kunde von Balduins Erfolgen erreichte bald die große Pilgerarmee und löste auch dort Bewegung aus. Zahlreiche Barone, denen die Belagerung von Antiochia zu mühselig war, vertagten die Erfüllung ihres Pilgergelübdes auf bessere Zeiten und zogen nach Edessa. Viele von ihnen heirateten dort, von Balduin ermuntert, reiche Erbinnen und genossen fortan nicht nur die Wonnen einer morgenländischen Ehe, sondern auch die Erträge großer Latifundien.
Auch Balduin selbst, nach dem Tod seiner Gemahlin Godvere und ihrer Kinder frei in seinen Entschlüssen, suchte durch eine solche Verbindung seine Stellung zu festigen. Die Auserwählte hieß Arda, war die Tochter eines armenischen Sippenhäuptlings und wurde von ihrem Vater mit sechzigtausend Byzantii ausgestattet, einer königlichen Summe, die den nur mäßig begüterten Grafen von Boulogne endgültig instand setzte, ein Leben in Luxus und Überfluß zu führen. Für ihn war die Kreuzfahrt ins Heilige Land bereits jetzt ein Zug ins gelobte Land geworden.
Er vergaß dabei nicht, sein zunächst noch kleines orientalisches Territorium methodisch abzurunden. So reichte seine Einflußzone schon im Sommer 1098 fast von Antiochia bis zum wilden Kurdistan. Balduin bewies dabei genau die Qualitäten, auf die es in seiner Situation ankam. Unbekümmert um seinen Pilgerschwur, praktizierte der gewesene Priesterschüler von Reims religiöse Toleranz. So beteiligte er nicht nur orthodoxe armenische Christen, sondern auch türkische Muslims an der Verwaltung seines Landes. Andererseits verlangte er absolute Loyalität. Bestand Grund, sie anzuzweifeln, so griff er mit einer Härte zu, die die der sicher nicht zartbesaiteten heimischen Potentaten noch übertraf. Aufrührern und Verschwörern, deren er habhaft wurde, ließ er entweder die Augen ausbrennen, die Nasen abschneiden oder die Füße abhacken.
Schon in Edessa stellte sich heraus, daß dieser Franke abgefeimter als ein Grieche, geschmeidiger und durchtriebener als ein Armenier, aggressiver und grausamer als ein Seldschuke war. Seine Untertanen respektierten ihn, wenn auch nur widerwillig. Denn in puncto Steuern war der neue Herr genauso einnahmefreudig wie sein gehaßter Vorgänger.

»Geziemend betrübt, aber noch mehr erfreut«

Im Spätsommer des Jahres 1100 meldete sich ein flüchtiger syrischer Soldat im Palast von Edessa und übermittelte Balduin eine sensationelle Nachricht: Bohemund, der erfahrenste, listenreichste und gefürchtetste Krieger der großen Kreuzfahrerarmee, war in türkische Gefangenschaft geraten. Der Bote wies sich durch eine blonde Locke des Herzogs aus und konnte durch präzise Auskünfte alle Zweifel an seiner Aussage beheben. Danach war der verwegene Fürst von Antiochia auf einem Feldzug, zu dem ihn der Armenier Gabriel von Melitene ermuntert hatte, irgendwo im Antitaurus in einen Hinterhalt geraten und von den Truppen des Danischmandiden-Emirs Malik Ghazi Gümüschtekin dingfest gemacht worden... Nun bat er um schleunige Hilfe.
Balduin brach ohne Verzug mit 140 Rittern zu einer Befreiungsaktion auf. Er war jedoch – bei allem Mut, der ihn auszeichnete – ein berechnender, vorsichtiger Mann, der das Schicksal nicht mehr als notwendig herausforderte, und ließ sich daher nicht verleiten, dem Emir zu folgen, als dieser sich mit seiner kostbaren Beute in das Innere Anatoliens zurückzog. So kehrte er schon nach wenigen Tagen unverrichteter Dinge nach Edessa zurück – ohne zu ahnen, was die Gefangenschaft Bohemunds für ihn bedeutete.
Nach dem Willen des ehrgeizigen, selbstsüchtigen Patriarchen von Jerusalem, der Ende Juli durch venezianische Seeleute über den Tod des lothringischen Herzogs unterrichtet worden war, sollte nämlich nicht Balduin, sondern Bohemund Gottfrieds verwaistes Wächteramt am Heiligen Grabe übernehmen. Dagoberts Sekretär Morellus, der beauftragt worden war, den Fürsten von Antiochia über diesen Plan zu informieren, war aber in Latakia aufgebracht, um sein Kurierstück erleichtert und in heller Empörung über die Eigenmächtigkeit des Erzbischofs von Pisa eingesperrt worden. Der ahnungslose Bohemund war Anfang August also nicht nach Jerusalem, sondern zu seinem unglücklichen Unternehmen im Antitaurus aufgebrochen.
Die Sterne hatten zu Balduins Gunsten entschieden. Ein Zufall, ein lächerlicher Zufall, hatte ihm seinen gefährlichsten Konkurrenten vom Halse geschafft.
In Edessa war unterdes die lothringische Gesandtschaft aus Jerusalem eingetroffen. Balduin empfing sie und vernahm aus dem Munde des Bischofs Robert von Rahmleh, daß Gottfried, der Kustos des Heiligen Grabes, gestorben sei und er, sein jüngerer Bruder, aufgefordert werde, seine Nachfolge anzutreten. Der Graf von Edessa war, wie sein Leibchronist Fulcher von Chartres ein wenig anzüglich berichtet, »geziemend betrübt, aber noch mehr erfreut von der ihm zugefallenen Erbschaft« und begann, ohne zu zaudern, mit den Vorbereitungen für seinen Zug nach Jerusalem.

Er ernannte seinen Vetter Balduin von Le Bourg, den er zu diesem Zweck von Antiochia nach Edessa zitierte, zu seinem Stellvertreter und trommelte seine gesamte militärische Macht zusammen. Am 2. Oktober brach er mit zweihundert Rittern und knapp tausend Mann Fußvolk in die Heilige Stadt auf.
In Antiochia angekommen, verfrachtete er seine armenische Gemahlin Arda und deren Damen auf ein Schiff nach Jaffa: ein Beweis dafür, daß er die Gefahren, die ihm drohten, kühl einkalkulierte. Zunächst freilich waren es mehr die Türken als die Dagobert-Anhänger, die ihm Sorgen und erhebliche Schwierigkeiten bereiteten. Bei Beirut, in dem berüchtigten schmalen und schroffen Hundeflußtal, lauerte ihm eine weit überlegene Streitmacht des zähen Duqaq von Damaskus auf. Es war eine beklemmende Situation: auf der einen Seite das Meer, auf dem arabische Schiffe kreuzten, auf der anderen steil ansteigende, bizarre Bergwände, in Marschrichtung die Türken.
»Oh, wieviel lieber wäre ich doch in Chartres oder Orléans gewesen«, vertraute der Feldschreiber Fulcher seinem Notizbuch an, »und ich war nicht der einzige.«
Balduin löste seine Aufgabe jedoch souverän. Nach der ersten Gefechtsberührung, an einem Abend im Oktober, zog er seine Vorhuten zurück. Am nächsten Morgen täuschte er eine überstürzte Flucht vor. Die Türken setzten ihm mit fünfhundert Reitern hastig nach. Als Balduin sicher war, daß sie die Verbindung mit dem nachrückenden Fußvolk verloren hatten, machte er kehrt und griff sie mit seinen schwer gepanzerten Rittern unvermutet an. »Es kam zu hartem Kampf, und es wurden dabei ungefähr vierhundert Türken durch Schwert, Lanze und Pfeil getötet. Die übrigen, die noch drinnen in den Engpässen weilten und der schmalen Pfade wegen den Ihrigen nicht zu Hilfe eilen konnten, verloren den Mut und wandten sich zur Flucht.«
Am Abend hatte Balduin einen vollständigen Sieg errungen, bei dem überdies »48 türkische Große und 150 wohlausgebildete Pferde erbeutet wurden«. Die Küstenstraße war damit freigekämpft. Ungestört konnte er weitermarschieren.
Zwar versuchte Tankred, von Dagobert aufgestachelt, ihn bei Jaffa noch einmal mit Gewalt aufzuhalten, mehr als Nachhutgefechte vermochte er aber nicht zu liefern. Der Sieg von Beirut war nun Fanfare und Schrittmacher zugleich. Seit seinem kaum glaublichen Triumph am Hundefluß galt Balduin als unbezwingbarer, sichtlich mit göttlicher Gnade ausgestatteter Kriegsherr. Wo er auch erschien, zogen ihm Griechen, Syrer und Armenier entgegen, um ihn begeistert als den Retter der orientalischen Christen zu feiern. Auch die Bevölkerung von Jerusalem begrüßte ihn enthusiastisch als den starken Mann, den sie ersehnte, und geleitete ihn, Hymnen und Psalmen singend, zum Heiligen Grabe. Dort verrichtete

Balduin, der Sitte gemäß, ein erstes Gebet, bevor er sich von seinem lothringischen Getreuen die Schlüssel zur Davidsburg überreichen ließ. Dagobert hieß ihn nicht willkommen. Der Patriarch hatte sich, von Balduins Siegeszug entmutigt, in ein Kloster auf dem Berge Zion zurückgezogen, wo er, bessere Tage erhoffend, Trost im Gebet und in einsamem Umgang mit seinen Büchern suchte. Balduin, der frühere Priesterschüler und mittellose Graf von Boulogne, war der Mann der Stunde

Dagobert krönt Balduin in Bethlehem

Am 9. November war Balduin in die Heilige Stadt eingezogen. Am 11. November nahm er, ohne jemand zu fragen, den Titel eines Königs von Jerusalem an. Und um zu zeigen, daß dieses Jerusalem unter seiner Führung mehr als eine kleine, gefährdete christliche Enklave sein werde, brach er schon nach wenigen Tagen mit 150 Rittern und 500 Fußsoldaten zu einem Feldzug auf, der ihn zunächst nach Askalon, dann durch das Innere Judäas bis an die Südufer des Toten Meeres und schließlich in die Wüste des peträischen Arabiens führte.
Albert von Aachen hat dieser Demonstration balduinischer Macht und Verwegenheit mehrere Seiten seiner krausen Kreuzzughistorie gewidmet. Er erzählt zum Beispiel, daß die Barone auf der öden Sinaihalbinsel einen »greulichen Volksstamm« aufspürten, die Azopart, die unter der Erde und in verborgenen Höhlen lebten, diabolische Künste betrieben, unglaublich schmutzig und verkommen waren und von König Balduin mit Hilfe von »Holz, Gestrüpp und Gesträuch« regelrecht ausgeräuchert wurden. Er beschreibt auch »die stinkenden Flüsse von Sodom und Gomorrha« sowie die Eroberung von Ghor Safieh, einer »reichen und mit allem wohlversehenen Stadt«, vor deren Mauern die Ritter »ihre Leiber in sicherer Ruhe pflegten«, bevor sie den Ort plünderten und ansteckten.
Alles schmückenden, wunderseligen und folkloristischen Beiwerks entkleidet: Balduin verschaffte seinen Herren Gelegenheit, sich auszutoben, zu bereichern und Angst und Schrecken zu verbreiten, ließ sich aber nicht auf größere Aktionen ein und konnte somit nach einigen Wochen, erneut von der Glorie des Sieges umstrahlt, mit einer selbstbewußten, übermütigen Truppe nach Jerusalem zurückkehren.
Nun erlebte auch Patriarch Dagobert die Stunde der Erleuchtung, um die er in seiner Klosterzelle in langen, einsamen Gebeten gerungen hatte. Ihm wurde klar, daß es vermessen sein würde, diesen starken, schlauen, anscheinend unbezwinglichen Balduin in die Schranken zu fordern und an die Versprechungen seines hilflosen Bruders zu erinnern. Der König seinerseits war, um einen Satz von Runciman zu zitieren, »zu klug, um rachsüchtig zu sein«, zu klug auch, um die Macht der pisanischen Flotte

zu übersehen, deren Kaperkapitäne sich noch immer ihrem Erzbischof verpflichtet fühlten.
So begruben die beiden Widersacher die Vergangenheit, entdeckten ihre gemeinsamen Interessen und verständigten sich. Am 25. Dezember, dem Geburtstag des Erlösers, krönte Dagobert in der Geburtskirche von Bethlehem den Grafen von Boulogne und Edessa zum ersten König von Jerusalem. Der Traum eines theokratischen, nur dem fernen Lateran unterstehenden Kreuzfahrerstaates war damit zerronnen. Dagobert von Pisa, sicher kein Anfänger in der Hohen Schule der Macht, hatte seinen Meister gefunden. Die von Gottfried bereits anerkannte »Lehnabhängigkeit vom Patriarchen« war in die »vogteiliche Schutzfunktion über das Heilige Grab« zurückverwandelt worden. Der Patriarch von Jerusalem galt fortan, wie Hans Eberhard Mayer es formuliert hat, nur mehr als »ein Metropolit an einem besonders ehrwürdigen Orte«.
Kurzum: Balduin hatte allen Grund, drei Tage lang mit seinen Herren zu feiern und – so Albert – »als König machtvoll auf seinem Thron« zu sitzen.
Tankred, Balduins alter Kampfgenosse und Widersacher aus der Zeit der gemeinsamen Abenteuer in Kilikien, bereitete mehr Schwierigkeiten. Der Normanne, den Gottfried mit dem Fürstentum Galiläa belehnt hatte, weigerte sich standhaft, Balduins Vasall zu werden. Wohlaufgehoben hinter den festen Mauern von Haifa, zeigte er dem König ostentativ die kalte Schulter und reagierte weder auf eine gleichsam amtliche Vorladung nach Jerusalem noch auf eine gemessen-freundliche Einladung zu einem kameradschaftlichen Gespräch. Balduin hatte jedoch Glück: über Nacht fand sich eine salomonische Lösung. Tankred übernahm für seinen gefangenen Oheim das Fürstentum Antiochia und gab Galiläa zurück, ungehalten zwar, doch ohne Gesichtsverlust.
So konnte der König im Frühjahr 1101 fortfahren, sein kleines Reich auf Kosten orientalischer Potentaten zu erweitern und seine beutehungrigen Barone angemessen zu beschäftigen. Seine Taktik hatte er längst den besonderen Bedingungen des Landes angepaßt. Er vermied, wenn es möglich war, die kraftraubende Belagerung fester Siedlungen und spezialisierte sich auf die einträglichere gewaltsame Kontrolle der Karawanenstraßen. Die zeitgenössischen Chronisten sind sich darin einig, daß ihn diese Raubzüge – eine Art Partisanenkrieg »von oben« – tatsächlich aller materiellen Sorgen enthoben. Als er im März das Nest eines reichen arabischen Beduinenstammes ausgehoben und für die Rückgabe der am Hundefluß eingebrachten 48 Beutetürken die königliche Summe von 50000 Byzantii empfangen hatte, konnte er sich zum ersten Mal auch einer wohlgefüllten Kriegskasse erfreuen.
Balduin pflegte bei seinen Überfällen auf die arabischen Wanderdörfer gnadenlos aufzuräumen und eine konsequente Strategie der Grausamkeit

Diese Zeichnung nach einer zeitgenössischen Darstellung beschreibt die Belagerung einer Burg und Befestigungsanlage aus dem 11. und 12. Jahrhundert. (Archiv für Kunst und Geschichte, Berlin)

anzuwenden, die ihm dann offenbar schon nach kurzer Zeit einen höllischen Respekt verschaffte; doch wußte er die Muslims auch durch noble, ritterliche Gesten für sich einzunehmen.
Als ihm bei einer seiner blutigen Aktionen gegen einen arabischen Wüstenstamm die hochschwangere Gattin eines Scheichs in die Hände fiel, nahm er sie großmütig, wie es heißt, in seine königliche Obhut. Er warf ihr seinen Mantel über, schenkte ihr die Freiheit, schonte auch ihre Dienerinnen und stattete sie mit Wasser, Lebensmitteln und zwei Kamelstuten aus, bevor er sie in dem restlos zerstörten Lager zurückließ. Daß die junge Frau noch in derselben Nacht am Rande des Karawanenweges niederkam, mag eine Erfindung der fabulierfreudigen Kreuzzugberichter sein. Jedenfalls wurde ihr kein Haar gekrümmt, und ihr Gatte, der sie bald darauf unversehrt wiederfand, war über die Hochherzigkeit des räuberischen Franken so erfreut, daß er ihm mitteilen ließ, er werde sich zu gegebener Zeit erkenntlich erweisen.
Aber auch Balduin konnte sich eines Tages nicht der militärischen und wirtschaftlichen Notwendigkeit verschließen, die Küstenstädte in seinen Besitz zu bringen. Mit Hilfe einer genuesischen Flotte, die mit dem neuen päpstlichen Legaten, Kardinalbischof Moritz von Porto, an Bord am 15. April 1101 in den Hafen von Jaffa einlief, eroberte er zunächst Arsuf, sodann Caesarea. Allerdings hatte er dafür einen hohen Preis zu entrichten.
Der ägyptische Wesir El-Afdal quittierte den Verlust der beiden bedeutenden Häfen mit der Mobilisierung eines 30000 Mann starken Heeres, das er bei Askalon zusammenzog. Von dort rückte er, Marschrichtung Jerusalem, auf Ramleh vor, dessen Außenbezirke er Anfang September erreichte. Balduin, der diesem imposanten Aufgebot nur 260 Ritter und 900 Mann Fußvolk entgegenzustellen vermochte, stand erneut vor der Wahl, entweder alles auf eine Karte zu setzen oder vor der gegnerischen Macht zu kapitulieren. Er entschied sich, im Einvernehmen mit seinen Baronen, für den sofortigen Angriff.
Die Chronisten haben auch bei der Schilderung der Schlacht von Ramleh nicht mit bombastischen Worten gespart und dabei, als Männer der Kirche, nicht nur die Tapferkeit, sondern auch der Frömmigkeit des Königs höchstes Lob gespendet. Aber auch aus ihren ebenso dramatischen wie großsprecherischen Schlachtreportagen geht hervor, daß die Kreuzfahrer ihren Sieg wieder nur einem Überraschungscoup verdankten.
Als drei der fünf Abteilungen des königlichen Heeres geschlagen zurückfluteten, warf sich Balduin vor den Augen seiner wankenden Ritter vor dem Heiligen Kreuz nieder, bekannte in einer Art von Blitzbeichte seine Sünden und stürzte sich dann selbst ins Kampfgetümmel. Auf seinem *Gazelle* genannten arabischen Streitroß, einem Wunderpferd wie aus *1001 Nacht*, drang er an der Spitze seines letzten Aufgebotes bis ins Zen-

trum der feindlichen Armee vor und richtete dort, nachdem er einem ägyptischen Wesir eigenhändig mit einem einzigen Schwerthieb den Kopf abgeschlagen hatte, eine derartige Verwirrung an, daß die Ungläubigen, wie zwei Jahre zuvor bei Askalon, bereitwillig Fersengeld zahlten und eine riesige Beute auf dem Kampffeld zurückließen.

Der Tag von Ramleh markiert erneut einen großen Kreuzfahrersieg. Selbst die stoischen Muslims sprachen fortan den Namen Balduin nur mit Beklemmung aus. Jerusalem konnte aufatmen – obwohl zur gleichen Zeit Meldungen aus Anatolien eintrafen, die dem Mythos von der Unbesiegbarkeit der christlichen Kreuzfahrer einen argen Stoß versetzten.

Was war geschehen?

Lombarden und andere Kreuzfahrer

In den europäischen Kreuzfahrerländern, vor allem in Frankreich und Italien, hatten die Nachrichten von der Eroberung der Heiligen Stadt im Jahre 1099 stürmische Begeisterung ausgelöst. Die Predigermönche, die Propagandavaganten der Kirche, waren wieder zu Tausenden ausgeschwärmt und hatten ihre Zuhörer davon überzeugt, daß eine bewaffnete Pilgerschaft nach Jerusalem sichtbar mit Gottes Segen ausgestattet sei, und nicht nur zu neuer Kreuzfahrt, sondern auch zur christlichen Neubesiedlung des Heiligen Landes aufgerufen.

Den Eindruck ihrer Erbauungsreden vertieften die Berichte der Heimkehrer, die nach den ungeschriebenen Regeln des Kriegerlateins mehr von den Wundern und Herrlichkeiten ihrer Reise als von ihren Strapazen und Leiden sprachen. Aber auch sie beteuerten, daß Verstärkungen dringend notwendig seien.

Der Erfolg der neuen Werbewelle scheint den des Aufrufes von Clermont noch übertroffen zu haben. Vor allem Norditalien gab sich einem schwärmerischen Pilgerenthusiasmus hin. Schon zu Beginn des Jahres 1100 hatten sich in der Lombardei unter Führung des Erzbischofs Anselm von Mailand und des Grafen Albert von Biandrate zahlreiche brodelnde Heerhaufen gesammelt: im Kern einige Hundertschaften kampferprobter Ritter, in der Masse jedoch Gesindel von den Landstraßen und Nichtstuer aus den Elendsvierteln der Städte – fanatisierter, zu Krawall und Explosionen neigender Mob und Pöbel, um nichts besser als die Peter-Banden.

Das lombardische Aufgebot stand nicht allein. In Frankreich nahm Herzog Wilhelm IV. von Aquitanien das Kreuz: ein berühmter Ritter und Troubadour, gebildet und kultiviert, leichtfertig und verderbt, zugleich ein intimer Feind Raimunds, mit dem er erbitterte Erbstreitigkeiten ausfocht. Stephan von Blois, der bei Antiochia nächtlicherweise unrühmlich-heimlich verschwunden war, erneuerte sein Jerusalem-Gelübde, ge-

demütigt durch die ständigen Vorwürfe seiner normannischen Gemahlin Adele, die ihn selbst im Ehebett noch einen Feigling schimpfte. Auch Hugo von Vermandois sah sich einem derartigen Meinungsdruck ausgesetzt, daß er ein zweites Mal die apokalyptischen Plagen eines Kreuzzuges auf sich nahm.
Ihm schloß sich der Graf Stephan von Burgund mit einem kleinen, aber gut ausgerüsteten Heer an. Das stärkste Aufgebot, etwa fünfzehntausend Mann, mobilisierte der kriegserfahrene Graf Wilhelm I. von Nevers. Der Erzbischof von Besançon und die Bischöfe von Paris, Laon und Soissons leisteten den Kriegern geistlichen Beistand.
Mehr als in den Monaten nach Clermont überschwappte die Kreuzfahrerwelle diesmal auch die deutschen Lande. Des Kaisers Stallmeister Konrad brachte zweitausend Mann auf die Beine. In Bayern folgte der Herzog Welf IV., ein nicht mehr junger, aber noch recht rüstiger Herr, den es nach einem frommen, betrachtsamen Lebensabend im Heiligen Land gelüstete, dem lockenden Ruf der Prediger. Ihn begleitete die Markgräfin Ida von Österreich, eine weithin gepriesene Schönheit, die an der Grenze des Verwelkens angelangt und daher bereit war, dem Weltlichen zu entsagen und sich fortan mehr den Gefühlen »frommer Erregung« hinzugeben. Erzbischof Thiemo von Salzburg vertrat die kirchliche Prominenz des bayerisch-österreichischen Raumes.

Das Ende bei Mersiwan

Die heißblütigen Lombarden waren die ersten, die im Frühjahr 1101 Konstantinopel erreichten. Schon dort erwies sich, daß mit ihnen kein Staat zu machen und kein Krieg zu führen war. Trotz wohlwollender Betreuung durch die kaiserlichen Behörden führten sie sich derart ungebührlich und disziplinwidrig auf, daß ihnen Kaiser Alexios die Verpflegung entzog. Sie beantworteten diese wohlbegründete Maßnahme mit einem Sturm auf den kaiserlichen Palast von Blacherna. »Mit Hacken, Beilen und eisernen Hämmern bewaffnet«, brachen sie – nach Albert, der im übrigen keinen Hehl aus seiner Verachtung für das norditalienische Gelichter macht – »an zwei Stellen ein, brachten zuerst einen Jüngling vom Blute des Kaisers um und erschlugen sodann einen gezähmten Löwen«, der arglos und zutraulich im Palastgarten lustwandelte.
Der erzürnte Basileus überließ es dem Mailänder Kirchenfürsten Anselm und dem Grafen Albert von Biandrate, die aufgebrachten Lombarden zu beruhigen, und sorgte dafür, daß sie so schnell wie möglich nach Kleinasien übergesetzt und dem Befehl des Grafen Raimund von Toulouse unterstellt wurden, der den Winter in Konstantinopel verbracht hatte und nun von Alexios dazu ausersehen war, die neuen Pilgerarmeen auf der

alten Kreuzfahrerstraße von 1097 durch Anatolien nach Syrien und weiter nach Palästina zu führen.

In Nikomedia wartete Raimund noch die Ankunft des von Stephan von Blois und Stephan von Burgund mobilisierten Heeres sowie das Kontingent des kaiserlichen Marschalls Konrad ab und marschierte dann, von fünfhundert Petschenegen geleitet, mit dieser Streitmacht nach Ankyra, der heutigen türkischen Hauptstadt Ankara.

In Ankyra, wo sich die Zucht der Dreivölkerarmee bereits so gelockert hatte, daß »viele vom Volk« (nach Alberts betrübter Darstellung) sich »unerlaubten Ausschweifungen und geschlechtlicher Unzucht« hingaben, kamen die Anführer der Lombarden auf die absurde Idee, zunächst ins nördliche Anatolien zu ziehen und den Fürsten Bohemund zu befreien, der von dem Danischmandiden-Emir in Neocaesarea noch immer in festem Gewahrsam gehalten wurde: eine absurde Idee und militärisch ein Wahnwitz sondergleichen; denn nach Neocaesarea zu marschieren war gleichbedeutend mit einer fast endlosen Wanderung durch Wüste und felsige Berge, in mörderisch sengender Hochsommersonne, ständig von feindlichen Bogenschützen umschwärmt – und das mit völlig ungeordneten Heerhaufen, in denen die Zahl der Nichtkombattanten, der Weiber und Kinder, der Mönche und Kleriker, wahrscheinlich größer als die der Waffenträger war.

Der erfahrene Raimund hat gegen den vermessenen Plan, unterstützt von Stephan von Blois und dem byzantinischen General Tsitas, wahrscheinlich Einspruch eingelegt. Die Lombarden jedoch, von der berauschenden Vorstellung besessen, sie könnten den berühmten Herzog von Tarent aus seiner Kerkerschaft befreien, setzten sich durch. Ende Juni 1101 zogen sie von Ankyra aus in nordöstlicher Richtung weiter, den Truppen des Kilidsch-Arslan nach, die sie an verbrannten Dörfern und vergifteten Brunnen vorbei immer tiefer in das menschenleere Land hineinlockten.

Als die Kreuzfahrer schon Anfang Juli bei Gangra in schwere Bedrängnis gerieten, hatten selbst die Lombarden die Sinnlosigkeit ihres Unternehmens begriffen und akzeptierten deshalb Raimunds Vorschlag, Kurs auf die Schwarzmeerküste zu nehmen und in einem byzantinischen Hafen Zuflucht zu suchen. Nach einigen Tagen änderten sie ihren Plan jedoch wieder, zogen erneut ostwärts und wurden, ohnehin bereits schwer dezimiert, bei Mersiwan, unweit dem Halysfluß, von einer überlegenen türkischen Armee gestellt, die die Streitmacht des Sultans Kilidsch-Arslan mit den Heeren des Danischmandiden-Emirs Malik Ghazi und des Ridwan von Aleppo vereinigte.

Die Katastrophe vollzog sich prompt und programmäßig. Die Türken griffen mit ihren schnellen berittenen Pfeilschützen die militärisch kaum ausgebildeten lombardischen Verbände an, zersprengten sie in alle Winde und richteten eine derart heillose Verwirrung an, daß die französischen

und deutschen Ritter es ebenfalls vorzogen, sich davonzumachen und die großsprecherischen, aber kampfuntüchtigen Lombarden mitsamt den Nichtkämpfern und der ganzen Bagage ihrem Schicksal zu überlassen.
Die Türken genossen ihren triumphalen Sieg mit vollen, gierigen Zügen. Nach Albert von Aachen, der als einziger von allen Kreuzzugchronisten die bestürzenden Ereignisse des Sommers 1101 beschrieben hat, stürzten sie sich wie wild auf »die sehr vornehmen und trefflichen Damen« der französischen und italienischen Ritter. Die Frauenzimmer »vorgeschrittenen Alters« töteten sie auf der Stelle mit dem Schwert. »Andere wurden durch wiederholte geschlechtliche Vermischung gequält und dann ... geköpft. Wieder andere wurden, weil sie mit heiterem Gesicht und schöner Gestalt in den Augen der Heiden Wohlgefallen fanden ..., als wären sie erbeutetes Vieh, zu barbarischen Völkerschaften geschickt.«
Auch die Knechte der Ritter wurden fast sämtlich erschlagen. Nur die Fürsten mit ihren berittenen Leibwachen vermochten sich zu retten. Raimund gelangte mit einem byzantinischen Konvoi nach Bafra an der Halysmündung. Auch Stephan von Blois, sein Namensvetter Stephan von Burgund und der Deutsche Konrad schlugen sich zur Schwarzmeerküste durch und kehrten von dort mit dreitausend Überlebenden nach Konstantinopel zurück.

Drei Schlachten, drei Niederlagen

Zu dieser Zeit war auch die Streitmacht des Grafen Wilhelm von Nevers bereits untergegangen. Die französischen Barone hatten Ende Juli, vier Wochen nach den Lombarden, Ankyra erreicht und dann, da Raimund keinerlei Nachricht hinterlassen hatte, wie die Kreuzfahrer des Jahres 1097 die Straße nach Konya eingeschlagen. Da die seldschukische Hauptstadt entschlossen verteidigt wurde, zogen sie nach Heraklea weiter, gerieten dort in einen Hinterhalt und wurden von den siegestrunkenen Truppen des Sultans Kilidsch-Arslan und des Emirs Malik Ghazi in wenigen Stunden niedergemacht.
Nur wenige zersprengte Trupps erreichten nach abenteuerlichen Ritten durch den Taurus den sicheren Hort Antiochia, unter ihnen der Graf Nevers selbst; krank, zerlumpt und halb verhungert, angeblich von kaiserlich-byzantinischen Soldaten restlos ausgeplündert, benötigte er geraume Zeit, bis er, »mit Wein, Öl und süßem Fleisch reichlich erquickt«, dank Tankreds Gastfreundschaft so weit wiederhergestellt war, daß er die Fortsetzung seiner Reise nach Jerusalem ins Auge fassen konnte.
Einige Wochen nach dem Untergang der Heeresgruppe des Grafen von Nevers, Anfang September, trafen mit entwaffnender Harmlosigkeit auch die bayerischen und aquitanischen Kreuzfahrer unter den Herzögen

Welf und Wilhelm in Heraklea ein. In der Backofenhitze Anatoliens fast verdörrt, stürzten sie sich in der Nähe der Stadt ungesichert und ungeordnet in ein wassergefülltes Flußbett und entdeckten zu spät, daß sie in eine Falle geraten waren; seldschukische Bogenschützen, die sich im Ufergestrüpp versteckt hatten, mähten sie reihenweise nieder. Auch dieser Überfall endete mit der völligen Vernichtung des so siegesgewiß aufgebrochenen Heeres.

Diesmal hatten auch die Anführer der Kreuzfahrt ihren Zehnten zu entrichten. Erzbischof Thiemo wurde gefangengenommen und exekutiert. Die schöne, fromme Markgräfin Ida endete unter den Hufen türkischer Pferde (daß sie, wie eine andere Überlieferung wissen will, in einen Harem verschleppt wurde und dort den späteren muselmanischen Feldherrn Zengi gebar, ist schon ihres Alters wegen wenig wahrscheinlich). Hugo von Vermandois, der verwöhnte, prachtliebende Bruder des Königs von Frankreich, rettete sich, übel zugerichtet, nach Tarsos und erlag dort seinen schweren Blessuren.

Einzig die beiden Herzöge entkamen: der aquitanische Troubadour zusammen mit seinem Stallknecht nach Tarsos, der Bajuware, waffenlos und abgerissen, nach Antiochia.

Das ergab, alles in allem, eine beklemmende, ja, niederschmetternde Bilanz: drei Schlachten, drei schwere Niederlagen, drei zersprengte, fast völlig zerschlagene christliche Armeen. Die Türken hatten wieder Tritt gefaßt. Die Legende von der Unbesiegbarkeit der fränkischen Barone war unter der vulkanischen Sonne Anatoliens dahingeschmolzen. Der Plan, das Heilige Land mit Kreuzfahrern zu besiedeln, mußte zu den Akten gelegt werden. Die Straßen von Byzanz nach Syrien blieben in der Hand der Ungläubigen. Um so wichtiger waren fortan die Flotten der italienischen Handelsstädte.

Die fränkischen Ritter konnten sich ihre erschreckenden Niederlagen nicht anders als durch Verrat erklären und haßten die »falschen Griechen« noch mehr als vorher. Kaiser Alexios seinerseits empfing die Fürsten und Ritter, die ihre Haut nach Konstantinopel gerettet hatten und offen von Heimtücke sprachen, mit betonter Kühle. Er gewährte ihnen während des Winters zwar Unterkunft und Verpflegung, schob sie zu Beginn des nächsten Frühjahrs aber allesamt eilends nach Antiochia ab: seinen Freund Raimund und Stephan von Blois, die Grafen von Burgund und Biandrate, den Stallmeister Konrad, den Erzbischof von Mailand und weitere hohe Kleriker – eine Phalanx der Geschlagenen, die für die christlichen Ritter im Heiligen Lande kaum noch eine Verstärkung bedeuteten.

Im Frühjahr 1102 pilgerten sie, von einer Eskorte geleitet, die Balduin ihnen bis Beirut entgegengeschickt hatte, nach Jerusalem, erfüllten ihr Heilig-Grab-Gelübde und feierten »mit dem König in Freuden und Ehren« das Fest der Wiederauferstehung des Herrn. Dann schifften sie sich ein. Doch gelang nur einem von ihnen die planmäßige Heimkehr.
Herzog Wilhelm von Aquitanien kehrte im Sommer wohlbehalten ins heitere, weingesegnete Land seiner Väter zurück und konnte sich fortan wieder der feinen, wenn auch etwas verstiegenen Kunst der Damenverehrung widmen und als Troubadour und Liebhaber den Ruhm erringen, der ihm als Kreuzfahrer versagt geblieben war.
Der Herzog Welf von Bayern starb bei einem Zwischenaufenthalt auf Zypern. Die Grafen von Blois und Burgund gerieten bei Jaffa in einen Sturm, wurden arg zerzaust an Land geworfen und sahen sich über Nacht vor die Notwendigkeit gestellt, erneut gegen die Feinde Gottes ausrücken zu müssen. Denn schon wieder befand sich ein ägyptisches Heer im Anmarsch auf Jerusalem, und der König benötigte jeden Arm, der ein scharfes christliches Schwert zu führen vermochte.
Diesmal unterlief dem durch seine Siege verwöhnten Balduin jedoch ein schwerer Fehler. Von seinen Spähtrupps offenbar falsch informiert, unterschätzte er die Stärke des feindlichen Heeres und griff mit fünfhundert Berittenen – wiederum bei Ramleh – die an zwanzigtausend Mann starke Armee Kairos an. Die ungestüm attackierenden fränkischen Barone drangen zwar, vom König geführt, bis ins Zentrum der muselmanischen Heerscharen vor, verloren sich dann aber in der Masse ihrer Gegner und wurden zum größten Teil niedergemacht.
Balduin und seine engsten Gefährten konnten sich bis Ramleh durchschlagen. In einem Turm, dem einzigen festen Turm der brüchigen Stadtbefestigung, verschanzten sie sich, das nahe Ende vor Augen. Denn noch vor Einbruch der Dunkelheit hatten die Ägypter die ermüdeten Reste des christlichen Heeres eingeschlossen.
In dieser bedrängten, nahezu ausweglosen Situation erhielt Balduin, wie die Kreuzzugchronisten berichten, den Lohn für die noble Behandlung, die er ein Jahr zuvor der hochschwangeren Gattin des arabischen Wüstenscheichs hatte zuteil werden lassen.
Gegen Mitternacht meldete sich ein Ungläubiger bei den Wachen des Königs, gab sich als Gemahl jener jungen Araberin zu erkennen und eröffnete dem geschlagenen Balduin, daß seine einzige Überlebenschance sofortige Flucht sei, da schon am nächsten Morgen die ägyptische Armee zum Sturm auf Ramleh antreten werde. Der König beherzigte den Rat des dankbaren Scheichs, sprengte noch in derselben Nacht auf seinem arabischen Wunderroß durch die feindlichen Linien und schüttelte – eine

ariose Pferdeopernszene, die jedem Western von heute Ehre machen würde – dank der Schnelligkeit seiner unvergleichlichen *Gazelle* alle Verfolger ab.
Seine Freunde und Ostergäste wurden am nächsten Morgen ausgeräuchert und dem Zorn Allahs überantwortet. Auch die beiden schiffbrüchigen Grafen Stephan blieben auf der Strecke. Doch ging selbst der von Blois tapfer fechtend in den Tod und reinigte sich damit vom Vorwurf der Feigheit: eine Tatsache, die Runciman mit der trockenen Bemerkung kommentiert, daß die Gräfin Adele hinfort wieder ruhig schlummern mochte.
Zu den wenigen Überlebenden gehörte der Deutsche Konrad, dessen bärenhafte Kraft und Tapferkeit den staunenden Ägyptern einen solchen Respekt abgewann, daß sie ihm Schonung gewährten und sich damit begnügten, ihn zu versklaven.
Balduin erreichte nach zweitägigem Umherirren, ständig von feindlichen Streifen verfolgt, den rettenden Hafen von Arsuf, bestieg dort das Schiff des britischen Korsaren Goderich und segelte nach Jaffa, dessen kleine christliche Besatzung den totgeglaubten König mit wilder Begeisterung empfing. Dieser zeigte sofort, daß er entschlossen war, die Scharte von Ramleh wieder auszuwetzen. Er verständigte Jerusalem von seiner wunderbaren Rettung und zitierte Verstärkung herbei.
Als dann noch, wie ein Geschenk vom Himmel, eine aus zweihundert Schiffen bestehende Flotte mit mehreren tausend waffentüchtigen Pilgern in Jaffa eintraf, zögerte er keinen Augenblick, die ägyptische Armee, die im Begriff war, die Festung einzuschließen, mit seinem zusammengewürfelten Haufen erneut anzugreifen – diesmal mit Erfolg: die vollständig überraschten Muselmanen fluteten, wie vor einem Orkan, bis Askalon zurück.
Ende Mai, zehn Tage nach dem Fiasko von Ramleh, war Balduin, sichtbar mit der Gnade Gottes gesegnet, wieder Herr der Lage.
Er nutzte die Gunst der Stunde, sich endgültig des Patriarchen Dagobert zu entledigen. Unterstützt von dem neuen päpstlichen Legaten Robert von Paris, der im Spätsommer 1102 als Nachfolger des im Frühjahr verstorbenen Moritz von Porto nach Jerusalem gekommen war, unterwarf er den habgierigen, ehrgeizigen und zähen Erzbischof von Mailand dem Urteil eines kirchlichen Gerichtes, in dem die dem König ergebenen Geistlichen von vornherein die Mehrheit hatten. Die Synode, die in der Grabeskirche tagte, der heiligsten Stätte der Heiligen Stadt, gelangte zu dem Ergebnis, daß Dagobert versucht habe, Bohemund gegen Balduin aufzuhetzen. Außerdem überführte sie ihn der mißbräuchlichen Verwendung gespendeter Hospitalgelder. Dagobert wurde abgesetzt und ging nach Antiochia zurück, unter die Fittiche seines normannischen Protektors Tankred. Er starb 1107 in Messina, kurz bevor die vom Heiligen Stuhl

verfügte Wiederaufnahme des Synodalverfahrens von 1102 neue Verwirrung stiften konnte.
In Jerusalem trat der wegen seiner väterlichen Milde und Freigebigkeit geschätzte Priester Evremar von Therouannes Dagoberts Nachfolge an: ein freundlicher, alter Herr, der gewissenhaft seine geistlichen Pflichten versah, jeglichem weltlichen Ehrgeiz aber bereits abgeschworen hatte – ein Mann, von dem keine politischen Querschüsse zu erwarten waren.
Da der ägyptische Wesir El-Afdal fürs erste Ruhe gab, konnte sich der König nun erneut der Sicherung und Vorverlegung der Grenzen seines Reiches widmen. Er nahm seinen Raubritterkrieg gegen die ägyptisch-syrischen Karawanenwege wieder auf, bekämpfte muselmanische Banden, die sich am Karmel eingenistet hatten, und säuberte die Pilgerstraßen von Räubern und Partisanen. Ein Jahr später, im Frühsommer 1103, gelang ihm – nachdem er den Winter über wegen einer schweren, im Kampf erlittenen Nierenverletzung pausiert hatte – mit Hilfe einer genuesischen Flotte die Eroberung von Akkon, dem größten und leistungsfähigsten Hafen an der palästinensischen Küste: der größte Erfolg seit dem Sturm auf Jerusalem.
So gedieh sein kleines Königreich, allen Gefahren und Bedrängnissen zum Trotz: ein kleiner christlicher Filialstaat im muselmanischen Orient, in einer feindlichen Umwelt, deren Herrscher zwar miteinander haderten, aber den Kampf um die Wiedergewinnung ihrer Länder noch längst nicht aufgegeben hatten.
Aber noch hatten sie kein Rezept gefunden, mit diesen schrecklichen, todverachtenden, landhungrigen Franken fertig zu werden. Selbst Raimund von Toulouse, dem bisher alles fehlgeschlagen war, machte ihnen jetzt zu schaffen.

Das neue Ziel: die ostmittelmeerische Riviera

Als der Graf von Toulouse und Saint-Gilles zu Beginn des Jahres 1102 in Tarsos an Land ging, wurde er von einem Ritter, der sich Bernhard der Fremde nannte, verhaftet. In der Reihe der vielen merkwürdigen Ereignisse, die die Geschichte des Ersten Kreuzzuges und seiner Anführer noch immer so schwer verständlich machen, zählt die Einvernahme des mächtigen und reichen Raimund, der sich einmal Hoffnungen gemacht hatte, Oberkommandierender aller von Papst Urban mobilisierten Kreuzzugheere zu werden, sicher zu den merkwürdigsten. Man warf ihm vor, durch seine Flucht in der Schlacht von Mersiwan Verrat an seinen christlichen Brüdern geübt zu haben, und überstellte ihn dem regierenden Fürsten von Antiochia.
Tankred, der wie sein Onkel Bohemund über ein beträchtliches Reper-

toire an politischen Kniffen verfügte und an der Festsetzung Raimunds sicher nicht ganz unschuldig war, behandelte den sechzigjährigen Grafen zwar mit geziemendem Respekt, ließ ihn aber nicht eher frei, bis er auf alle Ansprüche auf Antiochia und die nördlichen Landesteile Syriens verzichtet hatte.
Wenn Tankred erwartete, den alten Widersacher der Normannen mit diesem Bubenstück endgültig ausgeschaltet zu haben, hatte er sich jedoch geirrt. Der Graf aus der Provençe war nicht nur mit vielen Mängeln behaftet, er besaß auch – um ein Wort von Runciman zu zitieren – »die Tugend hartnäckiger Beharrlichkeit«. Er dachte gar nicht daran, das Feld allein der süditalienisch-lothringischen Konkurrenz zu überlassen und mit leeren Händen auf seine Schlösser in der Heimat zurückzukehren. Um wohllautende, tarnende Formeln nie verlegen, erklärte er seinen gen Jerusalem ziehenden Mitpilgern, daß er es »als guter Christ wie sein Herr und Meister« halten und »sein eigenes Kreuz nicht eher ablegen« wolle, »bis seine Seele aus dem Körper wiche«.
Weniger theologisch ausgedrückt – er richtete seine begehrlichen Augen auf jene schöne ostmittelmeerische Riviera, die südlich von Dschabala begann und über Tortosa, Tripolis und Beirut bis Tyros reichte, sich aber noch in der Hand muselmanischer Potentaten befand. Hier, »zwischen dem normannischen Antiochia und dem lothringischen Jerusalem« ein eigenes provençalisches Staatsgebilde zu schaffen, schien ihm nicht nur eine lohnende Aufgabe, sondern auch ein gutes christliches Werk zu sein. Und da seine Kassen noch immer wohlgefüllt waren, engagierte er eine vor der Küste kreuzende genuesische Flotte und eroberte mit ihrer Hilfe Tortosa; dort richtete er sich, fast in Sichtweit von Tripolis häuslich ein.

Raimund belagert Tripolis – und stirbt

Dieses Tripolis war damals die bedeutendste Hafenstadt an der heutigen libanesischen Küste. Schon seit Generationen von der hochkultivierten Banu-Ammar-Familie beherrscht, galt es auch als einer der lebendigsten geistigen Umschlagplätze des Vorderen Orients. Mehr als Handel und Wandel lag dem derzeitigen Emir Fakhr el-Mulk zum Beispiel der Ausbau seiner Bibliothek am Herzen, die zu den schönsten und größten des Morgenlandes gehörte. Tripolis hatte sich, fast unangreifbar, nach altphönikischer Art an der Spitze einer schmalen, felsigen Halbinsel aufgebaut, konnte also von See her versorgt werden. Es anzugreifen, setzte Ausdauer, beträchtliche Mittel und ein starkes Heer voraus.
Als Raimund den unerschrockenen Plan faßte, einen provençalischen Küstenstaat am Libanon zu begründen, dessen Hinterland bis Homs reichen sollte, verfügte er über wenig mehr als dreihundert Mann. Mit diesen

dreihundert Mann mußte er noch vor der Belagerung von Tripolis auf dem freien Feld vor der Stadt gegen eine zwanzigfache muslimische Übermacht antreten. Wie er es fertigbrachte, das aus Tripolitanern, Damaszenern und Truppen aus Homs bestehende Aufgebot des Fakhr el-Mulk aus dem Weg zu räumen, hat selbst dem arabischen Chronisten Abn al-Athir Respekt abgewonnen. Nach seiner Beschreibung verloren die Krieger von Homs »schon beim bloßen Anblick« der schwergepanzerten fränkischen Ritter den Mut, so daß sie auf der Stelle kehrtmachten und davonrannten. Die erschreckten Damaszener folgten ihnen. Die Tripolitaner aber wurden von den Eisenreitern Raimunds regelrecht niedergeritten.

Dieser Sieg, der sich neben den Erfolgen Balduins sehr wohl sehen lassen konnte, stellte Raimunds im Schwinden begriffene Reputation mit einem Schlag wieder her. Die libanesischen Muslims riskierten nicht, ihm noch einmal offen entgegenzutreten; die einheimischen Christen aber waren von diesem Triumph so fasziniert, daß sie zu Tausenden in Raimunds Dienste traten. Dank anhaltendem Zulauf konnte er sich schon kurze Zeit später des Hafens Dschebail – des antiken Byblos – sowie einiger kleinerer Siedlungen im Binnenland bemächtigen.

Im Herbst 1103 schloß er Tripolis von der Landseite her ein. Um keinen Zweifel an seiner Entschlossenheit, die Stadt zu erobern, aufkommen zu lassen, begann er gleichzeitig auf einem Hügel vor der Stadt eine mächtige Burg zu bauen: jene kolossale Höhenfestung, die noch heute den Stadtteil über dem Abu-Ali-Fluß krönt. Raimund nannte sie Mont-Pélerin: den Pilgerberg. Die Muslims, die wohl spürten, wie sehr er sich mit diesem Werk identifizierte, sprachen von der *Galat Sandschil*, der Burg des Grafen Saint-Gilles.

Von dieser riesigen Zwingburg aus mühte er sich geduldig, zäh und starrköpfig zwei Jahre lang »mit Waffen und Maschinen ab«, Tripolis zu bezwingen – ohne Erfolg. Als er am 28. Februar 1105 an den Folgen einer Verwundung starb, die er ein halbes Jahr zuvor beim Einsturz eines brennenden Hauses davongetragen hatte, widerstand der reiche Handelsplatz an der libanesischen Côte d'Azur noch immer unangefochten Raimunds »kriegerischen Künsten«. Aber noch die letzten Befehle des frommen, hartnäckigen Grafen von Toulouse, der in seiner Burg »auf katholische Weise« bestattet wurde, galten der Fortsetzung der Belagerung.

Auch die Nachfolge hatte er vorsorglich noch geregelt. Demgemäß wurde sein Vetter Wilhelm-Jordan, Graf von Cerdagne, Regent für Raimunds jüngsten Sohn, den erst wenige Monate alten, auf dem Pilgerberg geborenen Alfonse-Jordan. Der älteste Sohn Bertrand, vermutlich ein Bastard, der »zu Hause« geblieben war und die Latifundien seines kreuzfahrenden Vaters verwaltete, wurde kurzerhand übergangen.

Wilhelm-Jordan erwies sich, wie erwartet, als gewissenhafter Verweser des raimundschen Erbes. Er pflegte die guten Beziehungen zum Kaiser, erweiterte das provençalische Einflußgebiet durch die Eroberung von Arqa und Akkar und setzte die Belagerung von Tripolis unbeirrt und unverdrossen fort. Zwar vermochte auch er gegen die starken Mauern dieser Festung nur wenig auszurichten, immerhin gelang es ihm, Tripolis auch von See her derart zu blockieren, daß die Bevölkerung zu hungern begann. Fakhr el-Mulk bemühte sich sowohl in Kairo als auch in Bagdad um Hilfe, wurde aber hier wie dort mit nichtssagenden Worten abgespeist.

Das »Gibraltar des Libanons« kapituliert

Zu Beginn des Jahres 1108 erschien eine provençalische Gesandtschaft auf dem Pilgerberg und ersuchte die Gräfin Elvira, die Witwe Raimunds, für den kleinen Alfonse-Jordan das ihm zustehende Erbe in Südfrankreich anzutreten. Bertrand, so schlugen die Herren vor, könne dann die Eroberungen seines Vaters im Orient übernehmen. Elvira ging auf das feingesponnene Familiengeschäft ein und kehrte noch im selben Jahr mit dem Spätling ihrer Ehe nach Südfrankreich zurück.
Zur gleichen Zeit trat Bertrand mit viertausend Mann und vierzig Galeeren seinen Zug nach Tripolis an. Ganz im Sinne seines Vaters machte er, zusammen mit seinem Sohn Pons, zunächst einen Antrittsbesuch bei Kaiser Alexios, dessen Höhepunkt die zeremonielle, gut dotierte Eidesleistung war. Sodann zerstritt er sich, ebenfalls in Fortführung raimundscher Tradition, mit Tankred, von dem er barsch, wenn auch erfolglos die Herausgabe der einstigen »provençalischen« Stadtteile von Antiochia verlangte.
In Tortosa ging er schließlich vor Anker. Von dort aus ließ er Wilhelm-Jordan mitteilen, daß er gekommen sei, die von seinem Vater erworbene Herrschaft Tripolis zu übernehmen. Als ihm der Graf von Cerdagne – verständlicherweise – einen abschlägigen Bescheid erteilte und seine ablehnende Haltung dadurch bekräftigte, daß er Kontakte mit dem Normannen Tankred aufnahm, wandte sich Bertrand an König Balduin und erbat dessen Hilfe.
Balduin nutzte sofort die gute Gelegenheit, sich als Schiedsrichter und ehrlicher Makler gebührend in Szene zu setzen. An der Spitze eines nicht zu übersehenden Aufgebotes von fünfhundert Rittern erschien er im Juni 1109 vor Tripolis und diktierte nach dem Grundsatz des *divide et impera* die Teilung des Raimundschen Territoriums. Wilhelm-Jordan durfte seine Eroberungen behalten, Bertrands Ansprüche wurden mit Dschebail und dem noch immer Widerstand leistenden Tripolis abgegolten. Bertrand honorierte Balduins Mittlerdienste dadurch, daß er in den Dienst des Kö-

nigs trat, dessen Lehnshoheit also, unbekümmert um seinen in Konstantinopel geleisteten Schwur, anerkannte. Wilhelm-Jordan wurde gezwungen, Tankred als Lehnsherrn anzuerkennen.
Ein verirrter (vielleicht bestellter) Pfeil, der den Grafen von Cerdagne schon wenige Wochen später traf, bewirkte allerdings eine schnelle Korrektur dieses Teilungsplanes. Die Wilhelm-Jordan zugesprochenen Besitztümer gingen nach seinem Tod, gemäß ritterlichem Geblütsrecht, in Bertrands Hand über. Ganz Tripolis wurde damit Lehen von Jerusalem.
Zu dieser Zeit hatte das »Gibraltar des Libanons«, wie René Grousset die schwer umkämpfte Hafenstadt genannt hat, bereits kapituliert. Fünf Jahre nach Raimunds Tod, am 12. Juli 1109, hatte es dem König von Jerusalem seine Tore geöffnet, nachdem dieser sich verpflichtet hatte, allen Muselmanen, die nicht unter christlicher Herrschaft leben wollten, freien Abzug zu gewähren. Balduin hat sich offenbar strikt an diese Abmachungen gehalten. Daß genuesische Matrosen die einzigartige Bibliothek der Banu Ammar in Flammen aufgehen ließen und damit dem Ende der Belagerung die weithin sichtbare Festbeleuchtung verschafften, konnte auch er nicht verhindern.
Die Partie war trotzdem eindeutig zu seinen Gunsten ausgegangen. Er galt nun, wie schon sein Schiedsspruch »in Sachen Tripolis« gezeigt hatte, als der König der orientalischen Christen schlechthin. Sein einziger noch verbliebener Konkurrent, der Normanne Tankred, konnte sich weder an Macht noch an Schlauheit mit ihm messen.
Und Bohemund, der große Bohemund, militärisch die Zentralgestalt des Ersten Kreuzzuges, der einzige, der ihm hätte gefährlich werden können, war zu dieser Zeit – nach einem letzten Höhepunkt seines bewegten Lebens – endgültig matt gesetzt worden.

Bohemund verläßt Antiochia

Der Fürst von Antiochia scheint bei dem Danischmandiden-Emir Malik Ghazi Gümüschtekin eine komfortable Haft genossen zu haben. Der Emir ließ seinem kostbaren Häftling alle erdenkliche Fürsorge angedeihen, stieg auch wohl selbst in dessen Verlies hinab, um politische Gespräche mit ihm zu führen. Steven Runciman meint, daß auch die Damen am Hofe des generösen Gastgebers, vielleicht sogar dessen attraktive Tochter, an dem »immer noch schönen, strahlenden Mann« interessiert gewesen seien und hintergründig an dem Gentlemen's Agreement mitgewirkt hätten, dem er schließlich seine Freilassung verdankte.
Offenbar ist es Bohemund mit ihrer Hilfe gelungen, den Danischmandiden-Emir vom Nutzen einer gemeinsamen Zusammenarbeit gegen Seldschuken und Griechen zu überzeugen. Im Hinblick auf eine mögliche

künftige Allianz begnügte sich Malik Ghazi daher mit einem Lösegeld von 100000 Byzantii, obwohl bereits ein Angebot von Kaiser Alexios auf dem Tisch lag, das sich auf 260000 Goldstücke belief. Diese hätte er allerdings mit dem Seldschuken-Sultan Kilidsch-Arslan teilen müssen.
So wurde Bohemund, nachdem Balduin von Edessa, der lateinische Patriarch Bernhard von Antiochia und die reichen süditalienischen Verwandten des normannischen Herzogs die besprochene Summe aufgebracht hatten, im Frühjahr 1103 entlassen und bei Melitene seinen Landsleuten ungebrochen an Kraft und Geist übergeben.
Er begab sich sofort nach Antiochia, wo er zu seiner Genugtuung feststellen konnte, daß ihn sein Neffe Tankred gut vertreten hatte. Das Fürstentum Antiochia befand sich fest in normannischer Hand, die Verwaltung funktionierte, und seine Grenzen reichten bereits bis vor die Tore von Aleppo und weit nach Kilikien hinein, wo Tankred den Griechen im Katastrophenjahr 1101 Mamistra, Adana und Tarsos abgenommen hatte. Ebenso gehörte das provençalisch-byzantinische Latakia seit geraumer Zeit zu Antiochia. Auch mit seiner entschiedenen Parteinahme für den Patriarchen Dagobert und der mißtrauischen Beobachtung der Expansionsgelüste seines christlichen Mitbruders Balduin von Le Bourg und Edessa hatte sich Tankred exakt an die Grundsätze der bohemundschen Politik gehalten.
Sein Lohn fiel trotzdem ein wenig mager aus; der heimgekehrte Fürst speiste ihn mit einem kleinen Lehen innerhalb des antiochenischen Herrschaftsgebietes ab.
Bohemund wurde sofort wieder aktiv. Noch im Sommer 1103 unternahm er, zusammen mit Joscelin von Courtenay, einem Vetter des Balduin von Edessa, einen Feldzug gegen Aleppo, der ihm zwar keine dauerhaften Eroberungen, aber so reichliche Tributzahlungen einbrachte, daß er einen großen Teil des für ihn erlegten Lösegeldes wieder zurückzahlen konnte. Im nächsten Frühjahr warf er den Byzantinern wieder den Fehdehandschuh zu; im mittleren Taurus raubte er ihnen die Festungen Marasch und Albistan.
Dann stieß er mit einer gemeinsamen antiochenisch-edessisch-armenischen Streitmacht auf die jenseits des Balikh-Flusses gelegene muselmanische Festung Harran vor, ein Unternehmen von großer strategischer Bedeutung, das darauf abzielte, die Mohammedaner Syriens von ihren Glaubensbrüdern in Mesopotamien und Persien zu trennen und damit die Voraussetzung für eine Operation gegen Mossul zu schaffen.
Der Feldzug scheiterte jedoch. Das edessisch-armenische Heer tappte im Vorfeld von Harran, in der Nähe des Schlachtfeldes von Carrhae, auf dem Cäsars Weggenosse Crassus 53 v. Chr. im Pfeilhagel parthischer Bogenschützen untergegangen war, in eine geschickt angelegte Falle und wurde vollständig zerrieben. Balduin von Edessa und Joscelin von Curtenay ge-

rieten dabei in türkische Gefangenschaft. Bohemund konnte sein antiochisches Heer zwar einigermaßen ungerupft zurückführen, mußte aber auf die Fortsetzung des Feldzuges verzichten.
Die so plötzlich verwaiste Grafschaft Edessa überließ er seinem Neffen Tankred, der damit neuerlich Herr eines ausgedehnten, reichen Territoriums wurde und schon bald darauf Gelegenheit hatte, seine militärische Tüchtigkeit bei der erfolgreichen Verteidigung der Residenz gegen eine türkische Belagerungsarmee zu beweisen.
Trotzdem wurde es ein heißer, sehr heißer Sommer für Antiochia. Denn nun holte auch Byzanz zum Gegenschlag aus, eroberte seine kilikischen Festungen zurück und setzte sich – unter Raimunds Beifall – in Latakia wieder fest. Gleichzeitig trat Ridwan von Aleppo gegen das christliche Fürstentum an und zwang eine Reihe antiochenischer Grenzfestungen jenseits des Orontes zur Kapitulation. Zwar verschaffte der Tod des Duqaq von Damaskus 1104 Bohemund eine unverhoffte, kurze Atempause, doch war ihm klar, daß seine Lage gefährdeter denn je war.
Im Herbst rief er seine Ritter in Antiochia zusammen und teilte ihnen mit, daß er nach Frankreich segeln werde, um notwendige Verstärkungen heranzuholen. Er setzte Tankred erneut als Regent ein und trat vom Symeonshafen aus die Heimfahrt nach Europa an. In seinem Gepäck befanden sich Säcke voller Gold und Juwelen sowie eine Abschrift der *Gesta Francorum.*

Das Ende des Herzogs von Tarent

Zu Beginn des Jahres 1105 traf er in Apulien ein, wo er sich bis September aufhielt, um seine Besitztümer zu inspizieren und ein neues normannisches Heer aufzustellen. Dann ritt er nach Rom und konferierte mehrfach mit Papst Paschalis, einem Mann, der das griechische Reich und mit ihm die orthodoxe Kirche für eine Ausgeburt des Teufels hielt und daher für antibyzantinische Parolen und Einflüsterungen immer ein offenes Ohr hatte. So ging er auch auf Bohemunds Pläne willig ein. Er gab ihm einen päpstlichen Legaten mit und beauftragte diesen, die Kreuzzugpropaganda kräftig zu aktivieren und dabei die Heimtücke der Byzantiner gebührend herauszustellen.
Bohemunds nächstes Ziel war Frankreich, das Ursprungs- und Aufbruchsland des Ersten Kreuzzuges. König Philipp I. empfing ihn mit offenen Armen und erteilte ihm, ohne zu zögern, die Genehmigung, ein neues Pilgerheer zu sammeln. Eifrige Unterstützung erfuhr der Herzog von Tarent dabei durch die Gräfin Adele von Blois, deren Heiliglandbegeisterung auch den Tod ihres Mannes standhaft überdauert hatte.
Außerdem betätigte sie sich als Heiratsvermittlerin. Sie veranlaßte den

König von Frankreich, seine Tochter Konstanze, eine geschiedene Gräfin von der Champagne, dem großen Bohemund zur Frau zu geben und damit die französisch-normannische Freundschaft publikumswirksam zu demonstrieren. Auch für den fernen, um Antiochia kämpfenden Tankred fand sich ein passendes Gespons, und zwar in Gestalt der Königstochter Cäcilie, die der illegitimen Verbindung Philipps mit der Gräfin von Montfort entstammte. Ende 1106 ging sie im Symeonshafen an Land, von Bohemunds Neffen, der zu dieser Zeit bereits zehn Jahre in einer martialischen, fast ständig Krieg führenden Männergesellschaft lebte, dankbar und mit großem Prunk empfangen.

Ein knappes Jahr später hatte der Herzog von Tarent – nach ausgiebigen Hochzeitsfeierlichkeiten – die Aufstellung seines neuen Heeres beendet. Nun aber zeigte sich, daß all seine Kreuzzugvorbereitungen einem neuen Krieg gegen Byzanz gedient hatten. So landete er am 9. Oktober 1107 nicht etwa im Heiligen Land, sondern an der adriatischen Küste bei Dyrrhachion, um damit erneut jenen Brückenkopf zu gewinnen, der sich bereits einmal in normannischer Hand befunden hatte.

Aber Bohemund war nicht mehr der Gott in der Schlacht, dessen Erscheinen genügt hatte, starke Festungen zu Fall zu bringen, nicht mehr der souveräne Feldherr, der seine und des Gegners Kräfte richtig einzuschätzen verstand. Er hatte anscheinend übersehen, daß die Belagerung dieser byzantinischen Festung ungestörte Nachschubwege über See voraussetzte, die kaiserliche Flotte aber wesentlich stärker war als seine eigene maritime Streitmacht. So war er bald, während Dyrrhachion selbst dank seines leistungsfähigen Hafens keine Not litt, von jeglicher Zufuhr abgeschnitten.

Als sein durch Hunger und Krankheiten geschwächtes Belagerungsheer dann seinerseits durch eine byzantinische Armee eingeschlossen wurde, war er gezwungen, sich im September 1108 den Griechen bedingungslos zu ergeben.

Es war eine schwere Demütigung für Bohemund, und sie wurde noch schwerer dadurch, daß Kaiser Alexios seinen prominenten Kapitulanten, der nach Runciman zu dieser Zeit »der ruhmreichste Krieger der Christenheit« war, mit ausgesuchter Höflichkeit behandelte, ihm gleichzeitig aber einen Vertrag aufzwang, der voller Haken und Widerhaken war; seine Tochter Anna, die ihn wahrscheinlich für ein Meisterstück byzantinischer Diplomatie hielt, hat ihn im Wortlaut überliefert.

Der mächtige Bohemund mußte in aller Form bereuen, seine Verfehlungen eingestehen, den Bruch seines Eides bekennen und beschwören, des Kaisers Vasall und Lehnsmann zu werden und auch dessen Sohn Johannes Porphyrogennetos treu zu dienen. Als kaiserlichem Beauftragtem wurde ihm gnädigst gestattet, die Herrschaft über Antiochia, reduziert auf die Stadt und ihre nächste Umgebung, wieder zu übernehmen. Gleichzeitig

mußte er sich verpflichten, den von ihm eingesetzten lateinischen Patriarchen nach Haus zu schicken und seinen griechischen Glaubensbruder wieder in Amt und Würden einzusetzen.
Es war ein Diktat, das unbekümmert um die aktuelle Wirklichkeit alle zukünftigen Möglichkeiten des Kaisers juristisch festschrieb und seinen stärksten Gegenspieler zu einer Marionette degradierte: psychologisch eine regelrechte Exekution. Der Vertrag von Devol hat, das ist der übereinstimmende Eindruck aller Kreuzzughistoriker, dem großen Bohemund tatsächlich das Rückgrat gebrochen. Er verzichtete darauf, als byzantinischer Dienstmann nach Antiochia zurückzukehren und dort im Auftrag des Kaisers einen Krieg gegen muselmanische Potentaten zu führen, und zog sich, tief getroffen, nach Süditalien zurück, wo er, »gedemütigt und entehrt«, im Jahre 1111, auf der Höhe seines Lebens starb , knapp fünfundvierzig Jahre alt.
König Philipps Tochter Konstanze und ihre beiden jungen Söhne traten sein Erbe an.

Erste Bündnisse mit den Ungläubigen

Bohemunds Stellvertreter Tankred schwamm indes, trotz seiner diplomatischen Niederlage in Tripolis, auf einer Welle des Erfolges. Den Vertrag von Devol souverän mißachtend, hatte er die normannische Macht im Nahen Osten wieder so weit konsolidiert, daß das Fürstentum Antiochia nicht nur bei den Türken, sondern auch bei den Byzantinern als nahezu unangreifbar galt. Wahrscheinlich hatte der Herzog von Tarent die Lage zu düster gesehen, als er sein orientalisches Fürstentum verließ, um in Europa eine neue Kreuzfahrerarmee aus dem Boden zu stampfen: Tankred jedenfalls hatte sich der verfahrenen Lage gestellt – und war mit ihr fertig geworden.
Sein Onkel hatte den Symeonshafen kaum verlassen, als er die reichen Kaufleute Antiochias zu sich lud und ihnen eröffnete, daß Sicherheit Geld kostete. Diese vermochten sich weder dem Gewicht noch dem drohenden Unterton seiner Argumente zu entziehen und griffen tief in die Taschen. So konnte Tankred seine leeren Kassen und damit seine arg zusammengeschmolzene Macht schnell wieder auffüllen. Alsdann ging er systematisch daran, die Scharten des schweren Jahres 1103 wieder auszuwetzen:

1105 gewann er durch einen Sieg über Ridwan von Aleppo die verlorenen transorontischen Gebiete zurück;

1106 dehnte er seine Herrschaft in südlicher Richtung bis über Apamea aus;

1106 fühlte er sich stark genug, einen neuen Strauß mit den Byzantinern zu wagen;

1108 eroberte er Mamistra (wahrscheinlich auch Tarsos und Adana) sowie Latakia zurück;
1109 fiel er wieder in Kilikien ein, außerdem eroberte er Dschabala, den letzten Hort des Banu Ammar.

Schon bei diesen Kämpfen bediente er sich unbedenklich muselmanischer Hilfe, wenn seine Interessenlage es erforderte. Auch während der Auseinandersetzung mit dem 1107 wieder freigekauften Balduin von Edessa (und dessen Vetter Joscelin) ging er unbekümmert um seinen christlichen Kreuzfahrereid ein Bündnis mit dem ungläubigen Ridwan von Aleppo ein. Die mönchischen Chronisten verzeichnen daher nur mit einiger Scham, daß 1109 – nur zehn Jahre nach der Befreiung Jerusalems – Tankred und Balduin sich am Ufer des Euphrat eine Schlacht lieferten, in der auf beiden Seiten gemischte orientalisch-abendländische Verbände aufeinander losschlugen.
Tankred scheint bereits ein Jahr später, 1110, erneut mit den Türken gegen Edessa konspiriert zu haben. König Balduin nahm ihn, wie schon in Tripolis, auch diesmal kräftig ins Gebet und erreichte sogar, daß der Normanne (der natürlich seine Unschuld beteuerte) sich kurzfristig herbeiließ, der bedrängten armenischen Grafschaft Hilfe zu leisten. Lebhafte Konkurrenzgefühle bestimmten aber auch weiterhin die Beziehungen der beiden benachbarten Territorien. So zeichnete sich bereits in diesem Sommer deutlich ab, daß das am weitesten nach Osten vorgeschobene, ständig von drei Seiten bedrohte christliche Glacis auf die Dauer nicht zu halten sein werde.
Unberührt von Edessas Schicksal, baute Tankred die Positionen Antiochias inzwischen weiter aus: 1110 eroberte er die Festung Atharib bei Aleppo, 1111 drang er über den Orontes bis Schaizar und Hama vor. Ein Jahr später bewies er, daß ihm auch politische Mittel zur Verfügung standen. Nach dem Tod von Bertrand von Toulouse versöhnte er sich mit dessen Sohn Pons und begrub damit die Erbfeindschaft zwischen den christlichen Fürstentümern von Antiochia und Tripolis. Damit hatte er ein Ansehen gewonnen, das dem von König Balduin nur wenig nachstand.
Der Bohemund aufgezwungene Vertrag von Devol, der auch Tankred ausdrücklich in sein feingesponnenes Paragraphenwerk einbezog, war zu dieser Zeit nicht einmal mehr die Tinte wert, mit der er geschrieben war.
Doch dann hatte auch »dieser so hochberühmte… Mann, der überall«, wie es bei Albert heißt, »der kühnste und mutigste Kämpfer wider die Türken war«, den ungeheuren Strapazen seines Kriegerdaseins den fälligen Tribut zu entrichten. Im Advent des Jahres 1112 erkrankte er schwer. Am 12. Dezember starb er, sechsunddreißigjährig, gelassen und würdevoll, wie berichtet wird: »soldatisch unverzagt.« Als er spürte, daß ihn seine Kräfte verließen, ernannte er seinen Neffen Roger von Salern zum

Stellvertreter der Bohemund-Söhne und damit zu seinem Nachfolger. Den jungen Pons von Tripolis bat er, seine Gemahlin Cäcilie, die ihm zugesandte, illegitime Tochter des Königs von Frankreich, zu heiraten. In der St.-Peter-Kathedrale von Antiochia wurde er bestattet.

Beirut und Sidon strecken die Waffen

So war von den Kreuzfahrern der ersten Stunde (außer Peter von Amiens, der 1101 nach Frankreich zurückgekehrt war und 1115 in dem von ihm gegründeten Kloster Neufmoustier bei Huy starb, ohne weiteres Aufsehen erregt zu haben) nur noch König Balduin geblieben: der intelligente, tatbesessene, skrupellose Abenteurer, der unentwegt damit beschäftigt war, das ihm zugefallene Königreich zu verteidigen, zu festigen und zu vergrößern; rücksichtslos gegen sich selbst, seine Ritter und seine Gegner.

Der König, der auch nach den großen Schlachten von Ramleh ständig am Feind gewesen war, holte »nach Tripolis« noch einmal zu großen Schlägen aus. Sie galten erneut den noch in muselmanischem Besitz befindlichen alten phönikischen Küstenstädten. Im Mai 1110 kapitulierte Beirut nach dreimonatiger Belagerung, bei der genuesische und pisanische Schiffe die Seeblockade übernommen hatten. Im Dezember streckte Sidon die Waffen. Diesmal leistete eine nordische Armada, die König Sigurd von Norwegen in dreijähriger Fahrt von Bergen über England, Portugal, Gibraltar und Sizilien ins Ostmittelmeer gesegelt hatte, die notwendige maritime Unterstützung. Nach der Eroberung dieser beiden schwerbefestigten Hafenstädte widerstanden nur noch Tyros und Askalon den Angriffen der Kreuzfahrer.

Drei Jahre später schlugen die Muselmanen allerdings kräftig zurück. Ein vereinigtes damaszenisch-mossulisches Aufgebot drang tief in das Heilige Land ein, verheerte die ländlichen Siedlungen, scheiterte aber an den befestigten, von den Baronen energisch verteidigten Städten. Als Truppen der nordsyrischen christlichen Fürstentümer in den Kampf eingriffen, mußten sich die Ungläubigen zurückziehen. Um den Sieg vollständig zu machen, erdolchte ein Angehöriger der islamischen Assassinen-Sekte den Mameluken Maudud von Mossul, einen der energischsten Gegenspieler Balduins, im Vorhof der Großen Moschee von Damaskus. Zwei Jahre später beendete ein natürlicher Tod auch das irdische Dasein des schlauen, zähen und unversöhnlichen Ridwan von Aleppo und befreite Balduin damit von der Feindschaft dieses gefährlichen Mannes.

Fortan herrschte Ruhe im Norden – für den unermüdlichen Balduin ein Anlaß, seine militärischen Aktionen wieder auf die Negeb-Wüste und die ungastliche Ebene von Idumäa auszudehnen und sich in Akaba am Roten

Meer festzusetzen. Doch füllten nicht nur Kriege und Raubzüge die gleichbleibend dramatische Chronik dieser Jahre aus. Auch die merkwürdige und, wie man zugeben muß, durchaus skandalöse Geschichte der dritten Ehe des ersten Königs von Jerusalem hat in den tumultuösen Annalen dieser Zeit einen festen und unübersehbaren Platz.

Eine reiche Witwe aus Sizilien

Man erinnert sich, daß er noch als Graf von Edessa die armenische Prinzessin Arda geheiratet hatte: eine mit einer respektablen Mitgift ausgestattete Tochter des Landes, die überdies recht ansehnlich gewesen sein muß. Mutterglück blieb ihr allerdings versagt, den erhofften Erben schenkte sie ihrem Mann nicht; um so bereitwilliger scheint sie sich, besonders während der langen, kriegsbedingten Pausen ihres Ehelebens, den Freuden der Liebe hingegeben zu haben. Die Chronisten berichten zum Beispiel, daß sie ihre Gunst, nicht eben wählerisch, sogar den Seepiraten geschenkt habe, die sie im Jahre 1100 von Antiochia nach Jaffa segelten.

Man hat nicht den Eindruck, daß das lockere Leben seiner armenischen Gemahlin Balduin irgendwelche Herzenspein bereitet hat; offenbar hat er Gleiches mit Gleichem vergolten und sich im übrigen damit begnügt, die unbekümmerten Seitensprünge Ardas ebenso zu vertuschen wie seine eigenen Eskapaden. Erst als er 1112 feststellen mußte, daß seine Kassen wieder einmal restlos leer waren und in Ermangelung anderer Quellen nur durch eine neue, einträgliche Ehe wieder gefüllt werden konnten, unterwarf er sie einem förmlichen Verfahren wegen Ehebruch und verbannte sie in das St.-Annen-Kloster in Jerusalem. Arnulf, seit 1112 wieder sein getreuer Patriarch, leistete ihm dabei den erforderlichen geistlichen und juristischen Beistand.

Arda unterwarf sich dem königlichen Gebot und übte sich kurzfristig in Demut, Keuschheit und Erbauung. Unter dem Vorwand, Schenkungen für ihr Kloster besorgen zu wollen, erwirkte sie jedoch die Erlaubnis zu einer Reise nach Konstantinopel. Von dort kehrte sie nicht zurück. Sie entledigte sich ihrer kirchlichen Verhüllung und wurde, unter der Obhut ihrer noch immer wohlbemittelten Eltern, so etwas wie eine Attraktion des hauptstädtischen Lotterlebens. Die Sündenpfühle der lebensfreudigen, lastererprobten Residenz sachverständig auskostend, gab sie – nach einer Information des Erzbischofs Wilhelm von Tyros – ihren sündigen Leib »sogar Dienern und anderem Volke« hin.

König Balduin betrieb indes das neue Ehegeschäft. Die Dame, die es seinen begehrlichen Augen angetan hatte, hieß Adelheid, war die Witwe des Grafen Roger von Sizilien und galt als »unermeßlich reich«. Als Exregentin übte sie auch einen bedeutenden Einfluß auf die süditalienischen Normannen aus, so daß Balduin hoffen durfte, im Falle einer Heirat nicht nur von ihren Schätzen, sondern auch von ihren politischen Beziehungen profitieren zu können.

Adelheid wiederum litt seit der Großjährigkeitserklärung ihres Sohnes, für den sie seit 1101 regiert hatte, unter frustrierender Langeweile und war daher gern bereit, an der Seite eines so berühmten und tapferen Mannes Königin im Heiligen Land zu werden. Auch sie hegte dabei gewisse Hinterabsichten. So verlangte sie die ausdrückliche Zusicherung, daß ihr Sohn Roger Nachfolger Balduins werde, wenn die geplante Ehe kinderlos bleiben sollte – was nach Lage der Dinge wahrscheinlich war, denn Adelheid hatte zu dieser Zeit die südliche Mittagslinie ihres Daseins bereits überschritten.

Im Sommer 1113, nach Besiegelung des Ehevertrages, stach die stattliche Vierzigerin in See, und zwar »mit einem solchen Gepränge, wie man es im Mittelmeer nicht mehr erblickt hatte, seit Kleopatra nach dem Kydnos« gesegelt war, »um Mark Anton abzuholen«. Nach Alberts verzückter Schilderung bestand ihr Konvoi aus zwei großen Dreiruderern, »sogenannten Dramonen, die mit je fünfhundert kriegserfahrenen Rittern besetzt waren«, und sieben anderen Schiffen, deren Laderäume »Gold, Silber, Purpurstoffe, Edelsteine und kostbare Gewänder« füllten, »ungerechnet die Waffen, Panzer, Schwerter und goldglänzenden Schilder und Helme«, die sie, nebst einem Kontingent sarazenischer Bogenschützen, dem streitbaren König von Jerusalem als militärische Morgengabe zugedacht hatte.

Die »besagte Dame« selbst bezog mit ihren Frauensleuten Quartier auf einer Galeere, deren goldbeschlagener Mast »schon von weitem den Glanz der Sonne« widerstrahlte. »Beide Schiffsschnäbel waren mit kunstvollem Schmiedewerk aus Gold und Silber bekleidet.« Auch der Teppich, auf dem sie während der Reise zu ruhen pflegte, »war über und über mit Goldfäden durchwirkt«.

Balduin veranstaltete der Gräfin von Sizilien einen Empfang, der dieser hochzeitlichen Prachtarmada würdig war. Als Adelheid in Akkon an Land ging, bedeckten zahllose kostbare Teppiche die Straßen und Plätze der Stadt, »und die Gassen glänzten im Schmuck purpurner Fahnentücher«. Auch der König erschien in schimmernder, purpurner Seide, an der Spitze seiner wie Pfauen herausgeputzten Ritter, und sogar die Pferde und Maultiere erstrahlten im Glanze goldenen Zaumzeugs und goldbestickter Purpurdecken.

Die Vermählungsfeierlichkeiten entsprachen der lautstarken, aufgeplusterten, buntbewimpelten Aufwendigkeit dieses Empfanges – die Ehe selbst nahm einen sehr profanen Verlauf.

Balduin verpulverte innerhalb kurzer Zeit die Mitgift der reichen Dame aus Sizilien. Er zahlte seinen glückstrahlenden Baronen den Sold aus, den er ihnen seit langem schuldete, ließ auch seine eigene Schatzkammer nach Gebühr wieder auffüllen und verwendete den Rest auf den Bau und die Restaurierung von Festungswerken. Im übrigen führte er, soweit seine kriegerischen Unternehmungen ihm Zeit dazu ließen, ein fröhliches Junggesellenleben wie zuvor, mit dem Unterschied allerdings, daß die im Verblühen begriffene neue Königin keine Gelegenheit fand, sich zu revanchieren.

Die kirchlichen Instanzen fühlten sich nach einiger Zeit allerdings bemüßigt, an Balduins dritter Verbindung Anstoß zu nehmen. Mit triftigen Argumenten sogar. Immerhin war ja die Ehe mit der heißblütigen Armenierin nicht rechtskräftig geschieden worden. Der König von Jerusalem lebte also, strenggenommen, im Zustand der Bigamie. Vor allem die niedere Geistlichkeit hielt mit ihrer Kritik nicht zurück und begann sich auf den dem Schutzherrn des Heiligen Grabes allzu ergebenen Patriarchen Arnulf einzuschießen. Als ein Jahr nach der großen Hochzeit ein neuer päpstlicher Legat, der Bischof Berengar von Orange, in Jerusalem eintraf, setzten sie ihm derart zu, daß er durch eine Synode des Jerusalemer Patriarchats Arnulfs Absetzung beschließen ließ.

Der außerordentlich wendige, finessenreiche Arnulf dachte allerdings gar nicht daran, sich geschlagen zu geben. Mit Geschenken wohlversehen, segelte er nach Rom, wo er Papst Paschalis zu überzeugen vermochte, daß ihm Unrecht widerfahren und das synodale Urteil zu revidieren sei. Doch mußte er dem Heiligen Vater versprechen, die kirchliche Ordnung in Balduins unbekümmerten Privatleben wiederherzustellen.

Das war nicht ganz leicht. Der König fürchtete den Unmut des adelheidischen Anhanges und weigerte sich zunächst, seine Allianz mit dem normannischen Sizilien ehe- und kirchenrechtlichen Bedenken zu opfern. Während einer schweren Krankheit, die ihn im März 1117 befiel, unterwarfen ihn seine Beichtväter aber einer derartigen Seelenmassage, daß er sich nach seiner Genesung bereit erklärte, Adelheid zu verstoßen und Arda in sein Ehebett zurückzurufen.

Die feurige Armenierin winkte ab, als Balduin ihr ausrichten ließ, daß sie als seine rechtmäßige Königin an seine Seite zurückkehren möchte. Die betrogene Sizilianerin aber mußte ihre Koffer packen und – wenn auch nicht mit Schimpf und Schande, so doch ohne ihre stattliche Mitgift – auf ihre Insel zurückkehren. Verarmt, verhärmt und tief gedemütigt, starb sie dort einige Monate später: eine Kreuzfahrerin wider Willen, die ihre Pilgerschaft nach Jerusalem mit dem Verlust ihres Vermögens und ihrer Reputation bezahlt hatte.

Balduins Sterne aber leuchteten weiter. Sein kleines orientalisches Reich florierte. Die Schlagkraft seiner Ritter reichte aus, alle Angriffe der Ungläubigen abzuwehren (auch wenn es gelegentlich vorkam, daß sich ein ägyptischer Stoßtrupp bis vor die Tore von Jerusalem durchschlug). Und der König selbst war der unbestrittene Souverän seines Landes.
Wenn er – hochgewachsen, mit blitzenden Augen und wallendem Prophetenbart – im goldbestickten Burnus öffentlich auftrat, wirkte er wie ein alttestamentarischer Herrscher, für viele wie Gottvater persönlich. Balduin wußte mit diesem Kapital zu wuchern. Mit Bedacht spielte er Würde und Majestät aus. Auf der Straße ließ er sich einen vergoldeten Schild vorantragen. Wenn er muselmanischen Gesandten Audienz gewährte, empfing er sie, mit gekreuzten Beinen auf einem Teppich sitzend, die Krone auf einem golddurchwirkten Turban, wie ein morgenländischer Sultan, vor dem zu knien eine Gunst des Schicksals war.
Auch seine Untertanen verehrten ihn. Die fränkischen Barone liebten ihn wegen seiner Tapferkeit, seines Draufgängertums, seiner Freigebigkeit. Die Kleriker bekümmerte zwar sein unchristlicher Lebenswandel; da er ihre Kirchen und Klöster jedoch reich mit Schenkungen ausstattete, schlossen sie ihn dennoch in ihre Fürbitten ein. Die einheimischen Christen waren Balduin wohlgesinnt, weil er ihre Gesetze und Riten achtete. Wichtig für sie war auch, daß er sich bemühte, den vielen, weit über Kleinasien und den Nahen Osten verstreuten Christengemeinden neuen Siedlungsraum im Heiligen Land zu verschaffen.
Selbst Juden und Muselmanen erwiesen dem König ihre Reverenz. Sie respektierten nicht nur seine militärischen Erfolge, sondern auch seine religiöse Toleranz. Ja, Balduin war, nicht gerade zur Freude der christlichen Geistlichkeit, duldsam genug, ihnen die Benutzung einiger Synagogen und Moscheen zu gestatten. »Vor Gericht« – so Steven Runciman – »durften Mohammedaner auf den Koran, Juden auf die Thora schwören; und prozessierende Ungläubige konnten sich darauf verlassen, daß ihnen Recht wurde.«
Auch das Verhältnis zwischen den verschiedenen christlichen Herrschaften hatte sich nach dem Tod Raimunds, Bohemunds und Tankreds so weit gebessert, daß bei allem Konkurrenzneid die notwendige Solidarität gewahrt wurde. Eheliche Bindungen bildeten dabei einen wertvollen Kitt. Roger von Antiochia war mit der Schwester des zweiten Balduin von Edessa verheiratet, einer Dame namens Cäcilie, mit der er im besten Einvernehmen lebte, obwohl er sie ständig hinterging. Der junge Pons von Tripolis hatte, Tankreds letztem Willen gemäß, die verwitwete Cäcilie aus Frankreich geehelicht und hielt auf gute Freundschaft mit Antiochia. Joscelin von Courtenay schließlich, den der König inzwischen mit dem Für-

stentum Galiläa belehnt hatte, war mit Rogers Schwester Maria kopuliert worden, so daß auch in seinem Fall die Voraussetzung für eine gemeinsame christliche Politik geschaffen war.
Balduin wurde von allen Fürsten als König anerkannt. Sowohl Edessa als auch Antiochia, Tripolis und Galiläa betrachteten sich als Filialstaaten Jerusalems. Kurzum: das von den Kreuzfahrern eroberte Heilige Land hatte Form und Gestalt erlangt. Erstmals nach fast zwanzigjährigem innerem Hader und ständigen Kämpfen mit seinen äußeren Feinden konnte es hoffen, nicht nur die Gegenwart, sondern auch die Zukunft zu bestehen.
Und noch immer zeigte die offensive Kraft der abendländischen Ritter keine Zeichen der Ermüdung. Balduin nutzte die letzten Jahre seines Lebens, seinen Einflußbereich vor allem in Richtung Sinai und Ägypten auszuweiten. Noch im Frühjahr 1118 unternahm er, nach gewissenhafter Vorbereitung, einen Feldzug, der ihn über Farama hinaus (das von seiner Besatzung beim Auftauchen der Franken schreckerfüllt geräumt wurde) bis an die Ufer des pelusischen Nils führte.
Dort erkrankte er schwer. Seine Ritter trugen den vom Fieber geschüttelten König nach el-Arisch zurück. Hier starb er, sechzig Jahre alt, am 2. April 1118, vierzehn Tage vor der Exkönigin Adelheid, die er so schnöde behandelt hatte; dreizehn Tage vor dem byzantinischen Kaiser Alexios, den er, seinem Eid zum Trotz, nie als Lehnsherrn anerkannt hatte; und vier Tage vor dem Kalifen Mustazhir in Bagdad, dessen Autorität und Kraft nicht ausgereicht hatte, die Festsetzung der Kreuzfahrer im Heiligen Lande zu verhindern.
Am 7. April 1118 wurde er mit Pomp und Gepränge in der Kirche zum Heiligen Grabe, an der Seite seines Bruders Gottfried, zur ewigen Ruhe gebettet.
Er war der Letzte der ersten Kreuzfahrergeneration. Aber auch der klügste, kaltblütigste und verwegenste. Ein »mittelloser Abenteurer«, der den Kreuzfahrerstaat lebensfähig gemacht, das Königreich Jerusalem aus einem militärisch-geistlichen Provisorium in ein funktionierendes Gemeinwesen verwandelt hatte – und damit den Ersten Kreuzzug wenigstens nachträglich legitimiert hatte.

Vierter Abschnitt Die Kriegführung

Notiz für den Leser

Wie war es möglich, wie konnte es geschehen? – die Frage wird erneut gestellt. Wie war es möglich, daß diese Kreuzfahrer der ersten Stunde nach einem Durst- und Hungermarsch über Tausende von Kilometern, ständig von Feinden bedroht und umschwärmt, dennoch ihr Ziel erreichten? Mit anderen Worten – die nächsten drei Kapitel wollen eine Art militärischer Generalbilanz ziehen und alle die Fragen beantworten, die im Drange der fortlaufenden Berichterstattung offengeblieben sind. Zu den Themen, die bisher kaum angesprochen wurden, obwohl sie von großer Bedeutung sind, gehören etwa die zahlenmäßige Stärke der Pilgerheere, die materielle und psychische Verfassung des Gegners, gehören die Probleme der Bewaffnung, der Verproviantierung, des Nachschubs, vor allem aber die der verschiedenen Taktiken und Techniken der Kontrahenten. Ein weiteres Kapitel versucht die besondere geistig-seelische Verfassung einer Kriegführung zu ergründen, in der Grausamkeit und Gottesfurcht, Menschenverachtung und Frömmigkeit, Raublust und Opfermut unauflöslich ineinander verschmolzen waren. Das Ergebnis, einschließlich der Führungsaufgaben, die sich daraus ergaben, wird dann noch einmal an den großen Feldherren und Glaubensmatadoren dieses Ersten Kreuzzuges exemplifiziert. Da sich im mittelalterlichen Krieger der mittelalterliche Mensch gleichsam in seiner potenzierten Verfassung darstellt, werden hinter dieser Porträtgalerie auch die weltanschaulichen Horizonte des Zeitalters sichtbar. Insofern bildet auch der Abschnitt über Kriegführung und Kriegstechnik im Zeitalter der Kreuzzüge einen Schlüssel zum Mittelalter und ordnet sich damit widerspruchslos in die Absicht des Buches ein – ein fast unbegreifliches Phänomen wie die Kreuzzüge dem Menschen von heute nicht nur als historischen Bilderbogen nahezubringen, sondern auch als metaphysisches Problem begreifbar zu machen.

Zehntes Kapitel

Franken, Türken und – Trojaner

Gegner, die Respekt voreinander gewannen – Techniken und Taktiken der Kreuzfahrerheere

Heuschreckenschwärme und Sand am Meer?

Fulcher von Chartres hat die Zahl der Kreuzfahrer, die im Juni 1097 von Nicäa aus aufbrachen, um das Heilige Land zu befreien, auf 600000 geschätzt. Auch Albert von Aachen operiert mit dieser Zahl, während Ekkehard von Aura sich mit 300000 begnügt. Nach Anna Komnena verfügte allein der Herzog Gottfried von Niederlothringen über 10000 Ritter und 70000 Mann Fußvolk. In einem 1098 geschriebenen Brief des Patriarchen von Jerusalem ist von 100000 Bewaffneten vor Antiochia die Rede. Ein arabischer Chronist nennt das Antiochia-Heer der Kreuzfahrer sogar 320000 Mann stark. Nach Ibn al-Athir töteten die Franken in Maarat (auf dem Weg nach Jerusalem) in drei Tagen nicht weniger als 100000 Menschen. Beim Blutbad in Jerusalem sollen 65000 fromme Muslims umgekommen sein.

Diese Zahlen entsprechen den Bildern, die die Chronisten mit Vorliebe gebrauchen. Da werden die Heere der Kreuzfahrer mit Heuschreckenschwärmen verglichen, mit Sandkörnern am Meer, mit Sternen am nächtlichen Firmament – und was dergleichen wohlfeile Umschreibungen mehr sind. Solche Äußerungen bekräftigen den ungeheuren Eindruck, den die Massen der Kreuzfahrerheere hervorgerufen haben. Sie besagen aber auch, daß der mittelalterliche Mensch – gleich, welcher Herkunft und welchen Glaubens – keine Beziehungen zur Welt der meßbaren Werte hatte.

Der Historiker hat also allen Grund, vorsichtig zu sein und sich gegenüber den Zahlen und Bildern der zeitgenössischen Chronisten in Mißtrauen zu üben – ein Problem, das Steven Runciman veranlaßt hat, dem ersten Band seiner »Geschichte der Kreuzzüge« einen Exkurs über die vermutbare Stärke der Pilgerarmee anzufügen.

Viele Geschichtsschreiber sind bereits bemüht gewesen, die Phantastereien der christlichen und muselmanischen Berichter mit dem Rechenschieber zu überprüfen. Hans Delbrück zum Beispiel hat versucht, aus der Dauer eines Flußüberganges Schlüsse auf die zahlenmäßige Stärke der Kreuzfahrerheere zu ziehen. Andere Historiker haben Angaben über das Marschtempo, die Größe von Belagerungsmaschinen oder die Lösung von Nachschubproblemen zu Rate gezogen. Runciman hat sogar die Höhe des

Bestechungsgeldes, das Raimund von Toulouse vor Rugia zu zahlen bereit war, um alleiniger Oberkommandierender der Armee zu werden, zur Grundlage von Schätzungen gemacht.
Das Ergebnis? Als die Armee der christlichen Heilig-Land-Befreier im Sommer 1097 Konstantinopel verließ, dürfte sie etwa 4500 Ritter und 30000 Mann Fußvolk gezählt haben. Die größte Heeresgruppe war wahrscheinlich das provençalische Kontingent mit 1200 Rittern und 10000 Reisigen. Etwa gleich stark war die nordnormannische Truppenmacht des Herzogs Robert von der Normandie. Gottfried von Niederlothringen führte rund 1000 Berittene und 7000 Mann Fußvolk ins Feld (Anna Komnena hat ihren Zahlen also eine Null zuviel angehängt, darf aber für sich in Anspruch nehmen, daß sie die damals übliche Relation von 1 : 7 richtig wiedergegeben hat). Der Rest entfiel auf die südnormannischen und mittelfranzösischen Einheiten.
Diese Zahlen liegen allerdings an der unteren Grenze der Schätzungen. Delbrück hat noch eine 105 000 Mann starke Heeressäule von 70 Kilometer Länge errechnet, aber selbst wenn man von seinen wesentlich höheren Zahlen ausgeht – das Kreuzfahrerheer, das nach mehr als zweijährigen Kämpfen und Strapazen die Heilige Stadt eroberte, umfaßte allenfalls noch 1500 Ritter und 12000 Mann Fußvolk, einschließlich der nichtmilitärischen Trosse. Nur eine kleine, arithmetisch kaum mehr ernst zu nehmende Truppenmacht erreichte demnach das Ziel der Reise, eine Rotte verwegener Glücksritter und religiöser Fanatiker, total erschöpft und entnervt.
Trotzdem war dieser Erste Kreuzzug der erfogreichste von allen – der einzige, der überhaupt ans Ziel gelangte. Militärisch ein Wunder, ein einmaliger Glücksfall; ein Unternehmen, das in die Kriegsgeschichte einging. Immerhin hatten es diese fränkischen Barone und ihre Scharen undisziplinierter Mitläufer ja mit einem kampferprobten Gegner zu tun, der ihnen an Mut und Erfahrung nicht nachstand, zahlenmäßig weit überlegen war und über riesige, unausschöpfbare Reserven verfügte.

Die Schismatisierung der arabischen Welt

Die arabische Welt – in den Jahrhunderten ihres Aufbruchs (nach Freyer) »eine der großen Fern- und Fremdkräfte«, die das Abendland auf sich zurückgedrängt und »Teile der alten *orbis terrarum* von Europa losgesprengt« hatte – befand sich allerdings in einer tiefen Krise. Die Expansion war zum Stillstand gekommen, die Welle der Eroberung ausgelaufen. Die heißblütige Akitivität der Söhne Mohammeds war nicht mehr nach außen, sondern innen gerichtet.
Die Muselmanen, die noch im 10. Jahrhundert eine ständige und ständig

gefährliche Bedrohung der Christenheit gewesen waren, hatten inzwischen die Vorzüge eines Daseins kontemplativer Muße und lukullischen Genießens entdeckt und fühlten sich, genau wie die Byzantiner, als die legitimen Erben der griechisch-römischen Kultur. Vor allem aber: sie waren unglaublich zerstritten und kosteten auch ihre Feindschaften und Zwistigkeiten schwelgerisch aus – mit dem Erfolg, daß ihr einst so mächtiges, geschlossenes Reich in eine kaum noch zu übersehende Zahl von Teilherrschaften zerfallen war.

Die Schismatisierung der arabischen Welt hatte schon Jahrhunderte vorher begonnen; ja, sie war schon unter den Nachfolgern Mohammeds virulent gewesen. Zwei Glaubensrichtungen befehdeten sich von Anfang an: die Sunniten, die ihren Auftrag auf Mohammeds Mitstreiter Abu Bekr zurückführten, und die Schiiten, die Mohammeds Schwiegersohn Ali und seine Nachkommen aus der Ehe mit der Prophetentochter Fatima als die allein berechtigten Erben und Exegeten Mohammeds anerkannten und die Ansprüche der sunnitischen Kalifen energisch bestritten.

Der Hort der Sunniten war Bagdad, wo zu Beginn der Kreuzfahrerzeit die abbasidischen Kalifen regierten, die ihrerseits die Omajaden (die erste Kalifendynastie) abgelöst und ausgerottet hatten und als »besonders orthodox« galten. Die eigentliche Zersplitterung aber war im schiitischen Lager zu Hause, nicht zuletzt deshalb, weil Ali mehrere Frauen beglückt und nicht nur mit der berühmten Fatima Kinder gezeugt hatte. Doch gab es für diese Zergliederung nicht nur biologische, sondern auch ideologische Gründe. Die Schiiten waren sich in der Auslegung ihres eigenen Anspruchs und Erbes nicht einig.

Hans Eberhard Mayer hat ihre ungemein diffizilen und verzwickten Vorstellungen folgendermaßen beschrieben: »Die Hauptlehre aller Richtungen war, daß die Reihe der Imams (= Nachfolger Alis) an einem bestimmten Punkt abbrechen müsse, weil der letzte Imam im Verborgenen weiterwirke, um als Mahdi, eine eschatologisch gedachte Erlösergestalt, einst die Erde mit Gerechtigkeit zu erfüllen ... Man zerstritt sich aber darüber, mit wem denn nun die Reihe der Imams aufhören sollte, und unterschied je nach der Zahl der noch anerkannten Imams die ›Fünfer-‹, ›Siebener-‹ und ›Zwölferschiiten‹, von denen die letzteren den gemäßigten Flügel darstellten, während die Siebenerschiiten im siebten Imam Ismail den Mahdi sahen und den extremen Flügel bildeten, den man auch Ismailiten nannte. Es gelang ihnen, durch ihre sozialrevolutionären Tendenzen und ihre feste Verbindung mit den islamischen Zünften Verbreitung zu gewinnen und 909 in Nordafrika das fatimidische Kalifat (seit 973 in Kairo) in Konkurrenz zum abbasidischen in Bagdad zu begründen.

So ist die Geschichte des Islams gespickt mit vielen fremdartig klingenden Namen, die dem abendländischen Leser wenig sagen, den Edrisiden und den Tuluniden, den Aghlabiten und den Ziaditen, den Tahariden und den

Saffariden, den Ghuriden und den Ghaznaviden – um nur einige wenige dieser recht exotisch anmutenden Bezeichnungen zu zitieren. Die meisten dieser Sekten oder Herrschergeschlechter haben nur ihren Namen in die Historie eingebracht. Zwei von ihnen aber haben, jeder auf seine Weise, unübersehbare Spuren hinterlassen: die Seldschuken und die Assassinen.

Die Assassinen – Haschischesser und Terroristen

Die Seldschuken führten ihre Herkunft auf die Ogusen zurück, eine in Westturkestan beheimatete Völkerschaft, die zwischen 1030 und 1050 unter dem Anführer *Seldschük* – der 108 Jahre alt geworden sein soll – den Iran erobert und nach der Besetzung Bagdads um 1055 die Schutzherrschaft über die dortigen Kalifen übernahm. Die Seldschuken wurden dann die bedeutendste und einflußreichste Herrschersippe Vorderasiens. Obwohl ihr Reich nach dem Sieg von Mantzikert und der Besetzung Syriens und Jerusalems im Jahre 1076 wieder auseinanderfiel, waren sie, wie die Chronik des Ersten Kreuzzuges gezeigt hat, auch weiterhin die stärkste Macht des Vorderen Orients, nicht zuletzt dank der kriegerischen Besessenheit der Türken, die ihrem Ehrentitel »Schwert des Islams« schon damals gerecht wurden.

Die berüchtigten Assassinen waren von anderer Art. Aus der Sekte der Ismailiten hervorgegangen, gehorchen sie den Regeln eines disziplinierten religiösen Geheimbundes. Ihr arabischer Name Haschiyon bedeutet soviel wie Haschischesser und verweist auf den regelmäßigen Konsum jener aus Hanf gewonnenen Droge, die im Orient schon damals als enthemmender »Fröhlichmacher« (so die wörtliche Übersetzung von Haschisch) in hohem Ansehen stand.

Der Gründer des Ordens, der Perser Hassan ibn-Sabbah, hatte den Genuß des paradiesischen Wirkstoffes offenbar als Pflichtaufgabe, vor allem für seine jungen Anhänger, ins Programm eingebaut. Wenn er nämlich den Wunsch hatte, »einen ihm feindlichen großen Herrn aus dem Weg zu räumen«, ließ er sie – nach einem Bericht des zweihundert Jahre später lebenden Venezianers Marco Polo – »mit Hilfe gewisser Getränke in einen drei Tage und drei Nächte dauernden Schlaf« versetzen und »während dieses Schlafs« in seinen Garten tragen. Beim Erwachen wähnten sie sich dort im siebenten Himmel.

»Den ganzen Tag schäkerten schöne Frauen und Mädchen mit ihnen, sangen, tanzten, liebkosten sie und setzten ihnen die schönsten Speisen und Getränke vor. Berauscht von so viel Vergnügungen und Bächen von Milch und Wein, sahen sie alle ihre Wünsche und Gelüste von den Damen befriedigt.« Nach diesem verführerischen Vorspiel ließ sie »der Alte vom

Berge«, wie ihn Marco Polo nennt, erneut in tiefen Schlaf versetzen, der wiederum drei Tage später in seinem Palast endete. Dort erklärte er ihnen, sie hätten nun das Paradies gesehen, aber »gemäß der Lehre der Propheten« nur dann eine Aussicht, es zu erringen, wenn sie »für den Glauben kämpften«.

»So brachte der Alte sein Volk dazu, sterben zu wollen; wenn er befahl, sich in seinem Namen in Todesgefahr zu begeben, schätzten seine Anhänger sich glücklich, das Paradies verdienen zu dürfen.«

Seines lüsternen Beiwerks entkleidet – der um 1040 geborene, um 1070 zum seldschukischen Hofmeister ernannte Perser begnügte sich nicht damit, die Lehren der Ismailiten im Sinne einer esoterischen Mystik zu verfeinern, er entwickelte bald auch weltliche Ambitionen. Im Jahre 1090 bemächtigte er sich der nordpersischen Festung Alamut und schuf dort, inmitten heiterer Gärten und Wasserspiele, die Zentrale einer mächtigen Terrororganisation, die mit ihren Morden und Anschlägen bald den gesamten Nahen Osten, vor allem aber die geistlichen fürstlichen Würdenträger des abbassidisch-seldschukischen Reiches, in Atem hielt. Mit welcher Effizienz er seine Mittel handhabte, geht allein daraus hervor, daß sich bereits Ende 1092 mehr als fünfzig Festungen zwischen Täbris und Damaskus in seinem Besitz befanden.

Hassan starb 1124. Die von ihm erdachte und ingeniös geleitete Organisation wahrt aber auch unter seinen Nachfolgern den Ruf der Unheimlichkeit. Sie fuhr fort, Terror zu üben und ihre Gegner mit Dolch und Gift aus dem Weg zu räumen – für eine bessere und menschenwürdige Zukunft, wie die Assassinen verkündeten; für freie Liebe, Staatenlosigkeit und Gemeineigentum.

Die Kreuzfahrer hat ihre hervorragend funktionierende Organisation derart beeindruckt, daß sie den Namen der Assassinen ins Französische einschleusten, wo er bis heute die gängige Vokabel für »Mörder« ist.

Ein ungeheurer, schillernder Sumpf...

Das Auseinanderfallen des Islams in zwei »Papsttümer« (wie es bei René Grousset heißt), die Vielzahl der Kleinherrschaften und die Aktivität des religiösen Terrorismus hat den Zug der Kreuzfahrer von Byzanz nach Jerusalem außerordentlich begünstigt. Die in Kairo herrschenden Fatimiden zum Beispiel, Todfeinde der asiatischen Seldschuken, waren durchaus nicht abgeneigt, den Krieg der christlichen Ritter gegen die verhaßten Türken zu unterstützen.

So erschien während der Belagerung Antiochias eine von dem Großwesir El-Afdal angeführte fünfzehnköpfige Delegation im Hauptquartier der abendländischen Barone und legte einen perfekten Teilungsplan auf den

Tisch. Danach sollte Palästina wieder ägyptisch werden; Syrien jedoch war den Kreuzfahrern zugedacht. Die fränkischen Fürsten nahmen die Gesandten des »Königs von Babylon«, wie Albert von Aachen schreibt, ebenso neugierig wie wohlwollend auf, ehrten sie mit dreihundert abgeschlagenen Türkenköpfen, ließen sich aber auf den dubiosen Handel, der Jerusalem in den Händen der Ungläubigen belassen hätte, nicht ein.
Die Ägypter nützten trotzdem die günstige Gelegenheit, die Seldschuken aus Jerusalem zu verjagen; im August 1098, elf Monate vor den Kreuzfahrern, zogen sie – wie berichtet – in die wiedergewonnene Heilige Stadt ein.
Derart offener und versteckter Hilfen erfreuten sich die Pilger Gottes auch bei der Belagerung von Antiochia selbst. Der Turkmene Yaghi-Siyan konspirierte mit Duqaq von Damaskus und Kerbogha von Mossul gegen seinen »nominellen Lehnsherrn« Ridwan von Aleppo. Kerbogha wiederum konnte sich auf seine Unterführer nicht verlassen; die Stammeshäuptlinge gehorchten seinen Befehlen nicht und nutzten offenbar gern die Chance, ihn schmählich im Stich zu lassen, als sich die Franken zu ihrem Verzweiflungsangriff auf die türkische Entsatzarmee entschlossen. Wenige Monate später zeigte auch die Passivität der vielen Emirate an der syrisch-palästinensischen Küste den Kreuzfahrern an, wie wenig sich die kleinen orientalischen Potentaten ihren seldschukischen oder fatimidischen Oberherrn verbunden fühlten.
Daran änderte auch das Blutbad von Jerusalem zunächst nichts. Die Emire begriffen, daß das Kriegsglück fürs erste zugunsten der barbarischen fränkischen Barone entschieden hatte, und zogen daraus die Folgerung, daß es nützlich sein werde, sich mit den schrecklichen Kriegern aus Europa gut zu stellen. Tief in ihre Familienzwiste und sektiererischen Probleme verstrickt, kannten sie keine Bedenken, mit den Kreuzfahrern gegen ihre Glaubensgenossen zu intrigieren – woraus den frommen, schwerttüchtigen Pilgern aus Europa mancher Vorteil erwuchs.
So warnte der arabische Kadi von Tripolis, ein Todfeind Duqaqs von Damaskus, den nach Jerusalem ziehenden Balduin vor dem bei Nahr el-Kelb im Hinterhalt liegenden türkischen Heer. Im Jahre 1102 rief der Tod Kerboghas einen wütenden Bürgerkrieg hervor. Ein Jahr später entbrannte zwischen dem Seldschukensultan Barkiyarok und seinem Bruder Mohammed ein heftiger Streit, der 1104 mit der Zerstückelung der irakisch-iranischen Ländermasse endete. Etwa zur gleichen Zeit weigerte sich der Danischmandiden-Emir Malik Ghazi entschieden, das ihm von Kaiser Alexios gebotene Bohemund-Lösegeld in Höhe von 200000 Byzantii mit dem Seldschukensultan Kilidsch-Arslan zu teilen.
Um 1110, auf dem Höhepunkt der Macht Balduins, war die Situation im Lager der Muselmanen so verworren, daß es nahezu unmöglich ist, ihre Hintergründe zu erhellen. Im Effekt war jeder gegen jeden: Bagdad gegen

die Seldschuken, diese gegen die Assassinen, beide zusammen gegen Kairo. Bei der Belagerung von Tripolis flohen »Standespersonen« aus der Stadt und informierten Wilhelm-Jordan über die geheimen Pfade, auf denen die Festung noch immer versorgt wurde. Während die Assassinen, die um die Jahrhundertwende auch in Syrien Fuß gefaßt hatten, bereits auf eine respektable Strecke toter Emire verweisen konnten, widmete der Kalif el-Mustazhir in Bagdad, ein dem Wohlleben verfallener, energieloser und träger Dickwanst, seine reichlich bemessene Freizeit der Abfassung von Liebesgedichten.

Kurzum – der Islam befand sich auf der Talsohle, er war außer Form, moralisch und materiell. Ein ungeheurer, schillernder Sumpf breitete sich zwischen Bagdad und Kairo, zwischen Mossul und Aleppo aus. Verrat, Intrigen, hinterhältige Anschläge waren ein integrierender Teil des politischen Geschäftes, Dolch und Gift ein Teil des Alltags der herrschenden Cliquen. Und wie auf einem orientalischen Markt war in dieser muselmanischen Welt alles zu kaufen, was notwendig war, sie zu bekriegen: Truppen, Morde, Informationen, Waffen, Pferde, Versorgungsgüter.

Es blieb nicht aus, daß die Kreuzfahrer auch davon Gebrauch machten. Allerdings nur zögernd, etwas überrascht von den Möglichkeiten, die sich ihnen boten. Und natürlich gegen den Willen der mitreisenden Geistlichkeit, für die die Muslims – gleich, welcher Herkunft und Glaubensrichtung – die Teufel schlechthin waren.

Die Germanen des Islams

Trotzdem wurden die europäischen Ritter schon auf diesem Ersten Kreuzzug und in den ihm folgenden Kampfjahren hinreichend darüber belehrt, daß sie es mit einem harten, ausdauernden und listenreichen Gegner zu tun hatten, der sich dem Krieg und der Kunst der Kriegführung mit genau der gleichen Leidenschaft hingab wie sie.

Als ihre grimmigsten, tüchtigsten und fanatischsten Feinde erwiesen sich die Türken. Am Fuße des mittelasiatischen Altaigebirges zu Hause, waren sie im Laufe des 10. Jahrhunderts in mehreren kraftvollen Schüben – das Wort *Türk* bedeutet soviel wie *Kraft* und *Stärke* – nach Kleinasien eingedrungen und hatten sich dort der Botschaft Allahs und seines Propheten Mohammed verschrieben: eine Entscheidung, die für den Orient etwa die gleiche Bedeutung hatte wie die Christianisierung der Germanen für das Abendland. Denn mit den Türken gewann der Islam seine militärische Dynamik zurück.

Wo auch immer die zähen, wendigen, grausamen Reiterkrieger aus den Steppen und Weidegründen Innerasiens auftauchten, übernahmen sie die Funktionen der vollziehenden Gewalt. Sie wurden die Leibgarden zahl-

Grausamkeit und Gottesfurcht, Menschenverachtung und Frömmigkeit, Raublust und Opfermut – dies kennzeichnete die Kriegführung der Kreuzritter. (Zeichnung nach einem Fenster der Benediktinerabtei von Saint Denis aus dem 11. Jahrhundert; Foto: Archiv für Kunst und Geschichte, Berlin)

reicher orientalischer Herrscher und die Kommandanten ihrer Heere. Am Hofe der Kalifen in Bagdad spielten sie bald eine ähnlich bedeutsame Rolle wie die fränkischen Hausmeier bei den merowingischen Königen. Und genau wie die fränkische Nobilität zeichneten sich die Häuptlinge nicht nur durch ihre Verwegenheit, den rücksichtslosen Einsatz ihres Lebens und ihre kalte Grausamkeit aus, sondern auch durch die unbedingte Ergebenheit, die sie ihren Fürsten schuldig zu sein glaubten.
Die Kreuzfahrer trafen also auf einen Gegner, dessen kriegerische Moral der ihren durchaus verwandt war: einen Räuberkrieger mit einem archaischen Moralkodex, der außer Mut, Kraft und Stehvermögen nur die der eigenen Macht überlegene Gewalt respektierte.
In einem Punkt allerdings unterschieden sie sich sehr – die Stärke der Seldschukischen Heere beruhte vor allem auf ihrer phänomenalen Beweglichkeit, ihrer explosiven Schnelligkeit, die sich, merkwürdig genug, mit der Kunst des Wartenkönnens und sehr viel Ausdauer und Geduld verband. Diese Beweglichkeit kennzeichnete auch ihre Taktik, ihre Moral, ihre ganze Kriegführung. Für einen Türken galt es nicht als unehrenhaft, vor einem starken Feind zurückzuweichen und ihn dann lediglich aus der Ferne zu belästigen. Eine vorgetäuschte Flucht war ein legitimes Mittel zum Sieg, ja, sie wurde in den muselmanischen Kriegsgesängen genauso gefeiert wie etwa ein brisanter Überfall.
Die abendländischen Chronisten haben sich oft genug darüber gewundert; so heißt es etwa in der lateinischen Fortsetzung der Kreuzfahrerhistorie des Wilhelm von Tyros: »Für sie bedeutet zu fliehen nicht geringeren Ruhm als in die Flucht zu schlagen.«

Allahs Geheimwaffe – berittene Bogenschützen

Die stärkste Wirkung ging von den berittenen Bogenschützen aus, jener Urwaffe Innerasiens, die schon der Prophet Jeremia in der Bibel als »grausam und unbarmherzig« beschrieben hat, »daherbrausend wie ein ungestümes Meer«. Perser, Parther und Hunnen hatten sie bereits mit zermalmender Wirkung eingesetzt; die Seldschuken verdankten ihre Erfolge nicht zuletzt dieser hochmobilen leichten Reiterei. Auch die Kreuzfahrer haben sie wie die Pest gefürchtet und gehaßt und geraume Zeit benötigt, mit ihrer im Abendland wenig bekannten Taktik fertig zu werden.
Die »berittenen Bogner« der Türken liebten die überraschende Attacke. Sie tauchten unvermittelt auf, sprengten mit atemberaubender Geschwindigkeit heran und verschossen mit ihren »hörnernen und beinernen Bogen« Garben von Pfeilen, doch vermieden sie jeden Nahkampf und machten sofort kehrt, wenn sie auf massiven Widerstand stießen.
Anders ausgedrückt: sie waren wie Hornissen, aggressiv und bösartig,

heimtückisch und giftig – und um so gefährlicher, als es fast unmöglich war, sie zu fassen.
Wilhelm von Tyros hat diese außerordentlich elastische Angriffstaktik in seiner großangelegten *Historia Rerum in Partibus Transmarinis Gestarum* sehr präzise beschrieben: »Bei ihrem ersten Ansturm deckten uns die Türken mit derart dichten Pfeilmengen ein, daß weder Regen noch Hagel hätten größere Dunkelheit verursachen können; viele von uns wurden davon durchbohrt. Als die ersten ihre Köcher geleert hatten, kam der zweite Schwarm... und fing an, noch viel dichter zu schießen...«
»Diese Kampfesart war unseren Soldaten völlig unbekannt, und sie konnten sie um so weniger mit Gleichmut ertragen, als sie jeden Augenblick ihre Pferde fallen sahen, die sich nicht verteidigen konnten. Sie selbst, unversehens getroffen und oft genug tödlich verwundet, versuchten zwar, ihre Feinde zurückzutreiben, indem sie sich auf sie stürzten und sie mit Schwert und Lanze trafen, aber diese, ihrerseits nicht in der Lage, diese Art des Angriffs zu parieren, verfehlten nicht, sich sofort zu trennen, um einen Zusammenprall zu vermeiden, und da unsere Soldaten, in ihrer Erwartung getäuscht, niemanden mehr vor sich fanden, waren sie gezwungen, sich zurückzuziehen.«
»Während sie also zurückwichen, ohne mit ihrem Vorstoß Erfolg gehabt zu haben, sammelten sich die Türken... wieder und begannen erneut ihre Pfeile zu schießen, die wie ein Regen auf unsere Reihen fielen und fast niemanden ohne Verwundung ließen. Beschützt von ihrem Helm, leisteten unsere Männer Widerstand, solange es ihnen möglich war.«
Natürlich waren auch die marschierenden Kolonnen der Pilgerarmee häufig wütenden Angriffen der seldschukischen Kavallerie ausgesetzt, ebenso die Lager. Die besondere Aufmerksamkeit der berittenen Plänkler, deren Methoden vielfach an die Taktik moderner Partisaneneinheiten erinnern, galt jedoch versprengten Abteilungen. Viele fromme Ritter haben damals die ewige Seligkeit dadurch erworben, daß sie leichtsinnig auf eigene Faust das Land durchstreiften und von unhörbar heranschwirrenden Pfeilen ins Jenseits befördert wurden.

Die Teufel auf Pferden

Das Aussehen der seldschukischen Reiter vergrößerte den Schrecken, den sie verursachten. Alberts Informanten haben vor allem die kahlen, glatt geschorenen Schädel, auf denen sich, einem Hahnenkamm gleich, eine Bürste struppigen Haares erhob, und die lang herabhängenden, schmutzigen, zottigen Bärte dieser Teufel auf Pferden beklagt. Höchst ungehalten berichtet Albert ferner von den »grimmigen eisernen Geißeln«, die viele von ihnen trugen, um damit auf die Panzer und Schilde der Ritter

und die Köpfe ihrer Schlachtrosse einzudreschen; auch der infernalische Lärm der türkischen Trommeln und Trompeten und das wilde, unverständliche Kriegsgeschrei der muselmanischen Krieger scheint viele seiner Gewährsleute entnervt zu haben.
Ebenso war die Rüstung der türkischen Krieger durchaus geeignet, Angst und Schrecken zu erregen. Auf zeitgenössischen Bildern und Miniaturen tragen sie fast immer einen eierförmigen Helm – der nach Prawers Meinung ein ausgesprochenes Statussymbol und daher häufig vergoldet oder mit Sprüchen aus dem Koran verziert war – und das bis zu den Knöcheln reichende (*Zardiya* genannte) Kettenhemd, das meist ein kostspieliges, in Ehren gehaltenes Familienerbstück war. Außer dem Kettenhemd, von dem es auch eine bis zu den Oberschenkeln reichende Miniform gab, waren zwei Arten von Panzern gebräuchlich: ein dekorativer Schuppenpanzer, der mehr der Repräsentation als dem kriegerischen Alltag diente, und ein Plattenpanzer, der schwerer als das verkürzte Kettenhemd und daher diesem gegenüber im Nachteil war.
Den Schutz gegen feindliche Einwirkung verstärkten eiserne Arm- und Beinschienen sowie der berühmte kleine Rundschild der Türken, der ebenfalls zum festen Zubehör zeitgenössischer Kriegerdarstellungen gehört.
Für den Angriff standen dem vollausgerüsteten muselmanischen Krieger zwei starke Bogen und »dreißig Pfeile mit gefeilten Spitzen und eisernen Flügeln« in einem Lederköcher zur Verfügung, dazu Lanze und Wurfspeer sowie ein handliches, meist gerades zweischneidiges Schwert, das normalerweise einer indischen oder chinesischen Waffenwerkstatt entstammte, »trotz des weltweiten Rufes, den die ›Damaszener-Schwerter‹ genossen«. Ein beidseitig geschäftetes Beil, eine sphärisch geformte Keule aus Eisen oder Stahl – nach Prawer »eine fürchterliche Waffe, die dazu diente, Helme und Schilde zu zerschmettern oder Knochen zu brechen« – und zwei Beutel mit Steinen, die links und rechts vom Sattel herabhingen, vervollständigten das Arsenal des türkischen Reiters.
Ein respektables Arsenal, dabei leichter als das der europäischen Ritter – die vielgepriesene Beweglichkeit der türkischen Heere war also nicht nur ein Verdienst ihrer schnellen, in fast unbegrenzter Zahl nachwachsenden Pferde, sondern auch ein Erfolg des soliden handwerklichen Könnens der muselmanischen Waffenschmiede.

Orkane aus fränkischem Eisen

Die Rüstung eines abendländischen Ritters wies mancherlei Ähnlichkeiten mit der eines seldschukischen Reiters auf. Auch die fränkischen Barone trugen im Kampf (über einer gesteppten Tuch- oder Ledertunika)

Kämpfende Ritter aus der Zeit der Kreuzzüge.
(Miniatur aus einer verlorengegangenen Handschrift des 12. Jahrhunderts)

ein bis zu den Knien oder Knöcheln reichendes Eisenhemd, vielfach auch eiserne Knieschützer und eiserne Kettenhosen; dazu einen schweren kegelförmigen Helm, der sich im Lauf der Zeit freilich zu einer tonnenförmigen Kopfbedachung wandelte, sowie einen umlederten oder metallbeschlagenen Holzschild. Auch bei ihnen gehörten Lanze, Speer und Schwert zur kriegerischen Grundausstattung.

In der Gesamtheit war ihre Rüstung jedoch schwerer, unförmiger und unhandlicher. Sie benötigten deshalb nicht nur eine Vielzahl von Knechten, sondern auch kräftigere Pferde. Da diese leichter ermüdeten, führte ein Ritter im Kriegseinsatz außer seinem Schlachtroß meist noch ein Packpferd und ein Marschpferd mit. Das alles machte ihn langsamer, schwerfälliger, unbeholfener, allerdings auch gewichtiger und voluminöser.

Wenn sie diese Massivität in gesammelte Aktion umsetzten, waren sie ihren leichter bewaffneten Gegnern hoch überlegen. Diese vollgepanzerten abendländischen Ritter auf ihren gepanzerten Gäulen besaßen eine ungeheure Durchschlagskraft, vor allem dann, wenn es ihnen gelang, als organisierte Masse aufzutreten und sich zu einer Art von eiserner Walze zu formieren. Denn den Gegner niederzuwalzen, niederzutrampeln, niederzusäbeln war noch immer, wie schon in merowingischen Zeiten, das

A und das O der fränkischen Kriegführung; niederreiten und draufschlagen, angreifen und töten.
Albert von Aachen hat diese urtümliche, simple Art des Schlachtenschlagens, die weder moralischen noch taktischen Überlegungen zugänglich war, in einem fiktiven Gespräch zwischen dem Seldschukensultan Kilidsch-Arslan und seinem Heerführer Kerbogha, dem Atabeg von Mossul, vortrefflich beschrieben.
»Wisset wohl«, so läßt er den Sultan sagen, »daß sie alle tapfere Männer sind, im Kampf zu Pferde wunderbar geübt: Krieger, die sich im Gefecht nicht durch den Tod noch durch irgendwelche Art von Waffen schrecken lassen. Sie tragen eiserne Gewänder und führen Schilde, mannigfach bemalt und mit Gold und Edelsteinen besetzt; in ihren Händen schwingen sie Lanzen aus Eschenholz, mit scharfer Eisenspitze bewehrt, so groß wie lange Stangen... Auch ihre Rosse sind im Kriegsgetümmel wohl geübt.«
»Und wisset weiter, daß die Kühnheit dieser Ritter so groß ist, daß ihrer Tausend... sich nicht scheuen, zwanzigtausend der Unseren anzugreifen, wie Löwen und Eber... Diese Männer sind von fabelhafter Kraft und Tapferkeit. Tag für Tag spüren sie den Feinden nach, die ihnen im Wege sind; und die sie aufgespürt haben, wider die fechten sie und schicken sie ins Verderben.«
Anders als bei den Seldschuken bildete bei den Kreuzfahrern also die schwere Reiterei das Zentrum des Heeres. Das stellte auch die türkischen Heerführer vor neue und ungewohnte Probleme. Wenngleich sie wiederholt versuchten, die ungestüm anreitenden abendländischen Ritter im Kampf Mann gegen Mann aufzuhalten, so hatten sie gegen diesen eisenklirrenden fränkischen Tornado doch keine Chance. Sie wurden vom Sturm der Kreuzfahrer einfach hinweggefegt: so bei Doryläon, bei Antiochia, bei Ramleh – überall da, wo sie einen offenen Schlagaustausch riskierten.
Allerdings lernten sie schnell. Schon bald hatten sie bemerkt, daß diese ritterlichen Attacken – bei denen wie bei einem modernen Panzerangriff nicht »gekleckert, sondern geklotzt« wurde – dahin tendierten, zu einem allgemeinen Gewühl ohne Front und Flügel zu entarten. Die Pilgerheere versuchten nämlich nicht, Entscheidungen nach Art einer römischen Legion – so Hans Delbrück – »durch das feste Zusammenhalten, die geschickten Bewegungen und den Gesamtdruck disziplinierter und exerzierter taktischer Körper, sondern durch die persönliche Tüchtigkeit und Tapferkeit der einzelnen« zu erzwingen. Denn der Ruhm war den fränkischen Baronen wichtiger als der Sieg, der Kampfrausch galt ihnen mehr als das reibungslose Funktionieren der Kriegsmaschinerie; Ruhm aber ernteten sie vor allem dann, wenn sie Glaubenskraft und Tapferkeit, Frömmigkeit und Todesverachtung, religiöse Inbrunst und Furchtlosigkeit bewiesen.

Dieser »mystische Untergrund« machte, um noch einmal Delbrück zu zitieren, »eine rationelle Strategie in den Kreuzzügen von vornherein unmöglich«. Militärisches Denken im Sinne kalkulierter Planung und ständigen Abwägens der Chancen war den europäischen Rittern fremd. »Sorglos und ohne Kunst, ohne Vorsorge und Berechnung«, so hatte schon der byzantinische Kaiser Leon VI. in seiner um 900 entstandenen *Taktika* mißbilligend bemerkt, zögen sie in den Krieg, taktischer Überlegungen kaum fähig.

Zwar liebten sie es (wie etwa vor Antiochia), in einer prächtigen, pompösen Schlachtordnung anzutreten; die Disziplin, auf der eine solche Ordnung beruhte, war aber derart brüchig, daß es nur geringer Versuchungen bedurfte, sie zu zerstören. Die Schlacht löste sich dann leicht in Einzelgefechte, in ritterliche Hahnenkämpfe auf. Das Heer zerfiel in unabhängig voneinander agierende Gruppen, die überdies dazu neigten, sich mehr der Lust des Marodierens als der Bekämpfung des Feindes zu widmen.

Nach den ersten bitteren Niederlagen zogen die Moslems aus solchen Beobachtungen ihre taktischen Konsequenzen. Sie vermieden es nun, den Kreuzfahrern auf ebenem Gelände – wo ihre schweren Eisenreiter kaum aufzuhalten waren – gegenüberzutreten. Sie wichen aus und zogen sich, wenn es die Situation erlaubte, in unwegsame Hügellandschaften zurück, wo sie mit der Gelassenheit und Kaltblütigkeit, die ihrem hitzigen Temperament verschwistert waren, geduldig auf ihre Chance warteten, das heißt: auf die Gelegenheit, den Rittern die Pferde unter dem Kettenhemd wegzuschießen und derart die wenig geschätzte Rolle des Kampfes zu Fuß aufzuzwingen. Denn darin waren die abendländischen Recken wenig geübt. Am ehesten fanden sich noch die Deutschen damit ab, die wiederum gegenüber den Franzosen die unbeholfeneren Reiterkämpfer waren.

Neue Aufgaben für »Spießer und Bogner«

Die taktische Wendigkeit des Muslims zwang die Kreuzfahrer, auch ihrerseits neue Varianten der Kriegführung zu erproben. Zwei Entwicklungen treten dabei besonders hervor. Die Heilig-Land-Pilger setzten auch das Fußvolk zunehmend als kämpfende Masse ein. Außerdem legten sie sich nach muselmanischem Vorbild eine leichte Reiterei zu. Sie waren überhaupt bemüht, ihr Heer mannigfaltiger zu gliedern und beweglicher zu machen.

Die Fuß-Spießer, wie Hans Delbrück die nicht berittenen Krieger des Mittelalters etwas verächtlich genannt hat, leisteten in den europäischen Ritterheeren bis zu Beginn der Kreuzfahrerzeit kaum mehr als Domestikendienste. Sie hatten die Pferde zu pflegen, die Trosse und Lager zu bewachen, den Rittern beim Anlegen der Rüstung zu helfen, ihre Ersatz-

pferde ins Gefecht zu reiten – und was dergleichen niedere Verrichtungen mehr waren. Auch während der ersten Begegnungen mit den Ungläubigen sind sie militärisch kaum hervorgetreten. Je häufiger ihre Barone aber in Bedrängnis gerieten, um so mehr gewannen sie an Bedeutung.
Schon bei Doryläon läßt sich eine gewisse Arbeitsteilung erkennen; die Ritter griffen an, ihre Knechte aber bauten sich rund um das Lager auf und schufen damit eine Auffangstellung für die schweren Reiter. Bald hatten sie auch gelernt, einen »Igel« zu bilden, das heißt: sich so zu formieren, daß sie, stehend oder auf ein Knie niedergelassen, mit ihren Schilden und ausgestreckten Speeren regelrechte Stachelwände errichteten, gegen die die muselmanischen Reiter vergebens anritten. Und schon vor Antiochia marschierten die »Fußknechte mit blanker Waffe«, unter ihnen allerdings zahlreiche Barone ohne Pferd, voran in die Schlacht, deren Entscheidung dann durch die plötzlich vorpreschenden Ritter erzwungen wurde. Bisweilen stellten sich die »Spießer« auch hinter ihren Reitern auf, »um diese zu decken und von ihnen gedeckt zu werden«. Schon während des Ersten Kreuzzuges entstanden also, zum Teil durch den bei den christlichen Verbänden stets herrschenden Pferdemangel erzwungen, jene Formen der kombinierten Reiter-Fußvolk-Aufstellung, die für die spätere Kriegführung der Kreuzfahrer typisch wurden.
Auch der Aktionsradius der Bogenschützen vergrößerte sich während dieser ersten zwanzig Jahre des Kampfes um das Heilige Land beträchtlich. Bogenschützen waren im Abendland nicht unbekannt. Herzog Wilhelm von der Normandie, der Eroberer Englands, gewann die Schlacht von Hastings 1066, wie der berühmte Teppich von Bayeux zeigt, nicht zuletzt durch den Einsatz seiner »Bogner«. Ebenso dürften die normannischen und provençalischen Kontingente der Pilgerarmeen über kleinere Pfeilschützenabteilungen verfügt haben. Vor Antiochia zum Beispiel traten Bogner zusammen mit den Spießern gegen die Türken an. Diese Einheiten sind dann in der Folgezeit, nicht zuletzt unter dem Eindruck der Wirkung der seldschukischen Bogenschützen, stark vermehrt und vor allem bei der Belagerung feindlicher Städte und zur Sicherung marschierender Kolonnen eingesetzt worden.
Wichtiger war noch, daß die Kreuzfahrer eine nach seldschukischem Vorbild mit Pfeil und Bogen ausgerüstete leichte Reiterei aufbauten. Sie nahmen zu diesem Zweck durchweg einheimische Krieger in Sold, zunächst christliche Syrer und Armenier, später auch Muslims. Bereits 1115 ist erstmalig von diesen Turkopulen (= Türkensöhnen) die Rede. Den Turkopulen – Eingeborenensoldaten wie den Spahis, Turkos und Zuaven der nachmaligen französischen Kolonialarmeen – sind dann zahlreiche Sonderaufgaben zugewachsen.
Als Beduinen verkleidet und der arabischen Sprache mächtig, leisteten sie als Kundschafter unbezahlbare Dienste. Kommandounternehmen waren

bei ihnen in guten Händen. Auf Feldzügen hielten sie, ganz nach muselmanischem Modell, den Feind durch häufige Überfälle unter Druck. »Auch wußten sie« – so der Königsberger Historiker Hans Prutz in seiner bald hundert Jahre alten *Kulturgeschichte der Kreuzzüge* – »durch verstellte Flucht die feindlichen Reihen in gefährliche Stellungen zu locken. Namentlich aber waren sie dem Heere der Franken unentbehrlich durch ihre leichte Beweglichkeit, die Vertrautheit mit dem Lande, dessen Bewohnern und deren Sprache; sie konnten sich in dem wild zerklüfteten Bergland Galiläas getrost in Gegenden wagen, wo der schwergerüstete Reiter sofort verloren gewesen wäre.«

Überhaupt waren die Kreuzfahrer überaus gelehrige Schüler, die ständig bemüht waren, sowohl den Byzantinern als auch den Arabern und Türken ihre Techniken und Taktiken der Kriegführung abzulisten; am meisten haben die abendländischen Ritter dabei, schon während des Ersten Kreuzzugs, von der Kunst und Methodik der Belagerung gelernt.

Widder auf Rädern und fliegende Drachen

In Europa pflegten sich die kriegführenden Herren damals damit zu begnügen, Burgen oder befestigte Städte einzuschließen und ihre Besatzungen auszuhungern. Für eine derartige Primitivtaktik waren die Festungen der Levante jedoch zu groß und zu stark. Städte mit kilometerlangen Umfassungsmauern konnten kaum lückenlos zerniert werden. Viele dieser Festungen verfügten über Vorräte, die für Jahre reichten. Ihre Wasserversorgung war durch unterirdische Zisternen und dem Belagerer nicht zugängliche Quellkammern gesichert.

Die Armeen des Orients waren also darauf angewiesen, befestigte Städte nach gebührender Vorbereitung zu stürmen; sie verfügten über ein bedeutendes Arsenal an Kampfmitteln, deren Technik durchweg noch in der Antike wurzelte, aber sowohl von den byzantinischen als auch von den arabischen Militäringenieuren weiterentwickelt worden war.

Wichtigstes Instrument einer lehrbuchmäßig durchgeführten Belagerung war noch immer die große »Belagerungsmaschine«, in der Regel ein zwanzig bis fünfundzwanzig Meter hoher Turm, der an die feindliche Mauer (die er natürlich überragen mußte) herangerollt wurde. Er bestand aus einem verkleideten Holzgerüst und enthielt mehrere Stockwerke, in denen sich die Besatzungen – außer den ritterlichen Stoßtrupps Speerwerfer, Bogenschützen und Steinschleuderer – wie in einer Kasematte verbarrikadieren konnten. Die oberste Plattform war mit mechanischen Geschützen und meist auch mit einer Enterbrücke ausgerüstet.

Das Manko dieser Türme war ihre leichte Brennbarkeit. Der Gegner war daher ständig bemüht, sie durch Spezialkommandos in Brand zu setzen.

Die Belagerer suchten ihre kostspieligen Bauten gegen derartige Angriffe durch Eisenplatten oder durch eine Bespannung mit den Häuten frisch geschlachteter Tiere zu schützen. Ein weiterer Nachteil dieser aufwendigen Belagerungsmaschinen war, daß sie jeweils an Ort und Stelle errichtet werden mußten und daß ihre Konstruktion Ingenieure vom Fach und tüchtige Zimmerleute voraussetzte.
Bevor ein solches Ungetüm an die Wälle der umkämpften Stadt herangerollt werden konnte, mußten zudem die bis zu zwanzig Meter breiten, bis zu zwölf Meter tiefen Gräben der Festung ausgefüllt werden – eine Aufgabe der niederen Dienste, deren Durchführung, dank feindlicher Gegenwirkung, starke Verluste verursachte.
Auch die antiken *Widder* lebten in den byzantinischen und arabischen Heeren weiter, meist in Gestalt eisenbeschlagener Mastbäume, die – an Ketten hängend und schwingend – gegen die feindlichen Mauern gewuchtet wurden. Vorn an einer solchen Maschine, heißt es im Bericht eines arabischen Gewährsmannes, befand sich eine riesige Figur mit aufgesetzten Hörnern (daher der Name Widder), die so lang wie »zwei Lanzen und dick wie Säulen« waren. Darüber befand sich ein eisengedecktes Schutzdach. Auch der Kopf des *Widders* war mit Erz übergossen, so daß Feuer und andere Zerstörungsmittel nichts auszurichten vermochten. Innerhalb des Gebäudes waren Schützen aufgestellt. Auch diese Monstren rollten auf Rädern gegen den Feind. »Erschreckt meinten alle, dagegen sei nichts auszurichten.«
Griechen und Araber verfügten auch über ein reiches Sortiment mechanischer Geschütze: kleine, allenfalls mittelgroße Wurfmaschinen, mit denen Steine geschleudert, Speere und Pfeile verschossen wurden. Die *Taktika* des byzantinischen Kaisers Leon empfahl sogar, mit derartigen Katapulten »Töpfe mit Schlangen, Skorpionen, Molchen und dergleichen Tieren« ins feindliche Lager befördern zu lassen, »so daß das schädliche Gewürm die jenseitigen Soldaten zu Tode beißt«. Durch Kessel »mit stinkenden und dichten beißenden Rauch verbreitenden Feuerstoffen« konnte diese frühe Art der biologischen Kriegführung auch in eine Art von Gaskrieg verwandelt werden.
Ebenso wurde das gefürchtete und berüchtigte *griechische Feuer* mit ballistischen Geräten verschossen. Es gab dieses *griechische Feuer* in verschiedenen Variationen, in seiner einfachsten Form als Erdölhandgranate wie die heutigen »Molotow-Cocktails«. Normalerweise bestand es aus einer Mischung von Schwefel, Harz, Werg, Kienspan und anderen leicht brennbaren Materialien. Diese Mixtur, die bereits Jahrhunderte vor Christi Geburt erfunden, aber erst von den byzantinischen Flotteningenieuren zur Gefechtsreife entwickelt worden war, wurde in Fässern, Kesseln oder Tonkrügen verschossen, wirkte verheerend wie eine Napalmbombe und übte gleichzeitig beträchtliche psychische Wirkung aus.

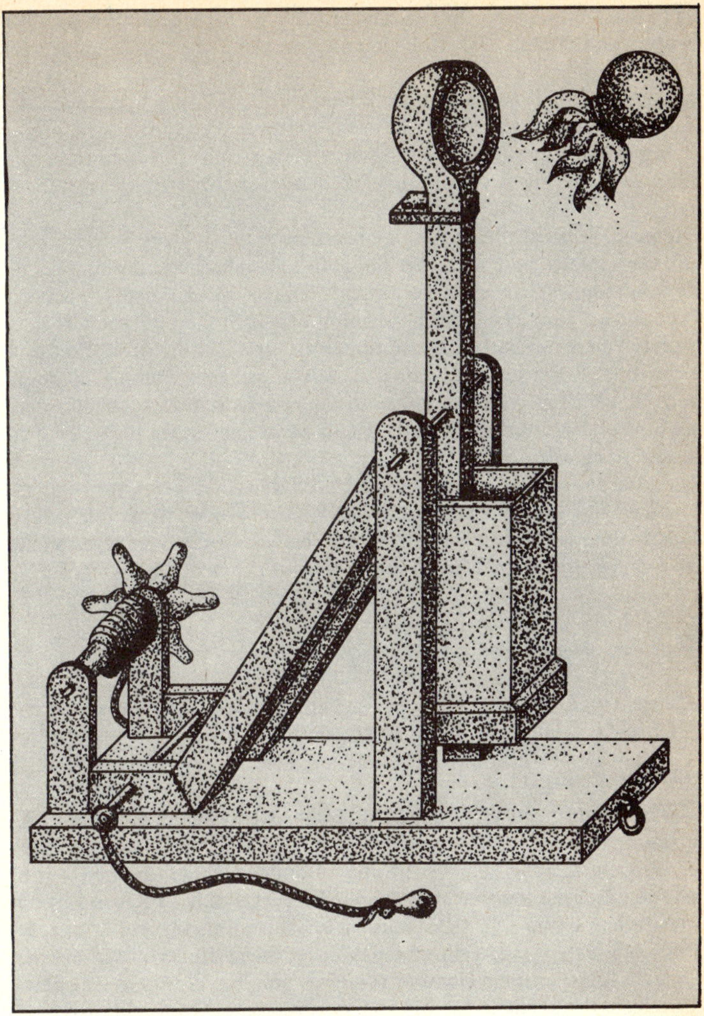

Schleudermaschine für griechisches Feuer.

»Es kam herangeflogen«, so hat ein späterer Kreuzzugchronist, der Ritter Johann von Joinville (1224–1317), dieses »Kunstfeuer« beschrieben, »so groß wie ein Essigfaß, und der feurige Schweif, der ihm folgte, war so lang wie eine Lanze. Bei seinem Flug erzeugte es ein solches Getöse, daß man es für den Blitz selbst hätte halten können oder für einen durch die Luft sausenden Drachen. Dabei verbreitete es so viel Licht, daß es taghell im Lager war.«

Das *griechische Feuer,* jahrhundertelang das Monopol der Byzantiner, die die Zusammensetzung der leicht entflammbaren Mischung als Staatsgeheimnis hüteten, war in der Kreuzzugzeit längst auch den arabischen Militärs bekannt, die es vor allem gegen Belagerungsmaschinen verwendeten.

Traten sie selbst als Belagerer an, setzten sie gern Sappeure an. Die Technik war einfach, verlangte aber Sorgfalt und statische Kenntnisse. Sonderkommandos trieben unterirdische Gräben bis zu der feindlichen Mauer vor. Dort erweiterten sie ihren engen Stollen zu einer Höhle, stützten diese mit Balken ab und füllten sie »mit Reisig, Stroh, Brettern, trockenem Röhricht und Gestrüpp«. Wenn sie diese Füllung in Brand setzten, verzehrten die Flammen nicht nur die Holzstützen, sondern zerglühten und zermürbten auch die Fundamente der Mauer, die schließlich zusammenbrach.

Die Muselmanen handhabten diese Unterminiermethoden mit höchster Virtuosität, zum großen Erstaunen der kreuzfahrenden Ritter, die sich zu Beginn ihres Feldzuges allenfalls darauf verstanden, die feindlichen Wälle im Schutz eines Schilddaches mit Hilfe von Leitern zu bezwingen.

Honorar für eine Belagerungsmaschine

Als anstellige, lernbereite Krieger eigneten sie sich unter Anleitung der listenreichen, kundigen Byzantiner jedoch in kurzer Zeit auch die anspruchsvolleren Techniken des Mauerknackens an; natürlich mußten sie dabei Lehrgeld zahlen.

Vor Nicäa brach ein *Widder,* den zwei findige Schwaben, der Graf Hartmann und der Baron Heinrich von Ascha, erdacht hatten, kurz nach der Fertigstellung ohne Feindberührung zusammen. Einen zweiten Turm, von den Provençalen errichtet, setzten die Türken mit Hilfe von Fett, Öl und Pech in Brand. Die Ritter waren deshalb froh, als sich ein Lombarde, nach Alberts Aussage »ein großer Meister und Erfinder in technischen Dingen«, erbot, für ein Honorar von fünfzehn Pfund Münzen eine neue, feuerfeste Belagerungsmaschine zu konstruieren. Diese hielt tatsächlich allen Angriffen der Türken stand und gab der in ihr verborgenen Besatzung die Chance, unbekümmert um die Pfeile, Speere und Steine des Gegners, eine Bastion der Stadtmauer zu untergraben und nach bewährtem Rezept durch ein unterirdisches, unterfundamentales Feuer zum Einsturz zu bringen.

Was in Nicäa nach zweifachem Angriff gelungen war, funktionierte vor

Antiochia trotzdem nur mäßig. Eine »Maschine aus fest gefügtem und geflochtenem Holzwerk«, die durch »eiserne Klammern zusammengehalten und mit Pferde-, Rinder- und Kamelhäuten bedeckt war«, wurde von den Türken unvermutet überfallen und »völlig in Asche« verwandelt. Überhaupt hatten die Kreuzfahrer vor Antiochia eine unglückliche Hand. Sie hatten inzwischen zwar mancherlei Kenntnisse erworben, die geeignet waren, eine belagerte Stadt in Bedrängnis zu bringen, in der Praxis des kriegerischen Alltags folgte jedoch eine Fehlleistung der anderen. Das war auch einer der Gründe dafür, daß die Belagerung sich über Gebühr verzögerte und zeitweise in »beständige Kurzweil« auflöste, bevor es dem mit allen Schlichen des Orients vertrauten Bohemund gelang, sie nach Art des Königs Philipp von Makedonien mit Hilfe eines »goldenen Esels« zu Fall zu bringen.
Bei der dann folgenden Belagerung von Maarat zeigte sich aber doch, daß die Barone inzwischen auch im Festungskampf keine Anfänger mehr waren. Eine »hölzerne Burg auf vier Rädern« – so der unbekannte Chronist der *Gesta Francorum* – widerstand nicht nur den schweren, kantigen Felsbrocken, mit denen die Muselmanen sie bombardierten, sondern auch einem Anschlag mit *griechischem Feuer.* So konnten die auf der obersten Plattform postierten provençalischen Ritter die Verteidiger in stundenlangem Nahkampf (bei dem sie u. a. versuchten, diese mit Hilfe von Lanzen mit umgebogenen Eisenspitzen zu entern) derart beschäftigen, daß ein Sappeurtrupp vom Erdgeschoß her die Mauer unterwühlen konnte. Mit Erfolg übrigens – voller Schrecken über die gelungene Minieraktion gaben die Muselmanen den Kampf auf, verließen ihre Posten auf der Mauer und stoben konsterniert in die Stadt zurück.

»Mit Kunst gegen die Künste der Verteidiger«

Vor Jerusalem schließlich bewiesen die Kreuzritter bereits eine respektable Meisterschaft im Umgang mit dem Arsenal byzantinischer und arabischer Belagerungskünste. Nachdem sie vergeblich versucht hatten, die Heilige Stadt im Handstreich zu nehmen, bereiteten sie sich gewissenhaft auf die »maschinelle« Belagerung vor. In der Sprache der *Gesta Francorum:* »Unsere edlen Herren sannen nun auf Mittel, die Stadt mit Hilfe von Geräten anzugreifen, um in sie einzudringen und das Grab unseres Erlösers verehren zu können.«
Außer dem Gottfriedschen und Raimundschen Belagerungsturm stellten sie eine Reihe von mechanischen Geschützen auf, die die Stadt schon bald »mit mächtigen Felsblöcken« unter Beschuß nahmen. Mit bemerkenswertem Erfolg sogar; die Mauer im Tal Josaphat wurde schwer beschädigt und zeigte bald klaffende Löcher und Risse. Als die Verteidiger versuch-

ten, die Umwallung mit stroh- und streugefüllten Säcken auszupolstern, »die die Stöße der Geschosse aufnahmen, ihre Gewalt mindern und so die Mauern und Wälle vor allzu großer Beschädigung bewahren sollten«, ließ Herzog Gottfried die Polster mit brennenden Pfeilen beschießen und so in Flammen aufgehen.

Anschließend brachte er seinen *Widder* in Stellung, »eine Maschine von schrecklichem Gewicht«, und ließ durch gezielte Rammstöße den Vorwall und die der Stadt vorgelagerten Außenwerke zertrümmern. Als er danach den Eisenschädel des *Widders* auch auf die innere Mauer ansetzte, gelang es der ägyptischen Besatzung allerdings, das Ungetüm in Brand zu setzen und somit aktionsunfähig zu machen.

Während der *Widder* gelöscht wurde, traten nach der Schilderung Alberts die Schleudermaschinen in Aktion und verjagten die Verteidiger von den Mauerzinnen. So konnten die Lothringer die in vier Wochen harter Arbeit entstandene Belagerungsmaschine, wenn auch unter großer Mühsal, in Stellung bringen. Vom Samstag bis zum Donnerstag, volle sechs Tage lang, »schwitzten sie sich damit ab, die Maschine an die Stadtmauer« heranzuschaffen. Raimunds Männer waren indes damit beschäftigt, einen Graben zwischen Turm und Mauer mit Steinen auszufüllen. Da die Provençalen offenbar wenig Lust entwickelten, sich an der schweißtreibenden Arbeit zu beteiligen, setzte der Graf von Toulouse für je drei Steine einen Lohn von einem Denar aus. Trotzdem dauerte es drei Tage und drei Nächte, den Graben zu füllen.

Als auch Raimunds Turm endlich in Position gebracht worden war, wurde er von den Verteidigern, die von ihren vierzehn Schleudergeschützen allein neun auf diese Holzburg gerichtet hatten, derart massiv beschossen, daß die Außenwände der Maschine zerbarsten und ihre Besatzung es vorzog, das Ungeheuer wieder von der Mauer wegzurollen. »Und es fand sich fortan niemand mehr, der es gewagt hätte, es wieder zu besteigen und im Kampf die Bürger anzufallen.«

Auch Gottfrieds Turm war wütenden Angriffen der Muselmanen ausgesetzt. Wie üblich versuchten sie, ihn mit allen Mitteln in Brand zu setzen. Die Lothringer hatten ihre rollende Burg jedoch mit einer Fassade von glatten, schlüpfrigen Häuten versehen, an der die Feuertöpfe des Gegners wirkungslos abglitten. Die findigen Muselmanen gaben aber nicht auf. Sie schleppten schwere Holzstämme auf die Mauern, verbanden sie durch eiserne Klammern und Haken und füllten die Zwischenräume mit Werg, das sie zuvor mit Pech, Wachs und Öl durchfettet hatten. Dann legten sie den riesigen Scheiterhaufen – »damit er von den Pilgern mit ihren eisernen Haken nicht weggezogen werden« konnte – an eine lange eiserne Kette, zündeten ihn an und warfen ihn über die Mauer, genau vor die Räder des mobilen Turms, der sofort Feuer fing.

Die Belagerer waren jedoch auch darauf vorbereitet. Sie hatten, durch

»christliche Einwohner« gebührend ins Bild gesetzt, große Mengen von Essig in Schläuchen abgefüllt und schütteten diese nun über das lodernde Feuerpaket aus. Tatsächlich gelang es ihnen, die züngelnden Flammen in dem strömenden Essig zu ertränken.
So waren die Franken, um ein gefälliges Wortspiel Alberts zu zitieren, »mit Kunst den Künsten der Verteidiger zuvorgekommen« – wenigstens in diesem Fall. Die Berichte der Chronisten lassen jedoch erkennen, daß die Abwehrwaffen der Belagerten den Angriffswaffen der Belagerer zumindest gleichwertig waren. Nur selten vermochten die Kreuzfahrer, wie in Jerusalem gegen eine verhältnismäßig schwache Besatzung, von einem fahrbaren Turm aus in eine feindliche Stadt einzudringen.
Geschickte Verteidiger konnten selbst einem überlegenen Gegner monatelang widerstehen. Die spätere Geschichte der Kreuzzüge hat gezeigt, daß die Pilgerarmeen das Lehrgeld, das sie zu zahlen hatten, auch in dieser Hinsicht von ihren Lehrherren in reichem Maße zurückforderten.

Pauken, Trommeln und Trompeten

Unter Anleitung der Byzantiner eigneten sie sich schon auf dem Zug durch Anatolien auch die bis dahin souverän verachteten Methoden der Marschsicherung an. Sie lernten, Vor- und Nachhuten einzusetzen und die einzelnen Marschsäulen durch Reiter abzusichern. In ebenem Gelände gewöhnten sie sich daran, in drei Kolonnen nebeneinander zu marschieren und damit die Länge ihres Zuges zu dritteln.
Mangel an Terrainkenntnis blieb aber ein Manko der christlichen Kriegführung. Auch später haben die Kreuzfahrer noch zahlreiche Schlachten verloren, weil ihnen die Natur des Landes nicht in dem Maße vertraut war wie ihren Feinden. Am meisten machte ihnen die ungewohnte Hitze zu schaffen. Um sich gegen die mörderische Sonne zu schützen, erfanden sie den *Gamelon,* ein ärmelloses weißes Gewand, das sie über ihrem klirrenden Eisenhemd trugen. Im Lauf der Zeit verstanden sie auch, das Gewicht ihrer schweren Rüstungen zu verringern.
Je mehr sie von Hunger und Durst geplagt wurden, um so mehr Sorgfalt verwendeten sie auf die Lösung ihrer Nachschubprobleme. Wie prekär ihre Lage bisweilen war, beweist die von den *Gesta Francorum* übermittelte Nachricht, daß sich die darbenden Pilger vor Antiochia gezwungen sahen, die Felder sogar unmittelbar vor der Mauer zu pflügen und zu bestellen. Hier vor Antiochia hatten sie allerdings auch unmäßiges Glück, als sie durch die vom Papst Urban in Marsch gesetzten, unverhofft eintreffenden italienischen Schiffe vor dem Hungertod bewahrt wurden.
Solche Erfahrungen trugen dazu bei, daß sie auch die Grundregeln des Flotteneinsatzes und der amphibischen Kooperation schon während des

Ersten Kreuzzuges in ihr taktisches ABC aufnahmen. Sie waren dabei nicht wählerisch und arbeiteten unbedenklich selbst mit Seeräubern zusammen, wenn es ihnen nützlich erschien. So nahm Balduin von Boulogne schon während seines armenischen Unternehmens Kontakte mit seinem Landsmann Guynemer auf, einem Berufspiraten, der mit einem Rudel dänischer, friesischer und flämischer Freibeuter die Gewässer der Levante unsicher machte – möglich, daß er ihn sogar zum Statthalter von Tarsos ernannte.
Überhaupt war Balduin einer der ersten, der sich über die Notwendigkeit ungestörter maritimer Verbindungen zur alten Heimat klar wurde; daher sein ständiger Kampf um die Küstenstädte, daher auch seine intensive Zusammenarbeit mit den venezianischen und genuesischen Flotten, trotz der Privilegien, die er ihnen für ihre Hilfe gewähren mußte.
Im übrigen lebten die frommen Pilger, wohl oder übel, »aus dem Lande«. Unbeschwert und unbefangen nahmen sie sich, was die fruchtbaren Ebenen und gesegneten Berghänge der Levante ihnen boten. Da das Angebot an Milch und Honig wesentlich geringer war, als sie erwartet hatten, hausten sie wie Heuschreckenschwärme und fraßen, nach Kriegerart okkupierend, requirierend, organisierend, die Scheunen und Ställe zu beiden Seiten der Vormarschstraßen leer. Was diese ihnen dennoch vorenthielten, suchten sie sich bei ihrem Gegner zu holen. Ihre überschäumende, grenzenlose Beutesucht war also nicht nur ein Produkt ihrer ungezügelten Raubinstinkte, sondern häufig genug auch militärische Notwendigkeit.
Die Chronisten, die durchweg mit großem Eifer darauf bedacht waren, die Beuteergebnisse der christlichen Pilger sorgfältig und sichtlich ohne Gewissensnot aufzuzeichnen, lassen denn auch erkennen, daß es dabei nicht nur um »kostbaren Purpur, Gold und silberne Gefäße« ging, sondern auch um »Maultiere, Kamele, Pferde, Dromedare und kräftige Esel«; auch von »Büffeln, Schafen, Böcken und Rindern« ist bei Albert – für den es offenbar nichts gab, was er nicht für berichtenswert hielt – beiläufig die Rede.
Ob die Kreuzfahrer wie die Türken Brieftauben als Depeschenträger eingesetzt haben, geht aus den Quellen nicht hervor. Mit Sicherheit aber haben die Kreuzfahrer Taubenposten kennengelernt. Während sie Ende Mai 1099 bei Caesarea ihr Pfingstfest feierten, fiel eine von einem Habicht gejagte Taube tot ins Lager der fränkischen Barone – sie trug eine Botschaft des Statthalters von Akkon bei sich, in der, nach den Berichten Raimunds und Fulchers, die Muselmanen Palästinas zum Widerstand gegen die christlichen Invasoren aufgerufen wurden.
Von den Türken, deren kriegerischer Fanatismus dem ihren um nichts nachstand, lernten die Pilgerheere auch, ihre Angriffe akustisch gebührend zu untermalen. Albert und seine literarischen Mitstreiter wurden

nicht müde, das Schmettern der Posaunen und Trompeten, das dumpfe Donnern der Pauken und die grollenden Stakkati der Trommeln zu beschreiben: jener erschreckenden Kakophonien, die die Schlachtfelder schon vor dem Beginn des Kampfes mit frenetischem Lärm erfüllten. Ihre Berichte vermitteln allerdings auch den Eindruck, daß das musikalische Repertoire der Muselmanen, zumindest in den frühen Jahren der Kreuzfahrerzeit, entschieden reichhaltiger als das der Christen war. In der Phonstärke ihres Kriegsgeschreis und ihrer gellenden Anfeuerungsformeln dürften die kampffreudigen Pilger aus Europa ihren orientalischen Gegnern allerdings gleichwertig gewesen sein.
Schon während des Ersten Kreuzzuges gewannen die christlichen und muselmanischen Heere höllischen Respekt voreinander. Den fränkischen Baronen, die die »wissenschaftlichen Methoden« der byzantinischen Kriegführung verächtlich als feig und memmenhaft abtaten, imponierten vor allem die verwegenen türkischen Reiter, deren Anführer sie als Ritter anerkannten (auch Delbrück kommt in seiner *Geschichte der Kriegskunst* zu dem Schluß, daß man, »rein militärisch« gesehen, die arabischen und seldschukischen Krieger Ritter nennen dürfe).
Schon nach der Schlacht von Doryläon spendete der unbekannte Verfasser der *Gesta Francorum*, dem Prutz eine »gewisse naturwüchsige Unbefangenheit« testiert, den kriegerischen Tugenden der Türken aufrichtiges Lob. Wenn sie Christen wären, meint er, seien sie das tapferste und edelste Volk der Welt; er zitiert auch die Überlieferung, daß Franken und Türken Vettern oder wenigstens Stammesverwandte seien, da sie beide von den Trojanern abstammten. Umgekehrt erwiesen auch die Muselmanen der militärischen Tüchtigkeit der Christen sachverständigen Respekt. Die Taten Raimunds in der Schlacht von Askalon sind zum Beispiel von einem arabischen Epos begeistert besungen worden.
Im Kampf Mann gegen Mann jedoch schenkten sie sich nichts. Ihre Schlachten trugen sie mit einem extremen Aufwand an Hinterlist, Grausamkeit und Habgier aus. Die Kreuzzüge sind – wie alle Kriege, die unter der Fahne des Glaubens veranstaltet wurden – mit einem Fanatismus geführt worden, der noch nach neunhundert Jahren Horror und Bestürzung weckt.

Elftes Kapitel

Die Schlacht als liturgisches Festspiel

»Wenn der Zorn durch ihre Herzen fauchte...«
Das Innenbild des Kreuzfahrerkrieges

Eine königliche List

Die Azopart lebten in der Negeb-Wüste, in Erdlöchern und lichtlosen Höhlen. Albert läßt deutlich erkennen, wie sehr er das elende menschliche Gewürm verachtet, das in seinen schwer zugänglichen Schlupfwinkeln ein kümmerliches Untergrundleben führte. Aber auch aus seinen abfälligen Worten geht hervor, daß sie harmlose, arme Teufel waren, ängstlich, mißtrauisch und verstört; lediglich darauf bedacht, das nackte Leben zu fristen.

Balduin, gerade König geworden, stieß auf einem seiner Raubzüge auch auf die Behausungen der Azopart. Es gelang seinen Rittern, einige von ihnen zu fangen und ihrem Herrn und Gebieter gleichsam als Auswurf der Natur vorzuführen. Schlotternd und bebend standen sie nun vor ihm, ihr Ende erwartend. Balduin aber wollte den gesamten Stamm ausrotten und hatte sich zu diesem Zweck ein besonders makabres Verfahren ausgedacht. Er kleidete sie prächtig, ließ sie nach Herzenslust essen und trinken und schickte sie zurück, mit dem Auftrag, ihre Sippen zu verständigen, daß ihnen keinerlei Ungemach bereitet werde.

Die Azopart verließen ihre Maulwurfsbauten und näherten sich – ein unglaublich schmutziges, menschenscheues Gelichter – den gepanzerten Rittern und Knechten. Darauf hatten diese nur gewartet. Sie fielen über die armseligen Gestalten nebst ihren mageren Frauen und Kindern her und hieben sie reihenweise nieder.

Ob die Geschichte sich wirklich so abgespielt hat, wissen wir nicht. Albert erzählt sie jedenfalls mit dem gewohnten erzählerischen Gleichmut als einen Bagatellfall am Rande. Und wenn er es auch nicht ausdrücklich sagt, so geht aus seinem Bericht doch hervor, daß er keinen Grund sieht, sich über den Wortbruch des Königs und die Tücke der frommen lothringischen Barone zu ereifern.

Krieg als »Betrugspiel« und blutige Eulenspiegelei

List und Hinterlist waren ein integrierender Bestandteil der mittelalterlichen Kriegführung. Und da auch der Prophet Allahs den Krieg als »Betrugspiel« definiert hatte, sahen sich auch die Muselmanen zu jeglicher Niedertracht legitimiert. Frei von moralischen Skrupeln, waren Christen und Muslims daher ständig bemüht, einander zu begaunern und zu übertölpeln.

Die von den Muselmanen so perfekt beherrschte Taktik der Scheinflucht ist schon erwähnt worden. Vor allem die seldschukischen Reiter wandten sie häufig an, und die hitzigen Soldaten Christi sind häufig darauf hereingefallen, obwohl sie fast immer nach dem gleichen Rezept ablief. Ein kleiner berittener Trupp preschte vor, benahm sich (nach Alberts Meinung) »frech und unverschämt«, schoß seine Köcher leer, wich vor den zum Gegenangriff ausschwärmenden Rittern zurück und lockte sie in einen sorgsam vorbereiteten Hinterhalt.

Solcher Schliche und Fallen gab es viele, und sowohl fränkische als auch arabische Chronisten haben mit ausgesprochenem Behagen darüber berichtet, jedenfalls dann, wenn sie zur Vernichtung des ungläubigen Gegners führten.

Die Kreuzfahrer waren dabei kaum weniger einfallsreich als ihre schlauen, in der Kunst der blutigen Eulenspiegelei so erfahrenen Feinde. Sie verstanden sich darauf, große Viehherden ins Gelände zu jagen, um durch die somit entstehenden Staubwolken den Eindruck einer mächtigen Heeresmacht hervorzurufen. (Feldmarschall Rommel hat im Zweiten Weltkrieg eine moderne Variation dieses Verfahrens entwickelt – er ließ mit Schleppen ausgerüstete Jeeps durch die Wüste rollen und erzeugte auf diese Weise wandernde Staubnebelbänke, die die Annäherung einer ganzen Panzerarmee suggerierten.)

Dem gleichen Zweck – den Feind zu bluffen – dienten die zahlreichen Lagerfeuer, die Graf Raimund rund um die Mauern von Tortosa anzünden ließ, mit promptem Erfolg sogar; denn den muselmanischen Statthalter blendete die Vielzahl der Brände derart, daß er noch in der Nacht die Stadt räumte und sich mit seiner Besatzung über See davonmachte. Auch Antiochia wurde ja, wie berichet, nach monatelanger erfolgloser Belagerung lediglich durch List erobert.

Die Muslims scheinen jedoch in der Anwendung solcher Tricks und Kniffe erfinderischer gewesen zu sein. Sie liebten es zum Beispiel, sich als Franken zu kostümieren und in dieser Verkleidung einen (von den christlichen Autoren als hinterhältig deklarierten) Partisanenkrieg zu führen. Der Seldschukensultan Soqman kaperte auf diese Weise etliche von den Kreuzfahrern besetzte Grenzfestungen der Grafschaft Edessa. Jahrzehnte später, während der Belagerung Akkons, christianisierten die Muselmanen ein arabisches Handelsschiff aus Beirut, indem sie sein Segel mit einem Kreuz versahen, seiner Mannschaft die Bärte schoren und unreine Schweine auf dem Oberdeck des Schiffes in Holzkoben gleichsam zur Schau stellten. Tatsächlich gelang es ihnen, die fränkischen See-

sperren zu täuschen und unbehelligt in den Hafen von Akkon einzulaufen, »dank Allah sicher und wohlbehalten«.
Eine besondere Niedertracht – über die sich die christlichen Chronisten ebenfalls heftig ereifert haben – ließen sich die Ägypter 1102 nach der zweiten Schlacht von Ramleh einfallen. Sie erwischten den Grafen Gerbod von Winthic, der König Balduin brüderlich ähnlich sah, hieben ihm den Kopf ab, befestigten diesen auf einem Speer und ließen ihn vor der Mauer von Jaffa wie ein Siegeszeichen auf und ab tragen. Tatsächlich glaubten die in der Stadt weilende Königin Arda und ihre Ritter, daß der König gefallen sei. Wäre nicht kurze Zeit später sein Schiff mit der Königsfahne draußen auf See gesichtet worden, hätten sie, um ihr Leben zu retten, Jaffa wahrscheinlich geopfert.
Die Chroniken sind randvoll von derartigen Geschehnissen. Man muß daraus schließen, daß in den durch die Kreuzfahrer ausgelösten Kriegen zwischen Christen und Muslims jedes Mittel legitim war: jeder Wortbruch, jeder Meineid, jeder Betrug. Der Erfolg verschaffte auch dem niederträchtigsten Anschlag den nachträglichen Segen Gottes oder Allahs. Beide Seiten übten sich in einem ständigen, von wilden Leidenschaften aufgeputschten, von der souveränen Verachtung jeder Moral geprägten Catch-as-catch-can.

Protokolle über Beutegüter

Die Muselmanen waren dabei insofern im Vorteil, als es leicht war, die christlichen Ritter durch Anstachelung ihrer Besitzgier um den militärischen Verstand zu bringen. Türken und Araber verstanden es meisterhaft, etwa durch eine frischfleischspendende Herde, eine Proviantkarawane oder ein komfortables Zeltlager die Beutelust der Barone zu wecken und beim blindwütigen Plündern über sie herzufallen. Wie wirksam dieses Verfahren war, erhellt die Tatsache, daß die Fürsten des Ersten Kreuzzuges sich entschlossen, nicht organisiertes »Organisieren« und vorzeitiges Beutemachen während der Schlacht mit dem Abschneiden von Nasen und Ohren zu bestrafen.
Diese Habgier der christlichen Befreier, eines der Grundphänomene des zweihundertjährigen Marathonkrieges mit den Muselmanen, hat die Vorstellung genährt, daß die Pilgerheere lediglich aus Strolchen, Straßenräubern und Tagedieben bestanden, für die die Reise nach Jerusalem kaum mehr als eine gute Gelegenheit war, schnell zu dauerhaftem Reichtum zu gelangen.
Es ist leicht, diese Gleichung durch zahlreiche Beispiele zu belegen, denn die Truppenschreiber der Pilgerarmeen haben nicht nur über die unsäglichen Strapazen der Kreuzzüge, sondern auch über die anfallenden Beute-

güter genau Protokoll geführt. Sie scheuen sich dabei nicht, auch unerfreuliche, tief beschämende Vorgänge zu verzeichnen: die Tatsache etwa, daß die Kreuzfahrer vor Antiochia die Leichen von neun arabischen Emiren, die am Vortage gefallen und von ihren Glaubensgenossen im Vorfeld der Stadt bestattet worden waren, wieder ausgruben, um sich der Gold- und Silbersachen zu bemächtigen, die sie noch am Leibe trugen.
Selbst die christlichen Völkerschaften der Levante wurden Opfer dieses nie gestillten wölfischen Beutehungers. Nur »die Gier nach den Schätzen der armenischen Fürsten« habe die fränkischen Ritter nach Armenien geführt, heißt es in der Chronik des Matthäus von Edessa. Der Weg dorthin sei mit »Schlechtigkeit, Betrug und allen sonstigen Übeln« gepflastert, die Folgen erschreckend gewesen. Die Franken, fährt der armenische Priester fort, zerstörten das Land und entvölkerten es, Weinstöcke und Bäume verdorrten, Quellen und Bäche vertrockneten, Verrat und Haß wurden alltäglich, es gab keine Freundschaft, keine Liebe mehr – eine bewegende Klage, die sich zwar stereotyper rhetorischer Formeln bedient, in ihrer Aussage aber dadurch bestätigt wird, daß die christlichen Armenier nach dem ersten Befreiungsjubel sich ihrer seldschukischen Bedrücker wieder erinnerten und diese um Hilfe gegen ihre nimmersatten, ausbeuterischen Glaubensgenossen aus Europa baten.
Schon frühzeitig bildete sich bei den Kreuzfahrern eine Art von Beuterecht aus, das ihr archaisches Verhältnis zum Besitz zur Genüge charakterisiert. Es war sehr einfach und besagte im Grunde nur, daß alles, was die Soldaten Christi eroberten, requirierten oder raubten, fortan ihr und ihrer Erben unantastbares Eigentum sei. Dieser Rechtsgrundsatz galt auch gegenüber christlichem, ja, sogar fränkischem Besitz. Als englische und französische Pilgersoldaten 1191 Akkon zurückeroberten, eigneten sie sich wie selbstverständlich die Häuser und Gärten der christlichen Franken an, die nach der Besetzung Akkons durch die Ägypter geflohen waren. Es bedurfte einer energischen Intervention Philipps II. von Frankreich, um die »depossedierten« Eigentümer wieder in ihre alten Rechte einzusetzen.

Dänengeld auf levantinische Art

Das Beuterecht erstreckte sich auch auf Menschen. Wer einen Gefangenen einbrachte, konnte ihn hinfort seiner persönlichen Habe zurechnen und nach Gutdünken totschlagen, als Sklaven verkaufen oder gegen ein ansehnliches Lösegeld wieder laufen lassen. Angesichts dieser materiellen Möglichkeiten war das Totschlagen nicht die Regel. Vor allem vornehmen Gefangenen – gleich, welchen Blutes oder Glaubens – eröffnete sich fast immer die Chance, wieder freigelassen zu werden: eine Chance, die durch den Standesgeist der Feldherren beider Seiten noch vervielfacht wurde. Manchmal dauerte es freilich geraume Zeit, bis das Lösegeld ausgehandelt worden war. Der Häftling erfreute sich dann, wie das Beispiel Bohemunds beweist, sorglicher Pflege und der erhaltsamen Behandlung, die man einem kostbaren Gegenstand angedeihen läßt.

Fränkische Geiseln mußten freilich Geduld aufbringen. Ihre Freunde und Verwandten waren nämlich meist sehr zugeknöpft, wenn es darum ging, einen der Ihren freizukaufen. So beteiligte sich Tankred nicht an der Aufbringung des Lösegeldes für seinen Onkel Bohemund, weil er als sein Stellvertreter und Nutznießer froh war, ihn »hinten, weit, in der Türkei« in sicherem Gewahrsam zu wissen. Beide zusammen ließen sich für eine seldschukische Prinzessin 15000 byzantinische Goldstücke zahlen, obwohl sie für die Rückgabe der jungen Dame auch die Freisetzung des gefangenen Balduin II. von Edessa hätten erwirken können.

Ein böses Wort ging damals in der gesamten arabischen Welt um. Es besagte, daß für Geld von den Franken alles zu haben sei, Frauen und Waffenhilfe nicht ausgeschlossen. Auch diese Feststellung kann hundertfach belegt werden. Gegen entsprechende Bezahlung waren die Wächter des Heiligen Grabes fast immer bereit, den bedrängten Besatzungen arabischer Burgen und Festungen freien Abzug zu gewähren. Allerdings kam es vor, daß sie beides nahmen: das Geld – und das Leben ihrer muselmanischen Feinde obendrein.

Auch Krieg und Frieden waren Handelsobjekte. Das von den Wikingern erfundene »Dänengeld« (durch das sich die Anrainer der Nordsee von skandinavischen Piratenflotten die Schonung von Besitz und Leben erkauften) erlebte im Heiligen Land seine levantinische Renaissance. So ließen sich die Kreuzfahrer 1110 die Besänftigung ihres Zornes von Ridwan von Aleppo mit 32000 Denaren, 20 Mauleseln und 40 Ballen Seidenatlas honorieren. Auch Askalon und Hama mußten zur selben Zeit mehrfach tief in den Stadtsäckel greifen, um das Interesse der Kreuzritter von sich auf andere abzulenken.

Sie taten gut daran, denn wer nicht zahlte, den traf das Gesetz des mittelalterlichen Krieges mit einer Grausamkeit ohnegleichen.

Schrecken, Furcht und Zittern

Ja, man war grausam bis zum Exzeß. Den Gegner zu schonen, war grundsätzlich verpönt. Nur der tote oder wenigstens verkäufliche Feind galt als guter Feind. War schon das eigene Dasein nichts oder nur die irdische Durchgangsstation zum ewigen Leben – um wieviel weniger das eines Ungläubigen, eines Gottesleugners, eines Hundesohnes, eines Höllendrecks und wie sonst die schnöden und anzüglichen Vokabeln lauteten, mit denen man sich gegenseitig titulierte. Dieser elementare Haß auf den andersgearteten, andersdenkenden Gegner steigerte sich bisweilen zu metaphysischen Bluträuschen, die aus den dunklen Tiefen und Schächten überhitzter Gefühle aufstiegen. Diese ekstatische Inbrunst führte, wie wir sahen, zu wahren Tötungsdelirien, wie etwa den schrecklichen Massakern von Maarat oder Jerusalem.

Doch war dieser unbedingte Vernichtungswille auch nicht frei von rationalen Überlegungen. Die zeitgenössische Kriegsideologie verpflichtete den Krieger geradezu zum Töten, unterwarf ihn dem Zwang, Schrecken zu verbreiten und dadurch Furcht und Zittern zu erzeugen. Durch Terror den Feind unter die Knute von Timor und Tremor zu zwingen, galt als das Grundgesetz des Krieges schlechthin.

Es war auch für die Kreuzfahrerheere ein derart selbstverständliches Gebot, daß sich die Fürsten ständig dem Druck von unten – von der »Basis«, würden wir heute sagen – ausgesetzt sahen, Angst und Grausen zu verbreiten. Balduin I. war kaum gekrönt und mit dem heiligen Öl gesalbt, als seine Ritter von ihm verlangten, »etwas Außergewöhnliches und Bedeutsames zu unternehmen, das die Heiden des Landes vor Schrecken erstarren« lassen sollte. So kam es, neben anderen Untaten, zu jenem schändlichen Raubzug, bei dem er die Azopart, die Höhlenmenschen in der Negev-Wüste, auf so hinterhältige Weise zur Strecke brachte.

Die Chroniken berichten von vielen solcher Frevel, auch einfallsreichen Folterverfahren. Muslims, die sich in einen Olivenhain geflüchtet und im Ast- und Blätterwerk der Bäume versteckt hatten, wurden vom christlichen Fußvolk mit Pfeilen abgeschossen, so daß sie, »wie Vögel getroffen sterbend von den Zweigen der Bäume« fielen und »in großer Menge den Boden« bedeckten. Bei Askalon setzten die Kreuzfahrer eine Feigenbaumplantage in Flammen und ließen die darin versteckten Ägypter »lebendigen Leibes« verschmoren. Bei der Belagerung von Jerusalem schlugen sie einen muslimischen Krieger kurz und klein und schossen ihn mit einer Schleudermaschine über die Stadtmauer zurück.

Auch abgeschlagene Köpfe wurden gern als Wurfgeschosse verwendet. Und Köpfe abzuschlagen und als Siegestrophäen zur Einschüchterung des Feindes zu benutzen, war ein vielgeübter, sozusagen sportlich betriebener Brauch. »Die Knappen hieben ihnen die Häupter ab, und so kehrten sie in Freude, Ruhm und Fröhlichkeit nach Jerusalem zurück« – dieser Satz Alberts über Balduins schändliche Aktion gegen die Azopart gehört zu den Wendungen, die kaum variiert in den Berichten der Chronisten immer wieder auftauchen. Ebenso war es Sitte, die von ihrem sündigen Leib getrennten Häupter auf Lanzen zu spießen und dem Gegner demonstrativ vorzuführen.

Selbst Bischof Adhemar – der päpstliche Legat, der auch im Feldlager ein Mann von Noblesse und kultivierter Lebensart blieb – beteiligte sich an diesen schandbaren Späßen. Um die Wut der Türken »auf heftigste Weise« zu erregen, befahl er während der Belagerung von Antiochia, wie Guibert von Nogent überliefert hat, »durch einen Erlaß, den er im ganzen Heer veröffentlichen ließ, man solle eine sofort auszuzahlende Belohnung von zwölf Denaren jedem geben, der den Kopf eines Türken brächte; und als der Bischof einige Köpfe erhalten hatte, ließ er sie am Ende sehr langer Stangen vor den Mauern der Stadt aufpflanzen, gerade unter den Augen der Feinde. Das verursachte ihnen den heftigsten Kummer und ließ sie vor Furcht erstarren.«

Mehr noch als Adhemar verstand Bohemund, dem Feind kalte Schauer über den Rücken zu jagen. Wilhelm von Tyros berichtet, daß der Normannenherzog, ebenfalls vor Antiochia, gefangene Türken nicht nur hinrichten, sondern auch zerteilen ließ. Die so gewonnenen Fleischstücke übergab er seinem Koch, der sie öffentlich würzte und briet. Gleichzeitig ließ Bohemund verbreiten, daß die Feldherren der Pilgerarmee die derart hergerichteten Feinde zu verspeisen gedächten. Das Gerücht, die christlichen Fürsten »füllten sich den Bauch mit dem Fleisch« ihrer Feinde und »mästeten sich mit dem Fett ihrer Gegner«, erreichte auch die Verteidiger der Festung und rief, wie geplant, leibhaftiges Erschrecken hervor. Seitdem waren, wie Erzbischof Wilhelm meint, die Türken fest davon überzeugt, daß die Franken »selbst die wilden Tiere an Grausamkeit überträfen«.

Grausam aber waren sie nicht nur gegenüber den Muselmanen, sondern auch gegenüber den Griechen, die sie wegen ihres Reichtums haßten, wegen ihrer händlerischen Schlauheit verachteten und als rechtgläubige Christen nicht anerkannten. Grausam waren sie schließlich auch zu ihren eigenen Leuten.

Als die Bürger von Arsuf im Jahre 1100 den ihnen als Geisel überstellten Ritter Gerhard von Avesnes über die Stadtmauer hängten, um auf diese Weise gegen die, trotz Waffenstillstand, von Gottfried befohlene Belagerung zu protestieren, gab der Protektor des Heiligen Grabes ungerührt den Befehl, die Kampfhandlungen fortzusetzen. Er würde selbst seinen eigenen Bruder opfern, wenn es das Kriegsgesetz erfordere, ließ er dem unglücklichen Ritter Gerhard zurufen. Tatsächlich hing der Herr von Avesnes, von zwölf Pfeilen getroffen, bald heftig blutend in den Seilen. Zu seinem Glück waren die Verteidiger von Arsuf humaner als der barsche Herzog von Lothringen. Sie holten den Schwerverletzten wieder ein, ließen ihn durch arabische Ärzte zurechtflicken und schickten ihn Gottfried zurück. Der lohnte die Leiden des »vortrefflichen Jünglings« mit großen Latifundien und der Herrschaft über die Burg Hebron.

Ähnlich reagierte König Balduin, als ihm Damaskus den Austausch des Ritters Gervasius von Bazoches gegen die Festungen Akkon und Tiberias anbot. »Geld, soviel ihr wollt«, ließ er den Muselmanen übermitteln,

»aber hieltet ihr auch meine ganze Familie und alle fränkischen Fürsten gefangen, ich gäbe auch nicht die kleinste unserer Städte.« Gleichmütig ließ er es zu, daß die Damaszener daraufhin den christlichen Ritter mit ihren Pfeilen erschossen.

»Genosse auf dem Marsch und im Streit«

Aber diese brutalen, grimmigen, wilden Franken waren gleichzeitig fromme und tapfere Ritter – ein Widerspruch, der das Begreifen der Kreuzzüge so maßlos erschwert, wenn nicht unmöglich macht.
Bei allen Schreckenstaten, die sie sich reichlich zuschulden kommen ließen, bei aller Roheit und Ungeschliffenheit lebten und starben sie in fester Bindung an Gott und die christliche Kirche, waren sie unbeirrbar fest davon überzeugt, Kämpfer und Krieger einer gerechten Sache zu sein, Verwirklicher der Träume vom kommenden Gottesreich, kurzum: Soldaten Christi, im Gegensatz zu ihren Feinden, die sie als Sendlinge der Hölle bezeichneten. Das hat auch auf ihre Kriegführung abgefärbt.
In der Vorstellungswelt des kleinen, unbekannten Kreuzfahrers war niemand anders als Gott der große Feldherr und Schlachtenlenker. ER hatte gerufen, ER lenkte die Schritte des Heeres, ER war »Genosse auf dem Marsch und im Streit«; die Kreuzkriege waren daher SEINE Kriege, sie zu führen eine Art von weltlichem Gottesdienst. Das heißt: der Gott der christlichen Ritter lebte noch immer als ein naher Verwandter jenes einäugigen Wotan oder Odin weiter, der in Asgard, dem germanischen Olymp, den Vorsitz führte und als schicksalsmächtiger Weltweiser auch über Krieg und Frieden, über Sieg und Niederlage entschied.
Und ganz im Sinne jener merkwürdigen *interpretatio*, die bereits in den Jahrhunderten vor den Kreuzzügen die christlichen Inhalte mit germanischen Bildern und Begriffen aufgefüllt hatte, war Christus nun der gewappnete Arm Gottes und als triumphierender, schlachtengewaltiger Himmelskönig oberster Lehnsherr des abendländischen Schwertadels. Europas Ritter fühlten sich aber nicht nur als Vasallen des Gottessohnes, sondern auch als seine »Rächer« – und als solche beauftragt, den Ungläubigen christliches Gut, das sie sich widerrechtlich angeeignet hatten, wieder zu entreißen. Die Kreuzzüge beweisen damit, daß es der Kirche, sozusagen »nach Plan«, tatsächlich gelungen war, den europäischen Adel mit einem unzerstörbaren Glauben an seine überzeitliche Aufgabe zu erfüllen.
Nach den Berichten der Chronisten, die bei aller parteilichen Schwarzweißmalerei das Innenbild der Kreuzzüge und die Erlebniswelt des ritterlichen Pilgers sicherlich richtig wiedergeben, hat Christus wiederholt in die Kämpfe mit den Muselmanen eingegriffen, wenn nicht selbst, dann

durch den Heiligen Geist oder die von ihm beauftragten Heiligen, die in dieser merkwürdigen germanisch-christlichen Kriegerreligion als Kommandanten der himmlischen Heerscharen auftreten.
»Sie waren geradezu«, so Adolf Waas, der den religiösen Aspekten der Kreuzfahrerkriege seine besondere Aufmerksamkeit gewidmet hat, »dem Heere zugerechnet. Einzelne oder auch ganze Heere glauben darum oft, diese Engel zu sehen oder ihre Botschaften zu hören. Engelerscheinungen sind auch sonst im Mittelalter häufig. Aber hier treten sie in einer sonst seltenen Funktion auf: als Mitstreiter in Gottes Sache. Wir können darum sehr wohl von einer besonderen, für die Kreuzfahrer charakteristischen Form des Engelsglaubens reden.«
Oberbefehlshaber dieser himmlischen Heere war, wenn auch nur dem Brauche nach, der Erzengel Michael. Auch Gabriel wird häufig zitiert. Der intensivsten und dauerhaftesten Verehrung erfreute sich jedoch der heilige Georg, der Drachentöter, der bis heute als Ritter zu Pferde mit weißer Fahne und rotem Kreuz dargestellt und als Patron aller Krieger, besonders aber der Kavalleristen, verehrt wird.
Die »englischen« Heere mitsamt ihrer hohen himmlischen Generalität sind den Kreuzfahrern häufig erschienen, meist als Ritter auf weißen Pferden, in silbern blinkenden Rüstungen. Die Chronisten wetteifern in der Schilderung derartiger Visionen. Wilhelm von Tyros berichtet zum Beispiel, daß berittene Engel das dürstende Heer zu einer sprudelnden Quelle führten. Raimund von Aguilers erzählt von Heiligen, die den Pilgern als »Fahnenträger, Vorkämpfer und Helfer« voranzogen. Jacob von Vitry läßt den heiligen Georg, »mit weißem Gewand auf weißem Rosse sitzend«, wie einen Berserker auf die Türken einhauen. Bei Ekkehard von Aura kündigen Kometen, Meteore und blutigrote Wolken die Teilnahme himmlischer Heerscharen am irdischen Kampf an. Albert registriert seitenlang Visionen und Träume der Ritter, gibt auch meist eine Gebrauchsanweisung dazu, unter Stichworten wie »Lösung der Traumbilder« oder »Auslegung der Gesichte«.
Und als die Kreuzfahrer bei Antiochia gegen die Kerbogha-Armee antraten, erblickten sie – nach übereinstimmender Aussage der *Gesta Francorum* sowie der Chroniken von Balderich und Robert – eine komplette Engelarmee, die sich mit solcher Vehemenz auf die Türken stürzte, daß diese entgeistert davonstoben.
Hirngespinste, Hungerphantasien, Durstdelirien? Propagandaparolen, Aufbaufutter für einfältige Seelen, metaphysischer Ausputz? Oder ganz einfach: grober Schwindel? Vielleicht von allem etwas. Der »Fall heilige Lanze« zeigt jedoch, wie sehr die Heilig-Land-Fahrer bereit waren, an Wunder zu glauben, ja, wie sehr sie des Mysteriums bedurften, um die Strapazen und Unbilden ihrer Reise nach Jerusalem bestehen zu können.
Andererseits: blieb dieses Wunder aus, so konnte es geschehen, daß sie

gegen Gott, ihren obersten Kriegsherrn, meuterten und ihm den Gehorsam aufsagten. Als ein normannisches Kontingent in Anatolien die Nachricht empfing, daß das große Pilgerheer vor Antiochia vernichtet worden sei, ließ der Anführer der Abteilung, Bohemunds Bruder Wido, verkünden, daß er Gott verlassen und seinen Namen nicht mehr in den Mund nehmen werde, wenn diese Nachricht wahr sein sollte. Und wirklich weigerten sich bis zu dem Tage, da sie sich als falsch herausstellte, nicht nur die normannischen Krieger, sondern auch ihre Seelsorger, ihr tägliches Vaterunser zu sprechen. Sie kündigten Gott, »nach altgermanischem Widerstandsrecht«, ihre Gefolgschaft auf, da er (wie es bei Waas heißt), »als Herr das nicht getan habe, was er seinem Namen schulde«.

Hahnenkämpfe und zirzensische Bravourstücke

Die Kreuzfahrerliteratur beweist, daß dieser Vorstellungswelt außer der Erwartung militärischer Hilfe die Hoffnung auf ewigen Lohn eng verschwistert war. Gregors und Urbans Rechnung war also auch in dieser Hinsicht aufgegangen. Ihre Heilsbotschaft hatte geradezu den Rang eines »juristischen Anspruchs an das Erbgut Christi«, wurde von Generation zu Generation weitergegeben und von den Predigern, Sängern und Berichtern methodisch wachgehalten. Für den Kreuzfahrer erwuchs daraus die unausweichliche Verpflichtung, jederzeit für die Sache Christi zu sterben und sogar zu einem spektakulären Märtyrertod bereit zu sein.
Die Chronisten sparen auch in dieser Hinsicht nicht mit erstaunlichen Exempeln. Etienne von Bourbon erzählt beispielsweise, daß das Haupt eines von den Türken geköpften Kreuzfahrers, das den Pilgern vor Antiochia höhnisch zugeworfen wurde, von einem himmlischen, allem Irdischen abgewandten Lächeln verklärt gewesen sei. Fulcher berichtet von ertrunkenen christlichen Kriegern, die auf geheimnisvolle Weise mit dem Kreuzzeichen versehen waren, als sie am Strand von Jaffa angetrieben wurden.

Und Guibert schildert mit großem Ernst den männlichen Tod des christustreuen Ritters Matthäus, der – von den Ungläubigen, den Söhnen des Teufels, gefangen und vor die Wahl gestellt, zu sterben oder seinem Glauben abzuschwören – um eine sechstägige Bedenkzeit bat. Die Heiden gewährten ihm diese Frist, da sie meinten, er werde sich zum Widerruf entschließen. Am festgesetzten Tag aber eröffnete er ihnen, er habe sich nur deshalb diese letzte Frist ausbedungen, weil es sein Wille gewesen sei, »an demselben Tag zu sterben, an dem mein Herr Jesus Christus gekreuzigt wurde«. Dann bot er »seinen Hals dem Eisen, das ihn bedrohte; man schlug ihm den Kopf ab, und so wurde er zu dem Herrn geschickt, dem durch seinen Tod ähnlich zu sein er gewünscht hatte«.

Albert von Aachen – der programmierten Legende weniger zugewandt als der rauhen Wirklichkeit – bestätigt das auf seine Weise, indem er immer wieder anklingen läßt, daß die Heilig-Land-Fahrer die Schlacht als Gottesdienst, den Kampf Mann gegen Mann gleichsam als liturgisches Festspiel betrachteten. Bei Doryläon ritten die Barone nach seiner Schilderung gegen den Feind, »als würden sie zum köstlichsten und wonnevollsten Mahl gerufen«. Ähnlich bei Askalon, wo sie »fröhlich mit Jubelliedern und freudig-süßen Gesängen, mit Zitherklang und Flötenmusik« ins Gefecht zogen, »als ginge es zu einem Festgelage«.

Adolf Waas ist der Meinung, daß die ekstatisch-schwärmerische Religiosität der Kreuzfahrer auf »das jugendliche, frische Empfinden« zurückzuführen sei, »mit dem die germanischen und keltischen Völker in die Welt des Christentums eintraten«. Als es dann »innerlich ihr persönliches Eigentum« geworden wäre, sei daraus ein »neues Selbstbewußtsein als Gottesstreiter und damit eine neue Selbsteinschätzung« erwachsen, die »wiederum zur Erhöhung des Lebensgefühls und der damit eng verbundenen Frömmigkeit dieser Ritter« beigetragen habe. Die meisten neueren Historiker enthalten sich solcher Analysen und begnügen sich damit, die vulkanisch-eruptive Religiosität der Kreuzfahrer als gegeben hinzunehmen: als ein historisches Phänomen, das auszuloten der Mensch von heute kaum noch imstande ist.

Einig sind sie sich aber darin, daß es nicht zuletzt diese metaphysische Erlebniskraft war, die die Kreuzfahrer instand setzte, mit den ihnen auferlegten Strapazen fertig zu werden. Ihre Härte und Tapferkeit sind Fakten, an denen auch bei polemischer Einstellung nicht zu kritteln und zu deuten ist. Selbst Anna Komnena, die weder von der Disziplin noch von den strategischen Künsten der Franken irgend etwas hält, bestätigt den Baronen, daß sie unwiderstehlich waren, wenn »der Zorn durch ihre Herzen fauchte« und es »darum ging, zu kämpfen und Krieg zu führen«.

Aber auch diese Medaille hatte ihre Kehrseite. Die Neigung zum zirzensischen Bravourstück war beträchtlich. Selbst aus den Berichten der christlichen Chronisten geht zur Genüge hervor, wie oft Eitelkeit, Aufgeblasenheit und Ruhmredigkeit bei den Aktionen der Kreuzritter im Spiel war.

In all ihren fulminanten Auftritten und Blitzangriffen war fast immer auch etwas Gockelhaftes: der Bedarf, sich darzustellen, zu produzieren und selbst zu bekrähen. Diese hahnenhafte Freude an Demonstrativakten und am Aufplustern des Gefieders durchsetzte ihre Kriegführung mit höchst gefährlichen Showelementen, die der schweren Aufgabe, der sie sich verschrieben hatten, nicht immer dienlich waren.

Sie waren impulsiver, als es die Gebote der militärischen Disziplin zuließen; sorgloser, als es der Ernst des militärischen Alltags erlaubte; zu spontan, zu hitzig, zu sehr den Lockungen des Augenblicks hingegeben.

Entschlossene, harte und tapfere Krieger, jederzeit frommer Ergriffenheit fähig und damit in der Lage, ungeheure physische und psychische Reserven in sich zu erschließen – aber von taktischen und strategischen Einsichten nicht beschwert. Und daher schwer zu bändigen, schwer zu führen.

Die Geistlichen – Mittler und Künder der Vorsehung

Der hohe Anteil an Nichtkombattanten verstärkte dieses Manko. Sowohl Kleriker als auch Frauen und Kinder waren ein Herd ständiger Unruhe. Denn die meisten von ihnen lebten außerhalb jeglichen Reglements, waren taub für Befehle und zeigten nur geringe Neigung, sich den Forderungen des kriegerischen Daseins anzupassen.

Eine Ausnahme bildete die hohe Geistlichkeit, allen voran Adhemar von Puy, der bei den Beratungen der Fürsten ständig zugegen war, als besonnener Ratgeber galt und auch bei der Masse des Heeres in hohem Ansehen stand. Den fränkischen Baronen hat vor allem imponiert, daß er sich nicht scheute, selbst zum Schwert zu greifen und um den Sieg nicht nur zu beten, sondern auch zu kämpfen. Doch hat er sich nicht nur als tüchtiger Feldherr um die Führung der Kreuzfahrerarmee verdient gemacht, sondern auch als stets bereiter Schiedsrichter, der es immer wieder verstand, die nicht abreißenden Streitigkeiten zwischen den Fürsten zu schlichten oder im Keim zu ersticken. Zu seinem Nachruhm gehört ferner, daß er als aufgeklärter ritterlicher Kirchenherr kein Freund übersinnlicher Spektakel war. Die dem Fund der heiligen Lanze folgenden Betrugsmanöver hat er nur widerwillig mitgemacht.

Der kluge Adhemar dürfte jedoch eine Ausnahme gewesen sein. Die Mehrzahl der mitziehenden Geistlichen war von anderer, von primitiverer Art, eher dem Eselsreiter von Amiens als dem Bischof von Puy verwandt. Fanatisiert und ebenso leicht erregbar wie ungebildet, waren sie ständig auf dem Sprung, dem Haß auf die Ungläubigen neue Nahrung zu verschaffen. Unbekümmert und ohne Gewissen steuerten sie die Erlebnisse der Visionäre, deuteten sie unkontrollierbare Traumgesichte, sahen sie überall die Hand Gottes oder Christi im Spiel. Vor den Schlachten riefen sie zu Massenbeichten, Barfußprozessionen oder läuternden Gottesdiensten auf. Während des Kampfes hielten sie die Nichtkämpfer zu inständigen Gebeten, Psalmensingen und liturgischen Übungen an.

Obwohl ihr unentwegtes Moralisieren, das häufig genug die Formen psychischen Terrors annahm, sicher auch Widerstand ausgelöst hat, war ihr Einfluß, insbesondere auf das niedere Volk und die zahlreichen »kleinen« Ritter, jedoch bedeutend. Als Mittler und Künder der Vorsehung stellten sie eine beträchtliche Macht dar, die den Fürsten nicht immer behagte.

Fraglos aber haben sie eine starke moralische Wirkung ausgeübt und damit außer dem Durchhaltewillen auch die Bereitschaft zur Disziplin oder wenigstens zur Einhaltung einer gewissen Ordnung gestärkt – was schon im Hinblick auf die vielen mitreisenden Frauen notwendig war.

Amazonen im Kettenhemd

Auch hier begegnen wir verschiedenen Gruppen: den Damen der Fürsten und reichen Magnaten, die die Kriegsfahrt ihrer grimmigen Schwert- und Eisenmänner sozusagen in der Sänfte der Glaubenstouristin mitmachten; die *misera plebs* der von den Bettelmönchen mobilisierten Nonnen und armen »hemdlosen« Weiber; und natürlich die Priesterinnen der Fleischeslust, für die der Zug zum Heiligen Grab in erster Linie eine Gelegenheit zu guten Einkünften war.
Zu den Damen, die Seite an Seite mit ihren Ehemännern ins Feld zogen, gehörten die rechtmäßigen Gemahlinnen der Grafen Raimund und Balduin. Bohemund war von einer seiner Schwestern begleitet. Robert von der Normandie erfreute sich der Betreuung durch einen ganzen Flor junger Dienerinnen. Im Gefolge Svens, des dänischen Königssohnes, der vor Antiochia im Kampf gegen die Türken fiel, befand sich die Prinzessin Florina, die eine Tochter des Herzogs von Burgund gewesen sein soll. Und der glaubensstarke Herzog Welf von Bayern pflegte sein Abendgebet in Seelengemeinschaft mit der Markgräfin Ida von Österreich zu verrichten, die, wie berichtet, bei Heraklea einen schweren Tod starb.
Auch den meisten anderen Damen ist die beschwerliche Reise nicht gut bekommen, trotz aller Vorteile, die sie genossen. Sowohl Raimunds als auch Balduins Gemahlin erlagen den Mühsalen des Feldzuges und machten damit, wie bekannt, ihren Platz in Herz und Bett ihrer Gebieter für neue Ehegesponste frei. Andere wurden Opfer des Gegners. Eine »Frau vornehmster Abstammung« zum Beispiel, die sich in einem Wald bei Antiochia mit einem Archidiakon aus Metz beim Würfelspiel verlustierte, wurde mitsamt ihrem Partner von seldschukischen Reitern verschleppt, eine ganze Nacht lang vergewaltigt und schließlich enthauptet; ihren Kopf schossen die Unholde mit einer Wurfmaschine ins christliche Lager zurück.
Besser kam die Gattin des Fulcher von Bouillon davon, deren Schicksal ebenfalls der geschichtenselige Albert überliefert hat. Bei Edessa in türkische Gefangenschaft geraten, mußte sie mit ansehen, wie ihr Ehegatte geköpft wurde; sie selbst wurde jedoch geschont, da ein seldschukischer Häuptling »in maßloser Liebesgier« zu ihr entbrannte. Seinem Harem einverleibt, verbrachte sie den Rest ihrer Tage als muselmanische Ehefrau; entwürdigt zwar, aber fröhlich und guter Dinge.

Und dann die vielen namenlosen Weiber, die ihr Herz der strömenden Beredsamkeit der Predigermönche geöffnet hatten und mit ihnen auf Kreuzfahrt gegangen waren. Ob ehrbar oder nicht – viele von ihnen verrichteten nützliche Dienste, indem sie sich den Grafen und Baronen als Mägde oder Kochfrauen verdingten. Ihnen oblag es auch, den kriegerischen Mannsbildern »die Hemden und den Kopf zu waschen und die Flöhe wegzunehmen«. Auch im Kampf übten sie bisweilen wichtige Funktionen aus. Ihre Aufgabe war es etwa, Reisig, Gestrüpp und trockenes Gras für die Lagerfeuer oder die Auspolsterung der Belagerungsmaschinen zu sammeln. Während einer Schlacht leisteten sie den streitenden Pilgern Christi Hilfe als Wasserholer, Essenträger oder barmherzige Samariter (obwohl ihre medizinischen Künste absolut unterentwickelt waren und über das Anlegen eines Verbandes kaum hinausgingen).
Daß sie sich auch selbst ins Schlachtgetümmel stürzten, »mit Rüstungen und Helmen, gekleidet wie Männer«, wird zumindest von den arabischen Chronisten behauptet; auch daß sie kräftig dreinhieben und ihren Mann standen, »obwohl sie gebrechliche Frauen waren«.
Bei Akkon zum Beispiel brachten die Muslims, nach Ibn al-Athir, drei fränkische Frauen auf, »die zu Pferde gekämpft hatten«, und erst als man ihnen die Kettenhemden auszog, kamen darunter die Rundungen zum Vorschein, die ihr wahres Geschlecht verrieten. Die Zahl der christlichen Amazonen dürfte jedoch gering gewesen sein. Die Barone waren vom weiblichen Kriegsvolk auch wohl wenig erbaut. Man kennt Schriftstücke, in denen sie ausdrücklich auf die Entsendung hilfswilliger Schwertjungfern verzichten.

Ankunft eines Hurenschiffes

Die dritte Gruppe schließlich – bereits den Pilgern des Ersten Kreuzzuges sind ganze Kohorten von Kurtisanen und Huren gefolgt. Wenn auch nur beiläufig erwähnt, hatten sie sich über mangelnden Zuspruch offenbar nicht zu beklagen; denn ein Heer von Heiligen war diese Pilgerarmee, die sich so oft von Heiligen geleitet sah, sicherlich nicht. Die Chronisten dürften wohl mancherlei Grund gehabt haben, sich über die Sittenlosigkeit ihrer fleischlüsternen Recken zu ereifern.
Vor Antiochia konnten die Fürsten zum Beispiel nicht umhin, einen Mann und eine Frau, die trotz mehrfacher Warnung in ehewidrigem Verhältnis lebten, mit Ruten peitschen zu lassen und blut- und schandbefleckt aus dem Lager zu jagen. Doch waren auch die Fürsten selber keine Kostverächter. Am meisten Kritik hat der Minnesänger Wilhelm von Auqitanien erfahren, der nach seiner glücklichen Heimkehr vom Heiligen Grabe, wie der Chronist von Malmesbury berichtet, »auf seinem Schild

das Bild einer Buhlerin« trug und »sich wie ein Schwein in der Schwemme«, ständig von einem Rudel von Dirnen umgeben, »in seinen Lastern suhlte«.

Die christlichen Chronisten haben das Auftreten der »schlechten Weiber« zwar lebhaft beklagt, bisweilen auch mit apokalyptischen Betrachtungen versehen, ihren Lesern Einzelheiten über die Formen, den Vollzug und den Erfolg ihrer Tätigkeit jedoch vorenthalten. Ihren Schilderungen ist allenfalls zu entnehmen, daß Akkon, der bedeutendste Hafen des Königreiches, zugleich auch die Lust- und Lastermetropole des Königreiches war, das Einfallstor der Sünde sozusagen. Dieser Tatbestand wird auch von den arabischen Historikern bestätigt. Einer von ihnen, Imad ed-Din al Katib al-Isfahani, Sekretär und Geheimschreiber Nur ed-Dins und später des großen Saladin, hat in seinem Hauptwerk, der maßlos geschwätzigen, aber hochinstruktiven Beschreibung der Wiedereroberung Jerusalems, sogar die Ankunft eines ganzen Hurenbataillons in Akkon protokolliert – eine Darstellung, die der italienische Herausgeber seines Textes, Francesco Gabrieli, als ein »Beispiel barock formulierter frommer Pornographie« bezeichnet hat.

»Von einem einzigen Schiff«, so versichert Imad-ed-Din, »gingen dreihundert schöne fränkische Frauen« in Akkon an Land, »die sich jenseits des Meeres gesammelt... und ihr Vaterland verlassen hatten, um die in der Fremde weilenden... Unglücklichen glücklich zu machen.« Ihr Anblick hat den ebenso neugierigen wie redseligen Sekretär offenbar stark beeindruckt. Er fand die Venusjüngerinnen »fest im Fleisch... mit vollen und schlanken Körpern und blauen und grauen Augen, gefärbt und bemalt«, freilich auch hochfahrend und dumm, sündig und kokett, schmachtend und spöttisch. Er vermerkt ferner, daß sie die Schleppen ihrer Kleider nachzogen und ein Kreuz auf der Brust trugen und daß sie überhaupt so taten, als dienten sie einem frommen Werk »und glaubten, sie könnten Gottes Wohlgefallen mit keinem besseren Opfer erwerben als ihrem«.

Imad ed-Din beschreibt auch die Zelte, die dann flugs errichtet wurden, und ergeht sich schließlich in seitenlangen Beschreibungen der Ausübung ihres Gewerbes, das ihm in all seiner Profanität doch als eine Art kultischer Unzucht erschien – auch Gabrieli meint, in diesen Zeltbajaderen von Akkon späte Töchter jener antiken Hierodulen wiederzuerkennen, die in den Tempeln der Aphrodite und Astarte ihre Leibes- und Liebesdienste versahen.

Aber ob Hierodulen oder ordinäre Huren – auch sie gehören zum Innenbild der Kreuzkriege; ebenso die betrübliche Tatsache, daß es christliche Frauen gab, die, um ihr Leben zu retten, sogar Ungläubigen zu Willen waren. Ja, es gab Fälle betrüblicher Mischkonkubinate, die lediglich auf schmählicher Wollust beruhten. Von Albert wissen wir zum Beispiel, daß sogar eine Nonne von St. Maria zum Speicher in Trier sich nicht schämte, ein blutschänderisches Verhältnis mit einem bei Nicäa lebenden Türken zu unterhalten.

Kinderspiele vor Jerusalem

Auch Kinder marschierten bereits im Ersten Kreuzzug mit, in der Mehrzahl die halbwüchsigen Sprößlinge armer Kombattanten. Mit den Worten Guiberts von Nogent: viele Väter hatten, »wie wir zu Beginn dieser Geschichte berichtet haben, ihre noch kindlichen Söhne« mit auf die Reise nach Jerusalem genommen. Viele dieser Söhne verwaisten dann und waren, sich selbst und ihrem Hunger und ihrem Elend überlassen, gezwungen, ihr Dasein wie geprügelte, von abgenagten Knochen lebende Hunde zu fristen.
»Diese Kinder bildeten ein Bataillon« und wählten Anführer, denen sie Fürstennamen verliehen. So gab es einen Hugo den Großen, einen Bohemund, einen Grafen von Flandern und einen Grafen von der Normandie. Diese Namensgebung war jedoch nicht nur ein Akt der Selbstbespiegelung, sie diente auch der Proviantbeschaffung. »Wenn die Fürstendarsteller nämlich sahen, daß es ihren Untertanen an Lebensmitteln oder anderen Dingen fehlte«, suchten sie ihre Namenspaten auf, »um von ihnen Lebensmittel zu erbitten, und diese gaben ihnen reichlich, um ihnen in ihrer Schwachheit zu helfen«.
Vor Jerusalem, so erfahren wir weiter, zahlte das Kinderbataillon seine Verpflegungsschulden dadurch zurück, daß es durch seine Kriegsspiele zur Hebung der allgemeinen Moral beitrug.
Da es nicht ungewöhnlich war, daß »Belagerer und Belagerte durcheinandergerieten«, so kamen bisweilen auch die Söhne der Muselmanen aus der Stadt heraus und stellten sich vor den Mauern »mitten auf der Ebene« auf, um die Kreuzfahrerjugend zum Kampf herauszufordern. Diese ließ sich willig provozieren und trat, mit Schilden aus Weidenruten, langen Knüppeln und kleinen Bogen und Pfeilen ausgerüstet, ihrerseits zum Gefecht an, das wie ein Turnier zahlreiche Schaulustige anlockte. Die Verteidiger der Stadt begaben sich auf die Wälle, auch die Ritter verließen ihre Zelte, um der tumultuösen kriegerischen Nachwuchsveranstaltung beizuwohnen.
Sie sahen dann, daß die jungen Leute beider Lager einander reizten und prügelten und blutige Schläge versetzten, und gerieten schließlich selbst derart in Wallung, daß sie ihre Waffen ergriffen und sich ebenfalls zum Kampf formierten.
Auch diese Szenen bestätigen, daß es wohl kaum je in der Weltgeschichte ein merkwürdigeres Heer als dieses Kreuzfahrerheer gegeben hat und si-

cher keine Armee, die sich mit derartigen Scharen von Nichtkombattanten plagen mußte wie diese Pilgerarmee.
Welch ein Aufgebot an Mitläufern: Geistliche, die im Feldlager Prozessionen und – wenn nötig – Visionen veranstalteten, die das Wort Gottes predigten, um Fanatismus zu erzeugen, und nach heutigen Begriffen eine Art von Kommissarfunktionen ausübten; hochgestellte Damen, die ihre Fürsten und Ritter wie zu einer Urlaubsreise in den Krieg begleiteten; einfache Frauen, die demütig und fleißig alle Strapazen dieses Zuges mit ihren Gebietern teilten, niedere Dienste verrichteten und, wie es Albert beschrieben hat, am Straßenrand niederkamen; Dirnen jeglichen Preises, die, unbekümmert um die eifernden Prediger, ihrem einträglichen und, wie viele offenbar meinten, gottgefälligen Geschäft nachgingen; Kinder und Waisen, die Krieg spielten, sich tönende Namen gaben und statt mit Brot mit Tod und Schrecken gespeist wurden. Dazu die von dem Normannen Tofur geführte Vagabunden- und Bettlerlegion, die sich dem Ideal der totalen Besitzlosigkeit verschrieben hatte, oder jene selbständig agierenden Banden, die den kämpfenden Pilgern wie Aasgeier folgten – ein gespenstischer Troß, bar jeder militärischen Erfahrung, ungezügelte, wilde, aufsässige Haufen, die die Feldherren dieses Ersten Kreuzzuges vor schwere, fast unlösbare Aufgaben stellten.
Was für Männer müssen das gewesen sein, denen es gelang, dieses nur im Kern aus geschulten Kriegern bestehende Pilgerheer über Tausende von Kilometern und unter unsagbaren Opfern und Strapazen ins Heilige Land zu führen!

Zwölftes Kapitel

Die Helden des Kriegsspektakels

Halbgötter und Profis, Freibeuter und Puritaner – Die Feldherren der frühen Kreuzfahrerzeit

Bohemund: Eiseskälte hinter blitzendem Charme

Die Historiker sind sich darüber einig, daß es nie wieder einen Kreuzzug gegeben hat, dessen Führungsstab mit der Starbesetzung des ersten Aktes der Tragödie verglichen werden könnte. Sosehr die Fürsten sich bemühten, einander nach Kräften zu schaden, so waren sie doch hervorragende Troupiers; ein jeder von ihnen verkörperte Kraft, Persönlichkeit und soldatische Substanz. In der Bewertung der einzelnen Gestalten, die in ihrer Gesamtheit fraglos der Kriegerelite Europas angehörten, gehen die Meinungen allerdings auseinander.

Am ehesten decken sie sich noch in der Beurteilung Bohemunds. Der Normanne war, zumindest bis zur Eroberung Antiochias, die Zentralfigur des Ersten Kreuzzuges. Sein Kriegsruhm zehrte zwar von der Fama seines gefürchteten Vaters Robert Guiskard, der als Söldner der Päpste fast ganz Süditalien erobert und, damit nicht zufrieden, den Thron von Byzanz erstrebt hatte, doch geht aus den Kreuzzugchroniken zur Genüge hervor, daß der Herzog von Tarent auch selbst in dem Ruf stand, ein furchtbarer Krieger zu sein. Sie bezeugen auch die starke Faszinationskraft, die von ihm ausging.

Diese Wirkung war nur zu einem Teil ein Produkt seiner männlichen Schönheit und seines soldatischen *Sex-Appeals* (wie wir heute vielleicht sagen würden). Er überragte seine Umgebung mindestens um Haupteslänge, hatte eine helle Haut und weißblondes Haar, das ihm nicht »wie den übrigen Barbaren« lang über die Schultern fiel, sondern nur bis zu den Ohren reichte, und war trotz seiner Holzfällerschultern schlank und geschmeidig in den Hüften. Doch hatte ihn die Natur auch mit einem harten Willen, einer glänzenden rhetorischen Begabung und einem behenden Witz ausgestattet.

Anna Komnena – dreizehnjährig, als Bohemund ihrem Vater verächtlich den Lehnseid leistete, den er nicht zu halten gedachte – hat freilich auch das Erschreckende seines Auftretens empfunden und die Eiseskälte gespürt, die hinter seinem blitzenden Charme verborgen war. Ebenso lassen die Texte der mönchischen Chronisten etwas von der Beklemmung ahnen, die die Gegenwart dieses Mannes erzeugte. In der Tat war es sein Prinzip, »schlimm zu sein, aber einen noch schlimmeren Ruf zu haben«.

Militärisch war der Herzog der erfahrenste, kaltblütigste, unternehmenste aller Fürsten, seine Truppe das disziplinierteste, bestausgerüstete Kontingent der Vielvölkerarmee. Das Bewußtsein seiner Überlegenheit und das hochgemute Gefühl, selbst die zähen Türken jederzeit niederreiten zu können, hat Bohemund gelegentlich allerdings so selbstsicher gemacht, daß er allzu tollkühn, allzu unvorsichtig, ja, geradezu unklug handelte. So geriet er trotz seiner kriegerischen Qualitäten häufig in Bedrängnis. An seiner Gefangenschaft war nicht nur die List der Seldschuken, sondern auch sein eigener Leichtsinn schuld.
Überhaupt scheint sein Wirklichkeitssinn ein wenig unterentwickelt gewesen zu sein. Jedenfalls war er nicht frei von Träumen. Wenn Albert behauptet, Bohemund sei bereit gewesen, zusammen mit den übrigen Fürsten das griechische Kaiserreich zu überfallen und zu bekriegen, so läßt das vermuten, daß er wie sein Vater dem maßlosen Ehrgeiz verfallen war, die griechische Monarchie durch eine normannische Herrschaft abzulösen und selber Kaiser von Byzanz zu werden. Mit Sicherheit erstrebte er mehr als das Fürstentum Antiochia.
Doch das ist der Punkt, an dem sich seine sonst so fest umrissene Gestalt der steckbrieflichen Beschreibung entzieht. Was wollte er wirklich? War er mehr als ein imposanter Abenteurer und Feldherr, eine Mischung aus Agamemnon, Achill und Odysseus? Speisten sich seine Pläne wirklich nur aus seinem glühenden Haß auf Byzanz? Sollte er die Notwendigkeit des griechischen Reiches wirklich nicht begriffen haben? Diese Fragen sind unbeantwortet.

Praktiker des militärischen Alltags

Das Charakterbild seines Neffen Tankred läßt solche Fragen gar nicht erst aufkommen. Tankred war in mancherlei Hinsicht eine Kopie seines Onkels Bohemund: genauso brutal, genauso verschlagen und gewissenlos, genauso tapfer und verwegen und wie er ein hervorragender Truppenführer. Das Charisma aber ging ihm ab. Er war kein Halbgott des Krieges, sondern ein Praktiker des militärischen Kräftemessens, kein Visionär, sondern ein hartgesottener Profi – und eben deshalb auch der erfolgreichere: neben Balduin der einzige der fürstlichen Habenichtse, dem es gelang, nicht nur zu Rang und Würden, sondern auch zu Reichtum und Besitz zu gelangen. Das Fürstentum Antiochia, das Bohemund verloren gab, wurde dank Tankreds Stehvermögen zu einem normannischen Filialstaat von respektabler Festigkeit.
Der dritte Normanne verblaßte neben den beiden Superhelden aus Süditalien. Den Grafen Robert von der Normandie (aus Nordfrankreich also) kennzeichnet eine gewisse Farblosigkeit. Gereon Hagspiel glaubt sogar

Züge ausgesprochener Trägheit an ihm entdecken zu können, ebenso einen beklagenswerten Mangel an Begeisterung und innerer Anteilnahme.
Doch dieser Vorwurf gilt nicht nur ihm, sondern auch dem anderen Robert, dem Grafen von Flandern, sowie den Grafen Stephan von Blois und Hugo von Vermandois. Sie alle scheinen den Kreuzzug nur unter dem Druck der öffentlichen Meinung mitgemacht und ihm nur laue Gefühle entgegengebracht zu haben. Irgendwelche stärkeren Impulse sind von ihnen nicht ausgegangen, auch als Truppenführer sind sie – bis auf den nüchternen Robert von Flandern, der sich immerhin das Verdienst erwarb, den Zusammenstoß der Heere von Gottfried und Raimund bei Haifa verhindert zu haben – kaum hervorgetreten. Daß die Pilgerarmee Jerusalem erreichte, war nur zu einem geringen Teil ihr Verdienst.
Eher ist hier der byzantinische General Tatikios zu nennen, der »Scout des Ersten Kreuzzuges«, der die Heilig-Land-Fahrer geländekundig durch Kleinasien nach Antiochia führte: ein Mann im Hintergrund, tüchtig, erfahren und gewissenhaft, aber wenig beliebt, schon weil er mit seiner verstümmelten (das heißt: kaum noch vorhandenen) Nase so gar nicht dem Bild des männlich-schönen Recken entsprach, dem sich die fränkischen Barone, den Idealen der Ritterepen folgend, verpflichtet fühlten.
Doch ist auch Tatikios nur eine kleine Randfigur, verglichen mit den großen Helden- und Charakterdarstellern dieses westöstlichen Kriegsspektakels, jenen immer wieder genannten Beherrschern der Szene, zu denen außer Bohemund und Tankred auch Raimund, Gottfried und Balduin zählen.

Raimund – reich, kultiviert und launisch

Von ihnen hat der Graf von Toulouse schon den zeitgenössischen Chronisten mancherlei Unbehagen bereitet. Sie liebten ihn nicht; das Bild, das sie von ihm zeichneten, verrät Mißmut und Antipathien. Und bis heute wissen die Historiker nicht so recht, wie sie ihn einschätzen sollen.
Das liegt nicht zuletzt an Raimund selbst. Der Graf von Toulouse steckte voller Widersprüche. Er hatte Kriegserfahrungen und war ein ausdauernder, zäher Kämpfer, wenn auch kein Draufgänger, kein Blitzkrieger. Er operierte vorsichtig, neigte zum Taktieren und suchte auf dem Schlachtfeld nicht die psychische Entladung, sondern den meßbaren Erfolg. Viele hielten ihn deshalb für feige oder allzu berechnend. Seine Flucht nach Sinope zum Beispiel ist ihm von den Chronisten schwer nachgetragen worden, obwohl sie militärisch begründet war.
Sein Ruf beruhte daher mehr auf seinem »fabulösen Reichtum« als auf seinen Feldherrnqualitäten. Doch galt auch sein Reichtum ein wenig als

anrüchig. Man sagte ihm nach, daß er während der spanischen Unternehmungen päpstliche Gelder in die eigenen Taschen gelenkt habe. Er war auch kein schöner Mann, kein Panther, kein Löwe wie Bohemund, Gottfried oder Balduin. Er hatte, wahrscheinlich im Duell, ein Auge verloren und war daher gezwungen, als *vir monoculus* einäugig ins Heilige Land zu ziehen – ein Manko, das man ihm ebenfalls ankreidete, weil er damit so gar nicht dem herrschenden Kriegerideal seiner Zeit entsprach.

Auch seine anmaßend-schwärmerische Frömmigkeit gefiel weder seinen Mitfürsten noch der Mehrzahl der kämpfenden Ritter. Den Betrug mit der heiligen Lanze, an dem er auch dann noch festhielt, als der Schwindel längst entlarvt worden war, haben ihm zumindest die Normannen schwer verübelt. Entscheidend aber war wohl doch, daß er selbst alles tat, ständig feindselige Gefühle zu wecken.

Er war mißtrauisch, »bald mürrisch, bald hochfahrend, seinen Launen ergeben«, und ließ es seine Umgebung ständig spüren, daß er, als Urbans Mann der ersten Stunde, der eigentliche Oberbefehlshaber der Kreuzfahrerarmee sei. Offenbar ist Raimund mit der Enttäuschung über seine Nichternennung nie ganz fertig geworden. Seine Bitterkeit, sein Trübsinn, sein ständiges Frondieren fanden in dem »gekränkten Stolz des Leerausgegangenen« einen unerschöpflichen Nährboden und verwandelten ihn immer mehr in einen (wie es bei Gereon Hagspiel heißt) »alternden Querulanten«, der weder mit sich selbst noch mit den übrigen Fürsten im Einverständnis lebte.

Andererseits war er sicherlich der kultivierteste im Rat der Fürsten, vielleicht auch der nobelste. Jedenfalls war er der einzige, der ein klares, »auf Ehrgefühl und staatsmännischem Weitblick« beruhendes Konzept hatte: das Ziel nämlich, die Kreuzfahrerstaaten als Lehen des Kaisers von Byzanz in das griechische Reich einzuordnen und auch für dessen Fortbestand gegen die Ungläubigen zu kämpfen. Es ist daher kein Zufall, wenn sich Steven Runciman, der »Byzantiner« unter den neueren Kreuzzughistorikern, sichtlich um eine Ehrenrettung Raimunds bemüht hat. Auch Hans Eberhard Mayer wertet ihn, im Gegensatz zur »zeitgenössischen Chronistik, der normannischen Propaganda« und dem vorherrschenden Trend der modernen Geschichtsschreibung, als eine der bedeutendsten Gestalten der Kreuzfahrerzeit und sieht sich in dieser Auffassung durch jüngere amerikanische Publikationen bestätigt.

Trotzdem: als Feldherr und Truppenführer stand Raimund im Schatten der anderen, eine Tatsache, die sicherlich dazu beigetragen hat, daß er einsichtig genug war, die Krone von Jerusalem abzulehnen.

Kreuzritter des 12. Jahrhunderts auf dem Marsch ins Heilige Land. (Zeitgenössische Buchmalerei; Archiv für Kunst und Geschichte, Berlin)

Drachentöter mit »angenehmen Umgangsformen«

Gottfried von Bouillon hat demgegenüber von Anfang an eine gute Presse gehabt. Schon in den Berichten der Augenzeugen wird er über den grünen Klee gelobt. Die mönchischen Chronisten haben ihm als dem guten, milden und frommen, dem demütigen und besonnenen, dem liebenswertfreundlichen, vor allem aber dem redlichen und tapferen Herzog wahre Girlanden von schmückenden Beiwörtern gewunden.

Auch Albert von Aachen, sein lothringischer Landsmann, hat ihn hemmungslos glorifiziert, ebenso der Erzbischof Wilhelm von Tyros, in dessen berühmt gewordenem Kreuzzugwerk aus der zweiten Hälfte des 12. Jahrhunderts Gottfried als ein mit allen Tugenden dieser Welt ausgestatteter Idealritter erscheint. Er lobt ihn als »beständig im Gebet, unermüdlich in den Werken der Frömmigkeit, überaus freigebig, gutherzig und mitleidig«. Seine Gestalt nennt er hochgewachsen, seine »Körperkraft beispiellos, die Glieder stark, die Brust männlich, das Antlitz anmutig und schön, Haare und Bart fast blond. Im Gebrauch der Waffen und in den ritterlichen Übungen war er so gut wie unvergleichlich.«

Ein christlicher Ritter ohne Fehl und Tadel also, ein Drachentöter mit »angenehmen Umgangsformen« (die ihm der Erzbischof ebenfalls aus-

drücklich testiert) – ein wohlerzogener Siegfried mit den Zügen des Gralsuchers.
Diesem strahlenden Pauschalbild haben die zeitgenössischen Chronisten noch eine Reihe von Lichtern aufgesetzt. Gottfried, so berichten sie, hatte in seinem frommen Eifer als erster die Rüstungen zum Kreuzzug beendet, er war der Disziplin seiner Truppen derart sicher, daß er keine Bedenken kannte, seinen Bruder Balduin dem König von Ungarn als Garanten für das Wohlverhalten der lothringischen Truppen zu überstellen. Und er verstand – ohne viel Worte zu machen –, durch sein persönliches Beispiel zu begeistern und mitzureißen (was sich erstmalig, bei höchst unpassender Gelegenheit, dem Sturm auf die Stadtmauern von Byzanz erwies).
Auch seiner Tapferkeit wurden Ruhmeskränze geflochten. In der Schlacht, so Wilhelm von Malmesbury, war niemand, »der ihn an Herzhaftigkeit übertroffen hätte«. Sein lothringisches Schwert, das später fast so berühmt wurde wie Siegfrieds Balmung, verrichtete Wunderdinge, obwohl sein Besitzer als kranker Mann in den Krieg gezogen war und auch während des Feldzuges mehrfach von einem »schleichenden Fieber«, wahrscheinlich dem Souvenir eines römischen Aufenthaltes, niedergeworfen wurde. Der Kampf wirkte auf ihn jedoch wie eine Vitaldroge. Die Begegnung mit den Ungläubigen mobilisierte in dem frommen Herzog immer wieder ungeahnte Reserven.
Natur und Statur kamen ihm dabei zugute. Gottfried war mit einem athletischen Brustkasten und einem mächtigen Bizeps ausgestattet. Er vermochte mit einem einzigen Schwerthieb einem ausgewachsenen Kamel den Kopf abzuschlagen. Einmal zerteilte er mit einem einzigen blitzenden Hieb auch einen angreifenden Türken in zwei Teile, und zwar derart, »daß der Oberkörper bis zur Brust hinab in den Kies fiel, indes die Beine noch das davongaloppierende Pferd umschlungen hielten«: ein Vorgang, den selbst der fabulierfreudige, gleichsam mit dem Spachtel malende Albert als »ganz wunderbar« bezeichnet.
In der gleichen Weise wird Gottfrieds Bescheidenheit und spartanische Einfachheit gewürdigt. Gesandte eines Wüstenstammes aus den Bergen von Samaria soll er auf einem Strohsack sitzend in seinem Zelt empfangen haben, »Teppiche, Seidenzeug und königliches Gehabe« stolz verschmähend; auch verzichtete er darauf, sich durch »bewaffnete Trabanten ein furchtbares Ansehen zu geben«. Als die Scheiche sich darüber wunderten, antwortete er gelassen, »der Mensch solle immer daran denken, daß er aus Erde gemacht sei und wieder zu Erde werde«.
Denn Grottfried war fromm, erfahren wir aufs neue, fromm und gottesfürchtig wie keiner der Fürsten sonst, frommer selbst als seine kirchliche Leibwache, seine Beichtväter und Seelenwarte, die er häufig ungebührlich lange auf das Essen warten ließ, weil er über die Zeit hinaus sich dem Gebet oder sonstigen gottesdienstlichen Verrichtungen ergab.

Aus all diesen Gründen war es nur ein Akt der Selbstverständlichkeit, daß die fränkischen Barone den Herzog von Niederlothringen nach der erwarteten und erhofften Absage Raimunds zum Kustos des Heiligen Grabes und zum Herrscher über die Heilige Stadt bestellten.

Obwohl Gottfried diese ehrenvolle Aufgabe nur knapp zwölf Monate versah, ist er auch in seiner neuen Funktion durch zahlreiche Legenden und erbauliche Geschichten verklärt worden. Schon nach wenigen Jahren war er die Zentralfigur einer unbekümmert ins Kraut schießenden Kreuzfahrerliteratur. Und bereits die nächste Generation glaubte nicht nur an seine Herkunft vom Schwanenritter, sondern auch an seine dominierende Rolle im Ersten Kreuzzug, als dessen unüberwindlicher Führer er emphatisch gefeiert wurde – obwohl sein Anteil am Gelingen der Kreuzfahrt bis zur Eroberung von Jerusalem verhältnismäßig bescheiden war.

Dieser im 12. Jahrhundert entstandene Gottfried-Mythos hat über das hohe Mittelalter hinaus bis in die Neuzeit weitergewirkt, um nicht zu sagen: weitergewütet. Allein die belgische Version eines französischen Kreuzfahrerliedes aus dem 14. Jahrhundert hat eine Lawine von achtzehn Gottfried-Romanen ausgelöst. Torquato Tasso, der große italienische Dichter, feierte den Herzog enthusiastisch in seinem 1575 beendeten Versepos vom »Befreiten Jerusalem«. Und noch um 1800 würdigten Herder in Deutschland und Chateaubriand in Frankreich den Ritter als eine der großen Gestalten der mittelalterlichen Christenheit.

Die Geschichtsschreiber sind im Sog dieser romantischen Gottfried-Tradition lange Zeit mitgeschwommen. In Deutschland zum Beispiel hat noch Bernhard Kugler allen Kreuzfahrerruhm fast ausschließlich auf »den Herzog« projiziert. Er erscheint bei ihm als ein ungestümer, leidenschaftlicher, »furchtbarer Kämpe«, der sich »wie ein angeschossener Eber« auf die Feinde Christi stürzte, aber auch als redlicher und verständiger Mann, der eigentlich nur einen – für Deutsche überaus sympathischen – Fehler hatte: daß er das Feldlager dem Audienzsaal vorzog und sich lieber auf dem Schlachtfeld tummelte als auf dem glatten Parkett der Diplomatie bewegte. Auch dem »großen Gesetzgeber« wird Reverenz erwiesen, desgleichen dem enthaltsamen Puritaner, der auf seinen Feldzügen, allen Verführungen frisch-fröhlichen Kriegerlebens mannhaft trotzend, nie ein Weib berührte.

In dieser Gestalt ging Gottfried – obwohl geographisch in Belgien, sprachlich in Frankreich zu Haus – als typischer Lesebuchheld in die geschichtliche Vorstellungswelt der Deutschen ein: ein »wackerer Degen, fromm, tapfer und rührig in vielen Händeln«.

Erst Heinrich von Sybel, Rankes ältester und bedeutendster Schüler, hat den kreuzfahrenden Schwanenritter von Bouillon von seinem illuminier-

ten Denkmalssockel in die schnöde Wirklichkeit zurückgeholt. Der antiklerikale Liberale ist bei der Entmythologisierung Gottfrieds zwar ein wenig über das Ziel hinausgeschossen, wenn er ihn etwa »einen etwas beschränkten Tölpel« nennt und ihm seine Folgsamkeit gegenüber der Geistlichkeit allzu barsch ankreidet, doch hat er das Verdienst, die Diskussion wieder auf die historisch meßbare (oder jedenfalls vermutbare) Bedeutung des Herzogs reduziert zu haben.
Wie notwendig das war, erhellt die Tatsache, daß dieser Disput bis heute nicht beendet und Gottfrieds Charakterbild, »von der Parteien Haß und Gunst verwirrt«, noch immer starken Schwankungen unterworfen ist.

Gottfried: Dutzendausgabe eines fränkischen Grafen

Die kritischen Stimmen überwiegen allerdings. Steven Runciman glaubt Grund zu der Annahme zu haben, daß der Graf von Antwerpen und Herr von Bouillon schon als Herzog von Niederlothringen »an Tatkraft und Tüchtigkeit zu wünschen übrig« ließ. Er nennt ihn einen »mittelmäßigen Krieger«, bezichtigt ihn der »argwöhnischen Halsstarrigkeit eines schwachen und unintelligenten Mannes« und wirft ihm – wie Sybel und die Sybelianer – seine Demut und Nachgiebigkeit gegenüber Papst und Patriarchen vor. Sein zusammenfassendes Urteil: ein beschränkter und unkluger Herrscher, der lediglich »seines Mutes, seiner Bescheidenheit und seines festen Glaubens willen« geachtet wurde.
Ebenso vertritt Friedrich Heer die Meinung, daß Gottfried »weder als Politiker noch als Krieger eine überdurchschnittliche Persönlichkeit war«. Statt dessen glaubt er bei ihm, vor allem im Umgang mit reichen Juden, Züge »kalter Tücke« entdecken zu können. Auch nach Hans Eberhard Mayers Auffassung war Gottfried »sicherlich nicht so reinen Herzens und Gemüts«, wie ihn das Mittelalter dargestellt hat.
Doch gibt es weiterhin auch gegenteilige Stimmen. René Grousset bleibt dem Gottfried-Bild des 19. Jahrhunderts verpflichtet. Adolf Waas schätzt den Herzog entschieden höher ein als Runciman. Und Gereon Hagspiels jüngst erschienene Dissertation präsentiert ihn wieder als einen untadeligen Mann, der, im stillen wirkend, geradlinig seinen Weg machte und nach dem Tod Adhemars, dank seiner »inneren Verwandtschaft mit dem päpstlichen Ritter-Legaten«, der einzige legitime Anwärter auf den Heiligen Thron von Jerusalem war.
In Wahrheit war er wohl kaum mehr als ein Kompromißkandidat, geduldig, fromm und berechenbar und daher dem diffizilen Raimund vorzuziehen; im übrigen ein mäßig intelligenter Mann, der unbefangen und simpel bei aller Frömmigkeit seine privaten Interessen nie aus dem Auge ließ – und insofern die Dutzendausgabe eines fränkischen Grafen. Doch

zeichnete ihn offenbar eine starke menschliche Ausstrahlung aus, ein männlich-rauher Charme, dem auch seine Gegner häufig erlagen. Bemüht, sich als redlicher Ritter zu präsentieren und den Anschein seiner Bonhomie und Ehrlichkeit gut zu verkaufen, erwarb er sich überdies den Ruf eines stets bereiten, uneigennützigen Vermittlers – heute würde man ihm wahrscheinlich ein hohes Maß an Integrationsfähigkeit quittieren.
Auch seine militärischen Fähigkeiten halten jedem Zweifel stand. Selbst wenn er kein großer Feldherr, kein Kriegsfürst wie Bohemund war, hat Gottfried doch das Verdienst, das befreite Jerusalem in den kritischen Monaten nach der Eroberung mit allenfalls dreihundert Rittern gegen eine Flut von Feinden mit »moralischem Ingrimm« behauptet zu haben. Als schlichter, mutiger und beharrlicher Kustos des Heiligen Grabes dürfte er deshalb auch vor den kritischen Augen derjenigen bestehen, die seine Verklärung durch die Kreuzzugliteratur für einen bewußten Propagandaakt halten.
Daß das romantische Gottfried-Bild das Werk der geistlichen Propagandapoeten war, steht fest. Die Kirche brauchte einen beispielhaften Helden – und schuf ihn. Was lag näher, als ihm den Namen des tapferen und biederen Herzogs Gottfried zu geben, der ihren Wünschen immer gefügig gewesen war und so zeitig das Zeitliche gesegnet hatte, daß seine Durchschnittlichkeit mit dem Mantel der christlichen Nächstenliebe zugedeckt werden konnte!

Balduin I. – der brüderliche Antipode

Balduin von Boulogne und Edessa, der Gottfrieds Nachfolge antrat, als die Herrschaft Jerusalems bereits beträchtliche Risse aufwies, überragte seinen älteren Bruder nicht nur körperlich um Haupteslänge, er war ihm auch an Intelligenz und Tatkraft weit überlegen. Überhaupt bestand wenig Ähnlichkeit zwischen dem blonden, braunhäutigen Gottfried und dem dunklen, hellhäutigen Balduin. Während der Herzog stets bemüht war, sich seiner Umwelt als gütig, mild und umgänglich darzustellen, trat der Graf von Boulogne hochmütig, blasiert und betont kühl auf, Distanz wahrend und seine Denkschärfe spüren lassend.
Anders als sein schlichter, betont bescheidener Bruder liebte er Luxus, Prunk und verschwenderischen Aufwand. Frauen war er, wie sein bewegtes Leben zur Genüge verrät, außerordentlich zugetan, aber nicht ergeben. Im Gegensatz zum frommen Gottfried, der fleischliche Anfechtungen für Teufelswerk hielt, hat Balduin die Freuden der Wollust (wie es bei den mönchischen Korrespondenten ein wenig neidisch heißt) zwar nach Kräften genossen, doch ist er aus all seinen Abenteuern mit heiler Haut und unverwirrten Sinnen hervorgegangen.

Seine Laster haben ihm das Mißtrauen der zeitgenössischen Berichter eingetragen; da seine Erfolge größer waren als die Flecken auf seinem ritterlichen Gewand, haben sie seine Verdienste jedoch gepriesen und sich im übrigen damit begnügt, ihn dem göttlichen Wohlwollen zu empfehlen. Immerhin sind ihre Einwände bis in die neuere Geschichtsschreibung zu verfolgen, obwohl auch diese letztlich vor seiner Leistungsbilanz kapituliert hat. Seine Hinterlassenschaft war in der Tat imponierend und ließ keinen Zweifel daran, daß der einstige Priesterseminarist, der den von Papst Urban ausgelobten Kreuzzug nur mitmachte, um schnell zu Rang und Reichtum zu gelangen, aus denkbar härtestem Holz geschnitzt war.

Pomp und Purpur, Feste und Frauen

Der Graf von Boulogne zog als der typische ritterliche Habenichts aus, der froh sein mußte, wenn er sich von der Sonne des reicheren Bruders nähren und wärmen lassen konnte. Doch bewies er bereits in Byzanz den Mut zu eigenem Handeln, als er die von Kaiser Alexios befohlene Proviantblockade der lothringischen Armee mit der Ausräuberung der Vorstädte beantwortete. Auch seine armenischen Taten und Untaten weisen ihn als einen kühnen, verschlagenen und gewissenlosen Abenteurer von eigenem Wuchs aus. Wie er sich hier mit einer Handvoll entschlossener Ritter zum Herrn eines ganzen Landes machte und danach keinen Tag zögerte, die Bevölkerung, die ihn als Befreier begrüßt hatte, zu tyrannisieren und auszubeuten, erinnert an die eiskalte Entschlossenheit, mit denen die spanischen Eroberer des frühen 16. Jahrhunderts die Länder Mittel- und Südamerikas von der Karte radierten.

Schon damals verstand Balduin eine hocheffiziente Geheimwaffe einzusetzen: er war freigebig bis zum Exzeß und korrumpierte seine Umgebung mit Methode und Konsequenz. Er gab das Gold, das er seinen verstörten Untertanen unbarmherzig entpreßte, mit vollen Händen wieder aus. So wurde schon Edessa, um ein Wort von Gereon Hagspiel zu zitieren, zu einem »Refugium aller Bittsteller und Verarmten«, die die große Kreuzfahrt lieber tot als brotlos zu beschließen trachteten.

Ebenso zeigte sich bereits in Edessa, daß er auf der Klaviatur der öffentlichen Repräsentation souverän zu spielen wußte. Er ließ keine Gelegenheit aus, große politische Schauspiele zu inszenieren und durch glanzvolle Aufzüge mit flatternden Bannern, blitzenden Waffen und schmetternden Fanfaren seine Franken und Armenier für die Unbill zu entschädigen, die er ihnen auferlegte. Auch der »zügellose und anstößige Untergrund seines Lebens« hat ihm wahrscheinlich mehr Beifall als Kritik verschafft. Balduins sexuelles Freibeutertum entsprach dem Naturell seiner Anhänger jedenfalls mehr als Gottfrieds bigottes Puritanertum.

Alle diese Eigenschaften sind ihm auch als König von Jerusalem zugute gekommen. Selbst die Muselmanen, denen er so hart und gnadenlos zusetzte, hegten Respekt vor dem hünenhaften langbärtigen Eroberer aus Europa, der genau wie sie selbst Pomp und Purpur, Feste und Frauen liebte. Doch imponierten ihnen auch seine staatsmännischen Fähigkeiten und seine verwegenen, rücksichtslosen Feldzüge, in denen er, ein Vabanquespieler wie kein zweiter, häufig alles auf eine Karte setzte.

Homo politicus von diamantener Härte

Er war nun der König schlechthin, souverän nicht nur kraft seines Amtes, sondern auch kraft seines herrscherlichen Potentials.
Wie er mit dem ihm zugefallenen Pfund zu wuchern verstand, wie er mit wenigen Hundertschaften »gottesfürchtiger Krieger« und beutetoller Glücksucher seine kurzen, überfallartigen Blitzkriege führte, wie er hart und zufassend regierte, wie er dem Heiligen Land und seinen verschiedenen Bevölkerungsgruppen fast über Nacht eine Verwaltung schuf, wie er den Patriarchen Dagobert ausmanövrierte, ohne sich die Kirche zum Feind zu machen, wie er selbst den Ungläubigen wieder Luft zum Atmen und Weiterleben verschaffte, wie er die Herren Tankred und Raimund zwang, seine Lehnshoheit anzuerkennen, wie er immer ein wenig schneller als seine gewiß nicht schläfrigen Gegner war, kurzum: wie er, ständig kämpfend, erobernd und Festungen bauend, in einer Welt von Feinden einen lebensfähigen Staat zimmerte, für den er, nicht gerade bescheiden, als »König von Asien und Ägypten« die Traditionen König Davids beanspruchte, das alles beweist Einsicht und Weitblick, Energie und Zähigkeit, Zielstrebigkeit und taktisches Geschick.
So war er, all seinen Fehlern und Lastern zum Trotz, ein *homo politicus* von diamantener Härte.
Seine Grafen und Barone hat noch ein weiterer Faktor stark beeindruckt: die Tatsache, daß er in verschiedenen hochgefährlichen Situationen ein geradezu unwahrscheinliches Glück entwickelte. Noch immer in altgermanischen Vorstellungen lebend, glaubten sie sich sicher und wohlaufgehoben unter den Fittichen eines Fürsten, der so sichtbar mit »Heil« gesegnet war. So genügte allein das Wiederauftauchen seiner Standarte vor Jaffa (nach der schmählich verlorenen Schlacht von Ramleh), alle Beklemmung und Bestürzung wie auf ein göttliches Zeichen hin verschwinden zu lassen.
Es erklärt auch die abgrundtiefe Niedergeschlagenheit, die sich des fränkischen Heeres bemächtigte, als Balduin während des ägyptischen Feldzuges im Frühjahr 1118 in der Nähe der Grenzfestung el-Arisch verschied. »Niemand hatte mehr Hoffnung«, berichtet Albert, »je nach

Jerusalem zurückzukehren.« Und damit die Heiden trotz aller Schlauheit nicht merkten, daß der König gestorben sei, und »nicht den Mut faßten, das verlassene Heer zu verfolgen«, nähten die fränkischen Ritter den toten König in Felle, hingen ihn zwischen zwei Pferde und führten ihn so unbemerkt nach Jerusalem zurück, wo sie den genialen Abenteurer neben seinem biedermännischen Bruder in der Heiligen Grabeskirche bestatteten.

Der Kreuzfahrerliteratur hat der Schöpfer des Königreiches Jerusalem nur wenig bedeutet. Mehr als unter den Christen lebte sein Andenken unter den Muselmanen als das eines klugen und furchtbaren Feindes fort. Noch im 15. Jahrhundert ging bei el-Arisch die Sage von einem »schrecklichen Riesen« um, der in Jerusalem unter dem »Stein Balduins« begraben sei.

Die Päpste konnten zufrieden sein

Als Balduin starb, waren »seit Clermont« zweiundzwanzig Jahre und fast sechs Monate vergangen. Diese Zeit hatte das Panorama der ostmittelmeerischen Welt gründlich verändert. Das Heilige Land befand sich wieder in christlicher Hand. Kein ungläubiger Muslim hinderte fromme Pilger mehr, am Grabe des Erlösers demütige und dankbare Gebete zu verrichten. Und die Päpste konnten – fürs erste wenigstens – zufrieden sein. Sie hatten die europäische Ritterschaft mit einer fast unlösbaren Aufgabe konfrontiert, und der abendländische Adel hatte sie gelöst. Die Bilanz war positiv, allen Opfern und Kümmernissen zum Trotz.

Das auf germanischen Traditionen beruhende, mit christlichen Wertvorstellungen aufgefüllte Tugend- und Moralsystem der herrschenden Schicht hatte sich bewährt, hatte eine kaum zumutbare Belastungsprobe bestanden. Die europäischen Ritter, »dem Irdischen wie dem Göttlichen gleichermaßen eng verhaftet«, hatten ein rational nicht begründbares Unternehmen, das sie freiwillig auf sich genommen hatten, trotz übermenschlicher Strapazen zu einem glücklichen Ende geführt. Sie waren zu Tausenden und Abertausenden gefallen und gestorben, mit »kindlicher Unbefangenheit und ungetrübter Nonchalance«, wie der katholische Geistliche Gereon Hagspiel meint.

Nichts deutete jedoch darauf hin, daß ihre seelischen Reserven erschöpft, Kraft und Inbrunst ihres Glaubens am Ende seien; sie waren offenbar nach wie vor bereit, für das Heilige Land zu kämpfen und zu sterben und sich die Ziele des Laterans widerspruchslos zu eigen zu machen.

Bewährt hatte sich auch das archaische Grundrezept ihrer Kriegführung, den Gegner durch Erzeugung von Furcht und Schrecken zum Zittern zu bringen. Bewährt hatte sich das bevorzugte Mittel der »Timor-terror-tremor-Taktik«, der mit Ingrimm, Mut und Ungestüm vorgetragene schwere Reiterangriff, gegen den die Muselmanen noch kein wirksames Gegenmittel gefunden hatten. Die Kreuzfahrer selbst hatten gelernt, den Gegner mit seinen eigenen Mitteln zu schlagen, wenn die eigenen nicht ausreichten; ihre Fortschritte im Nachschubwesen, in der Rüstung, in amphischer Taktik und Technik waren unverkennbar. Die Künste der Belagerung beherrschten sie inzwischen fast so gut wie die Byzantiner und Araber.

Sand ohne Mörtel

Auch die Führung hatte ihr Probe bestanden. Es hatte sich gezeigt, daß der abendländische Adel ein fast unerschöpfliches Reservoir an passionierten Kriegerfürsten bildete – und daß ihr Eliteanspruch nicht nur auf dem »brokatenen Prunk der Herkunft« und der »protzigen Schaustellung physischer Vorzüge« beruhte, sondern auch auf ihren oftmals bewiesenen Feldherrnqualitäten.
Zwar hatten Griechen und Araber nicht ganz unrecht, wenn sie die Mehrzahl der Fürsten für roh, unbehauen und ungebildet, für Hinterwäldler und eitle Ignoranten hielten, im Krieg aber standen diese Geistverächter ihren Mann. Vor allem die normannischen Fürsten beherrschten ihr Handwerk und brachten einen bedeutenden Fundus an militärischen Erfahrungen mit. Als »geborene und gelernte Troupiers« verstanden sie ihre Heere nicht nur zu begeistern, sondern auch abzuwiegeln, nicht nur anzufeuern, sondern auch zu beschwichtigen. Am stärksten wirkten sie allerdings durch ihr Beispiel; ihr Ehrenkodex verpflichtete sie, die rasanten Reiterangriffe ihrer Ritter selbst anzuführen.
Das hatte natürlich auch seine Nachteile. Denn fielen sie aus, brach normalerweise das Chaos aus. Die schwergepanzerten Barone waren dann, wie es Wilhelm von Tyros, der geistvollste aller Kreuzzugchronisten formuliert hat, »wie Sand, der nicht durch Mörtel verbunden ist«.
Eine ausgewogene Bilanz – die die Zeitgenossen gar nicht erst versucht haben – müßte noch einige andere Negativposten verbuchen. Je weiter sich die Kreuzfahrer von ihrem Ausgangspunkt entfernten, um so mehr gerieten sie in jene gefährlichen Konfliktzonen, in denen Ideologie und Macht, Moral und Wirklichkeit, Theorie und Praxis aufeinanderstießen. Spätestens von Antiochia an ließen die Eigeninteressen der Fürsten den ursprünglichen Zweck der Pilgerfahrt mehr und mehr in den Hintergrund treten.
Die Folgen wurden bald sichtbar. Die Fronten verschoben sich. Die Muselmanen gewannen den Respekt der Kreuzfahrer; der Haß der Ritter konzentrierte sich immer stärker auf Byzanz. So kam es schon wenige

Jahre nach der Eroberung Jerusalems zu Bündnissen mit den türkischen Scheichen gegen die christlichen Griechen – eine moralische Bankrotterklärung, die den Wandel der Ziele erschreckend deutlich macht; andererseits das Ergebnis höchst realer Kräfte und Konstellationen und insofern legitim.
Möglicherweise hätten die Kreuzfahrerstaaten die Chance gehabt, das Zünglein an der Waage zwischen den beiden großen Kräften des Nahen Ostens zu werden. Vor die Wahl gestellt, als byzantinische Filialstaaten zusammen mit dem griechischen Kaiserreich einen Wall gegen das arabische Imperium zu bauen oder sich mit den Muselmanen gegen das »zweite Rom« zu arrangieren, entschieden sie sich jedoch bereits während des Ersten Kreuzzuges für den dritten Weg: es mit beiden zu verderben. Sie handelten damit im Sinne der römischen Kirche, für die sowohl die Schismatiker der Ostkirche als auch die Anhänger des Propheten Ketzer und Feinde waren.

»Wir haben Blut in die strömenden Tränen gemischt«

Indem die Pilgerfürsten den Kaiser von Byzanz die Hinfälligkeit ihrer Eide, die Muslims ihren Hochmut, ihre Verachtung und ihre Grausamkeit spüren ließen, schufen sie gleichzeitig mit ihren Staatengründungen die Voraussetzungen für deren Untergang.
Das schreckliche Massaker von Jerusalem erweist sich in dieser Bilanz nicht nur als ein Akt extremer Barbarei, sondern auch als eine kapitale Dummheit. Die ungeheure Empörung, die sich der arabischen Welt danach bemächtigte, gibt das zornerfüllte Poem des irakischen Dichters Abu'l Muzaffar al-Abiwardi wieder, in dem sich u. a. folgende Verse finden:

Wir haben Blut in die strömenden Tränen gemischt,
und nicht ist in uns Raum für Mitleid geblieben.
Aber die schlechteste Waffe des Mannes ist,
Tränen zu vergießen,
wenn das Feuer des Krieges aus den schneidenden Schwertern
geschlagen wird.
Söhne des Islams! Wagt ihr zu schlummern im Schatten
des sicheren Glücks,
da euren Brüdern in Syrien Rast nur auf dem Rücken der Rosse ist
oder im Bauche des Geiers.

Fünfter Abschnitt Der Weg nach Hattin

Notiz für den Leser

Steven Runciman weist im Vorwort des zweiten Buches seines großen Kreuzzugwerkes darauf hin, daß »das Hauptthema dieses Bandes der Krieg« sei; denn »der Krieg war die Grundlage und der Hintergrund des Lebens« in den Pilgerstaaten – Krieg war Dauerzustand, war Alltag und Sonntag, Krieg war allgegenwärtig. Das gilt auch für die fünf Kapitel des nun folgenden Abschnittes. Allgegenwärtig war aber nicht nur der Krieg, sondern auch die Politik, die Fortsetzung des Krieges mit anderen Mitteln, die zumindest von den Byzantinern mit lehrbuchreifer diplomatischer Meisterschaft ausgeübt wurde. Aber auch Bagdad gab nie auf, und selbst Kairo, dessen Macht und Einfluß vor dem Auftreten des kometenhaft aufgehenden Saladin auf der Talsohle angelangt waren, zählte zu den handelnden Mächten, die unablässig bemüht waren, das christliche Jerusalem wieder von der Karte verschwinden zu lassen. Andererseits unterhielt das kleine Kreuzfahrerreich jahrzehntelang enge Beziehungen zum muslimischen Damaskus: eine Tatsache, die überzeugend dartut, wie schnell der muselmanenfeindliche Kreuzfahrergeist unter der heißen Sonne der Levante dahinschmolz. Am stärksten aber prägen sich die großen Solisten der nahöstlichen Kriegsoper dem Gedächtnis ein. Welch eine Galerie starker und listiger Herrscher, welch ein Aufgebot abgefeimter Gauner und Abenteurer, welch eine Korona machtlüsterner, attraktiver Frauen, welch ein Angebot an Skandalen, Kabalen, Intrigen, Giftmorden und Verrätereien! Man kann die Geschichte der Kreuzfahrerstaaten unter den verschiedensten Aspekten beschreiben, aber wem auch immer das Hauptinteresse gilt – langweilig wird sie nie, immer hat man es mit brisantem historischen Stoff zu tun. Der Autor hofft, daß es ihm gelungen ist, die stürmisch vorüberziehende Kavalkade hochdramatischer Gestalten und Ereignisse wenigstens in ihren Umrissen richtig ins Bild gebracht zu haben.

Dreizehntes Kapitel

Allianzen, Kriege und Skandale

»Vom Lob der neuen Ritterschaft« / Jerusalem unter dem zweiten Balduin und Fulk von Anjou

Der Eselsritt des Grafen von Edessa

Am 15. September 1122 stieß der Graf Joscelin von Courtenay, Herr von Turbessel und Edessa, in der Nähe von Sarudsch auf ein türkisches Heer, das von Balak, dem vormaligen Fürsten von Sarudsch, jetzigem Herrn von Khanzit, angeführt wurde.

Obwohl der Feind um ein Vielfaches stärker war, entschloß sich Joscelin nach gut fränkischer Art, ihn zu attackieren. Dabei geriet er – nachdem ein mehrstündiger Gewitterregen die Ebene in Schlamm und die schwergepanzerten christlichen Ritter in fast unbewegliche Statisten verwandelt hatte – mitsamt seiner Begleitung in Gefangenschaft. Balak erklärte sich zwar bereit, ihn gegen die Rückgabe von Edessa freizulassen, Joscelin lehnte den schnöden Handel jedoch ab und mußte es sich deshalb gefallen lassen, nach Kharput (im heutigen Ostanatolien) verbracht und in einem Turm der dortigen Zitadelle inhaftiert zu werden.

Der Vorfall zwang König Balduin II. von Jerusalem, nach Edessa zu reiten und in der so plötzlich verwaisten Grafschaft nach dem Rechten zu sehen. Er ernannte den Mönch Gottfried zum Stellvertreter Joscelins und brach dann zu einem bewaffneten Aufklärungsunternehmen in den Nordosten der Grafschaft auf. Am 18. April 1123 biwakierte er bei Gargar am Euphrat. Nichtsahnend begab er sich am nächsten Morgen auf die geliebte Falkenbeize, geriet in einen Hinterhalt und wurde von einem Trupp turkmenischer Reiter erwischt. So fand sich auch Balduin kurze Zeit später in der Zitadelle von Kharput als Gefangener Balaks wieder. Wie schon einmal (im Jahre 1104) teilte er das Verlies mit seinem Vetter Joscelin, den zu befreien er ausgezogen war.

Die Haft scheint erträglich gewesen zu sein. Die beiden fränkischen Herren waren ein hohes Lösegeld wert und dürften dementsprechend wohlwollend behandelt worden sein. Jedenfalls gelang es ihnen, einen einheimischen armenischen Bauern mit einer geheimen Botschaft auszuschikken und Edessa über ihren Zwangsaufenthalt zu informieren.

Da Balduin und Joscelin in der Grafschaft wohlgelitten waren, fanden sich fünfzig junge Armenier bereit, ihr Leben für die Rettung der beiden Häftlinge zu riskieren; sie verkleideten sich als Mönche, Bettler und Händler, zogen nach Kharput und verschafften sich – unter dem Vorwand, dem

Latakia
Dschabala
Schaizar
Hama
ZYPERN
Montferrand
Safite
Tortosa
Rafaniya
Krak des Chevaliers
Homs
Tripolis
Grafschaft Tripolis
Botrun
Dschebail
Baalbek
Beirut
LIBANON
Litrani
Mittelmeer
Sidon
Damaskus
Beaufort
Tyros
Banyas
Toron
GALILÄA
Akkon
Safed
See Genezareth
Alal
Haifa
Sephoria
Tiberias
Berg Tabor
Nazareth
Belvoir
Bosra
Caesarea
Beisan
Sabastea
Arsuf
Nablus
Jaffa
Lydda
Ramleh
Ibelin
Jericho
Jordan
Amman
Jerusalem
Askalon
Bethlehem
Hebron
Gaza
Daron
OULTRE JOURDAIN
Kerak
Montreal
Petra
Das Königreich Jerusalem im 12. Jahrhundert
Ungefähre Grenzen der christlichen Staaten um 1165
0 20 40 60 80 100 150 km
Aila (Akaba)
Totes Meer

Statthalter eine Bittschrift überreichen zu wollen – Zugang zur Zitadelle.
Von soviel Glück und »Gunstbeweisen des Himmels« ermutigt, warfen sie (nach der engagierten Schilderung des Kaplans Fulcher von Chartres) »alle Furcht ab, zogen ohne Zögern die Messer«, die sie unter ihren tarnenden Textilien verborgen hatten, und töteten den Hauptmann der Wachen, »der törichterweise gerade mit einem der unseren Gefangenen ergebenen Männer Schach spielte, in weniger Zeit, als man braucht, es auszusprechen..., und beeilten sich«, jeglichen Widerstand zu brechen. »Laute Schreie ertönten, drinnen und draußen waren alle in Verwirrung... Der König aber und die übrigen Gefangenen wurden aus ihrem Kerker geholt. Einige von ihnen, noch mit Ketten an den Füßen, stiegen auf Leitern zum Mauerrand, pflanzten auf dem höchsten Punkt der Zitadelle das Banner der Christen auf und taten so vor aller Augen kund, was soeben geschehen war.«
Ein vollendeter Handstreich also, ein hervorragend geplantes und gelungenes Kommandounternehmen! Die Situation aber, in der sich Befreier und Befreite nun befanden, war kaum dazu angetan, Hoffnung und Zuversicht zu wecken. Die Türken schlossen die Burg ein, und Balak, der auch seinen in der Zitadelle untergebrachten, reich assortierten Harem bedroht sah, schwor Stein und Bein, es den Verrätern heimzuzahlen.
Balduin und Joscelin gaben sich keinen Illusionen hin – sie waren zwar ihrer Ketten ledig, saßen aber in der Falle. Nach Fulchers Bericht dachten sie lange nach, ehe sie den einzigen noch verbliebenen Ausweg fanden. Joscelin, in allen Schlichen und Bräuchen des Orients wohlbewandert, sollte versuchen, sich aus der belagerten Burg hinauszustehlen und bis zum nächsten christlichen Stützpunkt durchzuschlagen, um von dort aus eine Entsatzarmee zu mobilisieren. Und wirklich gelang es ihm und drei armenischen Begleitern, »mit nicht weniger Angst als Mut im Herzen«, sich trotz hellem Mondschein durch die türkischen Linien zu pirschen.
Mit zwei Gefährten – den dritten hatte er zu Balduin zurückgeschickt, um ihn über den ersten Erfolg seiner Flucht zu informieren – pilgerte Joscelin nun durch das feindliche Land, mit zwei Weinschläuchen und etwas gedörrtem Fleisch versehen und »mehr des Nachts als am Tage unterwegs«. Zerlumpt und mit zerrissenem Schuhwerk, fast barfüßig, erreichten sie den Euphrat. Vergebens suchten sie jedoch nach einem Boot, um den Strom zu überqueren. Da der Ritter Joscelin nicht schwimmen konnte, blieb seinen Weggenossen nichts anderes übrig, als die beiden inzwischen geleerten Schläuche aufzublasen und den Grafen von Courtenay auf dem so entstandenen behelfsmäßigen Luftkissenboot überzusetzen.
Als sie das jenseitige Ufer erreicht hatten, vermochte der Herr von Edessa nur noch mit Mühe zu atmen. »Überwältigt von Müdigkeit«, berichtet der von diesem Unternehmen sichtlich faszinierte Kaplan Fulcher weiter,

»entschloß er sich, seinen von so groben Mühsalen mitgenommenen Gliedern etwas Ruhe zu gönnen. Er streckte sich unter einem Nußbaum nieder und deckte sich mit Ästen und Gestrüpp zu.« Dann schickte er einen seiner Kumpane los, etwas Brot zu besorgen. Dieser traf einen armenischen Bauern »mit einer Last von Feigen und Weintrauben«, winkte ihn verstohlen näher und führte ihn zu seinem Herrn.

Nun geschah ein weiteres der »herrlichen Wunder«, die die Feder des Kaplans Fulcher bei der Niederschrift dieser Geschichte so sichtlich beflügelt haben. Der Bauer erkannte den Grafen, von dem er einmal ein Almosen erhalten hatte, fiel ihm zu Füßen und sagte: »Seid mir gegrüßt, edler Herr!« Joscelin, zunächst erschreckt, dann aber Vertrauen fassend, erzählte ihm von den Gefahren, die er und seine beiden Begleiter bereits ausgestanden hatten, und der Bauer erklärte sich ohne Umschweife bereit, ihn unerkannt, als einen zu Markt ziehenden Landsmann, nach Turbessel zu führen.

Er rief seine Familie zusammen, die aus »einer Frau, einer kleinen Tochter und zwei Brüdern« bestand, und ließ den Grafen seine Eselin besteigen. Listig, wie Armenier sind, legte er ihm, um die Maskerade vollständig zu machen, die noch im Windelalter befindliche Tochter auf den Schoß. Ohne Hast zog der kleine Konvoi, einer alttestamentlichen wandernden Sippe gleich, dann durch das von turkmenischen Reitern kontrollierte Land auf das rettende Turbessel zu.

Der Ritter Joscelin von Courtenay scheint den gänzlich unritterlichen Eselsritt mit Fassung ertragen zu haben. Nur wenn der mitgeführte Säugling durch kräftiges Geschrei sein Verlangen nach der Mutterbrust kundtat, befiel ihn sichtliche Unruhe, denn seine Brust – selbst der ernsthafte Fulcher versucht hier einen kleinen Scherz – spendete leider keine Milch; auch hatte Joscelin die Kunst, »ein Kind durch Liebkosungen zu besänftigen«, nicht gelernt. Der schlaue armenische Bauer bestand aber auf der Fortsetzung der Komödie, »bis sie endlich alle in Turbessel ankamen«, wo der Graf von Edessa seinen Retter mit einem Ochsengespann und einem Geldgeschenk entlohnte und guter Dinge wieder heimwärts ziehen ließ.

In Turbessel traf Joscelin nicht nur seine Gattin, sondern auch viele seiner Ritter wieder, die ihn, den Totgeglaubten, mit Jubel begrüßten. Wie besprochen, mobilisierte er eine Entsatzarmee, um den König aus seiner mißlichen Lage zu befreien. Bevor er jedoch den Abmarsch befehlen konnte, traf die Nachricht ein, daß die Zitadelle von Kharput – von türkischen Sappeuren unterminiert – gefallen und Balduin wieder in Balaks Gewahrsam sei.

Die Geschichte nahm dennoch ein tröstliches Ende. Am 6. Mai 1124 wurde Balak von dem »verirrten Pfeil« eines Glaubensgenossen tödlich getroffen, und sein Nachfolger, der Emir Timurtasch, ließ seinen königlichen Gefangenen gegen ein Lösegeld von 80000 Denaren wieder frei; 20000 Denare mußten vorweg gezahlt werden, der Rest wurde gestundet. Nobel wie dieser Vertrauensbeweis war auch der Abschied. Balduin, seiner Ketten ledig, wurde von Timurtasch empfangen. »Nachdem sie zusammen gegessen und getrunken hatten, schenkte ihm der Emir ein königliches Gewand, eine goldene Mütze und reichverzierte Stiefel. Balduin erhielt auch das kostbare Pferd zurück, das er am Tage seiner Gefangennahme geritten hatte.«

Balduin II. – letzter Kreuzfahrer der ersten Stunde

Als König Balduin II. im August des Jahres 1124 die Freiheit zurückgewann, war er fast sechzig Jahre alt: ein Veteran der ersten Kreuzfahrergeneration, der nun schon achtundzwanzig Jahre lang für den Sieg des Kreuzes im Heiligen Lande focht; nur zweimal, während seiner beiden Gefangenschaften, hatte ihm das Schicksal ein wenig Ruhe und Erholung gewährt – sofern man Aufenthalte in türkischen Kerkern mit derart euphemistischen Vokabeln belegen kann.

Um die wichtigsten Stationen seines Lebens kurz in Erinnerung zu rufen: Balduin von Rethel und Le Bourg, in den Ardennen zu Hause und durch seine Mutter mit der Sippe des Herzogs von Niederlothringen verwandt, zählte zu den Schwertpilgern der ersten Stunde. Im Sommer 1096 schloß er sich dem von Gottfried von Bouillon geführten lothringischen Kontingent der »großen Armee Gottes« an. Er gehörte nicht dem fürstlichen Führungszirkel an, war aber häufig da zu finden, wo es schwierige und verantwortungsvolle Aufgaben zu bewältigen galt.

Als Gottfrieds Vertrauter führte er die Delegation an, die der Herzog in Konstantinopel zu Kaiser Alexios schickte. An der Seite seines Vetters Balduin von Boulogne machte er den kilikischen und armenischen Feldzug mit. Auf dem Weg nach Jerusalem führte er, zusammen mit dem Normannen Tankred, jene Kampfgruppe an, die als Vorausabteilung des christlichen Heeres unter Glockengeläut in Bethlehem einzog. Nach der Eroberung Jerusalems übte er in Antiochia die Funktionen eines Verbindungsoffiziers zwischen Balduin von Edessa und dem Fürsten Bohemund aus.

Als Vetter Balduin im September des Jahres 1100 nach Jerusalem gerufen wurde, übernahm er die Regentschaft in Edessa. Er verteidigte die Grafschaft mit Bravour, versuchte durch eine Ehe mit Morphia, der Tochter des Fürsten Gabriel von Melitene, die Gunst der Armenier zu gewinnen (die er im übrigen bedenkenlos ausnahm), und machte sich um das Leben der christlichen Gemeinden zwischen Euphrat und Balikh so verdient, daß der Chronist Matthäus von Edessa seinen Namen nur mit höchster Ehrfurcht, sozusagen kniefällig, zitiert. In dieser Zeit entstand auch die enge Partnerschaft mit seinem Vetter Joscelin, der als mittelloser Sohn des Grafen von Courtenay kurz nach 1100 ins Heilige Land gekommen war, wo er bald darauf mit der Verwaltung von Turbessel und aller westlich des Euphrat gelegenen Gebiete der morgenländischen Grafschaft betraut worden war.

Beide zusammen gerieten, wie bekannt, in der Schlacht am Balikh-Fluß in türkische Gefangenschaft, aus der sie erst 1107 freigekauft wurden. Wieder in Edessa, war Balduin von Le Bourg einer der ersten christlichen Fürsten, die mit den Muselmanen kollaborierten. So verbündete er sich mit türkischen Potentaten zunächst gegen Tankred, später auch gegen Joscelin, den er 1112 kurzfristig festsetzen ließ. Doch hielt er auch die heimischen Emire in Schach, wobei er sich unbedenklich in ihre Streitigkeiten einmischte – meist zu seinem Vorteil. So genoß er nach dem Ende Bohemunds und Tankreds einen Ruf, der dem seines königlichen Vetters Balduin fast gleichkam, zumal er mit den jungen Herren von Antiochia und Tripolis, Roger und Pons, in gutem Einvernehmen lebte.

Als er im April 1118 – war es Zufall, Glück oder kühles Kalkül? – zum Osterfest und damit zur Beisetzung des ersten Balduin in der Heiligen Stadt erschien, bildete sich daher sofort eine Partei, die ihn und nicht den nach Europa zurückgekehrten Eustachius, der nach herkömmlichem Geblütsrecht eigentlich erster Anwärter auf den Thron von Jerusalem war, als König vorschlug.

Erster und einflußreichster Befürworter seiner Wahl war Joscelin, der »teure Cousin«, der 1113 als Herr von Tiberias Lehnsmann des ersten Balduin geworden war. Auch Joscelin war ein guter Rechner; wenn es ihm gelang, seinem Vetter aus Edessa den Thron von Jerusalem zu verschaffen, so mußte die armenische Grafschaft neu »vergeben« werden. Wer anders aber kam dafür dann in Frage als er, Joscelin von Courtenay, der bereits zehn Jahre seines Lebens dort verbracht hatte und nicht nur Land und Leute kannte, sondern auch mit den Problemen dieses teils christlichen, teils muselmanischen Territoriums wohlvertraut war.

Ob es ein abgekartetes Spiel war oder nicht – Joscelins Rechnung ging auf. Als der Patriarch Arnulf den zweiten Balduin am Ostersonntag des Jahres 1118, dem 14. April, feierlich gekrönt hatte, wurde er, der Herr von Courtenay, Graf von Edessa. Sein Vetter, der neue König, hatte keinen Augenblick gezögert, seinen Dank abzustatten.

Die Bartkomödie von Edessa...

Trotz der etwas dubiosen Umstände dieser Wahl – die Ritter des Königreiches Jerusalem hatten sich für den richtigen Mann entschieden; der

zweite Balduin war zwar von gänzlich anderer Statur und Wesensart als sein Vorgänger, konnte es aber an Gewicht und Erfolg mit ihm aufnehmen.
Auch er entsprach dem zeitgenössischen männlichen Schönheitsideal. Er war zwar eine Handbreit kleiner als der erste Balduin, aber immer noch »größer als die Mittelgroßen«. Der Erzbischof Wilhelm von Tyros, dem die Historiker einen genauen Steckbrief des neuen Königs verdanken, hebt auch das Ebenmaß seiner Gestalt hervor. »Seine Glieder stimmten so zu seiner Größe..., daß kein Teil auch nur im geringsten von der Harmonie des Ganzen abwich.« Wilhelm bestätigte ihm auch ein markantes Gesicht und eine »lebhafte Hautfarbe«. Balduins Haar war blond, wurde aber früh weiß. Ein schütterer, grauer Bart bekleidete Kinn und Hals.
Natürlich beherrschte auch dieser zweite König von Jerusalem das rauhe Handwerk des Krieges – wie anders hätte er mehr als dreißig Jahre immerwährenden Kampfes um das Heilige Land und seine armenischen Außenpositionen durchstehen können! Doch war er beherrschter als sein Vorgänger, vorsichtiger und wägender, kein Vabanquespieler, sondern ein nüchterner, beharrlich seine Chance suchender Feldherr. Wie sein ganzes Leben entbehrte auch seine Kriegführung des charismatischen Glanzes. Die an Balduins I. ungestüme, mitreißende Attacken gewöhnten Ritter des Heiligen Landes benötigten daher einige Zeit, sich an sein methodisches Manövrieren und Finassieren zu gewöhnen. Überhaupt war er ihnen etwas zu bedächtig, zu berechnend und bei aller bemühten Leutseligkeit zu knauserig – denn auch Freigebigkeit, in ihrer Vorstellung die königlichste aller Eigenschaften, war seine Stärke nicht.
Selbst Matthäus von Edessa, der ihm außer einem »gefestigten Charakter« vornehme Denkungsart, Sanftmut und Bescheidenheit quittiert hat, glaubte ausreichenden Grund zu haben, die Raffgier dieses Herrschers zu beklagen. Er spricht von einer geradezu »genialen Begabung, sich der Schätze anderer zu bemächtigen«, tadelt seinen nie zu stillenden Geldhunger und wirft ihm, in völliger Übereinstimmung mit den an die offene Hand Balduins I. gewöhnten fränkischen Baronen, »Mangel an Großzügigkeit«, das heißt ausgewachsenen Geiz vor.
Um seinen horrenden Geldbedarf zu befriedigen, entwickelte der zweite Balduin, bei all seiner Nüchternheit, viel Phantasie und geradezu eulenspiegelhafte Einfälle. Einmal, als die linkseuphratischen Gebiete von Edessa sich nach etlichen Türkeneinfällen in höchster Not befanden, während Turbessel und seine angrenzenden Gebiete ungerupft davongekommen waren, aber keinerlei Hilfsbereitschaft erkennen ließen, streute er das Gerücht aus, daß er sterbenskrank darniederliege. Der Effekt war wohlberechnet: Vetter Joscelin eilte, sich bereits als Nachfolger wähnend, nach Edessa, wo ihn Balduin bei bester Gesundheit empfing, aber so lange festsetzte, bis er sofortige Unterstützung zugesagt hatte.

In keiner Kreuzfahrergeschichte fehlt auch die von Wilhelm von Tyros übermittelte Bartkomödie, die ebenfalls in Edessa über die Bühne ging. Im Jahre 1102, kurz nach der Hochzeit mit der Prinzessin Morphia, berichtete Balduin seinem Schwiegervater Gabriel mit allen Zeichen der Betretenheit, daß er seinen Rittern nicht weniger als dreißigtausend Denare schulde und geschworen habe, seinen Bart zu opfern, wenn ihm nicht die baldige Tilgung der Schuld gelänge. Der alte Herr von Melitene war entsetzt, denn ihm galt, wie allen Armeniern, ein wohlgepflegter Bart als der Inbegriff männlicher Würde, ja, geradezu als Symbol männlicher Überlegenheit, auf das zu verzichten ihm selbst in einem bösen Traum nicht eingefallen wäre. Als sich nun auch die vorher verständigten angeblichen Gläubiger zu Worte meldeten und barsch die sofortige Schur ihres Herrn verlangten, beeilte sich Gabriel, seinem Schwiegersohn die genannte Summe auszuhändigen, um ihm die Schande der Bartabnahme zu ersparen.
Die Geschichte mag erfunden sein, doch spiegelt sie nicht nur Balduins notorische Geldnöte, sondern auch seine pfiffige Verschlagenheit richtig wider. Vor allem im Umgang mit Orientalen – egal, ob es sich um Muselmanen oder heimische Christen handelte – bewies er das gleiche diplomatische Geschick wie sein Vorgänger. Er wußte wie dieser um den Wert schöner, scheinbar großzügiger Gesten. Es war daher auch kein Zufall, daß ihn der Emir Timurtasch mit so sichtbar gezeigter Noblesse aus der Gefangenschaft entließ – denn Balduin, ausgerechnet der knauserige, geizige, ständig schachernde Balduin, hatte ihm etliche Jahre zuvor die Zahlung fälliger Tribute erlassen: eine Investition in die Zukunft, die sich erwartungsgemäß auszahlte.
Im übrigen dominieren die Züge, die ihn als einen verständigen, ungenialen, aber pflichtbewußten Hausvater ausweisen, als einen Mann des Maßes und der Mitte. Er war geschmeidig und zäh zugleich, von Spontaneität nicht geplagt, aber entschlossen in kritischen Situationen, grausam nach Vorschrift, doch nicht über Gebühr. Simplen Späßen durchaus zugänglich, gab er sich doch ernst und schlicht; auch in der Kleidung vermied er, anders als der erste Balduin, jegliche Extravaganz.
Im übrigen war er nach den respektvollen Vermerken der christlichen Chronisten so fromm, daß ihm dank täglicher Andachtsübungen eine dicke Hornhaut auf die Knie gewachsen war. Als der skandalumwitterte, sündhaften Lebens verdächtige Patriarch Arnulf zwei Wochen nach der Krönung starb, ersetzte er ihn durch den picardischen Priester Gormond von Picquigny, der nach Runcimans Meinung »Arnulfs praktische Gaben mit einem heiligmäßigen Leben« vereinigte und die recht locker gewordenen Beziehungen zwischen Jerusalem und Rom schnell wieder festigte.
Auch in seinem Privatleben hielt Balduin auf Ordnung. Seine Ehe mit

Morphia, der Tochter des geprellten Gabriel, war untadelig, obwohl ausschließlich mit Töchtern gesegnet. Die aphroditischen Gepflogenheiten, die zumindest während der kurzen winterlichen Kriegspausen den Hof des ersten Balduin beherrscht hatten, wichen einer wohltemperierten Sittsamkeit – ein Grund mehr, daß der zweite Balduin in den zeitgenössischen Chroniken recht gut wegkommt.

...und zwei Blutopern in Aleppo

Schon ein Jahr nach seiner Krönung hatte er Gelegenheit, sich höchst königlich zu bewähren.
Dem Ortoqiden-Fürsten Ilghazi war es nach dem Tod von Sultan Mohammed gelungen, eine Koalition mit Schaizar und Damaskus zustande zu bringen. Ein gemeinsames Heer der drei Verbündeten, angeblich vierzigtausend Mann umfassend, überschritt Mitte Juni 1119 den Euphrat und biwakierte in der Nähe von Aleppo, um vor dem Angriff auf Antiochia die Ankunft weiterer Truppen abzuwarten. Balduin, durch Boten über die aufziehende Gefahr unterrichtet, versprach sofortige Hilfe, ließ dem Fürsten Roger von Antiochia, dessen ungezügeltes Temperament er kannte, jedoch dringend nahelegen, sich bis zu seinem Erscheinen jeglicher eigenen Initiative zu enthalten – ein kluger Rat, den der junge ehrgeizige Normannensproß leider nicht befolgte.
Der ungeduldige, wohl auch auf eigene Ehren erpichte Roger zog dem Feind vielmehr entgegen, obwohl seine Streitmacht nur siebenhundert Berittene und viertausend Mann Fußvolk zählte. Am Ostende der Ebene von Sarmeda schlug er sein Lager auf. Dort gedachte er nach dem Eintreffen der vereinigten Heere von Jerusalem und Tripolis, sozusagen nach Vorankündigung, die fällige Schlacht mit dem Gegner zu schlagen. Der schlaue Ilghazi, durch verkleidete Kundschafter über die Bewegungen und Absichten der Antiochia-Normannen unterrichtet, ging auf diesen naiven, allzu durchsichtigen Plan aber nicht ein. Als Rogers Krieger sich am Morgen des 28. Juni den Schlaf aus den Augen rieben, mußten sie entdecken, daß sie über Nacht von einer weit überlegenen muselmanischen Streitmacht eingeschlossen waren.
Roger war trotz seinem Leichtsinn Soldat genug, um zu begreifen, daß er nur noch eine geringe Überlebenschance hatte. Er mußte den Einschließungsring sprengen und versuchen, nach Antiochia durchzustoßen. Die Chronisten heben hervor, daß er das fällige Ausbruchsunternehmen nach den üblichen rituellen Vorbereitungen – Predigt und Messe, Beichte und Absolution – ruhig und besonnen, gefaßt und gewissenhaft in Szene setzte. Jedoch vergebens. Von der Übermacht der türkischen Reiter und Bogenschützen umstellt, ging das gesamte antiochische Heer bis auf etwa

hundert Ritter, die sich bis zu ihrer rettenden Garnison durchschlugen, mit fliegenden Fahnen unter.
Auch der junge Roger wurde ein Opfer seiner unbegreiflichen Leichtfertigkeit. Er fiel im wildesten Kampfgetümmel, von einem türkischen Schwertstreich an Brust und Hals getroffen. Nach den Aufzeichnungen der geistlichen Chronisten beendete er sein Leben zu Füßen eines juwelengeschmückten Kreuzes, das blutbefleckt in die Hände der Ungläubigen fiel. Er sühnte damit nicht nur seinen militärischen Unverstand, sondern auch seine schlimmen ehebrecherischen Gewohnheiten, die ihm vor allem der fromme Fulcher von Chartres angekreidet hat.
Der Schlacht auf dem Blutfeld folgte ein Massaker, das selbst dann, wenn man nur die Hälfte der darüber vorliegenden Informationen glaubt, sich zu einer bacchantischen Blutorgie auswuchs.
Die Turkmenen trieben ihre christlichen Gefangenen in Gruppen von zwei- bis dreihundert Mann in die unter praller Sommersonne liegenden Weinberge von Sarmeda und lieferten sie dort ihren Durstqualen aus. Um diese unerträglich zu machen, stellten sie vor den nackten oder halbnackten Rittern, die sie mit Stricken aneinander gefesselt hatten, wassergefüllte Krüge auf. Dann säbelten sie die Gefangenen nieder, die – von ihren brennenden Eingeweiden um den Verstand gebracht – sich den Gefäßen zu nähern versuchten. Die übrigen, die ihren Durst niederkämpften, überließ Ilghazi dem Pöbel von Aleppo, der sie auf mancherlei einfallsreiche Art zu Tode folterte.
Diese genüßlich ausgekosteten Siegesmassaker und die ihnen folgenden Festgelage retteten Antiochia, das auf dem Blutfeld fast seine gesamte waffenfähige Mannschaft verloren und sich damit dem Feind gleichsam ans Messer geliefert hatte. Der in der Stadt zurückgebliebene Patriarch Bernhard ließ während der Pause, die ihm Ilghazis mehrtägiger Rausch verschaffte, die Festungswerke mit eilends zusammengestellten Bürgermilizen bemannen und vermochte die vor Antiochia auftauchenden turkmenischen Reiter derart zu beeindrucken, daß sie sich damit begnügten, die ungeschützten Vororte zu brandschatzen und zu plündern.
In den ersten Augusttagen traf Balduin II. mit dem Heer des Königreiches Jerusalem in Antiochia ein, kurz darauf auch der Graf Pons von Tripolis. Die Bevölkerung, an ihrer Spitze der mutige Patriarch Bernhard und die Fürstinwitwe Cäcilie, Balduins Schwester, begrüßte den König mit Prozessionen und Glockengeläut, und dieser erwies sich sofort als Herr und Nutznießer der Situation. Nach einem Dankgottesdienst in der Kathedrale verheiratete er die noch unbeweibten Herren seines Gefolges mit den Witwen der soeben gefallenen normannischen Ritter und setzte sich selbst – für den in Süditalien lebenden, den Kinderschuhen noch nicht entwachsenen jungen Bohemund – als Regenten von Antiochia ein. Dann wandte er sich gegen die Truppen des inzwischen ernüchterten Ilghazi

und lieferte ihnen bei Tel-Danith eine blutige Schlacht, in der er den Rückzug der Muselmanen auf Aleppo erzwang.
Es war ein teuer erkaufter Sieg. Die Türken hatten, trotz ihrer Niederlage, erneut zahlreiche christliche Gefangene eingebracht und wie Schlachtvieh nach Aleppo getrieben, wo sich die fiebrige Erregtheit der Nichtkombattanten in einem zweiten ungehemmten Mordbacchanal Luft machte. Auch die muselmanischen Heerführer, die sich nach dem Sieg auf dem *ager sanguinis* so unsanft in die rauhe Wirklichkeit zurückversetzt sahen, beteiligten sich an der Niedermetzelung der Ritter. Toghtekin, der Atabeg von Damaskus, tötete zum Beispiel eigenhändig den alten Robert von Saône, genannt der Aussätzige, obwohl ihn dieser Spaß das von Ilghazi bereits vereinbarte Lösegeld in Höhe von zehntausend Denaren kostete. Die letzten vierzig Gefangenen wurden vor den Toren des Schlosses von Aleppo gepfählt und gefoltert, als lebende Zielscheiben benutzt und am Ende regelrecht zerhackt und zerrissen. Ein gespenstischer Triumphzug mit aufgespießten Köpfen beschloß diese zweite Blutoper von Aleppo, mit der sich die Muslims für die schwere Niederlage rächten.
Nach dieser Explosion der beiderseitig aufgeheizten Leidenschaften löste sich der Krieg in Einzelaktionen auf, die weder Gläubigen noch Ungläubigen sichtbare Vorteile brachten. Balduin blieb am Feind, ließ sich aber nicht verleiten, ihn zu treffen oder gar zu verfolgen. Er riskierte wenig und begnügte sich damit, die wiedergewonnene Schlagkraft der christlichen Armeen mit Bedacht und Methode zu demonstrieren. Nach zwei Jahren geduldigen Manövrierens brachte er die Ernte dieser für Türken und Turkmenen ungewohnten Taktik ein. Der Sohn Ilghazis schloß Frieden mit den Franken. Der *Status quo* wurde nicht angetastet.
Balduin hatte das Spiel gewonnen. Die Muselmanen gaben fürs erste Ruhe. Die Bewohner des Königreiches Jerusalem und der ihm vorgelagerten christlichen Territorien konnten wieder ruhig schlafen. Die Kreuzfahrerstaaten im Heiligen Land hatten erneut ihre Kraft und ihre Solidarität bewiesen.
Daran änderte sich auch während der Gefangenschaft Balduins nichts.

Venezianer bezwingen die Mutterstadt Karthagos

Nichts Nachteiliges geschah. Im Gegenteil – Balduins Stellvertreter, zunächst der Herr von Cäsarea, Eustache Garnier, dann der Fürst von Galiläa, Wilhelm von Bures, zeigten sich den Muselmanen, die die plötzliche Führungslosigkeit in Jerusalem und Edessa auszunutzen trachteten, vollauf gewachsen und schlugen sowohl die Angriffe der Ägypter auf Jaffa und die Heilige Stadt als auch die der Türken auf Antiochia gelassen zurück. Ja, sie gingen ihrerseits zum Angriff über und kaperten Tyros, den

alten phönikischen Handelsplatz, einen der sichersten und umsatzstärksten Häfen an der ostmittelmeerischen Küste.
Das Tyros-Unternehmen ging allerdings auf einen älteren Plan Balduins zurück. Schon 1119 hatte der König eine Delegation nach Venedig geschickt und den regierenden Dogen gebeten, ihm durch eine kampfkräftige Flotte die Eroberung der beiden noch in feindlicher Hand befindlichen Hafenstädte Askalon und Tyros zu ermöglichen. Die Venezianer erklärten sich grundsätzlich einverstanden, ließen sich jedoch Zeit, wahrscheinlich, um nach bewährter Kauffahrerart durch Verzögerung der Sendung deren Preis in die Höhe zu treiben. Erst im August 1122 stach eine aus dreihundert Schiffen bestehende Flotte des selbstherrlichen Händlerimperiums in See. Auch diese kannte keine sonderliche Eile, die Küsten des Heiligen Landes anzulaufen. Erst Ende Mai 1123 traf sie, nachdem sie zunächst die Insel Korfu einige Monate blockiert hatte, mit etwa fünfzehntausend Mann in Akkon ein.
Dann allerdings zeigten die unverhofft aufgetauchten Bundesgenossen, daß sie etwas von Seekriegführung verstanden. Mit achtzehn Schiffen, die sie als Pilgertransporter getarnt hatten, lockten sie ein ägyptisches Geschwader aus dem sicheren Askalon aufs hohe Meer und versenkten es fast vollständig. Abermals ließen sie sich dann Zeit, diesmal bei Verhandlungen, in denen es um den Lohn ihrer Hilfeleistung ging. Erst nachdem ihnen der Ersatzregent Wilhelm, der Patriarch Gormond und der Kanzler Pagan alle gewünschten Privilegien, darunter etliche abgabenfreie Stadtteile in Akkon und Tyros, im Namen des Königs gewährt und auf die Bibel beschworen hatten, schlossen sie die antike Inselfestung von See her ein.
Am 15. Februar 1124 begannen die amphibischen Aktionen gegen die Mutterstadt Karthagos, die im Altertum einer dreizehnjährigen Belagerung durch den Assyrerkönig Nebukadnezar II. getrotzt hatte und von Alexander dem Großen erst nach dem Bau eines Festlanddammes erobert worden war. Von nur siebenhundert Türken verteidigt und von Kairo und Damaskus im Stich gelassen, hielt sie diesmal nur fünf Monate durch. Am 7. Juli kapitulierte die ausgehungerte Besatzung, nachdem sie einen ehrenvollen Abzug und eine geordnete Übergabe ohne Plünderung ausgehandelt hatte.
Fortan wehte die Standarte des Königs von Jerusalem, flankiert von den Fahnen des Grafen Pons von Tripolis und des Dogen von Venedig, über dem Haupttor von Tyros – für Balduin, der sieben Wochen später die Freiheit zurückgewann, eine Morgengabe von unschätzbarem Wert; denn die Kreuzfahrer waren nun endgültig Herren der Küste zwischen Tarsos und Askalon (das sich weiterhin in äyptischer Hand befand) und um einen sicheren Hafen und eine starke Festung reicher: eine Festung, die bei hinreichender Versorgung über See fast unbezwingbar war.

Die Eroberung von Tyros verschaffte Balduin freilich nicht die Chance, sich aufs Altenteil zurückzuziehen. Der Dauerkrieg gegen die Muselmanen ging weiter. Zunächst prellte der entschlossene König den Emir Tirmurtasch um einen Teil des vereinbarten Lohns, das heißt um die Städte Athareb, Zerdana, Azaz, Kafartab und Dschasr, die aus dem antiochischen Besitzstand herausgelöst und dem Territorium von Aleppo zugeschlagen werden sollten. Da er lediglich Regent, nicht aber Herr von Antiochia sei, ließ er seinen großzügigen Gastgeber wissen, habe er gar nicht das Recht gehabt, die genannten Städte in das Lösegeld einzubeziehen. Und der Emir war vornehm und einsichtig genug, diese nachträgliche Auslegung des Vertrages, um eine Erfahrung über den Umgang mit Franken reicher, mit orientalischem Langmut hinzunehmen.

Dann begann der Krieg von neuem oder besser, jene nicht abreißende Folge von Feldzügen und Gegenfeldzügen, die, ohne bedeutsame Entscheidungen zu bringen, fast zu einer Gewohnheit wurden. Um nur die wichtigsten weiteren Daten aus dem imaginären Kriegstagebuch des zweiten Balduin zu nennen:

1124/25 belagerte er Aleppo, doch brach er das Unternehmen ab, als sich der Atabeg von Mossul, Il-Bursuqi, der Festung mit einem starken Entsatzheer näherte.

1125, Ende Mai, eilte er dem von Il-Bursuqi eingeschlossenen Zerdana zu Hilfe. Es kam zu der ungewöhnlich blutigen Schlacht von Azaz, in der sich die Muslims auf einen Kampf Mann gegen Mann einließen, bei dem sie schrecklich zur Ader gelassen wurden. Die Beute des Königs war so groß, daß er endgültig das Lösegeld zahlen konnte, das er Timurtasch noch immer schuldete.

1125, im Herbst, unternahm er einen Raubzug durch damaszenische Gebiete und einen Scheinangriff auf Askalon, um die Ägypter zu beunruhigen.

1126, im Januar, zog er erneut bis vor die Mauern von Damaskus, von wo er nach schweren Verlusten wieder mit reicher Beute heimkehrte. Im März eroberte er gemeinsam mit Pons von Tripolis die Festung Rafaniya am Zugang zur Buqaia-Ebene. Im Oktober hatte er sich einer kombinierten ägyptisch-mossulischen Aktion zu erwehren. Kurz darauf wurde Balduins Intimfeind Il-Bursuqi in Mossul von einem Assassinen ermordet, mit dem für Balduin sehr vorteilhaften Nebeneffekt, daß sich die muselmanischen Kleinfürsten für geraume Zeit wieder ausschließlich mit sich selbst und ihren Kabalen und Intrigen beschäftigten.

1127/28 erlebte das Königreich Jerusalem eine militärisch relativ ruhige Zeit, die allerdings dadurch bedeutsam wurde, daß auch der Ata-

beg von Damaskus, der zähe und immer zu Gegenschlägen bereite Toghtekin, das Zeitliche segnete.
1129 versuchte der König noch einmal, diesmal in Zusammenarbeit mit den Assassinen, Damaskus zu nehmen – abermals erfolglos.

Danach verzeichnen die Chroniken nur noch kleinere, unbeutendere Unternehmungen, die am Besitzstand der beiden Parteien nichts mehr änderten.
Immerhin hatten die Christen Tyros hinzugewonnen. Insofern ist es berechtigt, die Jahre unter König Balduin II. als den Scheitelpunkt des Ringens um das Heilige Land zu betrachten – obwohl sich bereits 1128 ein muselmanischer Heerführer in Mossul festsetzte, der sich in der Folgezeit als einer der kaltblütigsten, listenreichsten und energischsten Bekämpfer der Kreuzfahrerstaaten im Nahen Osten erwies: Imad ed-Din Zengi, der zwei Jahre vorher, damals noch Statthalter von Bagdad, von dem Seldschukensultan Mahmud und dem Kalifen el-Mustarschid den Auftrag erhalten hatte, den Heiligen Krieg nach Syrien zu tragen und die christlichen Invasoren zu vertreiben.
Doch Zengi wuchs erst nach Balduin in die Rolle des bedeutenden Feldherrn und Diplomaten hinein, als der er in die Geschichte der Kreuzfahrerzeit eingegangen ist.

Fulk von Anjou tritt auf

König Balduin II. hat das ihm zugefallene Erbe aber nicht nur militärisch behauptet. Er hat sich als tüchtiger Landesvater auch um die innere Ordnung der Kreuzfahrerstaaten verdient gemacht. Er war der erste Gesetzgeber des Königreiches Jerusalem und seiner christlichen Satelliten. So setzte er schon 1120 »auf dem sogenannten Konzil von Nablus, das in Wahrheit ein Kronrat der bedeutendsten geistlichen und weltlichen Würdenträger war« (nach Mayer), nicht weniger als »fünfundzwanzig legislative Beschlüsse« durch, die unter anderem Strafen für Ehebruch, Bigamie, Sodomie und Diebstahl vorsahen. Auch die Rechte des Königsgerichtes wurden in Nablus »erstmals genauer definiert und gegenüber dem bisherigen Selbsthilferecht ausgedehnt«.
Einigen Ärger hatte Balduin II. trotz seines ehrbaren Lebenswandels mit der hohen Geistlichkeit. Der Patriarch Stephan von La Ferté, Nachfolger Gormonds, fühlte sich zum Beispiel stark genug, das längst vergessene Abkommen Dagoberts mit Gottfried aus der Versenkung zu holen, doch starb er 1130 – von Balduin auf dem Totenbett herzlich verabschiedet –, zeitig genug, um das lästige Dokument schnell wieder verschwinden zu lassen. Der neue Patriarch Wilhelm von Messines, auf Betreiben des Kö-

nigs gewählt, war von Stephans hinterhältigem Ehrgeiz frei und beschränkte sich darauf, ein der Frömmigkeit und gottgefälligen Karitas gewidmetes Leben zu führen, dessen Einfalt Balduin nur recht sein konnte. Ähnlich verfuhr der König in Tyros, wo er nach vierjährigem Streit einem Mann seiner Wahl zum Amt des Metropoliten verhalf, einem Engländer namens Wilhelm – obwohl Tyros als geistliche Filiale Antiochias galt.
Die meisten Beschwernisse bereitete ihm jedoch die Tatsache, daß ihm seine armenische Gattin Morphia keinen Thronfolger, sondern lediglich Töchter geschenkt hatte: Melisende, Alice, Hodierna und Joveta. Dieser Umstand zwang ihn nämlich, seine eben erst begründete Dynastie durch Heiraten abzusichern. Den Anfang machte er mit der zweitgeborenen Alice, die er 1126 mit dem Sohn des großen Bohemund und der Königstochter Konstanze von Frankreich vermählte.
Balduin konnte mit dieser Wahl zufrieden sein. Der junge Bohemund war nicht nur der legitime Erbe des Fürstentums Antiochia, sondern auch ein außerordentlich attraktiver junger Herr. Wilhelm von Tyros lobt zum Beispiel seinen hohen Wuchs und seine männliche Schönheit, seine Freigebigkeit und seine feinen, geschliffenen Manieren. Auch an Draufgängertum und Tapferkeit ließ er sich von niemand übertreffen. Offenbar fühlte er sich in dieser Hinsicht sowohl dem Ruf seines Vaters als auch dem seines Schwiegervaters verpflichtet. Um ihrem Ruhm gerecht zu werden, legte er sich allerdings schon bald nach der Eheschließung nicht nur mit den Türken, sondern auch mit dem alten Joscelin an und machte damit Balduins Hoffnung auf eine gemeinsame Aktion der Herren von Antiochia und Edessa gegen Mossul zunichte.
Im Frühjahr 1129 brachte der König auch seine älteste Tochter, die Prinzessin Melisende, feierlich unter die Haube. Da er nicht geneigt war, eine derart wichtige Heirat dem Zufall zu überlassen, hatte er 1128 dem Fürsten Wilhelm von Bures, den Ex-Ersatzregenten, und den Grafen Guido Brisebarre von Beirut nach Frankreich geschickt, um unter den hochadligen Söhnen des Landes Ausschau nach einem passenden Gatten und Thronfolger zu halten. Der um Auskunft bemühte König Ludwig VI. verwies sie an den fünften Fulk von Anjou, einen vierzigjährigen Witwer, dessen Mutter jene berüchtigte Bertrada von Montfort gewesen war, die mit dem König Philipp I. in ehewidrigen Verhältnissen gelebt hatte.
Ihre Schönheit hatte sie freilich nicht weitervererbt. Fulk war klein, ziemlich vierschrötig und rothaarig, galt aber als rechtschaffen und großzügig. Überdies war er immens reich, und weil Reichtum sich gern zu Reichtum gesellt, hatte er seinen Sohn Gottfried gerade mit der Kaiserinwitwe Mathilde, der präsumtiven Erbin Englands und der Normandie, verehelicht. Nun, da seinem weltlichen Ehrgeiz alle Erfüllung zuteil geworden war, gedachte Fulk (der 1120 schon einmal nach Jerusalem gepilgert war) den Rest seines Lebens dem Dienst am Kreuz zu weihen und ließ sich daher

gern herbei, Gatte der Melisende und damit Thronanwärter des Königreiches Jerusalem zu werden
Am 2. Juni 1129, unmittelbar nach seiner Landung in Akkon, fand die Trauung statt; eine mehrtägige Festivität schloß sich an, obwohl die Königstochter Melisende ihrem nunmehrigen Haus- und Bettgenossen offenbar nur geringe Sympathien entgegenbrachte.

Der König in der Mönchskutte

So schien alles wohlgeordnet. Ein Jahr später traf jedoch eine erschrekkende Nachricht in Jerusalem ein. Bohemund II., der jugendliche Held von Antiochia, war auf einem Kriegszug in Kilikien das Opfer einer türkischen Streife geworden, die seinen »hellblonden Löwenkopf« einbalsamiert und dem Kalifen in Bagdad als Präsent zugeschickt hatte. Nicht nur das – der Tod des schönen, strahlenden Kriegsfürsten hatte bei seiner Witwe, der Fürstin Alice, den Wunsch ausgelöst, selbst die Regentschaft zu übernehmen und ihre zweijährige Tochter Konstanze, die legitime Erbin, hinter Klostermauern verschwinden zu lassen.
Um das verletzte Recht und die Ordnung in Antiochia wiederherzustellen, mußte Balduin, nun fast siebzig Jahre alt, gegen die eigene Tochter zu Felde ziehen. Wie notwendig diese Aktion war, zeigte sich, als Balduins Ritter kurz vor Antiochia einen Boten Alices an den Atabeg Zengi aufbrachten. Er führte einen Brief mit sich, in dem Balduins Tochter sich in aller Form bereit erklärte, Zengis Herrschaft anzuerkennen, wenn er ihr Antiochia nicht streitig machen werde.
Balduin löste auch dieses Problem mit dem ihm eigenen Realitätssinn. Den Boten ließ er aufknüpfen, der Tochter, die sich ihm nach seinem Einzug in Antiochia reumütig zu Füßen warf, verzieh er königlich, nachdem er ihre Bewegungsfreiheit auf die Witwensitze Latakia und Dschabala beschränkt hatte. Dann übernahm er erneut die Regentschaft in Antiochia. Mit der Vormundschaft für Tochter und Enkelin betraute er seinen alten Freund und Widersacher Joscelin.
Ein Jahr später, 1131, starb er. Die Chronisten sind sich darüber einig, daß er auch bei seinem Abschied von der Welt Gelassenheit, Frömmigkeit und Größe bewies. Als er spürte, daß seine Kräfte nachließen, ließ er sich in die dem Heiligen Grab benachbarte Residenz des Patriarchen tragen. Dann berief er den Kronrat ein, ernannte in Gegenwart der Edlen seines Reiches seinen Schwiegersohn Fulk zum Nachfolger und segnete seine Tochter Melisende und ihren einjährigen Sohn Balduin. Bevor er verschied, ließ er sich eine Mönchskutte anlegen, um nicht als König, sondern als schlichter Chorherr des Heiligen Grabes vor seinen Schöpfer zu treten. Am 21. August schloß er die Augen.

Damit war der letzte große Kämpe der Kreuzfahrer der ersten Stunde von der Bühne abgetreten: ein harter, schlauer und entschlossener Mann, der das Königreich Jerusalem souverän verteidigt und keinen Fußbreit christlichen Bodens preisgegeben hatte. Selbst einer seiner Feinde, der trockene Ibn al-Qalanisi, Magistratsbeamter in Damaskus, hat ihm einen respektvollen Nekrolog geschrieben. »Er war ein betagter Mann, reich an Erfahrung, der jede Härte und Prüfung des Lebens durchgestanden hatte. Mehrere Male war er den Muslims in die Hände gefallen, hatte sich aber immer durch Listen und Täuschungsmanöver retten können.« Und fast bedauernd klingt der Satz, daß Balduin bei seinem Tod niemand unter den Franken zurückließ, der »als Herrscher getaugt hätte«.

Das Hospiz des Bruders Gerhard

Noch ein weiteres sehr wichtiges Ereignis fiel in die Regierungszeit des zweiten Königs von Jerusalem: die Entstehung der Ritterorden. Balduin, der kein Genie, aber ein kluger Pragmatiker war, ein Mann, der mit seinem Pfund zu wuchern verstand, hatte auch daran erheblichen Anteil.
Um 1070, ein Vierteljahrhundert vor Beginn der Kreuzzugzeit, gründeten reiche Bürger aus Amalfi – der Seestadt am Golf von Salerno, die den Handel mit Syrien damals beherrschte und der bedeutendste Hafen für die Pilgerfahrten ins Heilige Land war – mit Erlaubnis des ägyptischen Statthalters ein christliches Hospiz in Jerusalem: ein Kombinat von Wallfahrerherberge und Krankenhaus. Das Institut wurde dem barmherzigen Johannes Elemosynarius geweiht, einem verdienten Kleriker aus dem Alexandria des 7. Jahrhunderts, und von Brüdern betreut, die sich den in Palästina wirkenden Benediktiner-Filialen unterstellten. Ihrer Herkunft entsprechend, dürften sie sich vor allem der Kunden der Amalfi-Linien angenommen haben.
Als die Kreuzfahrer nach fast dreijährigem Marsch die Heilige Stadt erreichten, stand das Amalfi-Hospiz unter der Leitung eines gewissen Gerhard. Der Laienbruder, vielleicht ein süditalienischer Normanne, der während der Belagerung Jerusalems wahrscheinlich zu den christlichen Amtspersonen gehörte, die aus der Stadt ausgewiesen wurden, begann unmittelbar nach der Eroberung mit dem Ausbau der ihm anvertrauten Häuser. Auch gründete er eine (1113 bestätigte) Bruderschaft, deren Mitglieder zu äußerster Bedürfnislosigkeit verpflichtet und gehalten waren, Arme »als Herren« zu betrachten und sich als »deren Diener zu bekennen«. Sie widmeten sich der Pflege von Kranken sowie der Unterbringung und Speisung von Pilgern und nannten sich deshalb Hospitaliter. Auch die Tröstung der Sterbenden und die ehrfürchtige Bestattung der Toten gehörten zu ihren Obliegenheiten.

Gerade diese Dienste dürften dem Institut mancherlei Einkünfte verschafft haben. Viele Kranke zeigten sich für ihre Genesung durch großzügige Spenden erkenntlich. Viele Sterbende vermachten den Hospitalitern ihren Besitz. Überhaupt scheint es das besondere Talent des Vorstehers Gerhard gewesen zu sein, seinen auf individuelle Armut eingeschworenen Brüdern ein hohes Maß an kollektivem Wohlstand zu verschaffen. Als er 1118 – im selben Jahr wie Balduin II., der ihm wohlgesonnen war – verschied, war sein kleiner Orden bereits Nutznießer zahlreicher Liegenschaften und ständiger Deputate. Filialstationen in Frankreich, Italien und Spanien sowie an den Pilgerstraßen des Heiligen Landes zeigten an, daß diese Einkünfte zum Wohl aller Christenmenschen angelegt wurden.

»Arme Brüder vom Tempel zu Jerusalem«

Inzwischen war den Hospitalitern eine harte Konkurrenz in Gestalt der »Templer« erwachsen. Die Bruderschaft der Templer ging auf den Bund der beiden Ritter Hugo von Payens und Gottfried von Saint-Omer zurück, die um 1110 ins Heilige Land gekommen und vom Gedanken der *militia Christi* derart erfüllt waren, daß sie beschlossen hatten, ihre Waffen in den Dienst der unaufhörlich ins Heilige Land strömenden Pilger zu stellen.

Die Wallfahrer, die meist in Jaffa an Land gingen, konnten einen solchen Schutz sehr wohl gebrauchen. Denn der Weg nach Jerusalem führte durch Schluchten und Hohlwege, die geradezu zu Überfällen einluden. Die Beduinenstämme der näheren und weiteren Umgebung machten von der Möglichkeit, sich auf diese Weise für die Invasion der Franken zu revanchieren, gern und häufig Gebrauch, einigermaßen gefahrlos dazu, denn die Pilger waren allenfalls mit Messern oder Knüppeln ausgerüstet.

Hugo von Payens warb weitere sieben Ritter für den Pilgerschutz an und erhielt wahrscheinlich schon von Balduin I. die Erlaubnis, sich mit seinen Genossen in einem Flügel des im salomonischen Tempelbezirk gelegenen Königspalastes einzuquartieren – daher der Name Templer. Mit der Schaffung dieser ritterlichen Straßenpolizei war der erste Schritt zu einem militärischen Orden getan. Zu seiner Konstituierung kam es allerdings erst 1119, und zwar wiederum unter dem Einfluß des Hugo von Payens, der der planende Kopf der jungen Templerbruderschaft war.

Auch sein Unternehmen gedieh dann prächtig: ein Beweis dafür, wie sehr die Verbindung von Mönchtum und Rittertum einer inneren Notwendigkeit des Lebens im wiedergewonnenen, aber stets gefährdeten Heiligen Land entsprach. Auch die Templer wurden schnell reich, auch sie wußten durch ständige Gewissensappelle die Spendenfreudigkeit der Pilger anzuregen (Fulk von Anjou zum Beispiel setzte ihnen bei seiner Jerusalem-

Wallfahrt 1120 eine Jahresrente von 30 Mark Silber aus), auch sie erwarben die Gunst des Königs und des Patriarchen und damit so viele Privilegien, daß sie schon nach wenigen Jahren nur noch dem Namen nach die »armen Brüder vom Tempel zu Jerusalem« waren.

Hugo von Payens wollte jedoch mehr. Er wünschte eine eigene Regel und den päpstlichen Segen. Durch den Grafen Hugo von der Champagne, den neunten Tempelritter, gelang es ihm, Beziehungen zu Bernhard von Clairvaux herzustellen, den damals »einflußreichsten Mann der Kirche«. Mit einem Brief Balduins in der Tasche, in dem der König von Jerusalem den berühmten Abt und Kirchenlehrer um den Entwurf einer Satzung bat, »die von Krieges Lärm und Geschrei keinen Abstand haben möge«, reiste er 1128 selbst nach Frankreich und erreichte, daß eine eigene Ordenssatzung auf der Synode von Troyes beraten wurde.

Bernhard war von dem Plan eines geistlichen Ritterordens – der vollkommenen Synthese von *ecclesia militans* und *militia Christi* – offenbar fasziniert. Noch im selben Jahr verfaßte er unter dem Titel *Vom Lob der neuen Ritterschaft* eine Werbeschrift, mit der er sich an alle diejenigen wandte, »die es zu wenig finden, dem eigenen Willen zu folgen«. Gleichzeitig arbeitete er in Anlehnung an die Benediktinerregel eine Satzung aus, in der er alle Angehörigen des neuen Ordens strenger Zucht und den Geboten der Armut und Ehelosigkeit unterwarf.

Hugo von Payens steuerte die militärisch-ritterlichen Statuten bei, die sich etwa mit der Pflege der Rüstung und der Pferde beschäftigten und Jagd und Falknerei, Schach und Würfelspiel, Spaßmacher und Gaukler einem rigorosen Verdikt unterwarfen. Mit weiteren Zusätzen durch den Patriarchen Stephan von Jerusalem versehen, trat die Templersatzung 1130 in Kraft.

Der Orden war damit selbständig geworden. Lediglich vom Papst unterstellt, leistete er dem König von Jerusalem nur freiwillig seine Dienste. Trotzdem gehörten die Ritter im weißen Mantel mit dem roten Kreuz fortan zum integrierenden Bestand der adligen Feudalherrschaft im Heiligen Lande. Straff organisiert, von einem Ordensmeister geführt und in die drei Klassen der Ritter, der (waffentragenden) dienenden Brüder und der ausschließlich mit religiösen Übungen befaßten Kapläne eingeteilt, bildeten sie eine jederzeit einsatzfähige kasernierte Verfügungstruppe, deren Interessen sich mit denen des Königs zumindest so weit deckten, als sie der Bekämpfung der Ungläubigen galten.

Bernhard von Clairvaux (um 1090–1153), Gründer der Zisterzienser-Abtei Clairvaux, hält in Vézelay eine flammende Kreuzzugpredigt (im Hintergrund die bedeutende Kirche St. Madeleine).
(Gemälde von E. Signol; Archiv für Kunst und Geschichte, Berlin)

Für die Hospitaliter übernahm Gerhards Nachfolger Raimund von le Puy die Aufgabe, die Hugo von Payens für die Templer geleistet hatte. Während die frühen Mitglieder des Amalfi-Institutes nur karitativ tätig gewesen waren, hielt Raimund die Johannes-Brüder nun ebenfalls dazu an, sich im Kampf gegen die Muselmanen als militante Christen zu bewähren. Einen eigenen Status (der sich an die Augustinerregel anlehnte und die Templersatzung zum Teil übernahm) erhielten sie allerdings erst 1155; auch ihre Tracht – der rote Mantel mit dem weißen Kreuz – entstand erst in der Mitte des Jahrhunderts. Doch wurden auch die Johanniter – wie sich die Ordensmitglieder nannten, nachdem sie ihren ursprünglichen Patron Johannes von Alexandria durch den entschieden ranghöheren Johannes den Täufer ersetzt hatten – schon unter Balduin II. an militärischen Unternehmungen beteiligt. Und schon 1135 wurde den Johannitern die mächtige Burg Bethgibelin an der Straße von Hebron nach Askalon anvertraut.

Auch die dritte große Rittergemeinschaft, der Deutsche Orden, wurzelt noch in der Frühzeit des Königreiches Jerusalem. Im Jahre 1118 errichtete ein unbekannter Deutscher, der in einer zeitgenössischen Quelle als *vir honestus et religiosus* firmiert, wahrscheinlich also dem frommen, weltlichen Adel angehörte, zusammen mit seiner Ehefrau eine Pilgerpension für Deutsche in Jerusalem. Kurze Zeit später erwirkte er vom Patriarchen die Erlaubnis zum Bau einer Marienkapelle. Aus diesen Anfängen erwuchs das deutsche Hospital, das sich ebenfalls in kurzer Zeit eine tragfähige materielle Basis verschaffte. So bildete sich schon 1127 eine deutsche Bruderschaft mit einem eigenen Regelwerk, das sich (nach Hubatsch) »hinsichtlich des Spitaldienstes an die Johanniter, hinsichtlich des Schwertdienstes an die Templer« anlehnte, im übrigen aber schon durch eine eigene Tracht – einen weißen Mantel mit einem schwarzen Kreuz – seinen Willen zur Selbständigkeit bekundete.

Alle drei Orden, sowohl die Johanniter als auch die Templer und die Deutschen Brüder, fühlten sich dem Gebot irdischer Armut verpflichtet. Ihre Statuten schwelgten geradezu in Begriffen wie Nächstenliebe, Opferbereitschaft und Bedürfnislosigkeit und hielten die Mitglieder zu einer Lebensführung an, die sich von der brachialen Lebensführung der meisten fränkischen Barone beispielhaft unterschied. Die geistlichen Milizen bewiesen damit, daß die Kreuzzugbewegung trotz ihrer zahllosen Entartungserscheinungen doch bedeutender moralischer Impulse fähig war.

Das Königreich Jerusalem, das selbst in seiner besten Zeit kaum mehr als die Improvisation eines Staates war, hatte seinen Nutzen davon. Die Orden bildeten Zellen der Ordnung und Gesetzlichkeit, der Planung und der rationalen Organisation in einer Gesellschaft, deren Zusammenleben in

der Hauptsache auf einem aus Tradition und Gewohnheiten gespeisten Verhaltenskodex beruhte. Der kluge, fromme Balduin II. scheint die Notwendigkeit solcher Zellen sehr bald begriffen zu haben und hat die Orden deshalb nach Kräften gefördert, obwohl sie als papstunmittelbare Institutionen dahin tendierten, einen Staat im Staate zu schaffen.
Der Vorteil lag trotzdem auf der Seite des Königs. Die »Mönche im Panzerhemd« bildeten eine Art von stehendem Heer, das jederzeit aufgeboten werden konnte und schon aus diesem Grunde nützlicher und schlagkräftiger war als der herkömmliche Heerbann der Ritter. Die Nachfolger der beiden Balduine, der Schöpfer des Königreiches Jerusalem, haben von der Moral und Schlagkraft der Ritterorden vielfältig profitiert – allerdings auch ihre Sorge mit ihnen gehabt.

Tod des alten Joscelin

Wenige Monate nach Balduin II., im Dezember 1131, holte der Tod auch den alten Joscelin ein, und auch er, der Herr von Edessa, starb auf eine Weise, die die Herzen und Federn der Chronisten sichtlich bewegt hat.
Bei der Belagerung einer feindlichen Burg in der Nähe von Aleppo brach er in eine von Sappeuren gegrabene Mine ein. Dabei verletzte er sich so schwer, daß ihm Arme und Beine den Dienst versagten. Bewegungsunfähig lag er fluchend auf seinem Bettsack im Zelt. Zur selben Zeit traf die Nachricht ein, daß die Stadt Kaisun von den Türken bedroht werde. Da sich der junge Joscelin, Sohn einer heimischen Armenierin, hartnäckig weigerte, zur Rettung Kaisuns auszuziehen, ließ sich der betagte Haudegen in eine Sänfte setzen und an der Spitze einer kleinen Truppenmacht gegen die plötzlich aufgetauchten Türken tragen. Der Erfolg bestätigte seinen Entschluß. Die Feinde hoben die Belagerung von Kaisun auf, als sie von Joscelins Ankunft erfuhren.
Als der alte, graubärtige Löwe erfuhr, daß allein sein Erscheinen auf dem Kriegsschauplatz den Gegner bewogen hatte, einen eiligen Rückzug anzutreten, ließ er sich aus der Sänfte heben, um unter freiem Himmel ein Gebet zu verrichten. Nach der Heraklios-Chronik dankte er dem Schöpfer aller Dinge, daß seine Feinde ihn, »den Halbtoten, der fast schon ein Leichnam wäre, noch immer derart fürchteten, daß sie nicht wagten, ihn auf dem Schlachtfeld zu erwarten«. Dann brach er zusammen und hauchte am Straßenrand gottergeben seine zornige und tapfere Seele aus.
Die erbauliche Geschichte, die in keiner Kreuzzugbeschreibung fehlt, mag eine Erfindung ihres hochgestimmten Autors sein (der sie um die Mitte des 13. Jahrhunderts in altfranzösischer Sprache in der Estoire d'Eracles niederschrieb). Tatsache ist, daß der Graf Joscelin von Courtenay und

Edessa auf einem Kriegszug gegen die Türken gleichsam in den Sielen starb und daß er einigen Grund hatte, sich seines Sohnes zu schämen. Denn dieser zweite Joscelin war alles andere als das Inbild eines aufrechten christlichen Ritters. Der kluge und sehr zuverlässige Erzbischof Wilhelm von Tyros schildert ihn als kleinen, fetten, dunkelhaarigen, pockennarbigen Widerling mit »hervorquellenden Augen« und einer viel zu großen Nase. Und schon der Achtzehnjährige (er war 1113 geboren) suhlte in den Sümpfen der Wollust und der Sittenlosigkeit und gab sich faul und untätig einem schändlichen Lotterleben hin.
Er kannte deshalb auch keine Bedenken, sich mit der Fürstenwitwe Alice von Antiochia auf eine Verschwörung gegen den am 14. Dezember 1131 in der Heiligen Grabeskirche von Jerusalem gekrönten neuen König einzulassen. Da sich auch Pons von Tripolis dem Komplott anschloß, bestand Fulks erste Aufgabe darin, die fränkischen Fürsten im Norden mitsamt seiner aufsässigen Verwandtschaft zur Räson zu bringen. Er unterwarf sich dieser Aufgabe ohne Zögern, gleichzeitig aber mit so viel Bedacht und diplomatischem Verständnis, daß die Rebellion ein schnelles Ende fand. Er schlug die Streitmacht des Fürsten Pons bei Chastel Rouge, übernahm selbst die Regentschaft von Antiochia, verzieh großmütig – in der richtigen Einschätzung seiner Kräfte – allen Beteiligten der Verschwörung, auch seiner ehrgeizigen, machtbesessenen und törichten Schwägerin Alice, und kehrte als Sieger nach Jerusalem zurück.

Ein Eheskandal im Hause des Königs

Hier bereitete ihm der Familienclan, in den er eingeheiratet hatte, allerdings eine weitere bittere Erfahrung. Über Nacht sah er sich in einen peinlichen Eheskandal verwickelt, den Steven Runciman ein Schauerdrama nennt, obwohl er mehr an einen Hintertreppenroman erinnert, eine Trivialstory mit Akteuren fürstlichen Geblütes. Hauptpersonen des Spektakels waren die junge schöne Königin Melisende und der Ritter Hugo von Puiset, der sechzehnjährig ins Heilige Land gekommen und dank seiner verwandtschaftlichen Beziehungen zum Königshaus mit der Herrschaft Jaffa belehnt worden war.
Melisende scheint schon als Prinzessin eine mehr als herzliche Zuneigung zu dem schönen Hugo gefaßt zu haben, der nach Wilhelm von Tyros nicht nur »groß und gutgewachsen«, sondern auch »klug und beredt« war und »an Höflichkeit und Freigebigkeit« von niemand übertroffen wurde. Die Königstochter spann die Fäden dieser Beziehung auch dann weiter, als Hugo die Witwe des Eustach Garnier heiratete, eine nicht mehr junge, dafür um so reichere Erbin namens Emma. Auch ihre Ehe mit Fulk von Anjou, dem die Natur die attraktiven Gaben vorenthalten hatte, die dem

Herrn von Puiset und Jaffa in so reichem Maße zuteil geworden waren, hatte an der Rolle ihres Favoriten nichts geändert. Melisende gab weiterhin und jedermann sichtbar ihrem flotten, unterhaltsamen Galan den Vorzug gegenüber ihrem kleinen, untersetzten rothaarigen Gemahl.
Es war verständlich, daß sich der Hofklatsch dieses Verhältnisses bemächtigte, von dem wir bis heute nicht wissen, ob es die Grenzen des Anstandes und der guten Sitte überschritt. Fulks Argwohn wurde von Hugos Neidern und Feinden methodisch geschürt. Dieser selbst begann um sein Leben zu fürchten und trat fortan nur noch mit einer Leibwache bewaffneter Freunde auf, um für den Fall eines Anschlags gerüstet zu sein.
Es kam dann zu einer dramatischen, wenn auch etwas pfauenhaften Szene. Walter Garnier, einer der Emma-Söhne, die ihrem jugendlichen Stiefvater von Anfang an mit unverhohlenem Mißtrauen begegneten, bezichtigte den Ritter Hugo vor den Augen und Ohren des höfischen Gefolges der Verschwörung gegen den König und forderte ihn zu einem Zweikampf auf. Hugo nahm an, erschien aber nicht zum angesetzten Duell – wobei offenblieb, ob ihm schlichtweg die Angst im Nacken saß oder ob ihn Emma und Melisende gemeinsam bewogen hatten, seine Jugend und Schönheit nicht den Zufälligkeiten eines göttlichen Urteils auszusetzen. Der Rat des Königs bewertete dieses Fernbleiben als Geständnis und sprach den Favoriten der Königin schuldig.
Hugo, dessen Stärke wohl tatsächlich mehr die Boudoirs und Schlafzimmer liebebedürftiger Damen als die rauhe Wildbahn schwertfreudiger Männer war, verlor die Nerven und versuchte, nach Askalon zu entkommen. Die Ägypter legten auf den erlauchten Flüchtling, dessen Lösegeldwert sie wahrscheinlich gering erachteten, jedoch keinen Wert und schickten ihn zurück. Da sich auch Jaffa seinem Herrn verschloß, blieb diesem nichts anderes übrig, als sich dem König zu unterwerfen.
Fulk war, wie man weiß, kein Mann dramatischer Entscheidungen. Er ließ erneut herrscherliche Milde walten und begnügte sich damit, den artigen (oder unartigen) Gespielen seiner jungen Gemahlin für drei Jahre des Landes zu verweisen. Bevor dieser Spruch wirksam wurde, stieß jedoch ein bretonischer Ritter in der Straße der Kürschner zu Jerusalem dem vielgeliebten Hugo beim Würfelspiel ein Messer in den Leib, mit dem fatalen Ergebnis, daß dieser »für tot liegenblieb« und der ungeliebte Fulk Zielscheibe böswilliger Gerüchte wurde, die ihn als den Urheber des Anschlags bezeichneten. Der König löste das Problem dadurch, daß er den bretonischen Ritter öffentlich hinrichten und während der Exekution zunächst die Glieder abhauen ließ. Der seiner Arme und Beine bereits entledigte Delinquent wurde noch einmal hochnotpeinlich befragt, blieb aber bei der Aussage, daß er den Ritter Hugo aus eigenem Antrieb überfallen habe, den König also keine Schuld treffe.
Fulks guter Ruf war damit wiederhergestellt. Seine Ehe benötigte einen

wesentlich längeren Regenerationsprozeß. Die heißblütige, tief beleidigte Melisende soll sich monatelang mit finsteren Plänen getragen und ihrem Herrn und Gebieter sogar nach dem Leben getrachtet haben. Dann ging sie in sich und entdeckte, daß außer der Liebe auch die Ausübung von Macht wohltuende Reize und Sensationen auszulösen vermag. Sie investierte ihren Ehrgeiz fortan in die Politik und fand darin das Mittel, den Ritter Hugo von Puiset zu vergessen (der nach seiner Genesung sein Exil in Italien antrat, dort aber – ungeliebt und unbeweint – einen stillen Tod starb).

Der alternde König scheint den Ambitionen seiner Gemahlin keinen ernsthaften Widerstand entgegengesetzt zu haben. Jedenfalls machte er fortan, wie Wilhelm von Tyros mißbilligend berichtet, »sämtliche Angelegenheiten seines Reiches... von Rat und Willen der Königin abhängig. Er hielt nicht mehr die kleinste Versammlung ab, ohne sie hinzuzuziehen«.

Daß es ein Fehler war, stellte sich bald heraus. Denn schon der erste Rat der nicht in politischen, sondern in privaten Kategorien denkenden Melisende war von Übel. Sie bewog den König nämlich, ihrer Schwester Alice die Rückkehr nach Antiochia zu gestatten – eine Entscheidung, die Fulks Schwierigkeiten mit der von ihm erheirateten Familie erneut verstärkte.

Die geprellte Alice – ein Gaunerstreich in Antiochia

Die begnadigte Alice fand bei ihrer Heimkehr einen gefährlichen Konkurrenten vor: Radulph von Domfront, den früheren lateinischen Bischof von Mamistra, der sich nach dem Tod des alten Bernhard von Valence unter souveräner Verachtung der kirchenrechtlichen Vorschriften selbst zum Patriarchen von Antiochia ernannt hatte.

Radulph war von anderer Art als sein ehrenwerter, kluger und sittenstrenger Vorgänger. Wilhelm von Tyros, der für die menschlich-allzumenschlichen Züge seiner fränkischen Helden ein hochentwickeltes Gespür hatte, schildert ihn als einen hochgewachsenen, trotz leichtem Schielen gutaussehenden Kirchenfürsten, der sowohl im kleinen Kreis als auch in der öffentlichen Kundgebung eine beträchtliche Beredsamkeit entwickelte und sein geistliches Amt seinem Ehrgeiz und seiner Prunkliebe bedenkenlos unterordnete. Auch in der Wahl seiner Mittel war er frei von Skrupeln. Sogar christliche Priester ließ er in Ketten legen, wenn sie seine Wünsche oder gar seinen Willen mißachteten oder sich abfällig über seinen Patriarchenstatus äußerten.

Mit der Witwe Alice stellte er sich zunächst gut, da sie als Halbarmenierin unter den heimischen Christen wohlgelitten war und über zahlreiche Anhänger verfügte. Insgeheim wartete er jedoch auf die Gelegenheit, sich

ihrer wieder zu entledigen. Alice selbst lieferte ihm die Möglichkeit dazu.
Ende 1135 ließ sie, unbekümmert um ihre Zuständigkeit, bei Kaiser Johannes Komnenos anfragen, ob er geneigt sei, seinen jüngsten Sohn Manuel mit der zukünftigen Regentin von Antiochia, der Prinzessin Konstanze, zu verehelichen. Byzanz signalisierte Zustimmung, denn einfacher als durch eine Heirat konnte die große Festung und das dazugehörige Fürstentum nicht zurückgewonnen werden. Die fränkischen Barone aber, die Wind von den feingesponnenen Plänen der konspirierenden Witwe bekommen hatten, schäumten vor Zorn. Sie verständigten König Fulk und erbaten sein sofortiges Eingreifen.
Der König hatte Verständnis für die Sorgen der um ihre Stellung und ihre Pfründen bangenden antiochenischen Herren und beschloß, der geplanten Verbindung dadurch zuvorzukommen, daß er seinerseits einen Eheanwärter präsentierte.
Diesen hatte er offenbar bereits in der Hinterhand, und zwar in Gestalt des Grafen Raimund von Poitiers, des jüngsten Sohnes des sanges- und liebesfreudigen Herzogs Wilhelm von Aquitanien. Der durch den Hospitaliter Gerhard Jebarre verständigte Raimund erklärte sich auch sofort bereit, die ehrenvolle und einträgliche Aufgabe zu übernehmen. Er gab sein »Jawort«, obwohl er wußte, daß er sich damit nicht nur die Feindschaft des Kaisers Johannes Komnenos, sondern auch den Unwillen des zweiten Königs Roger von Sizilien zuziehen würde, der ebenfalls Anspruch auf das Fürstentum erhob.
Zur Vorsicht reiste er daher inkognito, teils als Pilger, teils als Kaufherr verkleidet, nach Antiochia, wo er im April 1136, nach seiner Rückverwandlung in den Grafen Raimund von Poitiers, triumphierend an Land ging.
Das war die Stunde des Patriarchen Radulph, der genau wie die fränkischen Barone ein natürliches Interesse daran hatte, eine Rückkehr der Byzantiner zu verhindern. Er bat Raimund zu sich und bot ihm seine Hilfe an. Frucht ihrer unheiligen Allianz war ein gegen Alice gerichtetes Komplott, das sowohl den Patriarchen als auch den Troubadoursproß als abgefeimte, nicht eben zartfühlende Taktiker ausweist.
Radulph berichtete Alice in einem vertraulichen Gespräch, daß der Graf Raimund von Poitiers nach Antiochia gekommen sei, um sie, die Quasi-Regentin, um ihre Hand zu bitten. Und die intrigante Witwe, zu dieser Zeit eine Frau von dreißig Jahren, die außer ihrem Ehrgeiz auch eine starke Liebesbereitschaft erfüllte, war töricht genug, auf diese Mär hereinzufallen. Sie erklärte sich bereit, den unbekannten, aber mit einem klangvollen Namen ausgestatteten Bewerber zu einem förmlichen Antrittsbesuch zu empfangen.
Während Alice in ihrem Palast des angekündigten Freiers harrte, handel-

ten die beiden Heimtücker – sie entführten die Tochter Konstanze in die Kathedrale, und der Patriarch selbst segnete den Ehebund des siebenunddreißigjährigen Grafen mit der neunjährigen Prinzessin ein.

Fulk kapituliert in Montferrand

Es war ein schnöder, ein hinterhältiger, aber auch ein erfolgreicher Handstreich. Alice schied nach diesem Erlebnis bestürzt und entnervt aus der Politik aus und zog sich auf ihren Witwensitz nach Latakia zurück. Antiochia aber hatte wieder einen rechtmäßigen Herrn, einen überaus ansehnlichen und repräsentablen Regenten sogar. Denn auch Raimund entsprach dem herrschenden Ritterideal in hohem Maße. Er war »groß und schön« (eine bei den lateinischen Chronisten ständig wiederkehrende Wendung) und so stark, daß er eiserne Steigbügel wie das Geäst eines Strauches zusammendrücken konnte. Und obwohl er selbst, wie es heißt, schlicht und einfach lebte, liebte er es doch, rauschende Feste zu geben und sich an Großzügigkeit von niemand übertreffen zu lassen. Weder gebildet noch sehr klug, verstand er jedoch seinen Interessen Geltung zu verschaffen und unbequeme Gegner lautlos auszubooten.
Radulph von Domfront war der erste, der zu spüren bekam, daß er auf das falsche Pferd gesetzt hatte. Raimund fegte alle vorher getroffenen Abmachungen, die u. a. eine Teilung der Macht vorsahen, rigoros vom Tisch und ließ keinen Zweifel daran aufkommen, daß er sich als Alleinherrscher der Stadt und des Fürstentums Antiochia betrachtete. Die Bevölkerung respektierte ihn, zumal er im Ruf außerordentlicher Tapferkeit stand und schon bald sichtlich bemüht war, die bedrohten Grenzen des Territoriums wieder zu sichern.
Es bestand auch einiger Anlaß dazu. Antiochia hatte in den zurückliegenden Jahren erheblich an Boden verloren, vor allem in Kilikien, wo der Rubenierfürst Leo mit offenbar nicht zu stillendem Appetit sein Herrschaftsgebiet auf Kosten des Kreuzfahrerstaates beträchtlich erweitert hatte. Außerdem wimmelte es dort von Räubern und Piraten. Raimund unternahm die obligaten Kriegszüge, Erfolge blieben jedoch aus, nicht zuletzt deshalb, weil Leos Neffe, Joscelin von Edessa, Partei für seinen armenischen Onkel nahm. Immerhin reichte es 1137 zu einem mühsam zusammengeflickten Waffenstillstand zwischen dem halben Dutzend in Kilikien engagierten Parteien.
Kaum hatte sich die Lage in und um Antiochia gefestigt, geriet Tripolis in die gefährlichen Strudel einer Niederlage. Graf Pons fiel bei einem militärischen Alltagsunternehmen in die Hände der Muselmanen, und diese zögerten nicht, ihn auf der Stelle ins christliche Jenseits zu befördern. Sein Sohn Raimund, der ein Jahr zuvor Melisendes Schwester Hodierna

geheiratet und dadurch ebenfalls verwandtschaftliche Beziehungen zum Königshaus hergestellt hatte, versuchte seinen Vater zu rächen, geriet aber in schwerste Bedrängnis und mußte seinen Schwager Fulk um schleunige Hilfeleistung bitten.
Der König brach sofort auf und stellte sich mit der vereinigten Streitmacht von Jerusalem und Tripolis in der Nähe der Burg Montferrand den Truppen des gefürchteten Zengi zu einer Schlacht, die eindeutig zu seinen Ungunsten verlief. Raimund und zahlreiche tripolitanische Ritter streckten die Waffen, Fulk rettete sich mit knapper Not nach Montferrand. Zengi schloß ihn dort ein und begann die Wälle der Festung mit zehn Steinschleudergeschützen systematisch zu zertrümmern. Als auch Hunger und Durst ihre Wirkung taten, kapitulierte der König.
Zengi ließ allerdings mit sich reden. Er gewährte der Besatzung freien Abzug, schenkte auch Raimund und den gefangenen tripolitanischen Rittern die Freiheit und bewirtete den König zum Abschied mit orientalischer Großzügigkeit.
Er hatte auch allen Grund, sich derart nobel zu verhalten. Ein Entsatzheer unter dem Patriarchen Wilhelm von Jerusalem hatte sich – was Fulk nicht wußte – der strategisch wichtigen Burg bereits bis auf wenige Tagesmärsche genähert. Außerdem war ein neuer Gegner auf dem seit vierzig Jahren ständig umkämpften Kriegsschauplatz erschienen – der byzantinische Kaiser Johannes Komnenos stand mit einer starken Truppenmacht bereit, in die Kämpfe um Kilikien und das Fürstentum Antiochia einzugreifen.

Der Kaiser in der Falle

Das Eingreifen des Johannes Komnenos machte das personenreiche, handlungspralle, fast unübersichtliche Tableau dieser Jahre noch komplizierter, als es ohnehin schon war.
Da waren nun vier Kreuzfahrerstaaten, von denen jeder seine Sonderinteressen verfocht und den anderen eifersüchtig im Auge hatte; da war ein rundes Dutzend islamischer Emirate, deren Herrscher ständig miteinander haderten und, wenn notwendig, miteinander koalierten, in dieser Zeit aber durch den türkischen Feldherrn Zengi geradezu zusammengeprügelt wurden – und nun noch der Kaiser von Byzanz, der nicht mehr und nicht weniger im Sinn hatte, als die alten Grenzen des Reiches wiederherzustellen und seine verlorenen Länder sowohl von den Kreuzfahrern als auch von den Muselmanen zurückzufordern oder zurückzuerobern.
Franken, Türken und Rhomäer – und jeder des anderen Feind, jeder des anderen Freund, je nach Situation und Interessenlage.
Kaiser Johannes war der Sohn des 1118 verstorbenen Alexios und hatte seine Herrscherqualitäten bereits im Todesjahr seines Vaters gegen die

verräterischen Umtriebe von Mutter und Schwester bewiesen. Die Chronisten, die durchweg nur Gutes über ihn berichten, beschreiben ihn als einen kleinen, schmächtigen, aber außerordentlich zähen Mann, der sich trotz unbestreitbarer administrativer Begabung im Feldlager wohler fühlte als in seinem Palast am Bosporus. Die Türken vor allem hatten sehr bald gemerkt, daß das Byzantinische Reich unter seinem neuen Herrn wieder ein kraftvoller Gegner war.

In den achtzehn Jahren, die seit seiner stürmischen Machtübernahme verstrichen waren, hatte der Soldatenkaiser Johannes II. den Seldschuken Paphlagonien, Phrygien und einen Teil der anatolischen Südküste wieder abgenommen. Im Frühjahr 1137 schließlich war er in Kilikien einmarschiert, hatte mit seinen schweren Belagerungsmaschinen – »furchtbaren Kriegsgeräten«, die nach dem Bericht des arabischen Emirs Usama Fünfundzwanzigpfünder über eine Entfernung schleuderten, »die nicht einmal von hölzernen Pfeilen übertroffen werden konnte« – eine Festung nach der anderen zerschlagen, den Armenier Leo in die Berge gejagt und am 29. August Antiochia erreicht.

Auch hier ließ er seine gefürchteten Belagerungsmaschinen kräftig auf die Festungswerke der Stadt eindreschen. Mit durchschlagendem Erfolg. Denn schon nach wenigen Tagen bat der Fürst von Antiochia um ein Gespräch. Der Basileus lehnte ab, ließ aber zu, daß Raimund den Rat des Königs einholte. Fulk von Anjou, eben erst von Montferrand nach Jerusalem zurückgekehrt, bestätigte ihm, daß des Kaisers Forderungen »auf Grund der von den Vorfahren geschlossenen Verträge zu Recht beständen«, und empfahl, den geforderten Lehnseid zu leisten.

Raimund verfuhr im Sinne dieser Empfehlung. Er suchte den Kaiser in seinem Zelt auf, tat den geforderten zeremoniellen Kniefall und huldigte Johannes als dem legitimen Besitzer der Stadt. Gleichzeitig erkannte er die Vertragsformeln, die Kaiser Alexios dreißig Jahre vorher an den Ufern des Devol-Flusses dem geschlagenen Bohemund auferlegt hatte, als weiterhin bindend an. Er verpflichtete sich, die Festung gegen die Muselmanen zu verteidigen, an allen Aktionen gegen die Türken teilzunehmen und Antiochia nach der Konstituierung eines aus Aleppo, Schaizar, Homs und Hama bestehenden fränkischen Fürstentums dem Kaiserreich zurückzuerstatten.

Um sich auch seinerseits erkenntlich zu erweisen, verzichtete der Basileus auf einen feierlichen Einzug in Antiochia und begnügte sich mit der Hissung der kaiserlichen Standarte auf dem Turm der Zitadelle.

Schon zeitig im April des nächsten Jahres begann der Kaiser (nachdem er während des Winters die letzten kilikischen Widerstandsnester der Armenier ausgeräuchert hatte) mit einem von Antiochia und Edessa unterstützten Kriegszug gegen die Türken, durch den er die Voraussetzungen für die im erneuerten Devol-Vertrag vorgesehene Rückgabe von Antio-

chia schaffen wollte. Er nahm im Handstreich die Grenzfestungen Balat, Athareb, Maarat und Kafartab und schloß dann Schaizar ein, die bedeutendste Festung am mittleren Orontes. Seine ingeniösen Schleudermaschinen richteten auch hier die gewünschten Verheerungen an. Aber schon nach wenigen Tagen mußte der Kaiser, der weithin sichtbar im schimmernden Goldhelm die Besatzungen der Belagerungsgeräte selbst kommandierte, feststellen, daß seine beiden Bundesgenossen Raimund und Joscelin keine Neigung bewiesen, sich an den strapaziösen Kriegshandlungen zu beteiligen. Die beiden christlichen Fürsten ließen deutlich erkennen, daß sie auf die Eroberung von Schaizar nicht erpicht waren.
Johannes Komnenos, der leicht erraten konnte, daß Raimund mehr an Antiochia als an dem geplanten fränkischen Grenzfürstentum interessiert war, und genau wußte, daß Joscelin lieber die armenische als die byzantinische Karte spielte, brach das Unternehmen deshalb kurz entschlossen ab; er begnügte sich mit einer hohen Entschädigungssumme, die ihm der Emir von Schaizar mit Freuden zahlte, und führte, vom nachrückenden Zengi kaum behelligt, seine Armee in das Vorfeld von Antiochia zurück.
Diesmal zog er als Souverän prunkvoll in die Stadt ein, hoch zu Roß, das protokollgemäß von seinen beiden Vasallen Raimund und Joscelin am Zügel geführt wurde. Doch hatte er nicht bedacht, welcher Berechnung und Hinterlist fränkische Fürsten fähig waren, wenn es um ihre heiligsten Güter, nämlich um ihre Länder und Einkünfte, ging. Als er die Übergabe der Zitadelle und die Öffnung der Stadttore für seine »draußen« biwakierende Armee verlangte, verlegte sich Raimund auf umständliches Verhandeln. Gleichzeitig brach in der Stadt ein von Joscelin erdachter und planmäßig geschürter Aufstand aus, der Johannes mit bestürzender Deutlichkeit klarmachte, daß er in der Falle saß.
Als realistisch denkender Byzantiner verschaffte er sich jedoch einen ehrenvollen, der Situation angemessenen Abgang. Er spielte die ihm auferlegte Komödie mit, verzichtete auf seine eben noch erhobenen Forderungen und verabschiedete sich von seinen unbotmäßigen Vasallen mit Freundschaftsschwüren und Bruderküssen. Dann reiste er, um etliche Erfahrungen reicher und wahrscheinlich froh, dem levantinischen Wespennest ohne weiteren Schaden entronnen zu sein, »gemächlich nach Konstantinopel« zurück.
Den Plan eines großen fränkisch-byzantinischen Kreuzzuges gegen den immer mächtiger werdenden Zengi legte er zu den Akten. Dieser nutzte die Gelegenheit, die an Antiochia verlorenen Grenzfestungen zurückzuerobern und seinen rücksichtslosen Kampf gegen die islamischen Duodezpotentaten mit verdoppelter Energie fortzusetzen.

Mit diesem Imad ed-Din Zengi hatte die muselmanische Welt endlich den Feldherrn und Politiker gefunden, der es mit den fränkischen Fürsten aufnehmen konnte. Mit ihm begann die große »Gegenoffensive des Islams« – ein Gegenkreuzzug, der mit gleichem Propagandaaufwand, mit gleichen Vokabeln, mit gleicher Leidenschaft und Skrupellosigkeit geführt wurde wie der »Heilige Krieg« der Christen.
Dieser Zengi war ein Produkt des Krieges. Als Sohn des Aqsonqor, eines Generals der Malik-Dynastie, kam er sozusagen in einem Kriegerzelt zur Welt, wuchs er im Kriegslager auf. Schon 1113, als er noch ein junger Herr »mit brauner Haut und schönen Augen« war, zeichnete er sich in einem Feldzug des Mamelucken Maudud gegen die Franken durch besondere Tapferkeit aus.
Zengi brachte jedoch mehr als Tapferkeit auf die Waage. Er war nicht nur ein kaltblütig seine Chancen berechnender Troupier, sondern auch ein geschickter Diplomat, der die Intrigen, Techniken und Winkelzüge des politischen Metiers und die Rituale der religiösen Werbung und Propaganda instinktsicher beherrschte. Im übrigen ein vorsichtiger Mann, der bei allem Elan immer darauf bedacht war, mit seinen Kräften hauszuhalten und über der Gunst der Stunde die Forderungen des nächsten Tages nicht zu vergessen (so etwa, als er Fulk freien Abzug aus der Festung Montferrand gewährte, weil er angesichts der verworrenen Situation in Syrien die Zeit der Entscheidung noch nicht gekommen sah).
Zengi beschritt seinen Weg mit der Konsequenz des geborenen Machtmenschen. Er bildete, nachdem ihn der Sultan zunächst zum Statthalter von Bagdad, 1127 sodann zum Atabeg von Mossul ernannt hatte, eine ihm ergebene und verpflichtete Armee von Berufskriegern aus, begann systematisch und mit gelassener, wohlberechneter Grausamkeit die vielen kleinen Emirate zwischen Taurus, Tigris und Orontes zu unterwerfen und war um 1130 unbestrittener Herr des nichtchristlichen Syrien. Zwar war er dann gezwungen, mehrere Jahre in den beharrlich andauernden innerirakischen Wirren mitzumischen, doch konnte er von 1135 an auch wieder die Entwicklung im Westen des Kalifates beeinflussen; wie bekannt, mit beträchtlicher Wirkung.
Nun, 1139, wandte er sich erneut gegen Damaskus, die einzige Macht Syriens, die ihm noch widerstand.
Er zwang die Damaszener, ihm Homs abzutreten, eroberte Baalbek, dessen Verteidiger er (getreu dem Terror-timor-tremor-Rezept der mittelalterlichen Kriegführung) schinden und kreuzigen ließ, und begann im Dezember mit der Belagerung der Hauptstadt, die von dem Wesir Unur (frankisiert: Aynard), nach Grousset einem »alten türkischen Haudegen«, jedoch hartnäckig verteidigt wurde. Nicht nur das – der Muselmane

Unur hatte keine religiösen Bedenken, den christlichen König von Jerusalem um Beistand zu bitten.
Leiter der Delegation, die Fulk zu einer Hilfsaktion für Damaskus ermuntern sollte, war der Emir Usama, ein kluger, hochgebildeter und sehr beredter Herr aus Schaizar. Der wendige, offenbar recht kontaktfreudige Usama gewann bald das Vertrauen des Königs und wußte ihn in mehreren Gesprächen zu überzeugen, daß ein Eingreifen Jerusalems eine Sache der Selbstverteidigung sei. Wenn Zengi, so lautete sein einfachstes und überzeugendstes Argument, nach Mossul und Aleppo auch Damaskus seinem Herrschaftsgebiet einverleiben würde, werde er in Kürze auch die Kreuzfahrerstaaten zerschlagen und die Franken Syriens und Palästinas ins Meer jagen.
Fulk konnte sich dem Realismus des muselmanischen Aristokraten nicht verschließen, der seine Einsicht überdies mit 20000 Byzantii und der Rückgabe der Grenzstadt Banyas honorierte. Er brach mit einem starken fränkischen Heer auf, die alte Hauptstadt des Kalifats zu entsetzen. Mit Erfolg – der alte Fuchs Zengi ließ sich auch diesmal nicht auf ein Risiko ein und zog sich über Baalbek nach Aleppo zurück.
Die von Fulk und Usama begründete Allianz Jerusalem–Damaskus nahm in der Folgezeit nahezu die Formen eines freundschaftlichen Verhältnisses an. Eines der Ergebnisse dieses für beide Seiten ersprießlichen christlich-islamischen Techtelmechtels war eine Staatsvisite, die den alten Unur und den gescheiten (und erfreulicherweise überaus schreibfreudigen) Usama zunächst nach Akkon, sodann nach Haifa und Jerusalem und schließlich nach Nablus und Tiberias führte: eine Goodwill-Reise, die mit Turnieren, Falkenjagden und ausgedehnten Gastereien festlich begangen und mit gegenseitigen Sympathiebekundungen ausgiebig illuminiert wurde. Selbst die Geistlichkeit des Königreiches scheint diesem Bündnis mit den Ungläubigen mehr mit Erstaunen als mit Empörung begegnet zu sein.

Nach vierzig Jahren erstmals Friede

Tatsächlich wecken die letzten Jahre Fulks von Anjou erstmalig den Eindruck höchstmöglicher Sicherheit und wohltemperierter Blüte. Es spricht für den König, daß er dem Frieden nicht traute und daher durch ein großes Festungsbauprogramm für verstärkten Schutz sorgte. In seiner Zeit entstanden die meisten der mächtigen Kreuzfahrerburgen, die bis heute zu den mehrsternigen Attraktionen des Nahen Ostens gehören. Hatte er schon zwischen 1136 und 1140 mit Ibelin, Blanchegarde und Bethgibelin die ägyptische Hafenstadt Askalon regelrecht umbaut, so ließ er jetzt auch eine Reihe wichtiger Straßen und Pisten fortifikatorisch absichern, so

die Verbindung zwischen Totem und Rotem Meer durch die Festung
Kerak, auch Petra Deserti genannt,
die Jordantalstraße durch Belvoir,
die Straße Akkon–Damaskus durch Safed,
die Straße Tyros–Damaskus durch Toron und Subeibe,
Sidon und das Leontestal durch Beaufort und
den Nordosten von Tripolis durch den Krak des Chevaliers –

ein Programm, das Planung, Übersicht und strategisches Verständnis verrät.
Diese Burgen wurden auch die Zentren der inneren Kolonisierung, das heißt, des Landesausbaues, der Ansiedlung fränkischer Bauern und damit der Intensivierung der Landwirtschaft. Sofern sie nicht den Ritterorden – den Johannitern vor allem, die sich zum Beispiel auf dem unvergleichlichen Krak des Chevaliers einnisteten – übergeben wurden, vertraute sie der König treuen Kronvasallen an, die von diesen Stützpunkten aus bedeutende Familien- und Sippenherrschaften begründeten.
Auch die skandalumwitterte Königin trug in diesen Jahren zur Wohlfahrt des Landes bei, indem sie sich vorwiegend karitativen Aufgaben widmete und fleißig Klöster gründete: als bedeutendstes das Haus Bethanien am Fuße des Ölbergs, dessen zweite Äbtissin ihre Schwester Joveta wurde.
Natürlich profitierte auch das höfische Leben von der Atempause, die dem Königreich Jerusalem nach nahezu vierzigjährigen Kämpfen so etwas wie Frieden schenkte, und da Fulk von Anjou die Aufgaben der Repräsentation mit natürlicher Würde versah und keineswegs knauserig war, scheinen selbst die fehdeerpichten Barone in dieser Zeit entdeckt zu haben, daß es ersprießlichere Vergnügungen als Raub- und Feldzüge gab.
Kurzum: Das Königreich Jerusalem gedieh prächtig, und fast sah es danach aus, als hätte die muselmanische Welt es »angenommen« und sich mit seiner Existenz versöhnt.
Sogar Byzanz war gezwungen, die Macht der Kreuzfahrerstaaten zu respektieren. Johannes II. Komnenos führte 1142 zwar noch einmal ein starkes Heer nach Kilikien und über Kilikien hinaus bis vor die Mauern von Antiochia, doch lehnte Raimund es entschieden ab, seinem Lehnsherrn – dessen Pferd er die Zügel geführt hatte – die Tore zu öffnen. Da der Kaiser das Risiko einer Belagerung nicht eingehen wollte, plante er, nach Jerusalem weiterzuziehen. König Fulk belehrte ihn in einem höflichen Schreiben jedoch, daß die Mittel des Königreiches nicht ausreichten, eine byzantinische Armee zu versorgen. Er selbst, der Kaiser, sei in der Heiligen Stadt natürlich herzlich willkommen. Johannes verstand den herzhaften Wink, strich auch die Jerusalemvisite aus seinem Programm und kehrte nach Kilikien zurück, um dort während des Winters die Vorbereitungen für einen Sturm auf Antiochia zu treffen.

Das Schicksal spielte jedoch nicht mit. Im April 1143 starb der Basileus an einer Pfeilvergiftung, die er sich auf einer Wildschweinjagd geholt hatte, und sein Nachfolger Manuel, der fürchten mußte, daß sein Bruder Isaak ihm den Thron streitig machen werde, führte das kaiserliche Heer schleunigst nach Konstantinopel zurück. Antiochia war gerettet.
Eine merkwürdige und verhängnisvolle Duplizität der Fälle wollte es, daß auch König Fulk ein halbes Jahr später Opfer eines Jagdunfalles wurde. Er stürzte vom Pferd und verschied drei Tage später an den schweren Kopfverletzungen, die er davongetragen hatte. Er wurde aufrichtig beklagt; denn er war ein »guter König« gewesen und hatte – auch wenn ihn Sybel später einen »ruheliebenden Pantoffelhelden« genannt hat – mit Glück, Geschick und Tüchtigkeit alle Gefahren bezwungen, die dem Königreich Jerusalem und den ihm vorgelagerten Fürstentümern Tripolis, Antiochia und Edessa während seiner Regierungszeit gedroht hatten. Erstmalig hatte das Heilige Land unter seiner Führung einige Jahre des Friedens genossen, die seinem inneren Ausbau gut bekommen waren. Aber der Schein der Blüte trog; schon kurze Zeit nach Fulks Tod zeigte sich, wie verletzlich diese Kreuzfahrerstaaten waren.

Ende des christlichen Edessa

Der Nachfolgeakt ging schnell über die Bühne. Der Kronrat von Jerusalem sah keine Möglichkeit, Melisende zu übergehen, und ernannte sie zur Regentin. Die fränkischen Barone, denen der Gedanke, sich einer Frau unterwerfen zu müssen, Unbehagen bereitete, setzten jedoch durch, daß bei der Krönung am Weihnachtstag des Jahres 1143 auch ihr dreizehnjähriger Sohn Balduin aus der Hand des Patriarchen Wilhelm die Insignien der Königswürde empfing.
Die Lösung entsprach dem herrschenden Geblütsrecht, aber es war keine gute Lösung. Melisende war zwar einsichtig genug, sich einen politischen Ratgeber zu verpflichten, und zwar den Konstabler Mannasses von Hierges, einen in Wallonien geborenen Schwager ihres Vaters, doch bewies sie schon mit dieser Wahl eine wenig glückliche Hand. Manasses konnte sich zwar einiger militärischer Meriten rühmen, er war auch wohltuend reich und wurde kurz nach Fulks Tod noch reicher, als er die Erbin von Ramleh, eine Witwe namens Helvis, heiratete und damit nahezu die gesamte Philisterebene erwarb. Für seine Berateraufgaben brachte er jedoch außer beträchtlichem Hochmut nur geringe Qualitäten mit. Politische Einsicht und diplomatisches Geschick gingen ihm genauso ab wie der Königin, deren Horizont über die Außenbezirke von Jerusalem kaum hinausreichte. Beide scheiterten schon an der ersten Aufgabe, mit der sie konfrontiert wurden – sie entschlossen sich viel zu spät, ihre Machtmittel

auszuspielen, als die Entwicklung im Norden fast über Nacht eine dramatische Wendung nahm.
Imad ed-Din Zengi hatte seine Chancen besser begriffen. Ihm war bekannt, daß Raimund von Antiochia und Joscelin II. von Edessa seit Jahren miteinander im Streit lagen und daß ihr Zerwürfnis längst die Qualität eines abgrundtiefen Hasses angenommen hatte, der keine gemeinsamen Aktionen mehr zuließ. Er wußte, daß Melisende weder in Tripolis noch in Antiochia irgendwelche Sympathien genoß, und sicher hatte ihn sein hervorragend funktionierender Nachrichtendienst längst darüber aufgeklärt, daß Jerusalem nicht imstande sein werde, rasch zu reagieren. Er folgerte daraus, daß die Gelegenheit, in den Besitzstand der Kreuzfahrerstaaten einzubrechen, so günstig sei wie nie zuvor.
Ziel seines Angriffs war Edessa. Und er bereitete diesen Angriff mit ebensoviel Gewissenhaftigkeit wie Schlauheit vor. Er unternahm zunächst einen Scheinangriff auf das ortoquidische Territorium, wartete ab, bis Joscelin den ihm verbündeten Ortoquidenfürsten eine starke Armee zur Hilfe geschickt hatte, und wandte sich dann überraschend gegen Edessa, das zwar über starke Mauern verfügte, nicht aber über geschulte Soldaten, sie zu verteidigen. Auf den Wällen der Stadt standen Handwerker, Händler und Priester, die ein geistliches Triumvirat kommandierte: der lateinische Erzbischof Hugo, der armenische Bischof Johannes und der jakobitische Bischof Basilios.
Es war ein Wunder, daß sich die Festung – die nach einer artigen Übertreibung des arabischen Chronisten Ibn al-Qalanisi so vollständig eingeschlossen wurde, daß nicht einmal mehr die Vögel sich ihr zu nähern wagten – trotzdem vier Wochen behauptete. Erst am Vorweihnachtstag des Jahres 1144 vermochten Zengis Sappeure ein bedeutendes Mauerstück so weit zu unterminieren, daß es einstürzte. Durch die Bresche drangen Sturmtruppen in die Stadt ein, nahmen auch die Zitadelle, die der jakobitische Priester Barsauma mit einem kleinen zusammengewürfelten Haufen noch zwei Tage verteidigte, und gaben sich den Freuden des Sieges genußvoll hin. Es begannen, wie der zitierte Autor, seines Zeichens damaszenischer Magistratsbeamter, arglos berichtet, »Plünderungen und Gemetzel, Gefangenennahme und Raub, und die Hände der Eroberer füllten sich mit Geld und Gut, Reittieren, Beute und Gefangenen, so daß sie frohen Sinnes wurden und ihre Herzen jubilierten«.
Erst Zengi, der einsah, »daß es schlechte Politik sei, einen Ort wie diesen in Ruinen zu legen« und verkümmern zu lassen, beendete das Massaker und ließ auch zahlreiche Gefangene, die sich bereits auf dem Weg zum nächsten Sklavenmarkt befanden, in die Stadt zurückführen.
Und die Franken? Joscelin verweilte in Turbessel, wo er, wie die christlichen Berichter mißbilligend überliefert haben, schon seit Jahren »dem Trunk und anderen Schwelgereien« frönte. Er bemühte sich um die Auf-

stellung einer Ersatzarmee, wartete auf die Ankunft des zugesagten Hilfskontingentes aus Jerusalem und gab sich im übrigen der trügerischen Hoffnung hin, daß das starke Edessa längere Zeit durchhalten werde. Selbst die Nachricht vom Fall der Festung löste keinerlei Initiativen aus. Joscelin brach nun endgültig mit Raimund und versuchte von Turbessel aus wenigstens die rechtseuphratischen Gebiete der Grafschaft zu halten.

Zengis Tod

Eine unverhoffte Wendung verschaffte ihm noch einmal eine Atempause. Zengi war gezwungen, nach Mossul zurückzumarschieren und eine Rebellion des Seldschukenfürsten Alp Arslan niederzuschlagen. Als er 1145 die Hände wieder frei hatte, erfuhr er, daß sich Raimund von Antiochia nach Konstantinopel begeben und nach einem lang währenden Kniefall vor dem Grabmal des Kaisers Johannes mit Manuel, seinem Nachfolger, versöhnt hätte. Er erfuhr nicht, daß die nachfolgenden Gespräche zwischen dem neuen Basileus und seinem fränkischen Lehnsmann ohne Ergebnis geblieben waren. Als vorsichtiger Taktiker hielt er es aber ohnehin für besser, sich zunächst wieder mit Damaskus zu beschäftigen.
So zog er, vom Kalifen inzwischen zum König ernannt, wieder westwärts über Aleppo nach Edessa, wo die Armenier gerade einen ergebnislosen und daher schwer geahndeten Versuch unternommen hatten, die muselmanische Herrschaft wieder abzuschütteln, und weiter nach Galat Dschabar, einer kleinen Festung, deren Emir sich hartnäckig weigerte, den mächtigen, unbesiegbaren Zengi als Herrn anzuerkennen.
Dort wurde er ermordet. Allem Anschein nach aus nichtigem Anlaß – weil er einen Eunuchen, nach einer anderen Überlieferung einen Pagen, getadelt hatte, der in unzulässiger Weise den Wein des großen Feldherrn gekostet und dabei sogar dessen Pokal benutzt hatte. Der Getadelte wartete, bis er einschlief, und »meuchelte ihn dann während der Nacht«: eine völlig absurde, sinnlose Tat.
Ibn al-Athir, »der einzige wirkliche arabische Historiker seiner Zeit«, hat Zengi einen gloriosen Nekrolog geschrieben. Von ihm wissen wir, daß »der Herr über Mossul und Syrien, Blutzeuge für den rechten Glauben«, ein wenig älter als sechzig Jahre war, als er nach seinen vielen Siegen und Schlachten hinterrücks in seinem Zelt umgebracht wurde; daß er »bei seinem Heer und seinen Untertanen sehr gefürchtet war« und so streng regierte, »daß kein Starker einem Schwachen etwas zuleide tun konnte«, und daß er von seinen Feinden »bald diesen, bald jenen angriff und…, während er dem einen etwas wegnahm, mit dem anderen verhandelte« – und das so lange, »bis er sich von jedem seiner Nachbarn ein Stück Land angeeignet hatte«.

Die Kunde von seinem Tod wirkte bei seinen Gegnern deshalb wie ein Stimulans. Alp Arslan, der Seldschuke, die Ortoquidenfürsten, der alte Unur von Damaskus, sie alle witterten Morgenluft. Auch die christlichen Fürsten hielten die Zeit für einen Gegenschlag gekommen.

Raimund von Antiochia griff Aleppo an, und selbst der militärisch wenig ambitionierte Joscelin II. versuchte noch einmal das Glück der Waffen. Er unternahm einen Vorstoß auf Edessa und drang sogar in die Stadt ein. Bevor er die Zitadelle genommen hatte, wurde er jedoch durch Zengis Sohn Nur ed-Din eingeschlossen. Zwar vermochte er den Belagerungsring zu durchbrechen und sich mit seinen Truppen, gefolgt von Tausenden und Abertausenden heimischer Christen, nach Westen abzusetzen. Nur ed-Din blieb den Fliehenden jedoch auf den Fersen und ließ sie durch seine Pfeilschützen reihenweise niedermähen.

Nur wenige Christen entkamen dem Verderben. Die Überlebenden traten den obligaten Weg auf die orientalischen Märkte an – sofern sie diese überhaupt erreichten. Denn die Sieger veranstalteten erneut einen blutigen Hexensabbat. Sie rissen Männern und Frauen die Kleider vom Leibe und »zwangen sie, nackt vor ihren Pferden herzulaufen«. Den Zusammenbrechenden schlitzten sie die Bäuche auf. Die Straße nach Aleppo, dem Hauptumschlagplatz des Sklavenhandels, war mit Leichen bedeckt. Edessa war damit endgültig verloren. »Die große Stadt, die sich rühmte, die älteste selbstregierende christliche Gemeinde der Welt zu sein«, heißt es bei Runciman, »blieb leer und verlassen zurück und hat sich bis zum heutigen Tag nicht wieder erholt.« Die Metropole nahöstlich-christlicher Gelehrsamkeit, deren Sprache syrische Literatursprache wurde, widmete sich fortan den Aufgaben der Verwaltung und dem Handel mit Vieh und Fellen, Baumwolle und Weizen.

Der Verlust Edessas war – nach vielen Niederlagen, die durch ebenso viele Siege kompensiert wurden – der erste große Rückschlag im Kampf der Kreuzfahrer um die Länder des Nahen Ostens und verschlechterte die strategische Lage der fränkischen Staaten am Mittelmeer erheblich; denn die armenische Grafschaft, heute teils zur Türkei, teils zu Syrien gehörend, war ja das große militärische Vorwerk der Fürstentümer Antiochia und Tripolis gewesen und hatte damit auch dem Königreich Jerusalem Schutz gewährt.

Das Verhängnis abzuwehren, hätte es der Kraft und der Autorität der beiden ersten Balduine oder der diplomatischen Geschicklichkeit eines Fulk bedurft. Aber von Jerusalem waren keine Impulse ausgegangen. Politischer Einsicht unfähig, hatten Melisende und Manasses inzwischen sogar das Bündnis mit Damaskus zu Bruch gehen lassen.

Nur drei Jahre waren seit Fulks Tod vergangen, und schon stand alles auf des Messers Schneide. Die Nachricht schockte auch die Länder des Abendlandes. Der Fall Edessa löste den Zweiten Kreuzzug aus.

Vierzehntes Kapitel

Abt Bernhard und der Zweite Kreuzzug

Ein Heiliger in der Welt der Politik
Drei Könige vor Damaskus

Das Wunder von Speyer

Am 22. Dezember 1146, dem letzten Sonntag vor Weihnachten, predigte der Abt Bernhard von Clairvaux vor einer unübersehbaren Menschenmenge im (damals noch romanischen) Straßburger Münster. In der Frühe des nächsten Tages bestieg er ein Rheinschiff, um sich nach Speyer zu begeben. In seiner Begleitung befanden sich acht Kleriker, die beauftragt waren, jedes seiner Worte aufzuschreiben und über alle Wunder, die der berühmte Abt verrichtete, genau Buch zu führen: ein ganzes Team von Chronisten und Tagebuchschreibern.

Der Berichterstab, der sowohl durch seinen Umfang als auch durch seine Zusammensetzung die besondere Bedeutung der Bernhardischen Rheinreise hervorhob, bestand u. a. aus

- dem Abt Balduin von Châtillon-sur-Seine,
- dem Abt Frowin von Salmannsweiler, dem ersten Prior des Zisterzienserklosters und badischen Reichsstiftes Salem,
- dem Bruder Gaufrid von Auxerre, einem Mönch aus Clairvaux, der Bernhards Eckermann und ständiger Sekretär war und die Bücher 3, 4 und 5 der *Vita Bernhardi* geschrieben hat,
- dem Bruder Bernhard, in dem Kenner der kirchlichen Szene den nachmaligen Abt von Eberbach vermuten,
- dem Erzdiakon Philipp von Brüssel, der später Prior von Clairvaux und Abt von L'Aumone wurde und auf dieser Rheinreise als Chef der Tagesprotokolle sozusagen federführend war,
- dem Kleriker Otto aus Köln,
- dem Kleriker Franko, von dem wir wissen, daß er Deutscher war und später Abt von Aulne bei Lüttich wurde, und
- dem Kleriker Alexander, einem »hochgebildeten Kölner Professor«, der seinen Lebensabend als Abt von Citeaux, dem weltbekannten Mutterkloster des Zisterzienserordens, beschloß –

ein erlauchtes Ensemble also, lauter ehrenwerte und vertrauenswürdige Männer, die in der Tat mit höchster Akkuratesse über die Reise des heiligen Bernhard berichtet haben.

Der 23. Dezember verlief allerdings ohne besondere Vorkommnisse. Der Patron gab sich der wohlverdienten Ruhe hin und blieb während des ganzen Tages wortkarg und in sich versunken. »Wir klagten einander, heute nichts erlebt zu haben«, vertraute der Mönch Gerhard seiner Schedula an. Als sie am Abend in Hagenbach, »schon auf dem Boden des Bistums Speyer«, in einem Gasthaus am Strom Quartier bezogen hatten, mußte er allerdings noch einmal zum Griffel greifen. Eine gelähmte Frau wurde in die Wirtsstube getragen. Der heilige Bernhard erhob sich, sie zu segnen. »Und jene begann sogleich ohne Stock zu wandeln, überfließend von Segenswünschen und Lobpreisungen.«

Am Nachmittag des nächsten Tages legte das Schiff des wundermächtigen Rheintouristen in Speyer an, zu Füßen des Doms, zu Füßen der mächtigen Gottesburg, die damals die größte Kirche der katholischen Christenheit war. Doch nicht ihr galt der Besuch des verehrungswürdigen Abtes. Es ging ihm auch nicht darum, dort im Kreise zahlreicher deutscher Bischöfe und Fürsten das Geburtsfest des Erlösers zu feiern. Er wollte mehr – er wollte König Konrad III., den ersten Herrscher aus dem Geschlecht der Staufer, zur Kreuzfahrt bewegen.

Erst wenige Wochen vorher, Ende November in Frankfurt, hatte er versucht, dem König das »Ja« zu einem Zug nach Jerusalem zu entreißen. Konrad hatte sich jedoch hartnäckig geweigert, Bernhards Forderung zu erfüllen: hartnäckig und mit guten Gründen. Konrad hatte andere Sorgen.

Er war bereits seit 1138 deutscher König, doch keineswegs Herr im Lande. Viele Fürsten befehdeten einander, und der König selbst hatte alle Hände voll zu tun, sich der Feindschaft des Bayernherzogs Heinrich Jasomirgott zu erwehren. Auch die »italienischen Zustände« bereiteten ihm Kummer. In Süditalien baute Roger II. von Sizilien seine Machtpositionen aus. Papst Eugen III., ein Schüler Bernhards, war aus Rom vertrieben worden. Der Lateran drängte deshalb auf einen baldigen Romzug seines deutschen Protektors.

Konrad hatte dem Abt von Clairvaux seine Plagen und Nöte beredt auseinandergesetzt und immer wieder erklärt, daß es ihm derzeit nicht möglich sei, an einem Kreuzzug teilzunehmen. Und der »sanftmütige Bernhard« war ihm – nach dem Bericht seines Chronistenkollektivs – mit den Worten entgegengekommen, »es schicke sich für seine Wenigkeit nicht, die königliche Majestät zu drängen«. Immerhin hatte Konrad sich am Ende ihrer »geheimen Unterredung« bereit erklärt, noch einmal über Bernhards Forderung nachzudenken und die endgültige Entscheidung zu Weihnachten, auf dem Reichstag in Speyer, zu fällen.

Nun also hatte der »heilige Vater« von Clairvaux die Königstadt am Rhein erreicht und, wie erwartet, eine hochherrschaftliche Versammlung vorgefunden; das »Buch der Wunder«, das gemeinsame Konvolut der

Der Dom zu Speyer. Hier hielt Bernhard von Clairvaux zu Weihnachten 1146 im Beisein König Konrads III. und fast aller fürstlichen Großen die wohl leidenschaftlichste Kreuzzugpredigt, die den Zweiten Kreuzzug auslöste.
(Bildarchiv Foto Marburg)

Bernhards-Kanzlei, nennt neben anderen Teilnehmern die Bischöfe von Speyer, Worms, Straßburg, Konstanz, Basel und Lausanne, den Herzog Konrad von Burgund und den jungen Herzog Friedrich von Hohenstaufen, den nachmaligen Kaiser Barbarossa – und natürlich den König selbst.
Konrad III., liebenswert wie alle Staufer, aber weitaus schwächer als seine bedeutenden Nachfolger, war auch diesmal entschlossen, der Staatsräson und nicht der Stimme seines von Bernhard belagerten christlichen Gewissens zu folgen. Er widerstand den beiden Predigten, die der Heilige von Clairvaux während der Weihnachtstage im Dom hielt. Er blieb auch dann noch bei seinem hartnäckigen Nein, als ihn der Abt am dritten Weihnachtstag, dem Fest des heiligen Johannes, in einer privaten Aussprache noch einmal »mit gewohnter Sanftmut« von der Dringlichkeit des Unternehmens zu überzeugen versuchte.
Aber der Abt von Clairvaux war härter, zäher und verschlagener, als seine gelassene Milde und Nachsicht vermuten ließen. Als sich der König, die Bischöfe und Reichsfürsten am Nachmittag des Johannistages im Dom noch einmal zum Gottesdienst versammelt hatten, erklärte er plötzlich, nachdem er im einfachen Priestergewand die heilige Messe zelebriert hatte, dieser Tag dürfe nicht ohne Predigt vorübergehen. Und noch einmal sprach er von der Not der Christen im Heiligen Land und von der gottgewollten Aufgabe, ihnen schnellen und wirksamen Beistand zu leisten.
Für den Schluß seiner Predigt aber hatte er sich eine unerwartete Wendung vorbehalten. Gleichsam einer inneren Eingebung folgend, redete er »den König nicht mehr als König, sondern als Menschen an«, nach der Darstellung eines beflissenen geistlichen Chronisten mit all dem Freimut, dessen er fähig war. Er beschwor den Tag des Jüngsten Gerichtes, an dem der Weltenherrscher Christus den irdischen Herrscher Konrad vor seinen Richterstuhl zitieren und fragen werde: »Oh, Mensch, habe ich nicht alles für dich getan, was ich für dich hätte tun können? Habe ich dir nicht Gesundheit und Geisteskraft verliehen, habe ich dich nicht reich gemacht, habe ich dir nicht guten Rat gespendet, habe ich dich nicht zum König und Monarchen gemacht? Und du, Mensch, was hast du für mich getan?«
Dieser letzten rhetorischen Attacke war der dritte Konrad nicht gewachsen. Dieser Angriff ging über seine Kräfte. Er traf ihn mitten ins Herz. Bernhards Seelenwäsche hatte ihn derart mitgenommen, daß ihn ein übermächtiges Schluchzen schüttelte. Unter Tränen rief er aus: »Ja, ich erkenne die göttlichen Gnadenerweise an. Und ich will mit Gottes Hilfe nicht länger undankbar erscheinen. Ich bin bereit, Gott zu dienen; denn er selbst hat mich gerufen.«
Atemlos hatten – nach dem Gemeinschaftsbericht der acht Mönchsrepor-

ter – geistliche und weltliche Fürsten der Predigt Bernhards gelauscht. Nun, nach König Konrads Schwur, bemächtigte sich der hohen Versammlung eine tiefe Bewegung, die nach einer Weile der Besinnung in eine überschäumende Begeisterung umschlug. Während sich »Hunderte und Tausende Stimmen zum Lobe Gottes erhoben«, segnete Bernhard den König, bezeichnete ihn mit dem Kreuz und übergab ihm das Banner des Reiches, das er »mit eigener Hand dem Heere des Herrn« vorantragen sollte.
Das Wunder war geschehen, das Wunder aller Wunder, wie es in dem von Philipp von Brüssel überarbeiteten Augenzeugenbericht heißt. Nach König Ludwig VII. von Frankreich hatte sich nun auch König Konrad III. von Deutschland, den die nationalbewußten Historiker des 19. Jahrhunderts etwas verächtlich den Pfaffenkönig nannten, entschlossen, die Mühsale eines Kriegszuges ins Heilige Land auf sich zu nehmen. Der heilige Bernhard hatte seine Mission erfüllt.

Kaltglühendes Genie des Glaubens

Wer war dieser heilige Bernhard, der wortgewaltige, majestätische Abt von Clairvaux, der auf seiner ungewöhnlichen Rheinreise, begleitet von acht Tagebuchführern, zahlreiche Wunder vollbracht hatte, einen neuen Kreuzzug predigte und den deutschen König Konrad III. zwang, wider seinen Willen ins Heilige Land zu ziehen und das Reich seinen drängenden und ungelösten Problemen zu überlassen?
Bernhards Lebensdaten lassen die Dramatik und ungeheure Leistung seines Lebens nicht ahnen. Er wurde

1091 als Sohn eines burgundischen Ritters in Fontaines bei Dijon geboren, trat

1112 mit dreißig Freunden und Gleichgesinnten in das Reformkloster Citeaux ein, das Mutterhaus des Zisterzienserordens, wurde

1115 von dort als Abt nach Clairvaux gesandt, wo er

1153, achtunddreißig Jahre später, verschied, nachdem er alle weiteren kirchlichen Würden abgelehnt hatte.

1174 wurde er heiliggesprochen.

Schon der junge Bernhard war jedoch, wie den sechs Büchern der *Vita Bernhardi* zu entnehmen ist, geradezu besessen von der Unbedingtheit des christlichen Glaubens. Die Chronisten berichten von frühmystischen Bewährungserlebnissen des jungen Edelmannes, der »schamlos freche Anschläge auf seine Keuschheit mit geradezu uradamischer Triebbeherrschung« parierte, durch harte asketische Übungen die Herrschaft über seinen Leib und seine Sinne errang und schließlich alle weltliche Begier so sehr in sich abtötete, daß er – nach Wilhelm von St. Thierry, einem seiner ersten Biographen – »sehend nicht sah, hörend nicht hörte und kostend nichts schmeckte«. So war schon der zweiundzwanzigjährige Bruder in Citeaux, nach der Beschreibung der kirchlichen Hagiographen, eine klare, festgefügte Persönlichkeit von einer Willenskraft und geistigen Macht, die jedermann bezwang.

Sein kaltglühendes Genie ist dann zunächst vor allem den Zisterziensern zugute gekommen. Dieser Orden war ein Produkt der geistigen Unruhe, die zu Beginn des 12. Jahrhunderts erneut ganz Europa erfaßt hatte. Gewachsen auf dem Boden vieler neu erblühter oder neu entstandener Städte, aktiviert durch die ungeheuren Emotionen, die das Glück und die Mühsale der Kreuzfahrer hervorgerufen hatten, und gefördert durch die wirtschaftlichen Impulse, die von der Produktivkraft, dem Luxus und dem Raffinement des Morgenlandes ausgegangen waren, bemächtigte sich dieses allgemeine Beben auch der Kirche und ihrer Klöster.

Die Wirkung von Cluny ließ nach. Die Reformer von gestern waren – Schicksal aller Reformer – müde geworden und hatten begonnen, sich auf ihren Lorbeeren auszuruhen. Nun meldeten sich die Kritiker zu Wort und warfen ihnen vor, daß sie stolz, hochfahrend und bequem geworden seien, daß ihr Reichtum weltlichen Neigungen Vorschub geleistet habe und daß ihre quasi-monarchische Organisation den Elementarforderungen christlichen Lebens widerspräche. Sie wandten sich auch gegen das Übermaß an täglichem Gottesdienst, das bigotte Selbstgerechtigkeit und Sterilität erzeugt und für nutzbringende Arbeit kaum noch Zeit gelassen hatte.

Aufbruch der Zisterzienser

Wortführer der Kritik waren die nach Cistertium, dem lateinischen Namen von Citeaux, benannten Zisterzienser. Die Mönche von Citeaux erstrebten die Rückkehr zu den benediktinischen Idealen. Die beiden ersten Äbte Robert und Alberich verzichteten deshalb auf eine eigene Regel. Erst der Abt Stephan Harding schuf 1119 das Grundgesetz des neuen Ordens. Die von ihm entworfene *Charta Caritatis* versuchte, dem menschlichen Vollkommenheitsideal des Patriarchen von Nursia wieder Geltung zu verschaffen, und hielt die Zisterziensermönche zu einer allseitig-harmonischen Betätigung an, in der auch handwerkliche Arbeit und soziales Engagement wieder ihren Platz fanden: ein Programm, das frommen Eifer und die unentwegte Bereitschaft zu harter körperlicher Arbeit voraus-

Konrad III., deutscher König (1138–1152), als glückloser Herrscher in die Geschichte eingegangen.
(Holzschnitt aus der Mitte des 19. Jahrhunderts)

Conradus
Rex (III)

setzte und daher von vielen Zeitgenossen als übermäßig streng angesehen wurde.
Es war auch weniger die neue Charta als der Geist Bernhards, der den Zisterziensern in wenigen Jahren zu säkularen Wirkungen verhalf. Der Mann, der sich selbst einen »gemeinen Wurm«, einen »unfruchtbaren Baum« oder »das bißchen, das ich bin« nannte, durchdrang den Orden mit einer mächtigen Aktivität und einem »dämonischen Selbstgefühl«, von dem er sich, wie in Speyer in seinen Gesprächen mit König Konrad III., auch im Umgang mit weltlichen Mächten konsequent leiten ließ.
Unter seiner Führung – einer Rolle, die ihm niemand streitig machte, obwohl nach der Regel Stephan Hardings das vom Generalabt von Citeaux geleitete, einmal im Jahr zusammentretende Generalkapitel die höchste Ordensinstanz war – setzten die Zisterzienser das benediktinische Arbeitsgebot wieder in sichtbare Wirklichkeit um. Sie verzichteten auf die Sklaven- und Leibeigenenarmeen, von denen auch die kirchlichen und monastischen Institutionen der Zeit ihre Güter bewirtschaften ließen. Sie pflegten ihre Äcker selber, sie betrieben Gartenbau und Viehzucht, sie rodeten Wälder und Ödland und wurden zumindest in den ersten hundert Jahren ihres Bestehens Europas fleißigste und tüchtigste Kolonisatoren: mönchische Großagrarier, deren Erfolge zahlreiche Seiten der Wirtschaftsgeschichte des Mittelalters füllen.
Da sie trotzdem arm und bedürfnislos blieben, die Ausstattung ihrer Kirchen und Klöster bewußt auf das Notwendigste beschränkten, ohne sich der Pflicht der täglichen Gebete und sonstigen gottesdienstlichen Verrichtungen zu entziehen, und sich in der Verwirklichung tätiger Nächstenliebe von niemandem übertreffen ließen, schufen die »grauen Mönche« in ihren ungebleichten und ungefärbten Kutten der Kirche noch einmal ein Leitbild von überzeitlicher Wirkung und erfüllten sie mit einem neuen, frischen, kraftvollen Missionsbewußtsein.
Bernhard hatte auch daran entscheidenden Anteil. Bernhards Wirkung erstreckte sich aber nicht nur auf das Innenleben der von ihm geführten »Bernhardiner«. In seiner Brust waren zwei Seelen zu Haus. Die eine trieb ihn zu Askese, Einsamkeit und mystischer Versenkung, zu einem der Welt abgewandten Zellenleben, das ihm »die liebende und liebezeugende Begegnung mit Christus« (wie es Wolfram von den Steinen formuliert hat) gleichsam zum Dauererlebnis machen sollte. Seine Natur drängte ihn aber auch hinaus in die Welt. Er wollte reformieren, korrigieren und verändern, herrschen und Macht ausüben. Der Tatmensch Bernhard unterhielt in seinem Kloster in Clairvaux eine Kanzlei, die die bestinformierte in ganz Europa und Herz und Hirn des auf den berühmten Abt eingeschworenen internationalen Zisterzienserstaates war. Diese Kanzlei wußte alles, erfuhr alles, registrierte alles und setzte ihren *Spiritus rector* damit instand, eine bedeutende Fernwirkung auszuüben.

Dieser Fernwirkung kam zugute, daß Bernhard eine unvergleichliche, zumindest in seiner Zeit einmalige Kraft der Mitteilung besaß. Selbst seinen Briefen, die von den Bernhard-Verehrern zum kostbaren Literaturgut des Mittelalters gezählt werden, eignet eine eigentümliche Faszinationsmacht, die auch dem heutigen Leser noch etwas vom bannenden Charisma dieses Mannes vermittelt. Mehr noch als durch seine zahlreichen Sendschreiben und Episteln übte er jedoch durch seine Reden jene suggestiven Wirkungen aus, die ihm eine ganze Welt zu Füßen zwangen.

Jedem seiner öffentlichen rhetorischen Auftritte ging eine gründliche Meditation voraus, die er selbst das »Kochen« nannte. Dann aber sprach er frei, mit einer aggressiven, psychologisch wohlberechneten und genau dosierten Leidenschaft, die ihn befähigte, eine fast totale Macht über die Herzen seiner Zuhörer auszuüben. Der Mann, der das Schweigen seine Freundin nannte, war zugleich der größte Demagoge seiner Zeit.

Das mag erklären, warum ihm Päpste, Kaiser und Könige sozusagen aufs Wort gehorchten und – wie Konrad in Speyer – selbst harte Zurechtweisungen widerspruchslos hinnahmen. Die kleinen Leute verehrten ihn als einen wiedererstandenen Christus, sanken bereitwillig vor ihm auf die Knie und lauschten seinen Worten, auch wenn sie diese nicht verstanden, wie göttlichen Offenbarungen. Bernhards Wirkung macht auch die Wunder und Spontanheilungen verständlich, die von seinen Chronisten in solcher Zahl berichtet werden, daß sie schwerlich alle erfunden sein können.

Seinem Sendungsbewußtsein war allerdings das intolerante, rechthaberische Wesen der geborenen Vaterfigur und eine gewisse manirierte Eitelkeit verschwistert (die seinen »ciceronianischen« Stil bisweilen ungebührlich verkünstelte). Auch seine »christliche Sokratik«, die den Menschen durch Demut zur ekstatischen Versenkung, durch Buße zu Gott und durch das Gotterlebnis zur Liebe führen sollte, erweist sich dem kritischen Betrachter als Ausdruck und Ergebnis patristischer Haltung. In all seinem Reformeifer war dieser Bernhard nämlich ein konservativer, beharrender Geist, der sich selbst als Wächter über die Reinheit des Glaubens und als Sachwalter einer inbrünstigen Christusmystik und schwärmerischen Marienverehrung empfand.

Diese seine dogmatische Starre enthüllte sich zum Beispiel in der vielbeschworenen Auseinandersetzung mit jenem Peter Abaelard, in dem viele Historiker heute »den bedeutendsten philosophischen Kopf und zugleich fesselndsten Lehrer seines Jahrhunderts« erkennen. Bernhard hat diesem kritischen Denker, der Sokrates und Platon als Vorbilder echten Mönchstums feierte und mit ihrer Hilfe die Vernunft als tragendes Element in

die Kirche Christi einbauen wollte, öffentlich der Irrlehre bezichtigt und auf dem Konzil von Sens 1141 regelrecht zermalmt.
Die Einsicht, daß sich hinter Bernhards Feuerkopf ein hohes Maß an Starrsinn verbarg, hat das Bild des Abtes von Clairvaux in den letzten Jahrzehnten ein wenig verändert. Es hat etwas von dem strahlenden Heiligenschein verloren, den ihm eine fast unübersehbare hagiographische, theologische und historische Literatur immer wieder bestätigt hat. Aber wenn das Gemälde vom »vollendeten Ritter Christi«, vom »perlengleichen Gefährten« und »franziskanischen Menschenfreund« durch neuere Forschungen und Persönlichkeitsanalysen auch etwas beschattet worden ist, so gilt Bernhard doch noch immer als die beherrschende Gestalt seiner Zeit.
Karl Hampe sieht in seiner »kahlen Zelle mit dem harten Strohlager« den »wahrhaftigen Mittelpunkt des Abendlandes«. Wolfram von den Steinen spricht geradezu von einem »Zeitalter Bernhards«. Der Engländer Watkin Williams vergleicht sein Werk einem »dahinbrausenden Wildbach« und nennt ihn, Horaz zitierend, einen »vollkommenen, abgerundeten Menschen«. Ein anderer Engländer, Marion Crawford, Verfasser einer *Via crucis* betitelten Geschichte des Zweiten Kreuzzuges, quittiert ihm den Rang eines »Weltarztes seiner Zeit«. Hans Eberhard Mayer stellt ihn als »die unbestritten profilierteste Figur im geistigen und politischen Leben des Abendlandes« vor, und selbst der nüchterne Steven Runciman, der das Feuer der Bernhard-Texte für erloschen und ihren Verfasser »als Theologen und Glaubensstreiter« für »unbeugsam, grobschlächtig und lieblos« hält, rühmt seine gewaltige »Stoßkraft«.
Hätte Papst Eugen III., ohnehin ein Schüler Bernhards, einen überzeugenderen, wirkungsmächtigeren Anwalt seiner Sache finden können, als er sich nach dem Fall Edessas entschloß, das Abendland fünfzig Jahre nach Clermont zu einem neuen Kreuzzug aufzurufen?

Hoftag in Vézélay

Dieser Beschluß war das Ergebnis von Gesprächen, die der aus Rom vertriebene Heilige Vater im Herbst 1145 in Viterbo mit zwei Besuchergruppen aus dem Heiligen Land geführt hatte.
Die eine kam aus Antiochia und wurde von einem engagierten Feind des griechischen Kaiserreiches geführt, dem lateinischen Bischof Hugo von Dschabala. Die andere bestand aus kilikischen Armeniern und führte ebenfalls bewegte Klage über die Tücke der Griechen. Beide Delegationen schilderten auch, wie der Bischof Otto von Freising, der große Chronist der Stauferzeit in Deutschland, seiner *Weltchronik* anvertraut hat, mit tränenerstickter Stimme den Fall Edessas und die damit eingetretene Ge-

fährdung der ostmittelmeerischen Filialen der römischen Kirche. Hugo eröffnete dem Apostelfürsten ferner, daß er zum »König der Römer und Franken« weiterziehen wolle, um dessen Hilfe zu erbitten. Eugen rüstete ihn daraufhin mit einer päpstlichen Bulle aus, in der er König Ludwig VII. von Frankreich und alle seine Fürsten und Vasallen auf die Notwendigkeit schneller Hilfeleistung und den daraus resultierenden Sündenerlaß hinwies.

Ludwig, den die Historiker als einen beweglichen, abenteuerfreudigen Herrn schildern, dessen Gewissen aber ein blutiges Gemetzel belastete, dessen sich die königlichen Truppen bei einer innerfranzösischen Auseinandersetzung in Vitry schuldig gemacht hatten, erklärte spontan seine Bereitschaft zu einer bewaffneten Pilgerfahrt ins Heilige Land und berief die Herren seines Reiches für die Weihnachtstage zu einem Kronrat nach Bourges. Dort sprach er jedoch zu tauben Ohren. Die Notabeln des schönen Frankreichs waren nicht geneigt, ihr gutes und fröhliches Leben einem fragwürdigen Sündenerlaß zu opfern, und als schließlich auch der Abt Suger von Saint-Denis, der »kleine, schwächliche Prälat«, der immer so aussah, als »stände er mit einem Fuß bereits im Grab«, sich energisch gegen einen von Frankreichs König geführten Kreuzzug verwahrte, waren die Würfel gefallen. Das Projekt war, zunächst wenigstens, zu Fall gebracht.

König Ludwig VII. war aber nicht gesonnen, auf die mit einer gründlichen Gewissensbereinigung verbundene Morgenlandreise zu verzichten, und bat deshalb den Abt Bernhard von Clairvaux um ein »göttliches Orakel« zugunsten eines Kreuzzuges.

Bernhard, der (wie erinnerlich) einige Jahre vorher an der Formulierung der Templerregeln mitgewirkt hatte und daher mit den Problemen der christlichen Staaten im Orient wohlvertraut war, spielte den ihm zugeworfenen Ball an den Heiligen Vater weiter, der seinerseits das kirchliche Interesse an einem neuen Kreuzzug noch einmal bekräftigte und den Abt von Clairvaux mit der propagandistischen Vorbereitung des Unternehmens beauftragte. Nachdem eine Neufassung des von Hugo überbrachten Kreuzzugschreibens die päpstliche Zuständigkeit noch einmal dokumentiert und damit alle Zweifel an der Urheberschaft des geplanten Pilgerzuges beseitigt hatte, widmete sich der heilige Bernhard seinem Auftrag mit all der Leidenschaft und Überzeugungskraft, deren er fähig war. Schon am 31. März 1146, auf dem Hoftag von Vézélay, erzielte er einen vollen, durchschlagenden Erfolg.

Dieses Vézélay wurde so etwas wie ein zweites Clermont. Die Kunde von Bernhards Auftritt hatte eine riesige Menschenmenge in den am Rande des Morvan gelegenen Wallfahrtsort gelockt. Die vorgesehene Kundgebung mußte deshalb aus der berühmten Abteikirche (bis heute eine der imposantesten Schöpfungen französischer Sakralarchitektur) hinaus aufs

freie Feld verlegt werden. Auf ein eilig gezimmertes Holzgerüst postiert, verlas der Heilige von Clairvaux die neue Kreuzzugepistel des Papstes, ehe er selbst zum Thema sprach.
Sein Berichterstab hat die Vézélay-Rede, aus welchen Gründen auch immer, nicht überliefert. Doch muß sie die Hörer, ähnlich wie Urbans Ansprache auf den Wiesen von Clermont, berauscht, mitgerissen und derart emotionalisiert haben, daß diese noch während der Kundmachung sich spontan mit dem Kreuzzeichen schmückten. Nach Odo von Deuil, Ludwigs emsigem Kaplan, dem die Geschichtswissenschaft eine detaillierte Beschreibung des Zweiten Kreuzzuges verdankt, waren die bereitliegenden Stoffkreuze schon bald vergeben. Der vom Heiligen Geist erleuchtete Abt von Clairvaux wußte dem Mangel jedoch abzuhelfen. Er entledigte sich seines Übergewandes und ließ es auf der Stelle zu den begehrten Symbolen verarbeiten. Bis zum Sonnenuntergang waren seine Mönche, wie Odo berichtet, damit beschäftigt, den Bedarf an Kreuzen zu befriedigen.
Diesmal entzogen sich auch des Königs Herren dem Ruf der Stunde nicht. Auch die Chevaliers kapitulierten vor der aufwühlenden, stimulierenden Beredsamkeit Bernhards und leisteten den Eid auf die bewaffnete Pilgerschaft. Und wieder waren es, wie ein halbes Jahrhundert zuvor, Männer von höchstem Rang und Adel, die sich entschlossen, ihren gerechten christlichen Zorn gegen die Ungläubigen zu kehren: des Königs Bruder Robert von Dreux zum Beispiel; sein Onkel Amadeus von Savoyen und der Graf Wilhelm von Nevers, dessen gleichnamiger Vater an dem unglücklichen Unternehmen des Jahres 1101 teilgenommen hatte.
Ohne Zweifel: Bernhards Auftritt hatte allen Widerstand hinweggespült. »Ich öffnete meinen Mund, und ich sprach«, schrieb er dem Heiligen Vater, »und alsbald vermehrte sich die Zahl der Kreuzfahrer endlos. Dörfer und Städte stehen jetzt verlassen, kaum findet man auf sieben Weiber einen Mann.« Sein Brief endete mit dem makabren Satz: »Und überall gewahrt man Witwen, deren Männer noch unter den Lebenden weilen.«

Wieder Judenpogrome im Rheinland

Bernhard konzentrierte seine Tätigkeit nun vollständig auf die Kreuzzugwerbung. Er unternahm eine Kundgebungsreise, die ihn von Burgund über Lothringen nach Flandern führte. Doch stellte er auch seine Kanzlei nachdrücklich in den Dienst der Pilgerpropaganda. Zahlreiche Briefe und

Kreuzritter im Zweikampf.
(Miniatur aus dem »Jungfrauenspiegel«, einer Handschrift aus dem 12. Jahrhundert; Archiv für Kunst und Geschichte, Berlin)

Redentexte verließen die Schreibstube des Klosters Clairvaux: Texte, die zwar auf den jeweiligen lokalen Bedarf zugeschnitten wurden, aber immer die Handschrift und die Intentionen des Meisters verraten.
Zweierlei fällt dabei auf: seine vehementen Sätze wandten sich ausschließlich an die Ritterschaft, in der er »das Gefühl besonderer Erwählung zu erwecken suchte«, waren aber »völlig frei von eschatologischen Ideen«. Für den heiligen Bernhard war der Kreuzzug – so Hans Eberhard Mayer – »ein individuelles Bußwerk«. Nach seinen Vorstellungen ging es nicht allein darum, der Bedrohung der Heiligen Stätten durch die Ungläubigen wirksam entgegenzutreten, der neue Feldzug sollte auch dazu dienen, »die Seelen der Kreuzfahrer von der Sünde« zu befreien. In seiner Sicht war die akute Gefährdung der christlichen Länder des Orients lediglich ein Beweis göttlichen Zorns und somit ein Zeichen dafür, daß die Zeit der Buße gekommen sei, die »angenehme Zeit der Buße«, wie es – frei nach dem Korintherbrief – in seinen Reden und sonstigen Verlautbarungen immer wieder heißt.
»Seht denn, ihr Brüder«, schrieb er in einem an den Bischof von Speyer gerichteten Brief, dessen hämmernde Sätze für Bernhards eindringliche Diktion typisch sind, »die willkommene Zeit, die heilerfüllten Tage... Seht an, mit welcher Kunst ER euch retten will, und erstaunt, blickt in den Abgrund SEINER Güte und vertraut, ihr Sünder. ER sucht eine Gelegenheit nicht wider euch, sondern für euch. Denn einzig dies ist's, eine erlesene und allein für Gott auffindbare Gelegenheit der Rettung, wenn nun die Allmacht Totschläger, Räuber, Ehebrecher, Meineidige und Verbrecher aller Art, als hätten sie immer das Rechte getan, ihres Dienstes zu erinnern geruht. Mißtraut nicht, ihr Sünder; gütig ist der Herr... ER will als Schuldner gelten, um seinen Truppen als Sold den Nachlaß ihrer Vergehen und ewige Herrlichkeit zu zahlen... Du tapferer Ritter, du Mann des Krieges: jetzt hast du eine Fehde ohne Gefahr, wo der Sieg Ruhm bringt und der Tod Gewinn. Bist du ein kluger Kaufmann, ein Mann des Erwerbs in dieser Welt: einen großen Markt sage ich dir an. Sieh zu, daß er dir nicht entgeht! Nimm das Kreuz, und für alles, was du ruhigen Herzens beichtest, wirst du auf einmal Ablaß erlangen.«
Die Wirkung solcher Predigten und Bußtraktate, für den Menschen von heute mehr Notzuchts- als Erbauungsakte, war enorm. Aufgewühlt von der agitatorischen Verve und Besessenheit des (nach Hauck) »größten Redners des Abendlandes«, fühlten sich auch diesmal, wie in den Monaten nach Clermont, zahllose Ritter dem metaphyischen Zwang ausgeliefert, um ihres eigenen Seelenheiles willen für den Erhalt der christlichen Vorposten im Morgenland ihr sündiges Leben in die Schanze zu schlagen.
Natürlich gab es auch wieder nichtkalkulierte Fehlentwicklungen. Im leicht erregbaren Rheinland schlug die Kreuzzugbegeisterung wie schon

einmal in einen lodernden Judenhaß um. Und wieder begann der Pöbel der rheinischen Städte, fanatisiert von den Predigten des Zisterziensermönches Rudolf, die Juden zu bedrängen und totzuschlagen. Im Schatten der großen Dome und Kathedralen von Köln, Mainz, Worms, Speyer und Straßburg kam es zu Pogromen, die zahlreiche Hebräer das Leben kostete. Vergebens versuchte das Episkopat der rheinischen Diözesen diese Ausschreitungen zu verhindern. Schließlich wandte sich der Erzbischof von Mainz an Bernhard und bat ihn dringlichst, sofort ins Rheinland zu kommen und den gefährlichen Umtrieben des Mönches Rudolf Einhalt zu gebieten.
Der Notruf erreichte den Abt von Clairvaux in Flandern und löste Bernhards Deutschlandreise aus. Diese galt also zunächst der Wiederherstellung der Ordnung am großen Strom. Vater Bernhard spielte auch in diesem Fall seine kontinentale Autorität voll aus – er erschien wie ein Rachegott auf der brodelnden rheinischen Szene, schickte den Mönch Rudolf barsch nach Haus und beschwichtigte die von ihm radikalisierten judenfeindlichen Massen.

Der Abt auf den Armen des Königs

Was ihn bewog, nun auch die Deutschen zur blutigen Pilgerfahrt aufzurufen, ist nie so ganz klar geworden. Bernhard löste sich damit aus der von ihm selbst inspirierten päpstlichen Politik, der angesichts der akuten Bedrohung der kirchenstaatlichen Positionen durch Roger II. von Sizilien und die lateranfeindlichen Kräfte in Rom mehr an einem Kriegszug König Konrads nach Italien als an einem Kreuzzug ins Heilige Land lag. Vielleicht hatte ihn das von dem Mönch Rudolf entfachte Feuer nun selbst erfaßt, vielleicht gab er sich der Hoffnung hin, daß die Teilnahme Konrads eine allgemeine kontinentale Waffenruhe bewirken und damit die moralische Macht der Kirche sinnfällig demonstrieren werde. Genaueres wissen wir darüber jedoch nicht. Sein »mit der Promptheit moderner Berichterstattung« arbeitender Chronistenapparat ist die Erklärung dieses Sinneswandels schuldig geblieben.
Um so genauer hat er uns über die Vorgänge nach dem historischen 27. Dezember 1146 in Speyer informiert. Nach Philipps Tagebucheintragung führte Vater Bernhard noch am letzten Tag des Jahres ein längeres Gespräch mit einem »Gesandten des Kaisers von Konstantinopel«, wahrscheinlich eine Unterredung unter vier Augen, deren Inhalt der Heilige von Clairvaux selbst seinen beflissenen Chronisten verschwiegen hat. Karl Lutz, der den Tagen von Speyer eine gründliche Untersuchung gewidmet hat, glaubt aus gewissen Hinweisen jedoch schließen zu können, daß in diesem Meinungsaustausch mit dem byzantinischen Unterhändler

bereits »die Bedingungen für den Durchmarsch« durch die Länder des griechischen Reiches vereinbart wurden. Zwei Tage später stimmte dann der Reichstag in Speyer einer Gesandtschaft zu, »die vier Wochen danach einer französischen Fürstenversammlung die deutschen Vorschläge für den gemeinsamen Weg ins Heilige Land« übermitteln sollte.
Am 3. Januar 1147 bestieg Abt Bernhard wieder sein Schiff, um »predigend und Kreuze verteilend« stromabwärts zu reisen, über Worms, Koblenz, Köln, Maastricht und Lüttich nach Flandern zurück. In Châlons sur Marne traf er sich Anfang Februar mit König Ludwig und »vielen Fürsten der beiden Reiche«. Erneut setzte er sich hier dafür ein, daß die Heere der beiden mächtigsten christlichen Könige Europas auf dem Landwege über Konstantinopel ins Heilige Land ziehen sollten.
Vier Wochen später, nun wieder in Frankfurt, stiftete er einen Waffenstillstand zwischen König Konrad und den stets aufsässigen deutschen Landesfürsten. Gleichzeitig setzte er, um auch in dieser Hinsicht jegliche Ungewißheit zu beseitigen, die Wahl Friedrichs von Hohenstaufen zum präsumtiven Nachfolger Konrads durch. Danach war auch in Deutschland, das den Kreuzzugfanfaren bis dahin nur wenig Gehör geschenkt hatte, kein Halten mehr – wo Bernhard auch auftrat, strömten die Menschen zusammen, um verzückt und gebannt seinen berauschenden Tiraden zu lauschen.
Hier in Frankfurt entstand nach einer seiner Predigten im Dom ein solches Gedränge, daß »selbst der König«, wie Bernhards Berichterkonsortium überliefert hat, »den Andrang des Volkes nicht mehr zurückhalten konnte«. Konrad aber wußte, was er dem Heiligen von Clairvaux schuldig war – er entledigte sich seines Mantels und trug den hageren, schmächtigen Abt auf seinen starken Armen durch die fiebrig erregte Menge.
Ein eindrucksvolles, packendes Bild, ein echtes Finale. Allerdings stellt es die historische Situation auf den Kopf: Der Abt, den Konrad wie eine Feder emporhob, war seinem Christophorus an Geist und Willen weit überlegen. Er war es, der den deutschen König, gegen dessen Willen, in den nun folgenden Kreuzzug hineingetragen hatte.
Eine Kreuzfahrt, die denkbar unglücklich verlief.

Abmarsch des deutschen Pilgerheeres

Als erster brach König Konrad auf: Ende Mai 1147, nachdem er bei Regensburg ein Heer gesammelt hatte, das nach den naiven Vorstellungen der mittelalterlichen Chronisten eine Million Krieger umfaßte. In Wirk-

Der Reiterschild eines hochgestellten Kreuzritters.
(Bildarchiv Foto Marburg)

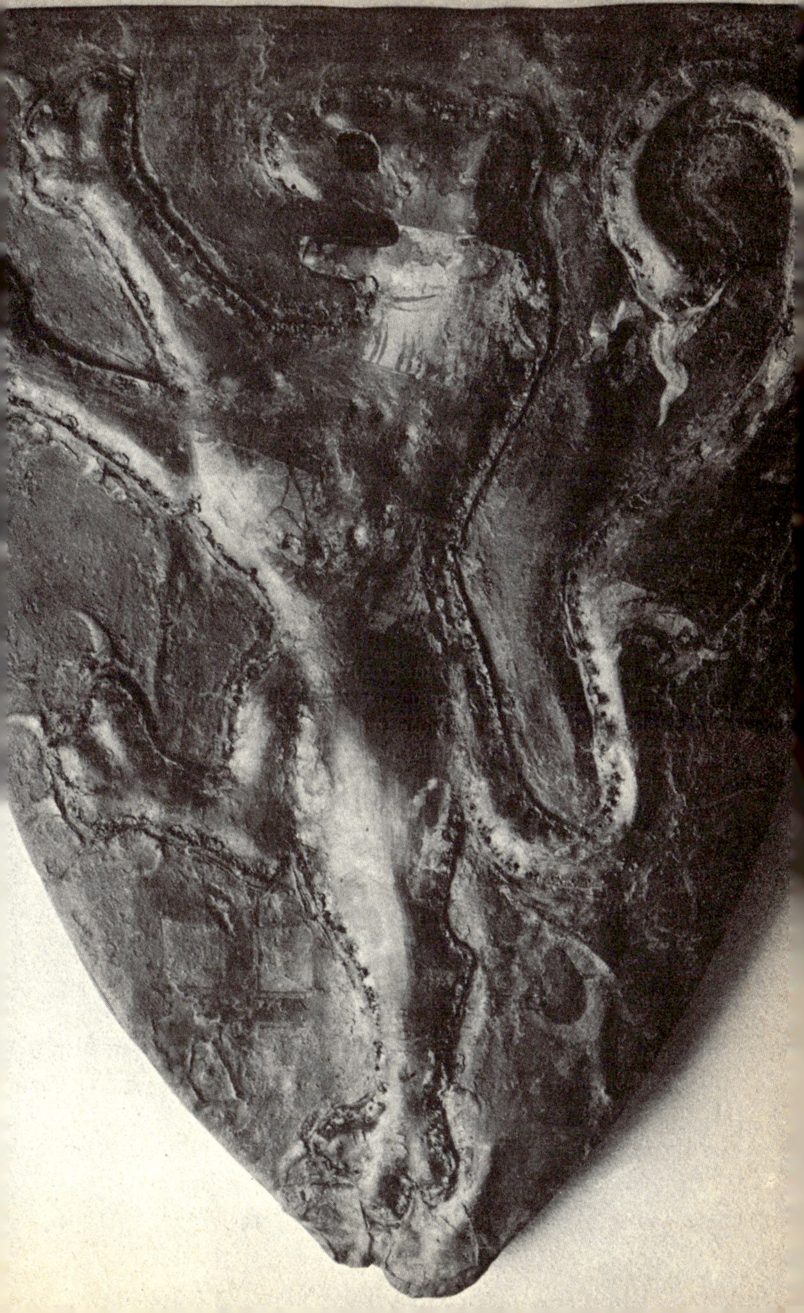

lichkeit dürfte es kaum stärker als zwanzigtausend Mann gewesen sein – aber gut ausgerüstet, mit Waffen, Pferden und einem großen Fuhrpark wohlversehen.
Auch die Namen der Anführer verschafften der deutschen Pilgerarmee beträchtliches Gewicht. Außer dem König folgten dem Zeichen des Kreuzes

die Herzöge Friedrich von Schwaben, Heinrich von Österreich und Welf von Bayern,
die Markgrafen Wilhelm von Montferrat und Hermann von Baden sowie
die Bischöfe Otto von Freising, Stephan von Metz und Heinrich von Toul.

Als Vasallen des Reiches nahmen Wladislaw von Böhmen und Boleslaw IV. von Polen an dem Kreuzzug der Deutschen teil.
Schon die Zusammensetzung des Heeres barg den Keim künftigen Unheils. Die Lothringer mochten die Slawen nicht, die Slawen haßten die Deutschen, auch zwischen Deutschen und Lothringern bestanden Verständigungsschwierigkeiten, die nicht nur auf der Verschiedenartigkeit der Sprache beruhten. Konrad war nicht der Mann, den einander feindlich gesinnten Herzögen, Bischöfen und Vasallenfürsten seinen Willen aufzuzwingen. So war es ein Glück für ihn, daß er einen Teil seiner Verantwortlichkeit auf seinen intelligenteren und tatkräftigeren Neffen abwälzen konnte. Der junge Barbarossa erwarb auf diesem Feldzug die Sporen künftigen Herrschertums.
Konrad hatte sich, den Wünschen Bernhards folgend, für den strapazenreichen Landweg entschieden, obwohl ihm sein Intimfeind Roger II. von Sizilien, sicher nicht ohne Hintergedanken, angeboten hatte, sein Heer auf dem Seeweg nach Palästina zu befördern.
Der Marsch verlief zunächst ohne Zwischenfälle. Und da der König schon auf ungarischem Boden den gewünschten Nichtschädigungseid leistete (dessen unverfänglicher Wortlaut nicht ahnen ließ, daß es sich nach delikat-byzantinischer Tradition um einen Vasalleneid handelte), konnten sich die deutschen Ritter auch auf griechischem Boden nicht über mangelnde Fürsorge beklagen. Als sie um den 20. Juli, von den staatlichen Magazinen des Rhomäerreiches ausreichend verproviantiert und bei Laune gehalten, in Sofia eintrafen, wurde auch ihrem Stolz durch einen protokollgerechten feierlichen Empfang Konrads durch des Kaisers Vetter Michael Paläologus die notwendige Nahrung zugeführt.

Je länger der Marsch jedoch währte, um so mehr häuften sich die Auseinandersetzungen mit der heimischen Bevölkerung. Die Streitigkeiten entstanden meist dann, wenn das deutsche Kriegsvolk – in der für Byzantiner schwerverständlichen Auffassung, daß Waffenbrüderschaft Bezahlung genug sei – sich lautstark weigerte, die Preise für Wein, Lebensmittel oder sonstige Dinge des täglichen Bedarfs in harter Münze zu entrichten. Viele Deutsche glaubten aber auch Grund zu haben, die Sitten und Gebräuche des Landes zu verachten, und begannen daher, die ihnen so befremdlichen Lebensgewohnheiten der Bewohner rüde zu bekämpfen. So brannten sie aus Wut über eine Welt, die sie nicht begriffen, die Vorstädte von Philippopel nieder.

Es gab dort, nach dem Bericht des Kaplans Odo von Deuil, einen betriebsamen Markt, »der für Geld allen Ankömmlingen lieferte, was sie benötigten«. Die deutschen Rauhbeine füllten singend und johlend die zahlreichen Schenken, um die Mühen und Plagen des hinter ihnen liegenden Marschtages in schwerem griechischem Wein zu ersäufen. Zu ihnen gesellte sich ein Gaukler, der – »nachdem er sich ebenfalls vollgetrunken hatte« – eine Schlange aus seinem Hemd holte, sie in eine Glasschale auf der Erde legte und allerlei Kunststücke verrichten ließ. Dann zeigte er einige Taschenspielertricks, vermutlich in der einfältigen Hoffnung, damit den Beifall der Deutschen zu gewinnen.

Die Heilig-Land-Fahrer aber, weinbenebelt und von seinen geschickten Manipulationen verblüfft, vermeinten es mit einem Abgesandten der Hölle zu tun zu haben, fielen über den armen Teufel her und »rissen ihn in tausend Stücke«. Ihre Verstörtheit und ihre Wut griffen um sich, machten sich in Krawallen und weiteren Gewalttaten Luft und alarmierten die byzantinischen Ordnungskräfte. Diese versuchten zunächst waffenlos (wie der Kaplan Odo ausdrücklich betont) gegen die erregten Deutschen vorzugehen, wurden von diesen aber ebenfalls tätig angegriffen und in die Stadt zurückgetrieben.

Die Friedensstifter, vermutlich Angehörige der kommunalen Polizei, griffen nun ebenfalls zu den Waffen, holten Verstärkungen herbei und räumten den Markt und die Vorstädte von den ungebärdigen Gästen. Viele Deutsche büßten dabei ihr Leben ein. Später jedoch faßten sie wieder Mut, »bewaffneten sich von neuem und kamen zurück, um ... den Tod ihrer Kameraden zu rächen. Schließlich verbrannten sie fast alles, was sich außerhalb der Mauern befand.«

Von nun an gehörten Streitigkeiten mit den Byzantinern zum täglichen Brot; eine Gewalttat folgte der anderen. Kurz vor Adrianopel zum Beispiel überfielen griechische Straßenräuber einen erkrankt zurückgebliebenen deutschen Ritter, nahmen ihm Pferd und Waffen ab und erschlugen ihn. Herzog Friedrich von Schwaben vergalt den Überfall, indem er ein griechisches Kloster anstecken und dessen Mönche töten ließ. Der aufgebrachte Kaiser Manuel gab daraufhin Order, das deutsche Pilgerheer möge, ohne Konstantinopel zu berühren, sofort in Richtung Sestos marschieren und von dort nach Kleinasien übersetzen. König Konrad wischte diese Forderung jedoch wütend vom Tisch und zog weiter nach Konstantinopel.

Am 10. September 1147 erreichte er das goldene Byzanz, mit einer arg zerzausten, bereits hart angeschlagenen Armee, die zu guter Letzt auf der Thrakischen Ebene noch von einem schweren Unwetter heimgesucht worden war und dabei zahlreiche Pferde und Wagen eingebüßt hatte.

Das Ende bei Doryläon

Der Basileus, der 1142 Konrads Schwägerin Bertha von Sulzbach geheiratet hatte, empfing seinen deutschen Verwandten und Verbündeten, allen Mißhelligkeiten zum Trotz, mit einer großzügigen Geste. Er stellte ihm seinen Palast im Vorort Philopation zur Verfügung, mußte aber schon wenige Tage später zur Kenntnis nehmen, daß dieser von den biwakierenden Truppen geplündert wurde und danach – jedenfalls nach byzantinischen Vorstellungen – nicht mehr bewohnbar war. Nachdem er Konrad in den dicht vor den Mauern gelegenen Pikridion-Palast umquartiert hatte, lud er ihn zu einem Gespräch ein.

Bei diesem Treffen (von dem allerdings nicht ganz sicher ist, ob es überhaupt stattgefunden hat) sollen sich Konrad und Manuel derart unverblümt die Meinung gesagt haben, daß es des Eingreifens der Kaiserin bedurfte, die beiden gekrönten Häupter wieder zu besänftigen. Manuel scheint sich dann der erfolgreichen Taktik seines Großvaters Alexios erinnert und den Schwager seiner deutschblütigen Gemahlin (die sich nunmehr Irene, das heißt: der Friede, nannte) durch reiche Geschenke bewogen zu haben, sein Heer auf die kleinasiatische Seite zu verlegen und alsbald den Weitermarsch anzutreten. Als ortskundigen Führer und Verbindungsoffizier stellte er den Kommandeur der Warägergarde ab, einen erfahrenen Berufskrieger, der Konrad vorschlug, an der Küste entlang durch byzantinisch beherrschte Gebiete nach Syrien zu ziehen.

Die auf baldige Feindberührung brennenden Deutschen verwarfen den klugen Rat jedoch und zogen statt dessen, den Spuren der ersten ruhmreichen Kreuzfahrer folgend, nach Nicäa. Dort teilte der König seinen schwerfälligen Heerwurm. Die Pilger und Nichtkombattanten schickte er unter Führung des Bischofs Otto von Freising auf die Küstenstraße; er selbst brach mit seinen Rittern am 15. Oktober 1147 zur Durchquerung Anatoliens auf.

Der derart vorprogrammierte Untergang fand bereits zehn Tage später statt. Bei Doryläon, in der Nähe des Schlachtfeldes, auf dem die Pilgerarmee des Jahres 1097 ihren ersten triumphalen Sieg erkämpft hatte, fielen die Reiter des seldschukischen Sultans Masud I. wie Raubvogelschwärme über die ebenso erschöpften wie sorglosen und unerfahrenen deutschen Kreuzritter her, deckten sie zunächst mit Pfeilsalven, sodann mit Säbelhieben ein und richteten ein furchtbares Blutbad an. Innerhalb weniger Stunden war König Konrads stolzes Heer zerschlagen, waren – nach der Schätzung des Erzbischofs Wilhelm von Tyros – neun Zehntel seines Bestandes schon bei dieser ersten Feindberührung auf der Strecke geblieben.

Ein klägliches, ein bestürzendes Ergebnis. Nur wenige Wochen hatten genügt, das selbstbewußte, hervorragend ausgerüstete deutsche Ritterheer, das ausgezogen war, die Ungläubigen das Fürchten zu lehren, auszulöschen. Die Seldschuken triumphierten. Auf den orientalischen Sklavenmärkten herrschte wieder Hochkonjunktur. Die Beute reichte aus, die Basare bis nach Persien hin mit abendländischer Ware zu überschwemmen.

Einem der wenigen Rudel deutscher Ritter, denen es gelang, wenigstens das nackte Leben zu retten, gehörten auch König Konrad und der Herzog Friedrich von Schwaben an. Anfang November waren sie wieder in Nicäa, das inzwischen von der französischen Pilgerarmee erreicht worden war. Bedrückt und entmutigt traten sie dort König Ludwig VII. gegenüber.

Lust- und Kreuzfahrt einer Königin

Ludwig hatte am 8. Juni 1147 vom Kloster St. Denis aus den Zug ins Heilige Land angetreten. Dem Abmarsch waren feierliche Gottesdienste und Demutsübungen vorangegangen, die so recht nach dem schwärmerischen Herzen des erzfrommen Königs waren. Er hatte vor den Reliquien des Pariser Stadtheiligen Dionysius eine lang währende Andacht verrichtet, bevor er aus den Händen des Abtes Suger die berühmte *Oriflamme*, die rotseidene, goldbestickte Kriegsfahne der französischen Könige, übernommen hatte. Und Papst Eugen, zu dieser Zeremonie extra angereist, hatte ihm die Symbole der Kreuzfahrt, den Bettelsack und den Pilgerstab, überreicht und den apostolischen Segen gespendet – so daß Ludwig auch in dieser Hinsicht gut gerüstet seine Reise nach Jerusalem antreten konnte.

Die Chronisten, die an diesem Pilgerzug teilnahmen, hat vor allem die schier endlose Reihe vollbeladener Wagen beeindruckt, die in der Mitte der riesigen Marschsäule mitrollten: schwere, vierrädrige, von starken Pferden gezogene Karren, deren Ladung durch Planen aus Leder oder

starker Leinwand den Blicken der Welt entzogen war. Diese Wagen enthielten die Habseligkeiten der Königin, die Seite an Seite mit ihrem Gemahl an dem Kreuzzug teilnahm.
Sie war damals vierundzwanzig Jahre alt und eine sehr schöne, sehr attraktive Königin, deren Ruf allerdings schon ein wenig beschädigt war. Als Eleonore von Aquitanien geboren (und unter diesem Namen auch in die Galerie jener dubiosen politischen Primadonnen eingegangen, deren unerschöpfliche Lebenskraft Geschichte machte), war sie dem frommen, unerfahrenen und ziemlich untüchtigen Ludwig an Intelligenz und Aktivität weit überlegen. Ihre Ehe mit dem König von Frankreich ließ daher, wie Friedrich Sieburg trocken bemerkt hat, »zu wünschen übrig, es heißt, daß sie sich in kränkendster Weise gelangweilt und diesem Zustand durch Liebesabenteuer, sogar mit dem männlichen Personal, abzuhelfen versucht habe«.
Daß sie gleichzeitig der Prototyp einer gesunden, ausdauernden, sportlichen Lady war, deren trainierter Körper tagelange Ritte mühelos meisterte, macht den besonderen Reiz dieser gekrönten *femme fatale* aus.
Eleonore hatte sich schon bei der Vorbereitung des Kreuzzuges, der für sie weniger eine Christenpflicht als eine Gelegenheit zum Abenteuer war, kräftig engagiert. Sie hatte beträchtliche Geldmittel gesammelt, vor allem in den Klöstern ihres angestammten Herzogtums, die sie dafür mit mancherlei Privilegien entschädigte, und eine ganze Phalanx hochvornehmer Grafen und Barone aus dem Poitou und der Gascogne bewogen, ihr sozusagen als Leibwache zu folgen. Auch Troubadoure, die nicht müde wurden, die lachenden Augen, die Rosenmünder und die lilienweißen Busen ihrer Damen zu besingen, waren wahrscheinlich mit von der Partie. Dazu die Freundinnen und Vertrauten der jungen, ranken, keiner Versuchung Widerstand leistenden Königin: die Gräfinnen von Flandern, Blois und Burgund mitsamt ihren Zofen, Dienerinnen und Kammerfrauen.
Und sie alle hatten sich für eine lange Reise ausgerüstet: mit Kleidern und Mänteln, mit »Pelzen zum Wärmen und leichten Schleiern gegen den heißen Sommerwind«, mit Sätteln und Zaumzeug, Zelten und Betten, Teppichen und Decken, mit Waschbecken, Karaffen und »dem ganzen Drum und Dran für Toilette und Küche«, verpackt und verstaut in Holzkoffern und Kisten, Säcken und Fellen – es wird schon seine Richtigkeit gehabt haben, wenn die Chronisten über die Schwerfälligkeit dieses von so vielen charmanten Damen begleiteten Kreuzzuges lebhaft Klage führten.
Die Geistlichkeit hatte andere Sorgen. Die Priester und Kapläne, die an dieser Pilgerfahrt teilnahmen, sahen auch die Sittlichkeit gefährdet. Wahrscheinlich zu Recht; denn außer der lebhaften und zu kurzweiligen Abenteuern stets bereiten Königin waren auch die Damen ihres rollenden Hofes offenbar geneigt, ihre Ritter und Kavaliere für die schweißtrei-

Kaiser Manuel I. Komnenos (1143–1180) und seine zweite Gemahlin Maria von Antiochia.
(Vatikan, Bibliothek, Rom)

benden, schwielenerzeugenden Strapazen anstrengender Marschtage durch die Freuden abendlicher Zeltstunden zu entschädigen.
Ein in Wortspielen geübter Berichter hat die nächtlichen Biwaks daher beziehungsvoll *castra non casta* genannt: Lager also, die nicht unbedingt den Geboten christlicher Keuschheit gehorchten.

Kaiser Manuel präsentiert seine Hauptstadt

Der Marsch ging dennoch planmäßig vonstatten. Am 29. Juni hatte das französische Heer Regensburg erreicht, und bereits hier tauchten zwei byzantinische Gesandte auf, die den redlichen Ludwig auf Freundschaft und gutes Einvernehmen mit dem fernen Basileus vergatterten. Es war ein reiner Formakt, doch schürte er den in der Umgebung des Königs schwelenden Antibyzantinismus.
Diese griechenfeindliche Stimmung, deren Wortführer der Bischof von Langres war, wurde durch die üblichen Mißhelligkeiten im weiteren Verlauf des Marsches noch gekräftigt. Die Märkte waren, da von den vorangezogenen Deutschen schon ausgiebig in Anspruch genommen, wie leergefegt. Die Folge waren Wucherpreise, die weit über alle Voranschläge hinausgingen, die weitere Folge eine ständige Ebbe in der königlichen Kasse, so daß Ludwig mehrfach Boten an den als Reichsverweser eingesetzten Abt Suger mit der Bitte um weitere Alimentierung aussenden mußte.
Als kurz vor Konstantinopel ruchbar wurde, daß Roger von Sizilien den verhaßten Griechen Korfu abgenommen habe, und sich gleichzeitig herumsprach, daß Kaiser Manuel mit den Seldschuken, den Erzfeinden der Kreuzfahrer, einen Waffenstillstand abgeschlossen habe, drängten die Scharfmacher in Ludwigs Heer darauf, kurzen Prozeß zu machen und Byzanz zu stürmen – eine Forderung, die von dem frommen, wohlmeinenden König zwar verworfen wurde, ihm aber doch wohl schlaflose Nächte bereitet hat.
Wahrscheinlich war Manuel über derartige Dispute und Erwägungen im französischen Heer gut informiert. Jedenfalls bot er all den berückenden, hinterhältigen, lasziven Charme seiner Hauptstadt auf, die französischen Kreuzfahrer wieder zu versöhnen. Byzanz empfing seine abendländischen Verbündeten, Gegner und Gäste mit überschwenglicher Gastlichkeit und einem protokollarischen Aufwand, der den christlichen Chronisten spürbar den Atem verschlagen hat.
Schon im Vorfeld der Metropole gab es Begrüßungen, Ehrenbezeigungen, Willkommensreden. Kaiserliche Würdenträger geleiteten das königliche Paar dann zur Audienz in den Blachernenpalast. Und schon diese erste Begegnung mit dem Basileus und den Wundern von Byzanz wirkte

berauschend und demütigend zugleich. Der riesige, mit Marmor ausgelegte Hof, gold- und silbergeschmückte Säulen, farbige Mosaikböden, auf denen die Feldzüge und Schlachten des Kaisers abgebildet waren, der goldene, mit Edelsteinen besetzte Thron – das alles betörte und bestrickte, verhexte und verzauberte die soeben angekommenen Pilger, versetzte sie in einen Zustand der Betäubung.
Auch Manuel selbst hatte sie schnell umgarnt. Er war ein hochgewachsener, schöner Mann mit der Physis eines Modellathleten, der in seiner Freizeit so exzellenten Vergnügungen wie der Bärenjagd oder dem Polospiel nachging. Nun spielte er den großmütigen Gastgeber und geistreichen Causeur, beides mit lässiger Eleganz. Er hatte eine gewandte, witzige Zunge, war literarisch beschlagen, sicher in theologischen Gesprächen, an Astrologie interessiert und in der Medizin überaus bewandert. Natürlich genoß er auch den Ruf eines unwiderstehlichen Liebhabers – eine Tatsache übrigens, die ihm niemand verübelte; denn die geborene von Sulzbach war zu dieser Zeit schon recht füllig und unansehnlich geworden. Eleonore bemerkte mit den hellwachen Sinnen einer hochgezüchteten Eva zum Beispiel, daß er ein Verhältnis mit seiner Nichte Theodora unterhielt.
Drei Wochen verweilten die französischen Kreuzfahrer in Konstantinopel. Das Königspaar residierte im Philopation-Palast, der nach dem Auszug Konrads und seiner Ritter im Schnellverfahren gereinigt und instand gesetzt worden war. Nun präsentierte er sich wieder in voller Pracht. Die Füße versanken in weichen Teppichen, Räucherpfannen verbreiteten süße, betäubende Düfte, und der Blick aus den Fenstern schweifte über ein Park- und Waldgelände, in dem wilde Tiere aus fernen Ländern gehalten wurden.
Auch Konstantinopel selbst bot den hungrigen Augen der französischen Pilger eine Fülle ungewohnter, ja, ungeheurer Sensationen. Die mächtigsten Festungswerke und den größten Hafen der Welt. Das Marmarameer, den Bosporus und das Goldene Horn. Kuppelkirchen, Triumphbögen, Säulenhallen. Große Plätze, schnurgerade Prachtstraße, die in dem dreieckigen Stadtgebiet wie ein Y zusammenliefen, das dreitausend Zuschauer fassende Hippodrom mit dem Obelisken aus Heliopolis, der Bronzesäule aus Delphi und jener berühmten bronzenen Pferdegruppe, die – ursprünglich in Alexandria zu Hause – später nach Venedig abwanderte, und die unvergleichliche *Hagia Sophia*, in der ein gemeinsamer Gottesdient stattfand. Dazu Ausflugsfahrten, Besichtigungen, Schauveranstaltungen, Pferderennen, Jagdpartien mit gezähmten Leoparden. Und natürlich Staatsessen und Festbankette, bei denen auch die kaiserlichen Köche gaumen- und zungenbetörende Künste bewiesen.
Ein solches Festmahl dauerte, um Eleonores Biographin Régine Pernoud zu zitieren, mehrere Stunden. »Es gab viele Gänge, und die Franken lern-

ten dabei ganz neue... Gerichte kennen: Artischocken, auf silbernen Schüsseln serviert, gefüllte Lammrücken, gebackene Froschschenkel und vor allem Kaviar, der an der kaiserlichen Tafel in reichlichen Mengen genossen wurde. Griechische Weine trank man aus hauchdünnen, farbigen Kristallkläsern, und Soßen, die mit Zimt und Koriander gewürzt waren, standen in goldgetriebenen Schüsseln auf den Tischen. Zum Essen bediente man sich zweizinkiger silberner Gabeln, die damals im Abendland noch unbekannt waren. Der Fußboden war mit Rosenblättern bestreut, und hinter einem Vorhang spielte ein Orchester sanfte Musik. Zuweilen teilten sich die Vorhänge und ließen in den Zwischenpausen bald Jongleure von unerhörter Geschicklichkeit, bald Schauspieler oder orientalische Ballettänzer herein.«

Wiedersehen bei Nicäa

Viel Glanz, viel Aufwand also, ein nie erlebter abgefeimter, hochmütig vorgeführter Luxus – war es nicht natürlich, daß sich auch Neid und Mißgunst zu Wort meldeten, besonders bei den vielen kleinen Rittern und Landbaronen, die alle diese Herrlichkeiten nur bewundern, aber nicht genießen durften?
Solche Gefühle wurden nicht zuletzt auf den Märkten erzeugt, wo die griechischen Händler die unerfahrenen Franzosen, die sie noch immer »Kelten« nannten, nach allen Regeln merkurischer Künste und Listen betrogen und obendrein ihre abgrundtiefe Verachtung spüren ließen. Auf den Märkten und in den Basaren gab es fast täglich Zwischenfälle, und manchmal nahmen sie Formen an, die von beiden Seiten als kriminell empfunden wurden.
Eines Tages war ein armer flandrischer Soldat dem »Anblick der unermeßlichen Reichtümer« nicht mehr gewachsen. Er drehte sozusagen durch, stürzte sich, »verblendet von zügelloser Begehrlichkeit«, auf die Auslagen der Juweliere und Geldwechsler und verursachte einen solchen Aufruhr, daß »viele Tische umgestoßen« und Gold- und Silberwaren mit Füßen getreten und, was schlimmer war, gestohlen wurden. Die Händler und Geldwechsler flohen vor den wütenden, raffgierigen Franken auf ihre Schiffe und ruderten in die Stadt zurück. Dort stürzten sie sich ihrerseits auf einkaufende Kreuzfahrer und beraubten und verprügelten sie. Obwohl König Ludwig den Zorn der Byzantiner zu besänftigen suchte und den verstörten Urheber der Krawalle »im Angesicht der Stadt« hängen ließ, waren die französisch-griechischen Beziehungen von diesem Tag an ernsthaft gefährdet.
Auch der so pfleglich behandelte König konnte sich dieser Gereiztheit nicht entziehen. Während die schöne Eleonore, allen irdischen Freuden

Dieser Stahlstich aus dem 19. Jahrhundert beschreibt eine Kampfszene, in der sich Ludwig VII., König von Frankreich, gegen angreifende Sarazenen verteidigt. (Archiv für Kunst und Geschichte, Berlin)

von Herzen zugetan, die Pracht der Feste und die Komplimente der byzantinischen Herren mit vollen Sinnen genoß, fühlte sich Ludwig verwirrt und verärgert. Er nahm Anstoß an dem Luxus, der wie eine Lawine über ihn niederging, er spürte den Zynismus der Feste, deren Objekt er war, ihm mißfielen die blumigen, hochtrabenden, formelhaften Sprüche der Griechen, ihre aufgeblasenen Reden, ihre gespreizten Titel, ihre diplomatischen Floskeln und ihr Übermaß an gekünstelter Höflichkeit.
Als Manuel auch von ihm, gewissermaßen als Zahlung für die dreiwöchige Dauerfestivität, den Schwur verlangte, daß er alle eroberten, früher rhomäischen Gebiete dem Reich zurückerstatten werde, reagierte er deshalb ablehnend. Manuel sperrte daraufhin, nach der Manier seines Großvaters Alexios, den Nachschub für die französischen Truppen und verschaffte seiner Forderung den gewünschten Nachdruck. Mürrisch leistete Ludwig den verlangten Eid.
Um seine nunmehr überflüssig gewordenen Gäste loszuwerden, ließ sich Manuel eine besonders aparte List einfallen. Er streute das Gerücht aus, das deutsche Heer habe einen triumphalen Sieg über die Seldschuken errungen und unermeßliche Beute eingebracht. Die erwartete Wirkung trat prompt ein – die Franzosen fürchteten, zu spät zu kommen, und verlangten stürmisch den Aufbruch nach Anatolien.
Anfang November erreichten sie Nicäa, dort trafen sie auf die versprengten Reste der deutschen Gottesstreiter, die der Katastrophe von Doryläon entronnen waren. Derart unsanft in die harte, rauhe, schnöde Wirklichkeit zurückversetzt, lud Ludwig den Staufer Konrad zu einem Kriegsrat ein. Weinend sanken sich die beiden Könige, wie die Chronisten berichten, in die Arme.

Scheibenschießen auf König Ludwig

Die tränenreiche Zusammenkunft endete mit dem nun nicht mehr vermeidbaren Beschluß, gemeinsam weiterzumarschieren, und zwar auf den im griechischen Hoheitsgebiet südwärts führenden Küstenstraßen.
Vielen deutschen Kreuzfahrern war nach den schmerzlichen Erfahrungen von Doryläon die Lust an weiteren Abenteuern allerdings vergangen. Sie kehrten von Nicäa aus nach Konstantinopel zurück, um von dort, zu Schiff oder zu Fuß, den kummervollen Heimweg anzutreten. So folgte dem König nur mehr eine kleine Rumpfarmee, deren müde gewordene Recken überdies dem Marschtempo der Franzosen nicht zu folgen vermochten und, meist weit zurückhängend, mancherlei Ärger und Aufregung verursachten.
Bald darauf, ausgerechnet zur Weihnachtszeit, entrichtete auch König Konrad den Strapazen der Kreuzfahrt den längst fälligen Tribut. In Ephe-

sus, der Stadt des Apostels Paulus, erkrankte er so schwer, daß er marschunfähig zurückbleiben mußte. Sein Glück war, daß Kaiser Manuel, dessen Flotte den Pilgerzug von See her sicherte, ihm ein Schiff schicken konnte, das ihn nach Konstantinopel zurückbrachte. Manuel räumte ihm sogar ein Quartier in seinem Palast ein und kümmerte sich als passionierter Amateurmediziner offenbar höchstpersönlich um die Wiederherstellung seines Patienten. Mit sichtbarem Erfolg: der total erschöpfte Konrad kam wieder zu Kräften und scheint über Manuels fürsorglicher Pflege die erst wenige Monate zurückliegenden Auseinandersetzungen mit dem Basileus schnell vergessen zu haben.
Das dürfte auch der Zweck der aufopfernden Behandlung gewesen sein. Manuels Sorgen waren durch Rogers Erfolge in Griechenland bestärkt worden, so daß er dringender denn je seiner deutschen Alliierten bedurfte. Unmittelbare Folge der nun folgenden gemeinsamen Beratungen war ein weiteres deutsch-griechisches Ehebündnis. Es wurde verabredet, den Herzog Heinrich von Österreich, den Bruder des Königs, mit des Kaisers Nichte Theodora (der, wie berichtet, die besondere Gunst Manuels gehörte) zu verheiraten und auf diese Weise dem gemeinsamen Feind Roger von Sizilien den Weiterbestand der deutsch-griechischen Allianz zu signalisieren. Gut erholt, vertraute sich Konrad Ende März 1148 erneut der byzantinischen Flotte an und ließ sich ins Heilige Land segeln, um dort sein Kreuzfahrergelübde zu erfüllen.
König Ludwigs Winter war entschieden unerfreulicher gewesen. Bereits in Ephesus hatte ihn Manuel verständigt, daß die Türken entschlossen seien, ihm den Weg nach Syrien zu verlegen und dabei, trotz des offiziell bestehenden Waffenstillstands, vor Aktionen auf byzantinischem Gebiet nicht zurückschrecken würden. Er hatte ihm deshalb befohlen, nach Möglichkeit in der Reichweite der kaiserlichen Festungen zu marschieren.
Ludwig würdigte den Brief keiner Antwort, erwiderte auch ein weiteres Schreiben nicht, in dem Manuel ihn mit höflichen Worten darauf aufmerksam machte, daß seine Macht nicht ausreiche, den französischen Pilgern Schutz zu gewähren, wenn die bedrängte einheimische Bevölkerung zur Selbsthilfe schreiten würde.
Der unsichere Ludwig trug mit der Nichtbeantwortung der beiden kaiserlichen Schriftstücke der ständig zunehmenden antigriechischen Stimmung in seinem Heere Rechnung. Diese Stimmung war nicht ganz unberechtigt; es geschahen in der Tat wunderliche Dinge. Als die Franzosen bei Antiochia in Pisidien einen Flußübergang erkämpft hatten und nun zur Verfolgung der feindlichen Türken ansetzten, zogen sich diese in eine byzantinische Festung zurück, die ihnen offenbar bereitwillig die Tore öffnete.
Verrat? Stand Manuel wirklich, wie die Griechenfeinde um den Bischof

Gottfried von Langres schon lange vermuteten, mit den Seldschuken im Bunde? Waren die alliierten Byzantiner in Wahrheit Feinde der Kreuzfahrer?

Von nagenden Zweifeln geplagt, zogen Frankreichs christliche Soldaten weiter in das unwegsame, schroffe, zerklüftete Bergland zwischen Laodikäa und Attalia, litten erbärmlich Hunger und verfluchten die plötzlich einsetzende Kälte, die insbesondere den mitreisenden Damen trotz ihrer oft bewiesenen Heißblütigkeit nicht bekam. Ebenso ließen zahlreiche bereits bleichende Skelette am Rande der schmalen Saumpfade die Stimmung der unter so viel Ungemach ächzenden Marschierer unter den Nullpunkt sinken; die Gebeine bezeugten nämlich, daß auch die Pilgerhaufen des Bischofs Otto von Freising in dieser ungastlichen Bergwelt zum großen Teil zugrunde gegangen waren.

Zu guter Letzt, kurz vor Erreichen der Paßhöhe, war das Gros des Heeres, nachdem es die Verbindung mit der Vorhut verloren hatte, noch einem schweren türkischen Angriff ausgesetzt, bei dem Ludwig selbst in schwere Bedrängnis geriet. Nach der enthusiastischen Schilderung seines Leibchronisten Odo widerstand er ganz allein, an einen Felsen gelehnt und nur mit Kettenhemd, Schild und Schwert gewappnet, einer ganzen Meute muselmanischer Bogenschützen, die ein regelrechtes Scheibenschießen auf ihn veranstalteten. »Aber nach dem Willen Gottes schützte ihn sein Panzer vor dem Anprall der Pfeile, und mit dem blutigen Schwert seinen Fels und seine Freiheit verteidigend, schlug er die Hände und Köpfe vieler Feinde ab.«

Selbst wenn es so war – Ludwigs Reserven an Mut, Heldentum und kriegerischer Bereitschaft waren nach diesem Intermezzo auf einer pisidischen Paßhöhe aufgezehrt; als er mit seiner schwer mitgenommenen Truppe in Attalia ankam, entschied er sich für die Weiterreise zur See. Die wenigen Schiffe, die der byzantinische Gouverneur der südanatolischen Hafenstadt, der Lombarde Landolf, aufzutreiben vermochte, reichten aber nur für einen kleinen Teil des Heeres aus. Die Hauptmacht war dazu verurteilt, auf dem Landweg weiterzuziehen, in ständige Kämpfe mit der seldschukischen Reiterei verwickelt, die schon im Vorfeld von Attalia wieder einen blutigen Überfall inszenierte. Der König und sein Gefolge hingegen erreichten schon am 19. März nach ungefährdeter Meerfahrt in St. Symeon den sicheren Boden des Fürstentums Antiochia.

Raimund und Eleonore – eine Liäson in Antiochia?

Wieder folgten Tage frommer Feiern und überschäumender weltlicher Lustbarkeiten, die vor allem das reichbestückte Damenaufgebot dieser Kreuzfahrerarmee für die ausgestandenen Gefahren und Strapazen entschädigten. Der schöne Fürst Raimund, der seinen französischen Landsleuten unter ihnen mit besonderem Wohlwollen seiner Nichte Eleonore schon im Hafen einen festlichen, mit Jubelrufen und Tedeum-Chören untermalten Empfang bereitet hatte, erwies sich als ein ebenso großzügiger und splendider Gastgeber wie Kaiser Manuel. Da auch der Frühling über alle Maßen schön war und die gesamte antiochenische Ebene in einen einzigen Blütengarten verwandelt hatte, waren die Plagen des überstandenen Wintermarsches bald vergessen.

Raimund kam aber schneller als erwünscht zur Sache, und seine Beschreibung der Lage war wenig erbaulich. Zwar befand sich Turbessel, das von Raimunds Intimfeind Joscelin II. offenbar härter verteidigt wurde, als sein schlechter Leumund erwarten ließ, noch in christlicher Hand. Dagegen war die Oronteslinie von dem bedächtig, aber erfolgreich operierenden Nur ed-Din schon fast aufgerollt. Eine muselmanische Aktion gegen Antiochia hätte das Fürstentum und damit den ältesten Kreuzfahrerstaat im nahen Osten unmittelbar gefährdet.

Zusammen mit dem französischen König und den Resten der beiden christlichen Armeen, die noch unterwegs waren, glaubte sich Raimund jedoch stark genug, seinerseits die Initiative zu ergreifen. Sein Vorschlag: eine möglichst baldige Offensive gegen Aleppo, das Zentrum der feindlichen Macht, danach ein neuer Vorstoß auf Edessa.

Raimunds Plan hatte Hand und Fuß. Er entsprach der militärischen Lage und paßte sich auch in die psychologische Situation ein. Immerhin hatte der Verlust der armenischen Grafschaft diesen Zweiten Kreuzzug ausgelöst. Was lag also näher als zunächst den Fall Edessa zu bereinigen und damit vor dem Weitermarsch nach Jerusalem das Vorfeld des Königreiches Jerusalem neu abzusichern.?

Ludwig sagte nicht ja und nicht nein, ließ aber erkennen, daß ihm eine Aktion gegen Aleppo mißfiel. Er verschanzte sich hinter seinem Pilgereid, er verwies auf die schlechte Verfassung seines Heeres, er erklärte, Kaiser Manuel habe ihm versprochen, in Kürze selbst nach Antiochia zu kommen und dort nach dem Rechten zu sehen. Kurzum: er blieb abweisend und setzte allen Bemühungen Raimunds »jenen zähen Widerstand entgegen«, der (nach Meinung von Régine Pernoud) »die Willensbekundung der Schwachen ist«.

Dieser Widerstand versteifte sich noch, als Eleonore, urplötzlich wieder auf der Szene der Politik erscheinend, die Partei ihres Onkels ergriff und sich temperamentvoll für dessen Pläne verwandte. Ludwig reagierte seinen Zorn in einer heftigen Szene ab, deren Ablauf wir nicht kennen, deren Ergebnis aber ahnen läßt, daß er an einer sehr wunden Stelle getroffen war. Ludwig fühlte sich in seinem männlichen Stolz getroffen, er glaubte Grund zur Eifersucht zu haben – und es ist durchaus möglich, daß er damit gar nicht so unrecht hatte.

Die Vermutung, daß die Beziehungen zwischen Eleonore und Raimund während des Aufenthaltes in Antiochia »die Grenzen des Schicklichen« überschritten, geht auf eine Äußerung des gemeinhin sehr zuverlässigen Erzbischofs Wilhelm von Tyros zurück und wird durch eine Bemerkung des englischen Chronisten Johannes von Salesbury bekräftigt. Eine indirekte Bestätigung hat sie dadurch erfahren, daß Ludwigs Kaplan Odo von Deuil seinen Bericht über den Zweiten Kreuzzug mit der Ankunft in Antiochia beendete. Hatte er ein Beichtgeheimnis zu wahren? Wußte er mehr, als er seiner Reportage anvertrauen mochte? Schwieg er, um unchristliche Begebenheiten mit dem Mantel christlicher Liebe zu bedekken?

Die Vermutung wird auch durch andere Verdachtsmomente abgestützt. Eleonore hatte einen Teil ihrer Jugend gemeinsam mit Raimund auf Schloß L'Ombrière in Bordeaux verbracht. Er war ihr Spielgefährte gewesen. Beide sprachen die dem König kaum verständliche Sprache des südlichen Frankreichs, die *Langue d'oc*. Beide schätzten die heiter-frivole Kunst der ritterlichen Minnesänger. Beide liebten rauschende Feste und höfisches Leben, dessen strenge Etikette heimliche Fleischeslust um so schmackhafter machte. Beide waren, man weiß es, amourösen Abenteuern nicht abgeneigt.

Genug: König Ludwig entschloß sich nach einem langen Gespräch mit seinem Berater Thierry Galeran (einem Tempelritter, von dem es hieß, daß er ein Eunuch sei), seinen Aufenthalt in Antiochia sofort abzubrechen. Als er den Befehl zum Weitermarsch nach Jerusalem gab, mußte die Königin »mit Gewalt aus dem Palast ihres Onkels herausgeholt« werden. Diese spektakuläre Szene hat auch die Historiker bedenklich gestimmt, die Eleonore weniger für eine Messalina als für eine intelligente, sinnenfrohe Frühemanzipierte halten.

Tod des Grafen Alfonso-Jordan

Ludwig zog nach Jerusalem, leistete die vorgeschriebenen Gebete und Kniefälle und konnte sich danach dem beruhigenden Gefühl hingeben, wenigstens den religiösen Forderungen seiner Pilgerschaft gerecht geworden zu sein.

Gute Gefühle vermittelte ihm auch der ehrenvolle prächtige Empfang, den ihm der Hof von Jerusalem bereitete. Die Heilige Stadt, die vier Wochen vorher den deutschen König Konrad mit all dem protokollarischen Zeremoniell begrüßt hatte, der einem regierenden Monarchen gebührte, erlebte in diesen Frühsommertagen des Jahres 1148 einen der Höhepunkte ihrer Geschichte. Außer der Königin Melisende, die sich noch immer als Regentin betrachtete, und dem inzwischen achtzehn Jahre alt ge-

wordenen Balduin III. bemühten sich weltliche und geistliche Würdenträger, die hohen Gäste aus Frankreich die Gefahren und sonstigen Widrigkeiten ihrer Kreuzfahrt vergessen zu machen und ihnen den Eindruck zu vermitteln, daß der christliche Filialstaat in Palästina nicht nur über den Willen, sondern auch über die Mittel königlicher Repräsentation verfügte.
Die Fürsten der drei Lehnsstaaten im Norden fehlten allerdings. Joscelin II. war in dem gefährdeten Turbessel sozusagen unabkömmlich. Und Fürst Raimund, der Urheber oder wenigstens Hauptbeschuldigte des Skandals von Antiochia, hatte vorgezogen, zu Hause zu bleiben. Noch schwerer fiel ins Gewicht, daß auch der Graf von Tripolis durch Abwesenheit glänzte. Aber gerade aus Tripolis trafen in diesen Tagen Nachrichten ein, die die Reihe festlicher Veranstaltungen in der Hauptstadt dunkel überschatteten.
Eine »düstere Familientragödie« war dort soeben über die Bühne gegangen: ein Drama, das wie so viele Ereignisse im privaten Bereich der regierenden Kreuzfahrersippen nie ganz aufgeklärt worden ist. Sein Opfer war jener Graf Alfonso-Jordan von Toulouse, der 1104 während der Belagerung von Tripolis als Sohn des ersten Raimund von Toulouse und St. Gilles das Licht der Welt erblickt hatte. Nun war er, nachdem er zusammen mit König Ludwig in Vézélay das Kreuz genommen hatte, mit Frau und Kindern, überdies begleitet von einer ansehnlichen Schar provençalischer Ritter, in das Land zurückgekehrt, das seinem Vater zum Schicksal geworden war. Nach dem geltenden Sippenrecht war Alfonso-Jordan der eigentliche Erbe des Fürstentums Tripolis. Der herrschende Graf Raimund, ein Enkel des außerehelich zur Welt gekommenen Bertrand von Toulouse, hatte also einigen Grund, hinter der Pilgerfahrt seines Großonkels nicht nur religiöse Motive zu vermuten.
Es ist möglich, daß Alfonso-Jordan diesen Verdacht durch irgendwelche unvorsichtigen Äußerungen bekräftigt hat. Kaum in Akkon gelandet und von dort nach Jerusalem aufgebrochen, starb er jedenfalls während eines Zwischenaufenthaltes in Cäsarea eines plötzlichen Todes, und die Qual seines Sterbens wies auf die Wirkung von Gift hin. Da der Graf von Tripolis damit der Sorge enthoben war, sein schönes, ertragreiches Fürstentum preisgeben zu müssen, ist es verständlich, daß man ihn und seine Gemahlin Hodierna der Urheberschaft des Anschlags bezichtigte.

Eine erlauchte Versammlung – mit Blindheit geschlagen

Ungerührt von diesen Vorgängen und Gerüchten, beschloß der Kronrat von Jerusalem, eine Tagung der *Haute Cour* nach Akkon einzuberufen und zu dieser Zusammenkunft auch die im Lande befindlichen Könige und Fürsten des deutsch-französischen Kreuzfahrerheeres zu bitten. Das Ereignis ist in den zeitgenössischen Chroniken und späteren Kreuzzughistorien gleichsam mit goldenen Lettern verzeichnet worden. Mit einigem Recht – denn als die Konferenz am 24. Juni 1148 mit einem gemeinsamen Gottesdienst eröffnet wurde, konnten die geistlichen Berichter die Namen zahlreicher Persönlichkeiten von hohem Rang notieren.

Zusammen mit dem jungen König, seiner Mutter Melisende und deren Hauptberater Manasses von Hierges nahmen an der Tagung teil:

der Patriarch Fulcher von Jerusalem,
die Erzbischöfe von Cäsarea und Nazareth,
die Bischöfe von Sidon, Akkon, Beirut, Banyas und Bethlehem,
die Großmeister des Templer- und des Johanniterordens sowie
die weltlichen Herren von Nablus, Tiberias, Sidon, Cäsarea, Transjordanien, Toron und Beirut.

Das Mutterland Frankreich vertraten:

König Ludwig VII.,
sein Bruder Robert von Dreux,
sein zukünftiger Schwiegersohn Heinrich von der Champagne,
die Grafen von Flandern, Perche, Troyes und Soissons sowie
die Bischöfe von Langres und Lisieux.

Das Heilige Römische Reich der Deutschen präsentierten:

die Herzöge Friedrich von Schwaben, Welf von Bayern und Heinrich Jasomirgott von Österreich,
die Markgrafen von Verona und Montferrat,
der Kardinal Guido von Florenz sowie
die Bischöfe von Freising, Metz und Toul und als päpstlicher Legat der Bischof Theodwin von Porto.

Die erlauchte Versammlung war jedoch mit Blindheit geschlagen. Schon ihrer Zusammensetzung nach unter dem Diktat verschiedener Interessen stehend, gebar sie einen Beschluß, den Mayer »grenzenlos dumm«, Runciman »unsagbar töricht« und Heer »schlicht eine Narretei« genannt hat: die unsagbare realitätsferne, einfältige und unbegreifliche Entscheidung, Damaskus anzugreifen; ausgerechnet das Buridenkönigreich Damaskus, das – bemüht, sich von der wachsenden Macht Aleppos nicht schlucken zu lassen – seit 1139 konsequent, trotz mehrfacher Störungen, an dem durch Fulk von Anjou begründeten Bündnis mit Jerusalem festgehalten hatte.

Die Verwantortlichen dieses unerklärlichen Entschlusses sind bis heute nicht ausgemacht worden. Saßen sie in den Reihen der landhungrigen Barone des Heiligen Landes, die auf die fruchtbaren, blühenden Landstriche um Damaskus schon lange ein begehrliches Auge geworfen hatten? Gehörten sie der Geistlichkeit an, die mit dem Namen Damaskus alttestamentarische und frühchristliche Erinnerungen verband? Oder haben wir sie (was am wahrscheinlichsten ist) unter den »landfremden Kreuzfahrern« zu suchen, die ihren verfehlten Feldzug wenigstens mit einer gloriosen Eroberung beschließen wollten?

»Lügengeld« für Jerusalem

Wer auch der Schuldige war – in der zweiten Julihälfte marschierte das aus deutschen, französischen und einheimischen »fränkischen« Kampfeinheiten bestehende Heer von Banyas aus über das Grenzgebirge hinweg in das Territorium von Damaskus ein und setzte sich am 24. Juli in den Obstgärten und Plantagen im Süden der Hauptstadt fest.
Der alte Unur, auf Treulosigkeit gefaßt, aber Dummheit nicht begreifend, war sichtlich überrascht, entschloß sich angesichts der drohenden Gefahr aber sofort, seinen Todfeind Nur ed-Din um Hilfe anzurufen. Auch zog er, während die Bürger von Damaskus Posten auf den Mauern bezogen, die Truppen des Königreiches in Eilmärschen zusammen, so daß die Kreuzfahrer, nachdem sie die Gunst der ersten Stunde verpaßt hatten, sehr bald feststellen mußen, daß sie es mit einem energischen, kampfentschlossenen Gegner zu tun hatten. Schon nach zweimal vierundzwanzig Stunden hatte sich der Widerstand der Muselmanen so weit verstärkt, daß die konsternierte Dreikönigsarmee – die größte, die im Heiligen Land der Kreuzfahrer je aktiv wurde – vollauf damit beschäftigt war, die in die Obsthaine eingesickerten feindlichen Kommandotrupps zu bekämpfen.
Die Anführer des Pilgerheeres wußten sich schließlich nicht anders zu helfen, als daß sie ihre mit den Gesetzen des Guerillakrieges nicht vertrauten Truppen auf die große Ebene vor der Ostmauer der Stadt verlegten. Sie trafen damit eine weitere verhängnisvolle Maßnahme. Denn nun lagerten sie, der Hochsommerglut ungeschützt ausgesetzt, in einem völlig wasserlosen Gebiet vor dem mächtigsten Abschnitt der damaszenischen Befestigungen. Außerdem wurden sie jetzt frontal von den Verstärkungen angegriffen, die der alte Unur eilends zusammengezogen hatte. Die Lage hatte sich also in kürzester Zeit zum Nachteil der Belagerer gewandelt.
Die Folge waren Streitigkeiten und heftige Wortwechsel in den Führungsstäben der Kreuzfahrerarmee, Untätigkeit und einander widersprechende Befehle. Selbst über die Verteilung der noch gar nicht errungenen Beute wurde ausdauernd palavert. Gleichzeitig wurden, über die Köpfe des deutschen und französischen Königs hinweg, zwischen den eingeschlossenen Franken und den Damaszenern Botschaften gewechselt, in

denen wahrscheinlich bereits die Bedingungen für die Aufhebung der Belagerung ausgehandelt wurden.
Wir kennen den Inhalt dieser Botschaften nicht. Die beiden arabischen Chronisten Ibn al-Athir und Ibn al-Qalanisi deuten aber an, daß der schlaue alte Unur eine Art von Doppeltaktik betrieb. Er drohte einerseits mit dem sofortigen Abschluß einer Allianz mit Aleppo, erklärte sich andererseits aber bereit, den Abzug des Pilgerheeres mit Gold, sehr viel Gold, aufzuwiegen. Ob dieser Handel (es soll sich um 250000 Dinare gehandelt haben, die allerdings in »Lügengeld«, das heißt, in vergoldetem Kupfer gezahlt wurden) zustande kam oder nicht, mit Sicherheit verlangten die eingesessenen Barone bereits am vierten Tag der Belagerung den Abbruch des Unternehmens – eine Forderung, die Konrad und Ludwig derart verärgerte, daß sie gar nicht erst versuchten, ihre wankelmütigen christlichen Verbündeten, zu deren Unterstützung sie ausgezogen waren, umzustimmen.
Am fünften Tag begann der Rückzug, eine ungeordnete, überhetzte Absetzbewegung, die zu verantworten niemand bereit war und die dementsprechend verlustreich verlief. Denn die leichten Reiter der triumphierenden Muselmanen folgten den zurückflutenden Kolonnen. Sie hefteten sich den christlichen Kriegern an die Fersen, »beschossen sie mit Pfeilen« und »töteten viele Männer, Pferde und Tragetiere ihrer Nachhut«. Bald lagen, nach Ibn al-Galanisis präziser Beschreibung, »unzählige Leichen Gefallener am Wege, auch viele ihrer herrlichen Rosse, deren Kadaver so stanken, daß fast die Vögel aus der Luft herabfielen«.

Plan einer Kreuzfahrt gegen Griechenland

König Konrad III. war der erste, der nach diesen Erfahrungen, empört und voller Zorn über die zwielichtige Haltung, die die Herren des Königreiches Jerusalem vor Damaskus bewiesen hatten, das Heilige Land wieder verließ. Am 8. September bestieg er mit seinen Halbbrüdern Heinrich Jasomirgott von Österreich und Otto von Freising sowie seinem Neffen Friedrich von Hohenstaufen in Akkon ein Schiff, mit dem er nach Thessalonike segelte. Dort erreichte ihn die Einladung des Basileus, die Weihnachtstage in Konstantinopel zu verbringen. Konrad nahm an, genoß erneut die Fürsorge, Freundschaft und anregende Unterhaltung des Kaisers und ließ sich ohne Widerspruch von ihm überzeugen, daß es an der Zeit sei, das alte deutsch-byzantinische Bündnis im Hinblick auf die bedrohlichen Aktivitäten des gemeinsamen Feindes in Süditalien endgültig wieder instand zu setzen.
Um keine Zweifel an der Ernsthaftigkeit dieser Versöhnung aufkommen zu lassen, wurde die bereits während Konrads Krankenlager geplante Ko-

pulierung Heinrichs Jasomirgott mit der Kaisernichte Theodora »mit großem Gepränge« vollzogen. Die hochmütigen Byzantiner waren von dieser Eheschließung freilich wenig erbaut. Ein Hofpoet verfaßte aus diesem Anlaß ein Trauergedicht, in dem er gänzlich unverhüllt feingedrechselte Klage darüber führte, daß eine so hübsche und liebenswerte Prinzessin einem »Ungeheuer aus dem Westen dargebracht« werde.

Seine maliziösen Verse änderten aber an den harten Fakten der Politik nichts. Als Konrad im Februar 1149 endgültig den Heimweg in die rauhe Heimat antrat, hatte er einen Plan in der Tasche, der einen gemeinsamen Feldzug gegen Roger von Sizilien vorsah. Danach sollten die von den Normannen beherrschten süditalienischen Territorien zwischen dem Römerreich der Deutschen und dem Rhomäerreich der Griechen aufgeteilt werden.

König Ludwig VII. ließ sich, trotz dringlicher Botschaften des Abtes Suger, länger Zeit. Er verweilte noch an die acht Monate im Heiligen Land, meist untätig und von quälenden Sorgen über den Fortbestand seiner Ehe erfüllt. Gleichzeitig bastelte er an einem antibyzantinischen Bündnis mit Roger von Sizilien: einem Projekt, dem sicherlich zugute kam, daß der Normanne auch der Feind Raimunds von Antiochia und schon aus diesem Grund ein wünschenswerter Partner war.

Als Ludwig im Frühsommer 1149 – nachdem er das Osterfest in der Stadt des Erlösers in gebührender Demut verbracht hatte – das Königreich Jerusalem verließ, waren die Kontakte jedenfalls so weit gediehen, daß er sich einem sizilianischen Geschwader anvertraute. Dieses hatte allerdings das Pech, auf der Höhe von Malea an der peloponnesischen Küste von einer griechischen Flotte aufgebracht zu werden. Die Byzantiner respektierten zwar das französische Königsbanner und ließen Ludwig ungeschoren weitersegeln, entführten aber zahlreiche Ritter seines Gefolges nach Konstantinopel und hielten sie dort monatelang fest.

Auch Eleonores Schiff geriet in ihre Gewalt, wurde aber durch normannische Seeleute im Handstreich zurückgekapert. Immerhin hatte Ludwig, als er am 29. Juli in einer kalabrischen Hafenstadt wieder an Land ging, nicht die geringste Ahnung vom Verbleib der Königin. Erst drei Wochen später erfuhr er, daß sie sicher, wenn auch mit angeschlagener Gesundheit, in Palermo angekommen sei.

Das Wiedersehen fand erst in Potenza statt, gleichzeitig mit der seit langem vorbereiteten Zusammenkunft mit König Roger. Hier in Potenza wurde nun auch die französisch-normannische Allianz besiegelt: die Gegenallianz zum deutsch-byzantinischen Bündnis. Die Könige von Frankreich und Deutschland, ein Jahr vorher noch Waffenbrüder auf gemeinsamer Kreuzfahrt, standen fortan also wieder in feindlichen Lagern. Außerdem nahm Ludwig von Potenza den Plan eines neuen Kreuzzuges mit, der nicht mehr die Ungläubigen, sondern die Byzantiner treffen

sollte: die heimtückischen, hinterhältigen, verräterischen Griechen, deren Niedertracht zumindest auf französischer Seite die dem neuen Freundschaftspakt angemessenen Emotionen freisetzte.
Papst Eugen, der kurze Zeit später bei einem Zwischenaufenthalt in Tivoli über dieses Projekt gebührend ins Bild gesetzt wurde, verhielt sich zwar abwartend, seine Berater jedoch schwenkten in der Mehrzahl voll auf Ludwigs Kurs ein und begannen schnurstracks mit der Vorbereitung einer neuen Propagandakampagne. Auch Abt Suger von St. Denis gab, wenn auch zögernd, seine Zustimmung, und bald widmete sich auch der heilige Bernhard, der es nach Runcimans trockener Bemerkung noch nicht verwunden hatte, daß die Vorsehung seinem so trefflich vorbereiteten Kreuzzug »ein so jämmerliches Ende« bereitet hatte, wieder »mit seiner ganzen Tatkraft der Aufgabe, der göttlichen Rache an dem schuldbeladenen Kaiserreich Vorschub zu leisten«.
Freilich: Ohne die Deutschen erschien selbst dem Abt von Clairvaux ein weiteres militärisches Unternehmen zu Ehren Gottes und des Himmelskönigs zu riskant. Die aber winkten entschieden ab. König Konrad sprach ein kategorisches Nein. Und weder Bernhard von Clairvaux noch der ehrwürdige Abt Peter von Cluny noch der Kardinal Theodwin von Porto vermochten ihn umzustimmen. Selbst als Roger ihn durch einen Aufstand der welfischen Opposition in Deutschland politisch und militärisch unter Druck setzte (und damit dem mit Kaiser Manuel verabredeten italienischen Feldzug zuvorkam), blieb er bei der beharrlichen Weigerung, noch einmal das Abenteuer der Kreuznahme auf sich zu nehmen.
So scheiterte der Plan. Immerhin kam es noch im Frühjahr 1150 zu einer Kundgebung in Chartres, bei der niemand anderes als der Abt Bernhard zum Oberbefehlshaber des neuen Kreuzzuges gewählt wurde. Ein unbegreiflicher, aberwitziger, völlig unrealistischer Entschluß – der Heilige aus der Klosterzelle sollte eine ritterliche Pilgerarmee führen und mit ihr den Normannen Hilfe leisten, die Griechen züchtigen und das Heilige Land vor weiterem Schaden bewahren. Selbst Papst Eugen III. scheint es gegraust zu haben. Beklemmt und bestürzt sprach er in einem Brief von der *imbecillitas personae abbatis Bernardi* – vom Schwachsinn des Abtes Bernhard.
Danach entschlief das Projekt. Die Begeisterung kühlte sich ab, die Vernunft kehrte zurück, der Alltag siegte. Der Zweite Kreuzzug hatte endgültig sein unrühmliches Ende gefunden.

Zwei Könige, die sich nicht verstanden

Dieser Zweite Kreuzzug, der schon zu seiner Zeit die Geister tief bewegte und vergrämte, hat bis heute eine schlechte Presse. Fraglos mit Recht, denn seine Bilanz war entschieden negativ. Die Mißerfolge und Niederlagen der beiden Ritterheere, die ausgezogen waren, die Muselmanen das Fürchten zu lehren, waren allzu offensichtlich, als daß man sie hätte leugnen können.

Natürlich sind die Chronisten bemüht gewesen, eine Erklärung für die Katastrophen zu finden, die die beiden Pilgerheere gleich serienweise trafen. Allzusehr auf Verteidigung und Rechtfertigung eingestellt, haben sie jedoch nur wenige handfeste Argumente geliefert. Der Hinweis auf die Sündigkeit der christlichen Welt und das daraus resultierende göttliche Strafgericht läßt zwar noch einmal die ungeheure metaphysische Erregung spüren, die dieses zweite »Unternehmen Himmelskönig« in Europa hervorrief, besagt aber nicht viel. Auch die vielstimmig vorgebrachten Klagen, insbesondere der französischen Berichter, über die Untreue der Griechen und das verräterische Doppelspiel der Lateiner im Heiligen Land vermögen die Urheber und Anführer des Unternehmens nicht so weit zu entlasten, daß ihnen die Nachwelt Absolution erteilen könnte. Die Schuld muß zunächst im eigenen Hause gesucht werden.

Sie beginnt bei der mangelnden Homogenität der beiden Heere. Die ritterlichen Kreuzfahrer gaben sich zwar, wie man annehmen muß, dem großen Rausch religiöser Gefühle und Empfindungen hin, den die kirchliche Propaganda in ihnen erzeugt hatte, nahmen ihre Ressentiments und nationalen Egoismen aber mit. Wie es innerhalb der deutschen Armee ständig Streit zwischen Bayern und Lothringern, Böhmen und Polen gab, so standen auch Reibereien zwischen Deutschen und Franzosen ständig auf der Tagesordnung. Man verstand sich nicht, jeder glaubte Grund zu haben, den anderen zu verachten. Die Aufzeichnungen des Mönches Odo von Deuil sind typisch für diesen Hochmut. Für ihn waren die Deutschen barbarisch, arrogant, ungebildet, ungehobelt, ungeschliffen – mit einem Wort: unerträglich.

So gab es von Anfang an Spannungen, Händel und Mißhelligkeiten, die den Alltag verdüsterten und die von den Kreuzzugpredigern so eindringlich beschworene Solidarität der rechtgläubigen Christen in ihr Gegenteil verkehrten.

Die beiden Könige waren unfähig, solchen Entwicklungen zu begegnen. Fromm, furchtlos und guten Willens scheuten sie das blutige Schlachtgetümmel nicht, im übrigen waren sie schwach und weder den psychologischen noch den taktischen Aufgaben eines Heerführers gewachsen. Karl Hampe hat dem dritten Konrad zwar Beweglichkeit, Unternehmungslust und ritterliche Gesinnung quittiert, ihm »Umsicht, Abschätzungsgabe und zwingende Kraft« aber abgesprochen. Auch im Charakterbild Ludwigs sucht man vergebens nach Eigenschaften, die ihn für sein hohes Amt ausreichend gerüstet hätten. Hinzu kam, daß er allzusehr im Schatten seiner Gemahlin Eleonore stand, die ihm an Verstandes-, Willens- und

Anziehungskraft weit überlegen war. Die unglückseligen Gefühle, die ihr »dreister Liebeshandel« in Antiochia in ihm auslösten, führten zumindest in diesem Fall zu einer gravierenden Fehlentscheidung.

Bernhard – Urheber und Hauptangeklagter zugleich

Die beiden Heere stellten eine imposante Macht dar, vielleicht die größte, die je in der Kreuzzugzeit aufgeboten worden ist. Doch haben sie ihre Stärke nicht ein einziges Mal voll ausgespielt, sind sie nicht ein einziges Mal geschlossen in die Schlacht gezogen. Im Gegenteil: fast ständig getrennt marschierend, ließen sie sich von ihren kriegserfahrenen, mit Klima und Gelände vertrauten Gegnern sozusagen Stück um Stück zerhacken. Sie verbluteten mehr am Straßenrand als auf dem Schlachtfeld, verendeten mehr auf dem Marsch als im Kampf – ein erschreckender Beweis totaler Führungslosigkeit.

Zu ihrer Entschuldigung mag allerdings angeführt werden, daß Byzanz diesem Zweiten Kreuzzug nur wenig Unterstützung gewährt hat. Die Griechen hatten, wie man weiß, andere Sorgen. Das Kaiserreich sah sich erneut den Angriffen der süditalienischen Normannen ausgesetzt, die das Kreuzzugjahr 1147 genutzt hatten, Korfu zu kapern und von dieser schwerbefestigten Insel aus die Küsten des Peloponnes und die Städte Theben und Korinth heimzusuchen, und befand sich daher in einer prekären Lage. Der Waffenstillstand, den es mit den Seldschuken geschlossen hatte, um Kräfte für den Kampf gegen Roger von Sizilien frei zu machen, erlaubte ihm nicht, den beiden Pilgerarmeen auf ihrem Zug durch Anatolien mehr als platonische Hilfe zu leisten – manchmal scheint es sogar daran gefehlt zu haben.

Das Problem hatte nämlich auch einen psychologischen Aspekt. Von Konstantinopel aus gesehen, erschien der Angriff Rogers auf Korfu und Griechenland mit dem Zug der beiden Pilgerarmeen geradezu koordiniert. Der kaiserliche Hof hegte – auch wenn der Basileus die Rolle des großzügigen Gastgebers spielte – den Verdacht, daß ein Teil der westlichen Christenheit die Freundschaft und Hilfe des Rhomäerreiches in Anspruch nahm, um einem anderen Teil die Möglichkeit zu verschaffen, die östliche Christenheit zu bekämpfen. Das Wort »Verrat« wird von den byzantinischen Chronisten zwar vermieden, doch lassen ihre Berichte den Zorn erkennen, den die amphibische Offensive des Königs von Sizilien im Kaiserreich hervorgerufen hatte.

Diesen Zorn haben auch die Anführer der beiden Kreuzfahrerheere deutlich gespürt. Sie merkten sehr bald, daß die Griechen bei aller wohlpräparierten, wohlbemessenen diplomatischen Höflichkeit bemüht waren, sie schnell wieder loszuwerden und dann ihrem gewissen-ungewissen

Schicksal zu überlassen. Diese Haltung entsprach jedoch der Interessenlage von Byzanz – sie als Treulosigkeit, Hinterlist oder Niedertracht zu brandmarken und daraus den Schluß zu ziehen, daß das griechische Reich die deutschen und französischen Kreuzfahrer ans Messer geliefert habe, wird daher zumindest von den neueren Historikern abgelehnt.
Die heutigen Geschichtsschreiber beurteilen auch die Ereignisse, die sich 1148 im Heiligen Land selbst abspielten, sachlicher und nüchterner als früher; zwar verschließen sie sich der Tatsache nicht, daß Jerusalem im Fall Damaskus mit gezinkten Karten gespielt hat, doch bringen sie den Machenschaften der Machthaber des christlichen Königsreiches mehr Verständnis entgegen.
Diese befanden sich, heißt es zum Beispiel in Hans Eberhard Mayers Kreuzfahrerbuch, in einer Zwangslage. »Sie mußten sich einerseits die Gunst des Abendlandes erhalten, von dessen Nachschub an Menschen und Geld sie abhingen, und also wohl oder übel gen Damaskus ziehen; sie mußten andererseits das Unternehmen vor der Stadt torpedieren, um die lebenswichtige Allianz mit Damaskus zu erhalten« – eine ebenso simple wie sachverständige Erklärung, die von der Einsicht diktiert ist, daß die Politik ihren eigenen Gesetzen folgt und daß die moralische Bewertung historischer Vorgänge den Blick auf die Elementarkräfte der Geschichte mehr verstellt als erhellt.
An dieser Einsicht aber hat es den Kreuzfahrern der Jahre 1147/48 völlig gefehlt. Selbst die beiden Könige und ihre Berater haben sich offenbar keine Gedanken darüber gemacht, wie sehr ihr Marsch nach Byzanz und von dort nach Syrien und Palästina die Machtbalance im östlichen Mittelmeer störte, und sind daher von den Reaktionen auf ihre ausschließlich ideologisch motivierte Aktion überrascht worden. Schon die ältere Generation der Kreuzzughistoriker hat diese Weltfremdheit beklagt und bemängelt. Sybels Schüler Bernhard Kugler, einer der volkstümlichen vaterländischen Geschichtsschreiber des 19. Jahrhunderts, hat bereits vor hundert Jahren von der »unpolitischen Blindheit« der frommen Eiferer des Zweiten Kreuzzuges gesprochen und ihnen ein völliges »Mißachten aller irdischen Bedingungen« vorgeworfen.
Johannes Haller hat in seinem verdienstlichen Papstbuch auf die »ungenügende politische Vorbereitung« des Feldzuges hingewiesen, der nach seiner Meinung nur dann eine reele Erfolgschance gehabt hätte, »wenn er im Zusammenwirken mit dem griechischen Kaiser« geführt worden wäre. Das hätte allerdings die Absicherung der westlichen Flanke des byzantinischen Reiches vorausgesetzt, das heißt, die Neutralisierung der sizilianisch-normannischen Macht. Insofern hat schon die Teilnahme der Deutschen das Gelingen dieses Kreuzzuges von vornherein in Frage gestellt.
»Wäre Konrad«, so Hallers scharfsinnige Analyse, »daheim geblieben, so

hätte er durch die bloße Drohung seines Erscheinens den Sizilier vom Krieg gegen die Griechen abgehalten, die Franzosen hätten die Bahn durch Kleinasien offen und das Feld für weitere Erfolge frei gefunden. Daß Konrad den Kreuzzug mitmachte, anstatt ihm durch Bedrohung Unteritaliens den Rücken zu decken, hat hauptsächlich das Unglück verursacht. Das aber war die Schuld Bernhards von Clairvaux, der den König zu dem falschen Schritt genötigt, und mittelbar auch des Papstes selber, der seinen Werber nicht in Schranken zu halten gewußt hatte.«

Insofern erscheint der eigentliche Urheber dieses unglücklichen Zweiten Kreuzzuges zugleich als der Hauptangeklagte. Der Abt Bernhard, in dessen Verhalten auch Friedrich Heer »die nicht selten zu beobachtende außerordentliche Schwäche hochfliegender kirchlicher Ideologen« zu erkennen meint, sah seine Aufgabe als erfüllt an, als es ihm gelungen war, einen politischen Burgfrieden in Europa zu stiften und damit, nach seinen eigenen Worten, »die irdischen Könige« zu bewegen, »den Kreuzzug des ewigen Königs gegen die Feinde seines Kreuzes« zu führen. Die Welt der Politik war ihm ein Buch mit sieben Siegeln. Als sich die Interessen der christlichen Staaten dann als stärker erwiesen als die Forderung der christlich-katholischen Kirche, auf allen christlichen Hader zu verzichten, reagierte er deshalb mit der verbitterten Einfalt des frommen Toren, der die sündhafte Welt für das Mißlingen seiner wohlgemeinten Pläne verantwortlich macht.

Anders ausgedrückt: er verhielt sich wie der Gesundbeter an der Bahre seines Opfers, der das betrübte Ende des Patienten nicht auf seine zweifelhaften medizinischen Künste, sondern auf dessen mangelnde Glaubenskraft zurückführt.

»Werk des Teufels und des Antichrist«

Viele Zeitgenossen Bernhards haben das bereits damals erkannt. Mit dem Mißlingen des Zweiten Kreuzzuges setzte die Kritik an den Kreuzzügen erstmals kräftig ein, am heftigsten in Deutschland, wo Gerloh von Reichersberg und der Annalist von Würzburg diese Art kirchlicher Kriegführung geradezu als ein »Werk des Teufels und des Antichrist« beschrieben.

Die Vergeblichkeit des Bernhardischen Unternehmens war in der Tat dazu angetan, Zweifel zu wecken. Zwar hinterließ es in der Geschichte Europas einige unauslöschliche Spuren: englische, flämische und friesische Kreuzfahrer, die zu Schiff in das Heilige Land pilgern wollten, eroberten das noch in arabischer Hand befindliche Lissabon für die christliche Welt zurück, auf Sizilien begründete König Roger II. mit Hilfe der von Korinth und Theben entführten Weber und Färber die sizilianische

Seidenindustrie, und in Deutschland bildete die von Bernhard entfachte Kreuzzugstimmung eine willkommene Gelegenheit, die heimischen Slawen jenseits der Elbe mit neuem Elan zu bekriegen.
Auch die Annullierung der Ehe von König Ludwig VII. löste eine bedeutsame Veränderung aus, denn die geschiedene Eleonore heiratete einen Enkel Fulks von Anjou, den Grafen Heinrich Plantagenet, der später König von England wurde, und da sie ihre Besitzungen in Aquitanien und im Poitou voll in die neue Ehe einbrachte, ergab sich daraus jene »unablässige Folge von Streitigkeiten und blutigen Händeln«, die schließlich ein weltgeschichtliches Ausmaß annahmen – es begann das Zeitalter der französisch-englischen Kriege.
Im Heiligen Land aber blieb alles beim alten. Edessa befand sich nach wie vor in muselmanischer Hand, und Nur ed-Din, der »arabische Napoleon«, baute seine Machtposition gelassen, vorsichtig und konsequent weiter aus. Ja, die Situation war bedrohlicher als vorher. Der Nimbus der Unbesiegbarkeit der abendländischen Ritter war vor Damaskus endgültig verflogen. Auch das Bündnis Jerusalems mit Damaskus hatte einen Riß davongetragen, von dem es sich nie wieder erholte. Die Glaubwürdigkeit des christlichen Königreiches war erschüttert, seine Reputation in der muselmanischen Welt vertan. Damaskus begann in den folgenden Jahren seine Politik neu zu orientieren. Die Achse Jerusalem–Damaskus war zerbrochen.
Die Folgen hat schon Wilhelm von Tyros, einer der wenigen Geschichtsschreiber des Mittelalters, die historisch zu denken und die Aufeinanderfolge von Ursache und Wirkung zu begreifen vermochten, richtig gesehen. »Von dieser Zeit an«, lautete seine kühle Bilanz, »verschlechterte sich die Situation der Lateiner im Osten sichtbar.«

Fünfzehntes Kapitel

Balduin III. – ein Krösus an Charme und Erfolg

Das Königreich Jerusalem auf der Höhe seines Ruhms – Byzanz stiftet Gleichgewicht im Nahen Osten

Ein Silberschädel für den Kalifen von Bagdad

Im Hochsommer 1149 überbrachten Boten des Emirs Nur ed-Din, des Herrn von Aleppo und Edessa, dem Kalifen von Bagdad ein exklusives Geschenk: einen sauber polierten menschlichen Schädel in einem Silberschrein. Das einstige Denkgehäuse hatte, als es noch seiner natürlichen Bestimmung diente, dem Fürsten Raimund von Antiochia gehört, dem Ritter aus Poitiers, der ein so mutiger Kriegsmann gewesen war und sich der Gunst so vieler schöner Damen erfreut hatte, darunter der intelligenten, kapriziösen Königin Eleonore von Frankreich.

Der Tod des von Mars und Venus derart sichtbar bevorzugten Füsten bewies, daß er zu Recht versucht hatte, die Heere des deutschen und französischen Königs während des Zweiten Kreuzzuges auf Aleppo anzusetzen; denn dort saß der Hauptfeind der lateinischen Staaten am Ostmittelmeer, saß jener Nur ed-Din, der zwar mit großer Vorsicht, aber mit eiserner Konsequenz die fränkischen Barone bekämpfte, sein Ziel – die Vernichtung der christlichen Invasoren – immer im Auge.

Zwei Jahre lang hatte der schlaue, zähe, fromme Muselmane, nachdem er sich durch einen Waffenstillstand mit Raimunds Intimfeind Joscelin die notwendige Rückendeckung verschafft hatte, einen erbitterten Kleinkrieg gegen Antiochia geführt. Zu Beginn des Jahres 1149 war er erneut mit einem starken Kontingent in das christliche Fürstentum eingedrungen und hatte eine Gegenaktion Raimunds blutig gestoppt. Daraufhin war er nach Inab gezogen, um den Christen ihre letzte große Festung östlich des Orontes zu entreißen. Das kleine antiochenische Heer war ihm gefolgt, in eine Falle geraten und am 29. Juni 1149 von Nur ed-Dins überlegenen Streitkräften eingeschlossen und vernichtet worden.

Auch der herkulische, wie ein Berserker um sich schlagende Raimund hatte dabei das Zeitliche gesegnet. »Stöhnend inmitten der Leichen der tapferen Ritter seines Gefolges aufgefunden«, war er von dem Kurden Schirkuh, einem Unterführer Nur ed-Dins, auf der Stelle niedergesäbelt worden. So war das Haupt des Fürsten von Antiochia in die Hände Nur ed-Dins gelangt, und dieser hatte die wertvolle Trophäe in Silber fassen und durch eine Eilstafette nach Bagdad bringen lassen.

Inzwischen befand sich auch Antiochia selbst in höchster Gefahr. Das einst so mächtige normannische Fürstentum, das ohnehin auf dem Symeonshafen, die Stadt Antiochia selbst und die vor ihr ausgebreitete Ebene zusammengeschrumpft war, sah sich den Überfällen der muselmanischen Verbände fast wehrlos ausgesetzt. Kurzfristig drangen Nur ed-Dins siegreiche Truppen nach der Schlacht von Inab sogar bis vor die Mauern von Antiochia vor. Auf eine kraftraubende Belagerung verzichtete der vorsichtige Emir jedoch. Als ihm seine Späher meldeten, daß sich der durch den Patriarchen verständigte König von Jerusalem der Stadt näherte, zog er seine Streitkräfte in das Territorium von Aleppo zurück und begnügte sich damit, Apamea, das letzte christliche Bollwerk im Flußtal des Orontes, zu erobern.

Sodann begann er mit der Gelassenheit, die alle seine Aktionen auszeichnete, den mit ihm verbündeten Joscelin, den früheren Grafen von Edessa, zu bekriegen. Und wieder hatte er das Glück des Tüchtigen auf seiner Seite. Im April 1150 erwischte eine turkmenische Streife den jetzigen Herrn von Turbessel, irgendwo auf dem Weg nach Antiochia, wo er nach der Enthauptung seines alten Gegners Raimund Unterstützung zu finden hoffte. Die Turkmenen waren bereit, ihren prominenten Gefangenen gegen ein namhaftes Lösegeld freizulassen. Nur ed-Din befand jedoch, daß er reich genug sei, auf ein derartiges Geschäft zu verzichten. Er ließ Joscelin blenden und in Aleppo einkerkern.

Ohne die Freiheit wiedererlangt zu haben, ging der übel beleumundete Sohn des ruhmreichen Grafen von Courtenay dort neun Jahre später endgültig in das ewige Dunkel ein, zu dem ihn Nur ed-Din bereits zu seinen Lebzeiten verurteilt hatte.

So waren zwei Jahre nach dem fatalen Ausgang des Zweiten Kreuzzuges die beiden wichtigen Filialstaaten im Norden des Königreiches Jerusalem nicht nur bis auf kärgliche Reste zusammengeschmolzen, sondern auch führerlos geworden. Die islamische Welt aber hatte in Nur ed-Din, dem Herrn von Aleppo, der sich jetzt König nannte, einen Gebieter gefunden, der seinen Machtbereich umsichtig und methodisch ausweitete und bei allem, was er tat, die Vernichtung der Kreuzfahrerstaaten im Auge hatte und sich schon deshalb bei den Muselmanen einer fast inbrünstigen Verehrung erfreute.

Ibn al-Athir hat ihn als einen braunhäutigen, hochgewachsenen, bartlosen Mann beschrieben, »mit breiter Stirn, einem schönen Gesicht und angenehmen Augen«. Fromm und streng, in Glaubensdingen wohlbewandert, in Rechtsfragen beschlagen wie ein gelernter Advokat. Zudem ein kluger Feldherr, auch wenn er das Kriegführen meist seinen Unterführern überließ. Und bescheiden und völlig integer in seiner Lebensführung – während sich die Einkommen aus seinen Stiftungen für Allah und seinen Propheten auf neuntausend Denare im Monat beliefen, betrieb seine Frau drei kleine Läden in Homs, die zwanzig Denare im Jahr abwarfen. Ein respektabler, ehrfurchtgebietender Gegner also, das Inbild eines gläubigen Ritters, wenn er kein Ungläubiger gewesen wäre.

Byzanz erwirbt die Reste von Edessa

Es bezeichnet Rang und Tüchtigkeit des dritten Königs Balduin von Jerusalem, daß er in seiner unausweichlichen Auseinandersetzung mit dem harten, füchsisch-schlauen Nur ed-Din mindestens ein Remis erzielte. Zunächst allerdings hatte er sich an Aufgaben zu bewähren, die mit der militärischen und politischen Entwicklung in den Kreuzfahrerstaaten nur mittelbar zu tun hatten. Der Zwanzigjährige mußte, den Kinderschuhen entwachsen, die Verhältnisse der hohen Damen von Turbessel und Antiochia ordnen und sich mit den Eheschwierigkeiten der Gräfin von Tripolis befassen.

Die Gräfin Beatrice, präsumtive Witwe des geblendeten und inhaftierten Joscelin, regierte von Turbessel aus die jämmerlichen Relikte der einstigen Grafschaft Edessa. Ihre Situation war mehr als verzweifelt – die ihr verbliebenen Städte lagen wie Inseln im muselmanischen Meer, und niemand war mehr bereit, sie zu verteidigen, auch die einheimischen Christen nicht, die insgeheim bereits mit den Ungläubigen konspirierten, um am Tage X zu den Überlebenden zu gehören. Wie ein *deus ex machina* tauchte aber plötzlich ein Bote des griechischen Kaisers auf und teilte mit, daß Manuel bereit sei, die Überbleibsel der armenischen Grafschaft käuflich zu erwerben, das heißt: außer Turbessel auch die Festungen Ravendel, Samosata, Ain-tab, Duluk und Biredschik.

Beatrice holte pflichtgemäß die Meinung ihres obersten Lehnsherren ein, der sich gerade in Antiochia aufhielt. Der junge König kam, wenn auch zähneknirschend, zu dem Ergebnis, daß er keine Möglichkeit habe, das betrübliche Geschäft zu verhindern, und stimmte zu. Beatrice vermochte sich somit aufs Trockene zu retten. Sie erhielt eine ansehnliche Abfindung in Gestalt mehrerer mit Goldmünzen gefüllter Kisten und war fortan in der Lage, in Jerusalem, zusammen mit ihren Kindern Joscelin und Agnes, das Leben einer reichen, frommen Witwe zu führen.

Byzantinische Truppen besetzten indes, von fränkischen Einheiten eingewiesen, die so wohlfeil erstandenen festen Plätze – und verloren sie prompt wieder an die Muselmanen. Konstantinopel scheint das jedoch nicht überrascht zu haben. Offenbar war es den politischen Advokaten des Kaisers lediglich darum gegangen, die erwünschten Rechtstitel auf den Besitz der Grafschaft Edessa zu erwerben.

Rainald von Châtillon, der neue Herr von Antiochia

Balduins nächste Aufgabe bestand darin, der mit vier Kindern gesegneten Fürstenwitwe Konstanze von Antiochia einen neuen Mann zu verschaffen, der für den fünfjährigen Bohemund, den zukünftigen Erben, die Regentschaft übernehmen konnte.

Der Fall war schwieriger als erwartet. Die junge Hinterbliebene, kaum zweiundzwanzig Jahre alt, war nicht gewillt, eine weitere politische Ehe auf sich zu nehmen. Balduin schlug drei Bewerber vor: den Grafen Ives von Soissons, der darauf brannte, sein erst kürzlich erfülltes Pilgergelübde durch ein lukratives Ehegelübde zu ergänzen, einen gewissen Walter von Falkenberg aus der in Galiläa begüterten Saint-Omer-Familie und den als verwegenen Krieger ausgewiesenen Baron Ralph von Merle aus Tripolis. Dreimal jedoch sprach Konstanze ein kategorisches Nein. So blieb dem selbst noch eheunerfahrenen König zunächst nichts anderes übrig, als unverrichteter Dinge nach Jerusalem zurückzukehren.

Konstanze wandte sich nun an Kaiser Manuel und bat ihn als ihren obersten Landesherren um die Vermittlung eines geeigneten Tisch- und Bettgenossen. Manuel machte von der Chance, durch »einen Mann seiner Wahl« seinen Einfluß auf Antiochia und damit auch im kilikischen Armenien zu verstärken, gern Gebrauch und schickte der jungen Witwe seinen Schwager Cäsar Johannes Roger, einen gräzisierten Normannen, der mit des Kaisers Lieblingsschwester Maria verheiratet gewesen war. Aber auch Manuel erlitt Schiffbruch. Cäsar Johannes Roger war für den Geschmack der jungen Witwe entschieden zu alt, und so schickte sie ihn kühlen Herzens wieder heim.

Es ist möglich, daß sie um diese Zeit bereits einem Jüngeren ihr Herz geschenkt hatte: einem mittel- und gewissenlosen Abenteurer, der mit König Ludwig von Frankreich während des Zweiten Kreuzzuges ins Heilige Land gelangt und nun bestrebt war, hier sein Glück zu machen.

Er hieß Rainald von Châtillon, war der Sproß einer unbedeutenden Landadelsippe im Anjou und hatte sich zunächst bei König Balduin verdingt. Als er mit diesem in Antiochia weilte, scheint er erkannt zu haben, daß einem hochgewachsenen, feurigschönen jungen Herrn seiner Art auch andere Möglichkeiten offenstanden. Jedenfalls blieb er in Antiochia, mit dem Erfolg, daß ihn die liebeshungrige Fürstenwitwe zunächst mit einem kleinen Lehen, dann aber auch mit ihren Sympathien auszeichnete. Trotzdem erregte es einiges Aufsehen, als sie 1153 ihre Absicht bekundete, den jungen Habenichts, dessen vulgäre Skrupellosigkeit durch seine ritterliche Schönheit nur unzulänglich kompensiert wurde, heimzuführen und damit zum Fürsten von Antiochia zu machen.

König Balduin, von dem jungen Abenteurer durch einen dramatischen Kniefall um seine Einwilligung gebeten, stimmte trotz einiger Warnun-

gen der Verbindung Konstanzes und Rainald zu: froh, der Verantwortung für die Sicherheit Antiochias und das Privatleben seiner hübschen, aber eigensinnigen Cousine damit ledig zu sein. Die Barone von Antiochia allerdings verhehlten ihren Groll nicht. Sich einem armseligen, hergelaufenden Nichtsnutz zu unterstellen, der außer Draufgängertum und Lendenkraft keinerlei Qualitäten für seine zukünftigen Funktionen mitbrachte, behagte ihnen ganz und gar nicht.
Auch Kaiser Manuel war merklich verstimmt. Nach gut byzantinischer Art suchte er mit der neuen Lage aber dadurch fertig zu werden, daß er den neuen Herrn umgehend für seine Aufgaben einspannte. Er ermunterte ihn zu einem Kriegszug gegen die ständig aufsässigen kilikischen Armenier und versprach, ihn im Erfolgsfall mit einer hohen Summe Geldes zu entlohnen.
Der habgierige Rainald schlug sofort los, jagte den Rubenier-Fürsten Thoros II. und seine Brüder in die Berge und überschrieb seine Eroberungen den Templern, die sich unverzüglich in der Gegend von Alexandretta fest einnisteten. Dann forderte er vom Kaiser das angekündigte Honorar. Als der Hof von Konstantinopel Schwierigkeiten machte, da er die Aktion noch keinesfalls als beendet ansah, verständigte er sich mit den Armeniern und traf Vorbereitungen zu einem Kriegszug gegen das zum byzantinischen Reich gehörende Zypern.
Nun zeigte auch er den Antiochenern, wessen Geistes Kind er war. Da seine finanziellen Mittel für den geplanten Überfall nicht ausreichten, beschloß er, den verdienten und sehr reichen Patriarchen Aimery von Limoges auszunehmen und sich damit zugleich für dessen scharfzüngige Bemerkungen über seine Ehe mit Konstanze zu rächen. Er ließ ihn verhaften, einsperren und verprügeln. Als der Patriarch seinen Wünschen auch dann noch widerstand, setzte er ihn, mit Honig bestrichen, einen Tag lang auf dem Dach der Zitadelle der stechenden Sonne und den Stacheln ungezählter Insektenschwärme aus. Aimery konnte sich von weiteren Torturen dieser Art durch eine namhafte Summe zwar freikaufen, mußte aber weiter mit einer Kerkerzelle vorliebnehmen.
Erst eine geharnischte Intervention des Königs verschaffte ihm wieder die Freiheit. Aimery verzichtete jedoch auf weitere christliche Wirksamkeit im rainaldischen Antiochia. Er setzte sich nach Jerusalem ab, wo er König Balduin allein durch seine Gegenwart an die Fragwürdigkeit der Konstanze erteilten Heiratserlaubnis erinnerte.

Ein Mord in Tripolis

Der dritte Balduin war inzwischen auch in Tripolis als Eheprotektor tätig gewesen. Dort hatte die Fürstin Hodierna, Melisendes jüngere Schwester und wie diese eine ebenso ehrgeizige wie halsstarrige und lebensfreudige Dame, ihre reich bemessene Freizeit derart mit außerehelichen Eskapaden ausgefüllt, daß ihr Gatte Raimund die Legitimität seiner Tochter Melisende bezweifelte und deshalb bestrebt war, seine Gemahlin durch eine Art von Zimmerhaft vor weiteren Abenteuern zu bewahren. Hodierna empfand diesen engherzigen Versuch, sie vor den Fallstricken der Sünde zu schützen, jedoch als derart peinigend, daß sie ihre königliche Schwester um energisches Einschreiten bat.

So reiste Melisende Anfang 1152 mit Sohn und großem Gefolge nach Tripolis, um die staatspolitisch so wichtige Ehe zwischen Raimund und Hodierna wiederherzustellen.

Ihre Bemühungen hatten Erfolg. Der Fürst von Tripolis erklärte sich bereit, allen bösen Gedanken abzuschwören, und gewährte seiner beleidigten Gemahlin, gewissermaßen als Versöhnungsgeschenk, einen Erholungsurlaub in Jerusalem. Um den wiederhergestellten Frieden zu demonstrieren, geleitete er die beiden Damen bei ihrer Abreise eine Meile weit aus der Stadt hinaus. Bei seiner Rückkehr gab es einen jener ominösen Zwischenfälle, die der Geschichte der Kreuzfahrerstaaten über weite Strecken den Charakter einer Kriminalromantik verleihen: Assassinen überfielen ihn am Stadttor und erdolchten ihn und seine Begleiter.

Balduin, der in Tripolis zurückgeblieben war, weil er einen Angriff Nur ed-Dins befürchtete, fahndete vergebens nach den Tätern. Auch die Auftraggeber wurden nie ermittelt. Hodierna hingegen kehrte zurück und übernahm für ihren zwölfjährigen Sohn, den dritten Raimund von Tripolis, der Zimmerhaft ledig, die Regentschaft.

Der junge König mußte auch in diesem Fall erkennen, daß es bisweilen leichter ist, sich in einer blutigen Schlacht zu behaupten, als mit den Tükken und Rankünen einer Frau fertig zu werden. Wie er sich schließlich von der Vormundschaft seiner Mutter befreite, zeigt jedoch, daß er aus seinen Erfahrungen gelernt hatte.

Sturmmaschinen gegen Mutter Melisende

Er war nun zweiundzwanzig Jahre alt, und der Brauch wollte es, daß er ein zweites Mal, diesmal als Erwachsener, zum König gekrönt werde. Mutter Melisende war aber noch immer nicht gesonnen, die Regierungsgeschäfte, die sie mehr schlecht als recht verwaltete, aus der Hand zu geben und sich aufs Altenteil zurückzuziehen.

Da sie in ihrem Konstabler Manasses von Hierges und der mit ihm verbundenen Ibelin-Sippe noch immer mächtige Parteigänger besaß, da sie als Halbarmenierin auch im assimilierten heimischen Adel auf zahlreiche Anhänger setzen konnte und schließlich den Klerus (der unter ihren wohltätigen Fittichen prächtig gedieh) auf ihrer Seite hatte, gelang es ihr, den Patriarchen Fulcher noch einmal für den Plan einer gemeinsamen Krönung zu gewinnen. Die feierliche Zeremonie wurde für den 30. März 1152, den Ostersonntag, anberaumt. Balduin setzte jedoch eine Verschiebung des Termins durch. Am Osterdienstag erschien er dann mit seinen Herren überraschend in der Grabeskirche und zwang den verdutzten und bestürzten Patriarchen, ihn ohne mütterliches Geleit erneut zum König von Jerusalem zu krönen.

Aber noch hatte Balduin das Spiel nicht gewonnen. Die Fraktion seiner ebenso herrschsüchtigen wie freigebigen und den Freuden der Repräsentation genießerisch hingegebenen Mutter machte rechtliche Bedenken geltend. Der Kronrat trat zusammen, und Melisendes politische Gesippschaft war stark genug, einen Teilungsplan durchzusetzen, der Balduin eindeutig benachteiligte. Während die Königinmutter die Regionen von Jerusalem und Nablus, ergänzt um das von ihrem zweiten Sohn Amalrich verwaltete Jaffa, mit Beschlag belegte, sollte sich die Macht des Königs lediglich auf Akkon und Tyros erstrecken.

Balduin, offenbar in Respekt vor seiner gebieterischen Mutter erzogen, nahm zunächst an, ließ sich von seinen Beratern aber bald überzeugen, daß diese Teilung nicht nur ihm selbst, sondern auch dem Land zum Schaden gereichen werde, daß es also besser sei, den Beschluß rückgängig zu machen, notfalls mit Gewalt. Einmal entschlossen, die Staatsräson über die Sohnesgefühle zu stellen, handelte er mit bemerkenswerter Konsequenz und Energie.

Er schloß Manasses, den (nach Wilhelm von Tyros) »unerträglich hochmütigen« und arroganten Konstabler des Königreiches, in der Burg von Mirabel bei Jaffa ein, zwang ihn zur Kapitulation und verwies ihn des Landes. Dann wandte der sich gegen Jerusalem, wo ihm die Bevölkerung bereitwillig die Tore öffnete, die widerspenstige Melisende aber allen Ernstes versuchte, sich in der Zitadelle zu behaupten. Balduin konnte nicht umhin, sich auch hier mit militärischen Mitteln Respekt zu verschaffen. Doch erst als er Sturmmaschinen auffahren ließ, begriff Melisende, daß sie ihre Rolle als Regentin endgültig ausgespielt hatte.

Auch sie kapitulierte und vertraute sich der Gnade ihres Sohnes an. Balduin erwies ihr in der Tat die zustehenden Ehren. Er erlegte ihr zwar politische Abstinenz auf, stattete sie jedoch mit dem Witwensitz Nablus standesgemäß aus.

Melisende hat sich ihrer Pensionierung dann offenbar mit Anstand unterworfen. Als Patronin der Geistlichkeit und großzügige Stifterin von Kirchen und Klöstern blieb sie jedoch im Gespräch. Das Jerusalemer Scriptorium entwickelte sich nicht zuletzt dank ihren Zuwendungen zu einem bedeutsamen Zentrum der Miniaturenmalerei. So verschaffte sie sich nach all den Verirrungen und Verwirrungen, die ihr Konto belasten, einen guten Abgang. Als sie 1161 starb, war sie die höchstverehrte Dame des Landes.

Die Eroberung Askalons

Der neue König trat ein schweres Erbe an. Doch zeigte er schon bald, daß er entschlossen war, sich der wenig ersprießlichen politischen und militärischen Lage Jerusalems zu stellen. Sein erster Stoß zielte auf Ägypten. Seine erste Aktion richtete sich gegen das morsche Fatimidenreich. Sein erster und gleich sehr erfolgreicher Feldzug galt der letzten Hafenstadt an der palästinensischen Küste, die sich noch im Besitz der Muselmanen befand – galt Askalon.

Balduins hervorragend vorbereitetes Unternehmen war das Ergebnis unbefleckter machtpolitischer Überlegungen. In Kairo herrschte das Chaos in Permanenz. Das Kalifat der Fatimiden befand sich im Endstadium seines biologischen und moralischen Verfalls. Die Agonie hatte bereits begonnen. Die Kalifen regierten fast nur noch mit Gift und Dolch. Ein gewaltsamer Tod war das Berufsrisiko der amtierenden Wesire geworden. Staatsstreiche, Bürgerkriege, blutige Auseinandersetzungen zwischen Heerführern, Intrigen und Verrätereien waren an der Tagesordnung.

Als sich der junge, im Kriege noch wenig bewährte König entschloß, Askalon anzugreifen, folgte er also nur dem Gesetz des geringsten Widerstandes. Er suchte den Erfolg da, wo er am leichtesten zu haben war. Er nutzte eine wohlfeile Gelegenheit, das letzte ägyptische Bollwerk an der ostmittelmeerischen Küste, einen Pfahl im Fleische des Königreiches Jerusalem, zu beseitigen.

Die Eroberung Askalons stand zu dieser Zeit bereits mehr als fünfzig Jahre auf dem Programm. Fulk von Anjou hatte, wie bekannt, die ägyptische Festung bereits durch die drei mächtigen Burgen Ibelin, Blanchegarde und Bethgibelin neutralisiert; eine weitere fränkische Burg, die die letzte Landverbindung Askalons mit Ägypten kontrollierte, war 1150 auf den Ruinen des antiken Gaza entstanden.

So waren eigentlich alle Voraussetzungen für einen schnellen Erfolg gegeben, als der junge Balduin im Januar 1153 eines der stärksten Heere, das die Kreuzfahrer je mobilisiert haben, vor die Wälle des unbezwungenen Askalon führte: eine Armee, die außer der bewaffneten Macht von Jerusalem auch die Aufgebote der Templer und Hospitaliter umfaßte. Neben den weltlichen Herren nahm aber auch die hohe Geistlichkeit des Königreichs nahezu geschlossen an der Operation teil. Der Patriarch mit dem heiligen Kreuz, die Erzbischöfe von Tyros, Cäsarea und Nazareth, die Bischöfe von Bethlehem und Akkon, sie alle beteten für den Sieg. Und als zur Osterzeit, wie alljährlich, Scharen frommer und abenteuerfreudi-

ger Pilger im Heiligen Land eintrafen, zögerten auch diese nicht, sich in die christliche Belagerungsarmee einzureihen.
Gar so leicht gab sich Askalon aber nicht geschlagen. Seine festen Mauern widerstanden den Sturmmaschinen der Franken, und wenn sie einmal eine Bresche schlugen, wurde sie über Nacht geflickt. Als es im Juni siebzig ägyptischen Schiffen gelang, Askalon anzulaufen und mit Verstärkungen und frischem Proviant zu versorgen, wurde im christlichen Lager sogar mehrfach erwogen, das Unternehmen wieder abzubrechen. Vom Patriarchen und dem Großmeister der Hospitaliter, Raimund von Le Puy, moralisch gestärkt, stand Balduin seine erste große Feuerprobe jedoch durch. Am 19. August endlich, nach fast neun Monaten, holte die ägyptische Besatzung nach Zusicherung freien Abzugs ihre Fahnen ein und verließ geordnet die Stadt.
Die christlichen Kreuzfahrer schwelgten ein letztes Mal in unermeßlicher Beute. Askalons Magazine waren gefüllt bis unter die Dächer, und ihr Inhalt reichte aus, nicht nur die Schatzkammern des Königs und der weltlichen und geistlichen Herren zu füllen, sondern auch die Krieger des Königreiches am Taumel des Sieges teilnehmen zu lassen. Wichtiger noch war der strategische Erfolg. Die gesamte syrisch-palästinensische Küste befand sich fortan im Besitz der Kreuzfahrer. Ein stolzgeschwelltes Jerusalem empfing die heimkehrenden Sieger von Askalon.
Die Eroberung von Askalon festigte auch den militärischen Ruf der fränkischen Barone in der arabischen Welt wieder. Die Vorstellung, daß sich die »Braut Syriens« nun in den Händen der landfremden Kreuzfahrer befinde, ließ die Muselmanen noch einmal den Atem anhalten. War die Kraft dieser ungeschlachten Ritter aus Europa tatsächlich unerschöpflich?

Blutbacchanal in Damaskus

Genaugenommen war der Gewinn der Franken jedoch gering. Ägypten hatte sich schon seit Jahren mit so viel Lust und Eifer zerfleischt, daß es das Königreich Jerusalem kaum noch zu bedrohen vermochte. Für die Kreuzfahrer aber barg der Besitz Askalons die Gefahr, daß dem ersten Schritt eines Tages notwendig ein zweiter folgen und eine Zersplitterung ihrer ohnehin überbeanspruchten Mittel bewirken würde. Der kluge Nur ed-Din scheint mit einer solchen Entwicklung gerechnet zu haben. Jedenfalls unternahm er nichts, was die Eroberung von Askalon hätte stören können.
Ein Jahr später aber, im April 1154, erschien er erneut mit einer starken Heeresmacht vor Damaskus, und diesmal war Jerusalem nicht in der Lage, der bedrängten Stadt die gewünschte Hilfe zu gewähren – die Damaszener öffneten dem König von Aleppo die Tore, und dieser machte kurzen Pro-

zeß. Er setzte die regierende Dynastie kurzerhand ab und annektierte das Land. Doch wiederum war er vorsichtig genug, den Bogen nicht zu überspannen. Er vereinbarte eine unbefristete Waffenruhe mit Jerusalem, ja, er erklärte sich sogar bereit, die damaszenischen Tribute an das christliche Königreich weiterzuzahlen – ein Zugeständnis, zu dem er allerdings dadurch gezwungen war, daß ihm die anatolischen Seldschuken erneut Schwierigkeiten machten.

Sich derart in Sicherheit fühlend, brachen die Herren von Jerusalem – übermütig, unberechenbar, jeden Vertrag grundsätzlich mißachtend – den Waffenstillstand drei Jahre später. Im Februar 1157 überfielen sie turkmenische Beduinen bei Banyas, nahe der oberjordanischen Grenze, und bemächtigten sich ihrer Herden: ein lohnender, sehr lukrativer Beutezug, der den Vorratskammern des nicht eben spartanisch lebenden Königs gut bekam, doch rief er naturgemäß den harten, zähen Nur ed-Din wieder auf den Plan.

Es folgte ein Sommer, in dem nach kurzfristig friedlicher Koexistenz wieder sehr viel Blut floß. Die beiden streitenden Parteien bekämpften sich erbittert, das alttestamentliche Gesetz des »Auge um Auge, Zahn um Zahn« extrem auslegend: Überfälle, Massaker und triumphale Einzüge lösten einander ab. Die spektakulärsten Szenen spielten sich wahrscheinlich Ende Juni in Damaskus ab, als Nur ed-Dins Krieger nach einem siegreichen Gefecht mit dem Heer von Jerusalem wie im Rausch in die Stadt zurückkehrten.

Um ihre Gefangenen, die sie für harte Währung an den Mann zu bringen gedachten, der jubelnden Menge zu präsentieren, hatten sie – nach der ungerührten Schilderung des Ibn al-Galanisi – je zwei fränkische Ritter auf einem Kamel festgebunden. Das »Fußvolk, die Hauptleute und die Turkopolen waren zu Dreien oder Vieren an Ketten gebunden«. Die abgeschlagenen Köpfe der christlichen Feinde dekorierten Fahnen und Satteldecken. Und »viele Bürger, Alte und Junge, Frauen und Kinder, kamen heraus, um den strahlenden Sieg zu feiern, den Gott allen Muslimen geschenkt hatte«.

Erst eine schwere Erkrankung Nur el-Dins, die so langwierig war, daß bereits Kämpfe um die Nachfolge ausgetragen wurden, und eine Folge verheerender Erdbeben, die zahlreiche Festungswerke zerstörten und in Schaizar, anläßlich eines Beschneidungsfestes, fast die gesamte Sippe der Munqiditen ausrottete, bereitete den Blutbacchanalen dieses Sommers ein Ende. Das militärische Ergebnis war gleich Null. Im Ringen zwischen Jerusalem und Aleppo hatte sich nichts geändert.

Angesichts dieser Fakten entschloß sich Balduin III., erneut die byzantinische Karte ins Spiel zu bringen.

Das war nicht ganz leicht. Denn im Frühjahr 1156 hatte Rainald von Châtillon, Fürst von Antiochia, die fränkisch-griechischen Beziehungen einer schweren Belastungsprobe unterworfen. Er hatte jenen lang gehegten Plan, dem zuliebe er den ehrwürdigen Patriarchen Aimery mit Honig bestrichen und der Sonne und den Insekten Antiochias ausgesetzt hatte, verwirklicht und war auf Zypern gelandet.
Der schöne, hirn- und gewissenlose Abenteurer setzte den Statthalter Johannes Komnenos und den Kommandeur der kaiserlichen Miliz, Michael Branas, gefangen und raubte die Insel nach allen Regeln abendländischen Freibeutertums aus. Nach den Berichten der zeitgenössischen Chronisten – sowohl Wilhelm von Tyros als auch Johannes Kinnamos, der Sekretär Kaiser Manuels, der Syrer Michael und der griechenfeindliche Armenier Gregor haben über das schändliche Unternehmen berichtet – müssen Rainald und seine Kumpane während ihres Aufenthaltes auf der Insel mit den Apokalyptischen Reitern gewetteifert haben. Mord, Totschlag, Vergewaltigung, Brandstiftung, Erpressung – sie beherrschten die ganze Litanei des Grauens und spielten sie gnadenlos durch.
Drei Wochen tobten sie ihren Rausch aus, ehe sie mit vollbeladenen Schiffen triumphierend heimkehrten. Den Statthalter und andere Honoratioren der Insel gaben sie erst gegen hohes Lösegeld wieder frei. Andere Würdenträger schickten sie, nach byzantinischer Art verstümmelt, ohne Nasen und Ohren nach Konstantinopel.
Rainalds Raubzug löste am Hofe des Basileus Haß und Empörung, aber keine erkennbare Reaktion aus. Als Balduin 1157 in Konstantinopel anfragen ließ, ob Manuel bereit sei, ihm eine Gemahlin aus der kaiserlichen Familie zu verschaffen, glaubte man dort in diesem Wunsch den förmlichen Vorschlag zu erkennen, Rainald von Antiochia gemeinsam zur Räson zu bringen. So nahm man den Ball bereitwillig auf.
Das unfreiwillige Opfer der dann folgenden Verhandlungen wurde Manuels Nichte Theodora, eine außerordentlich hübsche, schon mit dreizehn Jahren voll erblühte Tochter seines Bruders Isaak. Mit 100000 Goldstükken und Geschenken im Wert von 30000 Byzantii versehen, traf sie im September 1158 in Akkon ein, das ihr laut Vertrag als Leibgedinge vermacht worden war, und zog, wie die Göttin der Morgenröte empfangen, im festlichen Geleit nach Jerusalem, wo Aimery von Antiochia dem fränkisch-byzantinischen Ehebündnis seinen geistlichen Segen spendete. Balduin soll von der holden Garantin der neuen Allianz so entzückt gewesen sein, daß er sich nach den übereinstimmenden Aussagen der zeitgenössischen Berichter fortan des Umganges mit anderen Frauen enthielt.
Während der Verhandlungen über die Ehe zwischen Balduin und Theodora war, wie erwartet, auch Einverständnis darüber erzielt worden, daß

es im gemeinsamen Interesse der beiden Vertragspartner liege, zunächst Rainald von Antiochia in die Schranken des christlichen Anstandes zu verweisen und danach auch den inzwischen wiederhergestellten muselmanischen Atabeg und König von Aleppo und Damaskus, den Zengiden Nur ed-Din, über die Grenzen seiner Macht zu belehren.
So setzte sich Kaiser Manuel im Herbst 1158 an die Spitze eines starken Heeres, erreichte mit einer schnellen Vorausabteilung Ende Oktober Kilikien, nahm in einem einzigen Sturmlauf Dutzende armenischer Städte und Burgen, jagte den alten Thoros erneut in die Berge zurück und verbreitete auch in Antiochia so viel Angst und Schrecken, daß Rainald es gar nicht erst auf eine Kraftprobe ankommen ließ. Der Räuber von Zypern schickte dem Kaiser einen Unterhändler entgegen und ließ demütig ausrichten, daß er bereit sei, die Zitadelle von Antiochia einer byzantinischen Besatzung auszuliefern.
Auf Manuels kühle, abweisende Antwort zog er dem Kaiser im härenen Bußgewand bis Mamistra entgegen, um für seinen schnöden, grausamen Überfall auf Zypern um Absolution zu bitten. Diese wurde ihm auch gewährt. Allerdings nützten des Kaisers Berater die Chance, den Fürsten von Antiochia in aller Öffentlichkeit zu erniedrigen und ihm als einer Art von Unperson ihre abgründige Verachtung zu beweisen.
Barhäuptig und barfüßig hatte er sich ins kaiserliche Lager zu begeben, dort zu Füßen eines improvisierten Holzthrones vor dem Basileus niederzuknien und ihn mit erhobenen Händen um Verzeihung zu bitten. Rainald, auch in dieser Hinsicht ein charakterloser Wicht, scheint sich der schimpflichen Zeremonie widerstandslos unterworfen zu haben. Er ertrug es auch, daß ihn Manuel minutenlang keines Blickes würdigte. Schließlich begann er – nach der Schilderung des kaiserlichen Sekretärs Niketas Choniates – mit lauter Stimme um Gnade zu flehen, »und er schrie so lange, daß es jedermann übel wurde und viele Franken ihn deswegen verachtet und beschimpft haben«.
Zerknirscht und seiner Erbärmlichkeit restlos überführt, nahm Rainald auch die ihm auferlegten Bedingungen gehorsam an – er wurde verpflichtet, die Zitadelle von Antiochia zu übergeben, einen griechischen Patriarchen zu ernennen und ein antiochenisches Kontingent für das kaiserliche Heer abzuordnen.

Österliche Fest- und Feiertage in Antiochia

Balduin III. scheint mit dieser Prozedur nicht einverstanden gewesen zu sein. Vielleicht hatte er eine härtere Strafe für den Herrn von Châtillon erwartet, vielleicht hatte er gehofft, Antiochia selbst zu übernehmen. Seine Bedenken schwanden jedoch, als er kurze Zeit später Manuel ebenfalls in seinem Lager aufsuchte. Die beiden Monarchen verstanden sich auf den ersten Blick und nahmen sich zehn Tage Zeit, ihre weiteren Pläne zu besprechen.

Balduin bewährte sich in diesem Treffen als ein geschickter Vermittler. Zunächst erwirkte er für die Armenier einen kaiserlichen Sündenerlaß. Freilich mußte sich auch der alte Thoros der an Rainald erprobten Buße unterziehen, ehe ihm erlaubt wurde, als byzantinischer Vasall in sein Land zurückzukehren. Auf Balduins Bitten hin erklärte sich Manuel auch damit einverstanden, daß die Ernennung eines griechischen Patriarchen für Antiochia einstweilen vertagt wurde. Der dem König wohlgesonnene Aimery konnte also zurückkehren und den Einfluß Jerusalems auf das nördliche Fürstentum wieder verstärken.

Es folgte – am symbolschweren Ostersonntag, der 1159 auf den 12. April fiel – Manuels Einzug in Antiochia: ein feierliches, prächtiges, majestätisches Ereignis, das die byzantinischen Zeremonienmeister mit viel Phantasie, Akribie und hinterhältiger Symbolik vorbereitet hatten.

Nachdem die Bürgerschaft die verlangten Geiseln gestellt und Straßen und Plätze mit Fahnen, Bildteppichen und frisch grünenden Zweigen geschmückt, ja, sogar »die Lieblichkeit blühender Wiesen in die Stadt verpflanzt« hatte (wie es in der blumenreichen Sprache des griechischen Hofberichters Choniates heißt), ritt der Basileus, mit einem perlenbesetzten Diadem gekrönt, in einem wallenden Purpurmantel, unter dem er vorsichtigerweise einen Kettenpanzer trug, in die wiedergewonnene Festung ein. Rainald hatte, um seine Vasallenrolle zu bekunden, des Kaisers Perd am Zaum zu führen. Weitere fränkische Herrscher bildeten, ebenfalls dazu verdammt, »ihr hochnackiges Roß und ihren stolzen Sinn daheim zu lassen und zu Fuß in diesem Triumphzug mitzuschreiten«, ein mobiles Spalier für den Herrscher.

Balduin folgte hoch zu Roß, ohne die Insignien seiner Würde, aber in angemessenem Abstand vor den gleichermaßen berittenen Würdenträgern des griechischen Reiches. Vor der Kathedrale begrüßte der Patriarch Aimery, inmitten des antiochenischen Klerus, den Basileus. Gleichzeitig wurde unter Trommelklang und Trompetenschall das kaiserliche Banner auf der Zitadelle gehißt.

Acht weitere festliche Tage folgten. Die Herren erprobten ihre Kraft und Geschicklichkeit in glanzvollen Turnieren, an denen auch Kaiser Manuel, König Balduin und der begnadigte Rainald, dieser sogar auf einem weißen Pferd, »angetan mit einem bodenlangen, geschlitzten Rock, das Haupt mit einem goldübersäten Barett bedeckt«, teilnahmen. Der Kaiser selbst setzte bei dieser Gelegenheit, wie sein aufmerksamer Sekretär berichtet, »zwei Ritter auf einmal auf die Erde, den einen warf er mit eingelegter Lanze aus dem Sattel, und der riß im Sturz noch seinen Nebenmann nieder«.

Kein Wölkchen scheint diese Tage verdunkelt zu haben. Als Balduin auf der Jagd vom Pferd stürzte, leistete der Kaiser, der, wie man weiß, über bedeutende medizinische Kenntnisse verfügte, Erste Hilfe in höchsteigener Person. Auch erkundigte er sich täglich »nach dem Befinden des Kranken, und wenn die Ärzte den Verband wechselten, half er ihnen so zart, daß er es beim eigenen Sohn nicht hätte besser machen können«.
So konnten eigentlich alle Beteiligten zufrieden sein. Rainald erfreute sich trotz seiner Untaten auf Zypern wieder der Gnade des Kaisers. Balduin genoß sichtbar die Freundschaft Manuels, dessen Neffe er durch seine Heirat geworden war, und der Kaiser versäumte nicht, ihn den Herren von Antiochia immer wieder als seinen Stellvertreter in Nordsyrien zu präsentieren. Der Basileus selbst war, ohne Schwertstreich, wieder Oberlehnsherr von Antiochia geworden. Und die drei Herrscher zusammen stellten mit ihren Heeren eine militärische Kraft dar, die an eine gesicherte Zukunft denken lassen konnte.

Meisterstück byzantinischer Diplomatie

Doch die schönen Worte und die schönen Gesten von Antiochia änderten nichts an der betrüblichen Tatsache, daß sich die Interessen von Byzanz nicht mit denen der Kreuzfahrerstaaten deckten. Balduin wurde schon wenige Tage später sehr nachdrücklich darüber belehrt. An dem von ihm gewünschten und erwarteten Feldzug gegen Nur ed-Din war dem Kaiser nichts gelegen. Er zog es vor, mit dem Atabeg von Aleppo und Damaskus Verhandlungen anzuknüpfen und dabei die vereinte Macht von Byzanz, Jerusalem und Antiochia derart wirkungsvoll in Szene zu setzen, daß dieser auf seine Bedingungen einging. Nur ed-Din lieferte sechstausend christliche Gefangene aus, darunter zahlreiche Deutsche aus dem Zweiten Kreuzzug, und verpflichtete sich zu einem Feldzug gegen die seldschukischen Türken. Als Gegenleistung erhielt er lediglich die Zusage eines unbefristeten Waffenstillstandes.
Die Enttäuschung, die Manuels diplomatische Aktion im christlichen Lager hervorrief, ist in den älteren Kreuzfahrerhistorien, ja, noch in Groussets verklärender Darstellung leibhaftig zu spüren. Die heutigen Geschichtsschreiber versuchen auch in diesem Fall Verständnis aufzubringen. Runciman ist zum Beispiel der Meinung, daß Kaiser Manuel es sich nicht leisten konnte, »viele Monate am Ende lang ausgezogener und gefährlich entblößter Nachschublinien zu verweilen« und somit wegen einer weit vorgeschobenen Grenzprovinz den Bestand seines Heeres zu riskieren. Ebensowenig konnte ihm daran liegen, durch einen Krieg mit Nur ed-Din für die unzuverlässigen Franken »die Hauptquelle ihrer Furcht zu beseitigen«.

Hans Eberhard Mayer sieht in den Abmachungen Manuels geradezu ein Meisterstück byzantinischer Diplomatie. »Das Abkommen«, heißt es in seiner nüchternen Analyse dieses Exempels »überlegener byzantinischer Staatskunst«, hatte »Vorteile für alle Beteiligten, selbst für die Franken, die sich verraten glaubten. Nur ed-Din entging der unmittelbaren Bedrohung durch Manuel; Manuel gewann seine Unterstützung für einen Feldzug gegen die anatolischen Seldschuken, die ihm gefährlicher waren; überdies hatte der Kaiser in Kilikien die gesteckten Kriegsziele völlig erreicht und im christlichen Nordsyrien eine fast zwanzig Jahre währende byzantinische Präponderanz begründet, wenn auch in Antiochia keine byzantinische Verwaltung eingerichtet wurde. Zur Aufrechterhaltung dieses diskreten byzantinischen Entschlusses bedurfte es aber eines ständigen Drucks durch Nur ed-Din auf Antiochia...«
»Manuel schuf also ein kompliziertes Gleichgewichtssystem, das aber nur dann funktionierte, wenn Nur ed-Din die Kreuzfahrerstaaten nicht auslöschte« – eine Bedingung, die für diese von unbezahlbarem Vorteil war. Manuels raffinierte Rechnung ging sogar weitgehend auf. Ein Jahr später gelang es den Byzantinern, den Seldschukensultan Kilidsch-Arslan II. durch die mit Nur ed-Din besprochene konzertierte Aktion derart in die Enge zu treiben, daß er alle Eroberungen der vorangegangenen Jahre wieder herausgab und dem Kaiser sogar ein türkisches Regiment als Hilfskontingent zur Verfügung stellte. Um die Einstellung der Feindseligkeiten zu demonstrieren, kam der Seldschuk 1161 sogar nach Konstantinopel, wo er vom Protokoll zwar als Vasall eingestuft wurde, im übrigen aber Objekt einer derart opulenten Gastfreundschaft wurde, daß es ihm fast den Atem raubte.

Drei Monate lang unterhielt ihn der Basileus mit all den Wundern und Spektakeln, die das griechische Reich in seinem Arsenal für Staatsvisiten vorrätig hielt. Er ehrte seinen Gast mit »herrlichen Gastmählen, ergötzte ihn mit Pferderennen, verbrannte mit flüssigem Feuer Boote und Barken und gewährte dem Mann zur Genüge das Schauspiel von Wettrennen«. Vor allem aber beschenkte er ihn: mit Kisten voller Münzen, »prächtiger Kleidung, silbernen Bechern und goldenen Trinkschalen, Stoffen aus allerfeinstem Gewebe und auserlesenem Schmuck, lauter Dingen, die« – wie Niketas Choniates hochmütig bemerkt – »ein Rhomäer leicht beschaffen kann, ein Barbar aber meist noch nie gesehen hat...«

Und da »kein Barbar dem Golde widerstehen kann«, gelangte Manuel auch diesmal ans Ziel: Kilidsch-Arslan schied, von der Macht und Herrlichkeit des griechischen Reiches tief beeindruckt, als Freund und Bundesgenosse des Kaisers – und tatsächlich wahrte er fünfzehn Jahre Frieden.

Auch König Balduin scheint, trotz vernehmlichem Murren seiner Herren, denen ein beutegesegneter Feldzug gegen Nur ed-Din lieber gewesen wäre, die Vorzüge des byzantinischen Arrangements bald begriffen zu haben. Unter der Decke freundschaftlich-verwandtschaftlicher Einverständnisse schwelten die alten Animositäten und Gegensätze aber weiter. Das zeigte sich bereits 1160, als Rainald von Châtillon von der Bühne der Nahostpolitik, auf der er während seines kurzen Gastspiels so unrühmliche Spuren hinterlassen hatte, abtrat. Fürs erste wenigstens. Für sechzehn Jahre.

Viel Lärm um eine neue Kaiserin

Bei einem Raubzug, der Viehherden im Euphrattal galt, geriet er im November 1160 in die Gefangenschaft Nur ed-Dins. Der Atabeg ließ ihn nach orientalischem Brauch auf ein Kamel binden, nach Aleppo transportieren und dort inhaftieren. Im Kerker wurde dem Fürsten von Antiochia in dem geblendeten Titulargrafen von Edessa, Joscelin III., ein passender Gesellschafter zuteil.

Der Ausfall Rainalds hatte wiederum eine jener politischen Ehen zur Folge, an denen die Geschichte der Kreuzfahrerstaaten ebenso reich ist wie an unaufgeklärten plötzlichen Todesfällen.

Balduin III., von den Nachkommen der normannischen Ritter in Antiochia noch immer als der eigentliche Lehnsherr angesehen und deshalb um ein Machtwort gebeten, vertraute die Regentschaft des so plötzlich wieder verwaisten Fürstentums bis zur Großjährigkeit des dritten Bohemund, eines Sprößlings der Ehe Konstanzes mit Raimund von Poitiers, dem lateinischen Patriarchen Aimery an, rief damit jedoch gedämpfte Mißbilligung am Hofe des Kaisers und helle Empörung bei der Fürstin von Antiochia hervor. Konstanze versäumte denn auch nicht, sich in Konstantinopel über des Königs Eigenmächtigkeit – denn nach den herrschenden Rechtsvorstellungen wäre es Sache Manuels gewesen, das Problem der Interimsregierung zu lösen – zu beschweren. Und der Kaiser hatte einen wunderbaren Trumpf in der Hand, um Balduins Spiel zu stören.

Ein Jahr zuvor, nach dem Tod der Kaiserin Irene, der geborenen von Sulzbach, hatte er seinen Freund und Neffen, den König von Jerusalem, gebeten, unter den Töchtern der Kreuzfahrerstaaten nach einer neuen Kaiserin Ausschau zu halten. Es war eine ehrenvolle, wenn auch keineswegs schwierige Aufgabe. Der Damenflor der christlichen Länder von Nahost enthielt in der Tat zwei Knospen, von denen anzunehmen war, daß sie Manuels Ansprüchen genügten: Maria von Antiochia, die älteste Tochter Konstanzes, und Melisende aus dem Hause Raimund und Hodierna von Tripolis. Beide galten als des Königs Basen, beide waren blutjung und schön und selbstverständlich unberührt.

Da Balduin befürchten mußte, daß eine Ehe Manuels mit Maria die Beziehungen von Konstantinopel und Antiochia vertiefen würde, entschied er sich für Melisende.
Manuels Brautsucher akzeptierten seinen Vorschlag, unterwarfen Melisende einer genauen Prüfung und Besichtigung und übermittelten dem verwitweten Basileus eine außerordentlich liebevolle Beschreibung ihrer Person. Sie verfehlten auch nicht, darauf hinzuweisen, daß die Prinzessin Melisende sowohl von ihrer gleichnamigen Tante als auch von ihrer Mutter Hodierna als auch von ihrem Bruder Raimund eine standesgemäße Aussteuer zu erwarten habe. Die Antwort des Kaisers blieb jedoch aus. Runciman vermutet, daß er sich, während in Tripolis bereits aufwendige Hochzeitsvorbereitungen betrieben wurden, die Zeit nahm, zunächst den Gerüchten über die nichteheliche Herkunft Melisendes nachzugehen.
So weit waren die Dinge gediehen, als Konstanzes Beschwerde über die Regelung der antiochenischen Regentschaftsfrage in Konstantinopel eintraf. Es fiel den kaiserlichen Juristen leicht, die selbstherrliche Ernennung Aimerys als einen Verstoß gegen die hoheitlichen Kompetenzen Manuels zu diskriminieren und diesen zu überzeugen, daß eine Zurechtweisung Balduins notwendig sei. Der Basileus bediente sich zu diesem Zweck eines einfachen Mittels – er sagte die Ehe mit Melisende von Tripolis ab und entschied sich für Maria von Antiochia.
Als er im Spätherbst 1161 unter Assistenz von drei Patriarchen in der Kirche der heiligen Sophia mit ihr kopuliert wurde, konnte er mit seiner Wahl zufrieden sein. Seine Hofchronisten jedenfalls schwelgten bei der Beschreibung ihrer taufrischen Schönheit in erlesenen Vokabeln. Niketas Choniates zum Beispiel war von ihr so enthusiasmiert, daß er sie sowohl über »Aphrodite mit dem sanften Lächeln« als auch über »Juno mit den weißen Armen« und »Helena mit dem zarten Nacken« stellte.

Wurde der dritte Balduin vergiftet?

Die psychologischen Folgen seines Entschlusses hat Manuel, wie bei seinem Vertrag mit Nur ed-Din, offenbar nicht in Rechnung gestellt. Seine Absage ließ die fränkischen Fürsten und Barone erneut am Wert eines byzantinischen Wortes zweifeln. Die Prinzessin Melisende, um die erwarteten kaiserlichen Ehren gebracht, nahm sich den Affront derart zu Herzen, daß sie zusehends verfiel und einen frühen Tod starb – als vielgeprüfte Prinzessin Lointaine hat sie lediglich in den bittersüßen Liebesromanzen französischer Troubadoure weitergelebt.
Während die Beinahe-Kaiserin seelisch verkümmerte, gab sich ihr Bruder Raimund einem ungehemmten Zorn hin. Mehr als Seelenschmerzen der mißhandelten Schwester ergrimmten ihn allerdings die Kosten, die das

verfehlte Unternehmen verursacht hatte. Um sie wieder einzubringen, fuhr er mit den zwölf Galeeren, die er für Melisendes Brautfahrt nach Konstantinopel hatte bauen lassen, nach Zypern und verwüstete die unschuldige Insel nach rainaldischem Muster.
So war schon nach kurzer Zeit vom Geist der österlichen Auferstehungstage in Antiochia kaum mehr als eine freundliche Erinnerung geblieben. Es ist möglich, daß diese Tage trotz allem noch ihren Mai erlebt hätten, wenn einer der Hauptakteure nicht plötzlich seinen Platz geräumt hätte. Balduin starb nämlich – noch nicht einmal dreiunddreißig Jahre alt. Auch die Umstände seines Todes waren einigermaßen verdächtig. Von Antiochia zurückkehrend, wo Konstanze nun wieder als Regentin wirkte, erkrankte er während eines Aufenthaltes in Tripolis schwer. Graf Raimund schickte ihm seinen syrischen Leibarzt Barac, der ihn mit allerlei Kräutern und Essenzen eigener Produktion behandelte. Obwohl sich sein Zustand verschlimmerte, zog der König weiter nach Beirut. Dort verschied er, und sofort bemächtigte sich heimliches Gemunkel seines abrupten Endes. Es hieß, Barac habe ihn vergiftet. Und bis heute teilen die meisten Historiker die Vermutung, die schon an seiner Bahre entstand und seiner Überführung nach Jerusalem folgte.
Doch wenn es so war – wer eigentlich hatte ein Interesse am Tod des jungen Königs? Kaiser Manuel? Die Fürstin Konstanze? Der Graf Raimund? Der Atabeg und König von Aleppo und Damaskus, Nur ed-Din?
Die Frage ist noch immer unbeantwortet.

Nekrolog auf einen jungen König

Die Bevölkerung des Königreiches Jerusalem betrauerte ihn aufrichtig. Tausende gaben ihm, nach der bewegten Schilderung von Wilhelm von Tyros, auf dem Wege von Beirut nach Jerusalem das Geleit. Sogar die muselmanischen Bergbewohner sollen ihre Hütten und Äcker verlassen haben, um den sterblichen Resten des jungen Königs ihre Ehrerbietung zu erweisen.
Dieser dritte Balduin muß in der Tat ein Krösus an männlichem Charme gewesen sein. Wie keinen seiner Vorgänger oder Nachfolger hatte ihn die Natur mit der glücklichen Gabe ausgestattet, überall Sympathien zu wekken, selbst bei seinen politischen Gegnern. Nach dem wohlwollenden Charakterbild, das der Erzbischof von Tyros von ihm entworfen hat, war schon sein Äußeres dazu angetan, ihm Respekt und Zuneigung zu verschaffen. Er war »größer als der Durchschnitt«, dabei schlank und kräftig zugleich, und hatte eine frische, gesunde, wettergebräunte Gesichtsfarbe. Sein Haar war blond, ebenso sein stattlicher, wohlgepflegter Bart. Seine Züge verrieten Adel und Rasse.

Die Sympathien, die ihm überreich geschenkt wurden, galten aber auch seinem ansteckend heiteren Naturell. Balduin war nicht nur ein leidenschaftlicher, jedoch nie verletzender Debattierer, sondern auch ein einnehmender, stets zu Scherzen aufgelegter Gesellschafter, schlagfertig im Gespräch, ein unerreichter Geschichtenerzähler, ein stetig sprudelnder Quell guter Laune. Selbst Kaiser Manuel vermochte, wie berichtet, seiner Eleganz, seinem sicheren Auftreten und seinen vollendeten Manieren nicht zu widerstehen. Ohne Zweifel war dieser dritte Balduin der ritterlichste von allen Königen Jerusalems.

Im Essen und Trinken hielt er sich, wie wir von Wilhelm von Tyros weiter erfahren, weise zurück, vielleicht seiner Figur wegen. Weniger enthaltsam war er im Würfelspiel, »dieser Lieblingssünde des 12. Jahrhunderts«, noch weniger im Umgang mit den Damen des Hofes. Wilhelm von Tyros sagt ihm sogar die Verführung verheirateter Frauen nach, freilich nur im Ton gemäßigt-milder Zurechtweisung, denn sein Vorwurf gilt nur dem jungen Balduin, dessen Widerstandskraft gegen die vielen fleischlichen Versuchungen, denen er ausgesetzt war, noch nicht genügend gehärtet war. Als Gemahl der Nichte Manuels, der schönen Theodora von Byzanz, soll er auf Eheeskapaden jeglicher Art verzichtet und der Königin seines Herzens in jeder Hinsicht die Treue bewahrt haben.

Im übrigen hat der kritische Biograph, der um 1160 etwa dreißigjährig aus Frankreich in den Nahen Osten zurückkehrte und noch zu des Königs Lebzeiten Erzdiakon von Tyros wurde, offenbar keine Flecken in Balduins Seelengewand entdeckt. Wenn er ihm außer Menschlichkeit und Edelmut auch Frömmigkeit und Tapferkeit quittiert, obwohl dieser junge Herrscher nur mäßig fromm war und das Kriegführen gern seinem Konstabler Humfred von Toron überließ, so mögen das zwar die stereotypen Lobpreisungen eines beflissenen Staatsdieners sein, etwas anderes ist es aber doch, wenn er ihm ausdrücklich ein hohes Maß an Bildung bescheinigt. Ja, Balduin konnte nicht nur schreiben und lesen, er machte sogar Gebrauch davon. Er las viel, liebte es auch, sich Geschichten vorlesen zu lassen, und gab sich mit Leidenschaft Diskursen mit gelehrten Männern hin.

Seine Bildung erstreckte sich nicht zuletzt auf Jurisprudenz: Balduin galt als der beste Rechtsexperte des Landes, als ein perfekter Kenner aller verbrieften Rechte, aller Urkunden, aller Dokumente des Königreiches, die er angeblich derart beherrschte, daß er jederzeit daraus zitieren konnte. Sein hervorragendes Gedächtnis hat auch im Alltag viele seiner Untertanen verblüfft. Er wußte alle seine Ritter mit Namen anzusprechen. Die Bewohner seines Königreiches setzte er durch seine enorme Landeskenntnis in Erstaunen. Da er selbst ein Kind des Heiligen Landes war, kannte er jede Burg, jede größere Siedlung, jede Straße. Vor allem die Eingesessenen waren ihm dafür dankbar. Sie liebten ihn, weil er einer der

ihren war; nach Grousset eine glückliche Mischung zwischen europäischem und orientalischem Blut, das ihm, wie man sich erinnert, von seiner halbarmenischen Mutter Melisende zuteil geworden war: eine glückliche Mischung auch deshalb, weil er verstand, selbst glücklich zu sein.
Die meisten Historiker erteilen auch dem Politiker Balduin gute Noten, obwohl sich die Eroberung Askalons später als ein fragwürdiges Unternehmen erwies. Seine wichtigste Entscheidung – das Bündnis mit Byzanz wiederherzustellen und über alle Ressentiments hinweg pfleglich zu behandeln – bestätigt jedenfalls einen kühlen und geschmeidigen Realitätssinn. Sie nahm den Muselmanen den Wind aus den Segeln, verschaffte dem von Nur ed-Din bedrängten Königreich wieder Luft zum Atmen und befreite auch Antiochia aus unmittelbar drohender Gefahr.
Hans Eberhard Mayer spricht in seiner Schlußbilanz von dem »unbestreitbar diplomatischen Geschick«, mit dem er sein kleines Reich »zwischen der türkischen Bedrohung und der bisweilen drückenden Übermacht der byzantinischen Verbündeten durchlavierte«. René Grousset gelangt zu dem Ergebnis, daß Balduin verschied, ohne politische Fehler gemacht zu haben. Selbst der skeptische Runciman kommt zu einer außerordentlich positiven Wertung. Nach seiner Meinung besaß dieser dritte Balduin nicht nur »persönlichen Zauber«, sondern auch »Tatkraft und Weitblick... Hätte er länger gelebt, er wäre vielleicht ein großer König geworden«.
Runciman beschließt sein Kapitel über Balduin III. mit einer Äußerung Nur ed-Dins, die auch von vielen anderen Kreuzzughistorikern zitiert wird. Als der Atabeg von Aleppo und Damaskus nach dem Tod des jungen Königs von Jerusalem von seinen militärischen Unterführern aufgefordert wurde, die gute Gelegenheit zu einem Schlag gegen die Christen zu nutzen, soll er geantwortet haben, es zieme sich nicht, die Trauer eines Volkes zu stören, das einen so großen Fürsten beweine.

Sechzehntes Kapitel

Amalrichs Ägypten-Feldzüge

Eine Kreuzfahrer-Besatzung in Kairo
Der Kurde Saladin betritt die Bühne

Der Feldherr mit den Frauenbrüsten

Balduins Bruder Amalrich, der die Nachfolge des kinderlos gestorbenen Königs antrat, war von anderer Art.

Wilhelm von Tyros, Augenzeuge und Mitgestalter dieser Zeit, hat auch ihm einen hohen Wuchs, helle Haut, edle Züge und eine Adlernase testiert. Doch war der vormalige Graf von Jaffa und Askalon – offenbar ohne größere Diätsünden zu begehen – »so fett, daß er aussah, als hätte er Frauenbrüste«. Außerdem stotterte er ein wenig: ein Manko, das ihn sehr schweigsam machte. Dem heiteren, liebenswerten, sehr kontaktfreudigen Balduin folgte also ein König, der seine Umgebung durch seine Verschlossenheit und Düsternis bedrückte. Um so gespenstischer wirkten die unkontrollierten wilden Lachausbrüche, mit denen er seinen aufgestauten Gefühlen bisweilen Luft verschaffte.

Er war auch kein Spieler wie Balduin. Doch teilte er mit seinem Bruder die Lust an der Rechtswissenschaft und zugespitzten philosophischen Fragen. In theologischen Disputen, etwa über den Begriff der Unsterblichkeit, erschreckte er seine Geistlichen durch eine unziemliche, kaltschnäuzige Skepsis. Seine Bildung beruhte jedoch auf einem soliden, tragfähigen Fundament. Er liebte es, »in Büchern zu lesen, zumal denen der Geschichtsschreiber«, und erwarb sich für die Nachwelt das unschätzbare Verdienst, seinen Freund und Mentor Wilhelm von Tyros zu der großen Kreuzzughistorie angeregt zu haben, die bis heute das Basiswerk dieser Zeit geblieben ist: eins der wenigen historiographischen Großleistungen des Mittelalters überhaupt.

Der nüchterne, scharf beobachtende Wilhelm von Tyros hebt auch Amalrichs skrupellose Geldgier hervor, betont allerdings im selben Atemzug, daß der König seine außerplanmäßigen Einnahmen nie für sich, sondern immer für den Staat, seine Rüstungen und seine Kriege verbrauchte. Überhaupt war dieser Amalrich, wenn es um seine und seines Königreiches Interessen ging, ein kühler, von moralischen Bedenken nicht geplagter Realist. Das zeigte sich schon vor seiner Krönung.

Die mächtigen Grafen und Barone des Heiligen Landes hatten gegen seine Nachfolge nichts einzuwenden, meinten aber, daß es nicht schaden könnte, dem jungen Herrn – Amalrich war beim Tod seines Bruders fünfundzwanzig Jahre alt – zunächst einige Schwierigkeiten zu machen. Sie nahmen Anstoß an seiner Gemahlin Agnes von Courtenay, einer Tochter Joscelins II. von Edessa, und legten ihm nahe, die blutschänderische Ehe mit seiner drittgradigen Kusine zu lösen. Und Amalrich beeilte sich, dieser auch vom Patriarchen unterstützten Aufforderung nachzukommen. Das fiel ihm um so leichter, als er selbst, trotz seinen körperlichen Handikaps, ein passionierter Frauenjäger war, die Gräfin Agnes dagegen vierzehn Jahre älter als er. Auch galt ihr Ruf als ziemlich ramponiert, wahrscheinlich zu Recht, wie spätere Ereignisse bewiesen. Die Erbrechte ihrer gemeinsamen Kinder Balduin und Sybille setzte Amalrich allerdings durch.

Daß der große, dicke Amalrich, der so feist war wie ein überfüttertes Pferd, dennoch ein hervorragender Feldherr und Krieger war, wird von den zeitgenössischen Historikern ebenfalls einstimmig bekundet. Er war unempfindlich gegen Hitze und Kälter, ertrug selbst lang währende Anstrengungen und Entbehrungen mit Gleichmut und bewahrte auch in kritischen Situationen eine vielbewunderte, eiskalte Ruhe. Und Amalrich hatte viele solcher Situationen zu bestehen; auch die Chronik seiner Regierungszeit birst von Dramatik.

Vor allem die ägyptischen Feldzüge forderten die Kräfte des Königs und seines kleinen christlichen Reiches in einer Welt von Muselmanen bis zum äußersten heraus.

Gewonnene Niederlagen – Kriege gegen Honorar

Der Niedergang des schiitischen Ägyptens hatte sich in den letzten Regierungsjahren König Balduins III. noch beschleunigt. Das fatimidische Kalifat war sichtlich am Ende. Die Kraft, die das einst so starke und noch immer sehr reiche Land aufbrachte, erschöpfte sich in Palastrevolutionen, Kulissenmorden und Serailtragödien. Meutereien und Verschwörungen, Intrigen und feingesponnene Ränke waren mehr denn je ein Teil des Regierungsalltags, dessen abgefeimte Verderbtheit selbst die arabischen Chronisten dieser Zeit beeindruckt hat.

Kurzum: Ägypten war so geschwächt, daß es in absehbarer Zeit die Beute seiner Nachbarn werden mußte, entweder des Königreiches Jerusalem oder des vereinigten Emirates von Mossul, Aleppo und Damaskus. Amalrichs Aufgabe war also vorgezeichnet, und er mußte sich ihr stellen. Er mußte verhindern, daß der alte, zähe Nur ed-Din seine Macht auch auf Ägypten ausdehnte und damit die christlichen Staaten im Orient einem tödlichen Würgegriff auslieferte.

Amalrich entschloß sich nach gut fränkischer Art, im Angriff die beste Verteidigung zu sehen. Als im August 1163 zwischen den beiden mächtigsten Männern Ägyptens – Schawar, dem Statthalter von Oberägypten, und Dirgham, seinem arabischen Kämmerer – ein heftiger Streit ausgebrochen war, grub er ein altes, nie erfülltes Tributversprechen Kairos an Jerusalem aus, drang ins Nildelta ein und belagerte Pelusium. Die Aktion schlug jedoch fehl, da Dirgham die Nildämme durchstechen und Amalrichs Lager sozusagen absaufen ließ. Gleichzeitig erreichten den König alarmierende Nachrichten über einen Feldzug Nur ed-Dins gegen Tripolis. So war er gezwungen, das ägyptische Unternehmen kurze Zeit später abzubrechen.

Inzwischen war der vertriebene Schawar zu Nur ed-Din geflohen und hatte ihm für den Fall sofortiger Hilfeleistung ein gehaltvolles Angebot unterbreitet. Er erklärte sich bereit, die Kosten eines Feldzugs gegen seinen Konkurrenten Dirgham zu tragen und nicht nur die ägyptischen Grenzprovinzen abzutreten, sondern auch ein Drittel der jährlichen Steuereinkünfte als Tribut zu zahlen. Der bedächtige, fromme Nur ed-Din nahm sich zwar einige Monate Zeit, die verlockende Offerte zu prüfen, ging aber schließlich, nachdem er den Koran gefragt hatte, auf den Plan Schawars ein und rüstete die gewünschte Interventionsarmee aus, die er dem Kurden Schirkuh, einem seiner verläßlichsten Troupiers, unterstellte.

In Schirkuhs Stab befand sich ein junger Mann namens Saladin, der siebenundzwanzigjährige Sohn seines Bruders Nadschm ed-Din Ayub, der 1132 dem berühmten Zengi das Leben gerettet hatte.

Schon Ende Mai 1164 war Schawar wieder Herr in Kairo, sein Intimfeind Dirgham umgebracht. Nun trachtete Schawar danach, die Armee wieder loszuwerden, der er seine Rückkehr verdankte. Der alte Schirkuh, ein rauhbeiniger Kriegsmann, klein, dick, einäugig, aber mit allen Bräuchen des muselmanischen Militäralltags wohlvertraut, weigerte sich jedoch, Schawars Rückmarschorder zu befolgen, und verschanzte sich in Bilbeis, einer starken Festung im Nildelta, sechzig Kilometer nördlich von Kairo.

Um ihn loszuwerden, kaufte Schawar Jerusalems Hilfe ein. Amalrich, der froh war, für sein neuerliches Eingreifen in Ägypten auch noch honoriert zu werden, überquerte die Landenge von Suez und schloß gemeinsam mit den Truppen Schawars die Streitmacht Schirkuhs in Bilbeis ein. Seine Kräfte reichten aber auch diesmal nicht aus, die hartnäckig verteidigte Festung zu Fall zu bringen. Schlimme Nachrichten aus dem Norden zwangen ihn im November erneut zum Abbruch seines ägyptischen Feldzuges. Immerhin vermochte er den Rückmarsch Schirkuhs nach Syrien durchzusetzen, so daß auch diese zweite sieglose Runde wenigstens ohne Schaden endete.

Plan einer fränkisch-griechischen Allianz gegen Kairo

Den Schaden hatten inzwischen die christlichen Fürstentümer im Norden davongetragen, deren Ritter, obwohl von Byzantinern und kilikischen Armeniern unterstützt, am 10. August 1164 bei Artah eine furchtbare Niederlage erlitten hatten.

Raimund von Tripolis, Bohemund von Antiochia und Konstantin Koloman, der in Ungarn beheimatete griechische Statthalter Kilikiens, waren dabei in muselmanische Gefangenschaft geraten. Der alte, weise Nur ed-Din verzichtete jedoch auf die militärische Auswertung dieses Erfolges. In der richtigen Erkenntnis, daß der muselmanischen Sache nicht damit gedient sei, durch eine Eroberung Antiochias außer König Amalrich auch Kaiser Manuel auf den Plan zu rufen, gab er Koloman gegen ein symbolisches Lösegeld von 150 Seidengewändern frei.

Auch den Fürsten Bohemund ließ er sich nach einiger Zeit, wenn auch nicht ganz so billig, wieder abkaufen; Raimund von Tripolis und Rainald von Châtillon hielt er für spätere Austauschgeschäfte zurück.

Amalrich hatte inzwischen Zeit, eine Bilanz seiner beiden ersten ägyptischen Feldzüge zu ziehen. Sie war sehr einfach: Jerusalem allein war nicht stark genug, das Abenteuer einer Eroberung oder wenigstens einer ständigen Kontrolle Ägyptens auf sich zu nehmen; das lateinische Königreich benötigte die Hilfe des griechischen Kaiserreiches. Amalrich zog aus dieser Einsicht die fällige Konsequenz – er schickte eine Delegation nach Konstantinopel, die dem Basileus den Plan einer Allianz gegen Kairo unterbreiten und gleichzeitig um die Hand einer byzantinischen Prinzessin bitten sollte.

Manual nahm sich jedoch Zeit, sehr viel Zeit. Er lud seinen Schwager Bohemund nach Konstantinopel ein, bewirtete und beschenkte ihn fürstlich und ließ ihn nicht eher nach Antiochia zurückkehren, bis er einen griechischen Patriarchen als Begleiter akzeptierte. Der Erfolg war auch in diesem Fall auf Manuels Seite – während der alte Aimery gezwungen wurde, ins Exil zu gehen und seine lateinischen Schäflein unbehütet zurückzulassen, sorgte Athanasios II. dafür, daß die antiochenische Kirche wieder griechisch wurde.

Ägypten eine »Art fränkischen Protektorates«

An den Grenzen der christlichen Staaten im Orient herrschte indes Kleinkrieg, der insofern behutsam war, als er Nur ed-Dins Positionen im Libanon und in der transjordanischen Wüste so weit verbesserte, daß er einen weiteren Schlag gegen Ägypten sorgfältig vorbereiten konnte. Ende 1166 sandte er den alten bewährten Schirkuh erneut aus, den Wesir Schawar

über die Macht Syriens nachdrücklich zu belehren. Wie ernst es dem gläubigen Muslim mit diesem Unternehmen war, erhellt die Tatsache, daß er seinen kurdischen Haudegen ausdrücklich ermächtigte, den Krieg gegen die verderbten, ketzerischen Fatimiden als Heiligen Krieg im Auftrag des rechtgläubigen Bagdad zu führen.
Anfang Februar 1167 erreichte Schirkuh nach einem mehrwöchigen Wüstenmarsch Kairo, wo er seine durch einen gefährlichen Sandsturm schwer mitgenommene Truppe bei Giza, auf der Westseite des Nils, versammelte.
Schawar war jedoch rechtzeitig gewarnt worden und hatte Jerusalem von der bevorstehenden Intervention Syriens verständigt. So tauchte wenige Tage nach Schirkuh auch Amalrich vor der ägyptischen Hauptstadt auf und bezog mit seinen Rittern auf dem Ostufer des Flusses Stellung. Wochenlang lagen sich die beiden feindlichen Heere drohend gegenüber, ohne daß irgend etwas geschah. Der geschäftstüchtige Amalrich nutzte die Zeit jedoch, seinen Bundesgenossen Schawar um 200000 Denare zu erleichtern und sich für den Tag des Abzugs der Schirkuh-Armee einen förmlichen Wechsel über weitere 200000 Goldstücke ausstellen zu lassen.
Nach Abschluß des einträglichen Vertrages überquerte Amalrich mit einem Teil seiner Truppen den Nil und zwang Schirkuh zu einem Rückzug in südlicher Richtung. Bei den Ruinen des antiken Hermoupolis kam es zu einer ersten Schlacht, die die von einem ägyptischen Kontingent unterstützten Franken trotz zahlenmäßiger Überlegenheit verloren. Amalrich marschierte daraufhin nach Kairo zurück, das er vorsorglich bereits durch eine fränkische Besatzung gesichert hatte. Schirkuh folgte ihm, ließ Kairo jedoch rechts liegen und zog statt dessen nach Alexandria, dessen hauptstadtfeindliche Bewohner ihn stürmisch begrüßten. Doch konnte er sich seines Triumphes nur wenige Tage erfreuen. Noch ehe es ihm gelungen war, Vorräte anzulegen, erschien Amalrich mit dem inzwischen reorganisierten fränkisch-ägyptischen Heer vor der Stadt und schloß die Armee des Kurden ein.
Zu einer militärischen Entscheidung reichte es auch diesmal nicht. Die Ende Juni beginnenden Verhandlungen zwischen Amalrich und Schirkuh endeten jedoch mit einem deutlichen Punktsieg des Königs von Jerusalem. Die beiden Widersacher einigten sich zwar erneut auf einen beiderseitigen Rückzug, doch blieb sowohl in Alexandria als auch in Kairo ein fränkisches Wachkommando zurück; außerdem wurde Schawar zu einer jährlichen Tributzahlung von 100000 Denaren verpflichtet.
Das Ergebnis des Sommerfeldzuges 1167 war also denkbar positiv – Ägypten war, so Hans Eberhard Mayer, eine Art fränkischen Protektorates geworden. Amalrich konnte zufrieden sein.

Sein Selbstbewußtsein dürfte sich noch mehr gefestigt haben, als er nach seiner Rückkehr auch die Braut vorfand, auf die er zwei Jahre gewartet hatte.
Des Kaisers Großnichte Maria Komnena, von den Chronisten ebenfalls als außerordentlich reizvoll und elegant beschrieben, war soeben, geleitet vom Erzbischof von Cäsarea und Amalrichs Mundschenk Odo, in Tyros an Land gegangen, von Manuel dazu ausersehen, mit dem König von Jerusalem fortan Freud und Leid zu teilen. Die Hochzeit fand, selbstverständlich »unter großem Gepränge«, am 29. August in der Kathedrale von Tyros statt, war aber kaum beendet, als Amalrich sich mit Manuels Gegenrechnung konfrontiert sah. Die Gesandten des Basileus, seine Vettern Georg Paläologos und Manuel Komnenos, übermittelten ihm zwei Wünsche – der eine bezog sich auf die Auslieferung des Andronikos Komnenos, der andere auf die gemeinsame Eroberung Ägyptens.
Dieser Andronikos Komnenos war damals, neben Manuel, die glänzendste Erscheinung der herrschenden Komnenen-Sippe: schön, geistreich, liebenswert und gebildet, von anscheinend unverwüstlicher Jugend; ein Hochprodukt byzantinischer Kultur, ein *arbiter elegantiarum* wie kein Zweiter. Andronikos besaß nämlich, nach Niketas Choniates, »in verschwenderischer Fülle, was einen Mann bewundernswert macht: er war hoch und schlank wie eine Tanne und ängstlich darauf bedacht, sich ausgesucht zu kleiden«.
Andererseits war er unstet und haltlos und seinem Lieblingssport, der Pirsch auf schöne Frauen, derart ergeben, daß er in jeder öffentlichen Funktion versagte. Zu den hochgestellten Damen, die er bereits zur Strecke gebracht hatte, zählte zum Beispiel des Kaisers schöne Nichte Eudokia, der auch Manuel selbst zeitweise mehr als ein Auge gegönnt hatte. Andronikos hatte aber auch sonst keine Gelegenheit ausgelassen, den Zorn seines Vetters zu erregen. Er hatte jahrelang in Halitsch in der Ukraine gelebt und von dort Raubzüge auf griechisches Territorium unternommen, ja, er hatte sich nicht einmal gescheut, mit den Ungarn zu konspirieren, um selbst Kaiser von Byzanz zu werden.
Von Manuel mehrfach eingesperrt, war es dem genialen Gauner ebensooft gelungen, aus der Haft zu entkommen oder den Kaiser, etwa durch den Bau neuartiger Belagerungsmaschinen, wieder zu versöhnen.
Im Jahre 1166 betraute ihn Manuel, wie schon einmal, mit der Statthalterschaft von Kilikien, vermutlich in der Hoffnung, daß der Charme seines nunmehr sechsundvierzigjährigen Vetters gegen die Renitenz der aufsässigen Armenier mehr ausrichten werde als die kaiserlichen Heere.
Die Regierungsgeschäfte im rauhen Kilikien langweilten den immer noch abenteuerhungrigen Hof- und Lebemann aber derart, daß er sich schon

bald zu einem Trip nach Antiochia entschloß, wo Bohemunds Schwester Philippa, die Herrin von Toron, zu einer vielbegehrten Schönheit herangewachsen war. Auch dieses edle Wild ging dem professionellen Verführer, dem im Bedarfsfall auch herzbetörende, romantische Verse glatt von der Zunge gingen, gleichsam über Nacht in seine feingeknüpften halbseidenen Netze. Manuel enthob ihn daraufhin seines kilikischen Postens und beorderte ihn barsch nach Konstantinopel zurück.

Andronikos entwich jedoch, unter Mitnahme zahlreicher Staatsgelder, nach Süden und trat in König Amalrichs Dienste, der ihm, von der Grandezza des fürstlichen Halunken bezaubert, das gerade verwaiste Beirut als Lehen übertrug.

Doch von Beirut bis Akkon waren es nur hundert Kilometer, und in Akkon residierte die Königinwitwe Theodora, zweiundzwanzig Lenze alt und des Andronikos leibhaftige Base, die sich noch nicht damit abgefunden hatte, vom Schicksal zu lebenslanger Langeweile verurteilt zu sein. Auch sie ließ sich von dem geübten Fallensteller willig umgarnen, so willig, daß sie ihm nach Beirut folgte und dort, gleichsam in aller Öffentlichkeit, als seine heimliche Geliebte lebte, ohne Scham, wie es heißt, das Verbot der Verwandtenliebe und die Gesetze des höfischen Anstands schnöde mißachtend.

Dieser neue Skandal erzürnte den um die Reputation seiner Familie besorgten Kaiser derart, daß er von Amalrich die sofortige Ausweisung des schuldigen Herzensbrechers verlangte. Das blutschänderische Paar bekam jedoch Wind von Manuels Forderung und entfloh in eine Richtung, die zu sperren niemand eingefallen war: geradewegs nach Damaskus, an den Hof des alten Nur ed-Din, der das ungleiche, aber offenbar hochverliebte Duo gastlich aufnahm – wahrscheinlich erfreut darüber, daß ihm die Gunst Allahs und seines Propheten den Vetter des Kaisers von Byzanz und die Witwe des Königs von Jerusalem so wohlfeil überantwortet hatte.

Saladins Machtübernahme in Ägypten

Auch Amalrich konnte aufatmen: Manuels Auslieferungsbegehren hatte sich damit von selbst erledigt.

So schnell und freundlich das Schicksal in diesem Fall Hilfestellung geleistet hatte, so langsam kamen die Verhandlungen voran, die er mit den Byzantinern über eine neue Allianz gegen Ägypten führte; denn Manuel forderte mehr, als Amalrich zu geben bereit war. Nachdem der König vergeblich mit mehreren griechischen Delegationen Gespräche geführt hatte, entschloß er sich, einen Sondergesandten zum Basileus zu schikken: den Erzdiakon Wilhelm von Tyros, der ihm schon mehrfach gute und uneigennützige Dienste geleistet hatte.

Aber auch Wilhelm blieb, aus mancherlei Gründen, länger fort als erwartet. Als er im Herbst 1168 zurückkehrte, hatte Amalrich unter dem Druck seiner von den Hospitalitern unterstützten Grafen und Barone, die sich für stark genug hielten, das geplante ägyptische Abenteuer allein zu bestehen, die Geduld verloren und war zu einem neuen Feldzug gegen Kairo aufgebrochen. Zu früh, zu leichtfertig, zu überstürzt, wie sich bald herausstellte.

Der Feldzug, dessen Daten sowohl die lateinischen als auch die arabischen Chronisten genau überliefert haben, lief vielversprechend an. Am 20. Oktober 1168 verließ das fränkische Heer Askalon, am 1. November erreichte es Bilbeis, am 4. November stürmte es die starke, jedoch nur von einer kleinen Besatzung verteidigte Festung. Leider gab es sich auch hier einem derartigen Gemetzel hin, daß nichts als blanker Haß zurückblieb, selbst bei den koptischen Christen, die bereit gewesen waren, die katholischen Glaubensgenossen des Heiligen Landes als Befreier zu begrüßen.

Auch militärisch erwies sich das Massaker von Bilbeis als verfehlt. Es nahm nämlich mehrere Tage in Anspruch und verschaffte Kairo damit die Zeit, sich auf Verteidigung einzurichten. Als Amalrich mit seiner durch frisch angekommene Pilger verstärkten Ritterarmee die südliche Vorstadt Fostat erreichte, war es für einen Handstreich auf die Metropole schon zu spät.

Außerdem brannte Fostat. Der Wesir Schawar, voll gerechtem Zorn über den Treubruch Amalrichs, hatte das Suburbium mit Hilfe von zehntausend Pechfackeln und zwanzigtausend Töpfen Naphtha an allen vier Ecken anstecken lassen und ließ dem König höflich, aber unmißverständlich ausrichten, daß auch Kairo mit all seinem Reichtum in Flammen aufgehen werde, wenn sich das fränkische Heer zu einem Sturm entschließen sollte. Amalrich verlegte sich daraufhin erneut aufs Verhandeln und versuchte nach mehrfach erprobter Art seinen Rückzug vergolden zu lassen, diesmal durch nicht weniger als zwei Millionen Denare. Schawar war jedoch nicht bereit, mehr als hunderttausend Denare lockerzumachen.

Die Verhandlungen, die angesichts dieser horrenden Differenz außerordentlich zäh verliefen, waren noch nicht beendet, als im Lager der Christen die alarmierende Nachricht eintraf, daß der alte Schirkuh, von Schawars Sohn Kamil verständigt, im Anmarsch sei. Nun überstürzten sich die Ereignisse:

am 2. Januar 1169 gab Amalrich, der fürchten mußte zwischen zwei Mühlsteinen zerrieben zu werden, den Befehl zu sofortigem Rückzug;

am 8. Januar erreichte Schirkuhs schnelle Reiterarmee Kairo, und Schawar öffnete ihr bereitwillig die Tore;

am 18. Januar ereilte den allzu elastischen Wesir dennoch sein Schicksal – während eines gemeinsamen Ausritts zur Grabstätte eines muslimischen Heiligen wurde er von Schirkuhs Neffen Saladin verhaftet und einige Stunden später geköpft;

am 19. Januar überantwortete Schirkuh den verschwenderisch ausgestatteten Palast des soeben exekutierten Wesirs dem Volkszorn und ließ sich selbst von dem ohnmächtigen Kalifen zu dessen Nachfolger ernennen;

am 23. März, nur zwei Monate später, erlag Schirkuh seiner ungebremsten Freßgier und machte damit den Platz des mächtigsten Mannes Ägyptens für seinen Neffen Saladin frei.

Damit war genau das eingetreten, was Amalrich mit all seinen Ränken, Schlichen, Vertragsbrüchen, Überfällen und Feldzügen hatte verhindern wollen: Ägypten war in den Machtbereich Nur ed-Dins übergegangen und bildete nun mit Syrien und Mesopotamien eine tödliche Klammer um die christlichen Kreuzfahrerstaaten. Sein natürlicher Reichtum – das Land verfügte über eine hochentwickelte Landwirtschaft, eine leistungsfähige Textilindustrie, einen florierenden Handel und eine hervorragend funktionierende Bürokratie – floß nun nicht mehr in die Schlünde einer unersättlichen Dynastie und einer habgierigen Hofkamarilla, sondern konnte dem Kampf gegen die abendländischen Ritter Christi nutzbar gemacht werden.

Die Belagerung von Damiette

Schon Saladins erste Schritte zeigten, daß er entschlossen war, sich auf diesen Kampf vorzubereiten. Noch im Sommer 1169 errichtete er eine mächtige Zitadelle in Kairo. Gleichzeitig begann er mit dem Aufbau einer eigenen Militärorganisation. Seine innerpolitischen Gegner ließ er kühlen Herzens, wenn auch geräuschlos, über die Klinge springen. So war er innerhalb eines halben Jahres der unumschränkte, mit fast absoluter Macht ausgestattete Herr Ägyptens und seiner unermeßlichen Hilfsquellen.

Um so größer war die Ernüchterung bei den Grafen und Baronen des Heiligen Landes, als sie feststellen mußten, daß sich das alte Pharaonenland über Nacht aus einem jederzeit erpreßbaren, willfährigen Satelliten in einen ernst zu nehmenden Gegner verwandelt hatte.

Zu Amalrichs Qualitäten gehörte jedoch, daß er sich kritischen Situationen unbeirrt und unverzüglich stellte. Nach der unerläßlichen gemeinsamen Gewissenserforschung, die auch in diesem Fall außer gegenseitigen Beschuldigungen nichts einbrachte, sandte er den Erzbischof Friedrich von Tyros, den Suffraganbischof Johannes von Banyas und Guibert, den Präzeptor der Hospitaliter, auf eine *Goodwill-Tour* nach Europa, mit dem klar umrissenen Auftrag, die notwendige Hilfe zu mobilisieren. Gleich-

zeitig traf er zusammen mit Byzanz die Vorbereitungen für einen neuen Ägypten-Feldzug.
Dieser begann am 16. Oktober 1169, fast auf den Tag genau wie das verhängnisvolle Vorjahrsunternehmen. Und wieder weckte der Anfang große Hoffnungen. Mit Hilfe der byzantinischen Flotte gelangte die fränkische Armee – indes Saladin den üblichen Angriff auf Bilbeis erwartete – innerhalb weniger Tage bis vor die Tore von Damiette, der schwer befestigten Hafenstadt im Nildelta. Als die überraschte Festung die ersten gefährlichen Tage überstanden hatte, zeigte sich jedoch, daß die christliche Streitmacht auf eine längere Belagerung nicht eingerichtet war.
Während Damiette über den Strom ausreichend versorgt wurde, ging den Byzantinern, die offenbar mit einem schnellen Erfolg gerechnet hatten, der Proviant aus. Sie verlangten deshalb einen sofortigen Sturm auf Damiette. Der König von Jerusalem, dem ein solches Unternehmen zu risikoreich erschien, lehnte ab. Unergiebige Streitereien zwischen Griechen und Lateinern begannen die Atmosphäre zu vergiften. Die gemeinsame Kriegführung erstickte in endlosen gegenseitigen Beschuldigungen. So gab Amalrich, dem es ohnehin gegen die Natur ging, allzuviel auf eine Karte zu setzen, am 13. Dezember den Befehl zum Abzug.
Es ist möglich, daß er, wie schon häufig, zu guter Letzt noch eine kleine Abfindung heraushandelte, trotzdem hatte auch dieser fünfte Ägypten-Feldzug sein Ziel nicht erreicht. Nach Jerusalem kehrte ein mürrisches, von Zweifeln geplagtes Heer zurück, nach Konstantinopel eine erfolglose Flotte, die auf der Heimfahrt überdies von widrigen Winterstürmen arg zerrupft wurde. Der Kurde Saladin aber »war jetzt unbestrittener Herr Ägyptens«.

Das Ende von Nur ed-Din und Amalrich

Zu weiteren Ägypten-Aktionen haben die Kräfte des Königreiches Jerusalem dann nicht mehr gereicht. Ja, die fränkische Armee hatte Mühe, sich der begrenzten Angriffe zu erwehren, mit denen Saladin seine neu aufgestellte Armee nun methodisch zu trainieren begann. Um die Wende zum Jahre 1171 gelang ihm, nachdem eine neue Erdbebenserie im Sommer 1170 militärische Tätigkeit fast unmöglich gemacht hatte, ein Anschlag auf Gaza; zur selben Zeit eroberte er die Kreuzfahrerburg Aila am Golf von Akaba.
Amalrich versuchte diesen Initiativen durch eine Regenerierung des byzantinischen Bündnisses zu begegnen. Im April 1171 absolvierte er den fast schon zur Pflicht gewordenen Staatsbesuch in Konstantinopel, der mit einer aufwendigen Folge von Gastmählern, Gottesdiensten, Vorführungen im Zirkus, Lustfahrten auf dem Bosporus und glanzvollen Emp-

fängen im kaiserlichen Palast noch einmal die Illusion einer heilen und unbedrohten Welt erzeugte. Das Verhandlungsergebnis war jedoch, im Gegensatz zum protokollarischen Aufwand, mehr als bescheiden.
Amalrich wurde offenbar gezwungen, Manuels Lehnshoheit auch für das Königreich Jerusalem ausdrücklich anzuerkennen, und erhielt dafür die Zusage, daß sich die griechische Flotte an einem neuen Ägypten-Feldzug angemessen beteiligten werde: schöne Worte, große Pläne – als hätte es nie ein Bilbeis oder Damiette gegeben.
Um so erfolgreicher war Saladin bemüht, seine Positionen in Ägypten zu festigen. Er stieß über den Oberlauf des Nils hinaus bis zum Yemen vor und sicherte damit seine »Herrschaft über das Rote Meer und die traditionellen Verbindungslinien nach Ostasien«. Und im August 1171 ließ er erstmalig, wiederum so geräuschlos wie möglich, im traditionellen Freitagsgebet für den Kalifen von Bagdad beten und beseitigte damit das mehrhundertjährige Schisma zwischen Abassiden und Schiiten. Den letzten Fatimiden-Kalifen, einen unbedeutenden jungen Herrn von neunzehn Jahren, der planmäßig plötzlich starb, geleitete er einige Tage später zur letzten Ruhe. Dessen zahlreicher Verwandtschaft erlaubte er großmütig, die reiche Fatimiden-Tradition, die dem Land im 11./12. Jahrhundert eine berückende Spätblüte verschafft hatte, in sattem, müdem, genießerischem Wohlstand, isoliert von der Öffentlichkeit, zu Ende zu leben.
Der alte Nur ed-Din quittierte den meteorischen Aufstieg des jungen Kurden mit dem Mißtrauen eines immer noch hellwachen, instinktsicheren, machtbesessenen alten Mannes. Saladin war zwar klug genug, auf Nur ed-Dins Ressentiments Rücksicht zu nehmen, konnte aber nicht verhindern, daß sich das Verhältnis zu Damaskus zusehends verschlechterte. Das Königreich Jerusalem profitierte von diesem latenten Spannungszustand, der Saladins Aktivität sichtlich hemmte. Amalrich war deshalb auch nach Kräften bereit, ständig ein wenig Öl ins ägyptisch-syrische Feuer zu gießen.
Als es ihm 1173 gelang, sich mit den in den Nosairi-Bergen hausenden Assassinen zu verständigen, als einige Monate später, im Frühjahr 1174, der alte Nur ed-Din starb und automatisch die erwarteten Erbstreitigkeiten einsetzten, vermochte er tatsächlich noch einmal die Rolle des lachenden Dritten zu spielen. Weniger sentimental als sein großer Feind, der sich zwölf Jahre vorher geweigert hatte, die Trauer der Lateiner um den jung verstorbenen Balduin zu stören, schlug er sofort gegen Damaskus los. Mit einem letzten Erfolg sogar; denn er erwirkte die Freilassung aller fränkischen Gefangenen in Syrien, die Zusage eines künftigen Bündnisses gegen Ägypten und die Zahlung einer erheblichen Geldsumme.
Auf dem Rückweg, zwischen Tiberias und Nablus, erkrankte er schwer an Ruhr. Ein fränkischer Arzt aus Jerusalem kurierte ihn schnell und

gründlich zu Tode. Am 11. Juli 1174 starb auch König Amalrich, 38 Jahre alt, nur zwei Monate nach Nur ed-Din, 19 Jahre vor Saladin, dessen mächtige Persönlichkeit die beiden nächsten Jahrzehnte überstrahlte.

Eine Heiratsofferte, die nicht angenommen wurde

Auch König Amalrich kann jedoch mit seinem Nachruhm zufrieden sein; die Nachwelt hat ihm mehr Kränze gewunden als die Zeitgenossen. Amalrich war nach Steven Runciman »der letzte König des christlichen Jerusalem, der seines Thrones würdig war«. Hans Eberhard Mayer hat ihm testiert, daß er »ein Kämpfer von unerschöpflicher Energie« war, der auch »im Innern... mit starker Hand regierte«. Adolf Waas lobt seinen »weiten Blick und die Fähigkeit, sich veränderten Situationen anzupassen«. Zoë Oldenbourg quittiert ihm »politisches Geschick und das Temperament eines Eroberers«, der jedoch die Grenzen seiner Kraft richtig einzuschätzen wußte. René Grousset schließlich nennt ihn einen »kühnen Politiker«, der immer »neue Wege zu finden wußte«, und gelangt in seiner Bilanz der Amalrichschen Regierungsjahre zu dem Ergebnis, »daß nie ein Tod schwerere Folgen für das Schicksal eines Staates gehabt habe«.
In der historischen Rückschau zeichnen sich freilich auch Amalrichs Mängel und Fehler deutlich ab. Mehrfach vergab er militärische Chancen für zweifelhafte Tributzahlungen. Im Jahr 1168 schlug er zu früh gegen Ägypten los, 1169 vor Damiette zauderte er so lange, bis er gezwungen war, die so hoffnungsvoll begonnene Belagerung wieder abzubrechen. Aber seine Geldgier war begründet, das Königreich Jerusalem lebte auch im sechsten Jahrzehnt seines Bestehens noch immer von der Hand in den Mund. Und des Königs militärische Fehlentscheidungen wurden durchweg von den fränkischen Grafen, Baronen und Ordensrittern erzwungen, die sich nach wie vor beharrlich weigerten, über den nächsten Tag hinauszudenken.
Amalrich hat versucht, dieser wachsenden Macht des Adels entgegenzuwirken. So erließ er 1162 ein Gesetz, das die Lehnsleute seiner Kronvasallen ermächtigte, bei Streitigkeiten mit ihren Herren den König anzurufen und ihre Beschwerde vor dem Hochgericht vorzubringen. Amalrich versuchte auch, dreißigtausend armenische Bauern ins Heilige Land zu holen, um auch auf diese Weise eine Gegenkraft zu seinen selbstbewußten lateinischen Herren zu schaffen. Und als der Tempelritter Walter von Mesnil 1169 in der Nähe von Tripolis eine von Jerusalem heimreitende Delegation der Assassinen überfiel und damit des Königs Politik empfindlich störte, zögerte er keinen Augenblick, den Schuldigen aus der Templerburg in Sidon eigenhändig herauszuholen und einzusperren.

So verteidigte er die Rechte des Königs mit Härte und Konsequenz. Wie er durch seine Außenpolitik dazu beitrug, das von Kaiser Manuel geschaffene Gleichgewicht der Kräfte zu wahren, so verteidigte er die bestehende Ordnung in seinem Königreich und sorgte dafür, daß Gesetze und Bräuche respektiert wurden. Allerdings stand ihm in dem späteren Erzbischof Wilhelm von Tyros ein kluger Ratgeber zur Seite: ein gescheiter, gebildeter, aufs Gemeinwohl bedachter Mann, der als Leiter der königlichen Kanzlei wie kein Zweiter Einblick in Amalrichs politische Geschäfte hatte und als Erzieher seines Sohnes Balduin auch mit den Nöten und Sorgen der königlichen Familie vertraut war.

Amalrich hatte, wie die meisten seiner Vorgänger, auch in dieser Hinsicht sein Kreuz zu tragen. Die weitverzweigte, überaus anspruchsvolle und zu Extravaganzen aufgelegte Sippe dürfte ihm genauso viele schlaflose Nächte bereitet haben wie der fränkische Adel. Und da er ein Mann mit ausgeprägtem Wirklichkeitssinn war, wird er gewußt haben, daß er allen Grund hatte, auch als Familienoberhaupt düster in die Zukunft zu blikken.

Ende 1170 übermittelte er seinem Sondergesandten Friedrich von Tyros, der noch immer vergebens versuchte, die europäischen Höfe für das Schicksal des Königreiches Jerusalem zu interessieren, den Auftrag, einen französischen Ehegatten für seine Tochter Sybille zu besorgen. Er nannte auch gleich den gewünschten Kandidaten: den Grafen Stephan von der Champagne, den Enkel des Grafen Stephan von Blois, der zu den Kreuzfahrern der ersten Stunde gehört hatte und 1102 in der zweiten Schlacht von Ramleh höchst widerwillig in das den frommen Jerusalem-Pilgern zugesicherte ewige Leben eingegangen war. Stephan der Enkel war bereits ein gestandener Vierziger, Witwer dazu, für eine junge, flatterhafte Prinzessin also nicht ganz die passende Ergänzung, doch galt er als reich, tapfer und tüchtig, erfahren in allen weltlichen Händeln, und entsprach insofern ganz den Wünschen Amalrichs.

Stephan ging auf die diskrete Heiratsofferte auch willig ein. Im Sommer 1171 traf er mit einem eindrucksvollen Gefolge von Rittern in Jerusalem ein. Nachdem er das obligate Gebet am Heiligen Grab verrichtet und, was wichtiger war, sich im Lande ein wenig umgesehen und umgehört hatte, sagte er die anberaumten Eheverhandlungen jedoch abrupt ab und segelte ohne weitere Erklärung wieder heimwärts.

Die Abreise Stephans muß Amalrich hart getroffen haben; denn der König wußte um diese Zeit bereits, daß sein Sohn Balduin, der vierte dieses Namens, von einer unheilbaren Krankheit befallen war, früh sterben würde und daher entweder gar nicht oder nur kurze Zeit in der Lage sein werde, die Bürde der Regierung zu übernehmen.

Balduin hatte Lepra. Er war aussätzig. Und niemand war da, der an seiner Stelle den Thron des Königs übernehmen konnte.

Siebzehntes Kapitel

Das Cannae der Kreuzritter

Saladins Sieg an den Hörnern von Hattin – das Ende des Königreiches Jerusalem

Ein kranker Junge und der Graf von Tripolis

Der kleine Balduin, so ist es bei seinem Erzieher Wilhelm von Tyros zu lesen, spielte oft mit den gleichaltrigen Söhnen der Herren des fränkischen Adels, und wie es Kinder gern tun, kniffen und stießen sie einander in die Arme. »Alle fingen an zu schreien, wenn sie den Schmerz fühlten. Der junge Balduin allein verhielt sich ruhig, als ob er keinen Schmerz empfände.« Wilhelm sah darin zunächst ein Zeichen »von Geduld und Ausdauer«. Eines Tages jedoch, als er ihn zu sich rief, entdeckte er, »daß sein rechter Arm und die rechte Hand tatsächlich unempfindlich waren... Das war das erste Anzeichen einer schweren und unheilbaren Krankheit, von der ich nicht mit trockenen Augen berichten kann. Als er das Jünglingsalter erreicht hatte, war zu erkennen, daß der junge Mensch von Aussatz befallen war.«

Das war gleichbedeutend mit einem Todesurteil. Es gab kein Mittel gegen diese Krankheit, die im Frühstadium zu Empfindungsstörungen, später zu einem Abfaulen der Glieder und schließlich zu einer Art Verwesung bei lebendigem Leibe führte. Normalerweise wurden die von der Lepra Befallenen aus der menschlichen Gesellschaft abgesondert und gezwungen, ihre meist Jahre währende schreckliche Agonie in Heimen oder abgelegenen Aussätzigensiedlungen zu verbringen; bestenfalls fanden sie in den Klöstern des heiligen Lazarus (die später den Namen *Lazarette* erhielten) jammervolle Aufnahme.

Als der junge Balduin am 15. Juli 1174 die Nachfolge seines Vaters antrat und König von Jerusalem wurde, war er dreizehn Jahre alt: ein hübscher, lebhafter und kluger Junge, gut im Lateinischen, hervorragend in Geschichte und überaus geschickt in körperlichen, sozusagen vormilitärischen Übungen; tapfer, temperamentvoll und wohlerzogen dazu, wie es sich für einen Sproß des Hauses Anjou gehörte. Seine Schwester Sibylle, deren Hand und künftige Stellung der Graf Stephan von der Champagne so schnöde verschmäht hatte, zählte zwölf, seine Halbschwester Isabella zwei Jahre. Balduins Stiefmutter Maria Komnena war vierundzwanzig Jahre alt.

Trotzdem sahen die fränkischen Barone zunächst davon ab, einen Regenten zu wählen. Seine Aufgaben versah fürs erste der Seneschall Miles von

Plancy, der große Güter in Transjordanien besaß und zu Amalrichs vertrauten Ratgebern gehört hatte. Bald bildete sich jedoch eine Fronde, deren Haupt der dritte Graf Raimund von Tripolis war, der als Vetter Amalrichs und Großonkel des vierten Balduin der nächste Verwandte der Königsfamilie war. Unterstützt von den alteingesessenen Familien, insbesondere den Herren von Toron und Ibelin, verlangte Raimund, offiziell mit der Regentschaft betraut zu werden.

Der Graf von Tripolis war – wie man sich erinnert – 1164 bei Artah in muselmanische Gefangenschaft geraten. Acht Jahre später hatte ihn Amalrich für den fürstlichen Preis von achtzigtausend Denaren, von denen er allerdings dreißigtausend schuldig blieb, wieder freigekauft. Unmittelbar nach seiner Rückkehr war Raimund durch eine Ehe mit der zweitreichsten Partie des Königreiches, Eschiva von Bures, auch Fürst von Galiläa geworden und somit den Interessen und Sorgen Jerusalems unmittelbar verbunden. So fiel es ihm leicht, seine Ansprüche auf die Regentschaft schon im Spätherbst 1174 durchzusetzen. Miles von Plancy, der sich dem Plan Raimunds widersetzt hatte, wurde einige Wochen später ermordet in den Straßen von Akkon aufgefunden. Seine Witwe, die Erbin Transjordaniens, war fest davon überzeugt, das Raimund bei diesem Anschlag seine Hand im Spiel gehabt hatte.

Der dritte Raimund von Tripolis, ein Sohn der Prinzessin Hodierna von Jerusalem, der dritten Tochter des zweiten Balduin, war zu dieser Zeit vierunddreißig Jahre alt. Die Zeitgenossen schildern ihn als hochgewachsen, hager, dunkelhaarig und dunkelhäutig wie ein Türke. Sein besonderes Kennzeichen war eine große Geierschnabelnase. Man sprach von ihm als einem gebildeten und belesenen Mann, der die arabische Sprache perfekt beherrschte und die Zeit seiner Gefangenschaft dazu benutzt hatte, sich in die Grundtatsachen muselmanischer Moral und Mentalität einzufühlen. Am Hof von Jerusalem galt er als engherzig und unbequem, als düsterer Mahner und Besserwisser, dessen Ratschläge um so weniger behagten, als sie auf einer genauen Kenntnis des Landes und der ihm drohenden Gefahren beruhten.

Erschwerend für Raimund war, daß er mit den mächtigen Templern verfeindet war. Urheber dieser Feindschaft war der flämische Ritter Gerhard von Ridfort, der 1173 nach Tripolis gekommen und in Raimunds Dienste getreten war. Dieser hatte ihm die Hand einer reichen Erbin in Aussicht gestellt, seine Zusage aber nicht gehalten. Denn als nach einiger Zeit eine den Ansprüchen genügende Dame zur Verfügung stand, war sie dem Pisaner Plivano zugeschanzt worden, der sich für diese Ehevermittlung dadurch erkenntlich zeigte, daß er das Gewicht der jungen Braut in Gold aufwog. Gerhard hatte Raimund diesen Wortbruch nicht verziehen. Er war Templer geworden, hatte rasch Karriere gemacht und gefiel sich nun darin, sich öffentlich seiner Feindschaft zu rühmen.

Saladin, Sultan von Ägypten und Syrien (1137–1193).
(Porträt nach einer zeitgenössischen Miniatur; Archiv für Kunst und Geschichte, Berlin)

Die Regentschaft des ebenso stolzen wie klugen und maßvollen Raimund ließ sich trotz dieses Widerstandes gut an. Vom eingesessenen Altadel der Kreuzfahrerstaaten unterstützt, vermochte er den Hof in Schranken zu halten, den jungen kranken König in seinem Sinn zu leiten und eine auf Erhaltung bedachte, Abenteuern nicht geneigte Politik durchzusetzen. Schon seine erste Entscheidung bewies, daß er einen gesunden Blick für die wenigen noch vorhandenen Möglichkeiten des Königreiches Jerusalem besaß.
Im Winter 1174/75 zwang er Saladin durch einen Angriff auf Homs, die Belagerung Aleppos und damit die Eroberung des letzten Emirates aus dem Erbe Nur ed-Dins, das sich nach der Besetzung von Damaskus noch in den Händen der Zengiden befand, abzubrechen. Als gleichzeitig der vierzehnjährige König – zu dieser Zeit noch in der Lage, einen Kriegszug mitzumachen – mit einer kleinen, schlagkräftigen Ritterarmee vor Damaskus auftauchte, sah sich Saladin derart bedrängt, daß er vorzog, Frieden zu schließen.
Gümüschtekin, der entlassene Statthalter von Aleppo, lohnte das Eingreifen der Franken dadurch, daß er alle christlichen Franken freigab, unter ihnen den dritten Joscelin von Courtenay, der sich noch immer Graf von Edessa nannte, und jenen räuberischen Rainald von Châtillon, der 1153 die Fürstin Konstanze von Antiochia geheiratet und sich drei Jahre später auf Zypern als rüder, weder politischen noch moralischen Erwägungen zugänglicher Mordbube erwiesen hatte.
Noch einmal zwangen die Franken den mächtigen Saladin, der sich inzwischen selbstherrlich zum König von Ägypten und Syrien ernannt hatte, zu einem Zweifrontenkrieg. Als er im Sommer 1176 erneut Aleppo belagerte, brachen sie mit zwei Heeren in das milch- und honigreiche Bega'a-Tal ein, machten die Gegend um Damaskus unsicher und zwangen Saladin einmal mehr zum Abbruch der Aleppo-Unternehmungen. Der fünfzehnjährige lepröse König nahm auch an diesem von Raimund von Tripolis und Humfried von Toron geführten Feldzug teil.
Ein Jahr später erfocht der kranke König sogar einen Sieg über Saladin, der dessen Lebenswerk bis in die Fundamente erzittern ließ: einen Sieg, wie es ihn seit den Tagen des ersten Balduin nicht mehr gegeben hatte.
Im September 1177 landete der Graf Philipp von Flandern mit einem Gefolge schwerbewaffneter, kampflüsterner Ritter im Heiligen Land, um dem bedrängten Königreich zu helfen. Da zu gleicher Zeit eine griechische Hilfsflotte in Akkon vor Anker ging, entwarfen die Herren in Jerusalem einen neuen Plan zur Eroberung Ägyptens. Der flandrische Graf – »dieser hitzige, wenn auch bisher verhinderte Sarazenentöter« – war jedoch weder durch gute noch durch böse Worte dazu zu bewegen, an einem Feld-

zug gegen Kairo teilzunehmen. »Er fürchtete«, wie Wilhelm von Tyros ein wenig sarkastisch registrierte, »eine Sünde zu begehen, wenn er seine Leute in Länder führte, wo sie verhungern könnten.« Mit anderen Worten: er war zu Abenteuern nur um den Preis geregelter und gesicherter Verpflegung bereit. Da selbst leidenschaftliche Vorhaltungen des Königs den um seine täglichen Fleischportionen besorgten Grafen Philipp nicht umzustimmen vermochten, lichteten die Byzantiner die Anker und segelten heimwärts.

Philipp setzte statt dessen, von den Templern unterstützt, einen Einfall in die fruchtbaren Gefilde Nordsyriens durch, und der kranke, überdies von einem Malariafieber schwer heimgesuchte König war schwach genug, ihm den größten Teil der bewaffneten Macht Jerusalems für dieses Unternehmen zur Verfügung zu stellen.

Saladin, dessen Nachrichtendienst, wie immer, ausgezeichnet funktioniert hatte, beantwortete den törichten Raubzug mit einem Angriff auf Askalon. Bevor er die Festung erreichte, war ihm der junge König, trotz anhaltendem hohem Fieber, jedoch entgegengezogen und hatte mit etwa vierhundert Rittern, dem Rest des Jerusalemer Aufgebotes, auf den Mauern von Askalon Posten bezogen. Der Kurde erkannte blitzschnell seine Chance. Er schloß die Festung ein, marschierte mit der Masse seines Heeres, angeblich zwanzigtausend Mann, jedoch weiter, auf die von allen Verteidigern entblößte Heilige Stadt zu.

Sorgloser, als es seine Art war, ließ er im Gefühl des nahen Sieges die Zügel schleifen. Die Disziplin lockerte sich. Seine Truppen begannen zu brandschatzen und zu plündern und, ganz nach fränkischer Manier, aufgelöst in kleine selbständige Kampfgruppen, das wehrlose Land zu durchstreifen.

Der siebzehnjährige aussätzige König, der von den Zinnen von Askalon aus den nächtlichen Himmel sich röten sah, soll in dieser Stunde der einzige gewesen sein, der den Kopf nicht verlor. Bereit, alles auf eine Karte zu setzen, beschwor er seine Ritter, aus der belagerten Festung auszubrechen, dem in Richtung Jerusalem ziehenden ägyptischen Heer zu folgen und es zusammen mit einer bei Gaza stehenden Kampftruppe der Templer, koste es, was es wolle, anzufallen.

Selbstverständlich meldeten die Barone Bedenken an. Der Plan erschien ihnen zu waghalsig, Produkt eines fiebernden Hirns, die Erfolgschance gleich Null. Am Ende aber mochte sich niemand von dem leprösen Jüngling, der zu dieser Zeit von seiner Krankheit schon sichtbar gezeichnet war, beschämen lassen. Und so lief ein Unternehmen an, wie es seit den Tagen des ersten Balduin kein fränkischer König mehr riskiert hatte – einige Hundertschaften christlicher Ritter griffen eine ganze muselmanische Armee an.

Es ist verständlich, daß sich die zeitgenössischen kirchlichen Chronisten mit dieser letzten großen Waffentat der Kreuzfahrer im Heiligen Land noch einmal begeistert befaßt haben, verständlich auch, daß ihnen bei der Schilderung der Ereignisse zu viel heiße Tinte aus der Feder geflossen ist. Michael der Syrer berichtet zum Beispiel, daß der »sieche König« vor der Schlacht vom Pferd stieg und sich vor dem vom Bischof von Bethlehem getragenen wahren Kreuz, »unter Tränen betend«, auf die Erde warf und daß dieser Anblick »die Herzen der Krieger« derart bewegte, daß sie feierlich schworen, »nicht zu weichen und jeden als Verräter zu betrachten, der die Flucht ergreife«. Aber selbst der nüchterne Wilhelm von Tyros vergleicht den Sieg Balduins bei der Burg Montgisard in der Nähe von Ramleh mit den Heldentaten Rolands bei Roncesval und läßt noch einmal den heiligen Georg in höchsteigener Person in den Kampf eingreifen. Aber auch die arabischen Quellen bestätigten, daß das ungesichert und sorglos durch das Land marschierende ägyptische Heer vom Ansturm der christlichen Ritter vollständig überrascht wurde. Die fränkische Reiterei trampelte und säbelte jeglichen Widerstand nieder. »Geschwind wie Wölfe, kläffend wie Hunde, sengend wie Feuer«, griffen sie Saladins türkische, kurdische, arabische und sudanesische Verbände an, zersprengten sie und hieben sie zusammen.

Der ägyptische Feldherr selbst geriet in höchste Gefahr; nur mit knapp hundert Mamelucken schlug er sich durch die glühende Sinai-Wüste nach Kairo durch, das er am 8. Dezember 1177, dreizehn Tage nach der totalen Zerschlagung seiner Armee, erschöpft und abgerissen erreichte.

Dem Königreich Jerusalem gewährte der Triumph von Montgisard jedoch nur eine Atempause. Innere Feindschaften, der Verfall des Königs und der königlichen Macht und schließlich die fortschreitende Demoralisierung des Hofes waren stärker als die Wirkungen einer gewonnenen Schlacht, die sich in der historischen Rückschau lediglich als retardierendes Moment zu Beginn des letzten Aktes der Tragödie erweist.

Madame La Mère

Es ist verständlich, daß angesichts der unheilbaren Krankheit des Königs der Machtkampf um die Nachfolge bereits zu seinen Lebzeiten entbrannte. Dieser Machtkampf war legitim; denn Jerusalem benötigte eine starke ordnende und befehlende Hand notwendiger denn je. Aber wie er ausgetragen wurde, ließ schon die Zeitgenossen bestürzt erkennen, daß acht Jahrzehnte ständigen Kampfes gegen eine Welt gelassen, aber konsequent agierender Gegner die Kraft, den Willen und das Verantwortungsgefühl der königlichen Familie restlos aufgezehrt hatten und daß auch der Mut und die Erfahrung der fränkischen Grafen und Barone nicht mehr ausreichten, das Schicksal zu wenden.

Im Jahr 1177, dem Jahr seines größten Triumphes, war der kranke Balduin großjährig geworden. Raimund war deshalb gezwungen, die Regentschaft niederzulegen und auf seine Güter zurückzukehren. An seiner Stelle gewann nun Balduins Mutter – die von Amalrich verlassene Agnes von Courtenay, die ein Jahr zuvor nach Jerusalem zurückgekehrt war – einen verhängnisvollen Einfluß auf die Führung der Regierungsgeschäfte und, was noch schlimmer war, auf den Stil und die Sitten des Hofes. Sie dürfte um diese Zeit eine gestandene Fünfzigerin gewesen sein: eine böse, verderbte, lasterhafte Frau, habgierig und verschlagen und noch immer bereit, sich widerstandslos nicht nur dem Lockruf des Goldes, sondern auch den Forderungen ihrer offenbar unerschöpflichen Libido hinzugeben. Nach der Scheidung von Amalrich hatte sie zwei weitere Ehegatten verschlissen: zunächst den Ritter Hugo von Ibelin, den ein gnädiger Tod von diesem unersättlichen Weibsbild erlöste; dann den Grafen Reinhold von Sidon, der sich seinem nervlichen und finanziellen Ruin durch rechtzeitige Annulierung der Ehe entzog.
Der nunmehrige Favorit von *Madame La Mère*, die groß, üppig und auffallend geschminkt und geschmückt auch nach ihrer Rückkehr in die Heilige Stadt die Rolle der Nymphomanin unbeirrt weiterspielte, war der Graf Amalrich von Lusignan, ein französischer Landadliger, der einige Jahre zuvor mittellos im Königreich Jerusalem eingetroffen war und dort dank seiner militärischen Tüchtigkeit und einer einträglichen Ehe mit der Gräfin Eschiva von Ibelin rasch Karriere gemacht hatte. Als Konstabler Herr der kriegerischen Macht Jerusalems, war er nunmehr auch Herr der Privatgemächer der Königinmutter. Und längst war bekannt, daß ihm nicht nur ihr Bett, sondern auch ihr Ohr gehörte. Sein Einfluß zeigte sich mit stupender Deutlichkeit, als es darum ging, die verwitwete Prinzessin Sybille erneut unter die Haube zu bringen.
Die Schwester des Königs war im Oktober 1176 zum erstenmal verheiratet worden. Der kranke Balduin hatte den Mann ausgewählt, der dazu ausersehen war, mit der Hand der Prinzessin dereinst auch das Königreich Jerusalem zu gewinnen. Er nannte sich Wilhelm Langschwert, war der älteste Sohn des Marquis von Montferrat und gehörte als Vetter König Ludwigs von Frankreich und des deutschen Kaisers Friedrich Barbarossa dem europäischen Hochadel an. Der Aufenthalt im Heiligen Land war ihm jedoch nicht bekommen. Schon nach dreimonatiger Ehe warf ihn die Malaria aufs Krankenlager, und im Juni 1177 starb er. Sybille schenkte dem Königreich kurze Zeit später zwar den erhofften Thronfolger, doch war er schwach und kränklich von Anfang an.
So stellte sich dem aussätzigen jungen König erneut die schwere Aufgabe, seiner Schwester einen Gemahl zu beschaffen, der ihn selbst eines Tages ersetzen konnte.

Die Gattensuche in Europa blieb jedoch vergeblich. Weder in Frankreich noch in Italien konnten Balduins Späher und Werber einen jungen Herrn von Rang auftreiben, der bereit war, König oder wenigstens Regent von Jerusalem zu werden.
Die schlanke, zarte, überaus hübsche und heißblütige Sybille, die »fränkische Kreolin«, wie René Grousset sie ein wenig mißbilligend nennt, war es schließlich müde, wie ein billiger Gelegenheitskauf angeboten zu werden, und ergriff selbst die Initiative. Sie knüpfte Beziehungen zum Grafen Balduin von Ibelin an, dessen Bruder Balian soeben die Königinwitwe Maria Komnena geheiratet und damit den Anschluß an den palästinensischen Hochadel hergestellt hatte. Bevor das Verhältnis jedoch öffentlich legitimiert werden konnte, geriet Sybillens Auserwählter in muselmanische Gefangenschaft.
Die erneut um ihr Liebesglück gebrachte Witwe versicherte ihm brieflich zwar ihre Treue und Sympathie; als er im Frühjahr 1180 heimkehrte, freigekauft mit einer hohen Geldsumme, die sich der kranke König von Jerusalem vom Kaiser von Byzanz hatte vorschießen lassen, war ihr leichtfertiges Herz jedoch bereits anderweitig vergeben.
Inzwischen hatten Agnes und Amalrich, die Königinmutter und ihr Galan, die Karten nämlich neu gemischt. Der von Lusignan hatte seinen jüngeren Bruder Guido ins Land gerufen, einen etwas klein geratenen, aber außerordentlich flotten und beweglichen jungen Lebemann, der seine Dummheit und Leichtfertigkeit, einstweilen erfolgreich, hinter guten Manieren verbarg. Die gelangweilte Sybille erlag dem wohlfeilen Charme des Neuzuganges aus Frankreich gleichsam über Nacht und machte schon bald keinen Hehl daraus, daß sie an der Seite dieses Guido von Lusignan nun endlich das Glück zu finden hoffte, das ihr widrige Umstände bis dahin so hartnäckig verweigert hatten.
Dagegen bereitete den palästinensischen Herren die Aussicht, dem törichten Fant und Nichtsnutz von Lusignan eines Tages gehorchen zu müssen, schweres Unbehagen. Ihr Anführer und Sprecher Raimund von Tripolis eilte spornstreichs nach Jerusalem, um die als unzumutbar empfundene Mesalliance in letzter Stunde zu verhindern. Er kam jedoch zu spät. Königinmutter Agnes hatte dem nun ständig ans Bett gefesselten, fast schon erblindeten König, der sich zunächst ebenfalls geweigert hatte, der Heirat zuzustimmen, bereits sein Einverständnis abgerungen. Am ersten Osterfeiertag des Jahres 1180 wurde die verhängnisvolle Verbindung des ebenso lockeren wie unbedarften Paares mit Prunk und frommen Gebeten feierlich begangen.
Die Königinmutter hatte ihre Stellung bei Hofe damit entscheidend gefestigt. Indes der lepröse Balduin die Staatsgeschäfte – mit umwickelten Ar-

men und Beinen, das zerfressene Gesicht verschleiert – nur noch im Bett oder auf der Bahre versah, war sie, gemeinsam mit ihrem Bettgenossen, längst die eigentliche Inhaberin der Macht geworden: einer Macht, die sie nach den vielen Enttäuschungen ihres Lebens darauf verwandte, das Königreich auszubeuten und ihren Wünschen und Trieben gefügig zu machen. Ihr Bruder Joscelin, seit 1176 als Seneschall einer der Großbeamten des Landes, leistete ihr dabei wertvolle Hilfsdienste.

Patriarch und Patriarchin

Einen weiteren Machtzuwachs brachte ihr die Wahl eines neuen Patriarchen. Der alte Patriarch Amalrich von Nesle starb am 6. Oktober 1180, nachdem er fast ein Vierteljahrhundert mit schlichter Würde, wenn auch ohne sonderliches Geschick, den kirchlichen Interessen in Jerusalem gedient hatte. Als präsumtiver Nachfolger galt seit langem der vormalige Erzieher des kranken Königs, der 1175 zum Erzbischof ernannte Wilhelm von Tyros, der, wie berichtet, seine Integrität, Bildung und politische Begabung bereits mehrfach auch in diplomatischen Missionen bewiesen hatte: in jeglicher Beziehung der beste Mann, den das Heilige Land zu dieser Zeit für die Aufgabe eines kirchlichen Repräsentanten in Jerusalem aufbieten konnte. Aber die Königinmutter und die ihr ergebene Hofkamarilla setzten einen anderen Kandidaten durch: den Erzbischof Heraklios von Cäsarea, der im Gegensatz zu seinem Konkurrenten nur die Elementarregeln des Lesens und Schreibens beherrschte, jedoch ein schöner Mann mit einer volltönenden sonoren Stimme war, ein Apoll im kirchlichen Ornat, und somit die Sympathien der leicht entflammbaren Agnes von Courtenay gewonnen hatte.
Mit der Wahl des Heraklios wurde eine weitere Schlüsselstellung im Königreich Jerusalem einem übel beleumundeten Subjekt anvertraut. Der neue Patriarch war wie seine Protektorin von einer unstillbaren Habgier und einem ebenso starken Drang zu den Wonnen der Liebe besessen. Er führte ein »skandalöses Privatleben«, dessen Primadonna die Gattin eines italienischen Tuchhändlers aus Nablus war. Die Dame, Paschia de Riveri genannt, lebte ungeniert unter seinem Dache und pflegte nur mit großem Gefolge und aufgetakelt wie eine Lustfregatte durch die Straßen der Heiligen Stadt zu kreuzen. Alsbald hieß sie überall *Madame la Patriarchesse*. Die niedere Geistlichkeit hätte es am liebsten gesehen, wenn ihr sündiger Leib schon auf Erden einem reinigenden Fegefeuer ausgesetzt worden wäre. Die Gesellschaft Jerusalems aber besuchte gern die kostspieligen Empfänge, auf denen der Patriarch und seine »Patriarchin« ihren Reichtum demonstrierten und sich im Mittagsglanz der allerhöchsten Protektorin genießerisch sonnten.

Noch eine weitere sehr zweifelhafte Gestalt schloß sich diesem von der Königinmutter angeführten Reigen von Libertinern und gewissenlosen *Va banque*-Spielern an: jener Rainald von Châtillon, dessen Tapferkeit und ritterliches Auftreten seine Straßenräuberinstinkte nur mühsam verbarg. Nachdem er kurz nach seiner Freilassung die Witwe des Miles von Plancy geheiratet und damit Herr von Transjordanien geworden war, gehörte auch er zu den Mächtigen des Königreiches. Und da seine neue Ehefrau hartnäckig daran festhielt, daß Raimund und sein Anhang den Mord an ihrem ersten Mann arrangiert hätten, schloß sich auch Rainald jener Korona verantwortungsloser Raub- und Beuteritter an, die nun, zu Beginn des neunten Jahrzehnts des Königreiches Jerusalem, die alteingesessenen Grafen und Barone konsequent und ohne Skrupel aus den Kommandostellen des Heiligen Landes hinausmanövrierten.
Da auch der zum Großmeister der Templer avancierte Gerhard von Ridfort eindeutig auf die unheilstiftende Königinmutter und ihren bedenklichen Anhang setzte, hatte die Partei der »alten Familien« in der Tat Mühe, sich zu behaupten. Ihrem Wortführer Raimund von Tripolis wurde 1182 sogar verboten, den Boden des Königreiches Jerusalem zu betreten.
Immerhin hatte er inzwischen in Humfried II. von Toron und jenem Reinhold von Sidon, dem es gelungen war, für seine Trennung von Agnes von Courtenay den kirchlichen Segen zu erwerben, zwei verläßliche Freunde gewonnen. Auch die Sippe der Ibelins stand zu ihm. Diese hatte ihm sogar noch eine weitere Parteigängerin von Rang und Namen zugeführt: die Exkönigin Maria Komnena, die – wie berichtet – nach dem Tod Amalrichs eine Ehe mit Balian von Ibelin eingegangen war, einem »großen, bärenstarken Manne«, dessen besonnener Mut sogar von dem wendigen, aber häufig recht risikoreich und undurchsichtig operierenden Raimund geschätzt wurde.
Man muß diese Konstellation im Auge behalten, wenn man die verworrenen Ereignisse nach Balduins IV. großem Sieg bei Montgisard im Jahre 1177 begreifen will.

David bei den Goliats-Tümpeln

Die Feindseligkeiten wurden im Frühjahr 1178 programmgemäß wieder aufgenommen, doch beschränkten sie sich auf kleinere Raubzüge und Grenzverletzungen, auf gewaltsame Erkundungen und gegenseitige Viehabtriebe. Die meisten Zusammenstöße endeten mit Erfolgen der Muselmanen, die damit bewiesen, daß sie die Niederlage von Montgisard materiell und moralisch schnell überwunden hatten. Trotzdem vermochte Balduin 1180 einen zweijährigen Waffenstillstand mit Saladin

abzuschließen, der erneut Ärger mit den Ortoqiden hatte und deshalb, genau wie seine christlichen Gegner, für eine Atempause dankbar war.
Der Waffenstillstand wurde jedoch bereits ein Jahr später durch Rainald von Châtillon, in dessen Räubermentalität kein Platz für vertragliche Abmachungen war, in der schändlichsten Weise gebrochen. Der neue Herr von Transjordanien drang an der Spitze eines ritterlichen Rollkommandos tief nach Arabien ein, stellte bei der Oase Taima an der Route Damaskus–Mekka eine große Karawane, tötete die Begleitmannschaften und trieb die Lasttiere einschließlich aller Waren, die sie trugen, im Triumph heimwärts. Saladin verlangte sofortige Rückgabe der Beutegüter, doch war der kranke Balduin nicht stark genug, sich gegen seinen mächtigen Lehnsmann, den adligen Schnapphahn von Châtillon, durchzusetzen.
Der König von Ägypten revanchierte sich damit, daß er fünfzehnhundert christliche Pilger, die von widrigen Stürmen gezwungen worden waren, im Hafen von Damiette Schutz zu suchen, in Ketten legen und auf den muslimischen Sklavenmärkten verkaufen ließ. Außerdem marschierte er in Galiläa ein, so daß Balduin, dessen Fleisch zu dieser Zeit schon fast »von den Knochen fiel«, erneut die Truppen seines Königreiches mobilisieren mußte, um die Invasion zu stoppen.
Der tapfere, lepröse König bestand auch diese Probe – im Juli 1182 warf er Saladin bei der Burg Belvoir, im August bei Beirut zurück. Am Jahresende drang er seinerseits bis in die Vorstädte von Damaskus vor und verschaffte sich damit noch einmal Respekt. Auf dem Rückmarsch, bei einem Zwischenaufenthalt in Nazareth, befiel ihn jedoch erneut ein heftiges Fieber, das ihn wochenlang außer Gefecht setzte.
Das Fieber überwand er, die Lepra aber trat jetzt in ihr letztes Stadium. Die verfaulenden Glieder gehorchten dem Willen nicht mehr; fressender, übelriechender Aussatz breitete sich über den ganzen Körper aus, das Augenlicht im knotig verschwollenen Gesicht erlosch. Von Mutter und Schwester gepflegt und psychisch unter Druck gesetzt, entschloß er sich daher, seinem Schwager Guido von Lusignan die Regentschaft zu übertragen. Doch machte er diesen Entschluß schon im Oktober 1183, als der aufgeblasene David bei einer neuerlichen Begegnung mit den Muselmanen, diesmal bei den Goliats-Tümpeln in der Ebene von Jesreel, jämmerlich versagte, wieder rückgängig. Gleichzeitig ernannte er, wieder auf Raimund und dessen Anhang setzend, seinen fünfjährigen Neffen Balduin, den posthum geborenen Sohn des Grafen Wilhelm Langschwert von Montferrat, zu seinem Nachfolger.
Obwohl er nicht in der Lage war, eine Unterschrift zu leisten, übernahm er selbst noch einmal die Regierungsgeschäfte.

Es war ein betrübliches, fast schon selbstmörderisches Geschäft, denn der nicht zu zügelnde Rainald von Châtillon zwang ihn erneut, gegen Saladin in den Krieg zu ziehen und dabei das Äußerste zu riskieren.
Der Räuberfürst von Transjordanien hatte einmal mehr versucht, den islamischen Pilgerverkehr nach Mekka und Medina zu unterbinden, diesmal mit Hilfe von Schiffen, die er demontiert auf Kamelen vom Toten zum Roten Meer schaffen ließ. Und wirklich gelang es ihm, etliche Pilgerkonvois zwischen Ägypten und Arabien aufzubringen. Doch rief er damit in der gesamten muselmanischen Welt eine derartige Empörung hervor, daß Saladin seine ganze militärische Kraft nun auf die Bekämpfung des christlichen Freibeuters konzentrierte. Nachdem er die fränkische Flotte im Roten Meer vernichtet hatte, belagerte er den Krak de Moab, den schwerbefestigten Raubhorst des Herrn von Châtillon.
Lichtsignale, die höchste Gefahr anzeigten, drangen bis Jerusalem. Noch einmal raffte sich der todkranke König auf, seinem bedrängten Vasallen aus der selbstverschuldeten Not zu helfen. Er mobilisierte seine Truppen, unterstellte sie, gegen den Willen seiner Mutter und ihres obskuren Anhanges, dem Befehl Raimunds III. von Tripolis und begleitete sie selbst in einer verhängten Sänfte. Ein letztes Mal genügte sein Erscheinen, Saladin zum sofortigen Abbruch der Belagerung zu veranlassen.
Der sterbenskranke, nicht mehr bewegungsfähige König, dessen schwärende Wunden mit riechwassergetränkten Leinentüchern gnädig verhüllt waren, ein Gespenst in der Sänfte, zog als Sieger in die befreite Burg ein, von ihren Verteidigern und der umwohnenden Bevölkerung, die in ihr Zuflucht gesucht hatte, mit wildem Jubel begrüßt.
Das nächste Jahr, 1184, das einzige, das dem leprösen König noch verblieb, war fast gänzlich von der Auseinandersetzung mit dem seiner Regentschaftsaufgaben enthobenen Guido von Lusignan in Anspruch genommen. Der eitle, aufgeblasene Dümmling hatte sich nach Askalon zurückgezogen, verweigerte, von einer ganzen Rotte verantwortungsloser Berater umgeben, offen den Gehorsam und begann nach Rainaldscher Manier dem König auch dadurch Schwierigkeiten zu bereiten, daß er durchziehende Beduinenstämme überfiel und trotz pünktlicher Tributentrichtung zusätzlich zur Ader ließ.
Als der Geck von Lusignan mehrfache Aufforderungen, sich in Jerusalem zu verantworten, in den Wind geschlagen hatte, rief der im letzten Stadium seiner Krankheit angelangte König die Großmänner des Heiligen Landes ein letztes Mal an seiner Bahre zusammen und ließ sie erneut auf den jungen Balduin einschwören. Gleichzeitig ernannte er Raimund von Tripolis wieder zum Regenten; ausdrücklich bestimmte er, daß diese Entscheidung auch für den Fall gelten solle, daß der immer noch sehr schwa-

che Prinz vor seinem zehnten Lebensjahr stürbe. Papst und Kaiser sowie die Könige von Frankreich und England sollten dann über die weitere Besetzung des Thrones von Jerusalem entscheiden.

Tod des vierten Balduin

Zwei Monate nach der Bekundung dieses seines letzten Willens verschied der vierte Balduin, vierundzwanzig Jahre alt. Er starb höchst königlich, wie es heißt, und wurde königlich bestattet. Und die Geschichte hat ihm eine gute Erinnerung bewahrt. Selbst kritische Historiker respektieren die Tatkraft, den Mut und die Intelligenz dieses Königs, der – wenn ihm seine Krankheit erspart geblieben wäre – wahrscheinlich Geschick, Gespür und Energie genug aufgebracht hätte, mit den ihm zugefallenen Aufgaben fertig zu werden.

Da ihn das Schicksal zu einem zehn Jahre währenden Todeskampf verurteilt hatte, hinterließ er ein Königreich, dessen Mauern bereits klaffende Risse aufwiesen. Bürgerkriegsähnliche Zustände schwächten das Land, Glücksritter, Desperados und Abenteurer niederster Denkart gaben den Ton an. Die eingesessenen Grafen und Barone kämpften zwar noch um ihre angestammten Positionen, doch hatten sie längst begriffen, daß nur noch ein Wunder ihr kleines, erschöpftes Land vor dem Zugriff des mächtigsten muselmanischen Herrschers retten konnte, den es seit Jahrhunderten gegeben hatte.

Das Wunder aber blieb aus. Die Situation war, illusionslos betrachtet, verzweifelt. Die abendländischen Fürsten, die um Unterstützung angegangen wurden, zuckten die Schultern. Europa war kreuzzugmüde geworden. Und auch das griechische Reich, der große, wenn auch niemals uneigennützige Protektor, befand sich in einer desolaten Verfassung. Auch von Byzanz war keine Hilfe mehr zu erwarten.

Myriokephalon – und die Folgen

Im Jahre 1176 fühlte sich Kaiser Manuel, energiegeladen und impulsiv wie in seinen besten Jahren, stark genug, die Türken ein für allemal aus Kleinasien zu vertreiben. Mit zwei starken Heeren zog er aus, der seldschukischen Herrschaft in Nord- und Mittelanatolien ein Ende zu bereiten. Die beiden mächtigen Armeen beeindruckten Sultan Kilidsch-Arslan II. (dem Manuel 1161 die Wunder Konstantinopels vorgeführt hatte), so sehr, daß er Friedensverhandlungen anbot.

Der Kaiser wollte jedoch mehr. Er suchte die Entscheidung – und überzog seine Kräfte, seine militärischen Erfahrungen und strategischen Einsich-

ten derart, daß er bei Myriokephalon in der Nähe des Egridisees so schwer geschlagen wurde, daß er nur elende Reste seiner stolzen Streitmacht nach Konstantinopel zurückbrachte. Manuel hat die Tragweite dieser Niederlage richtig eingeschätzt. Von heftigen Gewissensbissen geplagt, nannte er sich einen »Leidensgenossen des Romanos Diogenes«, jenes griechischen Kaisers, der 105 Jahre vorher durch die verlorene Schlacht von Mantzikert das Zeitalter der Kreuzzüge heraufgeführt hatte.
Die Geschichte hat bestätigt, daß er allen Grund hatte, sich mit diesem Romanos Diogenes zu vergleichen, obwohl ihm das Schicksal erspart blieb, zur Strafe für seine militärische Kurzsichtigkeit auch noch leibhaftig geblendet zu werden. Mehr als alle anderen Ereignisse haben diese beiden Schlachten die byzantinische Kriegsmaschinerie nachhaltig geschädigt und damit dem weiteren Vordringen der Türken in Kleinasien den Weg bereitet.
Vier Jahre später, 1180, starb Kaiser Manuel, bis Myriokephalon eine der glänzendsten Erscheinungen der glanzvollen byzantinischen Geschichte, dennoch ein menschliches Wrack, ein gebrochener Mann, der noch kurz vor seinem Tod das Mönchsgewand nahm. »Mit ihm«, so Reinhold Lange, »sank die Herrlichkeit von Byzanz für immer ins Grab.« Seine Hinterlassenschaft trug alle Keime des Verfalls in sich.
Manuels unbekümmerte Ausgabenwirtschaft hatte die Kassen des Reiches geleert. Seine Europapolitik hatte sich längst als fragwürdig erwiesen. Das von ihm entworfene und meisterhaft beherrschte Gleichgewichtssystem im nahöstlichen und vorderasiatischen Raum war bei Myriokephalon zerschlagen. Im Volk gärte es. Die Griechen von Konstantinopel haßten die vielen »Lateiner«, die Kaiser Manuel, auf Ausweitung des westmittelmeerischen Handels bedacht, in seine Hafenstadt gezogen hatte. Allein hier lebten am Ende seiner Regierungszeit an die sechzigtausend Ausländer, in der Mehrzahl italienische Kaufleute, die den griechischen Handel mit Fleiß unterwandert hatten und nun mehr Sahne und Milch schöpften, als der heimischen Konkurrenz recht war. »Isoliert, eingekreist, bedroht, ohne Bundesgenossen, befand sich das Reich in einer unvergleichlich schlechteren Lage als bei Manuels Regierungsantritt.«
Die Folgen zeigten sich bald. Die inneren Risse, die die schimmernde Goldglanzkulisse der Manuelschen Regierungszeit erfolgreich getarnt hatte, wurden über Nacht sichtbar. Eine ungezügelte, vor allem gegen den Hof gerichtete Aggressionsbereitschaft bemächtigte sich der unruhigen Hafenstadt und löste Kettenreaktionen des Schreckens aus: Byzanz ging aus den Fugen.

Manuels Nachfolger, der elfjährige Alexios II., hatte Freude an kindlichen Spielen und schönen und schnellen Pferden. Im übrigen war mit ihm kein Staat zu machen. An seiner Stelle regierte die Kaiserinmutter Maria von Antiochia, die »Fremde« genannt, die von den vornehmen Familien der Hauptstadt nie anerkannt worden war. Und da sie sich der Bürde der Verantwortung allein nicht gewachsen fühlte, überließ sie die Führung der Geschäfte ihrem Liebhaber, dem Protosebastos Alexios Komnenos, einem Neffen des verstorbenen Kaisers, der sich schon deshalb großer Unbeliebtheit erfreute, weil er allzu enge und undurchsichtige Beziehungen zu den italienischen Kaufleuten der Metropole unterhielt.
Da auch die Kaiserinmutter die Lateiner auffällig favorisierte und sich durch die ständig sinkenden Einnahmen nicht daran hindern ließ, gemeinsam mit ihrem Galan das Geld zum Fenster hinauszuwerfen, bildete sich eine starke und einflußreiche Fronde, deren Häupter Manuels Tochter Maria aus der Ehe mit der dicken Bertha von Sulzbach und ihr Gatte, Rainer von Montferrat, waren. Von der weitverzweigten Komnenensippe unterstützt, inszenierte die »purpurgeborene« Prinzessin einen Anschlag auf den verhaßten Protosebastos. Als dieser fehlschlug, flüchtete sie in die *Hagia Sophia*, mobilisierte von dort aus den komnenentreuen Pöbel der Hauptstadt und verwickelte die kaiserlichen Garden in blutige Straßenkämpfe.
Die Kämpfe endeten zwar ergebnislos, veranlaßten die Kaiserinwitwe Maria aber, ihren Schwager Bela III. von Ungarn um Hilfe zu bitten und damit ihr Schuldkonto mit einer weiteren unverzeihlichen Sünde zu belasten.
Die andere, die »purpurgeborene« Maria hatte sich inzwischen nach Paphlagonien abgesetzt. Dort vermochte sie jenen Andronikos Komnenos, der fünfzehn Jahre vorher mit der Königinwitwe Theodora von Jerusalem ein »unziemliches Verhältnis« unterhalten hatte, nach Beendigung dieser Liäson von Manuel aber wieder in Huld und Gnaden aufgenommen war, von der Notwendigkeit eines Machtwechsels in Konstantinopel zu überzeugen. Der professionelle Frauenverführer schlüpfte, ohne zu zögern, mit bemerkenswerter Gewandheit in die ihm angetragene Rolle des Volksverführers und präsentierte sich, nach Konstantinopel marschierend, mit großem Propagandagetöse als Retter des Vaterlandes. Als der Chrysopolis, den kleinasiatischen Vorort der Hauptstadt, erreichte, war seine Armee bereits so stark geworden, daß auch die kaiserliche Flotte zu ihm überging.
Damit waren die Würfel gefallen. Der hochexplosive Pöbel von Konstantinopel wurde erneut aktiv, stürmte die Gefängnisse, erwischte den übel beleumundeten Protosebastos, brannte ihm die Augen aus und überstellte

Der griechische Geschichtsschreiber Niketas Choniates (1140–1214) entwarf in seinen geschichtlichen Werken ein »hochdramatisches« Bild seiner Epoche und überlieferte die Zeit der Kreuzzüge aus byzantinischer Sicht.
(Zeitgenössische Buchmalerei aus einem Wiener Kodex; Kunsthistorisches Museum, Wien)

ihn dem als Retter und neuen Heiland gefeierten Andronikos. Dann veranstaltete er in den Quartieren der Lateiner, »von ausgesuchten Truppen des Andronikos fachmännisch unterstützt«, ein schreckliches Massaker, dem nur die wenigen italienischen Kaufleute entgingen, die rechtzeitig auf ein Schiff flüchten konnten.
In Triumph zog Andronikos nun in die brodelnde Hauptstadt und nutzte die Erfolgswelle, die ihn so plötzlich emporgetragen hatte, um zunächst die Konkurrenz zu liquidieren. Der Reihe nach sprangen sie über die Klinge: nach dem Protosebastos Alexios Komnenos die »purpurgeborene« Maria und ihr Gatte Rainer, obwohl er gerade ihnen seinen unverhofften späten Ruhm verdankte; sodann die Kaiserinmutter Maria, die wegen Konspiration mit König Bela von Ungarn im Kerker erwürgt wurde; schließlich der Jungkaiser Alexios II., der mit einer Bogensehne erdrosselt und anschließend ins Meer geworfen wurde. Somit Alleinherrscher geworden, heiratete der neue Basileus, längst ein ausgewachsener Sechziger, im November 1182 die dreizehnjährige Witwe seines »rossefreudigen« Vorgängers: die kaum erblühte Agnes, eine Tochter des französischen Kreuzfahrerkönigs Ludwig VII.
Die Staatsgeschäfte versah dieser Andronikos Komnenos, den Reinhold Lange mit einer »blutdurstigen Bestie vom Range eines Richard III.« vergleicht, mit Erfolg und Akribie. Er säuberte die Verwaltung, sah vor allem den Steuereintreibern genau auf die klebrigen Finger, stellte den Rechtsfrieden wieder her, legte die großen Familien des byzantinischen Adels mit Hilfe von Geheimpolizei und Henker gleichsam an Ketten, »beschnitt auch die Habgier der Mächtigen und band die Hände, die nach fremdem Gut griffen«. Doch tat er dabei offenbar zuviel des Guten. Als er 1185 zunächst Dyrrhachion, dann auch Thessalonike an die Normannen verlor, wurde er selbst das Opfer eines Aufstandes, den »ein ältlicher und harmloser Vetter des Kaisers namens Isaak Angelos« im Auftrag der geschädigten Aristokraten anführte. Auch Andronikos starb dann einen Tod nach byzantinischer Art, genau wie die vielen Delinquenten, die er selbst auf dem Gewissen hatte.
Die Häscher Isaaks ergriffen ihn zusammen mit seiner Gemahlin Agnes und der Dirne Maraptike, in die er nach dem Bericht des Niketas Choniates »unsinnig und leidenschaftlich verliebt« war, und gaben ihn »der allgemeinen Mißhandlung« preis – eine Tatsache, die den Chronisten zu einer besonders detaillierten und bildkräftigen Schilderung animiert hat.
»Die einen schlugen ihn mit Knüppeln auf den Kopf, andere steckten ihm Mist in die Nase oder tauchten Schwämme in den Urin von Rindern und Menschen und drückten sie über sein Gesicht aus..., einige stachen ihn sogar mit Bratspießen zwischen die Rippen oder warfen schamlos mit Steinen nach ihm und nannten ihn einen tollwütigen Hund...«
Schließlich wurde Andronikos schmählich in einem »lächerlichen Umzug

auf dem Rücken eines Kamels elend dem Spott preisgegeben, in das Hippodrom gebracht und mit einem Bastseil an den Füßen aufgehängt...« Nach so »vielen Drangsalen und Leiden« gab der alte Frauenjäger, den der Pöbel zu guter Letzt noch seines Zeugungsgliedes entledigt hatte, »endlich qualvoll seinen Geist auf«.

Freie Hand für Saladin

Mehr als der Hergang seines Sterbens interessieren den Historiker allerdings die Folgen seines Todes. Isaak Angelos, der Nachfolger dieses »Tyrannen, Intriganten, Heuchlers, Hochverräters und Vaterlandretters«, war ein schwacher Herrscher, unter dem sich die innere Auflösung des Reiches, die sein Vorgänger wenigstens kurzfristig gebremst hatte, verstärkt fortsetzte. Byzanz sank unter diesem ersten Herrscher der Angeloi-Dynastie auf den Status einer zweitrangigen Macht herab.
Ein europäisches Ereignis von historischer Bedeutung beschleunigte diese Entwicklung: 1186 heiratete der Sohn des deutschen Kaisers Friedrich Barbarossa, der sechste Heinrich, die Erbin Siziliens, die Prinzessin Konstanze.
Das Stauferreich wurde damit endgültig eine mittelmeerische Macht und übernahm die Traditionen und Ziele der normannischen Politik. Byzanz verlor den abendländischen Verbündeten, mit dem es in seinem verzweifelten Kampf gegen den sizilisch-normannischen Staat, den damals »bestorganisierten Europas«, bis dahin immer hatte rechnen können. Es war gezwungen, sich einen neuen Alliierten zu suchen. Bedrängt von den Seldschuken, die weiterhin einen starken Druck auf seine anatolischen Grenzen ausübten, blieb ihm nichts anderes übrig, als seine Beziehungen zu Saladin zu verbessern.
Der Preis stand von vornherein fest, und Konstantinopel bewilligte ihn ohne Zögern – es gab Saladin freie Hand gegenüber Jerusalem und den übrigen Kreuzfahrerstaaten.
So arbeitete das Schicksal dem Sultan von Ägypten, das ihn schon mit dem plötzlichen Tod Amalrichs und der Krankheit dessen Sohnes Balduin so sichtbar begünstigt hatte, erneut in die Hände. Er war der Nutznießer der neuen Lage. Seine große Stunde war gekommen.

Ein muselmanischer Ordensritter

Der Mann, der das Königreich Jerusalem einige Jahre später zerschlug, entsprach äußerlich so gar nicht der Vorstellung von einem königlichen Feldherrn. Den pompösen Namen al-Malik al-Nasir Salah ed-Din Yusuf

Ibn Ayub trug ein kleiner, untersetzter, leichtgewichtiger Kurde von bronzeroter Gesichtsfarbe; außerdem war er einäugig. Der Edelmut, den ihm sogar die christliche Nachwelt im Übermaß quittiert hat, war ihm also nicht ins Antlitz geschrieben.
Zweifellos aber hat dieser kurdische Reitergeneral, dessen Name soviel wie »Schützer der Religion« bedeutet, einige unauslöschliche Seiten in die große Weltchronik geschrieben. Härte und Fülle seines Lebens weisen ihn als einen der Großen seiner Zeit aus. Sein französischer Biograph Champdor, der ihm »Tapferkeit und Weisheit, Großmut und Rechtschaffenheit« bescheinigt hat, hält ihn für »den reinsten Helden und vielleicht größten Herrscher des arabischen Islam« und sieht sein Leben von einem »heroisch legendären Glanz« überstrahlt.
Der Muselmane, der so große Geschichte gemacht hat, verstand sich allerdings auch auf die ersprießliche Kunst, der von ihm gemachten Geschichte und damit sich selbst einen dauerhaften Nachruhm zu verschaffen. Er unterhielt ein Heer von Chronisten und ließ über alle seine Worte und Taten genauestens Protokoll führen, immer bemüht, seine Fehlleistungen zu kaschieren, seine Siege und Triumphe dagegen in goldene Lettern zu gießen. Sein Sekretär Beha ed-Din Ibn Shedad zum Beispiel hat ihm in seiner *Sultanische Anekdoten und yusufische Tugenden* betitelten Chronik eine fast dreißig Seiten umfassende Laudatio gewidmet.
Er schildert ihn als einen Bilderbuchheiligen von fast metaphysischer Substanz. Demnach befleißigte sich Saladin einer asketischen Lebensführung. Er trug Kleider aus einfachen Wollstoffen, pflegte »seine karge Muße zwischen den Freuden der Jagd und der Studierstube« zu teilen und erging sich im übrigen in Armut, Bescheidenheit und geschlechtlicher Enthaltsamkeit. Als treuer Muselmane, der »den Namen Gottes oft auf den Lippen führte«, war er schrecklich gegen Ketzer, Materialisten und Philosophen, die kleinen Leute aber fanden ihn immer bereit, ihren Sorgen und Nöten sein Ohr zu leihen.
Die von Mohammed jedem Gläubigen auferlegte Pflicht des Almosenspendens übte er in einem solchen Maße, daß er bei seinem Tod lediglich 47 Drachmen und ein tyrisches Goldstück sein eigen nannte: ein Zug, der dem engagierten Lobsinger besonders gefiel, da er selbst davon profitierte; offenbar hat der »redliche, tapfere, kinderliebende, großzügige, gastfreundliche« Saladin auch seine Schreibdiener in »unwandelbarer Güte« bei Laune gehalten.
Diese mehr hagiographisch als historiographisch gestimmten Charaktersteckbriefe (ähnliche Lobpreisungen haben auch Imad ed-Din und Ibn al-Athir zu Papier gebracht) enthalten bei näherer Betrachtung jedoch so viele Daten und Feststellungen zur Person, daß wir auch über Saladins Werdegang gut unterrichtet sind.
Er war der Sohn des kurdischen Reiterführers Nadschm ed-Din Aygub

und wurde in Tekrit am oberen Tigris geboren. Der Vater brachte es unter Zengi zum Statthalter von Baalbek, unter Nur ed-Din zum Statthalter von Damaskus, war also reich und einflußreich genug, seinem Sohn eine gute Erziehung angedeihen zu lassen. So verbrachte Saladin die meisten seiner Jugendjahre in islamischen Klöstern, wo er von sachverständigen Mönchen in die Lektüre des Korans und der sonstigen Schriften des Propheten gewissenhaft eingewiesen wurde.
Derart mit Glaubenseifer und theologischem Wissen getränkt, wechselte der den Kindersandalen entwachsene Saladin das Kloster mit dem Kriegslager. Frömmigkeit und soldatisches Handwerk verbanden sich dort zu einer Legierung, die ihn als die reinste Verkörperung eines muselmanischen Ordensritters erscheinen läßt. Saladin lebte fortan in der unerschütterlichen Überzeugung, daß ihm von Gott Allah persönlich die Rolle zugeschrieben worden sei, den Islam neu zu einen, seine militanten Energien zu regenerieren und damit die Voraussetzungen für die Wiederaufnahme des Heiligen Krieges gegen die ungläubige Christenheit zu schaffen.

Die Kunst, Siege zu erringen, ohne Schlachten zu schlagen

Dieses Verlangen hielt, so Beha ed-Din, »sein Herz und alle seine Sinne derart gefangen, daß er von nichts anderem sprach und sich um nichts anderes als um Rüstung und Soldaten kümmerte; seine Aufmerksamkeit widmete er nur denen, die vom Heiligen Krieg sprachen und das Volk aufmunterten, daran teilzunehmen«. Oder um einen modernen Historiker wie Hans Eberhard Mayer (der sich dabei ausdrücklich auf den englischen Arabisten Harald Alexander Gibb bezieht) zu zitieren – sein Endziel dürfte »nicht die Vertreibung der Christen aus dem Heiligen Land, sondern die Wiederherstellung des alten kalifischen Einheitsreiches als Ausdruck der Herrschaft geoffenbarten Gesetzes gewesen sein«.
Saladin profitierte bei dieser selbst gewählten Aufgabe von der großen islamischen Erneuerungsbewegung, die schon der fromme Nur ed-Din durch seine Schriften und durch sein Beispiel in Gang gesetzt hatte. Mystische Demutsräusche und ekstatische Gotterlebensübungen waren jedoch nicht seine Sache. Zwar kam es vor, daß er seine Sekretäre sogar während der Schlacht aufforderte, ihm laut aus dem Koran vorzulesen, im übrigen aber verband sich seiner Frömmigkeit eine kühle soldatische Nüchternheit.
So wuchs er in kurzer Zeit, obwohl er mehr Taktiker als Stratege war, zu einem listenreichen Truppenführer und schließlich zum erfolgreichsten Feldherrn seiner Zeit heran. Persönlich tapfer und jederzeit bereit, Risiken einzugehen, verstand er sich doch auf die nutzbringende Kunst,

Siege zu erringen, ohne Schlachten zu schlagen: nach Lenin die höchste Feldherrnkunst überhaupt. Derartige Siege verdankte er nicht zuletzt seinem psychologischen Einfühlungsvermögen. Wie kein Zweiter verstand er die Reaktionen der Franken vorauszuberechnen. Er war auch über die Sitten und Bräuche der Kreuzritter wohlunterrichtet, ja, er hatte sie regelrecht studiert, bevor er sie bekämpfte.
Seine Ziele verfocht er mit einer Hartnäckigkeit und Willenskraft, die schon bei den Zeitgenossen Bewunderung erregte: Bewunderung, aber auch Angst und Beklemmung; denn im Umgang mit seinen Gegnern war dieser Saladin alles andere als sentimental. Es ist zwar unwahrscheinlich, daß er den alten Nur ed-Din, wie bisweilen behauptet wird, umbringen ließ und mit dessen Gemahlin ehebrecherische Beziehungen unterhielt. Erwiesen ist jedoch, daß er seinem Förderer – der ihm nicht über den Weg traute – Ergebenheit vortäuschte und Briefe voller Schmeicheleien und Treuebekundungen schrieb, um ihn über den methodischen Aufbau seiner Hausmacht in Ägypten hinwegzutäuschen.
Erwiesen ist auch, daß er an der Ermordung Schawars in höchsteigener Person beteiligt war. Als im selben Jahr der Kalif von Ägypten seine Leibgarde, meist nubische und sudanesische Neger, gegen ihn in Marsch setzte, brannte er die Wohnquartiere dieser Einheit mitsamt den darin lebenden Frauen und Kindern gleichmütig nieder. Die Rädelsführer der schiitischen Aufrührer, die 1174 gegen sein Regime in Ägypten rebellierten, ließ er kreuzigen. Auch den Widerstand, den er einige Jahre später in Damaskus zu spüren bekam, unterdrückte er mit den Mitteln eines fein organisierten, aber brutal zufassenden Polizeiapparates.

Noble Gesten als taktische Waffen

Nein, dieser Saladin war weder sentimental noch übermäßig empfindsam, auch wenn es bei Beha ed-Din heißt, daß er zur Melancholie neigte und leicht zu Tränen gerührt war. Sein vielzitierter Edelmut, der sowohl in Dantes »Göttlicher Komödie« als auch in der berühmten Fabel von den drei Ringen, die von Boccaccio bis Lessing ihren Weg machte, literarisch illuminiert wird, war eine Legende, an der er selbst, gemeinsam mit seinen Schreibsklaven, fleißig gebastelt hat. Selbst sein Verehrer Champdor kommt zu dem betrüblichen Schluß, daß er sich »durch List und Gewalt in den Sattel schwang und daß er Gemetzeln nicht abgeneigt war, wenn ihn der Zorn übermannte oder die Kriegslage es zu gebieten schien«. Allerdings verstand er, wie auch Alexander, Cäsar oder Napoleon, noble Gesten und exemplarische Gütebeweise gegenüber dem Gegner als taktische Waffen wohl zu gebrauchen; denn er wußte um den Wert der Reputation und des guten Rufes, nicht nur im militärischen, sondern auch im

politischen Krieg. Verträge hielt er deshalb korrekt, sein Wort brach er nur, wenn auch der Gegner es tat. Am Verhaltenskodex der fränkischen Barone gemessen, war er ein Fels an Zuverlässigkeit.
Saladin war also nicht besser als seine Zeitgenossen, wohl aber schlauer, schmiegsamer und berechnender; genauso hart, genauso grausam, aber einfallsreicher und weitsichtiger. So verbarg er auch die Härte und Grausamkeit, mit der er seinen Staat – nach dem Muster der Zeit »ein halbfeudales Familiengebilde« – führte, hinter einem Seidenvorhang demonstrativer Gerechtigkeit und einer geschmeidigen Überwachungstechnik, die ihre Krallen nur zeigte, wenn sie auf Widerstand stieß. Kurzum: er war ein Vollblutpolitiker, der mit volkstümlichen, publizistisch wirksamen Gesten seine unerbittliche Energie, einen Machtinstinkt und einen methodisch entwickelten Machtwillen kaschierte, dem seine christlichen Gegner außer ihrer Laszivität und Räubermentalität nicht viel entgegenzusetzen hatten.
Außerdem hatte er Glück. Alle seine Feinde starben vor ihm. Zuerst der alte, fromme Nur ed-Din, der Saladins Aufstieg bis zum Schluß mißtrauisch beobachtete, dann König Amalrich, der ihm an Verschlagenheit und in der Kunst taktischen Finassierens gewachsen war; dann Kaiser Manuel, dessen Macht ausgereicht hatte, die Aktivität des Kurden auf Kairo, Damaskus und Mossul zu beschränken; schließlich der lepröse Balduin IV., der trotz seiner schweren Krankheit zäh und entschlossen um das Überleben des Königreiches Jerusalem gekämpft hatte.
Nun hatte er es, von Raimund abgesehen, nur noch mit Nullen zu tun. Mit Nullen und politischen Vabanquespielern, Räubern und Abenteurern, die weder gewillt noch in der Lage waren, über den nächsten Tag hinauszudenken. Der Weg zur endgültigen Rückeroberung des Heiligen Landes war frei.

Staatsstreich in Jerusalem

Das tragische Finale begann, wie im klassischen Drama, mit einem retardierenden Vorgang, dessen Verzögerungseffekt die Christen im Heiligen Lande noch einmal über ihre Gefährdung hinwegtäuschte.
Raimund von Tripolis vermochte im Frühjahr 1185 einen vierjährigen Waffenstillstand mit Sultan Saladin auszuhandeln. Der kluge Kurde gewährte diese Pause nicht aus reiner Herzensgüte. Er war anderweitig beschäftigt. In Ägypten bereiteten ihm streitende Verwandte beträchtliche Ungelegenheiten, in Mossul rebellierte sein alter Feind Izz ed-Din. Die Waffenruhe kam also nicht nur den bedrängten Franken, sondern auch ihrem Todfeind zugute.
Sie wurde zunächst auch strikt eingehalten, nicht zuletzt deshalb, weil

Saladin auf seinem Feldzug gegen Mossul schwer erkrankte und dadurch monatelang außer Gefecht gesetzt war. Raimund nutzte die Zeit, das Königreich Jerusalem neu zu verproviantieren und damit eine Hungersnot abzuwenden, die die Winterdürre des Vorjahres heraufbeschworen hatte. Er ließ auch die Umwallungen der Städte und die großen Burgen des Landes instand setzen und ihre leeren Magazine wieder auffüllen. Doch unternahm er nichts gegen Sybille und Guido, die vom sicheren Askalon aus die weitere Entwicklung abwarteten.

Wie verhängnisvoll das war, zeigte sich, als im August 1186 das Fünkchen Leben, das dem von Geburt an kränkelnden fünften Balduin mitgegeben worden war, in Akkon erlosch. Raimund und Joscelin, die am Krankenlager des neunjährigen Knaben, der eine als Regent, der andere als Erzieher, die vorgeschriebenen Sterbegebete verrichtet hatten, kamen überein, daß es nunmehr Aufgabe aller Großen des Königreiches sei, den letzten Willen des leprösen Balduin zu vollstrecken und Papst und Kaiser sowie die Könige von Frankreich und England um eine gemeinsame Entscheidung über die Thronfolge zu bitten.

Nachdem Joscelin die Aufgabe übernommen hatte, den Leichnam des jungen Königs nach Jerusalem zu geleiten, begab sich Raimund nach Tiberias, um dort mit den Grafen und Baronen des Landes die nächsten Schritte zu beraten.

Damit ließ er sich einen sehr schweren Fehler zuschulden kommen. Über Nacht hatte es sich nämlich gezeigt, daß er die Falschheit und Niedertracht der Königspartei unterschätzt hatte. Kaum hatte er Akkon verlassen, rief der Herr von Courtenay Sybille als Königin aus. Den Totenkonvoi nach Jerusalem übertrug er den Tempelrittern. Gleichzeitig verständigte er Sybille und Guido über die bevorstehenden Beisetzungsfeierlichkeiten in der Hauptstadt. Außerdem ließ er durch seine Truppen Beirut und Tyros besetzen.

Als Raimund von diesen Vorgängen erfuhr, war es für eine massive Intervention bereits zu spät. Es reichte lediglich noch zu einer papierenen Demonstration. Das in Nablus zusammengetretene Hochgericht, gleichsam das Parlament des Landes, sandte zwei Mönche nach Jerusalem, mit dem Auftrag, die strikte Erfüllung des königlichen Testamentes zu fordern – eine ohnmächtige Geste angesichts der inzwischen geschaffenen Tatsachen. Denn die Häfen des Landes befanden sich allesamt in der Hand des gegnerischen Anhanges, und Rainald von Châtillon, der Templermeister Gerhard, der Patriarch Heraklios und die Bevölkerung von Jerusalem hatten ihren Beifall zur Thronbesteigung Sybilles bereits bekundet.

Auch die Krönung verlief störungsfrei, wenn auch unter Ausschluß der Öffentlichkeit. Nach der Chronik des Heraklios setzte der Patriarch zunächst der »Gräfin von Jaffa« die Krone aufs Haupt. Dann sagte er zu ihr: »Herrin, Ihr seid eine Frau. Es ist gut und richtig, daß Ihr jemand habt, der Euch hilft, das Königreich zu regieren – und daß es ein Mann sei.« Dann überreichte er ihr eine zweite Krone und fuhr fort: »Nehmt sie und gebt sie dem Mann, der Euch helfen soll, das Land zu regieren, und der zu herrschen versteht.« Sybille tat, wie ihr geheißen, und setzte nun ihrerseits ihrem Gatten Guido die Krone auf.

So wurde der hübsche, kleine Nichtsnutz von Lusignan der letzte König von Jerusalem.

Das Hochgericht von Nablus beantwortete diesen offenen Bruch des Balduinschen Testamentes – Mayer spricht sogar von einem »geschickt inszenierten Staatsstreich« – mit der Benennung eines Gegenkönigs. Raimund hatte jedoch kein Glück mehr. Der von ihm ausgewählte Konkurrent, der Graf Humfried von Toron, konnte als Gatte der Prinzessin Isabella zwar die gleichen Ansprüche verfechten wie der Bruder Leichtfuß von Lusignan, nur hatte er nicht die geringste Lust, sich den Plagen, Gefahren und Versuchungen der ihm zugedachten Aufgabe zu unterwerfen. So stahl er sich unmittelbar nach seiner Wahl davon, ritt nach Jerusalem und lief zur Gegenpartei über, die dem moralisch und psychisch untauglichen, auch äußerlich etwas weibisch geratenen Gegenkönig wider Willen huldreich Verzeihung gewährte.

Damit war die Entscheidung gefallen. Der Reihe nach bequemten sich die Barone, dem neuen Königspaar zu huldigen. Die Sybille wenig geneigten christlichen Chronisten registrierten allerdings zwei Ausnahmen: der alte Graf Balduin von Ibelin ging nach Antiochia, wo ihn Bohemund III. mit offenen Armen und einem ansehnlichen Lehen empfing, und Raimund zog sich tief enttäuscht und grollend auf seine Güter in Galiläa zurück, von wo er weiterhin mit Saladin konspirierte, offenbar von dem Gedanken besessen, daß dieser ihm den Weg nach Jerusalem ebnen und hernach bereit sein werde, mit den Christen Frieden zu schließen.

Der schlaue Kurde, von seiner langen Krankheit genesen, hat von der Möglichkeit, seine Gegner durch ständige Verhandlungen mit Raimund zu demoralisieren, gebührend Gebrauch gemacht; trotzdem verhielt er sich auch 1186 abwartend und nahezu inaktiv. Den Kriegsgrund, den er benötigte und auf den er wahrscheinlich wartete, lieferte ihm schließlich Rainald von Châtillon. Der Fürst von Transjordanien, nach Ibn al-Athir »einer der mächtigsten und bösartigsten Franken«, überfiel zum Jahresende hin erneut eine von Damaskus nach Kairo ziehende Karawane, rieb sie auf, »erbeutete ihre Güter, Tiere und Waffen« und brachte zahlreiche Gefangene ein, die er »in den Kerker warf«.

Als Saladin, noch immer mit diplomatischen Mitteln operierend, ihn zu sofortiger Wiedergutmachtung aufforderte, wies er seine Gesandten höhnisch ab; auch auf den gleichlautenden Wunsch Guidos reagierte er hochfahrend und ablehnend.

Saladin soll daraufhin geschworen haben, daß er den Übeltäter eigenhändig umbringen werde, »wenn er ihn zu fassen bekäme«. Jedenfalls verstärkte er seine Rüstungen und bereitete 1187 einen neuen – den entscheidenden – Kriegszug vor. Weiterhin mit Raimund von Tripolis und wahrscheinlich auch mit Bohemund von Antiochia Boten und Briefe wechselnd, hatte er bis zum Frühsommer eine Armee aufgestellt, die alle vorherigen muselmanischen Heere »an Größe, Glanz und gutem Geist« übertraf. Sie zählte mindestens dreißigtausend Krieger, wahrscheinlich mehr.

Selbst kritische Historiker bescheinigen dem kleinen, hübschen Guido von Lusignan, daß er die aufziehende Gefahr bemerkte und nun auch seinerseits bemüht war, die Reserven des Königreiches Jerusalem zu mobilisieren. In letzter Stunde gelang ihm sogar noch eine Versöhnung mit Raimund, der noch im Mai 1187 einer von Saladins Sohn el-Afdal geführten Aufklärungsabteilung gestattet hatte, Galiläa zu durchqueren. So brachten auch die fränkischen Herren noch einmal ein starkes Heer auf die Beine: 12000 Ritter, 4000 leichte Reiter und Turkopolen sowie 10000 Mann Fußvolk versammelten sich Ende Juni in Akkon, um gegen die Truppen Saladins zu marschieren, die zu dieser Zeit bereits die Grenzen Galiläas überschritten hatten.

Von Akkon nach Sephoria

Über die nun folgenden blutigen, hochdramatischen Tage sind wir genauestens informiert. Steven Runciman nennt im Anhang des zweiten Buches seiner dreibändigen Kreuzzuggeschichte mehr als ein Dutzend Quellen, darunter neun lateinisch-fränkische Chroniken. Auch Michael der Syrer, »ein sorgfältiger und gewissenhafter Historiker«, und sein Landsmann Bar Hebraeos sind ausführlich auf das Cannae der Kreuzritter, die Schlacht bei den »Hörnern von Hattin«, eingegangen.

Die eindrucksvollsten und detailfreudigsten Beschreibungen verdanken die Historiker allerdings den arabischen Chronisten, die den Sieg Saladins geradezu berauscht gefeiert haben, am geräuschvollsten jener Imad ed-Din genannte Sekretär Saladins, dessen barocken, bilderreichen, verschnörkelt-verkünstelten Stil wir bereits in seinem Bericht über die Ankunft von dreihundert abendländischen Huren in Akkon kennengelernt haben.

Die Texte aller dieser Chronisten zusammen enthalten die Stichworte zu einer Schlachtbeschreibung, die die Tragödie von Hattin fast minuziös wiederzugeben vermag – auch wenn etliche Fragezeichen bleiben.

Am 1. Juli 1187 überschritten Saladins Truppen bei Sennabra den Jordan. Die Nachricht traf noch am selben Tag in Akkon ein und wurde unmittelbar darauf einem eilig zusammengerufenen Kriegsrat unterbreitet. König

Guido, unsicher und unentschlossen wie immer, bat seine Grafen und Barone um Rat.

Raimund plädierte für hinhaltende Kriegführung. Er schlug vor, einen Zusammenstoß mit Saladins mächtigem Aufgebot nach Möglichkeit zu vermeiden und statt dessen zu versuchen, seine Reserve zu erschöpfen – was angesichts des ausgedörrten, wasserlosen Landes bald der Fall sein werde. Rainald von Châtillon und Gerhard von Ridfort opponierten jedoch mit hitzigen Worten, bezichtigten Raimund des Verrats und der Feigheit – und Guido von Lusignan, der sich, wie es bei Runciman heißt, »stets von demjenigen überzeugen ließ, der zuletzt gesprochen hatte«, folgte der Partei des Unverstands und gab Befehl, dem Feind entgegenzuziehen.

Die Strecke von Akkon bis Sephoria, die die christliche Armee am nächsten Tag, einem Donnerstag, zurücklegte, mißt in der Luftlinie etwa fünfundzwanzig Kilometer. Schmale, ständig bergan führende und vielfach gewundene Höhenstraßen, die zeitweise nur die Breite eines Trampelpfades hatten, beanspruchten die Kraft und die Moral der Kreuzritter jedoch bis zum äußersten. Keuchend und schwitzend, stöhnend und fluchend quälten sie sich in ihren schweren Rüstungen durch eine baumlose, vulkanisch glühende Landschaft.

Der Lagerplatz in Sephoria entschädigte allerdings für die ausgestandenen Marschstrapazen; er war schattig, hatte grüne Weiden für die Pferde und spendete ausreichend Wasser für Mensch und Tier.

In den Abendstunden überbrachte ein Bote die alarmierende Meldung, daß Saladin an diesem Tage Tiberias am See Genezareth erobert und Raimunds Gemahlin Eschiva mit einer kleinen Besatzung in der Zitadelle eingeschlossen habe. Der Graf von Tripolis beschwor den König trotzdem ein zweites Mal, den Marsch nicht fortzusetzen. Er werde seine Gattin, wenn sie in Gefangenschaft geraten sollte, zurückkaufen, erklärte er trokken; auch sei er reich genug, die Zitadelle wiederaufzubauen, wenn sie zerstört werde. Ein Weitermarsch in der gnadenlosen Sommerhitze sei heller Wahnsinn. Es sei besser, Tiberias kurzfristig aufzugeben, als ein ganzes Königreich zu verlieren.

Raimunds vernünftige, einsichtige und der Situation angemessene Worte verfehlten ihren Eindruck nicht. Die Herren beschlossen, in Sephoria zu bleiben. Guido stimmte zu, und Raimund gab sich der Hoffnung hin, das Schlimmste abgewendet zu haben.

Kurz nach Mitternacht aber betrat der Templermeister Gerhard das Zelt des Königs und erklärte, daß seine Ordensritter das Heer verlassen würden, wenn der eben gefaßte schändliche Beschluß nicht rückgängig gemacht werde. Und der kleine Guido – dumm, unerfahren und außerstande, das aufziehende Verhängnis zu begreifen – ließ sich erneut umstimmen.

Er gab Befehl, bei Tagesanbruch den Weitermarsch anzutreten, und tat damit genau das, was sein Gegner von ihm wünschte; denn Saladin hatte, wie Ibn al-Athir berichtet, »Tiberias nur angegriffen, weil er wollte, daß die Franken ihr Lager räumten«.

Rast an den Hörnern von Hattin

So zogen sie denn – man schrieb nun Freitag, den 3. Juli – von Sephoria aus nordostwärts über kahle Höhenrücken weiter. Es war noch heißer als in den Vortagen und nahezu windstill. Der Horizont lag in Staub und Dunst. Und nirgendwo Wasser, alle Brunnen, alle Quellen versiegt. Nur Sonne, brütende, stechende, sengende Sonne, wild und unbarmherzig. Unter einem knallblauen Himmel vergilbtes Gras und trockenes Buschwerk. Ausgedörrte Erde, die vor Hitze fast barst. Zusammenbrechende Pferde und erschöpfte, übermüdete Krieger, kaum noch in der Lage, sich gegen die schwirrenden Pfeile leichter muselmanischer Reiter zu wehren. Ein Marsch durch die Hölle.

Am Nachmittag erreichte die blind ins Verderben stapfende Armee ein Plateau, aus dem sich, halbkugelgleich, zwei runde Buckel etwa dreißig Meter hoch heraushoben, die Hörner von Hattin genannt. Dahinter fiel das Gelände zum Dorf Hattin und danach, abschüssiger werdend, zum See Genezareth ab. Und Hattin, mit Brunnen reich gesegnet, war grün, und das Wasser des Sees glitzerte durch die ziehenden Staubschwaden, die verrieten, daß Saladins Heer bereits aufmarschiert war.

Gut fünfundzwanzig Kilometer hatten sich die Soldaten Christi an diesem Tag weitergequält. Ausgerechnet die kampflüsternen Templer weigerten sich jetzt weiterzuziehen, gegen den Rat einiger Herren, die alles auf eine Karte setzen und zum rettenden, nur noch sieben Kilometer fernen See durchbrechen wollten. »Nun sei Gott uns gnädig«, soll Raimund ausgerufen haben, als König Guido – klein an Statur, noch kleiner an Verstand – zum Halten blasen ließ. »Sonst sind wir alle des Teufels, und das Königreich Jerusalem ist verloren.«

Schon der einfallende Abend zeigte, wie recht er mit seiner düsteren Prognose hatte. Das irregeführte, in eine verzweifelte Lage manövrierte Heer umlagerte eine trockene Wasserstelle auf dem Plateau zwischen den beiden »Hörnern«, die nicht mehr abwendbare Niederlage vor Augen. Die Muselmanen aber hatten »den Hauch von Sieg und Triumph« – so Ibn al-Athir – bereits gespürt. Sie sangen Siegeslieder, lobten Allah und seinen Propheten und spornten sich gegenseitig an. In der Nacht entfachten sie Feuer im Gelände, und der Wind, der sich gegen Abend erhoben hatte, trieb ihren beizenden, stickigen Rauch über die von Durst und Fieberhalluzinationen heimgesuchten Ritter Christi.

Saladin fiel es nicht schwer, ihr Lager während dieser Stunden vollständig einzuschließen.

Wasser und Blut in Saladins Zelt

Die Nacht, die keine Kühlung gebracht hatte, wich einem Tag, der schon in der Frühe drückend und heiß war. Die atembeklemmenden Rauchschwaden zogen noch immer über die weite abschüssige Ebene zu Füßen der beiden Hügel. Die Luft flimmerte trüb.

Planmäßig mit den ersten Sonnenstrahlen »überschütteten die muslimischen Bogenschützen, einem Heuschreckenschwarm gleich, die Franken mit einem Pfeilregen«. Das christliche Fußvolk beantwortete diese Attacke mit einem blindwütigen Angriff, vorwärtsgetrieben von der Hoffnung auf Wasser. Da es ohne reiterliche Unterstützung, gleichsam auf eigene Faust, operierte, lief es sich jedoch schon nach kurzer Zeit fest. Es wurde auf einer Kuppe zusammengedrängt und dort niedergemetzelt.

Schon dieser erste Ausbruchsversuch war mehr eine Fieberreaktion als ein militärisches Unternehmen. Auch alle weiteren Versuche, sich der tödlichen Umklammerung zu entziehen, verrieten den Muselmanen das Fehlen jeglicher militärischen Führung. Der Widerstand des christlichen Heeres verringerte sich von Stunde zu Stunde.

In der Mittagsstunde entschloß sich Raimund von Tripolis zu einem Durchbruchsversuch. Nach bewährter fränkischer Art ritt er mit seinen Herren eine massierte Attacke. Die Muslims parierten sie mit einem merkwürdigen Manöver, über das die Historiker bis heute streiten. Sie öffneten die Front, ließen Raimund und seine Truppe durch die so entstandene Gasse hindurchpreschen und schlossen sie wieder. Taktik oder abgekartetes Spiel? Lenkten sie den Angriff ins Leere, oder verschafften sie dem Grafen von Tripolis absichtsvoll eine Fluchtchance? War er also doch – wie die meisten christlichen Chronisten vermuten, die arabischen Berichter jedoch bestreiten – ein Verräter?

Genug: Raimund entkam und gelangte unversehrt nach Tripolis. Auch Balian von Ibelin und Reinold von Sidon, die wie Raimund der »Partei der alten Familien« angehörten, schlugen sich durch.

Der Rest des christlichen Heeres wurde Schritt um Schritt weiter zusammengedrängt und elend zusammengehauen. Am frühen Abend wurden der Bischof von Akkon und das Heilige Kreuz (das damit endgültig aus der Geschichte verschwand) Opfer des muslimischen Zorns. Danach waren auch diejenigen fränkischen Ritter, die sich bis dahin mannhaft gegen die Flut ihrer Feinde gewehrt hatte, »ihres Todes und Untergangs gewiß«. Kaum noch fähig, sich auf den Beinen zu halten, kapitulierten sie: König Guido und sein Bruder Amalrich, Rainald von Châtillon und der Temp-

lermeister Gerhard, die Grafen Humfried von Toron und Hugo von Dschebail – und (nach Ibn al-Athir) »noch 150 der tapfersten und berühmtesten Ritter«.
Ein Ereignis, das keine Kreuzzuggeschichte ausläßt, beendete das grausige Inferno. Sultan Saladin, der Sieger, empfing die entwaffneten christlichen Anführer in seinem Zelt. Den geschlagenen Guido bat er, an seiner Seite Platz zu nehmen. Als er sah, daß dieser »vor Durst halb starb«, ließ er ihm ritterlich einen Becher Rosenwasser reichen, das, wie es heißt, »mit Schnee vom Berge Hermon gekühlt war«. Der König, der zwar ein Dummkopf, aber wohlerzogen war, nahm einen tiefen Schluck und reichte den erfrischenden Trunk an den neben ihm stehenden Rainald weiter. Auch der tat einen tiefen Zug. Bevor er den Becher wieder abgesetzt hatte, ließ Saladin durch seinen Dolmetscher jedoch darauf aufmerksam machen, daß nicht er, sondern der König dem Fürsten von Transjordanien den Becher kredenzt habe.
»Dieser Verfluchte«, sagte er, »hat nicht mit meiner Erlaubnis getrunken, ich habe ihm daher sein Leben nicht zugesichert.«
Dann zählte er in wohlgesetzter Rede alle Schand- und Übeltaten des Herrn von Châtillon auf, erhob sich schließlich, zog blank und erklärte: »Zweimal habe ich geschworen, ihn umzubringen – das erste Mal, als er gen Mekka und Medina ziehen wollte, das zweite Mal, als er heimtückisch eine friedliche Karawane überfiel.« Er schlug zu und verwundete den adligen Schnapphahn und Wegelagerer tief an der Schulter.
Die endgültige Exekution überließ er (nach dem Bericht des Imad ed-Din) seinen Knechten. Während diese den kopflosen Rainald an den Füßen aus dem Zelt schleiften, wandte er sich mit besänftigenden Worten an den zitternden Guido und versicherte ihm, daß ihm und seinen Herren kein Leid geschehen werde.

Tötungsorgie in Tiberias

Am nächsten Tag, nach christlicher Zeitrechnung am Sonntag, dem 5. Juli 1187, fiel auch die Zitadelle von Tiberias. Saladin versäumte nicht, sich erneut von seiner vornehmsten Seite zu zeigen. Er gewährte der Gräfin Eschiva »mitsamt ihren Dienerinnen, Mannen und Gepäckstücken« freien Abzug und ließ sie nach Tripolis geleiten, wo sie mit ihrem Gemahl Raimund ein bedrücktes Wiedersehen feierte.
Einen Tag später dagegen, am Montag, veranstaltete der Sultan eine öffentliche Lustbarkeit, die seinen Verehrern bis heute schwer im Magen liegt. Er setzte für jeden christlichen Gefangenen fünfzig Denare aus, einen horrenden Preis, denn der Marktwert lag zu dieser Zeit nur bei drei Denaren, kaufte sie zu Hunderten auf und gab Befehl, sie öffentlich zu

enthaupten. Seine Truppen ließ er zu diesem Zweck wie zu einer Parade antreten. Auch die Emire wohnten dem blutigen Schauspiel bei, aufrecht stehend »in doppelter Reihe«.
Nun befanden sich in Saladins Umgebung, wie sein Sekretär Imad ed-Din überliefert hat, der offenbar Zeuge der nachfolgenden Szene war, eine Reihe von Gelehrten und Mystikern sowie »eine große Zahl von Frommen und Asketen«. Auch diese Männer des Glaubens und der Wissenschaft begehrten ihren Anteil an der Tötungsorgie, und der siegreiche Feldherr gewährte ihnen huldreich sein Einverständnis. So zogen auch Saladins Mönche, Schreiber und Bücherwürmer ihre Schwerter und krempelten die Ärmel auf.
Wirklich gab es einige, die sich als perfekte, kraftvolle Henker erwiesen, die »sauber schnitten und hieben« und entsprechenden Beifall ernteten. Andere jedoch, denen die Natur die notwendige Leibes- und Seelenstärke verweigert hatte, demonstrierten Schwäche und Unbeholfenheit. Sie patzten und schlugen daneben und wurden nach Herzenslust ausgelacht. Auch »der Sultan saß«, wie Imad ed-Din nicht vergißt zu erwähnen, »mit frohem Gesicht dabei«, während die betroffenen Ritter (das Strafgericht galt vor allem den Templern, die Saladin wie die Pest haßte) »finster um sich blickten«.
Mit dieser makabren Szene endete 88 Jahre nach der Eroberung von Jerusalem die Schlacht an den Hörnern von Hattin. Ein Jahr später besuchte Ibn al-Athir, der andere Gewährsmann, die Walstatt und sah »die Erde noch immer übersät« mit den Gebeinen der christlichen Krieger. »Schon von weitem waren sie zu überblicken, obwohl doch viele von ihnen ... von Sturzbächen bereits weggespült oder von wilden Tieren verschleppt« waren.
Das Königreich Jerusalem, das Königreich Christi, des Gottessohnes eigenes Reich, gehörte zu dieser Zeit schon längst der Vergangenheit an.

Sechster Abschnitt Das Königreich Jerusalem

Notiz für den Leser

Auch der Zusammenbruch des Königreiches Jerusalem bedarf einer Erklärung. Die Fehler, die ein untüchtiger König machte, der Mangel an Führung, der Hader im Hauptquartier der Kreuzfahrerarmee – das alles hat sicher zu seinem glanzlosen Ende beigetragen. Aber hatte dieses Königreich Christi überhaupt eine Chance, sich in einer total feindlichen Umwelt zu behaupten? Die Antwort ist den drei nächsten Kapiteln anvertraut, die das Innenbild dieses seltsamen Staates zu beschreiben versuchen. Das erste vermittelt einen Begriff von den ethnischen, sozialen und rechtlichen Strukturen: ein spröder Stoff, der aber voller Funken, voller Merkwürdigkeiten, voller Paradoxien steckt. Die christlichen Recken zum Beispiel entdeckten im Heiligen Land die Jurisprudenz und handhabten die Kunst der Rechtsauslegung und Rechtsverdrehung mit großer Raffinesse. Der König, der »Gesalbte des Herrn«, war theoretisch der mächtigste Mann im Staate, praktisch jedoch auf die Zustimmung des Adels angewiesen. Auch die vielgerühmten Ritterorden verwendeten ihre Macht und ihren Reichtum nicht nur zum Wohle Jerusalems, auch sie waren ständig bemüht, die staatliche Macht zu unterminieren. Ihnen ist daher ein eigenes Kapitel gewidmet, das zugleich Gelegenheit gibt, ihre innere Verfassung zu durchleuchten. Das dritte Kapitel schließlich schildert die Begegnung der Kreuzfahrer (und ihrer zahlreichen Nutznießer und Mitläufer) mit dem Orient, die – wie auch immer man sie bewerten mag – die Farben und Linien für ein außerordentlich bewegtes Tableau liefert, dessen handelnde Personen nicht nur abendländische Ritter, sondern auch morgenländische Damen sind, Mischlinge und Eingeborene, Kaufleute und Händler, Pilger und Einwanderer von fragwürdiger Herkunft, überhaupt viel Pöbel, zahllose Abenteurer, Kriminelle, Huren, Gauner und Geschäftemacher – und alle dem Gelddverdienen stärker zugetan als der Verteidigung der heiligen Stätten. Auch das erklärt, warum dieses Königreich keinen Bestand hatte. Was auch immer man unter christlichem Kreuzfahrergeist verstehen mag – im Jahre von Hattin war nichts mehr davon da.

Achtzehntes Kapitel

Die Kreuzritter als Paragraphenritter

Der König, der Adel und die Kirche
Die rechtlichen und gesellschaftlichen Strukturen der Pilgerstaaten

200 Ritter und eine Welt von Feinden

Die Anfänge waren bescheiden, ja, mehr als kläglich, eine ständige Gottversuchung; immer wieder sahen sich die ersten Kreuzfahrer vor die Frage gestellt, ob es nicht das beste sei, die soeben eroberte Heilige Stadt wieder zu räumen und sich selbst der Gnade des Schicksals zu empfehlen, das sie so maßlos herausgefordert hatten.
Nachdem um Weihnachten 1099 noch einmal zahlreiche christliche Pilger die Mauern Jerusalems mit ihren Umtrieben, ihrer Leidenschaft und ihrer Frömmigkeit erfüllt hatten, begann der große Exodus. Die meisten der wenigen Überlebenden, die die *Operation Heiliges Grab* bestanden hatten, kehrten in die Heimat zurück. Wenige Monate später dürften nur noch zweihundert Ritter in Jerusalem bereit gewesen sein, die Eroberungen der Pilgerarmee zu verteidigen. Im Mai 1100 soll sogar der eiserne Gottfried angesichts der Aussichtslosigkeit seiner Aufgabe erwogen haben, die Stadt wieder zu räumen.
Rettung brachte eine venezianische Flotte, die überraschend in Jaffa anlegte und außer dringend benötigtem Proviant auch menschlichen Nachschub absetzte. Zwei Monate später grassierte eine lähmende Seuche, die die christlichen Chronisten auf die heimtückische Vergiftung der Brunnen zurückführten, obwohl sie wahrscheinlich auf die vielen unbestatteten Opfer des Eroberungsmassakers zurückzuführen war. Eine weitere Epidemie folgte im Sommer 1101; sie traf vor allem christliche Zuzügler und forderte an die dreihundert Tote am Tag. Dazu kam, daß auch die einzigen natürlichen Verbündeten der Kreuzfahrer, die einheimischen Christen, während der Kriegshandlungen schwer dezimiert worden waren; und auf dem Lande stellten die Muselmanen, äußerlich angepaßt, im Herzen aber auf Rache bedacht, noch immer die Mehrheit.
Die abendländischen Ritter, die sich trotzdem entschlossen, ihre Eroberungen zu verteidigen, befanden sich also in einer Lage, in der es selbst professionellen Glücksrittern schwerfallen mußte, auf die Fortdauer ihres Glücks zu hoffen. Die neuen Herren des Heiligen Landes »sahen sich ziemlich vereinsamt« einer Fülle von Problemen gegenüber, die zu lösen nicht nur Mut und Gottvertrauen, sondern auch mehr Menschen, mehr Mittel, mehr Nachschub erfordert hätten.

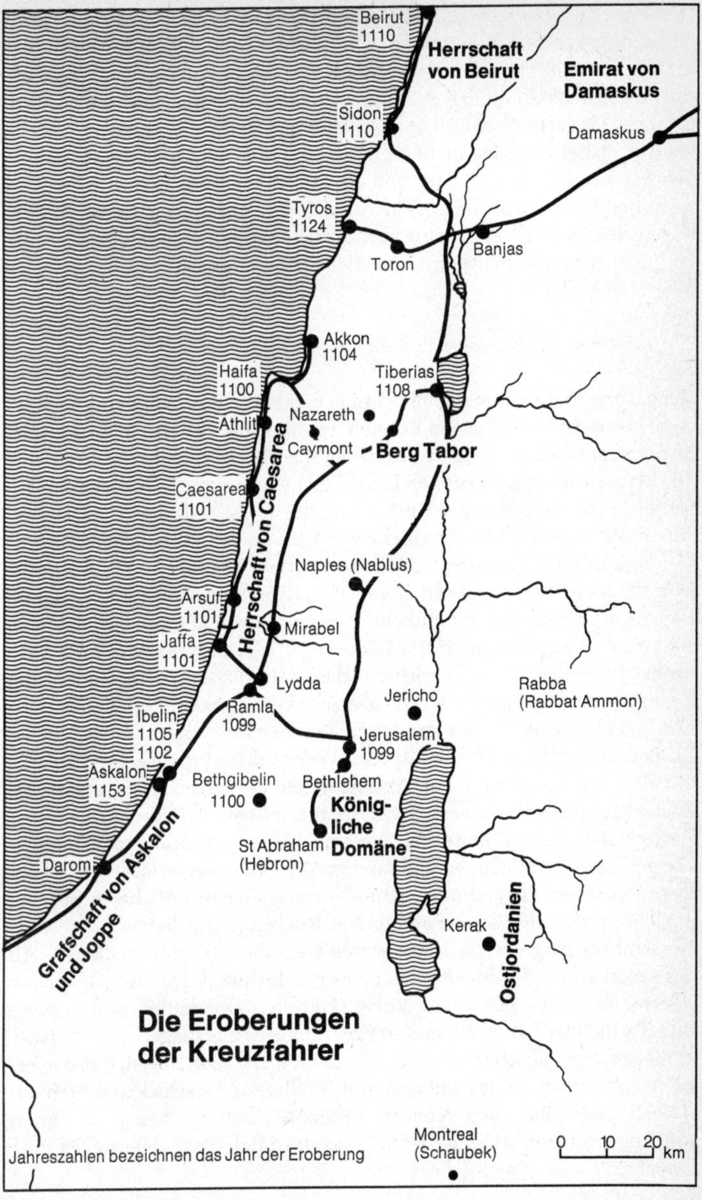
Beirut
1110
Herrschaft
von Beirut
Emirat von
Damaskus
Sidon
1110
Damaskus
Tyros
1124
Banjas
Toron
Akkon
1104
Haifa
1100
Tiberias
1108
Nazareth
Athlit
Caymont
Berg Tabor
Caesarea
1101
Herrschaft von Caesarea
Naples (Nablus)
Arsuf
1101
Mirabel
Jaffa
1101
Lydda
Rabba
(Rabbat Ammon)
Jericho
Ramla
1099
Ibelin
1105
1102
Jerusalem
1099
Askalon
1153
Bethgibelin
1100
Bethlehem
König-
liche
Domäne
St Abraham
(Hebron)
Darom
Grafschaft von Askalon
und Joppe
Ostjordanien
Kerak
Die Eroberungen
der Kreuzfahrer
Montreal
(Schaubek)
0 10 20 km
Jahreszahlen bezeichnen das Jahr der Eroberung

Der Übergang zu geregelten Verhältnissen dauerte mindestens zehn Jahre, wahrscheinlich länger. Die christlichen Kreuzfahrer waren in dieser Zeit dauernd in Kämpfe verwickelt und daher vollauf damit beschäftigt, ihre Muskeln zu zeigen, ihre Wunden zu lecken und um weitere göttliche Gnadenerweise zu beten. Der Staat, den sie – trotzdem – schufen, war daher zunächst nicht mehr als eine Improvisation, die vornehmlich der Kriegführung diente und als solche gewissen heimatlichen Gewohnheiten und Bräuchen gehorchte. Obwohl er hier und da auf Relikte der einheimischen Verwaltung zurückgriff, enthielt er deshalb nur wenig von dem, was wir heute mit dem Begriff Staat assoziieren.

Ein Küstenland von 300 Kilometer Länge

Geographisch war dieses Gebilde unübersehbar. Allein das Königreich Jerusalem reichte von Aila am Roten Meer bis Gaza und Beirut an der Ostmittelmeerküste. Insgesamt bedeckten die vier Kreuzfahrerstaaten eine Fläche, die außer dem heutigen Israel Teile von Ägypten, Transjordanien, Syrien, Libanon sowie der Türkei und des Iraks umfaßte.

Alle diese Länder und Landstriche werden von den christlichen Chronisten wegen ihrer Schönheit und Fruchtbarkeit besungen. Vor allem die Mittelmeerküste mit ihrer üppigen, pittoresken Vegetation, ihrem Reichtum an Blumen und blühenden Sträuchern und ihren Girlanden an Gärten, die vor allem die Hafenstädte regelrecht umkränzten, muß nach ihren enthusiastischen Berichten das dauerhafte Wohlgefallen der Kreuzfahrer erregt haben. Doch haben auch die dunklen Wälder des Libanon, der Grafschaft Edessa und des galiläischen Berglandes die Herzen der Eroberer offenbar stark beeindruckt. Wegen ihrer Fruchtbarkeit werden vor allem die Umgebung von Antiochia und die Gegend von Jericho, die Ebene von Jesreel und das reiche Hauran jenseits des Jordans gelobt.

Andererseits gab es weite Flächen unbebauten Landes, unzugängliche Felsgebirge, dürre Steppen und sandige Wüsten – wasserlose, menschenleere Regionen, die besonders den südfranzösischen Berichtern Schauer der Furcht und des Grauens über den Rücken gejagt haben.

Verschiedenartig wie die Natur waren auch die Kreuzfahrerstaaten. Als das »merkwürdigste Staatsgebilde« wertet Joshua Prawer die Grafschaft Edessa, das große fränkische Vorwerk an den Oberläufen von Euphrat und Tigris. Das Land, dessen Grenzen nie genau festlagen, war vorwiegend von orientalischen Christen bewohnt, meist Armeniern, die, wie berichtet, sich trotz ihrer Isolierung mit Intelligenz, Geschick und Stehvermögen gegenüber den Türken behauptet hatten, bevor sie unter lothringische Herrschaft gerieten. Auch ihre Befreier haben sie lediglich respektiert, aber nicht geliebt.

Südwestlich davon lag das Fürstentum Antiochia, dessen topographischer Steckbrief außer den Häfen Sankt Symeon und Latakia die Taurus-Städte Tarsos, Mamistra und Marasch nennt. Ostwärts erstreckte sich das heitere, wein- und obstgesegnete Land bis vor die Tore von Aleppo, dessen Bürger zeitweilig Tribute zahlen mußten. Später bildete der Orontes die Grenze, obwohl mal die eine, mal die andere Partei Brückenköpfe am jenseitigen Ufer errichtete. Auch in Antiochia scheinen die orientalischen Christen den Ton angegeben zu haben. Auf dem Lande allerdings waren die Muselmanen in der Überzahl. »Dieses ethnische und religiöse Potpourri« wurde von Südnormannen regiert, die ihrerseits eine starke Anziehungskraft auf die Einwanderer aus Süditalien und Sizilien, aber auch auf den normannischen Adel in England und Frankreich ausübten.

Die Grafschaft Tripolis, der Benjamin unter den vier Kreuzfahrerstaaten, stieg vom blauen Meer und seinem ertragreichen grünen Küstenstreifen zu den schroffen Kalk- und Sandsteinbergen des Libanon auf. Einzig die Buqaja-Ebene verschaffte dem von Antiochia, dem Emirat Damaskus und dem Königreich Jerusalem eingeschlossenen Ländchen ein wenig Atemraum. Mohammedaner bildeten die Basis der Bevölkerung. Unter den Christen spielten die Maroniten die wichtigste Rolle, zumal sie nicht nur als tüchtige Bauern, sondern auch als ausgezeichnete Bogenschützen galten. Im übrigen war diese Grafschaft ein Ableger der Provence. Die Einwanderer kamen – wenn überhaupt – aus dem Rhônetal, aus der Gegend von Toulouse, zum Teil von jenseits der Pyrenäen aus Katalonien.

Der Ältestenrang im Quartett der Kreuzfahrerstaaten gehörte natürlich dem Königreich Jerusalem. Es war ein Küstenstaat von 300 Kilometer Länge; im Norden, bei Beirut, etwa 30 Kilometer, im Süden, zwischen Daron und Kerak, rund 150 Kilometer breit. Im Nordosten drang er bis zu den Jordanquellen vor. An den heute wieder vielgenannten Golanhöhen umschloß er eine bereits 1108 »entmilitarisierte« Zone, ein politisches Niemandsland. Im Osten reichte das Königreich bis zu den Wüsten Syriens und Transjordaniens, so daß es in der Lage war, die Pilgerstraße nach Mekka und Medina und die Handelswege zwischen Ägypten und Syrien zu kontrollieren. Den südlichsten Punkt markierte die Koralleninsel im Roten Meer.

Das Königreich war etwa 40000 Quadratkilometer groß (das heißt: so groß wie die deutschen Bundesländer Baden-Württemberg und Rheinland-Pfalz zusammen) und mindestens zur Hälfte Wüste und unbewohnbares Bergland.

Das Bevölkerungsbild war womöglich noch krauser und vielgestaltiger als das der anderen Kreuzfahrerstaaten. Auch im Königreich Jerusalem gab es zahlreiche Gemeinden einheimischer Christen, die in Städten wie Bethlehem oder Nazareth und in etlichen Dörfern am Berge Tabor vielleicht sogar die stärkste Bevölkerungsgruppe stellten. Im ländlichen Galiläa und in den Hafenstädten lebten noch jüdische Gemeinschaften. Die zahlenmäßig größte Schicht waren jedoch, trotz allen Massakern, die Muselmanen, ihre Schwerpunkte die Landschaft von Nablus und das nördliche Galiläa, wo sie die ethnische Basis der Bauernbevölkerung bildeten. Jenseits des Jordans und an der Südgrenze gehörten sie meist nomadisierenden Beduinengruppen an, die die Herrschaft der Kreuzfahrer schon bald akzeptiert hatten und von diesen als nützliche, tributpflichtige Untertanen wohlwollend akzeptiert wurden.

Kronleben, Leben und Städte

Die großen muselmanischen Grundbesitzer hatten das Land allerdings verlassen. Über ihre riesigen herrenlosen Latifundien verfügte nun der König von Jerusalem. So kamen schon die äußeren Umstände der Anwendung des europäischen Feudalsystems im Heiligen Land entgegen. Es gab zahlreiche verwaiste Güter – und diese Güter gingen nach den mitgebrachten, traditionsgeheiligten Vorstellungen der europäischen Ritterschaft automatisch in den Besitz des Königs über. Der verfuhr nach dem gewohnten Rezept – er lieh die ihm zugefallenen Territorien oder deren Einkünfte an seine Vasallen aus. Er vergab sie als Lehen, das heißt: als geliehenes Land, an seine Grafen und Barone, die sich ihrerseits verpflichteten, ihm jederzeit »mit ihrem Schwertarm« zur Verfügung zu stehen.
Die vier Staaten, die so entstanden, geführt vom Königreich Jerusalem, waren echt mittelalterliche Feudalstaaten, Staaten nach europäischer Tradition und Überlieferung, trotz einigen byzantinischen und arabischen Einflüssen. Der König (in Antiochia der Fürst, in Edessa und Tripolis der Graf) belehnte seine Ritter mit Einkünften oder Grundbesitz, und diese waren fortan für ihn da, vorausgesetzt, daß er selbst seine Verpflichtungen so erfüllte, wie es die ungeschriebenen Gesetze der Feudalverfassung forderten. Zu diesen Verpflichtungen gehörten Geschenke und andere materielle Gunsterweise, gehörte vor allem ein gerechter Anteil an der gemeinsam errungenen Kriegsbeute. Für die am Hof lebenden Vasallen war die Intensität ihrer Treue natürlich auch von der Qualität des täglichen Essens und Trinkens, der Versorgung und Unterbringung, kurzum: von einem standesgemäßen Leben abhängig.
Die Herrscher von Jerusalem sind mit ihren Latifundien und deren Einkünften freilich sparsam umgegangen. Während sie den der Krone gehörigen Grundbesitz fast ausschließlich unter der königlichen Familie und den Vertretern des Hochadels verteilten, speisten sie die Vasallen durchweg mit materiellen Einkünften ab. Erst in der folgenden Generation wurden »verdiente Männer« mehr und mehr auch mit Grundbesitz aus-

gestattet. Die Regel wurde es auch dann nicht. Denn mehr als das Land zogen die Städte den Lehnsadel an. »Hier paßte sich«, wie der derzeit beste Kenner des inneren Aufbaues des Königreiches Jerusalem, der früher in Berlin, heute in der israelischen Hauptstadt lebende Joshua Prawer, vermerkt, »der europäische Feudalismus den uralten, städtischen Traditionen des Orients an. Die Stadt wurde zum wirtschaftlichen, juristischen und administrativen Zentrum des Kreuzfahrerstaates.«

Die unmittelbar der Krone unterstehenden königlichen Domänen wurden durch die Vizegrafen verwaltet, und zwar von Jerusalem, Nablus, Tyros und Akkon aus. Ein weiteres Zentrum des Kronbesitzes etablierte sich später in Daron an der Grenze nach Ägypten. Noch nach dreißig Jahren war das Kronland, nach Prawers Urteil, »vermutlich reicher als alle Lehngüter der Vasallen zusammen«. In Judäa, zwischen Hebron und Samaria, bildete es fast eine einzige zusammenhängende Fläche. Die in vielen Publikationen immer noch häufig anzutreffende Behauptung, der König von Jerusalem sei, verglichen mit seinen reichen Vasallen, ein armer Teufel gewesen, hält dem derzeitigen Stand der Forschung also nicht mehr stand.

Als die großen Kronlehen, die sich in den Händen und in der Obhut der Vasallen befanden, nennen die Quellen des Fürstentums Galiläa, das seinen aufwendigen Namen, wie man sich erinnert, dem Ehrgeiz des Normannen Tankred verdankte, die Grafschaft Jaffa-Askalon, die meist einem Mitglied des Königshauses vorbehalten war, und die Herrschaften (Baronien, Seigneurien...) Sidon und Kerak. Weiter gab es zwölf Lehen »zweiter Ordnung«, von denen einige, wie etwa Cäsarea, allerdings so reich und mächtig waren, daß ihre Inhaber zu den Großen des Landes gezählt wurden. Für alle gilt, daß es sich nur selten um »festgefügte, zusammenhängende Gebietsstücke« handelte. Denn dazwischen lagen ja noch die Ordensterritorien und die Besitzungen der Kirche. Die Karte des Königreiches muß also außerordentlich gefleckt und buntscheckig ausgesehen haben.

Von 1130 an war dieses wohlgefügte und offenbar zufriedenstellend funktionierende System jedoch mancherlei Veränderungen ausgesetzt. Das Kronland litt sichtlich an Auszehrung. Die fromme und freigebige Königin Melisende stattete nicht nur ihre höfischen Parteigänger, sondern auch Kirche und Orden mit zahlreichen Stiftungen aus, die sie bedenkenlos aus dem Königsbesitz herausschnitt. Auch die Leibgedinge für die Witwen der königlichen Familie bewirkten eine erhebliche Minderung des Krongutes, ebenso die standesgemäße Versorgung der »überzähligen« Kinder.

Je älter das Königreich wurde, um so mehr wurden die traditionellen Rechte des Königs jedoch durch Gesetze eingeengt. Seine Macht geriet immer stärker unter die Kontrolle eines umfangreichen Gesetzeswerkes, das zwar auf den Überlieferungen des abendländischen Feudalismus beruhte, aber doch dahin tendierte, die Bedeutung des Adels zu stärken. Diese Gesetze des christlichen Königreiches Jerusalem sind unter dem Namen *Assisen* bekannt geworden.

La Haute Cour und andere Rechtsinstitute

Herzog Gottfried soll kurz nach der Eroberung Jerusalems eine Gesetzessammlung, zu der angeblich alle am Ersten Kreuzzug beteiligten Völker und Völkerschaften beigetragen hatten, am Heiligen Grab deponiert haben. Die *Lettres de Sépulcre,* die mit Blattgoldinitialen auf wertvolles Pergament geschrieben waren, wurden einer edelsteingeschmückten Truhe anvertraut, die nur in Gegenwart des Königs und weiterer neun Vertreter des fränkischen Hochadels geöffnet werden durfte. Der Sultan Saladin soll diese Sammlung 1187 vernichtet haben.

Die von Philipp von Novara, einem um 1250 lebenden bedeutenden Rechtsgelehrten, überlieferte Erzählung stimmt in dieser Form sicher nicht. Immerhin dürfte »ein Kern Wahrheit« in ihr verborgen sein. Vieles spricht dafür, daß es diese Gesetzessammlung gegeben hat, auch wenn sie nicht schon unter Gottfried entstand und am Grabe des Erlösers aufbewahrt wurde. Die Historiker kennen die *Assisen* (das heißt, die Sitzungen von Vasallen unter Vorsitz ihres Lehnsherren, im weiteren Sinne: die auf diesen Sitzungen gefällten Entscheidungen) des Königreiches Jerusalem lediglich aus späteren Publikationen, die um die Mitte des 13. Jahrhunderts in Zypern zusammengestellt wurden. Diese Schriften, nach Waas Rechtsaufzeichnungen »großen Formates und sorgfältiger Arbeit«, für die außer Philipp von Novara die Grafen Jean von Ibelin und Geoffroy Le Tort verantwortlich zeichneten, vermitteln gleichzeitig eine fundierte Kenntnis der inneren Verfassung und der Rechtsinstitutionen des Kreuzfahrerstaates.

Nach Philipps sachverständigen Erläuterungen ging der Grundbestand der *Assisen* von Jerusalem auf einen hervorragenden französischen Rechtsexperten zurück. Französische und lothringisch-flämische Urteile und Entscheidungen bildeten die Basis. Die Historiker haben allerdings nachweisen können, daß auch römische Rechtspartikel aufgenommen wurden. Selbst arabische Einflüsse sind hier und da festzustellen.

Das Zentralinstitut der fränkischen Rechtspflege im Heiligen Land war demgemäß, nach heimischem Muster, *La Haute Cour,* der Hohe Rat, dem der den Vorsitz führende König und die Großen des Landes angehörten, die Inhaber der Kronlehen vor allem. Doch hatte auch die hohe Geistlichkeit Sitz und Stimme; ebenso waren die Repräsentanten ausländischer Gemeinden, die Land im heiligen Königreich besaßen, in der *Haute Cour* vertreten. Die Entscheidung in allen bedeutenden Rechtsfragen lag jedoch eindeutig beim König und den Delegierten des Hochadels. Je mehr die Macht des Königs abnahm, um so mehr wurde aus dem Rechtsinstitut aber auch ein einflußreiches politisches Gremium, ohne dessen Zustimmung weder Kriege geführt noch Verhandlungen beschlossen noch Pakte geschlossen werden konnten.

Auch die nichtadligen Franken hatten ihren eigenen Gerichtshof, und zwar in Gestalt der *Cours des Bourgeois*, die es in jeder größeren Stadt gab. Die Bürgerassisen bestanden jeweils aus zwölf Geschworenen und traten normalerweise dreimal in der Woche unter Vorsitz des Vizegrafen zusammen. Sie tagten »von Sonnenaufgang bis Sonnenuntergang, umgeben von Notaren, Schreibern und Gerichtsdienern, während die Bürgerschaft ihre Probleme vortrug, angefangen von Rechtsstreitigkeiten in Grundstücksangelegenheiten über Steuerhinterziehung und Zollbetrug bis zu Diebstahl und Verbrechen«. Der kommunale Gerichtshof war aber auch – nach Prawer – »eine Art Grundbuchamt« und als solches zuständig für »Verkäufe und Verpachtungen, Hypotheken auf Häuser, städtische Grundstücke sowie Gärten und Brunnen«. Später waren die meisten Bürgerhöfe sogar berechtigt, mit Namen des Lehnsherren der Stadt Verordnungen zu erlassen.

Neben dem Hohen Rat der Feudalherren und den Assisen der Stadtbewohner bestanden noch drei weitere Rechtsinstitute, und zwar:

die von König Amalrich begründeten *Kettengerichte*, deren Name sich von den Ketten herleitete, die nachts die Häfen der Küstenstädte sicherten; die Kettengerichte waren auf Fragen des Seerechtes spezialisiert, auf Streitigkeiten etwa, die »mit Verschiffung, Seeleuten, Havarien, Schiffshypotheken und Handelsgesellschaften zu tun hatten«; allerdings waren sie nur mit der sachlichen Klärung der anstehenden Fälle befaßt; die Urteile sprachen, von Bagatellfällen abgesehen, die Bürgergerichtshöfe;

die Marktgerichte – eine »fränkisch-syrische Gemeinschaftseinrichtung, die sich mit geringfügigen Streitfragen auf den Märkten befaßten, wenn Kläger und Beklagter verschiedenen Nationen angehörten«, und

die *Cours de la Fonde*, die in 33 Landstädten die Rechtsfälle der einheimischen Bevölkerung behandelten; sie waren in der Regel mit zwei fränkischen und vier einheimischen Geschworenen besetzt; ein vom örtlichen Lehnsherrn ernannter Beamter fungierte als Vorsitzender, der in fränkischer Sprache als *Bailli*, in arabischer Sprache als *Reis* bezeichnet wurde; die *Cours de la Fonde* erlaubten allen Prozeßbeteiligten, Eide in eigener Sprache und auf das Heilige Buch, also auch auf den Koran, zu leisten, und wurden wegen ihrer Unparteilichkeit gelobt; Berufsinstanz war das zuständige Bürgergericht.

Den Rechtsinstitutionen des Königreiches Jerusalem entsprachen die von Tripolis und Antiochia. Allerdings war die Stellung der Grafen von Tripolis und der Fürsten von Antiochia eindeutiger als die des Königs von Jerusalem, da ihre Funktionen erblich waren, während die Königswahl grundsätzlich der Zustimmung des Kronrates bedurfte. Über die Herrschaftsformen der Grafschaft Edessa ist wenig bekannt, doch dürften sie stärker als in den übrigen Kreuzfahrerstaaten auf heimischen Überlieferungen und Einrichtungen beruht haben.

In allen fränkischen Staaten aber wurde die Jurisprudenz mit einer fulminanten Leidenschaft ausgeübt. Die Rechtsbesessenheit der abendländischen Ritter ist eines der besonderen Kennzeichen des Lebens in den Kreuzfahrerländern. Die Protokolle der *Assisen* verraten eine Bereitschaft zu haarspalterischer Kasuistik und Spitzfindigkeit, die sehr wenig mit dem Bild vom frommen, draufgängerischen und etwas »tumben« Recken zu tun hat, als den uns vornehmlich die Historiker des 19. Jahrhunderts den abendländischen Schwertherrn im Nahen Osten geschildert haben. Die Barone waren nicht nur groß im Kämpfen und Beutemachen, sondern auch im Führen von Prozessen. Ja, sie wurden in dieser Hinsicht durchaus schöpferisch – sie entwickelten, wie schon Hans Prutz, der Königsberger Historiker, in seiner klassisch gewordenen *Kulturgeschichte der Kreuzfahrerzeit* beschrieben hat, »eine subtil ausgearbeitete Rechtswissenschaft«, die, merkwürdig genug, das »größte und am besten durchgearbeitete Rechtssystem des ganzen Mittelalters« darstellt.

Die Kreuzritter als Paragraphenritter, als ein Volk von Prozeßhanseln und juristischen Griffelspitzern? Die *Assisen* lassen keinen Zweifel daran, daß die fränkischen Grafen und Barone die Kunst, Entscheidungen zu beeinflussen oder zu verschleppen oder den Sinn eines Gesetzes ins Gegenteil zu verkehren, mit einer sportlichen Leidenschaft betrieben, die bei vielen von ihnen das geheime Zentrum ihres Ehrgeizes war.

Diese extravagante, engagierte, auf hervorragend funktionierende Institutionen gestützte Rechtspflege muß man berücksichtigen, wenn man die Rolle der öffentlichen Gewalt im Königreich Jerusalem begreifen will.

Monopole des Königs

Abendländischem Brauch und Herkommen nach war der König die Zentralgestalt des kleinen christlichen Staates, den die Kreuzfahrer im Heiligen Lande, gleichsam als Vorwerk der westlichen Christenheit, schufen. Das lag zu einem guten Teil daran, daß das lothringische Adelsgeschlecht, das mit Gottfried von Bouillon die Herrscherwürde in Jerusalem übernahm, eine Reihe tatkräftiger, intelligenter, politisch versierter und überaus rechtskundiger Landesherren geliefert hat. Auch die Auffrischung ihrer Sippe durch den klugen und erfahrenen Fulk von Anjou ist den Königen von Jerusalem gut bekommen. Fragwürdiger waren die Folgen der armenischen Blutbeimischung, die vor allem im weiblichen Teil der Königsfamilie weiterwirkte und jene zweifelhaften, sehr ehrgeizigen, anspruchsvollen und den Freuden dieser Welt unmäßig ergebenen Prinzessinnen hervorbrachte, die in der Chronik des Königreiches Jerusalem einige unschöne, ziemlich befleckte Seiten hinterlassen haben.

Die Könige von Jerusalem verdankten ihre große Macht aber auch ihrer staatsrechtlichen Stellung. Die erbliche Thronfolge wurde, obwohl nirgendwo festgelegt, in der Praxis nie in Frage gestellt. Der Monarch war unumschränkter Herr seines Kronbesitzes, über den er nach Gutdünken verfügen konnte. Dagegen vermochte er selbst in zwölf genau festgelegten Fällen Lehen ohne förmliches Gerichtsverfahren einzuziehen, wobei nicht nur Geldfälschung oder eigenmächtige Münzprägung, sondern auch so dehnbare Begriffe wie Hochverrat oder *Apostasie* (= Abfall vom Glauben) in Anschlag gebracht werden konnten. Als oberster Lehnsherr konnte der König verhindern, daß seine Vasallen ihren Besitz weiterveräußerten. Starb einer von ihnen, so war er befugt, der Witwe einen ihm genehmen neuen Gatten vorzuschlagen; diese hatte lediglich das Recht, sich zwischen zwei Anwärtern zu entscheiden.

Auch der Abschluß von Verträgen, sei es mit Byzanz, Venedig oder Damaskus, war ein Monopol des Königs. Er ernannte den Patriarchen, wobei die Regel wollte, daß er von zwei Kandidaten, die die Kanoniker des Heiligen Grabes ihm vorschlugen, einen aussuchte; er konnte aber auch beide verwerfen. Hatte er Streit mit dem oberen Kirchenfürsten seines Reiches, stand es ihm frei, sich direkt an den Papst zu wenden. Der König von Jerusalem hatte auch das Recht, von den Herrschern der übrigen Kreuzfahrerstaaten die Bereitstellung von Truppen zu verlangen, wenn die Situation eine gemeinsame Kampagne notwendig machte.

Beträchtliche Einkünfte untermauerten die Stellung des Hüters der Heiligen Stadt. Seine Vizegrafen hatten alle drei Monate bei der *Secrète* genannten Kammer über die von den Krondomänen aufgebrachten Feudalabgaben und sonstigen Ertragssteuern Rechnung abzulegen. Eine mindestens ebenso wichtige Einnahmequelle waren die königlichen Produktionsmonopole, die sich unter anderem auf die Herstellung von Zukker und Seife sowie auf die Tätigkeit von Färbereien und Gerbereien erstreckten und »gegen ein Fixum an Generalagenten verpachtet wurden, denen das Risiko der Abgabeneintreibung oblag«. Der König von Jerusalem besaß ferner Bannrechte an Bäckereien und Schlachthäusern in den zum Kronbesitz gehörenden großen Städten. Von den Muslimen zog er eine Kopfsteuer, von den Beduinen Tribute ein. Außerdem verfügte er über das Strandrecht.

Einen beachtlichen Posten in seinem Etat stellten ferner die Zölle und Ha-

fengebühren von Akkon und Tyros dar. Hans Eberhard Mayer verweist in diesem Zusammenhang auch auf die *funda*, eine »Mischung von Bazar und Lagerhaus«, in der »die Marktpolizei besondere Marktgebühren« erhob. Fremde Schiffe mußten zudem »ein Ankergeld von einer Mark Silber und die *terciaria*, d. h. ein Drittel des von den Fahrgästen erhobenen Fahrpreises erlegen. Diese Pilgersteuer scheint wichtig gewesen zu sein, denn sie wurde dem König bei der umfangreichen Privilegierung der Venezianer 1123 ausdrücklich vorbehalten.«
Die Herrscherrolle des Königs von Jerusalem nährte sich aber auch aus der metaphysischen Bedeutung seiner Aufgabe, der »besonderen Heiligkeit« seines Auftrages. Sein Reich war zwar klein, nahm aber den Segen des Himmelskönigs und damit eine Art religiöser Weihe voll für sich in Anspruch. »Der König von Jerusalem«, so heißt es in den *Assisen* des Jean von Ibelin, »hat sein Königreich von Gott, und nur von ihm.« Der Schutzherr des Heiligen Grabes lebte daher in der Aura eines gewissermaßen überpersönlichen Daseins. Er galt als ein »Gesalbter des Herrn«.
Diese seine priesterlichen Funktionen haben auch das Zeremoniell seiner Krönung stark geprägt; es enthielt, verglichen mit den abendländischen Ritualien, deren Abkömmling es war, etliche Zusätze, die die besondere Würde eines Königs von Jerusalem symbolisierten.

Die Krönung in der Grabeskirche

Der erste König von Jerusalem, Balduin von Boulogne und Edessa, ließ sich in Bethlehem, der Geburtsstadt Jesu Christi, krönen. Alle anderen Herrscher des ersten Königreiches empfingen ihre Weihe in der Heiligen Stadt, in der Kirche zum Heiligen Grab, der meistverehrten Stätte der Christenheit. Der Patriarch von Jerusalem vollzog den feierlichen Akt. War er verhindert, trat der Erzbischof von Tyros an seine Stelle. Fiel auch dieser aus, versah der Erzbischof von Cäsarea das Amt des »Königmachers«.
Der Tag begann ernst und bedeutungsschwer mit dem vom Kämmerer geleiteten Anlegen der Krönungskleider, deren wichtigste Teile die *Stola* und die *Dalmatika* waren: das knöchellange altrömische Ärmelgewand und das aus dem alten Ägypten stammende hemdartige Obergewand aus weißer dalmatinischer Wolle, das – bereits seit dem 4. Jahrhundert liturgischen Zwecken dienend – in der Kreuzzugzeit vornehmlich die Amtstracht der Diakone war.
Derart als Diener der Kirche und Verwalter priesterlicher Aufgaben gekennzeichnet, verließ der zukünftige König, gefolgt von den Mitgliedern der Herrscherfamilie, den Angehörigen des Hofstaates und den Grafen des Reiches, seine Gemächer und erschien vor dem königlichen Palast;

hier erwarteten ihn der Marschall und der Konstabler, der die Königsstandarte trug, ein weißes Fahnentuch mit einem großen Kreuz in der Mitte und vier kleinen Kreuzen an den vier Ecken, Symbole der fünf Wunden Christi.
Wenn der König sein Pferd bestiegen hatte, setzte sich der Festzug langsam und gemessenen Schrittes in Bewegung, angeführt vom Kämmerer, der den Weg vom Palast zur Grabeskirche mit dem blanken Schwert des Hüters der Heiligen Stätten anzeigte. Ihm folgte der Seneschall, der die Herrschaftszeichen – Szepter und Erdkreisscheibe – trug, dann der Konstabler mit der Fahne. Dann die königliche Familie und wieder der Hofstaat und die vielen fränkischen Grafen und Barone aus allen Teilen des Königreiches, die es für ihre Vasallenpflicht hielten, ihrem obersten Lehnsherrn an diesem Tag ihren Gruß zu entbieten.
Die Straßen der Heiligen Stadt, durch die die königliche Prozession zog, erstrahlten – selbstverständlich – im Festschmuck. Fahnen flatterten, farbige Stoffbahnen verhüllten die Wände der flachdachigen Häuser, von den Balkonen wallten Teppiche hernieder. Die Bewohner standen Spalier, respektvoll und hochgestimmt. »Festesfreude durchdrang die ganze Stadt.«
An der Grabeskirche angekommen, stieg der König vom Pferd. Gleichzeitig wechselte die Standarte aus den Händen des Konstablers in die des Marschalls. Vor dem Portal des ehrwürdigen Bauwerks erwartete der Patriarch, umgeben von seinen Prälaten und den hohen Kirchenfürsten den Herrscher, der kniend das gemeinsame Gebet mitsprach. Dann folgte die Eidesleistung.
Der Eid, den der König – immer noch kniend, die Hand auf der Bibel – zu sprechen hatte, unterschied sich im ersten Teil nur wenig von den traditionsheiligen Texten, die bei Krönungen in den europäischen Ländern gesprochen wurden. Er schwor, die Besitzungen und Rechte der Kirche zu respektieren, Witwen und Waisen zu schützen und allen Bewohnern seines Reiches Gerechtigkeit widerfahren zu lassen. Doch enthielt sein Eid auch das Versprechen, dem Patriarchen »ein treuer Helfer und Verteidiger seiner Person gegen alle Bewohner« des Landes zu sein: ein nie aufgegebenes Relikt aus der Zeit Gottfrieds, der, wie erinnerlich, den obersten Kirchenfürsten als höchstinstanzlichen Souverän anerkannt hatte. In gleicher Weise hatte der König dann auch den Eid auf die *Assisen* und damit auf die Rechte und Privilegien der großen Herren abzulegen.
Danach trat der Patriarch, auch er im feierlichen Ornat, auf den Herrscher zu, richtete ihn auf, küßte ihn und rief dreimal mit erhobener Stimme: »Prälaten, Seigneurs, Bürger und Ihr alle, die Ihr aus dem Volk hier versammelt seid, ich tue Euch kund und zu wissen, daß wir zusammengekommen sind, um diesen Herrn zu krönen. Ich fordere Euch deshalb auf zu erklären, ob er in Wahrheit der Herr und der Erbe des Reiches ist.«

Die Menge beantwortete die dreimalige Frage mit einem dreimaligen »Ja«. Dann stimmte der Klerus das Tedeum an, und der König und sein Gefolge betraten die Heilige Grabeskirche. Die Großwürdenträger trugen die Insignien seiner Macht und die Königsfahne voran.
Während der König betend am Altar verweilte, öffneten die Großmeister der beiden Ritterorden, die zugleich die Schlüsselbewahrer der Schatzkammer der Kirche waren, die kostbare Truhe, in der die Krone aufbewahrt wurde. Erneut erklang das Tedeum. Der Schirmherr des Heiligen Landes erhob sich und nahm auf einem Thron gegenüber dem Grabe Christi Platz. Der Patriarch las die Messe und bat um himmlischen Segen für den König. Dieser trat nun wieder vor den Altar und ließ sich erneut auf die Knie nieder. Der Patriarch salbte ihn mit dem geweihten Öl, das er einem hornähnlichen Behälter entnahm, streifte ihm einen Ring, das Symbol der Legalität, über den Ringfinger der rechten Hand und gürtete ihn mit dem Schwert, dem Wahrzeichen der Gerechtigkeit und der entschlossenen Verteidigung des Glaubens. Dann setzte er ihm die Krone (von der wir nicht wissen, ob sie rund oder polygonal war) aufs Haupt, reichte ihm die Zeichen der Herrschaft, Zepter und die Erdkreisscheibe, und rief dreimal: »Lange lebe der König!«
Nach dem (ebenfalls durch die *Assisen* überlieferten) Krönungsprotokoll hatte der König nun auf den Thron zurückzukehren und das Ende der gottesdienstlichen Handlung abzuwarten. Dann nahm er das Abendmahl. Der Segen für die Königsstandarte, wiederum vom Patriarchen gespendet, beschloß das symbolschwere Ritual in der Grabeskirche.
Aber noch waren die Zeremonien des Krönungstages nicht beendet. Vor dem Portal des Gotteshauses bestieg der König wieder sein vom Marschall geführtes Streitroß. Der Zug bewegte sich nun zum Felsendom, dessen mächtige Kuppel ein goldenes Kreuz schmückte. Dort legte der König seine Krone auf dem Altar nieder: ein Akt, der die Erinnerung an den Auftritt des jungen Jesus Christus im Tempel wachhalten sollte.

Profane Geldnot – das Dauerschicksal des Heiligen Reiches

Erst dann begann das große Krönungsmahl in der heutigen el-Aksa-Moschee, die in den ersten Jahrzehnten des Königreiches Jerusalem als Residenz gedient hatte: ein Mahl, bei dem das kleine christliche Land im Nahen Osten noch einmal alles aufbot, um der Bedeutung dieses Tages gerecht zu werden. Der Brauch wollte es, daß fränkische Bürger Jerusalems die »schmausenden und pokulierenden Gäste« des Königs bedienten. Doch stärker als sie traten hier die Großbeamten des Landes in Erscheinung, jene vier Hauptwürdenträger, die seit Karls des Großen Zeiten an den europäischen Fürstenhöfen die Macht des Souveräns repräsentierten:

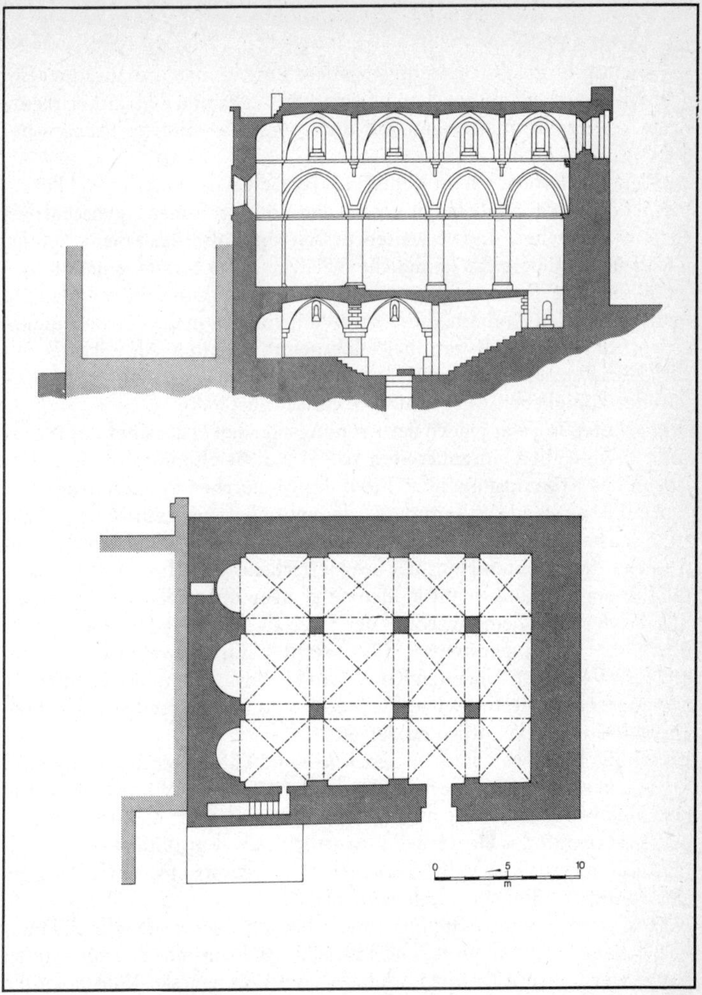

Grundriß und Aufriß der romanischen Kreuzfahrerkirche Abu Gosh, 10 km (Luftlinie) westlich von Jerusalem gelegen. (Zeichnung)

der Seneschall, der Kämmerer, der Konstabler und der Marschall, dazu Kanzler und Bailli.

Der wichtigste von ihnen, wenigstens dem Herkommen nach, war der Seneschall, dessen Name aus dem lateinischen *senex* und dem althochdeutschen *scalc* zusammengesetzt war und soviel wie »ältester Diener« bedeutete.

Der Seneschall war auch im Königreich Jerusalem der Finanz- und Personalchef des Hofes zugleich. Er vertrat den König in seiner Eigenschaft als oberster Rechtsherr und verwaltete dessen Einkünfte. Als Finanzchef leitete er insbesondere das königliche Schatzamt, die bereits genannte *Secrète,* ein, wie Runciman meint, »locker organisiertes Büro«, das die Franken von den Arabern, diese wiederum von den in Geldsachen außerordentlich versierten Byzantinern übernommen hatten. Als höchster Beamter des Reiches war er auch für den Bau und die gewissenhafte Inspektion der königlichen Burgen und Schlösser zuständig.

Sein größter Tag war jedoch der Krönungstag, den er als Chef des Protokolls gewissenhaft vorzubereiten hatte; zur Belohnung erhielt er am Abend des Krönungstages das Pferd des Monarchen als Geschenk.

Ihm zur Seite stand der Kämmerer, der neben dem Seneschall, dem obersten Reichsbeamten, als oberster Hofbeamter fungierte. Als solcher betreute er den privaten Haushalt des Herrschers, auch dessen Privatschatulle. Beim Krönungsmahl kredenzte er dem König den weingefüllten Becher, der nach dem Abschluß der Feier als Souvenir in seinen Besitz überging. Überhaupt dürfte sein Amt recht lukrativ gewesen sein. Wenn etwa ein Vasall dem obersten Kriegs- und Lehnsherrn huldigte, hatte der Kämmerer die Eidesformel vorzusprechen – und der Vasall sich für diese Dienstleistung erkenntlich zu zeigen.

Da ständig Krieg war, standen Seneschall und Kämmerer des Königs von Jerusalem meist jedoch im Schatten der militärischen Würdenträger. Die bedeutendste Charge war die des Konstablers, der für die Organisation und Schlagkraft des Heeres verantwortlich war. Ihm unterstanden auch Nachschubwesen und Militärgerichtsbarkeit, ebenso ging das Geld für die Bezahlung der Söldner durch seine Hände.

Dem Marschall, seinem Stellvertreter, oblag die Anwerbung der Söldner, ebenfalls eine sehr ersprießliche Tätigkeit, da er für jeden verpflichteten Ritter vier Byzantii Prämie im Jahr erhielt. Während der Konstabler die höchste Rechtsinstanz für alle adligen Krieger war, führte der Marschall das Kommando über die Judikatur der niederen Ränge. Auf dem Marsch war er für Pferde und Waffen verantwortlich. Auch beaufsichtigte er die Errichtung der Lager und die Verteilung der Beute – eine Aufgabe, die sowohl seinem Ansehen als auch seinen Einkünften gut bekam.

Der Kanzler – oder besser: der Chefkanzlist – war stets ein Geistlicher. Er erledigte sozusagen »das Schriftliche«. Er verfaßte Urkunden und

Schenkungstexte und sorgte dafür, daß sie mit dem königlichen Siegel versehen und sorgfältig archiviert wurden. Die meisten Historiker sind der Meinung, daß die Kanzlei des Königs von Jerusalem hervorragend funktioniert hat. Allerdings scheint sie nicht mehr als notwendig beansprucht worden zu sein.

Schließlich gab es noch, wenn auch nicht als Dauereinrichtung, das Amt des Reichsverwesers. Bei längerer Verhinderung des Königs, sei es durch Krankheit, sei es durch Gefangenschaft, wählte der Kronrat einen Geschäftsführer: den Regenten, der *procurator* oder *bajulus regni*, verkürzt: *Bailli* genannt wurde. In der Regel wurde dem Konstabler, als dem höchsten »Militär«, Aufgabe und Ehre der Regentschaft zuteil, gelegentlich dem Patriarchen. In den letzten Jahren des Königreiches hat Raimund von Tripolis, wie bekannt, zweimal die Aufgaben des *Bailli* übernommen.

Den Großbeamten leisteten ganze Schwärme von Kleinfunktionären Hilfs- und Zubringerdienste: Adjutanten und Prinzenerzieher, Vorleser und Kammerdiener, Küchen-, Keller- und Jägermeister, Leibwächter und Leibkaplane, überhaupt Geistliche jeglichen Ranges. Ebenso Scharen von Müßiggängern, deren wichtigste Aufgabe es war, ständig präsent zu sein und den Launen und Wünschen der hohen Familie jederzeit zur Verfügung zu stehen. Auch sie hatten ihre gesellschaftliche Bedeutung, auch sie stellten ihre Ansprüche, auch sie lebten auf des Herrschers Kosten und nagten an seinen Einnahmen – Tag um Tag, jahraus, jahrein.

So war der König von Jerusalem trotz all seinem Reichtum meist ein armer Mann. Geldnot war sein Schicksal, eine leere Kasse sein nie gelöstes Problem. Seine so reichlich fließenden Einnahmen reichten nicht aus, außer einem immerwährenden Krieg einen Hof zu unterhalten, dessen Ehrgeiz es zumindest zeitweilig war, der Sonderstellung des Königreiches Jerusalem auch durch besondere Prachtentfaltung gerecht zu werden. Solcher Aufwand war mit den Mitteln des kleinen christlichen Königreiches jedoch nicht zu finanzieren, und so gerieten die Kustoden des Heiligen Grabes immer stärker in die Kreide. Selbst der dritte Balduin – jener junge, ritterliche Herrscher, dessen Charme sogar Kaiser Manuel bezwang – inszenierte ordinäre Überfälle auf die Herden muselmanischer Beduinen, »weil er sich«, wie Wilhelm von Tyros berichtet, »vor Schulden nicht mehr zu helfen wußte«. König Amalrich konnte seine Söldner nur mit Hilfe von Krediten entlohnen und war daher, wie bekannt, ständig bereit, für die Zahlung von Tributen oder Kontributionen militärische und politische Vorteile zu verkaufen. Überhaupt hat die immerwährende Finanzkalamität der Könige von Jerusalem zahlreiche militärische Aktionen ausgelöst. Oft haben die Herren des Heiligen Landes den drohenden Bankrott nur durch erfolgreiche Beutezüge abgewehrt.

Bei den vielen Kriegen, die sie führten, schimmert aber noch ein weiteres, gleichsam systemimmanentes Motiv durch – die Wächter des Heiligen Grabes waren im Kriege mächtiger als im Frieden, vor allem dem Adel gegenüber, dessen Einfluß in dem Maße wuchs, wie der des Königshauses sank.

»Ich habe nichts mit Euch zu schaffen«

Die Anfänge waren günstig für die lothringische Herrschersippe. Der Normanne Bohemund war mit der militärischen Sicherung seiner Herrschaft in Antiochia beschäftigt, Raimund mit der Eroberung von Tripolis. In Edessa regierten Verwandte der Könige von Jerusalem. Die Grafen von Flandern, Blois und Vermandois hatten es vorgezogen, in die Heimat zurückzukehren, waren also keine Konkurrenz mehr. Der im Lande gebliebene Kleinadel sah die Mühsale seiner Kreuzfahrt gelohnt und hatte kein Interesse, gegen den obersten Lehnsherrn zu rebellieren.
So konnten nach dem kurzen Gottfriedschen Intermezzo die beiden ersten Balduine jene »Monarchie mit feudalem Unterbau« errichten, in der der Wille des Königs die höchste Instanz war. Sie waren es auch, die das Erbrecht des lothringischen Hauses durchsetzten, nachdem bei Gottfrieds Tod noch der Herzog von Tarent als Nachfolger diskutiert worden war. Aber der fränkische Adel hat dieses Erbrecht, das von den Königen von Jerusalem schließlich sogar genutzt wurde, die Thronfolge schon zu eigenen Lebzeiten zu sichern, nur als praktische Übung respektiert. Theoretisch hielt er die Möglichkeit einer Königswahl offen. Nach den *Assisen* mußten die Großmänner des kleinen Reiches noch während der Krönungszeremonie dreimal gefragt werden, ob der neue König »der rechte Erbe« sei. Erst wenn diese Frage dreimal mit einem lauten »Ja« beantwortet worden war, wurde die Krönung vollzogen. Ein »Nein« war natürlich nicht vorgesehen, im Grundsatz jedoch, wie Adolf Waas meint, gewährt und abgesichert.
Auch der Preis für das »Ja« war in das Krönungsritual aufgenommen. Der König hatte einen Eid auf die *Assisen* zu leisten und zu schwören, die von seinen Vorgängern erlassenen Privilegien und Schenkungen nicht anzutasten und Änderungen nur in Übereinstimmung mit der *Haute Cour* vorzunehmen. Mit anderen Worten: der König wurde vor seiner Krönung regelrecht darauf vergattert, daß er die Rechte des Adels achten und respektieren werde. Waas schließt daraus, daß das kodifizierte Recht des Königreiches Jerusalem schon im Keim »königsfeindliche Tendenzen« aufwies.
Seiner rechtlichen Stellung nach war der König demnach nicht mehr als »das ausführende ... Organ des in der *Haute Cour* seine Macht zusammenfassenden Adels« und damit lediglich der Erste unter Gleichen. Über-

spitzt ausgedrückt – er war nicht mehr als der mit der Verwaltung und Verteidigung des Landes Beauftragte des Adels, er übte Macht nur stellvertretend, nur repräsentativ aus. Seine Rechte waren nicht genuin, sondern delegiert. Schwächer als etwa der König von Frankreich, für den römische Überlieferungen im Sinne eines starken Staates weiterwirkten, konnte der Herrscher des Heiligen Landes nur dann störungsfrei regieren, wenn er seine Grafen und Barone ständig zu Rate zog und ihnen als Mitinhaber der Macht, als Mitträger der Verantwortung die erwartete Reverenz erwies.

Schon unter Fulk von Anjou versuchten die fränkischen Herren, die königlichen Befugnisse auch praktisch einzuengen. Auf ihre Erfahrung und Landeskenntnis pochend, glaubten sie sich allen »Zugereisten« (und somit auch dem »angeheirateten« König) überlegen und daher berechtigt, ihre eigene Politik zu treiben. Der Konflikt zwischen den »großen Familien« des Heiligen Landes und den Neuzugängen aus Europa war demnach, als er im letzten Jahrzehnt des Königreiches so bedrohliche Formen annahm, bereits ein halbes Jahrhundert alt.

Die vielzitierte, von Amalrich I. 1163 erlassene *Assise sur la ligèce*, die auch die Afterlehnsleute dem Herrscher direkt unterstellte, hat – wenn überhaupt – nur kurze Zeit eine Verstärkung der königlichen Macht zur Folge gehabt. Die Entwicklungstendenz war, wie Waas meint, stärker »als ein einzelnes Gesetz«. Auch Runciman gelangt zu dem Ergebnis, daß dieses Gesetz, obwohl es »dem König eine nützliche Handhabe gegen den Adel lieferte..., auf längere Sicht lediglich die Macht des Hochgerichtes« vergrößerte. In der Praxis ist nämlich, wie Prawer nachgewiesen hat, die *Assise sur la ligèce* »immer nur gegen den König, nie zu seinen Gunsten« angerufen worden.

Dem Machtbewußtsein der großen Herren ist auch zugute gekommen, daß sie kaum schlechter gestellt waren als der König. So dürften zumindest die vier großen Baronien über Einkünfte verfügt haben, die denen der Krone nicht nachstanden. Ihre Nutznießer hatten deshalb auch keine Bedenken, etwa in das königliche Münzrecht einzubrechen. Gelegentlich kam es sogar vor, daß sie, unbekümmert um die Interessen des Landes, Kriege auf eigene Faust führten.

So wurde die Stellung des Königs durch die von den Grafen und Baronen rigoros verfochtenen Adelsrechte immer mehr unterminiert. Nicht nur die Fürsten von Antiochia und die Grafen von Tripolis, die den König von Jerusalem nur ideell als obersten Lehnsherrn anerkannten, verstießen gleichmütig gegen die Gesetze des Gemeinwohls, sondern auch die großen Herrn des christlichen Königreiches.

Als Raimund von Tripolis als Fürst von Galiläa aufgefordert wurde, König Guido den Treueid zu schwören, lehnte er das mit den stolzen Worten ab: »Ich habe nichts mit Euch als König zu schaffen; denn was ich habe,

besitze ich mehr aus freiem Eigentum als durch Verlehnung von Euch.« Und als Rainald von Châtillon 1186 nach dem Überfall auf eine muselmanische Karawane die Order erhielt, Saladin die gewünschte Wiedergutmachung zu leisten, ließ er dem König übermitteln, er sei Herr im eigenen Lande und bedürfe seiner Ratschläge nicht.
Offener Widerstand des Adels gegen den König war demnach eine alltägliche Erscheinung; im Krieg allerdings galten die traditionellen Treuebegriffe – für den christlichen Herrscher von Jerusalem ein Grund mehr, möglichst viele Kriege zu führen.

Freilichtmuseum der Kirchengeschichte

Die Kirche verhielt sich loyaler. Oder besser: die Möglichkeiten der Kirche, Opposition zu üben, waren erheblich geringer als die des Adels. Die Geistlichkeit hat deshalb die Macht des Königs nie ernsthaft in Frage gestellt.
Das war nicht von Anfang an so; Dagobert von Pisa, der erste Patriarch des wiedereroberten Heiligen Landes, wollte, wie man sich erinnert, einen nur dem fernen, sehr fernen Lateran verpflichteten theokratischen Staat errichten und mußte erst durch König Balduin I. darüber belehrt werden, daß die irdischen Machtmittel, richtig angewandt, allemal größer als die des Himmels sind.
Balduin tat jedoch noch mehr. Er unterstellte das von ihm gegründete Königreich nun seinerseits dem Schutz des Heiligen Vaters und schlug damit zwei Fliegen mit einer Klappe. In der richtigen Erkenntnis, daß der römischen Kurie nichts an einem mächtigen Patriarchat an den traditionsgeheiligten Stätten Palästinas liegen konnte, schuf er eine latent weiterwirkende Interessenallianz von Heiligem Stuhl und Heiligem Grab. Diese hat sich in der Folgezeit durchweg hervorragend bewährt. Gab es Streit zwischen dem König und dem Patriarchen von Jerusalem, so war in Rom stets die Bereitschaft vorhanden, zugunsten des weltlichen Herrschers zu entscheiden. Die päpstliche Protektion zahlte sich aber auch materiell aus. Der Lateran fühlte sich für die Wohlfahrt »seines« christlichen Königreiches in der Levante in hohem Maße verantwortlich und war immer ansprechbar, wenn dieses Hilfe benötigte.
Die Könige von Jerusalem profitierten allerdings auch von der unglaublichen Zersplitterung der Kirche im Heiligen Land, die es ihnen leicht machte, ständig einen Teil der Geistlichkeit gegen den anderen auszuspielen. Palästina und Syrien zusammen zählten zeitweise nicht weniger als 102 Bistümer. Die Levante war damals, wie es bei Prawer heißt, nicht nur ein »Schaukasten der islamischen, christlichen und jüdischen Geschichte«, sondern auch ein »Freilichtmuseum der Kirchengeschichte«.

Den höchsten Rang nahm natürlich die als Staatskirche fungierende Westkirche für sich in Anspruch. Die Lateiner präsentierten sich, von den Schwertern der Kreuzritter geschützt, vom ersten Tag an als die Repräsentanten der alleinseligmachenden wahren Lehre. Sie bauten ihre eigene Hierarchie auf, setzten eigene Bischöfe, Erzbischöfe und Patriarchen ein und integrierten die neue palästinensische Filialorganisation vollständig in den Mutterverband der römischen Kirche.
Doch war schon der kirchliche Raum der Lateiner im Übermaß zerstükkelt. So gehörten, nach Hans Eberhard Mayers sachverständiger Darstellung, allein zum Patriarchat Jerusalem die Erzbistümer Tyros, Cäsarea, Nazareth und Petra sowie die Bistümer Ramla-Lydda, Bethlehem, Sebaste, Tiberias, Beirut, Akkon, Sidon, Baniyas und Hebron-St. Abraham. Dazu gab es eine Reihe weiterer geistlicher Institutionen mit Stimme und Gewicht, so etwa das Augustiner-Chorherrenstift vom Heiligen Grab, die Kanoniker auf dem Ölberg, die Abtei auf dem Berge Zion, die Benediktinerabteien St. Maria Latina und St. Maria im Tal Josaphat, Bethanien und das Taborkloster, das der clunianzensischen Regel gehorchte. »Die Prämonstratenser hatten ihr kleines Zentrum in St. Samuel auf dem Freudenberge bei Jerusalem (Zisterzienser fanden sich nur in der Grafschaft Tripolis und im Fürstentum Antiochia). Am Berge Karmel bildete sich im 13. Jahrhundert aus Einsiedlern der Karmeliterorden, und bald nach ihrer Anerkennung durch die Kirche ließen sich auch die Bettelorden im Heiligen Lande nieder.«
Auch das Patriarchat Antiochia bestand aus zahlreichen Zwergdiözesen, die sich auf die Erzbistümer Albara, Tarsos, Mamistra und Edessa (später Turbessel-Hieropolis) verteilten; dazu kamen neun Abteien und zwei Prioreien.
Selbstverständlich nahm der Patriarch von Jerusalem die Führungsrolle für sich in Anspruch. Ebenso selbstverständlich hat das Oberhaupt der antiochenischen Kirche diesen Anspruch nur theoretisch gelten lassen. In der Praxis lebte er mit seinem Konkurrenten ständig in einem unchristlichen Streit, dessen Hauptnahrungsquelle die ursprünglich zu Antiochia gehörenden Grenzbistümer Tripolis, Tortosa und Dschabala waren.
So waren Hader und Händel schon innerhalb der lateinischen Kirche an der Tagesordnung. Aber es gab ja nicht nur die römisch-katholische, sondern auch die griechisch-orthodoxe Kirche sowie eine Reihe von »Nationalkirchen« und Sekten. Und sie alle betrieben nicht nur die Künste der Schriftauslegung und dogmatischen Haarspalterei, sie fochten auch handfeste Kämpfe um äußerst diesseitige Güter aus.
Die griechisch-orthodoxe Kirche war vor allem im Fürstentum Antiochia stark vertreten, wo sie sich unter der duldsamen Herrschaft des Islams dank einer schlagkräftigen, militärisch gegliederten Organisation hervorragend behauptet hatte. Von ihren westlichen Mitchristen sozusagen

geköpft, das heißt: ihrer Patriarchen und Bischöfe beraubt, lebte sie trotz mannigfacher Bedrängnis auch in der Kreuzfahrerzeit, von Prälaten in Konstantinopel dirigiert, unter einem verschlagenen niederen Klerus zäh weiter. Zentren des Widerstandes waren die traditionsreichen orthodoxen Klöster in der sinaischen Wüste und im Jordantal. Doch ließen sich die griechischen Priester auch aus der Geburtskirche von Bethlehem und der Grabeskirche von Jerusalem nicht verdrängen. Nach der Wiedereroberung der Heiligen Stadt durch Saladin waren sie die ersten, die sich mit den neuen alten Herren verständigten.
Die »Kleinkirchen« vervollständigten das Bild der bizarren Landschaft der christlichen Glaubensgemeinschaft im Heiligen Land. Die wichtigsten waren

die syrische Kirche, die die Mehrheit der »heimischen« Christen im Königreich Jerusalem stellte, in ihren Riten vorwiegend der griechisch-orthodoxen Lehre folgte und von den Lateinern daher der schismatischen byzantinischen Kirche zugerechnet wurde;
den »Stamm« der syrischen Kirche bildeten die Jakobiner, die Maroniten und die Nestorianer;
die hauptsächlich in Kilikien und der Grafschaft Edessa vertretene armenische Kirche, die sich zu den Monophysiten bekannte und ihre Tradition auf den Apostel Thaddäus zurückführte, und
die georgische, koptische und äthiopische Kirche, die ebenfalls den monophysitischen Nationalkirchen angehörten, von den Orthodoxen verfolgt wurden und den Kreuzrittern daher wohlgewogen waren.

Die Mehrzahl der heimischen Christen war den Lateinern jedoch feindlich gesonnen. Für sie gab sich zumindest die hohe Geistlichkeit der Franken auch einem allzu weltlichen, der Hoffart und dem Hochmut verschriebenen Lebenswandel hin. Andererseits waren auch die zersplitterten heimischen Glaubensgemeinschaften so sehr mit sich selbst und ihren Problemen beschäftigt, daß sie keinen ernsthaften Gegner abgaben. Ihr Einfluß reichte jedoch immer noch aus, die römisch-katholische Kirche in Atem zu halten und deren Macht zu schmälern. Die Könige von Jerusalem befanden sich demnach sowohl den heimischen Glaubensgemeinschaften als auch dem lateinischen Patriarchen gegenüber in einer sehr starken Stellung.
Der Erfolg ist bekannt. Die theoretisch nie aufgegebenen theokratischen Ansprüche, die im Krönungseid in einer sublimierten Form weiterlebten, haben nach Gottfried im politischen Alltag des christlichen Reiches keine Rolle mehr gespielt. Die fränkische Geistlichkeit – und damit die herrschende kirchliche Macht – hat fast immer die Politik und die Kriege der Könige von Jerusalem mitgetragen und meist auch ihren privaten Eskapaden den christlichen Segen nicht verweigert.

Da sie nicht nur im Heiligen Lande, sondern auch in Europa reich begütert war, ist diese Unterstützung den Wächtern des Heiligen Grabes gut bekommen.

Ritter und Sergeanten, Ordensbrüder und Pilger

Die lateinische Kirche hat auch einen bedeutenden Beitrag zu den Heeren des Königreiches Jerusalem geleistet. Der Patriarch von Jerusalem stellte 500 vollbewaffnete Fußsoldaten, ebenso das Kapitel vom Heiligen Grab. Der Bischof von Bethlehem hatte 200 Sergeanten aufzubringen. Die Erzbischöfe von Nazareth und Tyros, die Bischöfe von Akkon und die Äbte vom Berge Zion und von St. Maria Josaphat waren dem König mit je 150 Mann verpflichtet. Die Mönche vom Ölberg hatten 50 Mann zu besolden.

Auch die Städte trugen zu dem etwa fünftausend Mann zählenden Spießer- und Bogner-Kontingent, feudalem Brauch entsprechend, bei. Das Aufgebot von Jerusalem betrug 61, das von Nablus 75, das von Akkon 80 Fußsoldaten. Ebenso hatten sich die mit Geldlehen bedachten Vasallen mit einer genau vorgeschriebenen (wenn auch nur selten eingehaltenen) Zahl von Sergeanten am militärischen Aufgebot des Königs von Jerusalem zu beteiligen.

Das Rückgrat der Armee bildete natürlich die fränkische Ritterschaft, die im Kriegsfall praktisch in ihrer Gesamtheit mobilisiert wurde. Die Kronvasallen waren also nicht nur selbst gehalten, dem Ruf des Königs zum Heeresdienst zu folgen, sie mußten ihm auch ihre Unterlehnsmänner in ebenfalls genau festgelegter Zahl zuführen. Die Fürsten von Galiläa, die Grafen von Jaffa und die Herren von Sidon hatten zum Beispiel je 100 schwergerüstete Ritter, der »Transjordanier« 60 Ritter aufzubringen. Insgesamt standen dem christlichen Königreich im Ernstfall 600 (nach den Aufzeichnungen des Jean von Ibelin 675) Ritter zur Verfügung. Mit den Aufgeboten von Antiochia und Tripolis dürfte die adlige Kernmannschaft einer Gesamtarmee der Kreuzfahrerstaaten 1000 bis 1200 Ritter stark gewesen sein. Doch sind diese Zahlen nur sehr selten erreicht worden.

Die Kontingente der Ritter und Sergeanten wurden durch die schon während des Ersten Kreuzzuges entstandenen Turkopolen-Einheiten ergänzt. Diese Turkopolen, ihrem militärischen Charakter nach leichte Reiter, die vor allem Aufklärungsarbeit zu leisten und in kleinen Blitzkriegscharmützeln ihre Nützlichkeit zu beweisen hatten, rekrutierten sich zunächst fast ausschließlich aus der einheimischen christlichen Bevölkerung. Später hatten auch Muselmanen zunehmend Gelegenheit, sich in diesen Verbänden zu bewähren, auch wenn sie es ablehnten, ihr vom Einsatz im

Dienst des Feindes belastetes Gewissen durch eine christliche Taufe zu beruhigen. Freilich verlangten sie Sold – und da die Kassen des Heiligen Königreiches meist leer waren, dürfte ihre Zahl nicht wesentlich über der der schwerbewaffneten Ritter gelegen haben.
Weitere militärische Verstärkungen lieferten die Ordensheere und die Pilger, die alljährlich im Lande Christi eintrafen und häufig schon vor der Erfüllung ihres Gelübdes am Kampf gegen die Ungläubigen teilnahmen. Freilich haben sie in der Regel weder Dank noch Anerkennung geernet. Die einheimischen Verbände fühlten sich ihnen, sicher zu Recht, dank ihrer Feind- und Landeskenntnis überlegen und versäumten offenbar keine Gelegenheit, den unerfahrenen Gastkriegern ihre Verachtung zu beweisen. Vor allem die Ordensritter pflegten den abendländischen Schwertpilgern mit einem Hochmut und einer Überheblichkeit zu begegnen, die wenig zu einer gedeihlichen Zusammenarbeit beitrug.
Ein weiteres große Manko, mit dem die Könige von Jerusalem bei ihren vielen Kriegern stets zu tun hatten, war das Fehlen einer Flotte. Ihr Reich war zwar ein Küstenstaat mit einer ganzen Kette wohlausgebauter Häfen – zu eigenen Schiffen aber hat es nie gereicht. Mangel an Geld und Bauholz mag dabei ebenso mitgespielt haben wie nautische Unerfahrenheit. Die Folge war jedenfalls, daß das Königreich Jerusalem amphibische Operationen nicht aus eigener Kraft durchführen konnte. Waren sie notwendig, wie bei den ägyptischen Feldzügen, zwangen sie den Herrscher, entweder in Konstantinopel zu antichambrieren oder die italienischen und südfranzösischen Seestädte um Hilfe zu bitten. Hier wie dort war er gezwungen, die Mitwirkung einer Flotte mit kostspieligen Konzessionen zu erkaufen.

Das Kainsmal der Kreuzfahrerstaaten

Nein, es war nicht leicht, diesen Staat zu regieren. Das Königreich Jerusalem war alles andere als ein rationales Gebilde. Seine improvisatorischen Züge überwiegen. Seine Effektivität war gering. Mit der ingeniösen, gut geölten Regierungs- und Verwaltungsmaschinerie von Byzanz verglichen, wirkte es einfältig, plump und unbeholfen, trotz der advokatischen Schläue, die seinen Alltag durchdrang.
Adolf Waas glaubt den Kreuzfahrerstaaten jedoch ein hohes Maß an Spontaneität gutschreiben zu können – und zweifellos boten sie Abenteurern, Pioniernaturen und Glücksuchern reichlich Raum zur Entfaltung. Was sie jedoch an privater Initiative freisetzten, schlug leicht in Eigennutz und Disziplinlosigkeit um. So waren diese rauhen Kriegerstaaten labiler, als ihre geharnischte, eisenklirrende, martialische Außenseite auf den ersten Blick erkennen läßt. Was sie sich auf ihren engen, stets gefährdeten

Territorien an Zersplitterung und Zerstückelung, an staatlicher Desorganisation und privater Willkür leisteten, brachte die ungebrochene Kraft einiger genial-verwegener Eroberer nicht wieder ein.
Wie der Staat hat auch die Kirche im Heiligen Land diesem Gründergeist nicht entgegengewirkt. Sie hat sich, ganz im Gegenteil, willig von ihm infizieren lassen. Sie schuf Bistümer, die alle mehr darauf bedacht waren, den Reichtum ihrer Diözesen zu mehren, als den Geboten Christi Geltung zu verschaffen. Von der Kirche sind deshalb nur wenig ideelle Impulse ausgegangen. Sie hat die Sonderstellung des für den Schutz der heiligen Stätten verantwortlichen Königreiches zwar verbal vertreten, aber wenig getan, sie zu verwirklichen. Die von Anfang an vorhandene Disziplin zwischen christlichem Ethos und den Notwendigkeiten des kriegerischen Alltags ist bis zum Schluß das Kainsmal der Kreuzfahrerstaaten geblieben.
Am stärksten aber haben, spätestens von der Jahrhundertmitte an, Einfluß und Eigennutz des Adels die staatlichen Funktionen beeinträchtigt. Am Ende reichte seine Macht aus, die des Königs zu blockieren. Als es allerdings darauf ankam, dem Leichtsinn und der Verantwortungslosigkeit einer von Abenteurern und Dilettanten unterwanderten Herrschersippe zu begegnen, reichte es nur zu hinhaltendem Widerstand. Selbst einem Raimund von Tripolis, der klug genug war, das aufziehende Verhängnis zu erkennen, gelang es am Ende nicht, die Zwangsjacke der Vasallentreue abzuwerfen. Auch er kapitulierte vor den Traditionen der feudalistischen Gefolgschaftsmoral und zog mit einem König in den Krieg, von dem er wußte, daß er zu dumm, zu unerfahren und zu ängstlich war, überhaupt einen Krieg zu führen.
Das Ende von Hattin beweist, daß es bedeutender und starker Persönlichkeiten bedurfte, die strukturellen Schwächen des Königreiches Jerusalem zu überdecken. Es war das Glück und das Geheimnis der kurzen Blüte dieses Staates, daß er zumindest in den ersten Jahrzehnten seines Bestehens die Herrschernaturen fand, die allen im Keim vorhandenen Auflösungserscheinungen hart und resolut entgegentraten. Daß sie dabei ihre eigenen Interessen unbedenklich mit denen des Staates identifizierten und sichtlich davon absahen, über die Moralität ihrer Handlungen nachzudenken, steht auf einem anderen Blatt.
Der Historiker muß sich auch in diesem Fall mit der resignierenden Erkenntnis begnügen, daß es zahlreicher unchristlicher Aktionen bedurfte, um dem christlichen Königreich Jerusalem die kurze Lebensfrist zu verschaffen, in der es sich in einer Welt von Feinden behauptete.

Neunzehntes Kapitel

Die Orden – Staaten im Staate

Armut, Demut, Stolz und Reichtum – die zwei Gesichter der Mönchsritter

Leben für Arme und Entrechtete

Noch eine andere Institution hat den Königen von Jerusalem das Leben schwer gemacht: die Ritterorden, die, wie berichtet, von Anfang an dahin tendierten, Staaten im Staate zu bilden.

Über die Ritterorden ist unendlich viel geschrieben worden. Die Gestalt des aristokratischen Ordensritters, der freiwillig das Joch der Armut auf sich nahm, Nächstenliebe und Barmherzigkeit übte und die Sache Christi mit dem Schwert vertrat, hat nicht nur die Geschichtsschreiber, sondern auch die Dichter fasziniert. Zahlreiche Dramen und Romane, Versepen und Legenden haben die Lebensform der mönchischen Standesherren besungen, ihre Taten verherrlicht, ihre Wirkungen gewürdigt.

Der Ruhm der frommen Ritter im kreuzgeschmückten wallenden Mantel gründet bereits in der Entstehungszeit der Orden. Idee, Organisation und Erscheinungsform der ritterlichen Gemeinschaften haben schon die Zeitgenossen mächtig beeindruckt. Die Synthese von geistlichem, der Welt abgewandtem Leben, karitativer Praxis und professionellem Kriegertum stellt in der Tat ein schöpferisches Programm dar. Mit den Ritterorden entstand die der Gottesstreiteridee gemäße hocheffektive und spektakuläre Organisationsform. Die vielgepriesene und ebensooft in Frage gestellte Kreuzfahrerfrömmigkeit tritt deshalb nirgendwo so rein in Erscheinung wie in den Satzungen der Ritterorden – eine Tatsache, die auch dann ihre Geltung behält, wenn man feststellt, daß die Ideale der mönchischen Milizen in der rauhen Wirklichkeit tausendfach verraten worden sind.

Freilich konnten sich die frommen Schwertgenossenschaften bei ihrer Gründung sowohl an christlichen als auch an unchristlichen Vorbildern orientieren. Der Ordensgedanke lag sozusagen in der Luft. Im Keim war er schon bei den muslimischen *Murabitun*- und *Futuwa*-Bünden vorhanden, die – angeblich von Ali, dem Schwiegersohn des Propheten, ins Leben gerufen – der offensiven Verbreitung des Islams dienten und ihre Mitglieder auf einen aristokratischen Sittenkodex eingeschworen hatten, in dem genau wie in der Moralfibel der abendländischen Ritter Begriffe wie Disziplin und Gehorsam, Mut und Freigebigkeit, Treue und Todesverachtung die Werte umschrieben, denen diese Förderationen zu gehor-

chen hatten. Doch haben sicher auch die im hohen Norden, vornehmlich bei den wikingischen Handelsfahrern, beheimateten Blutbruderschaften sowie die gregorianischen Schwurbruderschaften in den Orden weitergelebt. Die Urzelle der Hospitaliter-Gemeinschaft war ja, wie berichtet, eine Vereinigung aus Amalfi, deren Gründer Gerhard wahrscheinlich normannischer Herkunft war.
Aber wem die Priorität auch gebührt – die Uridee: alle Standesprivilegien einem Leben für die Armen und Entrechteten zu opfern und dieses einem übergeordneten Glauben verhaftete Programm militant zu vertreten, wurde von den Ritterorden in die organisatorisch perfekteste, wirksamste und eindrucksvollste Wirklichkeit übergeführt.

»Diener und Sklaven unserer Herren Kranken«

Schon das Aufnahmeritual war darauf angelegt, im neuen Ordensmitglied das Gefühl zu wecken, in ein anderes, nicht nur härteres, sondern auch besseres Leben einzutreten.
Nachdem der Ordensmeister (oder sein Stellvertreter), so geht aus den Statuten der Hospitaliter hervor, die Zustimmung »der Mehrheit der zum Ordenskapitel gehörigen Brüder« eingeholt hatte, machte er den Kandidaten in wohlgesetzten Worten darauf aufmerksam, wie viele Edelleute Wert darauf legten, daß ihre Kinder oder Freunde Glieder des Ordens würden. Auch er, der zukünftige Bruder, tue gut daran, Mitglied einer so »hervorragenden und ehrwürdigen Genossenschaft« zu werden. »Ihr irret aber, wenn Ihr dergleichen begehret, weil Ihr uns wohlgekleidet seht, und weil Ihr wisset, daß wir viele Pferde haben, und weil Ihr meint, daß wir alles besitzen, was unserer Bequemlichkeit dient. Denn wenn Ihr zu essen wünschet, werdet Ihr fasten müssen, und wenn Ihr fasten wollt, werden Ihr wachen müssen, und wenn Ihr wachen wollt, wird man Euch befehlen, Euch hierhin oder dorthin zu begeben, weit übers Meer, an Orte, die Euch nicht behagen. Ihr werdet daher Euren eigenen Willen ganz und gar aufgeben müssen, und Ihr werdet mehr Ungemach in dieser Gemeinschaft erdulden müssen, als ich Euch heute sagen kann.«
Dann, nach einer kurzen Pause, fragte der Meister: »Wollt Ihr all das auf Euch nehmen?« Und der zukünftige Ordensbruder hatte zu antworten: »Ja, wenn es Gott gefällig ist.«
Weiter fragte der Meister, ob er einem anderen Orden angehöre, ob er verheiratet oder Unfreier eines Herrn sei und ob er eine Tat begangen habe, mit der das Haus des Spitals belastet werden könne. Hatte der Kandidat jedesmal das vorgeschriebene »Nein« gesprochen, konnte er das Ordensgelübde leisten, das folgenden Wortlaut hatte: »Wir versprechen und geloben vor Gott und unserer Lieben Frau und unserem Herrn, Johann

dem Täufer, in Gehorsam zu leben und zu sterben dem Oberen, den Gott uns geben wird. Wir geloben keusch bis in den Tod und ohne Eigentum zu sein, und versprechen, Diener und Sklaven unserer Herren Kranken zu werden.«
Darauf der Meister: »Wir werden Euch helfen und kleiden, aber mehr dürft Ihr vom Hause nicht verlangen. Wir nehmen Eure Seele und die Eures Vaters und Eurer Mutter und Vorfahren in unsere Gebete auf und lassen Euch teilhaben an den guten Werken, die im Hause geleistet werden, bis an das Ende der Welt.«

Der Ordensmeister und seine Minister

Das neue Mitglied war damit Angehöriger einer Bruderschaft geworden, die streng hierarchisch gegliedert war. Oberhaupt der aus adligen Rittern, nichtadligen Servienten und Priestern bestehenden Gemeinschaft war der Ordensmeister, der die »straff organisierte Republik der Standesherren« wie ein regierender Monarch vertrat. Die eigentliche Ordensregierung war jedoch das Ordenskapitel. Ursprünglich die Versammlung aller in Jerusalem lebenden Hospitalbrüder, später auf einen kleineren Rat reduziert, in dem auch die Baillis der abendländischen Filialen Sitz und Stimme hatten, fungierte es sowohl bei den Johannitern als auch bei den Templern als höchstverantwortliche Instanz.
Ordensmeister und Ordenskapitel wurden durch hohe Funktionäre unterstützt, deren Ämter schon in der Satzung des Raimund von Le Puy genannt wurden und sichtlich nach dem Modell »adliger Herrenhöfe« konzipiert waren. Von ihnen behaupteten sich bis in spätere Zeiten

der Großkommendator (oder Großkomtur), dessen Aufgabenbereich dem des Kämmerers in der königlichen Verwaltung entsprach – er war für die Ordensgüter und für die Versorgung des Ordensheeres verantwortlich, wurde später auch »oberstes Finanzorgan des Ordens« und galt als Stellvertreter des Meisters;

der Tresorier, neben dem Großkommendator der höchste Beamte der Gemeinschaft, sozusagen ihr Finanzminister, der über Einnahmen und Ausgaben wachte und den Meister einmal im Monat über den Kassenstand informieren mußte;

der Marschall, der alle waffentüchtigen Ritter und Servienten (einschließlich der Burgkastellane) kommandierte, im Kriege während der Abwesenheit des Meisters den Oberbefehl über das Ordensheer führte und für dessen Ausrüstung zuständig war;

der Turkopolier, der die Hilfstruppen des Ordens, vorzugsweise also die leichten Reiter und die Bogenschützen, kommandierte;

der Hospitalier, der die Aufsicht über das Ordensspital und alle karitativen Dienste der Bruderschaft führte und nach dem Marschall der dritte im Range war;

der Prior, der höchste kirchliche Würdenträger, der sonntags die Messe zu lesen und die Sitzungen des Generalkapitels durch ein Gebet zu beschließen hatte, in der Ordenshierarchie aber eine unbedeutende Rolle spielte, und

der Drapier, der die Funktionen des Truchseß versah, ein Amt ohne besonderen Einfluß.

Es verstand sich von selbst, daß alle führenden Mitglieder des Ordens dem Adel angehörten und daß diese adligen Herrn ihren geistlichen Dienst vor allem mit dem Schwerte leisteten. Aber ob Ritter, Servienten oder Priester – sie alle waren den drei Grundgeboten des Ordens verpflichtet: der Keuschheit, der Armut und dem unbedingten Gehorsam (wobei *oboedientia* im Sinne germanischer Traditionen häufig mit *fidelitas* identifiziert wurde). Die Ordensregeln forderten auch das ständige Leben in der freiwillig gewählten Gemeinschaft. Dazu gehörten etwa das gemeinsame Einnehmen der Mahlzeiten, gemeinsame Almosengänge und gemeinsame Schlafkammern, später auch das Tragen der Ordenstracht.
So war der neue Ordensbruder vom Tage seines Eintritts an einer strengen, stets gegenwärtigen, stets zwingenden Regel unterworfen, die seinem freien Willen nur geringe Möglichkeiten der Entfaltung ließ. Er war eingespannt in eine Organisation, die ihn schützend, aber auch befehlend umfing, ihn betreute und disziplinierte und bewußt den Versuch unternahm, seine private Existenz auszulöschen. Selbst das Sterben vollzog sich nach einem feierlichen Ritual, das den Abschied von dieser Welt und die ihm folgenden Gedenkfeiern einem protokollarischen Reglement unterwarf.
Über den Tod hinaus war der Ordensritter also Mitglied einer Gemeinschaft, in deren Dienst zu stehen Rang und Würde verschaffte und fast so etwas wie göttliche Gnade und Auserwähltheit bedeutete. Allerdings vermochten auch die Ritterorden die Ansprüche, die sie stellten und in ihren Statuten gewissenhaft festgelegt hatten, nicht immer zu erfüllen. Die schnöde Praxis sah auch im Dasein der Mönchsritter anders aus als die erhabene Theorie.

Das Zentralhospiz der Johanniter

Am ehesten sind die Orden noch ihren karitativen Aufgaben gerecht geworden. Vor allem die Johanniter können den Ruhm in Anspruch nehmen, eine der bestorganisierten Wohlfahrtsorganisationen des Mittelalters aufgebaut zu haben. Pflege und Betreuung von Armen und Kranken

nahmen in ihrer Tätigkeit selbst dann noch einen bevorzugten Platz ein, als sie sich, wie die Templer, außer dem Pilgerschutz auch dem militanten Kampf gegen die Muselmanen verschrieben hatten.
Ihr zentrales Institut blieb das Hospiz in Jerusalem, aus dem die Gemeinschaft hervorgegangen war. Es lebte zu einem guten Teil noch immer von den Almosen, die die nicht mit militärischen Aufgaben befaßten Mönchsritter zu sammeln hatten. Auch ihre Tätigkeit unterlag strengen, von den Ordenskapiteln gewissermaßen abgesegneten Vorschriften. Danach zogen die Brüder jeweils zu zweien über Land, um milde Gaben für das Hospiz und die ihm angeschlossenen Einrichtungen zu erbitten. Nach dem Prinzip »Vertrauen ist gut, Kontrolle ist besser« war also eine gewisse Überwachung von vornherein gewährleistet. Ihre Einnahmen hatten sie der Pilgertasche anzuvertrauen, die ein Teil ihrer Ausrüstung war (und noch heute, nach Waldstein-Wartenberg, zur Ordenstracht der Profeßritter gehört).
Es war den Almosensammlern strikt untersagt, von ihren Einnahmen für persönliche Zwecke Gebrauch zu machen. Nur wenn sie Hunger hatten und keine mildtätige Seele sich ihres knurrenden Magens erbarmte, war ihnen erlaubt, ihrer Pilgertasche die Münze für eine einfache Mahlzeit zu entnehmen. Am Abend jedes Tages hatten sie ihre Einkünfte dem Ordensvorgesetzten abzuliefern. Dieser durfte ein Drittel für den eigenen Bedarf zurückhalten, der Rest mußte an das Mutterhaus in Jerusalem abgeführt werden.
Natürlich kamen dem Zentralinstitut auch die eigenen Einkünfte zugute. Die Pächter der Ordensgüter mußten bestimmte Mengen an Öl und Wein, Fleisch und Weizen aufbringen. Die auswärtigen Priorate lieferten Geld oder anderweitige materielle Güter.
Die Patienten des Jerusalemer Hospizes genossen demgemäß eine für damalige Verhältnisse vorbildliche Pflege. Sie lagen in Betten, die laut Vorschrift genügend lang und breit sein mußten und mit Wolldecken und Leinenlaken ausgestattet waren. Außerdem erhielt jeder Kranke einen Pelz, eine Kutte und ein Paar Schuhe, die, wenn nicht benötigt, zwischen den Betten säuberlich aufgebaut werden mußten. Dreimal in der Woche stand Fleisch auf dem Küchenfahrplan, in der Regel Schweine- oder Hammelfleisch. Empfindsame Naturen hatten Anspruch auf Hühnerfleisch. Bei den Mahlzeiten warteten Ordensritter den »Herren Kranken« auf. Servienten besorgten das »Bettenmachen« und das tägliche Waschen der Patienten.
Ein späterer Generalkapitelbeschluß erwähnt auch die Ärzte. »Diese mußten«, so Berthold Waldstein-Wartenberg, »in der Lage sein, aus dem Urin die Krankheit zu erkennen und die nötigen Medikamente zu bereiten. Es handelte sich demnach – dem medizinischen Wissen der damaligen Zeit entsprechend – um wissenschaftlich gebildete Ärzte. Im Königreich

Jerusalem wurde von allen aus dem Westen oder Osten kommenden Ärzten ein Examen verlangt, das von Fachgenossen unter Vorsitz eines Bischofs abgenommen wurde. Man folgte dabei den Bestimmungen des römischen Rechts, das man wohl über die Byzantiner kennenlernte, denn schon Justinian hatte angeordnet, daß ein Kollegium von sieben Fachgenossen über die Zulassung eines Arztes zu entscheiden hätte. Im Abendland erscheint eine Arztprüfung durch Beamte und Richter erstmalig 1140 in den *Assisen* König Rogers II. von Sizilien, wohl ebenfalls unter dem Einfluß des byzantinischen Rechts.«
Den Ärzten assistierten die Priester als Seelentherapeuten. Sie fanden sich täglich, nach Sonnenuntergang, im Hospiz ein, um gemeinsam mit den Rittern, Servienten und »Herren Kranken« zu beten. Am Sonntag veranstalteten sie eine Prozession durch das Hospitalgebäude, bei der nach dem Generalkapitalbeschluß von 1182 das Evangelium gelesen wurde. Daß der Patient schon bei seiner Einlieferung zu beichten und zu kommunizieren hatte, war ebenfalls fester Bestandteil der Behandlung.
Es war üblich, daß die Kranken die aufopfernde Pflege und den ausgiebigen seelischen Zuspruch honorierten, indem sie ihre persönliche Habe rechtzeitig dem Hospiz vermachten. Viele zeigten sich auch durch Schenkungen von Grundbesitz oder Renten erkenntlich. Wenn sie starben, hatten sie Anspruch auf einen Sarg, der mit einem roten Tuch bedeckt wurde, in dessen Mitte sich ein weißes Kreuz befand.
Das Hospital hat bei allen Jerusalempilgern einen nachhaltigen Eindruck hinterlassen. Kronzeuge der Bewunderung, die ihm zuteil wurde, ist der Mönch Johannes von Würzburg, der um 1170 eine Wallfahrt zu den Heiligen Stätten absolvierte. Er schreibt von zweitausend »Schwachen und Kranken«, die in den verschiedenen Gebäuden des Ordensspitals gepflegt wurden und sich dabei »unübersehbarer Wohltätigkeiten« erfreuten. Allerdings hatten auch die Leichenbestatter alle Hände voll zu tun. Nach Johannes starben bis zu fünfzig Menschen am Tag.
Der Würzburger Mönch erwähnt auch die Armen, die von dem Johanniter-Hospiz regelmäßig beköstigt und versorgt wurden. Auch die Kapitelabschlüsse von 1182 beschäftigten sich mit diesem Teil der karitativen Ordenstätigkeit. Sie erwähnen einen *Elemosinarius* genannten Wohlfahrtsfunktionär, der täglich dreißig Arme, darunter fünf Kleriker, vor leiblicher Not zu bewahren hatte. An weiteren drei Tagen der Woche wurde an alle Bedürftigen, die darum baten, Suppe und Brot ausgegeben. Während der Fastenzeit beköstigten die Ordensritter an jedem Samstag dreizehn Arme und beschenkten sie nach einer rituellen Fußwaschung mit einem Hemd, einer Hose und festem Schuhwerk. Dem *Elemosinarius* gingen dabei fünf Servienten zur Hand, von denen drei für Schuhe, zwei für Kleider zuständig waren.
Auch Jungverheiratete klopften beim Hospiz nicht vergebens an. Drei

Paare erhielten regelmäßig Speisen vom Tisch des Konventes. Eine eigene Abteilung nahm sich der schwangeren Pilgerinnen an. Das Generalkapitel von 1182 verfügte zum Beispiel die Anfertigung von Wiegen, damit die Neugeborenen »einen eigenen Platz hätten und im Bett der Mutter keinen Schaden litten«. Ein Findelhaus war mit dem Hospiz verbunden. Wahrscheinlich haben byzantinische Erfahrungen bei der Einrichtung des Johanniter-Hospitals in Jerusalem und seinen zahlreichen Filialen mitgewirkt, am meisten vielleicht das um 1136 von Kaiser Johannes II. Komnenos begründete *Pantokratorhaus* in Konstantinopel, das über fünf verschiedene medizinische Abteilungen mit je 50 Betten sowie eigene Apotheke, Mühle, Bäckerei und Bad verfügte. Überdies ist der Anteil der Ritter an der Sozialarbeit des Ordens im Lauf der Zeit geringer und die karitative Tätigkeit mehr eine Sache der Servienten und Geistlichen geworden. Trotzdem stimmen die meisten Historiker darin überein, daß der Johanniter-Orden zu seiner Zeit, zumindest in der lateinisch-christlichen Welt, in seinen sozialen Leistungen von niemandem übertroffen wurde. Schon Prutz hat ihm bestätigt, daß er »inmitten der allgemeinen Roheit... als der edle und pflichttreue Vertreter einer höheren Kultur« erschien – dieser Satz gilt heute noch.

»Profis« unter dem Joch der Regel

Auch die militärischen Leistungen der Orden sind von den meisten Historikern mit einem hohen Orden ausgezeichnet worden. Sie rühmen ihren Mut, ihre Verwegenheit, ihre Härte – aber auch ihre stete Kampfbereitschaft. Die Mönchsritter standen gewissermaßen ständig Gewehr bei Fuß und brauchten daher nicht, wie etwa die Aufgebote des Königs, umständlich mobilisiert zu werden. Sie schleusten damit etwas Neues in den kriegerischen Alltag des Mittelalters ein: das Gemeinschaftsleben in hierarchisch geordneten Gruppen. Die ritterlichen Kampfgemeinschaften der Orden bildeten, inmitten extrem feudalistischer Staatswesen, regelrechte Berufsarmeen. Wie Profis, »die sich ständig in Form halten müssen, verbrachten« sie daher – nach Meinung von Zoë Oldenbourg – »zwischen fünfzehn und sechzig ihre Jahre mit Kämpfen oder mit der Übung für künftige Kämpfe. Zur Erholung fanden sie nur wenig Zeit.« Voraussetzung dafür waren »minuziöse Satzungen«, die sowohl die Ausbildung als auch die Disziplin verbindlich regelten. Die Regel forderte, wie berichtet, das Tragen einheitlicher ritterlicher Kampfgewänder. Die Uniform – bei den Johannitern die schwarzen Mäntel mit dem achtstrahligen weißen Kreuz auf rotem Grund, bei den Templern weiße Mäntel mit schwarzen Kreuzen – kam damit erstmals nach der Antike im abendländischen Kriegswesen wieder zu Ehren.

Weiter legten die Statuten genau fest, was jeder Ritter, auch jeder Würdenträger, an Waffen und Pferden zu beanspruchen hatte. Sie forderten sparsamen Umgang mit Kriegsmaterial und verpflichteten die Ordensbrüder, ihre Waffen und Kleider ständig zu pflegen und in guter Verfassung zu halten. Neue bekam er nur, wenn er die alten ablieferte.
Die Statuten verordneten auch Unauffälligkeit. Zum Beispiel mußte der Ordensritter bei einem Stadtgang sein Schwert so tragen, daß es nicht zu sehen war. Er sollte damit von vornherein der Gefahr enthoben werden, mit den eitlen Waffengecks verwechselt zu werden, die weniger das Schlachtfeld als die Straßen und Märkte zum Paradeplatz ihres Auftretens machten. Auch auf der Reise, beim Eintritt in ein Ordenshaus oder beim Gottesdienst hatten sich die gewappneten Mönche detaillierten Vorschriften zu unterwerfen. Verstießen sie gegen die Anordnungen, konnte es geschehen, daß sie zu vierzigtägigem Fasten verurteilt wurden – unter der Voraussetzung allerdings, daß ihre militärische Einsatzbereitschaft dadurch nicht gefährdet wurde.
Kranken oder verwundeten Rittern ließen die Orden sorgsame Pflege angedeihen. Spätestens am dritten Tag mußten sie sich in eine besondere Krankenstube einweisen lassen. Dort wurden sie, soweit möglich, mit opulenten Fleischportionen sowie Sonderzuteilungen an Brot und Wein wieder zu Kräften gebracht. Außerdem empfingen sie zweimal täglich die Visite des *Infirmarius*, dessen Hauptaufgabe darin bestand, das sozusagen genesungskonforme Verhalten der Soldaten Christi zu kontrollieren. Die Diener und Knechte der Ritter hatten schon aus diesem Grund keinen Zutritt zum Krankenlager ihrer Herren. Zu den Verboten, die damit abgedeckt werden sollten, gehörte außer dem illegalen Weinkonsum sowie Brett-, Schach- und Würfelspielen die Lektüre von Romanen, selbst jener Ritterepen, deren Helden, unablässig gegen das Böse fechtend, den gleichen Leitbildern folgten wie die Schwertbrüder der Orden.

»Sie sind schmutzig und behaart…«

Diese repräsentierten also schon in ihrer Lebensführung einen Rittertyp, der sich von der Durchschnittserscheinung eines fränkischen Adligen im Heiligen Land erheblich unterschied. »An erster Stelle«, so hat der Abt Bernhard von Clairvaux, der die Templer-Satzung entwarf, den idealen Gottesstreiter beschrieben, »stehen Disziplin und uneingeschränkter Gehorsam. Jeder kommt und geht, wie es der Vorgesetzte befiehlt. Jeder trägt die ihm zugeteilte Kleidung, keiner besorgt sich Nahrung… nach seinem Gutdünken. Hinsichtlich Ernährung und Gewandung gibt man sich mit dem Notwendigsten zufrieden und meidet alles Überflüssige.«

»Die Templer leben maßvoll und fröhlich in einer Gemeinschaft ohne Frauen und Kinder. Um der apostolischen Lebensweise möglichst nahe zu kommen, wohnen sie alle unter gleichen Bedingungen im gleichen Haus. Auch nennen sie nichts ihr eigen, um einer einheitlichen Gesinnung und eines friedlichen Zusammenlebens willen. Ungebührliche Reden, nutzlose Beschäftigungen, lautes Gelächter, heimliches Tuscheln und selbst unterdrücktes Kichern sind unbekannt. Sie verabscheuen Schach und Würfelspiel, sie hassen die Jagd, ja, sie erfreuen sich nicht einmal am Flug der Falken. Sie verachten Komödianten, Taschenspieler, Schwätzer und zweideutige Lieder sowie Vorstellungen von Possenreißern, denn sie sehen das alles als sinnlose, nichtige Torheiten an.«
»Auch tragen sie das Haar kurz geschnitten, weil es ihrer Ansicht nach beschämend für einen Mann ist, langes Haar zu haben. Niemals übertrieben gekleidet, baden sie selten. Sie sind schmutzig und behaart, und ihre Haut erscheint gebräunt vom Tragen des Kettenhemdes und von der Sonne.«
Es besteht kein Anlaß, Bernhards Hinweis auf den Schmutz, die Bräune und die Kettenhemden der Templer zu bezweifeln. Ihr auf Disziplin, Gemeinschaft und Verachtung aller irdischen Nichtigkeiten gerichtetes Dasein in den klösterlich ausgestatteten Kasernen (oder wenn man so will: in den kasernenähnlichen Klöstern) diente ja vornehmlich der Heranzucht von professionellen Kriegern. Anders als die Johanniter, für die karitative Bemühungen immer ein Teil ihres Arbeitsprogrammes blieben, widmeten sich die Brüder vom Heiligen Tempel – die ihre Herkunft ohne Gewissenspein auf die altjüdischen Makkabäer zurückführten – fast ausschließlich dem Kampf gegen die Ungläubigen. Mit großem Erfolg übrigens – die Muselmanen fürchteten gerade die Tempelritter wie die leibhaftigen Teufel.
Die Templer haben die Kriegführung der fränkischen Barone in ihrer Qualität und ihren Mängeln noch um einige Grade potenziert. Tapferkeit, Kampfwut und Härte waren für sie die Grundgebote der christlichen Kampfführung schlechthin. Eine geradezu heidnische Kampfbegeisterung galt für sie als das Selbstverständlichste von der Welt. Todesverachtung hatte in ihrem soldatischen Mystizismus die verpflichtende Härte eines Dogmas. Zwar haben auch sie die Devise, lieber zu sterben als in Gefangenschaft zu gehen oder eine Handbreit Bodens aufzugeben, nicht immer buchstabengetreu durchgeführt, von ihrer Tapferkeit werden dennoch wahre Wunder berichtet.
Und nicht nur die unbekannten Ordensritter, sondern auch die Großwürdenträger der exklusiven Mönchsgemeinschaft entrichteten einen hohen Blutzoll. Von 22 Großmeistern (bis zur Auflösung des Ordens 1312) fielen fünf in der Schlacht, weitere fünf wurden das Opfer von Verletzungen, die sie sich im Kampfe holten, einer starb in muslimischer Gefangen-

schaft. Die Quote des Ausfalls durch Gewalt betrug also genau fünfzig Prozent.
Die Kehrseite der Medaille – im Kampf Mann gegen Mann reduzierte sich die Tapferkeit der Ordensbrüder auf ein ungezügeltes, wildes Draufschlagen und verwandelte sich in jene heiße Lust an zirzensischen Solonummern, die ein besonderes Kennzeichen der Kreuzfahrer war. Ihre vielbewunderte Disziplin kapitulierte dann vor ihrem hitzigen Temperament.
Überhaupt wurden die militärischen Vollprofis der Orden von taktischen Überlegungen oder von strategischen Einsichten wenig geplagt. Leichtsinn und Überheblichkeit, Sorglosigkeit und Tollkühnheit waren Fehler, die sie sich im Übermaß zuschulden kommen ließen.

Die befestigten Grenzterritorien

Trotzdem haben die Ordensaufgebote die Rolle des stehenden Heeres mit Bravour erfüllt. Schon um 1150 waren etwa dreihundert Ritter in der Templerzentrale in Jerusalem stationiert. Um 1165 bezifferte der jüdische Reisende Benjamin von Tudela die Zahl der »Ständigen« sogar auf vierhundert. Insgesamt dürften es die Templer auf tausend einsatzfähige Ritter gebracht haben, dazu etwa das Fünffache an militärisch einsatzfähigen Servienten, so daß das gesamte Aufgebot an die sechstausend Mann umfaßte. Das der Johanniter dürfte nur wenig geringer gewesen sein.
Freilich sind die Ordensheere komplett kaum je in Aktion getreten, denn die Mönchsritter stellten auch die meisten Burgenbesatzungen. Mehr noch – sie haben die zu den Burgen gehörigen Territorien zu regelrechten militärischen Grenzregionen ausgebaut.
Den Anfang machte, wie berichtet, der Raum um Askalon. Gestützt auf die Burgen Jamnia-Ibelin, Blanchegarde und Bethgibelin, entstand dort bereits um 1140, unter König Fulk, eine »organisierte Grenzmark«, deren exponiertester Bezirk, die Gegend um Bethgibelin, den Johannitern übereignet wurde. Wie hier schufen die Ritter vom Hospiz später auch am Berge Tabor und am See Genezareth sowie an den Grenzen von Tripolis und Antiochia eine perfekte Wehrregion mit Burgen, Kleinkastellen und Wachttürmen: eine Art von Limes, den sie überdies durch die Ansiedlung fränkischer, französischer und italienischer Kolonisten abzusichern suchten. In diesen Grenzregionen waren sie die Herren schlechthin. Hier schalteten und walteten sie, wie sie wollten, weder vom König von Jerusalem noch von den Fürsten von Antiochia oder Tripolis behelligt.
Vor allem bei Apamea, auf antiochenischem Gebiet, verfügten sie über ein riesiges Territorium, das sie als eine Art von Johanniter-Ordensstaat nach dem Zusammenbruch des Königreiches Jerusalem selbständig verteidigten. Mittelpunkt war die Burg Margat, die nach dem Verlust der Je-

rusalemer Zentrale Sitz der Ordensregierung und bis 1285 gehalten wurde. Fast ebenso lange behaupteten die Johanniter den unvergleichlichen *Krak des Chevaliers*, der die gesamte Buqaia-Ebene souverän beherrschte (und bis heute als mächtigste und eindrucksvollste aller Kreuzfahrerburgen gilt).

Der Norden der Grafschaft, konzentriert auf Tortosa und Umgebung, befand sich seit 1167 in den Händen der Templer, die auch die Regionen von Baghras an der Syrischen Pforte, Safed nördlich vom See Genezareth und Gaza südlich von Askalon nahe der ägyptischen Grenze kontrollierten.

Demnach waren die Ritterorden, die sich dem Ideal der Armut verschrieben hatten, allein durch ihre militärischen Aufgaben reich geworden. Die Folgen stellten sich bald ein. Macht und Wohlstand der Organisation färbten auch auf die Mitglieder ab. Die hehren Ideale der Orden gerieten in das Magnetfeld höchst irdischer, höchst profaner Interessen. Die geistlichen Gemeinschaften verwandelten sich in überaus diesseitige Institutionen, deren Ziele weniger von Nächstenliebe als von Eigensucht und Habgier diktiert wurden.

Mönchsritter als Konzernherren

Ja, die Orden wurden wohlhabend, sehr wohlhabend sogar, begütert und vermögend. Die »armen Brüder« Christi scheffelten Reichtümer und Schätze und erwarben damit einen Einfluß, der den aller anderen Mächte des Heiligen Landes übertraf. Als das letzte Aufgebot Jerusalems bei Hattin blutig zusammengeschlagen wurde, waren die Johanniter die größten Grundbesitzer der Kreuzfahrerstaaten, die Templer ihre stärkste Finanzmacht. Und die einen wie die anderen entrichteten willig ihre Tribute auf den Altären des Mammons und des guten Lebens.

Das Zentralhospiz der Johanniter, gegenüber der Kirche zum Heiligen Grab, war zu dieser Zeit zu einem weiträumigen Bauensemble mit Hallen und galerieumgebenen Höfen, Magazinen und Kaufständen herangewachsen. Der Orden unterhielt aber auch in Akkon und Tyros, in Tripolis und Antiochia imposante Krankenhäuser und Pilgerherbergen. Auch in den meisten anderen Städten Syriens und Palästinas war er mit seinen Filialorganisationen vertreten.

Seinen eigentlichen Reichtum aber machten die riesigen Latifundien aus, die er mit ebensoviel Konsequenz wie Geschick im Laufe weniger Jahrzehnte erworben hatte. Den Johannitern gehörten aber nicht nur ungezählte Landgüter, sie besaßen auch städtische Grundstücke und waren unablässig bemüht, ihren Wert durch »Gewinnung von Baugerechtsamen« zu erhöhen. Sie bezogen Renten aus Hafenzöllen, betrieben Badestuben und Märkte, Mühlen und Bäckereien, Schleusen und Stauwerke, und sie waren am Weinhandel, an Seifensiedereien, an Gerbereien beteiligt.

Mit heutigen Worten: der Johanniterorden war die bedeutendste Immobilienfirma des Heiligen Landes und ein mächtiger Handelskonzern dazu, mit hervorragenden Geschäftsbeziehungen, die selbstverständlich auch die europäischen Heimatländer in ihren Aktionsradius einbezogen.

Die Ordensbrüder haben diesen Konzern vortrefflich verwaltet. Einen Teil ihrer Landgüter bewirtschafteten sie selbst, ein anderer Teil befand sich in der Hand von Pächtern. Als Landarbeiter dienten vor allem heimische Bauern, doch beschäftigte die Bruderschaft des heiligen Johannes auch Kriegsgefangene und Leibeigene. Eine Besonderheit waren ihre freiwilligen Sklaven: die sogenannten *Donaten*, die sich, von Hunger und Sorge zermürbt, unter die schützenden und wärmenden Fittiche der Mönchsritter begaben und für die Freiheit von Not ihre eigene Freiheit opferten. Nicht nur einzelne Familien und Sippen, sondern ganze Dörfer, ja ganze Beduinenstämme sind diesen Weg gegangen.

Auch die ausländischen Filialen hatten zum Gedeihen des Ordens und der ihm angeschlossenen karitativen und wirtschaftlichen Unternehmungen beizutragen: meist in Gestalt von materiellen Leistungen. Das Priorat St. Gilles war zum Beispiel zur Lieferung von hundert Kutten im Jahr verpflichtet. Pisa und Venedig standen mit je zweitausend Ellen gefärbter Baumwolltuche auf dem Programm, der Bailli von Antiochia war mit einem Jahressoll von zweitausend Ellen Seide belastet. Konstantinopel hatte außer zweitausend Wolldecken zweihundert Heilwurzeln für die Herstellung von Medikamenten bereitzustellen. Tripolis und Tiberias waren die wichtigsten Zuckerlieferanten.

So schuf der Orden eine mächtige, florierende Wirtschaftsorganisation, in der sich Hospize und Pilgerherbergen, landwirtschaftliche Großgüter und gewerbliche Unternehmen gegenseitig ergänzten. Selbst ihr ritterliches Aufgebot war ein Teil dieses Konzerns. Die Johanniter hatten durchaus keine Bedenken, sich die Teilnahme an Kriegen und Raubzügen bezahlen zu lassen. Auch in Geldgeschäften waren sie wohlbewandert. In dieser Hinsicht wurden sie allerdings von der Konkurrenz, den Templern, weit übertroffen.

Die Templer wurden die großen Finanzherren des Heiligen Landes, sozusagen die Bankhalter Christi. Ihre Geldinstitute, die nicht nur in Jerusalem, sondern auch in allen Häfen und den meisten Städten tätig waren, kontrollierten den Kapitalmarkt des Königreiches und stellten auch im alten Europa eine weitverzweigte und sehr potente Finanzmacht dar. So erstaunlich es klingt – die armen Brüder vom Heiligen Tempel, deren Urzelle jene Rittergemeinschaft war, die es sich zur Aufgabe gemacht hatte, fromme Pilger sicher nach Jerusalem zu geleiten, entwickelten ein Bank-

system »von bisher unbekannter Kühnheit« und Leistungsfähigkeit, das viele der heute üblichen geldtechnischen Verfahren vorwegnahm.
Die Finanzinstitute der Templer kannten laufende Konten, sie gewährten Darlehen, betrieben Pfandleihen und Wechselgeschäfte, sie waren firm im internationalen Geldtransfer, sie beherrschten die Künste des bargeldlosen Verkehrs, sie legten Anleihen auf, finanzierten Pilgerreisen und führten Pilgertransporte in eigener Regie durch. Schließlich bauten sie eine eigene Handelsflotte und brachen damit unbekümmert in die Monopole der italienischen Seestädte ein (die ihnen andererseits zahlreiche Experten lieferten) – und sie fuhren gut dabei.
Ebenso wie die Johanniter, wenn auch auf andere Weise, wurden sie eine der großen Wirtschaftsmächte des Heiligen Landes und darüber hinaus der gesamten christlichen Welt und gewannen damit die ökonomische Basis für die Unabhängigkeit, die sie sich gesetzlich zu sichern verstanden hatten.

Saufen wie ein Templer

Aber dieser Reichtum, diese Macht, diese Unabhängigkeit veränderten – natürlich – die innere Verfassung der Orden. Die Bruderschaften, die aus dem ernsten Willen erwachsen waren, ein der Nächstenliebe gewidmetes Leben in freiwilliger Armut und Entsagung zu führen, begannen mit ihrem Wohlstand, ihrem Ansehen, ihrer Bedeutung zu prunken. Sie wurden hochfahrend und stolz und ergaben sich genau den weltlichen Lastern, denen sie in ihren Statuten den Kampf angesagt hatten.
Die Würdenträger des Ordens glaubten ihrem Rang einen spektakulären Aufwand schuldig zu sein. So traten sie nie anders als mit stattlichem Gefolge auf. Das des Johanniter-Großmeisters bestand zum Beispiel, wie Berthold Waldstein-Wartenbergs *Rechtsgeschichte* zu entnehmen ist, »aus zwei Rittern, drei Schildträgern, einem Pagen, einem Turcopolier, einem Schreiber, einem Kaplan, einem *Fra Servienti* als Seneschall und einem *Magister scutiferorum.* Die beiden letzteren besaßen ebenfalls je einen Schildträger. Dazu kam dann noch ein Treiber für die Maultiere, denn der Meister besaß vier Pferde und drei Maultiere. Kaplan und Seneschall erhielten ebenfalls je ein Reittier, der *Magister scutiferorum* sogar zwei. Alle diese Personen und Tiere wurden von den Einkünften des Meisters erhalten und unterstanden nur seinem Befehl.«
Mit ähnlich aufwendigem Gefolge pflegte auch der Templermeister aufzutreten: mit Priestern und Schreibern, Schildträgern und Boten, Köchen und Kämmerern, von der ritterlichen Begleitung ganz abgesehen.
Aber auch die unbekannten Ordensbrüder ergaben sich dem Luxus, und die Statuten konnten nicht umhin, diesem Trend nachzugeben. Der Jo-

hanniter-Ritter empfing demnach schon bei seiner Einkleidung einen Pelzüberwurf und einen Pelzmantel. Seine tägliche Ration wurde an Sonn- und Feiertagen verdoppelt. Während des Wachdienstes erhielt er Fisch und Eier. Selbst das Jagdverbot wurde im Laufe der Zeit mehr und mehr durchlöchert. Schließlich drückten die Oberen ein Auge oder gar beide zu, wenn die Schwertbrüder ihren natürlichen Kampfzorn durch ausgiebigen Weingenuß steigerten.

Auch das Gebot der Enthaltsamkeit ist offenbar zu keiner Zeit in dem von der Regel vorgeschriebenen Maße befolgt worden, obwohl die Strafen für das Übertreten der Vorschriften drakonisch waren. Wer zum Beispiel eine fleischliche Sünde öffentlch begangen hatte, mußte diese, um noch einmal Berthold Waldstein-Wartenberg zu zitieren, »am Sonntag nach der Messe vor dem versammelten Volk bekennen... und wurde daraufhin mit Ruten geschlagen und ausgestoßen. Erst nach erfolgter Besserung, frühestens aber nach einem Jahr, konnte er wieder aufgenommen werden.«

Viele Urteile über die Ritterorden spiegeln diesen sittlichen Niedergang wider. Die Redensart »Saufen wie ein Templer« wurde sprichwörtlich. Hochmut und Arroganz, Habgier und Fleischeslust wurden dem Orden in zahlreichen Variationen vorgeworfen. Sie suchten das Ihre und nicht das, was Jesus Christi sei, ist bei Otto von St. Blasien zu lesen. Wilhelm von Tyros nannte den Templermeister Odo von Saint-Amand »einen Nichtsnutz, einen selbstherrlichen und anmaßenden Menschen«. Papst Innozenz III., der die Orden nach Kräften förderte, beschuldigte sie schlimmer Weltlust und unchristlicher Zügellosigkeit. Kaiser Friedrich II., der Staufer in Palermo, vererbte in seinem satirischen Testament seinen Stolz den Templern und Johannitern. Und nach Matthäus von Paris wären die armen Brüder vom Heiligen Tempel, dank ihrem Reichtum, ganz allein in der Lage gewesen, die Muselmanen zu besiegen, wenn ihre ständige Bereitschaft zu Verrat und Hinterlist sie nicht daran gehindert hätte.

Hinterlist, Verrat, Hochmut, Stolz, Zügellosigkeit, schlimme Wollust, Selbstherrlichkeit und anmaßendes Wesen – die Orden sind, trotz ihren unbestreitbaren Leistungen, offenbar wenig geliebt worden. Und die Fülle und Härte der Anklagen läßt vermuten, daß nicht nur Neid den Kritikern Zunge und Feder geführt hat, sondern auch ehrliche Betroffenheit. Der moralische Wille, der bei der Gründung der Ritterorden Pate stand, hat auch in ihrem Falle nicht ausgereicht, ihre Verweltlichung, von den geistlichen Chronisten der Einfachheit halber als sittliche Entartung beschrieben, zu verhindern.

Das Siegel der Templer zeigte ein mit zwei Männern besetztes Pferd – einer davon scheint der Teufel gewesen zu sein.

Allerdings kann auch der Ruhm der Orden mit zahlreichen zeitgenössischen Stimmen belegt werden. Johann von Salisbury war der Meinung, daß sie als einzige Anspruch darauf erheben könnten, gerechte Kriege zu führen. Der Abt Petrus Venerabilis von Cluny ließ sie geradezu vom Himmel herabsteigen, »um die Feinde des Kreuzes Christi zu besiegen«. Und nicht nur Bernhard von Clairvaux war einer ihrer engagierten Fürsprecher, auch die meisten Päpste sahen in ihnen den vollkommensten Ausdruck des Kreuzfahrergeistes.

In der Rückschau prägt sich aber nicht nur das so oft beschworene Bild vom spiritualisierten, religiös inspirierten Krieger ein, sondern auch das umfangreiche Regel- und Statutenwerk, das sie schufen, um ihre Ideale und ihre »sublimierte Standesethik« zu verwirklichen. So sind sie nicht nur als idealistische Schwärmer in die Geschichte eingegangen, sondern auch als eminent tüchtige Organisatoren: als Schöpfer einer kirchlichen Kampftruppe mit einem disziplinaren Unterbau, der zumindest zu seiner Zeit einmalig war. Ihre Verwaltungskunst und ihr Geschäftsgeist weisen sogar weit über diese Zeit hinaus. Mit ihnen erscheint in der sonst so irrationalen und allem Zweckdenken abgeneigten mittelalterlichen Welt ein fast paradoxes Element, das vielleicht mehr noch als der flackernde Geist dieser potenzierten Kreuzfahrer die Wirkung erklärt, die die Orden ausgeübt haben.

Diese Wirkung war zum Beispiel weit größer als die der Kirche, der sie sich verbunden fühlten. Obwohl die Orden als gehorsame Diener Christi und seiner römischen Stellvertreter auftraten, erfreuten sie sich doch einer extremen Unabhängigkeit. Die bereits zitierte Exemtionsbulle von 1162 erteilte dem Templermeister (dessen Wahl sowieso eine organisationsinterne Angelegenheit war) die Befugnis, die Regel nach eigenem Gutdünken zu ändern oder zu ergänzen. Er durfte Ordenshäuser mit eigenen Kapellen und Friedhöfen einrichten und auf diesen, wie ein Chronist beklagte, sogar Meineidige, Wucherer und Ehebrecher beerdigen, er konnte den Zehnten eintreiben und Kleriker in jeder beliebigen Zahl aufnehmen, so daß die Templerorganisation auch in geistlicher Hinsicht nahezu autark wurde.

Da die Orden weder der weltlichen noch der kirchlichen Justiz unterstanden und der Papst fern, sein Einfluß also gering war, verfügten sie auch über eine eigene Rechtsprechung, die sie, wie wir wissen, rigoros gehandhabt haben.

Sie konnten es sich daher leisten, auch mit der heimischen Geistlichkeit ständig im Krieg zu liegen. Selbst der Patriarch von Jerusalem hat bisweilen zu spüren bekommen, wie sehr sie ihre Selbstherrlichkeit auskosteten. So vermerkt Wilhelm von Tyros mit einigem Mißmut, daß die Johanniter

– auf den Ruhm ihres Ordens mehr als auf den Ruhm Gottes bedacht – die Umgebung der Grabeskirche mit derart hohen und protzigen Häusern bebauten, daß diese dahinter fast versank. Und wenn der Patriarch in seiner Kathedrale predigte, läuteten sie ihre Glocken mit derartiger Vehemenz, daß der »ehrwürdige Mann« sich kaum verständlich machen konnte. Einmal drangen sie sogar mit Gewalt in die Heilige Grabeskirche ein und schossen dort »eine große Menge Pfeile« ab.

Sie machten eigene Politik

Noch mehr als die Patriarchen haben jedoch die Könige von Jerusalem den anmaßenden Hochmut der Orden zu spüren bekommen. Und da diese dank ihrem Reichtum und ihrer mehrfach abgesicherten Unabhängigkeit zu politischen Größen heranwuchsen, trieben sie natürlich auch ihre eigene Politik. Sie wurden gleichsam, wie Joshua Prawer es formuliert hat, »unabhängige politische Einheiten mit eigener Außenpolitik«, die offenbar eine starke Affinität zu den sublimen Reizen der Diplomatie entwickelten. Die Interessen des christlichen Königreiches Jerusalem sind dabei häufig auf der Strecke geblieben.
Die eigene Außenpolitik der Orden schloß sogar geheime Beziehungen zu den Muselmanen nicht aus. Nach den empörten Berichten der kirchlichen Chronisten ließen sich vor allem die Templer von den Ungläubigen, besonders den ismailitischen Sekten, willig infizieren und pflegten sogar verstohlenen Gedankenaustausch mit ihnen. In ihrer Organisation trat dieser Einfluß offen zutage. Der Orden stellte Truppen mit muselmanischen Mannschaften und Unterführern auf, die Großmeister leisteten sich islamische Sekretäre und Ärzte, ja, sie sollen sogar Söhne von muslimischen Würdenträgern in ihre christliche Bruderschaft aufgenommen haben.
Wahrscheinlich sind viele dieser Beschuldigungen vom Zorn auf die Erfolge der Orden gespeist worden. Man darf also nicht alles für bare Münze nehmen. Zweifellos enthalten sie aber mehr als ein Körnchen Wahrheit – die Historiker kennen eine Reihe von Fällen, in denen die Politik der Könige durch die der geistlichen Ritter unterlaufen wurde.
Offenbar haben die Templer bei der Aktion Damaskus während des Zweiten Kreuzzuges eine recht zweifelhafte Rolle gespielt. Bei der Belagerung von Askalon im Jahre 1159 besetzten sie eine Bresche in der Umwallung und verweigerten den Truppen des Königreiches den Zutritt zur Stadt. Ein Jahr später lieferten sie Nasr ed-Din, den Sohn des ägyptischen Sultans, der geflohen war, um Christ zu werden, gegen den Willen des Königs für 60 000 Golddenare seinem Vater zurück. Sie durchkreuzten, wie bekannt, Amalrichs Verhandlungen mit den Assassinen und provozierten

ihn zu einer harten Gegenaktion. Im übrigen übten sie allein durch ihre jederzeit einsatzfähige Truppenmacht einen starken Einfluß auf die Entschlüsse des Königs aus, ebenso durch die Tatsache, daß sie stets eine andere Meinung vertraten als die Johanniter – und daß die Johanniter immer bereit waren, sich anders zu entscheiden als die Templer.

Denn die beiden Orden waren ständig verfeindet; sie fühlten sich als Konkurrenten und gaben sich ihren Konkurrenzgefühlen mit Lust und Leidenschaft hin. Sie waren, wie Friedrich Heer sie genannt hat, »Neidgenossenschaften« und trugen ihren Dauerzwist nicht nur mit Intrigen und Rankünen, sondern auch mit offener Gewalt aus. So sah sich Papst Alexander II. im Jahr 1179 genötigt, die beiden feindlichen Bruderschaften zu einem regelrechten Friedensschluß zu nötigen. Geändert hat er damit nichts.

Überdies beherrschten die beiden Großen das Feld nicht allein. Auch die kleineren, in ihrem Windschatten lebenden Orden waren um Einfluß, Ruhm und Reichtum bemüht: die Deutschherrenritter, deren offizielle Geschichte allerdings erst nach dem Fall von Jerusalem begann; die Brüder vom heiligen Lazarus, die sich vornehmlich der Bekämpfung der Lepra widmeten; die italienischen und spanischen Rittergenossenschaften und schließlich die Bruderschaft des heiligen Thomas von Canterbury, die ebenfalls noch im christlichen Jerusalem entstand.

Sie alle verkündeten die Gebote der Armut und der Nächstenliebe und hielten sich für engagierte Streiter Christi, sie alle trachteten nach Macht und Wohlstand, verfügten über einen funktionierenden Apparat mit internationalen Beziehungen und geheimen Nachrichtenverbindungen, verteidigten ihre Interessen mit viel Geschick und wenig Gewissen, sie alle spielten mit und machten Politik – auch gegen das kleine christliche Reich, in dem sie lebten und wirkten: »ein staatsrechtlich unmöglicher Zustand«, der gelegentlich schwere Lähmungserscheinungen hervorgerufen hat.

Ebenso hat die Begegnung mit dem Orient, haben das Leben in einer fremden und feindlichen Umwelt und die Auseinandersetzung mit einer überlegenen Zivilisation mehr Probleme aufgeworfen, als dem Gedeihen dieser Staaten nützlich war.

Die Kreuzfahrerkönige haben auch dieses Kreuz tragen müssen.

Zwanzigstes Kapitel

Die Begegnung mit dem Orient

Heiliges Land – unheiliges Land
Der Alltag in den Kreuzfahrerstaaten

»Wir, die wir Abendländer waren...«

Fulcher von Chartres, einer der gescheitesten, sachlichsten und zuverlässigsten aller lateinischen Berichter, hat im dritten Teil seiner *Gesta Francorum Jherusalem Peregrinantium* einige Sätze niedergeschrieben, die die Situation der christlichen Eroberer des Heiligen Landes nach kaum zwei Jahrzehnten schlaglichtartig erhellen.

»Stell dir bitte vor«, so heißt es da, »daß Gott in unserer Zeit den Westen gleichsam in den Osten versetzt hat. Wir, die wir Abendländer waren, sind zu Orientalen geworden. Wer einst Bürger von Reims oder Chartres war, ist jetzt Bürger von Tyros oder Antiochia. Wir haben unseren Geburtsort bereits vergessen..., oder er wird wenigstens nie erwähnt. Einige besitzen hier schon Häuser und Dienerschaft, die sie durch Erbschaft erworben haben. Manche haben ihre Frauen nicht aus dem eigenen Volk gewählt, sondern Syrerinnen, Armenierinnen oder gar getaufte Muselmaninnen geehelicht. Manche leben zusammen mit ihrem Schwiegervater, der Schwiegertochter, dem Schwiegersohn, Stiefsohn oder Stiefvater. Es fehlt auch nicht an Enkeln oder Urenkeln. Der eine kultiviert Reben, der andere baut Getreide. Beide sprechen verschiedene Sprachen, doch diese Sprachen sind heute allgemein verbreitet und werden von beiden Volksteilen verstanden. Der Glaube eint jene, deren Vorfahren sich völlig fremd waren.«

Man brauchte nicht jeden dieser Sätze für bare Münze zu nehmen. Wir wissen heute, daß längst nicht alle europäischen Zuwanderer zu Orientalen wurden, daß die Verhältnisse überhaupt wesentlich komplizierter und differenzierter waren, als Fulchers Holzschnittbild verrät. Doch enthält es eine Reihe von Hinweisen, die klar erkennen lassen, daß das Leben in einer fremden Umwelt die fränkischen Herren zur Anpassung und damit zu einer vielschichtigen, vielgestaltigen Metamorphose zwang.

Viele christliche Barone wurden in kurzer Zeit reich. Sie heirateten eine Tochter des Landes und zeugten Kinder mit ihr. Sie zogen in die Städte und lernten die Gesetze der Arbeitsteilung und des Güteraustausches kennen. Und sie lebten nicht nur mit einheimischen Christen, sondern auch mit Muselmanen zusammen – und zwar in einer Welt, die der ihren zivilisatorisch und kulturell überlegen war.

Das alles hatte natürlich seine Wirkungen. Die reich gewordenen christlichen Ritter begannen ein herrschaftliches Leben zu führen. Sie gewannen Geschmack an Luxus und Verschwendung und vernachlässigten ihre kriegerischen Aufgaben. Sie unterwarfen sich, nicht zuletzt unter dem Einfluß ihrer morgenländischen Frauen, orientalischen Gewohnheiten und lernten Steinhäuser und Villen mit raffiniertem Komfort kennen. Sie urbanisierten und zivilisierten sich, nahmen teil an städtischem Handel und Wandel und gaben sich, jedenfalls nach Meinung der christlichen Chronisten, allzu willig unchristlichen Sünden und Lüsten hin. Und sie lebten im Strahlungsbereich des Islams, dessen Anhänger ihren Glauben mit der gleichen Unbedingtheit verfochten wie sie selbst, und viele von ihnen gelangten zu der Erkenntnis, daß die Ungläubigen eigentlich gar nicht so ungläubig waren.
Kurzum, das Land nahm von ihnen Besitz, sie lernten neue Lebensformen, neue Gedankenwelten kennen – sie veränderten sich, auch wenn Fulcher sicher ein wenig übers Ziel hinausschießt, wenn er behauptet, daß aus den Abendländern Orientalen geworden seien.

Seidengewänder, Bärte und lange Haare

Am ehesten hat die fränkische Aristokratie die europäischen Lebensformen bewahrt. Die christlichen Grafen und Barone, die sich im Heiligen Lande niederließen, versuchten nach Art ihrer Väter weiterzuleben. Und da viele von ihnen ihre Frauen mitgebracht hatten, andere ihre Herzensdamen nachkommen ließen, unterschied sich die erste Generation des fränkischen Adels kaum von den Daheimgebliebenen – sie lebte wie zu Hause, erzog ihre Kinder wie daheim.
»Der Sohn einer hochadligen oder ritterlichen Familie« – so Joshua Prawer – »erhielt die gleiche Erziehung und Bildung, wie es in den entsprechenden Kreisen in Europa üblich war. Er wurde im Geist der gleichen Religion erzogen, wurde in den gleichen Glaubenssätzen unterwiesen, entnahm seine intellektuelle Einstellung und Vorstellungswelt den gleichen Legenden, frommen Geschichten, Heldensagen und höfischen Poesien. Ein *France d'Outremer*, ein ›Frankreich jenseits des Meeres‹ entstand.«
Trotzdem war vieles anders. Die meisten fränkischen Aristokraten zog es in die Stadt, am stärksten natürlich in die Hauptstadt, an den Hof, wo sie sich der Gunst und der Geschenke des Königs erfreuten und ohne Not von den Renten und Einkommen lebten, die ihnen die Verwalter oder Pächter ihrer Güter abzuliefern hatten. Doch blieben sie dem gewohnten heiter-rustikalen Landleben verbunden. Viele Grafen und Barone besaßen außer ihrem Stadthaus eine Sommervilla im Grünen und gingen von dort aus

ihren standesgemäßen seigneuralen Passionen nach: der Jagd, feiertäglichen Ausritten oder jenen geliebten Querfeldeinkavalkaden, auf denen sie sowohl ihre Pferde als auch sich selbst harten quasi-militärischen Aufgaben unterwarfen.

Auch Turniere wahrten in diesem ritterlichen Leben ihren angestammten Platz. Joshua Prawer ist allerdings der Meinung, daß sie weniger häufig als in Europa stattfanden, vielleicht weil der Gebrauch der Waffen eine derartige Alltagsbeschäftigung war, daß sie des sportlichen Trainings nicht bedurfte. Die Turniere der fränkischen Barone entarteten deshalb leicht zu zirzensischen Spektakeln mit burlesken Einlagen. So konnte es vorkommen, daß das Programm der üblichen Kampf- und Reiterspiele durch den Wettlauf von zwei alten Weibern volkstümlich ergänzt wurde.

Auch im Auftreten und in der Kleidung haben die zeitgenössischen Chronisten unübersehbare Veränderungen registriert. Danach haben zahlreiche fränkische Herren muslimische Gewänder getragen, die nicht nur klimagerechter, sondern auch flotter und farbiger waren. Am schnellsten ging diese Verwandlung in der Grafschaft Edessa vor sich, wo die Ehen mit armenischen Jungaristokratinnen Kleidung und Barttracht der lothringischen Herren sichtbar beeinflußten. König Balduin I., der, wie berichtet, gern als orientalischer Potentat auftrat, oder der Normanne Tankred, der sich *Emir von Antiochia* nannte und auf seinen Münzen mit einem Turban abbilden ließ, haben den Trend zur Übernahme muselmanischer Textilien und Frisuren durch ihr Beispiel gefördert.

Für die Pilger und Neuzuwanderer aus Europa wirkten die fänkischen Barone im Heiligen Land in ihren schillernden Seidenstoffen daher oft wie geputzte Gecken, pfauenhaft, aufgeblasen und eitel.

Ebenso schlagkräftig wie polemisch hat der asketische Abt Bernhard von Clairvaux in seiner Programmschrift zur Gründung des Templerordens die Bedenken formuliert, die zumindest die kirchlichen Beobachter gegenüber derartigen Angleichungstendenzen hegten. Er kritisiert die wallenden Überwürfe der Ritter und die farbigen Schabracken der Pferde. Er spricht empört von edelsteinverzierten Sporen, verteufelt bemalte Lanzen und Sättel und wirft den Kämpfern Christi vor, daß sie, »von törichter Keckheit geleitet«, übermäßig geputzt in die Schlacht zögen. Am meisten haben ihn allerdings die langen Haare der Ritter erzürnt, weibisch lange Haare, die, wie er meint, im Kampfe schädlich seien, weil sie die Sicht nähmen und die Gefechtsbereitschaft herabsetzten.

Auch Jakob von Vitry hat den fränkischen Grafen und Baronen die Leviten gelesen und ihnen vorgeworfen, daß sie ohne Härte erzogen würden, in Luxus verkämen, mehr an Bäder als an Schlachten gewöhnt seien, geschmückt und geschwellt wie Frauen einhergingen und gleich einem unfruchtbaren Weidenbaum zwar viel Laub, aber wenig Früchte trügen.

Fraglos haben aber sowohl der Abt von Clairvaux als auch der Bischof von Akkon ihrem aggressiven Temperament zu sehr nachgegeben. Die Tatsache, daß die christlichen Ritter bis zum Schluß gefürchtete Kämpfer waren, spricht eigentlich nicht für die Verweichlichungsthesen der Kleriker. Auch in der Kleidung waren sie wohl nur »begrenzt anpassungsfähig«. Joshua Prawer weist zum Beispiel darauf hin, daß die von den geistlichen Schreibern so geschmähten Seiden-, Taft-, Brokat- und Musselinstoffe im damaligen levantinischen Wirtschaftsraum durchaus erschwinglich waren und daß der Schnitt der Kleidung, von kleineren Entlehnungen wie etwa dem Helmumhang, europäisch blieb.

»Ja, das Gefühl ethnischer Zusammengehörigkeit ging... so weit, daß sie den Nicht-Franken das Tragen von Kleidung europäischer Machart untersagten. Dieses Festhalten an den fränkischen Bräuchen bezeugt auch die Ablehnung der orientalischen Sitte, einen Bart zu tragen. Während die Teilnehmer des Ersten Kreuzzuges dem heimatlichen Brauch gemäß Bärte hatten, folgten die Franken im Heiligen Land der europäischen Mode, als... Mitte des 12. Jahrhunderts der Bart in Europa unmodern wurde. Die glattrasierten Gesichter und das schulterlange Haar der Franken wurde ein ebenso deutliches Charakteristikum, wie sie Gegenstand orientalischer Spottlust und Verachtung waren.«

Lockungen des guten Lebens

Joshua Prawer hat auch dem Alltag der fränkischen Herren in ihren häuslichen vier Wänden eine ausführliche Darstellung gewidmet: mit einigem Recht, denn nirgendwo war der Unterschied zwischen Mitteleuropa und dem Orient so augenfällig wie in der Wohn- und Eßkultur, von der Hygiene ganz zu schweigen. Während man im Abendland gerade anfing, die Steinbauweise der Alten für das private Wohnen wieder nutzbar zu machen, bestanden die Städte und Dörfer der Levante fast ausschließlich aus Stein. Auch die liebevolle und komfortable Innenausstattung übertraf den europäischen Standard bei weitem.

Die Häuser versuchten vor allem, mit den klimatischen Gegensätzen fertig zu werden. Ihre flachen Dächer erlaubten die Aufstellung von Topfpalmen und immergrünen Gewächsen, so daß der Besitzer in der kühlen Abendbrise wie in einem kleinen Park lustwandeln konnte. Die dicken Wände der bis zu fünf Stockwerke hohen Gebäude schützten in den glutheißen Sommermonaten vor Hitze, im Winter, wenn die Temperaturen auf null Grad und weniger absanken, vor unwirtlicher Kälte. Die schmalen Fensteröffnungen wurden nicht, wie in Frankreich oder Deutschland, mit Holz verschlossen oder mit Fellen oder ölgetränkter Leinwand verhängt, sondern mit blau oder grün gefärbtem Scheibenglas ausgefüllt, das

auch dann, wenn es nur halb durchsichtig war, dem Tageslicht Einlaß gewährte.
Die meisten Häuser umschlossen einen Innenhof mit Blumen und einem plätschernde Kühle spendenden Brunnen, der bisweilen an eine Wasserleitung angeschlossen war. Die hohen Innenräume waren mit Mosaiken, Teppichen und Wandbehängen ausgestattet. Verzierte Konsolen, Kleeblattbögen und gewölbte, meist spitzbögige Decken gehörten zum stetig wiederkehrenden Bestand. Im Palast der Herren von Ibelin gab es Marmorfußböden und Marmorwände. Über marmorne Treppen und Terrassen erreichte man lauschige, idyllisch angelegte Gärten.
Auch das Mobiliar verriet die hohe Kunstfertigkeit der syrischen und griechischen Handwerker. Selbst arme Ritter konnten sich durchbrochene Holzarbeiten und kunstvolles Schnitzwerk leisten. Dem schreibkundigen Hausherrn (oder seinem schreibkundigen Kleriker) dienten kastenförmige Stehpulte, die – wie heute noch – unter einer geneigten Schreibfläche Raum für Tinte und Feder, Farbe und Löschsand enthielten.
Allerdings wahrte die Masse der fränkischen Ritter gegenüber den Mysterien des Schreibens und Lesens eine mit souveräner Verachtung gepaarte Unschuld. Lediglich im Königshaus und in den Fürstensippen scheint es zum guten Ton gehört zu haben, wenigstens die elementaren Möglichkeiten der schriftlichen Verständigung kennenzulernen. Einige Könige lasen Bücher, meist historischen oder juristischen Inhalts. Raimund von Tripolis, der Gegenspieler des kleinen Guido von Lusignan, beherrschte sogar Arabisch, in Wort und Schrift. Doch sie waren Ausnahmen. Die geistigen und musischen Traditionen sowohl der griechischen als auch der arabischen Länder in der Levante haben die fränkischen Eroberer wenig interessiert. Einen gewissen Einfluß spürt man lediglich in der Besessenheit, mit der sie sich die fragwürdigen juristischen Kniffe ihrer Gastgeber aneigneten und von Generation zu Generation weitergaben.
Um so mehr haben die christlichen Granden dem guten Leben Geschmack abgewonnen, vor allem den gastronomischen Künsten, denen die nahöstlichen Völker – gleich, welcher Rasse und welchen Glaubens – seit undenklichen Zeiten huldigten. Die levantinische Küche war nicht nur dem Klima besser angepaßt, sie verfügte auch über ein beträchtliches Arsenal an Gewürzen, die selbst einfachen Gerichten zu lukullischen Reizen verhalfen. Die fränkischen Aristokraten haben sich derartigen Gaumenfreuden offenbar bereitwillig ergeben. Wer seinen Freunden imponieren wollte, engagierte daher einen einheimischen Küchenmeister. Ägyptische Köche oder Köchinnen scheinen geradezu den Rang von Statussymbolen gehabt zu haben.
Als Kronzeuge mag der (bereits mehrfach erwähnte) damaszenische Ge-

sandte Usama genannt werden, der in seinen Erinnerungen, dem *Buch der Belehrung durch Beispiele,* den Bericht eines Freundes wiedergibt, der bei einem Besuch in Antiochia von Theodor Sophianos, dem Oberhaupt der dortigen griechischen Kirche, zu einem Essen bei einem normannischen Adligen eingeladen wurde. »Ich ging mit«, erzählte der Gewährsmann Usamas, »und wir kamen zum Hause eines der alten Ritter, die mit dem ersten Zug der Franken gekommen waren. Er hatte sich von seinem Amt und Dienst zurückgezogen und lebte von den Einkünften seines Besitzes in Antiochia. Er ließ einen schönen Tisch bringen mit reinlichen und vorzüglichen Speisen. Als er sah, daß ich zaghaft zu essen begann, sagte er: ›Iß getrost, denn ich esse nie von den Speisen der Franken, sondern habe ägyptische Köchinnen und esse nur, was sie bereiten. Schweinefleisch kommt mir nicht mehr ins Haus.‹«

Der Arzt, der ein Beil holen ließ...

Auch die Getränkekultur verfeinerte sich. Zwar waren die levantinischen Weine um nichts besser als die heimischen Kreszenzen; mit Schnee vom Libanon gekühlt und von arabischen Sklaven in kostbaren Gläsern oder Goldbechern serviert, vermochten sie jedoch selbst die Zungen ausgepichter Trinker zu betören. Auch an tiefgekühlten Fruchtsäften haben die heißblütigen Streiter Christi offenbar schnell Gefallen gefunden.
Die Frauen der fränkischen Aristokratie verfielen vor allem den Produkten der ostmittelmeerischen Kosmetik- und Duftwasserindustrie. Ein in der Heimat fast verpönter Vorgang, das alltägliche Waschen und Baden, wurde, wie in der Antike, wieder Teil ihrer täglichen Hygiene. In Akkon gingen die Damen der reichen Kaufleute dreimal in der Woche baden. Allerdings waren die öffentlichen Bäder mehr ein Quell der Lüste als ein Brunnen der Sittsamkeit. So glaubten zumindest die geistlichen Berichter Anlaß zu haben, an solchem unchristlichen Reinheitswahn Anstoß zu nehmen.
Die reichen Franken haben auch von den medizinischen Künsten der Griechen und Araber sehr profitiert, deren Ärzte über ein wesentlich reicheres Repertoire verfügten als die abendländischen Zuwanderer. Das Mißtrauen gegenüber ihren Verfahren, die nicht zuletzt auf der Kenntnis zahlreicher Heil- und Giftkräuter beruhten, hat aber eine noch stärkere Befruchtung der europäischen Medizin verhindert. Usama hat auch zu diesem Thema einen interessanten Beitrag geleistet.
Er erzählt von einem arabischen Arzt, der an das Krankenbett eines fränkischen Ritters mit einem schwärenden Abszeß am Bein gerufen wurde und diesen mit einem »erweichenden Pflaster« behandelte. Es erschien aber auch ein fränkischer Arzt am Lager des Streiters Christi und räso-

nierte: »Der Ungläubige hat doch überhaupt keine Ahnung, was in einem solchen Fall zu tun ist.« Er wandte sich an den Ritter und fragte ihn: »Was ist dir lieber – mit einem Bein zu leben oder mit beiden Beinen tot zu sein?« Und als dieser sich, wie erwartet, für das Leben mit einem Bein entschied, ließ er ein scharfes Beil holen und das von einem Abszeß befallene Glied auf einem Holzblock abschlagen. Der Erfolg stellte sich prompt ein. »Das Mark des Beines spritzte weg, und der Ritter starb innerhalb weniger Minuten.«

Noch einen zweiten Fall berichtete Usamas Augenzeuge. Er betraf eine fränkische Dame, die an Auszehrung litt. Der arabische Arzt verschrieb ihr eine kräftigende Diät. Sein abendländischer Kollege aber erklärte, die Patientin habe einen Dämon im Gehirn, schor ihr die Haare, schnitt ein Kreuz in die Kopfhaut und rieb die Wunde mit Salz ein. Auch diese Therapie führte im Handumdrehen zu einem Ergebnis. Die Dame schied ebenfalls auf der Stelle von hinnen.

Francesco Gabrieli, der Herausgeber der *Arabischen Quellen*, ist der Meinung, daß nicht alle fränkischen Ärzte derartige Schlächter gewesen seien »wie der hier beschriebene Irre«, hält aber die »ironische Überlegenheit«, die sich in Usamas Bericht ausdrückt, für vollauf gerechtfertigt.

Decamerone auf Kreuzfahrerart

Mehr als der fränkische Hochadel sind die kleinen Ritter, noch mehr die Knechte und Mitläufer von nahöstlichen Bräuchen und Sitten infiziert worden. Mittler waren vor allem die einheimischen Frauen, die in diesen Schichten schnell Eingang fanden und später auch die Bourgeoisie durchsetzten.

Von Frauen ist bereits mehrfach die Rede gewesen: von Weibern, die in Männerkleidern kämpften, von Troßmägden, die niedere Dienste verrichteten, bisweilen auch militärisch mit Hand anlegten, ebenso von jenen Hurenkohorten, die den Kreuzfahrerarmeen wie riesige Vogelschwärme folgten und ihre Lagerzelte in aphroditische Domizile verwandelten. An dreißigtausend sollen in manchen Jahren zu diesem Zweck ins Heilige Land gezogen sein: eine Zahl, die auch dann, wenn man sie für maßlos übertrieben hält, die Behauptung eines arabischen Berichters bestätigt, daß »die Franken nicht fechten mochten, wenn sie keine Weiber hatten«.

Sie waren in der Tat nicht wählerisch. Sie griffen zu, wo immer ein Weiberrock sich zeigte. Und sie machten dabei, zum großen Unmut der christlichen Chronisten, nicht einmal vor den Frauen der Ungläubigen halt. Während sie die Männer totschlugen oder an Sklavenhändler verhökerten, fügten sie die Weiber, in welcher Funktion auch immer, ihrem Hausstand ein. Sogar die Herren der fränkischen Aristokratie, die mit

abendländischen Damen verheiratet waren, leisteten sich durchweg heimische Konkubinen, und sie differenzierten dabei, wie Martin Erbstößer meint, »nicht so genau zwischen Christin und Mohammedanerin«.
Die Kirche hat in den ersten Jahrzehnten des Königreiches Jerusalem verschiedentlich versucht, den Umgang mit Muselmaninnen in Acht und Bann zu tun, und renitenten Rückfalltätern gewissermaßen das »Lebenslänglich« im Fegefeuer angedroht. Viel Erfolg hat sie mit ihren Bemühungen jedoch nicht gehabt. Später, als selbst hohe Kirchenfürsten es nicht als eine Schande ansahen, sich Beischläferinnen zu halten, galten zumindest christliche Nebenfrauen als Teil des ehelichen Alltags.
Insbesondere die Normannen, die schon auf Sizilien die Freuden der Polygamie kennengelernt hatten, haben »diese Formen der Kontakte« mit ihren christlichen Gewissen durchaus harmonisiert; gerade die normannischen Herren haben aber auch hübsche Ungläubige nicht verschmäht, obwohl das Konzil von Nablus im Jahre 1120 derartigen Frevel nicht nur mit dem Abschneiden der Nase, sondern auch mit der Amputation des Zeugungsgliedes unter Strafe gestellt hatte.
Da Konkubinate meist mit erheblichen finanziellen Aufwendungen verbunden waren, dürften sie normalerweise ein Monopol der Hocharistokratie gewesen sein. Die niederen Ränge begnügten sich in der Regel damit, eine Jungfrau heimischen Geblütes zu heiraten, eine Griechin, eine Syrerin, eine Armenierin, in Ausnahmefällen auch wohl eine getaufte Mohammedanerin. Sie scheinen sich dabei sogar öffentlicher Unterstützung erfreut zu haben; von König Balduin I. ist jedenfalls bekannt, daß er Mischehen – von denen er sich den so dringend benötigten Sergeantennachwuchs erhoffte – konsequent gefördert hat.
Auch die Angehörigen des fränkischen Bürgertums haben dann keine Bedenken gehabt, ihre Häuser und Herzen dem heimischen Damenflor zu öffnen – und wahrscheinlich sind sie damit recht gut gefahren; denn diese Ehefrauen nahöstlicher Provenienz kannten sich in den Lebensbedingungen des Orients naturgemäß besser aus als Europäerinnen. Mit ihnen zogen aber auch, morgenländischen Gewohnheiten entsprechend, Mütter, Großmütter und Tanten ins Haus, ebenso eingeborenes Dienstpersonal jeglicher Art: Köche und Diener, Ammen und Zofen, Gärtner und Pferdepfleger. Der Franke, der eine Tochter des Landes heimführte, heiratete also auch deren Sippe und dienstbare Geister und war damit ihren Einflüssen ausgesetzt. Ob er wollte oder nicht – er tauchte in seine neue Umwelt ein und schwamm fortan in den Gewohnheiten des Orients mit. Er paßte sich an, übernahm Sprache und Sitte, Tracht und Lebensweise seiner Familie und wurde, wenn schon kein Araber, so doch ein Levantiner.
Den christlichen Berichtern ist zum Beispiel aufgefallen, daß viele fränkische Ehemänner ihre heimischen Ehefrauen sozusagen unter Verschluß hielten. Diese lebten, wie glaubwürdig versichert wird, mit ihren Töch-

tern und Dienerinnen nahezu unsichtbar in haremsähnlicher Verborgenheit hinter den dicken Mauern ihrer Häuser, durften nur in sittsamer Begleitung die Kirche besuchen und häufig nicht einmal an Prozessionen teilnehmen – womit für die sittenstrengen Kleriker das gehörige Maß an Sittenstrenge offenbar überschritten war.
Die derart eingesperrten Damen nahmen trotzdem am Leben der Außenwelt teil und wußten sich, trotz Isolierung, zu verschaffen, was ihnen ihre Männer vorenthielten. Die »tausenderlei Listen und Hexenkünste«, deren sie fähig waren, wenn es darum ging, ihren heimlichen Kümmernissen den gewünschten Trost angedeihen zu lassen, haben in dem bereits mehrfach zitierten Jakob von Vitry einen prominenten Kronzeugen gefunden. Sie sind aber auch, wie bekannt, in die halbseidene Literatur des Mittelalters eingegangen.
Andererseits scheinen viele Franken – an einträglichen Geschäften mehr interessiert als an der Psyche ihrer frustrierten Ehedamen – derartige Bräuche als Zubehör des orientalischen Alltags empfunden zu haben. Usama, der die Lebensgewohnheiten der abendländischen Herren im Heiligen Land mit spürbarer Neugier beobachtet hat, weiß auch darüber ein bezeichnendes Stück zu berichten: eine Boccaccio-Episode auf Kreuzfahrerart.
Er erzählt von einem Franken, der, »als er eines Tages nach Hause kam«, einen unbekannten Mann »mit seiner Frau im Bett fand. Er fragte ihn: ›Wie bist du hierher zu meiner Frau gekommen?‹ ›Ich war müde‹, antwortete der andere, ›und bin hier hereingekommen, um mich auszuruhen.‹ ›Und wie bist du in mein Bett gekommen?‹ ›Ich fand ein Bett bereitet vor und habe mich darin schlafen gelegt.‹ ›Und diese Frau schläft mit dir?‹ ›Es ist ihr Bett‹, versetzte der andere, ›konnte ich sie vielleicht hindern, sich in ihr Bett zu legen?‹ ›Dann will ich dir sagen – wenn du das noch einmal machst, regeln wir die Sache vor Gericht!‹ schloß der erste – und das war... der heftigste Ausdruck seiner Eifersucht...«

Die Pullanen – Wanderer zwischen den Welten

Aber auch solche Ehen waren mit Nachwuchs gesegnet, und wenn auch die Säuglingssterblichkeit hoch war und nur wenige Kinder das Erwachsenenalter erreichten – eines Tages gab es Mischlinge in Hülle und Fülle: Sprößlinge aus den legitimen und illegitimen Verbindungen der fränkischen Eroberer (und später auch der zivilen europäischen Einwanderer) mit den heimischen Frauen. So entstand eine »neue Rasse«, die weder dem Abendland noch dem Morgenland angehörte, eine wurzellose, heimatlose Schicht, deren tragisches Schicksal es war, von niemand geliebt, von jedermann verachtet zu werden.

Man nannte diese Mischlinge die Pullanen (französisch: *poulains*), aber schon damals scheint keiner gewußt zu haben, woher das Wort kam. Auch der späteren Sprachforschung ist es nicht gelungen, seine Herkunft zweifelsfrei zu klären. Vielfach ist es auf das lateinische Wort *pullus* (gleich Füllen, im übertragenen Sinn Frischling oder Neuling) zurückgeführt worden. Doch hat man es auch mit der Einwanderung apulischer Frauen in Verbindung gebracht: einem regelrechten Frauenimport, der bereits in den frühen Jahren des Königreiches Jerusalem durchgeführt wurde, um dem als allzu bedrohlich empfundenen Weibermangel abzuhelfen.
Aber woher der Begriff auch stammte, seine Bedeutung war fest umrissen. Während man unter den Franken sowohl die Angehörigen der Kreuzfahreraristokratie als auch die späteren abendländischen Einwanderer verstand, wurden die Abkömmlinge von europäisch-levantinischen Mischehen als Pullanen rubriziert. Außerdem war es üblich, die einen von den anderen »auf das Bestimmteste« zu scheiden (obwohl auch das Königshaus seit dem zweiten Balduin weitgehend »pullanisiert« war).
Es mag dabei mitgespielt haben, daß mit den ständig zunehmenden heimischen Blutanteilen – denn die Pullanen heirateten ja wiederum vor allem griechische, syrische und armenische Frauen – die meisten Mischlinge mehr Levantinern als Europäern glichen. Sie hatten durchweg eine braunere Haut als die fränkische Herrenschicht, dunkle Augen, schwarzes Haar und offenbar auch ein sehr lebhaftes mittelmeerisches Temperament. Eigenschaften, die besondern den weiblichen Abkömmlingen der Mischehen gut zu Gesicht standen. Offenbar haben die levantinischen Kreolinnen mit diesem Pfund auch zu wuchern verstanden.
In der Bevölkerung des Heiligen Landes wirkten die Pullanen, schon weil sie in der Regel zwei oder mehrere Sprachen beherrschten, als belebendes Ferment. Ihr Ruf war jedoch schlecht. Selbst die einheimische Bevölkerung scheint ihnen nicht über den Weg getraut zu haben. Mehr noch wurden sie von den Franken verachtet, am meisten vom Klerus der römisch-katholischen Kirche, die in ihnen das Böse schlechthin verkörpert sah.
Sie seien von Kind auf verzogen und fleischlichen Lüsten hingegeben, heißt es zum Beispiel beim zürnenden Jakob von Vitry; kaum einer unter tausend Pullanen nehme seine Ehe ernst, und Gottes Wort werde von ihnen schnöde mißachtet. Andere Chronisten haben sie als treulos und weibisch beschrieben, als Windbeutel und Schwindler, Stutzer und Zierbengel mit einer Vorliebe für üppige und auffallende Gewänder und immer bereit, sich jeglicher Ausschweifung hinzugeben. Noch im Urteil der Historiker des 19. Jahrhunderts galten sie als faul und träge, furchtsam und feig, boshaft und hinterhältig, als Lügner, Verräter und als Gottesleugner.
Als Wanderer zwischen den Welten, hin und her gestoßen und gesell-

schaftlich verfemt, dürften sie es in der Tat schwer gehabt haben. Im Krieg fanden sie allenfalls bei den Turkopolen Verwendung, im Wirtschaftsleben als Herbergsväter und Pensionsinhaber, als Garköche und Kellner, als Geldwechsler und fliegende Händler. Aber selbst wenn sie es zu Reichtum brachten, blieben sie auf der anderen Seite der Schranke. So mußten sie sich, ob sie wollten oder nicht, notgedrungen der heimischen Bevölkerung »akkomodieren« (wie es in der Altvatersprache von Hans Prutz heißt) und deren Schicksal – von den stolzen Franken verachtet zu werden – geduldig teilen.

»Lügner, Abtrünnige, Aufschneider und Verräter«

Ja, die Franken haben die Eingesessenen – gleich, welcher Herkunft – weidlich verachtet. Literarischer Kronzeuge ihrer Einstellung ist einmal mehr der eifernde, blitzeschleudernde Bischof von Akkon, Jakob von Vitry, dessen gewitterträchtige Entladungen zwar manchen Theaterdonner enthalten, die Auffassungen seiner Mitwelt aber wohl richtig wiedergegeben haben. Die vorherrschende Meinung besagte eben, daß sie alle »Lügner, Abtrünnige, Aufschneider und Verräter« seien, korrupt und doppelzüngig und auf nichts als Raub, Betrug und Diebstahl bedacht; und daß sie mit den Feinden Christi kollaborierten und fraternisierten und mehr nach muselmanischer als christlicher Sitte lebten.

Diese Behauptung war nicht einmal so falsch. Viele Christen im Heiligen Land sprachen besser Arabisch als Griechisch, trugen lange Bärte und verhüllten ihre Frauen und Töchter, um sie den Blicken der Welt zu entziehen, und da sie ihre eigenen Popen kaum verstanden, begegneten sie auch den Priestern der lateinischen Kirche mit unverhohlenem Mißtrauen.

Mit anderen Worten: die Kreuzfahrer hatten es in der Levante mit einer »arg depravierten Mischbevölkerung« (wie es bei Hans Prutz heißt) zu tun, einer gärenden Völkermaische, bestehend aus Griechen, Syrern, Armeniern, Juden, Arabern und Türken sowie Mischlingen jeder Art – einem rechten Gemenge also und einer entsprechenden Gemengementalität, mit der sie nie ganz fertig geworden sind. Im Gegenteil, sie haben zumindest in den ersten Jahrzehnten nach der Eroberung alles getan, diese Völkerschaften in ihrer geschmeidigen Unzuverlässigkeit noch zu bestärken, indem sie ihnen mit dem Hochmut und der Raffgier des Siegers begegneten. Sie machten dabei keinen Unterschied zwischen Muselmanen und Christen, sie »depossedierten« Griechen und Syrer genauso wie die wenigen zurückgebliebenen Juden und Araber und vergaben damit die Chance, wenigsten ihre Glaubensbrüder zu ihren Verbündeten zu machen. So begannen Syrer und Armenier schon nach

kurzer Zeit, gleichsam unter den Augen der neuen Herren, mit den Ungläubigen zu konspirieren.
Man muß den fränkischen Eroberern quittieren, daß sie später wieder zu kitten versuchten, was sie im ersten Rausch der Eroberung zerschlagen hatten. Trotzdem blieb das Verhältnis gespannt. Die Eingesessenen trugen weiterhin auf zwei Schultern. Äußerlich angepaßt, waren sie dennoch stets bereit, die abendländischen Herren zu verraten und ihren Gegnern für harte Währung jede gewünschte Information zukommen zu lassen. Die Muselmanen waren daher über die Absichten und Pläne der fränkischen Barone meist rechtzeitig informiert.
Im Krieg allenfalls als Bogenschützen geschätzt, beherrschten die heimischen Christen jedoch weite Bereiche des Wirtschaftslebens. Als Zuckerhersteller, Weber und Färber nahmen sie fast eine monopolartige Stellung ein. Im Handwerk waren sie als Maurer und Schuhflicker gefragt. Auch leisteten sie wertvolle Dienste als Dolmetscher und öffentliche Schreiber, als Finanzexperten und Advokaten. Auf dem Land überließ man ihnen die Feldbestellung, die Überwachung der Knechte und Sklaven – gelegentlich auch wohl die Verwaltung der fränkischen Latifundien.
Natürlich gab es Unterschiede. Die Armenier, geistig am beweglichsten, kommerziell am begabtesten, behaupteten sich besser als die Syrer, nicht zuletzt dank ihrer innigen Verbindung zum Königshaus. Sie paßten sich auch schneller an, ihre Fürsten zum Beispiel übernahmen die Ränge und Titel der fränkischen Hofhaltung. Außerdem waren sie hervorragende Konstrukteure von Belagerungs- und Wurfmaschinen, so daß sie auch bei den fränkischen »Militärs« in hohem Ansehen standen.
Auch die wenigen verbliebenen Juden, insgesamt etwa siebentausend, davon vierhundert in Tyros, zweihundert in Jerusalem, fünfzig in Beirut, vermochten dank ihrer Intelligenz und Zähigkeit einige Brückenköpfe zu halten. Ihre Domäne war die Glasmanufaktur. Ebenso mischten sie im Reedereigeschäft, das sie vor allem im Verein mit spanischen Juden betrieben, kräftig mit.

Die Kaufmannssiedlungen der Italiener

Noch bunter, noch farbiger, noch brisanter wird das Bild, wenn man auch die Kaufmannskolonien, die zugewanderten »kleinen Leute« und die alljährlichen Pilgerströme in das Sozialpanorama der Kreuzfahrerstaaten einbezieht.
Die Eroberung des Heiligen Landes durch die bewaffneten Wallfahrer hat auf Europa ähnlich gewirkt wie später die Entdeckung Amerikas. Sie setzte ungeheure Kräfte frei, die im Normalfall jedoch alles andere als messianischer Natur waren. Hunderttausende zogen, wie später unge-

zählte Gold- und Glücksucher nach Alaska und Kalifornien, in die Levante. Hunderttausende versuchten, durch ein neues Leben im Nahen Osten »die Ketten der persönlichen Unfreiheit abzuwerfen«. Die meisten aber lockte ganz einfach das »große Geschäft« und die begründete, durchaus berechenbare Aussicht auf schnell zu erwerbenden Reichtum.
Zu ihnen gehörten vor allem die italienischen Kaufleute, die im Kielwasser der venezianischen, pisanischen und genuesischen Flotte die goldenen Horizonte des Heiligen Landes entdeckten. Sie nahmen, wie wir wissen, an der Eroberung der levantinischen Häfen lebhaften Anteil, organisierten auch einen frisch-fröhlichen Kaperkrieg gegen Araber und Griechen, verkauften ihre Hilfe nach guter Kaufmannsart aber nicht eben billig. Der Preis waren Monopole und Privilegien sowie abgabenfreie Straßen und Quartiere in den ostmittelmeerischen Handelsstädten, in denen sie nach Gutdünken schalten und walten konnten. So wurden die Kreuzfahrerstaaten, die selbst nur wenig für die großen Märkte produzierten, die meistgefragten Stapelplätze im Handel zwischen West und Ost.
Wie die Orden zu Staaten im Staate wuchsen die italienischen Kaufmannsniederlassungen gleichsam zu »Kolonien innerhalb von Kolonien« heran. Die pisanischen, venezianischen und genuesischen Viertel in den Küstenstädten verfrachteten ein Stück Italien in die Levante. Ihre Bewohner sprachen »venetisch, toskanisch oder ligurisch«, die Notare siegelten Urkunden, die nach heimatlicher Gewohnheit in lateinischer Sprache abgefaßt waren, und die von den Mutterstädten entsandten Gouverneure residierten in den Villen der vormaligen »islamischen Handelsaristokraten« und führten wie diese ein an ständig fließenden Einkünften reiches Leben.
Von ihrem Dienstsitz aus, dem *palazzo comunale,* kommandierten sie Hundertschaften von Schreibern und Ausrufern, Polizisten und Gerichtsdienern (denn ihre Privilegien umschlossen auch die eigene Gerichtsbarkeit, Kapitalverbrechen ausgenommen). Die Kulisse der Hauptstraße oder der *piazza* bildeten die Ladengeschäfte, Verkaufsstände und Lagerräume, deren Obergeschosse (nach Joshua Prawers detaillierter Beschreibung) den italienischen Händlern als Wohnung dienten. Vielfach gab es auch überdachte Basare – und überall »Tavernen und Trattorien, die italienische Gerichte anboten«.
Anders als die Franken, die sich »trotz tausenderlei Beziehungen« zum Mutterland nie so recht als Franzosen fühlten, blieben diese Italiener »Bürger ihrer Herkunftstädte«. Sie fühlten sich daher den fränkischen Herren des Heiligen Landes, die auch in den Städten nach Art von Landedelleuten weiterlebten, weit überlegen. Mit einigem Recht, wie Forschungen der letzten Jahrzehnte klar erwiesen haben. Ihre Korrespondenz und Buchführung, ihre Seekarten und Handbücher weisen sie als gewandte und erfahrene Kaufleute aus, deren »Bildungsstand höher als der

des Durchschnittsfranken« lag. Ihr Fleiß und ihre saubere Lebensführung haben sogar in dem kritischen Jakob von Vitry einen unverdächtigen Gewährsmann gefunden.

Goldener Regen auf brackiges Wasser

Die meisten europäischen Einwanderer waren jedoch von anderer Art. Zwar befanden sich unter ihnen zahlreiche Söhne europäischer, meist französischer Adelsfamilien, die mit einigem Recht darauf hoffen konnten, dank ihren verwandtschaftlichen Beziehungen zum Königshaus oder zu den Großmännern des fränkischen Adels schnell zu einem ertragreichen Lehen zu gelangen, ebenso zahlreiche fromme Ritter, die von den Ordensbruderschaften angezogen wurden – die Masse der Zuwanderer aber gehörte niederen Schichten an, den *paupers* und der *misera plebs.* Und die einen wie die anderen paßten sich der neuen Umwelt bereitwillig an.

Die *paupers,* das waren vor allem mittellose Landbewohner, hungernde, entrechtete und bedrängte Bauern, zum Teil auch entlaufene Leibeigene, die – vor der nackten Not kapitulierend und von den Reichtümern und Wundern des Orients träumend – im Königreich Jerusalem unbedenklich das Gelobte Land der Bibel suchten. Vielen von ihnen ist es dann tatsächlich gelungen, ihrem Elend zu entrinnen und sich in den fruchtbaren Landstrichen der Levante eine erträgliche Existenz zu schaffen.

»Diese Einwandererschicht« – so Joshua Prawer – »bildet den aus Handwerkern und Kaufleuten bestehenden Mittelstand... Sie deckte den Bedarf an Schneidern, Schuhmachern, Goldschmieden, Tischlern, Schmieden, Müllern, Köchen, Bäckern, Konditoren und Wachsziehern. In den Häfen und an den Ankerplätzen entwickelte sich der neue Beruf des Schiffsausrüsters, der die nach Europa segelnden Schiffe für die dreiwöchige Reise mit Proviant versorgte. Außerdem traten ganz neue Berufe in Erscheinung, wie Maultiertreiber, Kameltreiber, Wasserträger oder Gewürz-, Weihrauch- und Parfümhändler, dazu natürlich Fremdenführer, Reliquienverkäufer und Gastwirte.«

Pioniernaturen waren jedoch selten. Die meisten Einwanderer sahen ihr Lebensziel als erreicht an, wenn sie den Anschluß an das städtische Kleinbürgertum hergestellt hatten und damit in die Lage versetzt waren, ein urbanes Dasein, frei von Hunger und Not, zu fristen. Die ländlichen Gebiete haben von diesen Immigranten kaum profitiert.

Das gilt noch mehr für die zahllosen entwurzelten und fragwürdigen Existenzen, die nach dem Fall Jerusalems ins Heilige Land strömten – ein dubioses Gelichter, echtes Lumpenproletariat: Vagabunden, Straßenräuber und Bettler, die »zu Hause« am Rande des Gesetzes gelebt hatten; Ausge-

worfene, Erniedrigte und Entrechtete, aber auch Schwerkriminelle, die nur deshalb begnadigt worden waren, weil sie sich eidlich verpflichtet hatten, ein neues Leben im Land Christi zu beginnen.
Der wortmächtige Jakob von Vitry hat auch in dieser Hinsicht kein Blatt vor den Mund genommen. Es waren vor allem, so erfahren wir von ihm, Räuber, Diebe und Mörder, Piraten, Trunkenbolde und Spieler, entlaufene Mönche und Nonnen, Ehebrecher, ungetreue Weiber und gierige Buhlerinnen, die – mit dem Segen der Kirche versehen – ihr Tätigkeitsfeld in den wilden Osten des Mittelmeeres verlegten. Diese Geschäftemacher, Faulpelze und Almosenschneider hatten nicht die Absicht, einer regelmäßigen Arbeit nachzugehen. Um so bemühter waren sie, sich ihren Anteil an den Spenden und Kollekten zu sichern, die das Abendland für das Heilige Königreich aufbrachte; mit Hans Prutz zu sprechen: etwas von dem »goldenen Regen« aufzufangen, der unablässig über den Kreuzfahrerstaaten niederging.
Die meisten von ihnen haben deshalb auch in ihrer neuen Heimat in einer Art von Untergrunddasein weitergelebt: als Bettler und Gelegenheitsarbeiter, Taschendiebe und Schlepper, Geldwechsler und Bordellbesitzer; kurzum: in all jenen dunklen, wenn auch einträglichen Berufen, die bis heute in den Brackwasserkulturen der großen Überseehäfen gedeihen.

Pilger in den Netzen des Teufels

Ihr bevorzugtes Opfer war eine Menschengruppe, die selbst in einem Miniaturporträt des christlichen Orients nicht fehlen darf – waren jene Pilgerschwärme, die normalerweise zweimal im Jahr, zu Ostern und zur Sommersonnenwende, in Sidon und Tyros, in Akkon und Jaffa eintrafen, um von dort nach Jerusalem zu wandern.
Sie kamen aus ganz Europa und auf den verschiedensten Wegen ins Heilige Land. Die Skandinavier und die Bewohner der deutschen Küsten, Friesen, Flamen und Engländer pflegten die Iberische Halbinsel zu umschiffen und nach der Fahrt durch die Straße von Gibraltar das gesamte Mitelmeer zu durchsegeln. Die süddeutschen Pilger zogen zu Fuß nach Genua oder Venedig, Pisa oder Amalfi, Bari oder Brindisi und ewarben hier eine Schiffspassage ins Heilige Land. Viele Bayern und Österreicher benutzten die traditionellen Landverbindungen über Ungarn, Serbien und Bulgarien und bestiegen erst in Gallipoli oder Konstantinopel ein Schiff, das sie nach Syrien oder Palästina brachte. Die Südfranzosen begaben sich in Marseille oder Aigues Mortes, die Normannen in Messina oder Palermo an Bord.
Die meisten Pilger reisten in Gemeinschaft, unter Führung erfahrener Reiseleiter. Die etwa dreißig Meter langen Fünfhundert-Tonnen-Schiffe,

denen sie sich anvertrauten, nahmen etliche hundert, in Ausnahmefällen bis zu tausend Menschen an Bord. Der Tod fuhr als blinder Passagier mit. Die Reise war, zumal im Frühjahr, nicht nur von Stürmen bedroht, auch die Muslims stellten diesen Schiffen nach, brachten sie auf und verkauften ihre menschliche Ladung an die Sklavenhändler. Die Enge, die Entbehrungen, die Einflüsse des Klimas und die ständige Gefährdung von Leib und Leben erzeugten schon nach kurzer Zeit eine hochexplosive Atmosphäre an Bord.

Überdies waren nicht alle Passagiere fromme, friedliche und von christlicher Nächstenliebe erfüllte Pilger. Auch unter ihnen befand sich mancherlei Abschaum: Streithähne, Gauner und Bauernfänger, die wegen ihrer lockeren Messer und lockeren Sitten zu einer Bußfahrt ins Heilige Land verurteilt waren. »Strafpilger« hat sie Hans Prutz genannt.

Die Pilgertransporte, die vom Niederrhein über Lissabon und Gibraltar in die Levante segelten, nahmen deshalb zwei Richter oder Schöffen mit auf die Reise, die Streitigkeiten zu schlichten, Untaten auf der Stelle zu ahnden hatten. Viele Schiffe hatten auch einen Priester an Bord, der seine Schutzbefohlenen, mehr Böcke als Schafe, anhielt, mindestens einmal in der Woche zu beichten. Auch sonstige fromme Übungen gehörten während der Passage – eine Fahrt von Venedig an der adriatischen Küste entlang durch die griechische und ägäische Inselwelt mit einem runden Dutzend Proviantaufenthalten dauerte ja mehrere Wochen – zum täglichen Programm, vor allem bei muselmanischen Angriffen und widrigen Winden.

Nach all diesen Strapazen und Aufregungen war die glückliche Ankunft im Zielhafen ein großes Ereignis, und zwar nicht nur für die eintreffenden Pilger, sondern auch für die brodelnde Einwohnerschaft der Hafenstädte. Die kreuzgeschmückten, mit Pilgerstab und Pilgertasche ausgerüsteten Wallfahrer wurden mit Chorälen, Gebeten und Glockengeläut feierlich empfangen. Kaum hatten sie jedoch festen Boden unter den Füßen, umschwärmten sie Tausende von Menschen, die ihnen gleich Stechmücken und schillernden Schmeißfliegen nachstellten. All die Schlepper, Herbergsväter, Bordellwirte, Geldwechsler und Reliquienhändler, die in diesen Küstenstädten ihren dunklen Geschäften nachgingen, stürzten sich auf die von der Springflut der Eindrücke berauschten Pilger und nahmen sie aus.

Viele Wallfahrer wurden daher schon in den Häfen ihrer letzten Habe beraubt. Viele strauchelten auch und verfingen sich in den Netzen der unlauteren Freuden und all der Sünden und Lüste, die der Teufel für sie bereithielt. Statt an den heiligen Stätten zu beten und hernach mit gestärkten und reinen Herzen heimzukehren, verfielen auch sie zu Tausenden dem Orient und seinen betörenden und abgefeimten Lockungen.

Ebenso vielstimmig wie einmütig haben daher schon die Zeitgenossen darüber geklagt, daß das Heilige Land der Kreuzfahrer ein außerordentlich unheiliges Land war.

Abt Bernhard von Clairvaux hat es als eine Art von Verbrecherkolonie beschrieben. Gregor von Nyssa will nirgendwo in der Welt ein derart verwahrlostes Volk angetroffen haben wie in Jerusalem, wo nach seinen Beobachtungen außer Mördern und Brandstiftern auch »Sodomiter« und Buhldirnen ihr Unwesen trieben. Burkhard von Monte Sion nannte die »Lateiner« (das heißt: die römischen Katholiken) die Schlimmsten von allen und beklagte, daß nicht einmal die Nähe der heiligen Stätte einen Gewissenswandel bewirkt habe. »Sie wechseln nur den Himmelsstrich, unter dem sie leben, nicht aber die Gesinnung.« Und nach Wilhelm von Nangis wälzte sich nicht nur der Pöbel, sondern auch die Geistlichkeit »in den Pfühlen der Lüste«.

Am bittersten haben sich die armenischen Chronisten über ihre christlichen Glaubensbrüder aus Europa geäußert. Der Priester Basilios (»der Arzt« genannt) beschimpfte die Fürsten der Lateiner »als gottlos und verdorben«, ein Anonymus nannte die Franken »eine Nation mit falschen Herzen«, und Matthäus von Edessa warf ihnen vor, daß sie den »Pfaden des Verderbens folgten«, unentwegt Böses trieben, in Lasterhaftigkeit versänken und »ohne Achtung vor dem Wort des Herrn« lebten. Auch nach seinen gramerfüllten, zornmütigen Worten suhlten sogar »die Priester gleichsam im Kot und schreckten vor der ärgsten Sünde nicht zurück«.

In all diesen Klagen und Philippiken kehrt eine Feststellung ständig wieder: daß selbst diejenigen, die »zu Hause« wohlanständig und geziemend gottesfürchtig lebten, im Heiligen Lande »an Leib und Seele Schiffbruch litten« und verderbt und demoralisiert als Bösewichter und Strolche zurückkehrten.

Schon Hans Prutz, der Königsberger Historiker, hat auf die Erklärung dieses Vorganges einigen psychologischen Scharfsinn verwendet. Nach seiner Meinung war die merkwürdige Metamorphose nicht zuletzt ein Produkt der Lösung »von der heimatlichen Scholle ... den heimischen Gesetzen und den einschränkenden Formen des bürgerlichen Lebens« zu Hause. Sicher haben aber auch die Ausstrahlungen des Orients und seines gänzlich andersgearteten, anderen Gesetzen gehorchenden Lebens zu dieser sittlichen Verwilderung beigetragen, nicht zuletzt auch die paradoxe Tatsache, daß sich selbst ausgemachte Lumpen, Betrüger und Nichtstuer als auserwählte Werkzeuge Gottes fühlten und sich daher nicht nur berechtigt, sondern geradezu beauftragt glaubten, ihren schnöden, unsauberen Geschäften nachzugehen.

Wer nach Palästina ging, betrachtete sich nicht nur als »Pensionär der gesamten Christenheit«, sondern auch als Vollzugsbeamter des göttlichen Willens, als Funktionär der Vorsehung, als Rächer Christi – womit alle Laster, alle Gemeinheiten, alle unsauberen Machenschaften legitimiert waren.

Gelobtes Land der käuflichen Liebe

Die Liste der Laster, über die schon die Zeitgenossen so bewegt Klage geführt haben, ist ziemlich lang, auch recht differenziert, je nach Standpunkt und innerer Einstellung. Die Muselmanen hat vor allem die Falschheit der Franken empört, ihre Unzuverlässigkeit und Verlogenheit, ihre stete Bereitschaft, Verträge zu brechen oder ihren Interessen gemäß, gewissermaßen gegen den Strich, auszulegen, ebenso ihre hemmungslose Habsucht und Besitzgier. Allerdings haben die christlichen Chronisten durchweg mit gleicher Münze zurückgezahlt – und sicherlich mit denselben guten Gründen.

Waas verweist auch auf die zahlreichen Giftmorde, die zeitweise geradezu epidemisch auftraten. Viele Historiker sehen auch darin einen Beweis für die fatalen Wirkungen, die die Begegnung mit dem Orient bei den Kreuzfahrern hervorgerufen hat. Denn die Kenntnis der geheimnisvollen Kräuter- und Säftemischungen, mit deren Hilfe unliebsame Konkurrenten leicht beseitigt werden konnten, war ja in der griechischen und arabischen Levante weit verbreiteter als im alten Europa.

Den geistlichen Berichtern war vor allem das Wohlleben, dem sich die Bevölkerung der christlichen Filialstaaten in Syrien und Palästina ergab, ein steter Dorn im Auge. Auch die überall geübten Glücks- und Würfelspiele haben ihren gleichsam alttestamentlich-prophetenhaften Zorn hervorgerufen. Nicht nur in den Hafenstädten, die ohnehin mehr den Gesetzen des Teufels als den Geboten Gottes gehorchten, gab es ganze Quartiere mit Buden und Kneipen, in denen unentwegt gewürfelt, betrogen und gestritten wurde – oft genug mit tödlichem Ausgang.

Geändert haben diese bitteren Polemiken nichts. Die Spiele waren ein Nationallaster, das um so unausrottbarer war, als auch der Adel ihm hemmungslos verfallen war. Selbst König Balduin III. und Raimund von Poitiers, der Fürst von Antiochia, sollen bisweilen nächtelang gewürfelt haben.

Noch mehr haben die Reporter im Mönchsgewand die geschlechtliche Verderbnis beklagt, die sich der Bevölkerung der Kreuzfahrerstaaten mehr und mehr bemächtigte. Selbst wenn man ihnen nur die Hälfte glaubt, waren Europas christliche Filialstaaten in der Levante alles andere als Horte von Moral und fleischlicher Abstinenz. Syrien galt – nach Hans

Prutz, der dem Thema »Sex und Frauen« in seiner voluminösen *Kulturgeschichte* eine umfangreiche Untersuchung gewidmet hat – geradezu als das gelobte Land der Liebe und des Liebesgenusses. Die fränkischen Herren gaben sich auch diesem Geschäft mit dem ihnen eigenen Hochmut und der ungebremsten Direktheit der Eroberer hin. Obwohl die Kirche den Umgang mit muselmanischen Frauen strikt untersagt hatte, trug niemand, so der Königsberger Professor, »ein Bedenken, die schönen Weiber der Ungläubigen zu Opfern seiner Lust zu machen«.

Die fränkischen Frauen standen, was geschlechtliche Libertinage betrifft, ihren Männern und deren hahnenhaften Gepflogenheiten aber nicht viel nach. Selbst vornehme Damen, »sogar Fürstinnen, sollen sich niedriger Buhlschaft« hingegeben haben und nicht einmal Liebesstunden mit muselmanischen Sekretären und Ärzten verschmäht haben. Als wesentlich schlimmer erwies sich allerdings, daß in den Privatgemächern der hohen Damen auch hohe Politik gemacht wurde und daß diese Boudoir- und Kissenpolitik den Interessen der Kreuzfahrerstaaten fast immer abträglich war. Die letzten Jahre am Königshof mit ihren unentwirrbaren Knäueln an Sex, Machtgier und Intrigen haben in dieser Hinsicht einen unübertroffenen Anschauungsunterricht geliefert.

Auch die Prostitution war in die christlichen Kriegerstaaten in der Levante fest integriert, und sie beschränkte sich nicht nur auf die Feldlager. Nach Prutz war die gesamte Gesellschaft von ihr infiziert, so daß »mancher neue Ankömmling... in kurzer Zeit von ihr zugrunde gerichtet« wurde. Das Angebot scheint in der Tat außerordentlich reichhaltig gewesen zu sein. Es gab ordinäre, nach Schweiß und schwülen Parfüms riechende Billigbordelle, Kneipen mit Damenbedienung und Séparées und Etablissements für die vornehme Kundschaft. Orientalische Zuhälter vermieteten Mehrzwecktänzerinnen einzeln oder in Gruppen. Mancher reiche Kaufmann hielt sogar Dirnen zur Entspannung seiner Geschäftsfreunde.

Am besten florierte das älteste Gewerbe der Welt in den fast ebenso alten Hafenstädten der Levante, am allerbesten in Akkon, das nach heutigen Begriffen geradezu ein St. Pauli des Nahen Ostens war. Nach dem Zeugnis des hitzigen, aber wohlinformierten Jakob von Vitry war die ganze Stadt voll von Freudenhäusern und anderen aphroditischen Niederlassungen, und da die Venuspriesterinnen »hohe Mieten« zahlten, verpachteten »nicht nur Laien, nein, sogar Geistliche und Mönche ihre Unterkünfte an notorische Huren« – ein Umstand, der sogar ein entrüstetes Schreiben des Heiligen Vaters zur Folge hatte.

Auch die Päderastie war nicht selten. Hans Prutz zum Beispiel hat sich seitenlangen Betrachtungen über »das Laster widernatürlicher Unzucht« im Königreich Jerusalem hingegeben. Als aufgeklärter Mann widersteht er allerdings der Versuchung, ausschließlich Griechen und Araber dafür verantwortlich zu machen, ja, er weist nach, daß schon im England des 12. Jahrhunderts »die ganze vornehme Gesellschaft« davon betroffen und daß es auch im Deutschland der Ritter und Recken Mannsbilder gab, die der Homosexualität huldigten. Im Heiligen Land war sie wohl »etwas ganz Gewöhnliches«, die Templer empfahlen sie sogar, um mit ihrer Hilfe den Verkehr mit liederlichen Frauenzimmern zu unterbinden.

Babylon in der Levante

Das alles ergibt ein außerordentlich widersprüchliches, fast chaotisches Bild: ein Land, das seine Eroberer souverän assimilierte, obwohl diese von einer Adelskaste geführt wurden, die europäischen Traditionen und Auffassungen im wesentlichen verhaftet blieb; eine geschmeidig agierende, anpassungsfähige eingeborene Bevölkerung, die vier- bis fünfmal so stark war wie die Schicht der neuen Herren; zahlreiche Mischlinge, die nie ihre gesellschaftliche Heimstatt fanden; und viele sozial fragwürdige Zuwanderer, die sich in der Mehrzahl willig orientalisieren ließen – weniger auf die Verteidigung der Heiligen Stätten als auf einen möglichst hohen Anteil am guten und reichen Leben der Levante bedacht.

Ein rechter Völkermischmasch also, wie es ihn damals nirgendwo gab, brodelnd und hochexplosiv; ethnische Lava – ein »wirres Durcheinander von Nord- und Südfranzosen, Bretonen und Provençalen, Lombarden, Venezianern, Toskanern und anderen Italienern, von Lothringern, Flamen, Friesen, Deutschen, Skandinaviern, Engländern, Wallisern, Schotten und Ungarn«, dazu Griechen, Syrer und Armenier, Türken, Araber und Ägypter. Lateinische und griechische, syrische, koptische und armenische Christen. Muselmanen der verschiedensten Provenienz, Sekten und Kongregationen, Geheimbünde und mystische Bruderschaften.

Und Haß zwischen Christen und Muslims, Haß zwischen Christen und Christen. Arabisch-fränkische Allianzen gegen Byzanz; byzantinisch-arabische Verschwörungen gegen Jerusalem; fränkisch-byzantinische Aktionen gegen Kairo und Damaskus. Ständige Spannungen zwischen dem König und dem Adel, der fränkischen Aristokratie und den Ordensrittern. Immerwährender Krach zwischen Deutschen und Franzosen, Franzosen und Italienern, Italienern und Normannen. Streit zwischen Krieger- und Finanzadel, Auseinandersetzungen zwischen Einheimischen und Pullanen, Pullanen und Einwanderern.

Dazu ein unglaubliches Sprachenbabel und zahllose Asoziale; Abenteurer, Goldsucher und Glücksritter; Kriminelle und Halunken jeder Spezies. Am Ende auch eine politisch und militärisch fragwürdige Führung, die weder willens noch in der Lage war, die moralische Idee eines christlichen Königreiches im Heiligen Land zu verwirklichen, und nicht verstand, die Chancen eines europäischen Filialstaates im Nahen Osten zu begreifen, geschweige denn zu nutzen. Und eine Geistlichkeit, die eifernd und moralisierend das Zeitgeschehen kommentierte, aber dem Verfall der Sitten schon deshalb nicht Einhalt zu bieten vermochte, weil sie selbst davon betroffen war.

Im übrigen: der Orient mit seinem mörderischen Klima, seiner Heimtücke, seinem Haß, seiner lasziven Geschmeidigkeit – und seiner unerschöpflichen Kraft der Verführung und Assimilation.

Haben die Chronisten zu schwarz gemalt, wenn sie überall den Teufel sahen, wenn sie den nahenden Untergang leibhaftig spürten? War es wirklich so gänzlich falsch, wenn sie die Katastrophe von 1187 als Strafe des Himmels darstellten, als das gerechte Ende eines Unternehmens, dessen Hybris stärker war als die ideellen Impulse, die es erzeugte?

Siebter Abschnitt Finale

Notiz für den Leser

Die letzten Seiten dieses Buches sind dem Machtwechsel in Jerusalem gewidmet. Nur drei Monate nach Hattin fiel die Hauptstadt des christlichen Königreiches wieder in die Hände der Muslims. Es war kein tragisches Finale, sondern ein schäbiger Schlußakt, der noch einmal deutlich machte, wie sehr die moralischen Energien der Kreuzfahrerstaaten verbraucht waren. Clermont bleibt, bei aller »Mache«, als flammendes Fanal in Erinnerung, das ungeahnte Kräfte weckte, mehr als Papst Urban II. je in Rechnung gestellt hatte. Der Fall von Jerusalem dagegen trägt alle Züge eines profanen Trauerspiels, das mit der flackernden »Gott will es«-Stimmung der ersten Stunde nichts mehr gemein hatte. Er stellt zugleich die große Zäsur in der Geschichte der Kreuzzüge dar. Fortan ging es nur noch dem äußeren Schein nach um den Besitz der Heiligen Stätten. In Wahrheit beherrschten nun höchst irdische Motive – die zwar, wie wir wissen, unterschwellig von Anfang an im Spiel waren – die Szene, manchmal offen und unverhüllt. Die Kreuzzüge wurden eine Sache der großen Politik, eine Angelegenheit nationaler Interessen sowie privater Machtgier und Abenteuerlust – und nicht zuletzt: ein Werkzeug wirtschaftlicher Expansion.

Einundzwanzigstes Kapitel

... und starb in Schande

Die letzten Tage des christlichen Jerusalem

Kalte Bäder auf dem Kalvarienberg

An den Hörnern von Hattin war die gesamte militärische Macht des christlichen Königreiches mit einem Schlag zertrümmert worden. Das Land hatte danach kein Heer, keine Waffen, keine Reserven mehr. Es war wehrlos geworden, an einem einzigen Tage. Saladin hatte nur noch die Aufgabe, die Früchte des Sieges zu ernten und in die Scheuern zu fahren.

Während noch in Damaskus »Christenköpfe eintrafen, so zahlreich und wohlfeil wie Wassermelonen«, befand sich Akkon bereits wieder in der Hand der Muslims. Am 10. Juli, sechs Tage nach der großen Durst-und-Hitze-Schlacht, wechselte die schwerbefestigte, aber kaum mehr verteidigte Hafenstadt den Besitzer, mitsamt dem Reichtum, den sie barg – und den die abwandernde Bürgerschaft, von muselmanischen Wachmannschaften geleitet, wohl oder übel zurücklassen mußte.

Die nächsten Stationen des Saladinischen Siegeszuges waren Nazareth und Cäsarea, Beirut und Sidon. Nur das halbinsulare Tyros weigerte sich, seine Tore zu öffnen. Anfang September erschien der Sultan vor Askalon, wo König Guido und der Templermeister Gerhard die Reihe ihrer unrühmlichen Auftritte dadurch vergrößerten, daß sie versuchten, die Verteidiger der Festung zur freiwilligen Übergabe zu überreden. Diese antworteten zwar mit einer unflätigen Schimpfkanonade, wenige Tage später jedoch streckte auch Askalon, wenngleich unter ehrenhaften Bedingungen, die Waffen. Damit war der Weg nach Jerusalem frei.

Auch die Lage der Hauptstadt war aussichtslos. Sie beherbergte zwar unübersehbare Mengen von Flüchtlingen, war aber von jeder waffenfähigen Mannschaft entblößt. Es heißt, auf fünfzig Frauen und Kinder sei nur ein Mann gekommen, und auch die wenigen Männer hätten den Krieg nur vom Hörensagen gekannt. An Hilfe von Übersee war schon deshalb nicht zu denken, weil die wichtigsten Häfen des Heiligen Landes wieder den Muselmanen gehörten.

Trotzdem zeigte sich Jerusalem entschlossen, um sein Schicksal zu pokern und eine Belagerung zu riskieren. Noch weilten die Königin und der Patriarch in der Stadt. Überdies hatte sie in dem Grafen Balian von Ibelin, dem zusammen mit Raimund der Durchbruch bei Hattin gelungen war,

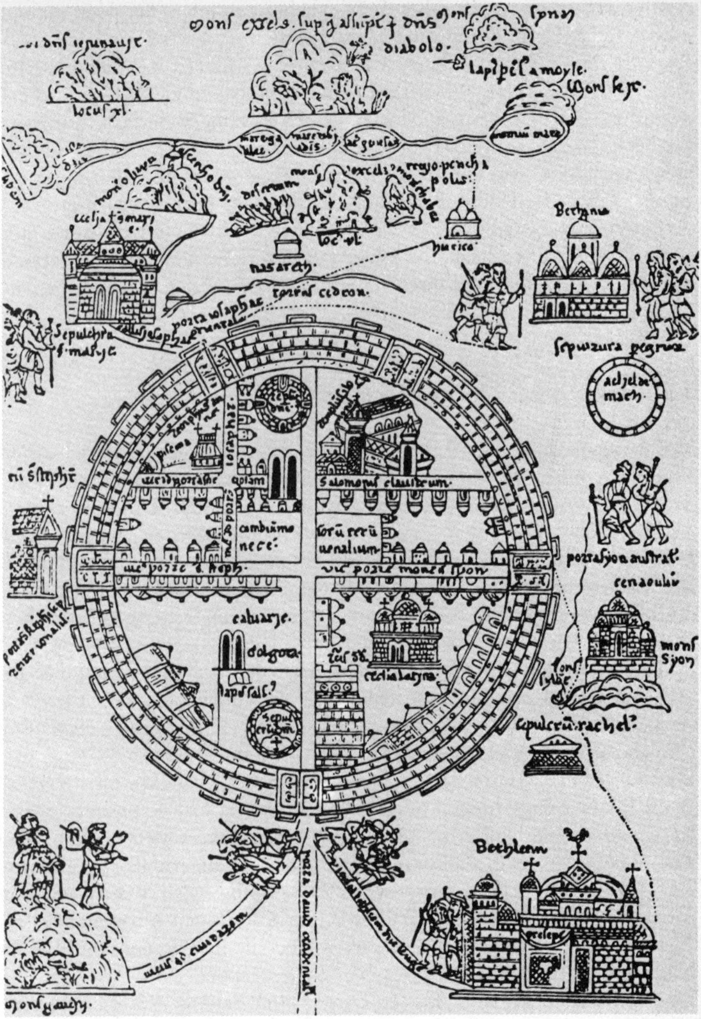

Plan der Stadt Jerusalem.
(Zeichnung aus einer Handschrift des 12. Jahrhunderts; Archiv für Kunst und Geschichte, Berlin)

einen erfahrenen militärischen Befehlshaber gefunden, der noch einmal alles tat, das Unmögliche möglich zu machen.
Er füllte die Lebensmittellager auf, setzte die Mauern instand, verteilte Waffen, schlug junge Männer aus dem Bürgerstand zu Rittern und ernannte sie zu Turmkommandanten. Er ließ auch die Silberbedachung der Grabeskirche einschmelzen und daraus Münzen prägen: eine publizistisch wirksame Veranstaltung, deren Effekt durch eine (wie Mayer sie nennt) »absonderliche Bußzeremonie« allerdings noch übertroffen worden war. Zum Zeichen tätiger Reue führten die vornehmen Damen der Stadt ihre halberwachsenen Töchter auf den Kalvarienberg und setzten sie dort, unbekleidet und ihres Haupthaares beraubt, kalten Wannenbädern aus.

»...und das Antlitz des Reiches lächelte über ihr Weinen«

So sah sich Saladin, als er am 18. September vor Jerusalem erschien, einer Stadt gegenüber, die zumindest dem äußeren Eindruck nach bereit war, sich so teuer wie nur möglich zu verkaufen. Er mußte, entgegen seinen Erwartungen, von seinen militärischen Mitteln Gebrauch machen und eine regelrechte Belagerung durchführen. Also »fing er an, die Mauern der Stadt zu beschießen« und das Säulentor zu unterminieren, in dessen Nähe der Herzog Gottfried von Lothringen achtundachtzig Jahre vorher den ersten Turm genommen hatte.
Allen Anstrengungen zum Trotz dauerte es dennoch zehn Tage, bis die Arbeit der Sappeure und Steinschleuderer die eingeschlossenen Christen darüber belehrt hatte, daß weiterer Widerstand sinnlos sei.
Am 30. September erschien Balian von Ibelin im Lager des Sultans, um die Übergabe zu besprechen. Saladin, der die Durchhaltekraft der Verteidiger für erschöpft hielt, forderte die bedingungslose Kapitulation, erkannte aber bald, daß er seinen Gegner unterschätzt hatte. Balian verlangte nämlich freien und ehrenvollen Abzug – andernfalls, so erklärte er, würden die Christen Jerusalems die Stadt anstecken, den Felsendom und die el-Aksa-Moschee zerstören, ihre fünftausend muselmanischen Gefangenen umbringen und sich selbst und alle ihre Frauen und Kinder töten.
Das hatte Saladin nicht erwartet. Da er hinter Balians Worten eine verzweifelte Entschlossenheit spürte, da er überdies klug genug war, das Undenkbare zu denken, und da ihm, seinem Naturell entsprechend, an einer moralischen Demütigung der Christen mehr lag als an ihrem Opfergang, setzte er das Gespräch jedoch fort.
Es endete mit einem förmlichen Handel. Die beiden Kontrahenten schlossen ein Abkommen, dessen Grundformel besagte, daß die in Jerusalem

verbleibenden Christen zwar als Gefangene anzusehen seien, daß ihnen aber die Gunst gewährt werden solle, sich freizukaufen. Als Preis wurden für jeden Mann zehn Denare angesetzt. Frauen sollten mit fünf Denaren, Kinder mit einem Denar bewertet werden. Für die zwanzigtausend Flüchtlinge in Jerusalem wurde eine Pauschale von hunderttausend Denaren vereinbart. Das waren honette Preise nach den damaligen Wertvorstellungen.

Leider stellte sich schon bald heraus, daß die Armenpauschale nicht aufgebracht werden konnte. Der christliche Patriarch weigerte sich rundheraus, seiner wohlgefüllten Kasse auch nur eine Münze für diesen Zweck zu entnehmen. Auch die beiden Ritterorden ließen sich nur zögernd herbei, ihre Schätze zugunsten der Hemd- und Mittellosen zu strapazieren. Am Ende kamen nur dreißigtausend Denare für den Armenfonds zusammen, gerade genug, um sechstausend Menschen auszulösen.

Dem von den Chronisten immer wieder besungenen Edelmut des großen Saladin war es zwar zu verdanken, daß er diese Zahl auf siebentausend erhöhte, ja, daß er schließlich aus freien Stücken noch weitere fünfhundert Christenmenschen draufgab, der verbleibende Rest aber mußte den traurigen Zug in die Sklaverei antreten.

»Etwa fünfzehntausend Menschen«, so hat der stets gut informierte Imad ed-Din ihr weiteres Schicksal beschrieben, »wurden wie vereinbart zu Sklaven. Es waren ungefähr siebentausend Männer, die die ungewohnte Erniedrigung auf sich nehmen mußten... und überallhin verstreut wurden. Frauen und Kinder zählten achttausend, wir teilten sie uns, und das Antlitz des Reiches lächelte über ihr Weinen.«

Der Auszug des Patriarchen

Am meisten hat die arabischen Berichter (auch Beha ed-Din und Ibn al-Athir haben das Ende des christlichen Jerusalem ausgiebig und mit spürbarem Stolz besungen) jedoch der Auszug des Patriarchen beeindruckt. Der alte, besitz- und lustgierige Heraklios kaufte sich mit den von Balian ausgehandelten zehn Denaren am Stadttor frei und zog dann, »gebeugt unter der Last des Goldes« und gefolgt von Wagenladungen mit Teppichen und silbernem Tafelgeschirr, ungerührt von den Wehklagen seiner in die Sklaverei marschierenden christlichen Brüder und Schwestern, in die Freiheit. Auch die Schätze des Felsendoms, der el-Aksa-Moschee und der Grabeskirche schleppte er mit, auf nichts als die Rettung seines Reichtums bedacht.

Und Saladin ließ ihn gewähren, ließ ihn sogar »unter gutem Schutz« mitsamt seiner Mätresse und all seinem Gold und seinen sonstigen Kostbarkeiten nach Tyros geleiten.

Die Symbolträchtigkeit dieses Ereignisses hat sich schon den Zeitgenossen, auch den christlichen Autoren, unvergeßlich eingeprägt. Sie hat die Mitwelt um so stärker beeindruckt, als der Sultan schon am Tage seines Einzugs in die Heilige Stadt, am 2. Oktober 1187, das vergoldete Kreuz von der Kuppel des Felsendomes herunterholen ließ. Als es gefallen und unter dem Wehklagen der Christen heruntergerissen und durch den Straßenkot geschleift worden war, »durchdrang ein einstimmiger Schrei die Stadt und ihre Außenbezirke... Die Muslims riefen *Allah akbar* vor Freude, die Franken schrien vor Schmerz und Bestürzung, und das Geschrei war so laut und so durchdringend, daß es die Erde erzittern ließ.«
Das Königreich Jerusalem, das Königreich Christi, des Gottessohnes eigenes Reich, gehörte der Vergangenheit an. Und alle Zeugen dieser letzten Stunden waren sich darüber einig, daß es in Schande gestorben war.
Achtundachtzig Jahre und drei Monate nach der Eroberung der Heiligen Stadt durch Gottfried von Bouillon. Einundneunzig Jahre und zehn Monate nach dem Konzil von Clermont, auf dem Papst Urban II. zum Kampf gegen die Ungläubigen aufgerufen hatte.
Die Operation Heiliges Grab war damit beendet – Jerusalem ist nie wieder eine christliche Stadt geworden.
Die Kreuzzüge aber gingen weiter.

Zeittafel

1095	27. November	Papst Urban II. ruft in Clermont zum Kreuzzug auf
	November/ Dezember	Predigtfahrt Peters des Einsiedlers durch Mittel- und Ost-Frankreich
1096	12. April	Ankunft des Peterschen Pilgerheeres in Köln
	20. April	Aufbruch der Peter-Banden ins Heilige Land
	Mai	Judenverfolgungen im Rheinland
	1. August	Eintreffen Peters in Konstantinopel
	6. August	Peters Volksheer setzt über den Bosporus
	15. August	Aufbruch des ersten Ritterheeres unter Hugo von Vermandois
	21. Oktober	Vollständige Vernichtung der Peter-Armee bei Civetot
	23./24. Dez.	Das lothringische Heer unter Gottfried von Bouillon trifft in Konstantinopel ein – Beginn der Eidverhandlungen mit dem Kaiser
1097	April	Gottfrieds Heer über den Bosporus – Bohemund und Raimund in Konstantinopel
	Mai	Ankunft Roberts von der Normandie in der byzantinischen Hauptstadt
	Anf. Juni	Vereinigung der fünf Ritterheere vor Nicäa – Belagerung und Einnahme der Stadt
	1. Juli	Sieg der Ritter bei Doryläon über die Seldschuken
	Juli/August/ September	Die Kreuzfahrer durchqueren die kleinasiatische Halbinsel
	Oktober	Balduin von Boulogne verläßt das Kreuzfahrerheer und zieht nach Edessa
	20. Oktober	Das Ritterheer vor Antiochia – Beginn der Belagerung Antiochias
1098	3. Juni	Einnahme Antiochias
	10. Juni	Kerbogha schließt die Kreuzfahrerarmee in Antiochia ein
	15. Juni	Entdeckung der heiligen Lanze
	26. Juni	Die Kreuzfahrer schlagen Kerboghas Belagerungsarmee in die Flucht
	1. August	Adhemar von Puy stirbt in Antiochia
1099	13. Januar	Aufbruch des Ritterheeres nach Jerusalem – Bohemund von Tarent bleibt in Antiochia
	7. Juni	Beginn der Belagerung von Jerusalem
	14. Juli	Eroberung der Heiligen Stadt – Das große Massaker
	22. Juli	Gottfried von Bouillon wird Schutzherr des Heiligen Grabes
	29. Juli	Tod Urbans II. in Rom
	10. August	Sieg der Kreuzfahrer über die Ägypter bei Askalon
	Weihnachten	Bohemund von Tarent und Balduin von Boulogne und Edessa in Jerusalem
1100	1. Juli	Tod Gottfrieds von Bouillon in Jerusalem

	August	Bohemund in türkischer Gefangenschaft
	2. Oktober	Aufbruch Balduins von Edessa nach Jerusalem
	9. November	Einzug Balduins in Jerusalem
	11. November	Balduin nimmt Titel eines Königs von Jerusalem an
	25. Dezember	Krönung Balduins I. in der Geburtskirche von Bethlehem
1101	Juli/August September	Untergang der lombardischen, französischen und bayerischen Kreuzfahrerheere in Anatolien
1102	Mai	Niederlage Balduins I. bei Ramleh
	Ende Mai	Sieg des Königs von Jerusalem über die Ägypter bei Jaffa
1103		Balduin I. erobert Akkon – Raimund von Toulouse beginnt mit der Belagerung von Tripolis – Bohemund wieder frei
1104		Balduin von Le Bourg und Joscelin von Courtenay in türkischer Gefangenschaft
1105		Bohemund zurück nach Europa – Raimund von Toulouse stirbt vor Tripolis
1108		Niederlage Bohemunds bei Dyrrhachion – Vertrag von Devol
1109		Balduin von Le Bourg wieder in Freiheit – Nach Eroberung von Tripolis Gründung der Grafschaft Tripolis
1110		Die Kreuzritter erobern Sidon und Beirut
1112		Arnulf Malecorne von Rohe Patriarch von Jerusalem
1113		König Balduin I. heiratet Adelheid von Sizilien
1113–1115		Erfolgreiche Feldzüge Balduins von Le Bourg im östlichen Kilikien
1117		Annullierung der Ehe Balduins I. mit Adelheid von Silzilien
1118	2. April	Tod Balduins I. bei el-Arisch
	14. April	Balduin von Le Bourg zweiter König von Jerusalem – Joscelin von Courtenay wird Graf von Edessa
1119		Niederlage und Tod Rogers von Antiochia auf dem *ager sanguinis* bei Aleppo – König Balduin Regent von Antiochia – Sieg des Königs von Jerusalem über Ilghazi und Toghtekin bei Tell-Danith
1123		König Balduin II. in Gefangenschaft – Regentschaft des Konstablers Eustach I. Garnier
1124		Die Kreuzfahrer erobern Tyros – König Balduin II. wieder frei
1125		Christlich-mohammedanisches Bündnis gegen Aleppo
1128		Ordensregeln für die Templer – Zenghi wird Atabeg von Mossul
1129		Fulk von Anjou heiratet Melisende von Jerusalem
1131	21. August	Tod Balduins II.
	14. September	Fulk von Anjou zum dritten König von Jerusalem gekrönt
1132		Skandal im Königshaus: Liebschaft Melisendes mit Hugo von Puiset
1136		Raimund von Poitiers heiratet Konstanze von Antiochia – Fulk baut Burgen
1137		Kaiser Johannes Komnenos vor Antiochia – Zenghi belagert Fulko in Montferrand – Fränkisch-byzantinisches Bündnis und erfolglose Belagerung von Schaizar
1138		Fränkisch-damaszenische Allianz – Unur besucht das Königreich Jerusalem
1140–1142		Die großen Festungen: Belvoir, Safed, Kerak, Montreal, Krak des Chevaliers
1142		Johannes Komnenos wieder in Kilikien – Vorbereitungen eines Feldzugs gegen Antiochia

1143	April	Tod des byzantinischen Kaisers Johannes Komnenos – Sein Nachfolger: Manuel Komnenos
	November	Fulk von Anjou stirbt nach einem Jagdunfall – Melisende übernimmt Regentschaft für 13jährigen Balduin III.
1144		Zenghi erobert Edessa zurück
1146	1. März	Papst Eugen III. ruft zu neuem Kreuzzug auf
	31. März	Kundgebung in Vézelay: Bernhard von Clairvaux
	25. Dezember	Abt Bernhard bewegt König Konrad III. von Deutschland zu einem Zug ins Heilige Land
1147	Ende Mai	Aufbruch des deutschen Kreuzfahrerheeres in Regensburg
	10. September	Ankunft König Konrads III. in Konstantinopel
	4. Oktober	König Ludwig VII. von Frankreich in Konstantinopel
	25. Oktober	Niederlage des deutschen Kreuzritterheeres bei Doryläon
	November	Gemeinsamer Weitermarsch des deutschen und französischen Heeres
1148	März	König Ludwig VII. in Antiochia – Affäre Eleonore von Aquitanien mit Raimund von Poitiers
	24. Juni	Plan eines Feldzuges gegen Damaskus
	23.–28. Juli	Erfolglose Belagerung von Damaskus durch die vereinigten Kreuzfahrerheere
	8. September	Abreise König Konrads III. nach Thessalonike, von dort zu Besprechungen mit Kaiser Manuel nach Konstantinopel
1149	Ostern	Ludwig VII. tritt Rückreise nach Europa an
	29. Juli	Tod Raimunds von Poitiers bei Inab
1150		Joscelin von Edessa in islamischer Gefangenschaft – Kaiser Manuel kauft die Reste der christlichen Grafschaft Edessa
1151		Nur ed-Din greift Turbessel an – Andronikos in Kilikien
1152		Ende der Regentschaft Melisendes – Heimliche Krönung Balduins III. – Ermordung Raimunds II. von Tripolis
1153		Konstanze von Antiochia heiratet Rainald von Châtillon – Feldzug Balduins endet mit der Eroberung Askalons – Sämtliche Häfen der palästinensischen Küste in der Hand der Kreuzfahrer
1154		Nur ed-Din Herr von Damaskus
1156		Rainald von Châtillon verwüstet Zypern
1157		Viehherdenkrieg Balduins III. mit Nur ed-Din
1158		Balduin III. heiratet Theodora von Byzanz und erneuert Bündnis mit Kaiser Manuel – Rainald von Châtillon unterwirft sich
1159	Ostern	Feierlicher Einzug Manuels in Antiochia
1160		Rainald von Châtillon in muselmanischer Gefangenschaft – Balduin III. übernimmt Regentschaft in Antiochia
1161	25. Dezember	Kaiser Manuel heiratet Balduins Kusine Maria von Antiochia
1162		Balduin III. stirbt 33jährig – Bruder Amalrich wird sein Nachfolger – Staatsbesuch des Seldschukensultans Kilidsch Arslan II. in Konstantinopel
1163		Erster Feldzug Amalrichs gegen Ägypten
1164		Zweiter Ägypten-Feldzug Amalrichs – Schwere Niederlage eines fränkischen Heeres bei Artah
1165		Amalrich I. heiratet Maria Komnena und festigt Bündnis mit Byzanz

Serbien
Nisos
Sardica
Bulgarien
(Durazzo)
Dyrrhachion
Bari
1096
Brindisi
Albanum
Achrida
Aulona
1096
Ostrovon
Philippopolis
1147
Adrianopel
1096
Konstantin
Selymbria
Chalkedon
Thessalonike
1096
Kallipolis
Civitol
Apollo
Dor
Adramyttion
1148
Pergamon
Smyrna
Ephesos
Antiochi
Laodikäa
Ägäisches Meer
Korinth
Athen
Rhodos
Kreta
1148
Mittelländisches Meer
Alexandri
Der Erste und Zweite Kreuzzug
Grenze des byzantinischen Anspruchs auf die von Kreuzfahrern eroberten Gebiete
Eroberungen Saladins
1. Kreuzzug 1096-1099
Gottfried v. Bouillon
Robert v. d. Normandie
Boemund
Balduin
Tankred
Kreuzzug von 1101
2. Kreuzzug 1147-1149
Konrad III.
Ludwig VI.

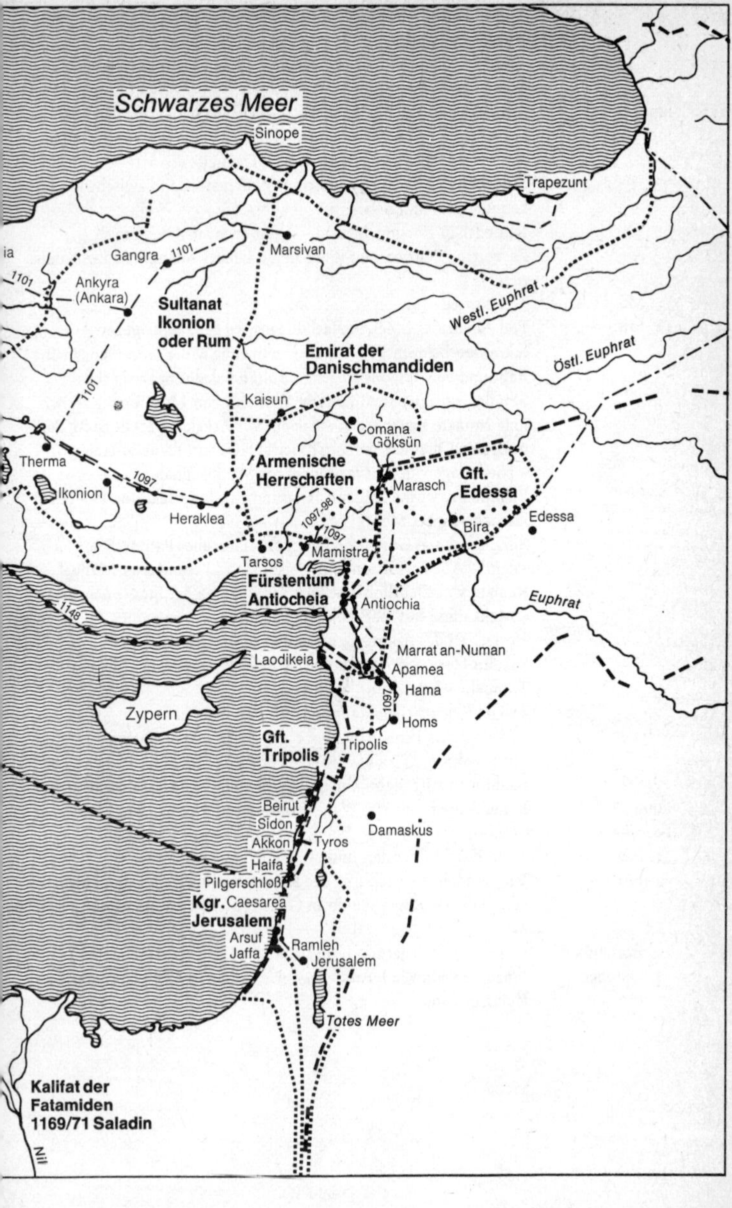

Schwarzes Meer
Sinope
Trapezunt
ia
Gangra
1101
Marsivan
Ankyra
(Ankara)
Sultanat
Ikonion
oder Rum
Westl. Euphrat
Östl. Euphrat
Emirat der
Danischmandiden
Kaisun
Comana
Göksün
Therma
Armenische
Herrschaften
Marasch
Gft.
Edessa
Ikonion
1097
Heraklea
1097-98
Edessa
Bira
Tarsos
Mamistra
Fürstentum
Antiocheia
Antiochia
1148
Euphrat
Laodikeia
Marrat an-Numan
Apamea
Hama
Zypern
Homs
Gft.
Tripolis
Tripolis
Beirut
Sidon
Damaskus
Akkon
Tyros
Haifa
Pilgerschloß
Kgr.
Caesarea
Jerusalem
Arsuf
Jaffa
Ramleh
Jerusalem
Totes Meer
Kalifat der
Fatamiden
1169/71 Saladin
Nil

1167		Schirkuh greift Ägypten an – Hilferuf Schawars – Ägypten fränkisches Protektorat
1168		Vierter Feldzug Amalrichs gegen Ägypten – Eroberung von Bilbeis – Franken vor Kairo
1169	Januar	Schirkuh und Saladin in Ägypten – Schawar wird ermordet – Schirkuh stirbt (am 23. März) und überläßt Ägypten seinem Neffen Saladin – Franken belagern vergeblich Damiette
1170		Erdbeben in Nordsyrien erzwingt Waffenstillstand zwischen Franken und Mohammedanern
1171		Nur ed-Din gewinnt Mossul – Ägypten wieder sunnitisch
1173		Zerwürfnis Nur ed-Din und Saladin schafft Atempause für Amalrich
1174	15. Mai	Tod Nur ed-Dins
	11. Juli	Tod Amalrichs I. – Sein Nachfolger wird der 13jährige, an Aussatz erkrankte Balduin IV. – Nach Ermordung Miles' von Plancy wird Raimund von Tripolis Regent – Sultan Saladin in Damaskus
1176		Sibylle von Jerusalem heiratet Wilhelm von Montferrat, der wenige Monate später stirbt – Saladin vor Askalon – Freilassung Rainalds von Châtillon, der durch Heirat Herr von Transjordanien wird – Niederlage von Kaiser Manuel bei Myriokephalon
1177		Balduin IV. wird König mit 16 Jahren – Geburt Balduins V. – Fränkischer Sieg bei Montgisard
1180		Sibylle heiratet Guido von Lusignan – Heraklios Patriarch von Jerusalem – Waffenstillstand mit Saladin – Tod von Kaiser Manuel
1181		Rainald von Châtillon überfällt Karawane an der Straße Damaskus – Mekka und löst Gegenaktion Saladins aus
1182–1185		Herrschaft des Andronikos Komnenos in Konstantinopel
1183		Saladin Herr von Aleppo und Mossul – Schlacht bei den Goliats-Tümpeln – Belagerung von Kerak
1184		Zweite Regentschaft Raimunds III. von Tripolis
1185	März	Tod Balduins IV. – Abschluß eines vierjährigen Waffenstillstands mit Saladin
1186		Balduin V. stirbt zehnjährig – Sibylle und Guido lassen sich krönen
1187	Januar/ Februar	Rainald bricht erneut Waffenstillstand und provoziert Einmarsch Saladins
	1. Juli	Saladin setzt über den Jordan
	4. Juli	Vollständige Vernichtung des Kreuzfahrerheeres bei den Hörnern von Hattin – König Guido in Gefangenschaft – Enthauptung Rainalds
	20. September	Beginn der Belagerung Jerusalems
	2. Oktober	Einzug Saladins in Jerusalem – Ende der christlichen Herrschaft im Heiligen Land

Die Quellen

Die zeitgenössischen Chronisten und ihre Werke

Albert von Aachen schrieb um 1130 unter dem pompösen Titel *Liber Christianae Expeditionis pro Ereptione, Emundatione et Restitutione Sanctae Hierosolymitanae Ecclesiae* die ausladendste, breiteste und farbigste Geschichte des Ersten Kreuzzuges. Ohne selbst im Heiligen Land gewesen zu sein, stützte er sich unbedenklich auf Legenden, Chroniken und Geschichten vom Hörensagen, wahrscheinlich aber auch den Augenzeugenbericht eines lothringischen Kriegers. Der wunder- und anekdotenselige Kolorist gibt in seiner »gigantischen Legende« die Kreuzfahrerstimmung des Abendlandes am besten wieder. Bei allem Legendencharakter zeichnet seine Chronik jedoch »kristallklare Sachlichkeit« und eine imposante Stoffülle aus.
Anna Komnena, Tochter des byzantinischen Kaisers Alexios I. Komnenos, verfaßte um 1035 die Lebensgeschichte ihres Vaters, die *Alexiade*, und zeichnete darin ein eindrucksvolles Bild vom Auftreten der Kreuzfahrer 1095/96 in Konstantinopel und dem darauf folgenden Marsch durch Anatolien. Liebte die Lateiner nicht (die sie verächtlich Kelten nennt), war aber hervorragend informiert und gilt als historische Quelle ersten Ranges.
Ein *Anonymus* aus der Umgebung des Normannen Bohemund ist der Autor des volkstümlichsten Werkes über den Ersten Kreuzzug, das unter dem Titel *Gesta Francorum et Aliorum Hierosolimitorum* in den ersten Jahren des 12. Jahrhunderts erschien und von zahlreichen lateinischen Chronisten ausgewertet wurde, u. a. von Guibert von Nogent und Robert von Reims. Ein ehrlicher, einfacher, ungeschminkter Bericht, der den Herzog von Tarent als Zentralfigur des Ersten Kreuzzuges darstellt.
Bar Hebraeus, das heißt: der Syrer Gregor Abu'l Faraj, kompilierte Ende des 13. Jahrhunderts eine hauptsächlich auf Michael den Syrer und Ibn al-Athir gestützte *Weltgeschichte*, die vor allem die Vorgänge in den nördlichen Kreuzfahrerstaaten erhellt.
Beha ed-Din Ibn Saddad (1145–1234) ist der Autor einer umfangreichen, unter dem Titel *Die sultanischen Anekdoten und josefischen Tugenden* erschienenen Saladin-Biographie, die Francesco Gabrieli als »erstrangige historische und biographische Quelle« wertet, da sie zum großen Teil auf unmittelbarer Erfahrung und der sachlichen Einstellung eines engagierten Augenzeugen beruht.
Ekkehard von Aura, geboren um 1080, wahrscheinlich aus einem bayerischen Adelsgeschlecht stammend, schloß sich 1101 der Kreuzfahrt des Herzogs Welf von Bayern an, erfüllte in Jerusalem sein Gelübde, kehre 1102 zurück und dürfte noch im selben Jahr ins Kloster Tegernsee eingetreten sein. Als Abt von Aura vertraute er 1115 seine Kreuzfahrererinnerungen der Schrift *Hierosolymita* an und reicherte diese mit Teilen der Weltgeschichte seines Freundes Frutolf von Michelsberg an. Das Buch des leidenschaftlichen, leicht erregbaren und wundergläubigen Abtes vermittelt einen starken Eindruck von der Kreuzfahrerbegeisterung, die nach anfänglichem Zögern auch Deutschland erfaßte.
Frutolf von Michelsberg, gestorben 1103, schrieb außer Werken musikalischen, astronomischen und mathematischen Inhalts eine *Weltchronik*, in der er auch eine eindrucksvolle Beschreibung des Ersten Kreuzzuges gibt. »Umfassende Verwertung des erreichbaren Quellenmaterials, sinnvolle, von Spekulationen freie, vielmehr von den Fakten her bestimmte Gliederung des Stoffes, Offenlegung der Widersprüche in den Quellen und kritische Auseinandersetzung zeichnen ihn« – nach Franz-Josef Schmale und Irene Schmale-Ott, seinen Herausgebern und Übersetzern – »in gleicher Weise aus«.
Fulcher von Chartres, geboren um 1059, gestorben um 1127/28, nahm im Gefolge des Grafen

Stephan von Blois am Ersten Kreuzzug teil, wurde 1097 Kaplan von König Balduin I. und schrieb seine Beobachtungen und Erfahrungen in den *Gesta Francorum Iberusalem Peregrinatum* nieder, einem dreiteiligen Werk, das zuverlässige Informationen übermittelt und sich einer bemerkenswerten Objektivität befleißigt. Einer der gewissenhaftesten lateinischen Chronisten, dessen Werk schon von den Zeitgenossen hoch geschätzt wurde, obwohl es viele Ereignisse »aus der Perspektive des nicht sehr erbaulichen, ja derben Lagerlebens« wiedergibt.

Guibert von Nogent schrieb um 1109 die *Gesta Francorum* des unbekannten normannischen Chronisten aus der Umgebung des Fürsten Bohemund um, machte auch bei Fulcher beträchtliche Anleihen und ergänzte sein Kompilat um etliche persönliche Informationen und einen moralisierenden Traktätchenstil.

Ibn al-Athir (1160–1234) schrieb eine *Vollständige Geschichte* der islamischen Welt, deren Höhepunkt die Schilderung der von ihm miterlebten und beobachteten Zeitereignisse ist: eine breite, ausgewogene Darstellung, die einen scharfsichtigen und »temperamentvollen Historiker« verrät, dessen Stil bis heute durch seine gänzlich unarabische Einfachheit und Schnörkellosigkeit besticht. »Soweit es um die Geschichte der Kreuzzüge geht, war Ibn al-Athir« der zuverlässigste, »wenn auch nicht immer sehr wohlwollende Augenzeuge der Taten Saladins.«

Ibn al-Qalanisi (1073–1160) war der erste arabische Historiker, der sich mit den Kreuzzügen beschäftigte. Seine zwischen 1140 und 1160 entstandene *Fortsetzung der Geschichte von Damaskus* verrät in ihrer Umständlichkeit und Trockenheit den gelernten Staatskanzlisten, wird aber wegen ihrer Sachlichkeit und Genauigkeit als erstrangige Quelle gewertet.

Imad ed-Din (1125–1201), Sekretär Nur ed-Dins und Saladins (dessen Kanzlei er zweitweilig leitete) hinterließ außer einer wertvollen Anthologie arabischer Dichtungen des 12. Jahrhunderts verschiedene historische Werke, deren Informationen in einen kraus-barocken Zierstil von aufdringlicher Rhetorik verpackt sind. Soweit seine Berichte auf unmittelbarem Miterleben basieren, gelten sie jedoch als genau und zuverlässig. Beklagenswert bleibt allerdings, daß – nach Francesco Gabrieli – »die konkreten Daten in einem Meer fürchterlichen Geschwätzes untergehen«.

Matthäus von Edessa, ein armenischer Priester, zeichnete eine bis in sein Todesjahr 1136 reichende Geschichte Syriens auf, die sich u. a. ausführlich mit dem Auftreten der Kreuzfahrer in der Grafschaft Edessa beschäftigt. Seine Zuverlässigkeit wird angezweifelt, da seine Naivität und die Bereitschaft, Gerüchte für Tatsachen zu nehmen, augenfällig ist. Sein Werk wurde von *Gregor dem Priester* bis 1162 fortgesetzt.

Michael der Syrer, von 1166 bis 1199 jakobitischer Patriarch von Antiochia, behandelt in seiner *Weltgeschichte* auch die Ereignisse in den Kreuzfahrerstaaten und wird von Steven Runciman als »sorgfältiger und gewissenhafter Historiker« eingestuft, obwohl er gegenüber Byzanz und den Griechen von starken Ressentiments erfüllt war.

Niketas Choniates (um 1140–1214), Schüler des Homer-Kommentators Eustathios Kataphloros, Bruder des Athener Erzbischofs, Redners und Schriftstellers Michael Choniates, Sekretär in der kaiserlichen Kanzlei in Konstantinopel und Statthalter von Thrakien, setzte in seinen historischen Werken, die allesamt der Komnenenzeit gewidmet sind, »in Sprache, Stil und Erzählkunst die große Tradition griechischer Geschichtsschreibung« fort und vermittelt bis heute, trotz übermäßiger Bildungsbeflissenheit und rhetorischer Überladung seiner Bücher, ein spannendes, hochdramatisches Bild seiner Epoche.

Odo von Deuil (gestorben 1162 in St. Denis) begleitete König Ludwig VII. von Frankreich als Kaplan auf dem Zweiten Kreuzzug und schrieb unter dem Titel *De Ludovici VII profectione in Orientum* einen sehr lebendigen und genauen Bericht, der allerdings – wahrscheinlich mit Rücksicht auf die Vorgänge zwischen Eleonore und Raimund in Antiochia – bei der Ankunft des französischen Heeres in Attalia unvermittelt abbricht.

Orderic Vitalis ist der Verfasser einer mit dem Jahre 1138 endenden Chronik, die zahlreiche interessante Informationen über das Leben in den Kreuzfahrerstaaten enthält. Der normannische Verfasser hatte offenbar zahlreiche Freunde in der kirchlichen und kommunalen Verwaltung von Antiochia, deren Angaben er sorgfältig verwertet hat.

Radulph von Caen begleitete den Fürsten Bohemund auf seinen Epirus-Feldzug, schloß sich 1108 Tankred von Antiochia an und würdigte ihn in der um 1113 entstandenen Schrift *Gesta Tancredi Siciliae Regis in Expeditione Hierosolymitana* in einer nicht vollendeten Handschrift, die zum großen Teil aus Entlehnungen besteht, aber auch einige persönliche Zutaten über das stürmische Leben Tankreds enthält. Steven Runciman nennt ihn einen unwissenden, übermäßig von sich eingenommenen »ohrenbläserischen Biographen«.

Raimund von Aguilers begleitete den Grafen Raimund von Toulouse und St. Gilles als Feldprediger und Kaplan. Begann seine (mit dem Jahre 1099 endende) *Historia Francorum qui ceperunt Jerusalem* bereits während der Belagerung von Antiochia und verstand sich als Lobsinger der provençalischen Taten. Von Natur und Herkunft wundergläubig, hat er die Auffindung der heiligen Lanze mit vollem Ernst erzählt. Im übrigen gut unterrichtet, aber gegen die byzantinische Politik Raimunds.

Usama (1095–1188), Emir von Schaizar und ein außerordentlich vielseitiger und schillernder Mann, der als »Ritter und Jäger, Literat und Höfling und politischer Intrigant ohne Skrupel« einen großen Erfahrungsschatz erwarb, vermittelte der Nachwelt in seinem *Buch der Belehrung durch Beispiele* einen lesenswerten »Schatz anekdotischer Mitteilungen über seine fränkischen und muslimischen Zeitgenossen«, der vor allem die kultur- und gesellschaftspolitischen Probleme der Kreuzfahrerstaaten instruktiv und witzig illustriert.

Wilhelm von Tyros, geboren um 1130, Erzieher Balduins IV., von 1175 an Erzbischof von Tyros, gilt als der gewissenhafteste, gebildetste und scharfsinnigste Kreuzzughistoriker. Benutzte für den ersten Teil seiner *Historia Rerum in Partibus Transmarinis Gestarum* Alberts farbiges Epos, zog für die Folgezeit auch die Berichte Fulchers und Raimunds heran und erlebte von der Mitte des 12. Jahrhunderts an die Geschichte des Königreiches Jerusalem und seiner Herrscher bis zu seinem Tod (vor 1187 in Rom) unmittelbar mit. Wilhelm war – nach Steven Runciman – »einer der größten mittelalterlichen Geschichtsschreiber ... Er besaß ein breites Gesichtsfeld und begriff die Aufeinanderfolge von Ursache und Wirkung in der Geschichte. Sein Stil ist geradlinig und nicht ohne Humor. Sein Werk hinterläßt den Eindruck, daß er selbst ein kluger, ehrenhafter und liebenswerter Mann war.«

Literaturverzeichnis

Albert von Aachen: »*Geschichte des Ersten Kreuzzuges*«, herausgegeben und übersetzt von Hermann Häfele, Jena 1923

Beck, Marcel: »*Finsteres oder romantisches Mittelalter*«, Zürich 1950

Benvenisti, Meron: »*The Crusaders in the holy Land*«, Jerusalem 1970

Borst, Arno: »*Lebensform im Mittelalter*«, Frankfurt/Berlin 1973

Bosl,arl: »*Europa im Mittelalter*«, Bayreuth 1975

Bradford, Ernle: »*Kreuz und Schwert – Der Johanniter/Malteser Ritterorden*«, Berlin 1972

Bühler, Johannes: »*Die Kultur des Mittelalters*«, Stuttgart 1954

Champdor, Albert: »*Saladin – Schwert des Islams*«, Stuttgart 1958

Delbrück, Hans: »*Geschichte der Kriegskunst*«, Berlin 1907

Durant, Will: »*Das Zeitalter des Glaubens*«, Bern 1964

Eickhoff, Ekkehard: »*Seekrieg und Seepolitik zwischen Islam und Abendland*«, Berlin 1966

Erbstößer, Martin: »*Ideologische Probleme des mittelalterlichen Plebejertums*«, Berlin 1960. »*Die Kreuzzüge*«, Leipzig 1977

Erdmann, Carl: »*Die Entstehung des Kreuzzuggedankens*« (mit ausführlichem Literaturverzeichnis), Darmstadt 1965

Fedden/Thomson: »*Kreuzfahrerburgen im Heiligen Land*«, Wiesbaden 1959

Grousset, René: »*Histoire des Croisades et du Royaume Franc de Jérusalem*«, 3 Bände, Paris 1933. »*Das Heldenlied der Kreuzzüge*«, Stuttgart 1951

Grundmann, Herbert: »*Religiöse Bewegungen im Mittelalter*«, Hildesheim 1961

Hagenmeyer, Heinrich: »*Peter der Eremit*«, Leipzig 1879. »*Die Kreuzzugbriefe aus den Jahren 1088–1100*«, Innsbruck 1901

Hagspiel, Gereon H.: »*Die Führerpersönlichkeit im Kreuzzug*«, Zürich 1963

Haller, Johannes: »*Das Papsttum – Idee und Wirklichkeit*«, Hamburg 1965

Hampe, Karl: »*Das Hochmittelalter*«, Köln/Graz 1963. »*Deutsche Kaisergeschichte in der Zeit der Salier und Staufer*«, Darmstadt 1963

Hartmann, Johannes: »*Die Persönlichkeit des Sultans Saladin im Urteil der abendländischen Quellen*«, Berlin 1933

Haussig, Hans Wilhelm: »*Kulturgeschichte von Byzanz*«, Stuttgart 1959. »*Byzantinische Geschichte*«, Berlin 1969

Heer, Friedrich: »*Mittelalter*«, Zürich 1961. »*Kreuzzüge – gestern, heute, morgen?*«, Luzern/Frankfurt 1969

Hellenkemper, Hansgerd: »*Burgen der Kreuzritterzeit in der Grafschaft Edessa und im Königreich Kleinarmenien*«, Bonn 1976

Heyck, Eduard: »*Die Kreuzzüge und das Heilige Land*«, Bielefeld 1900

Holtzmann, Walter: »*Studien zur Orientpolitik des Reformpapsttums und zur Entstehung des Ersten Kreuzzuges*«, Historische Vierteljahrsschrift 22 (1924/25)

Jacob, Georg: »*Der Einfluß des Morgenlandes auf das Abendland*«, Hannover 1924

Knoch, Peter: »*Studien zu Albert von Aachen*«, Bonn 1966

Kraemer, Jörg: »*Der Sturz des Königreiches Jerusalem*«, Wiesbaden 1952

Kugler, Bernhard: »*Geschichte der Kreuzzüge*«, Berlin 1880. »*Albert von Aachen*«, Stuttgart 1885

Lange, Reinhold: »*Imperium zwischen Abend und Morgen – Die Geschichte von Byzanz in Dokumenten*«, Recklinghausen 1972
Le Goff, Jacques: »*Das Hochmittelalter*«, Frankfurt/Main 1965. »*Kultur des europäischen Mittelalters*«, Zürich 1970
Lehmann, Johannes: »*Die Kreuzfahrer*«, München 1976
Lortz, Josef: »*Bernhard von Clairvaux – Mönch und Mystiker*«, Wiesbaden 1955
Lueders, Anneliese: »*Die Kreuzzüge im Urteil syrischer und armenischer Quellen*«, Berlin 1964
Lutz, Karl: »*Der Kaiserdom zu Speyer als Wirkensstätte Bernhards von Clairvaux*«, in: 900 Jahre Speyerer Dom, Speyer 1961
Mayer, Hans Eberhard: »*Bibliographie zur Geschichte der Kreuzzüge*«, Stuttgart 1960. »*Das Itinerarium Peregrinorum*«, Stuttgart 1962. »*Geschichte der Kreuzzüge*«, Stuttgart 1965.
Montgomery of Alamein: »*Kriegsgeschichte*«, Frankfurt 1972
Müller-Wiener, Wolfgang: »*Burgen der Kreuzritter im Heiligen Land*«, Berlin 1966
Noth, Albrecht: »*Heiliger Krieg und heiliger Kampf in Islam und Christentum*«, Bonn 1966
Oldenbourg, Zoë: »*Die Kreuzzüge*«, Frankfurt 1967
Pernoud, Regine: »*Die Kreuzzüge in Augenzeugenberichten*«, Düsseldorf 1961. »*Eleonore von Aquitanien*«, Düsseldorf 1966
Prawer, Joshua: »*The latin kingdom of Jerusalem*«, London 1972. »*Die Welt der Kreuzfahrer*«, Wiesbaden 1974
Prutz, Hans: »*Kulturgeschichte der Kreuzzüge*«, Berlin/Hannover 1883. »*Die geistlichen Ritterorden*«, Berlin 1908
Ranke, Leopold von: »*Das Zeitalter der Kreuzzüge und das späte Mittelalter*«, Berlin 1948
Roehricht, Reinhold: »*Beiträge zur Geschichte der Kreuzzüge*«, Aalen 1967
Ruedebusch, Dieter: »*Der Anteil Niedersachsens an den Kreuzzügen*«, Hildesheim 1972
Runciman, Steven: »*Geschichte der Kreuzzüge*« (mit ausführlichem Literaturverzeichnis), München 1957
Sède, Gerard de: »*Die Templer sind unter uns*«, Frankfurt 1963
Setton, Kenneth M.: »*A History of the Crusades*«, Philadelphia 1955
Sieburg, Friedrich: »*Kleine Geschichte Frankreichs*«, Frankfurt 1964
Sinz, Paul: »*Das Leben des heiligen Bernhard von Clairvaux*«, herausgegeben, eingeleitet und übersetzt, Düsseldorf 1962
Steinen, Wolfram von den: »*Der Kosmos des Mittelalters*«, München/Bern 1959
Sybel, Heinrich von: »*Geschichte des Ersten Kreuzzuges*«, Leipzig 1881
Waas, Adolf: »*Religion, Politik und Kultur in der Geschichte der Kreuzzüge*«, in: Die Welt als Geschichte 1951. »*Geschichte der Kreuzzüge*«, Freiburg 1956. »*Der Mensch im deutschen Mittelalter*«, Köln/Graz 1964
Waeger, Gerhard: »*Gottfried von Bouillon in der Historiographie*«, Zürich 1968
Waldstein-Wartenberg, Berthold: »*Rechtsgeschichte des Malteserordens*«, München/Wien 1969
Wentzlaff-Eggebert, F. W.: »*Kreuzzugdichtung des Mittelalters*«, Berlin 1960
Werner, Ernst: »*Pauperes Christistudien zur sozialreligiösen Bewegung im Zeitalter des Reformpasttums*«, Leipzig 1956
Wilken, Friedrich: »*Geschichte der Kreuzzüge*«, Leipzig 1807 ff.
Wollschläger, Hans: »*Die bewaffneten Wallfahrten gen Jerusalem*«, Zürich 1973

Touristische Hinweise

Sehenswerte Kreuzfahrerbauten in der Türkei

Edessa/ Urfa. Burgfelsen im Südwesten der Stadt. Spuren spätrömischer Palastanlage sowie byzantinischer und frühislamischer Bauten. Terrassenmauern aus der Kreuzfahrerzeit. Das Innere der Burg ist bis auf einige Grundmauern abgetragen.
Turbessel/Tell Basar. Die Kreuzfahrerfestung ist zerstört. Geblieben ist ein Hügel mit sechzehn Meter hohen Hängen. Am Hügelrand äußere Umfassungsmauern. Mauerstück eines Tores aus dem 12. Jahrhundert.
Ravendel/Revanda Kalesi. Der größte Teil der Burganlage ist zerstört und verschüttet. Mauerrisse deuten auf Erdbebenschäden. An der Südseite kombinierte Toranlage aus der Kreuzfahrerzeit. Im Osten gewölbte Torhalle sowie Nebenräume und Schießkammern.
Rumkale. Bedeutendste hochmittelalterliche Burg in der ehemaligen Grafschaft Edessa. Bis 1192 Sitz des armenischen Patriarchen. Erste ausführliche Beschreibung 1838 durch Helmuth von Moltke. Befestigungen auf nördlich vorspringender Felszunge. Mehrere Toranlagen. Sockelbau auf Katholikatskirche. Brunnenhaus.
Kaisun/ Kaysun (neuerdings Çakirhüyük). Jakobitischer Bischofssitz, 1150 von den Türken zurückerobert. Befestigungsreste an der Südseite des bebauten Stadthügels, vermutlich fränkische Ausbauten.
Toprakkale. Burg und Dorf in der Adana-Ebene auf künstlich aufgehöhter Felskuppe. Gut erhaltene Unter- und Oberburg. Sperrmauer mit vier festen Türmen. Palastartiger Saalbau. Magazine, Ställe und Zisternen.
Sis/Kozan. Burg und Stadt in der südöstlichen Türkei, 65 Kilometer nordöstlich von Adana. Festung über terrassenförmig gestaffelter Wohnstadt. Fortifikationen über mehr als tausend Meter auf schmalem Felsgrat.
Bagras. An der Straße Antiochia-Iskenderum. Gut erhaltene Kreuzfahrerburg auf steil abfallendem Felskegel. In der Oberburg Reste zweier Saalbauten. Zwinger, Torbau, Magazine. Großer Turm.

In Syrien

Sabyun. Burgruine in den Nusairi-Bergen nordöstlich von Lattakia. Fünf Hektar große Anlage, die ein Areal von 700 Meter Länge und (maximal) 150 Meter Breite bedeckt. Fränkische Befestigungen über Baukern aus byzantinischer Zeit. Riesige Sperrmauer mit Graben. Massiger 25 mal 25 Meter messender Donjon.
Sheizar. Burg und Dorf in Mittelsyrien im oberen Orontes-Tal. Am besten erhalten die Nordspitze der Burg mit gepflasterter Hangverkleidung und stark ausgebautem Tor. Donjon mit zwei Innengeschossen und großer Dachplattform.
Margat/Marqab. Burg an der syrischen Küste in der Nähe von Baniyas. Ausgedehnte Befestigung mit gut erhaltener Innenburg. Torturm, Magazin, Wirtschaftsgebäude. Burgkapelle mit reich geschmückter Westfront.
Tortosa/Tartus. Kleinstadt an der syrischen Küste mit Ringmauer und starker Zitadelle an der

NW-Ecke der Stadt. Reste eines Donjons am Meer. »In der Wohnstadt liegt die in jüngster Zeit wiederhergestellte Marienkirche, die zwischen 1123 und dem Anfang des 13. Jahrhunderts erbaut wurde und in fränkischer Zeit Kathedrale war.«
Chateau Blanc/Safita. Stadt und Burg im südlichen Küstengebiet Syriens. Mächtiger Donjon mit Kapelle im Untergeschoß, zweischiffiger Saal im Obergeschoß. Dreihundert Meter hoch auf beherrschender Felskuppe.
Krak des Chevaliers. Größte und schönste aller Kreuzritterburgen, im südlichen Syrien etwa 650 Meter hoch auf einer nach allen Seiten abfallenden Bergkuppe gelegen. Blickverbindung mit Chateau Blanc. Zwei konzentrische Befestigungsringe. Der äußere Ring »besteht aus einer durch Halbrundbastionen verstärkten Mauer mit mehreren Verteidigungsgalerien« und umschließt einen offenen Zwinger mit tiefem Graben und Wasserreservoir. Hervorragend erhaltene Innenbauten: Türme, Magazine, Saalbauten, Burgkapelle, monumentale Tore.
Baalbek. Antikes Heiligtum, das in der Kreuzfahrerzeit zur Festung umgewandelt wurde. »Eines der besten Beispiele für die Ausnutzung antiker Großbauten im Mittelalter.«

Im Libanon

Tripolis/Trablous. 140 mal 70 Meter große Zitadelle, 1102 von Raimund von Toulouse erbaut, später von Arabern wiederhergestellt. Mittelpunkt der heutigen Wohnstadt. Torbau, Donjon, Stallbauten, fränkische Kapelle.
Byblos/Giblet/Ibail. Stadt und Burg an der Küste, am Platz der alten phönikischen Hafenstadt Byblos. Mittelalterlicher Mauerring. Burg in der Südostecke der Stadt. Donjon mit Zisterne im Untergeschoß. Brücke und Ecktürme mit Nebentoren.
Beirut. Nationalmuseum, vorwiegend der Prähistorie gewidmet, enthält aber auch Karten und Funde aus der Kreuzfahrerzeit. Ruinen einer Kreuzfahrerburg am Meer.
Sidon/Saida. Seekastell auf einer Insel, die durch einen künstlichen Damm mit dem Festland verbunden ist. 1227/28 erbaut unter Wiederverwendung antiker Säulen, in den letzten Jahren wiederhergestellt. Im Südteil der Stadt alte Landburg.
Beaufort. Burg im südlichen Libanon, auf 670 Meter hohem Felsrücken in Sichtverbindung mit Burg Subeibe über der Buqaja-Ebene. Oberburg mit großem Donjon und riesiger Schildmauer. »Die gesamte Burganlage ist gegen das umgebende, ursprünglich besiedelte Felsplateau durch einen tiefen, aus dem nstehenden Felsen gehauenen Graben abgetrennt.«

In Israel

Montfort. Burgruine im Norden von Israel. Burg vom Gebirge durch einen breiten Abschnittsgraben getrennt. Reste eines Donjons, der frei vor der Burg stand und mit der Innenburg durch eine Zugbrücke verbunden war.
Akkon/Akko. Zweite Hauptstadt des Königreiches Jerusalem. Zahlreiche Bauten aus dem 13. Jahrhundert. Sogenannte »Krypta der Johanniter«, ein (ausgegrabener) Gewölbebau unter dem späteren Gefängnis. Rundgang durch Festungshof, Rittersäle, Verwaltungshallen, Krypta, Verbindungstunnel und Wachgebäude. Außerdem: Ruinen der Andreaskirche.
Chateau Pélerin/Atlit. Burg zwischen Haifa und Caesarea, entstanden im frühen 12. Jahrhundert, hundert Jahre später erweitert. Dreifache Befestigungsmauer, Schloßkapelle mit polygonalem Grundriß und gotischen Architekturformen. Turm mit bemerkenswertem Quadermauerwerk. Weit in das Meer hinausragende Nordbastion.
Caesarea. Mauern und Gräben aus der Kreuzfahrerzeit. Mittelalterliche Straßenzüge mit Wohnbauten. Grundriß einer unvollendeten Kathedrale mit drei Apsiden und 20 Meter langem Schiff.
Belvoir. Burg zwischen Bet Shean und dem See Genezareth, 1138/40 erbaut, 1168 in den Besitz

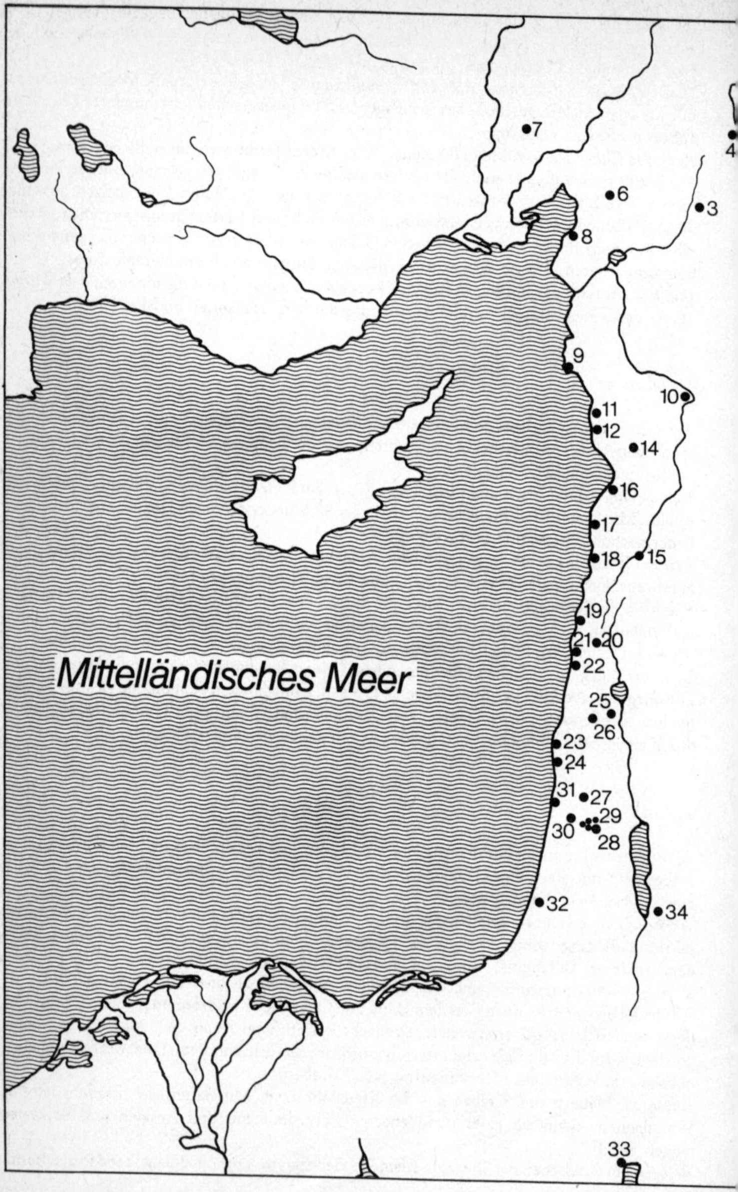
Mittelländisches Meer
7
4
6
3
8
9
10
11
12
14
16
17
18
15
19
21
20
22
25
26
23
24
31
27
29
30
28
32
34
33

Touristische Hinweise

Sehenswerte Kreuzfahrerbauten in der Türkei

1 Edessa/Urfa
2 Turbessel/Tell Basar
3 Ravendel/Revanda Kalesi
4 Rumkale
5 Kaisun/Kaysun (neuerdings Çakirhüyük)
6 Toprakkale
7 Sis/Kozan
8 Bagras

in Syrien

9 Sahyun
10 Sheizar
11 Margat/Marqab
12 Tortosa/Tartus
13 Chateau Blanc/Safita
14 Krak des Chevaliers
15 Baalbek

im Libanon

16 Tripolis/Trablous
17 Byblos/Giblet/Ibail
18 Beirut
19 Sidon/Saida
20 Beaufort

in Israel

21 Montfort
22 Akkon/Akko
23 Chateau Pélerin/Atlit
24 Caesarea
25 Belvoir
26 Nazareth
27 Samaria
28 Jerusalem
29 Umgebung Jerusalems
 a Abu Gosh
 b Aqua Bella
 c Nebi Samuel
 d Qubeiba
30 Ramla/Ramle
31 Lod (Nähe internationaler Flugplatz)
32 Gaza (im besetzten Gebiet)
33 Eilath/Elat

in Jordanien

34 Montreal/Al-Kerak

der Hospitaliter übergegangen. Rechteckige Anlage römischer Tradition mit Mauer und Graben. Im Innern quadratisches Castrum mit vier Ecktürmen und westlichem Torbau.
Nazareth. Romanische Kapitelle in der modernen Verkündigungskirche. Höhepunkt der romanischen Plastik im Heiligen Land. Burgundische Traditionen.
Samaria. Christliche Basilika, die in der Kreuzfahrerzeit mehrfach umgebaut wurde. In der Krypta romanische Wandmalereien. In Sebastya bei Samaria Reste der Kathedralkirche St. Johannes, Kirchenraum in frühgotischen Formen (1160/1170).
Jerusalem. Grabeskirche mit Innenraum aus der Kreuzfahrerzeit, burgundische Bautradition des mittleren 12. Jahrhunderts, daneben italienische Bauformen, Helenakapelle (ebenfalls 12. Jahrhundert). *St.-Annen-Kirche* – schönste und besterhaltene Kreuzfahrerkirche im Heiligen Land, klassische dreischiffige Basilika, um 1150 entstanden, unter Verwendung byzantinischer Architekturreste. Nüchterner, festungsartiger Bau mit einzigartiger Akustik. Reste des *Zentrums der deutschen Kreuzritter*, in der Nähe der Klagemauer, mit Grundmauern einer 12 mal 12 Meter großen Basilika. Von Archäologen als »Deutsches Haus der hl. Maria« identifiziert. *Mariengrab* im Kidrontal – Eingangshalle aus der 2. Hälfte des 12. Jahrhunderts. Letzte Ruhestätte der Königin Melisende. *Himmelfahrtskirche* auf dem Ölberg (Ascensio) – ein Werk der Kreuzfahrerzeit über alten Sakralbauten.
In der Umgebung Jerusalems: Abu Gosh an der Straße nach Shepela, dreischiffige Kirche von 1141, der Zisterzienser-Architektur verpflichtet, über antiker Zisterne errichtet, deren Maße (20 mal 15 Meter) übernommen wurden, neben der Annenkirche schönstes Beispiel der Kreuzfahrer-Sakralarchitektur. *Aqua Bella*, an der Straße nach Tel Aviv, unbefestigtes Gebäude aus dem 12. Jahrhundert, wahrscheinlich Landsitz eines Adelsgeschlechtes, 6 mal 12 Meter großer Hof, erhalten sind je drei tonnengewölbte Innenräume im Unter- und Obergeschoß. *Nebi Samuel*, sieben Kilometer nordwestlich von Jerusalem, Prämonstratenserkirche, die 1157 über dem Grab des Propheten Samuel errichtet wurde; dreischiffige Basilika, später Moschee. *Qubeiba*, wenige Kilometer nordwestlich von Jerusalem – Grundmauern zahlreicher mittelalterlicher Häuser, einer mittelalterlichen Straße und einer auf mittelalterlichen Fundamenten stehenden modernen Kirche.
Ramla/Ramle. Ehemalige Kreuzfahrerkirche St. Johann, heute Moschee, dreischiffig, mit sehr schönem Innenraum.
Lod – Nähe internationaler Flugplatz. Kathedrale St. Georg (1150–1170). Gut erhaltene Mittelapsis, Nordapsidiole und spitzbogige Arkade vom Schiff.
Gaza. Ruine der dreischiffigen Johanneskirche. Erhalten das Innere mit Nord- und Westwand. Kreuzrippengewölbe aus der 2. Hälfte des 12. Jahrhunderts. Der Kreuzfahrerzeit gehört auch die griechisch-orthodoxe Kirche St. Porphyrius an. Befestigungen von 1149/50.
1149/50.
Eilath/Elat. Burg auf der Koralleninsel im Golf von Aqaba. Südlichster Stützpunkt des Kreuzfahrerstaates. Wird restauriert.

In Jordanien

Montreal/Al-Kerak. Stadt und Festung im südlichen Jordanien. Fünfzehn Kilometer östlich vom Südende des Toten Meeres auf steil abfallenden Felsrücken. Modernes Haupttor. Unterburg, unteres Tor, Schildmauer, zerstörter Nordost-Eckturm, Palastbau, Donjon. »Die noch erhaltenen Befestigungen stammen etwa zu gleichen Teilen aus der fränkischen und der anschließenden arabischen Ausbauperiode.«

Personen- und Sachregister

Dieses Register enthält die historischen Personennamen sowie die Namen moderner Forscher. Diakritische Zeichen und der arabische Artikel al bleiben unberücksichtigt. Namen von Völkern wie Araber, Griechen, Türken, Franken, Italiener; von Ländern wie Syrien, Palästina, Ägypten oder Kleinasien sind in dieses Register nicht aufgenommen. Innerhalb ein und desselben Stichwortes ist die Anordnung in der Regel hierarchisch. *Gisela Wälter*

Aachen, s. a. Albert 30
Abassiden-Dynastie 372
Abd ar Rahman III., Kalif 43
Abdal Malik, Kalif 65
Ablaß 69–71
Abu Bekr, Kalif 89, 93, 208
Abu'l Muzzaffar al-Abiwardi 260
Achmed ibn Merwan 153
Adalbert, Erzbischof von Bourges 13
Adalbert, Bischof von Laon 72, 73
Adele von der Normandie, Gräfin von Blois 143, 183, 188, 195
Adelheid, Gräfin von Sizilien, Königin von Jerusalem 200 ff., 204
Adhemar de Monteil, Bischof von Le Puy 108, 125, 127, 154, 161, 164, 235 f., 241, 254
– auf dem Konzil von Clermont 13, 17
– Ernennung zum Schirmherrn des Kreuzzuges 20
– in Konstantinopel 134
– in Antiochia 149 f.
– Tod 154
Adrianopel 127
Aetheria, Pilgerin 60 f.
el-Afdal, Wesir von Ägypten 166, 181, 189, 210
ager sanguinis (blutgetränkter Boden) 272
Agnes von Frankreich, Kaiserin 391
Agnes von Courtenay, Gräfin von Jaffa 363, 381 ff.
Aila 371
Aimery von Limoges, Patriarch von Antiochia 346, 352, 354, 357 f., 365
Aischa, Tochter des Abu Bekr und Gattin Mohammeds 90 f., 93
Akkar 192
Akkon 158, 170 f., 189, 201, 228, 231, 233, 236, 243 f., 273, 277, 331, 352, 368, 378, 399 f., 411, 440, 450, 470
–, Konferenz von 331 f.
Alarich I., König der Westgoten 36
Albara 155, 425
–, Bischof von s. Peter von Narbonne
Albert, Graf von Biandrate 182 f., 186
Albert von Aachen, Chronist 28, 30, 117, 131, 132 f., 136–139, 141 f., 146, 148, 151 f., 154, 158, 160, 165 f., 168, 171, 172, 178 f., 183 ff., 198, 201, 206, 211, 215, 218, 224, 226 ff., 230 f., 235–238, 240, 242, 244, 246, 248, 251 f., 257
Albert von Zimmern 30, 122
Albistan 194
Aleppo 193 f., 270 ff., 274, 283, 290, 293, 298, 329, 332, 378
Alexander der Große 273
Alexander II., Papst 44, 69, 446
Alexander, Abt von Citeaux 299
Alexandria 94, 96, 103
Alexios I. Komnenos, Kaiser 107 f., 118, 120, 125, 127, 130 f., 135, 137, 144, 164, 183 f., 186, 256, 280, 289, 318
– Hilfegesuch an Urban 108
– und Peter der Eremit 118, 122
– empfängt die Fürsten in Konstantinopel 130–135
– und die Übergabe Nicäas 137
– und Bohemund 196, 211
– Tod Alexios II. Komnenos, Kaiser 389, 391
Alfonso-Jordan, Graf von Toulouse 191 f., 331
Alfred der Große, engl. König 72
Ali, Schwiegersohn Mohammeds 88 f., 208
Alice von Jerusalem, Fürstin von Antiochia 276 ff., 284, 286 f.
Alp Arslan, Seldschukenfürst 297 f.
Alphandéry, R. 66
Amadeus, Graf von Savoyen 311
Amalfi 278, 431
Amalrich I., König von Jerusalem 413, 445
– zur Person 362 f., 373 f.
– ägyptische Feldzüge 363–366, 368 f., 371 f.
– heiratet Maria Komnena 367
– Tod 373

Amalrich von Lusignan (später Amalrich II., König von Jerusalem) 381f., 421
Amalrich von Nesle, Patriarch von Jerusalem 383
Amalus, Bischof von Bordeaux 13
Ambrosius 35
Andronikos I. Komnenos, Kaiser 367f., 389ff.
Angelos s. Isaak
Ankyra (Ankara) 184
Anselm, Erzbischof von Mailand 182f.
Anselm, Bischof von Lucca 48f., 57
Anselm von Canterbury, Theologe 45, 71
Antiochia 94, 141–149, 152–155, 168f., 175, 185f., 194f., 204, 206, 210, 218, 220, 224, 227, 231f., 236, 238, 242f., 247f., 259, 270f., 272, 286, 288, 290, 295, 308, 327f., 331, 342, 353ff., 409, 414, 440
–, Patriarchat von 286, 425
Apamea 197, 343, 439
Apt, Bischof von 157
Arculf, Bischof 62
Arda 175, 177, 200, 202, 232
el-Arisch 204, 257f.
Arnulf von Rohes, Patriarch von Jerusalem 157, 161, 169, 200, 202, 267, 269
Arqa 156f.
Arsuf 170, 188, 236f.
Askalon 166f., 170f., 178, 181, 188, 199, 229, 234f., 273f., 349f., 379, 386, 411, 439, 445, 470
Assassinen 209f., 212, 347, 372, 445
Assisen von Jerusalem (Assises de Jérusalem, Gesetze des christl. Königreiches von Jerusalem) 412, 414, 417f., 422
Assisen von Jean von Ibelin 416
Assise sur la ligèce 423
Athanasios II., Patriarch von Antiochia 365
Athareb 198, 274, 291
Augustin, St. 36f., 38, 48, 96
–, Kriegsethik des 36ff., 40
Azaz 274
Azopart 178, 230, 235

Bagdad 95, 208f., 2L11f.
Bagrat 173f.
Bailli, fränk. (procurator, bajalus regni; Reis, arab.; Regent) 413, 420f.
Balak, Herr von Khanzit 262f., 265
Balat 291
Baldak von Samosata 174
Balderich von Dol, Chronist 16, 238
Balduin I. von Boulogne, Graf von Edessa, König von Jerusalem 228, 230, 232, 235f., 242, 248, 279, 424, 449, 454
– schließt sich dem Kreuzzug an 24
– in Konstantinopel 131f.
– zieht nach Kilikien 140, 173
– Herrscher in Edessa 169, 173ff.
– Aufforderung, nach Jerusalem zu kommen 172, 176
– Zug nach Jerusalem 177f., 211
– König von Jerusalem 178f., 257, 416
– Regierungszeit 179–189, 198, 203f.
– zu Tripolis 192f.
– erweitert seine Macht 199f., 211
– seine Ehen 200–202
– Tod 204, 257
– zur Person 255–258
Balduin II. von Rethel, Herr von Le Bourg, Graf von Edessa, König von Jerusalem 158, 177, 194, 203, 262, 283, 376
– 1. Gefangenschaft 194, 234, 267
– Freilassung 198
– 2. Gefangenschaft 264, 272
– Lebensweg 266ff.
– zur Person 268f.
– Regierungszeit 269–277
– Tod 277f., 283
Balduin III., König von Jerusalem 330, 357f., 362f., 421, 464
– Minderjährigkeit 277, 295
– frühe Regierungszeit 344–346
– Regent von Tripolis 346
– verdrängt seine Mutter 348
– Eroberung von Askalon 349ff., 360f.
– heiratet Theodora 352
– Beziehungen zu Manuel I. 353
– Tod 359
– zur Person 359ff.
Balduin IV., König von Jerusalem 363, 374
– Erkrankung an Lepra 374f.
– Regierungszeit 378–382, 384f.
– Tod 387
Balduin V., König von Jerusalem 385, 396f.
– sein letzter Wille 397
Balduin von Châtillon-sur-Seine, Abt 299
Balduin, Graf von Hennegau 153

Balian II. von Ibelin 402, 470
– heiratet Königin Maria 382, 384
– verteidigt Jerusalem 472
Balikh-Fluß, Schlacht am 267
Bar Hebraeos, Chronist 399
Barac, syr. Arzt 359
Barbastro 45
Bari 64, 95, 98, 126, 127
Basileios (867–886), Kaiser 101
Basileios II., Kaiser 101
Basilios der Arzt 463
Beatrice, Gräfin von Edessa 344
Beha ed-Din Ibn Shedad, Chronist 393 ff., 473
Beirut 157, 190, 199, 359, 368, 385
Bela III., König von Ungarn 389 f.
Belagerungsmaschinen 221, 225 f., 290, 367, 458
Belgrad 115 ff., 127
Berengar, Bischof von Orange 202
Bern von der Reichenau, Abt 42
Bernhard, St., Abt von Clairvaux 70, 280, 299, 303, 309, 314, 316 336, 340, 437 f., 444, 449, 463
– Rheinreise 299 f., 303, 313
– zur Person 303–308
– seine Kreuzzugwerbung 309 f.
Bernhard von Valence, lat. Patriarch von Antiochia 194, 271, 286 f.
Bernhard der Fremde, Statthalter von Tarsos 189
Bernhard, Bruder, Chronist 299
Bertha von Sulzbach s. Irene
Bertrada von Montfort 276
Bertrand von Toulouse, Graf von Tripolis 191 ff., 198, 331
Bertrand von Le Puy 157
Bethgibelin, Burg 282, 293, 349, 439
Bethlehem 60, 158, 160, 179, 416
Beuterechte 233 f.
Bilderstreit 104 f.
Blanchegarde, Burg 293, 349, 439
Bohemund I. von Tarent, Fürst von Antiochia 28, 225, 234, 236, 242, 249, 255, 422
– schließt sich dem Kreuzzug an 25
– Zug nach Konstantinopel 127, 133 f.
– Durchquerung Anatoliens 138–141
– Belagerung Antiochias 142–146, 149, 151
– Streitigkeiten um Antiochia 153 f.
– geht nach Kilikien 154
– kehrt nach Antiochia zurück 155 f.
– vor Latakia 168 f.
– in Gefangenschaft 176, 184, 193
– Freilassung 193 f.
– Rückkehr nach Europa 195
– Heirat 196
– Tod 197 f.
– zur Person 247 f.
Bohemund II., Fürst von Antiochia 271, 276 f.
Bohemund III., Fürst von Antiochia 365, 398 f.
– Minderjährigkeit 345, 357
Boleslaw IV., König von Polen 316
Bologna 21
Bonizo von Sutri 49, 57
Bordeaux 21
– Pilger von Bordeaux 60
Branas, Michael, Miliz-Kommandeur 352
Breuteuil s. Walter
Brindisi 128
Brüder vom heiligen Lazarus 446
Brun von Querfurt 42
Bruno von Köln, Begründer des Kartäuserordens 13
Bruno von Segni, Kardinal 12
Burchard, Bischof von Worms 45
Burckhardt, Jakob 26
Burel, Gottfried 30, 120 ff.
Bures s. Eschiva u. Wilhelm
Burkhard von Monte Sion 463
Byzanz (Stadt) s. a. Konstantinopel 63, 94, 98 f.
–, Geschichte des Staates 96–103, 107
–, Themenverfassung von 99
–, Herrscher des Reiches 101

Cäcilie von Frankreich, Fürstin von Antiochia, Gräfin von Tripolis 196, 199, 203, 271
Caesarea 158, 170 f., 181, 228, 331, 365, 411
Caesarea Mazacha 140
Cäsarius, Prior von Heisterbach 71
Cäsaropapismus 105
Carcassonne 21
Carmina Burana 71
Carrhae, Schlachtfeld von 194
Chadidscha, 1. Gattin Mohammeds 88 ff.

Chalkedon, Konzil von 104
Châlons sur Marne 314
Champdor, Biograph Saladins 393, 395
Chartres, s. a. Fulcher 336
Chateaubriand, F. R. 253
Citeaux (Cistertium) 303 f., 306
Civetot 120 ff., 123
Civitate, Schlacht bei 42
Clermont, Konzil von 12 f., 20 f., 25 f., 30, 40, 43, 47, 49, 50, 67 ff., 70, 76, 109 f., 257, 474
Cluny, Kloster s. a. Hugo; Odilo; Petrus 40, 44, 53, 63 f., 108
Cour des Bourgeois (Bürgerrat) 413
Cour de la Fonde 413
Crassus 194
Crawford, Marion 308
Cyprian, Bischof von Karthago 35

Dänengeld 234
Dagobert, Erzbischof von Pisa, Patriarch von Jerusalem 13, 21, 168–172, 176 ff., 188 f., 257, 275, 424
Damaskus 94 f., 143, 210, 274 f., 293, 332, 339, 341, 350 f., 368, 378
Damiette 371, 373, 385
Danischmandiden-Dynastie 176, 184, 193
Delbrück, Hans 206 f., 218 f., 229
Deutscher Orden 282
Deutschherrenritter 446
Deutschland 22 f.
Devol, Vertrag von 196 f.,, 290
Dirgham, Wesir von Ägypten 364
Donaten 441
Donastistenverfolgung 38
Donatus, Bischof 38
Doryläon, Schlacht von 138 f., 218, 220, 229, 240, 319, 326
Dreiklassentheorie s. Mittelalter
Dschabala, s. a. Hugo 156, 168, 190, 198, 277, 425
Dschasr 274
Dschebail 191 f.
Dschihad (Heiliger Krieg) 90, 93
Duby, G. 78
Duqaq, Schams el Malik, Herrscher von Damaskus 177, 195, 211
Durant, Will 90, 106
Dyrrhachiom (Durazzo) 64, 126 f., 128, 133, 196, 391

Eadmer, Kaplan 71 f.
Ebolus, Graf von Roucy 45, 47
ecclesia militans (kriegerische Kirche) 43, 280
Edessa (Urfa), s. a. Matthäus 169, 172, 174 bis 177, 198, 204, 231, 242, 256, 262, 290, 296 ff., 329, 341, 344, 408, 425 f.
Ekkehard, Abt von Aura 17, 22, 76, 82, 110, 113, 115, 163, 206, 238
Eleonore von Aquitanien, Königin von Frankreich, später Königin von England 320, 323 f., 329 f., 335, 337, 341
Elvira von Aragon, Gräfin von Toulouse 192
Emicho von Leiningen 30, 113 f.
Emma, Gräfin von Jaffa 284 f.
Erbstößer, Martin 454
Erdmann, Carl 35, 37 f., 48 f., 55 f., 68, 83 f., 86, 109
Erlembad, Graf 45 f., 49
Eschiva von Bures, Fürstin von Galiläa, Gräfin von Tripolis 376, 400, 403
Etienne von Bourbon, Chronist 71, 239
Eudokia, Kaiserin 61
Eugen III., Papst 300, 308 f., 319, 336
Eugenius, röm. Mitkaiser 36, 97
Eustach, Graf von Boulogne 24
Eustache I. Garnier, Herr von Caesarea und Sidon 272, 284
Everard, Priester 157
Evremar von Therouannes, Patriarch von Jerusalem 189

Fakhr el-Mulk, Emir 190 ff.
Fallmerayer, Jakob Philipp 102
Fatima, Tochter Mohammeds 88, 208 f.
Fatimidenreich 210 f., 349, 363, 366, 372
Feudalismus 410 ff.
Feuer, griechisches 98, 161, 170, 222 f., 225
fides (Treue, Glaube) 58
Firuz 145
Flandern 21, 314
Fostat 369
France d'Outremer 448
Frankfurt 300, 314
Franko, Abt von Aulne 299
Frérêche 78 f.
Freyer, Hans 96, 99, 207

Friedensethik, christliche 36ff., 45
Friedrich I. von Hohenstaufen, Kaiser Barbarossa 302, 314, 316, 334, 392
Friedrich II., Kaiser 443
Friedrich, Erzbischof von Tyros 370, 374
Friedrich, Herzog von Schwaben 316, 318f., 332
Friedrich von Zimmern 122
Frowin von Salmannsweiler, Abt 299
Frutholf von Michelsberg 137, 167
Fulcher, Patriarch von Jerusalem 332, 348
Fulcher von Chartres, Chronist 16ff., 122, 128f., 140, 174, 176f., 206, 228, 239, 264f., 271, 4478
Fulcher von Bouillon 242
Fulk, Graf von Anjou, König von Jerusalem 279, 334, 349, 415, 423, 439
– heiratet Melisende 276f.
– erste Regierungszeit 284ff.
– Kriege im Norden 289f.
– Beziehungen zu Damaskus 293, 332
– Beziehungen zu Byzanz 294
– Tod 295, 298
funda 416

Gabriel, Herr von Melitene 176, 266, 269
Gabrieli, Francesco 244f., 453
Galat Dschabar 297
Galat Sandschil s. Mont-Pélerin
Galiläa 179, 203, 385, 398f., 411
Gamelon 227
Gangra 184
Gargar 262
Garigliano, Fluß 39
Gaufrid von Auxerre 299
Geibel, Emanuel 148
Genua 21
Geoffrey Le Tort 412
Georg, St. 238
Gerbert von Reims 40
Gerbod, Graf von Winthic 232
Gerhard von Avesnes 236f.
Gerhard, Meister d. Hospitaliter-Ordens 278f., 282, 431
Gerhard von Ridfort, Großmeister des Templerordens 376, 384, 397, 400ff., 470
Gerhard s. Hebarre
Gerloh von Reichersberg 340
Gesta Francorum, anonymes Werk über Ersten Kreuzzug 140f., 159, 164, 195, 225, 227, 229, 238, 447
Gibb, Harald Alexander 394
Gilbert von Tournai 162
Glaber, Radulph, Chronist 63, 75
Godvere von Tosni, Gemahlin Balduins I. 25, 173, 175
Gormond von Picquigny, Patriarch von Jerusalem 269, 273, 275
Gorze, Benediktinerabtei 40, 53
Gottesfriede 53ff.
Gottesstaat s. Augustin, St.
Gottfried, Bischof von Langres 328
Gottfried von Bouillon, Herzog von Niederlothringen, »Advocatus Sancti Sepulchri« 28, 113, 165f., 170f., 206f., 236, 249f., 406, 412, 414, 472, 474
– schließt sich dem Kreuzzug an 24f.
– Reise nach Konstantinopel 126, 131f.
– in Pera 131f.
– Zug durch Antiochia 145, 154
– Belagerung Jerusalems 159f., 226
– Eroberung Jerusalems 161ff.
– »Advocatus Sancti Sepulchri« 165
– zu Askalon 166f., 171f.
– Tod 171, 176
– zur Person 251–255
– Mythos 253, 255
Gottfried II., Herzog von Lothringen 78, 156
Gottfried, Graf von Anjou 276
Gottfried von St. Omer, Tempelritter 279
Gottfried der Oberkämmerer 172
Gottfried der Mönch 262
Gottschalk, Priester 114
Gozelo, Herzog von Niederlothringen 24
Gratian, Kaiser 35
Gregor I., Papst 38f., 48
– II., Papst 105
– III., Papst 105
– VII., Papst 13, 45f., 50, 56f., 69, 78, 82, 83–86, 107, 109, 239
– Briefe 86
Gregor, Kardinal 17
Gregor von Nyssa, Bischof 61, 463
Grousset, René 123, 139, 145, 193, 210, 254, 292, 355, 361, 373, 382
Gümüschtekin, Statthalter von Aleppo 378
Guibert, Präzeptor der Hospitaliter 370

Guibert von Nogent, Chronist 16f., 22, 30, 116, 118, 236, 239, 245
Guido, Kardinal von Florenz 332
Guido von Lusignan, König von Jerusalem 382, 385f., 397f., 470
– und der Feldzug von Hattin 400–403
Guido Brisebarre, Graf von Beirut 276
Guido-Gottfried, Graf von Aquitanien 45, 47
Gunther, Bischof von Bamberg 64
Guynemer von Boulogne 228

Hagia Sophia 107, 323, 389
Hagspiel, Gereon 248, 250, 254, 256, 258
Haifa 179, 293
Haller, Johannes 42, 58, 339
Al Hakim, Kalif 63
Hama 234, 290
Hampe, Karl 308, 337
Harran 194f.
Harun al Raschid, Kalif 63, 66
Hassan ibn-Sabbah 209f.
Hastings, Schlacht von 220
Hattin, Schlacht von 399–404, 429, 440, 470
Hauck, Karl 312
Haute Cour (Hoher Rat) 331, 412, 422
Hebron 236
Heer, Friedrich 86, 254, 332, 340, 446
Hefele, Hermann 129
Heinrich, Bischof von Straßburg 71
Heinrich III., röm. Kaiser 42
– IV., röm. Kaiser 13, 24, 47f., 85f., 107f.
– VI., röm. Kaiser 392
Heinrich Plantagenet, später König von England 341
Heinrich II. Jasomirgott, Herzog von Bayern (1143–1156), Herzog von Österreich (1156–1177) 300, 316, 327, 332, 334f.
Heinrich, Baron von Ascha 224
Heinrich von Rogge 71
Heinrich von Schwarzenberg 30
Helena, St., Kaiserin 59
Heraklea 140, 185, 242
Heraklios I., Kaiser 97, 99, 104
– nimmt den Titel Basileus an 99
Heraklios-Chronik 283, 397
Heraklios von Caesarea, Patriarch von Jerusalem 383, 397, 473
Herder, J. G. 253
Herlihy, D. 78
Hermann, Markgraf von Baden 316
Hidschra 89
Hieronymus, Kirchenvater 60, 61
Hodierna von Jerusalem, Gräfin von Tripolis 276, 288, 331, 346f., 357f., 376
Homs 190f., 290, 292, 378
Hospitaliter-Orden 278–282, 294, 332, 431 bis 446
Hrabanus Maurus, Abt 39
Hubatsch, Walter 282
Hugo, Prior von Cluny 44
Hugo von Frankreich, Graf von Vermandois 153, 249
– schließt sich dem Kreuzzug an 23
– Reise nach Konstantinopel 126f., 131
– Durchquerung Anatoliens 138–141
– Tod 186
Hugo, Graf von der Champagne 280
Hugo, Graf von Tübingen 30, 122
Hugo I. von Le Puiset, Graf von Jaffa 284ff.
Hugo von Payens, Großmeister des Templer-Ordens 279ff.
Hugo von Dschabala, Bischof 308f.
Hugo von Dschebail 403
Humbert, Kardinal 107
Humfried II. von Toron 360, 376, 378, 384, 398, 403
Hundefluß 177f., 179, 211

Ibelin, Burg 293, 349, 439
– Sippe 347, 376, 382, 384, 398
Ibn al-Athir, arab. Chronist 142, 163, 191, 206, 243, 297, 334, 343, 393, 398, 401, 402ff., 473
Ibn al-Qalanisi, Chronist 278, 296, 334, 351
Ida, Markgräfin von Österreich 183, 186, 242
Ifthikar ad-Daula, Statthalter von Jerusalem 159, 162
Ikonion (Konya) 140
Il-Bursuqi, Atabeg von Mossul 274
Ilghazi, Ortoqidenfürst 270f., 271
Imad ed-Din al Katib al-Isfahani, Chronist 244f., 393, 399, 403f., 473
Imad ed-Din s. Zengi
Imperium (weltliche Macht) 46
Inab, Schlacht von 342
Innozenz III., Papst 443

Irene, Kaiserin (797–802) 101
Irene, Kaiserin (Bertha von Sulzbach) 318, 323, 357, 389 f.
Isaak II. Angelos, Kaiser 391 f.
Isaak Komnenos, Kaiser von Zypern 295
Islam, Ausbreitung des 93–96
–, Geschichte des 208 ff., 212
Ismailiten (arab. Haschiyon) 209 f.
Ives von Soissons 345
Izz ed-Din 396

Jacob von Vitry, Bischof von Akkon 57, 238, 449, 455 ff., 460 f., 465
Jaffa 159, 170, 177, 181, 187 f., 232, 257, 272, 279, 284, 411
Jean, Graf von Ibelin 412, 416, 427
Jebarre, Gerhard, Hospitaliterritter 287
Jerusalem 17, 18 f., 21, 31, 34, 40, 44, 47, 59 ff., 64 ff., 67, 86, 94, 96, 110, 125, 139, 155 f., 158–167, 170 f., 181 f., 187–189, 204, 206, 209, 211, 225, 250, 255, 260, 279, 332, 359, 408, 411, 470
– Königreich J. 164 f., 178 f., 271 f., 274, 372, 384, 408, 409 ff., 427–429, 435, 454
– König von J., Rechte des 414 ff., 422 ff., 426
– –, Krönungsritual 416–420, 422
– Mythos J. 65 ff.
– Patriarchat von J. 165, 169, 176, 178, 202, 206, 277, 282, 350, 383, 424, 427, 444, 473
– Ende des christl. J. 474
Johann von Joinville 223
Johannes VIII., Papst 39, 69
– X., Papst 39
Johannes, Bischof von Banyas 370
Johannes Porphyrogennetos II. Komnenos, Kaiser 196, 287, 289–292, 294 f., 436
Johannes von Würzburg, Mönch 435
Johannes von Salesbury, engl. Chronist 330, 444
Johanniter s. Hospitaliter-Orden
Joscelin I. von Courtenay, Herr von Turbessel, Graf von Edessa 194, 203, 262, 267 f., 276, 279, 343
– 1. Gefangenschaft 194, 267
– Freilassung 198
– 2. Gefangenschaft 262
– Flucht 264 f.
– Tod 283
Joscelin II., Graf von Edessa 284 f., 288, 291, 296, 298, 343, 363
– Verlust Edessas 296, 298
– in Turbessel 329, 331
– Gefangennahme und Tod 343
Joscelin III., Titulargraf von Edessa 357, 378, 383
Joveta (Jutta) von Jerusalem, Äbtissin von Bethanien 276, 294
Judenpogrome 112–115, 313
Justinian, Kaiser 97, 99, 101, 104, 435
Justinus, Apologet 35

Kaaba 87, 89 f.
Kafartab 274, 290
Kairo 94, 157, 208
Kaisun 283
Karl der Große, deutscher Kaiser 39, 53, 56, 63, 127
Karl Martell 95
Karolinger-Dynastie 39, 53, 66, 105
Kartäuserorden 13
Karthago 38, 94, 273
Kaufmannskolonien, italienische 458 ff.
Kenyon, Kathleen 99
Kerak 294, 411
Kerbogha, Atabeg von Mossul 145, 147, 151 f., 175, 211 f., 218, 238
Kettengerichte 413
Kharput 262, 265
Kilidsch Arslan ibn-Suleiman I., Seldschukensultan 121, 136, 138, 139 f., 184 f., 194, 211, 218
Kilidsch Arslan II. 356, 387
Kilikien 140, 154, 179, 288, 290, 294, 353, 365, 367, 426
Kinnamos, Johannes, Geschichtsschr. 352
Kirche, Militarisierung der 39 f., 44, 46
– Ost- und Westkirche 107, 260
– – Auseinanderleben 103–106
– – Schisma 106 f.
– – Wiedervereinigung 86
Kirchenreform 40, 42, 44 f., 53
Köln 29 f., 81, 113 f., 115, 313 f.
Kogh Vasil 174
Koloman, König von Ungarn 114 ff., 127
Komnena, Anna, Geschichtsschreiberin 28, 118, 120, 122, 130, 132 f., 135, 196, 206 f., 240, 247

Komnena s. a. Maria; Theodora
Komnenos, Alexios, Protosebastos 389f.
Komnenos s. a. Alexios I.; Alexios II.; Andronikos; Isaak II.; Johannes II.; Manuel I.
Komnenos, Johannes, Statthalter von Bulgarien 352
Konrad III., deutscher König 300ff., 307f., 314, 326, 330
– und der Zweite Kreuzzug 302f., 313ff., 316–319
– Rückkehr nach Europa 334
Konrad, Marschall von Deutschland 183ff., 186, 188
Konrad von Zimmern 122
Konstantin I., der Große, röm. Kaiser 35, 59, 96, 98
Konstantin VII., Kaiser 101
Konstantin IX., Monomachos, byzant. Kaiser 43
Konstantin Koloman, Statthalter von Kilikien 365
Konstantinopel s. a. Byzanz 85, 98, 102, 104, 116, 117f., 126–129, 131, 135, 147, 153, 183, 295, 297, 314, 318, 322, 326f., 334f., 338f., 344, 356, 365, 371, 387, 392, 436
Konstanze, reg. Fürstin von Antiochia 357f.
– Minderjährigkeit 277
– 1. Ehe 287f., 378
– Wiederverheiratung 345f., 359
– Regierung 359
Konstanze, Gräfin von der Champagne, Fürstin von Antiochia 196f., 276
Konstanze von Sizilien, später Kaiserin
Koran 90, 92, 95
Kosmas, Chronist 76
Krak des Chevaliers, Burg 294, 440
Kreuzfahrer, Kriegführung der 218–229
–, Burgen der 293f.
Kreuzzug, Erster 25, 110, 112, 124, 204, 207, 229, 232, 247
Kreuzzug, Zweiter 298, 314f., 336f., 339f.
– Entstehung 34, 66, 84
– Idee 21
– Ideologie 58
– Literatur 40, 49f., 123 f., 239, 253, 255, 258, 308
– Prediger 22, 26
Kriegsethik, augustinische s. Augustin, St.
Kriegstheorie, europäische 37, 235ff.
Kugler, Bernhard 18, 23, 109, 123, 125f., 149, 253, 339

Lampert von Hersfeld, Mönch 45
Lange, Reinhold 388, 391
Landolf, Gouverneur von Attalia 328
Lanze, heilige 149ff., 154, 157, 165, 238, 241, 250
Latakia 154, 168, 176, 193, 198, 277, 288
Le Goff, Jacques 46, 72, 74, 77, 79
Le Puy s. Adhemar; Bertrand
Le Tort s. Geoffrey
Leo I., Papst 104
– IV., Papst 39
– IX., Papst 42f., 69, 107
Leon III., Kaiser 98f., 105
– VI., Kaiser 101, 219, 222
Leo I., Armenier-Fürst 288, 290
Lettres de Sépulcre 412
liberandas christianitas (Befreiung der Christenheit) 43
Limoges 20
Litold von Tournai 162
Lucca 128
Ludwig VI., König von Frankreich 276
– VII., König von Frankreich 303, 309, 314, 319f., 324–331, 332, 334, 341, 391
Lüttich 314

Maarat an-Numan 155, 206, 225, 290
Maastricht 314
Mainz 113f., 313
Mahmud, Seldschukensultan 275
Malik Ghazi Gümüschtekin 176, 184f., 193f., 211
Mamistra 193, 198, 286, 353, 409, 425
Manasses von Hierges, Konstabler 295f., 298, 332, 347f.
Maudud von Mossul, Mameluk 199
Mansur Muhammed ibn Abi Emir, Wesir 43
Mantzikert, Schlacht von 85, 107, 209, 388
Manuel I. Komnenos, Kaiser 287, 295, 297, 318, 322, 326f., 344, 346, 352ff., 360, 365, 367f., 372, 387
– Abkommen mit Nur ed-Din 355ff., 358
– heiratet Maria von Antiochia 358
Manuel Butumites, Admiral 137

Marasch 141, 194, 409
Marco Polo 209f.
Maria von Antiochia, Kaiserin 357f., 389
Maria Komnena, Königin von Jerusalem 367, 375, 382, 384, 389f.
Maria von Salern, Gräfin von Edessa 203
Marktgerichte 413
Marschsicherungsmethoden 227
Martin von Paris, Mönch 71
Masud I., Seldschukensultan 319
Mathilde von England, westl. Kaiserin 276
Mathilde, Markgräfin von Tuscien 48f.
Matthäus von Edessa, Chronist 174, 233, 266ff., 463
Matthäus von Paris 443
Matthäus der Haushofmeister 172
Mayer, Hans Eberhard 68, 70, 78f., 109, 169, 179, 208, 250, 254, 275, 308, 312, 332, 339, 355, 361, 366, 373, 394, 398, 416, 425, 472
Medina 89f., 91, 93f.
Medinet en-Nebbi (Stadt des Propheten) s. Medina
Mekka 87, 90
Melfi 43
Melisende, Königin von Jerusalem 276f., 330, 332, 346f., 411
– und Hugo von Puiset 284ff.
– Regierung 295f., 298
– Sturz u. Tod 348f.
Melisende von Tripolis 357f.
Mersiwan, Schlacht von 184f., 189
Mesnil s. Walter
Messina 95, 188
Messines s. Wilhelm
Metz 114
Michael VII., byzant. Kaiser 86, 107
Michael Kerullarios, Patriarch von Konstantinopel 106f.
Michael der Syrer 352, 380, 399
Miles von Plancy, Seneschall 376, 384
milites Christi (Soldaten Christi) 18f., 40, 51, 59
militia Christi (Ritterschaft Christi) 40, 55f., 58, 68, 279f.
militia saecularis (weltliche Ritterschaft) 40, 56ff.
militia sancti Petri (Ritterschaft des heiligen Petrus) 68
misera plebs 242, 460
Mittelalter:
– Bevölkerungswachstum 80
– Dreiklassentheorie 71
– Gesellschaftsstruktur 72f.
– Hungersnöte 74f.
– Seuchen 76
– Städte 81
Moawija, Kalif 94
Mohammed, Prophet (Abu'l-Kasim Mohammed Ibn Abdallah) 87–94, 98, 208
– Lehre 89, 92f., 393
Monophysitismus 104
Montferrand 289
Montgisard 380, 384
Montjoie 158
Mont-Pélerin (Pilgerberg) 191
Morelius, Sekretär 176
Moritz, Kardinal von Porto 181, 188
Morphia von Melitene, Königin von Jerusalem 266, 269f., 276
Mossul 194, 274, 276, 293
el-Mustarschid, Kalif
el-Mustazhir, Kalif 204, 212
Myriokephalon 388

Nablus 348, 411
–, Hochgericht von 397
–, Konzil von 275, 454
Nadschm ed-Din Aygub 364
Nahr el-Kelb s. Hundefluß
Nebukadnezar II., Assyrerkönig 273
Neocaesarea 184
Nevers s. Wilhelm
Nicäa 121, 136, 153, 206, 224, 318f., 326
–, Konzil von 59
–, Schlacht von 136f., 224
Nikiphoros Botaniates, Kaiser 107
Nikiphoros Bryennios, Chronist 118
Niketas Choniates, Chronist 353f., 356, 358, 367, 391
Nikolaus I., Papst 39
Nikomedia 120, 122, 136, 184
Nîmes 21
Nisch 116f., 127
Nur ed-Din, Herr von Aleppo u. Edessa, König 244, 298, 329, 333, 341–344, 347, 350f., 353, 355f., 361, 363ff., 368, 370, 378, 394, 396
– Tod 372

Odilo von Cluny, Prior 44
Odo de Lagery von Monteil s. Urban II.
Odo von Deuil, Kaplan 311, 317, 328, 330, 337
Odo von Saint-Armand, Templermeister 443
Oldenbourg, Zoe 373, 436
Omar ibn al Chattab 62, 94
oribs terrarum 206
Oriflamme 319
Origenes 35, 96
Orontes 195, 198, 342
–, Schlacht am 152
Otto III., röm. Kaiser 40
Otto, Bischof von Freising, Chronist 308, 316, 318, 328, 334

Pagan, Kanzler 273
Pantokratorhaus (Konstantinopel) 436
Paphlagonien 290, 389
Paschalis I., Papst 39
Paschalis II., Papst 195, 202
Paschia de Riveri 383
Pataria 45 f., 49
Paula, St. 60
pauperes 83, 460
Pelekanon 137
Pera 131 f.
Pernoud, Régine 140, 323, 329
Peter von Norbonne, 1. lat. Bischof von Albara 155, 165
Peter, Abt von Cluny 336
Peter der Einsiedler (Eremit), von Amiens 28, 70, 76, 116, 123, 155, 161, 199, 241
– predigt 28 ff.
– seine Armee 30 f., 84, 117, 120 f., 123
– führt diese nach Konstantinopel 112 f., 116–120
– Fluchtversuch bei d. Belagerung Antiochias 143 f.
– als Gesandter zu Kerbogha 151
– in Jerusalem 169
Peter Abaelard 307
Peter Bartholomäus 149, 154, 157
Peter Desiderius 157, 161
Petrus Damiani, Prior 45 f.
Petrus Venerabilis, Abt von Cluny 444
Petschenegen 117, 184
Philipp von Brüssel, Prior von Clairvaux u. Abt von L'Aumone 299, 303
Philipp I., König von Frankreich 12, 21, 23, 46 f., 195, 276
– II., König von Frankreich 233
Philipp, König von Makedonien 225
Philipp, Graf von Flandern 378 f.
Philippa von Antiochia, Herrin von Toron 367
Philipp von Novara 412
Philippopel 317
Philomelion 147
Phrygien 140, 290
Pirenne, Henri 93
Plenarablaß 70
Pönitenz s. Sündenstrafenerlaß
Poitiers und Tours, Doppelschlacht von 95
Polygamie 454
Pons (Pontius), Graf von Tripolis 192, 198 f., 203, 267, 271, 274, 284, 288
Potenza 335
Prawer, Joshua 159, 216, 408, 411, 413, 424, 445, 448 ff., 459 f.
Prostitution 465
Prutz, Hans 221, 229, 414, 436, 457, 461 f., 463, 465
Pullanen 456

Radulph von Domfront, Patriarch von Jerusalem 286 ff.
Rafaniya 274
Raimund von Poitiers, Fürst von Antiochia 287, 290 f., 294, 296 ff., 357, 464
– heiratet Konstanze 287
– Beziehungen zu Byzanz 294, 297
– und der Zweite Kreuzzug 329–331
– Tod 342
Raimund IV. von Saint-Gilles, Graf von Toulouse, Marquis der Provence 21, 28, 108 f., 125, 129, 137, 165 ff., 182, 183, 185 f., 189 ff., 207, 228 f., 231, 242, 249, 253, 257, 331
– schließt sich dem Kreuzzug an 20
– zur Person 25, 249 f.
– Reise nach Konstantinopel 128, 133 f.
– Durchquerung Anatoliens 138–141
– bei der Belagerung von Antiochia 142 f., 145, 149 f.
– und die heilige Lanze 149 f.
– Streitigkeiten um Antiochia 153 f.
– Aufbruch nach Jerusalem 155 ff.

– Belagerung Jerusalems 159f., 226
– Eroberung Jerusalems 161f.
– zu Askalon 166f.
– in Latakia 168
– Versuch der Befreiung Bohemunds 183ff.
– Belagerung von Tripolis 190f.
– Tod 191, 193
Raimund II., Graf von Tripolis 288, 331, 347, 358f., 365, 423
Raimund III., Graf von Tripolis, Fürst von Galiläa 382, 385f., 398, 421, 423
– Minderjährigkeit 347
– auf Zypern 359
– Regent von Jerusalem 376f.
– und Sultan Saladin 396, 398
– und Guido 397
– und der Feldzug von Hattin 400–403, 470
Raimund von Le Puy, Großmeister d. Hospitaliter-Ordens 282, 350, 432
Raimund von Aguilers, Kaplan 129, 150f., 161, 228, 238
Rainald von Châtillon, Fürst von Antiochia 346, 352ff., 384, 397f., 424
– heiratet Fürstin Konstanze 345
– Raubzug auf Zypern 352
– Gefangenschaft 357, 365
– Freilassung 378
– Raubüberfälle 385f., 398
– und der Feldzug von Hattin 400, 402
Rainer von Montferrat 389f.
Ralph von Merle 345
Ramiro I., König von Aragonien 44
Ramleh 64, 158, 166, 181f., 199, 218, 257, 295
–, 1. Schlacht von 181f., 374
–, 2. Schlacht von 187f., 232
Ranke, Leopold von 253
Reconquista 44
Regensburg 314, 322
Reinhold, Graf von Sidon 381, 384, 402
Reinhold von Breis 30, 120f.
Richard von Marseille, Kardinal u. Prior 12
Richard von Capua, Fürst 43, 45
Ridwan von Aleppo, Emir 144, 184, 195, 197f., 199, 211, 234
Ritterorden s. a. Templer; Hospitaliter; Deutscher Orden 430, 446, 460, 473
– Entstehung 278, 282
– Heere 428, 436f., 439
– Aufnahmeritual 431f.
– Hierarchie 432f.
– Reichtum und Einfluß 440ff.
– sittlicher Niedergang 442f.
– Regel u. Statutenwerk 444
– Außenpolitik 445
Robert von Paris, Kardinal 188
Robert, Bischof von Ramleh 176
Robert II., Herzog von der Normandie 165, 207, 242
– schließt sich dem Kreuzzug an 23f.
– Reise nach Konstantinopel 128
– Durchquerung Anatoliens 138–141
– geht nach Latakia 154
– bei der Belagerung Jerusalems 159
– bei der Eroberung Jerusalems 162f.
– Rückkehr nach Europa 167ff.
– zur Person 248f.
Robert II., Graf von Flandern 165, 249
– schließt sich dem Kreuzzug an 24
– Zug nach Konstantinopel 128, 134
– vor Antiochia 145
– Aufbruch nach Jerusalem 155f.
– Belagerung von J. 159f.
– Rückkehr nach Europa 167ff.
Robert der Fromme 72
Robert der Mönch, von Reims, Chronist 16f., 20, 238
Robert Guiskard 25, 43, 47, 56, 69, 247
Robert von Dreux 311, 332
Robert von Saône 272
Röhricht, Reinhold 22
Roger von Reggio, Erzbischof 13
Roger I., Graf von Sizilien 200
Roger II., Graf und König von Sizilien 201, 287, 300, 313, 316, 322, 327f., 335, 338, 340
– Assisen 435
Roger von Salern, Fürst von Antiochia 198, 203, 267, 270f.
Rolandslied 53
Rom 44, 86, 95f., 105, 126, 128
Romanos Diogenes, byzant. Kaiser 85, 107, 388
Runciman, Steven 28, 34, 56, 86, 178, 190, 193, 196, 203, 206, 250, 254, 269, 284, 298, 308, 332, 336, 355, 358, 361, 373, 399f., 420, 423
Russa (Keschan) 127

Sacerdotium (kirchliche, geistl. Macht) 46
Saladin, Sultan (al-Malik al-Nasir Schah ed-Din Yusuf ibn Ayub) 244, 364, 370 bis 373, 378f., 384f., 411, 424
– politische Ziele 394f.
– zur Person 392–316
– und Guido 398
– und der Feldzug von Hattin 399–404, 470
– Einzug in Jerusalem 472f.
Sancho III., König von Navarra 44
St. Pierre de Moissac, Kloster 40
Santiago de Compostela 44
Sarmeda 270f.
Sassaniden 94
Schaizar 198, 290f., 293, 351
Schawar, Statthalter von Oberägypten 364ff., 369, 395
Scheinflucht, Taktik der 214, 231
Schiiten 208, 363, 372
Schirkuh, Heerführer 342, 346f., 369
Secrète 415, 420
Seldschuken-Türken 16, 85, 107, 121, 124, 138f., 173, 185f., 210, 214f., 218, 224f., 229, 233, 242, 290, 319, 322, 338
– Dynastie 209ff., 212–219
– Bogner 214f., 220
– Reiter 215f., 231
Selymbria 127
Semlin 117
Seneschall, Amt d. 417, 420f., 442
Sephoria 400f.
Sergius II., Patriarch von Jerusalem 40, 106
Sergius IV., Papst 40, 106
Sidon 157, 199, 411
Sieburg, Friedrich 80, 320
Sigurd, König von Norwegen 199
Silvester II., Papst s. Gerbert von Reims
Sofia 117, 127, 316
Soissons s. Ives
Soqman, Seldschukensultan 231
Speyer 113, 299ff., 306, 313
–, Bischof von 312
–, Reichstag zu 314
Steinen, Wolfram von den 306, 308
Stephan von La Ferté, Patriarch von Jerusalem 275, 280
Stephan Harding, Abt 304ff.
Stephan, Graf von Blois u. Chartres 128, 137, 184ff., 249, 374
– schließt sich dem Kreuzzug an 24
– in Konstantinopel 134
– Belagerung Antiochias 143
– Flucht aus Antiochia 147
– schließt sich erneut dem Kreuzzug an 182, 184, 186
– Tod 188
Stephan, Graf von Burgund 183ff., 186f., 188
Stephan, Graf von der Champagne 374f.
Stephan von Valence 150
Straßburg 312
Sündenerlaß 309
Sündenstrafenerlaß (Pönitenz) 59, 70
Sündenvergebung s. Plenarablaß
Suger von Saint-Denis, Abt 309, 319, 322, 334, 336
Sunniten 208f.
Sven II., König von Dänemark 78, 242
Sybel, Heinrich von 253f., 295, 339
Sybille, Königin von Jerusalem 363, 374f., 381f., 397f.

Tankred, Fürst von Galiläa, Regent von Antiochia 177, 185, 188f., 192f., 234, 249, 257, 266, 411, 449
– schließt sich dem Kreuzzug an 25
– zieht nach Kilikien 140
– in Antiochia 144, 173
– auf dem Marsch nach Jerusalem 157f., 266
– Belagerung von J. 159f.
– Eroberung von J. 162f.
– Raubzüge 171f.
– Regent von Antiochia 179f., 194f., 197
– Heirat 196
– erweitert seine Macht 197f.
– Tod 198
– zur Person 248
Tarsos 186, 189, 193, 198, 273
Tatikios, byzant. Feldherr 136ff., 144, 249
Tel-Danith 272
Tempelritter, Orden der 279–282, 332, 346, 376, 379, 397, 404, 436–439, 440–446, 449, 466
terciaria 416
Tertullian 35
Theodor Sophianos 452
Theodora Komnene, Königin von Jerusalem 352, 360, 368, 389

Theodosius I., der Große, röm. Kaiser 36, 97
Theodwin, Kardinal von Porto 332, 336
Thiemo, Erzbischof von Salzburg 183, 186
Thierry Galeran 330
Thomas von Canterbury 446
Thoros I., Fürst von Edessa 173 f.
– II., Fürst von Armenien 346, 353 f.
Tiberias 170, 236, 400
Timurtasch, Emir 265 f., 269, 274
Toghtekin, Atabeg von Damaskus 272, 279
Toledo 47
Torquato Tasso 253
Tortosa (Tartous) 190, 192, 231, 425
Toulouse 21, 40
Tours 21
– und Poitiers, Doppelschlacht von 95
Trier 29, 113 f.
Tripolis 156, 190–193, 198, 204, 211, 331, 409, 414, 425, 440
Turbessel (Tel-Bascheir) 173, 265, 267 f., 296, 329, 331, 344
Turkopolen 220, 399, 427 f., 457
Tyros s. a. Wilhelm, Erzbischof von 157, 190, 199, 272–276, 411, 440, 458

Unur, Regent von Damaskus 292 f., 298, 333
Urban II., Papst 23, 24, 40, 43, 67 ff., 69, 78, 82 ff., 86, 107 f., 110, 118, 125 f., 189, 227, 239, 250, 256, 474
– Tarragona-Aufruf 69
– in Piacenza 108
– in Clermont 12 f., 18
– Lebensweg und Personenbeschreibung 13 ff.
– sein Aufruf in Clermont 16–18, 22, 26, 29, 34, 55, 67, 81, 83, 110, 182
– Reise durch Frankreich 20, 22, 108 f.
– Brief der Fürsten an U. 154
– Ernennung Dagoberts 168
– Tod 167
Usama, Emir 290, 293, 452 f., 455

Venedig 273
Vézélay 309, 311, 331
Via Egnatia 64, 126, 128 f.
Viterbo 308
Vitry s. Jacob
Volkmar 30, 114
Vosma 127

Waas, Adolf 51, 58, 86, 123, 238 ff., 254, 373, 411, 422 f., 428, 464
Waldstein-Wartenberg, Berthold 434, 442 f.
Wallfahrt, bewaffnete 68 f., 82 f., 110, 182
Walter I. Garnier 285
Walter von Breteuil 30
Walter von Falkenberg 345
Walter von Mesnil, Tempelritter 373
Walter von Teck 30
Walter Sans-Avoir (Habenichts) 30, 115 f., 122
Wanderprediger s. Kreuzzugprediger
Warner von Gray 172
Waso von Lüttich 42
Welf IV., Herzog von Bayern 78, 115, 183, 186 f., 242
Welf VI., Herzog von Bayern 316, 332
Wevelinghoven 114
Widder 222, 224, 226
Wido von Tarent 239
Wieselburg 114 f.
Wilhelm von Messines, Patriarch von Jerusalem 275, 289, 295
Wilhelm II., Erzbischof von Tyros 145, 200, 214 f., 236, 238, 251, 259, 268 f., 276, 284, 286, 319, 330, 341, 348, 352, 359 f., 362, 368, 374 f., 379 f., 383, 421, 443 f.
Wilhelm Bischof von Orange 13, 140
Wilhelm I. der Eroberer, König von England 23, 46, 143, 220
Wilhelm II. Rufus, König von England 23
Wilhelm von Bures, Fürst von Galiläa 272, 276
Wilhelm IX., Herzog von Aquitanien 182, 186 f., 243, 287
Wilhelm, Markgraf von Montferrat 316, 332
Wilhelm Langschwert, Markgraf von Montferrat 381, 385
Wilhelm I., Graf von Nevers 183, 185
– II., Graf von Nevers 311
Wilhelm-Jordan, Graf von Cerdagne 191 ff., 212

Wilhelm von Burgund 47
Wilhelm von Dijon 56
Wilhelm von Grant-Mesnil 148
Wilhelm von Malmesbury 252
Wilhelm von Melun, Vicomte 30
Wilhelm von Montreuil 44
Wilhelm von Nangis 463
Wilhelm von St. Thierry 303
Wilhelm der Zimmermann 126, 143 f.
Williams, Watkin 308
Willibald der Mönch 62
Wladislaw von Böhmen 316
Worms 113, 313 f.

Xanten 114
Xerigordon, Burg 121 ff.

Yaghi-Sighan, Statthalter von Antiochia 142, 144–147, 154, 159, 211
Yatrib, Oase s. Medinet en-Nebbi

Zaid, Diener 89
Zengi, Imad ed-Din 186, 275, 277, 289, 291 bis 293, 296 ff., 364, 394
Zerdana 274
Zisterzienser-Orden 304 f., 425
Zypern 346, 352, 355, 359, 378

L'amulette d'argent

ANNE KELLEHER

L'amulette d'argent

LUNA

Titre original :
SILVER'S BANE
publié par Luna®

Traduction de l'américain par LUCIE PERINEAU

83/85 boulevard Vincent Auriol 75646 PARIS CEDEX 13.
ISBN 2-280-15432-3 — 1775-6480

Prologue

Le pire, c'était le poids du monde d'au-dessus. Guinevère en aurait presque perdu la raison. La peur surgissait, tel un insecte répugnant, des recoins les plus sombres de son esprit et menaçait de la submerger tandis qu'elle se glissait à travers d'étroites fissures et rampait dans les tunnels en pente creusés dans la roche. A mesure que la pression devint plus perceptible, sa peur s'intensifia ; l'insecte grossit, déplia ses ailes ; les poumons de Guinevère se vidèrent, sa gorge se noua, ses paumes se couvrirent de sueur. La lumière qui brillait au bout de son bâton de noisetier se réduisit à une minuscule étincelle, et Guinevère eut l'impression que l'obscurité allait l'engloutir.

Pour son espèce, l'épaisse couche de roche qui l'entourait était une substance presque aussi étrangère que l'argent, ce poison venu des Terres de l'Ombre où vivaient les mortels. Car les sylphes de la Faërie étaient des êtres d'air et de lumière. Mais ce n'était pas la première fois que Guinevère s'aventurait dans ces lieux où le soleil n'était qu'une légende oubliée. Elle avait appris, lorsque le manque d'air, d'espace et de lumière se faisait trop cruellement sentir, à fermer les yeux, à respirer profondément, à laisser la sensation d'écrasement déferler en elle puis s'éloigner, telles les tempêtes déchaînées qui laissent l'océan épuisé et battu. Alors elle ramassait son bâton et se remettait en chemin.

Qui eût pensé qu'un jour, un sylphe s'aventurerait jusqu'ici ? Son peuple n'avait jamais vécu dans des cavernes, jamais creusé la terre ni taillé la pierre. Selon les Conteurs, les Terres du Dessous avaient appartenu autrefois aux gobelins, avant les Grandes Guerres à l'issue desquelles la reine Gloriana, mère de Guinevère, avait relégué ces monstres à la surface, dans la région que l'on appelait les Terres Brûlées. Ils y étaient encore confinés — du moins l'étaient-ils au moment où Guinevère avait quitté la Faërie pour entreprendre sa quête. Depuis combien de temps errait-elle dans ces souterrains ? Ni jour ni nuit, ni soleil ni lune ne marquaient le passage des heures, des jours, des mois. Plus elle avançait, plus la notion même de temps perdait son sens.

Mais les arbres apprivoisés du Bois Sacré de la reine de Faërie, ainsi que ceux, plus sauvages, de la Vieille Forêt, avaient été catégoriques : seule la Vieille Sorcière pouvait apprendre à Guinevère pourquoi sa sœur, Albane, échouait à concevoir un héritier au trône de Faërie. Or, c'était dans ce monde souterrain que la Sorcière se cachait.

A présent, Guinevère avançait dans des boyaux de granit en suivant un être quasi informe, à la peau luisante de bave, qui laissait des traces humides sur son passage et détournait constamment la tête pour éviter la lumière de son bâton.

Après avoir franchi un affleurement rocheux dentelé, son guide marqua une pause et lui indiqua, d'un côté du passage, l'entrée d'un tunnel. Guinevère s'arrêta. La chose voulait manifestement qu'elle la suive là-dedans. Elle avança avec précaution dans la pénombre, tâtant les murs rugueux du bout de ses doigts, devenus extrêmement sensibles. Arrivée devant l'ouverture du tunnel, elle scruta l'obscurité et tendit son bâton lumineux à l'intérieur du trou, pour constater que le plafond rocheux s'abaissait rapidement. Guinevère fronça les sourcils. Le conduit paraissait à peine plus large que ses épaules. Il allait falloir qu'elle s'y glisse en se tortillant comme un ver. A la pensée des épais murs de pierre qui se refermeraient autour d'elle, Guinevère eut la respiration coupée. Elle faillit céder à la panique, hurler, se débattre comme un papillon pris au filet, faire brusquement demi-tour pour se précipiter vers la lumière et l'air libre…

Mais elle n'avait pas le choix. Le monde de la surface se mourait. Tel était le message murmuré par le vent dans les feuilles des arbres. La beauté qui restait encore en Faërie était illusoire, évanescente ; elle disparaissait alors même que Guinevère s'attardait devant l'entrée du tunnel. Si elle ne trouvait pas le moyen de guérir la terre empoisonnée, la Faërie et tous ses habitants seraient perdus, engloutis dans un grand abîme chaotique, oubliés à jamais. Le visage de son fils flotta devant ses yeux, et son cœur se serra à l'idée que soit détruite tant de grâce. *Finuviel…* Ses boucles de jais, ses yeux verts en amande, ses pommettes hautes et son sourire, qui contenait tout ce que la Faërie avait de bon, de juste et de beau… *Pour lui*, pensa-t-elle. *Pour Finuviel, je le ferai.* Elle ferma les yeux et, se concentrant sur l'air qui s'engouffrait dans ses poumons puis en ressortait, puisa en elle-même la force d'entrer dans ce passage sombre et exigu. Enfin, elle put hocher la tête en signe d'accord.

Son guide attendait, accroupi en un tas informe. Bien que dépourvu d'yeux, il l'observait à sa manière. Elle hocha donc la tête de nouveau, et agita son bâton lumineux. La créature s'écarta en frémissant, se roula en boule et se laissa glisser dans le tunnel.

Refoulant la vague de nausée qui montait en elle, Guinevère inspira profondément et s'engagea à son tour dans le souterrain. Presque aussitôt, elle dut pencher la tête, puis tout le haut du corps ; finalement, comme elle l'avait redouté, elle fut obligée de ramper, d'abord à quatre pattes puis à plat ventre, se tortillant comme la créature vermiforme qui la précédait. En fin de compte, c'était une chance que son guide sécrète ce liquide répugnant, car cela facilitait le passage de Guinevère. Toutefois, quand elle sentit la roche se refermer autour de sa tête, elle fut envahie d'une panique impossible à dominer.

A cet instant, elle dégringola du tunnel dans un grand espace ouvert. Couverte de bave et de sueur, elle leva lentement la tête et vit qu'elle se trouvait dans une vaste caverne dont la voûte était constellée de minuscules étoiles. Des lichens brillants, comprit-elle.

Près d'elle, son guide tremblotait. Sous les pieds nus de Guinevère, le sol était lisse et glacé ; au loin, des brumes blanches s'élevaient d'une grande étendue d'eau. Des écumes phosphorescentes y flottaient, éclairant la caverne d'une pâle lumière verte... Ils étaient parvenus au bord d'une vaste mer souterraine.

La créature qui l'accompagnait se laissa glisser le long de la pente, jusqu'à l'eau. Elle frissonna, se convulsa ; soudain, un bras grossier se détacha de son corps sans forme et tendit un doigt boudiné. Guinevère plissa les yeux. A bonne distance du rivage, derrière les brumes mouvantes, un groupe de rochers se dressait au centre d'une petite île.

— Est-ce là qu'Elle demeure ?

Sa propre voix lui parut plate et vide, comme si l'eau absorbait les sons. L'air était froid et humide, et le silence si profond que Guinevère pouvait entendre sa propre peau se tendre sur ses muscles, ses poumons se gonfler et se vider, son sang refluer dans ses veines. Dans sa bouche desséchée, sa langue était tranchante comme du verre. A la pensée que sa longue errance allait peut-être prendre fin, ses genoux faiblirent et son cœur martela sa poitrine.

Restait à franchir cette grande étendue d'eau qui la séparait de la Sorcière. Pour cela, il n'y avait apparemment qu'un seul moyen : la nage. A la pensée de s'immerger dans cette eau glacée, Guinevère éprouva une grande lassitude. Sa respiration sortait en longues volutes blanches qui se perdaient dans la brume. Il y avait si longtemps qu'elle n'avait plus eu chaud... Elle posa une main glacée sur sa joue. Elle peinait à se rappeler un temps où ses muscles n'étaient pas raidis et noués, où ses os n'étaient pas lourds et glacés. Non, elle n'avait aucune envie de plonger dans cette eau verdâtre et luisante. Autour d'elle, les grands rochers semblaient bouger, grogner, soupirer ; sous ses pieds, le sol remua brusquement, comme une bête géante tirée d'un long et profond sommeil.

Guinevère baissa les yeux vers l'être tapi à côté d'elle, dont le corps palpitait au rythme d'un pouls inaudible, et elle comprit que son guide n'irait pas plus loin. Elle devait parcourir seule le reste du chemin. Elle ôta sa cape et sa robe en lambeaux et les déposa soigneusement sur le rivage rocheux, au côté de son baluchon en cuir et de son bâton en noisetier. La lumière clignota une dernière fois et s'éteignit. Guinevère croisa ses bras couverts de chair de poule sur ses seins et, pieds nus, vêtue seulement de sa camisole en lambeaux, avança droit dans l'eau.

Au début, ce fut une agréable surprise. L'eau qu'elle croyait glacée était aussi chaude et accueillante que les lacs de la surface par une belle journée d'été. Elle s'étira, se détendit et nagea à grandes brasses calmes et résolues. L'eau l'enveloppa de sa tiédeur, réchauffa tout son corps jusqu'aux extrémités, la caressa presque délibérément, comme mue par une conscience. Autour d'elle, des nuages de brume — ou plutôt de vapeur — s'élevaient de la surface de la mer. Au loin se détachait l'île, noire et désertique.

Ce ne fut que lorsque l'eau s'épaissit qu'elle commença à s'inquiéter. Petit à petit, elle comprit que l'eau dans laquelle elle nageait n'avait rien à voir avec celle des rivières de Faërie, ni même avec l'océan qui entourait de toutes parts son royaume : cette mer chaude et vivante n'était rien d'autre qu'un magma primitif. Son cœur se serra quand elle aperçut de longues mèches sombres et d'énormes touffes glutineuses tourbillonner au-dessous d'elle, tels d'obscurs Léviathan hantant les profondeurs. *Si l'une de ces choses m'attrape, c'est la fin...* Elle accéléra ses mouvements, alors même que l'eau coagulait autour d'elle. Désespérée, elle lutta contre les tentacules élastiques qui enserraient ses chevilles et sapaient ses forces. Elle ne pouvait échouer ici, si près de la demeure de la Vieille Sorcière ! Rejetant ses cheveux en arrière, elle nagea furieusement en direction des rochers qui s'élevaient devant elle, juste un peu plus loin, toujours plus loin...

Au moment où ses dernières forces l'abandonnaient, ses pieds heurtèrent un fond rocheux. Les larmes aux yeux, elle sortit la tête de l'eau ; d'épais caillots gélatineux s'entortillaient encore autour de ses jambes. Elle tenta de les repousser des pieds, et frissonna de dégoût en voyant les choses gluantes s'agripper obstinément à ses membres. Avant même que ses genoux ne fussent sortis de l'eau, elle se mit à claquer des dents. L'air était glacé ; elle racla son visage et passa ses doigts dans ses cheveux pour enlever la substance humide et collante qui les recouvrait. Enfin, elle mit pied sur la terre ferme et se retourna. Dans la lumière blafarde, elle distinguait encore la tache blanche de ses vêtements et celle, plus sombre, de son guide qui l'attendait patiemment, sans doute roulé en boule. L'eau léchait goulûment le rivage ; Guinevère s'éloigna de quelques pas et scruta la pénombre, cherchant un signe de la présence de la Sorcière.

Croyant entendre un petit rire, elle fit volte-face, mais ce n'était que le clapotis de l'eau sur les rochers. Elle se redressa de toute sa taille et ouvrit les bras aussi grand que le lui permettait son corps tremblotant.

— O Herne, murmura-t-elle, si un jour nous nous sommes unis, aidez-moi, à présent.

Elle prit une grande bouffée d'air froid et s'écria :

— Vieille Sorcière ! Montrez-vous ! Répondez à mon appel !

Comme elle avançait sur le rocher glissant, quelque chose lui entailla le dessous du pied. Guinevère poussa un cri, baissa les yeux et faillit perdre l'équilibre. Le sol de l'île était hérissé de grandes épines de verre. Elle s'agenouilla, tandis que son sang pâle s'écoulait le long de la pente vers l'eau, et chercha à tâtons un passage entre les pointes acérées et transparentes. Elle progressa lentement, repérant le chemin à l'aide de ses mains, posant les pieds avec précaution. Mais en dépit de son attention, les rebords tranchants entaillaient sa chair sans merci ; plus d'une fois, elle faillit tomber. Enfin, elle atteignit un petit plateau relativement lisse, tout près des grands rochers qui s'élevaient au centre de l'île.

— Grande Sorcière ! chuchota-t-elle, montrez-vous, répondez à l'appel de votre enfant !

Sa voix ricocha à l'infini entre le plafond voûté de l'immense caverne et la surface de la mer souterraine, et les profondeurs semblèrent se teinter de vert sombre tandis que leurs ombres mouvantes s'épaississaient. C'était comme si elle était intimement liée à cet endroit, au point que chacun de ses gestes, de ses paroles, et même de ses pensées, avait un effet sur lui.

— Grande Sorcière, répéta-t-elle en chargeant sa voix de tout le désespoir qu'elle éprouvait, montrez-vous !

Mais les rochers demeuraient silencieux, et la mer immobile.

Guinevère s'accroupit en tremblant et encercla ses genoux de ses bras. D'évidence, son guide s'était trompé sur toute la ligne. Avait-elle été idiote de lui faire confiance ! Que pouvait-on attendre d'une créature sourde, aveugle et muette ? Que pouvait-on espérer des affreux êtres malformés qui l'avaient conduite jusqu'à ce guide ? Des larmes coulèrent le long de ses joues, tombèrent sur ses mains et ses bras. Dire qu'elle avait enduré tout cela en vain ; qu'elle était arrivée ici, au plus profond du monde souterrain, pour ne rien y trouver... Elle ne survivrait pas à une deuxième traversée de cette mer grouillante. Elle avait échoué. La Faërie allait se désintégrer et son fils, si beau, si plein de promesses, mourrait de la Vraie Mort, et toute la beauté éblouissante de son royaume tomberait dans le néant. Ou, plutôt, dans cette mer primitive, d'où venait et où retournait toute vie. A présent, il n'y avait plus qu'à attendre l'inévitable.

Guinevère posa sa tête sur ses genoux et laissa la brume l'envelopper. Il lui sembla alors entendre un fragment de musique, un air léger, aérien, aussi gai que les flûtes de berger au printemps, en Faërie… Une voix de femme, éraillée et moqueuse, résonna dans son esprit…

Une reine qui jamais ne le sera… Est-ce bien elle que voilà ?

Lentement, Guinevère se redressa. Une peur telle qu'elle n'en avait jamais ressenti s'était emparée d'elle.

— Grande Sorcière ? murmura-t-elle dubitativement, car la voix qu'elle avait cru entendre n'était pas celle d'une vieille femme.

Osant à peine croire qu'au bout de tant d'efforts, elle touchait enfin au but, Guinevère plissa les yeux… puis ouvrit la bouche, stupéfaite. Devant elle, les rochers se soulevaient et s'écartaient pour révéler une vieille femme hideuse penchée sur un immense chaudron noir. Celui-ci était posé sur deux globes de cristal poli et — à l'endroit où aurait dû se trouver le troisième — un trépied branlant.

Horrifiée, Guinevère observa le visage de la Vieille Sorcière, son rictus édenté, ses yeux et ses joues affaissés, sa peau sillonnée de rides profondes. Ses deux mains griffues touillaient sa potion à l'aide d'une grande branche d'arbre.

Quand les yeux étincelants de la Sorcière se posèrent sur elle, Guinevère en eut le souffle coupé. Comme ceux de Herne, ses yeux dardaient des lueurs tour à tour rouges et vertes, et la transperçaient avec une force qui la fit chanceler. Retrouvant l'équilibre, elle avança d'un pas, oubliant les cristaux meurtriers qui tailladaient la chair jusqu'à l'os. Une douleur lancinante se propagea à travers sa jambe, et elle poussa un cri de douleur. De nouveau, son sang se répandit sur le sol, mais cette fois, la surface rocheuse vibra et se lissa sous la plante de ses pieds. Guinevère comprit qu'elle devait s'approcher.

Chaque pas était un supplice, mais elle ne tressaillit pas. Elle avait parcouru un si long chemin… Dans le regard qui se posait sur elle, il n'y avait ni bonté, ni cruauté, mais seulement une curiosité aiguisée. La Sorcière passa sa langue sur ses dents noircies et, soudain, ses yeux virèrent au rouge.

Guinevère se figea, plus effrayée que jamais, car elle venait d'entrevoir la véritable nature de la Sorcière, celle qui détruit tout afin de tout recréer. Elle faisait feu de tout bois ; tout était bon pour alimenter sa marmite, pour grossir la mer vivante qui entourait son île. Guinevère voulut parler mais quelque chose lui entrava la gorge. Son regard se posa de nouveau sur le trépied bricolé qui soutenait le chaudron… et soudain elle sut, avec une certitude froide et absolue, ce qui était arrivé au globe manquant.

— La Pierre de Lune, chuchota-t-elle, osant enfin soutenir le regard de la Sorcière. La Pierre de Lune sur laquelle repose la Résille, dans le palais de ma sœur Albane… cette pierre est à vous.

La créature poussa un sifflement sinistre et fit rouler ses yeux chassieux. D'un geste puissant, elle remua son chaudron et, dans le nuage de vapeur qui s'en dégagea, Guinevère crut apercevoir un visage familier, une silhouette sinistre qui tira sa cape autour de sa tête et tourna le dos, juste avant que l'image ne s'estompe et disparaisse.

— Timias ! murmura Guinevère.

Elle avait reconnu sa bête noire, l'ancien conseiller en chef de sa mère.

— Est-ce lui qui a volé votre globe ?

Pour toute réponse, la Vieille Sorcière émit un nouveau sifflement d'irritation et remua une fois de plus le contenu de son chaudron. Parcourue d'un frisson, Guinevère examina les deux globes plus attentivement. A la lueur du feu qui brûlait dans la fosse sous le chaudron, l'une des sphères brillait d'un noir ténébreux, tandis que l'autre était tachetée de noir, de blanc, de vert et de rouge. D'un coup, Guinevère comprit une partie du problème. Le globe noir devait représenter les gobelins ;

l'autre, les mortels. Ce qui signifiait que le globe dérobé par Timias représentait la Faërie. Il n'était pas étonnant que les Conteurs se montrent aussi vagues au sujet de l'origine de la Pierre de Lune...

— Les arbres m'ont dit que la Faërie était en train de dépérir. Je vois qu'il vous manque un globe.

Il y avait un lien entre les deux faits, elle en était sûre. Hésitante, elle tenta de deviner les pensées qui se cachaient derrière les yeux ardents de la Sorcière. Puis elle se mit à parler à toute vitesse, de peur de perdre son courage.

— Je sais que les choses vont mal, car Albane n'arrive pas à concevoir un héritier. Et les arbres m'ont dit de venir vous trouver, Grande Sorcière ; ils m'ont dit que vous seule sauriez comment sauver la Faërie.

La Sorcière continuait à remuer sa potion sans rien dire. Mais la voix moqueuse que Guinevère avait déjà entendue résonna dans l'air, portée par le nuage de vapeur.

Du cercle il faut faire le tour : du jour à la nuit, de la nuit au jour... A en croire toutes les prophéties, aucun monde ne dure à l'infini.

— Mais c'est impossible !

Le désespoir de Guinevère l'avait soudain enhardie. Après tout, elle n'avait plus rien à perdre.

— Ce n'est pas juste, Grande Sorcière, reprit-elle.

Quelque chose décida la Sorcière à lever les yeux ; ils étaient froids et impitoyables. Mais, refusant de se laisser intimider, Guinevère s'avança d'un pas.

— Pourquoi faut-il que tout prenne fin maintenant ?

Les rochers bougèrent et grincèrent, comme s'ils gémissaient sous le poids d'un chagrin infini, et le visage de la Sorcière se transforma. Toute trace de malveillance s'effaça de son visage : le masque avide de la Destructrice laissa place à celui, tragique, de la Pleureuse. Ses épaules s'affaissèrent, son visage s'amaigrit, les reflets rouges disparurent de ses yeux verts. Sa bouche édentée se tordit et une larme coula lentement le long de sa joue fripée.

Le temps resta comme suspendu. L'obscurité sembla faiblir, s'intensifier, puis se dissiper de nouveau ; une lueur blanche et pure comme un rayon de soleil printanier jaillit du tréfonds du chaudron. L'espace d'un instant, Guinevère crut apercevoir la Sorcière métamorphosée : ses traits anguleux s'adoucirent ; ses formes s'arrondirent, s'affirmèrent, s'étirèrent ; sa peau prit une teinte rosée et ses yeux virèrent au mauve. *La Demoiselle !* pensa-t-elle. Mais au moment où elle reconnut l'être qui se tenait devant elle, l'apparition s'effilocha et partit en fumée.

En fin de compte, ce fut Guinevère qui brisa le silence.

— Je crois comprendre, chuchota-t-elle. Vous ne pouvez plus vous transformer. Quelque chose vous en empêche.

La rage qui enflamma les yeux de la Sorcière donna à Guinevère une mince lueur d'espoir.

— Expliquez-moi, dit-elle. Aidez-moi à comprendre. Si je devrais être reine, pourquoi ne le suis-je pas ? Pourquoi ne vous transformez-vous plus en Demoiselle ? Pourquoi Timias a-t-il volé la Pierre de Lune ? Qu'est-ce qui empoisonne la Faërie, et comment peut-on l'arrêter ?

Elle crut d'abord que la Sorcière n'allait pas lui répondre, car la créature se balançait d'un pied sur l'autre, muette. Etait-elle même douée de parole ? Herne, après tout, ne lui avait pas adressé un seul mot au cours de leur rencontre. Mais soudain, se retournant d'un geste vif qui n'était pas celui d'une vieille femme, la Sorcière ouvrit la bouche et hurla. Sa voix rauque déchira l'air comme le cri d'un corbeau.

— Pourquoi ? Pourquoi ?

Guinevère la dévisagea, perplexe.

La Sorcière émit encore un cri puis se pencha de nouveau sur son chaudron. De grands nuages s'en élevèrent et la dissimulèrent tout à fait. Pendant un instant, Guinevère craignit que son interlocutrice ne s'éclipsât.

Mais quand la vapeur se dissipa, la Sorcière était toujours là, ses yeux verts fixés sur elle.

— Pourquoi devrais-je t'aider ?

La question prit Guinevère au dépourvu. La voix de la Sorcière, semblable au raclement du métal sur la pierre, lui écorchait les oreilles et la troublait. Que pouvait-elle bien dire pour convaincre la Sorcière de sauver la Faërie ? Comment lui décrire la beauté de ce royaume en perdition ? Par où commencer ?

Alors le visage de Finuviel se présenta à elle, et un flot d'images surgit de sa mémoire... Un minuscule enfant, aux traits délicatement sculptés, au corps déjà solide, qui était devenu un jeune homme beau, fort et joyeux, l'archétype d'un prince des sylphes... Elle se rappela la toute première fois qu'elle l'avait entendu rire : un papillon s'était posé sur ses petits orteils... Sa gorge se serra et ses yeux s'emplirent de larmes.

— Eh bien, dit-elle enfin, j'ai un fils.

— Ah ! soupira la Sorcière.

D'un coup de branche, elle fit sortir un nouveau nuage du chaudron. Cette fois-ci, la vapeur prit la forme d'un visage anguleux, surmonté de cornes : celui de Herne, seigneur de la forêt et de la Chasse sauvage.

— Vous êtes au courant... pour mon fils ? balbutia Guinevère.

Ainsi, la Sorcière savait que Herne était le père de Finuviel. Personne d'autre n'avait voulu croire Guinevère. Tous l'accusaient de dissimuler la véritable identité du père de son enfant sous des affabulations au sujet du dieu de la forêt. Mais la Vieille Sorcière, elle, savait tout. L'immensité de ce savoir éblouit Guinevère comme un soleil et, soudain, elle eut la certitude que la Sorcière allait l'aider.

Sans un mot, la vieille femme lui fit signe d'approcher. Guinevère s'avança lentement, le cœur battant la chamade, grimaçant chaque fois qu'elle posait ses pieds sur le sol. Avant qu'elle n'arrive assez près pour voir l'intérieur du chaudron, la Sorcière l'arrêta d'un geste. Son chuchotement fit courir des frissons dans la nuque de Guinevère, comme si une main griffue l'avait frôlée.

— Oui, chuchota la Sorcière. Oui, je sais que tu as un fils. Je sais tout de lui. Et tu as raison : par égard pour lui et pour son père, je vais t'aider. Mais il y aura un prix à payer, comme toujours. Alors, je te demande, Guinevère, toi qui parles aux arbres, toi qui devrais être reine : combien es-tu prête à payer, contre le savoir de la Vieille ?

— Que voulez-vous de moi ?

L'eau continuait à dégouliner de ses cheveux. De petits ruisselets glacés coulaient dans son dos, entre ses fesses, descendaient le long de ses jambes pour tomber, goutte à goutte, sur la chair gonflée et meurtrie de ses pieds ensanglantés. Elle avait l'impression de se tenir dans une flaque de sang coagulé.

— Trois choses, répondit la voix éraillée. D'abord, je veux qu'on me rende mon globe. Ensuite, je veux la tête du voleur.

— Timias ? articula Guinevère en relevant brusquement la tête.

Lorsque la lueur de colère rougeoya de nouveau dans les yeux de la Sorcière, Guinevère, effrayée, recula et trébucha sur une arête tranchante. Une douleur lancinante parcourut sa jambe tandis qu'une vision traversait son esprit : Timias s'éloignant furtivement de la caverne, la Pierre de Lune dans les bras.

— Vous voulez que je tue Timias ?

— Oui.

Avec sa voix sifflante, ses yeux plissés, la créature ressemblait à un serpent, songea Guinevère.

— Tranche-lui la tête avec une lame d'argent, et ramène-la-moi, pour que je la jette dans mon chaudron. Voilà les deux premières choses que je te demande. Es-tu prête à les faire ?

La haine intense contenue dans la voix de la sorcière effraya Guinevère.

— Très bien, murmura-t-elle.

Comment allait-elle s'y prendre pour tenir la deuxième promesse ? Elle n'en avait aucune idée. Un tel acte ne s'improvisait pas. Elle n'avait jamais envisagé que la Sorcière puisse lui demander de commettre un meurtre...

— Et la troisième chose ?

La Sorcière émit un gloussement sinistre, et se pencha vers Guinevère, laquelle esquissa un mouvement de recul involontaire.

— La troisième chose est la plus importante de toutes. Je veux ton utérus.

Guinevère n'était pas certaine d'avoir bien entendu. Pétrifiée, elle dévisagea la Sorcière, qui riait en se frottant les mains d'un air gourmand.

— Quoi ?

— J'ai besoin de ton utérus.

Guinevère jeta un coup d'œil aux griffes grisâtres recroquevillées autour du bâton, et frémit à l'idée que ces doigts crochus aux ongles acérés puissent toucher sa chair.

— Pourquoi ? murmura-t-elle, horrifiée.

Le rire de la Sorcière résonna comme le grondement de rochers dévalant une pente.

— Ah ! petite reine... Déjà le cercle devient spirale. La spirale tourne, le centre s'effondre, et bientôt tout sera entraîné dans le tourbillon de mon chaudron... Si tu veux défaire ce qui a été fait, tu dois nourrir ma potion. Et c'est cela qu'elle demande. Elle en a besoin. Surtout, elle en a très envie...

Elle insista sur ces derniers mots, tout en faisant signe à Guinevère, d'une griffe jaunie et tordue, de se rapprocher.

— Viens, regarde si tu le veux. Mais pour arrêter le tourbillon, il faudra nourrir mon chaudron.

Elle tourna le bâton dans la marmite, ferma les yeux et chantonna à voix basse en se balançant au rythme de la mélodie. Brusquement, elle se tut et ouvrit les yeux.

— Tu veux sauver la Faërie ? Alors il faut me donner ton utérus. Je regrette, mais c'est ainsi.

Guinevère déglutit de nouveau et tenta de calmer les battements frénétiques de son cœur. Devant elle, la sorcière monstrueuse marmonnait en remuant sa potion, son corps difforme décrivant lentement une grande spirale en direction de la gauche. Vers la gauche, songea Guinevère : le sens de l'effondrement, de la disparition, du changement... D'un coup, elle comprit. Le sens dans lequel la Sorcière remuait son chaudron déterminait le destin de la Faërie. En tournant vers la gauche, elle défaisait le monde des sylphes.

— Arrêtez ! s'écria Guinevère. C'est vous qui êtes responsable de tout cela... Arrêtez !

— Du cercle il faut faire le tour ; de l'ombre à la lumière et retour, chantonna la Sorcière, sourde aux protestations de Guinevère. Qui ose interrompre ce mouvement fera bien de m'offrir un beau cadeau ! Nourris mon chaudron, paie le prix, ou la lumière se fera ombre, le jour se fera nuit.

A la pensée que cette créature allait poser la main sur elle, l'estomac de Guinevère se serra et se retourna. Mais elle avait parcouru un si long chemin ; après tout, avait-elle encore besoin de son utérus ? Il avait porté son fils en temps voulu. Pourquoi ne pas y renoncer ?

— Mais... si je vous le donne, souffla-t-elle, cela signifie-t-il que je ne pourrai jamais être reine ?

La Sorcière rejeta la tête en arrière et partit d'un grand éclat de rire, comme s'il s'agissait d'une bonne plaisanterie, mais Guinevère ne se laissa pas décourager.

— Dites-moi... ce qu'il adviendra de moi si je vous donne... cette partie de moi. Si je ne puis devenir reine, qu'arrivera-t-il ?

— Qui vient à moi désespéré doit pouvoir donner sans compter.

Soudain, Guinevère saisit quelque chose qui lui avait jusque-là échappé. Elle n'avait jamais compris pourquoi Herne s'était présenté à elle, la nuit de Beltane où Finuviel avait été conçu. Personne ne l'avait crue. Mais la Sorcière, elle, connaissait la vérité. Son utérus avait déjà joué son rôle.

La Sorcière gloussa. La bouche de Guinevère s'assécha, son ventre se tordit de nausée, et elle crut s'évanouir. Les griffes de la Sorcière se refermèrent autour de son poignet, l'attirèrent à elle, et son visage monstrueux emplit le champ de vision de la princesse sylphe. Ses yeux verts dardèrent des éclairs rouges, puis ses traits ridés se décomposèrent en un chaos indistinct. Guinevère s'effondra quand elle sentit les doigts glacés écarter sa chemise, pétrir sa chair, remonter entre ses jambes, pénétrer vers le centre même de son être et sonder, fouiller, arracher.

Au premier élancement violent, Guinevère hurla et tenta de repousser la Sorcière, mais la main griffue la tenait prisonnière. Elle ferma les yeux tandis que la douleur enflammait son corps. Puis elle entendit un bruit de déchirure mouillée, celle de sa chair écartelée, mais elle ne s'en soucia pas, car elle avait enfin compris que c'était par la douleur que la Sorcière offrait son savoir. Comme son corps se brisait, son esprit s'ouvrit, et un torrent d'images y déferla. Elle vit sa mère, Timias, et le mortel par la main de laquelle la Résille avait été forgée. Elle vit l'instant de sa création, quand ces trois-là avaient invoqué la magie qui reliait les deux mondes — l'Ombre et la Faërie — à jamais, resserrant comme un nœud coulant les liens qui existaient entre eux.

Dans un coin reculé de son esprit, elle sentit la Sorcière arracher son utérus, et le sang tiède jaillir entre ses jambes ; elle se retrouva allongée à même le sol, jambes écartées, aussi abasourdie et impuissante qu'un nouveau-né. Les images tremblèrent, tourbillonnèrent et se dédoublèrent en séries parallèles : ce qui était, et ce qui aurait dû être. Elle se vit naître, unique enfant de Gloriana, la grande reine de Faërie ; elle se vit désigner héritière et couronner reine, après le départ pour l'Ouest de sa mère. Elle vit une Faërie verdoyante et florissante ; elle vit Finuviel naître dans la plénitude de son règne, salué par tous comme le nouveau roi de Faërie ; et en même temps, d'autres images empiétaient sur celles-ci, tout comme l'Ombre empiétait sur la Faërie — des images de tout ce qui était réellement arrivé depuis la création de la Résille. Puis, alors que la douleur s'estompait, elle vit indistinctement ce qui pouvait suivre. Gisant sur le sol, les yeux ouverts, elle fixa le grand plafond voûté sur lequel les formes apparaissaient et se métamorphosaient, jusqu'à ce qu'elles disparaissent enfin, englouties par le néant.

Quand elle rouvrit les yeux, elle était encore allongée sur le dos. Au-dessus d'elle brillaient de minuscules points de lumière qu'elle prit d'abord pour des lichens phosphorescents. Puis un vent tiède murmura dans les branches des arbres, et elle sentit sous ses doigts l'herbe mouillée de rosée. Comme ses yeux se remplissaient de larmes, le ciel obscur se teinta de gris, et la première lueur de l'aube éclaira l'horizon de la Faërie.

1.

Les hurlements du gremlin faisaient trembler la forêt tout entière. Tels une avalanche ou un raz-de-marée, sa rage et son désespoir trop longtemps retenus éclataient dans le silence de la nuit de Samhain. C'était une cacophonie aiguë, étourdissante, dont le volume semblait largement dépasser les capacités physiques d'un être aussi petit. Delphinea s'écroula à genoux et appuya sa tête contre le flanc de son cheval, tentant d'assourdir les cris chargés de chagrin et de douleur. La lune était invisible ; seules quelques étoiles éclairaient le ciel de leurs lueurs argentées. Bientôt Delphinea ne perçut plus rien d'autre que les terribles hurlements et le contact doux et odorant du crin de la jument contre sa peau. De petites secousses parcouraient le sol jonché de feuilles, comme si les grands arbres tout autour frémissaient jusqu'à leurs racines. Le cheval se mit lui aussi à trembler, et Delphinea lui enlaça le cou, fredonnant un air à peine audible, dans l'espoir que les vibrations de sa voix apaiseraient la jument terrifiée. Finalement, s'apercevant que cela ne servait à rien, elle se laissa retomber contre le flanc du cheval et se concentra sur le battement régulier de son grand cœur, seul rempart contre la folie.

C'est ainsi que les gardes la trouvèrent, juste avant l'aube : tremblante, les paumes plaquées sur les oreilles, recroquevillée contre la jument. Quant à cette dernière, elle était à moitié inconsciente, les yeux révulsés, les oreilles aplaties contre la tête. Les cris de Petri n'avaient rien perdu de leur intensité. A la lumière des torches, Delphinea le vit se débattre sur le sol comme un poisson dans un filet. *C'est exactement ça*, songea-t-elle. *Il est pris au filet de sa propre folie.* Chaque année, à Samhain, les gremlins sombraient temporairement dans la démence ; aussi les enfermait-on toujours pendant cette période. Mais depuis quelque temps, toutes les habitudes étaient bouleversées.

Il fallut six gardes réunis pour maîtriser Petri, bien que celui-ci ne leur arrivât même pas à la ceinture. L'un des sylphes arracha la manche de son pourpoint afin de confectionner un bâillon. Quand le petit gremlin fut enfin attaché et muselé, ses hurlements réduits à des gémissements étouffés, les hommes portèrent leur attention sur Delphinea, qui se tenait silencieuse et épuisée près du cheval évanoui.

— Madame ?

Le sylphe brun qui s'inclina devant elle portait un plastron en or frappé du blason de la reine de Faërie. L'espace d'un instant, Delphinea se demanda s'il ne s'agissait pas de soldats lancés à leurs trousses par la reine et Timias pour les ramener de force au palais. Mais les paroles qu'il prononça ensuite faillirent la faire pleurer de soulagement.

— Dame Guinevère nous a envoyés à votre recherche. Permettez-moi de me présenter : Ethoniel, capitaine de la Troisième Compagnie des chevaliers de Sa Majesté. Si vous voulez bien nous suivre, nous vous escorterons jusqu'à la Maison dans les Arbres.

— Comment cette chose s'est-elle échappée ? demanda l'un des soldats en désignant le gremlin.

— Petri n'est pas une *chose*, protesta Delphinea.

Le capitaine lui tendit la main et l'aida à se redresser, pendant que deux autres soldats persuadaient la jument de se lever.

— Vous viendrez tous les deux avec nous, affirma le capitaine. La petite créature ne posera plus de problèmes, je pense. Nous ne pouvons certainement pas l'abandonner ici.

Petri gisait sur le sol, les bras ligotés le long du corps, sa joue basanée écrasée contre les aiguilles de pin et les feuilles mortes qui tapissaient le sol. Il haletait, mais ses yeux étaient clos et ses muscles inertes.

— Pardonnez-moi mon indiscrétion, madame, mais comment tout cela est-il arrivé ? Vous a-t-il suivie ? Comment a-t-il pu franchir les limites du parc ?

La présence d'un gremlin à de nombreuses lieues du palais avait certes de quoi étonner, puisqu'un sortilège était censé retenir ces petits êtres dans l'enceinte du parc royal. Comment expliquer à ce soldat que Petri, bravant les effets de sa crise de folie naissante, l'avait guidée à travers le labyrinthe de la Vieille Forêt, vers la maison de Guinevère ? Cette dernière, elle-même bannie de la cour, comprendrait que Delphinea n'ait pu abandonner son gremlin domestique aux mains de Timias et de la reine, sachant que ceux-ci avaient l'intention de faire porter la responsabilité de la disparition de la Résille à l'ensemble des gremlins. Mais l'heure n'était pas aux explications. Car il y avait dans cette forêt quelque chose de bien plus troublant qu'un malheureux gremlin possédé ; quelque chose que les soldats devaient voir de leurs propres yeux pour le croire.

Les torches illuminaient la clairière, mais Delphinea n'avait pas besoin de voir les branches cassées et les broussailles piétinées pour retrouver le chemin par où ils étaient arrivés.

— Le sortilège faiblit à mesure que la grossesse de la reine avance, mon capitaine, dit-elle précipitamment.

Pour l'instant, cette explication devrait suffire.

— J'ai quelque chose à vous montrer, ajouta-t-elle. Si vous voulez bien me suivre…

Relevant sa jupe de cavalière, elle s'éloigna sans se retourner. C'était l'odeur, cette terrible odeur de pourriture, qui la guidait à travers la forêt épaisse. Quelques instants plus tard, prise de nausée, elle dut s'appuyer à un tronc d'arbre ; à sa stupéfaction, l'écorce frémit sous sa main et un élancement de douleur lui parcourut le bras. Les branches s'entrechoquèrent, grincèrent et, l'espace d'un instant, Delphinea crut entendre un chuchotement. Elle sursauta : le capitaine se pressait à son côté, le visage strié par les longues ombres de sa torche.

— Où nous conduisez-vous, madame ?

Delphinea ne put d'abord lui répondre, tant elle était troublée. Jamais auparavant elle n'avait ressenti de lien avec les arbres de la Faërie. A vrai dire, les chênes et les bouleaux centenaires, comme ceux-ci, étaient peu nombreux dans les hautes montagnes de sa province natale.

— Par ici, articula-t-elle finalement.

Guidée par une certitude aussi absolue qu'inexplicable, elle mena les soldats à travers la forêt, droit vers la clairière où l'armée des sylphes gisait, massacrée, au milieu de chevaux morts et d'armes dorées.

Les gardes se rassemblèrent autour de Delphinea, choqués et silencieux. Les cadavres ressemblaient à des mannequins abandonnés après une mascarade ; épées, lances et flèches brisées se dressaient en tous sens comme des allumettes tordues. Une brume légère flottait au-dessus de la clairière et, au loin, on entendait le bruit de l'eau courante. Soudain, un étendard claqua, se déploya et, pendant un instant, dans la brume matinale, il sembla que l'armée entière allait se relever en riant, ravie de cette plaisanterie. Le capitaine leva sa torche, et les couleurs d'Albane — indigo et violet sur fond blanc bordé d'or — se détachèrent, éclatantes, sur la masse sombre des arbres.

Derrière Delphinea, les soldats chuchotaient, ahuris et incrédules.

— C'est impossible…

— Ça ne peut pas être…

— Non, c'est impossible…

— Ce sont eux. Ces guerriers étaient nos camarades, affirma le capitaine.

Il y eut un long silence, puis il poursuivit :

— Vous comprenez, madame, nous aurions dû nous trouver à leurs côtés. Mais le prince Finuviel nous a cantonnés ici pour défendre la maison de sa mère.

— Que leur est-il arrivé ? murmura un autre soldat.

— Qui a fait cela ? ajouta un troisième.

Delphinea sentait la tension monter parmi les gardes ; ils piaffaient nerveusement, comme des chevaux flairant l'odeur du sang. Le capitaine se pencha, éclaira de près un cadavre gisant face contre terre, puis le retourna. Le visage du sylphe mort était pâle et impassible et, dès que le premier rayon de lumière l'atteignit, il se réduisit en fine poussière. A la lumière de sa torche, le capitaine examina l'armure, les insignes, l'épée et les éperons du guerrier. Une grande entaille noire traversait en diagonale le plastron doré, dont le métal paraissait flétri et noirci.

— La Vraie Mort, dit-il enfin en refermant le heaume vide du soldat mort. Au premier rayon de soleil, ils disparaîtront.

— C'est l'armée qui a été appelée pour renforcer celle de la frontière, n'est-ce pas ? Celle dont les ménestrels d'Albane chantent les louanges…, dit Delphinea.

La jeune sylphe fut parcourue d'un frisson qui n'était pas dû à la fraîcheur de l'air. Elle s'entoura de ses bras, songeant qu'elle se rappellerait jusqu'à la fin de sa vie le spectacle d'horreur qui s'offrait à eux.

— C'est elle, madame, nous n'en pouvons douter.

Le capitaine tendit la torche à son voisin.

— Déployez-vous, dit-il à ses camarades. Nous reviendrons quand il fera jour, mais nous devons essayer d'en apprendre le plus possible dès maintenant.

« Tant que les cadavres sont encore intacts », se dit Delphinea.

— Cherchez Sa Grâce, poursuivit le capitaine. Cherchez le prince Finuviel. C'est la première question que dame Guinevère nous posera.

Sa voix s'érailla et se brisa. Comme Finuviel était aimé de tous ceux qui le connaissaient ! songea Delphinea. Elle soupçonnait à présent que c'était son visage qui hantait ses visions nocturnes — ces visions que les mortels appelaient rêves. Les sylphes ne rêvaient pas. Du moins les autres sylphes. Ces derniers temps, les apparitions étaient venues si fréquemment hanter le sommeil de Delphinea qu'il lui était devenu impossible de les ignorer. Elle s'était rendue à la cour de Faërie dans l'espoir de trouver quelqu'un qui pût lui expliquer l'origine de ses visions et la rassurer. Peut-être que les rêves n'étaient pas aussi rares, chez les sylphes, qu'elle le croyait. Elle n'avait encore osé se confier à personne, mais était bien décidée à en parler à Guinevère, si l'occasion s'en présentait. Pour l'heure, elle préférait ne pas imaginer comment la sœur de la reine allait accueillir la nouvelle du massacre de l'armée commandée par son fils, et de la mystérieuse disparition de celui-ci.

Car les chants des ménestrels à la gloire de l'armée n'étaient rien, comparés à ceux qu'ils composaient pour Finuviel. Le prince des sylphes était « l'être de lumière », chéri par tous ceux qui le connaissaient. Sa mère prétendait l'avoir conçu un soir de Beltane avec le grand Herne en personne. Chacun voyait dans cette affirmation extravagante de Guinevère une pitoyable tentative pour se faire une place à la cour ; mais il était communément admis que Finuviel, quel que fût son père, incarnait la grâce sylphe et excellait dans tout ce qu'il entreprenait. Même ceux qui méprisaient ouvertement Guinevère parlaient avec respect de Finuviel ; une faction des conseillers de la reine complotait d'ailleurs pour le mettre sur le trône à la place d'Albane, gravement malade. Que deviendraient-ils, si Finuviel était mort ?

Il n'est pas mort. Venue des profondeurs de son être, une petite voix résonna en elle avec tant d'autorité que Delphinea fut immédiatement réconfortée. Sans savoir d'où lui venait cette certitude, ni pourquoi elle s'y fiait, elle se calma et regarda les torches s'éparpiller à travers la clairière, tandis que les soldats se frayaient un chemin entre les morts. Enfin, le capitaine leur fit signe de revenir vers lui.

— Alors ?

— Nous ne l'avons pas vu, Ethoniel.

— Mais tous les autres y sont, jusqu'au dernier. Apparemment, il ne reste de toute cette armée que nous six, dit un autre soldat aux traits tirés et sombres.

— Nous devons conduire cette dame à Sa Grâce, intervint un troisième. Elle a fait son devoir en nous menant à ce terrible endroit ; à nous, à présent, de lui venir en aide.

Des murmures d'approbation se firent entendre. Relevant les yeux, Delphinea rencontra ceux du capitaine. Ils étaient gris comme son pourpoint, comme le ciel pâlissant, comme les visages des sylphes morts étendus sous les arbres.

— Qui a bien pu faire cela, capitaine ?

— Des mortels.

Il haussa les épaules et jeta autour de lui un regard las.

— D'après ce que je vois, ils ont tous été abattus par des lames d'argent. Qui peut se servir d'armes semblables, sinon des mortels ?

A la lumière des torches, le visage du capitaine était terne et lugubre.

— Pourquoi…

Mais il se détourna avant qu'elle ait pu achever sa question. Ce qu'ils avaient devant les yeux défiait la raison. *Nous sommes tous en train de devenir fous*, songea Delphinea. *Il faut détruire la Résille, sinon nous en mourrons tous.*

Elle aussi tourna le dos au charnier, rassembla ses jupes et partit au-devant des soldats. Qu'un aussi grand nombre de sylphes ait pu mourir de la Vraie Mort était en soi terrible. Mais l'idée que de simples mortels aient pu massacrer une armée entière de sylphes, voilà qui était plus effrayant encore.

Tant de changements s'étaient produits en si peu de temps… Les choses se précipitaient, à présent.

Du cercle il faut faire le tour : du jour à la nuit, de la nuit au jour…

Les paroles de la vieille berceuse lui traversèrent l'esprit, mais, pour la première fois, elle avait l'impression que la roue du temps risquait fortement de se décrocher de son axe et de partir en vrille.

A leur retour auprès de Petri, il faisait assez clair pour distinguer nettement le petit gremlin roulé en boule sur le tapis de la forêt, profondément endormi. Il n'émettait plus que des ronflements tremblotants, et sa mâchoire inférieure pendait mollement sous le bâillon.

Delphinea se demandait combien de temps il faudrait pour convaincre Guinevère que son fils ne se trouvait pas parmi les morts de la clairière. Car Finuviel n'était pas mort, elle en était certaine, bien qu'incapable de l'expliquer. Quelque chose lui était arrivé, la nuit dernière : quelque chose s'était transformé, éveillé en elle et, sans comprendre pourquoi, elle savait qu'elle devait faire confiance à sa voix intérieure. Tout comme elle savait que Finuviel n'était pas mort.

Mais il faudrait que les gardes s'en assurent de leurs propres yeux. Guinevère exigerait toutes les preuves possibles de l'absence de Finuviel. Quelles raisons avait-elle de croire Delphinea sur parole ? Aussi la jeune sylphe demeura-t-elle silencieuse pendant qu'ils avançaient sous les arbres. Le bruit du vent dans les branches évoquait le meuglement des vaches dans les collines de sa région natale… *Le bruit de quel vent ?* se dit-elle subitement. Tout était immobile ; il n'y avait pas un souffle d'air. Le capitaine, vigilant comme toujours, s'arrêta et leva la main.

— Est-ce que tout va bien, madame ?

Aussitôt les bruits cessèrent. Delphinea secoua la tête, se sentant ridicule. Elle était surmenée ; la nuit qui venait de s'écouler l'avait durement éprouvée. Mieux valait ne pas mentionner les voix qu'elle avait entendues.

Que ferait sa mère en de telles circonstances ? *Souris*, répondit une voix en elle.

— Je me porte à merveille, capitaine, répondit-elle. Si ce n'est que la soirée d'hier m'a rendue un peu lasse.

C'était une courageuse tentative pour imiter le langage fleuri en vigueur à la cour ; à vrai dire, la courtisane la plus expérimentée n'eût pas mieux tourné sa phrase. Des sourires flottèrent sur les lèvres des soldats, puis s'effacèrent aussitôt. Comme ces formules sonnaient creux ! L'étiquette de la cour n'avait plus aucun sens, face à ce drame — un drame qui devait toucher très durement les soldats. Sans le hasard qui avait voulu qu'ils fussent affectés à la maison de Guinevère, ils seraient morts, à l'heure qu'il était. Mais pourquoi Finuviel avait-il tenu à faire protéger la maison de sa mère ? Qu'avait-elle à craindre, ici, cachée au plus profond de la Vieille Forêt ? On était à des lieues et des lieues des Terres Brûlées, le repaire des gobelins. Finuviel soupçonnait-il quelque chose ? Savait-il que des mortels aux armes d'argent risquaient d'attaquer ?

En passant sous un arbre géant, Delphinea entendit un gémissement profond et vibrant. Le grand tronc de l'arbre se partageait en deux branches semblables à des bras, qui aboutissaient à une multitude de petites mains squelettiques. Le passage de la Chasse sauvage avait ravagé la forêt, remarqua-t-elle. C'était la première fois de sa vie qu'elle voyait des branches nues. Les arbres de la Faërie ne perdaient jamais leurs feuilles : celles-ci passaient du doré au rouge, du rouge au marron et du marron au vert, pour revenir ensuite au doré, en une ronde chromatique ininterrompue. Et si jamais quelques-unes tombaient, elles repoussaient aussitôt. Delphinea se rappela la poussière qu'elle avait vue dans la chambre de la Résille, la rouille qui rongeait les gonds des lourdes portes en cuivre, les cadavres pourrissants des veaux et des poulains, les cours d'eau empoisonnés. Les feuilles mortes n'étaient sans doute qu'une preuve de plus que la Faërie se mourait.

Sans un mot, elle permit aux gardes de l'aider à monter en selle. Sa jument, tout à fait remise de sa frayeur, secoua sa crinière et hennit de joie quand Delphinea prit les rênes en main.

Petri fut jeté comme un baluchon sur le dos d'un autre cheval, lequel piaffa et rugit de colère. Finalement, malgré les protestations de Delphinea, on plaça une épaisse couverture sous le gremlin pour que le cheval acceptât de le porter.

— Je ne puis imaginer, madame, quelles circonstances vous ont amenée ici par cette étrange et funeste nuit.

Le capitaine se hissa en selle et donna le signal du départ. Il passa devant Delphinea, le visage sévère et tendu, et elle comprit qu'il n'attendait pas de réponse. Les chevaux d'un blanc laiteux avançaient comme des spectres sous les branches sombres et dénudées, tandis qu'un soleil rougeoyant grimpait dans le ciel violacé. Malgré l'austérité inhabituelle du paysage, le rayonnement du soleil et l'intensité des couleurs étaient d'une beauté à couper le souffle. L'air était à la fois frais et lourd, comme chargé de présages.

Ils chevauchèrent en silence pendant un demi-tour de sablier. Le soleil était déjà haut dans le ciel quand, soudain, les arbres s'écartèrent pour révéler une apparition extraordinaire. Une haute haie, dont les branches entrelacées formaient un treillage, entourait un bosquet de grands chênes et de bouleaux. Et derrière ce rempart végétal, on apercevait, perchée loin au-dessus du sol, une maison qui paraissait être davantage une excroissance naturelle des arbres qu'une construction des sylphes.

Lâchant les rênes, Delphinea observa, bouche bée, les toits pointus couverts de bardeaux en écorce et les petites fenêtres irrégulières, logées comme des toiles d'araignées entre les branches. Des escaliers en colimaçon s'entortillaient autour des troncs ; de minuscules lanternes scintillaient parmi les feuilles. *Il reste encore de la magie en Faërie*, songea Delphinea. La maison de sa mère, faite de pierre et de lumière, n'avait rien à voir avec cette extraordinaire demeure vivante ; même le palais d'Albane, avec ses tours d'ivoire et de cristal, ne pouvait s'y comparer.

Comme s'il avait lu dans ses pensées, Ethoniel sourit.

— Vous avez raison. La Maison dans les Arbres de dame Guinevère est une merveille devant laquelle la Faërie tout entière devrait s'extasier, au lieu de la fuir.

Il leva la main et toute la compagnie ralentit. Le capitaine se pencha vers Delphinea et lui frôla le bras.

— Attention ! Ne voyez-vous pas le danger devant vous ?

Comme ils se rapprochaient, elle s'aperçut que la haie était couverte d'épines acérées, fines comme des aiguilles, certaines aussi longues qu'un doigt, couronnées de minuscules pointes qui les rendaient sans doute d'autant plus meurtrières. Et tout autour des épines s'épanouissaient de grandes fleurs blanches, au parfum si enivrant que Delphinea dut se retenir d'enfouir son visage dans la haie pour le respirer plus profondément. Elle comprit alors que la plante se nourrissait du sang des créatures qui s'empalaient sur ses épines ; à voir l'épaisseur des branches rampantes, la profusion de fleurs et la richesse de leur parfum, nombreuses devaient être ses victimes. Ils passèrent à travers une étroite arcade, seule ouverture de la haie, et Delphinea frissonna devant cette beauté dangereuse, si attirante et cruelle à la fois.

Des portes aménagées dans le tronc d'un arbre immense s'ouvrirent, et un valet en livrée de cuir s'avança pour les accueillir. Une fois de plus, Delphinea se demanda pourquoi Finuviel avait affecté des membres de son armée à la protection de cette demeure. Perdue au milieu de la Vieille Forêt, entourée d'une haie d'épines sanguinaire, elle ne semblait courir aucun risque… Sauf, peut-être, dans le cas d'une attaque de gobelins. Mais les gobelins pouvaient-ils s'aventurer jusqu'ici ? D'après les rumeurs entendues à la cour, Delphinea avait supposé que la guerre serait livrée aux frontières des Terres de l'Ombre — certainement pas en plein cœur de la Faërie.

Cependant, l'attention portée par Finuviel à la sécurité de sa mère était tout à son mérite, se dit-elle, avant de se demander si elle n'était pas en train de tomber sous le charme de sa réputation. Repoussant toute pensée de Finuviel, elle suivit le capitaine dans un escalier doré qui s'enroulait comme un serpent autour d'un chêne séculaire, pilier central de cette aile de la maison. Sous certains angles, l'escalier disparaissait tout à fait ; sous d'autres, c'était l'élément visuel principal, celui qui attirait l'œil vers le haut et la voûte de feuilles qui servait de toit. Remontant ses jupes, Delphinea gravit les marches à la suite des soldats. Du plafond tombait une lumière incandescente ; bientôt la jeune sylphe ferma les yeux, laissant ses pieds trouver leur chemin. Baignant dans la chaude lumière, elle oublia les terribles nouvelles qu'elle apportait. Tandis qu'ils montaient encore et encore, un visage aux boucles noires comme du jais apparut derrière les paupières fermées de Delphinea. Mais au lieu de lui sourire, comme d'habitude, le visage se contorsionna de douleur. Delphinea eut un hoquet, ouvrit les yeux et trébucha.

— Faites attention, madame ! s'alarma le garde, derrière elle, qui portait Petri inconscient.

Etourdie par sa vision, Delphinea ne put que murmurer des paroles incompréhensibles. Ne suffisait-il pas que ces images hantent son sommeil ? Si elle devait se mettre à rêver éveillée, il fallait qu'elle en parle à quelqu'un de toute urgence. De préférence à Guinevère.

Ils parvinrent enfin à un haut palier. Ethoniel s'arrêta devant une porte et se retourna.

— Cette nuit vous a déjà beaucoup éprouvée, madame. Et je crains que ce qui nous attend ne soit particulièrement difficile. Dame Guinevère ne sera certainement pas enchantée des nouvelles que nous lui apportons.

— Mais je veux la prévenir de ma présence... Je pourrai peut-être faire quelque chose pour elle...

« Peut-être me croira-t-elle, si je lui dis que Finuviel n'est pas mort. »

Mais elle ne formula pas cette pensée à haute voix, se contentant de lancer un appel muet au capitaine.

Il haussa les épaules, l'air dubitatif.

— Comme vous voudrez, madame. Prenez garde, toutefois : Sa Grâce a souvent des réactions surprenantes.

Il frappa à la porte, s'introduisit dans une antichambre et fit signe à Delphinea et au garde qui portait Petri de le suivre. Puis il frappa à une deuxième porte, laquelle s'ouvrit sur Guinevère en personne.

Toutes les formules de politesse que Delphinea avait préparées lui restèrent en travers de la gorge. Le visage de Guinevère, d'abord surpris et accueillant, se teinta d'incrédulité puis d'horreur en entendant le bref rapport d'Ethoniel. Elle resta pétrifiée, les yeux brûlant de terribles flammes vertes, et son visage se tacheta de rougeurs. Allait-elle s'évanouir ? se demanda Delphinea.

Mais les mises en garde d'Ethoniel n'avaient pas préparé la jeune sylphe à ce qui suivit. Dans un grand craquement d'os, Guinevère s'effondra à genoux, tandis que la structure de ses ailes se brisait en éclats. Sous le regard épouvanté de Delphinea, ses ailes s'arrachèrent complètement ; il y eut un affreux bruit de peau déchirée, puis deux fontaines de sang pâle jaillirent des omoplates de Guinevère.

Delphinea n'osa rien faire, rien dire. Seule son intuition lui faisait croire que Finuviel n'était pas mort. *Pas encore mort*, rectifia-t-elle. Et à cet instant, elle comprit que s'il arrivait véritablement quelque chose à Finuviel, les conséquences seraient bien plus tragiques que tout ce qu'elle avait pu imaginer.

Comme venant de très loin, la voix d'Ethoniel résonna, appelant les domestiques de Guinevère ; un étranger, brun et solidement charpenté, se leva d'un fauteuil près de la cheminée et montra Delphinea du doigt. La pièce sembla soudain très chaude, et pleine de gens ; gardes et serviteurs accouraient de toutes parts. Le sang de Guinevère couvrait ses épaules comme une cape, ruisselait le long de ses bras, gouttait du bout de ses doigts, imbibait sa robe. Le capitaine pivota sur les talons et sortit de la pièce ; puis des bras fermes rattrapèrent Delphinea, et le monde s'obscurcit devant elle.

Quand elle rouvrit les yeux, elle était étendue sur un divan bas dans l'antichambre. La porte menant vers le boudoir de Guinevère était fermée. Face au divan, dans un foyer en marbre, un petit feu brûlait. On avait placé une corbeille de pain et de fruits sur une table près de sa tête, ainsi qu'un grand gobelet rempli d'un liquide clair et odorant, et une tasse à décoction surmontée d'un couvercle d'argent. Du sol s'élevait un vrombissement digne d'une ruche. Delphinea baissa les yeux : roulé en boule sur le tapis rouge, la tête reposant sur un petit oreiller, Petri dormait profondément. Un rayon de soleil lui caressait le visage.

« Pauvre petit », songea la jeune sylphe. Il avait dû souffrir bien plus qu'elle, la nuit dernière.

— Comment vous sentez-vous ?

Une voix inconnue la fit sursauter et se redresser contre le dossier du divan. Le grand étranger qu'elle avait remarqué la veille était assis à l'autre bout de la pièce. Aussitôt, Delphinea comprit ce qui avait attiré son attention, pendant ces quelques instants terribles dans la chambre de Guinevère. Il était mortel.

C'était tellement évident qu'elle ne se demanda pas comment elle le savait. Il avait une allure légèrement ridicule, perché sur un tabouret trop bas pour ses longues jambes. Il portait un peignoir de soie vert cyprès, d'où dépassait un pantalon court, au tissu rêche et usé — sans doute de fabrication mortelle. La peau de ses jambes et de ses pieds nus était d'un blanc bleuté, couverte de poils sombres.

Guinevère gardait-elle ce mortel en tant qu'animal de compagnie ? Dans les chansons des vachères, des humains envoûtés par la Faërie devenaient esclaves des sylphes... Mais sa mère considérait ce genre d'histoires comme inconvenantes, et refusait obstinément d'aborder le sujet. Delphinea, qui ne s'était jamais attendue à rencontrer un mortel, l'examina avec une franche curiosité.

C'était le milieu de la matinée. Le soleil entrait à flots par les fenêtres aménagées entre les hautes branches des arbres, inondant la chambre d'une lumière éblouissante qui taillait des ombres sévères sur le visage de l'homme. Il devait être vieux, très vieux... autant que pouvait l'être un mortel, car sa chevelure noire était traversée de larges mèches blanches et de grandes poches grisâtres pendaient sous ses yeux. De profonds sillons couraient des commissures de ses lèvres aux coins de ses yeux, lesquels brûlaient avec une ardeur intense.

En croisant les yeux du mortel, Delphinea fut parcourue d'un frémissement, car il lui sembla percevoir, dans les profondeurs de son regard, une sagesse dont elle n'avait jamais imaginé l'existence — une sagesse doublée d'une grande souffrance. Des gouttes perlaient sur son visage, et quand il leva le bras pour s'éponger le front d'un mouchoir de lin, Delphinea vit un pansement blanc dépasser de son peignoir. Mais ses yeux étaient comme des feux brûlant en pleine tempête ; quelle que fût la cause de sa douleur, cet homme l'affrontait avec courage.

Sa force avait quelque chose de rassurant. On sentait en lui une solidité qui n'existait pas en Faërie. Contrairement aux sylphes, incarnations de l'air et de la lumière, l'essence de cet homme était de terre et d'eau. Un coin de sa bouche se souleva, suggérant un début de sourire.

— Vous me rappelez ma fille, petite sylphe, avec vos grands yeux écarquillés...

Il ferma les yeux, grimaça comme sous le coup d'une douleur, puis les rouvrit.

— Je suis Dougal, dit-il. Et vous, comment vous appelle-t-on ?

Delphinea hésita, ne sachant pas comment s'adresser à lui. La rencontre avec un mortel faisait partie des nombreux événements que sa mère n'avait pas prévus. Mais sa façon de la regarder, comme si elle avait été une pouliche agitée, la calma sans qu'elle sût pourquoi. En ce matin de Samhain, le soleil s'était levé sur un monde entièrement différent de celui sur lequel il s'était couché. Dire que, la veille au matin, elle s'était réveillée dans son lit, au sommet de la plus haute tour du palais royal ! Depuis, tant de choses étaient arrivées — le contrôle que Timias avait obtenu sur la reine ; l'arrestation de tous les conseillers royaux ; sa propre fuite en compagnie de Petri vers la Vieille Forêt, où ils avaient failli être piétinés vivants par le passage de la Chasse sauvage ; la crise de folie du gremlin... Et pourtant, tout cela n'avait aucune importance à côté du massacre de l'armée et de l'effondrement de Guinevère. Ni les êtres, ni les choses n'étaient ce qu'ils paraissaient ; rien n'était jamais ce à quoi l'on s'attendait. Et ce mortel devant elle, pouvait-il être impliqué dans cette intrigue embrouillée ?

— Je m'appelle Delphinea, dit-elle enfin. Comment va dame Guinevère ?

Il haussa les épaules et croisa ses bras sur sa poitrine.

— Aucune idée. Depuis que le garde est parti aux nouvelles, personne n'est ressorti de la chambre, et personne n'y est entré.

Delphinea inclina la tête et réfléchit. Cet homme ne semblait pas plus envoûté qu'elle ; son air las et débraillé ne correspondait pas non plus aux descriptions fleuries que l'on faisait des esclaves mortels.

— Puis-je avoir l'indiscrétion de vous demander à la suite de quels événements vous êtes arrivé ici, seigneur Dougal ?

Le sourire de l'homme s'élargit et ses yeux pétillèrent.

— Joliment dit, petite sylphe. Mais je ne suis pas un seigneur. Dans mon monde, je suis un simple forgeron. Et dans celui-ci aussi, pour mon malheur.

Il s'interrompit et son sourire s'effaça. Il semblait moins ensorcelé qu'extrêmement irrité, songea Delphinea.

— Vous n'avez pas l'air enchanté de notre monde.

Il partit d'un éclat de rire tonitruant qui fit trembler ses épaules, puis un élancement de douleur le parcourut.

— Cela vous étonne, n'est-ce pas ?

Ce qui étonnait surtout Delphinea, c'était qu'il fût capable d'en rire. Mais peut-être qu'étant mortel, il ne comprenait pas vraiment la gravité de la situation présente.

Dougal se voûta et secoua la tête.

— Vous avez raison, je vous l'accorde. Il y a beaucoup d'endroits où je préférerais me trouver en ce moment. Mais cela ne répond pas à votre question.

D'un geste de la tête, il indiqua son bras.

— Une bagarre avec un gobelin. Je me suis réveillé de ce côté-ci de la frontière. Elle m'a ramassé, m'a ramené chez elle, et voilà.

— Dame Guinevère vous a guéri ?

— Contre un bon prix, évidemment.

Une grimace d'amertume déforma sa bouche ; Delphinea attendit, croyant qu'il allait lui en dire plus. Mais il ne fit que pousser un long soupir. Enfin, il releva les yeux.

— Quel genre de sylphe êtes-vous ?

Il y eut un long silence. Delphinea, complètement éberluée, chercha en vain une réponse appropriée. La question ne concernait pas, de toute évidence, sa généalogie ; elle semblait plutôt impliquer qu'il y avait en elle quelque chose de différent des autres sylphes. Elle releva le menton, prête à s'offusquer, mais Dougal se pencha vers elle avec un regard pétillant.

— Qu'importe ! Le monde est plein de surprises, pas vrai ? Dites-moi plutôt pourquoi une jeune sylphe comme vous voyage seule, surtout la nuit de Samhain ? D'ici, nous avons entendu le passage de la Chasse sauvage, et le bruit que cette… euh… « chose » faisait…

— Petri n'est pas une *chose*. C'est un gremlin.

— C'est ainsi que vous les appelez ?

— Quel nom lui donneriez-vous ?

— Eh bien… il me fait penser aux lutins dont parlent les vieux contes. On les appelle aussi « esprits follets » ; ma grand-mère disait « farfadets ». Je n'en ai jamais vu de mes propres yeux ; certains disent qu'ils se sont fait chasser du monde des hommes, il y a bien longtemps, à cause de leurs méchants tours. M'est avis que c'est une explication un peu trop simple pour être vraie. Quoi qu'il en soit, pourquoi se promène-t-il tout nu ?

— Nu ?

Delphinea cligna des yeux, confuse. Petri était vêtu, comme toujours, de sa livrée de domestique de la cour. Même froissés, ses vêtements paraissaient aussi immaculés que d'habitude. Au moment où elle allait répondre, la porte du boudoir s'ouvrit et Léonine, l'une des dames de compagnie de Guinevère, apparut devant eux.

— Dame Guinevère vous demande tous deux.

La sylphe portait une tunique jaune sans ornements ; ses boucles blondes étaient retenues par un serre-tête en or.

— Si vous voulez bien me suivre, madame, dit-elle en esquissant une révérence. Et vous, seigneur mortel…

Dougal émit un bruit qui ressemblait à un grognement. De nouveau, Delphinea eut l'impression qu'à la différence des mortels dont on lui avait parlé, cet homme haïssait tout de la Faërie. Pourtant, les choses qu'elle avait vues provenant de l'Ombre — la poussière, la rouille, les vêtements de ce mortel — étaient tellement laides et grossières…

Dougal dut s'agripper d'une main à la cheminée pour se relever. Delphinea suivit Léonine vers la chambre ; sur le seuil, elle s'arrêta, hésitante. Une autre domestique, vêtue d'une tunique couleur de blé mûr, se faufila hors de la chambre, portant un grand panier d'osier rempli de linge taché.

Guinevère reposait dans un lit aménagé dans un creux du tronc de l'arbre, tapissé de velours couleur mousse, et entouré de voiles vaporeux. Son teint habituellement éclatant était terne ; ses cheveux cuivrés avaient pris la couleur de la rouille qui rongeait les portes de la chambre de la Résille ; ses joues et ses lèvres flétries semblaient crayeuses. Pour la première fois, Delphinea remarqua combien elle ressemblait à Albane… et à Timias. Guinevère n'avait-elle pas dit que son père avait voulu la noyer à la naissance ? Delphinea, elle, n'avait aucun souvenir de son père, parti vers l'Ouest des années auparavant, et dont sa mère parlait avec une affection un peu vague.

— Amenez-la plus près de moi, Léonine. Venez, mon enfant.

La voix de Guinevère était faible, mais encore âpre et autoritaire ; Delphinea fut soulagée de constater que la sœur de la reine n'avait pas perdu toute sa détermination. Cependant, quand la dame de compagnie la poussa doucement vers le lit, et que le visage de Guinevère lui apparut plus clairement, Delphinea sentit ses yeux se remplir de larmes.

— Ne pleurez pas pour moi, dit Guinevère. Nous n'avons pas de temps pour cela.

Du bout des doigts, elle tirailla sur la manche de la jeune sylphe, jusqu'à ce que celle-ci glisse sa main chaude dans la sienne, glacée.

— Je détestais ces ailes. J'ai été idiote de lancer cette idée, idiote de les faire pousser.

Elle marqua une pause, comme pour rassembler ses forces, et attira Delphinea contre elle. Son souffle était aussi faible que le frottement des ailes d'un papillon.

— Je veux que vous me disiez, très vite, sans réfléchir : Finuviel est-il mort ? De la Vraie Mort ?

— Pas encore.

Les mots vinrent d'eux-mêmes à la bouche de Delphinea ; elle n'eut qu'à ouvrir les lèvres.

— Pas encore, répéta Guinevère.

Elle ferma les yeux, puis les rouvrit.

— Il n'est pas au rendez-vous, mais vous êtes venue à sa place. Avec un gremlin, qui plus est. Qu'est-ce qui vous a traversé l'esprit ?

Elle agrippa si fortement le poignet de Delphinea que celle-ci se mordit la lèvre pour ne pas gémir de douleur.

— Comment avez-vous réussi à le sortir du palais ? Et pourquoi ? Au nom de Herne, pourquoi l'avoir amené ici ?

— Il m'a sauvée, madame. Il m'a conduite jusqu'ici. Sans Petri, je me serais peut-être trouvée aux prises avec l'ennemi qui a massacré l'armée. Mais...

Sa voix se brisa. Par où commencer ? Elle ne comprenait rien à toute cette histoire... Aussi posa-t-elle la première question qui lui passa par la tête.

— Pourquoi me demandez-vous si votre fils vit encore ? Je ne le connais même pas. Et pourquoi êtes-vous surprise de me voir ici ? Vous-même m'avez dit que ma vie était en danger — et cela s'est révélé exact. Le gremlin m'a aidée à m'enfuir, et je l'ai emmené avec moi, voilà tout.

Delphinea suivit le regard de Guinevère vers l'entrée. Petri était tapi contre l'encadrement de la porte.

— Timias avait l'intention de les séquestrer bien avant Samhain. Cela me semblait tellement cruel... tellement absurde...

— Timias avait ses raisons, mon enfant. Il ne fait rien au hasard, ne l'oubliez jamais.

Une vilaine expression traversa le visage de Guinevère.

— Vous n'auriez pas dû l'emmener.

Delphinea tomba à genoux, le regard à hauteur de celui de Guinevère.

— Il me semble que beaucoup de choses n'auraient pas dû arriver, madame. Peut-être feriez-vous mieux de m'expliquer ce qui se passe. Où est la Résille ? Où est Finuviel ? Qui est responsable de l'horreur que j'ai vue dans la forêt ?

Guinevère ferma les yeux et soupira.

— Tant de questions en même temps...

Elle tenta de secouer la tête, mais la douleur l'en empêcha.

— Dites-lui la vérité, Guinevère.

Dougal était apparu sur le seuil de la porte. Petri renifla sa jambe avec intérêt, mais le mortel l'écarta d'une petite tape.

— *Toute* la vérité, ajouta-t-il.

— Nous avons pris la Résille, déclara Guinevère d'une voix lasse, les yeux clos. Nous l'avons prise, mon fils et moi, et nous l'avons donnée à un mortel.

— Pourquoi ? chuchota Delphinea d'une voix teintée d'horreur.

— Parce que vous aviez raison, mon petit. La Résille d'argent empoisonne la Faërie. Je ne pouvais pas vous dire la vérité, tant que nous étions dans l'enceinte du palais. Vous pouviez tout révéler à Timias dans la seconde qui suivait… Finuviel et moi avons volé la Résille, et nous l'avons confiée à un mortel comme gage de notre marché.

— Quel marché ?

Effrayée, Delphinea se redressa, le regard rivé sur Guinevère.

— Nous avions besoin d'un poignard d'argent. Il fallait bien que nous nous adressions à un mortel…

— Un poignard… pour tuer la reine ?

— Non, dit Guinevère en ouvrant les yeux. Je ne pourrais jamais tuer ma sœur… Quoique Albane ne soit pas vraiment ma sœur.

Delphinea s'assit brusquement sur un petit tabouret bas que Léonine avait approché du lit.

— Albane n'a pas une identité bien établie, expliqua Guinevère. Elle n'est ni sylphe ni mortelle. Elle est… comment dire… un résidu de la magie qui a créé la Résille. Ni Timias ni ma mère n'avaient réfléchi aux conséquences de leurs actes. Ils ne comprenaient pas vraiment les forces qu'ils avaient invoquées. Personne ne les comprend jamais, d'ailleurs. Si j'ai appris quelque chose de la Sorcière, c'est bien cela.

Elle s'interrompit et, d'une main tremblante, rangea une mèche de cheveux derrière l'oreille de Delphinea.

— Rien n'indiquait qu'Albane ne devait pas être reine. Après tout, c'était la première-née. Et quelle que soit sa véritable nature, elle reste ma sœur. Je n'ai jamais eu l'intention de la tuer. Non, c'est Timias qui doit mourir. Il doit disparaître pour que la Résille puisse être détruite. Car ils sont intimement liés : tant que la Résille durera, il vivra. Il n'aura jamais besoin de partir vers l'Ouest.

Delphinea jeta un coup d'œil par-dessus son épaule. Dougal se tenait toujours sur le seuil de la porte, les bras croisés sur la poitrine.

— Philomemnon m'a dit qu'Albane aussi mourrait lors de la destruction de la Résille. Est-ce vrai ?

— De toute façon, je ne pense pas qu'il lui reste longtemps à vivre. Mais ce sera l'une des conséquences, en effet. Qu'auriez-vous fait, Delphinea, à notre place ? Il n'existe aucun moyen de préserver en même temps la reine et la Faërie. Si nous sauvions la reine, nous étions certains de mourir tous. A vrai dire, mon enfant, nous n'avons pas vraiment eu le choix.

— Ainsi, pour obtenir le poignard, vous avez passé un marché avec un mortel... Mais que lui avez-vous donné en échange ?

— Nous lui avons promis l'armée...

— Celle qui a été massacrée dans la forêt !

— Le monde des mortels est plongé dans le chaos. Son trône est occupé par un fou, son peuple est soumis à la tyrannie d'une reine étrangère. Or, les événements de l'Ombre reflètent ceux de la Faërie, et inversement. Il était dans notre intérêt à tous de résoudre les conflits des mortels...

— Mais c'est précisément ce que Timias a soutenu devant le Conseil, lâcha Delphinea. Rappelez-vous, c'était le jour même de son retour de l'Ombre...

— Quels que soient ses torts, Timias n'est pas un sot. Il comprend mieux que personne les liens qui unissent les deux mondes.

Guinevère tirailla nerveusement sur de petits fils dépassant du drap en lin.

— Mais maintenant…

Avant qu'elle ait pu finir sa phrase, la porte de l'antichambre s'ouvrit pour laisser paraître Ethoniel, haletant, le visage empourpré. Au loin, des cris étouffés se firent entendre. Tous se retournèrent vers le garde ; Guinevère roula sa tête sur l'oreiller et, d'un geste faible, fit signe à Ethoniel de s'approcher.

— Quelles sont les nouvelles, capitaine ?

En quelques enjambées, Ethoniel traversa la pièce et vint s'agenouiller devant le lit.

— Bonnes et mauvaises, madame. Nous n'avons trouvé aucune trace du prince Finuviel. Ni son armure, ni son étendard, ni son cheval… Nous avons fouillé le champ de bataille aussi minutieusement que possible. Voilà pour les bonnes nouvelles. La mauvaise, c'est qu'au moins dix douzaines de chevaliers marchent vers la maison. Ils viennent vous arrêter, vous et dame Delphinea…

Il jeta un coup d'œil par-dessus son épaule en direction de la jeune sylphe.

— Oui, vous aussi, madame. Vous êtes toutes deux accusées de haute trahison et du vol de la Résille. Ils sont plus d'une centaine contre ma petite unité, dame Guinevère. Que voulez-vous que je fasse ?

Delphinea comprit la nature de son dilemme. Le détachement était certainement mené par un supérieur hiérarchique du garde. Refuser de lui ouvrir les portes constituerait un acte de trahison grave. Mais Ethoniel avait également pour mission de protéger la mère de Finuviel, et y manquer serait un affront à son honneur.

Il y eut un long silence. Soudain, poussant un petit grognement, Petri s'avança vers Delphinea, les yeux baissés, la queue ramenée sous les jambes en signe de soumission. Puis il fit une série de gestes rapides accompagnés de sifflements étouffés.

« Je peux vous aider à le retrouver, grande dame. »

Les yeux plissés, Guinevère lança un coup d'œil au gremlin, puis se tourna vers Delphinea.

— L'absence de la Résille a dû lui permettre de franchir les limites du palais, murmura-t-elle.

Les yeux de Petri étaient immenses, ses narines frémissantes. Il leva vers Delphinea un regard suppliant.

« Je peux vous aider à le trouver, grande dame. Je connais l'Ombre. Je peux retrouver Finuviel. Et la Résille aussi. »

— Petri dit qu'il peut m'aider à retrouver Finuviel, expliqua la jeune sylphe à Dougal.

Delphinea serra la petite patte du gremlin dans sa main. L'idée qu'elle allait devoir se porter, seule, au secours de Finuviel lui fit subitement mesurer à quel point la situation était désespérée.

Dougal se balança d'un pied sur l'autre, croisa et décroisa les bras.

— Cette idée ne me plaît guère. « Ne fais jamais confiance à un lutin », comme on dit par chez nous...

— Et les chevaliers, madame ? intervint Ethoniel, visiblement à bout de nerfs. Ils ont reçu l'ordre d'incendier la maison, si nous refusons de leur ouvrir le portail.

Guinevère agita la tête sur l'oreiller.

— Il faut que nous retrouvions Finuviel. Le temps nous est compté. La Résille doit être défaite avant la mi-hiver.

— Evidemment, je suis le dernier à l'avoir vu, dit soudain Dougal. Dans ma forge, en compagnie du duc d'Allovale.

Petri tirailla sur la main de Delphinea.

« Laissez-moi vous aider, grande dame, je vous en supplie. Je vous ai amenée jusqu'ici. Je peux vous aider à trouver la Résille. Je peux trouver le duc mortel. »

Il s'avança jusqu'à Guinevère et s'aplatit devant elle.

« Je vous en prie, grande dame. Vous savez que nous, les gremlins, sommes liés à la Résille. Elle m'appelle, depuis l'Ombre. »

— Laissez-moi partir à sa recherche, dit Dougal.

Guinevère lui lança un regard ombrageux.

— Il me semble que vous oubliez notre accord, forgeron.

— Voulez-vous retrouver votre fils et la Résille, oui ou non ? Je suis le dernier à l'avoir vu et je sais avec qui il était. Avez-vous sous la main quelqu'un qui connaisse Brynhiver aussi bien que moi ?

Petri noua ses mains tremblantes et se mit soudain à parler.

— Pardonnez-moi, nobles gens, si ma voix discordante vous offense, dit-il. Mais je me souviens... je peux retrouver...

— Tais-toi, l'interrompit Guinevère. Reste tranquille, *khouri-kan*.

— Delphinea ne peut sortir d'ici, intervint Ethoniel. Les soldats ont l'ordre de l'arrêter, elle aussi.

— Mais c'est moi qui ai découvert que la Résille avait disparu ! s'exclama l'intéressée. Sans moi...

— Sans vous, notre plan se déroulerait comme prévu, sans que personne de la cour ait rien deviné, rétorqua férocement Guinevère.

— Raison de plus pour me laisser partir, dit Delphinea.

— C'est à moi d'y aller, insista Dougal.

— Impossible, maître forgeron, reprit Guinevère. Vous avez une obligation à remplir. L'auriez-vous oublié ?

Dougal croisa ses bras sur sa poitrine.

— Avez-vous perdu la raison, Guinevère ? Cette enfant ne peut...

— Je ne suis pas une enfant, dit Delphinea. Je parais jeune à vos yeux, mais j'ai connu bien plus de printemps que vous, maître forgeron. Je suis capable de retrouver Finuviel. J'en suis certaine. Petri m'aidera.

Le gremlin serra sa main dans la sienne et s'inclina solennellement.

— Voyez-vous, Dougal, Delphinea a certains avantages...

— De votre point de vue, peut-être, mais...

— Sauf votre respect, dame Guinevère, nous n'avons plus le temps d'en débattre, dit Ethoniel. Il me faut une réponse. Que dois-je faire ?

— Ouvrez les portes, capitaine. Je ne suis pas en état de voyager. Les soldats pourront le constater de leurs propres yeux. Personne ne me contraindra à partir d'ici avant que je ne sois certaine que mon fils ne repose pas parmi les morts de la forêt. Cette réponse vous paraît-elle acceptable ? Satisfait-elle à la fois votre honneur et vos engagements ? Tout ce que je demande, c'est un peu de temps — assez pour que Delphinea puisse passer en Brynhiver. Léonine, s'il vous plaît, allez chercher ma cape d'ombre.

La dame de compagnie quitta aussitôt la pièce, mais Ethoniel hésita.

— Vos ordres me conviennent parfaitement, madame, sauf sur un point. Les soldats voudront qu'on leur livre aussi dame Delphinea...

— Qu'ils me prennent à sa place, dit Dougal.

Ethoniel mit la main devant la bouche, toussota, puis sourit gentiment, comme à un enfant un peu lent.

— Malheureusement, maître mortel, vous n'avez qu'une ressemblance assez vague avec dame Delphinea. Je ne sais pas si vous l'avez remarqué...

— Couvrez-moi d'une cape et faites-moi passer pour Guinevère. Ils s'attendent à ce qu'elle soit assez grande ; ils ne savent pas qu'elle a perdu ses ailes. Sans elles, Guinevère est toute petite ; elle n'a qu'à s'allonger sur le divan, remonter les couvertures jusqu'au nez et se faire passer pour la jeune sylphe. Qu'en pensez-vous, capitaine ? Exigez que les soldats fouillent la forêt à la recherche de Finuviel : ça les occupera. Je suis à peu près de la taille de Guinevère quand elle avait encore ses ailes. Je ne sais pas si vous l'avez remarqué...

« Je vous servirai de guide, grande dame. »

Petri fit un sourire à Delphinea et se frotta contre la main de la jeune fille. Dougal fronça les sourcils.

— N'y a-t-il personne d'autre pour l'accompagner ? demanda-t-il. Cette idée ne me dit rien qui vaille.

— Pourquoi ? protesta Delphinea. Petri a toujours été un ami fidèle.

Mais Guinevère posa sur le gremlin un regard qui en disait long.

— Vous n'avez pas tort, maître forgeron. Il y a de bonnes raisons de se défier du *khouri*, ou du lutin, comme vous l'appelez. Mais il est effectivement lié à la Résille. Et l'Ombre est son élément naturel. S'il dit qu'il peut retrouver la Résille, je suis prête à le croire.

— Et si Finuviel et la Résille ne se trouvent pas au même endroit ?

Avant que Guinevère ait pu répondre, des cris éclatèrent dans le grand escalier.

— Ethoniel, on vous demande !

— Doit-on ouvrir les portes, capitaine ?

— De grâce, capitaine, répondez !

Les voix se rapprochaient, accompagnées du cliquetis des bottes sur les marches glissantes de l'escalier.

— Ouvrez les portes, capitaine, ordonna Guinevère. Mais retenez les soldats dans la cour intérieure. Venez, mon enfant, laissez Léonine vous mettre la cape.

Sans que Delphinea ait pu répondre, la dame de compagnie entoura ses épaules d'une cape sombre. Sa teinte, entre le violet foncé et le noir, évoquait le ciel du crépuscule ; l'étoffe était épaisse et soyeuse.

— De quoi cette cape est-elle faite ? demanda Delphinea en tendant les bras pour l'examiner.

Elle tombait en plis sombres et moirés, comme si elle absorbait la lumière au lieu que de la refléter.

— De soie de Faërie et d'ombres de Brynhiver, dit Guinevère. Il n'en existe que deux, et je n'ai pas le temps de vous raconter comment elles ont été fabriquées. Finuviel en avait une. La deuxième est à vous, à présent.

— A quoi sert-elle ?

Delphinea se balançait d'un pied sur l'autre, essayant de s'habituer à la cape. Une fois enfilée, celle-ci dégageait une moiteur légèrement désagréable.

— Elle vous rendra invisible aux yeux des mortels, si vous vous en entourez complètement.

Guinevère prit une grande inspiration et ferma les yeux.

— Nous n'avons que très peu de temps, Delphinea, alors écoutez-moi bien. Je vais essayer d'aller à l'essentiel. Les mortels sont extrêmement sensibles et influençables, mais ne sous-estimez pas pour autant leur pouvoir sur vous. Un mortel bien frais est plus enivrant que…

— Au nom du grand Herne, Guinevère, qu'entendez-vous par « un mortel bien frais » ? grogna Dougal. Cela vous ennuierait de ne pas traiter mes semblables comme des morceaux de viande ?

Guinevère ne prêta aucune attention à cette interruption.

— … plus enivrant que tout ce que vous pouvez imaginer. Certains sont sensibles à l'odeur ou au goût de leur peau ; d'autres succombent à leur apparence. Quoi qu'il arrive, quoi que vous ressentiez, ne baissez jamais votre garde. Avec eux, il faut une attention de tous les instants : ils sont extrêmement pervers, et feront toujours le contraire de ce à quoi vous vous attendiez. N'essayez pas de les comprendre, mais sachez profiter, au besoin, de cette tendance. Quant au gremlin, ne le perdez jamais de vue. Si vous devez dormir, attachez-le. L'eau est un passage sûr vers la Faërie, ainsi que les arbres des forêts anciennes. Car les arbres de la Faërie et de l'Ombre sont liés ; certains vont jusqu'à dire que ce sont les mêmes.

Elle ferma les yeux et inspira avec difficulté.

— En passant sous les arbres, tendez l'oreille. Vous les entendrez peut-être parler.

Ses paupières tremblotèrent.

— Ils vous aideront, j'en suis certaine.

— Comment pouvez-vous en être sûre ? demanda Delphinea. Est-ce seulement à cause de mon visage ? Des visions me viennent pendant mon sommeil...

— Que voyez-vous ?

— Je vois Finuviel. J'entends son nom.

Guinevère tendit la main et frôla la joue de Delphinea d'une caresse tremblotante.

— Je sais, maintenant, pourquoi vous êtes venue. Ramenez mon fils et la Résille en Faërie. Vous êtes destinée à les trouver. J'en suis sûre.

Elle ferma les yeux.

Delphinea hésita, se demandant si Guinevère n'essayait pas de s'en persuader elle-même. Que savait-elle réellement, cette sylphe étrange ? Et Delphinea elle-même, que savait-elle sans s'en rendre compte ? Avant qu'elle ait pu dire un mot, Dougal l'arrêta d'une main posée sur son poignet.

— J'ai un petit conseil à vous donner. N'allez pas directement chez Cadwyr d'Allovale. Adressez-vous plutôt à son oncle, Donnor de Gard. C'est le seul qui ait un tant soit peu d'influence sur Cadwyr. Donnor est un homme d'honneur, tandis que son neveu est comme une lame trop huilée, qui brille de tous ses feux mais glisse entre les doigts. Trouvez le duc de Gard et dites-lui...

Il s'interrompit, puis haussa les épaules.

— Bah ! Dans ces circonstances, inutile de s'inquiéter de ce que les gens penseront. Dites-lui que vous venez de la part de Dougal de Killcairn, et demandez-lui, si possible, de donner de mes nouvelles à ma fille, Nessa, à Killcairn. De lui dire que je suis vivant. Entendu ?

Comme Delphinea hochait la tête en signe d'assentiment, Léonine passa la tête par la porte entrebâillée.

— Madame, si vous comptez partir, je crois que vous ne devriez plus tarder. Le détachement du palais est dans la cour, et le capitaine demande à entrer dans la maison.

— Partez, mon enfant, dit Guinevère. Et toi, *khourikan*, rappelle-toi que je connais le sortilège pour te libérer de la Résille. Si tu me trahis, il est fort possible que je l'oublie.

Avec un grognement, Petri s'inclina et se frotta les mains. Léonine entraîna Delphinea vers la sortie. Au moment de passer la porte, celle-ci se retourna vers Guinevère.

— Madame ?

Les yeux de Guinevère, ternis par la douleur, dardèrent soudain un éclair vert.

— Oui, mon enfant ?

— Parler aux arbres... savoir les comprendre... n'est-ce pas un don réservé à la reine de Faërie ?

Alors Guinevère sourit, mais son visage demeura empreint de tristesse.

— Ne comprenez-vous pas, mon petit ? Vous êtes la future reine de Faërie. Du moins... s'il reste quelque chose de la Faërie, après tout cela.

Un léger relent de pourriture flottait dans l'air. Comme le tapotement des dernières gouttes de pluie après une giboulée de printemps, l'odeur flottait tantôt ici, tantôt là, jamais clairement perceptible. On s'arrêtait brusquement, on tournait la tête, on plissait le nez... Elle était bien là. Les premières bouffées s'étaient fait sentir le soir de Samhain ; à présent, la mode des masques en dentelle faisait fureur parmi les dames de la cour.

C'était au point que Timias avait été forcé d'écouter les récriminations du seigneur Rimbaud, maître de maison de sa majesté, et de dame Evardine, sa gouvernante, pendant un tour presque complet de sablier. Par bonheur, un appel urgent du prince consort Hudibras avait enfin abrégé cet entretien. A présent, Timias se hâtait à travers les couloirs du palais de la reine de Faërie, avançant aussi rapidement que le lui permettaient sa canne en chêne et ses jambes âgées. Sa bouche était plissée, et un soupçon de puanteur, discernable malgré les essences de citron dont on avait parfumé l'air, creusait un nouveau pli dans son front ridé. Il traversa des couloirs aux plafonds de marbre, dont les murs étaient ornés de tapisseries et de mosaïques si parfaitement exécutées que certains disaient les avoir vues bouger. Il dépassa une peinture murale représentant un cerf transpercé par une flèche… et, sans savoir pourquoi, s'arrêta, fasciné par l'animal aux grands bois, immortalisé dans son agonie. Le sang écarlate qui jaillissait de son flanc brillait d'un éclat curieusement moiré, comme s'il était tout frais.

Le vieux sylphe se rapprocha et plissa les yeux. Une nouvelle bouffée de pourriture lui chatouilla les narines, et il tendit la main vers le ruisselet de sang. L'espace d'un instant, la surface froide de la pierre peinte lui parut mouillée. Il sursauta puis examina son doigt, qu'il s'attendait à voir taché de sang. Mais il n'en était rien : son doigt était parfaitement propre et sec. Evidemment, se dit-il. Ce n'était qu'une image. Il était épuisé, sa vue lui jouait des tours, voilà tout. N'avait-il pas assez de problèmes à l'esprit pour occuper une dizaine de conseillers ? Sa découverte, en compagnie de Delphinea, de la disparition de la Résille, lui avait permis de dévoiler le complot contre la reine, mais aussi d'imposer de nouveau son autorité en tant que membre aîné du Conseil. La jeune sylphe ne lui avait pas laissé le temps de la remercier ; elle s'était sauvée sans demander son reste… La première chose que Timias avait faite, c'était d'ordonner l'arrestation de tous les conseillers en résidence de la reine. Cette décision avait réduit le danger immédiat, en attendant qu'on pût déterminer les véritables coupables. Mais elle signifiait aussi que Timias restait seul à conseiller et à soutenir Albane face aux épreuves de sa grossesse et à l'attaque imminente du roi gobelin. Or, la disparition de la Résille, ajoutée à la découverte de la trahison de Guinevère, rendait cette responsabilité d'autant plus lourde. Aucun autre sylphe n'avait l'expérience ni le courage nécessaires pour l'assumer. Il toucha de nouveau le mur, afin d'être sûr.

— De la peinture rouge, murmura-t-il.

Avançant à grands pas dans le couloir qui menait vers les appartements d'Albane, il s'aperçut qu'il marmonnait à voix basse. Il y avait certainement de quoi devenir fou, songea-t-il. Guinevère, cette abomination de la nature, avait profité de l'absence de Timias pour tramer une machination diabolique contre sa sœur Albane — machination dont il ne saisissait pas encore toutes les ramifications. Ses complices se trouvaient parmi les conseillers qu'il avait fait arrêter ; seule Guinevère, qui s'était prudemment réfugiée dans sa maison de la Vieille Forêt, lui avait glissé entre les doigts. Cela n'avait pas découragé Timias. Dans l'heure qui avait suivi la disparition de Delphinea, il avait dépêché une compagnie de gardes pour les ramener, Guinevère et elle, de force au palais. Une fois qu'il saurait ce qui était arrivé à la Résille, il se concentrerait sur les défenses de la Faërie. La perfidie de Guinevère, qui avait froidement profité de la grossesse de sa sœur pour tisser sa toile, l'intriguait au plus haut point ; pour tout dire, Timias en était même un peu admiratif.

Le remplacement d'Artimour par Finuviel à la tête de l'armée avait été une grave erreur. Il fallait au plus vite rétablir Artimour dans ses anciennes fonctions ; alors, seulement, Timias dormirait tranquille. Après tout, il fallait bien supposer que Finuviel était impliqué dans le complot de Guinevère pour s'emparer du trône. Plus tôt Artimour reprendrait le commandement des défenses, mieux ce serait. En outre, le demi-frère de la reine lui serait tellement reconnaissant que Timias pourrait lui faire entièrement confiance. Et peut-être même se servir de lui, songea le vieux sylphe, imaginant d'autres rôles à faire jouer à Artimour. Le semi-sylphe n'avait jamais su trouver sa place, à la cour ; sa récente rétrogradation au sein de l'armée avait dû le blesser profondément. Il éprouverait un sentiment d'absolue loyauté envers celui qui lui rendrait sa place.

Oui, décidément, il était temps de rappeler ce cher Artimour, de l'assurer du soutien de la cour, de s'excuser de la terrible erreur qu'on avait commise. En cas de besoin, on pourrait même envoyer Artimour en émissaire auprès des mortels, pour leur proposer l'aide de la Faërie... N'était-ce pas ce qu'il aurait fallu faire en premier lieu ? Ah ! Tout cela lui serrait les tempes. Il était impossible de réfléchir à tous ces problèmes en même temps. Secouant la tête, il revint à la réalité, et se rendit compte qu'il n'avait cessé de parler à haute voix tout le long du couloir.

Les deux gardes postés devant l'entrée des appartements privés d'Albane lui jetèrent un regard curieux, mais ils ouvrirent sans un mot les grandes portes menant à la chambre de réception de la reine.

Là, Hudibras, le prince consort, réprimandait deux dames d'honneur affolées, recroquevillées sur une banquette sous la fenêtre. Ils levèrent tous trois les yeux en apercevant Timias, et leurs expressions se teintèrent d'un mélange de soulagement et de crainte. D'un regard perçant, Timias cloua sur place les deux dames d'honneur, dont les ailes, fragiles et roses comme des pétales, se mirent à trembler. Mais pourquoi portaient-elles des couronnes de chêne et de houx ? Le chêne symbolisait l'été, le houx, l'hiver : quelle drôle d'idée de les tresser ensemble ! Il plissa les yeux, se rapprocha, et s'aperçut, à son immense soulagement, que c'était une illusion, un effet de lumière. Leurs voiles étaient maintenus, comme il convenait, par les guirlandes de rubans que portaient toutes les dames d'honneur d'Albane.

— Que se passe-t-il ? Où est la reine ?

Timias s'adressa au prince consort, mais ce fut l'une des dames d'honneur qui lui répondit.

— Elle refuse d'ouvrir la porte, très noble seigneur.

Les yeux verts de la sylphe étaient si dilatés qu'on aurait dit une lapine effrayée. Ses cheveux miel débordaient de son fichu en dentelle, s'éparpillaient sur ses épaules et sur sa robe rose, assortie à la couleur de son masque. Pendant un court instant, Timias fut distrait par une bouffée de puanteur, puis il s'aperçut que les perles de sa couronne ressemblaient à de minuscules asticots blancs. Il sursauta, recula, puis, comme elle posait sur lui un regard interrogateur, comprit que c'était justement l'effet recherché. Il était étrange de s'orner les cheveux de vers, mais Timias ne prêtait jamais attention aux modes de la cour. Depuis le couronnement d'Albane, elles évoluaient à une vitesse tellement vertigineuse que le vieux sylphe avait renoncé à les suivre.

Il fallait vraiment qu'il se reprenne, pensa-t-il en serrant le pommeau de sa canne. Le bois lui sembla aussi desséché qu'un os. Il ne fallait pas qu'il cède sous la pression. C'était sans doute ce que Guinevère espérait... Peut-être même que son plan reposait entièrement sur l'incapacité de Timias à soutenir, seul, la reine dans ce moment de grand péril... Eh bien, il allait montrer à Guinevère que malgré son visage de vieillard, il possédait encore la vigueur d'un jeune homme !

Hudibras se tordait les mains d'une manière tout à fait déplacée, et sa voix était enfantine et grognonne.

— Je ne sais pas ce que vous avez décidé, Timias, mais vous feriez mieux d'agir, et vite. Albane refuse de sortir, le Conseil entier a été arrêté, Guinevère est partie on ne sait où, et cette petite sauvage s'est enfuie avec son gremlin...

Hudibras fit quelques pas raides, se figea dans une attitude saugrenue près de la cheminée éteinte, et, à l'ébahissement de Timias, tira un éventail en plumes de paon du fourreau qu'il portait à la ceinture. Il l'ouvrit d'un geste sec du poignet et s'éventa avec un zèle nullement justifié par la température de la pièce.

— Que faut-il faire, Timias ? Qu'allons-nous devenir ?

Qu'avait donc le prince consort ? se demanda Timias. Depuis quand portait-on des éventails en plumes de paon dans son fourreau et des asticots dans ses cheveux ? Un mal mystérieux affectait-il la cour tout entière ? Ils semblaient tous plus fous les uns que les autres... Mais quelque chose qu'Hudibras venait de dire avait retenu son attention. Delphinea s'était enfuie *avec un gremlin* ? C'était tout simplement impossible…

— Pourquoi n'ai-je pas été informé de la fuite du gremlin ? demanda-t-il en balayant d'un œil sévère Hudibras et les deux sylphes transies de peur.

Les trois échangèrent un regard, puis se tournèrent vers Timias, visiblement perplexes.

— Mais vous en avez été averti, seigneur, répondit Hudibras.

— On vous a apporté un rapport complet toutes les heures depuis que l'horloge a sonné les treize coups, ajouta la deuxième dame d'honneur.

Timias remarqua subitement que sa robe était une réplique exacte de celle de sa voisine, mais d'une teinte un peu plus claire. Depuis quand Albane exigeait-elle que ses dames d'honneur s'habillent à l'identique ?

Remettant cette question secondaire à plus tard, Timias se redressa. Devenait-il fou, lui aussi ? Personne ne s'était présenté à ses appartements de toute la nuit. Evidemment, si quelqu'un avait frappé, il n'y aurait eu personne pour lui ouvrir : tous les gremlins domestiques avaient été séquestrés dans la chambre de la Résille. Leurs hurlements, le soir de Samhain, avaient été d'une violence à faire cailler le sang. Ce n'était pas étonnant qu'Albane se sentît mal. Vu sa condition délicate, elle avait dû souffrir atrocement de la crise de folie annuelle des gremlins. Sans doute ne s'en était-elle pas encore remise.

Un nouveau relent de pourriture flotta dans l'air. Timias cligna des yeux, soudain pris de vertige. Ces imbéciles essayaient tout simplement de le faire douter de lui-même. Ils voulaient le rendre responsable de leur incapacité à comprendre et à soigner la reine.

— Je suis là, je vais m'occuper de tout, dit-il sèchement.

Hudibras pointa son éventail vers Timias, comme s'il croyait vraiment brandir une épée.

— Timias, nous sommes sans nouvelles d'Artimour et de Finuviel. Nous n'avons aucune idée de ce qui se passe à nos frontières. Albane refuse de m'adresser la parole, sauf pour me dire de m'en aller. Elle a placé un sortilège sur la porte et refuse de quitter son lit.

— Mais ce n'est pas tout, très ancien et honorable conseiller.

La moins timide des dames d'honneur, celle aux cheveux bruns, lui lança un regard angoissé, puis se tourna vers la fenêtre.

— Les fleurs de lune sont écloses, poursuivit-elle.

Complètement interloqué, Timias la dévisagea sans savoir quoi répondre.

— Les fleurs de lune de la reine, expliqua la sylphe. Elles ne devraient pas s'ouvrir tant que la reine est enceinte.

Il y avait quelque chose d'irréel dans toute la scène qui éveilla la vigilance de Timias. Le monde qui l'entourait n'était pas tout à fait comme à l'ordinaire. Mais qu'est-ce qui n'allait pas ? Hudibras et son éventail ? Rimbaud et son obsession de la puanteur ? Cette dame préoccupée par les fleurs de lune ? De nouveau, il eut un petit accès de vertige, comme si le sol s'était dérobé sous ses pieds.

— Il faut que je parle à la reine, dit-il.

— Elle refuse de laisser entrer qui que ce soit, Timias, dit Hudibras. Nous nous évertuons à vous le répéter depuis que vous êtes arrivé. Elle a posé un sortilège sur les portes et refuse de quitter son lit.

Timias releva la tête.

— C'est ce que nous verrons.

D'un pas décidé, il franchit les portes qui menaient à l'antichambre de la reine. Dans le demi-jour de la pièce obscurcie, les murs de marbre se teintaient de pourpre, la tapisserie et les tentures vert pâle prenaient des reflets indigo. Un profond silence régnait. Timias s'avança jusqu'à la porte sculptée et, de sa canne, frappa si fort que des échardes de bois volèrent en tous sens.

— Votre Majesté ! cria-t-il. Votre Majesté, répondez !

Il n'y eut pas de réponse.

Il patienta quelques instants, rageant intérieurement et, une fois de plus, une bouffée de puanteur assaillit ses narines. Comme il tournait la tête pour humer l'air, l'odeur se dissipa.

— Albane !

Il secoua la poignée de la porte et frappa le bois du poing.

— Albane ! Laisse-moi entrer. Au nom de Gloriana, je t'ordonne d'ouvrir cette porte et de me laisser entrer.

L'espace d'un instant, il crut qu'il allait devoir défoncer la porte. Puis il entendit le verrou cliqueter. Les deux portes s'ouvrirent d'elles-mêmes : le sortilège était brisé. Pas très difficile, songea le vieux sylphe, jetant un regard triomphant par-dessus son épaule. Les dames d'honneur étaient pétrifiées ; Hudibras, extrêmement déconfit, rôdait près de la fenêtre. Timias poussa les portes et entra dans la chambre de la reine.

C'était comme s'il s'était heurté de plein fouet à un mur de pourriture. L'odeur le fit chanceler, si bien qu'il dut s'appuyer de tout son poids sur sa canne pour ne pas tomber. Les lourds rideaux de soie vert pâle — la couleur préférée d'Albane — étaient tirés ; de minces rais de lumière pénétraient par les fentes comme des lames dorées. La seule fois où Timias avait senti quelque chose de comparable, c'était pendant une épidémie de peste dans l'Ombre, quand une odeur de charnier avait envahi les campagnes.

— Albane ? haleta-t-il, avant de se couvrir le nez et la bouche. Votre Majesté ? Ma reine ?

Le lit était vide. Les draps, repoussés d'un côté, étaient souillés d'immondes taches vertes. Une traînée verdâtre menait du lit vers les portes-fenêtres ouvertes.

— Ma reine ? murmura Timias.

Mais personne ne répondit. Effrayé par l'idée de ce qui l'attendait, il sortit de la chambre silencieuse pour pénétrer dans le bosquet où s'élevaient, en cercles concentriques, les treize arbres sacrés de Faërie.

Un silence plus profond encore pesait sur le Bois. Timias leva les yeux : le ciel était gris et terne, comme si toute la couleur en avait été lavée. A la base de chaque arbre gisait un cercle parfait de feuilles craquantes et desséchées ; les branches étaient à moitié dénudées. Même les feuilles épineuses du houx, tachetées de jaune et de rouille, s'amoncelaient autour du buisson. Et d'autres continuaient à tomber : c'était une pluie de feuilles ocre, rousses et dorées. Du centre du cercle intérieur s'éleva un petit bruit, entre le soupir et le gémissement.

— Albane ?

Recroquevillé sur lui-même pour se protéger contre l'odeur, la main crispée autour de sa canne, Timias s'approcha lentement. La chose qui reposait sur le sol n'était plus qu'une caricature de la reine. Tout son corps avait rétréci ; ses muscles et ses articulations semblaient s'être desséchés, ne laissant plus que la peau et les os. Seul son ventre demeurait intact, gonflé comme un fruit trop mûr sous sa robe blanche.

Mais rien ne préparait Timias à l'instant où elle tourna vers lui son visage. Le vieux sylphe inspira vivement et chancela. Les cheveux blancs d'Albane flottaient autour de son visage, dont les lèvres étaient si tendues que sa bouche n'était plus qu'une entaille. Ses yeux sortaient de leurs orbites, comme repoussés vers l'extérieur sous la pression de ce liquide fétide qui s'écoulait par tous ses orifices.

De manière incroyable, horrible, insensée, la chose qu'il avait appelée sa reine parla.

— Timias ?

Sa voix était plus faible qu'un chuchotement.

— C'est vous, Timias ? Qu'est-ce qui m'arrive ?

Elle roula sa tête de part et d'autre, et au moment où Timias comprit qu'elle avait perdu la vue, il entendit un bruit de chairs déchirées.

— Où est ma sœur ? Pourquoi ne vient-elle pas ?

Timias se recula, de peur que ce monstre ne tentât de le toucher. Il fut pris de nausée, tandis qu'en lui se mêlaient le dégoût et la pitié. La créature tendit la main et voulut parler de nouveau, mais un ruisselet de liquide vert gicla de sa gorge et dégoulina sur son menton.

Son corps sembla alors s'effondrer sur lui-même ; ses os se fendirent comme du bois pourri. Un tremblement la parcourut et du liquide jaillit de tous ses pores, soulevant sa peau tendue, qui se détacha et se flétrit sous le regard de Timias.

La terre elle-même frémit, les grands arbres gémirent et le vent poussa une longue plainte en soufflant autour des tours du palais. Avec un dernier petit soupir, Albane disparut, ne laissant qu'une flaque d'écume grisâtre, des haillons de sa robe et de longues mèches de cheveux blancs et soyeux.

— Au nom de la grande Gloriana..., murmura Timias.

Sa vision s'embruma et il eut une brusque et terrible révélation. La créature qui venait de se désintégrer devant ses yeux n'était pas une sylphe, mais quelque chose de tout à fait différent — quelque chose d'étrange, de monstrueux, une véritable abomination qu'il avait non seulement engendrée, mais aussi installée sur le trône de Faërie. Voilà ce qu'ils avaient accompli, Gloriana et lui. Voilà la conséquence finale de cette nuit où avait été forgée la Résille. Même Artimour, le semi-humain, eût été un meilleur choix pour le trône. Mais ce fut une deuxième prise de conscience qui fit définitivement basculer le vieux sylphe dans le puits sans fin de la folie ; Guinevère — pût-elle brûler dans le chaudron de la Sorcière ! — avait raison depuis le début.

2.

« Vous n'avez pas pensé à poser de questions ? »

L'accusation d'Artimour résonna en Nessa, tandis qu'elle fuyait la chambre du sylphe, dévalait l'escalier et s'élançait hors du fort, se dirigeant d'instinct vers le premier refuge. Bien avant d'avoir atteint le portail extérieur, cependant, elle s'arrêta net. La cabane de Molly, près de la rivière, avait certainement été détruite, ou elle devait empester le gobelin à tel point qu'elle serait bonne à brûler.

Même dans les cercles extérieurs du fort, la puanteur était accablante. Prise de nausée, Nessa se réfugia en chancelant dans la forge, où l'on avait laissé mourir le feu. Epées, lances, boucliers et arcs brisés s'y amoncelaient en tas désordonnés. Toutes les personnes valides avaient été recrutées pour participer au grand nettoyage du fort dirigé par le gouverneur, lequel avait retrouvé sa liberté et son autorité. Par l'entrebâillement de la porte, Nessa l'aperçut, rougeaud et empâté, qui avançait à pas solennels en direction du portail, distribuant des instructions à droite et à gauche, entouré d'une petite foule de gardes harassés, d'écuyers et de réfugiés de tout âge qui s'empressaient d'obéir aux ordres.

Elle jeta un coup d'œil vers l'immense chaudron dans lequel elle avait fondu l'argent, la nuit précédente. Contrastant avec l'extérieur terne et couvert de cendre, l'intérieur brillait d'une opalescence de perle, éclairé par les rayons de soleil qui filtraient entre les volets. Nessa renifla et essuya ses yeux du revers de la main. C'était bien elle, hélas, qui avait forgé ce maudit poignard.

Mais elle n'avait pas eu le choix. Quand le duc d'Allovale et son acolyte sylphe avaient frappé à sa porte, ils étaient bien décidés à obtenir un poignard d'argent. Dès lors que le duc avait jugé Nessa capable de le forger, il n'avait plus été question de discuter. Comment aurait-elle pu deviner que le sylphe allait utiliser l'arme contre Artimour ?

De nouvelles larmes lui montèrent aux yeux, et elle cligna des cils pour s'éclaircir la vue. Artimour avait promis de l'aider à retrouver son père, perdu dans l'Outremonde. Or, la nuit précédente, Nessa avait soudain pris conscience que sa mère aussi était probablement captive là-bas. Elle avait eu l'intention de demander au sylphe de l'aider à les chercher tous deux. Mais à présent, il était tellement furieux qu'il risquait de ne plus vouloir l'aider du tout. Et elle ne pouvait lui en vouloir. Il avait failli mourir par sa main, même si c'était de manière indirecte. Il fallait qu'elle trouve un moyen de réparer son tort. Voilà ce que dirait son père, s'il était là. Avec un soupir, elle essuya ses larmes sur sa manche crasseuse, se redressa, noua un tablier en cuir autour de son cou et commença à trier du mieux qu'elle le pouvait les tas d'armes abîmées. Dougal aussi se réfugiait toujours dans le travail, quand les choses allaient mal.

Elle ferma les yeux, soudain submergée par la perte de son père. Les souvenirs affluèrent avec une clarté douloureuse... C'était par une nuit d'automne inhabituellement chaude, peu après la fête de la moisson, que les deux voyageurs encapuchonnés étaient venus frapper à la porte de la forge... Si seulement Dougal les avait envoyés promener ! *C'est à ce moment-là que tout s'est mis en branle*, songea Nessa. A l'instant où son père avait ouvert la porte, tout avait été bouleversé. Pour commencer, Dougal avait disparu. Lui, le pilier de son univers, s'était tout simplement volatilisé. S'il était mort, elle aurait au moins eu la consolation de le savoir avec ses ancêtres, dans les Terres d'Eté ; au fil du temps, elle se serait résignée à sa disparition.

Mais elle ne pouvait accepter que son père soit perdu en Faërie, prisonnier comme sa mère des sylphes et de leurs sortilèges. Aussi était-elle partie, armée de sa seule détermination, chercher Dougal dans le pays au-delà des brumes, celui que les anciens appelaient TirNa'lugh. De l'autre côté de la frontière, des soldats sylphes l'avaient recueillie et conduite jusqu'à leur chef, Artimour. Celui-ci était assez différent des autres pour que Nessa devinât au premier coup d'œil ses origines à demi-mortelles. Assez différent pour accepter de l'aider à chercher son père.

Mais ce n'était pas tout. Artimour exerçait un effet sur elle qu'aucun autre homme, même Griffin, l'apprenti de son père, n'avait jamais eu. Dès l'âge de douze ans, toutes les autres filles du village n'avaient cessé de s'agiter, comme autant de poules caquetantes, autour des fils de bergers ou de fermiers, mais Nessa n'avait jamais compris pourquoi elles faisaient tant d'histoires. Jusqu'à sa rencontre avec le sylphe… Soudain, elle entendit la voix de son père aussi nettement que s'il se tenait à son côté : « Ces maudits sortilèges de l'Outremonde t'ont fait tourner la tête… C'est pour ça qu'on reste loin des sylphes, nous les mortels. Je t'avais bien dit de ne pas quitter ton amulette, quoi qu'il arrive… »

Mais Artimour n'était pas comme les autres sylphes, Nessa en était certaine. Même s'il refusait de l'admettre, le sang mortel qui coulait dans ses veines le rendait différent : la preuve, il lui avait permis de survivre au contact meurtrier de l'argent.

Fouillant sous son tablier, Nessa sortit l'amulette de Dougal qu'Artimour avait retrouvée, et qu'elle portait maintenant autour du cou. Peut-être cela voulait-il dire que son père était mort, tout simplement. *Peut-être que je ne suis qu'une malheureuse mortelle qui a pris un coup de lune en voyant un beau sylphe*, se dit-elle en traînant des boucliers cabossés vers le tas de ferraille qu'elle constituait dans un coin de la forge.

— Nessa ?

La voix maternelle de Molly filtra à travers la pénombre enfumée. Levant les yeux, Nessa l'aperçut sur le seuil de la forge. Elle hésitait à entrer.

— C'est bien toi, Nessa ?

— Oui, entre.

Il était étonnant, en fait, que Molly eût mis aussi longtemps à la retrouver. Nessa laissa tomber les boucliers, qui allèrent s'écraser sur le sol dans un grand fracas.

— Molly, je ne veux pas aller à Gard. Uwen n'a qu'à expliquer lui-même au duc ce que Cadwyr a fait. Artimour pourra témoigner de... du coup de poignard qu'il a reçu. Ils n'ont pas besoin de moi. Je veux rester ici. Je pourrai vous aider...

— Ah, Nessa ! soupira Molly.

Avant que Nessa ait pu dire un mot de plus, elle s'avança et l'entoura de ses bras rassurants. La gorge de la jeune fille se noua, ses lèvres tremblèrent, et les larmes qu'elle avait jusque-là ravalées inondèrent ses joues.

— Je ne sais pas quoi lui dire, Molly. J'ai bien forgé ce poignard. C'est par ma faute qu'il a failli mourir...

Avec douceur, Molly repoussa une boucle errante derrière l'oreille de Nessa.

— Tu pourrais lui dire que tu es désolée.

— Je ne crois pas qu'il veuille des excuses.

— Eh bien, il n'aura rien du tout, alors ! Ce qui est fait est fait, mon enfant. Cela appartient au passé. Peut-être que tu aurais dû poser plus de questions, mais Cadwyr est un noble, un duc. Tu ne pouvais en aucun cas désobéir à ses ordres. Artimour finira par le comprendre.

— Il faudrait peut-être que je fasse quelque chose pour me racheter, tu ne crois pas ?

— Pour te racheter ? Si Artimour était un mortel, la cour des druides accepterait peut-être de juger son cas ; mais ils prendraient en compte, alors, ton jeune âge, le fait que tu vivais sous le toit de ton père, et le très haut rang de Cadwyr. Que pouvais-tu faire d'autre ? Aucune cour ne serait assez cruelle pour te condamner.

Molly repoussa Nessa à bout de bras et lui lança un regard sévère.

— Ecoute-moi bien, Nessa. Ton père serait fier de toi...

— C'est bien mon père qui m'inquiète. Artimour avait promis de m'aider à le retrouver, mais la nuit dernière, j'ai réfléchi à ce que m'avait dit le... le fantôme de ma grand-mère, et j'ai pensé à quelque chose d'horrible. Qu'arrivera-t-il, Molly, si mes parents meurent en TirNa'lugh ?

— Mais personne ne meurt, là-bas, mon enfant. Si tu la retrouves un jour, ta mère sera aussi jeune et belle que le jour où elle a disparu...

— Molly, je me rappelle une histoire de Wren, celle de Thomas le Vaniteux, qui part dans l'Outremonde, perd la tête et finit emporté par la Chasse sauvage de Herne. Vous voyez ? C'est cela qui me fait peur, Molly. Je ne veux pas que mes parents soient perdus à jamais...

— Eh bien, dit Molly, on ne peut rien y faire dans l'immédiat. Artimour est encore convalescent ; il ne pourra pas t'aider avant un petit moment. Mais je suis presque certaine que si tu lui présentes tes excuses, il te pardonnera. Puis...

Elle s'interrompit et indiqua d'un geste de la tête le gros pansement que Nessa portait autour du doigt. Elle dissimulait la bague qu'Artimour lui avait donnée, en gage de sa promesse de retrouver Dougal dans l'Outremonde.

— Tu ne crois pas qu'il voudra récupérer cela ?

— Mon père m'a toujours dit que les sylphes n'avaient aucun sens de l'honneur.

Nessa tâta l'objet qui pesait sur son doigt. Sous le tissu du pansement, la pierre était froide, dure, aussi grosse qu'un œuf d'oiseau.

Des bruits venant de l'extérieur empêchèrent Molly de lui répondre. Tournant la tête par-dessus son épaule,

Nessa entendit des voix d'hommes appeler le gouverneur, puis le chevalier Uwen.

— Quelqu'un est arrivé, dit-elle à Molly.

La sorcière hocha distraitement la tête.

— Nessa, déclara-t-elle lentement, dis-moi si je me trompe, mais j'ai l'impression que tu n'es jamais « allée aux bois », comme on dit, avec un homme... Même pas avec cet apprenti, Griffin. J'ai raison, n'est-ce pas ?

Mortifiée, Nessa acquiesça en silence. Comment expliquer tout cela à cette femme aux yeux tendres ? Dougal lui avait fait clairement comprendre, sans jamais le dire, qu'il acceptait et même approuvait l'écart qui s'était creusé entre leur petite famille et le reste du village. La voix de son père, grave et lente, résonna dans sa mémoire : « Ta mère était de celles qui font tourner la tête aux hommes. » Depuis toujours, Nessa avait eu l'impression que cette particularité de sa mère était à l'origine de son enlèvement par les sylphes.

— Ma mère... mon père m'a dit qu'elle était le genre de fille à faire tourner la tête aux hommes.

— Et il t'a dit de te méfier de tous les hommes ?

— Eh bien... pas exactement. Mais il m'a dit que si les femmes du village me gardaient à l'œil, c'était pour voir si j'allais devenir comme ma mère. Parce que c'est ce qui a attiré les sylphes, d'après les villageois. Le fait qu'elle soit... *comme ça.*

Et la meilleure façon d'éviter les regards, les chuchotements et les questions avait été de fuir les hommes, ce qui avait valu à Nessa la réputation d'être encore plus taciturne que son père.

Molly resta un moment silencieuse.

— Eh bien, tout s'explique, je suppose, dit-elle d'une voix douce.

Elle hésita de nouveau.

— Mais tu vas partir...

Pour la troisième fois, elle s'interrompit. Nessa se demanda ce que la sorcière pouvait bien vouloir lui dire.

— Qu'est-ce qui t'inquiète ?

Les sourcils de Molly se dressèrent, et elle éclata de rire.

— Je ne suis pas exactement inquiète, mon enfant. Seulement, il y a certaines choses qu'une femme doit savoir — et que seule une autre femme peut lui expliquer. Tu es bien trop innocente, tu ne te rends pas compte de l'effet que tu fais aux hommes.

Dans la pénombre, ses yeux pétillèrent de malice.

— Il y a un vieux proverbe qui s'est souvent révélé exact, dans mon expérience : « Les chiens ne font pas de chats. »

Troublée, Nessa détourna les yeux vers un tas d'armes à moitié triées.

— Que veux-tu dire ?

— Griffin est amoureux de toi, tu sais, dit Molly avec un sourire.

— Griffin ?

Nessa n'aimait pas penser à lui, surtout quand Artimour était à proximité. Elle avait compris d'instinct que l'apprenti de son père ne serait pas ravi de connaître les sentiments qu'elle éprouvait pour le semi-mortel. Le baiser d'adieu de Griffin, l'amulette qu'il lui avait laissée, même le sac de victuailles qu'il lui avait mis dans les mains avant son départ pour l'Outremonde — tous ces souvenirs éveillaient sa culpabilité, en même temps qu'ils confirmaient les dires de Molly.

Un sourcil arqué, Molly la dévisagea en silence.

— Il a pris mon amulette, dit Nessa, comprenant subitement que Molly avait déjà parlé de cela avec Griffin. Et il m'a laissé la sienne. Crois-tu vraiment qu'il m'aime ?

Un rayon de soleil filtrait par un trou du toit, faisant danser des poussières et étinceler les yeux de Molly.

— A ton avis ?

Des images un peu floues, des bribes de conversations à moitié oubliées resurgirent en elle et — à la lumière des révélations de Molly — s'assemblèrent pour former un ensemble cohérent, dont le sens ne lui apparaissait que maintenant… Les yeux de Griffin fixés sur elle, tandis qu'elle remplissait une brouette de charbon… Griffin rougissant soudain quand elle se baissait et que le col de sa tunique s'entrebâillait… Griffin l'aspergeant d'eau, l'été dernier, puis se reculant soudain, le visage empourpré — par l'effort, avait-elle cru — quand le seau entier s'était déversé sur elle, plaquant contre son corps le tissu léger de sa robe, révélant le contour de ses seins aussi nettement que si elle avait été nue… Et Dougal lui avait lancé une cape en lui ordonnant d'un ton rogue de se couvrir… Depuis quand les sentiments de l'apprenti grandissaient-ils sans qu'elle s'en rende compte ?

— Tu penses que je devrais l'épouser ?

Molly parut éberluée.

— Par la Déesse, ma fille, quelle idée !

Elle lui frôla la joue et lui lissa les cheveux.

— Ton père avait raison, d'une certaine manière. Tu n'es pas comme les autres ! Pour être honnête, je crois que tu es une enfant de Beltane, même si ton père, pour une raison ou une autre, s'acharne à le nier. Comme ta mère, tu plais aux hommes. Mais contrairement à elle, je ne crois pas que tu t'en rendes compte. Alors fie-toi à ton propre cœur, et prends bien soin de ce bâton de bouleau. Cet arbre possède une grande force de protection, et il a choisi de t'offrir une partie de lui-même.

Elle lissa les cheveux de Nessa, les repoussant de son front brûlant.

— Bientôt, tu vas partir avec deux hommes, qui l'un et l'autre feraient palpiter le cœur de n'importe quelle fille.

— Même Uwen ? demanda Nessa en retroussant le nez.

Elle pensa à la bouche tordue, à la mâchoire cassée et à la silhouette dégingandée d'Uwen. Il avait beau appartenir à la Première Compagnie du duc de Gard, elle ne pouvait imaginer qu'on le trouve attirant.

Un demi-sourire passa sur le visage de la sorcière.

— Ah, Nessa… Depuis que nous sommes ici, j'ai vu bien des filles montrer très clairement qu'elles seraient ravies de faire un tour dans les bois avec le chevalier Uwen. D'ailleurs, une ou deux sont arrivées à leurs fins. Tu ne fais pas attention, c'est tout. Quoi qu'il en soit, Nessa, n'aie jamais peur de t'unir à un homme que tu désires véritablement, que ce soit Griffin, Uwen, ou même ce seigneur sylphe. Car ce qui se passe entre un homme et une femme est à l'origine de toute la magie qui existe dans ce monde… et dans l'Autre aussi, j'imagine.

Nessa ferma les yeux et se rappela sa chevauchée à travers la forêt de l'Outremonde, à califourchon sur la selle d'Artimour… Elle se rappela le parfum musqué de résine qu'exhalaient les grands pins sombres, les feuilles dorées qui flottaient lentement dans l'air. Elle se rappela la solidité du torse d'Artimour derrière son dos, la caresse veloutée de son pourpoint, la douceur de la selle en cuir entre ses jambes… Une partie d'elle comprit que Molly venait de lui transmettre un savoir extrêmement important, qui expliquait bien des choses : pourquoi l'on disait que les sorcières vendaient leur corps contre une pièce d'argent, comment elles rendaient les terres fertiles et faisaient pousser le maïs… Mais à cet instant précis, tout ce qui lui importait, c'était de réussir à faire la paix avec Artimour.

— Molly ? Nessa ? Vous êtes là ?

La voix d'Uwen était tellement changée que, pendant un instant, Nessa ne reconnut pas la silhouette osseuse qui se découpait dans l'encadrement de la porte. C'était bien lui, mais sa voix, habituellement légère et moqueuse, sonnait curieusement plat.

— Il y a du nouveau, dit-il. Une troupe d'hommes de Mochmorna, le clan de Cecily, viennent d'arriver. La nuit dernière, pendant l'attaque des gobelins, ils ont trouvé refuge dans un pigeonnier abandonné. Apparemment, un druide qui voyageait avec eux a réussi à rappeler les morts des Terres d'Eté. Il semble que parmi les fantômes, ils aient vu passer celui de Donnor.

*
* *

Le duc de Gard était mort, son château était sens dessus dessous et Cecily, sa veuve, n'éprouvait aucun des sentiments qu'elle était censée éprouver. Si Donnor était mort, c'était par sa propre faute. Elle avait essayé de le mettre en garde contre Cadwyr, son neveu et héritier ; elle l'avait supplié d'attendre qu'au moins la moitié de sa compagnie fût rassemblée. Mais il s'était entêté à partir au combat sous un prétexte ridicule ; il s'était jeté dans un piège que même une mule aveugle eût évité. Cecily avait d'abord cru que Kian et elle avaient été les seuls à voir le spectre de Donnor flotter sur le champ jonché de cadavres. Mais tous ceux qui se tenaient sur les remparts l'avaient reconnu. La rumeur s'était propagée à travers le château comme une traînée de poudre, laissant les guerriers les plus endurcis aussi désemparés que des orphelins.

A présent, Cecily se frayait un chemin dans les décombres du cercle extérieur. Kestrel, archidruide de Gard, et une dizaine de ses frères la suivaient d'un côté ; de l'autre venaient Mag, herboriste en chef du château, et toutes les sorcières qui avaient accepté d'abandonner quelques instants les blessés et les survivants éplorés. Si les gobelins revenaient cette nuit, personne n'y survivrait. Mais s'ils connaissaient un moyen de prévenir une deuxième attaque, les druides comme les sorcières se gardaient bien d'en parler... Ces pensées, Cecily ne cessait de les tourner et de les retourner dans sa tête.

Un silence de plomb enveloppait le château, étouffant le bruit des pas et les murmures de ceux qui avaient l'estomac assez solide pour fouiller les décombres à la recherche de possessions maculées d'immondices. Sur les remparts, ingénieurs et maçons dirigeaient les équipes qui œuvraient à la reconstruction du mur d'enceinte. Au signal, les hommes se baissaient et, au prix d'un violent effort, soulevaient d'immenses blocs de pierre pour les placer sur le levier de bois qu'une autre équipe faisait basculer sur ses gonds. Le bruit mat de la pierre, les grincements du bois et les cris des hommes ricochaient platement contre les murs de la cour, comme si les sons avaient été absorbés par les trous béants que les gobelins avaient ouverts dans les murs et les entailles sanglantes laissées dans la terre. Soudain, Cecily pressa contre ses narines un mouchoir de lin imprégné d'essence de menthe et déglutit avec difficulté : elle avait failli marcher sur une main.

— Attention, murmura-t-elle.

Elle tendit le bras pour empêcher ses compagnons de trébucher et fit signe à un groupe d'écuyers portant des masques sur le nez et la bouche, armés de pelles, de pioches et d'une brouette, de venir recueillir les restes du cadavre.

Montant des charniers de gobelins, une fumée âcre lui piqua les yeux, et elle détourna le regard vers le tertre qui surplombait le château. Un cortège gravissait les marches creusées dans la rocaille, transportant les dépouilles vers le sommet, où des druides de rang inférieur dressaient un bûcher funéraire. D'autres, debout sur des pierres levées, positionnaient les cadres en fer destinés à soutenir de grandes plaques de verre, lesquelles concentreraient les rayons du soleil couchant afin de provoquer la combustion spontanée des corps. Du moins si tout se déroulait comme prévu. Quand ils étaient enfin sortis des caves où ils se cachaient, Kestrel et les autres druides avaient annoncé que tous ceux qui étaient morts le soir de Samhain auraient droit à un enterrement dans les règles. Comme si cela pouvait les ramener à la vie, et comme si cela suffirait à protéger les vivants quand les gobelins reviendraient…

De temps à autre, les sorcières s'arrêtaient pour cracher d'épaisses chiques vertes sur le sol, visant de manière experte entre deux cailloux. *Pourvu que je n'aie pas fait la grimace*, pensa Cecily. Mâcher des chiques d'herbes était considéré comme une habitude extrêmement grossière, mais la plupart de ces femmes ne pouvaient s'en passer. Cela rendait les rêves plus clairs, disaient-elles.

Cecily laissa errer son regard sur les fortifications en ruines. En fait de rêves, elle ne faisait que des cauchemars. A présent, ils étaient menacés non seulement par les gobelins, mais aussi par Cadwyr. Cadwyr, le meurtrier de Donnor, l'allié des sylphes... La veille de Samhain, Kian et elle avaient confié leurs craintes à Kestrel, mais celui-ci était resté extrêmement sceptique, doutant visiblement de l'existence même des sylphes et des gobelins. Après ce qui était arrivé la nuit dernière, ce genre de scepticisme était exclu — du moins Cecily l'espérait-elle.

Mais Cadwyr lui faisait encore plus peur que les sylphes et les gobelins réunis. Car avant son départ, il lui avait clairement fait comprendre qu'il la considérait comme une partie de son héritage. D'ailleurs, songea-t-elle soudain, il avait peut-être raison. Si, comme le prétendait Cadwyr, Donnor avait bien évincé son neveu pour épouser Cecily, il avait peut-être fait taire ses scrupules au moyen du même raisonnement. Sans doute la considérait-il, lui autant que Cadwyr, comme la propriété inaliénable du duché de Gard. Que diraient les gens du château, se demanda-t-elle, s'ils savaient qu'elle était trop fâchée contre Donnor pour s'attrister de sa mort ?

Au loin, sur le rempart, elle aperçut Kian, Premier Chevalier de Donnor, qui travaillait aux côtés des autres hommes. Sous la bande de lin qui entourait son visage, la duchesse reconnut ses tresses dorées, et, à travers ses vêtements sales et froissés, les lignes familières de son corps. Kian s'accroupit, posa les mains sur un long madrier et, au signal, s'y appuya de tout son poids. A l'autre extrémité du levier, une équipe attrapa le bloc de pierre par les cordages qui l'entouraient et le hissa jusqu'à son emplacement dans le mur. Kian se releva, arracha son masque et s'en épongea le visage. Alors, malgré son épuisement et son angoisse, Cecily fut submergée par une vague de tendresse.

Car Kian était l'homme qu'elle aimait. Elle aimait sa force, son sourire, sa façon de diriger les hommes avec courtoisie et douceur. Il avait le don de se faire apprécier de tous, même de Donnor — jusqu'à Beltane dernier, quand Cecily, obéissant aux injonctions de la Déesse, avait choisi Kian pour l'accompagner dans les bois sacrés. A partir de ce jour, Donnor n'avait plus écouté que les récriminations amères de son cœur jaloux. Mais Donnor n'était plus de ce monde.

— Il faudra mesurer l'inclinaison depuis le haut du tertre, à l'aube et au couchant, disait Kestrel.

Quand il tendit le doigt vers le soleil, la doublure richement brodée de sa large manche flamboya un instant. Elle était d'un vert intense qui détonnait au milieu des vêtements gris ou écrus portés par tous les autres, y compris Cecily.

— Il faudra aussi prendre en compte l'ombre de la tour, n'est-ce pas ? demanda un autre druide.

— Et les gobelins ? lança Cecily.

Les druides ne voulaient entendre parler que de l'organisation des funérailles, ce qui, dans les circonstances, lui paraissait totalement déraisonnable.

— Est-ce que quelqu'un peut me dire s'ils reviendront cette nuit ? Et si oui, peut-on les arrêter ? Est-ce que les morts se lèveront de nouveau pour se battre ?

Les sorcières se dévisagèrent furtivement, puis posèrent sur les druides des regards lourds de sens. Kestrel s'éclaircit la gorge ; les autres agitèrent leurs robes, se balançant d'un pied sur l'autre. Ils avaient lamentablement échoué, la nuit dernière, et ils le savaient.

Les cris des guetteurs, au-dessus d'eux, détournèrent momentanément l'attention de Cecily : elle plissa les yeux et, à travers l'un des immenses trous du rempart extérieur, vit un minuscule point sortir de la forêt et progresser sur la route qui menait au château. Un cavalier, pensa Cecily, qui arrivait au galop. Ainsi, d'autres qu'eux avaient survécu à l'attaque des gobelins. Kian aussi l'avait aperçu, remarqua-t-elle, mais il se remit aussitôt à son travail. Il ne restait plus beaucoup d'heures de jour. Elle se retourna vers Kestrel.

— J'attends une réponse.

Kestrel joignit ses mains sous les manches amples de sa robe et s'éclaircit de nouveau la gorge.

— Les bardes étudient en ce moment même les versets druidiques, madame, et nos frères aînés ont passé toute la journée dans les bois à déchiffrer l'oracle des arbres. Mais ce sont des procédures ardues, dont la compréhension est extrêmement difficile pour les non-initiés.

— Je ne demande pas à comprendre vos procédures, maître druide. Je veux juste savoir comment nous protéger des gobelins. Pouvons-nous compter sur l'armée des morts ?

— Ils sont venus parce que c'était Samhain, chuchota une sorcière. Ils ne reviendront pas avant Samhain prochain.

Cecily se tourna vivement vers les femmes, mais ne put deviner laquelle avait parlé.

— Et les gobelins ? demanda-t-elle. Croyez-vous qu'ils attaqueront de nouveau ?

Un silence gêné s'ensuivit, jusqu'à ce que Kestrel pousse un grognement de mépris.

— Elles n'en savent pas plus que n'importe qui.

— A Imbolc, dit soudain Mag.

— Le sang des agneaux nouveau-nés les ramènera. Jusque-là, nos sortilèges peuvent les retenir, mais à Imbolc, seule la magie des druides est capable de les arrêter.

C'était une autre sorcière, qui se tenait dans l'ombre de Mag, qui avait parlé. Elle conclut sa phrase par un toussotement et un raclement de gorge, puis une boulette verte jaillit de sa bouche pour s'écraser avec un bruit mouillé juste devant Kestrel. Celui-ci sursauta et Cecily aperçut, sous sa lourde robe, un éclat de rouge. Des bottes en cuir d'Aquilée, sans doute… Mais qui aurait l'idée de porter des souliers aussi élégants au milieu d'un chantier pareil ? *Quelqu'un qui peut facilement s'en procurer d'autres*, pensa-t-elle sans réfléchir. Or, ce ne pouvait être le cas du druide… Agacée, la duchesse chassa de son esprit toute pensée de ces bottes.

— Demandez donc aux sorcières, déclara Kestrel d'un air dédaigneux. Elles en savent plus long que nous, apparemment.

Il se détourna en s'éventant d'une main, comme si l'odeur des sorcières l'incommodait. Apercevant le crachat vert et visqueux qui gisait sur le sol, Cecily elle-même eut un haut-le-cœur. Mais elle n'allait pas se laisser détourner de son but.

— Je vous en prie, dites-moi ce que vous savez. N'importe laquelle d'entre vous... Parlez !

Ce fut au tour des femmes d'échanger des regards gênés, d'épousseter leurs jupes, de serrer leurs châles autour de leurs épaules. Dans ce groupe bigarré, certaines paraissaient à peine plus âgées que Cecily, tandis que d'autres étaient ratatinées comme de vieilles pommes.

— Je vous en supplie..., dit-elle. Dites-moi ce que nous pouvons faire.

Kestrel toussota.

C'étaient les druides qui faisaient obstacle, évidemment. Ils méprisaient les sorcières et considéraient leurs rites comme inférieurs aux leurs, puisque le savoir de ces femmes — comme elles le disaient elles-mêmes — résidait dans le cœur plutôt que dans l'esprit, et certainement pas dans d'obscurs versets rédigés dans une langue à moitié oubliée, ni dans des symboles ésotériques gravés sur les branches des arbres.

— Ils se moquent de nous, Votre Grâce.

Mag fit la moue et croisa les bras sur sa poitrine plantureuse. Kestrel soutenait qu'elle avait gâché une cérémonie de la mi-hiver, une année, en ajoutant délibérément de l'herbe à dissiper les rêves à la mixture habituelle. Incapables d'atteindre l'état de transe nécessaire, les druides étaient partis furieux, et le rite avait dégénéré en fête déchaînée, puis en bagarre générale, au cours de laquelle plusieurs chevaliers de Donnor avaient été tués. Ces événements n'avaient, en soi, rien d'extraordinaire ; mais puisque les druides, chargés de maintenir l'ordre, avaient déserté la cérémonie, Donnor les avait sévèrement réprimandés. Le duc ne les avait jamais tenus en haute estime, car même les druides de dernier rang se considéraient comme supérieurs à lui, et ils étaient tombés d'autant plus en disgrâce à cette occasion.

— Je ne vois pas ce qu'il y a de drôle, dit Cecily.

Le point à l'horizon avait pris la forme d'un cavalier, qui franchissait à présent le portail en ruine. A peine avait-il dépassé le corps de garde que son cheval s'écroula d'épuisement, tandis que lui-même roulait à terre. Deux femmes qui fouillaient les décombres se précipitèrent à son côté ; Kian sauta du mur et se dirigea vers eux, ordonnant à ses hommes d'apporter de l'eau.

« Si seulement cela pouvait être un message de Donnor, songea Cecily... Peut-être que son fantôme n'était qu'un effet de lumière... Peut-être que nous nous sommes tous trompés... »

Mais elle savait, au fond, que cet espoir était vain. Kian lui jeta un coup d'œil avant d'emporter dans ses bras l'homme évanoui, et Cecily comprit qu'il la retrouverait dès que possible. Il s'éloigna en direction des cuisines d'été, suivi par les deux femmes.

— Je vous en prie..., répéta Cecily.

Il y eut un long silence, puis une bourrasque de vent apporta un relent de puanteur.

— Ils viennent trois fois par an, dit une voix rauque et basse. Trois fois s'ouvrent les portes entre les mondes.

La voix trembla, comme si cette affirmation lui avait demandé un effort immense. Les femmes s'écartèrent : au milieu d'elles, une petite vieille boulotte, aux cheveux hérissés et vaporeux comme une fleur de pissenlit sèche, se balançait d'avant en arrière, les mains agitées de secousses.

— Trois nuits... trois fois... trois nuits... Notre magie ne peut les retenir. Pas ces trois nuits-là.

— Quelles sont ces trois nuits ? s'enquit Cecily.

Elle lança un regard en direction de Kestrel et des autres druides. Pourvu qu'ils aient la bonne idée de tenir leur langue ! Pour l'instant, ils semblaient écouter attentivement les propos de la sorcière. Les druides avaient une excellente mémoire : certains pouvaient répéter, mot pour mot, des conversations auxquelles ils avaient assisté des décennies auparavant.

Mais la vieille femme, les yeux fermés, secoua la tête, refusant obstinément de répondre.

— Samhain, Imbolc et Lughnasa, dit une autre voix, plus douce.

De derrière Mag surgit une femme au visage d'oiseau, enveloppée dans un châle rouge. Elle mâchait une grosse chique d'herbes qu'elle faisait passer d'une joue à l'autre lorsqu'elle parlait.

— A Beltane, le soleil est trop fort, la lumière les empêche de passer. Mais aux trois autres fêtes, seule la magie des druides peut les retenir.

Cecily jeta un coup d'œil aux druides. Le problème, c'était qu'eux-mêmes ne semblaient pas savoir en quoi consistait leur magie.

— Et le reste de l'année ? Toutes les autres nuits ?

La femme au châle rouge se rembrunit ; Mag elle-même évitait le regard de Cecily.

— S'il te plaît, Mag !

— Savez-vous ce qu'ils disent sur notre compte ? fulmina l'herboriste.

Cecily inspira profondément, et observa un instant les visages las, les dos voûtés, les mains calleuses des vieilles femmes. Elle savait, évidemment, ce qu'on racontait : qu'elles ne trouvaient aux hommes qu'une seule utilité ; que pendant les nuits sans lune, elles commettaient des actes innommables censés faire pousser le maïs.

— Je ne te demande pas de révéler des secrets. Dis-moi simplement si vous pouvez faire quelque chose pour nous protéger.

— Nous le croyons, oui, dit Mag en hochant la tête.

— En êtes-vous sûres ?

— Nos cœurs nous le disent, répliqua l'herboriste en soutenant le regard de Cecily. Nous sommes certaines que ça marchera.

— Elles n'en savent rien du tout, s'interposa Kestrel. Sans parler de la nature du « ça » en question. C'est justement ce qui rend la magie du maïs aussi absurde, dame Cecily. Elles ne sont certaines de rien, elles ne s'en remettent à aucune autorité. Elles n'ont pas de versets, pas de runes, même pas d'aînées pour les guider. Ça leur vient tout seul, par une envolée de l'imagination. A moins que ce ne soit cette bouillie verte qui les inspire.

Il huma l'air d'un air méprisant et pressa son mouchoir parfumé contre son nez.

— Le soleil brille, la pluie tombe, le maïs pousse. Rien ne prouve que leurs rites y soient pour quelque chose.

Cecily poussa un grand soupir. La dispute entre druides et sorcières remontait à des temps immémoriaux. Mais ce que les premiers, maîtres de la sagesse, de la poésie et du droit traditionnel, pensaient des herboristes, guérisseuses et sorcières qui accomplissaient les rites du maïs n'avait jamais réellement affecté la duchesse. En tant que descendante des deux plus grandes maisons de Brynhiver, potentiellement destinée à jouer un rôle dans la direction du royaume, Cecily avait tout naturellement été instruite par les druides. Par ailleurs, ses devoirs de femme, qui exigeaient une connaissance des herbes médicinales, l'avaient amenée à fréquenter de très près Mag, herboriste en chef à Gard depuis de longues années. Jusqu'ici, Cecily considérait les deux savoirs comme nécessaires et distincts. Mais à présent…

Elle se passa la main sur le front, comme si ce geste pouvait effacer la peur et la fatigue qui embrumaient son esprit.

— Rien ne prouve que leurs sortilèges ne fonctionnent pas, non plus, dit-elle au druide. Nous devons tout essayer. Ce n'est pas le moment de débattre des mérites respectifs de vos rites et de vos savoirs. Les gobelins ne nous laisseront pas le temps de trancher.

— Tu verras qu'elles nous demanderont de copuler dans les prés, ce soir, marmonna un druide sous son capuchon pointu.

Des ricanements s'élevèrent du petit groupe d'hommes ; les sorcières échangèrent des regards circonspects.

Cecily redressa la tête.

— Je préfère copuler dans les prés que mourir ici.

Rencontrant le regard des druides, elle rejeta ses cheveux en arrière et, à leur stupéfaction, fit un petit clin d'œil. Puis elle se retourna vers les femmes et les fixa chacune à tour de rôle.

— Dites-moi de quoi vous avez besoin.

— Nous n'avons pas envie qu'on se moque de nous.

— Personne ne se moquera de vous, promit Cecily. Et si quelqu'un a envie de rire — elle marqua une pause et lança un regard sévère aux druides —, qu'il réfléchisse d'abord à ceci. En cinq cents ans, depuis que ces murs ont été construits, aucun ennemi ne s'est jamais tenu là où nous nous tenons. Personne n'a jamais pu franchir ces remparts. Mais les gobelins les ont percés aussi facilement que s'il s'était agi de murs de paille.

Elle regarda Kestrel droit dans les yeux.

— Je copulerai moi-même dans les prés, devant tout le monde, si ça peut les empêcher de revenir.

« Et j'exigerai que tu sois à mon côté », faillit-elle ajouter, mais cette perspective l'horrifia presque autant qu'une nouvelle attaque des gobelins.

L'ombre d'un sourire flotta sur le visage de Mag, mais sa voix demeura hésitante.

— Il faudra… Nous commencerons au coucher du soleil, n'est-ce pas, Lyss ? Quand le soleil tombera sous les arbres, sous le tertre, vers la rivière, Lyss, la plus vieille d'entre nous…

Elle recula et désigna une femme minuscule et rabougrie qui mâchait un chicot d'herbes si énorme qu'il se glissait hors de sa bouche à chaque impulsion de sa mâchoire.

— Lyss accomplira le rite. Nous aurons besoin d'un volontaire, évidemment. Un homme, dans la force de l'âge.

— Peuh ! Vaudrait mieux un jeune. Quatorze, quinze ans tout au plus, dit Lyss d'une voix chevrotante.

Elle posa sur le bras de Mag une main crochue aux ongles jaunâtres.

— C'est honteux, murmura Kestrel. Je n'ai jamais rien entendu d'aussi dégoûtant.

— Si vous avez une meilleure idée, n'hésitez pas, dit Cecily.

Le feu, songea-t-elle subitement. Peut-être que le feu les repousserait. Il fallait qu'elle pense à en parler à Kian.

— Ça marcherait mieux si c'était l'un d'entre eux, poursuivit la vieille en désignant les druides d'un geste de la tête.

Cecily examina la vieille femme plus attentivement. Elle n'avait plus de dents ; ses lèvres étaient rentrées dans sa bouche, comme celles des morts enlevés par Herne. Qui pourrait bien se porter volontaire ? Kian, par exemple, accepterait-il de s'accoupler avec une vieille femme aussi répugnante ?

— Moi, je le ferai.

La voix résonna comme celle d'un barde, mais celui qui se fraya un chemin à travers le groupe de druides n'était qu'un grand garçon maigrichon à la peau rouge et tachetée.

— Que fais-tu ici ? demanda Kestrel. Tu devais aider à rassembler les morts, il me semble…

— C'est bien ce que je faisais — il indiqua d'un geste sa robe souillée — mais je n'ai pas pu m'empêcher d'entendre votre conversation. En quoi puis-je vous aider ?

— Quel est ton nom, jeune druide ? s'enquit Cecily, étonnée.

— Ce n'est pas un druide, dit Kestrel en levant les yeux au ciel. Ce n'est qu'un barde de troisième rang, toujours à se mêler de ce qui ne le regarde pas, jamais là où il faut quand on a besoin de lui.

— Eh bien, jeune barde de troisième rang, quel est ton nom ?

D'un geste, Cecily signifia à Lyss de cesser ses gloussements.

— On m'appelle Jammor, Votre Grâce. Jammor du Rill.

Il s'inclina et tendit sa pelle à Kestrel d'un geste si dramatique qu'en dépit de la gravité de la situation, Cecily faillit éclater de rire.

— Oh, mais ce jeunot fera parfaitement l'affaire ! caqueta Lyss. Viens par ici, mon petit, laisse-moi te tâter le bras.

— Dis-lui d'abord de quoi il s'agit, tu verras si ça l'intéresse autant, intervint Kestrel.

Le druide s'avança vers Jammor et lui remit sa pelle entre les mains.

— Retourne au travail !

— Attends un peu, jeune homme ! s'écria Lyss. Je voulais juste jeter un coup d'œil…

Le garçon hésita, Kestrel ouvrit la bouche pour protester ; on se dirigeait manifestement vers une impasse, quand Kian arriva vers eux à grands pas. Malgré sa haute taille, il se déplaçait parmi les décombres avec une grâce féline, mais son visage était sombre, ses traits tirés.

— Quelles sont les nouvelles, seigneur Kian ? demanda Cecily.

— Elles sont bien tristes, mais nous nous y attendions tous, répondit Kian.

Il s'arrêta un peu à l'écart du groupe et chercha le regard de Cecily.

— Comme nous le craignions, madame, le grand Gard est mort.

Il jeta un coup d'œil à Kestrel, puis à Mag.

— Maître druide, dame herboriste, auriez-vous l'amabilité de faire quelques pas avec la duchesse et moi ?

— Voulez-vous que nous réfléchissions à la cérémonie d'enterrement ? proposa Kestrel.

Kian les avait attirés tous trois derrière un grand tas de débris. Les pierres étaient tachées de sang et, çà et là, restaient des viscères de gobelins. Le plus gros avait été nettoyé, pensa Cecily en enjambant une masse suspecte recouverte d'un chiffon.

— L'enterrement ? répéta Kian.

Son visage était creusé de rides, souillé de sueur et de poussière.

— Nous n'avons pas le temps de penser aux enterrements, maître druide. Ce messager portait d'autres nouvelles que la mort de Donnor. Cadwyr d'Allovale a levé son étendard sur Ardagh, et dix mille mercenaires aquiléens arrivent depuis le Sud, menés par l'un des demi-frères de Cadwyr.

Tous poussèrent des hoquets de stupéfaction. Kestrel jeta un coup d'œil autour d'eux. Dans le crépuscule, sa robe blanche se teintait de reflets bleus, jusqu'à se confondre avec le gris des pierres.

— Le messager doit sûrement se tromper. Qu'est-il advenu du roi Hoell et de toute sa cour ?

— Notre homme n'est pas arrivé jusqu'à la forteresse ; on l'a renvoyé ici pour porter la nouvelle. Mais il a vu de ses propres yeux l'armée de Cadwyr. Il a au moins deux mille cavaliers et quatre mille fantassins. Si l'on y ajoute les mercenaires, Cadwyr a presque trois fois plus d'hommes que nous ne pourrions jamais en rassembler.

— Où les a-t-il trouvés ?

Kian secoua lentement la tête.

— Le messager n'a pas pu s'approcher assez pour voir si c'étaient vraiment des hommes. Et même si c'était le cas…

Il s'interrompit et coinça ses pouces sous sa ceinture.

— Comment savoir quelles promesses Cadwyr a faites à d'autres ?

— Croyez-vous qu'il commande une armée de sylphes ? demanda Cecily.

— Vous ne pouvez être sérieuse…, commença Kestrel.

— Vous les avez vus, ces monstres qui nous ont attaqués la nuit dernière ? s'écria Cecily. Et le Grand Herne, vous l'avez remarqué ? Comment pouvez-vous continuer à refuser de voir la vérité en face ?

Dès le départ, Kestrel avait refusé de croire l'histoire rapportée par Kian, selon laquelle une fille de forgeron avait vu Cadwyr en compagnie d'un sylphe.

— Quand Donnor m'a dit qu'une occasion inespérée s'était présentée, reprit Cecily, c'était bien de cela qu'il s'agissait. Il savait que Cadwyr avait prévu d'utiliser l'aide des sylphes.

— Et à présent, il marche sur Gard, dit Kian.

— Cet éclaireur a-t-il vu des signes de… d'êtres de l'Outremonde ? demanda Kestrel. Nous n'avons aucune preuve…

— A part que le drapeau de Cadwyr flotte sur une forteresse bâtie sur un roc, au milieu d'un tourbillon géant, dit Mag. Qu'est-ce qu'il vous faut de plus, pauvre imbécile ?

Cecily leva un sourcil. Après tout, Mag n'était qu'une simple herboriste, et Kestrel l'archidruide de Gard.

— On a retrouvé un escadron d'archers qui paraissaient avoir été foudroyés sur place, dit Kian. La plupart n'avaient même pas eu le temps de tirer leur épée…

— Donc, personne n'a rien vu…

— Nous avons un témoin, coupa Kian. La fille du forgeron, rappelez-vous.

— Avez-vous une meilleure explication, maître druide ? demanda Mag.

— Je n'ai pas plus envie d'y croire que vous, Kestrel, répéta Cecily. Mais pour autant que nous le sachions, Cadwyr est peut-être allié non seulement avec les sylphes, mais aussi avec les gobelins. Nous ne pouvons écarter aucune hypothèse.

— Il n'oserait pas ! explosa Kestrel.

— Il a déjà osé prendre la forteresse d'Ardagh, dit Cecily. Il me semble qu'on peut le supposer capable de tout, à présent. Combien de temps lui faudra-t-il pour arriver jusqu'à Gard ?

— Il faut convoquer une Assemblée de toute urgence, dit Kestrel. L'enterrement de Donnor sera l'occasion idéale pour…

— Allez-vous cesser de nous ennuyer avec vos histoires d'enterrement ? dit Mag. Cadwyr a déjà lancé les sylphes et les gobelins contre nous, vous l'avez compris ? Il ne va pas tarder à venir frapper lui-même à la porte…

— Mais c'est moi qu'il veut, dit Cecily, réfléchissant à haute voix. Puisque Donnor est mort, il considère que Gard lui appartient déjà. Je doute qu'il attaque le château, surtout si je n'y suis pas.

Elle hasarda un coup d'œil vers Kian, et fut soulagée de le voir acquiescer.

— Si vous n'y êtes pas ? répéta Kestrel. Votre Grâce, vous ne pouvez pas nous quitter. Pensez à votre devoir… à vos sujets… Où iriez-vous ?

Le sang reflua de son visage, et il parut soudain affolé.

— Et puis, qu'est-ce qui vous fait croire que le duc d'Allovale vous veut du mal ? Pour ma part, j'ai toujours pensé que Cadwyr vous chérissait…

Il s'interrompit et détourna les yeux, incapable de soutenir plus longtemps le regard de Cecily.

— Cecily a de meilleures prétentions au trône.

Oubliant le reste, la duchesse leva les yeux, surprise et réjouie, car c'était la première fois que Kian employait son prénom en public.

« Donnor est mort, pensa-t-elle. Il est mort, et je suis libre. »

— Elle doit partir d'ici, maître druide, continua Kian. Nous ne savons pas ce que Cadwyr va ramener avec lui. De toute évidence, les sylphes l'ont aidé à prendre Ardagh. La forteresse n'a subi aucun dégât. Comprenez-vous ce que cela signifie ? L'armée qu'il a lancée contre

Hoell était assez effrayante pour qu'on lui ouvre la porte et qu'on la laisse entrer sans aucune résistance. Quant à moi, il ne me reste que le quart des hommes que j'avais hier. Et j'avais déjà moins d'une demi-garnison.

« Il a utilisé mon prénom », se répéta Cecily. Et une partie d'elle, si longtemps enfouie qu'elle avait presque oublié son existence, s'éveilla et s'épanouit. Son cœur manqua un battement. « Donnor est mort, songea-t-elle, en proie à un sentiment de bonheur tout à fait déplacé. Donnor est mort, et je suis libre. *Nous* sommes libres. »

— Mais vous n'avez aucune raison de supposer…

— J'ai toutes les raisons de croire que Cadwyr compte s'imposer à moi, seigneur Kestrel, rétorqua Cecily.

Quelle mouche l'avait piqué ? Avant Samhain, déjà, le druide s'était comporté ainsi, contestant la moindre de ses affirmations.

Kestrel referma la bouche avec un petit bruit ; une ombre traversa son visage. A cet instant, des cris rauques retentirent et une volée de corbeaux décolla du toit de la grande salle.

« Les oiseaux de la Marrihugh, pensa Cecily. La déesse de la guerre s'est réveillée et marche à travers le pays, chaussée de ses bottes à plumes noires. Elle a dû être comblée, la nuit dernière. »

— Où irez-vous, alors ? demanda Kestrel.

— Vers le nord, répondit Kian. D'après l'éclaireur, les forces de Cadwyr se trouvent à un jour de route, sinon plus. Par chance, la taille de son armée ralentit sa progression.

— Et nous autres ? demanda Mag. Cadwyr marche sur Gard, et la Déesse seule sait ce qui l'accompagne. Partir ou rester, c'est un choix qui doit être offert à tous.

Mais le druide secouait déjà la tête.

— Bah ! vous perdez la tête, femme. Rien ne nous garantit que votre sortilège sera efficace. Avec leurs montures rapides, Sa Grâce et les chevaliers ont au moins une chance de semer les gobelins. Mais entraîner les femmes, les enfants et les blessés dans la fuite serait de la folie pure.

Il se tourna vers Kian et baissa son capuchon, qui retomba autour de ses épaules en plis fluides. Il était plus petit que le chevalier, mais il se redressa de toute sa taille.

— Partez, seigneur chevalier. Je resterai ici avec mes frères. Nous ferons tout notre possible pour protéger les habitants du château, par tous les moyens que nous trouverons.

Cecily regarda autour d'elle, évaluant l'avancée des réparations. De larges sections des remparts extérieurs manquaient encore. Le deuxième rempart semblait en meilleur état, mais il n'avait pas été conçu pour résister au plus fort d'une attaque — surtout une attaque comme celle de la nuit précédente. Soudain, quelque chose lui revint à l'esprit.

— Si nous faisions du feu ? demanda-t-elle. Un cercle de feu autour du château ?

— C'est une idée, dit Kian. Ce sera difficile à entretenir ; je ne suis pas sûr que nous ayons assez de bois. N'empêche, cela pourrait aider à défendre les trous dans les murs. Je vais en parler au capitaine de la garde. Nous partirons...

Il s'interrompit et leva les yeux. Le soleil était encore haut dans le ciel.

— Serez-vous prête à partir au crépuscule ?

— Au crépuscule ? répétèrent Cecily et Mag d'une seule voix.

— Sauf votre respect, dit l'herboriste, nous aurons besoin de Sa Grâce ce soir.

— De moi ? murmura Cecily.

— Pourquoi ? demanda Kian.

— Elle doit être présente au rite. Elle apportera une certaine... énergie... dont la vieille Lyss aura besoin. Il vaudrait mieux qu'elle soit là, j'en suis persuadée.

— Combien de temps cela prendra-t-il ?

— Une bonne partie de la nuit, admit Mag en baissant les yeux. Vous voulez qu'on essaie de repousser les gobelins par tous les moyens, n'est-ce pas ?

Kian se passa la main sur les yeux. Cecily, qui sentait une immense fatigue peser sur elle, devina que cela devait être pire encore pour le chevalier. Il s'était battu toute la nuit, et n'avait réussi à se reposer que quelques heures ce matin.

— Bien. Nous partirons à l'aube, alors. Nous devrions atteindre le Daraghduin à minuit, si nous avons de la chance.

Si nous avons de la chance... Aux oreilles de Cecily, cette petite phrase sonna comme le glas. Mais Kian poursuivait déjà :

— Seigneur Kestrel, vous êtes bien l'archidruide de Gard, n'est-ce pas ?

Le druide acquiesça.

— En tant que tel, c'est à vous qu'il revient de veiller sur des biens contestés, jusqu'à ce qu'un héritier puisse être désigné ?

— C'est exact, dit Kestrel après un temps. Mais seulement en cas de revendication légitime. Cadwyr est le fils de la sœur aînée de Donnor. Seul un enfant ou un petit-enfant du duc pourrait lui contester cet héritage.

Il se tourna vers Cecily d'un air incrédule.

— Avez-vous également l'intention, Votre Grâce, de disputer le duché de Gard à Cadwyr ?

— Donnor est venu à moi la nuit avant son départ, dit Cecily.

Dans le pire des cas, elle pourrait simuler une grossesse...

— Je vois, dit le druide.

La fraîcheur de son ton éveilla la méfiance de Cecily. Etait-il simplement surpris d'apprendre qu'il existait un autre prétendant au duché de Gard ? Mais avant qu'elle ait eu le temps d'y réfléchir, Kian dit quelque chose qui lui coupa littéralement le souffle.

— Vous avez bien dit qu'un petit-enfant aurait des droits sur l'héritage, n'est-ce pas ?

— Moins qu'un enfant, évidemment, mais...

Kestrel s'interrompit.

— Qu'insinuez-vous, seigneur Kian ? Donnor aurait-il un petit-enfant ?

Bouche bée, les yeux écarquillés, Cecily échangea un regard stupéfait avec Mag.

— Oui, dit Kian. Donnor a eu une fille avec une servante de son père, quand il était très jeune. Cette fille a été élevée dans les îles, et quand elle a atteint l'âge de se marier, elle a refusé le parti que Donnor lui avait choisi. Il l'a donc déshéritée...

— Devant une Assemblée ? Devant un archidruide ?

Les sourcils haussés, Kestrel se tordait les mains sous les manches de sa robe.

— Je ne connais pas tous les détails de l'affaire.

— Eh bien ! Vous feriez mieux de vous renseigner, si vous comptez prétendre...

— Maître druide, coupa doucement Kian, il ne s'agit pas de moi.

— De qui, alors ? demanda Cecily.

La nouvelle était totalement inattendue. Pourquoi Kian ne lui en avait-il pas parlé avant ?

— Ce n'est pas à moi de vous le dire. Il se fera connaître en temps voulu. S'il se trouvait ici, il l'aurait déjà fait, dit Kian en se retournant vers Kestrel. Donc, je compte sur vous pour réunir une Assemblée ? C'est votre devoir, n'est-ce pas ?

— Mais...

Les pensées de Cecily vagabondèrent, tandis que Kestrel continuait à bredouiller des questions dont elle eût aimé, elle aussi, connaître la réponse.

— Votre Grâce, dame herboriste, je compte sur vous pour garder cette information secrète, dit Kian. Evidemment, ce prétendant peut être mort, à l'heure qu'il est. Mais s'il est en vie, il doit avoir une chance de défendre ses droits, non ?

Il s'agissait de quelqu'un qu'ils connaissaient tous, comprit Cecily. Etait-ce quelqu'un qui vivait à leurs côtés dans le château ? Donnor avait un héritier qu'il ne connaissait même pas ! Et Kian n'avait pas l'air disposé à en dire plus, que ce soit à Kestrel ou à elle.

— Oui, si nous en venons au pire, maître druide, disait Kian.

Cecily comprit que la conversation avait pris une autre direction.

— Je ne souhaite pas me battre contre Cadwyr, mais il ne nous laisse guère le choix. Je ne demande pas mieux que de le rencontrer devant une Assemblée légitime, et Sa Grâce sera du même avis. Mais nous préférerions avoir des hommes de nos clans à nos côtés, et savoir à qui ou à quoi exactement nous avons affaire.

— Venez, madame, il y a des choses à accomplir avant le rituel, dit Mag. Il vous faut prendre un bain, et d'autres choses encore. Je vous les expliquerai au fur et à mesure…

— Au fur et à mesure que vous les inventerez, railla Kestrel. N'oubliez pas de faire vos bagages, Votre Grâce.

Pour une obscure raison, ces derniers mots retinrent l'attention de Cecily. C'était curieux qu'il dise cela, assez pour qu'elle marquât une pause, alors que Mag tiraillait sur son bras. Une fausse note dans une mélodie parfaitement répétée… Elle ouvrit la bouche puis la referma, tandis que Mag jetait un regard noir à Kestrel.

— Et le garçon ? L'autorisez-vous à nous aider ?

— Absolument pas, dit Kestrel avec un geste hautain.

L'image des bottes en cuir rouge de Kestrel se présenta soudain à Cecily, et elle baissa les yeux : leurs pointes colorées dépassaient toujours sous l'ourlet de sa robe. Ces bottes la troublaient, sans qu'elle pût dire pourquoi… Bah ! ce n'était sans doute que son attitude envers les sorcières qui l'agaçait. Chacun savait que les druides aimaient leurs aises...

Cadwyr aussi les aimait, songea-t-elle, se rappelant la rose qu'il lui avait offerte, la veille de son départ avec Donnor vers ce funeste rendez-vous. Une rose qui sentait l'Outremonde à plein nez. Une rose de l'Outremonde et des bottes d'Aquilée...

« Dix mille mercenaires aquiléens marchent sur Gard », avait dit Kian. Se pouvait-il que Kestrel ait été prévenu de leur arrivée ?

— De quoi avez-vous besoin, Mag ? demanda Kian. Puis-je faire quelque chose pour vous aider ?

Cecily leva vivement les sourcils, mais avant qu'elle ait pu intervenir, l'herboriste hocha pensivement la tête.

— Vous n'êtes pas aussi jeune que vous pourriez l'être, seigneur Kian, mais nous allons quand même poser la question à la vieille Lyss. Elle vous dira si vous faites l'affaire.

Cecily nota que Kestrel se dirigeait vers les cuisines d'été. Il allait interroger lui-même l'éclaireur, comprit-elle. Ainsi, son époux n'était pas adulé de tous ses sujets, comme il aimait à le croire. Son propre héritier l'avait assassiné, et voici qu'un deuxième prétendant au duché entrait en scène, qui ne s'était même pas fait connaître du vivant de Donnor.

— Kian, murmura-t-elle pendant que le chevalier les guidait, Mag et elle, à travers les décombres, crois-tu que Kestrel et Cadwyr...

Elle s'arrêta brusquement en croisant son regard. Kian ne répondit pas, mais il suivit Kestrel des yeux jusqu'à ce que le druide passât derrière un coin de mur et eût disparu.

Nessa ne leva même pas les yeux quand l'ombre tomba sur la forge. Depuis que le gouverneur l'avait remarquée, et qu'il s'était rappelé qui elle était, les quatre garçons de cuisine qui l'avaient assistée pendant la bataille avaient été réaffectés à la forge. A présent, ils devaient l'aider à réparer les montagnes d'armes et autres outils que les gobelins avaient réduits en morceaux. Aussi Uwen la prit-il tout à fait par surprise, surgissant à son côté au moment où elle enlevait enfin son lourd tablier de cuir pour l'accrocher à un clou.

— J'ai à vous parler, Nessa.

Quelque chose avait changé en lui, pensa aussitôt Nessa, tandis qu'elle repoussait en arrière ses cheveux emmêlés. Le chevalier semblait soudain accablé d'un poids écrasant ; son air était grave, comme s'il s'était fixé une tâche immense. S'appuyant contre un mur, il promena son regard sur la forge.

— Vous n'avez pas perdu votre temps, aujourd'hui, remarqua-t-il.

Ses yeux étaient injectés de sang et il paraissait épuisé, comme tous les occupants de Killcarrick. Ils avaient veillé toute la nuit, prenant seulement quelques heures de repos à l'aube, avant de s'attaquer au nettoyage du fort. A présent, il était tard ; les garçons de cuisine étaient partis depuis longtemps, appelés par la cloche du dîner.

— Que se passe-t-il ? demanda Nessa en l'examinant.

Elle-même avait les bras endoloris, et sa cicatrice la démangeait, mais Uwen paraissait bien plus mal en point.

— Il faut que j'aille à Gard. Nous avons perdu toute la journée à tergiverser, mais à présent, il faut que je sache ce qui se passe là-bas — si Donnor est vraiment mort, ce qui est arrivé à Kian, à la duchesse et au reste de la compagnie. Et puis, je dois parler à l'archidruide.

Il marqua une pause, comme s'il y avait autre chose qu'il hésitait à dire.

— Je veux que vous m'accompagniez, reprit-il brusquement. Vous êtes la seule à avoir vu Cadwyr en compagnie du sylphe, le seul témoin de l'alliance qu'il a passée avec eux. Je ne sais pas ce que Cadwyr mijote, mais je ne veux pas attendre que les chefs des Hautes Terres décident qui doit se rendre à Gard. A chaque heure qui passe, de nouveaux représentants des clans arrivent, et la confusion ne va faire qu'empirer. Cadwyr doit compter sur cela. J'ai décidé de m'éclipser aux premières heures du jour, et j'aimerais que vous veniez avec moi. C'est aussi pour cela que nous devons partir discrètement. Vous êtes la dernière personne que le gouverneur autorisera à quitter le fort. Il a beau avoir la tête aussi molle que son gros ventre, il comprend tout de même qu'il ne peut se passer d'un forgeron.

Il marqua une nouvelle pause, puis ajouta :

— Désolé de vous avoir créé des ennuis avec le seigneur sylphe.

— Vous ne pouviez pas savoir, répliqua Nessa en haussant les épaules.

Elle avait plus ou moins réussi à éviter la pensée d'Artimour aujourd'hui, mais les excuses d'Uwen rouvraient la plaie.

— Il a raison, c'est moi qui ai forgé le poignard.

— Oui, mais vous n'aviez pas vraiment le choix. J'ai passé toute la journée avec lui… Ce n'est pas un mauvais bougre. Il est même assez aimable, pour un sylphe. Ou plutôt un demi-sylphe, d'après ce que m'a dit Molly. Vous devriez lui parler. Mais dépêchez-vous. Il part demain.

— Déjà ?

Nessa releva brusquement la tête. Elle voulait effectivement parler à Artimour, pour s'assurer qu'il ne lui en voulait pas trop, et tenter d'aborder le sujet de sa mère. Elle avait même espéré, sans trop y croire, qu'il lui proposerait de l'emmener en Faërie. En même temps, elle savait que son père serait furieux s'il apprenait qu'elle languissait d'amour pour un sylphe. A vrai dire, plus elle y pensait, plus elle était convaincue que rien ne pourrait le rendre plus furieux. Mais Artimour était le seul qui pût l'aider à retrouver ses parents… et elle était responsable de sa blessure. En plein désarroi, elle fixa Uwen sans le voir, puis se pencha machinalement pour ramasser un marteau et remettre à l'endroit un panier de clous renversé.

— Il ne peut pas rester ici, Nessa. On commence à jaser, dans le fort. Certains disent que les sylphes sont responsables de l'attaque des gobelins.

— Mais c'est ridicule ! s'écria Nessa. Artimour n'a rien à voir avec ça !

— Evidemment, nous le savons tous les deux. Mais ces autres andouilles ne sont pas au courant. Et Artimour se pose des questions dont les réponses se trouvent dans l'Outremonde, pas ici. Nessa, viendrez-vous avec moi ? Plus nous attendrons, plus d'autres voudront se joindre à nous, et nous n'irons jamais plus vite que le cheval le plus lent. Qui sait ce que Cadwyr aura fait, le temps que nous arrivions là-bas avec toute une caravane… Je peux vous porter sur Bouton d'Or, s'il le faut. Nous pourrions y être après-demain, en milieu de journée.

Il avait une voix sombre et éteinte qu'elle ne lui avait jamais entendue, même le soir de Samhain, lorsqu'il avait fallu affronter la horde de gobelins. Qu'est-ce qui avait changé ? se demanda-t-elle. Caressant distraitement son amulette, elle jeta un coup d'œil circulaire sur la forge. Ce n'était pas le travail qui manquait, ici. Mais elle savait ce que son père aurait voulu qu'elle fasse.

— C'est d'accord, dit-elle enfin. Je viens avec vous. Mais maintenant, je crois qu'il faut que j'aille parler à Artimour.

— Molly a suggéré que vous lui apportiez son dîner. Elle vous attend aux cuisines.

En passant devant Uwen, Nessa l'entendit pousser un soupir et, de nouveau, elle fut tentée de lui demander ce qui n'allait pas. De toute évidence, Molly lui avait parlé d'elle ; que lui avait-elle dit exactement ? Sur le seuil de la porte, quelque chose lui revint à l'esprit, et elle se retourna. Uwen examinait un disque plat, pendu à une chaîne autour de son cou, qui brillait d'un éclat doré. Au moment où elle allait lui demander ce que c'était, il enfouit l'objet sous sa chemise.

— Au fait, vous trouverez votre épée dans le coin, dit Nessa. J'ai gratté la rouille qui commençait à attaquer la lame et je l'ai affûtée.

De loin, elle entendit Uwen la remercier, surpris, mais elle continua à avancer du même pas déterminé. Allons ! Si elle avait affronté les gobelins et le Grand Herne en personne, elle devait être capable de faire face à Artimour. Aux cuisines, elle trouva Molly, l'air préoccupé mais aussi vive que d'habitude. Celle-ci appela Nessa d'un geste, lui mit un plateau de victuailles entre les mains et tendit un doigt en direction du plafond. Puis elle se pencha et lui chuchota à l'oreille :

— J'ai emprunté ton bâton de bouleau, ma fille. Ne t'inquiète pas, Uwen te le rendra demain matin.

Surprise, Nessa se recula d'un pas et ouvrit la bouche. Pourquoi Molly avait-elle besoin de son bâton ? Et comment allait-elle le faire parvenir à Uwen ? Mais d'un sourire ferme, Molly repoussa d'avance toute question, et se tourna vers l'escalier étroit qui menait aux appartements normalement occupés par le gouverneur de Killcarrick.

— Les explications peuvent attendre, mon petit, dit-elle.

En montant l'escalier encombré d'enfants et de chiens, Nessa jeta un dernier regard à la sorcière de Killcairn. Elle portait un panier rempli de corde rouge, pareille à celle que la Wren serrait entre ses dents quand Nessa l'avait retrouvée sur la plage. Une chose était sûre : le sortilège de Wren avait tenu jusqu'à Samhain, comme elle l'avait prédit. Les sorcières de Killcarrick allaient-elles tenter d'accomplir un rituel semblable cette nuit ? Etait-ce pour cela que Molly lui avait emprunté son bâton ? Nessa fut envahie par une curiosité brûlante, mais comme elle parvenait en haut de l'escalier, la curiosité laissa place à la peur. Tout d'un coup, elle regretta de s'être seulement lavé les mains et relevé les cheveux. Elle avait mal aux épaules, ses jambes lui paraissaient des moignons ; plus d'une fois, elle avait failli trébucher dans l'escalier. Le plateau que Molly lui avait confié était lourd comme du plomb, mais au moins lui fournissait-il une excuse pour frapper à la porte d'Artimour.

— Entrez, l'entendit-elle dire.

Elle poussa la porte. L'atmosphère de la pièce lui fit l'effet d'un bain frais, comparé à la chaleur de la forge et au chaos des cuisines. Debout devant la fenêtre ouverte, un pied appuyé contre le montant, Artimour observait le va-et-vient dans la cour au-dessous. En s'approchant, Nessa mesura à quel point il avait mauvaise mine. Ses yeux n'étaient plus que des taches sombres dans son visage pâle et tiré. Seuls ses cheveux épais et brillants et ses oreilles légèrement pointues laissaient encore deviner son sang sylphe. A la lumière blafarde qui filtrait par les carreaux en corne, sa peau avait perdu son éclat velouté. Nessa dut se retenir pour ne pas se jeter à genoux et implorer son pardon, tant il paraissait transformé.

Quand il l'aperçut, Artimour se redressa, manifestement surpris.

— Je vous ai apporté votre dîner, murmura-t-elle.

— Posez le plateau là-bas.

Il se balança maladroitement d'un pied sur l'autre.

— Vous n'avez pas besoin de me servir. J'ai dit à Molly que je pouvais descendre dîner aux cuisines.

— Il vaut sans doute mieux que vous restiez hors de vue. Des rumeurs courent au sujet des sylphes.

Nessa avait remarqué d'elle-même que la douleur et la stupéfaction laissaient progressivement place à la colère. Deux frères en étaient venus aux coups, aujourd'hui, se disputant l'épée d'un troisième frère disparu. Mais les rumeurs qui lui étaient parvenues aux oreilles étaient tellement incongrues qu'elle n'y aurait prêté aucune attention, si Uwen ne l'avait pas mise en garde… L'on disait que les sylphes allaient sauver les humains des gobelins ; qu'au contraire, les gobelins avaient enfin triomphé des sylphes ; que le duc de Gard était secrètement allié aux sylphes ; que les Hombriens étaient alliés aux gobelins ; que le duc de Gard était mort ; que le roi

Hoell était mort... Mais les regards furtifs, les insultes marmonnées sur son passage, tandis qu'elle portait le plateau vers la chambre d'Artimour, l'avaient convaincue qu'Uwen avait raison.

— Les gens veulent désigner un coupable, expliqua-t-elle.

Elle déposa le plateau sur la table basse devant la cheminée, puis se tourna vers le feu et plongea son regard dans les hautes flammes. Le parfum du pain grillé et du fromage fondu chatouilla ses narines. Quelle odeur avait leur nourriture, pour Artimour ? Elle aspira une grande bouffée d'air, et les mots sortirent comme un torrent.

— Je suis tellement désolée ! Je ne voulais pas vous faire de mal... je le jure... je n'y ai jamais pensé... et Uwen dit que nous devons partir demain... et vous rentrez en Faërie...

Sa voix se brisa et ses yeux s'emplirent de larmes.

D'un geste de la main, Artimour coupa court à ses excuses.

— Ne vous inquiétez pas, Nessa. Je comprends. Je sais que vous n'aviez pas le choix.

Il se passa la main dans les cheveux et soupira.

— J'ai eu tort de vous parler ainsi. Si vous acceptez mes excuses, le sujet est clos.

Nessa le dévisagea, étonnée, et comprit que ce qui le troublait était si grave que sa faute envers lui en devenait insignifiante. Le monde vers lequel il retournait n'allait pas forcément l'accueillir à bras ouverts. Quels dangers l'attendaient en Faërie ? Elle regarda son torse droit, ses larges épaules, dont l'envergure était encore plus apparente dans ses vêtements d'emprunt. La peau de ses mains était plus pâle, plus fine que celle des hommes qu'elle connaissait, et dénuée des poils noirs et épais qui couvraient les mains de Dougal. Mais il avait les paumes larges et puissantes, et l'extrémité des doigts carrées.

« Des mains faites pour la forge », songea-t-elle. Mais c'était absurde... Artimour était un prince des sylphes, non un forgeron. Néanmoins, elle ne put s'empêcher de l'imaginer torse nu, comme son père, avec un tablier et des plastrons de cuir pour protéger sa poitrine et ses avant-bras… Le corps de Nessa s'embrasa d'une rougeur qui n'était nullement due à la chaleur du feu.

— Pouvez-vous me dire où vous avez trouvé ceci ?

Elle sortit l'amulette de Dougal de sous sa tunique.

— Sur un caillou, dans la rivière. On l'a sans doute jetée là pour en anéantir le poison. L'eau courante a cette vertu, dans une certaine mesure.

— Mais vous n'avez vu personne aux environs ?

— Personne, avant de rencontrer Finuviel. Et il était seul — ce qui aurait dû me mettre en garde, d'ailleurs.

Il soupira profondément.

— De nombreuses demeures longent cette rivière. Il se peut que votre père ait trouvé refuge dans l'une d'elles. N'importe quel sylphe aurait exigé qu'il retire son amulette avant de le recueillir. Je l'ai trouvée à une ou deux lieues de l'endroit où nous nous sommes quittés, mais il est possible qu'elle ait dérivé avec le courant…

Il hésita un instant.

— Je crois que nous ne pouvons être sûrs de rien…

— Sauf du fait qu'il est là-bas, acheva Nessa.

Elle s'avança d'un pas, la tête haute.

— Vous voyez bien… Tout le monde disait que j'avais tort de penser qu'il était dans l'Outremonde. Mais vous avez trouvé son amulette. Ça prouve bien que j'avais raison.

Elle fit un deuxième pas vers lui, le cœur battant.

— Et la nuit dernière, ajouta-t-elle, j'ai compris que ma mère aussi était en Faërie.

Une ombre passa sur le visage d'Artimour, et il lui indiqua l'une des chaises devant le feu.

— Asseyez-vous, je vous en prie. J'ai des choses à vous dire.

Il se déplaçait encore avec toute la grâce d'un sylphe, remarqua-t-elle en prenant place sur la chaise, mais un sillon était apparu entre ses deux sourcils.

— Nessa, dit-il avec douceur, je ne sais pas ce qui se passe en Faërie en ce moment, mais je ne peux rien imaginer de bon. Finuviel — celui qui m'a poignardé, celui que vous avez vu à la forge — Finuviel est le fils de Guinevère, ma sœur. Je ne serais pas étonné d'apprendre que ces deux-là complotent depuis longtemps. Peut-être ont-ils décidé de profiter de la grossesse de la reine pour la frapper au moment où elle est le plus vulnérable. Je ne crois pas que ce poignard ait été destiné à me tuer. Il est clair que Finuviel a passé un marché avec ce Cadwyr que le seigneur Uwen méprise tant : le poignard en échange de l'armée que Finuviel devait mener à la frontière. Après avoir trouvé l'amulette de votre père et avant de rencontrer Finuviel, je suis passé près d'un gué qu'une grande armée semblait avoir franchi. Je n'ai pas imaginé, alors, que cette armée ait pu entrer dans la rivière et ressortir dans l'Ombre, comme vous l'avez fait. A présent, la question est de savoir où est Finuviel, où est l'armée, et où est la Résille. Car Finuviel a dû s'en emparer pour introduire le poignard d'argent en Faërie. Pour autant que je le sache, Albane est déjà morte, et Finuviel déjà sur le trône. Et comme vous l'avez dit, il vaut mieux que je parte d'ici. Je me mettrai en route à l'aube. C'est au crépuscule que les gobelins chassent.

Son visage s'éclaira pendant une fraction de seconde, puis s'assombrit de nouveau, et il eut l'air vieilli, soucieux, fatigué. Il marqua une pause, inspira profondément et poursuivit :

— Je ferai tout mon possible pour retrouver vos parents, Nessa, mais comprenez bien que je ne sais pas ce qui m'attend, là-bas. Ces gobelins qui sont venus hier soir… je n'ai jamais rien vu de pareil. Oui, je les ai vus. Je suis monté en haut de la tour. Ils étaient tellement nombreux… Je ne suis pas sûr qu'il reste assez de magie en Faërie pour leur résister.

« Mais l'argent leur résiste encore », pensa Nessa tout en tournant l'amulette de Dougal entre ses doigts. Soudain, une idée lui vint à l'esprit. Il ne restait plus beaucoup de temps, et elle était épuisée, mais si elle trouvait une épée en bon état… Bondissant de sa chaise, elle se précipita vers la porte.

— Savez-vous où se trouve la forge ?

Ce n'était pas ce soir qu'elle allait satisfaire sa curiosité au sujet des sorcières et de leurs rites.

Artimour eut l'air étonné.

— Oui, je crois…

— Arrêtez-vous là-bas avant de partir. D'accord ?

Elle n'attendit que son hochement de tête pour se jeter dans l'escalier, le cœur léger de nouveau.

3.

L'après-midi finissant laissait place au crépuscule. Sur le seuil de la chambre ronde, au sommet de la tour qui surplombait la mer, Merle s'arrêta un instant. Dehors, les vagues déferlaient contre la falaise ; on les entendait mieux, ici, que dans ses propres appartements à l'étage en dessous. Lorsqu'elle entra dans la chambre, une brise humide lui caressa la joue. Devant la fenêtre ouverte, la silhouette de son mari se découpait sur le ciel rougeoyant. Un orage se préparait.

— Hoell ? Mon amour ? dit-elle d'une voix hésitante.

Malgré le temps écoulé depuis leur fuite de Brynhiver, elle peinait encore à croire que Hoell, son grand amour, le roi légitime de Brynhiver, eût non seulement survécu mais repris ses esprits. Il n'était plus cette créature fébrile et innocente qu'il était devenu un an auparavant, suite à la mort de leur enfant.

« De notre *premier* enfant, rectifia-t-elle silencieusement, posant la main sur son ventre gonflé. Cela aurait pu arriver à n'importe qui. Des tas de gens perdent des enfants. »

Sous son nouveau corsage de soie, quelque chose palpita, et Merle sourit. « Nage, petit poisson, nage. »

Cela l'inquiétait plus qu'elle ne voulait l'admettre de trouver son mari dans l'obscurité, seul devant la fenêtre, tellement penché au-dehors que ses cheveux étaient mouillés d'embruns. Mais quand il se retourna vers elle, son expression la rassura, ainsi que les paroles qu'il murmura avec un léger accent étranger.

— Te voilà, Merle. Viens près de moi un instant. Quel coucher de soleil magnifique, tu ne trouves pas ?

— Tu n'as pas froid, mon amour ?

Elle se rapprocha et enlaça ses doigts à ceux de son mari, qu'elle trouva brûlants.

— Viens, je vais te réchauffer, dit Hoell.

Il l'attira contre lui, la serrant si fort qu'elle sentit le battement de son cœur contre son épaule. Dehors, la mer se déchaînait sur les rochers et le ciel était strié de nuages rouges… Rouges comme les traînées de sang sur les murs gris de la forteresse d'Ardagh. Dans ses rêves, Merle entendait encore le sinistre chant des sylphes et les hurlements des morts. C'était l'une des raisons pour lesquelles son père leur avait offert cette maison : seul le bruit constant des vagues réussissait à apaiser son sommeil. Fermant les yeux, elle se blottit contre Hoell, désirant s'abandonner à son étreinte et oublier le reste.

— Je me demande bien pourquoi tu passes tout ton temps à la fenêtre, dit-elle. Il n'y a rien d'autre à voir que la mer et le ciel.

— Tu as sans doute raison…

A travers son voile en lin, Merle sentit le souffle brûlant de Hoell dans ses cheveux, et elle pensa à toutes les nuits qu'ils avaient passées ensemble pendant sa folie, quand il s'agrippait à elle comme un enfant.

— Mais parfois, sous une certaine lumière, il me semble voir Brynhiver briller au loin comme une pierre précieuse — il posa sa main sur son bras et tendit l'index —, là-bas, tu vois ?

Il semblait parfaitement sain d'esprit. Alors pourquoi passait-il tout son temps à contempler une île imaginaire ? D'ici, quelle que fût la lumière, il était tout simplement impossible de distinguer Brynhiver.

— Hoell, tu es heureux, ici, n'est-ce pas ?

Brynhiver, cette petite île sale et puante, grouillait de sauvages dont la langue ressemblait aux aboiements des chiens — et ils vivaient comme des chiens, aussi, dans ces tanières au sol jonché de paille qu'ils considéraient comme des palais. Merle commençait d'ailleurs à penser que le pauvre Renvahr — son frère cadet, qui avait sacrifié sa vie pour les sauver — avait eu raison d'affirmer, juste avant le fatal échange d'otages, qu'ils feraient mieux de laisser Brynhiver aux Brynnois.

Comme il serait facile de rester toujours ici, à la Chadurie d'Amarea ! Que les Brynnois s'étripent et règlent cela entre eux ! Ou alors, que son père désigne quelqu'un d'autre pour conquérir leur pays... Hoell et elle pourraient vivre ici et élever leurs enfants en paix. Pourquoi retourner dans la boue, la paille et le crottin ?

Hoell soupira, la bouche tout contre les cheveux de Merle, et la berça dans ses bras ; mais les paroles qu'il prononça ensuite mirent en alerte l'instinct de la jeune femme.

— Je suis heureux d'être avec toi. Je suis heureux d'avoir échappé à la fureur des sylphes...

— Je n'avais jamais cru à l'existence de ces créatures.

Il prit une grande inspiration, et émit un nouveau soupir avant de lui répondre :

— Tu n'étais pas la seule dans ce cas. Quoi qu'il en soit, en dépit ou peut-être à cause de cette attaque, je suis malheureux de ne pas être là-bas.

« Grande Mère, qu'est-ce que cela veut dire ? » se demanda Merle. C'était tout de même insensé : elle comprenait mieux son mari lorsqu'il était encore fou. A présent, il contemplait de nouveau la mer d'un air absorbé. Les mouettes hurlaient en tournoyant si près de la corniche que Merle eut peur qu'elles n'entrent dans la chambre.

— Ne peut-on fermer cette fenêtre ?

Hoell se tourna vers elle avec un doux sourire.

— Qu'as-tu, Merle ? Tu sembles un tantinet grognonne, ce soir, comme aurait dit ma nourrice.

« Tu as eu une nourrice assez longtemps pour te souvenir d'elle ? » s'interrogea Merle. En Hombrie, on sevrait systématiquement les enfants avant leur premier anniversaire. Se dégageant de la tiédeur de son étreinte, elle repoussa les images répugnantes qui lui venaient à l'esprit et se dirigea d'un pas digne vers la cheminée éteinte. Un châle abandonné traînait sur une chaise ; elle le ramassa et s'en couvrit.

— Je croyais que tu étais heureux ici.

Il haussa les épaules.

— Je suis heureux d'être en vie. Je suis heureux d'avoir ce refuge, cette chance de me reposer et de récupérer pendant l'hiver. Et je suis heureux, évidemment, d'avoir un allié aussi fidèle que ton père. Mais, mon amour, tu dois tout de même comprendre que Brynhiver est ma patrie. Je suis son roi. Etre loin de mon pays, en exil, est un sentiment très étrange — aussi étrange, à vrai dire, que cette attaque des sylphes. Je ne comprends toujours pas ce qui les a motivés et, à présent, je dois attendre la fin de l'hiver pour découvrir ce qu'il est advenu de mon royaume.

Des paroles insensées… Mais il les prononça d'une voix si calme et mesurée, avec un regard tellement sérieux, que Merle ne pouvait le croire fou.

— Ainsi, tu as l'intention d'y retourner ?

— Je croyais que tu étais d'accord avec moi. Après tout, c'est ce que souhaite ton père.

Se retournant pour fermer la fenêtre, il se figea soudain, pencha la tête, fronça les sourcils, et s'entoura l'oreille de la main, lui faisant signe d'écouter. Elle ouvrit la bouche pour protester, mais il posa un doigt sur ses lèvres.

Merle avait beau tendre l'oreille, elle n'entendait rien d'autre que le grondement des vagues et les cris des mouettes. Finalement, agacée, elle tapa du pied.

— Ferme la fenêtre, Hoell, je t'en prie. J'ai froid.

Son mari lui obéit aussitôt.

— As-tu entendu ? demanda-t-il.

— Entendu quoi ?

Merle lui jeta un regard inquiet. S'agissait-il d'un signe avant-coureur d'une crise ? Les mêmes émotions violentes qui l'avaient tiré de sa folie allaient-elles l'y faire replonger ?

— Ces voix... ce chant...

Un frisson parcourut la nuque de la jeune femme. On disait que les descendants des Anciens pouvaient entendre les sirènes des côtes hombriennes chanter les légendes de la Lyonesse, un pays disparu, dans une langue que personne ne comprenait plus. Mais le sang des anciens Hombriens ne coulait pas dans les veines de Hoell ; il était impossible, à supposer que ces sirènes existent, qu'il puisse les entendre...

— Peut-être que les cris de ces monstres de l'Outremonde ont éveillé non seulement tes esprits, mais aussi tes oreilles, Hoell. Certains disent que des sirènes hantent ces mers... Il existe toutes sortes de vieux poèmes à ce sujet. Je pourrais organiser un récital, ce soir, si tu le désires. Rowend se fera un plaisir de déclamer aussi longtemps que tu supporteras de l'écouter...

— Alors tu ne penses pas...

Il s'interrompit, gêné.

— Tu ne me crois pas fou ?

« Seulement quand tu parles de retourner dans cette porcherie qu'est ton royaume », répondit Merle en elle-même. Elle haussa les épaules.

— Je ne doute pas que tu aies entendu quelque chose. Après avoir entendu les bruits que faisaient ces horribles sylphes, je suis prête à croire n'importe quoi.

— Sauf le fait que je veuille rentrer chez moi.

Il s'installa sur la banquette sous la fenêtre et lui fit signe de s'asseoir à son côté.

— Je comprends tes doutes, Merle. Cet endroit est des plus agréables — même si je me demande pourquoi je suis destiné à vivre toujours dans des maisons perchées au-dessus de l'eau.

Il eut un petit rire triste.

— Mais Brynhiver, la terre de Brynhiver...

Il hésita, comme cherchant ses mots.

— Tu n'as pas assisté à mon couronnement, car j'étais déjà roi quand nous nous sommes mariés.

Leurs regards se croisèrent. Merle adorait les yeux de Hoell. Même pendant sa folie, ils étaient restés aussi doux et tendres qu'à leur première rencontre. Mais aujourd'hui, son regard la troublait : quelque chose d'étrange et de sauvage y brillait, quelque chose qu'elle n'avait aperçu qu'au lit, à la lueur des bougies.

— Le couronnement des rois de Brynhiver est un rituel magnifique.

Il eut un petit sourire penaud.

— A tes yeux, toutefois, il paraîtrait sans doute étrange, même barbare.

— Pourquoi ? s'enquit Merle.

Où voulait-il en venir ? Quel rapport avec son désir de rentrer en Brynhiver ?

— Il se compose de plusieurs parties, pour la plupart semblables aux vôtres — le bain, l'onction, le couronnement. Mais à la fin de la cérémonie, vois-tu, le roi gravit le tertre et monte sur ce que nous appelons la Pierre Sacrée... et il... euh... s'unit à la terre, comme un homme avec une...

Comprenant immédiatement de quoi il s'agissait, Merle l'interrompit, consternée, pour l'empêcher de mettre des mots sur l'image déjà gravée dans son esprit.

— Tu veux dire...

Elle ne put continuer, trop horrifiée par l'idée d'un Hoell nu, couvert de peintures de guerre, donnant des coups de reins dans un rocher lors d'un accouplement contre nature. Peut-être qu'en fin de compte, ceux qui considéraient les Brynnois comme des animaux n'étaient pas loin d'avoir raison. Son estomac se retourna et elle regarda Hoell comme si elle le voyait pour la première fois.

— Ce n'est pas dégoûtant, ni barbare, comme tu es en train de le penser, Merle. C'est quelque chose d'éblouissant : on se sent lié à la terre et à tout ce qu'elle engendre. C'est une expérience bouleversante, qui m'a transformé. Et maintenant, même si une partie de moi voudrait rester ici avec toi, dans cette belle maison face à la mer, c'est comme si j'étais écartelé. Et mon cœur ne cessera de saigner jusqu'à mon retour en Brynhiver.

Merle crut bien qu'elle allait s'évanouir. Elle ne s'était certainement pas attendue à tout cela… Pourvu que la soirée de poésie réussît à distraire son mari ! Il fallait qu'elle le persuade de rester en Hombrie ; alors, à eux deux, ils pourraient convaincre son père que Hoell n'était pas l'homme qu'il fallait pour mener l'invasion de Brynhiver. Il n'avait rien à voir avec ces sauvages ! Elle pensa à ses tendres caresses, et eut la certitude qu'il était différent. De toute façon, l'invasion ne pouvait avoir lieu avant le printemps. D'ici là, Hoell aurait largement le temps de changer d'avis. A cet instant, l'enfant en elle fit une culbute, comme une sirène, lui rappelant qu'au printemps son ventre serait déjà énorme. En invoquant son accouchement imminent, elle réussirait certainement à obtenir un répit. Si elle repoussait assez longtemps leur retour, Hoell oublierait peut-être les sentiments qu'il éprouvait envers Brynhiver… Il fallait qu'elle consulte ses cartes de divination de toute urgence. Ou, mieux, qu'elle fasse venir de la cour un des Oracles de son père.

— Je vais aller demander à Rowend s'il peut réciter le premier et le second chant du Cycle lyonessien au dîner. N'arrive pas en retard.

Elle sortit et referma la porte d'un geste décidé, laissant Hoell debout dans un halo de lumière mauve, les yeux dans le vague, à écouter les cris des mouettes.

⁂

— Tiens, mon garçon. Mange cette soupe, ça mettra un peu de chair sur tes grands os, dit une voix joviale.

De grosses mains rugueuses lui fourrèrent sous le nez une gamelle remplie de ragoût de mouton. Griffin n'eut d'autre choix que d'accepter. Depuis peu, l'odeur de la nourriture le dégoûtait, et il avait espéré échapper à ce ragoût. Mais le sourire du cuisinier excluait tout refus. D'ailleurs, c'était sans doute une bonne idée. Du jour au lendemain, tous ses vêtements étaient devenus trop grands.

Quelques instants plus tôt, il avait évité de se ranger avec les autres dans la queue du dîner ; il était trop pressé de découvrir l'endroit où étaient rangées les barriques de potion. Cette fameuse potion qui leur avait permis, à lui et à ses compagnons forgerons, de travailler jour et nuit sans manger, qui les avait dotés d'une force surhumaine et d'une endurance à toute épreuve, cette potion faisait brûler en lui un feu qui exigeait d'être toujours ravivé, sans quoi le simple fait de redresser la tête paraissait plus difficile que de soutenir le poids du monde entier à bout de bras.

La flasque de Gareth pendait à sa ceinture, bien trop légère à son goût. Pauvre Gareth ! Lui qui avait tout juste l'âge d'être apprenti, il avait sauvé la vie de Griffin en partageant avec lui le contenu de sa flasque, qu'il avait remplie on ne savait où… Le pauvre Gareth était mort. Sans son aide, Griffin n'eût jamais été assez vif pour planter sa lance dans la poitrine du gobelin. Tué sur le coup, le monstre s'était effondré sur lui, le dissimulant sous sa dépouille géante. C'était ainsi que, par un coup de chance, Griffin avait survécu à la nuit de Samhain, alors que les deux cents autres forgerons et soldats du convoi étaient morts.

A présent, il ne restait plus qu'une ou deux gorgées dans la flasque — à peine assez pour lui faire passer la journée du lendemain. Les soldats avaient récupéré autant de choses qu'ils pouvaient sur le lieu du massacre, y compris, Griffin en était certain, les barriques de potion. Comme disait Gareth, dès que les effets du breuvage passaient, on devenait un mollusque ; l'astuce, c'était d'en boire avant que l'effet ne s'estompe. Ce qui voulait dire reprendre une petite gorgée de temps à autre... Mais où avaient-ils bien pu cacher ces maudites barriques ?

Avançant d'un pas mal assuré vers les chariots de ravitaillement, il jaugea leur contenu tout en évitant de trébucher sur les hommes serrés autour des feux de camp. Les chariots étaient disposés en petits cercles fermés, entourés d'un fin grillage argenté tendu entre de hauts piquets. Il laissa vaguer son regard sur les baluchons, les fûts cernés d'anneaux en cuivre, les coffres et caisses de diverses tailles, remplis d'armes, de provisions et de matériel de guerre. Il avait d'abord pensé se trouver au sein du corps principal de l'armée de Cadwyr, avant d'apprendre qu'il s'agissait seulement d'un petit noyau. Cinq cents hommes s'étaient joints à eux au cours de la journée, et l'on disait qu'un contingent plus vaste encore, arrivant d'on ne savait où, devait les retrouver aux environs du château de Gard. Mais Griffin ne s'intéressait guère à ces rumeurs, tant il était absorbé par le contenu des chariots.

Les torches étaient disposées de telle façon que les chariots de ravitaillement demeuraient dans l'ombre. Griffin avança lentement sur le chemin étroit qui serpentait entre les feux, essayant de s'approcher au plus près sans attirer l'attention des autres.

— Regarde où tu mets les pieds ! dit une voix bourrue.

Griffin trébucha sur une jambe tendue et tomba presque à plat ventre.

Il marmonnait machinalement des excuses quand une autre voix, plus aimable, s'éleva de la gauche.

— Viens, mon garçon, installe-toi là.

Par réflexe, plutôt que par désir de s'asseoir, Griffin s'accroupit et reconnut l'un des hommes qui l'avaient retrouvé, écrasé sous le cadavre du gobelin, la veille au matin. Le soldat prit une cuillerée de ragoût et indiqua à Griffin de faire de même.

— Comment te sens-tu, mon brave ?

Il fallut quelques minutes à Griffin pour comprendre qu'il était censé répondre. Il porta une cuillerée de ragoût à sa bouche, et le regretta dès que la viande filandreuse et salée eut touché sa langue.

— Je me débrouille, dit-il.

— C'est bien, mon garçon.

L'homme se retourna vers ses camarades en désignant Griffin d'un geste de la main.

— Celui-ci fera un bon soldat, si jamais il se lasse de la forge. Vous auriez dû voir la taille de la bête qu'il a abattue. Il l'a eue du premier coup, pas vrai, mon gars ?

Griffin répondit aux acclamations polies de l'auditoire par un haussement d'épaules.

— J'ai eu de la chance, voilà tout, dit-il.

A son grand soulagement, les hommes retournèrent bientôt à leurs propres conversations. Peu à peu, Griffin prenait conscience que le tambourinement qu'il entendait derrière lui provenait de l'intérieur de son crâne. Il ferma les yeux et pressa le pouce et l'index contre ses paupières, espérant faire cesser les battements. Il sentait la flasque contre sa hanche, imaginait que les dernières gouttes s'en échappaient et tombaient dans sa bouche. Et s'il diluait ce qui restait avec un peu de bière ? Cela lui donnerait un petit répit pour retrouver les barriques. Il savait d'instinct que les soldats ne les auraient jamais abandonnées, sauf si elles avaient été réduites en miettes. Elles étaient ici, quelque part, c'était sûr. Restait à les trouver. Les mains de Griffin tremblaient, sa bouche était pleine de salive. Le morceau de viande qu'il avait réussi à avaler lui pesait sur l'estomac. Montant de son assiette, un relent de ragoût chatouilla ses narines et lui souleva le cœur. Comme il aurait aimé sortir sa flasque et faire couler le liquide apaisant dans sa gorge asséchée ! Une seule goutte suffirait à calmer son estomac et lui permettrait d'avaler le reste de cette infâme bouillie. Il fallait qu'il retrouve les barriques ce soir, même si, pour cela, il devait sacrifier quelques précieuses gouttes de la flasque.

— Tu es déjà allé à Gard, mon vieux ?

Son sauveur se penchait de nouveau vers lui avec une curiosité amicale, à laquelle Griffin répondit par un petit hochement de tête et un semblant de sourire. Il voulait devenir l'ami de ce soldat au visage buriné et au nez aplati ; il voulait lui demander vers où ils se dirigeaient et quels étaient les projets du nouveau duc. Car Cadwyr était l'héritier du duché de Gard — cela, on le lui avait assez répété, depuis la veille. Il voulait lui demander s'il savait à quoi avaient servi les armes, les chaînes et l'armure en argent qu'il avait fabriquées, avec les autres forgerons, dans la vallée d'Ardagh. Mais d'abord, il devait se débarrasser du martèlement dans sa tête, des haut-le-cœur, des tremblements. Et découvrir au plus vite où étaient cachées les barriques.

— Ce n'est pas tout, dit une voix. Ils avaient ordre de les tuer jusqu'au dernier. Vous le saviez, ça ? Ils ont embroché jusqu'au dernier de ces satanés hurleurs.

L'homme installé à la droite de Griffin prit une voix de conspirateur en se penchant vers l'intérieur du cercle.

— J'ai entendu dire qu'ils ont poussé des sifflements de chat quand l'argent les a transpercés. Et c'est tout ce que j'ai à dire là-dessus.

Il mit une énorme cuillerée de ragoût dans sa bouche et se tassa d'un air satisfait.

Les autres échangeaient des regards sombres, mais à cet instant, Griffin se désintéressa totalement de leur conversation. Il pressa le talon de ses mains contre ses yeux pour essayer de faire sortir la douleur de sa tête. Tous ses membres tremblaient ; de grosses gouttes de sueur coulaient dans les plis de ses vêtements et collaient sa tunique de lin à la peau de son dos... Leurs secrets minables, il n'en avait que faire.

Il déplia sa jambe et envoya malencontreusement voler son écuelle dans le feu. Les morceaux de gras s'enflammèrent, grésillèrent et crachotèrent.

— Désolé, marmonna-t-il en se relevant.

Etourdi, Griffin s'éloigna en titubant du chœur des voix hostiles. La nausée lui embrumait la vue, la bile brûlait sa gorge. Il prit la direction des latrines, espérant qu'une fois hors de vue, il pourrait déboucher la flasque et boire une goutte... juste une petite goutte... qui adoucirait sa gorge comme un baume... Mais avant même d'avoir dépassé le périmètre des chariots, il tomba à genoux, secoué par des haut-le-cœur violents qui firent resurgir le ragoût de son estomac.

— Ah, Grande Mère, qu'est-ce que je vois ? Les rations n'ont même pas été distribuées qu'on est déjà soûl ?

C'était un garde qui se dirigeait vers les latrines. Ses pas résonnèrent dans le crâne de Griffin comme des coups de massue. La lumière d'une torche tomba sur ses paupières fermées, puis une grosse main l'agrippa par le col et l'éloigna de l'odeur de terre et de vomi. Griffin tenta en vain d'ouvrir les yeux, se demandant si le garde voulait parler de rations d'alcool. Probablement pas. La lumière cingla ses paupières comme un fouet.

— Qu'a-t-il ingurgité, celui-là ?

On le secoua, on le gifla, et la torche s'approcha jusqu'à lui roussir les sourcils. Griffin détourna le visage, espérant encore s'éclipser dans l'obscurité pour avaler une petite goutte de potion. Mais il savait, au fond, qu'il n'avait plus aucune chance d'y arriver. Enfin, résigné, il secoua la tête et marmonna :

— Suis pas soûl.

— Fiston !

La voix était plus sévère, à présent, comme celle de Dougal lorsqu'il était inquiet.

Il y eut un juron étouffé, des pas s'éloignant en direction des latrines, puis, venant de très loin, un ruissellement. Le garde était parti se soulager. Puis les pas reprirent, plus forts, et les massues dans sa tête commencèrent à heurter ses vertèbres. Griffin fut soulevé puis hissé sur le dos de l'homme, lequel poussa un nouveau juron. Le monde se mit à tourbillonner autour de lui.

— Tiens bon, jeunot. La vieille Janet va s'occuper de toi. A ce qu'on dirait, tu as mangé de ce jambon pourri que nous a vendu le garde des Basses Terres.

On le déposa brutalement près d'un feu. La lumière des flammes faisait un contrepoint insoutenable aux massues qui s'agitaient dans son crâne. Une main rugueuse lui souleva le menton et lui palpa le cou ; une voix marmonna quelques mots incompréhensibles ; on passa un chiffon mouillé sur ses tempes, puis une odeur âcre lui brûla les narines, comme si on y avait enfoncé une aiguille. Griffin détourna vivement la tête, ouvrit les yeux et se trouva nez à nez avec une femme au visage ridé et basané, vêtue d'un châle rouge et d'un fichu blanc.

— Qu'est-ce que t'as mangé, mon pauvre ?

Griffin cligna des yeux. Elle parlait avec un accent d'Ardagh à couper au couteau, comme si elle avait eu la bouche pleine de billes.

La vielle femme lui donna une petite claque sur la joue.

— Tombe pas dans les pommes, mon gars. Faut que je sache ce que t'as mangé pour savoir si j'ai besoin de te purger. T'as mangé du jambon, hier ?

Griffin comprit qu'il valait mieux ne pas mentir.

— Non…, articula-t-il.

Sa bouche était pâteuse, sa langue molle et collante. Si seulement tous ces gens bien intentionnés pouvaient le laisser en paix, il s'enverrait une petite gorgée de potion et serait guéri en un tour de main.

— Je n'étais pas ici, hier.

— Ah ! dit-elle en s'asseyant sur les talons. C'est toi qu'on a retrouvé.

Griffin acquiesça en silence et, détournant la tête du feu, s'aperçut qu'il était étendu sur une fourrure douce et épaisse. D'une main ferme, la vieille femme ramena son visage vers la lumière.

Elle resta un instant à le regarder fixement, puis, d'un coup, se pencha sur lui et lui frôla le front et les joues du revers de la main. Elle écarquilla ses yeux, étira ses lèvres, sentit son haleine, examina sa langue.

— De l'eau ? proposa-t-elle en lui tendant un gobelet en verre.

Griffin détourna le visage, écœuré par l'odeur ferreuse du verre. C'était de la potion qu'il lui fallait, pas de l'eau ! Quelques gouttes suffiraient à le remettre sur pied.

— Même ça, t'en veux pas, hein ?

Quand elle reposa le gobelet, le clapotement de l'eau résonna dans sa tête de manière insoutenable. Plus le besoin de potion grandissait en lui, moins il pouvait envisager d'avaler quoi que ce soit d'autre. Il sentait presque l'odeur du breuvage monter de la flasque qu'il portait sur lui, nichée contre son flanc comme une main de femme… Enfin, la vieille femme se releva.

— Mon gars, tu vas te reposer ici. Voilà une bassine, t'en auras peut-être besoin. Je reviens tantôt. Dors, si tu peux.

Il entendit le bruissement de sa jupe, puis le claquement d'un rabat en cuir, et comprit qu'il se trouvait à l'intérieur d'une petite tente douillette. Cette vieille femme devait se déplacer avec l'armée pour soigner les malades et les blessés. C'était sans doute une sorcière du maïs, comme Molly, comme Wren…

Il attendit quelques secondes, puis, n'y tenant plus, roula sur le côté et détacha la flasque de sa ceinture, les mains tremblantes.

Qu'était-il arrivé, finalement, à Wren ? se demanda-t-il. Elle était si âgée, si frêle… Griffin l'avait laissée toute nue, accroupie au bord de l'eau, le ventre énorme, les jambes écartées, comme si elle s'apprêtait à enfanter dans l'eau un sortilège monstrueux. Et les autres villageois qui avaient fui Killcairn pour se réfugier à Killcarrick… Etaient-ils toujours vivants ? Le fort de Killcarrick avait-il résisté à l'attaque des gobelins ? C'était à espérer, vu la taille et la férocité des monstres qui étaient sortis de l'ombre en rugissant, le soir de Samhain.

Il déboucha la flasque : le parfum du breuvage s'épanouit sous ses narines, plus doux que toutes les fleurs jamais écloses en Brynhiver. Il hésita un instant, puis leva le récipient, pensant à Gareth, à Engus, le maître forgeron de Killcarrick, et à tous ceux qui avaient péri entre les mains des gobelins.

— A nos retrouvailles dans les Terres d'Eté, murmura-t-il.

Puis il avala une petite gorgée.

Le liquide coula sur sa langue aussi lentement et délibérément que tous les baisers qu'il rêvait de donner à Nessa, puis descendit dans sa gorge, apaisant et rassurant comme le soleil. La chaleur inonda ses veines et, quand elle atteignit son cœur, fit rayonner à travers son corps une prodigieuse énergie. Rejetant sa cape de laine en haillons, il se releva d'un bond, rajusta son justaucorps et s'aspergea du contenu du gobelet, pour laver sa peau et ses cheveux de l'odeur du vomi. Avec précaution, il entrouvrit le rabat de la tente et scruta la nuit au-dehors.

Grâce à la Déesse, et peut-être aussi à l'amulette de Nessa, il avait survécu à deux attaques de gobelins. Il caressa le disque argenté qui pendait à une cordelette de cuir autour de son cou, et se rappela le regard de Nessa quand elle lui avait tendu son amulette, juste avant de s'éloigner à pas résolus vers l'Outremonde. Lorsqu'elle avait une idée en tête, Nessa n'y renonçait jamais. Nessa, son amour secret… Un peu moins secret, certes, depuis le baiser qu'il lui avait donné au moment de leurs adieux dans les bois. Il ne le regrettait pas, ce baiser. A présent, l'amulette qu'elle lui avait confiée pendait autour de son cou ; en échange, il lui avait laissé la sienne dans la maison de Killcairn. Le message était assez clair, non ? A supposer qu'elle soit revenue de l'Outremonde pour le trouver.

Le silence était tombé sur le camp. Entre les chariots rangés en cercles concentriques, les feux rougeoyaient de leurs dernières lueurs. Il se faisait tard : la première garde était déjà en place. Où était donc passée cette vieille femme ?

Griffin prit une profonde inspiration. L'humidité de la veille avait disparu, laissant l'air nocturne pur et frais. Apparemment, cette gorgée de potion avait non seulement apaisé son estomac et son humeur, mais aussi aiguisé ses sens : il était certain de discerner, dans l'air qui lui caressait la joue, l'odeur des barriques de potion, ce mélange particulier de cuivre, de chêne, de miel et d'autre chose...

Il inspira longuement, ferma les yeux et retint sa respiration, laissant la fraîcheur bienfaisante emplir ses narines, ses poumons, sa tête, et calmer son esprit enfiévré. Oui, c'était bien cela : l'odeur l'appelait, de plus en plus distinctement, dans la nuit... La tente de la vieille Janet était plantée un peu à l'écart des autres. L'on entendait, au loin, des toussotements, des crachats, le crissement de semelles en cuir sur le gravier. Un souffle d'air porta une nouvelle bouffée de potion à ses narines. *Par là !* se dit-il en tournant la tête au vent.

— C'est la vieille que tu cherches ?

Griffin sursauta et regarda autour de lui. Près du feu, un homme grisonnant, le corps recouvert d'un bandage ensanglanté, l'observait de ses yeux brûlants.

— Elle est partie à la tente du duc. Elle disait qu'il fallait qu'elle lui parle, coûte que coûte.

La tente du duc... Evidemment. D'un coup, Griffin devina précisément où se trouvaient les barriques.

— Où est la fosse ? demanda Griffin, utilisant le mot employé par les hommes de Cadwyr pour désigner les latrines.

— Par là-bas.

— Merci.

Griffin s'éloigna dans la direction que l'homme lui avait indiquée. Ce dernier ne semblait pas être en mesure de le suivre, mais on n'était jamais trop prudent. Dès qu'il fut hors de vue, il prit une grande bouffée d'air et vira à gauche, suivant la trace odorante qui serpentait dans l'air. Il passa à quatre pattes sous un chariot et se retrouva à l'intérieur d'un grand cercle, au centre duquel était plantée une tente bien plus vaste que toutes les autres. Un trou au milieu du toit laissait échapper des bouffées de fumée, de la lumière scintillait par tous les interstices de la toile. Tout près de l'entrée se trouvait un chariot chargé de caisses, que Griffin reconnut immédiatement comme celles appartenant à son ancien convoi. Les barriques ne devaient plus être loin. Il ferma les yeux, respira profondément et, à cet instant, entendit la voix de la vieille Janet s'élever tout près de lui.

— Y vivra pas, sans potion. Va falloir lui en donner, sinon y va mourir.

Griffin resta figé sur place. Il comprit d'instinct, sans l'ombre d'un doute, que c'était de lui qu'elle parlait. Il se passa la langue sur les lèvres. S'approchant de la tente, il colla son oreille contre la toile.

— Tous ceux à qui tu donnes de cette potion finiront comme lui. Ça vaut pour toi aussi, mon grand.

Griffin jeta un coup d'œil par-dessus son épaule. Derrière l'enceinte de chariots dressée autour de la tente, on entendait les pas mesurés des gardes qui faisaient la ronde. Il se glissa sous un chariot et, lentement, sans trop s'éloigner de la tente, se fraya un passage à travers la forêt de roues, guidé par l'odeur de la potion.

— Votre sollicitude me touche, Janet, mais ce ne sont pas…

— Faut plus leur en donner, à nos gars, de cette potion. C'est du poison, tu le comprends pas ?

Il y eut un bruissement d'étoffe : Janet avait-elle eu l'audace de poser la main sur le duc ? Il renifla, leva les yeux et manqua défaillir : une immense tache d'humidité s'étalait sur le plancher du chariot au-dessus de sa tête. *La potion !* se dit-il. *Elle est là !* Il prit encore une grande inspiration et réprima son désir de lécher le bois rugueux. Il fallait qu'il sache ce qui se disait à son propos. La vieille Janet se montrait extrêmement tenace.

— C'est pas en empoisonnant nos gars que tu gagneras la guerre, mon pauvre. Le jeune forgeron est malade à crever, ça se voit à ses yeux. Y lui faut de la potion. Alors tu vas lui en donner, parce que je veux pas avoir sa mort sur la conscience.

Un long silence suivit, puis un petit cri.

— T'avise pas de poser la main sur moi, Cadwyr d'Allovale !

Griffin entendit une sorte de grognement.

— Ferme ton clapet, vieille sotte, ou je me charge de le fermer pour toujours.

— T'en bois aussi, pas vrai ? Par tout ce qu'il y a de sacré… Je te conseille pas de me menacer, Cadwyr. Dire que tu veux monter sur le trône ! Tu seras pas roi longtemps, si tu continues à boire de ce maudit jus…

Elle était très courageuse, pensa Griffin, ou bien extrêmement imprudente. Une claque retentissante mit brusquement fin à ses récriminations ; Griffin ne put retenir un halètement d'inquiétude.

Il y eut un autre silence, pendant lequel il osa à peine respirer. Au bout d'un moment, il se demanda si la vieille femme vivait encore. Recroquevillé sous le chariot, il respirait des effluves de potion, et cela commençait à lui monter à la tête. Il avait beau se mordre la lèvre, le goût du sang ne suffisait pas à le calmer. Comme mue par une volonté propre, sa main glissa le long de son flanc et, en un éclair, détacha la flasque de sa ceinture. Il la caressa du bout des doigts, hésitant. En sautant, le bouchon risquait de faire du bruit… Mais l'odeur de la potion le rendait fou ; son désir d'en boire était si grand qu'il en vibrait, prêt à défaillir. Alors il déboucha la flasque, la porta à sa bouche et fit couler une petite larme sur sa langue. A cet instant, la toile de tente se déchira sauvagement et un géant furieux en surgit, éclairé par les lanternes qui pendaient à l'intérieur.

Avant que Griffin ait pu réagir, il fut soulevé et brutalement déposé au centre de la tente. Face à lui, Janet brandissait un poignard.

— Il me semblait bien avoir entendu quelqu'un. C'est de toi qu'elle parle, n'est-ce pas ?

Epouvanté, certain à présent que sa vie ne tenait qu'à la potion qui bouillait dans ses veines, Griffin ne put que hocher la tête en silence. Cadwyr se laissa tomber dans un fauteuil recouvert de fourrure, près du brasero qui chauffait la tente, et étira ses longues jambes en direction des flammes.

— Allez, la vieille, tu as gagné. Je ne le laisserai pas mourir. Ils ont fait du bon travail, lui et ses collègues : ça m'a valu une belle victoire, et je vais bientôt en remporter une plus magnifique encore. Trinquons à sa santé, tu veux ?

Cadwyr leva son verre en direction de Griffin et, d'un geste de la tête, indiqua d'autres verres entassés sur un plateau, près du brasero.

— Sers-toi, la vieille.

— J'ai plus rien à faire ici.

Elle rengaina son poignard et sortit de la tente à pas raides, la bouche plissée. Pourquoi détestait-elle autant Cadwyr ? Il semblait assez aimable, à première vue...

— Lève-toi, mon gars, et essaie de ne pas te faire dessus, dit le duc en souriant. Il paraît que tu as besoin d'un petit remontant. Sers-toi ; la Marrihugh sait que tu l'as mérité.

Griffin fixa Cadwyr d'un air éberlué, certain d'avoir mal entendu. Cette potion soigneusement rationnée que des soldats gardaient jour et nuit, qu'on leur avait refusée le soir de Samhain, jusqu'à ce que Griffin et les autres forgerons l'exigent avec force, cette potion lui avait semblé jusque-là le plus précieux liquide au monde. Et voilà qu'on lui disait d'en boire autant qu'il voulait... Tous ses sens s'enflammèrent. Il respira profondément, et le regretta aussitôt, car son cerveau fut violemment assailli par l'air vicié de la tente, mélange fétide de potion et de sang, de suif et de sueur, d'urine et d'excréments. *La potion...*, pensa-t-il, se concentrant sur le seul ingrédient agréable de cette terrible mixture. *La potion...*

Il jeta un coup d'œil autour de lui. Sur une grande caisse carrée, près d'une malle en cuir, était posé un flacon dont la surface lustrée ressemblait véritablement à de l'or pur. Il brillait d'un éclat mystérieux que Griffin n'arrivait pas à définir. Ses narines frémirent et il sentit les yeux du duc rivés sur lui, comme si celui-ci tirait un plaisir étrange de son malaise.

— Bois ! dit Cadwyr.

Griffin se retourna vers le duc affalé dans son fauteuil. A la lumière du brasero, ses cheveux dorés se teintaient de reflets sanguinolents. Une petite voix claire résonna en lui : *Ne le fais pas !*

Cependant, quelques gouttes de potion ne pourraient pas lui faire de mal. Au contraire, c'était lorsqu'on arrêtait d'en boire que tout se détraquait. Mais désormais, il n'allait plus jamais en manquer...

Griffin redressa les épaules. Il n'était ni duc, ni chevalier, ni même un de ces minables chefs guerriers qui faisaient régner leur loi sur une petite vallée perdue ; il ne lui manquait plus qu'un an d'apprentissage pour devenir un citoyen libre de Brynhiver. Même sans la marque du maître qui prouvait son savoir-faire, il se débrouillait déjà assez bien pour trouver du travail n'importe où. Il n'avait à faire de courbettes devant personne.

Comme s'il avait lu dans ses pensées, Cadwyr rit doucement.

— Tu es fier, mon garçon. Ton père t'a appris à garder la tête haute, pas vrai ?

— Oui, dit Griffin.

— Prends un verre, dit Cadwyr avec un sourire impénétrable.

La pestilence de l'air s'intensifiait avec chaque seconde qui passait. Incapable de se retenir plus longtemps, Griffin déboucha le flacon doré, rejeta la tête et but une longue gorgée. Le liquide descendit dans sa gorge, s'engouffra dans ses veines et réveilla son corps tout entier. Il avala la moitié du flacon d'un trait, sentant peser sur lui le regard de Cadwyr. Griffin jeta un coup d'œil circonspect au duc, puis porta de nouveau le flacon à ses lèvres, tel un nourrisson irrésistiblement attiré par le sein maternel. Quand il le reposa, il se sentait capable de rejoindre Gard avant l'aube, au pas de course. D'un geste décidé, il sortit sa flasque, remarquant au passage que les yeux de Cadwyr s'attardaient sur ses cuisses. De manière tout à fait inattendue, un frisson d'excitation, fugace mais intense, parcourut son corps, et il se sentit durcir sous ses vêtements. Maladroitement, il remplit sa petite flasque et la rattacha à sa ceinture.

— Va chercher tes affaires, mon garçon. Tu dormiras ici, avec moi. La boisson se trouve dans cette barrique, là-bas. Prends-en tant que tu voudras.

Griffin leva les yeux vers Cadwyr ; celui-ci n'avait pas bougé d'un pouce. Il y avait une lueur sauvage, presque bestiale dans son regard, et en même temps quelque chose de froidement calculateur. Griffin savait ce que son défunt père, et même Dougal, lui aurait conseillé. Il pouvait presque entendre leurs voix se mêler dans sa tête. *Il s'est déjà assez servi de toi, tu ne crois pas ? Ne lui fais pas confiance !* Mais sa flasque était pleine de nouveau, elle reposait au creux de sa hanche, et ce poids le rassurait.

— D'accord, répondit-il enfin.

— Bien, dit Cadwyr J'avertirai mon garde. Tu es libre d'aller et de venir comme il te plaît.

Et il lui adressa un grand sourire.

— Je dis que vous avez eu tort de faire confiance à cette créature.

La voix d'Iruk, qui évoquait le grincement du métal sur l'os, fit sursauter le Grand Xerruw. Bercé par les gémissements du vent dans les hauteurs de son palais caverneux, le roi des gobelins s'était abandonné à la rêverie. Les rafales faisaient bruisser la paille dans les nids des gobelines et sifflaient parmi les crânes fraîchement nettoyés qui éclairaient de leur blancheur tous les recoins de la salle. Elles faisaient claquer les fines peaux humaines que l'on avait étendues à sécher sur les murs, et soulevaient les vêtements ensanglantés qui jonchaient le sol. Elles attisaient le feu qui brûlait dans la fosse centrale, faisant jaillir d'immenses flammes orange et bleues autour des carcasses d'hommes qui fumaient sur les grilles.

Xerruw déplia son dos géant et s'adossa à son trône. Tout en dévisageant froidement Iruk, il porta à ses lèvres un crâne rempli de demi-sang — mélange d'eau et de sang fermenté que l'on n'avait plus préparé depuis des temps immémoriaux.

La créature qu'on appelait Khouri, qui prétendait avoir été emprisonnée dans un corps de gobelin miniature par un sortilège des sylphes, se réveilla à son tour et, apercevant Iruk, poussa un sifflement de chat.

D'un grognement bas, le roi des gobelins fit taire Khouri sans quitter son lieutenant des yeux. On pouvait faire confiance à Iruk pour mener les hordes à la bataille et les ramener au palais sans jamais céder à ses propres appétits. Mais cette habitude qu'il avait prise de remettre en question les décisions du roi commençait à devenir extrêmement agaçante.

Xerruw jeta un regard à la ronde. Un calme inhabituel régnait sur la grande salle du palais. La nuit de Samhain avait été l'occasion de la plus grande chasse à l'homme depuis des siècles. Enfin repus, les gobelins dormaient, arrosés par de pâles rayons de soleil qui filtraient entre les interstices du toit, loin au-dessus. Les gardes ronflaient à leur poste. Xerruw, pour sa part, mettait un point d'honneur à ne jamais s'assoupir complètement, quand bien même tous ses sujets eussent dormi autour de lui.

Il but une nouvelle gorgée de demi-sang, passa sa langue fourchue à l'intérieur du crâne rugueux et huma l'air. Une odeur d'argile et de roche mouillés émanait d'Iruk : le capitaine était chargé des travaux d'élargissement de l'étroit tunnel creusé par Khouri et ses semblables. Iruk ne faisait nullement confiance aux petites créatures venues du palais de la sorcière sylphe. Mais Khouri affirmait n'éprouver aucune affection ni pour les sylphes, ni pour les mortels. En échange d'un accès au centre même du palais des sylphes, il ne demandait que la Résille d'argent, laquelle permettrait de libérer son peuple du sortilège qui l'emprisonnait en Faërie. Ce qui semblait, en fin de compte, plus que raisonnable.

Xerruw jeta un coup d'œil aux cavités aménagées au-dessus de son trône, dans lesquelles s'alignaient de minuscules crânes béants. C'était des crânes d'enfants et même de bébés humains dont il comptait récompenser ses capitaines, après la prochaine bataille.

Car la prochaine bataille serait en même temps la dernière, celle qui verrait son peuple triompher contre la reine des sylphes. Le soleil baissait de jour en jour ; la Nuit-la-plus-longue approchait. A mesure que la lumière diminuait, Xerruw sentait les pouvoirs de la sorcière sylphe décliner. Et pendant ce temps, le tunnel qui partait de sous sa forteresse s'élargissait et s'étendait. Bientôt, seuls quelques pieds de terre et de gravier sépareraient les fidèles serviteurs de Xerruw du palais de la reine de Faërie… Soudain, un rictus qui, sur le visage d'un homme, serait passé pour un sourire déforma la gueule du roi. Après tout, se disait-il, était-il bien nécessaire d'attendre le solstice ?

On prévoyait que les équipes d'enfants-gobelins auraient atteint les sous-sols du palais d'ici une ou deux nuits. Pourquoi ne pas attaquer aussitôt ? Les sylphes seraient pris tout à fait au dépourvu. Xerruw les connaissait comme s'il les avait faits. Ils ne s'attendaient assurément pas à voir émerger des fondations de leur propre palais des hordes de gobelins enragés.

Depuis des siècles, la roche avait bien servi son peuple. C'était un allié fidèle, que ces stupides sylphes avaient complètement négligé. Ce qui ramena les pensées du roi à Iruk, toujours planté devant lui, l'expression vide, les mains jointes devant le corps, la queue aplatie. Ses petits yeux opaques restaient indéchiffrables. Xerruw se redressa de toute sa taille, qui était deux fois celle d'un homme mortel adulte, mais avant qu'il ait pu dire un mot, les grandes portes à l'autre bout de la salle basculèrent sur leurs gonds : c'était la relève de la garde. Les queues frémissantes, les gueules dégoulinantes de bave à l'idée du festin qui les attendait aux cuisines, les gobelins défilèrent à travers la grande salle. Quand ils passaient devant le roc sur lequel était érigé le trône de Xerruw, ils levaient un poing en sa direction, se battaient la poitrine de l'autre et poussaient des rugissements d'allégeance. Comme il serait fier de marcher à la tête de cette armée, lorsqu'elle surgirait des boyaux de la terre ! Décidément, l'idée d'attaquer avant la date prévue lui plaisait de plus en plus.

Toutefois, cette démonstration de force ne sembla pas avoir convaincu Iruk. Comme le tonnerre des bottes s'éloignait, Xerruw lui adressa enfin la parole.

— Pourquoi te méfies-tu autant de cette créature ?

— Pourquoi lui ferais-je confiance ?

Iruk leva la tête sans quitter Khouri des yeux. Celui-ci tremblotait, tapi au côté du roi.

— Que savons-nous de cet être qui prétend venir des Terres de l'Ombre, et qui n'a pourtant pas la moindre odeur d'homme ? Il peut nous raconter ce qui lui plaît… Comment être sûr qu'il ne nous ment pas ?

Avec un cri de rage, le gremlin se jeta sur Iruk. D'un claquement de la queue, Xerruw le rattrapa et le traîna en arrière.

— Je n'ai aucune raison de ne pas le croire, dit-il.

L'odeur de Khouri n'était certainement pas appétissante. Iruk n'avait pas tort de dire qu'il puait le sylphe à plein nez. Cependant, il émanait également de lui d'autres senteurs, fortes et terreuses, aigres et persistantes, qui laissaient penser qu'il ne mentait pas. Xerruw examina le gremlin de la tête aux pieds, puis ramena son regard vers le commandant de son armée.

— S'il y a quelque chose que tu as omis de dire, parle ! Et vite, avant que je ne commence à te soupçonner, moi aussi.

— Des enfants-gobelins ont disparu dans les tunnels.

— Depuis quand ? Pourquoi ne m'a-t-on pas prévenu ? Combien en manque-t-il ?

Par réflexe, la queue de Xerruw fouetta l'air ; il la ramena contre son dos. Khouri ne fit que grogner.

Iruk le regardait fixement. Dans la lumière blafarde, ses yeux étaient vitreux comme ceux des humains morts.

— Plus qu'on ne saurait compter. Sur chaque douzaine que l'on envoie dans les tunnels, plus de la moitié ne revient pas.

Xerruw se rassit pour réfléchir.

— Qu'est-ce que tu insinues ? Que les sylphes enlèvent nos petits ? Est-ce que le travail progresse, au moins ?

— J'essaie de vous faire comprendre qu'il est insensé de risquer notre progéniture dans une entreprise qui pue le sylphe à cent pas. Comment pouvez-vous croire cette sorcière assez bête pour laisser échapper un de ses petits laquais ?

— Petit à petit, ses pouvoirs diminuent.

Xerruw porta son regard au-delà d'Iruk, comme s'il pouvait voir à travers les épais murs de pierre. La toile magique de la reine de Faërie clignotait de plus en plus faiblement, depuis Samhain... Ce nouveau plan d'attaque était vraiment parfait. Il voyait déjà les murs et les sols du palais de Faërie dégouliner du sang pâle des sylphes. En règle générale, les gobelins ne mangeaient pas les sylphes, mais cette fois, ils feraient sûrement une exception. Ils se gorgeraient de leur chair, boiraient leur sang et s'orneraient de leurs entrailles ; puis viendrait enfin l'instant glorieux où Xerruw prendrait place sur le trône de la sorcière sylphe… A présent, il suffisait simplement d'élargir les tunnels.

— Que les plus grands des enfants-gobelins aident les petits à creuser. Je veux attaquer avant la mi-hiver, tant que notre pouvoir grandit encore.

Iruk fit un bruit indistinct, entre le marmonnement et le grognement.

— Réfléchissez, dit-il d'un air presque arrogant. Les sylphes choisissent pour émissaire une créature que nous ne connaissons pas, qui nous fait croire à une histoire invraisemblable. Convaincus, nous commençons à creuser, pensant nous infiltrer dans leur palais — alors qu'en réalité, nous leur ouvrons la voie pour pénétrer au cœur de nos défenses ! N'est-ce pas ainsi que les sylphes raisonnent ? Qu'en dites-v…

Xerruw se rua sur Iruk avant même qu'il ait fini sa phrase. La voix du capitaine s'érailla et s'éteignit à mesure que son étonnement laissait place à la peur. D'une seule main, le roi souleva Iruk ; ses muscles saillirent, sa queue faucha l'air avec un sifflement et, d'un puissant coup de griffes, il lui arracha la gorge. Un arc de sang violacé jaillit et se répandit sur le trône. Xerruw lança le corps inerte du capitaine vers la fosse à feu, où il s'écrasa dans un grand fracas et une pluie d'étincelles incandescentes.

— Je dis que tu parles trop et que tu ne creuses pas assez vite.

Khouri se roula en une boule serrée ; les soldats postés tout autour de la salle se mirent brusquement au garde-à-vous. Les gobelines qui sommeillaient dans les crevasses autour du trône s'éveillèrent en sursaut, humèrent l'odeur du sang et, sentant qu'il ne s'agissait pas d'un humain, refermèrent aussitôt les yeux. Mais les gardes échangèrent des regards à la fois avides et apeurés, et ils ne se rendormirent pas.

Même Khouri, qui jusqu'ici n'avait montré aucune crainte des gobelins — il semblait comprendre d'instinct que son odeur les repoussait —, se glissa furtivement vers son nid sans rien dire.

Xerruw lécha le sang qui collait à ses mains et se réinstalla sur son trône. L'hypothèse qu'Iruk venait de soulever lui était déjà venue à l'esprit ; pour tout dire, cela faisait un certain temps que cette idée le tracassait. Pourtant, quelque chose lui disait que Khouri était digne de confiance. Les pouvoirs de la sorcière sylphe faiblissaient : il le sentait dans ses os, dans la terre sous ses pieds, dans la roche qui s'élevait tout autour de lui. La fuite de Khouri hors du palais n'était que la première fissure dans l'édifice autrefois inébranlable de la magie sylphe.

— Grand Xerruw !

Les cris et le martèlement des bottes le ramenèrent à la réalité.

— Le sortilège est brisé ! La voie est libre ! La frontière est ouverte, nous pouvons attaquer quand nous le voulons !

Les deux gardes se plantèrent devant lui, trépignant d'impatience. Leurs expressions plurent au roi, et les nouvelles qu'ils apportaient aussi. Soudain, des caquètements éclatèrent en contrebas du trône, puis une gobeline se pencha vers sa voisine et lui arracha la tête d'un grand coup de dents. Levant les yeux vers le roi, elle émit un sifflement bas, comme si elle le défiait d'intervenir.

Xerruw poussa un grognement en guise d'avertissement et se recala sur son trône. Il n'y avait rien de plus imprévisible et dangereux qu'une gobeline mise en chaleur par l'ingestion de viande humaine. Il arrivait même qu'elles dévorent leurs propres œufs, si on ne parvenait pas à assouvir leur appétit. Se tassant sur lui-même, Xerruw prit un doigt séché dans le panier posé près de son trône. Tandis qu'il le portait pensivement à sa bouche, il entrevit subitement une explication aux mystérieuses disparitions des enfants-gobelins : ils se dévoraient entre eux. Chaque nouvelle couvée était plus grosse, plus sauvage, plus affamée que la précédente. Ceux conçus pendant l'orgie de Samhain risquaient fort de s'attaquer à leurs aînés dès qu'ils sortiraient de l'œuf. C'était évident… Iruk n'était qu'un imbécile, incapable de réfléchir. Il avait bien fait de le tuer.

Xerruw croqua un deuxième doigt ; la moelle gélatineuse explosa dans sa bouche. Le parfum de la victoire, se dit-il. Pressé de régler le problème des enfants-gobelins, il se pencha et fit signe au garde le plus proche.

— Qu'on prépare les armées, qu'on augmente les rations et qu'on m'envoie les capitaines.

— Quand attaquons-nous ? demanda un garde, surmontant sa peur.

— Bientôt ! dit Xerruw avec un claquement de la queue. Mais nous les prendrons par surprise.

Les gardes échangèrent des regards d'appréhension, leurs queues enroulées en petites spirales serrées.

— Nous attaquerons quand nous aurons atteint les sous-sols du palais.

— Mais, Grand Xerruw, hasarda un garde, pourquoi ne pas traverser la frontière, tout simplement ?

— Parce que c'est précisément ce qu'ils attendent de nous. Nous n'allons pas mordre à l'hameçon.

Xerruw marqua une pause et jeta un regard autour de lui. Par les portes latérales, venues des tunnels et des tanières au sous-sol, se déversaient les hordes de ses sujets, attirées par l'odeur peu familière de la chair de gobelin brûlée. Xerruw lança un rugissement profond et, cette fois-ci, même Khouri rejeta la tête en arrière et reprit de sa voix aiguë le refrain scandé par la foule : « Nous refusons de mordre à l'hameçon ! Nous les surprendrons et nous triompherons ! Car de la chair humaine, puissance nous tirons ! »

Delphinea ne s'était jamais demandé à quoi pouvait ressembler la frontière entre la Faërie et l'Ombre. Mais quand Petri et elle s'en approchèrent, elle la reconnut aussitôt, scintillante derrière les arbres sentinelles. A cet endroit, les ombres sur le sol se faisaient plus profondes, les rayons de soleil qui filtraient entre les branches plus opaques ; l'air lui-même prenait davantage de substance, de texture. Des tentacules légers et vaporeux lui frôlaient les joues, les bras, les seins et le dos, et faisaient courir des frissons le long de son dos. Comme tout était vert et humide, ici ! Ses bottes s'enfonçaient profondément dans le sol spongieux ; de la mousse recouvrait les arbres tout alentour. A son côté, le petit gremlin tremblait.

— La vois-tu, Petri ? chuchota-t-elle. Nous sommes tout près de la frontière…

Le gremlin leva vers elle de gros yeux ronds, mais ne répondit que par un gargouillis. La lumière baissait, les ombres s'estompaient, remarqua soudain Delphinea : elle avait perdu toute notion du temps. « C'est au crépuscule que les gobelins chassent », disait-on, mais elle repoussa cette pensée de son esprit. Le crépuscule était encore loin. Du moins, c'est ce qu'il lui semblait…

Serrant la main de Petri dans la sienne, elle avança d'un pas résolu et, retenant sa respiration, franchit le seuil d'un monde qui lui paraissait autrefois aussi éloigné que la lune.

Ce fut comme si elle avait plongé dans un bain d'encre glacé. L'air froid lui cingla le visage : elle poussa un cri, trébucha sur une racine d'arbre et tomba à quatre pattes. Des milliers de petites aiguilles parsemées à même le sol lui piquèrent la paume des mains et les genoux… Quand elle se fut redressée, et que ses yeux se furent habitués à l'obscurité, elle s'aperçut qu'elle se trouvait au milieu d'énormes houx aux branches enchevêtrées. *Même les arbres de l'Ombre sont plus sauvages que les nôtres*, pensa-t-elle, levant son visage vers les constellations inconnues qui clignotaient faiblement dans le ciel.

Les branches basses du houx tremblèrent et s'entrechoquèrent : à genoux sur le sol, Petri fouillait frénétiquement devant lui en poussant de petits cris de joie.

— Petri, chuchota-t-elle, as-tu la moindre idée de l'endroit où nous sommes ?

— Dans la forêt de l'Ombre, dame Delphinea, répondit le gremlin.

Sa voix était différente ; plus profonde et bien moins désagréable qu'avant.

— C'est le cœur de la forêt, ici. Nous sommes tout juste sortis de la Forêt-Mère.

— Qu'est-ce que la Forêt-Mère ?

— Celle qui sépare les deux mondes. L'Entre-deux.

Et, ramassant de pleines poignées de terre, il s'en barbouilla le visage. Il faisait sa toilette, comprit Delphinea, de la même manière que les sylphes se lavaient le visage avec de la rosée. Le petit gremlin ne cessait de flairer et de lécher la terre, de la frotter sur ses bras, ses jambes et sa tête. Sa petite queue rabougrie se tortillait sans arrêt, des morceaux de feuilles collaient à ses vêtements et des brindilles se hérissaient dans ses cheveux. Ainsi déguisé, il ressemblait exactement au Grand Herne, le Seigneur de la Forêt.

— L'Entre-deux aussi est un endroit comme les autres, grande dame.

Quoi qu'il en fût, songea Delphinea, il faisait nuit et ils étaient seuls au milieu d'une forêt très sombre. La densité du monde des mortels lui pesait douloureusement : tout était empreint de cette même solidité qu'elle avait devinée chez Dougal. En y réfléchissant, c'était sans doute pour cela que la voix de Petri était changée. L'air plus épais de l'Ombre devait atténuer les aigus qui heurtaient tant l'oreille sensible des sylphes. Venant de très loin, un hurlement sinistre, à la fois appel et avertissement, flotta dans l'air. D'un coup, les ombres sous les arbres s'épaissirent. Delphinea se sentait minuscule, perdue, et elle avait très froid.

— Petri, murmura-t-elle, qu'est-ce qui fait ce bruit ?

— On aurait dit un loup, dame Delphinea.

— Y a-t-il vraiment des loups, dans l'Ombre ?

Dans l'obscurité, elle vit ses yeux briller d'une lueur verte.

— Bien sûr, grande dame, dit Petri en reniflant l'air. Mais ils sont encore loin, pour l'instant.

— Il vaut peut-être mieux partir d'ici, Petri. As-tu une idée du chemin à prendre ?

Pour toute réponse, il planta ses jambes dans le sol et se tortilla frénétiquement, fendant l'épaisse couche de feuilles épineuses. Puis, tombant à quatre pattes, il pataugea dans la terre humide, déterrant des brindilles, des cailloux, et même de petites créatures qui sortirent du sol en grouillant et se précipitèrent vers Delphinea. Effrayée, elle chancela en arrière, trébucha de nouveau et se retrouva sur les fesses, les mains plaquées au sol. Quelque chose de pointu lui entailla l'index. Quand elle leva sa main, elle vit que son doigt luisait de sang, et elle poussa un nouveau cri, plus fort.

— Faites attention, grande dame, siffla Petri. Beaucoup de choses rôdent dans cette forêt.

Delphinea mit son doigt dans la bouche et se releva avec difficulté, se sentant vaguement ridicule. Un nouveau hurlement retentit, un deuxième lui répondit ; le sang de la jeune sylphe se glaça.

— Ils se rapprochent, n'est-ce pas ?

Petri continua à creuser sans répondre, reniflant une patte, puis l'autre.

— Ah, dit-il enfin. C'est bien ce que je craignais.

Il y eut un grand craquement dans les branches au-dessus de leurs têtes, ou peut-être dans les broussailles derrière eux. Delphinea sursauta, prit appui sur un tronc d'arbre pour ne pas tomber, et se piqua pour la troisième fois à une feuille de houx.

— Oh ! s'écria-t-elle, à bout de nerfs.

La feuille s'accrochait à son doigt, l'épine fermement plantée dans sa chair. Elle secoua la main pour s'en débarrasser, arrosant le sol de quelques gouttes de sang, et porta son doigt à ses lèvres — pour l'en retirer aussitôt, éberluée. Les baies replètes qui poussaient entre les feuilles pointues s'étaient mises à briller dans l'obscurité. Une à une, elles s'allumaient, petites lueurs rouges cernées de halos d'un vert sombre.

— Par quelle magie..., commença Delphinea.

Les hurlements s'élevaient à présent tout autour d'eux.

— Nous n'avons pas le temps de nous occuper de magie, grande dame. Nous devons partir de toute urgence. Les gobelins ont chassé ici cette nuit — la terre est trempée de sang, et toutes les bêtes mangeuses de chair sont prises de frénésie. Même celles qui d'habitude ne s'en prendraient pas à nous risquent de nous attaquer.

Mais tandis que Petri parlait, l'incandescence s'étendait à toutes les baies de la branche, puis à l'arbre tout entier. Fascinée, Delphinea vit le houx voisin s'illuminer d'un rose délicat à la base de l'arbre, là où les feuilles frôlaient le sol.

— Regarde, Petri, chuchota-t-elle. Elles s'allument toutes... elles brillent...

Partout autour d'eux, les baies de houx se mettaient à luire d'une opalescence rose pâle qui virait au rouge vif. Bientôt des milliers de minuscules étoiles écarlates constellèrent la nuit. Oubliant sa peur, Delphinea resta à fixer rêveusement les lumières qui scintillaient devant elle.

— Venez, grande dame, dit Petri en tirant sur sa manche.

Delphinea lui prit la main distraitement. Les hurlements continuaient à se rapprocher, et pourtant elle s'attardait, captivée par le spectacle de cette forêt enchantée. Comme Petri tirait sur sa main avec insistance, elle baissa les yeux et ramassa un objet qui luisait faiblement à ses pieds. C'était une mince baguette de houx, longue comme le bras. A son extrémité, trois feuilles sombres entouraient une petite grappe de baies lumineuses.

— Venez vite !

Delphinea glissa le bâton sous sa cape et, main dans la main, ils quittèrent la houssaie scintillante pour pénétrer dans la forêt sombre et épaisse. Çà et là, ils virent des houx s'illuminer peu à peu. Guinevère lui avait dit que les arbres de l'Ombre étaient les mêmes que ceux de l'Outremonde, mais Delphinea n'avait jamais vu d'arbres pareils en Faërie. Une bribe de chanson lui traversa l'esprit, un refrain que sa mère chantait en se promenant dans les collines couvertes de trèfle, au-dessus de la maison... *La baie du houx, rouge comme le sang des mortels...*

Trébuchant soudain sur une racine d'arbre, Delphinea s'étala dans des broussailles touffues et laissa échapper sa baguette de houx. Pendant qu'elle la cherchait à tâtons, désespérée, une branche basse s'accrocha à ses tresses et manqua lui arracher les cheveux. Ici, les arbres étaient plus serrés encore, leurs troncs plus larges, leur écorce épaisse et crevassée, leurs branches entrelacées de mousse et de gui, ou recouvertes de lierre au point qu'on ne voyait plus du tout l'écorce. Les feuilles s'entassaient si nombreuses sur le sol que, par endroits, elles montaient jusqu'au cou de Petri. Au-dessus de leurs têtes, une chouette hulula ; Delphinea sursauta, le cœur battant la chamade. A force de respirer l'air de l'Ombre, elle avait l'impression que ses poumons se remplissaient d'eau. Par comparaison, la nuit de Samhain et la folie passagère de Petri commençaient à lui sembler une partie de plaisir.

— Es-tu sûr du chemin, Petri ?

— Pour aller à Gard, il n'y a qu'une seule route, dame Delphinea. A moins de couper par la Forêt-Mère...

De nouveau, son regard se teinta brièvement d'une étrange lueur verte.

— Mais je ne veux pas passer par là.

— Pourquoi ? Si c'est le chemin le plus court...

Le gremlin fit volte-face et la regarda droit dans les yeux.

— Parce que c'est le repaire de cette maudite sorcière qui nous a emprisonnés en Faërie, et qu'on a bannie ici à tout jamais.

— Une sorcière ? Mais, Petri, les sorcières n'existent que dans les contes, non ?

A cet instant, un immense fracas se fit entendre tout près d'eux, suivi d'un hurlement à faire cailler le sang. Sans se consulter, Petri et Delphinea se sauvèrent à toutes jambes, s'enfonçant tout droit dans la forêt sombre.

Finalement, Delphinea dut ralentir l'allure pour reprendre son souffle. Petri jeta un regard autour d'eux.

— Sais-tu où nous sommes, Petri ?

— Dans la Forêt-Mère, répondit-il d'un air lugubre.

L'on entendait encore, au loin, les hurlements des loups. Ils semblaient les poursuivre et les accompagner, comme s'ils tentaient de les conduire quelque part.

— Je ne comprends pas, dit Petri. Les loups de l'Ombre ne devraient pas pouvoir entrer ici…

Il n'eut pas le temps de finir sa phrase qu'un hurlement déchira l'air, auquel d'autres répondirent tout autour d'eux. Ils étaient encerclés, comprit Delphinea. Les loups ne cherchaient pas à les conduire quelque part ; ils les chassaient. Reprenant leur course éperdue, les deux compagnons détalèrent entre les arbres, comme attirés par une force irrésistible.

D'un coup, la forêt s'ouvrit sur une clairière, au milieu de laquelle se dressait une petite maison en pierre aux fenêtres éclairées. Des bouffées de fumée s'échappaient paresseusement de la cheminée plantée au milieu du toit.

— Regarde, Petri, un refuge ! dit Delphinea en tiraillant sur le bras du gremlin.

Mais Petri tira de toutes ses forces dans la direction opposée.

— Ne vous approchez pas de cette maison ! siffla-t-il. Ne comprenez-vous pas que c'est celle de la sorcière ?

L'instant d'après, de l'autre côté de la clairière, sept loups énormes sortirent d'entre les arbres. Leurs gueules entrouvertes laissaient paraître de longs crocs luisants de bave. Le plus grand d'entre eux s'avança d'un pas, s'assit sur ses talons, rejeta la tête en arrière et hurla.

— Je crois que nous n'avons plus tellement le choix, Petri.

La porte de la maisonnette s'ouvrit : une vieille femme recourbée en sortit et scruta la nuit. Appuyée sur une canne, elle penchait la tête d'un côté puis de l'autre, humant l'air comme si elle tentait d'identifier les intrus à leur odeur.

— Qui est là ? marmonna-t-elle.

Elle renifla de nouveau, tournant la tête de gauche à droite, et Delphinea comprit qu'elle était aveugle.

— Est-ce toi, Guinevère ? Es-tu enfin venue ?

Le loup rejeta la tête en arrière de nouveau et poussa un long hurlement. La vieille femme s'appuya contre l'encadrement de la porte et leur fit signe d'avancer.

— Entrez, vite, qui que vous soyez. C'est votre dernière chance, si vous ne voulez pas qu'ils vous dévorent. Vous avez déjà trop attendu !

Elle tapa du pied avec impatience, puis, furieuse, se détourna d'eux. Delphinea s'aperçut alors que ce qu'elle avait pris pour la cape de la sorcière était en réalité sa chevelure. Elle retombait, pâle dans le clair de lune, jusqu'à ses pieds, où elle formait une traîne moirée. La vieille femme rentra dans la maison et claqua la porte.

— Petri ! chuchota Delphinea.

Les loups piaffaient d'impatience, leurs yeux rougeoyants fixés sur eux. Au moment où Delphinea saisissait fermement la main de Petri, leur chef hurla pour la troisième fois.

Un chœur d'aboiements sinistres s'éleva pour lui répondre. Delphinea s'élança à travers la clairière en direction de la maison. A mi-chemin, Petri réussit à lui échapper. Elle se figea devant la porte et le vit plonger dans les broussailles. Les loups se jetèrent à sa poursuite dans un grand fracas de branches brisées et de grognements sauvages. Lentement, Delphinea ouvrit la porte, les yeux rivés sur la forêt qui les avait engloutis.

— Petri…, murmura-t-elle.

La meute se tut brusquement, et le cœur de Delphinea cessa de battre dans sa poitrine. Qu'avait-elle de si terrible, cette sorcière, pour que le gremlin eût préféré affronter les loups ?

Une toux rauque la fit se retourner vers l'intérieur de la maison. Appuyée sur sa canne, la vieille femme se chauffait devant le feu. Elle leva vers Delphinea ses yeux aveugles.

— Fermez la porte. Avez-vous apporté un sortilège pour libérer les loups, ou bien les avez-vous tués ? Combien êtes-vous ?

Delphinea cligna des yeux, abasourdie.

— Bonne dame, commença-t-elle d'une voix hésitante, il n'y a que moi. Mon… mon ami a choisi de braver les loups.

Elle jeta un coup d'œil par la fenêtre. Le silence s'était refermé sur la forêt. Qu'était-il arrivé au pauvre Petri ?

La sorcière avança vers elle, les sourcils froncés. A la lumière du feu, Delphinea distingua mieux son visage.

— Qui êtes-vous ? demanda la vieille femme. Votre voix est celle d'une jeune fille, mais vous n'êtes pas Guinevère. Et pourquoi êtes-vous seule ?

Elle se détourna, les lèvres et les sourcils plissés, l'air mécontente et perplexe à la fois. Delphinea l'observa plus attentivement, tentant de déchiffrer les émotions complexes qui se succédaient sur son visage.

Une toile de rides finement tissée sillonnait ses joues ; ses yeux disparaissaient dans l'ombre de ses profondes orbites, si bien qu'il était impossible de deviner leur teinte. Mais sa chevelure était d'or pâle, qui prenait des reflets cuivrés à la lumière du feu, et elle coulait en flots mordorés autour de ses épaules.

— Qui êtes-vous vraiment ? souffla Delphinea.

Il y avait quelque chose d'étrangement familier dans sa façon de relever la tête. La lumière du feu éclaira enfin ses pupilles, et Delphinea vit qu'elles étaient toutes blanches. Mais les orbites saillantes de ces yeux dévastés, ces lèvres pâles et fines, ce port de tête altier, malgré la courbure du dos... tout cela lui rappelait quelque chose. Comme une larme solitaire s'échappait d'un œil, la vieille femme détourna la tête. Et en voyant son profil austère se découper sur le halo lumineux de sa somptueuse chevelure, Delphinea sut, sans l'ombre d'un doute, qui était la sorcière de la Forêt-Mère.

— Au nom de Herne et de la Déesse, murmura-t-elle en esquissant une révérence qu'elle espérait digne de la Grande Gloriana. Je suis votre très humble servante, Votre Majesté.

Il y avait le feu, puis il y avait la douleur. Au plus profond des mines d'argent d'Allovale, l'air lui-même était chargé d'argent. Il brûlait la langue et la gorge à chaque inspiration, piquait toutes les parties exposées du corps, comme si des milliers d'aiguilles incandescentes étaient venues s'y planter. Après quelques heures de ce supplice, Finuviel avait compris qu'il ne pourrait continuer à respirer qu'en plaçant un tissu devant sa bouche pour filtrer l'air. L'argent avait déjà brûlé un trou dans ce masque de fortune ; que se passerait-il lorsque ses vêtements se désintégreraient et qu'il ne resterait plus, pour le protéger, que la fine couverture mortelle sur laquelle il gisait ?

Aucune ombre mouvante ne marquait le passage des heures, aucun rayon de soleil ne perçait les ténèbres, mais une torche ne lui aurait servi à rien, car ses paupières étaient scellées par le pus qui suintait de ses yeux.

Et dans son agonie, il rêvait. Dans l'obscurité, le visage du roi gobelin apparut pour le railler, sa gueule noire ouverte sur des rangées de dents jaunes et crantées.

Xerruw se tordait de rire en le montrant du doigt... Finuviel s'aperçut alors qu'il était attaché, comme un chevreuil, à une grande broche qui tournait au-dessus du feu. Les flammes léchaient son visage, roussissaient ses cheveux, ravageaient ses cils et ses paupières.

Le visage de Xerruw s'estompa, remplacé par celui d'une vieille femme... une vieille femme hideuse, qui enfonça un doigt crochu dans son torse nu, lui pinça la joue, puis renifla ses doigts et se lécha les lèvres.

— Tourne-le encore, mon ami, il n'est pas tout à fait cuit.

Finuviel se débattit violemment, mais ses liens ne cédèrent pas. Un cri silencieux s'échappa de sa gorge et vint mourir dans le bâillon. Xerruw fit tourner la broche : un mur de flammes engloutit Finuviel. Puis le feu se calma et il sentit les doigts de la vieille femme soulever l'une de ses paupières. De nouveau, il se débattit, mobilisant toute sa rage, sa douleur et sa détermination acharnée à survivre.

— Il nous déteste, papa, dit la vieille femme avec un gloussement satisfait.

Elle laissa retomber la paupière de Finuviel, mais dans son rêve, il pouvait encore la voir, elle et le roi des gobelins. Il les voyait aussi nettement qu'il sentait la langue noire et fourchue du seigneur monstrueux lécher son dos brûlant.

— Nos enfants ne comprennent jamais rien à ce que nous décidons. Pourquoi celui-ci serait-il différent ?

La broche pivota d'un cran, et Finuviel se prépara à subir l'assaut des flammes. Mais cette fois-ci, un souffle frais caressa son oreille et la voix de la vieille femme l'enveloppa, froide et apaisante comme la neige.

— Sous la pierre comme à la surface, mon garçon ; sous le ciel comme dans la terre... Comment comprendras-tu, sans cela, à quel point la terre souffre ? Comment pourrons-nous savoir quand elle commencera à guérir ?

« Parce que la terre guérira ? » voulut hurler Finuviel. Etait-ce pour cela qu'il devait endurer ce supplice, le même que la terre de Faërie ? Mais déjà ce rêve s'effilochait ; à présent, il n'y avait plus que du bleu, un bleu aussi pur que le ciel de Faërie, aussi froid que les ombres qui s'élevaient, dentelées et couvertes de neige, à l'horizon. *De la neige*, songea-t-il rêveusement. Sous le ciel comme dans la terre… *De la neige*. Son esprit erra, puis un autre rêve commença. Cette fois, il marchait dans les montagnes, pieds nus, et la neige était douce sous ses pas. Au loin, une fille se retourna et lui fit signe.

— Finuviel ! cria-t-elle. C'est vous, Finuviel ?

« Je suis là ! » voulut-il crier, mais l'air empoisonné lui incendia les poumons, et il ne put que serrer la couverture entre ses doigts noircis. Puis ce rêve s'évanouit à son tour, ne lui laissant qu'une seule impression. *Le bleu*, pensa-t-il, tandis que toutes les teintes possibles, de l'azur le plus pâle à l'indigo le plus sombre, tournoyaient devant ses yeux. *Le bleu est la couleur du répit*.

4.

La nuit était tombée depuis longtemps quand Mag frappa enfin à la porte. Une autre femme l'accompagnait ; toutes deux étaient si bien emmitouflées dans leurs capes et leurs voiles que leurs silhouettes se fondaient dans l'ombre. Sur les indications de Mag, Cecily avait ajouté un mélange d'herbes rituelles à son bain et revêtu une tunique en laine grossière. On lui avait interdit de porter quoi que ce fût d'autre, mais il ferait frais, la nuit, au bord de la rivière, et elle envisageait de braver cette interdiction. Les sorcières, toutefois, s'y opposèrent catégoriquement. Elles l'obligèrent même à retourner la tunique de sorte que la fente se trouvât sur le devant : ouverte jusqu'à la taille, elle découvrait généreusement son décolleté hérissé de chair de poule.

— Hum ! Elle m'a l'air bien en chair.

La sorcière s'adressa à Mag comme si Cecily n'avait pas été présente, et celle-ci sentit ses joues s'enflammer. Elle se faisait une vague idée du déroulement de ces rituels, mais on ne l'avait jamais invitée à y participer. Qu'attendait-on d'elle, exactement ?

— C'est vrai, dit Mag.

L'herboriste glissa la main sous la tunique de Cecily et soupesa l'un de ses seins.

— Elle est enceinte, annonça-t-elle tranquillement.

La deuxième sorcière lança un regard observateur à la duchesse.

« Mais c'est impossible ! pensa Cecily, calculant à toute vitesse dans sa tête. Je n'ai plus... »

Puis cela lui revint. Kian et elle s'étaient étendus ensemble dans les bois juste avant Samhain... juste avant la mort de Donnor. Sans ajouter un mot, elle redressa la tête et rejeta ses cheveux en arrière.

Mag fronça les sourcils en voyant la tresse floue qui retombait sur son épaule.

— Il faudra détacher vos cheveux avant de commencer.

Elle lui tendit une longueur de corde rouge.

— Tenez, nouez cette corde autour de votre taille pour fermer la tunique. Et couvrez vos épaules.

Elle lui donna une cape faite de la même étoffe que les leurs, une laine grise et rêche telle qu'en portaient les paysannes.

— Mais, intervint la deuxième sorcière, il faudrait peut-être prendre son tartan, aussi.

— Pourquoi pas ? dit Mag en approuvant de la tête. Si ça peut nous aider...

— Vous aider à faire quoi ? demanda Cecily.

Sans répondre, les deux femmes l'enveloppèrent dans la cape, remontèrent le capuchon sur sa tête et la guidèrent hors de la chambre, à travers les couloirs du château. Quand elles débouchèrent dans la cour, Cecily vit que d'immenses feux brûlaient dans les brèches des murs d'enceinte. Les flammes orange et bleues faisaient danser des ombres sur les remparts. Devant le corps de garde, trois chevaux sellés attendaient, ainsi que deux douzaines de gardes à cheval, en grande tenue de bataille. Quand six hommes de la Compagnie de Gard sortirent de la nuit pour se joindre à eux, Cecily commença à se poser des questions. Elle avait reconnu les chevaliers Maddig et Ciariag, tous deux proches de Kian.

— Ordre du maître Kestrel, expliqua le chef des gardes d'une voix brusque. Il nous a chargés de votre protection pendant le rite.

— Il serait temps que ces ânes de druides nous soutiennent un peu ! bougonna Mag.

Tout de même, c'était une étrange façon de les soutenir, se dit Cecily à part elle. Les chevaliers acquiescèrent en haussant les épaules, apparemment convaincus, et Mag et la deuxième sorcière s'éloignèrent au galop. Etait-il bien prudent de laisser le château se vider de ses hommes, au moment où il avait tant besoin d'être défendu ? Mais il était trop tard pour réfléchir : déjà les cavaliers surgissaient autour d'elle et la dépassaient dans un tonnerre de sabots... La duchesse éperonna sa monture.

L'air froid de la nuit imprégnait sa cape d'humidité. Petit à petit, la chair de poule se propagea à son corps tout entier, descendant de sa nuque vers ses reins, ses fesses et l'intérieur de ses cuisses, jusqu'à l'endroit où le cuir de ses bottes lui grattait le dessous du genou. Quand ils parvinrent à l'entrée du sentier qui menait à la rivière, Mag se retourna vers les soldats.

— Vous ne pouvez pas aller plus loin.

Un murmure s'éleva des rangs des cavaliers, puis un homme s'avança, une torche à la main.

— Maître Kestrel nous a donné l'ordre...

— Rien ne doit perturber ce rite, l'interrompit Mag. Sauf si vous avez envie de revoir d'autres monstres comme ceux d'hier soir.

Un hululement de chouette s'éleva des arbres et Cecily crut percevoir, au loin, des battements de tambours étouffés.

— Vous devez attendre ici, répéta Mag en secouant la tête d'un air résolu.

— Mais le druide a dit..., s'interposa un deuxième garde.

Son voisin l'interrompit brusquement par une grande tape sur l'épaule.

— Nous sommes chargés de protéger la duchesse, s'empressa de dire un troisième.

— Le seigneur Kian est en bas, près de la rivière, répondit Mag. Faut-il que j'aille le déranger ?

— Excellente idée, intervint le chevalier Maddig en se frayant un passage sur sa monture immense. Allez donc chercher Kian !

— Excellente idée, en effet ! rétorqua Mag. J'y vais de ce pas. Evidemment, Kian ne sera sans doute pas ravi de devoir remonter ici, tout nu et recouvert de peinture bleue, mais c'est vous qui en répondrez, pas moi. Mieux vaut mettre les choses au clair avant de commencer, je suppose.

A la pensée de Kian nu, Cecily sentit ses seins se durcir, et un frisson la parcourut qui n'était nullement dû à la fraîcheur de l'air.

Le chef des gardes hésitait visiblement ; l'un de ses camarades lui décocha un coup de coude.

— Je ne crois pas que… que ce soit nécessaire, bégaya-t-il. Ne le dérangez pas, nous attendrons ici.

— Parfait, dit Mag.

Puis elle fit signe à Cecily d'avancer sur le sentier qui aboutissait à d'étroites marches taillées dans la falaise. Tout en bas, au loin, on apercevait une plage sablonneuse ; aux beaux jours, Cecily et ses dames d'honneur y venaient pique-niquer et se baigner, souvent rejointes par les chevaliers de Donnor. Des grottes peu profondes situées en amont de la rivière abritaient alors d'innombrables rendez-vous galants.

Quelqu'un était venu ici pendant la journée, se dit la duchesse. On avait fixé des torches dans les niches de la falaise ; à chaque bouffée d'air qui montait de la rivière, des flammes jaillissaient en crépitant. Le vent glacé tirait sur les cheveux de Cecily et faisait voler des mèches folles autour de son visage.

— Prenez garde, dit Mag derrière elle. Les marches deviennent de plus en plus glissantes à mesure qu'on descend.

La plage avait été nettoyée et ratissée. Huit feux brûlaient à intervalles réguliers, décrivant un cercle d'environ trente pas de diamètre. A l'intérieur du cercle, on avait tracé une étoile à cinq pointes et, au centre de l'étoile, un deuxième cercle plus petit, semblable à un œil ouvert contemplant fixement les étoiles.

Un frisson parcourut le dos de la jeune femme. La plupart des amulettes étaient en forme de pentacle : associé à la Terre, ce signe était censé renforcer l'effet protecteur de l'argent. Mais le pentacle ne symbolisait pas uniquement la Terre ; chacune de ses cinq pointes représentait un des quatre éléments qui composaient le monde, ainsi que le cinquième, l'invisible — l'Esprit, disaient certains, les Dieux, selon d'autres. D'aucuns soutenaient même que le pentacle avait d'autres significations, liées au changement, à la rupture, au chaos. C'était le signe de la Vieille Sorcière ; le cercle tracé autour du pentacle était censé confiner et contrôler son pouvoir. Mais Cecily, qui avait intensément ressenti la présence de la Sorcière à chacune de ses grossesses, doutait fortement que son pouvoir fût maîtrisable. Le cercle avait lui aussi de multiples significations, parmi lesquelles le cycle infini de la vie. Les druides de haut rang étaient censés les connaître toutes, mais Cecily n'en avait rencontré aucun qui pût satisfaire sa curiosité.

De l'autre côté du cercle embrasé, éclairés par une rangée de hautes torches, se tenaient une dizaine d'hommes qui tapaient sur des tambours en peau.

Au centre de l'étoile, un tartan d'homme était maintenu au sol par de grosses bougies blanches. Mag et sa compagne disposèrent celui de la duchesse à son côté. Une troisième sorcière apporta de nouvelles bougies pour fixer le tartan de Cecily sur le sable, remplissant ainsi le cercle intérieur. Puis, à l'aide de joncs enflammés, les sorcières allumèrent toutes les bougies.

De nouveau, Cecily se demanda ce qu'on attendait exactement d'elle. Allait-elle devoir s'étendre avec Kian au milieu du cercle, à la vue de tous ? Cette idée l'enflammait et la terrifiait à la fois. Elle ne voulait pas dévoiler son intimité à qui que ce fût, sauf à l'homme qu'elle aimait. Ce qu'ils partageaient tous les deux allait bien au-delà de… de cet accouplement ritualisé, de ce spectacle bestial ! Même en y mettant la meilleure volonté, Cecily avait du mal à se défaire des idées inculquées par les druides, pour lesquels les rites du maïs étaient obscurs et avilissants.

Et pourtant, il lui suffisait de penser à Kian, à ses cheveux éparpillés sur ses seins, à la caresse rugueuse de son menton, à la senteur musquée qui émanait de sa peau couverte de sueur, à ses lèvres au goût de menthe poivrée, pour qu'un accès de fièvre s'emparât d'elle. Au souvenir de cette nuit récente où ils s'étaient retrouvés par hasard près de leur ancienne couche de Beltane, Cecily frémit de plus belle. Donnor était encore vivant, à ce moment-là ; en principe, ils étaient coupables d'adultère. Mais leurs actes n'avaient rien de prémédité. C'était arrivé… tout simplement. Elle ne savait pas que Kian se trouvait dans les bois sacrés, ce soir-là. En voyant sa lanterne scintiller, elle l'avait pris pour une vieille femme récoltant des herbes médicinales sous la lune et elle l'avait suivi. Tout s'était passé comme dans un rêve, un peu comme à Beltane dernier.

Soudain, la mélodie d'une flûte solitaire s'éleva des rangs des musiciens. Le battement rythmé des tambours, toujours plus fort et plus insistant, vibrait sous les semelles de Cecily. Petit à petit, des picotements s'étendirent à tout son corps — l'étoffe de sa tunique était plus rude que celle de ses vêtements ordinaires. C'était moins des démangeaisons qu'une conscience accrue de zones habituellement oubliées : le dessous des bras, les flancs, le derrière des cuisses, le creux des reins… Non loin d'elle, la rivière murmurait en s'écoulant sur les galets, et ce bruit faisait un contrepoint aux battements des tambours. L'odeur de la mousse humide se mêlait à celle du feu. Les femmes se positionnèrent à l'intérieur du cercle ; Mag fit signe à Cecily de les imiter. On lui indiqua une place devant l'une des pointes du pentacle.

— Nous sommes treize, dit Mag.

— Le cercle n'est pas complet, répondit Lyss en boitillant vers le centre du cercle.

Elle aussi portait une tunique fendue sur le devant. Mais contrairement à Cecily, elle n'avait pas de corde à la taille : par la fente béante, l'on apercevait son corps voûté, les plis de son ventre, ses seins qui pendaient comme des pis. Comment pouvait-on espérer que Kian s'accouple avec cette vieille femme repoussante ?

Répondant à un signal mystérieux, le flûtiste attaqua un air lent et mesuré. Mag mit un tambour et une baguette entre les mains de Cecily. Autour d'elle, les autres femmes reprenaient le rythme de la mélodie en se déhanchant.

— Faites comme elles, et ne vous approchez pas trop des feux. Le moment venu, vous enlèverez votre corde et vous la donnerez à Lyss. D'accord ?

Elle déposa un baiser sur la joue de la jeune femme.

— Et détachez vos cheveux !

Cecily tira sur la lanière de cuir qui retenait sa tresse, se passa la main dans les cheveux... et sursauta en sentant une vague d'énergie déferler depuis le sommet de son crâne jusqu'à la pointe de ses pieds. Avec un sourire, Mag se détourna d'elle pour entrer dans la danse, et Cecily fit de même. La musique l'emporta comme le vent emportait les branches de saule recourbées par-dessus le rivage. Un bourdonnement diffus s'élevait de la foule. Lyss tendit les bras et la lumière des flammes fit briller les rares cheveux gris encore accrochés à son crâne tacheté. Elle chercha Cecily du regard et lui sourit.

— Le cercle n'est pas complet. Qu'on amène le dieu à cornes !

Le flûtiste entama un nouvel air, dont le rythme fut bientôt repris par les tambours. Cecily reconnut une danse nuptiale, celle que l'on jouait habituellement à l'arrivée de la mariée... Sauf qu'à présent, l'être qui s'avançait vers eux n'était pas une femme. Le cercle s'ouvrit pour laisser passer Kian, yeux bandés, poignets ligotés derrière le dos, cheveux flottant sur les épaules. Il était nu, à part le pagne noué autour de ses reins. Des coups de pinceaux rayonnaient autour de ses seins et une flèche bleue suggestive partait de son bas-ventre pour atteindre son sternum. Les tatouages qu'il avait gagnés lors des batailles mettaient en valeur le galbe de ses muscles et le plat de son ventre. Il était parfait, se dit Cecily. A l'image du Grand Herne lui-même... Une vague de désir déferla en elle.

— Nous sommes treize, répéta Mag.

— Nous sommes tous là, chuchota Lyss. Que le cercle se referme !

Toutes les femmes sauf Cecily sortirent une bourse de cuir de sous leur robe et, en dansant, jetèrent des poignées de sel entre les feux. De sa voix sans âge, Lyss entonna un chant.

Un, le soleil qui si fort luit
Deux, la lune qui éclaire la nuit,
Le trois complète un vœu sacré
Que le trois enterre ce qui est fait
Quatre, comme les points cardinaux
Cinq pour le centre invisible
Six, l'équilibre, sept, l'épreuve
Huit, le défi, neuf, le repos
Dix, l'éternel recommencement.
Du cercle il faut faire le tour,
De l'ombre à la lumière et retour.
Qu'à présent le rite commence !
Autour du cercle les danseuses tournent
J'appelle à moi les quatre vents
J'appelle à moi le couple sacré
Maîtresse et maître de la loi,
Oyez mon appel, venez à moi,
Autour du cercle, trois fois trois
Pouvoir éveillé, viens à moi !

Les bras levés, elle chantait en tournoyant autour de Kian, qu'elle frôlait légèrement de ses doigts crochus, sans nullement se soucier de sa robe entrebâillée. Son corps pendait à son squelette décharné comme un vieux sac. Elle lança un sourire édenté à Cecily et ne la quitta plus des yeux, observant chacun de ses gestes.

Le rythme de la danse s'accélérait de plus en plus. Les sorcières fredonnaient en décrivant des pas apparemment aléatoires mais néanmoins fort compliqués. A l'intérieur du cercle, la température montait ; des gouttelettes de sueur perlaient sur les flancs de Cecily. Une brise agréable vint soulever ses cheveux, ébouriffer sa robe et durcir le bout de ses seins. Soudain, elle eut envie de caresser des orteils le sable pâle et fin, et elle se pencha pour délacer ses bottes. Mais voilà qu'elle était déjà pieds nus ! Quand avait-elle bien pu enlever ses chaussures ?

Cecily releva les yeux vers Lyss ; celle-ci, toujours plantée devant Kian, lui répondit par un petit sourire. Lui se tenait parfaitement immobile, la tête haute. Une petite veine palpitait sous son menton ; une érection gonflait son pagne en lin. Lyss lui toucha les bras et les jambes, laissa ses cheveux épars frôler son torse et ses épaules ; puis elle le mit doucement à genoux et couvrit tout son corps de caresses, se déplaçant avec la grâce sinueuse d'une jeune femme.

Sortis des grands chaudrons posés sur les feux, des nuages de vapeur se mêlaient à la fumée et aux brumes qui flottaient sur l'eau. Les parfums tournaient dans l'air nocturne : la senteur résineuse du pin, du cèdre et de la sauge brûlait les narines de Cecily. Ses sens s'aiguisaient : elle percevait maintenant l'odeur de sueur et de cheval qui émanait de Kian, elle sentait chaque minuscule grain de sable sous la plante de ses pieds. Elle reconnaissait de subtiles harmonies dans le chant des vieilles femmes ; elle piquait et virevoltait à son rythme, entraînée dans une danse qu'elle semblait connaître d'instinct. Et des lambeaux de vapeur, de brume et de fumée dessinaient des ombres mouvantes autour des flammes.

Lyss se planta devant Kian et lui prit le visage dans les mains. Sa silhouette voûtée se détachait à contre-jour sur le feu ; Cecily la vit se pencher sur lui et faire pleuvoir des baisers sur son visage, son nez, sa bouche, s'écartant vivement lorsque Kian tentait de répondre à ses caresses. D'une main légère, elle effleura son torse puis fit rouler ses seins entre ses doigts. Les muscles fessiers raidis, il cambra le dos et laissa échapper un gémissement. Son pagne glissa un peu sur ses hanches.

Cecily pouvait ressentir le désir de Kian — un désir presque douloureux tant il était fort — aussi nettement que le sien. Elle en était à la fois extrêmement consciente et un peu éloignée, de même qu'elle participait à la danse sans s'y abandonner tout à fait. Elle aurait aimé être à la place de Lyss… et en même temps, elle était soulagée de ne pas s'y trouver. Aussi ne s'attendait-elle nullement à l'accès de rage qu'elle éprouva lorsque la vieille femme reprit le visage de Kian dans ses mains et l'embrassa à pleine bouche. C'était un baiser d'amants : long, voluptueux et délibéré. Finalement, Lyss releva la tête et regarda Cecily droit dans les yeux.

Cecily chancela, touchée en plein cœur, mais ne put quitter des yeux ce spectacle à la fois captivant et repoussant. La vieille femme caressa le visage, la nuque et la gorge de Kian, lequel cambra les reins, cherchant aveuglément la bouche de sa partenaire, tandis qu'ils ondulaient tous deux au rythme de la musique. Puis les mains crochues descendirent le long de son ventre en suivant la ligne de poils qui reliait son nombril à son bas-ventre. Les doigts de Lyss se mouvaient au rythme des tambours, des bourdonnements et des danseuses qui s'agitaient tout autour d'eux.

Comment cette vieille femme pouvait-elle se déplacer aussi agilement ? Lyss s'accroupit brusquement sur ses talons, glissa sa main dans le pagne de Kian et le défit, libérant son sexe. Celui-ci se dressa, couronné d'une perle ambrée, jusqu'à son nombril. Les vieilles femmes poussèrent des soupirs et des murmures approbateurs. La musique, la fumée, le feu, la conscience de son propre corps enflammé et la vue de celui de Kian firent alors exploser le désir de Cecily. Presque à son insu, elle se remit à danser, s'abandonnant entièrement aux émotions primitives qui déferlaient en elle, laissant enfin s'exprimer son désir trop longtemps contrarié.

Une à une, les autres femmes dénouèrent la corde qu'elles portaient à la taille et la tendirent à bout de bras en dessinant des arabesques mystérieuses. A son tour, Cecily ôta la sienne ; sa robe s'ouvrit presque jusqu'à ses hanches, révélant ses seins lourds et son ventre légèrement arrondi. Une brise souffla sur son corps fiévreux et la rafraîchit autant qu'une ondée soudaine. Sans savoir pourquoi, Cecily lança sa corde à Lyss, qui la rattrapa en souriant. Incapable de détourner le regard, la jeune femme vit la sorcière effleurer de ses ongles crochus le membre saillant de Kian. Les danseuses passèrent devant elle et lui bouchèrent momentanément la vue, mais Cecily les écarta d'un geste frénétique. Il fallait absolument qu'elle voie ce qui se passait. Car les doigts de la vieille femme devenaient roses et potelés... Peu à peu, sous son regard stupéfait, la vieille Lyss se métamorphosait en copie exacte de Cecily. D'épais cheveux blonds coulaient autour de son visage pâle et hanté ; sa longue gorge blanche surmontait des seins lourds, striés par plus d'une dizaine de grossesses. Mais c'étaient surtout ses mains qui fascinaient Cecily : ses griffes arthritiques de vieille paysanne s'étaient transformées en doigts lisses et pâles, aux ongles roses, de jeune aristocrate.

Kian était sur elle, à présent, se déplaçant avec une précision née du désir, libéré des liens qui entouraient ses poignets, mais les yeux encore bandés. Avec une douceur infinie, il étendit Lyss sur le sol et la recouvrit de son grand corps. Cecily resta pétrifiée, le regard rivé sur eux, tandis que les sorcières l'encerclaient, se bousculaient autour d'elle, se déchaînaient au rythme des allées et venues de Kian entre les reins de sa partenaire.

Soudain, le chevalier arracha le bandeau qui lui couvrait les yeux, dévisagea la femme sous lui et murmura quelque chose. Cecily fut certaine d'avoir entendu son prénom. D'un geste vif, il écrasa la bouche de la sorcière contre la sienne, comme s'il voulait la contenir en lui, puis son corps tout entier fut pris de spasmes. Derrière eux, venant de très loin, Cecily crut entendre des chocs métalliques, et elle se demanda quels instruments pouvaient bien produire un fracas pareil.

Le rythme des tambours ralentit, les vieilles femmes se pressèrent autour du couple et, au moment où Kian se redressait sur les coudes, tentant de se libérer de l'enchevêtrement de membres et de tissus, les gardes surgirent dans la nuit et l'arrachèrent à Lyss. Comme Cecily et les autres reculaient en chancelant, dispersées par l'effet de surprise, un garde jeta la sorcière métamorphosée par-dessus son épaule et se dirigea vers les marches.

Dans un grand fracas d'instruments renversés, les batteurs se ruèrent en avant, et Cecily s'aperçut qu'ils portaient le tartan de la Première Compagnie de Donnor. *Voilà pourquoi ils n'étaient que six à nous accompagner. Mais ces six-là, où sont-ils passés ?* se dit-elle. Elle s'écarta de justesse devant la charge des chevaliers et manqua piétiner une femme tombée à terre. *Qu'est-il arrivé aux autres ?*

On tendit une épée à Kian ; nu, à part le bandeau qui pendait autour de son cou, il s'élança vers Lyss, dont le ventre commençait à enfler comme celui d'une femme enceinte.

— Cecily ! hurla-t-il.

Une lame s'abattit sur l'un de ses bras, une deuxième sur sa cuisse nue. Kian s'effondra en sang et le garde s'enfuit, portant Lyss sur son dos. La sorcière semblait avoir perdu connaissance. Les autres rengainèrent leurs armes et s'enfoncèrent derrière leur chef dans la nuit.

— Suivez-la ! hurla Mag.

On dut la retenir de se lancer elle-même à leur poursuite. Au loin, Cecily entendit des chevaux hennir.

— Il faut la retrouver, gémit Mag en se jetant aux pieds d'un chevalier.

Les autres femmes se joignirent à ses supplications.

— Il faut la suivre. La magie n'a pas pris... Le sortilège n'est pas achevé...

Mais l'homme les repoussa et se tourna vers Cecily en hurlant quelque chose d'incompréhensible. La duchesse se précipita au côté de Kian.

« Faites qu'il vive... je ne demande que cela », se répéta-t-elle en tombant à genoux dans le sable fin. Elle prit la tête de Kian dans ses mains et gifla sa joue couverte de bleu pastel.

— Kian ? Tu m'entends ?

— Suivez-moi, Votre Grâce, dit une voix près d'elle.

Levant la tête, elle rencontra le regard grave du chevalier Tuavhal, dont le visage était sillonné de sueur.

— Nous n'allons pas abandonner Kian !

— Bien sûr que non... Mais il faut partir au plus vite. Kian s'attendait à ce que le druide nous joue un mauvais tour.

— Mais... et Lyss ? s'écria l'une des femmes en agrippant le bras de Cecily. Elle doit accoucher de cette magie, sinon elle en mourra ! Vous comprenez ça ?

Cecily se retourna vers le chevalier, prête à défendre la cause des sorcières, mais celui-ci ne lui laissa pas le temps d'ouvrir la bouche.

— Impossible, Votre Grâce, il serait trop dangereux de revenir au château. Je le regrette, pour la vieille femme et pour le sortilège. Mais nous n'y pouvons plus rien, à présent.

Déchirée, Cecily les vit entourer d'une couverture le corps inerte de Kian et le hisser dans les bras d'un chevalier qui le cala contre sa poitrine. Un autre homme s'avança vers elle et lui couvrit les épaules d'un tartan ; c'était le sien, qu'il avait ramassé au centre de l'étoile. Il sentait le sable mouillé, la transpiration et le sexe.

— Je vous en supplie...

Mais avant qu'elle ait pu finir, Tuavhal la souleva et l'installa sur sa propre selle, puis monta derrière elle. Cecily tendit la main vers les femmes éplorées ; le chevalier piqua des éperons et, avec l'homme qui portait Kian, ils s'éloignèrent au galop, se dirigeant vers la rivière pour y effacer leurs traces.

— Nous reviendrons ! cria Cecily par-dessus son épaule.

Mais les éclaboussements des sabots dans l'eau et les gémissements funèbres des sorcières noyèrent ses paroles.

A sa grande surprise, Artimour eut très envie de suivre Nessa vers la forge. A l'instant où elle disparaissait derrière la porte, il faillit se précipiter derrière elle. Puis les mises en garde qu'elle lui avait adressées lui revinrent à l'esprit. Alors, il se planta de nouveau devant la fenêtre et observa la foule qui grouillait dans la cour intérieure, les longues files qui serpentaient jusqu'aux cuisines. *Ils veulent trouver un coupable*, avait-elle dit. Le semi-sylphe n'avait aucune envie de prendre des risques inutiles, mais cette fille l'intriguait indéniablement. L'odeur de métal brûlé qui émanait de ses vêtements et de ses cheveux, la suie qui cernait ses ongles et sillonnait ses joues, tout cela lui rappelait confusément son père inconnu. Etait-ce pour cette raison qu'elle le troublait plus que toutes les sylphes qu'il avait jamais connues, si versées fussent-elles dans l'art de courtiser et d'aimer ? Ce n'était sans doute rien d'autre que cette fameuse attirance que les humains éveillaient toujours chez les sylphes.

Les heures passant, le silence tomba sur le fort. Artimour s'enveloppa dans la cape gris-brun qu'on lui avait prêtée — la sienne avait été réduite en lambeaux par les rochers du rivage — et, le visage dans l'ombre de son capuchon, se glissa hors de la chambre. Au fond de la cour, la voix d'un veilleur résonna : c'était la relève de la garde. Les feux qui constellaient le pavé rougeoyaient et mouraient ; en haut, sur les remparts, les torches crachaient de hautes flammes qui fouettaient l'air du crépuscule comme des queues de gobelins. Le vent lécha le visage d'Artimour ; il portait une odeur âcre de métal brûlé. *Nessa !* pensa-t-il avec un petit pincement au cœur. Que pouvait-elle bien faire dans la forge à cette heure tardive ? Une grosse bouffée de fumée blanche flottait par-dessus les toits et semblait l'appeler.

La forge était plongée dans les ténèbres. Seules l'éclairaient une lanterne posée sur une enclume et les braises incandescentes du foyer. Sur le seuil de la porte, Artimour hésita, plissa les yeux et, s'habituant à l'obscurité, distingua le dos pâle et nu de Nessa. Debout dans un coin de l'atelier, sa tunique retroussée sur ses hanches, elle s'éclaboussait d'eau à l'aide d'un linge qu'elle trempait dans un seau. Elle se pencha, essora le linge et, tendant le cou d'un côté puis de l'autre, frotta vigoureusement les traînées de suie sur sa nuque. Artimour, fasciné, observait les mouvements fluides de ses muscles sous sa peau laiteuse.

Contraste enchanteur que celui de ses épaules musclées avec la courbe délicate qui reliait sa taille à ses hanches pleines et rondes ! Quand elle leva le bras, il entraperçut un sein blanc, gonflé comme une pêche, couronné d'un téton rose pâle. Puis elle posa le linge, se baissa, fléchit le bras pour prendre un nouveau seau d'eau. Son corps était aussi ferme et rebondi qu'un beau fruit mûr... Quand elle se pencha, la masse de ses boucles brunes s'échappa du chiffon qui lui servait de turban ; alors, d'un geste souple, elle posa le nouveau seau près du premier et releva ses cheveux de l'autre main. Un subit élancement de désir poussa Artimour vers elle : il fit un pas en avant et la semelle de ses bottes racla le sol.

Nessa, qui nouait ses boucles folles en un chignon serré, tourna la tête et poussa un petit cri de surprise.

D'une main, elle remonta le haut de sa tunique sur ses seins ; de l'autre, elle saisit un poignard.

— Qui est là ?

La tête haute, les épaules droites, les muscles des bras et du haut du torse saillants, elle se figea en une attitude menaçante.

Quel courage ! songea Artimour. Ce n'était guère étonnant qu'Uwen voulût l'emmener à Gard… Comment pourrait-il échouer, avec une telle femme à son côté ?

— Qui est là ? répéta-t-elle.

Artimour reconnut alors la note de peur dans sa voix. Il s'avança d'un pas, de sorte que les rayons de la lanterne éclairent son visage. En le reconnaissant, Nessa baissa son arme et pâlit. La peau de son cou lui parut blanche, douce et très vulnérable… *Ne la laisse pas sortir des murs de ce fort… Retiens-là ici et protège-là !* lui intima une petite voix. Mais surtout, il avait envie d'effleurer les boucles sombres qui s'enchevêtraient autour de son visage, d'embrasser ses lèvres roses, de glisser ses mains sur les courbes de ses hanches, de sa taille, de ses seins. De prendre possession de ce corps ferme et sensuel.

— Grand Herne ! s'exclama Nessa à mi-voix en rengainant son arme.

— Je regrette, mais ce n'est pas lui.

Pour la première fois de sa vie, Artimour ne savait absolument pas quoi dire. Il lui était déjà arrivé — par hasard ou à dessein — de se trouver nez à nez avec des dames à moitié déshabillées au clair de lune. Mais les émotions que cette fille faisait naître en lui étaient si complexes qu'il ne savait par où commencer.

— Je suis vraiment navré. Je ne voulais pas vous effrayer.

— Depuis combien de temps êtes-vous là ? Je croyais vous avoir dit de ne pas vous montrer dans le fort !

— Non, non… ne vous en faites pas. Je viens juste d'entrer. Je n'arrivais pas à dormir. Je ne pensais pas que vous travailleriez si tard.

— Bah ! C'est plus facile, en fait.

Nessa lui tourna le dos et enfila sa tunique avec peine, tirant si fort sur le tissu grossier qu'Artimour entendit une couture se déchirer.

— Les forgerons travaillent souvent la nuit. C'est la partie sombre de la journée, comme disait... comme *dirait* mon père.

Elle se retourna pour lui faire face, et Artimour remarqua que le col de sa tunique, déchiré, bâillait largement. Entre les masses sombres de ses seins, il aperçut une longue cicatrice rouge.

— Pourquoi la nuit ?

— Les scories — les crasses, les mauvais résidus — sont plus foncées que le métal fondu. C'est pour les éliminer que l'on bat le fer. Et on les distingue mieux dans le noir.

Elle inclina la tête.

— N'y a-t-il pas de forgerons en Faërie ?

Artimour haussa les épaules et promena le bout de son doigt sur une enclume noircie.

— Ce n'est pas du tout la même chose. Leur travail est entièrement différent du vôtre.

— Comment font-ils ? Comment faites-vous, en Faërie, pour fabriquer des choses ?

— Par la pensée.

— Vous voulez dire qu'il suffit de penser à une chose pour qu'elle existe aussitôt ?

— D'une certaine façon, oui. C'est ainsi que vous avez traversé la frontière : d'abord vous y avez pensé très fort, puis vous l'avez franchie.

— Mais traverser une frontière et forger une épée sont deux choses différentes, non ?

Nessa indiqua d'un geste les armes et les outils empilés sur la forge ou suspendus aux clous et aux crochets qui recouvraient toutes les surfaces libres de l'atelier.

Artimour secoua lentement la tête, distrait par le jeu d'ombre et de lumière sur les bras et la gorge de la jeune fille.

— Pas chez nous, non. La Faërie n'est pas faite de la même étoffe que l'Ombre. A vrai dire, c'est un monde d'un tout autre genre.

— Savez-vous fabriquer des objets de cette façon ?

Nessa le fixait du regard, fascinée et incrédule à la fois.

Artimour rougit et frôla du bout des doigts les marteaux alignés sur le mur, soigneusement rangés suivant leur taille. Son désir se manifestait déjà de façon tangible, mais les souvenirs que Nessa venait d'éveiller lui faisaient l'effet d'un seau d'eau glacé.

— Eh bien... A vrai dire, non, je ne sais pas faire cela. A une certaine époque, ma mère a pensé que je me débrouillerais mieux avec les outils de mon père. Mais je n'ai rien pu en tirer. Les outils des mortels n'ont pas d'effet sur les métaux de notre monde, je suppose. Et puis, il n'y avait personne pour m'apprendre à les utiliser. Heureusement, j'étais assez habile à l'escrime, à l'équitation et au tir à l'arc pour qu'elle ait pu me trouver une autre occupation.

— C'est ainsi que vous êtes devenu commandant des armées ?

— Oui, jusqu'à ce que Finuviel s'arrange pour prendre ma place.

De nouveau, Artimour éprouva un pincement d'amertume. Quelle funeste influence Guinevère avait-elle exercée sur le Conseil et sur la reine ?

— Avez-vous peur ? demanda Nessa avec un à-propos remarquable.

A vrai dire, pensa Artimour, la peur n'était que la plus saillante des émotions qui se bousculaient en lui. Il était enragé par la trahison de Finuviel, écœuré qu'Albane ait pu se laisser ainsi duper, furieux que Nessa et son père soient mêlés à cette histoire.

— Qu'allez-vous faire ? poursuivit-elle.

— Après avoir traversé la frontière, j'irai aussitôt trouver la reine.

Le regard de Nessa glissait du feu à l'enclume, de l'enclume à la porte, se promenant à travers tout l'atelier sans jamais s'arrêter sur Artimour. Le parfum de sa peau mouillée flottait dans l'air, mêlé à des relents de métal brûlé ; mais le semi-sylphe ne jugeait plus ces odeurs aussi déplaisantes qu'avant. A vrai dire, il avait fortement envie d'enfouir son visage dans ce fouillis de boucles brunes pour trouver l'endroit où l'âcreté de la fumée laissait place à la senteur moussue de la peau.

— Je vous ai fabriqué quelque chose, dit Nessa abruptement.

— Vraiment ?

Refusant toujours de soutenir son regard, elle ramassa une bougie à moitié consumée et se dirigea vers un coin de la forge. Pour rallumer la bougie à la lanterne, elle dut se hisser sur la pointe des pieds ; le col déchiré de sa tunique glissa de son épaule et Artimour vit ses tétons durcis pointer sous le tissu rêche. Il sut, alors, qu'elle le désirait autant que lui la désirait. Mais Nessa n'était pas une courtisane de Faërie, frivole et légère. Elle possédait une substance qui la rendait différente de toutes les autres femmes, plus forte et plus vulnérable à la fois.

Elle lui fit signe d'approcher, éclairant de sa bougie crachotante une longue table sur laquelle était disposée toute une panoplie d'armes et d'outils réparés — sans doute le fruit de sa soirée de travail. Un peu à l'écart, posé sur un morceau de tartan effiloché, se trouvait une courte épée dépourvue d'ornements, avec une fine lame à double tranchant en forme de losange. Artimour prit l'arme en main et l'examina de plus près. La poignée de bois était recouverte de cuir ; la lame n'était pas plus longue que son bras. On eût presque dit une épée d'enfant. Il la prit en main, la pointa, fléchit le bras, esquissa une attaque… et, en dépit de l'extrême légèreté de l'arme, ressentit un élancement de douleur à la poitrine. Toutefois, vu le peu qu'il savait de la situation en Faërie, il serait assez imprudent d'y revenir désarmé. Soudain, il remarqua sur le tranchant inférieur une brillance qui n'était pas celle du fer fraîchement aiguisé.

— Qu'avez-vous mis sur cette lame ?

Nessa approcha la bougie.

— J'ai plaqué la pointe et l'un des tranchants avec de l'argent. Si vous vous trouvez de nouveau face à Finuviel et à son poignard, vous serez en mesure de vous défendre.

Pendant un long moment, Artimour dévisagea Nessa sans trouver de mots pour la remercier. Ni sylphes ni gobelins ne s'attendraient à le trouver armé d'une épée mortelle plaquée d'argent. Elle lui tendit un fourreau. C'était un assemblage de minces lamelles de bois recouvertes de cuir, extrêmement grossier selon les critères de la Faërie, mais néanmoins indispensable à Artimour.

— Tenez, vous en aurez besoin. Et je crois que vous devriez également prendre ceci.

Un chiffon de lin soigneusement plié apparut entre les mains de Nessa.

— Vous aurez intérêt à essuyer le sang de gobelin aussi vite que possible. Il ronge le métal en un rien de temps...

Elle indiqua d'un geste les armes réparées qui encombraient la table.

— Comment avez-vous trouvé l'argent ? demanda Artimour.

L'argent, ou plutôt la pénurie d'argent, avait été le sujet de toutes les conversations, aujourd'hui.

— J'ai fondu l'amulette de mon père. C'est ce qu'il aurait voulu, j'en suis certaine. Surtout que... enfin... c'est moi qui...

Elle s'interrompit et se mordit la lèvre.

— Disons que c'est par ma main, et par le savoir-faire de mon père, que vous avez été blessé.

La gorge d'Artimour se noua. Cette fille avait sacrifié un objet appartenant à son père disparu — une amulette qu'elle avait forgée de ses propres mains — dans le seul but de réparer son tort et de l'armer contre le monde chaotique qu'il allait devoir affronter. Mais s'il comprenait mieux que jamais ce qu'un tel sacrifice signifiait pour elle, il n'en hésitait pas moins à accepter son présent. L'argent était un poison dangereux. En introduire davantage en Faërie ne ferait sans doute qu'accélérer le déclin de son monde. Il soupira profondément et prit la main de la jeune femme dans la sienne.

— Nessa…

Ses yeux brillaient dans la pénombre.

— Nessa, je ne puis accepter cette épée.

— Mais… pourquoi pas ? bégaya-t-elle. Je sais qu'elle n'est pas belle, ce n'est qu'une simple…

— Ecoutez, reprit-il en posant un doigt sur les lèvres de Nessa. Ecoutez-moi. J'apprécie votre travail, votre geste, le fait que vous ayez fondu cette amulette. Mais vous savez que l'argent est un poison pour la Faërie. C'est sans doute une mauvaise idée d'en apporter davantage là-bas. Regardez, l'amulette n'y avait pas sa place : c'est pour cela qu'on a obligé votre père à la retirer.

Il s'arrêta brusquement, cherchant ses mots. Nessa refusait toujours de soutenir son regard, et son attitude maladroite lui disait qu'il l'avait blessée d'une façon qu'il ne comprenait pas bien.

— Gardez cette épée, Nessa. J'ai entendu dire que les réserves d'argent sont épuisées, qu'il ne reste plus une once d'argent dans le fort.

Mais ce raisonnement ne réussit pas, lui non plus, à effacer la déception qui se lisait sur le visage de Nessa. En désespoir de cause, Artimour reprit sa main et la porta à ses lèvres ; ce faisant, il remarqua le réseau de cicatrices qui sillonnaient ses doigts. Ce ne devait pas être chose aisée que de forger les objets de l'Ombre ! Cette épée, Nessa ne l'avait pas fabriquée sur une impulsion, sans réfléchir. Sans doute fallait-il une volonté bien supérieure à celle des sylphes pour forcer cette réalité peu malléable à changer de forme. Les Conteurs, en définitive, se trompaient sur toute la ligne : les mortels étaient loin d'être sots.

Nessa s'aperçut qu'il regardait sa main et voulut la retirer, mais il lui prit la deuxième, les porta toutes deux à ses lèvres et les baisa l'une après l'autre. Elle poussa un petit soupir et chavira vers lui, de sorte que sa tunique frôla son pourpoint. L'intensité de son regard coupa le souffle à Artimour et éveilla en lui un désir plus ardent que les braises qui luisaient dans la forge — un désir insistant, impérieux, qui réduisait sérieusement ses capacités de réflexion. Pourtant, il fit de son mieux pour exprimer son émotion, sentant obscurément que pour les mortels, bien plus que pour les sylphes, les sentiments étaient intimement liés aux mots.

— N'ayez pas honte de vos mains, Nessa. Croyez-vous qu'une sylphe en ait jamais eu d'aussi belles ? Aucune d'entre elles ne serait capable de faire votre travail. A ces marques, à ces cicatrices, je vois combien l'étoffe de l'Ombre est inflexible, comparée à celle de la Faërie. Et pourtant, vous la pliez à votre volonté, en utilisant un pouvoir qu'aucun sylphe ne possède.

— Les sylphes utilisent la magie, murmura-t-elle, paupières baissées.

— De leur point de vue, ce que vous faites est aussi de la magie.

Leur baiser les surprit l'un comme l'autre. Aucun des deux n'embrassa délibérément l'autre ; ils se penchèrent tous deux simultanément, comme mus par une force extérieure, jusqu'à ce que leurs lèvres se rencontrent. Nessa ouvrit la bouche pour accueillir celle d'Artimour ; du bout de la langue, elle parcourut l'intérieur satiné de sa lèvre inférieure. D'un coup, Artimour prit conscience des tétons durcis de Nessa contre son torse et du sang qui battait furieusement entre ses jambes. Il prit la jeune femme dans ses bras, et la tête de Nessa vint se nicher au creux de sa poitrine.

Les mains de Nessa remontèrent le long du bras d'Artimour et effleurèrent sa nuque, faisant revivre des sensations dans tout son corps ; puis elles escaladèrent sa joue. En entendant le bruit râpeux produit par ses doigts, il cessa de respirer le parfum de musc et de sel qui émanait de sa tunique, sursauta et s'écarta brusquement. Nessa, haletante, se recula à son tour, l'air effrayée.

— Je n'ai jamais eu de barbe, jusqu'ici, bégaya Artimour.

— Je n'ai jamais embrassé personne de cette façon.

Nessa fronça les sourcils, puis ajouta :

— C'est Molly qui vous a rasé. Elle a remarqué que votre barbe commençait à pousser.

Artimour se passa la main sur les joues. *Au nom du Grand Herne,* songea-t-il, *que m'arrive-t-il ?* Puis, comme les paroles de Nessa faisaient leur chemin en lui, il inclina la tête et la dévisagea. Elle n'avait jamais embrassé personne de cette façon, avait-elle dit… Comprenant subitement l'origine de son hésitation, il déposa un nouveau baiser dans la paume de sa main. Les doigts de Nessa se crispèrent autour des siens, et, dans ce petit geste, il lut la force de son désir.

— Nessa, chuchota-t-il, es-tu sûre de vouloir cela ?

Elle hésita à peine le temps d'un battement de cœur, et quand elle ouvrit la bouche, ses lèvres étaient brillantes et gonflées comme des fruits gorgés de soleil.

— Oui, j'en suis sûre.

Pendant un long moment, Artimour resta plongé dans ses pensées. S'unir avec cette mortelle signifierait bien autre chose qu'un après-midi de plaisir ou une nuit de délices. Rien à voir avec les jeux de l'amour auxquels s'adonnaient les sylphes, qui répétaient à l'infini toutes les formes et variantes possibles, sans autre but que l'excellence technique… D'un seul coup, Artimour comprit que cette différence expliquait la mystérieuse tendance des mortels à s'attacher l'un à l'autre. Mais ce n'était pas tout ; il y avait autre chose, que Nessa elle-même ne semblait comprendre ni même deviner. Cette passion, cette intensité qui surgissait en lui et l'emportait au-delà de toute pensée rationnelle, c'était de l'énergie magique sous sa forme la plus pure.

Le désir de la posséder grandissait en lui ; c'était une faim dévorante qu'il n'avait jamais ressentie auparavant, même pour ses amantes les plus accomplies. Comme par un accord tacite, ils chavirèrent l'un vers l'autre. Leurs bouches se trouvèrent, et il sembla alors à Artimour que toutes les heures passées sous un dais de branches ou un baldaquin de soie, sur la mousse arrosée de soleil ou les coussins moelleux d'un cabriolet, n'avaient été qu'enfantillages, comparées au feu qui se déchaînait maintenant en lui.

Il entortilla une boucle brune autour de sa main et la tête de Nessa retomba contre son épaule, exposant la longue courbe blanche de son cou. La chevelure qui cascadait sur le bras d'Artimour exhalait une senteur tiède et boisée, comme le parfum des arbres qui imprégnait ses rêves lorsqu'il dormait dans la forêt. Le cœur d'Artimour battait si fort dans son bas-ventre qu'il commençait à éprouver des vertiges ; des vapeurs écarlates embrumaient son esprit. Il effleura un téton pointu puis, quand Nessa gémit et se laissa aller contre lui, il referma la main autour d'un sein rond et charnu. Il sentait la chaleur de sa peau humide à travers la tunique de lin. Cette mortelle n'avait rien à voir avec les femmes sylphes : il semblait que tout en elle fût tiède, soyeux et moite.

— Artimour..., dit-elle dans un souffle.

Elle s'écarta, les yeux noirs brûlant d'une expression grave qui était peut-être de l'inquiétude.

— N'aie pas peur, murmura-t-il en repoussant délicatement une boucle derrière son oreille. Je...

Il s'arrêta. Comment lui dire qu'il n'était pas simplement envoûté par son corps mortel ? Qu'il éprouvait des sentiments bien plus profonds que jamais ? Tout cela était inextricablement lié à ce monde sombre, dense et étrange... Subitement, Artimour se rendit compte que l'Ombre et ses habitants étaient infiniment plus complexes que ne le pensaient les sylphes. Seules ses origines humaines — qu'il avait jusqu'ici haïes et niées

— lui permettaient de deviner cette complexité, même s'il était loin de la comprendre. En vain, il chercha ses mots, rejetant tous ceux qui se présentaient à son esprit.

Comme si elle avait perçu son désarroi, Nessa posa un doigt sur sa bouche.

— Je n'aurai pas peur, chuchota-t-elle.

Elle mit ses bras autour de son cou et pressa son corps contre le sien. Le creux de ses reins, doux et accueillant, vint caresser la crête saillante de son érection, et, dans ses grands yeux noirs, Artimour vit son propre reflet qui l'observait.

— Je n'aurai pas peur, répéta-t-elle. A moins que toi, tu n'aies peur de moi...

Cependant, tandis qu'elle conduisait Artimour vers la chambre à coucher du forgeron, située derrière le grand foyer en pierre, Nessa se rendit compte qu'elle était terrifiée. Par la fenêtre entrouverte de la chambre, les lueurs des torches éclairaient le lit et sa couverture en laine bleue hérissée de brins de paille.

« Je ne sais pas du tout ce que je suis censée faire », voulut-elle dire. Mais déjà Artimour l'attirait contre lui, l'enveloppait dans ses bras, s'étendait à son côté sur le lit, avec tant de douceur et d'aisance que Nessa eut l'impression de flotter. S'il ne ressemblait plus vraiment à un sylphe, Artimour se déplaçait encore avec toute la grâce et la dextérité des êtres de l'Outremonde.

Il écarta doucement l'encolure de sa tunique, frôlant au passage ses seins hauts et ronds, et les reins de Nessa se soulevèrent d'eux-mêmes, comme si une partie d'elle dont elle avait à peine conscience remuait et s'offrait aux caresses d'Artimour. Celui-ci se pencha sur elle, prit ses seins en coupe et les porta à sa bouche. Quand ses lèvres brûlantes se refermèrent autour d'un téton durci, un frisson de plaisir la parcourut et enflamma la partie la plus secrète de son corps. Le souffle court, elle sentit son corps s'arc-bouter ; au plus profond de son être, un désir à la fois tout nouveau et très primitif s'éveillait, rugissant de vie.

— Est-ce que cela t'a plu ? demanda Artimour en relevant la tête.

L'absurdité de la question lui arracha un faible sourire. Elle avait l'impression de se tenir au bord d'un fleuve immense ; quelques pas de plus, et elle serait emportée par un courant puissant, obscur et aussi ensorcelant que tous les charmes de l'Outremonde. *Voilà donc ce que les sylphes veulent de nous*, songea-t-elle avec un calme surprenant. Elle passa sa langue sur ses lèvres, déposa des baisers mouillés sur la bouche et la joue d'Artimour, puis suivit du bout du doigt le contour de sa barbe, tressaillant d'impatience.

— Continue, je t'en supplie..., murmura-t-elle.

Artimour sourit, inclina la tête et reprit son sein entre ses lèvres. Les yeux fermés, Nessa respirait au rythme du désir qui jaillissait par vagues du centre de son être. Sous la lumière jaune qui filtrait par les petits carreaux de la fenêtre, la peau du semi-sylphe se teintait de miel et d'ivoire. Artimour l'entoura de ses bras, la couvrit d'une nuée de baisers puis glissa la main sous l'ourlet de sa tunique et remonta lentement jusqu'au linge froissé et trempé entre ses cuisses. Avec précaution, il écarta le tissu de lin, entortilla ses doigts autour des boucles soyeuses et, caressant, lissant, explorant, progressa doucement vers l'intérieur. Nessa écarta les jambes et chercha la bouche d'Artimour pour y étouffer un gémissement de plaisir. Celui-ci rejeta l'oreiller, posa la tête de Nessa à plat sur le lit et, de l'autre main, caressa son ventre et ses reins, lui révélant la douceur de sa propre peau, la fermeté de ses muscles fuselés. Il plia la jambe de Nessa, la cala sur sa propre hanche et pressa contre son ventre le renflement insistant de son désir. Leurs yeux se croisèrent et ne se quittèrent plus. Artimour lui prit la main et posa un baiser sur chacun de ses doigts.

— Maintenant, dit-il, touche-moi.

Il fit doucement glisser le bout des doigts de Nessa de l'extrémité jusqu'à la base de son sexe dressé. Baissant les yeux, elle vit son phallus surgir, rouge et gonflé, des boucles de sa toison intime.

Déchirée par des sentiments contradictoires, Nessa ne put que se blottir dans ses bras. La peur que son corps fût incapable d'accueillir une telle érection la tenaillait, en même temps que ses baisers réveillaient en elle une faim dévorante et irrépressible. Elle laissa Artimour l'étendre de nouveau et faire glisser sur elle ses mains, sa langue, ses cheveux noirs et soyeux. Enivrée par le parfum de sa peau, pleinement éveillée de la racine des cheveux jusqu'à la pointe des orteils, Nessa prit soudain la mesure de la force et de la beauté de son propre corps.

Comme par enchantement, le pourpoint, la chemise et les collants d'Artimour disparurent, ainsi que la tunique et le linge de Nessa. D'un geste, le semi-sylphe jeta leurs vêtements emmêlés hors du lit et s'allongea près d'elle, entièrement nu. La fine cicatrice rouge laissée par le poignard arrivait à hauteur de la joue de Nessa. Du revers de sa main, Artimour caressa tendrement chacune des courbes et des creux de son corps, de l'oreille à la nuque, des épaules à la taille, de l'intérieur des cuisses aux genoux, revenant enfin à son ventre et à ses seins. Puis il pressa délicatement son pouce contre son nombril, le retira et pressa de nouveau, un peu plus fort, comme pour suggérer autre chose. Nessa soupira, cambra les reins, et la main d'Artimour remonta vers la fente entre ses cuisses, se glissa dans sa moiteur, explora avec une lenteur insoutenable ses replis secrets.

— Es-tu sûre de ce que tu veux, Nessa ? demanda-t-il d'une voix rauque.

N'aie jamais peur de t'unir avec celui que ton cœur désire, car ce qui arrive entre un homme et une femme est la plus grande magie de toutes, dit la voix de Molly dans sa tête.

— Sûre et certaine, murmura-t-elle en tremblant.

Puis elle se laissa aller contre la paille, toute peur effacée par la force de son désir. Du bout de son membre tendu, Artimour caressa l'entrée de son sexe, tandis que Nessa repliait les genoux pour s'offrir plus largement à lui.

Quand il s'arrêta, elle faillit gémir de frustration ; fermant les yeux, elle s'intima de ne pas crier, même si pour cela elle devait se mordre la langue jusqu'au sang. A cet instant, une nouvelle caresse lui arracha un murmure de plaisir. Elle se redressa sur les coudes, les yeux écarquillés. Agenouillé entre ses cuisses, Artimour pointait sa langue dans l'enchevêtrement de sa toison brillante.

— Repose ta tête, chuchota-t-il.

Sa langue glissa sur elle comme du satin sur de la soie ; l'extrémité de ses cils, doux et légers comme des plumes, caressa la peau douce à l'intérieur de ses cuisses. Elle fut incapable de bouger, tant le plaisir qu'il lui prodiguait avec sa langue, ses lèvres et ses dents la submergeait. Quand enfin il se redressa et qu'elle sentit son membre rigide se placer à l'entrée de son sexe, elle se cambra, s'offrant à lui au moment où il plongeait en elle. Avec la douleur vint un plaisir aigu qui atteignit comme une flèche le centre de son corps. Artimour la prit dans ses bras et la serra contre lui jusqu'à ce que la douleur se fût estompée. Nessa sentait l'arête de sa longue cicatrice pressée contre sa joue. Et alors même que sa déchirure intérieure palpitait, un autre pouls battait un contrepoint exubérant, de plus en plus fort — jusqu'à ce que le plaisir l'emportât sur la douleur et poussât inexorablement Nessa vers cette jouissance ultime qu'elle ne pouvait qu'imaginer. Elle leva son visage vers celui d'Artimour et lui prit les lèvres.

Il se remit à bouger, d'abord lentement, puis, entraînant facilement son corps dans le rythme du sien, suivant un rythme aussi infatigable que le fracas des vagues sur le rivage. Alors seulement, Nessa comprit ce que Molly avait voulu dire. C'était bien de magie qu'il s'agissait.

Car le va-et-vient des hanches d'Artimour accumulait en elle une énergie prodigieuse, jusqu'au point où elle craignit d'éclater. Puis enfin ses muscles se relâchèrent, ses os se ramollirent et son corps tout entier se mit à frémir de plaisir, tandis que le monde autour d'elle se dissolvait en éclats de lumière dorée.

Ce fut le vent qui la réveilla, bien plus tard, en soupirant dans les arbres. Nessa ouvrit les yeux et, apercevant un enchevêtrement de draps et de jambes, se demanda un instant où elle était. Puis la sensation douloureuse entre ses cuisses lui rappela ce qui s'était passé. Elle baissa les yeux vers le visage endormi d'Artimour. Il ouvrit les paupières et sourit.

— Nessa… Comment te sens-tu ?

Elle détourna abruptement le visage vers la fenêtre. L'aurore n'était pas loin. Déjà les ombres se teintaient de bleu et le parfum du pain frais flottait dans l'air. Bientôt Uwen viendrait la chercher. Tout son corps était las et courbaturé ; la dernière chose qu'elle voulait, c'était qu'Artimour se lève pour la quitter. Mais une idée plus terrible encore lui était soudain venue à l'esprit.

— Artimour, chuchota-t-elle, que vas-tu devenir… que vont devenir mes parents… si… si la Faërie meurt ?

Il la fixa pendant un long moment, silencieux.

— Pour te dire la vérité, Nessa, je n'en sais rien.

— Les sorcières prétendent que les mortels qui meurent dans l'Outremonde sont condamnés à suivre la Chasse sauvage de Herne pour toute l'éternité. Je ne veux pas que cela arrive à mes parents. Je ne les retrouverai jamais — pas même à Samhain, pas même quand je passerai moi-même dans les Terres d'Eté. Ils seront perdus à tout jamais. Tu comprends ?

L'expression du semi-sylphe était indéchiffrable.

— Je ferai de mon mieux, Nessa.

Se penchant sur elle, il attira sa bouche vers la sienne et y déposa un baiser plein de douceur et de tendresse, mais sans la passion de leurs ébats nocturnes.

— Je le jure.

Les yeux de Nessa s'emplirent de larmes qu'elle chassa de ses cils. Quoi qu'il pût arriver, la nuit écoulée resterait gravée, étincelante, dans le tissu de ses souvenirs. Ravalant ses larmes, elle se pencha vers Artimour et lui rendit son baiser avec toute l'ardeur dont elle était capable.

Sans un mot de plus, il sortit ses longues jambes du lit et commença à enfiler les vêtements qu'il avait ôtés avec tant d'insouciance, la nuit dernière. Une fois habillé, il s'agenouilla près d'elle et mit ses mains autour de son visage, l'étudiant comme s'il consignait chacun de ses traits dans sa mémoire.

— Reviens-moi, murmura Nessa. Reviens, et ramène mes parents chez eux.

— Je vais essayer, dit-il.

L'instant d'après, il était parti.

Nessa se traîna hors du lit et essuya la moiteur qui s'écoulait d'entre ses jambes. Alors qu'elle s'habillait avec peine, elle comprit non seulement ce qu'avait essayé de lui expliquer Molly, mais aussi ce que lui disait son propre cœur. Plus que n'importe quoi d'autre, plus que de revoir ses parents et Griffin, elle voulait désespérément qu'Artimour revienne.

Le soleil chatouilla les paupières de Cecily ; elle remua, renifla, puis éternua si violemment qu'elle se redressa d'un coup. Une odeur de putrescence flottait dans l'air. Elle jeta un regard perplexe autour d'elle. Apparemment, elle avait passé la nuit au beau milieu d'une clairière, tout près d'un fourré de prunelliers ; des grappes de baies noires et replètes luisaient entre les feuilles mouillées de rosée. Puis elle se rappela ce qui était arrivé.

Kian reposait à son côté, étendu sur une couche d'aiguilles de pin. Son visage était pâle, sa peau moite. Cecily ouvrit sa cape : les pansements qu'elle avait posés à la hâte, la veille, étaient noirs de sang séché. L'entaille sur le haut de ses épaules n'était que superficielle, mais la blessure à la hanche paraissait bien plus sérieuse. La lame avait tranché le muscle de la cuisse jusqu'à l'os. Kian avait perdu beaucoup de sang ; son état était réellement inquiétant. Cecily remit les pansements en place et referma les pans de sa cape. Puis elle se redressa et s'enveloppa dans son tartan.

Le fourré, entouré de chênes et de hêtres, était situé au milieu d'un petit vallon encaissé bordé par un grand fleuve. Les branches des arbres abritaient la clairière d'un dais de feuillage ; à l'orée du bois, deux chevaliers se chauffaient devant un feu sur lequel fumait un petit chaudron en fer. La journée était belle mais froide, et les jambes nues de Cecily se couvraient de chair de poule. Frissonnante, elle resserra son tartan autour de ses épaules et s'avança vers le feu.

Les deux chevaliers, Tuavhal et Neven — le prénom de ce dernier s'était gravé dans la mémoire de Cecily à cause de sa luxuriante moustache brune, dont il prenait un soin amoureux — se levèrent d'un bond.

— Comment se porte Kian, Votre Grâce ? demanda Neven.

— Il est vivant.

Il fallait absolument qu'il vive. L'idée de perdre Kian maintenant, alors que tout ne faisait que commencer pour eux, lui paraissait une injustice suprême. Et ce n'était pas tout. Kian était un chef naturel, un guerrier chevronné et respecté, et sa présence à son côté permettait de surmonter le principal obstacle qui s'élevait entre elle et le trône : son sexe. Qui, sinon Kian, mènerait l'armée de Cecily à la bataille ? Qui dirigerait sa stratégie militaire ? Si Kian mourait, les membres du clan de Cecily se bousculeraient pour le remplacer ; à elles seules, ces luttes intestines pourraient détruire l'alliance qu'elle espérait bâtir.

— Où sommes-nous ? demanda-t-elle. Pouvons-nous trouver refuge près d'ici ?

D'un geste du menton, le chevalier moustachu indiqua les collines bleutées au loin, encore enveloppées dans un voile de brume blanc.

— Nous ne sommes sûrs de rien. Le pont du Daraghduin a été détruit. Il nous faut remonter plus en amont pour trouver un endroit où traverser ; si nous avons de la chance, nous atteindrons Killcarrick demain. Sinon, nous essaierons de trouver refuge autre part. Mais les chevaux sont épuisés par la course de cette nuit…

— Attendez ! intervint Cecily. Il n'y a que nous quatre, ici ?

Les deux hommes échangèrent un regard oblique.

— D'autres hommes de l'archidruide nous attendaient au sortir du sentier, madame.

— Certains des nôtres ont pu se perdre dans la nuit, poursuivit Tuavhal à demi-voix. Ils nous retrouveront sans doute à Killcarrick.

— Si jamais nous y parvenons, ajouta Neven.

— Que voulez-vous dire ? demanda Cecily froidement.

— Cette transformation de la sorcière ne va pas durer éternellement, Votre Grâce. Quand Kestrel s'apercevra que vous lui avez filé entre les doigts, la Déesse seule sait ce qu'il enverra à nos trousses… Nous avons sans doute poussé les chevaux à bout, hier soir, mais nous voulions mettre le plus de distance possible entre Gard et nous.

Une rafale de vent se leva, portant de nouveau une odeur fétide de charogne et — si incroyable que cela pût paraître — les cris d'un bébé.

— Qu'est-ce qui se passe ? demanda Cecily. Est-ce un enfant que j'entends ? Et d'où vient cette odeur atroce ?

— De la garnison, répondit Neven. Ou plutôt des restes de la garnison.

— Vous voulez dire que…

Respirant par la bouche, Cecily approcha ses mains du feu pour les chauffer.

— Qu'elle a été massacrée, oui. Quant au bébé, il y a une bande de réfugiés, surtout des enfants, cachés dans ce fourré.

Curieuse et inquiète à la fois, Cecily se dirigea d'un pas résolu vers la haie de ronces… et s'arrêta net, consternée. Au centre du fourré étaient garées deux charrettes, autour desquelles s'accroupissaient des enfants en guenilles, dont aucun n'avait plus de douze ou treize ans. Dans les voitures, deux femmes débraillées et débordées tentaient de s'occuper de quatre nourrissons, tandis qu'une vieille sorcière visiblement épuisée remplissait un bol qu'elle tendait à chacun des plus grands à tour de rôle.

— Excusez-moi…, commença Cecily.

— Votre Grâce ?

La vieille femme se détourna, cracha une chique d'herbes sur le sol, puis entoura du bras un enfant au visage maculé de boue, qui s'était mis à hurler de frayeur en apercevant l'inconnue.

Cecily s'agenouilla aux côtés des enfants.

— Oui, c'est moi. Vous pouvez m'appeler Cecily. Et vous, ma bonne vieille ? Et vous, les enfants ? D'où venez-vous et où allez-vous ?

— On m'appelle Sorcha, madame, et nous venons tous des environs. Ces pauvres bébés ont été oubliés par les gobelins qui ont emporté leurs parents. Hier matin, mes filles et moi avons sorti les charrettes pour ramasser tout ce petit monde. Il y a quelques blessés dans l'autre voiture, mais je ne pense pas qu'ils survivront. Nous nous sommes réfugiées dans ce fourré pour la nuit. Au fait, j'ai ramassé des prunelles pour en faire un breuvage ; prenez-en donc un peu pour le chevalier.

La sorcière lui tendit un pot en argile grossier.

— Merci, murmura Cecily.

La générosité de ces trois femmes l'émouvait ; elle ne pouvait les abandonner à leur destin. Surtout avec ces enfants qui la dévisageaient de leurs grands yeux affamés.

— Attendez-moi un instant, dit-elle.

De retour à son propre campement, Cecily s'adressa aux chevaliers.

— Cadwyr doit encore être loin. Nous ferions mieux de nous mettre en route, car nous ne pouvons rester ici, pas plus que ces pauvres gens.

Les hommes échangèrent des regards dubitatifs.

— Je ne suis pas sûr que ce soit une bonne idée de les emmener, madame. Nous irions plus vite sans eux.

— Mais ils ont des chariots. Kian ne peut voyager à cheval, et nous ne pouvons abandonner ces gens à leur triste sort. Surtout…

Un éclat métallique, sur la rive opposée du fleuve, attira le regard de Cecily.

— Qu'est-ce que c'est ? souffla-t-elle en montrant du doigt le mouvement des branches.

Tuavhal leva la tête, Neven se redressa à moitié.

— Une compagnie longe l'autre rive. Sans doute se dirigent-ils vers le pont. Ils ne savent pas qu'il a été détruit.

— A qui sont ces gars, Neven ? demanda Tuavhal en scrutant la forêt de l'autre côté du fleuve.

— On dirait qu'ils descendent des Hautes Terres. Je ne connais pas leurs tartans, mais à voir leurs poneys à poil long, ils ne doivent pas habiter loin de la côte. Ils approchent, Tully : empêche nos bêtes de s'agiter.

Neven jeta un seau d'eau sur le feu et fit signe à Cecily de se réfugier dans le fourré d'épines. De là, elle vit une cinquantaine de cavaliers surgir d'entre les arbres de la rive opposée, ainsi que huit chariots couverts de toile blanchie maintenue par de grosses cordes.

— Que peuvent-ils bien transporter ? dit Neven.

Les cavaliers formaient un cortège serré autour du convoi de chariots, dont ils protégeaient visiblement le contenu.

— Aucune idée, répondit Tuavhal.

— Regardez leur armure, dit Cecily. Les mailles, les éperons… et même le tranchant de cette hache…

Au grand soleil matinal, il n'y avait pas d'erreur possible : cet éclat pâle était bien celui de l'argent.

— Dans ces coins-là, ils appartiennent tous au clan de Cadwyr, dit Neven. Tous, sans exception.

On entendait, porté par l'eau, le grincement étouffé des grandes roues et le martèlement des sabots.

— Que feront-ils, quand ils verront que le pont a été détruit ?

— Tout dépend de leur destination. Ils peuvent très bien faire demi-tour et essayer de traverser au même endroit que nous, en amont.

— Dans ce cas, il ne faut pas nous attarder ici, dit Cecily.

— Si ce sont des hommes de Cadwyr, objecta Neven, ils vont plutôt suivre le cours du fleuve vers Gard.

— Mais nous ne pouvons pas en être certains, dit Cecily en se redressant. Partons tout de suite.

Tandis que les deux hommes s'éloignaient pour rassembler les chevaux, Cecily se pencha sur Kian et lui toucha le front. Puis elle approcha le bol en terre des lèvres du chevalier et fit couler quelques gouttes de breuvage dans sa gorge. Mag, se souvint-elle, utilisait une infusion de prunelles pour soigner les saignements internes. Les narines de Kian, grises et pincées, ne lui disaient rien de bon. Au cours des dernières semaines, elle avait vu trop d'hommes prendre cette mine grisâtre : ceux sur qui la Marrihugh avait laissé sa marque en attendant de venir les réclamer définitivement. La peur s'empara subitement d'elle. *Tu ne me le prendras pas, maudite sorcière assoiffée de sang ! Il n'est pas encore à toi ! Non, non et non…*

Mais rien ni personne ne lui répondit.

Tout à coup, elle se rendit compte que l'un des chevaliers était planté devant elle et attendait qu'elle lui réponde.

— Croyez-vous que cela le tuera, si nous le déplaçons ? répéta Tuavhal.

— La vieille femme m'a donné un peu d'infusion fortifiante. Il faut l'étendre dans la charrette et lui en donner régulièrement — il n'y a rien d'autre à faire. Il a une entaille profonde à la hanche, mais il n'est pas fiévreux, c'est bon signe.

Elle posa sa main sur le front de Kian, qu'elle trouva frais et moite.

« Il n'est pas mort », chuchota-t-elle.

Pas encore..., lui répondit une voix moqueuse. Les mots résonnèrent en elle et glacèrent jusqu'à la moelle de ses os. *Pas encore...*

5.

— J'ai raison, n'est-ce pas ? Vous êtes bien Gloriana ? demanda Delphinea en se redressant maladroitement.

Comme tous les sylphes, elle connaissait depuis l'enfance l'histoire de la Sorcière du Milieu du Bois. Mais que cette sorcière ne fût autre que Gloriana, et que ces contes — toujours présentés comme des légendes archaïques — se rapportent en fait à des événements récents, voilà qui bouleversait les fondations même de la réalité telle qu'elle la concevait. Il n'était guère étonnant que Petri détestât autant cette vieille sylphe… ni qu'il eût préféré affronter les loups. Mais qu'allait-elle devenir sans son petit guide ?

Ne te fie jamais à un lutin… En se rappelant le conseil de Dougal, Delphinea eut un petit pincement au cœur.

— Qui vous a envoyée ici ? demanda l'ancienne reine sur un ton méfiant. Ce n'est pas Timias, j'espère ? Venez-vous de la part du Conseil ? Ou bien de Guinevère ? Timias ne l'a pas tuée, au moins ? Combien de soldats vous accompagnent ? Est-ce qu'ils ont abattu les loups ?

— Aucun soldat ne m'accompagne, répondit Delphinea, étourdie par ce flot de questions. Il n'y a que moi, ici.

« Il ne reste vraiment plus que moi », songea-t-elle. A l'évidence, il n'y avait aucune chance pour que Petri eût survécu à cette meute affamée. Sa gorge se noua, mais elle ravala ses larmes. Elle pleurerait son ami plus tard...

En supposant que tu reprennes tes esprits et que tu trouves le moyen de sortir d'ici vivante, murmura une petite voix en elle.

— Il n'y a que vous ? répéta la reine.

Sur son visage aveugle, la colère fit place à la perplexité.

— Et qui êtes-vous, exactement ?

— Delphinea de la Maison de Lumière et de Pierre, fille d'Eponea, dame des Hautes Montagnes et Maîtresse Héréditaire...

— Maîtresse Héréditaire des Chevaux de la Reine, oui, je vois très bien. C'est moi qui ai donné ce titre à votre mère, et c'est moi qui vous ai nommée Delphinea. Vos yeux étaient de la couleur des delphiniums qui fleurissaient devant ma fenêtre... Allons, parlez, ma fille ! Que se passe-t-il en Faërie pour qu'Eponea vous envoie dans la Forêt-Mère ?

— Ce n'est pas ma mère qui m'envoie. Je suis à la recherche de Finuviel, qui est perdu dans l'Ombre...

— Qui cela ?

Gloriana ne pouvait évidemment savoir qui était Finuviel. Delphinea jeta un dernier regard par la fenêtre en direction de la forêt. De toute façon, il était trop tard pour tenter de sauver Petri. Et Gloriana serait peut-être en mesure de l'aider à retrouver Finuviel.

— C'est une longue histoire, Votre Majesté.

— Eh bien, mon enfant...

La reine frappa son bâton contre les dalles de pierre et indiqua une chaise devant le feu.

— ... installez-vous. S'il y a une chose qui me reste, c'est bien le temps. Je vous propose un marché : apprenez-moi tout ce que je désire savoir, et je vous dirai qui vous êtes.

— Qui je suis ? Je ne comprends pas...

Delphinea s'effondra dans le fauteuil, épuisée et un peu effrayée.

— A moi, d'abord, de poser les questions.

Gloriana se tourna vers Delphinea et celle-ci eut l'impression curieuse que ses yeux aveugles l'observaient.

— Pourquoi votre mère vous a-t-elle permis d'aller à la cour ?

— Pourquoi m'en aurait-elle empêchée ?

— Parce qu'elle m'avait promis de le faire. Parce que, dès le départ, nous avions compris que vous étiez différente. Cela se voyait à vos yeux.

— Différente ? Mes yeux ? répéta Delphinea, perdue.

— Différente des autres sylphes, évidemment. Aucun d'entre nous n'a les yeux bleus. Vous ne l'aviez jamais remarqué ?

Delphinea ne put que secouer la tête, médusée. Gloriana lui fit signe d'approcher et, d'une main tremblante, parcourut le visage de Delphinea : elle effleura l'arête de son nez, la courbe de son front, son menton, puis passa les doigts dans sa chevelure emmêlée et caressa sa joue satinée d'une main sèche et ridée.

— Commencez par le début, ordonna-t-elle.

De façon d'abord hésitante, puis dans un torrent de paroles, Delphinea lui relata la découverte des veaux et des poulains gangrenés, la contamination des animaux sauvages, sa décision de se rendre à la cour pour alerter la reine, les événements incroyables qui s'étaient produits depuis la disparition de la Résille, et enfin son départ vers l'Ombre pour retrouver Finuviel. De temps à autre, la reine l'interrompait pour poser une question, ajouter un commentaire ou réfuter l'une de ses conclusions.

— Toute la meute s'est jetée à la poursuite de Petri, et il n'est plus réapparu, termina Delphinea en soupirant.

Elle cligna des yeux pour chasser une larme, et Gloriana eut un rire amer.

— Ne vous tracassez pas pour lui, petite innocente. Les *khouri-keen* sont encore plus rusés que les humains, et ils sont capables de s'enfouir sous terre en un rien de temps. Il vous aura sûrement amenée ici dans l'intention de vous fausser compagnie.

— Petri n'aurait jamais fait cela !

— En êtes-vous bien sûre ? Les mortels, qui les ont en horreur, disent qu'il ne faut jamais se fier à un lutin. Et ils en savent quelque chose, croyez-moi.

— Mais c'est lui qui m'a conduite jusqu'à la maison de Guinevère...

— Quelle idée ma fille a eue de m'envoyer un agneau pareil ! Moi qui lui faisais confiance pour suivre les conseils des arbres...

— Elle ne parle plus aux arbres. Depuis qu'elle a perdu son utérus, elle n'entend plus aussi bien leurs voix...

— Quoi ? dit Gloriana en relevant la tête. Vous ne m'aviez pas parlé de cette histoire d'utérus !

— Cela ne me semblait pas nécessaire.

— Ne m'épargnez rien, mon enfant. Voilà qui explique bien des choses...

La reine soupira profondément et enfouit son visage dans ses mains. D'un coup, Delphinea oublia toute l'hostilité qu'elle éprouvait envers Gloriana, pour ne plus ressentir que de la pitié.

— Je comprends mieux, à présent, dit enfin la vieille sylphe. Une fois de plus, Guinevère s'est gravement trompée... Nous allons devoir faire de notre mieux pour tout arranger. Je vais vous donner quelque chose dont ma fille, manifestement, ne soupçonne pas l'existence. Et Timias — il faudra le dire à Guinevère — possède le bâton de chêne qui permet de détruire la Résille. C'est avec ce bâton, et la baguette de houx, le sceptre sacré, qu'il faudra allumer le feu...

Elle s'arrêta alors et s'appuya lourdement sur sa canne.

— Mais le sceptre sacré n'existe plus, dit-elle. La baguette de houx est morte.

— Albane possède une baguette...

— Evidemment ! Mais ce n'est qu'un bout de bois desséché. Les baies ne brillent plus ; elles se sont éteintes lorsque la Résille a été fabriquée.

— Les baies ne brillent plus ? répéta Delphinea en sortant la baguette de sous sa cape.

— Qu'avez-vous là, mon enfant ?

Gloriana inclina la tête et fronça les sourcils.

— Que tenez-vous à la main ?

— Une branche de houx que j'ai trouvée dans la forêt. Les baies se sont toutes mises à briller...

Delphinea s'interrompit ; à l'instant où elle prononçait ces mots, le refrain d'une ancienne chanson lui était revenu à l'esprit, une chanson dont les paroles lui avaient toujours semblé incompréhensibles : *Quand la baie rouge luit, le houx salue la reine de Faërie...*

— Je me suis piqué le doigt à une feuille, expliqua-t-elle, et tous les arbres de la houssaie se sont illuminés.

Il y eut un long silence, puis une larme coula sur la joue de Gloriana.

— Eh bien... Peut-être y a-t-il un peu d'espoir, après tout. Je ne m'attendais pas à cela... Allons, mon petit, n'oublions pas notre marché. Eponea ne vous a jamais rien dit, n'est-ce pas ? Elle ne vous a pas dit qu'elle n'était pas votre vraie mère...

Delphinea s'affaissa dans le fauteuil comme si la vieille reine lui avait décoché un coup de poing.

— Mais que voulez-vous dire ? De quoi parlez-vous ? Bien sûr que c'est ma vraie mère... Je...

Quelque part au-dehors, un loup poussa un hurlement lugubre.

— Je me plais à penser que si j'avais su ce que je sais maintenant, reprit Gloriana, j'aurais agi autrement. Mais c'est ainsi, que voulez-vous ? Pas un seul d'entre nous n'a eu l'intelligence de comprendre ce qui se passait. Guinevère, elle, l'aurait peut-être deviné, si elle s'était trouvée à la cour. Mais elle était encore jeune, à cette époque, et je l'avais envoyée à la Maison des Arbres, car personne ne voulait l'écouter. Cela, Timias s'en était assuré.

Les paupières de la reine tremblotèrent sur ses yeux aveugles.

— Mais si ma mère n'est pas ma mère, alors qui...

— Nous l'ignorons. Eponea elle-même ne le sait pas. Je vais vous dire les faits tels que je les connais, et vous en tirerez vos propres conclusions... Tout a commencé juste après Beltane, l'année où Eponea est venue à la cour. En soi, sa présence était un événement : d'ordinaire, elle ne venait jamais entre Imbolc et Samhain. Mais le plus étonnant, c'est qu'elle vous avait amenée. Vous étiez incontestablement l'un des plus beaux enfants que j'aie jamais vus — mis à part cette histoire d'yeux bleus, évidemment. Et Eponea nous a raconté une histoire des plus extraordinaires... Au crépuscule du Beltane précédent, une vieille femme avait frappé à sa porte pour lui demander les services de son plus beau taureau. Au début, naturellement, Eponea a refusé : l'on s'apprêtait justement à faire défiler les troupeaux entre les feux de Beltane. Les domestiques vaquaient tous aux préparatifs : il n'y avait personne pour aller chercher un taureau. Mais la vieille femme a insisté ; elle a même promis que s'il y avait une génisse parmi la progéniture, elle l'offrirait à votre mère l'année suivante Finalement, de guerre lasse, Eponea a donné ordre à ses gens d'amener le taureau dès qu'il serait passé entre les feux de Beltane. Mais à leur grand étonnement, quand les domestiques ont conduit le taureau dans la cour de l'étable, la vieille femme attendait seule. Pas une vache en vue. Elle a houspillé les serviteurs pour qu'ils la laissent seule ; ils ont aussitôt rapporté l'histoire à Eponea, qui a mis cela sur le compte de l'hydromel de Beltane. Mais l'année d'après, la vieille femme est revenue, comme elle l'avait promis. Seulement elle n'avait pas apporté de génisse. C'est vous qu'elle a laissée à Eponea. Vous comprenez, mon enfant ?

Gloriana se tut un instant.

— Votre mère, mon petit, n'était autre que la Déesse en personne.

Delphinea s'était figée dans son fauteuil, les mains entrelacées sur les genoux. Tout cela lui rappelait quelque chose... Finuviel était le fils du dieu Herne, engendré par Guinevère. Mais son père à elle ?

— Mon père était... un taureau ?

— Mais non, petite sotte ! On n'apprend donc plus rien aux enfants ? Dans ces temps-là, le Dieu et la Déesse se promenaient librement dans notre monde, changeant de forme à leur gré. Le taureau, la vieille femme n'étaient que des déguisements qu'ils avaient revêtus.

— Mais... pourquoi, Gloriana ?

La vieille femme déposa une caresse sur les cheveux de Delphinea, puis enroula une mèche sombre et lustrée autour de ses doigts ridés.

— Pour vous lier à la terre, mon enfant, à cette source infinie de richesses et d'abondance. Peu importe ce que Timias et moi, vains et sots que nous fûmes, pensions avoir accompli ! La grande roue tourne toujours, même quand on croit la faire changer de sens. C'est cela que nous n'avions pas compris. Ah ! Comme nous avons été aveugles ! Aussi aveugles, apparemment, que Guinevère est sourde.

Gloriana secoua la tête.

— Bien, mon enfant. Je vous ai dit tout ce que je savais des circonstances de votre naissance. A présent, laissez-moi vous expliquer comment nous avons créé la Résille. Trois personnes l'ont forgée, il en faudra donc trois pour la détruire — et ces trois-là devront être les opposés des trois premiers.

La reine prit le visage de Delphinea entre ses mains et l'inclina vers elle. De nouveau, la jeune sylphe eut l'impression d'être observée par ces yeux aveugles.

— Cela fait si longtemps que j'attends ! Tant d'années passées à espérer que les arbres parleraient à Guinevère et qu'elle m'enverrait enfin un messager...

— Vous auriez pu vous adresser directement aux arbres, non ?

— N'avez-vous pas deviné ? C'est cela que j'ai sacrifié afin de forger la Résille. Dès l'instant de sa création, j'ai perdu le don de parler aux arbres.

Gloriana s'affaissa sur sa chaise, le regard perdu dans le vide.

— Personne, avant nous, n'avait osé entreprendre une chose pareille. Cela nous paraissait une idée extraordinaire… mais c'était une erreur tragique.

— Que deviez-vous me dire, Gloriana ? chuchota Delphinea.

— Aucun homme mortel ne pourra briser le sortilège de la Résille. Il faut une *femme* mortelle, une femme qui sache travailler le fer — l'opposé du forgeron qui l'a créée, vous comprenez ?

— Une mortelle qui possède le savoir-faire d'un forgeron ? Mais où allons-nous trouver une femme pareille, Gloriana ?

— Je n'ai pas toutes les réponses, mon enfant. Je peux seulement vous apprendre ce que je sais. Ecoutez bien, car Guinevère se trompe sur toute la ligne. La nuit où la Résille a été créée, trois énergies ont été liées à elle. Pour la détruire, il faudra la réunion des trois énergies opposées, mais ce n'est pas tout. Les cristaux des *khourikeen*, leurs œufs, sont conservés dans le pilier de marbre sur lequel repose la Pierre de Lune…

— C'est donc cela qui les emprisonne en Faërie ?

— Il faut les leur rendre…

Delphinea se rappela la fissure qui sillonnait la colonne de marbre et le liquide brun et putréfié qui en suintait. *Ne te fie jamais à un lutin*, avait dit Dougal…

— Gloriana, ces cristaux… est-ce qu'ils contiennent quelque chose de l'essence des gremlins ?

— Que voulez-vous insinuer ?

— Votre Majesté, le jour où nous avons découvert que la Résille avait disparu, j'ai vu quelque chose s'écouler de cette colonne. Du poison, je crois bien. Quelque chose de pourri, en tout cas.

— C'est pour cela qu'il faut détruire la Résille. Elle contamine tout ce qu'elle touche. Mais je vais vous donner un cadeau. Contrairement à ce qu'il croit, Timias ne m'a pas tout volé.

Elle se pencha pour fouiller sous sa chaise, et sa chevelure pâle s'éparpilla en vagues dorées sur les dalles de pierre. Ni la vieillesse ni la cécité n'avaient réussi à lui ôter toute sa majesté éthérée, songea Delphinea. Gloriana sortit la tête de sous la chaise et lui tendit une petite bourse recouverte de plumes noires.

— Voilà, murmura-t-elle. Vous laverez cette bourse dans la source qui coule sous la pierre, dans la chambre de la Résille, et elle reprendra sa forme véritable.

— Qu'est-ce que c'est, au juste ?

Le contact du cuir rappelait la peau fine et froide des oiseaux... C'était bien cela, comprit Delphinea : la bourse était taillée dans une peau de corbeau.

— C'est un chaudron que Timias a trempé dans la marmite de la Sorcière, quand il lui a volé la Pierre de Lune, répondit Gloriana. C'est le seul objet de toute la Faërie qui soit capable de contenir de l'argent en fusion. Vous en aurez besoin.

Elle se pencha vers Delphinea.

— Mais elle appartient à la Sorcière, et il faudra la lui rendre. Timias, de son côté, fera tout son possible pour vous mettre des bâtons dans les roues. Ne l'oubliez pas.

La vieille femme soupira profondément.

— A présent, nous en venons à un problème plus urgent. Dehors, les loups rôdent encore. C'est Timias qui les a postés autour de la maison, pour s'assurer que je n'en sorte jamais. Je ne puis franchir les limites de la clairière. Et vous non plus, d'ailleurs.

— Mais il faut que je parte d'ici, dit Delphinea. Vous le savez parfaitement...

— Bien sûr, mon petit. Mais pour cela, il n'y a qu'une seule solution.

Gloriana regarda vers la fenêtre. Les premiers rayons du soleil perçaient le dais de feuilles brunes et s'éparpillaient sur le sol de la clairière. Un corbeau croassa, puis toute une volée d'oiseaux atterrit sur un arbre.

— Le matin est là. A la lumière du jour, les loups nous attaqueraient toutes les deux. Nous allons donc patienter jusqu'au crépuscule.

— Qu'attendons-nous ? demanda Delphinea, envahie par un sombre pressentiment.

— Une chance de vous échapper. Au crépuscule, quand les ombres s'épaissiront, je sortirai la première. A mon signal, vous courrez dans la direction que je vous indiquerai, pendant que moi…

— Mais les loups vont vous étriper ! s'écria Delphinea, horrifiée. Non, Gloriana, il doit y avoir un autre moyen ! J'ai la cape d'ombre de Guinevère…

Tombant à genoux devant la vieille reine, elle prit sa main dans la sienne. Ses doigts étaient comme de l'argile, comme cette terre pâle et fine qui, en séchant, se réduisait en poussière et s'envolait au moindre souffle d'air. Comme les corps des soldats morts dans la forêt, dispersés aux quatre vents dès que le premier rayon du soleil les avait touchés…

Gloriana lui tapota gentiment la joue. Dans la pénombre, l'expression de son visage était impossible à déchiffrer.

— Cette cape ne vous sera d'aucune utilité, mon enfant. Rappelez-vous ce qui s'est passé tout à l'heure. Les loups ne chassent pas à la vue, mais au flair. Cette cape trompe sans doute les mortels, mais les loups, eux, peuvent vous sentir à travers les murs de la maison.

De nouveau, elle poussa un long soupir.

— Ne vous tracassez pas pour moi, Delphinea. Mon époque est depuis longtemps révolue. De toute façon, il n'y a pas d'autre solution. Je fais partie, moi aussi, de cette chaîne qui soutient la Résille. Quand j'aurai disparu, cela fera un maillon de moins. Il ne restera plus que Timias.

— Mais vous ne savez pas...

La voix de Delphinea s'érailla, puis elle reprit :

— Comment pouvez-vous être sûre que les loups s'attaqueront à moi ? Est-ce que quelqu'un d'autre est déjà venu ici ? Le sortilège qui les commande ne concerne peut-être que vous...

Gloriana resta un long moment silencieuse, comme attendant que Delphinea se rappelât ce qui était arrivé à Petri.

— Essayez donc de sortir, si vous ne me croyez pas.

Sans répondre, Delphinea bondit du fauteuil, rassembla ses longues jupes dans une main et se dirigea à pas résolus vers la porte. A l'instant où elle enjambait le seuil, un grognement profond s'éleva en guise d'avertissement. Au fond de la clairière, les loups étaient affalés les uns sur les autres comme des statues de marbre. Mais quand l'autre pied de Delphinea dépassa le seuil, ils se rangèrent instantanément en sentinelle. La jeune sylphe posa pied sur la première marche : le chef de la meute rejeta la tête en arrière et poussa un long hurlement. Les autres loups se mirent à baver en la fixant de leurs yeux durs et brillants. Quoi que Petri ait pu faire ou comploter, pensa Delphinea, il n'avait pas mérité une mort aussi cruelle. Tremblante, elle recula et claqua la porte.

Gloriana lui fit signe de s'approcher.

— Venez, mon enfant... Venez près du feu, que je vous raconte des histoires d'un temps plus heureux.

— Quelle est cette odeur immonde, Hudibras ?

Dans une haute tour du palais royal de Faërie, le seigneur Philomemnon de l'Archipel Sud pressa son visage contre la fenêtre à barreaux aménagée dans la porte de sa cellule. A son côté, Berillian des Ouestlandes, le premier des conseillers royaux à avoir été arrêté, lui tendit une compresse parfumée à l'essence de lavande.

— C'est absolument intenable. Que fait donc Timias ?

— Rien ! gémit le prince consort Hudibras.

Il s'affaissa contre la porte de la cellule, puis se redressa en sursautant : la barrière magique destinée à prévenir toute velléité d'évasion dardait des étincelles. Hudibras jeta un regard affolé par-dessus son épaule, comme s'il s'attendait à voir des gardes, épées brandies, surgir dans l'escalier d'un instant à l'autre.

Visiblement à bout de nerfs, il prit son front pâle dans ses mains. Philomemnon fut soudain fasciné par les plis de dentelle mousseuse parfaitement réguliers qui ornaient les poignets du pourpoint turquoise d'Hudibras. Quand celui-ci retrouva la force de parler, Philomemnon dut faire un effort pour se concentrer sur ses propos.

— Timias, Timias... il ne fait rien du tout ! Depuis qu'il est entré dans la chambre d'Albane, personne ne l'a revu ! Et quant à l'odeur... nous savons tous qu'elle est insupportable. Pas besoin de me le rappeler.

Le prince secoua la tête et des larmes irisées inondèrent ses joues. De nouveau, Philomemnon s'égara, captivé par les reflets du soleil sur la chevelure lustrée d'Hudibras.

— On ne cesse de me répéter que nous faisons tout notre possible... Mais moi, je ne vois personne faire quoi que ce soit, si ce n'est danser et feindre de ne pas sentir cette épouvantable odeur. Or, je crois bien que c'est elle qui rend ma chère Albane si malade.

— La reine est toujours alitée ?

Berillian s'avança vers la grille, écartant Philomemnon d'un geste impatient.

— Alors pourquoi entend-on cette musique de fête ? Que se passe-t-il, Hudibras ? Où est Guinevère ? Elle avait promis d'être rentrée pour Samhain !

— Oh, nul doute qu'elle sera bientôt là... Timias a envoyé un régiment entier pour les ramener, elle et

Delphinea. Mais Berillian, si je savais ce qui se passe, ne croyez-vous pas que je vous le dirais ?

Hudibras se laissa tomber par terre, en dessous de la grille. Philomemnon dut plaquer sa joue contre la porte et se contorsionner pour l'apercevoir. Le prince porta la main à son fourreau et en sortit non pas une épée, mais un large éventail en plumes de paon, qu'il ouvrit et agita devant son visage empourpré.

— *Du cercle il faut faire le tour ; de l'ombre à la lumière et retour*, chantonna-t-il. Ne sentez-vous pas la roue tourner ?

Il eut un petit sanglot, tira un large carré de lin de son pourpoint et se moucha bruyamment.

— Tout se poursuit comme d'habitude et pourtant rien n'est comme avant. Timias a jeté un sortilège sur les appartements de la reine, et personne ne peut plus s'en approcher. Nous ne savons même pas depuis quand tout cela dure : les aiguilles des horloges tournent à l'envers, le sable remonte dans les sabliers. Personne ne sait quel jour on est !

Sa voix s'érailla et il éclata en sanglots.

— Les aiguilles tournent à l'envers ? Où est votre frère ? demanda Philomemnon. Hudibras, relevez-vous et regardez-moi ! Où est Gorlias ? Et Rimbaud, et Evardine ? Que fait le commandant Morais ? Pourquoi la garde royale n'intervient-elle pas ?

Il fallut un effort considérable à Hudibras pour se redresser.

— Morais a fait remarquer, à raison, que nous n'avons pas été attaqués. Quant aux autres… ils sont tous… enfin, presque tous…

Hudibras poussa un long soupir tremblotant et plissa les lèvres, tandis que ses yeux se remplissaient de nouveau de larmes.

— Ils sont en train de danser.

— Comment ?

Philomemnon lança un regard oblique à Berillian, lequel se contenta de hausser les épaules.

— Voulez-vous dire que la fête continue malgré tout ? ajouta-t-il.

— Encore et encore, oui. Ils tournent en rond jusqu'à s'étourdir... La danse n'a pas cessé depuis des jours et des jours.

Les larmes débordèrent sur ses joues et formèrent des auréoles mouillées sur sa collerette somptueusement brodée.

Philomemnon ne pouvait détacher ses yeux de l'éventail.

— Que fabriquez-vous avec cet objet ridicule ? demanda-t-il. Où est passée votre épée ?

Mais il oublia aussitôt sa question, absorbé par le subtil changement de teinte provoqué par les taches de larmes sur le pourpoint d'Hudibras. *Quelques touches de bleu pour mettre en valeur le turquoise*, songea-t-il. Puis, avec un petit frisson, il revint à la réalité. Comme il devenait sensible aux détails les plus anodins !

— Sommes-nous tous en train de perdre la raison ? murmura-t-il.

— C'est bien possible, rétorqua Hudibras. Je commençais justement à me poser la même question. Alors, j'ai décidé de venir vous libérer.

Il se redressa, s'épongea le front, enfouit son mouchoir dans son pourpoint, replia son éventail et le replaça dans son fourreau. Puis, les yeux fermés, il prit une profonde inspiration, secoua la tête comme pour s'éclaircir les idées et plaqua sa figure contre la grille. Son sourire béat sembla remplir la fenêtre tout entière.

— Vous me comprenez, n'est-ce pas, mes amis ? Mes chers cousins... Nous sommes vraiment cousins, le saviez-vous ? J'ai fait établir des chartes généalogiques pour Albane, mais elle n'y a trouvé aucun intérêt. A vrai dire, Albane semble se moquer de tout... L'aviez-vous remarqué ? Parfois, il me semble qu'elle ne vit que pour les décoctions de Guinevère. C'est donc à nous de prendre les choses en main, il me semble.

— Enfin, Hudibras, qu'espérez-vous que nous ferons ?

De luxuriantes boucles châtain chatouillèrent le nez de Philomemnon, comme Berillian plaquait de nouveau son visage contre la grille.

— N'oubliez pas que nous sommes enfermés ici !

— Nous allons passer de l'autre côté de ce miroir, dit Hudibras en indiquant le mur opposé. Il nous faut absolument découvrir d'où vient cette puanteur...

Il s'interrompit et renifla.

— Et ensuite, il faut la faire cesser. C'est elle qui rend Albane malade et incapable de quitter son lit. C'est à cause de cela que tout devient si bizarre et sinistre. C'est cette maudite odeur, et personne ne veut y remédier ! Mais si nous prenons le chemin des miroirs...

Philomemnon frôla du bout des doigts le montant de la porte et ressentit aussitôt un picotement dissuasif.

— Par la Déesse, Hudibras, comment voulez-vous que nous sortions d'ici ? Ne voyez-vous pas que la porte est fermée par un sortilège ? Le garde qui l'a placé savait ce qu'il faisait : nous avons essayé de le briser des dizaines de fois, mais il est inébranlable.

— Je ne suis pas venu les mains vides.

Hudibras sortit de son pourpoint une fine baguette de hêtre à la pointe couronnée d'une topaze azur.

Philomemnon fronça les sourcils.

— Hudibras, quand avez-vous pratiqué la magie pour la dernière fois... si ce n'est pour changer la couleur de votre pourpoint ?

— Ne vous inquiétez pas, répondit le consort en s'essuyant les yeux. Je travaille à ce sortilège depuis des jours et des jours... du moins je le crois. Cela m'a semblé une éternité... A présent, toutes les conditions nécessaires sont réunies. Voyez-vous cette lumière qui arrive par derrière ?

D'un geste, il indiqua le rayon de soleil qui tombait sur l'épaule de son pourpoint, rembourrée et somptueusement ornée de pierres précieuses. Les facettes des joyaux jetaient de minuscules arcs-en-ciel sur son visage. Une main posée à plat sur la porte, il tendit sa baguette magique en direction des barreaux, la positionnant de façon que la topaze réfléchisse et concentre la lumière.

En un éclair, Philomemnon remarqua ce qui avait échappé à Hudibras. Les pierres qui ornaient les épaules de son pourpoint — minuscules aigues-marines, diamants et topazes bleu pâle — faisaient elles aussi converger les rayons vers la baguette, chargeant la topaze d'une énergie bien plus intense que prévue. Philomemnon saisit Berillian par le col et le tira en arrière au moment où une boule de feu explosait et réduisait la porte en éclats noirs et fumants aussi grands que des javelots. La mystérieuse odeur disparut, masquée par celle de la chair et des cheveux brûlés.

Ecartant la fumée d'une main, il chancela vers la porte et vit qu'Hudibras gisait par terre. Un éclat de bois roussi lui transperçait le cou et le clouait au sol.

— Au nom de la Grande Sorcière, chuchota Philomemnon. Hudibras...

Un gémissement de douleur s'éleva du fond de la cellule. Philomemnon se retourna, horrifié : la main droite de Berillian n'était plus qu'une masse informe, sanguinolente et brûlée. Il s'en était protégé le visage quand la porte avait explosé.

Berillian réussit à se redresser et à ramper vers la porte.

— Hudibras, espèce d'imbécile ! grogna-t-il entre ses dents. Regardez un peu ce que vous avez fait.

— Partez, râla Hudibras.

Une fontaine de sang pâle jaillissait de son cou et s'écoulait sur son torse. Pendant un instant interminable, Philomemnon fixa, pétrifié, la tache violette nauséabonde qui s'étendait sur son pourpoint bleu.

— Partez !

Hudibras se tordit pour faire glisser sa main jusqu'à sa hanche et tirer de son fourreau l'éventail en plumes de paon. Il le mit dans la main de Philomemnon ; de nouveaux flots de sang surgirent de son cou et recouvrirent son menton.

— Laissez-moi, maintenant.

Au loin, des portes claquaient, des cris d'alarme résonnaient.

— Que voulez-vous que je fasse…

Mais avant que Philomemnon ait pu finir sa phrase, l'éventail s'étira pour prendre la forme d'une épée dorée à la poignée incrustée de turquoises et d'onyx, dont le motif rappelait une plume de paon.

— Je vois.

Il rencontra le regard déclinant d'Hudibras. Au bas de l'escalier, de lourdes bottes résonnèrent.

Berillian s'avança en titubant et, de sa main valide, ramassa un long éclat de bois. Il le fit tourner dans sa main : un éclair crépita à son extrémité et alla noircir le plafond voûté. Des gouttes de sueur grosses comme des grêlons coulaient sur son visage pâle.

— Qu'avez-vous l'intention de faire ? demanda Philomemnon en lui agrippant le bras. Nous devons partir…

— Partez donc.

— Mais…

— Je ne suis pas en état de traverser le miroir, et nous n'avons pas le temps de guérir ma blessure. De toute façon, je n'ai jamais été doué pour la magie des miroirs. Tout ce que je peux faire, c'est retenir les gardes pour vous donner un peu de temps. Puis…

D'un geste, il désigna Hudibras, qui se convulsait et tremblait comme un cerf à l'agonie.

Il va le tuer. Cette idée effroyable paralysa Philomemnon pendant une fraction de seconde, puis Berillian le poussa dans le dos.

— Partez, maintenant !

Philomemnon prit ses jambes à son cou à l'instant où les premiers gardes émergeaient de l'escalier. Il se jeta pieds en avant dans le miroir à cadre doré, s'élançant dans cette dimension grisâtre et indistincte qui se dissimulait derrière tous les miroirs du palais. En tombant, il entraperçut le reflet de Berillian qui plongeait son javelot de bois dans le cœur d'Hudibras, et, derrière lui, l'éclat métallique des épées des gardes.

Il atterrit lourdement à l'étage en dessous. Au loin, il y eut un hurlement de douleur et un bruit de verre brisé. Un silence s'ensuivit : Philomemnon comprit que Berillian lui aussi était peut-être mort. Dans quelques instants, les gardes se lanceraient à sa poursuite ; néanmoins, il était contraint de s'arrêter un instant pour réfléchir au chemin à prendre.

Les faisceaux de lumière réfractée s'infléchissaient selon des angles curieux à mesure que le soleil progressait dans le ciel ; leurs variations dilataient et rétrécissaient tour à tour le monde grisâtre de derrière les miroirs. L'air était stagnant et chargé de puanteur : Philomemnon avait l'impression d'avoir plongé dans un bassin d'eau croupie. Mais comment pouvait-il savoir cela ? se demanda-t-il. La pourriture n'existait pas, en Faërie... Du moins, on n'en avait jamais vu jusqu'ici.

Il se força à réfléchir au problème qui se présentait à lui. Dans le monde des miroirs, la gauche était la droite, et inversement. Tant qu'il gardait cela à l'esprit, il avait une chance de trouver son chemin dans ce labyrinthe d'ombres. Mais où pouvait-il se réfugier ? Certainement pas dans ses propres appartements. C'était là que les gardes chercheraient en premier.

D'abord, il fallait trouver la reine. Ne serait-ce que pour découvrir pourquoi Timias avait scellé ses appartements par un sortilège. Même si le pauvre Hudibras était atteint par la folie qui semblait avoir contaminé une bonne partie de la cour, il n'en avait pas moins concocté, dans un dernier éclair de lucidité, une sorte de plan. Pourvu que lui-même conserve ses esprits assez longtemps pour en faire autant !

Car une énergie sauvage et chaotique se faufilait par les rebords de la glace, souple et insistante comme des rayons de lumière, cherchant avidement un canal, un déversoir, un contenant... Dans une certaine mesure, le miroir semblait le protéger contre ces tentacules furtifs ; mais la puanteur accrue lui retournait l'estomac.

« Belle alternative, songea-t-il : étouffer ici, ou sortir et devenir fou. »

D'un pas résolu, il se fraya un chemin à travers les galeries sinueuses, dans ce qu'il espérait être la direction des appartements de la reine, guettant des bruits de poursuite.

Sans avertissement, le visage d'une dame se matérialisa dans le petit miroir devant lui. De ses doigts rose pâle, elle retira délicatement, l'un après l'autre, chacun de ses cils et de ses sourcils, jusqu'à ce que son visage prenne l'apparence d'une lune ronde et gonflée, ponctuée par les vallées de ses orbites, la crête de son nez et la fente rose de sa bouche. A la fois fasciné et dégoûté, Philomemnon la vit arracher d'un geste sec sa magnifique chevelure, sous laquelle apparut le dôme blanc de son crâne. Une bribe de mélodie, joyeuse et dansante, flotta dans l'air : la grande salle de bal ne devait plus être loin.

La sylphe se pencha en avant et sourit à son propre reflet avec satisfaction. Puis elle effleura ses joues de caresses légères, sous lesquelles poussèrent des plumes d'un noir bleuté et brillant. Quand enfin elle étira le bout de son nez pour former un bec pointu, le charme fut rompu et Philomemnon s'enfuit à toutes jambes, sans plus se soucier d'étouffer le bruit de ses pas.

Comme la musique atteignait un crescendo cacophonique, il ralentit et jeta un coup d'œil par-dessus son épaule. Puis, ne voyant venir personne, il dépassa à pas de loup les immenses murs de glace de la grande salle de bal — des miroirs qui non seulement inondaient de lumière le monde grisâtre derrière leur tain, mais permettaient également à qui le désirait d'observer ce qui se passait à l'intérieur de la salle.

A cet endroit, les tentacules d'énergie étaient plus puissants, entortillés comme des serpents invisibles prêts à attaquer. D'un coup, Philomemnon se retrouva le nez contre la vitre, happé par le spectacle extraordinaire qui s'offrait à son regard. Des danseurs masqués et costumés évoluaient au rythme d'une musique des plus curieuses... Subitement, Philomemnon se rendit compte qu'il ne s'agissait ni de masques ni de costumes : ses congénères s'étaient bel et bien métamorphosés. Ici, une dame à la peau couverte de grandes taches noires et blanches souriait à son cavalier, qui arborait une queue de paon ; là, un lion entraînait un agneau dans la farandole. Quant aux rares courtisans qui conservaient encore leur apparence habituelle, leurs visages avaient pris une teinte de cire.

Sous le regard ébahi de Philomemnon déferla une ronde chaotique, tourbillon de teintes bigarrées, de parfums capiteux et de notes discordantes. *La folie nous emportera tous*, pensa-t-il. Un lourd parfum de jasmin, mêlé à celui, plus acide, du citron, filtra par le tain de la glace. C'était presque plus écœurant, si possible, que la puanteur elle-même. La main devant la bouche, Philomemnon recula en chancelant... au moment où une voix s'élevait derrière lui.

— Le voilà !

Jetant un coup d'œil par-dessus son épaule, il aperçut des pourpoints verts et des épées tirées. On l'avait retrouvé.

Sans plus réfléchir, il prit ses jambes à son cou, suivi de près par des bruits de bottes et par le cliquetis des armes... Peut-être qu'Hudibras avait raison, après tout. C'était cette affreuse odeur qui était à l'origine de l'accès de folie général. A l'angle d'un couloir, il déboucha tout près des appartements de la reine... et se heurta de plein fouet au sortilège qui les protégeait. L'impact du choc l'envoya dégringoler dans un escalier en colimaçon. En atterrissant, médusé, il resta quelques instants étalé sur le dos. Timias avait dû poser la barrière magique depuis *ce côté* du miroir ; ce qui signifiait qu'il était ressorti des appartements d'Albane. Où était-il allé ? Pourquoi voulait-il empêcher les autres d'approcher la reine ? A moins qu'il ne l'ait transportée ailleurs... Lentement, Philomemnon se releva, huma l'air et en conclut que la puanteur s'intensifiait à mesure que l'on descendait. Baissant la tête, il traversa le miroir voisin et se retrouva dans le monde normal, plus précisément dans un petit vestiaire attenant aux cuisines.

L'un de ses poursuivants surgit du même miroir, furieux. Philomemnon reprit sa course à travers les cuisines désertes ; guidé par l'odeur, il se dirigea vers les celliers. Il descendit encore et encore, jusqu'à s'engouffrer enfin dans un escalier étroit qui menait des caves à vins vers les dortoirs des gremlins, situés au niveau le plus inférieur du palais.

Il fit une pause pour reprendre son souffle. Le silence était retombé : il avait dû semer ses poursuivants. Haletant, il jeta un coup d'œil autour de lui. L'endroit était des plus bizarres : cela ressemblait à un labyrinthe de petites grottes creusées dans le soubassement du palais. Les amas de terre entourés d'éclats de rocher devaient servir de lits aux gremlins... Curieuse façon de dormir ! se dit Philomemnon. A vrai dire, il ne s'était jamais demandé comment vivaient les gremlins. D'ailleurs, songea-t-il, où étaient-ils tous passés ?

Des pas résonnèrent dans l'escalier, et il se précipita dans l'ombre d'un pan rocheux. Ici, l'odeur fétide semblait presque palpable, substance épaisse et glaireuse qui collait aux parois rocheuses. A l'étage au-dessus, les gardes se consultaient.

— Pas besoin de descendre là-dedans. Nous n'avons qu'à placer une patrouille à l'entrée du dortoir : il finira bien par sortir de son trou.

Une petite pluie de gravier s'abattit sur son épaule. Philomemnon leva la tête et fut presque aveuglé par une nouvelle avalanche de galets et de sable. Quoi encore ? se demanda-t-il. Les fondations du palais s'effondraient-elles ?

Une pierre plus grosse chuta du plafond, manquant de peu sa tête. Il la ramassa pour l'examiner : elle était luisante de bave mousseuse. Cette fois-ci, il n'y avait plus de doute possible : c'était bien d'ici qu'émanait la terrible odeur.

A l'étage au-dessus, les gardes se disputaient. Soudain, une bouffée chaude et nauséabonde souffla directement sur le visage de Philomemnon : elle provenait, comprit-il bientôt, d'une petite fissure juste au-dessus de sa tête. Lorsqu'on s'en approchait, la puanteur devenait absolument insoutenable. Tendant l'oreille, Philomemnon perçut de mystérieux bruits étouffés, comme ceux d'un gros rongeur. Puis un rocher trembla. Une bête se cachait-elle derrière cette paroi ? Du bout du pied, il rassembla quelques pierres, les empila et grimpa dessus. Agrippé au mur pour ne pas perdre l'équilibre, il se contorsionna pour tenter de regarder par la fissure.

Il ne vit pas venir la griffe qui lui arracha l'œil. La paume plaquée contre son orbite vide et sanguinolente, il s'étala de tout son long sur le sol et resta prostré, moins choqué par la douleur que par la brusque révélation qu'il venait d'avoir.

L'instant d'après, il se précipitait aveuglément dans l'escalier et, indifférent à son propre sort, se jetait tout droit dans les bras des gardes. Une seule pensée occupait son esprit tout entier : *Les gobelins. Cette odeur est celle des gobelins.* Que les gardes le tuent, s'ils voulaient. Bientôt ils seraient tous morts. Les gobelins s'étaient frayés un chemin jusqu'au cœur même de la Faërie, là où les sylphes croyaient être le plus en sécurité.

Quand les soldats l'entourèrent, il leva une main en signe de capitulation, gardant l'autre plaquée sur son œil manquant. Peu importait ce qu'on lui ferait... Il lui semblait percevoir d'ici les grognements des gobelins.

Philomemnon s'écroula, enfin terrassé par les élancements violents qui lui perçaient le crâne.

— Allez vite... voir... là-bas... en bas...

Il lutta pour résister aux ténèbres qui menaçaient de l'engloutir. Il fallait à tout prix que les gardes voient ces monstres de leurs propres yeux.

— Allez-y… prenez garde… ils ont des griffes…

— Qu'est-ce qui a des griffes ?

— De quoi parle-t-il ?

— C'est un piège ! Ne vous laissez pas abuser, sergent, c'est un conseiller !

— Bande d'imbéciles, vous ne voyez pas qu'il est blessé ?

Philomemnon entendit le bruit métallique d'une épée lentement remise dans son fourreau. Des doigts fins et lisses soulevèrent son menton ; la lumière d'une torche l'éblouit, et il baissa la main qui recouvrait son orbite vide. Des soupirs d'horreur s'élevèrent autour de lui.

— Qui vous a fait cela, seigneur conseiller ?

— Allez donc voir…

Une bienfaisante obscurité se referma autour de lui, et sa tête retomba contre l'épaule d'un garde. Il entendit, venant de très loin, un juron étouffé, puis des bruits de pas croissant dans l'escalier. Les quelques mots qu'il perçut suffirent à lui faire comprendre que le sergent avait bien vu les gobelins.

— Déplacez-le… Un, deux, trois…

On enfonça une compresse dans son orbite vide, on entoura sa tête d'une bande de lin. La joue plaquée contre le pourpoint d'un garde, Philomemnon sentit qu'on le soulevait.

— Vous croyez vraiment que les gobelins arrivent ? demanda une voix près de sa tête.

— Non, articula Philomemnon. Ils sont déjà là.

Que se passera-t-il si la Faërie meurt ? La question de Nessa résonnait à l'infini dans l'esprit d'Artimour et ranimait des souvenirs de la nuit passée avec elle : le parfum de sa peau, le goût de ses lèvres, la texture de ses cheveux… Il n'avait pas imaginé qu'il lui serait aussi difficile de la quitter ! Difficile dans tous les sens du terme, car la frontière entre l'Ombre et la Faërie était scellée par de minces filaments invisibles. Le sortilège était moins puissant que celui qui avait gêné le retour de Nessa, mais il empêchait tout de même Artimour de passer. La nuit dernière, des sorcières avaient accompli un rite du maïs, se rappela-t-il. Que les mortels retrouvent la maîtrise de leur propre magie était sûrement de bon augure… à moins que cela ne signifie, tout simplement, que le monde enchanté de la Faërie s'éteignait peu à peu. Cette possibilité effrayante ne fit que renforcer la détermination d'Artimour à retourner chez lui. Au moment où il se résignait à traverser la frontière à la nage, les premiers rayons du soleil percèrent à travers les arbres et, telles des lames, tranchèrent la toile magique. Ni vu ni connu, Artimour se glissa en Faërie.

De l'autre côté de la frontière, un étrange silence régnait. Artimour se retrouva tout près de l'endroit où il avait été poignardé, sur la route qui longeait l'Afon et menait directement au palais de la reine de Faërie. A en juger par la position du soleil, ce devait être le milieu ou la fin de la matinée. De pâles brumes, froides et silencieuses comme des fantômes, tournoyaient près du sol entre les troncs moussus. Soudain, les cheveux d'Artimour se hérissèrent sur sa nuque. Les arbres de Faërie s'étaient métamorphosés : comme ceux de l'Ombre, ils étaient presque dénués de feuilles, à part quelques oripeaux solitaires qui s'accrochaient aux branches disgracieuses. Les grands pins eux-mêmes s'étaient teintés de jaune et de rouille, comme s'ils s'apprêtaient à perdre leurs aiguilles.

Pourtant, c'était bien la Faërie. Pour s'en convaincre, Artimour prit une profonde inspiration. Rien à voir avec l'atmosphère froide et humide de l'Ombre : l'air d'ici était plus léger, plus aérien, plus éthéré. Plus irréel, se dit-il sans réfléchir, avant de se ressaisir. Il ne devait surtout pas s'engager dans cette voie, car elle menait tout droit à la folie. La Faërie était aussi réelle que les grands sureaux qui se dressaient autour de lui. Quant à ce qui arriverait si son monde disparaissait, ce n'était pas le moment d'y songer.

Artimour posa la main sur un tronc rugueux, caressa les profondes rainures de l'écorce, observa les branches affaissées sous le poids des grappes noires. Soudain, un léger bruissement et un petit craquement le firent se retourner : un cerf et deux biches se tenaient juste derrière lui. C'était le bruit de leurs sabots dans les feuilles sèches qui l'avait alerté.

Le cerf leva la tête vers Artimour. Quand leurs regards se croisèrent, l'animal donna un petit coup d'épaule à ses compagnes. Tous trois firent volte-face et, alors que leurs queues blanches éclatantes s'éloignaient entre les arbres, Artimour vit que leurs dos étaient couverts de plaies purulentes. Il les suivit du regard jusqu'à ce qu'ils disparaissent, puis remarqua, non loin de lui, un chêne immense dont le tronc paraissait gonflé et déformé. Des gouttelettes de bave jaune coulaient dans les rainures de l'écorce et, au contact du sol, formaient des flaques blanches et mousseuses. Une odeur nauséabonde émanait de l'arbre, une épaisse puanteur qui bouchait le nez et collait à la gorge. Artimour s'avança vers le creux de l'arbre, y passa la tête et, à sa grande stupéfaction, distingua une masse sombre entourée d'une flaque écumeuse. Du bout des doigts, il retira l'objet et le jeta à terre. Quand il ouvrit le paquet en s'aidant d'une petite branche, il en resta le souffle coupé. Cette lame brillante, c'était celle que Finuviel avait utilisée pour le poignarder.

Artimour tenta de rassembler ses idées. Après avoir essayé de le tuer, Finuviel avait dissimulé l'arme dans ce tronc. Mais pourquoi n'était-il pas revenu la chercher ? Il se redressa lentement, perdu dans ses pensées. Puis il jeta un coup d'œil vers l'Afon et se rappela les traces de l'armée qu'il avait découvertes au bord du fleuve. Sur le moment, il avait cru que, pour une raison ou une autre, l'armée avait traversé le fleuve. Mais à présent, il comprenait mieux la nature du marché que Finuviel avait passé avec les mortels. Il avait amené ses hommes dans l'Ombre pour défendre la cause des rebelles. Où se trouvait l'armée, maintenant ? Se battait-elle toujours au côté de Cadwyr ? Il devait tout de même y avoir une limite à ce que le mortel pouvait exiger en échange d'un simple poignard d'argent... Quoi qu'il en fût, même soigneusement enveloppé, ce poignard demeurait un poison dangereux. Combien de temps Finuviel avait-il prévu de le laisser pourrir dans un tronc d'arbre ? Quelle était la signification de tout cela ?

Ce poignard était, à n'en pas douter, celui que Nessa avait fabriqué. Vu les dégâts que l'objet avait déjà provoqués, Artimour ne pouvait le laisser ici. En fin de compte, le destin semblait vouloir qu'il porte une arme forgée par la main de Nessa. L'espace d'un instant, la silhouette de la jeune fille apparut devant ses yeux ; il vit la petite veine qui palpitait au creux de son cou et sentit le goût un peu âcre, un peu salé, de sa peau... Puis, ceignant la gaine à sa taille, il s'éloigna sur la route, le visage empreint d'une détermination inflexible. Un mal terrible affectait toute la Faërie. S'il ne découvrait pas rapidement de quoi il s'agissait et comment y remédier, ses pires craintes — et celles de Nessa — n'allaient pas tarder à se réaliser.

Il marchait depuis peu de temps quand un carrosse mené par quatre chevaux surgit d'un virage pour foncer droit sur lui. La voiture roulait à une allure périlleuse, même du point de vue des sylphes, habitués à parcourir de grandes distances en très peu de temps. Artimour se jeta dans le fossé pour éviter d'être piétiné par les chevaux. Arc-bouté contre le garde-corps, le cocher maîtrisait à peine son équipage. Il paraissait s'être vêtu à la hâte : son chapeau penchait, sa veste verte était à moitié déboutonnée, son foulard fouettait l'air comme une longue queue blanche. Mais il y avait autre chose... Ces grandes feuilles qui s'entortillaient autour des rênes, ces lianes qui entouraient le carrosse tout entier... Artimour mit la main au-dessus des yeux pour mieux y voir ; à cet instant, le cocher l'aperçut et tenta désespérément de freiner les chevaux.

— Que fais-tu ici, mortel ? hurla-t-il.

Vingt pas plus loin, l'équipage s'immobilisa dans un nuage de poussière. Artimour sortit de l'ombre des arbres et s'avança vers le carrosse. Les insignes qui ornaient la manche du cocher indiquaient qu'il appartenait à l'une des treize grandes maisons de la cour.

— Cocher..., commença Artimour.

Mais — fait assez rare — le visage du sylphe se contorsionna de rage. Sautant du perchoir, il se rua sur Artimour, l'étala de tout son long et serra les mains autour de son cou.

— Maudit mortel ! Tu te crois malin, de te planter ainsi au beau milieu de la route ?

— Vous ne me reconnaissez pas ? demanda Artimour, incrédule, tout en se débattant pour empêcher le cocher de l'étrangler tout à fait.

A cet instant, la porte du carrosse s'ouvrit pour laisser sortir quatre courtisanes ailées et apprêtées pour un bal masqué des plus curieux. L'une, tout de rose vêtue, arborait des oreilles de cochon ; l'autre, en noir et blanc, portait un museau de vache ; quant à la troisième, ses ailes étaient couvertes de somptueuses plumes noires et son visage était celui d'un oiseau.

— Regardez, c'est Artimour ! s'écria l'une des sylphes.

— Le prince Artimour ?

— C'est bien vous, Artimour ?

— Mais oui, c'est lui !

Deux autres courtisanes vêtues de robes gris souris et rose saumon passèrent la tête par la fenêtre : leurs ailes et l'arête de leur nez luisaient d'écailles irisées.

— Allons, Rodrigal, vous reconnaissez bien le prince Artimour ?

La sylphe-oiseau avança vers Artimour et lui fit un sourire prédateur.

— Amadahlia ? bafouilla celui-ci.

Son nom lui était subitement revenu à l'esprit, malgré les nombreuses saisons écoulées depuis l'après-midi de badinage amoureux passé avec la jeune sylphe.

Les joues d'Amadahlia se nimbèrent de rose et elle battit des cils. Quand elle plongea les yeux dans les siens, Artimour n'y lut pas de la séduction, mais de la peur. Avant qu'il n'ait eu le temps de lui poser de questions, la dame au masque de vache donna un coup d'ombrelle dans le dos de sa camarade.

— Nous n'avons pas le temps de batifoler, ma chère. Rentrons dans le carrosse.

Amadahlia se retourna vers elle en poussant un petit cri de protestation étonnamment semblable à celui d'un oiseau. Artimour remarqua soudain que son justaucorps de soie noire la recouvrait entièrement, à l'exception de son visage et de ses doigts pâles.

— Que se passe-t-il ? demanda-t-il. Etes-vous invitée à un pique-nique, ou à un défilé ? Pourquoi portez-vous ces déguisements ?

— Cela fait déjà plusieurs jours, gémit Amadahlia. Au départ, ce n'était qu'un jeu, une façon de passer le temps... mais maintenant, nous ne pouvons plus nous en débarrasser !

Elle lui tendit son bras ganté de noir. Artimour s'approcha pour l'examiner, et les autres courtisanes se pressèrent autour de lui. Horrifié, il comprit qu'il ne s'agissait nullement de costumes, mais d'une métamorphose étrange, qui les affectait toutes de manière différente.

— Nous nous rendons chez Guinevère. Elle est partie ramasser des herbes pour Albane et n'est jamais revenue. La reine refuse de recevoir qui que ce soit, et Timias a posé une barrière magique tout autour de ses appartements, et il y a une odeur très désagréable...

— Et les gobelins attaquent, intervint l'une des sylphes-poissons.

Leurs voix se mêlèrent en une cacophonie aiguë. Artimour leva les yeux vers le cocher, qui n'avait cessé de l'observer avec méfiance. D'un geste machinal, Artimour posa la main sur le poignard d'argent qui pendait à sa ceinture.

— De quels gobelins parlez-vous ? demanda-t-il aux courtisanes.

— De ceux qui ont attaqué le palais. C'est ce que j'essaie de vous dire depuis tout à l'heure. Si mes sœurs voulaient bien cesser de piailler comme des pies…

Les yeux écarquillés, Amadahlia se glissa tout près d'Artimour et posa la main sur son bras. Le regard de ce dernier fut attiré par ces doigts fins et pâles, qui avaient quelque chose de bizarre. Les ongles de la sylphe rapetissaient à vue d'œil, pour devenir minuscules, durs et pointus comme des griffes. Artimour déglutit pour surmonter une bouffée de nausée.

— Reprenez tout depuis le début, dit-il enfin. Expliquez-moi où vous allez, et ne parlez pas toutes à la fois !

— Nous allons chercher Guinevère à la Maison dans les Arbres. Parce que la reine…

La voix d'Amadahlia s'érailla et des larmes emplirent ses yeux.

— La reine, couina la dame aux oreilles de cochon, est alitée depuis des jours, et Timias a posé un sortilège autour de ses appartements pour empêcher quiconque d'entrer.

— Et les gobelins ?

Artimour avait beau tenter de comprendre tout ce qu'on lui disait, l'incongruité de ces nouvelles le laissait complètement perplexe.

Ce fut le cocher qui lui répondit en se penchant vers lui pour mieux l'examiner.

— Ils ont creusé des tunnels jusqu'aux dortoirs des gremlins. Ces maudites bêtes nous ont trahis ! Depuis Samhain, nous sentions tous quelque chose de bizarre, mais personne ne se rappelait à quoi ressemblait l'odeur des gobelins. Ils se sont emparés d'une bonne partie du palais, avant que le lever du soleil ne les fasse fuir sous terre.

Il posa sur Artimour un regard glacial. Ses yeux n'étaient pas verts, comme ceux de la plupart des cochers, mais gris et plats.

— Il ne reste plus qu'un seul conseiller, acheva-t-il, et il est dépassé par les événements.

— Il faut à tout prix que Guinevère vienne guérir la reine, poursuivit la sylphe-truie. Un régiment entier a été envoyé pour l'arrêter, mais il n'est jamais revenu. Alors, nous avons pensé qu'il fallait faire quelque chose avant que tout n'aille à vau-l'eau, et que les gobelins l'emportent sur notre reine...

— Tout est sens dessus dessous, à présent, dit Amadahlia en jetant un coup d'œil à Artimour.

— Tout a changé, ajouta sa compagne au museau de vache.

— Comme nous ! s'écrièrent les dames-poissons à l'intérieur du carrosse.

« Comme moi », pensa Artimour, et il sentit des gouttes de sueur perler sur son front. Il passa la main sur sa barbe naissante.

— Et vous, Artimour, vous semblez très... très *humain*, dit Amadahlia.

— Je suis tombé dans l'Ombre.

Artimour se mordit la lèvre et jeta un coup d'œil nerveux à la ronde. Ce n'était pas le moment de s'étendre sur ses aventures, alors que l'étoffe même de la Faërie paraissait s'effilocher à toute vitesse... A commencer par ces courtisanes frénétiques. Soudain, le visage grave de Nessa lui revint à l'esprit, et il se rappela qu'il devait absolument leur poser une question.

— Vous n'avez pas, par hasard, croisé un mortel sur votre route ?

— Un autre mortel ? cracha Rodrigal.

Les dames retroussèrent le nez, visiblement émoustillées par cette idée.

« Je ne suis pas mortel ! » voulut hurler Artimour, mais il réussit à se maîtriser.

— Un forgeron mortel, un grand brun portant une barbe ?

Le cocher poussa un rire méprisant et jeta un regard oblique à Artimour.

— Nous n'avons pas le temps de nous amuser avec des mortels, prince.

— Je ne parle pas d'amusement, répliqua Artimour, excédé.

Il jeta un dernier coup d'œil autour de lui, cherchant d'autres indices de la mystérieuse épidémie qui affectait la Faërie. Mais seules les feuilles mortes qui tombaient des arbres en témoignaient silencieusement.

— Je parle d'un forgeron mortel, un certain Dougal.

Devant leurs mines perplexes, il haussa les épaules.

— N'en parlons plus.

— Prenez un de nos chevaux, Artimour, dit Amadahlia en reposant ses griffes sur son bras. Vous irez plus vite, tout seul, que nous dans ce grand carrosse. Partez devant et dites au capitaine de la Troisième Compagnie qu'il doit rentrer de toute urgence pour défendre le palais. Dites à Guinevère que nous arrivons et qu'elle doit…

— Elle doit nous aider, la coupa la dame en rose.

— Oui, dites-lui, Artimour ! s'écria l'une des jumelles à écailles. Dites au capitaine de la garde que nous ramènerons Guinevère dans notre carrosse. Il n'aura pas à en répondre auprès de la reine, puisqu'elle ne reçoit personne. Avant de repartir, il faut que Guinevère nous explique comment nous débarrasser de nos ailes. Je ne puis les supporter un instant de plus !

— Il ne s'agit pas que des ailes ! Il faut qu'elle nous dise comment nous débarrasser de tout le reste ! lança sa compagne au museau de vache.

Décidément, tout tournait autour de Guinevère et de Finuviel, songea Artimour. Pourvu qu'ils fussent capables d'arrêter tout ce qu'ils avaient mis en mouvement !

Le cocher dételа l'un des quatre chevaux et tendit les rênes à Artimour. Celui-ci avait bien d'autres questions à poser, mais les propos des courtisanes, ainsi que leur étonnante métamorphose, l'inquiétaient trop pour qu'il s'attarde davantage. Il éperonna sa monture et s'éloigna au galop. Le carrosse doré le suivit à son rythme ; petit à petit, il se laissa distancer, jusqu'à disparaître tout à fait derrière les feuilles sèches qui flottaient dans l'air.

6.

— Combien de temps faudra-il pour arriver à Gard ?

Nessa et Uwen passèrent le portail de Killcarrick au moment où les premiers rayons du soleil perçaient la brume matinale. Nessa posa la question moins par curiosité que pour éviter de penser au sort d'Artimour et de ses parents dans l'Outremonde. L'épée qu'elle avait forgée pour le semi-sylphe pendait à sa ceinture. Si Uwen trouvait étrange qu'elle se fût ainsi armée, il n'en laissait rien paraître. Après tout, dans ce nouveau monde imprévisible et périlleux, quoi de plus normal que de porter une épée plaquée d'argent ?

Lasse, courbatue, Nessa était d'humeur lugubre. Elle comprenait plus ou moins les raisons pour lesquelles Artimour avait refusé d'emporter l'épée. Mais s'il en venait à regretter sa décision ? Comment savoir ce qui l'attendait en Faërie ? Que risquait-il, si Finuviel s'était déjà emparé du trône ? Dire que ses parents, eux aussi, se trouvaient dans l'Outremonde… Comme elle aurait aimé trouver une excuse pour les y rejoindre !

Mieux valait, toutefois, ne pas y songer. Son père n'approuverait certainement pas qu'elle s'aventurât en Faërie pour la seconde fois. L'Outremonde avait toujours été un endroit dangereux pour les mortels, et cela ne s'était sans doute pas amélioré, ces derniers temps. Malheureusement, le voyage vers Gard ne promettait pas autant de distractions que les travaux de la forge…

Avec un soupir, Nessa tenta de se concentrer sur la route jonchée de feuilles et sur son compagnon de voyage. Le soleil doré était passé au-dessus des collines ; sous cette lumière plus forte, elle distingua des traces de pastel bleu sur le cou d'Uwen. Ses cheveux paraissaient humides, comme s'il venait de prendre un bain. Ses orbites étaient creusées, ses mâchoires serrées, sa bouche sévère.

— A supposer que nous chevauchions sans nous arrêter, et que nous puissions traverser le pont du Daraghduin, nous serons à Gard demain à cette heure. Tout dépendra, jeune fille, de ce que nous trouverons sur notre route… Je donnerais cher pour en savoir davantage sur le pacte que Cadwyr a passé avec les sylphes. Cette histoire a quelque chose de louche.

La voix d'Uwen était empreinte d'une gravité et d'une mélancolie nouvelles. C'était cela, bien plus que la mine défaite du chevalier, qui inquiétait Nessa — presque au point de lui faire oublier la douloureuse sensation entre ses jambes, que les mouvements du cheval ne faisaient qu'exacerber.

— Que voulez-vous dire ?

— Eh bien, réfléchissez un peu. Une armée contre un simple poignard… Cela vous paraît-il équitable ?

Uwen tourna la tête et lui décocha un regard lourd de sens. Nessa réfléchit à toute vitesse. Un poignard — un poignard d'argent — contre une armée de… Combien avait dit Artimour ? Cinq cents chevaliers ?

Uwen secoua la tête d'un air dubitatif.

— Les sylphes doivent tout de même avoir d'autres moyens de s'entretuer qu'avec des armes en argent… Sans doute ne saurons-nous jamais ce qui les a vraiment poussés à conclure ce marché. Mais considérez plutôt l'affaire du point de vue de Cadwyr. De toute évidence, il a dû leur donner le poignard *avant* de pouvoir disposer de leur armée. Si vous aviez été à sa place, n'auriez-vous pas hésité à remettre cette arme aux sylphes sans être certaine qu'ils tiendraient parole ?

Nessa resta un instant silencieuse. Que faisait Dougal lorsqu'on lui passait une commande importante ? Généralement, il gardait en caution un objet appartenant au client ; selon le prix de la commande, ce pouvait être une broche en or, une torque en cuivre, ou même un bœuf.

— Quand mon père ne fait pas confiance à quelqu'un, dit-elle lentement, il lui demande de laisser un objet de valeur en garantie. Un objet dont on peut être sûr que le propriétaire reviendra le chercher.

Elle s'interrompit et leva les yeux vers Uwen. Subitement, tout devenait clair.

— Cadwyr a obligé Finuviel à lui donner la Résille d'argent, murmura-t-elle.

— C'est aussi mon avis. Mais dans ce cas, le comportement de Cadwyr devient plus infâme encore. Pourquoi n'a-t-il pas rendu la Résille aux sylphes avant Samhain ? Il pouvait au moins nous avertir du danger auquel il nous avait exposés... Ce que je me demande surtout, c'est combien de temps il compte la garder.

— Voulez-vous insinuer que Cadwyr n'aurait pas l'intention de la rendre ? demanda Nessa dans un souffle.

— Réfléchissez.

Uwen regardait fixement la route devant eux ; pendant un long moment, on n'entendit rien d'autre que le son mat des sabots.

— Utiliser une armée de sylphes contre un ennemi étranger est une chose ; lâcher une horde de gobelins contre son propre peuple en est une autre. Non seulement il n'a rien fait pour nous prévenir, mais, en plus, il nous a privés de nos forgerons, les seuls qui étaient en mesure de limiter les dégâts. Cadwyr nous a mis dans la situation d'agneaux qui doivent se défendre contre des loups. Au nom du Grand Herne, pourquoi aurait-il commis un crime pareil, si ce n'était dans son propre intérêt... ou dans celui d'un allié ?

Le souffle coupé, Nessa fit avancer son cheval jusqu'à parvenir à la hauteur d'Uwen.

— Vous voulez dire que… que Cadwyr se serait allié aux gobelins ?

— Tout est possible, rétorqua Uwen en haussant les épaules.

Le bâton de bouleau attaché à la selle heurta brusquement le genou de Nessa. Elle posa la main dessus pour le stabiliser ; comme toujours, son contact frais et soyeux l'apaisa. Où qu'elle mît la main, la branche semblait toujours lisse, mais dès qu'elle avait besoin d'un morceau d'écorce, il en apparaissait comme par enchantement. Tout se passait comme si cette branche était encore vivante et reliée à l'arbre d'où elle était tombée.

— Si Cadwyr s'est allié avec les gobelins, il a trahi Finuviel et les sylphes.

— Je n'ai pas dit que c'était un fait, jeune fille.

Les yeux pâles d'Uwen étaient plongés dans le vague ; son visage était de pierre.

— Je dis simplement que c'est une possibilité.

— Mais s'il a…

— En réalité, Nessa, je doute que quiconque puisse passer un marché avec les gobelins. Mais Cadwyr est certainement capable de les utiliser contre les sylphes pour les intimider et les affaiblir, tout comme il les a utilisés contre nous.

— Ce qui veut dire… que Cadwyr veut régner sur les sylphes ?

Pour la première fois depuis qu'ils avaient quitté Gard, Uwen se retourna pour la regarder droit dans les yeux.

— C'est une possibilité, en effet.

Puis le chevalier s'enferma dans le silence, pendant que Nessa passait en revue toutes les conséquences possibles et imaginables de cette terrible supposition. Des images plus épouvantables les unes que les autres se bousculaient dans son esprit. Elle vit la terrible armée de Cadwyr, scintillante d'argent, capable de détruire aussi bien les sylphes que les gobelins… Elle pensa à Griffin, qui selon Molly s'était débattu comme un fou quand les soldats étaient venus réquisitionner les forgerons… Dire que le pauvre n'avait survécu à l'attaque des gobelins contre leur village que pour être enrôlé de force dans l'armée de Cadwyr ! Puis ses pensées se tournèrent vers Artimour. Elle aurait dû insister pour qu'il emporte l'épée qu'elle lui avait forgée. Il s'attendait à affronter soit Finuviel, soit des gobelins, certainement pas des soldats mortels armés d'argent. Nessa connaissait trop bien l'histoire des Hautes Terres de Brynhiver, constamment déchirées par les conflits entre différents clans. Du jour au lendemain, de vieilles rivalités et de menus larcins pouvaient dégénérer en massacres accompagnés de viols et de destructions. D'autant plus préoccupée par le sort de ses parents — surtout celui de sa mère, qui était sans doute aussi belle et jeune que le jour où elle s'était égarée dans l'Outremonde —, elle s'enferma dans le silence.

Ils chevauchèrent ainsi toute la matinée. En route, ils croisèrent des réfugiés ahuris et débraillés, pour la plupart les uniques survivants de petites communautés villageoises. Uwen les orienta tous vers Killcarrick. Et Nessa imagina les récriminations du gouverneur, quand il verrait apparaître de nouvelles bouches à nourrir. Ne serait-il pas plus raisonnable de proposer à ces malheureux de les suivre jusqu'à Gard ? Mais au moment où elle allait poser cette question à Uwen, des reflets métalliques scintillèrent au loin, et l'on entendit des cris étouffés. Le chevalier lui fit signe de freiner sa monture et de quitter la route. Tous deux mirent pied à terre et se glissèrent furtivement à travers les bois voisins. Soudain, ils aperçurent la queue d'un convoi de chariots bâchés et entourés de cordes, qu'escortaient une centaine de cavaliers en grande tenue de combat. Nessa ne reconnaissait pas le motif de leurs tartans, mais les chevaux bas sur pattes, à poil long, provenaient sûrement des collines désertiques à l'est de Brynhiver. Le pays d'Allovale. Etaient-ce des hommes de Cadwyr ?

— C'est donc de cela que parlait Mungo, dit Uwen comme pour lui-même.

— Qui est Mungo ?

— Le doyen d'un clan de Cecily, installé aux environs de Garannon. Il a vu des dizaines de convois chargés d'argent quitter Allovale et prendre chacun une route différente — sans doute pour tromper les voleurs. Ces hommes ont dû longer la rive du lac. C'est probablement le chemin le plus sûr vers le sud, même si ce n'est pas le plus direct. Nous allons les suivre discrètement, pour essayer de découvrir l'endroit vers lequel ils se dirigent. Si nous devons être coincés sur la route, cette nuit, ce n'est peut-être pas une mauvaise idée de nous faire connaître d'eux.

L'air sombre et résolu d'Uwen décida Nessa à éclaircir au plus vite les raisons du changement qui s'était produit en lui. Mais pour l'instant, il se hissait silencieusement en selle et lui faisait signe de l'imiter. Pendant un long moment, ils suivirent le convoi en maintenant juste assez de distance pour éviter d'être repérés.

Entièrement concentrée sur le danger au loin, Nessa remarqua trop tard qu'une branche basse frémissait à leur approche. Une longue lame jaillit devant elle, tandis qu'une deuxième se glissait hors des broussailles pour arrêter Uwen. De derrière l'arbre apparut un chevalier débraillé ; ses vêtements étaient maculés de boue et de sang, son menton ombré de barbe, ses cheveux ébouriffés. Il se figea devant Uwen, un long sabre à la main. Les deux hommes se jaugèrent un instant. Soudain, un immense sourire — le premier depuis Samhain, pensa Nessa — fendit le visage d'Uwen.

— Au nom de la Déesse, Tully, pose cette lame avant que tu ne te fasses mal !

Quand ils s'arrêtèrent pour la nuit, Griffin se recroquevilla avec sa flasque dans un coin de la tente de Cadwyr. C'était le plus simple, finalement : il avait déjà passé la journée au fond du chariot transportant le duc d'Allovale et sa précieuse potion. Au centre de la tente, les hautes flammes du brasero jetaient des reflets cuivrés sur les mâchoires de Cadwyr. Le duc lança un coup d'œil en direction de l'apprenti et sourit.

— Approche, mon garçon. Tu dois avoir froid.

Le regard que Cadwyr posa sur lui fit brusquement grimper la température de Griffin. La gorge nouée, les doigts crispés autour de sa flasque, il s'avança vers le duc.

— Tiens. Prends ça.

Avant que le coussin de soie rouge n'ait pu heurter le précieux flacon, Griffin l'attrapa au vol, ce qui déclencha un petit rire sec de Cadwyr. Comme à son habitude, le duc était affalé dans un fauteuil au cadre somptueusement sculpté et à l'assise en cuir, posé au milieu d'un tapis moelleux. D'autres coussins, brodés de motifs indigo, rouges ou verts, s'entassaient autour du brasero ; leurs couleurs étaient d'une intensité telle que Griffin n'en avait jamais vue.

Le duc était vêtu d'une chemise blanche qui retombait en plis fluides sur son torse, et d'un pantalon noir qui se fondait dans ses bottes. Le cuir de celles-ci était si finement ouvragé qu'elles épousaient ses pieds comme une seconde peau. Autour du cou, sur la même cordelette que son amulette d'argent et sa médaille ducale, Cadwyr portait une bourse en cuir couleur chair. Une odeur légèrement désagréable en émanait, un faible relent que Griffin n'aurait probablement pas discerné sans cette potion qui exacerbait ses sens, mais qu'il n'avait aucun mal à identifier. Cette bourse empestait le gobelin. Comment Cadwyr s'était-il procuré un objet pareil ? Et que contenait-il de si précieux, pour qu'il le portât autour de son cou ? Comme tout ce que possédait Cadwyr, la bourse ne semblait pas venir de ce monde.

Griffin s'appuya sur le coussin, aussi loin de son hôte qu'il l'osait. Les couleurs, les parfums, la chaleur du feu l'assaillirent aussitôt : il fut pris de vertige, et tout se mit à tourner autour de lui… Il ouvrit la flasque, respira son parfum frais et fruité ; le monde se stabilisa de nouveau.

La tente sentait le charbon, la laine et une odeur difficilement identifiable, lourde et musquée. Il y avait quelque chose dans l'ameublement qui le troublait vaguement, sans qu'il sût pourquoi ; il regarda autour de lui comme s'il voyait ce décor pour la première fois.

Cadwyr lui-même n'avait rien d'un simple duc brynnois ; il ressemblait plutôt à l'image que Griffin se faisait des rois de Hombrie, des empereurs d'Aquilée… ou des seigneurs sylphes. Ce qui amena ses pensées vers Nessa. Avait-elle réussi à rentrer en Brynhiver, ou bien était-elle tombée dans les griffes d'un prince sylphe ? Un prince qui souriait à la jeune fille comme Cadwyr lui souriait à présent… Le regard du duc troublait tant Griffin qu'il renversa un peu du précieux breuvage, et dut se retenir de lécher les gouttes ambrées qui coulaient sur le ventre de la flasque.

— Assis, mon brave.

Le duc s'adressa à lui comme s'il parlait à son chien de chasse favori, mais Griffin n'eut pas l'imprudence de protester.

— Demain, nous arriverons enfin au château de Gard. Tu y es déjà allé ?

Griffin s'appuya contre la caisse de bois que Cadwyr semblait toujours garder près de lui.

— Non, seigneur Cadwyr. Mon maître préférait s'y rendre seul. Les rares fois où il a emmené quelqu'un, il a choisi sa fille. Mais ce devait être mon tour l'année prochaine.

Cadwyr éclata de rire, ravi.

— Tu ne l'as jamais vu ? On dit que c'est le plus beau de tous les châteaux de Brynhiver, après Ardagh. Rien à voir avec celui d'Allovale.

Les lèvres humides et brillantes, le duc se pencha vers Griffin. L'apprenti pouvait sentir l'alcool dans son haleine. D'ailleurs, grâce aux effets de la potion, il distinguait une foule d'odeurs sur lui : parfum, sueur, herbe écrasée et relents nauséabonds de la bourse qui pendait au-dessus de son cœur.

— Tu connais le pays d'Allovale, mon garçon ?

Surpris, Griffin sonda les yeux bleu pâle de son interlocuteur.

— Euh… non, déclara-t-il. Je viens du côté de Pentland.

— Eh bien, il n'y a pas grand-chose à voir, à part des montagnes couvertes de bruyère et des champs de cailloux. Pas de terres fertiles ni même de pâturages. Il y a la côte, bien sûr, mais aucun port digne de ce nom. Bref, tout juste de quoi permettre aux sangliers et à quelques paysans attardés de survivre misérablement. Tu vois ce que je veux dire ?

Griffin hocha la tête en silence, la bouche desséchée. La voix de Cadwyr était devenue rauque ; il porta un verre à sa bouche, avala une gorgée et fit claquer ses lèvres.

— Néanmoins, il y a une chose dont Allovale ne manque pas. L'argent. Toute la chaîne de montagnes est truffée de mines d'argent si vastes qu'on n'en a jamais vu le fond. Avant l'époque de Bran Brunebarbe, le pays d'Allovale était assez riche pour rivaliser avec Ardagh.

Cadwyr referma le poing autour de sa bourse en cuir.

— A cette époque, vois-tu, on avait encore besoin d'argent en Brynhiver. Mais depuis la création de la Résille…

Il s'interrompit et secoua la tête.

— Comme tu peux l'imaginer, cela fait des siècles qu'on n'a plus eu l'utilité d'aussi grandes quantités d'argent. Les mineurs ont déserté Allovale, ou ont trouvé d'autres gagne-pain… Une seule mine est encore exploitée, à un rythme bien réduit, évidemment. Mais l'argent, lui, est toujours là. Il dort depuis des siècles, en attendant que quelqu'un comprenne enfin son véritable pouvoir : celui qu'il nous donne sur les sylphes et les gobelins.

Le regard de Cadwyr se perdit dans le vague au-dessus de l'épaule de Griffin.

— Mais bientôt, tout cela va changer. Très bientôt. Qui sait ? Si tu continues à boire de cette potion, tu vivras peut-être assez longtemps pour le voir de tes propres yeux.

— Pour voir quoi ?

La voix de Cadwyr tissait autour de Griffin une toile magique dont il était incapable de se dépêtrer. Ses intonations éméchées, ses hautes pommettes roses, ses yeux bleus et durs l'envoûtaient. Se pouvait-il que sa fascination soit due, elle aussi, à cette maudite potion ?

— L'ascension de la maison d'Allovale, mon garçon. Nous fûmes autrefois la plus grande famille de tout Brynhiver ; on nous appelait les Rois d'Argent, et nous vivions plus somptueusement que le roi de Hombrie lui-même. Nos palais étaient plus luxueux que ceux d'Ardagh et de Gard réunis. Nous n'étions ni des paysans bouseux ni des voleurs de chevaux, comme tous ceux qui se donnent aujourd'hui des airs de noblesse.

Cadwyr se pencha de nouveau ; la bourse en cuir se balança vers le visage de Griffin, et une bouffée de puanteur envahit ses narines.

— Mais comme je te l'ai dit, les choses vont changer.

— Pourquoi cette bourse sent-elle le gobelin ?

Cadwyr eut un mouvement de recul et caressa amoureusement le petit sac en cuir.

— Ah, tu l'as remarqué. Ce sont les effets de la potion, bien sûr. Elle aiguise certaines… sensibilités.

Relevant les yeux, il posa sur Griffin un regard brûlant.

— Veux-tu que je te confie un secret ? Approche.

Un éclair de chaleur parcourut l'échine de Griffin pour atteindre son aine, et l'apprenti se sentit durcir de désir… Pour qui donc ? Pour Cadwyr ? Il ne ressentait que de la haine envers lui. Se concentrant de son mieux, il puisa dans ses souvenirs pour faire apparaître le visage de Nessa. Mais voilà que les traits de la jeune fille se superposaient à ceux de Cadwyr : les yeux du duc s'ombrèrent de profondeurs noires, son front s'étira et s'affina. Le souffle coupé, Griffin cligna des yeux et avala une grande gorgée de potion.

Cadwyr se recala dans son fauteuil, écarta largement les genoux et y posa ses coudes.

— C'est bien, mon brave, reprends encore un petit coup. J'aime te voir boire, sais-tu ?

Ses yeux s'attardèrent sur la bouche puis le torse de Griffin.

— Approche : tu vas connaître le secret le mieux gardé de tout Brynhiver. Il y en a qui donneraient leur vie pour apprendre ce secret. D'ailleurs, certains l'ont déjà fait. Es-tu capable de garder un secret de cette importance, mon garçon ?

D'un geste vif, il entortilla les cheveux de l'apprenti autour de sa main et lui renversa la tête en arrière. Le visage de Cadwyr remplit entièrement le champ de vision de Griffin.

— J'ai l'habitude de récompenser mes amis. Tu l'as remarqué, je crois ?

Une fétide bouffée emplit les narines de Griffin. La bourse pendait tout près de son visage ; il en profita pour l'examiner plus attentivement. Son cuir pâle et délicat rappelait celui du chevreau. Comme elle se balançait d'un côté à l'autre, Griffin aperçut soudain, au revers, la silhouette estompée d'un pentacle bleu.

Une vague de nausée monta en lui, et, cette fois, il doutait que la potion réussît à calmer son estomac. Car il avait compris de quoi était faite cette bourse : ni de chevreau, ni de porc, ni d'aucun animal de l'Outremonde. Le pentacle ne pouvait être qu'un tatouage au pastel, si indélébile que le tannage ne pouvait l'effacer tout à fait. Voilà pourquoi cet objet empestait le gobelin… Griffin n'avait aucun mal à s'imaginer les immondes créatures qui fabriquaient ce genre d'objet à partir des restes de leurs proies. Ce qui le surprenait, en revanche, c'était que Cadwyr acceptât de porter cette chose effroyable autour de son cou.

Griffin détourna le regard, mais le duc l'attrapa par les cheveux et approcha son visage du sien.

— Tu es à moi, n'est-ce pas ?

Au milieu de son visage empourpré, ses lèvres largement écartées révélaient ses canines blanches ; ses yeux pétillaient d'étincelles bleues. De sa main libre, il enserra la bourse.

— Ecoute bien ce que je te dis, mon garçon. Cette bourse contient un monde. Tu me crois, n'est-ce pas ? Réponds !

Mais Griffin ne pouvait détacher les yeux de la main serrée autour de la bourse, avec ses longs doigts hérissés de poils drus et blonds. Les effluves d'alcool qui émanaient de la bouche de Cadwyr l'enivraient autant que de grandes goulées de potion. Les lèvres du duc étaient fines, humides, ses joues parfaitement lisses.

« Il va m'embrasser », se dit Griffin. Sa tête se renversa et ses paupières se fermèrent, en même temps qu'une partie plus rationnelle de son esprit lui intimait de découvrir ce que contenait la bourse.

Mais le baiser qu'il attendait ne vint jamais. Dehors, des pas rapides résonnèrent, suivis de cris de salutation ou d'avertissement. Cadwyr se redressa et fit volte-face au moment où les pans de cuir s'écartaient pour laisser paraître un garde. Celui-ci s'immobilisa à l'entrée de la tente et regarda tout autour de lui avant d'avancer à pas circonspects.

— Qu'y a-t-il ? lança Cadwyr. Qu'est-ce qui ne va pas ?

Il lâcha brutalement Griffin et se lova dans son fauteuil à la manière d'un grand serpent. Griffin se réfugia de nouveau près de la caisse de bois.

Le garde jeta un coup d'œil dans sa direction, déglutit et avança de quelques pas, visiblement réticent à s'exprimer en présence du garçon.

— Seigneur Cadwyr…

— Crache le morceau avant de mouiller ta culotte. Qu'est-ce qui se passe ?

— Il y a deux...

Le garde s'interrompit et dévisagea Griffin. Cadwyr poussa un grognement d'impatience.

— Puis-je parler en sa présence ? s'enquit l'homme.

— Ne fais pas attention à lui. Qu'as-tu à me dire ?

— Il y a deux *d'entre eux*, seigneur, si vous voyez ce que je veux dire. Deux sylphes. Des guerriers. Ils sont ici, dans le camp. Soi-disant qu'ils cherchent quelqu'un...

— Tiens, tiens..., marmonna Cadwyr.

Une expression curieuse passa sur son visage — mais ce n'était peut-être qu'un effet de lumière.

— Eh bien, qu'on les fasse entrer !

Le garde hocha la tête, s'inclina rapidement et disparut. Cadwyr se laissa aller contre le dossier du fauteuil et, croisant le regard de Griffin, lui adressa un large sourire.

— Nous allons nous amuser un peu, apparemment.

Son regard se posa sur la caisse près de Griffin.

— Sais-tu que tu es appuyé contre la tête de Donnor, mon brave ? Et contre le coffre qui contient le reste de son corps ? Enfin, les cendres de ses restes. On ne peut pas se permettre de traîner un cadavre partout avec soi. Surtout quand les gobelins rôdent dans les parages...

Comme piqué par une guêpe, Griffin s'écarta d'un bond et s'éclaboussa du contenu de la flasque. En dégoulinant le long de sa gorge et de sa poitrine nue, le liquide le chatouilla doucement, comme une main de femme, et cette caresse sensuelle lui coupa le souffle au moment précis où les sylphes faisaient leur apparition.

C'étaient des êtres beaux, minces, élancés... et surtout luisants. Il n'y avait pas d'autre mot pour les décrire. Une lumière étrange irradiait de leur chair, les faisant paraître quasi translucides et en même temps bien réels. Bouche bée, Griffin les dévisagea en essayant de ne pas tomber à la renverse.

Contrairement à ce qu'il avait d'abord pensé, les sylphes n'étaient pas jumeaux, bien qu'ils fussent vêtus de pourpoints en velours vert identiques. Des capes gris perle, de la couleur des lacs glacés, tombaient de leurs épaules. Leurs collants sombres disparaissaient dans leurs bottes de cavaliers, et, malgré les arcs et les sabres qu'ils portaient, ils se déplaçaient avec la grâce sinueuse d'herbes mues par le vent.

Ils s'inclinèrent brièvement devant Cadwyr. Comme en réponse à leur salut, les flammes du brasero s'amplifièrent et s'intensifièrent ; Griffin vit alors que l'un des sylphes était châtain, tandis que l'autre portait une longue tresse blond miel. Le premier ouvrit la bouche et laissa échapper une mélodie irrésistible. Malgré lui, Griffin se pencha vers le sylphe, et comprit que cette musique envoûtante n'était que le son normal de sa voix.

« Au nom de la Déesse, songea-t-il, si Nessa a rencontré des créatures pareilles, elle est bel et bien perdue à jamais. » Car, dans un recoin encore lucide de son esprit, il se savait ensorcelé par le charme redoutable des sylphes.

— Salut à vous, seigneur mortel, dit le sylphe châtain. Nous sommes à la recherche de l'un des nôtres. A notre grande surprise, cette quête nous a menés jusque dans l'Ombre. Pouvez-vous nous dire si quelqu'un d'ici a vu notre camarade, ou a eu des nouvelles de lui ?

Griffin avança furtivement, plus captivé que jamais. Ces créatures exhalaient une senteur délicieuse, à la fois fraîche, piquante et sucrée. Il renifla bruyamment, et le deuxième sylphe posa sur lui un regard perçant. Ses yeux étaient de la couleur des pierres qui ornaient la torque de Cadwyr.

— Qui cherchez-vous exactement ? demanda le duc.

— Son nom est Artimour. Le prince Artimour. Notre ami et capitaine.

— Depuis quand a-t-il disparu ?

D'après l'intonation de Cadwyr, Griffin eut l'impression qu'il savait qui était cet Artimour. Mais c'était impossible... Le sylphe qui l'avait dévisagé tapota le bras de son camarade et indiqua Griffin d'un geste du menton, mais le premier continua comme s'il n'avait rien remarqué.

— Il a quitté notre garnison juste avant Samhain, pour ne plus revenir. Depuis, les événements se sont précipités…

Il s'interrompit brusquement.

— Nous avons des raisons d'être inquiets, acheva-t-il enfin.

— Mais qu'est-ce qui vous fait croire qu'il est ici ?

Cadwyr se redressa dans son fauteuil, les mains nouées sur la poitrine.

Les sylphes échangèrent un regard en coin. Griffin fut frappé par la beauté absolue de leurs visages aux traits anguleux. Comment des êtres aussi parfaits pouvaient-ils vraiment exister ? Pour la première fois depuis très longtemps, il avait envie d'autre chose que de sa potion. Plus que tout, il voulait que les sylphes continuent à parler.

— Nous avons concentré notre volonté sur nos recherches, et nos pas nous ont menés jusqu'ici.

— Vraiment ?

Cadwyr étira les jambes, joignit ses mains et, d'un air songeur, appuya la bouche sur le bout de ses doigts.

— Voilà qui est fort surprenant.

Il se pencha vers les sylphes en secouant la tête.

— Je ne sais absolument rien de ce prince… comment l'avez-vous appelé… Artimour ? Mais nous allons demander dans le camp. Quelqu'un d'autre pourra peut-être vous aider, qui sait ?

Il indiqua les coussins éparpillés autour du feu.

— Asseyez-vous, je vous en prie. Prendrez-vous de la bière ? De l'hydromel ? Du vin ?

De nouveau, les deux guerriers échangèrent un bref regard.

— Votre sens de l'hospitalité vous fait honneur, seigneur duc, répondit l'un d'eux. Mais dites-moi, comment se fait-il qu'un garçon mortel empeste le vin de pomme des sylphes ?

Son compagnon s'avança d'un pas et fit un geste en direction de la bourse de Cadwyr.

— Quant à vous, monsieur le duc, l'objet que vous portez autour du cou sent le gobelin à plein nez.

— Ah ! dit Cadwyr avec un petit sourire et un gracieux haussement d'épaules. Que voulez-vous ? De temps en temps, je tombe sur de petites curiosités de ce genre.

De nouveau, il haussa les épaules et se tourna vers Griffin. Ses yeux brillaient d'une lueur métallique.

— Sors appeler le garde, Griffin, tu seras gentil.

Les ombres qui flottaient sur le visage de Cadwyr éveillèrent la vigilance de Griffin. Il s'avança lentement, ouvrit les rabats de toile et fit signe au garde, qui se tenait à quelques pas, de s'approcher ; d'un coup, toute une compagnie de gardes se matérialisa autour de la tente. A la lumière des torches, leurs plastrons jetaient des lueurs argentées. Le premier garde hocha la tête et leva le pouce d'un air entendu. Griffin jeta un coup d'œil par-dessus son épaule : Cadwyr le regardait fixement en se caressant le menton.

— Le vin de pomme des sylphes est loin d'être une simple curiosité, seigneur, dit le sylphe blond.

— Je regrette de ne pouvoir vous aider davantage, répliqua Cadwyr.

Il fit signe au garde d'avancer.

— Cet homme vous guidera à travers le camp. Posez-lui toutes les questions que vous voudrez.

Cadwyr détourna les yeux vers Griffin et lui fit signe de rentrer dans la tente.

— Viens, mon garçon. Ne gêne pas nos hôtes.

Perplexe, Griffin se précipita vers le coussin que Cadwyr lui indiquait. A sa grande horreur, comme les pans de la tente se refermaient derrière les sylphes, il aperçut l'éclat d'une arme argentée ; puis deux cris d'agonie déchirèrent l'air, suivis de gargouillis.

Etait-il possible que les sylphes soient morts ? Griffin leva les yeux vers Cadwyr, qui fixait l'entrée de la tente comme s'il pouvait voir à travers les pans de toile. Enfin, le duc se retourna.

— Je ne peux pas me permettre de prendre des risques, dit-il.

Il lui fit signe d'approcher et, avec douceur, prit la tête de Griffin sur ses genoux. Dehors, des voix graves marmonnaient des paroles incompréhensibles ; il y eut des grognements, quelques jurons rapidement étouffés, puis le silence s'installa. Cadwyr caressa les cheveux rêches de Griffin, entortilla la main autour d'une mèche et amena brusquement le visage du garçon vers le sien.

— Tu vois cette bourse ? Tu sais de quoi elle est faite, pas vrai ? Tu n'es pas idiot…

Terrifié, Griffin acquiesça sans rien dire. Cadwyr avait fait assassiner les sylphes, c'était sûr. Leur mort flottait dans l'air, lourde et sinistre. Un goût de cendres emplit sa bouche. Il lui fallait de toute urgence une gorgée de potion.

— Ce que tu ne sais pas, c'est ce qu'elle contient.

Cadwyr se passa la langue sur les lèvres et, de sa main libre, ramassa la coupe qu'il avait posée sur le sol. Il fit tournoyer le liquide juste sous le nez de Griffin : l'arôme de la potion lui chatouilla les narines comme une plume, et, malgré lui, il se laissa aller contre Cadwyr.

— Regarde-moi bien, mon garçon. Je vais te montrer quelque chose de secret. Je vais même te le donner.

Il relâcha un peu les cheveux de Griffin, lui offrant juste assez de lest pour qu'il pût approcher ses lèvres de la coupe… et la lui enleva au dernier moment.

— Tu en veux, pas vrai ?

Griffin jeta un coup d'œil d'abord à Cadwyr, ensuite au verre. Le manque prenait possession de lui, se tordait dans son ventre comme un animal affamé. Le simple fait de respirer les effluves de potion lui faisait perdre la raison. Alors il hocha la tête et déglutit, les yeux rivés sur le bord luisant du verre.

— Eh bien, mon garçon, j'ai un marché à te proposer.

Cadwyr leva la coupe et y trempa les lèvres : la potion laissa une traînée brillante sur sa bouche. Griffin se lécha les babines. Avec un sourire, Cadwyr reposa le verre, et Griffin ne put retenir un soupir de déception. Baissant les yeux, il s'aperçut qu'il avait une érection énorme. Sans lâcher la chevelure de Griffin, Cadwyr se laissa tomber dans le fauteuil, de sorte que l'apprenti se trouva agenouillé, son aine plaquée contre le genou du duc.

— Tu auras toute la potion que tu voudras, pour le reste de ta vie... ou du moins aussi longtemps que tu auras envie d'en boire.

Il prit la bourse dans sa main et frotta son genou contre le bas-ventre de Griffin. Celui-ci gémit et ferma les yeux. Un incendie ravageait son corps et risquait de tout réduire en cendres... Un feu que seul pouvait calmer une gorgée de potion...

— En échange, je ne te demande qu'une seule chose.

Il lâcha abruptement les cheveux de Griffin et l'apprenti s'affala sur les genoux du duc. Cadwyr fit glisser la cordelette de cuir sur sa tête ; l'autre main parcourut le dos de Griffin et lui palpa le fessier avec autant de désinvolture que si ç'avait été la croupe d'un cheval.

Cadwyr passa la cordelette noire au cou de l'apprenti, où elle s'entortilla autour de celle qui portait l'amulette de Nessa. L'horrible odeur de gobelin emplit les narines de Griffin ; pris d'un haut-le-cœur, il détourna le visage. La main de Cadwyr enfouit la bourse sous sa tunique, et il lui sembla que le cuir lui brûlait la peau.

— Il faut seulement que tu me la rendes quand je te le demanderai. D'accord ?

Le duc leva enfin la coupe vers la bouche de Griffin et lui frôla les lèvres avec le bord du verre ; à sa grande honte, Griffin tendit la langue pour essayer de récolter quelques gouttes de liquide.

— C'est promis ?

Quand Griffin fit un faible oui de la tête, Cadwyr se renversa en arrière et avala d'un trait le contenu du verre. Griffin s'affaissa un peu, désespéré.

— Bien sûr, marmonna-t-il.

Il ne serait que trop heureux de se débarrasser de cet objet repoussant, pensa-t-il.

Cadwyr le prit par les épaules et le força à se redresser.

— Scellons notre pacte par un baiser, dit-il en plongeant sa langue mouillée de potion dans la bouche de Griffin.

— Je ne sais pas s'il survivra.

Cecily parlait à mi-voix avec Uwen, mais Nessa perçut distinctement les paroles qu'elle venait de prononcer.

— Le plus grave, c'est cette blessure à la cuisse. La lame a touché l'os. Même s'il survit, il risque de perdre l'usage de la jambe.

Elle resserra son tartan poussiéreux autour de ses épaules frêles et passa doucement la main sur le front de Kian.

« Elle est amoureuse de lui, pensa Nessa. Elle l'aime, et elle a terriblement peur de le perdre. » La duchesse paraissait fragile et fatiguée. Ses cheveux d'un blond foncé étaient lâchement retenus par un haillon de lin ; le morceau de cuir qui enserrait sa tunique semblait provenir de la bride d'un cheval. Rien à voir avec la femme que Nessa avait aperçue quelques années auparavant, lors d'un voyage à Gard en compagnie de son père. Ce jour-là, Cecily portait une robe somptueuse, dont les poignets, l'ourlet et le décolleté étaient ornés de fils d'or. Même la reine de Faërie ne devait pas en avoir de plus belles, avait pensé Nessa. La duchesse trônait au milieu d'une foule de pages et de dames de compagnie ; son ventre était gonflé par un héritier impatiemment attendu. Mais Nessa avait surtout été impressionnée par ses mains blanches et laiteuses aux ongles roses et lisses. Et quand Cecily avait déposé une caresse rapide sur la joue de Nessa, ses doigts étaient soyeux et légers comme des plumes. L'enfant était mort à la naissance, ou peu après, et il n'y en avait jamais eu d'autre. Le duc aussi, elle s'en souvenait : un gros homme chauve, plus âgé que son père, qui avait oublié jusqu'à l'existence de Nessa dès l'instant où Dougal avait déballé sa marchandise.

Que Cecily préférât ce beau chevalier au vieux duc bedonnant, voilà qui était parfaitement compréhensible. Et ses inquiétudes l'étaient également, se dit Nessa en observant Kian de plus près. La mort s'installait en lui : cela se voyait à la terrible immobilité de son corps, à ses lèvres sèches et tirées, à ses yeux profondément enfoncés sous des paupières fines et ridées comme du parchemin.

De l'autre côté du feu, deux chevaliers adossés l'un à l'autre poussaient des ronflements sonores. Un peu plus loin, une bande de réfugiés en guenilles dormaient dans des charrettes garées autour d'un petit feu.

Soudain, le bâton de bouleau que Nessa gardait toujours près d'elle sembla s'agiter imperceptiblement. Etonnée, elle baissa les yeux : le bâton n'avait pas bougé. Nessa chercha Uwen du regard, mais il écoutait la duchesse en fumant sa pipe, les yeux plongés dans le vague.

— Ce n'est pas juste, disait Cecily, pâle, les traits tirés. Ce n'est vraiment pas juste…

Le bâton vibra plus fortement, cette fois-ci, et Nessa sursauta. Uwen leva les yeux vers elle d'un air interrogateur, mais elle ne put que hausser les épaules et sourire maladroitement. Si seulement Molly avait été là ! Nessa ne savait absolument pas quoi faire. Elle sentait une énergie naissante émaner du bâton, mais ici, au milieu de cette forêt sombre, sans les conseils rassurants de Molly, elle hésitait à entreprendre quoi que ce soit. Après tout, il n'y avait pas si longtemps qu'Uwen et elle s'étaient retrouvés autour d'un feu très semblable… et qu'elle lui avait affirmé ne rien connaître à l'art de guérir.

— Kian ne mourra pas, laissa-t-elle échapper. Quand nous serons à Killcarrick, Molly saura quoi faire.

Uwen tira sur sa pipe en terre.

— Votre Grâce, dit-il, quand nous arriverons à Killcarrick, il y aura des choses urgentes à régler. Vous savez de quoi je veux parler ; il faut vous y préparer. Les chefs des clans sont en train de se rassembler. Il faudra leur montrer que vous avez la main ferme et le cœur vaillant.

Cecily observa le visage d'Uwen pendant un long moment.

« Elle a peur », se dit Nessa. Au-dessus d'elle, à la cime des arbres, une chouette hulula, et la jeune fille sursauta de nouveau. « Mais qui n'a pas peur, par les temps qui courent ? »

Elle pensa brièvement à Artimour, et posa la main sur son épée argentée. La nuit était calme, rien n'indiquait que des gobelins rôdaient. Sans doute s'étaient-ils assez gavés, ces derniers jours. Repoussant les images sanglantes qui lui traversaient l'esprit, elle revint à la réalité.

— C'est le deuxième convoi de chariots que nous croisons, dit Cecily. Tous deux venaient des Hautes Terres d'Allovale pour se diriger vers Gard. Je veux bien être maudite s'ils ne transportent pas de l'argent !

— C'est bien cela, dit Uwen. Du moins, d'après les gars de Mungo, qui se sont servis dans l'un de ces chariots.

De l'argent, songea Nessa… Cadwyr détenait la Résille. Il déplaçait des montagnes d'argent. Et il avait une armée de forgerons à son service.

— Croyez-vous que Cadwyr compte envahir TirNa'lugh ? lâcha Nessa, stupéfaite de sa propre audace.

Cecily leva la tête et la dévisagea calmement.

— Plus rien ne me paraît impossible, venant de lui.

Elle repoussa ses cheveux en arrière.

— Ce dont je suis sûre, c'est qu'il a assassiné Donnor sur le champ de bataille.

Elle s'interrompit et posa son regard sur Uwen.

— Je crois aussi qu'il s'est servi des sylphes pour prendre Ardagh. A présent, il se constitue à la fois une armée immense et de vastes réserves d'argent. L'armée, passe encore, au regard de la menace hombrienne. Mais l'argent…

— Quelle menace hombrienne ? demanda Nessa.

— Le roi de Hombrie ne renoncera pas facilement à Brynhiver, répondit Uwen. Voyez-vous, une fois réglés les problèmes des gobelins, des sylphes, et de la succession au trône, il nous restera encore à affronter ce roi étranger. Il ne faut surtout pas oublier que c'est ce problème qui est à l'origine de tous les autres, car les nobles et les chefs guerriers, eux, ne vont pas le perdre de vue. A présent, le plus important est de les rallier derrière Cecily, pour qu'ils la soutiennent en tant que prétendante au trône. Cadwyr, de son côté, a clairement pris position en levant son étendard sur Ardagh.

— Et maintenant, soupira Cecily, maintenant que Kian est…

Mais elle ne put finir sa phrase.

— Il y a beaucoup de gens qui n'aiment pas Cadwyr, madame, dit Uwen d'une voix douce.

— Cela ne les empêchera pas de se ranger derrière lui, s'ils le croient capable de repousser les Hombriens. Et s'il s'est mis en tête de conquérir la Faërie…

— Alors il la détruira, finit Nessa d'un air sombre.

Uwen et Cecily se tournèrent vers elle.

— Cela, il ne s'en soucie guère, dit Uwen.

— Mes parents sont là-bas, souffla Nessa.

Elle ferma les yeux et vit de nouveau les visages indistincts et les yeux mélancoliques des esprits qui lui étaient apparus à Samhain. Leurs voix résonnaient encore dans ses oreilles, comme le chuchotement du vent dans les feuilles :

L'une des nôtres est perdue à jamais, Nessa. Aide-nous. Trouve-la. Aide-nous à retrouver Essa…

Si la Faërie était détruite, Dougal et Essa seraient tous deux condamnés à suivre la Chasse sauvage pour l'éternité. A cette pensée, Nessa fut envahie d'une solitude telle qu'elle n'en avait jamais ressentie. A son côté, le bâton de bouleau darda un éclair, et Nessa baissa les yeux, s'attendant presque à le voir remuer. Mais il n'avait pas bougé d'un cil ; au toucher, il était aussi lisse et frais qu'avant.

« Mon imagination me joue des tours, se dit-elle. Les branches d'arbres ne palpitent pas comme des cœurs. »

Elle jeta un coup d'œil de l'autre côté du feu, mais ni Uwen ni Cecily n'avaient remarqué son trouble.

Le chevalier jeta un regard vers la couche de Kian avant de se retourner vers Cecily.

— Je sais bien que vous êtes inquiète pour le chef, dit-il à mi-voix.

A la lumière du feu, son visage paraissait empreint d'une grande douceur.

« Ça alors ! pensa Nessa. Il est amoureux d'elle ! Je parie que ni l'un ni l'autre ne s'en sont rendu compte. »

— A Killcarrick, il y a les meilleures guérisseuses du pays, vous verrez.

De nouveau, Nessa songea à Molly, et en fut quelque peu réconfortée.

— Dommage qu'il n'y ait aucun moyen de prouver que Cadwyr a tué Donnor, dit Cecily.

La bouche plissée, les yeux durs, elle appuya son menton sur ses genoux et laissa son regard se perdre dans les flammes.

— La veille de la bataille, Cadwyr est venu me trouver. Il m'a offert une rose somptueuse… Je n'en avais jamais vu de pareille. Mais je crois savoir d'où elle venait, maintenant.

— De TirNa'lugh ? demanda Nessa.

— Il est venu seul ? demanda Uwen.

Cecily hocha la tête.

— Il avait attendu que ma femme de chambre s'absente pour entrer furtivement. Ce soir-là, il m'a dit qu'il avait voulu m'épouser, et qu'à l'origine, Donnor devait parler en sa faveur à mes parents. Mais une fois arrivé à Mochmorna, Donnor a préféré me garder pour lui.

— Peut-être que le duc pensait vous léguer à Cadwyr avec le reste de l'héritage ! dit Nessa.

Choqué, Uwen leva un sourcil et sortit sa pipe de sa bouche, mais avant qu'il ait pu émettre un mot, Cecily partit d'un éclat de rire, bien que son visage demeurât figé dans une grimace de colère.

— C'est exactement ce que je pense, dit-elle. En tout cas, c'est ainsi que Cadwyr voit les choses.

— Vous êtes partie juste à temps, conclut Nessa.

— Il s'en est fallu de peu, répondit Cecily. La pauvre Lyss n'a pas eu ma chance.

S'entourant les genoux de ses bras, elle tourna le regard vers Uwen.

— Kian a dit à l'archidruide qu'il y avait peut-être un autre prétendant au titre de Donnor. Il n'a pas voulu nous révéler son nom, mais par le Grand Herne, j'espère qu'il se montrera rapidement. S'il y a bien une chose à laquelle Cadwyr ne s'attend pas, c'est qu'on lui conteste le droit au duché.

— Comme vous avez raison ! fit Uwen.

Il posa sa pipe et fouilla sous le col de sa chemise pour en sortir un objet pendant à une chaîne dorée. C'était un médaillon tel que tous les nobles de Brynhiver en possédaient ; les runes, les pierres précieuses et les sceaux qui l'ornaient attestaient du rang exact de son porteur dans la hiérarchie complexe de la noblesse brynnoise. L'espace d'un instant, Uwen redevint le joyeux drille d'avant, toujours prêt à faire une bonne plaisanterie.

— Je suppose que le moment en vaut bien un autre pour vous l'annoncer. L'autre prétendant, c'est moi.

7.

Griffin ouvrit la bouche puis la referma sans rien dire. La route qui serpentait à travers la forêt avait subitement débouché sur un vaste pré, au fond duquel, perché sur un haut tertre, apparaissait un gigantesque amoncellement de granit gris : le château de Gard. De longs étendards noirs flottaient aux tourelles, claquant au vent comme des langues de serpent. *Comme des queues de gobelin*, pensa Griffin. Frémissant, il décrocha la flasque pendue à sa ceinture et, après avoir avalé une grande gorgée de potion, la remit en place d'un geste machinal. Sur le haut des remparts, au-delà des linceuls noirs drapés sur les mâchicoulis, on distinguait une ligne sombre et mouvante : c'était la foule des habitants qui se pressait sur les murs pour observer l'approche du convoi. L'espace d'un instant, Griffin se demanda quel accueil ces gens réserveraient à l'armée de Cadwyr.

Puis quelques notes de cornemuse résonnèrent à travers la vallée. Un frisson parcourut l'échine de Griffin tandis qu'il reconnaissait la traditionnelle complainte funèbre de la Maison de Gard. *Ils savent*, se dit-il. *Ils savent que Donnor est mort*. De nouveau, il faillit tendre la main vers sa flasque, mais, juste à temps, un nouvel éclair de chaleur parcourut ses veines et le rassura. Il agrippa les rênes et se concentra sur le grand cercueil qui contenait à présent la dépouille de l'ancien duc.

Cadwyr leva la main ; une série d'ordres aboyés ricochèrent à travers les rangs, et la caravane s'arrêta.

— J'avais pourtant défendu à quiconque d'apporter la nouvelle à Cecily, dit-il en se retournant vers son lieutenant.

Celui-ci, un homme grand et de forte carrure, comme Cadwyr, mais aussi brun que Donnor, haussa les épaules.

— Qu'est-ce que ça change ?

Echangeant un regard, les deux hommes éclatèrent de rire. Griffin frissonna encore ; cette fois-ci, il dut boire une gorgée de potion pour se calmer. Depuis qu'il avait vu Cadwyr assassiner de sang-froid les deux sylphes, il restait autant que possible à bonne distance du duc. Le contenu de la bourse qu'il portait autour du cou le préoccupait de plus en plus, mais il n'avait pas le cœur d'approcher Cadwyr pour essayer d'en savoir plus.

Les rangs désordonnés convergèrent en formation serrée ; les tambours se mirent à battre une marche funèbre. Bercé par le pas régulier de son cheval et le rythme monotone des tambours, Griffin s'assoupit à moitié, laissant sa tête retomber sur le côté. Par habitude, ses doigts se glissèrent vers la flasque et la portèrent à sa bouche ; comme il se redressait pour avaler une gorgée, un garde de la Compagnie de Cadwyr croisa son regard.

— Tu bois une sacrée quantité de gnôle, mon gars.

Griffin hocha la tête, gêné, et raccrocha la flasque à sa ceinture.

— C'est... euh... un remède spécial qu'une sorcière m'a donné... contre les morsures de gobelin.

— Vraiment ?

Le garde leva un sourcil, et Griffin vit qu'il n'était pas dupe.

— Quelle morsure ? Je croyais qu'on t'avait retrouvé sans la moindre éraflure.

— Oh, non..., dit Griffin en réfléchissant à toute vitesse. Ma tête...

Il se pencha pour lui montrer l'épaisse croûte de sang séché qu'il avait encore au sommet du crâne.

— Une canine s'est plantée dans ma tête quand il m'est tombé dessus.

— Je vois.

Mais au moment où Griffin se détendait de nouveau, le garde le relança.

— N'empêche que tu bois énormément, surtout pour ton âge.

Il se passa la langue sur les lèvres et Griffin comprit ce qu'il voulait. Le garde avait envie de goûter à la potion, lui aussi.

— Ah non ! dit-il. Il ne faut surtout pas que vous touchiez à cette…

Puis il s'interrompit, car le convoi était arrivé devant les murs extérieurs. Des linceuls noirs pendaient aux échafaudages que l'on avait montés pour réparer les immenses brèches dans les remparts. Des ordures et de grandes pierres de taille fêlées s'entassaient autour du château. Si cette forteresse massive avait subi des dégâts aussi lourds, dans quel état se trouvait le reste du pays ?

La herse en fer se leva dans un grincement terrible. Puis s'installa un silence aussi oppressant que les épais murs de pierre, un silence ponctué seulement par la plainte de la cornemuse, le bruit creux des sabots et le grincement des chariots. Pourtant, des centaines, peut-être même des milliers de visages renfrognés les observaient depuis les murs et les fenêtres. Griffin franchit l'entrée étroite derrière Cadwyr, lequel guida la procession à travers les cercles extérieurs, vers la grande cour centrale.

Au sommet des marches de l'entrée, des druides en robe blanche semblaient se consulter. A l'approche de Cadwyr, ils serrèrent les rangs derrière un chef à la mine sévère, qui agrippa sa canne et se redressa de toute sa taille. Sans descendre de cheval, Cadwyr avança jusqu'à la première marche : les druides reculèrent un peu.

— Où est Cecily ? lança-t-il sans préambule. Clouée au lit par le chagrin, j'imagine ?

De faibles rires s'élevèrent des rangs des soldats, mais les druides ne firent que se serrer davantage. Celui à qui Cadwyr s'était adressé tremblait perceptiblement.

— Elle n'est pas ici, seigneur.

Le silence tomba sur l'assistance. Cadwyr mit pied à terre, lança nonchalamment les rênes en direction d'un écuyer qui se précipita pour les attraper, et gravit l'escalier à grands pas. Sur la troisième marche, le regard à hauteur de celui de son interlocuteur, il s'arrêta.

— Que voulez-vous dire ?

— Il veut dire qu'elle est partie.

Celui qui avait laissé échapper la réponse ne paraissait pas beaucoup plus âgé que Griffin. Sa robe grisâtre était ourlée de rubans d'un bleu profond tels qu'en portaient les bardes. Le chef des druides foudroya le garçon du regard ; celui-ci fut aussitôt traîné en arrière et englouti par le reste du groupe.

— Partie, vraiment…

Cadwyr se caressa le menton et monta le reste des marches jusqu'à dominer de toute sa hauteur le groupe de druides.

— Et où a-t-elle bien pu aller ?

— Vers le Nord, souffla l'archidruide.

Griffin leva les yeux vers le haut du tertre. Entre les pierres levées, la silhouette du joueur de cornemuse se découpait comme un corbeau géant. Un souffle de vent embrumé de gouttes de pluie colla les cheveux de Griffin contre ses joues mouillées. Autour de lui, les visages dans la foule étaient sillonnés de larmes, ou bien figés par une émotion retenue. L'image de la tête décapitée du jeune Jemmy, ses yeux encore vivants et conscients, sa bouche distordue par un cri silencieux, resurgit de la mémoire de Griffin, et il déboucha rapidement la flasque. Près de lui, le garde curieux l'observait attentivement. Mais il n'avait pas le choix… La gorgée de potion apaisa aussitôt le torrent de souvenirs et de chagrin qui déferlait en lui. Une rafale de pluie lui fouetta le visage et le ramena définitivement au présent.

Les mâchoires serrées, le dos rigide, Cadwyr crispa les doigts autour de son épée et serra l'autre poing.

— Suivez-moi, lança-t-il en dépassant le druide.

La foule se fendit pour le laisser passer, et Griffin le suivit de loin. Il n'avait aucune idée de l'endroit où logerait Cadwyr dans ce château gigantesque, et il n'avait pas l'intention de perdre de vue sa précieuse potion. Le désir d'une nouvelle dose lui donnait mal à la tête ; la pluie glacée lui cinglait les oreilles. Vivement qu'il soit à l'abri de ce temps maussade, de cette atmosphère tendue et chargée d'émotions... Mais à cet instant, on sortit le cercueil du chariot pour le transporter dans la grande salle. La foule surgit en avant, barrant le chemin de Griffin. Il vit Cadwyr s'éloigner et disparaître, suivi par les druides ; on eût dit autant de lapins affolés se pressant derrière un chien de chasse. Les tambours reprirent le rythme du chant funèbre ; loin au-dessus d'eux, le joueur de cornemuse poussa une série de notes grêles et plaintives. Comme un seul homme, la foule se rua vers le cercueil de Donnor, emportant Griffin dans son sillage.

Laissant jaillir leur douleur, les habitants se mirent à pousser de profonds gémissements. A moitié piétiné, Griffin se redressa, écœuré par le bouquet d'odeurs qui émanait de la foule. Il fallait à tout prix qu'il échappe à cette marée humaine avant qu'elle ne l'engloutît. La main plaquée contre sa flasque, en proie au vertige et à une panique inexplicable, il se fraya un passage entre les pleureurs et passa la porte de l'antichambre au moment où un accès de folie prenait possession de la foule. Il appuya son visage brûlant contre le mur en pierre froid. Derrière lui, les sujets de Donnor manifestaient leur douleur par des cris rauques et des hurlements de cornemuse. Dans l'antichambre, éclairée par seulement quelques bougies, il faisait frais et sombre, mais de l'autre côté de la porte, les pleureurs se déchaînaient. Si Griffin ne se hâtait pas de trouver un refuge plus tranquille, quelqu'un allait le repérer et l'entraîner de nouveau dans le tumulte de la cérémonie funéraire.

Il s'engagea dans un couloir au hasard. Scrutant un embranchement sombre, il aperçut un escalier éclairé par de hautes torches. A travers le tissu de sa tunique, il serra la main autour de la bourse qui pendait à son cou. Le contact froid et gras du cuir lui faisait horreur. Soudain, il renifla, inclina la tête, renifla de nouveau... La potion ! C'était bien son parfum qui flottait dans l'air, frais et léger comme le premier soupçon du printemps dans le vent hivernal... Griffin se rua vers l'escalier, rassuré quant à la direction à prendre.

Du coin de l'œil, il crut apercevoir une forme en mouvement, mais quand il se retourna, il n'y avait personne. Il dégrafa sa flasque, prit une petite gorgée et la rattacha à sa ceinture. En posant le pied sur le dernier palier, il entendit la voix furieuse de Cadwyr s'élever au-dessus d'un chœur de plaintes et de lamentations. Suivant l'odeur de la potion, Griffin dépassa à pas de loup la première porte à gauche, par laquelle sortaient les éclats de voix. De l'autre côté du couloir, une porte était entrouverte : Griffin y passa la tête, huma l'air et entra. C'était une antichambre qui ouvrait sur une chambre à coucher de bonnes dimensions, sans doute celle de Cadwyr. Dans un cabinet de toilette attenant à l'antichambre, on avait rangé une barrique en chêne entourée de cerceaux de cuivre. La bouche de Griffin s'emplit de salive ; il déboucha sa flasque et avala une grande goulée de potion. Ce n'était pas prudent d'en boire de telles quantités, il le sentait ; mais l'éclair d'énergie qui parcourut aussitôt ses veines amena un sourire sur ses lèvres.

Malheureusement, l'odeur de la bourse en cuir qu'il portait sous sa chemise s'intensifia du même coup. Griffin inspira profondément et plissa le nez. Il fallait absolument qu'il se débarrasse de cet objet dégoûtant. Sur la pointe des pieds, il revint jusqu'à la porte et passa la tête dehors ; de l'autre côté du couloir, Cadwyr continuait à interroger les gardes. A cet instant même, la porte d'en face s'ouvrit et le jeune druide qu'il avait aperçu à son arrivée sortit lui aussi la tête dans le couloir. Griffin se réfugia précipitamment dans la chambre à coucher et referma la porte derrière lui.

Un léger bruit attira son attention ; il lui sembla voir un chat, ou peut-être un petit chien, se glisser sous le lit.

— Au nom de..., commença-t-il.

Puis il s'interrompit et s'épongea le front du bras. Cela lui apprendrait à boire d'aussi grandes goulées de potion ! Néanmoins, il se figea, et tendit l'oreille : pas un bruit. Son imagination lui jouait des tours. Il s'approcha de la fenêtre, ôta la cordelette de son cou et renversa le contenu de la bourse dans sa main. Pendant un moment interminable, il fixa, bouche bée, la flaque de lumière qui reposait au creux de sa paume. Puis la véritable nature de l'objet s'imposa à lui, et il referma le poing en jetant un regard affolé par-dessus son épaule. Lui, Griffin, tenait dans sa main la Résille d'argent ! La Résille de Bran Brunebarbe !

Quoi qu'il en fût, cette atroce bourse en peau humaine devait disparaître. La Résille serrée dans le poing, il ouvrit l'une des malles de Cadwyr, farfouilla parmi les chemises et le linge, et trouva enfin un grand mouchoir en lin blanc. A cet instant, un bruit derrière lui le fit sursauter ; il en lâcha presque la Résille. Un être qui ressemblait à un grand chat surgit de l'ombre et se rua sur lui. D'instinct, Griffin esquiva : la créature avisa la bourse, bondit sur elle et détala à toutes jambes, le laissant sans voix. La porte se rouvrit avec un claquement et Cadwyr fit son entrée, suivi d'une dizaine de druides.

Il traîna Griffin et le secoua.

— Qu'est-ce qui s'est passé ?

Griffin hocha la tête de gauche à droite, incapable d'articuler un mot.

Cadwyr le lâcha, et Griffin alla s'écraser lourdement sur le sol.

— Où est la bourse ?

Au ton de Cadwyr, Griffin comprit qu'il serait dangereux de lever les yeux. Mais il n'eut pas le choix : le duc le souleva par le col et le cogna si violemment contre le mur que les mâchoires du garçon s'entrechoquèrent. Les druides se jetèrent sur Cadwyr pour le maîtriser, et Griffin se recroquevilla misérablement.

— Où est-elle ? Qu'en as-tu fait ? Parle, pauvre idiot !

Griffin trouva le courage de lever les yeux et de tendre un doigt tremblant vers la porte.

— Une... une bête l'a prise... et elle a disparu.

— Une bête ?

Tel un étalon irrité par des mouches sur ses épaules, Cadwyr repoussa violemment les druides qui s'accrochaient à lui.

— Quel genre de bête ?

— Petite. Pas plus haute que ça. Avec une queue, des gros yeux, des griffes et de longues dents.

— Un chat ? Tu essaies de me dire qu'un chat a volé ma bourse ?

Cadwyr se précipita sur Griffin, mais celui-ci lui échappa et se réfugia, tremblant, derrière un druide. Il avait terriblement envie de boire une gorgée de sa flasque, mais devant la fureur de Cadwyr, il n'osait pas faire un geste.

— Ce n'était pas un chat, gémit-il. Bien sûr que non ! Moi aussi, je l'ai cru, au début, mais...

— Un lutin, peut-être ! intervint le jeune druide que Griffin avait déjà remarqué. Maître Kestrel ! La description correspond bien, n'est-ce pas ?

— Les lutins n'existent pas ! grogna l'archidruide.

Celui-ci avait de nouveau agrippé la manche de Cadwyr. D'un grand coup de bras, le duc écarta les druides qui l'entouraient et ramassa Griffin par le col.

— Un lutin ? Un lutin est entré ici et a pris la bourse ? Par où est-il parti ?

Terrifié, Griffin hocha la tête et tendit le doigt sans prononcer un mot.

— Amenez-moi le sylphe, et tout de suite. La Sorcière sait qu'il doit être bien rôti, à présent, et d'humeur coopérative. Peut-être qu'il pourra me dire pourquoi un lutin voudrait de la Résille. Et s'il ne le sait pas…

Il jeta Griffin à terre, l'enjamba et s'éloigna. Mais l'un des chevaliers de sa compagnie s'arrêta devant le corps inerte de l'apprenti et le poussa du bout du pied.

— Celui-ci, que faut-il en faire ?

— Jetez-le au cachot.

Cadwyr eut un rire mauvais avant de repartir d'un pas nonchalant. Le chevalier lui emboîta le pas en traînant derrière lui Griffin, encore à moitié pétrifié. Il était soulagé d'être débarrassé de cette maudite bourse — le contact du cuir sur sa peau et la puanteur qui s'en dégageait lui étaient devenus insupportables —, mais à présent, il se sentait sur le point de défaillir ou même de vomir. Luttant contre la nausée, il appela Cadwyr d'une voix rauque.

— Ecoutez, seigneur duc… ce n'est que la bourse qui a disparu. J'ai la… la chose ici, dans la main, regardez !

Puis il s'évanouit, au moment où Cadwyr se retournait et le soulevait dans ses bras avec un rire triomphant.

— Qu'est-ce que vous me racontez, Artimour ? Des gobelins auraient envahi le palais ? La frontière n'a même pas été forcée… Rien n'indique que…

Le commandant de la Troisième Compagnie des gardes royaux n'essayait pas de dissimuler le mépris et la défiance qu'il éprouvait envers Artimour et ses vêtements de mortel. Il s'appelait Gilleas, se souvint Artimour, et avec ce prénom resurgit un souvenir qui le piquait encore au vif…

« Je prends le mortel, avait dit Gilleas ; il paraît qu'il confond la rapière et la dague avec le couteau et la fourchette. »

Ils s'étaient cordialement haïs dès leur première rencontre, mais leurs chemins ne s'étaient plus croisés depuis bien longtemps.

— Nous devrions peut-être l'arrêter, lui aussi, dit le lieutenant de Gilleas, placé à sa gauche.

A la droite du capitaine, un sergent fixait sur Artimour un regard soupçonneux.

— Nous sommes à des lieues de la frontière... et regardez un peu cet accoutrement. Peut-être qu'il a trempé dans... dans *vous savez quoi.*

— De quoi parlez-vous ? demanda Artimour. Avez-vous écouté un seul mot de ce que je viens de vous dire ? Un carrosse rempli de courtisanes arrive pour ramener Guinevère. Vous n'avez pas le temps de rester ici à discuter. Vous devez retourner au palais de toute urgence.

Mais Gilleas se contenta de faire quelques pas en se caressant le menton d'un air absorbé.

— Si vous ne me croyez pas, poursuivit Artimour, demandez à dame Amadahlia et aux autres. Vous ne tarderez pas à les rencontrer sur la route. Et maintenant, si vous le permettez, j'aimerais voir ma sœur avant de partir.

— Où comptez-vous aller, au juste ?

— Je vais retrouver ma garnison, évidemment !

Artimour écarta les mains, désarçonné par l'hostilité manifeste du capitaine à son égard.

— Qu'avez-vous donc ? demanda-t-il. Sont-ce mes vêtements qui vous gênent ? Oui, ce sont des vêtements de mortel, mais je n'ai pas le temps de vous expliquer maintenant... Plus tard, quand les gobelins...

Derrière lui, le portail grinça. Artimour se retourna : des soldats entrèrent, les bras pleins d'armes, d'armures et de harnais, qu'ils rangèrent en piles ordonnées. Promenant son regard sur la cour à arcades de la Maison des Arbres, Artimour aperçut de nombreuses autres piles de matériel et de ravitaillement.

— Qu'est-ce qui se passe ? Est-ce que vous vous préparez à un siège ?

— Une question intéressante, étant donné les circonstances, dit Gilleas en croisant les bras sur sa poitrine.

— De quelles circonstances parlez-vous ? Nous n'avons pas le temps de jouer aux devinettes, Gilleas. La Faërie est en train de mourir. Ne l'avez-vous pas compris ?

— Que faites-vous ici, Artimour ? Redites-moi comment vous avez appris que le palais avait été attaqué.

— Sur la route, j'ai croisé un carrosse plein de dames de la cour. Elles m'ont dit que les gobelins avaient envahi le palais, et m'ont demandé de partir devant elles pour vous donner l'ordre de rentrer immédiatement. Ensuite, je vais retourner à l'avant-poste, en espérant y trouver les renforts.

— Les renforts, dites-vous. Parlez-vous de l'armée qui a quitté le palais avant Samhain ?

— Evidemment !

— Cette armée, nous l'avons trouvée massacrée dans la forêt, prince Artimour. Les cinq cents soldats ont tous péri.

Artimour entendit les mots que venait de prononcer le capitaine, mais, pendant un instant, il fut incapable d'en comprendre le sens. Il se secoua, releva les yeux, contempla les sylphes qui se pressaient maintenant autour de lui, leurs beaux visages empreints d'une profonde méfiance. Il se rappela les traces de sabots au bord du fleuve… et remarqua enfin la bannière mauve qui, enroulée autour de son mât doré, était appuyée contre un arbre.

— L'armée a été massacrée ? Ils sont tous morts ?

— Tous, sauf les treize soldats que Finuviel avait affectés à la protection de sa mère.

— Et Finuviel ?

— Excellente question, dit Gilleas. Quand l'avez-vous vu pour la dernière fois ?

Le cercle se resserra autour d'Artimour. *Il m'accuse d'avoir assassiné Finuviel*, comprit-il, et il redressa les épaules.

— La dernière fois que j'ai vu Finuviel, il a tenté de me tuer avec cette arme.

Il sortit le poignard de sa gaine et le brandit devant les gardes, éprouvant une satisfaction un peu amère quand les soldats reculèrent avec des sifflements de chat et des cris étouffés. D'un geste, il ouvrit sa tunique et arracha son pansement, dévoilant la longue cicatrice mauve au-dessus de son cœur.

— Vous voyez ? Finuviel m'a poignardé avec cette arme en argent, puis il m'a jeté dans le fleuve pour que j'y meure. Par hasard, j'ai échoué dans l'Ombre. Là-bas, des humains m'ont recueilli et m'ont sauvé la vie. C'est pour cela que je porte ces vêtements.

Il rengaina son épée.

— A présent, vous m'avez fait perdre assez de temps, je crois.

— Peut-être, peut-être pas..., répondit Gilleas. Si Finuviel vous a blessé avec cette arme, comment se fait-il que vous la portiez sur vous ?

— Je l'ai trouvée dans un arbre.

Artimour avança d'un pas ; à cet instant, deux gardes lui coincèrent les bras derrière le dos.

— Au nom de la Sorcière, Gilleas, que croyez-vous faire ? Voulez-vous que je vous montre l'arbre où je l'ai trouvée ? Il n'est pas difficile à reconnaître, il sent la pourriture à cent pas.

Artimour se débattit, mais les deux gardes le tenaient fermement.

— Il pue le mortel à plein nez, dit l'un d'entre eux.

— Gilleas, je vous préviens...

— Je veux des réponses, et je les veux maintenant, l'interrompit le capitaine. Qu'on l'amène à l'étage. Guinevère a beau être folle de douleur, je veux tirer cette affaire au clair sans attendre.

— Quelle affaire ? marmonna Artimour en se débattant.

Les gardes le traînèrent vers l'escalier à l'intérieur de la maison.

— Celle que vous appelez votre sœur semble croire que Finuviel est mort, lui aussi, avec le reste de l'armée. En tout cas, c'est le prétexte qu'elle a donné pour nous faire fouiller la forêt de fond en comble…

— Pour trouver quoi ?

— Le corps de Finuviel, évidemment. N'êtes-vous pas curieux de savoir comment l'armée a été massacrée ?

Gilleas fit volte-face et les gardes contraignirent Artimour à s'arrêter.

— Qu'attendez-vous pour me le dire ?

— Ils ont été tués par des armes mortelles. Du moins, des armes plaquées d'argent. Cela, nous en sommes certains.

— Des armes comme celle que vous portez, dit le lieutenant.

— Finuviel a essayé de me tuer ! hurla Artimour. Ce n'est pas moi que vous devez arrêter, mais lui ! C'est lui qui est de mèche avec les mortels… Comment croyez-vous qu'il s'est procuré ce poignard ?

— Il est tout de même étrange que vous soyez en sa possession.

— Je vous ai expliqué comment je l'avais retrouvé…

— Dans un arbre ? Vous vous attendez à ce que je croie cette histoire invraisemblable ? Comme celle du carrosse doré rempli de sylphes-truies…

Au fond de la cour, des cris résonnèrent. Gilleas s'interrompit et fronça les sourcils ; le portail s'ouvrit en grand pour laisser passer le carrosse qu'Artimour avait croisé sur la route. Des gardes s'avancèrent pour attraper la bride des chevaux. Déchaînés, la bouche mousseuse d'écume, les trois animaux cabriolèrent, hennirent et secouèrent leurs crinières avant de se calmer.

Gilleas écarta Artimour et se précipita vers le carrosse. Le cocher semblait avoir disparu.

— Par la Sorcière…, commença-t-il.

Un corbeau s'envola du carrosse en poussant des croassements irrités. Il décrivit un large cercle autour de la cour, se posa sur la branche d'un arbre et cria trois fois. Puis sortirent à leur tour une truie et une vache qui clignèrent des paupières, éblouies et confuses.

— Amadahlia ! chuchota Artimour. C'est vous ?

Le corbeau poussa un petit cri excédé qui souleva le cœur d'Artimour.

— Il faut que nous retournions au palais de toute urgence ! dit-il au corbeau. Allez chercher Guinevère : il faut qu'elle explique à ces gardes bornés qu'il se passe quelque chose de terrible...

— Quelque chose de terrible s'est déjà produit, dit une voix douce.

Comme un seul homme, l'assistance se retourna : tout en haut de l'escalier, Guinevère s'appuyait contre la balustrade dorée.

— Et cela ne va faire qu'empirer. Capitaine, il faut que vous retourniez au palais. Je suis prête à vous accompagner, si tel est votre souhait.

Guinevère était entourée d'un halo de lumière éblouissant. A ses côtés, légèrement en retrait, deux silhouettes se découpaient à contre-jour ; Artimour plissa les yeux pour distinguer les personnes qui soutenaient sa sœur.

— Guinevère ? demanda-t-il. Qui est avec vous ? Est-ce Finuviel ?

— Oh, non... Si Finuviel était avec moi, nous n'en serions pas là.

Agrippant la rampe à deux mains, le dos voûté et déformé, elle descendit lentement l'escalier. Elle avait perdu ses ailes, remarqua Artimour, et, dans son visage aux traits tirés par la douleur, ses yeux verts paraissaient énormes. Quand elle posa le pied sur la dernière marche, les deux personnes qui l'accompagnaient sortirent enfin de l'ombre. Artimour eut un hoquet de surprise.

A la gauche de Guinevère se tenait une femme inconnue, mince comme un roseau, vêtue d'une robe brune à reflets dorés. De l'autre, un grand mortel se déplaçait lentement, avec précaution, comme si le moindre mouvement lui était douloureux. Son visage pâle et hérissé de barbe détonnait curieusement avec son peignoir de soie verte, fermé par une ceinture écarlate. La splendeur de sa tenue ne faisait qu'accentuer sa mauvaise mine. Cependant, Artimour n'avait aucun doute quant à son identité. Ces yeux noirs dans leurs orbites profondes, cette bouche blême et pourtant déterminée, ces sourcils fièrement arqués ne pouvaient appartenir qu'à une seule personne.

— Par les cornes de Herne, murmura-t-il. Vous êtes Dougal, le forgeron de Killcairn.

Ce fut le parfum de vin de pomme qui décida Delphinea à pénétrer dans le palais de pierre grise qui s'élevait devant elle. Portée par le vent, une trace odorante presque imperceptible lui chatouilla les narines au moment où elle se réfugiait dans les ombres noires jetées par les murs immenses. Elle huma l'air, puis, dans la lumière grisâtre qui précède l'aube, se glissa dans le château sous le nez des gardes somnolents, affalés sur leurs armes. En apercevant de loin cet édifice immense, elle avait d'abord eu l'impression de s'être tout à fait égarée, mais le parfum du vin des sylphes lui redonnait une lueur d'espoir.

Les mortels — hommes, femmes, et même enfants — dormaient à même le sol, entassés sous des couvertures, des châles et des capes de toutes les couleurs. Comme les chiens qui se prélassaient autour d'eux, ces gens paraissaient s'être endormis sur place, la veille au soir. Tout semblait confirmer les rumeurs les plus folles qui circulaient en Faërie sur la façon dont vivaient les mortels. Les pièces du château étaient remplies jusqu'au plafond, non seulement de gens, mais aussi de tout le matériel apparemment nécessaire à leur survie. Par les portes entrouvertes de la grande salle, Delphinea aperçut de hautes piles de barriques et, abandonnées dans les cheminées, des carcasses à moitié mangées de chevreuils et de bœufs. L'air était lourd de graisse froide, de sueur et de laine mouillée.

Malgré tout, Delphinea ressentait l'attrait mystérieux des humains : passant d'ombre en ombre, elle apercevait, aux endroits où la chair des mortels était exposée, de minuscules explosions d'étincelles colorées. Elle se mordit la lèvre et tenta de se concentrer sur l'odeur du vin sylphe.

« Rappelle-toi l'effet qu'ils ont sur nous », se dit-elle. Les mises en garde de Guinevère, réitérées par Gloriana, résonnèrent dans sa tête. « Ne les regarde pas. Concentre-toi sur l'odeur. »

En silence, elle traversa des couloirs sombres, se glissa sous le nez de trois filles de cuisine qui bâillaient en poussant leurs balais. Par chance, les paniers, les barriques et les paquets partout entassés jetaient de grandes ombres qui facilitaient le passage. Les murs étaient encombrés d'armes, et des outils pendaient de toutes les poutres.

Une odeur de mort et de putréfaction flottait dans l'air. Tirant les pans de sa cape autour de son visage, Delphinea renifla, cherchant le parfum du vin sylphe. Autant tenter de retrouver un écheveau de soie dans une mare de boue ! Finalement, elle perçut des effluves qui semblaient provenir des étages supérieurs. Evitant les zones de lumière grandissantes, elle avança en regardant autour d'elle, fascinée. Sur les grossiers murs de pierre, des torches éteintes, certaines fumant encore, pendaient de supports en fer forgé. Une odeur de feu de bois flottait dans l'air, mêlée à celle du gruau d'avoine : le château allait bientôt s'éveiller. Delphinea pressa le pas, manquant heurter de plein fouet un jeune garçon qui sortait des cuisines en marmonnant, les yeux mi-clos. Elle bondit en arrière et se plaqua contre un mur ; mais le garçon se contenta de jeter un coup d'œil par-dessus son épaule avant de poursuivre son chemin en secouant la tête.

De nouveau, elle huma l'air. Devant elle, un grand escalier en pierre menait aux étages supérieurs ; ici, le parfum du vin sylphe s'intensifiait. Rassemblant ses jupes, elle jeta un coup d'œil à gauche et à droite puis s'élança dans l'escalier. Elle monta deux étages et parvint à un petit couloir, sur lequel donnaient quatre portes, deux de chaque côté.

Une torche solitaire rougeoyait au fond du couloir. Delphinea s'arrêta un instant et tendit l'oreille. Aux étages inférieurs, on commençait à s'agiter : soudain, un rayon de soleil frôla les pieds de la jeune sylphe.

Delphinea avança à pas furtifs et colla son oreille à la première porte à droite. N'entendant rien, elle la poussa lentement. La porte s'ouvrit avec un petit grincement pour révéler une pièce vide, à l'exception d'une longue table entourée de bancs de bois. Delphinea laissa la porte se refermer avec un cliquetis, et se glissa vers celle d'en face. Percevant des ronflements sonores, elle repartit sur la pointe des pieds vers la troisième porte. Là, elle inspira profondément : une forte bouffée d'alcool, aussi enivrante qu'une gorgée de vin, remplit son nez. Avec douceur, elle souleva le loquet et entrebâilla la porte.

La barrique se trouvait juste en face de la porte, sous une haute fenêtre aménagée dans les murs gris et nus. Ce devait être un cabinet de toilette, car de grandes malles de vêtements étaient posées autour de la barrique. Passant la tête à l'intérieur de la pièce, Delphinea aperçut une paillasse posée à même le sol, sur laquelle était recroquevillée une silhouette masculine. L'être portait une chemise blanche crasseuse et un pantalon noir trop ample. Entre ses jambes, une flasque scintillait dans la pénombre. Delphinea réprima un petit cri. Ce ne pouvait être que Finuviel ! Mais son visage ne ressemblait en rien à celui de ses rêves. Sa peau tannée pendait lâchement sous ses pommettes et ses cheveux sombres collaient à son crâne, lequel semblait bien trop grand par rapport au reste de son corps. Il releva la tête ; la gorge de Delphinea se noua.

Le garçon la regarda droit dans les yeux.

— Au nom du Grand Herne, dit-il, qui êtes-vous ?

Delphinea se figea. Comment cet étrange garçon pouvait-il la voir dans sa cape d'ombre ?

— Et vous, qui êtes-vous, pour percer les sortilèges des sylphes ?

Elle jeta un coup d'œil circonspect à la pièce. Personne d'autre ne s'y trouvait. Elle s'aperçut alors que le mortel était attaché au mur par une lourde chaîne fixée autour de sa taille.

— Pourquoi êtes-vous enchaîné ?

— J'ai mis le duc en rogne. Il a voulu me donner une leçon, voilà tout.

Le garçon déboucha sa flasque et l'odeur du vin sylphe envahit l'air. Portant le goulot à sa bouche, il avala une petite gorgée et reboucha la flasque d'un geste machinal qui éveilla la curiosité de Delphinea.

— N'empêche, j'aimerais bien savoir qui vous êtes et ce que vous faites ici, reprit le mortel.

« Moi aussi, il y a beaucoup de choses que j'aimerais savoir », pensa Delphinea. Mais elle réprima la foule de questions qui se bousculaient en elle.

— Je suis à la recherche de Finuviel, prince des sylphes. Savez-vous où il est ?

Le garçon détourna les yeux et prit un petit air malin.

— Je sais où il sera bientôt, répondit-il.

Puis il lui tendit la flasque.

— Vous en voulez un peu ?

Delphinea s'avança prudemment. De fait, elle avait terriblement envie d'une gorgée de vin, mais elle hésitait à boire en compagnie de ce garçon inquiétant.

— Je m'appelle Delphinea. Si vous pouviez me dire où se trouve Finuviel…

— Je vous l'ai déjà dit. Je ne sais pas où il *est*. Je sais seulement où il *sera bientôt*.

De nouveau, il avala une gorgée de liquide ; l'arôme qui se dégagea de la flasque atteignit Delphinea comme un coup de poing.

— Très bientôt, reprit-il. Vous êtes sûre que vous ne voulez pas une petite gorgée de potion ?

— Vous ne devriez pas en boire autant, murmura-t-elle.

Les sylphes eux-mêmes usaient du vin de pomme avec la plus grande prudence. Distillée seulement entre Beltane et la mi-été, cette liqueur incendiait le corps d'une énergie puissante et dangereuse. C'était sans doute parce qu'il en buvait que ce garçon pouvait la voir, et qu'il n'étincelait pas comme les autres humains. Mais elle n'avait pas le temps de s'attarder sur ce problème.

— Où *sera-t-il*, alors ? demanda-t-elle.

Le garçon lui tendit la flasque dans un bruit de chaînes.

— Allez, ne faites pas de manières...

— Non... non merci, bégaya Delphinea. Je veux seulement trouver Finuviel.

— Alors, vous n'avez plus qu'à l'attendre. Mais si j'étais vous, je n'attendrais pas ici.

Il hocha la tête en direction d'une porte sur le côté. Delphinea suivit son regard.

— Qui se trouve dans cette chambre ?

— Le duc, évidemment. Je crois qu'il vaut mieux qu'il ne sache pas que vous êtes ici.

— Pourquoi ?

Mais le garçon n'eut pas le temps de s'expliquer davantage, car la porte s'ouvrit avec un claquement, et un grand mortel, le torse nu et les cheveux ébouriffés, se découpa sur le seuil. Des étincelles de lumière rouge et orange crépitaient autour de son corps en un éblouissant feu d'artifice. *Ne sous-estime pas l'effet des mortels*, dit une voix en Delphinea ; mais entre l'arôme puissant du vin de pomme et l'aura scintillante qui entourait cet homme, elle avait toutes les peines du monde à se rappeler son propre prénom et la raison de sa présence ici.

— Eh bien, Griffin, qu'avons-nous là ?

La voix du mortel était râpeuse comme des grains de sable. Les éclats de lumière tournoyaient en changeant de couleur, formant des motifs aussi complexes qu'éphémères. Delphinea porta la main à son front.

— Elle cherche Finuviel, dit le garçon en levant la flasque vers sa bouche.

« Ce garçon s'appelle Griffin », pensa Delphinea, qui luttait vainement pour reprendre prise sur la réalité.

— Vraiment ?

Le grand mortel sourit et s'inclina, puis s'avança et frôla la joue de Delphinea de sa main. La jeune sylphe eut un brusque mouvement de recul.

— Alors elle a frappé à la bonne porte. Viens, petite sylphe, n'aie pas peur. Je ne te ferai pas de mal. Personne ne te fera de mal, ici.

De sa place sur le lit, le garçon poussa un caquètement sinistre. Delphinea lui jeta un coup d'œil, puis tourna son regard vers ce mortel à la chevelure dorée qui la dominait de toute sa hauteur.

— Etes-vous le duc de Gard ? articula-t-elle.

Cette question le fit sourire.

— Dis-lui, Griffin, si je suis le duc de Gard.

— Eh bien... vous le serez dans peu de temps, Votre Grâce.

Etait-ce la peur qui faisait trembler la voix du garçon ? Delphinea lui jeta un regard oblique, mais il reprenait déjà une nouvelle gorgée de vin, les yeux fermés.

« Décidément, il en boit vraiment trop », se dit-elle. L'espace d'un instant, elle entrevit qu'on l'encourageait à s'y accoutumer pour une raison qui lui échappait... puis un éclair doré ourlé d'étincelles vertes explosa devant ses yeux. Le grand mortel lui prit la main et la porta à ses lèvres.

— Un garçon très prometteur, dit-il.

Il rejeta ses cheveux en arrière et sourit de toutes ses dents.

— Je m'appelle Cadwyr et je suis honoré de faire votre connaissance, demoiselle sylphe. Votre prince sera ici sous peu — au plus tard demain. Je suis certain qu'il sera ravi de vous retrouver.

Le garçon avala une longue gorgée et acquiesça précipitamment.

D'un coup, la pièce parut extrêmement petite et chaude. Le parfum du vin de pomme rendait l'air irrespirable. Les étincelles qui fusaient autour de Cadwyr faisaient tourner la tête de Delphinea. Elle cligna des yeux et enfonça ses ongles dans ses paumes pour tenter de retrouver ses esprits. Tout cela était si étrange — cette petite pièce grise et sinistre, ce garçon enchaîné et le duc lui-même, avec ses dents blanches et ses lèvres rouges... Curieux, tout de même, que les mortels aient les lèvres aussi rouges... Et ses yeux étaient bleus. *Comme moi !* se dit Delphinea. C'était la première fois de sa vie qu'elle voyait des yeux de la même couleur que les siens. Elle vacilla vers le duc, envoûtée par les reflets verts, dorés et même orange qui chatoyaient autour de sa pupille sombre.

— Je suis venue ramener Finuviel en Faërie, déclara-t-elle maladroitement.

Une langueur avait envahi son esprit et l'empêchait de réfléchir, mais son cœur battait à tout rompre.

— Bien sûr, dit Cadwyr en lui caressant la joue d'un seul doigt. C'est une excellente idée. Bientôt, nous rentrerons tous ensemble en Faërie. Très bientôt.

8.

— Pensez-vous qu'il survivra ? demanda Nessa en regardant par-dessus l'épaule de Molly.

Celle-ci essorait des compresses de feuilles de consoude et les appliquait délicatement sur la chair grise de la plaie. Kian reposait sur le ventre ; sa respiration était saccadée, son corps brûlant de fièvre.

Molly ne répondit pas immédiatement. D'un geste expert, elle recouvrit la plaie d'un pansement et s'essuya les mains à un torchon de lin. Après avoir remonté les couvertures sur les épaules du chevalier, elle fit un petit signe à Nessa, et toutes deux quittèrent la tente érigée à la hâte au sommet de la tour. C'était le dernier endroit intime du fort, depuis que le gouverneur avait repris possession de ses appartements, aussitôt après le départ d'Artimour. A présent, il refusait de les céder à qui que ce fût.

De la grande salle en contrebas montait un vacarme inouï : même d'ici, on distinguait les acclamations par lesquelles la foule accueillait les prétentions d'Uwen au titre de Donnor et de Cecily au trône de Gard. Appuyée contre les remparts, l'air absorbée, Molly écoutait le grondement de la rumeur en laissant la brise ramener de petites mèches grises sur ses joues rougies.

— Je vais faire une décoction de feuilles de chou, on verra bien s'il acceptera de l'avaler, dit-elle comme pour elle-même. Le problème, c'est qu'il ne me reste presque plus d'herbes, et la saison est trop avancée pour que je puisse en ramasser d'autres. Heureusement que la duchesse a ramené ce breuvage de prunelles !

— Mais, Molly, est-ce qu'il va survivre ?

Le regard de la sorcière s'égara dans le paysage sombre qui s'étendait au loin. En bas, dans la cour, les guerriers de moindre rang se bousculaient devant les marches de la grande salle, s'insultant et appelant au silence tour à tour.

— Tu n'as pas envie de descendre voir ce qui se passe ? C'est un grand jour, aujourd'hui ; une nouvelle reine a été désignée...

— Vous ne m'avez pas répondu.

Molly mit son bras autour des épaules de Nessa et l'attira près d'elle.

— Il y a certaines choses que tu devras comprendre, Nessa, si tu comptes passer du temps avec les malades. Entre autres, rappelle-toi que l'ouïe vient aux hommes en premier et les quitte en dernier.

Molly la regarda droit dans les yeux.

— Le seigneur Kian est un guerrier. Crois-tu qu'il s'attendait à vivre vieux ?

Nessa baissa les yeux et recula d'un pas.

— Vous voulez dire qu'il va mourir ? chuchota-t-elle imperceptiblement, de peur que la brise ne portât sa voix vers la tente.

— Nous mourrons tous, Nessa, un jour ou l'autre. Quant à Kian, je ne peux rien te dire, pour l'instant.

Molly jeta un coup d'œil en direction de la tente et soupira.

— On dirait que le mal a pénétré très profondément dans sa jambe. Même l'écorce de bouleau ne semble pas y faire grand-chose. Nous verrons si la consoude est plus efficace. Il est jeune et fort, il peut encore récupérer. Reste à savoir à quel point la Marrihugh le désire vraiment.

Nessa se balança d'un pied sur l'autre. Elle n'avait rien dit jusqu'ici, mais au point où l'on en était, il ne restait sans doute plus rien à perdre. Molly ne s'était jamais moquée d'elle auparavant... D'un geste, elle indiqua le bâton de bouleau qu'elle avait appuyé contre un piquet de la tente.

— La nuit dernière, quand nous étions assis autour du feu et que la duchesse parlait de Kian avec Uwen, il m'a semblé sentir...

Elle s'interrompit, cherchant ses mots.

— Il m'a semblé que mon bâton bougeait tout seul. Je ne l'ai pas touché ; il était posé dans l'herbe près de moi. Et je l'ai senti... remuer.

— Comment ça ? C'était sûrement un animal, tu ne crois pas ?

— Molly, la plupart des animaux de la forêt ont disparu depuis un bon moment. C'est Uwen qui me l'a fait remarquer, quand nous sommes revenus de Killcairn avec la Wren, avant Samhain. Non, le bâton a sursauté, plusieurs fois, comme s'il voulait que je le ramasse.

« C'est exactement ce qu'il voulait, pensa-t-elle. Mais je n'ai pas eu le courage de lui obéir. »

— Alors ? Qu'as-tu fait ?

Nessa secoua la tête. A présent, cela la démangeait de prendre le bâton entre ses mains. Mais elle poursuivit ses explications.

— Je ne savais pas quoi en penser... Vous n'étiez pas là, et je n'avais pas la moindre idée de ce qu'il fallait faire. Je me sentais ridicule... Vous comprenez, il y a un petit moment de cela, j'ai dit à Uwen que je ne connaissais rien à l'art de guérir. J'avais peur qu'il ne me croie folle, si je ramassais mon bâton et me mettais à l'agiter dans tous les sens.

— Ah..., dit Molly avec un sourire. La réaction d'Uwen t'aurait peut-être surprise, tu sais. En tout cas, la prochaine fois que tu ressens une impulsion de ce genre, rappelle-toi que les instructions ont tendance à venir les unes après les autres.

— Vous voulez dire que si j'avais pris le bâton en main, j'aurais trouvé quoi faire ensuite ?

— Cela tombe sous le sens, non ? L'arbre ne va pas se fatiguer à tout t'expliquer d'un seul coup, si tu ne réponds même pas quand il t'appelle...

Nessa resta silencieuse un instant, puis jeta un coup d'œil furtif en direction du bâton.

— Vous avez sans doute raison.

— Et si tu essayais de le ramasser, maintenant ? suggéra Molly avec douceur. Qui sait ? Kian a peut-être de meilleures chances de survivre que je ne pensais.

— Qu'est-ce que cela veut dire ?

La voix de Cecily les surprit toutes deux. Nessa se retourna vivement : la duchesse se tenait dans l'encadrement de la porte qui ouvrait sur l'escalier.

A son approche, Nessa et Molly s'inclinèrent rapidement.

— Comment va-t-il ? Mieux ?

— Son état n'a pas changé, dame Cecily, répondit Molly d'une voix aussi neutre que l'expression de son visage. Quand la Marrihugh a posé sa marque sur quelqu'un, il n'est pas facile de l'effacer.

— Vous ne pouvez pas dire cela !

Cecily leva la tête et croisa les bras sur la poitrine.

— Il doit bien y avoir quelque chose que vous n'avez pas essayé...

— Peut-être bien, Votre Grâce, dit Molly d'un air troublé. Nessa, as-tu ton bâton dans les mains ?

— Que comptez-vous faire, au juste ?

Un sourcil arqué, Cecily les dévisageait avec méfiance.

— Eh bien, je ne sais pas comment cela s'appelle, dit Molly. De la magie d'arbre, je suppose.

— Il n'y a que les druides qui pratiquent la magie d'arbre, objecta Cecily.

— Tout ça est en train de changer, lâcha Nessa sans réfléchir.

Quand les regards des deux femmes se posèrent sur elle, Nessa resta confuse. Pourquoi avait-elle dit cela ?

— Elle a raison, Votre Grâce, déclara Molly. Les choses changent à toute vitesse, en ce moment. Mais la magie reste de la magie, n'est-ce pas ? Certaines d'entre nous utilisent les arbres dans leurs rituels, vous savez.

Devant la mine dubitative de Cecily, Nessa hésita elle aussi. Elle lança un regard en coin à Molly et lui tendit le bâton.

— Il vaudrait peut-être mieux que vous le fassiez à ma place.

Molly secoua la tête avec un sourire.

— Décidément, mon petit, tu ne comprends pas. Je n'ai pas la moindre idée de ce qu'il faut faire. Toi seule peux le savoir.

Elle indiqua Cecily du regard.

— Veux-tu que nous partions ?

— Non ! dit Nessa avec insistance.

Dans sa main, le bâton prit subitement vie. Un tressaillement le parcourut, si intense qu'elle s'étonna que les deux autres ne l'aient pas remarqué.

— Non, restez ! Restez toutes les deux. Nous sommes trois et un, c'est très bien.

Puis elle secoua la tête, car la signification des chiffres lui échappait totalement. Néanmoins, il lui paraissait indispensable d'être quatre — un homme et trois femmes. Entre ses paumes, le bâton de bouleau vibrait comme un grand cœur.

— Que faut-il que nous fassions ? demanda Cecily.

Nessa tomba à genoux au côté du chevalier et, du coin de l'œil, vit Cecily s'approcher, tandis que Molly jetait du sel aux quatre coins de la tente.

D'un geste mal assuré, la jeune fille tendit le bâton au-dessus du corps de Kian et ferma les yeux. Le bois de bouleau palpitait furieusement, se dilatant et se contractant entre les paumes de ses mains. Cecily et Molly vinrent s'agenouiller à ses côtés ; Nessa hocha la tête, puis commença à se balancer d'avant en arrière en suivant le rythme du bâton.

— Tout va bien, ma fille ? chuchota Molly.

— Je le sens, souffla-t-elle. C'est dans le bois. Ça bat comme un cœur. Est-ce que je deviens folle ?

— Pas du tout, Nessa.

Molly entoura ses épaules d'un bras solide.

— Il ne faut surtout pas que tu penses cela. Fais ce qui te paraît nécessaire. Laisse l'arbre te guider, d'accord ? Tu t'en sens capable ?

— Je vais essayer, répondit Nessa en tentant de réprimer sa peur.

Par l'intermédiaire du bâton, elle sentait la vie s'écouler lentement du corps de Kian. Près d'elle, Cecily s'était agenouillée ; le désespoir transpirait par tous les pores de sa peau. *Je ne sais pas quoi faire !* voulut dire Nessa. *Tout ça n'a rien à voir avec la forge...* Son père avait toujours été à son côté, pour l'aider dans chacun de ses gestes, jusqu'à ce qu'elle fût assez confiante pour les effectuer seule. Mais à présent...

Tu n'es pas seule, Nessa, dit une voix en elle — une voix qui ressemblait à celle de Molly, mais plus assurée, plus profonde encore. *Aie confiance en l'arbre, et en toi-même.* L'énergie s'accumulait dans la branche, gonflait l'écorce ; les mains de Nessa s'agitèrent de leur propre gré. Un courant d'énergie la parcourut de la tête aux pieds, et elle se sentit étreinte par une poigne géante.

— C'est bien, murmura Molly. Laisse le pouvoir monter en toi.

Le pouls de l'arbre s'intensifiait, à présent, la submergeant au point qu'elle ne sentait presque plus la main de Molly sur son épaule. Des racines s'étendirent de ses pieds et transpercèrent les épaisseurs de pierre et de bois, jusqu'à atteindre le sol et s'enfoncer dans la terre à la recherche de l'énergie secrète qui s'y cachait... Sous les pieds de Nessa, les dalles en pierre tremblaient aussi, se soulevant et retombant au rythme des pulsations. Tout se passait comme le jour où elle-même avait été guérie par le grand bouleau... Elle écarta largement les cuisses et arc-bouta le dos, au moment où une boule de feu partait d'entre ses jambes et parcourait sa colonne vertébrale jusqu'au sommet de son crâne, pour redescendre ensuite le long de ses bras. L'énergie jaillit du bout de ses doigts et embrasa le bois vivant du bâton. *Cela vient de moi !* comprit-elle. Si incroyable que cela parût, elle, Nessa, était l'étincelle qui réveillait le pouvoir de la terre. Elle sentit ce pouvoir prendre possession d'elle, et tous ses membres se mirent à frémir et à se convulser. Un torrent de sons jaillit de sa bouche, des gargouillis et des marmonnements dépourvus de sens qui firent vibrer sa langue contre son palais, et elle rebondit, comme si elle chevauchait une bête sauvage et déchaînée.

— C'est ça, mon enfant, murmura Molly. Laisse-toi aller. Respire, et laisse-toi aller.

Respirer, se dit Nessa. *Excellente idée.* Elle prit une énorme bouffée d'air, comme si elle avait été sur le point de s'étouffer.

— Au nom de la Déesse, qu'est-ce qui lui arrive ? chuchota Cecily.

Mais la réponse de Molly fut noyée dans les bruits qui s'écoulaient de la bouche de Nessa.

L'air qu'elle respirait attisait l'incendie en elle : les sons devinrent mots, bouillonnant et débordant de ses lèvres indépendamment de sa volonté. Son cœur battait au rythme régulier de celui de l'arbre ; de manière purement intuitive, elle comprit que la Nessa qu'elle connaissait s'était mise en retrait pour laisser émerger une autre partie d'elle, profondément enfouie, mais dont elle avait toujours pressenti l'existence. Elle prit une nouvelle bouffée d'air et s'entendit chanter.

Aulne, frêne et noisetier,
Bouleau, if et sorbier,
Houx, sureau, vigne, tremble,
Pommier, hêtre, le chêne vous lie.
Arbres sacrés, je vous nomme,
Pour éveiller pouvoir en somme.
Venez à moi ! Je vous appelle
De la racine au tronc, de la feuille au ciel

D'un bout à l'autre du tronc il court
De l'ombre à la lumière et retour.
Guéri sois-tu, grand chevalier ;
La vie retrouve ! Car tel est mon souhait —
Guéri tu seras par les arbres sacrés.

Elle entendit vaguement les voix de Cecily et de Molly s'élever à ses côtés : *Tout ce que je dis trois fois est vrai ; ainsi s'exaucera mon souhait,* chantaient-elles. Leurs bras entourèrent ses épaules ; Nessa répéta les trois derniers vers de son incantation et se concentra sur l'énergie qu'elle sentait croître sous ses mains.

Tout ce que je dis trois fois est vrai, résonna la voix de Cecily dans son oreille, son haleine chaude comme une bouffée de la forge. A cet instant, un impact puissant frappa Nessa en plein cœur, et le bâton fit un bond brutal entre ses mains.

Presque à son insu, Nessa posa la branche de bouleau sur le torse de Kian. Dans le corps du chevalier déferla une vague inexorable qui, lentement et délibérément, parcourut ses bras, son cou et redescendit le long de son dos pour atteindre ses jambes. Nessa entendit, comme de très loin, des fluides jaillir et siffler : la force guérisseuse incendiait la moelle du chevalier et incitait les muscles et les vaisseaux à se reforger. Derrière ses paupières fermées, Nessa vit les tissus se reformer et s'étendre comme un dais de feuilles s'épanouissant sous le soleil du printemps.

Les images s'estompèrent, et Nessa ouvrit les yeux. D'énormes gouttes de sueur coulaient sur ses joues ; une brise soudaine la fit violemment frissonner. Molly retira doucement le bâton de ses mains tremblantes et le posa sur le sol, près de Kian. Elle prit le châle que Cecily lui tendait, en entoura les épaules de Nessa, et fit signe à la duchesse de lui donner un verre de vin.

— Voilà, ma fille, bois un peu. Tu as été…

Sa voix s'érailla, et Nessa vit que des larmes brillaient dans ses yeux. Molly se pencha vers elle et posa un petit baiser sur sa joue.

Nessa réussit à sourire faiblement et à jeter un coup d'œil à Kian, mais avant qu'elle ait pu dire un mot, Cecily poussa un petit cri et prit la main du chevalier.

— Kian ? demanda-t-elle dans un souffle.

Les paupières de Kian s'ouvrirent. Ses yeux étaient vifs, sa peau rose et saine, sans trace de fièvre.

— Cecily ? murmura-t-il.

— Je suis là.

Elle porta la main de Kian à ses lèvres et la baisa.

— Que la Déesse soit bénie !

Cecily tourna son regard stupéfait vers Nessa.

— Et vous aussi, Nessa... Je n'ai jamais rien vu de semblable...

— Je crois que personne n'a jamais rien vu de semblable, Votre Grâce, dit Molly en entraînant Nessa vers la porte. En tout cas, pas depuis très longtemps.

« Qu'est-ce qu'elle veut dire par là ? » se demanda Nessa, tandis qu'un calme rêveur s'emparait d'elle. Du coin de l'œil, elle vit Cecily poser sa joue contre la main de Kian et fondre en larmes. Sa tête devint très lourde, ses membres se ramollirent comme du gruau... *Du gruau*, se dit-elle, et l'image d'un bol de flocons d'avoine fumants, recouverts de miel et de beurre fondu, apparut devant ses yeux. Elle fut soudain prise d'un appétit dévorant.

— J'ai faim, Molly, murmura-t-elle à l'oreille de la sorcière.

Celle-ci la guidait déjà dans l'escalier en spirale. Appuyée contre sa poitrine plantureuse, Nessa se laissait emporter comme un enfant.

— Je sais, ma petite, chuchota Molly.

— Je me sens très bizarre...

Devant ses yeux, des ombres ne cessaient de tournoyer, convergeant et se dispersant pour former des images et des motifs incompréhensibles.

— On va s'occuper de toi, maintenant. Mets un pied devant l'autre, mon enfant. Un pied devant l'autre.

Enfin, elles parvinrent aux cuisines. Des femmes s'affairèrent autour d'elle, l'enveloppèrent dans des couvertures et lui apportèrent du gruau plein de pommes, de miel, de crème et de beurre, qu'elle avala goulûment avant de tomber dans un profond sommeil.

— Allez savoir s'il est encore vivant…

Des voix coupantes comme des lames déchirèrent les brumes qui obscurcissaient la conscience de Finuviel. Chaque fois que les lourdes bottes s'écrasaient sur le sol, un élancement de douleur lui parcourait l'échine. Il recroquevilla ses doigts boursouflés autour de la couverture rugueuse qui le recouvrait, et inspira vivement : une bouffée d'air froid soufflait à travers sa prison. Il tenta d'ouvrir les yeux, mais ses paupières étaient collées par le liquide qui suintait de sa peau brûlée. L'air qui entrait du dehors était frais et pur. Il en avala une grande goulée, puis des bras le soulevèrent et le traînèrent hors de la mine.

A l'instant où le soleil de la surface toucha son visage, Finuviel sentit un appel résonner silencieusement en lui. Sur ses paupières s'imprimèrent des fragments à moitié oubliés de ses rêves torturés, et le visage d'une jeune sylphe qu'il ne connaissait pas. Elle avait les yeux bleus. *Le bleu est la couleur du répit*, répéta une voix en lui.

— Il n'est plus aussi joli qu'avant, dit une voix goguenarde.

Des rires s'élevèrent, puis il y eut des mouvements autour de lui. On le souleva et on le reposa sur une paillasse, à travers laquelle il sentit des planches pleines d'échardes. Avec un grincement, le sol tressauta. Finuviel comprit qu'il se trouvait dans un chariot, et que quelqu'un venait de prendre place à son côté. La voiture se mettait en marche ; on l'amenait quelque part.

— Oh !

Le petit cri de l'homme exprimait à la fois du dégoût et de la pitié. Finuviel se demandait bien à quoi il ressemblait, depuis son passage dans les mines d'Allovale. Il avait l'impression que l'argent l'avait écorché vif, exposant au vent tous ses muscles et ses articulations.

— A votre avis, barde, il tiendra jusqu'à Gard ?

Il y eut un long soupir, puis un silence.

— Passez-moi de l'eau.

Un souffle d'air caressa le torse de Finuviel et un doigt réticent écarta les lambeaux de son pourpoint.

— Donnez-moi ma sacoche. Si nous passons par un village où il y a une sorcière du maïs, nous nous arrêterons pour lui demander conseil. J'ai quelques herbes, là-dedans, qui pourront peut-être le soulager un peu... C'est monstrueux, ce que Cadwyr lui a fait.

Finuviel réprima un gémissement de douleur en sentant une main se refermer autour de la sienne. Le mortel la reposa aussitôt avec un soupir de consternation.

— Seigneur sylphe ?

La voix était douce et retenue, comme si l'homme craignait que l'ouïe de Finuviel ne fût également exacerbée. Finuviel tourna la tête en direction du souffle du mortel, et sentit une ombre fraîche tomber sur son visage.

— Est-ce que vous m'entendez, seigneur sylphe ?

Finuviel hocha faiblement la tête, mais lorsqu'il tenta de remuer la langue, sa gorge se contracta de douleur.

— Je suis ici pour essayer de vous aider, seigneur. Je vais faire de mon mieux. Je suis un barde, j'ai étudié l'art de guérir. Je m'appelle Lavram. N'hésitez pas à m'arrêter si je vous fais mal. Pour tout vous dire, je ne suis pas sûr de ce qu'il faudrait faire...

Une douleur lancinante parcourut le bras de Finuviel quand il fit signe au mortel d'approcher son visage. L'haleine rance de l'homme lui chatouilla les narines.

— L'argent est un poison... Il faut tirer le poison du corps..., balbutia-t-il.

— Tirer le poison ? J'ai du baume excrétant. Pensez-vous que cela puisse marcher ?

Sans avoir aucune idée de ce dont il s'agissait, Finuviel hocha la tête, épuisé par cet échange. Quelque chose de moite lui obstruait la gorge : ce n'était pas du sang, mais un morceau de chair qui semblait s'être détaché de l'intérieur de sa joue. Prenant conscience de la gravité de son état, il voulut porter la main à son visage, mais le mortel l'en empêcha.

— Non, non, seigneur. Ne touchez pas à cette joue. Pas maintenant, en tout cas. On va d'abord la nettoyer, d'accord ? dit-il sur un ton de gaieté forcée.

Mais Finuviel n'écoutait plus ; il venait de s'apercevoir qu'il n'avait plus de sensations dans les doigts. Le mortel s'agitait autour de lui, manipulait des récipients métalliques, faisait couler de l'eau. Il y eut un bruit de linge essoré ; quelques gouttelettes de liquide tombèrent sur sa joue, puis une main y appliqua doucement une grande compresse. Elle calma, sans l'éteindre, le feu qui brûlait la peau de son visage, et la douleur s'estompa un peu. Retrouvant quelques forces, il attrapa la manche du mortel.

— Barde ?

— Ne vous fatiguez pas à parler, seigneur. Laissez-moi vous baigner le visage. Essayez de vous reposer.

— Où allons-nous ?

— A Gard, seigneur. Le duc Cadwyr vous y demande.

Un souffle de vent s'engouffra dans le chariot, chargé de l'odeur des chevaux, de l'herbe mouillée et de l'eau. Un brusque cahot projeta Finuviel en avant ; un liquide se renversa sur sa main.

— Aidez-moi à m'enfuir, supplia-t-il.

Un long silence s'ensuivit. Finuviel se demanda si le mortel l'avait entendu. Une deuxième compresse mouillée fut appliquée sur son visage.

— Seigneur, chuchota le mortel, c'est impossible.

— Je suis en train de mourir, vous ne voyez pas ? Croyez-vous vraiment pouvoir me guérir, mortel ?

Finuviel lutta pour se redresser, mais une vague de douleur et de vertige le submergea, et le barde n'eut aucun mal à le recoucher sur sa paillasse.

— Reposez-vous, seigneur, je vous en prie.

— Ecoutez-moi bien, barde. Si je ne rentre pas en Faërie, je vais mourir, et tous mes semblables aussi. Je connais les intentions de Cadwyr à l'égard de la Faërie... Est-ce cela que vous voulez, barde ? Je vous en supplie...

— Je ne peux rien faire, seigneur.

Un souffle chaud s'engouffra dans l'oreille de Finuviel.

— Une centaine de cavaliers nous escortent. Le duc ne prend pas de risques... J'ai autant de chances de vous libérer que de me faire pousser des ailes et de m'envoler.

Avec un linge mouillé, il tapota délicatement les yeux de Finuviel pour ramollir et détacher la croûte qui les scellait. Des gouttes d'eau pénétrèrent sous ses paupières. Finuviel réussit à entrouvrir un œil et le referma aussitôt, ébloui par l'éclat du soleil. Levant son bras, il aperçut sa propre main, devenue monstrueuse : des lambeaux de peau pendaient d'ongles noircis semblables à des griffes de gobelin.

— Non, non... ne vous agitez pas, seigneur.

Le mortel versa un liquide dans un gobelet et, soudain, des effluves extraordinaires flottèrent dans l'air. Finuviel tourna brusquement la tête, cherchant la source de ce parfum qui lui rappelait la Faërie.

— Le duc m'a donné ce breuvage pour vous. Il pense que cela vous rendra des forces.

Le vin de pomme sylphe chatouilla les lèvres dévastées de Finuviel, coula sur sa langue calcinée, apaisa la chair à vif de sa gorge, et passa dans ses veines. Une onde d'énergie le parcourut ; il prit une profonde inspiration et sentit l'odeur de l'eau courante. Par-delà la voûte sombre des conifères qui bordaient le chemin, il aperçut des éclats de ciel bleu. *Le bleu est la couleur du répit*, songea-t-il, revoyant le visage de cette sylphe aux yeux couleur de ciel. Il entendit un cri de mouette, et comprit que le chariot longeait une grande étendue d'eau — un fleuve, peut-être, ou bien un lac. Pour la première fois depuis qu'il avait quitté la mine, Finuviel commençait à croire qu'il avait une chance de survivre. Il sourit faiblement au mortel et pencha la tête pour avaler une deuxième petite gorgée. S'il y avait suffisamment de vin de pomme, et une étendue d'eau tout près, il n'aurait peut-être pas besoin d'aide pour s'évader. *J'arrive*, lança-t-il en pensée à cet être auquel il était inexplicablement lié. Ce visage aux yeux bleus, qui ne pouvait être que celui de la Faërie elle-même... *Attendez-moi, j'arrive !* s'écria-t-il intérieurement, avant que l'alcool n'embrase son esprit et que ses pensées ne se dispersent en étincelles irisées.

— Kian ? chuchota Cecily.

Osant à peine croire à ce qu'elle venait de voir, la duchesse reposa la main sur le front du chevalier. Sa peau était tiède et sèche, sa fièvre était retombée. Seule une intervention de la Déesse avait pu accomplir un tel miracle... Du revers de la main, la duchesse caressa la joue de Kian, et les yeux du chevalier se rouvrirent. Il tourna la tête sur l'oreiller pour mieux la voir.

— Cecily, répéta-t-il.

— Comment te sens-tu ?

Il sourit, se recala sur le matelas, s'étira.

— Comme quelqu'un qui va mourir un autre jour.

« Oh, non, ne dis surtout pas cela ! » songea Cecily. Une main glacée se referma autour de son cœur, et il lui sembla entendre, au loin, un éclat de rire moqueur. Cecily lutta pour retenir ses larmes et refouler son mauvais pressentiment.

— Nous sommes à Killcarrick, dit-elle avec un petit sourire forcé.

Kian lui sourit et hocha presque imperceptiblement la tête.

— Je sais.

— Uwen est le nouveau duc de Gard.

— Ça aussi, je le sais. Les sorcières qui m'ont soigné n'avaient que son nom à la bouche.

Leurs yeux se rencontrèrent, et Cecily le retrouva de nouveau : fort, solide, entièrement à elle. Des flots de tendresse, de désir et de soulagement déferlèrent en elle et firent sortir de sa bouche des paroles qu'elle n'avait absolument pas eu l'intention de prononcer.

— Eh bien, seigneur Kian, vous qui avez l'oreille si fine et qui savez tant de choses, peut-être savez-vous aussi que je porte votre enfant.

Cecily ne sut jamais lequel des deux avait été le plus surpris par cette déclaration. La réponse de Kian fut noyée dans les hurlements des corbeaux qui fondirent sur eux, tournoyèrent puis s'éloignèrent en croassant, visiblement déçus.

Quand Nessa reprit enfin le chemin de la forge, il était très tard. Elle n'aurait su dire combien de temps elle avait dormi, pelotonnée devant la cheminée de la cuisine. Le gouverneur devait avoir quelque estime pour elle, songea-t-elle. En dépit de la pénurie de logements, sa petite chambre dans la forge était restée vide. Apparemment, elle lui avait été tacitement attribuée jusqu'au retour d'Engus. A supposer, évidemment, qu'Engus revînt un jour.

Epuisée, elle appuya son bâton de bouleau contre le mur et prit un fer pour attiser les braises, sans remarquer qu'Uwen se tenait accroupi devant le feu. Il se redressa brusquement de toute sa taille et lui arracha un petit cri de surprise.

— Désolé de vous avoir effrayée, jeune fille. J'ai appris ce qui s'est passé. A vrai dire, le fort tout entier ne parle plus que de ça. Comment va le chef ?

— Eh bien… Je… je ne sais pas vraiment.

— Ah oui ? Ce n'est pas ce que j'ai entendu dire. Vous vous débrouillez pas mal, pour quelqu'un censé ne rien connaître à l'art de guérir.

— Je vous jure que je n'y connais rien.

— Et pourtant, vous avez guéri le chef par une nouvelle sorte de magie que personne ne connaissait... Vous auriez au moins pu me dire que vous étiez une enfant de Beltane !

— Moi ?

Nessa rougit et regarda fixement ses mains.

— Mon anniversaire tombe plus d'un mois avant la fête. J'aurais du mal à me faire passer pour une enfant de Beltane, même si j'en avais envie.

D'un geste du menton, elle indiqua son bâton.

— C'est l'arbre... C'est ce bâton qui a tout fait. Je n'ai fait que l'écouter. C'est lui qui m'a utilisée... lui qui m'a choisie. Ça paraît incroyable, je sais.

Uwen hocha la tête d'un air solennel, puis lui fit un grand sourire.

— Je vous taquinais, Nessa. Ce n'est pas incroyable du tout. Mais je persiste à dire que vous avez tort. Il me semble que vous connaissez bien mieux l'art de guérir que vous ne voulez l'admettre.

— Que s'est-il passé, aujourd'hui, au Conseil ?

Nessa posa son bâton dans un coin de la forge et raviva les braises d'un coup de tisonnier. Elle était certaine qu'Uwen et tous les autres se trompaient sur son compte. Elle ne possédait aucun don particulier pour la guérison : elle entretenait un lien inexplicable avec cet arbre, voilà tout. De toute sa vie, elle n'avait jamais guéri ne serait-ce qu'un ongle incarné. Il était donc ridicule de la croire responsable du miraculeux rétablissement de Kian.

« Mais Molly n'a pas vu le bâton bouger », songea-t-elle subitement. Rejetant cette idée troublante, elle s'affaira autour du feu.

Les nuits devenaient de plus en plus froides. Bientôt, elle devrait fouiller dans les malles d'Engus à la recherche de vêtements plus chauds. A moins qu'une foire n'ait lieu. Mais personne ne semblait avoir le temps ni le désir d'y songer. L'hiver existait-il dans l'Outremonde ? se demanda-t-elle. Que se passait-il, là-bas ? Qu'était devenu Artimour ? Est-ce que la Faërie allait disparaître avant que ses parents n'aient pu s'en échapper ? Elle avait fort envie d'aller s'en rendre compte par elle-même. Après tout, elle possédait une épée plaquée d'argent, cette fois...

Les pensées de Nessa vagabondèrent tandis qu'Uwen faisait les cent pas en soupirant. Il s'appuya enfin contre l'encadrement de la porte et jeta un coup d'œil sur la cour, grouillante de monde malgré l'heure tardive.

— Une chose est sûre : depuis que Cecily est arrivée, le fort ressemble enfin à quelque chose. Quant au Conseil des chefs... Pour le moment, on ne peut pas dire qu'ils soutiennent vraiment Cecily, mais plutôt qu'ils se méfient de Cadwyr. On a envoyé des éclaireurs en reconnaissance : on parle de bloquer les routes empruntées par les convois d'argent. Cela aurait au moins le mérite d'irriter Cadwyr, de l'obliger à abattre son jeu. Et tout le monde aime l'idée de se servir dans ses réserves d'argent.

— Et vous ?

— Quelques druides ont examiné ma médaille, et l'ont déclarée authentique. Mais là encore, ils attendent de voir de quel côté le vent va tourner.

— Que comptez-vous faire ?

— Attendre bien sagement le retour des éclaireurs. Et vous, Nessa ?

— Moi ?

— J'ai entendu des réfugiés de votre village parler de rentrer chez eux. Je me demandais si vous comptiez vous joindre à eux...

— Je... je n'étais pas au courant. Je n'y avais même pas réfléchi...

L'idée de rentrer à Killcairn ne l'avait pas effleurée. C'était ici qu'Artimour reviendrait la chercher.

— Tant mieux.

— Pourquoi ?

— Je voulais être sûr que vous resteriez avant de vous demander un service, jeune fille.

— Un service ? De quoi avez-vous besoin ?

— Il ne s'agit pas de moi, mais de Cecily. Elle est partie de Gard sans même prendre une tunique de rechange. Il lui faut une épée, et une armure aussi — quelque chose qui lui donne l'air forte aux yeux de ces vieux guerriers.

Qui pouvait douter de la force de Cecily ? se demanda Nessa. Depuis l'arrivée de la duchesse, le fort chaotique s'était organisé comme par magie. Partout, l'ordre régnait ; même l'odeur des gobelins commençait à se dissiper, remplacée par celle du savon. Dans la cour, de grands nuages de vapeur parfumée s'élevaient des chaudrons de linge bouillants, que touillaient une armée d'écuyers et de marmitons. Néanmoins, Nessa comprenait ce que le chevalier voulait dire.

— Il me faudra un peu de temps. Forger une épée n'est pas une chose simple, vous savez. Mais je dois bien avoir une poignée quelque part…

— Faites ce que vous pourrez, Nessa.

Avant de tourner les talons, il lui frôla la joue du revers de la main.

— On a besoin de vous, ici, jeune fille, n'en doutez jamais.

Avait-il deviné qu'elle songeait à repartir dans l'Outremonde ? Nessa regarda le chevalier se frayer un chemin à travers la cour et disparaître, puis elle prit une épée dans un tas d'armes mis au rebut et en examina la poignée. La duchesse était très menue ; il lui faudrait une poignée plus courte, songea Nessa en réfléchissant au travail qui l'attendait. *Les épées n'ont rien à voir avec les autres armes, Nessie,* dit une voix en elle. D'un coup, elle eut de nouveau six ans. Perchée sur la table, elle regardait son père battre le fer. Sa peau et ses cheveux couverts de sueur luisaient tellement qu'il ressemblait à l'image qu'elle se faisait des sylphes.

— Pourquoi ça, père ? avait-elle demandé.

— L'arc et la lance servent à chasser, la hache à construire des maisons, le couteau à couper la viande. Seule l'épée est faite pour tuer des hommes. C'est pour cela qu'il faut prendre garde, en la forgeant, de ne pas y mettre de mauvaises intentions. Une épée qui cherche le sang peut être aussi dangereuse pour son porteur qu'une épée qui rechigne à sortir du fourreau.

A l'époque, elle était bien trop jeune pour comprendre les paroles de son père, mais elle se rappelait encore avec quelle concentration féroce il avait frappé le métal sur l'enclume ; elle se rappelait les frissons qui l'avaient parcourue tandis que les murs tremblaient sous la force de ses coups.

Aujourd'hui, toutefois, les conseils de Dougal prenaient tout leur sens. Elle ramassa la lanterne posée sur l'enclume et souffla la bougie en se demandant quelle sorte d'intention Dougal aurait mise dans l'épée de Cecily. Mais la seule image qui lui vint à l'esprit, alors qu'elle flottait entre la veille et le sommeil, fut celle de son propre bâton de bouleau, curieusement couronné par trois bourgeons verts sur le point de s'ouvrir.

9.

— Il y a quelqu'un ? Dame herboriste, êtes-vous là ?

Jammor se mordit la lèvre et jeta un coup d'œil par-dessus son épaule. Du dehors filtraient les voix des mercenaires aquiléens à l'exercice. Leur camp, installé dans les prés sous les remparts, s'étendait jusqu'à l'orée du bois. L'odeur peu familière de leur nourriture et les intonations rudes de leur langue perturbaient l'atmosphère habituelle du château. Le jeune barde entra dans l'herboristerie et cligna des yeux pour s'habituer à l'obscurité. Des bouquets d'herbes sèches pendaient des poutres et les étagères étaient remplies de bocaux, de flacons et d'ustensiles soigneusement rangés.

— Dame herboriste ?

Une silhouette sombre sursauta et rabattit le châle noir qui lui entourait le visage.

— Mag, c'est vous ?

— Qui me demande ?

L'herboriste en chef était occupée à piler une mystérieuse mixture verte. Deux sorcières l'assistaient ; l'une triait un tas de feuilles et de tiges, l'autre passait une teinture à l'étamine.

— C'est moi, Jammor. Jammor du Rill.

— Que veux-tu ? demanda Mag sans lever les yeux.

— Je me demandais comment allait Lyss.

— Elle est morte. Tu peux le dire à ton maître.

Mag maniait le pilon avec force, comme si elle espérait broyer le mortier lui-même. Au bout d'un moment, elle s'arrêta, poussa un long soupir et se drapa dans son châle.

— Attendez, Mag, ce n'est pas pour cela que je suis venu.

La vieille femme se retourna.

— Pourquoi, alors ? Ton maître t'a envoyé nous interroger au sujet de la duchesse, je parie. Tu nous crois assez naïves pour te répondre ?

Jammor entortilla ses mains dans le tissu gris de sa tunique.

— Ce n'est pas Kestrel qui m'envoie. Je suis venu de moi-même... pour vous parler de Cadwyr. Je crois que quelque chose ne tourne pas rond chez lui. En plus, la nuit dernière, j'ai fait un rêve très étrange, un rêve d'arbres...

— Un rêve d'arbres, dis-tu ? répéta Mag en posant brusquement son pilon.

— Oui. J'ai rêvé que tous les arbres étaient morts. Pas seulement ceux qui poussent autour du château, mais tous les arbres de Brynhiver, jusqu'au dernier.

Mag roula les yeux, l'air exaspérée.

— Va demander à ton maître ce que cela signifie. Nous, nous ne connaissons rien à la magie des arbres. Pas vrai, Corka ?

La femme à l'étamine releva la tête, fit une grimace de dégoût, puis se pencha de nouveau sur son travail. Jammor crut l'entendre jurer à mi-voix.

— Dame herboriste, je veux simplement vous aider. Je n'ai aucune idée de ce que mon rêve signifie, mais je suis certain que Cadwyr devient fou.

Trois têtes se relevèrent pour le dévisager.

— Qu'est-ce qui te fait dire ça ? demanda l'une des femmes.

— Avez-vous remarqué ce garçon qui l'accompagne ? demanda Jammor en jetant un rapide coup d'œil pardessus son épaule.

— Celui qui a toujours cette flasque à la bouche ?

— Je l'ai tout de suite remarqué quand le convoi est arrivé, dit Corka. Il est dans un sale état.

— C'est la faute de ce breuvage que Cadwyr lui fait boire. Il en a entreposé de pleines barriques dans les écuries. Le duc n'est là que depuis hier, et il a déjà fait apporter une deuxième barrique dans ses appartements. Comment une seule personne peut-elle boire autant ? Ce pauvre garçon se consume à vue d'œil, mais Cadwyr continue à lui en donner. Pourquoi ?

Jammor avança de quelques pas.

— Sans parler des mercenaires et des chariots pleins d'argent… Si Cadwyr avait l'intention d'envahir TirNa'lugh, il n'agirait pas autrement. Je ne plaisante pas, Mag.

La troisième sorcière se leva brusquement et alla fermer la porte.

— Sais-tu que ta voix porte drôlement loin, jeune barde ?

Mais Mag lui fit signe de continuer.

— Sa Grâce pensait que Cadwyr s'était allié aux sylphes bien avant Samhain, dit-elle. Maintenant, vous venez nous dire qu'il s'est retourné contre eux ?

Jammor se pencha vers les trois femmes et baissa la voix, jusqu'à ce qu'elles fussent forcées de se rapprocher de lui.

— Il y a une sylphe au troisième étage en ce moment même. Je ne sais pas où Cadwyr l'a trouvée, mais il la retient prisonnière. Puis il y a un prince sylphe que le duc a jeté dans les mines d'argent. J'ai entendu dire que c'était le roi de tous les sylphes.

Corka échangea un regard avec ses compagnes.

— Voilà pourquoi il fait venir tous ces chariots d'argent : pour conquérir TirNa'lugh. Je vous avais bien dit que ce n'était pas pour payer ces vautours aquiléens…

— Et la sylphe, mon garçon ?

— C'est une vraie dame, cela se voit au premier coup d'œil. Cadwyr l'a installée dans les appartements de la duchesse. Une pauvre fille à moitié folle lui sert de femme de chambre.

— Intéressant, dit Corka avec un hochement de tête.

— Il faut absolument que Sa Grâce en soit informée, dit la troisième sorcière. Si ce que tu dis est vrai, il faut intervenir avant que Cadwyr n'ait toute la puissance de TirNa'lugh derrière lui. Sinon, plus rien ne pourra l'arrêter.

— Elle a raison, mon garçon, dit Mag. Il faut que tu fasses parvenir ces nouvelles à la duchesse.

— Moi ? dit Jammor en les regardant toutes trois à tour de rôle. Je... je ne sais pas... Et Kestrel ?

— C'est maintenant que tu te soucies de lui ? De toute façon, s'il apprend que tu nous as parlé, ta vie ne vaudra plus grand-chose, mon pauvre ami. Demande un cheval aux écuries. Tu n'auras qu'à leur dire...

— Dis-leur qu'on t'a appelé pour un enterrement.

Jammor les dévisagea, stupéfait.

— Cela ne marchera jamais... Ah ! vous me taquinez, bien sûr.

Il poussa un long soupir.

— Vous avez sans doute raison. Je vais me débrouiller pour y aller.

Le vent froid sifflait entre les créneaux. Cecily serra son châle autour de ses épaules et tenta de rassembler ses idées. Difficile de concevoir que Kian et elle pussent avoir cette discussion !

— Kian, tu n'es pas prêt à remonter en selle. Crois-moi. Tu as failli mourir... Je n'avais jamais vu un homme perdre autant de sang ! Il a fallu un prodige pour te guérir : cette forgeronne a pratiqué une sorte de magie que personne n'avait jamais vue. De la magie d'arbre, à ce qu'il paraît. Les druides sont en train de lui parler en ce moment même.

Cecily croisa les bras sur la poitrine et secoua la tête.

— Je t'en conjure, Kian, parles-en au moins à Molly…

— Je n'ai pas le temps de demander la permission à une mâcheuse de chique, Cecily…

— Mâcheuse de chique ? Depuis quand les appelles-tu ainsi ? Tu as accepté d'écouter les sorcières, à Samhain. Tu t'es même prêté à leur rituel pour repousser les gobelins. Et maintenant, tu te moques d'elles ?

Cecily rejeta la tête en arrière, et de longues mèches s'échappèrent de son fichu. D'un geste impatient, elle arracha le carré de tissu et noua ses cheveux en un chignon lâche.

— Je sais pourquoi tu refuses de m'écouter. Tu ne veux pas attendre une minute de plus pour affronter Cadwyr. Mais tu n'es pas prêt à te battre, Kian, et tu le sais.

— Regarde, Cecily.

Kian se tourna pour lui montrer son épaule.

— Ce n'est qu'une petite égratignure. Quant à ça — il tapota sa cuisse —, je ne sais pas quelle sorte de magie Nessa a utilisée, mais c'est très efficace. Regarde, c'est déjà complètement cicatrisé.

Il pivota sur sa jambe.

— Cecily, tu ne peux pas me ligoter à ton côté. Peut-être ma blessure n'était-elle pas si grave, après tout. Tu sais bien que les entailles ont souvent l'air plus vilaines qu'elles ne le sont vraiment…

— J'ai vu la quantité de sang que tu as perdue.

Cecily se détourna et se mordit la lèvre.

— Et je n'essaie pas de te *ligoter*, Kian. Simplement, je ne veux pas te voir reprendre la route avant que tu ne sois vraiment guéri.

— Cecily, ce n'est qu'une mission de reconnaissance. J'ai envie de voir par moi-même à quoi ressemble la rive est du lac. Je connais bien les Hautes Terres, mais les cols entre Gard et Allovale me sont moins familiers.

Tu peux tout de même te passer de moi pour une nuit ou deux, non ?

— Il ne s'agit pas d'une nuit ou deux, Kian. J'ai peur de te perdre à jamais.

Elle laissa vaguer son regard sur la cour. Les travaux de réparation étaient en bonne voie. Dès son arrivée, la duchesse avait regroupé les mères, les enfants et ceux qui étaient trop vieux pour se battre dans les étages du fort, tant pour les protéger que pour désengorger les parties communes. Dans un coin de la cour, un sergent aboya un ordre. Kian s'approcha d'elle et la prit dans ses bras. Un peu à contrecœur, Cecily nicha sa tête contre son épaule.

— Uwen ne peut pas y aller à ta place ?

— C'est impossible. Donnor est mort, et la compagnie n'existe plus. Je n'ai pas d'ordres à donner à Uwen, surtout depuis qu'il a fait valoir son droit au duché de Gard. Et tu le sais aussi bien que moi.

— Je sais que tu m'es plus précieux que la vie, Kian de Gard. J'ai déjà failli te perdre, et notre histoire n'a même pas commencé.

— Ah, Cecily...

Kian inclina le visage de la duchesse vers le sien et fit pleuvoir des baisers légers sur ses joues et ses yeux, avant de trouver sa bouche. Ils chavirèrent l'un vers l'autre, et Cecily s'abandonna à l'étreinte chaude et solide de son amant. Mais Kian lui prit le menton en coupe et tourna doucement son visage vers le paysage nocturne. Sous le ciel froid, la terre s'étendait, brune et flétrie, et les cyprès qui pointaient des collines touffues se reflétaient dans l'eau ridée du lac.

— Tu as tort, Cecily. Cette terre qui s'étend devant nous à perte de vue, et tous les gens qui l'habitent, voilà ce qui devrait t'être plus cher que la vie. Moi, je ne suis qu'un guerrier parmi d'autres. Il y a des centaines d'hommes dans ce fort qui se feraient couper le bras pour avoir l'honneur de te tenir compagnie ou de réchauffer ton lit. C'est la terre que tu dois aimer, Cecily, car elle seule est éternelle. Nous — guerriers, druides, et tous les autres — ne faisons que passer.

Il s'interrompit un instant.

— Je vais te dire la vérité. Je sais que tu as raison. J'étais aux portes des Terres d'Eté : j'ai entendu les chants de fête, j'ai senti l'odeur du bœuf et du chevreuil rôti, et même celle de l'hydromel. Si j'ai été rappelé dans ce monde, Cecily, c'est sûrement pour vivre encore quelque temps...

Il passa ses bras par-dessus les épaules de la jeune femme, posa une main écartée sur son ventre légèrement arrondi, et dénoua ses cheveux pour les laisser retomber sur ses épaules.

— Je ne veux pas que tu meures, dit Cecily avec véhémence, les mâchoires serrées.

— Moi non plus, je ne veux pas mourir.

Il la fit pivoter sur elle-même et plongea son regard dans le sien.

— Je veux te voir couronnée reine. Je veux voir mon fils naître, grandir et devenir un homme. Mais je sais aussi que ce n'est pas la mort qui importe, mais la façon de mourir.

Ce n'est pas la mort qui importe, mais la façon de mourir. L'ancienne devise de la Maison de Mochmorna... Cecily croisa ses bras sur ses seins, comme pour se protéger et protéger l'enfant en elle. Mais il n'y avait rien à faire : elle descendait d'un peuple de guerriers, et Kian aussi.

« C'est pour cette raison qu'il est aimé de tous, songea-t-elle. Il a toutes les qualités d'un bon guerrier : il est juste, fidèle et courageux, même face à sa propre mort. »

Avec un long soupir, elle se laissa mener vers le lit et étendre sur les épais draps en lin hérissés de paille. Il fit passer sa jupe et sa tunique par-dessus sa tête.

— Je te jure que je reviendrai, Cecily, murmura-t-il en se glissant au-dessus d'elle.

Du bout de la langue, il caressa délicatement un téton brun rosâtre, jusqu'à ce qu'elle laissât échapper un petit murmure de plaisir. Alors il releva la tête et lui sourit.

— Comment peux-tu me croire pressé de quitter tout cela ?

« C'est pourtant ce que tu t'apprêtes à faire », pensa-t-elle. Mais au lieu de répondre, elle prit la tête de son amant entre ses mains et chercha sa bouche. Les doigts de Kian étaient toujours posés sur son ventre bombé.

— Je reviendrai, Cecily. Pour toi, et pour mon fils.

— C'est peut être une fille, tu sais, dit-elle en parcourant du bout des doigts les muscles de son torse.

— Ou peut-être les deux, murmura-t-il.

Puis ils se turent, et le monde autour d'eux se fondit en une douce brume dorée.

— Forgeronne, êtes-vous là ?

Nessa leva les yeux de l'enclume : un groupe de druides en robes blanches se pressait devant la porte de l'atelier, Molly et deux autres sorcières sur leurs talons.

— Oui…

Elle posa son marteau et contourna la forge en s'essuyant les mains à un chiffon.

— Maître druide ? Molly ? Que se passe-t-il ?

— C'est au sujet de la guérison de Kian, Nessa.

— Je m'appelle Collum, jeune fille, dit le chef du groupe. Mes frères et moi venons du côté de Pentland. Nous avons entendu parler de ce que vous avez fait, et nous aimerions vous poser quelques questions.

— Que voulez-vous savoir ?

— On nous a dit que vous aviez invoqué la magie des arbres. Nous pensions que vous pourriez peut-être nous aider.

Du coin de l'œil, Nessa chercha son bâton de bouleau. Il était resté à l'endroit où elle l'avait posé la veille ; aucune feuille verte n'avait poussé pendant la nuit. Puis elle tourna son regard vers Molly et les druides.

— Je ne me rappelle pas grand-chose de ce que j'ai pu faire ou dire.

— Je vous avais prévenus, lança Molly, la tête haute et les bras croisés sur la poitrine. Ce n'est pas elle qui parle, mais la magie.

Ignorant l'intervention de Molly, le druide fixa un regard résolu sur Nessa.

— Seriez-vous d'accord pour nous suivre ?

Nessa jeta un coup d'œil à Molly.

— Où voulez-vous m'emmener ?

— Nous avons besoin de connaître les noms des treize arbres sacrés. Est-ce que vous vous en souvenez, par hasard ?

— Les treize arbres ?

Elle fronça les sourcils.

— Aulne, frêne, noisetier. Bouleau, if, sorbier…

Mais les autres lui échappèrent. Elle secoua la tête et écarta les mains, penaude, tandis qu'un soupir de déception s'élevait du groupe de druides.

— Nous savons déjà qu'il y a le chêne et le houx, maître Collum, dit l'un d'eux.

Mais le premier druide repoussa sa suggestion d'un geste impatient.

— C'est ceux que nous ne connaissons pas qui nous importent, maître barde.

Il tourna son regard vers Nessa.

— A la pleine lune, demoiselle, nous avons l'intention d'accomplir un rituel pour renouer le lien avec les treize arbres sacrés. Mais…

— Mais vous ne connaissez pas leurs noms, termina Nessa.

— Cela n'avait pas beaucoup d'importance, jusqu'ici, murmura l'un des hommes.

— Je vais essayer de m'en souvenir.

— Justement, nous pensions que cela vous reviendrait peut-être plus facilement si vous guérissiez quelqu'un d'autre.

Nessa ouvrit la bouche pour protester, mais à cet instant, Molly s'interposa.

— Ce n'est pas aussi simple, maître druide.

Mais l'homme se pencha vers Nessa, les yeux pleins de désespoir.

— Je vous en supplie, jeune fille. Mes frères et moi... Comment vous expliquer ? Les versets druidiques sont obscurs. Les gens se sont tournés vers nous, à Samhain, et nous avons été incapables de les aider...

— Si seulement vous vouliez bien essayer, demoiselle..., dit un autre druide.

Il avait l'accent du Nord, et portait un tartan inconnu sur sa robe blanche ourlée de bleu. Nessa parcourut du regard le groupe assemblé devant elle ; leurs visages étaient empreints d'une détresse et d'une inquiétude telles qu'elle haussa les épaules.

— D'accord, dit-elle. Je vous suis.

Les druides s'inclinèrent et sortirent de la forge sans rien ajouter. Nessa jeta son tablier sur l'enclume, ôta son plastron de cuir et se précipita derrière eux.

— Tu n'oublies pas quelque chose ? demanda Molly.

Nessa se retourna et empoigna son bâton de bouleau.

— Et si je n'arrive pas à me souvenir des treize noms, Molly ?

La sorcière poussa un petit soupir.

— Fais de ton mieux, mon enfant. Laisse-les venir à toi, comme tu l'as fait la dernière fois.

Nessa agrippa son bâton et tenta de se rappeler les mots qui lui étaient spontanément venus à l'esprit, la veille. *Bouleau, if et sorbier, houx, sureau, vigne, tremble...* Etait-ce cela ? Aux côtés des trois sorcières, elle passa le portail du fort et suivit les druides en direction des bois.

— Molly, dit-elle, pourquoi est-ce que tout cela m'arrive à moi ?

Les trois femmes échangèrent un regard lourd de sens.

— Eh bien... si tu n'étais pas certaine de ta date de naissance, je dirais que tu es une enfant de Beltane, répondit Molly après un temps. Mais puisque ce n'est pas le cas… Qui sait ? Les druides ont l'habitude d'interroger les étoiles. Peut-être que maître Collum pourra t'aider à trouver une réponse.

— Pourquoi es-tu aussi sûre, Nessa, du jour où tu es née ? demanda Morag, les joues rougies par l'effort.

— C'est mon père qui me l'a dit, répliqua Nessa. Il est bien placé pour le savoir…

— A moins qu'il n'ait fait exprès de t'indiquer un mauvais jour, suggéra Bethy.

— Tais-toi, ma fille ! lança Molly. Ne va pas lui mettre dans la tête que son père a menti, alors que tu n'en sais absolument rien. Moi, je pense qu'il a pu se tromper. Tu ne crois pas, Nessa ?

Nessa secoua la tête sans dire un mot, et finalement, après avoir échangé un dernier regard, les sorcières haussèrent les épaules.

— On ne saura peut-être jamais, dit Morag. Par la Grande Mère, jusqu'où ces maudits druides comptent-ils nous emmener ?

Le groupe avait quitté la route principale, pour emprunter un sentier qui serpentait à travers les bois de Killcarrick vers les petites collines ondulantes situées derrière le fort. Tout était silencieux, à part le bruissement des robes des sorcières et le craquement des feuilles sèches sous leurs pas.

Enfin, on déboucha dans une clairière au pied d'un monticule. Nessa reconnut un tertre dont le sommet était visible depuis les remparts de Killcarrick. Les druides les attendaient au bas de la pente.

— Que se passe-t-il, là-haut ? demanda-t-elle.

— Nous avons commencé à débroussailler le bois sacré. Malheureusement, il y a bien plus de treize sortes d'arbres qui poussent ici…, commença Collum.

— Le bois a été abandonné depuis longtemps, et il est revenu à l'état sauvage, expliqua un autre druide.

— Venez-vous, demoiselle ?

Les hommes se dirigèrent vers le haut de la colline et Nessa leur emboîta le pas. Leurs ourlets bleus traînaient et s'accrochaient dans les broussailles. Nessa les suivait, envahie d'un sentiment de froid et de vide qui ne faisait que s'amplifier. Quoi qu'il y ait eu dans cet endroit, auparavant, tout avait disparu, pensa-t-elle en parvenant au sommet, où se dressait un cercle de pierres.

— Quel est cet endroit ? demanda-t-elle.

— C'est l'ancien tertre sacré de Killcarrick, n'est-ce pas ? dit Molly en pénétrant dans le cercle.

Couvertes de mousses, inclinées à des angles obliques, les pierres arrivaient à hauteur des genoux. Elles étaient tachées et noircies, comme brûlées par de nombreux feux.

— C'est ça, dit l'un de leurs compagnons.

— Pourquoi l'a-t-on abandonné ? demanda Morag.

Un frisson parcourut Nessa tandis qu'elle regardait autour d'elle. Malgré la protection des bois, il faisait froid dans cette clairière, et les grands arbres étaient sinistres, avec leurs branches sombres et nues.

— Il me semble qu'on n'arrivait plus à allumer les feux, dit Molly. Cela fait peut-être vingt ans qu'on a déplacé les cérémonies sur un nouveau tertre. C'est bien cela ?

— Quelque chose à voir avec le vent qui souffle sur le lac, confirma un druide.

Nessa avait assisté à d'innombrables rituels sur le Tertre de Killcarrick sans jamais entendre parler de cet endroit. Elle promena son regard sur la clairière envahie par les ronces, et serra la main autour de son bâton : le bois de bouleau lui parut froid et dur. Sa gorge se noua.

— Que voulez-vous que je fasse, maître druide ?

— Suivez-moi.

D'un geste de la main, il lui fit signe de s'avancer à travers un taillis de jeunes arbres qui s'élevait en plein milieu du cercle de pierres.

Nessa réprima un petit cri. Sur un grabat de planches gisait un vieil homme aux longs cheveux blancs et au visage blafard, dont le bras avait été arraché au niveau de l'épaule. Un gros pansement imprégné de sang entourait le moignon. L'homme leva les yeux vers elle et sourit faiblement.

— C'est la fille de Beltane ?

— Non ! s'écria Nessa.

Le blessé jeta un regard perplexe aux autres druides.

— Je croyais que vous étiez partis chercher la fille de Beltane ?

— Elle prétend qu'elle ne l'est pas, dit Collum. Je vous en prie, maître, laissez-lui au moins une chance…

— Approche, jeune fille.

Le vieux druide releva la tête et, de sa main restante, lui fit signe d'avancer.

— Comment t'appelles-tu, et d'où viens-tu ? Et pourquoi es-tu couverte de suie ?

— Je suis Nessa de Killcairn. Je travaille à la forge.

Le druide tourna son regard vers Collum.

— Qu'est-ce que cela veut dire ? Ai-je l'air d'un cheval mal ferré ?

Alarmée, Nessa recula d'un pas.

— Peut-être… peut-être que vous devriez trouver quelqu'un d'autre…

— Revenez, demoiselle, dit Collum. Je vous en supplie…

Molly, vigilante comme toujours, s'avança pour intervenir.

— Ecoutez, maître druide…

Nessa observa l'homme qui gisait sur son grabat. Une fine transpiration lustrait son front ; ses lèvres étaient bleues et pincées.

« Il va mourir », pensa-t-elle.

— Qu'est-il arrivé à votre bras, maître druide ? demanda-t-elle.

— Un gobelin, à Samhain.

Nessa tressaillit, hésitante, mais Collum posa la main sur son bras.

— Vous ne voulez même pas essayer ?

— Je… je ne crois pas que je puisse guérir cela, maître druide.

Cette clairière et le bois qui l'entourait étaient malades — tristes, silencieux, froids, comme si leurs anciens occupants les avaient abandonnés. Comme si les lieux sommeillaient depuis si longtemps que rien ne pouvait plus les réveiller. Nessa se demanda comment on avait réussi à allumer le feu qui avait noirci les pierres levées.

— Elle connaît ses limites, grogna le vieil homme. C'est déjà ça.

— Qu'espériez-vous qu'elle fasse ? demanda Molly.

— Le sang ne cesse de couler, répondit le blessé. Je sens la vie me quitter goutte à goutte…

Il posa son regard sur Nessa puis sur les trois vieilles femmes.

— Pouvez-vous faire quelque chose pour rendre ma fin moins douloureuse, mes sœurs ?

Celles-ci échangèrent un regard, et, prise de compassion, Nessa s'avança de nouveau.

— Je vais essayer. Je ne suis pas sûre de pouvoir faire grand-chose, mais je vais quand même essayer.

Le vieil homme la regarda droit dans les yeux, et le cœur de Nessa se serra. Elle doutait fortement de pouvoir l'aider. Entre ses mains, le bâton demeurait froid et inerte. Pourquoi ? se demanda-t-elle. Pourquoi sauver le chevalier Kian, plutôt que ce vieux sage ? N'avait-on pas besoin du savoir que l'archidruide avait accumulé au cours de sa vie passée à étudier les livres sacrés ?

Comme elle s'agenouillait près du vieil homme, celui-ci lui adressa un petit sourire.

— Ce n'est pas ta faute, jeune fille.

Une brise fraîche fit s'entrechoquer les branches au-dessus de leurs têtes ; un oiseau jeta un trille, puis se tut. Nessa crut sentir une brève vibration dans son bâton… puis plus rien. La terre, sous ses pieds, ne remuait pas. *Nous sommes peut-être trop loin de l'arbre-mère*, dit une voix en elle. Mais elle ne voulait pas renoncer si tôt. L'archidruide poussa un long soupir, et Nessa sentit la main de Molly sur son épaule, solide et rassurante. Prenant une profonde inspiration, elle brandit son bâton de bouleau au-dessus du vieil homme et chercha à retrouver un sentiment de communion avec la terre… Pas de réponse. Autant frapper à la porte d'une maison vide. Pourtant, il y avait des arbres tout autour d'eux, et les pierres levées étaient noircies de suie. Que s'était-il passé, pour que tout s'endorme ainsi ?

Finalement, elle dut admettre son échec. Elle se tassa sur elle-même et secoua la tête. Ouvrant les yeux, elle croisa le regard du vieux druide.

— Ce n'est pas ta faute, répéta-t-il.

— Je ne comprends pas, dit Nessa en cherchant le regard de Molly. Je ne sens rien, ici… rien du tout.

— Nous vous avions bien dit, Collum, que vous confondiez le bon grain avec l'ivraie… Dire que vous avez fait confiance à une forgeronne…

— Sans doute le chevalier n'était-il pas si gravement atteint…

Les murmures méprisants blessèrent Nessa comme des pierres. Elle recula, cramponnée à son bâton inutile. Que faisait-elle avec cette branche morte entre les mains ? Elle avait bien envie de la jeter dans les ronces… Derrière elle, Molly l'appela, mais Nessa courait déjà, s'enfonçant aveuglément à travers les broussailles. Au milieu des bois, elle s'arrêta enfin pour reprendre son souffle et regarda autour d'elle. Un mouvement attira son attention : une bête de la taille d'un gros chat sauta d'une branche basse sur une autre. Nessa leva son bâton, frappa, et la créature tomba à terre avec un grognement. Accroupie, son bâton brandi au-dessus de la tête, Nessa examina la bête. Celle-ci poussa un sifflement menaçant. On aurait dit un minuscule gobelin avec de très grandes oreilles, un gobelin incroyablement sale. Barbouillé de terre, même, et de feuilles, comme pour se camoufler. La créature se leva, grogna de nouveau, montra les dents et détala entre les arbres.

« Au nom du Grand Herne, se dit Nessa, quelle est cette étrange créature ? » Mais elle n'eut pas le temps de se jeter à sa poursuite, car déjà les voix de Molly et des autres femmes résonnaient dans les bois, et elle ne voulait pas les inquiéter.

— Je suis là ! cria-t-elle, les yeux rivés dans la direction que la petite bête avait prise.

Etait-ce un bébé gobelin ? se demanda-t-elle. Au fait, les gobelins avaient-ils des petits ?

— Nessa !

Molly déboucha d'un rideau de broussailles, suivie de près par Morag et Bethy.

— Nessa, est-ce que ça va ?

— Ne fais pas attention aux druides, petite, dit Bethy.

— Sa Grâce a bien vu ce que tu as fait pour le seigneur Kian, ajouta Morag.

— Nessa, réponds !

Les trois femmes s'arrêtèrent à quelques pas d'elle.

— J'ai cru voir quelque chose, Molly, dit Nessa. Ça ressemblait à un petit gobelin à la peau marron.

Les trois femmes poussèrent un soupir de stupéfaction.

— Un lutin ?

— Elle a vu un lutin !

Molly leva la main.

— Assez, vous autres. La petite a la tête assez pleine sans que vous la fassiez éclater avec vos suppositions. Elle vient de passer un moment difficile, vous le savez bien.

Nessa se retourna vers les trois femmes.

— Je sais très bien ce que j'ai vu. C'était un tout petit gobelin. Je l'ai étendu par terre d'un coup de bâton. Regardez, il est tombé ici : on voit encore sa trace dans les feuilles.

— Et ensuite ?

— Il a grogné, puis quand je l'ai menacé de mon bâton, il s'est enfui.

— Une petit gobelin marron, tu dis ?

— Marron, oui, et couvert de terre et de feuilles.

Elle se redressa et épousseta sa tunique.

— Je suis désolée d'être partie comme ça.

— Tu sais, Nessie, ce ne sont que de vieux bonshommes effrayés…

— Ce n'est pas ça, dit Nessa. Ce n'est pas seulement à cause d'eux. Il y avait autre chose…

— Quoi, mon enfant ? demanda Molly.

Tout en parlant, les trois femmes étaient sorties des bois et traversaient les prés en direction du fort.

— Quelque chose de très étrange, Molly. Là-haut, sur ce mont, la terre n'est pas la même que dans le fort. Je me disais… peut-être que le tertre est trop loin de l'arbre d'où est tombé mon bâton…

— Eh bien… c'est possible, en effet.

— N'empêche, je ne comprends pas pourquoi j'ai pu aider Kian, mais pas le vieux druide.

Molly échangea un regard avec les autres femmes, puis tapota l'épaule de Nessa.

— Il y a des choses qu'on ne peut pas expliquer, Nessie. Peut-être qu'il vaut mieux ne pas trop chercher.

— Tu y réfléchiras plus tard, dit Morag.

— La nuit porte conseil, ajouta Bethy.

Mais sur le chemin de la forge, ainsi que tout le reste de l'après-midi puis de la soirée, Nessa ne put penser à rien d'autre. Finalement, à la tombée du crépuscule, elle arracha son tablier et partit à la recherche du druide. Elle trouva Collum dans la grande salle, penché sur un bol de ragoût. Alors qu'elle hésitait à interrompre son souper, il leva brusquement les yeux et l'aperçut. Aussitôt, il s'essuya les lèvres avec sa serviette et lui fit signe de le rejoindre.

— J'avais l'intention de venir vous parler, forgeronne, dit-il avant qu'elle n'ait pu ouvrir la bouche. Je voulais vous présenter mes excuses pour ce qui s'est passé aujourd'hui. Mes frères et moi regrettons sincèrement de nous être comportés ainsi.

— C'est pardonné, dit Nessa.

— La duchesse..., dit Collum entre deux bouchées. Elle nous a tout expliqué... la nature de la blessure du seigneur Kian, la façon dont vous l'avez guéri... Nous ne comprenons pas comment cela a pu marcher, mais il est évident que vous avez accompli un acte magique.

Il lui fit signe de s'asseoir, posa une écuelle de bois devant elle, puis approcha la marmite qui se trouvait en bout de table.

— C'est de cela que je voulais vous parler. J'aimerais que vous m'expliquiez quelle sorte de magie vous avez utilisée.

Nessa porta lentement une cuillère de ragoût à sa bouche.

— Maître druide, vous vous y connaissez sûrement mieux que moi ! Vous avez votre propre magie...

Le druide secoua la tête et répondit si doucement que Nessa dut se pencher tout près de lui pour l'entendre.

— Ne comprenez-vous pas, demoiselle ? Notre magie — la magie des druides, la magie d'arbre, appelez-la comme vous voudrez — n'est plus que cérémonie depuis bien longtemps.

— Mais je croyais que vous, les druides du Nord, aviez réussi à réveiller les morts, le soir de Samhain. On dit que c'est vous qui nous avez sauvés...

— Oui. C'est le vieux Lugh qui les a appelés. Il ne savait pas que cela marcherait.

Collum reposa sa cuillère et chercha le regard de Nessa. Ses sourcils broussailleux étaient parsemés de gris, et de mystérieux tatouages ornaient ses bras.

— Nous n'avons plus de temps pour les vieilles rivalités. La duchesse a raison — magie du maïs, magie des arbres, peu importe. Ce qu'il faut, c'est retrouver la vraie magie, celle qui peut mettre Brynhiver à l'abri des gobelins. Elle a bien dû exister...

— Quand ?

Collum s'interrompit et jeta un coup d'œil à la table que le gouverneur avait dressée sur l'estrade dès l'arrivée de Cecily. La duchesse en personne y dînait, entourée des seigneurs et chefs de clans, et de leurs épouses.

— Il y a environ mille ans, je suppose. Avant l'époque de Bran Brunebarbe. Vous avez entendu parler de lui, demoiselle ?

Nessa hocha rapidement la tête et baissa les yeux vers son écuelle. Des images de son père, puis de sa mère et d'Artimour défilèrent devant ses yeux. Elle se rendit soudain compte que le druide lui avait posé une question.

— … un simple problème de guérison. Il y a peut-être autre chose, qu'en pensez-vous ?

— Je suis désolée. Que m'avez-vous demandé ?

— Peut-être que le problème ne venait pas de la difficulté de guérir un membre amputé. Quelle différence avez-vous sentie, aujourd'hui, par rapport au jour où vous avez guéri le chevalier ? Vous n'êtes pas obligée de me répondre tout de suite. Simplement, réfléchissez-y.

— Je peux vous dire une chose, déclara lentement Nessa. Quand j'étais auprès du seigneur Kian, j'ai ressenti un lien très fort avec quelque chose… quelque chose dans la terre. Cela ressemblait à de l'eau, de l'air et du feu mélangés, mais cela venait de la terre. C'était comme si je m'étais trouvée d'un coup au milieu d'une grande rivière : je sentais le flot s'écouler autour de moi.

Elle s'interrompit, peinant à trouver les mots pour décrire une communion aussi intime. Mais le druide hocha la tête en signe d'encouragement.

— Tout à l'heure, sur le tertre, je n'ai rien senti du tout. L'esprit de la terre n'était pas là… ou, du moins, il n'était pas conscient.

Elle réfléchit un instant.

— Le bâton de bouleau fait partie de tout cela… mais je ne comprends pas bien comment.

Le druide s'adossa à sa chaise et regarda Nessa d'un air troublé.

— Il faut que je consulte nos livres. Cela doit forcément être écrit quelque part. Il suffit simplement de savoir ce que l'on cherche.

— Les sorcières disent que leur magie ne s'apprend pas, mais se ressent. Si c'est la même chose pour votre magie, peut-être la réponse ne se trouve-t-elle pas dans les livres…

— Alors, je crains que tout ne soit perdu, demoiselle. Vous avez vu la taille des monstres qui nous ont attaqués à Samhain ? J'ai bien peur qu'ils ne reviennent à la mi-hiver. Après tout, c'est la nuit la plus longue de l'année. Mais l'esprit de la terre ne peut pas être mort. Seulement endormi.

— Vous trouverez peut-être quelque chose dans vos livres pour le réveiller, dit Nessa.

Elle parlait sur le ton de la plaisanterie, mais le druide ne parut pas trouver cela drôle. Sa bouche s'ouvrit, et il dévisagea Nessa. Ses joues s'embrasèrent, pâlirent, puis rougirent de nouveau, et, l'espace d'un instant, la jeune fille craignit qu'il ne fût pris d'une crise. Le vieil homme lança un regard vers l'estrade, puis se retourna vers elle.

— Demoiselle…

Il lui frôla la joue d'une main tremblante.

— Demoiselle, vous ne vous rendez pas compte de ce que vous venez de dire.

Rejetant son tartan sur son épaule, il se leva d'un bond et posa un baiser sur son front.

— Que votre maison soit bénie, jeune fille ! Vous et tous les vôtres !

Puis il s'élança vers la porte, fendant la foule avec l'énergie d'un jeune homme, un sourire béat sur les lèvres, tandis que Nessa restait seule à fixer son ragoût, silencieuse et médusée.

Le bruit d'un filet d'eau réveilla Finuviel, puis un cahot violent planta une écharde dans son dos. De gros doigts, sans doute ceux de Lavram, retirèrent les compresses de son visage. Le sylphe inspira vivement, et l'air pur et froid s'engouffra dans ses narines. Il voulut ouvrir les yeux, mais ses paupières étaient de nouveau scellées. Il maudit Cadwyr en silence tandis que le barde nettoyait délicatement les croûtes avec un tissu de lin rêche. Enfin, Finuviel put ouvrir les yeux. Au début, tout fut trouble, puis il aperçut des étoiles, argentées et sinistres, dans le ciel nocturne. Au-dessus de lui se penchait un visage hirsute et sillonné de rides, aux yeux empreints de compassion. Des yeux bruns. Des yeux de mortel.

— Lavram ? articula-t-il.

— Ne vous épuisez pas à parler, seigneur.

Le barde retira délicatement le reste des pansements et tapota le visage du sylphe avec un onguent qui sentait l'herbe et le crottin mêlés.

— Si votre gorge est dans le même état que votre visage, il vaudrait mieux garder vos forces pour plus tard. Cadwyr aura des questions à vous poser.

Finuviel referma les yeux. « Que Cadwyr brûle dans le ventre de la Sorcière ! » voulut-il répondre. Mais cela n'en valait pas la peine. Son corps tout entier brûlait et picotait, comme s'il était allongé sur un lit d'épingles. Le rebord d'un récipient en terre toucha ses lèvres, puis un liquide coula sur sa langue, lourd et épais comme tout ce qui venait de l'Ombre.

— Donnez-moi plutôt...

Sa voix s'érailla et il tenta de détourner la tête.

— Donnez-moi du vin de pomme.

Si la liqueur sylphe brûlait la gorge, au moins brûlait-elle du feu de la Faërie.

— Il n'en reste que quelques gouttes, seigneur. Je voulais essayer de les faire durer...

— Il m'en faut !

Avec l'énergie du désespoir, Finuviel agrippa le barde par sa robe et l'attira vers lui, jusqu'à ce que leurs visages se touchent presque. A cet instant, apercevant son propre reflet dans les yeux du mortel, Finuviel vit qu'il ne restait plus de son nez qu'un cratère noirci. La nausée lui tordit le ventre.

— Donne-moi du vin ! siffla-t-il entre ses dents.

— D'accord… d'accord, bégaya le barde.

— Que se passe-t-il, ici ?

Une grosse main se faufila par-dessus la rambarde du chariot et décrispa le poing de Finuviel, puis un visage moustachu se découpa dans l'obscurité.

— Rien, sergent. Ne vous en faites pas, dit Lavram en s'époussetant.

Il reprit la main de Finuviel dans la sienne et, quand le garde se fut éloigné, baissa les yeux vers le sylphe.

— Me croyez-vous, maintenant ? Ils sont partout et ils ne vous quittent pas des yeux. Je ne peux pas vous aider à vous enfuir. Tout ce que vous obtiendriez, c'est ma tête au bout d'une pique.

— Sauf si vous vous enfuyez avec moi, chuchota Finuviel.

On se dirigeait vers les montagnes, pensa-t-il. Eclairée par des torches, la caravane traversait de hautes collines sombres. Sans doute voyagerait-on toute la nuit, afin de le livrer aussi rapidement que possible à Cadwyr. Le sylphe regarda au-dessus de lui : une longue comète orange embrasa le ciel. Plus haut, les étoiles clignotaient, se rapprochant et s'éloignant tour à tour. Finuviel respira profondément et appuya ses mains dévastées contre le plancher rugueux du chariot, pour ne pas succomber à l'obscurité qui menaçait de l'engloutir.

Le druide se recula, secouant la tête.

— Non, seigneur… je… c'est impossible… le duc…

— Je peux vous récompenser, mortel, plus que vous ne pouvez l'imaginer.

Mais ces mots furent noyés dans le filet de sang qui surgit de ses lèvres et coula sur son menton. Déjà le mortel se reculait, les yeux pleins de compassion.

— Reposez-vous, seigneur. Essayez de dormir.

Finuviel poussa un cri de frustration qui ressemblait plutôt à un gargouillis, s'affaissa sur sa paillasse et ferma les yeux. Derrière ses paupières, l'obscurité se teinta immédiatement de bleu. *Le bleu*, pensa-t-il, *le bleu est la couleur du répit.* On posa quelque chose de froid et de mouillé sur son visage ; puis Lavram changea les pansements sur ses mains. Le chariot oscillait au rythme des sabots, et des voix portées par le vent ricochaient contre les pics silencieux et gelés des montagnes qu'il sentait s'élever autour de lui. Une image de neige blanche et de ciel bleu envahit son esprit puis, venant de très loin, une voix de femme résonna. *Finuviel !* appela-t-elle.

« J'arrive ! » voulut-il crier. Mais le barde lui souleva la tête et cala le bec d'une cruche contre ses lèvres. Un liquide à la fois sucré et amer remplit sa bouche et sa gorge, apaisant la chair meurtrie en la recouvrant d'une épaisse couche sirupeuse. Finuviel s'étrangla, déglutit et détourna la tête en se demandant si, au-delà de ses visions, se cachait quelque chose de plus palpable que la brume.

10.

— Je crois que nous avons assez de preuves pour dire avec certitude que Cadwyr compte s'emparer du trône, lança Mungo d'une voix belliqueuse. Les mercenaires aquiléens, vous ne croyez tout de même pas qu'il les a invités pour l'enterrement de son oncle ?

— Ce n'est pas si simple ! déclara Tuirnach. Toutes ces histoires au sujet de son alliance avec les sylphes ne sont que des rumeurs. Aucun d'entre nous n'était à Ardagh pour savoir ce qui s'y est passé…

— N'est-il pas bizarre, d'ailleurs, qu'aucune nouvelle de la bataille ne nous soit parvenue ? demanda Cecily.

Installée au bout de la grande table, la duchesse jeta un regard autour d'elle. Depuis quelques jours, les nobles et les chefs guerriers ne tenaient plus en place. Des disputes éclataient sans cesse entre les clans rivaux. Si elle ne parvenait pas rapidement à unir ces rustres querelleurs, ils allaient s'entretuer.

— Peut-être qu'il a fait venir les mercenaires pour nous défendre contre la Hombrie, avança quelqu'un.

— On ne sait même pas combien ils sont, protesta Tuirnach.

— Quelle importance ? dit Uwen. Qu'ils soient cinq mille ou le double, ça ne change rien au problème.

— Cadwyr ne les a fait venir du sud qu'après avoir pris Ardagh, dit Cecily. Pourquoi voudrait-il les nourrir tout l'hiver ? Après tout, nous n'avons rien à craindre de la Hombrie avant le printemps.

— Il compte peut-être les utiliser contre les gobelins. Nous avons tous subi de terribles pertes. Cadwyr ne veut sans doute que nous défendre…

— Comme il l'a fait en confisquant nos forgerons ! dit une voix plaintive. C'était sans doute pour nous défendre, ça aussi ?

Le gouverneur du fort se rassit avec un air satisfait.

— Autant demander à un renard de venir garder le poulailler, dit Cecily. Vous savez bien que l'Aquilée a toujours convoité nos terres…

— Pour moi, c'est tout simple.

Une grande femme aux tresses crépues et au visage constellé de taches de rousseur écarta les hommes autour d'elle pour se frayer un chemin jusqu'à l'estrade. Son armure en cuir était maculée de taches, son tartan élimé, et une forte odeur de poisson flottait autour d'elle. Cecily reconnut une cousine éloignée d'Uwen, originaire des Îles Lointaines.

— Il a hissé son étendard sur Ardagh. Il a ouvert les portes de notre royaume à une armée étrangère. Voulons-nous de lui comme roi ? Pour moi, c'est la seule question qui se pose. Le reste suivra tout naturellement.

— Durlagh, votre langue est aussi affûtée que votre épée, murmura Uwen en levant sa coupe vers elle.

Cecily rejeta son tartan sur son épaule et tenta de réprimer sa nervosité.

— Vous avez raison, dame Durlagh, dit-elle. C'est aussi simple que cela.

Kian et ses éclaireurs avaient à peine disparu à l'horizon que se posait déjà la question de la succession au trône. Cecily avait espéré qu'au moment du vote, Kian serait à son côté, grand, fort et silencieux. Elle avait espéré que les guerriers verraient en lui un lien évident avec Donnor, un chef tout trouvé pour les mener à la bataille contre Cadwyr… Elle laissa vaguer son regard sur les hommes assis autour de la table, s'arrêtant quelques instants sur chacun d'entre eux.

— En tout cas, Cecily, personne ne doute de la supériorité de votre prétention sur celle de…

— Attendez un peu, l'interrompit Tuirnach. Je ne me rappelle pas avoir dit cela. Cadwyr est l'héritier désigné par Donnor. Le duc n'a même pas eu le temps de réchauffer ses os dans les Terres d'Eté que nous bafouons déjà ses vœux…

— Donnor est mort, dit Cecily.

Les visages devant elle changèrent d'expression.

— Il est mort, et le monde a changé. Ce que Donnor voulait, c'était que son sang se perpétue à travers la Maison de Gard. De toute façon, même si Cadwyr était le seul héritier possible au titre de Donnor, mon sang et ma famille me donnent une meilleure prétention au trône…

— Si vous épousiez Cadwyr…

— C'est hors de question. Je suis une femme libre de Brynhiver et je refuse d'épouser ce traître. Me suis-je assez clairement exprimée ?

Autour de la table, on acquiesça par des hochements de tête et des haussements d'épaules.

— Voyez-vous, Tuirnach, poursuivit-elle, Durlagh a raison. Acceptez-vous de laisser le drapeau de Cadwyr flotter sur Ardagh ? Voilà la seule question importante. Et si votre réponse est oui, rappelez-vous que cet homme a lâché des hordes de gobelins contre nous, à Samhain.

— C'est une accusation très grave, dame Cecily, répondit Tuirnach. Il faudrait avoir des preuves, avant d'avancer des fables de ce genre devant tout le monde.

Dans le visage ridé du vieux guerrier, Cecily lut une grande réticence. Tuirnach avait toujours fait preuve d'une loyauté absolue envers Donnor ; à présent, il voulait reporter cette loyauté sur l'héritier désigné par l'ancien duc.

— Dire que Cadwyr a laissé les gobelins nous attaquer, cela revient à l'accuser de meurtre.

« Doucement, doucement… », se dit Cecily. Elle leva le menton et affronta le regard du vieil homme.

— Nous avons un témoin du pacte que Cadwyr a passé avec les sylphes.

— Quel témoin ? demanda Tuirnach. Je n'en ai pas entendu parler… Ah, vous voulez dire cette fillette qui a pris un coup de lune ? Cecily, voyons, ce n'est pas le moment…

— Peut-être feriez-vous mieux de parler au témoin, dit Uwen. Elle n'est pas facile à décrire, mais ce n'est certainement pas une fillette. C'est elle qui fait marcher notre forge depuis quelque temps. Elle nous a sauvé la vie, à Samhain. Si vous voulez, nous pouvons aller la chercher tout de suite.

Mais avant que Tuirnach ait pu répondre, un groupe de druides, les mains rentrées dans leurs longues manches, apparut à l'autre bout de la salle. L'espace d'un instant, Cecily se renfrogna. L'interrogatoire qu'ils lui avaient fait subir au sujet de Nessa lui avait fortement déplu. Leur attitude rappelait trop le mépris de Kestrel et de ses frères envers les sorcières du maïs… Les pauvres femmes ! Son cœur se serra tandis qu'elle pensait, pour la centième fois, à Mag, à Lyss et à sa promesse de revenir les aider.

— Pouvons-nous vous parler un instant, Votre Grâce ?

Cecily se leva. Les hommes, autour d'elle, se recalèrent dans leurs chaises.

— Parlez, maître druide.

— Votre Grâce, mes frères et moi avons fini de nous consulter. Nous sommes parvenus à la conclusion que pour réveiller la magie présente dans la terre, celle que pratiquaient nos ancêtres, le nouveau monarque devra être accepté par la terre elle-même.

— Qu'entendez-vous par là ?

— Depuis l'époque où la Résille de Bran Brunebarbe a été forgée pour nous protéger des gobelins, la magie qui les repoussait est tombée dans l'oubli, car nous n'en avions plus vraiment besoin. Ainsi, d'une façon ou d'une autre, l'esprit de la terre s'est endormi. Je sais que mon explication n'est pas des plus claires, et que vous pensez tous que nous essayons, comme d'habitude, de vous embrouiller. Mais je vous assure, seigneurs et dames, que c'est la seule réponse que nous avons à vous offrir.

— Donc, nous sommes tous plus ou moins d'accord, dit Mungo. Nous couronnons Cecily, nous l'emmenons sur la colline, elle s'accouple avec la terre, et, le lendemain, nous étripons ce maudit Cadwyr.

Des ricanements fusèrent, et le druide plissa les lèvres.

— J'ai bien peur que ce ne soit pas aussi simple. Le couronnement — le réveil de la terre — devra être célébré sur le Tertre d'Ardagh, le point central de notre royaume. Autour de ce point, la terre de Brynhiver s'étend à plus de deux cent cinquante lieues à la ronde. Son nom — *ar-dagh* dans l'ancienne langue — signifie l'Endroit, le point unique où tout converge et où tout prend naissance. Si la terre accepte le nouveau monarque, alors le feu s'allumera sur tous les tertres du royaume.

— Je ne comprends pas, dit Mungo. On voit les feux sacrés depuis les autres tertres... Pourquoi ne pas la couronner ici et laisser le feu partir de Killcarrick...

— Mungo, interrompit Uwen en lui décochant un coup de coude, as-tu déjà mis une femme enceinte en faisant couler ta semence dans sa bouche ?

— Pas plus tard que ce matin, dit le guerrier grisonnant avec un clin d'œil.

— Eh bien, si ça marche, tu nous préviendras.

— Je vois que le seigneur Uwen m'a compris, dit Collum en hochant la tête. Pardonnez-moi, mais je n'ai pas le cœur à plaisanter. Notre archidruide est mort cette nuit. Vous nous avez demandé des explications, et je vous apporte la seule réponse que nous possédions pour l'instant. Il existe deux sortes différentes de magie — du moins c'est ainsi que nous les percevons. Certains de mes frères ne sont pas d'accord sur ce point, mais ils conviennent que c'est la façon la plus simple de vous expliquer les choses. Bref, la première sorte, la plus courante, est la magie du maïs, sans laquelle nous mourrions tous de faim. Mais il en existe une autre, plus puissante, qui est enracinée dans la terre. Et c'est cette magie-là qui sommeille, car nous n'avons plus eu besoin d'elle depuis des siècles. C'est elle qu'il faut réveiller, sous peine de périr des mains des gobelins.

Une ombre passa sur le visage du barde.

— Si vous l'autorisez, gouverneur, nous aimerions installer le bûcher de notre archidruide sur l'ancien tertre sacré.

— Pourquoi donc ? dit l'intéressé en se penchant vers le vieil homme.

— Jusqu'à son dernier souffle, il n'a cessé d'insister là-dessus.

— Le nouveau tertre n'est pas assez bien pour lui, sans doute ? demanda le gouverneur, l'air offusqué.

— Ce n'est pas le problème, maître gouverneur. Nous ne voulons pas vous offenser, mais l'archidruide pensait que l'ancien tertre était le véritable tertre sacré. Evidemment, comme la magie n'a pas été réellement invoquée depuis très longtemps, cela n'avait plus beaucoup d'importance.

— Mais, intervint Cecily, il me semble qu'on a déplacé les cérémonies vers le nouveau tertre parce que le vent du lac éteignait les feux, non ?

Collum hocha la tête. Il posa sur Cecily et les autres un regard perçant et lointain à la fois, comme s'il contemplait quelque chose au-delà de leurs épaules.

— C'est ce que tout le monde m'a répété, Votre Grâce. Mais il y a quelque chose que je n'arrive pas à m'expliquer. Si l'on n'a jamais pu faire brûler le feu là-haut, sur l'ancien tertre, comment les pierres peuvent-elles être si noires ?

— Au nom de la Sorcière ! Chef, je crois bien que ce sont eux.

Tuavhal indiqua du doigt un éclat métallique à l'autre bout du pré, derrière un rideau d'arbres.

— Regardez ! C'est exactement ce que nous avons vu avec Neven ! Des chariots bâchés, entourés de cordes… Tenez, en voilà un qui arrive.

Kian leva la main et les cavaliers derrière lui ralentirent.

— Ils viennent droit sur nous. Replions-nous sur ce plateau, nous les verrons mieux de là-haut.

— Es-tu sûr qu'il s'agit d'un convoi ? demanda quelqu'un. Je ne vois que trois chariots, pour l'instant.

— Eh bien, nous allons vite le savoir, répondit Tuavhal. Une chose est sûre, c'est qu'ils portent le tartan de Cadwyr. Et il n'y a qu'en Allovale qu'on trouve des petits canassons aussi chétifs et poilus.

Les hommes descendirent de selle et guidèrent leurs chevaux vers la crête au-dessus de la route. Puis, ayant attaché les bêtes en lieu sûr, ils se faufilèrent à travers la forêt de broussailles qui les séparait du bord de la falaise. Les ronces qui les dissimulaient s'accrochaient à leurs vêtements et arrachaient leurs cheveux. Kian recracha une pleine bouchée de feuilles terreuses et rampa aussi près qu'il l'osait du bord. Avant qu'il ait eu le temps de reprendre son souffle, des sabots résonnèrent sur la route en contrebas.

— Ils arrivent à toute vitesse, murmura Tully.

Ses compagnons lui firent signe de se taire.

Kian hocha la tête. Le convoi avançait effectivement à bonne allure, surtout pour des chariots censés être chargés d'argent. Mais s'il y avait autant de gardes que l'avaient dit Mungo, Tully et Neven — entre soixante et soixante-dix —, les chariots, en revanche, n'étaient que trois.

— Pourquoi tant de gardes et si peu de marchandises ? chuchota Tully à son oreille.

Kian haussa les épaules.

— Peut-être que les mines de ce traître sont enfin à sec.

Ses hommes poussèrent des ricanements dubitatifs, et Kian les fit taire d'un geste. Il y avait certes quelque chose d'étrange à cette histoire, songea-t-il : l'allure de la caravane, la foule de guerriers armés qui gardaient une quantité d'argent relativement modeste...

— Trois nouveaux chariots en vue, chef ! dit le chevalier Darrag. Regardez ! Mais ils ne sont pas bâchés, cette fois-ci.

— Des chariots de ravitaillement, murmura Tully. Pour une troupe de cette taille, il faut les grands...

— Chut ! siffla Kian entre ses dents.

Il tendit le cou au moment où le premier chariot découvert passait sous la crête. Comme prévu, le véhicule contenait des barriques, des rouleaux de toile et des paquets en tout genre. Puis le second défila à son tour, et Kian aperçut quelque chose de si monstrueux qu'il peina à en croire ses yeux. Quelque chose de rose, d'humide, d'écorché... Quelque chose qui ressemblait à un morceau de viande vidé de son sang. Quelque chose de tellement immonde qu'il lui fallut quelques instants pour l'identifier. C'était un visage qui sortait de sous une couverture. Tout près, dans le chariot, un barde en robe grise essorait des compresses. D'un coup, des yeux s'ouvrirent dans le visage ravagé et dardèrent une lueur verte si vive que Kian n'eut plus aucun doute quant à la nature du blessé.

— C'est un sylphe, chuchota-t-il.

— Qu'avez-vous dit, chef ? demanda Darrag.

Mais Kian secoua la tête et leva la main pour obtenir le silence, tout en se penchant par-dessus le bord de la crête.

Le chariot s'éloignait, le barde toujours recourbé au-dessus de la silhouette immobile.

C'était certainement un sylphe, pensa Kian. Peut-être avait-il été blessé à Samhain, ou bien au cours de la bataille contre Hoell... Et si c'était le même sylphe que Nessa avait rencontré en compagnie de Cadwyr ? Quoi qu'il en soit, sa capture permettrait d'en savoir plus sur les projets du duc d'Allovale. Kian tendit le cou, réfléchissant à toute vitesse, sans s'inquiéter d'être découvert. Tully lui tapota l'épaule, et Kian recula un peu, les yeux rivés sur le nuage de poussière qui enveloppait le chariot. Une charrette de cuisine déferla à leurs pieds, suivie par un groupe de cavaliers au galop. Quand la queue du convoi eut disparu, Kian se redressa lentement et épousseta ses vêtements, plongé dans ses pensées. Au bout d'un moment, il s'aperçut que Tully lui secouait le bras.

— Excusez-moi, chef, mais je n'ai pas compris ce que vous avez dit...

Kian fit signe à ses hommes d'approcher et leur exposa brièvement la situation.

— Et si on l'enlevait ? demanda Tully. Cela gâcherait certainement la journée à Cadwyr, vous ne croyez pas ?

Kian inspira vivement. Il s'était douté qu'il lui suffirait de prononcer le mot « sylphe » pour que ses hommes soient d'avis de capturer le blessé. Mais était-ce vraiment sage ? Il leva les yeux vers le soleil. Midi approchait. Ils pourraient suivre le convoi jusqu'à la nuit tombée, puis profiter de l'obscurité pour attaquer.

Comme s'il avait lu dans les pensées de Kian, un chevalier placé derrière Tully suggéra :

— Nous pourrions les filer jusqu'à ce qu'ils installent leur camp, puis enlever discrètement le sylphe pendant qu'ils dorment.

— Je dois vous faire remarquer, dit Kian, qu'ils sont au moins à dix contre un.

— Bah ! dit Darrag en lui décochant un coup de coude. Il faut bien qu'ils aient une petite chance, eux aussi !

Kian se rappela les paroles qu'il avait prononcées la veille. *Ce n'est qu'une mission de reconnaissance. Tu peux te passer de moi pour une nuit ou deux...* La capture du sylphe de Cadwyr ne faisait pas partie du programme. Mais qui aurait pu prévoir qu'il se présenterait sous leur nez ?

— Bien, dit Kian. Nous allons les suivre.

Il inspira profondément, flairant le vent qui faisait claquer les branches des arbres et emmêlait ses cheveux, puis écarta une tige hérissée d'épines.

— Darrag, Hugh, Eagen, allez chercher les chevaux. Mais nous ne partirons pas tout de suite. Mieux vaut attendre encore un peu.

Les trois chevaliers s'exécutèrent aussitôt, tandis qu'un quatrième, Garth, se retourna vers Kian. C'était le plus jeune de la patrouille : il venait de gagner sa ceinture de chevalier à Samhain. Ses joues lisses et roses semblaient n'avoir jamais été touchées par un rasoir.

— Qu'attendons-nous, chef ?

Kian lui montra la route, où trois cavaliers portant le tartan de Cadwyr disparaissaient derrière la queue du convoi.

— De voir si d'autres soldats ne suivent pas. Ils n'ont peut-être pas beaucoup de chances de nous battre, mais nous pouvons certainement nous dispenser d'être repérés à l'avance.

— Je ne plaisantais pas, mortel, dit Finuviel. Je peux vous récompenser d'une manière dont vous n'avez jamais rêvé.

Finuviel agrippa le poignet de Lavram au moment où celui-ci se penchait sur lui pour changer une fois de plus les compresses de feuilles broyées. Finuviel doutait sérieusement de leur utilité ; les tentatives de ce mortel pour le soigner l'agaçaient de plus en plus. Au moins le chariot avait-il cessé de bringuebaler… Arrivés au bord d'un grand fleuve, les charretiers avaient refusé d'aller plus loin avant l'aube. Le camp avait donc été dressé ; de sa paillasse, Finuviel sentait les odeurs du feu de bois et de la viande rôtie. Il lui serait tellement facile de se glisser en Faërie — si seulement le barde acceptait de l'aider à descendre du chariot…

— Non, seigneur sylphe, c'est impossible.

Lavram rougit jusqu'à la racine de ses cheveux en essorant les linges qu'il venait de tremper dans une nouvelle décoction.

— Les soldats se relaient pour nous surveiller, dit-il. Et ils sont tous à cran. Nous avons été mis en garde, vous savez.

— Mis en garde contre quoi ?

— Contre vous, seigneur.

Lavram prit un air gêné.

— Contre les sortilèges des sylphes, ajouta-t-il. C'est pour cela que personne ne s'approche du chariot. Mais ils vous ont à l'œil, croyez-moi.

Il jeta un regard furtif par-dessus son épaule.

— Vous les avez vus ? Il y a des hommes tout autour du chariot, et d'autres font des rondes autour du camp.

« Mis en garde contre moi ? » songea Finuviel amèrement. Quelle ironie ! Son corps ruiné n'inspirait plus que de l'horreur et de la pitié. Il était en train de mourir, il le savait. L'argent s'infiltrait toujours plus profondément en lui, pénétrant ses muscles et ses articulations pour atteindre la moelle des os. Alors même qu'il parlait avec Lavram, le poison gagnait du terrain. Pourtant, d'une manière ou d'une autre, il fallait qu'il prévienne les siens, et qu'il les prépare à affronter une armée de gobelins plus grande et plus redoutable que jamais. Sans quoi ce serait la fin de tout, avec ou sans Résille.

— Vous ne comprenez pas, dit Finuviel d'une voix rauque.

Il attrapa un pan de la robe de Lavram et attira le mortel tout près de lui. Un liquide suinta de ses lèvres craquelées et coula sur son menton : du sang, du pus, ou un mélange des deux.

— Si je meurs, la Faërie mourra. Et si la Faërie meurt, votre monde disparaîtra lui aussi. Etes-vous capable de comprendre ça, pauvre mortel ?

Dans les yeux de l'homme brilla une étincelle de peur, ainsi qu'une émotion indéchiffrable.

— Cadwyr m'a trahi. Il a rompu notre pacte, m'a emprisonné et a volé la Résille d'argent. Est-ce que tout cela signifie quelque chose pour vous, mortel ? Aucun de vos semblables n'a eu l'idée que Cadwyr pourrait les trahir à leur tour ?

La gorge de Finuviel se remplit de liquide, et il déglutit avec peine, fixant le druide avec toute la volonté et l'autorité dont il était capable.

— N'avez-vous pas compris qu'il vous a déjà trahis ? En volant la Résille, il a ouvert toutes grandes les portes de Brynhiver aux gobelins.

— Je… je ne comprends pas, seigneur.

Lavram, ratatiné, fit semblant de se préoccuper de ses fioles, de ses onguents et de ses compresses.

Finuviel se laissa alors retomber sur la paillasse.

— Si vous voulez, barde, je peux vous raconter une histoire. Quand vous la direz à vos frères, elle gravera pour toujours votre nom dans les annales de l'histoire des mortels.

— De quoi s'agit-il ?

La tasse que le barde tenait près des lèvres de Finuviel trembla, et quelques gouttes se renversèrent sur son menton. L'alcool pénétra sa chair meurtrie, atteignit la moelle de ses os et fit surgir en eux une vague d'énergie. Il fallait à tout prix convaincre cet homme de lui en redonner.

— Passons un marché, barde, chuchota-t-il en fixant le mortel. Continuez à faire couler le vin, et je vous conterai une histoire qui n'a sa pareille ni dans mon monde ni dans le vôtre.

Les yeux de Lavram étincelèrent, et il porta de nouveau la tasse aux lèvres de Finuviel.

— Je ne devrais pas vous laisser parler autant, seigneur. On dit que c'est ainsi que vous envoûtez les humains, par vos paroles et vos chansons…

— Voulez-vous entendre l'histoire, ou pas ?

— Oui, dit Lavram en s'accroupissant près de lui.

Dehors, les gardes se rangeaient devant le feu de camp, attendant leurs rations du soir. Le barde remplit la tasse de vin et hocha la tête.

— Racontez, seigneur, mais ne parlez pas trop fort.

Il était presque minuit quand Griffin entendit enfin Cadwyr rentrer. L'apprenti remua sur son matelas : la chaîne fixée autour de sa taille lui meurtrissait la peau. Il prit une gorgée de potion et se roula en boule, fixant anxieusement la porte. Il n'aimait pas l'idée que cette dame sylphe se trouvât sous le même toit que Cadwyr. Surtout depuis qu'il savait de quoi était capable le duc d'Allovale… La porte entre les deux pièces s'ouvrit abruptement et une silhouette sombre se découpa, éclairée à contre-jour par une bougie à moitié consumée.

— Bonsoir, mon garçon, dit Cadwyr.

— Vous n'allez pas lui faire de mal, j'espère ? demanda Griffin.

Les mots lui avaient échappé sans qu'il y prenne garde. Il serra sa flasque contre lui, pétrifié.

— Moi, faire du mal à une créature aussi ravissante ?

Cadwyr secoua la tête.

— Tu me prends vraiment pour un monstre, mon pauvre ami.

En trois grandes enjambées, il fut au côté de Griffin, entortilla sa main dans ses cheveux et farfouilla sous sa chemise à la recherche du mouchoir de lin qui pendait à son cou.

— Tu sais, mon garçon, que si jamais tu perds ceci…

Cadwyr serra le poing si fort qu'il faillit arracher les cheveux de Griffin. Celui-ci se passa la langue sur les lèvres, impatient de prendre une nouvelle gorgée de potion.

— Je ne le perdrai pas, je le jure sur la potion…

— Tu l'aimes bien, cette potion, pas vrai ? reprit Cadwyr en riant. Voilà un point en commun avec notre amie sylphe. Pour tout te dire, elle m'a posé des questions à ton sujet... Qui tu es, d'où tu viens, et ainsi de suite. Elle semble fascinée par le fait que tu sois forgeron.

— Moi ?

Griffin chancela en arrière, se cogna la tête contre le mur et porta de nouveau la flasque à ses lèvres.

— Oui, toi. Alors demain matin, tu me feras le plaisir de te débarbouiller un peu. Nous attendons un visiteur important, après tout.

— Qui ça ? chuchota Griffin, qui avait déjà deviné.

— Le roi des sylphes, mon garçon. Le seigneur de TirNa'lugh en personne.

Cadwyr eut un petit rire de gorge, puis s'éloigna vers sa chambre. Ses bottes étaient absolument silencieuses. Sur le pas de la porte, il se retourna.

— Bonne nuit, Griffin. Dors bien. Demain, nous te rendrons un peu plus présentable. La reine de Faërie elle-même veut te parler.

Griffin se rallongea sur sa paillasse, la flasque calée contre son flanc. Une brise fraîche souffla par la fenêtre entrouverte au-dessus du lit, et il se leva d'un bond pour la refermer. Mais ses doigts se mirent à trembler quand il vit que la lune était entourée d'un anneau couleur de sang.

— ... et c'est ainsi qu'il m'a jeté dans la mine d'argent et qu'il a gardé la Résille. Pour autant que je sache, elle est encore entre ses mains.

Finuviel s'arrêta, fit signe au barde de lui donner une gorgée de vin, et s'écroula sur sa paillasse, épuisé.

Le mortel reposa la tasse, et ne dit plus rien pendant un moment.

— Ce sont vos guerriers qui ont tué le vieux Lion de Gard ? Le duc Donnor, je veux dire ? demanda-t-il enfin.

— Mon ami, je n'ai aucune idée de la façon dont il est mort. Nous avions promis à Cadwyr qu'aucun de ses hommes ne tomberait sous les lames de mes guerriers, et nous avons tenu promesse.

— Et la Résille ? N'avez-vous pas besoin de la récupérer ?

— Evidemment, dit Finuviel en hochant la tête. Mais je préfère affronter Cadwyr avec ma propre armée derrière moi plutôt qu'escorté par ses gardes.

Il y eut un bref silence.

— D'accord, chuchota Lavram. Je vais vous aider, mais à une condition.

— Laquelle ?

— Que vous m'emmeniez avec vous.

— En Faërie ? souffla Finuviel. Etes-vous sûr de vouloir cela, mortel ? La Faërie n'est pas un endroit très sûr, en ce moment.

— Je n'ai pas vraiment le choix, répondit Lavram avec un petit rire amer. Une fois que l'on découvrira votre disparition, ma vie ne vaudra pas le bâton pour m'empaler. Vous comprenez ? Je veux bien croire que Cadwyr est un monstre. Mais je n'ai pas envie qu'il me dévore à votre place.

— Ce n'est pas si simple, mortel. Une fois la frontière passée, vous aurez très peu de chances de rentrer chez vous.

Lavram déglutit, les yeux brillants de larmes.

— J'y suis déjà allé, murmura-t-il. Enfin, presque.

Il jeta un coup d'œil par-dessus son épaule avant de continuer :

— Une nuit de Beltane, je suis monté sur le Tertre de Gard et là, j'ai vu une femme danser au milieu du cercle de pierres.

Il plissa les lèvres, le regard lointain.

— Je suis resté à la regarder, et, d'un coup, je me suis aperçu que le ciel était bleu, alors que c'était le milieu de la nuit. J'ai bien failli la rejoindre, mais trois de mes frères sont venus me chercher.

— Sachez que cette fois-ci, barde, personne ne viendra vous chercher. Une fois que vous aurez goûté à notre nourriture, vous serez transformé à jamais. Sans doute ne pourrez-vous plus revenir dans ce monde, si fort qu'en soit votre désir.

— J'y ai pensé, dit Lavram, et je suis décidé. A présent, dites-moi ce que je dois faire.

Finuviel se releva à grand-peine pour regarder par-dessus la rambarde. Les gardes somnolaient ; la nuit était silencieuse. Tout près d'eux, les eaux du fleuve clapotaient contre le rivage rocheux.

— Emmenez-moi jusqu'au fleuve.

— Au fleuve ? Et puis ?

— Nous plongerons dedans.

Voyant la mine stupéfaite de Lavram, Finuviel esquissa un sourire.

— L'eau, voyez-vous, est la voie la plus sûre entre l'Ombre et la Faërie.

On entendit les pas mesurés d'un garde qui faisait la ronde, et Lavram baissa précipitamment la tête.

— Il leur faut à peu près vingt minutes pour faire le tour du camp, dit Finuviel. Nous allons attendre qu'il repasse, puis nous nous faufilerons derrière lui jusqu'au fleuve.

— Très bien, dit le barde d'une voix éteinte.

Un silence de plus en plus lourd s'installa sur le camp. Sur sa paillasse, Finuviel scrutait le ciel en écoutant la respiration lente et régulière du barde et le gargouillis de l'eau. A l'intérieur de son corps, d'infimes particules d'argent continuaient à le dévorer. S'il ne retrouvait pas rapidement la Faërie, il mourrait. Cela le démangeait de sauter du chariot et de plonger dans l'eau, de s'enfoncer comme un poisson dans les profondeurs obscures, vers le monde qui était le sien… Au loin, un garde se racla la gorge et cracha, et Finuviel releva la tête. Couchés en cercle autour du feu, les hommes ronflaient, masses indistinctes sous leurs tartans et leurs couvertures de selle. Le sylphe pensa à sa mère, et à la volonté inflexible qui l'avait amenée à comploter dans deux mondes à la fois. Etait-elle encore vivante ? Soudain, il leva les mains vers son visage et défit les pansements.

Ce qu'il vit à la lumière de la lune et des torches l'épouvanta. Presque toute la peau de ses mains était partie, exposant les muscles entortillés autour des os blancs. Les extrémités de ses doigts étaient carbonisées. Les sylphes avaient la faculté de se régénérer, mais aucun d'eux n'avait jamais connu un supplice pareil. Avait-il la moindre chance de redevenir comme avant ? Ses mains étaient monstrueuses… et son visage aussi, sans doute. Il frôla sa joue du bout des doigts et tressaillit de douleur. Il serait bien incapable, désormais, de serrer la poignée d'une épée… Fermant les yeux, il se laissa retomber sur sa paillasse en murmurant une malédiction à mi-voix. Mais quand ses mains se posèrent sur le plancher de bois du chariot, il lui sembla qu'une chaleur en émanait et apaisait sa douleur. *Certains prétendent que les arbres de l'Ombre et de la Faërie sont les mêmes*, dit la voix de sa mère dans sa tête. Et, soudain, Finuviel eut l'impression que Guinevère et lui avaient commis une terrible erreur…

Une volée de flèches traversa le ciel nocturne. Finuviel sursauta sur sa couche ; autour de lui, le camp se réveilla brusquement. Des ordres fusèrent de toutes parts, les chevaux hennirent de terreur. Le sylphe passa le nez au-dessus de la rambarde et vit une petite bande de cavaliers surgir de la nuit pour foncer droit sur lui, leurs épées brandies. Finuviel s'aplatit sur le plancher du chariot ; Lavram releva la tête, puis l'abaissa aussitôt. Une flèche siffla juste au-dessus d'eux.

— Restez tranquille, seigneur, ils ne veulent sûrement que l'argent…

— Pas du tout ! dit un grand guerrier aux tresses blondes qui était subitement apparu tout près de Finuviel. C'est vous que nous voulons.

— Qui êtes-vous ? demanda Finuviel.

— Des ennemis de Cadwyr. Cela vous suffit-il ?

L'homme lui tendit le bras et, avec l'aide de Lavram, Finuviel se laissa rouler sur la selle du guerrier blond. Il lui sembla entendre, venant de très loin, la froide sonnerie d'une corne. *Les cornes de guerre de Faërie*, songea-t-il, étourdi par la fumée, la douleur et l'éclat des lames argentées qui tournoyaient autour de lui. D'un grand coup de sabre, le chevalier écarta un garde de son chemin, puis il éperonna sa monture. Finuviel s'accrochait de toutes ses forces à la taille du mortel. Les cornes résonnèrent de nouveau, et, cette fois, Finuviel les reconnut sans l'ombre d'un doute. Le camp était en ébullition, à présent : les gardes sortaient de partout et convergeaient vers lui. Finuviel chercha Lavram du regard : le barde était tombé, une flèche plantée en plein cœur. Soudain, une hache s'abattit sur le jarret du cheval. L'animal hurla et cabra : sylphe et chevalier s'écroulèrent. Finuviel alla rouler sous un chariot, et vit un torrent de sang écarlate jaillir du cou du chevalier blond.

Cecily se redressa d'un coup, haletante. Un courant d'air froid soufflait par un pan ouvert de la tente : une corde s'était détachée. De grosses gouttes de sueur coulaient le long de son cou et de son dos, et un élancement de douleur parcourut son abdomen. La duchesse se recroquevilla en tenant son ventre à deux mains. Allait-elle perdre cet enfant comme elle avait perdu les précédents ?

Elle resta figée un instant, s'attendant à sentir couler du sang entre ses jambes, mais la douleur ne revint pas. Dehors, la nuit était calme. Loin au-dessous, les veilleurs appelaient à la relève de la garde. Plus loin encore, dans la forêt, un loup hurla. L'hiver était là. Bientôt il neigerait, et les chefs de clans se réfugieraient dans leurs forteresses de montagne pour y attendre le printemps. Il ne restait plus beaucoup de temps pour attaquer Cadwyr. Quoi que le Conseil décidât, il faudrait que cela aille vite.

Elle trouva un châle, enfila ses pantoufles et sortit sur les remparts. Elle crut entendre un rugissement, mais ce n'était que le vent qui soufflait dans les arbres. L'air froid transperça son châle, sa robe de laine, et même ses pantoufles épaisses. Frissonnante, Cecily attendit quelques instants encore, puis décida que la douleur n'avait été qu'un rêve. Mais au moment de rentrer, elle leva les yeux vers le ciel et vit que la lune était entourée d'un anneau sanglant.

11.

A l'annonce de la nouvelle, Cecily se précipita dans la grande salle. Un druide était arrivé du château de Gard ! Elle trouva les druides de Killcarrick, ainsi que quelques chefs de clans, attroupés autour d'un homme grand et mince. L'espace d'un instant, Cecily se demanda s'il ne s'agissait pas d'un espion à la solde de Kestrel. Puis elle reconnut le jeune barde qui s'était porté volontaire pour accomplir le rite des sorcières.

— Vous êtes Jammor, n'est-ce pas ?

Le garçon se leva de sa chaise, un bol de gruau à la main, et s'inclina maladroitement devant Cecily.

— Oui, Votre Grâce.

Il se découvrit la tête.

— Ce sont les sorcières de Killcarrick qui m'envoient. Elles m'ont chargé de vous dire qu'une armée de vingt mille hommes campe autour du château de Gard, et que de nouveaux convois d'argent arrivent tous les...

— Vingt mille hommes ? répéta Uwen, entré dans la pièce à l'insu de Cecily.

Le chevalier s'accouda sur un dossier de chaise.

— Au nom du Grand Herne, où Cadwyr a-t-il bien pu dénicher vingt mille hommes ?

— Il a embauché vingt compagnies aquiléennes...

— Vingt compagnies, ou vingt cohortes ? demanda Uwen.

— Je... euh... Quelle est la différence ?

— Dix compagnies constituent une cohorte et dix cohortes font une légion. Si Cadwyr a deux légions d'Aquiléens, cela fait beaucoup, en effet.

— Mais Kian avait dit que l'éclaireur exagérait ! intervint Cecily en se laissant choir sur un banc près du jeune barde.

— Peut-être Kian avait-il envie de croire qu'il exagérait.

La duchesse et Uwen échangèrent un long regard, puis le chevalier poussa un soupir.

— Ce n'est pas tout, dit Jammor. Le duc d'Allovale se comporte d'une façon très curieuse. Kestrel lui-même admet qu'il a changé. Il a installé une sylphe dans vos appartements, Votre Grâce ; selon Kestrel, elle ne serait autre que la reine de Faërie. Puis il a enchaîné dans sa chambre un garçon très étrange, qui engloutit des barriques entières d'un mystérieux breuvage auquel seulement quelques gardes ont pu goûter. Et il a emprisonné dans les mines d'argent un prince des sylphes, peut-être leur roi…

— Doucement, mon garçon, dit l'un des chefs. Voulez-vous dire que Cadwyr détient prisonniers le roi et la reine de Faërie ?

— C'est ce que je viens de vous expliquer, dit Jammor.

On posa une chope de bière devant lui, et il but une grande gorgée.

— La sylphe n'a pas été mise au cachot, mais elle est tout de même prisonnière. Sa porte est gardée nuit et jour ; Cadwyr a trouvé une fille des îles à moitié folle pour lui servir de femme de chambre. Bref, c'est pour cela que je suis venu. Pour vous dire que Cadwyr n'a pas seulement des vues sur le trône de Brynhiver, mais aussi sur celui de TirNa'lugh.

— Voilà donc comment il compte payer tous ces mercenaires, dit Mungo. Moi qui croyais que c'était pour ça qu'il faisait venir des chariots pleins d'argent…

— L'argent, c'est pour fabriquer des armes, dit Jammor.

— Grâce à nos forgerons, je parie ? demanda le gouverneur. C'est bien là qu'ils ont atterri ?

Une ombre traversa le visage du jeune barde.

— Hélas, maître gouverneur... D'après ce que j'ai entendu, le convoi de forgerons a été entièrement massacré à Samhain. Certains disent que le misérable serviteur de Cadwyr — celui qu'il a enchaîné dans ses appartements — en faisait partie, mais je l'ai bien regardé, et il n'a pas l'air plus forgeron que moi.

— Qu'a donc ce garçon ? demanda Cecily, le cœur lourd.

Dès le départ, elle avait pressenti jusqu'où irait la trahison de Cadwyr. Si seulement Donnor avait accepté de l'écouter !

— Je n'en sais rien, répondit Jammor. Mag n'a pas eu le droit de l'examiner. Mais il est maigre comme un clou, sa tête est énorme, et sa peau pend à ses os comme un vieux sac. Je l'ai vu deux ou trois fois dans l'ombre de Cadwyr, mais la plupart du temps, il est enchaîné.

— Vous dites que Cadwyr détient un autre sylphe dans une mine d'argent ?

— Oui, seigneur. La rumeur dit qu'il s'agit du roi des sylphes.

— Grande Mère ! dit Cecily en réprimant un juron extrêmement grossier. Il compte conquérir l'Outremonde avant de nous écraser.

— Ou l'inverse, dit Mungo.

— Laissons-le s'épuiser à combattre les sylphes, dit une voix dans la foule.

Cecily resserra son tartan autour de ses épaules et parcourut du regard les visages devant elle, cherchant celui qui venait de parler, mais des voix s'élevaient de toutes parts, à présent. Elle gravit les marches qui menaient à l'estrade et s'étira de toute sa taille.

— Ce n'est pas une solution, dit-elle. Réfléchissez un instant. Cadwyr ne va pas s'épuiser : il dispose de vingt mille soldats armés d'argent. Il ne fera qu'une bouchée des sylphes et des gobelins, puis, quand ses mercenaires auront été bien récompensés et engraissés, il les enverra nous étriper.

— Vous prétendez que les sylphes lui ont offert la victoire d'Ardagh, protesta Tuirnach. Qu'est-ce qui vous fait croire qu'il s'est retourné contre eux ?

Jammor se leva de sa chaise près du feu, et sa voix de barde domina toutes les autres.

— N'avez-vous pas entendu ce que je viens de dire ? Cadwyr a pris la reine des sylphes en otage. Il a jeté leur roi dans une mine d'argent. Toute sa garde personnelle est armée d'argent jusqu'aux dents. Et ce n'est pas tout.

Jammor avança jusqu'à l'estrade et vint se tenir au côté de Cecily. Malgré ses robes poussiéreuses, tachées par le voyage, il imposait un certain respect.

— Il y a quelque chose de bizarre dans le regard de Cadwyr, une faim que rien ne peut assouvir. Je n'ai jamais vu d'yeux pareils, sauf chez les chiens enragés.

— Et cela signifie qu'il faut l'abattre comme un chien ?

— Nous n'avons plus vraiment le choix, s'interposa Cecily. Si Cadwyr s'empare de l'Outremonde, il pourra utiliser les sylphes et peut-être même les gobelins contre tous ceux qui lui résisteront. Je vous rappelle que contrairement à Cadwyr, nous n'avons pas de mines d'argent.

— Nous pourrions lui en prendre une ou deux, pour rétablir l'équilibre, proposa Mungo.

— Nous y viendrons peut-être, mon oncle, dit Cecily. Mais le mieux serait d'arrêter Cadwyr avant que toute résistance ne soit vaine.

— Donc, maintenant, vous voulez l'attaquer dès que possible ? demanda Tuirnach en croisant ses bras sur sa poitrine.

Mais Cecily ne put répondre, car un veilleur à la mine affolée entra brusquement dans la salle. Une troupe de sylphes montés sur des chevaux blancs, portant un drapeau tout aussi blanc, approchaient du portail de Killcarrick, suivis d'une demi-douzaine de chevaux mortels...

Avant que le veilleur eût fini de parler, le brouhaha s'intensifia au point que Cecily eut du mal à rétablir l'ordre.

— Qu'on les laisse entrer, dit-elle.

Chacun se rassit pour attendre l'arrivée de l'étrange compagnie.

Bientôt, une grande silhouette sombre apparut devant la porte, suivie d'une dizaine de compagnons. Sans ciller, le chef se dirigea tout droit vers l'estrade. Uwen, qui s'était installé à la gauche de Cecily, laissa échapper un petit hoquet de surprise.

— C'est Artimour, dit Uwen. Celui qu'on a retrouvé blessé au bord du fleuve.

— Il a l'air presque mortel, dit Cecily.

Puis elle laissa échapper un petit cri.

Elle avait reconnu le bouclier que le chef des sylphes tenait entre ses mains.

— Il l'est presque..., dit Uwen.

Et il se tut à son tour.

La foule se fendit pour laisser passer les sylphes éblouissants. Artimour s'immobilisa à quelques pas de l'estrade et s'inclina.

— Seigneur Uwen, gente dame, je vous salue. Je suis Artimour, capitaine de la dernière compagnie de Sa Majesté Albane l'Illustre, reine de Faërie. Nous venons en paix, mais les nouvelles que nous apportons ne sont pas heureuses.

Un rayon de soleil de fin d'après-midi tomba sur son visage, accentuant le profond sillon entre ses sourcils et les ombres sous ses yeux. Les vêtements des sylphes lui allaient parfaitement, mais sous cette lumière crue, il paraissait aussi mortel que les autres guerriers assemblés dans la salle.

Eblouie par les armes et les boucliers dorés des sylphes, Cecily cligna des yeux. *Ne pleure pas et ne t'évanouis pas*, s'intima-t-elle sévèrement.

— Dans notre pays, dit-elle, nous avons l'habitude de nourrir et d'abreuver nos hôtes, et de les accueillir par une histoire avant de leur demander quelque nouvelle que ce soit.

— Nous ne pouvons goûter ni à votre nourriture, ni à vos boissons, madame, et nous préférerions vous raconter nous-mêmes une histoire.

— Alors parlez, dit Cecily d'une voix faible.

Elle se raidit d'avance, car elle avait reconnu le bouclier et l'épée brisée de Kian, et elle savait que ces êtres allaient lui annoncer sa mort.

Nessa travaillait dans la forge quand elle apprit la nouvelle.

— Les sylphes sont revenus et Kian est mort ! lança par la fenêtre ouverte l'un des garçons de cuisine qui l'aidaient à la forge.

« Kian est mort ? » voulut-elle répéter. Mais déjà son assistant avait disparu, englouti par la foule de plus en plus nombreuse qui se pressait vers la grande salle. Nessa sortit de la forge et aperçut au loin de grands chevaux blancs étincelants.

Soudain, elle reconnut la vieille Bethy et lui agrippa le bras. Des larmes striaient le visage de la sorcière rondouillette.

— Le seigneur Kian est mort, dit-elle. Il est mort, et le sylphe blessé est revenu.

Artimour ! Son cœur palpita un instant, puis la nouvelle de la mort de Kian effaça toute joie.

— Mais il vient à peine de guérir…

— Les seigneurs et les dames sont réunis à l'intérieur avec les sylphes. Reste près de moi, Nessa. Les nouvelles finiront bien par filtrer…

— Je vais quand même essayer de m'approcher un peu.

Nessa tapota l'épaule de Bethy et se faufila entre deux hommes corpulents, pour se retrouver aussitôt bloquée. Autour d'elle, on chuchotait des rumeurs aussi fantaisistes que celles qu'elle avait entendues après Samhain. Une vague humaine poussa Nessa contre un mur en pierre, puis un écuyer en larmes se fraya un chemin à travers la cour, menant derrière lui un grand cheval. Celui de Kian, songea-t-elle. La première fois qu'elle l'avait vu, il piaffait dans la cour boueuse de la forge, à Killcairn... Avec ses cheveux dorés, Kian lui avait semblé tout droit sorti d'une légende. Autour de Nessa, des hommes pleuraient, leurs visages burinés maculés de larmes, leurs épaules agitées de sanglots silencieux.

Dans le ciel au-dessus d'eux, le soleil brillait comme une pièce d'or. Sa lumière étincelante jetait des reflets indigo, verts et rouges sur le paysage terne. Même le bleu du ciel n'était pas aussi froid et plat que d'habitude, mais doux et vibrant, comme en souvenir de l'été. Et ce beau temps parut à Nessa une cruelle moquerie...

« Pourquoi l'ai-je sauvé ? se demanda-t-elle. Pourquoi a-t-il été guéri ? Pour repartir se battre, échouer et mourir ? »

Un sentiment de perte immense et de gâchis l'envahit, et son visage se contracta. Curieusement, l'image de Griffin flotta devant ses yeux. Il y avait longtemps qu'elle n'avait plus pensé à lui. Molly lui avait dit qu'il l'aimait... Nessa toucha l'amulette de l'apprenti, ne sachant que faire. Elle voulait se forcer un passage vers la grande salle, afin d'en savoir plus, mais en même temps, elle aspirait à retrouver l'atelier, son refuge. A présent, elle comprenait mieux pourquoi son père se plongeait ainsi dans le travail. Seule l'intense concentration requise par la forge pouvait faire oublier tout le reste.

— Venez-vous, jeune fille ?

Un guerrier d'un clan du Nord joua des coudes et l'entraîna à travers la foule. Au moment où ils parvinrent devant les portes ouvertes du fort, par lesquelles on apercevait les silhouettes luminescentes des sylphes, quelqu'un saisit le bras de Nessa. Elle se tourna et vit un barde vêtu de bleu, tenant un paquet à la main.

— C'est vous, Nessa ? demanda-t-il.

Elle le dévisagea sans comprendre ; il répéta sa question. La foule les emportait vers l'entrée ; le barde étouffa un juron, lui prit le bras et l'entraîna en sens inverse.

— Etes-vous Nessa la forgeronne, oui ou non ?

— Oui, réussit-elle enfin à dire. Et vous, qui êtes-vous ?

— Je m'appelle Jammor du Rill, demoiselle. Le seigneur Uwen des Îles m'a demandé de vous apporter ceci. Il a dit que vous sauriez en faire bon usage.

Il lui tendit un paquet rectangulaire emballé dans un tissu de soie noire.

Nessa releva les yeux. Le barde avait à peu près le même âge qu'elle, et des yeux gris qui rappelaient ceux d'Artimour. Des yeux de la couleur du thym à petites feuilles qui poussait, l'hiver, sur les berges du lac de Killcarrick. D'un coup, Nessa ne désira plus rien d'autre que rentrer chez elle, retrouver son père, la forge et l'odeur du charbon.

« Kian est mort », répétaient désespérément les chefs guerriers autour d'elle. Jamais elle ne s'était sentie aussi seule et perdue que dans cette cour emplie de gens qui pleuraient, piétinaient et chuchotaient. Cela faisait si longtemps qu'elle essayait d'être courageuse... Elle avait affronté les gobelins, le Grand Herne et même les druides sans s'effondrer. Mais, d'un coup, un accès de peur, de douleur et de nostalgie s'emparait d'elle. Ses yeux se remplirent de larmes ; elle plissa les lèvres pour réprimer un sanglot, et mit la main devant la bouche.

— Nessa ?

Jammor la regardait d'un air inquiet.

— Nessa, est-ce que ça va ?

Elle voulut hocher la tête, mais en fut incapable, de peur d'éclater en sanglots. Le druide la prit par le bras et l'éloigna de la foule. Il hésita un peu, puis trouva tout seul le chemin de la forge. Quand ils eurent passé le seuil, il s'arrêta.

— Vous êtes au courant, pour le seigneur Kian ?

Nessa fit oui de la tête, et les larmes débordèrent de ses yeux.

— Excusez-moi, dit-elle en s'essuyant les joues. C'est juste…

Elle s'arrêta, se demandant ce qu'elle pouvait confier à cet étranger au visage plein de bonté.

— C'est juste que j'avais participé à sa guérison.

— Collum m'en a parlé. C'est pour cette raison que je me suis proposé pour vous amener ce paquet. Je voulais vous rencontrer.

Il lui tendit le paquet enveloppé de soie.

— Faites attention. C'est tout en morceaux, à l'intérieur…

— Qu'est-ce que…

Mais dès qu'elle toucha le paquet, elle sut exactement ce qu'il contenait. Une vision embrasa son esprit : un bras levé brandissait une lame scintillante, reforgée à neuf. Une étincelle jaillit de ses reins, parcourut son dos et s'élança vers le ciel. Alors Nessa ressentit de nouveau ce mystérieux lien avec la terre, celui qu'elle avait cherché en vain, sur le tertre endormi. Et elle sut avec certitude ce qu'elle devait faire.

Elle écouta à peine Jammor lui expliquer qu'il s'agissait des fragments de l'épée de Kian. Elle serra le paquet contre elle, comme s'il s'agissait d'un nouveau-né.

— Dès que maître Collum aura un instant, dites-lui de venir à la forge. Dès que possible, vous avez compris ?

Ne pas pleurer, ne pas s'évanouir, se répétait Cecily. Mais elle ne put empêcher ses yeux de se remplir de larmes en écoutant le chant de la mort de Kian. Car le récit des sylphes prit la forme d'un chant de perte et de douleur, un chant qui venait confirmer ses peurs les plus effroyables.

— Cecily... Est-ce que cela ira ?

Le murmura rauque d'Uwen déchira les brumes qui se refermaient autour d'elle.

— C'est une sale affaire, marmonnait Tuirnach. Tout cela présage mal de la suite... Nous avons à peine assez d'hommes pour affronter Cadwyr, et vous, seigneur sylphe, vous nous demandez notre aide ? Avons-nous l'air d'être en mesure d'aider qui que ce soit ? Il me semble que c'est vous qui êtes responsables de nos problèmes. Après tout, c'est l'un des vôtres qui a passé ce malheureux pacte avec Cadwyr...

— Sans la trahison de Cadwyr, ce pacte aurait profité à nos deux peuples, répliqua Artimour. Nous vous demandons seulement des armes et des armures capables de résister à l'argent. Des armes mortelles ordinaires, pour nous donner une petite chance contre Cadwyr.

« Donnez-les-leur ! » crièrent quelques hommes parmi la foule, mais d'autres huèrent et sifflèrent. Tuirnach posa un regard insistant sur Cecily.

« Ils s'attendent tous à ce que je m'effondre, pensa-t-elle. Ils croient que je vais me ratatiner et me laisser mourir, maintenant que Kian n'est plus là. Mais Donnor est mort parce qu'il a refusé de m'écouter. Et c'est la même chose pour Kian. »

— Que je sache, les échanges entre notre peuple et le vôtre n'ont jamais rien donné de bon, dit Tuirnach d'un ton de défi.

Cecily se pencha vers le vieil homme, prête à expliquer qu'il y avait là une occasion de surprendre Cadwyr, car il ne s'attendrait jamais à une alliance entre ses deux ennemis. Mais avant qu'elle ait pu dire un mot, Artimour répondit à Tuirnach avec une véhémence étonnante :

— Vous avez absolument raison, seigneur.

Il rejeta sa cape et se mit à marcher de long en large.

— Il n'y a jamais rien eu à gagner des contacts entre mon espèce et la vôtre. Je l'ai constaté par moi-même, et j'espère ne jamais me retrouver mêlé aux affaires des mortels, pour quelque raison que ce soit. Mais si vous avez la générosité de nous venir en aide à cette heure périlleuse, nous vous le revaudrons. En dépit de tout ce qui nous sépare, nous avons un ennemi commun.

Cecily se leva, tremblante, et affronta le regard de Tuirnach.

— Savez-vous ce qui serait pire, pour moi, que de perdre Kian ?

Elle hésita un moment, puis, dans le silence qui s'était installé, poursuivit.

— Le pire, ce serait de permettre à Cadwyr de s'asseoir sur le trône. Si vous ne désirez pas vous battre à nos côtés, Tuirnach, rentrez chez vous et gardez vos fils, vos guerriers et vos chevaux bien au chaud. Vous êtes libre de choisir. Pour ma part, j'appelle tous ceux de mon clan et tous ceux qui le désirent à se jeter dans la bataille derrière moi. Car aussi longtemps que je vivrai, aussi longtemps que je respirerai, jamais je ne m'agenouillerai devant Cadwyr.

Elle rejeta la tête en arrière et un flot de paroles s'écoula de ses lèvres, des mots qu'elle n'aurait jamais trouvés pour Donnor, une plainte qui venait du plus profond de son cœur.

Tu es mort, Kian, valeureux frère d'armes,
Tu es froid comme le sang glacé dans mes veines,
Lourd comme la pierre qui bat dans ma poitrine.
Amère est la douleur, aussi vive que la lame
Qui t'a enlevé à la vie et à ceux qui t'aimaient.

Les hommes frappèrent des mains contre leurs boucliers, et plus d'un se mit à fredonner la plainte funèbre de la maison de Mochmorna.

Que ton âme se réchauffe aux feux des Terres d'Eté
Comme brûleront les nôtres dans le feu de la bataille

Car je te fais le serment, Kian, ici devant tes frères
De t'envoyer ce lâche qui tue les guerriers comme des chiens
Je t'enverrai la vipère qui attaque dans la nuit
Je t'enverrai ce traître qui t'a tranché la tête.

Quelques hommes étaient restés figés, bouche bée, mais la plupart, y compris Tuirnach lui-même, tambourinaient des poings au rythme du chant. Cecily prit une profonde inspiration et regarda Artimour droit dans les yeux.

— Seigneur sylphe, nous allons aider votre peuple à sauver votre reine et votre roi. Nous allons vous donner des armes capables de résister aux lames d'argent, et nous accepterons votre aide avec gratitude.

— Cecily ! siffla Tuirnach. Nous sommes deux mille tout au plus ! Même en comptant quelques centaines de sylphes ! Cadwyr est confortablement installé dans le château de Gard, et vous voudriez attaquer cet immense tas de granit gardé par vingt mille hommes ? A votre avis, quelles sont nos chances face à eux ?

Il y eut un long silence, pendant lequel Cecily fixa le vieil homme du regard. Tout son corps tremblait, mais elle n'avait pas l'intention de se laisser intimider. Subitement, le parquet sous ses pieds tressaillit ; elle baissa les yeux, s'attendant presque à voir une vague déferler sous ses pieds. Puis elle releva son regard vers Tuirnach et sourit.

— Pour moi, elles sont égales.

Elle se pencha vers le guerrier, profitant de ce moment de stupeur pour bien se faire comprendre.

— Après tout, seigneur Tuirnach, ce n'est pas la mort qui importe, mais la façon de mourir.

— Pas la mort, mais la façon de mourir ! répétèrent en chœur les chefs guerriers.

Et ils dégainèrent leurs épées pour en frapper la table en poussant des cris de joie.

Depuis la forge, Nessa entendit les chants et les cris, et comprit qu'une décision venait d'être prise. Elle fut tentée de braver de nouveau la foule pour pénétrer dans la grande salle, mais après avoir jeté un œil dehors — la cour était plus bondée, bruyante et enfumée que jamais —, elle décida de ne pas quitter la tranquillité obscure de la forge. De toute façon, le jeune barde avait promis de lui envoyer Collum.

Quand des pas résonnèrent sur le seuil, elle leva les yeux, s'attendant à voir paraître le druide. Mais c'était Artimour qui se découpait dans l'encadrement de la porte.

— Artimour ! s'écria-t-elle, prise d'une joie irrépressible.

Repoussant son travail, elle se jeta vers lui. Elle lui tendait les lèvres, mais il ne fit que poser un baiser fraternel sur son front.

— Que s'est-il passé ? demanda-t-elle.

Elle frôla son torse. Il eut un mouvement de recul.

— Artimour ? Qu'y a-t-il ?

— J'ai des choses à te dire, Nessa. Pouvons-nous nous installer quelque part pour parler ?

— Bien sûr..., bégaya-t-elle. Où... veux-tu que...

Elle fit un geste en direction de la chambre à coucher.

— Là-bas ?

Le sylphe hocha la tête, l'air chagriné.

Nessa se laissa tomber sur la couverture bleue, mais au lieu de venir s'installer près d'elle, Artimour se posta au pied du lit, les mains crispées sur le cadre en fer.

— Qu'as-tu découvert, à ton retour en Faërie ?

Artimour secoua la tête.

— Nessa, ce qui s'est passé entre nous était une erreur. Je n'aurai jamais dû te toucher. Je le regrette...

— Une erreur ?

Nessa se redressa d'un coup et posa ses mains sur ses hanches.

— Comment peux-tu dire cela ? C'était tout le contraire d'une erreur ! Je n'avais jamais imaginé qu'une chose pareille puisse exister...

Mais aucune réponse ne vint. Elle s'affala de nouveau sur le lit, les yeux pleins de larmes. Artimour avait été son seul espoir durant cette terrible journée de solitude et de chagrin, mais il était changé au point de l'effrayer.

— Ce n'était pas une erreur, répéta-t-elle. Je t'interdis de dire cela !

— Ecoute-moi, Nessa. Tout cela n'a rien à voir avec mes sentiments pour toi. Quand je suis rentré en Faërie...

— Qu'est-ce qui s'est passé ? Dis-le-moi !

— Beaucoup de choses. J'ai appris ce qui se tramait vraiment. Comme je le pensais, Guinevère et Finuviel sont à l'origine de toutes ces catastrophes. Et j'ai retrouvé tes parents.

— Vraiment ?

Nessa releva brusquement la tête et dut se retenir pour ne pas se jeter au cou d'Artimour.

— Vraiment ? Mon père est vivant ? Ils sont tous les deux vivants ? Ils vont bien ?

— Ils sont vivants, oui, mais ils ne vont pas bien. Pas au sens où tu l'entends... Nessa, ils ne pourront jamais revenir dans l'Ombre. A force de manger la nourriture de Faërie, ils se sont métamorphosés. C'est affreux, ce que Guinevère leur a fait. Car c'est bien elle qui a enlevé ton père, autrefois...

— Qu'est-ce que tu racontes ? C'est ma mère qui s'est perdue dans l'Outremonde...

— Nessa, ce n'est qu'une histoire que ton père t'a racontée. Les choses ne se sont pas du tout passées comme tu le crois. Un soir de Beltane, il y a longtemps, ma sœur a profité du moment où les voiles entre les mondes s'estompent pour se glisser dans l'Ombre. Là, elle a trouvé tes parents enlacés sur leur couche de Beltane. Usant de ses maudits sortilèges, elle a réussi à entraîner ton père en Faërie... Mais c'était sans compter que ta mère viendrait le chercher. Guinevère s'est servie d'eux comme de petits jouets...

Artimour s'arrêta un instant, mais refusa de croiser le regard de la jeune fille.

— Tu comprends, Nessa ? La Résille a lié nos mondes si étroitement qu'ils s'étranglent l'un l'autre. C'est pour cela que je suis ici. Je veux retrouver Finuviel et la Résille, et les ramener en Faërie pour défaire enfin cette union néfaste. C'est pour cela que j'ai eu tort de te toucher. Même si tu le désirais... Tout cela a été une terrible erreur.

Il s'assit enfin à son côté et lui prit la main.

— J'ai vu ce qui arrive quand nos deux mondes se mélangent. Ils ont raison, ces vieux chefs qui ne veulent pas entendre parler de nous. J'ai vu les yeux de ton père quand il a parlé de toi ; j'ai compris quelle sorte d'homme il était, et quelle sorte d'homme il voudrait pour toi. Certainement pas quelqu'un dans mon genre, ni chair ni poisson...

— Comment oses-tu dire ce que mon père veut pour moi ? s'écria Nessa en repoussant violemment la main du semi-sylphe. Comment peux-tu prétendre le savoir ? Ma parole, tu n'as rien compris du tout ! Mon père a seulement passé un moment avec ma mère sur une couche de Beltane, et il s'en est souvenu toute sa vie !

Nessa s'interrompit brusquement en se rendant compte de ce qu'elle venait de dire. Ses propres paroles résonnèrent dans sa tête et se mêlèrent à celles des sorcières... *Mon père a passé un moment avec ma mère sur une couche de Beltane... Es-tu sûre de n'être pas une enfant de Beltane ? Si tu l'étais, tout s'expliquerait...*

Puis elle oublia tout, sauf la tristesse et le regret qui se lisaient dans le regard d'Artimour.

— Alors, nous avons eu notre moment, demoiselle.

Dans les tunnels sous le palais de la reine de Faërie, les os craquaient et le sang giclait sous les pas du roi

Xerruw. Le sol était jonché des cadavres des jeunes gobelins morts au cours de la première vague de l'offensive. Le gremlin Khouri sautillait derrière le roi pour essayer de le rattraper. Autour d'eux, des gobelins un peu plus grands commençaient à dévorer les corps de leurs cadets tombés.

La surprise n'avait pas été aussi complète que l'avait escompté le roi des gobelins. Une fois qu'ils avaient compris ce qui se passait, les sylphes s'étaient mobilisés avec une rapidité surprenante. Néanmoins, c'était un bon début.

— Salut à vous, seigneur Xerruw.

Son nouveau capitaine, Kubai — qui était nettement plus obséquieux qu'Iruk —, s'inclina devant lui.

— Nous avons découvert deux nouveaux moyens d'accéder au centre du palais. La terre sous les écuries est molle et facile à percer, et il y a une partie creuse autour des fondations en marbre de la salle du trône.

Xerruw se figea, huma l'air et se lécha les babines.

— Excellent, dit-il sur un ton distrait.

Il leva le museau et renifla de nouveau.

— Y a-t-il un problème, seigneur Xerruw ?

Décidément, l'attitude de Kubai lui plaisait de plus en plus.

— Pas du tout. Juste une forte odeur de mortel... Ah ! Regarde, Khouri. Qu'avons-nous là ?

Le petit gremlin bondit en avant et poussa des grognements qui devaient signifier quelque chose dans sa propre langue. Devant eux, les gardes de Xerruw s'étaient emparés d'un autre gremlin ; le roi leur fit signe de le relâcher. La créature vacilla et faillit tomber. Xerruw recula de quelques pas et dévisagea le nouveau venu avec méfiance. Il paraissait épuisé, en mauvaise santé ; sa peau n'était pas brun doré, comme celle de Khouri, mais pâle et grise. Une forte odeur d'homme flottait sur lui : à voir la terre collée à ses pattes et les feuilles accrochées à sa tête, ce gremlin devait certainement venir de l'Ombre.

— Je croyais que ceux de ton espèce ne pouvaient sortir de Faërie.

— Nous le pouvons, si nous acceptons de mourir, dit Khouri.

Les yeux du deuxième gremlin s'étaient fermés, et il ne semblait plus respirer. Un garde s'approcha, le renifla et se lécha les babines, mais Khouri releva les yeux et grogna comme s'il avait été de taille à menacer le garde.

— Assez ! gronda Xerruw. Il n'est pas bon à manger, même s'il sent l'homme. Est-il capable de parler, Khouri ?

— Petri ?

Khouri se pencha et secoua son congénère par les épaules. Celui-ci ouvrit les yeux et lui jeta un regard vide.

— Je l'ai trouvée.

Il tendit la bourse en cuir pâle à Khouri et prit une longue inspiration tremblotante.

Khouri referma sa petite patte autour de la bourse et sa petite gueule tannée parut esquisser un sourire. Il tapota le front de Petri, puis lécha la couche de terre qui recouvrait sa patte.

— Repose-toi, mon frère, tu l'as bien mérité.

Il flaira la bourse puis la tendit à Xerruw.

— La bataille, grand roi, est à moitié gagnée. Nous avons la Résille. Encore une fois, les plus petits d'entre tous triomphent !

Il frotta de nouveau la tête de Petri, puis se lécha la paume, le visage empreint d'extase.

Se pouvait-il que ce fût aussi facile ? Méfiant, Xerruw examina la bourse : de toute évidence, elle avait été fabriquée par les gobelins.

— Nous l'avons, mon frère, nous l'avons enfin…, murmura Khouri en caressant le front de Petri.

Xerruw entrouvrit la bourse, y jeta un œil, la renversa dans sa main puis la retourna à l'envers. Il ouvrit grand la paume de sa main et la tendit à Khouri.

— Petit frère, dit-il d'une voix curieusement douce, la bataille n'est pas encore gagnée. La bourse est vide.

Mais si endurci fût-il, Xerruw n'était nullement préparé à ce qui suivit. Khouri arracha sauvagement la gorge de l'autre gremlin et, passant la main dans sa poitrine béante, en retira un cœur encore palpitant.

12.

— Sauf votre respect, monsieur le duc, mon maître le général Lussius me demande de vous informer que nos légionnaires s'impatientent. Nos soldats n'ont pas l'habitude de gâcher d'aussi belles journées. Quand nous mettrons-nous en marche, et quand nous exposerez-vous votre plan de bataille ?

L'interprète parlait le brynnois avec un accent aquiléen si prononcé que Cadwyr ne fit que le dévisager, perplexe. L'homme ouvrit la bouche, prêt à répéter son discours d'un bout à l'autre, mais le duc lui coupa la parole.

— Quoi ? Vous voulez savoir ce que nous attendons, c'est ça ? Un prisonnier doit arriver demain. Ensuite, nous attendrons deux jours de plus, jusqu'à la pleine lune.

L'interprète, un jeune homme mince à peine sorti de l'adolescence, fronça les sourcils.

— Pouvez-vous répéter, s'il vous plaît ?

Cadwyr plissa les lèvres pour contenir son impatience. Les mercenaires de l'empire aquiléen formaient incontestablement la meilleure armée professionnelle du monde connu — c'était d'ailleurs l'une des raisons pour lesquelles les Hombriens n'avaient pas essayé d'annexer Brynhiver auparavant. A présent, les Aquiléens avaient sauté sur l'occasion d'avoir une part du gâteau brynnois. Ah ! s'ils savaient que, bientôt, l'empereur d'Aquilée comme le roi de Hombrie se prosterneraient devant lui… A cette pensée, Cadwyr se rasséréna. Il se pencha vers l'interprète et répéta, très lentement cette fois-ci :

— La lune. Nous attendons qu'elle soit pleine. Que son pouvoir atteigne son point culminant.

Le traducteur se tourna vers un homme qui portait un plastron rutilant sur une courte tunique rouge vif. Sa cape ourlée de violet impérial indiquait son appartenance à l'une des premières familles d'Aquilée. Ottavius Lussius croisa les bras en écoutant l'explication rapidement débitée par le jeune homme. A part un léger frémissement au coin des lèvres, son visage demeura impassible. D'un geste, il attira l'attention de Cadwyr sur la carte en cuir, passa le bout du doigt le long du fleuve puis écarta les mains et leva les sourcils.

— Le général Lussius vous demande l'honneur de connaître les détails de…

— Bouclez-la, Phoebius, dit Lussius en excellent brynnois.

Il se leva et repoussa sa chaise.

— Vous êtes interprète, pas diplomate. Contentez-vous de traduire mes propos sans les enrober de miel. D'ailleurs, je connais assez de brynnois pour dire ce que j'ai à dire. A quoi jouez-vous, seigneur Cadwyr ? Jusqu'à présent, vous vous êtes contenté de nous distribuer de ridicules armes en argent. La plupart d'entre elles ne couperaient pas une motte de beurre. Qu'espérez-vous en faire ? Et qu'attendons-nous, au juste ? La lune est bien assez pleine pour éclairer une marche nocturne. Nous pourrions positionner nos troupes tout le long du fleuve et traverser avant qu'ils n'aient eu le temps de dire…

— Néanmoins, nous attendrons la pleine lune, répliqua Cadwyr. C'est à ce moment-là que les voiles entre les mondes sont le plus minces.

Lussius resta un instant interloqué.

— Voulez-vous dire que vous allez calculer l'heure de l'attaque en fonction de la lune ? Mais nous sommes encore à des lieues de l'ennemi…

— Nous sommes plus près de lui que vous ne l'imaginez, général. Il s'agit d'un ennemi assez… insaisissable.

Cadwyr se pencha vers Lussius et, indifférent au mépris qu'il lisait dans son regard, lui adressa un sourire triomphant.

— Ah ! Une dernière chose, mon ami, puisque vous tenez à connaître les moindres détails. Avant le départ, nous distribuerons des boulettes de laine à tous vos hommes. Ils devront s'en boucher les oreilles...

— Vous plaisantez, j'espère. Ai-je mal compris, Phoebius ? Espère-t-il vraiment que je vais envoyer mes hommes à la bataille avec les oreilles bouchées ? Vous n'êtes qu'un fou, Cadwyr d'Allovale, comme le reste de vos compatriotes !

Cadwyr plissa les yeux et leva le menton sans cesser de sourire.

— Pourquoi êtes-vous si pressé de partir au-devant de l'ennemi, général Lussius ? Vous avez pourtant la réputation d'aimer les décisions mûrement réfléchies ! Se peut-il que quelque chose, ou peut-être *quelqu'un*, vous rappelle à la ville ?

Lussius tiqua visiblement, et Cadwyr se tapota le flanc en riant.

— J'ai votre contrat ici, signé de la main du Vox lui-même. Votre père souhaite que vous restiez bien sagement à mon côté aussi longtemps que j'aurai besoin de vous. Personne ne veut vous revoir en Aquilée avant très longtemps, mon cher.

— Personne ne veut que j'entraîne mes hommes dans un suicide collectif. Par quel prétexte extravagant justifiez-vous ces bouchons de laine ? Ne me dites pas que l'ennemi possède des cornes qui rendent les hommes fous...

— Vous m'avez ôté les mots de la bouche.

— Bande de sauvages superstitieux..., commença Lussius, avant de se mordre la lèvre.

Secouant la tête, il décocha un regard perçant à Cadwyr.

— Admettons, cher duc. Vous avez le privilège de connaître l'ennemi mieux que moi. Daignerez-vous me dire jusqu'où nous marcherons, une fois que la lune sera pleine ?

— Je n'en sais rien.

— Vous n'en savez rien ?

Lussius se rembrunit.

— Souvenez-vous que nous attendons un otage, reprit Cadwyr. Il sera ici d'un jour à l'autre. Il pourra me donner plus de renseignements sur ce qui nous attend de l'autre côté de la frontière.

— Je vois. Comment pouvez-vous être aussi certain qu'il acceptera de trahir les siens ?

Cadwyr sourit de nouveau, mais avant qu'il ait pu répondre, des coups rapides résonnèrent à la porte, laquelle s'ouvrit sur un garde agité.

— De merveilleuses nouvelles, seigneur Cadwyr ! s'écria l'homme. Non seulement l'otage est arrivé sans encombre, mais en plus, vos gardes vous ont rapporté la tête du chevalier Kian de Gard !

Cadwyr se leva d'un bond, poussa un cri de joie et se mit à danser autour de la table. Il pinça la joue de l'interprète éberlué, prit le garde dans ses bras , puis s'arrêta net devant le général, lequel s'était figé sur sa chaise.

— Otez cette moue hargneuse de votre visage, Lussius. Ces nouvelles signifient que nous festoierons ensemble à Ardagh avant les premières neiges.

— Voici comment je vois les choses.

Uwen se pencha sur la carte en cuir épinglée sur la longue table de la salle du Conseil, et tapota du doigt la croix sombre qui indiquait l'emplacement du château de Gard. Près de lui, Nessa promena son regard sur l'assemblée. Cecily trônait en bout de table, entourée de ses deux frères adoptifs ; Collum et Jammor se tenaient à leur droite, Tuirnach et Artimour de l'autre côté.

— Il me semble évident que Cadwyr compte attaquer d'abord l'Outremonde et y consolider sa position avant de se retourner contre nous. Or, nous devons absolument contenir cette guerre dans notre propre pays. Nous ne pouvons permettre à Cadwyr de pénétrer en TirNa'lugh. D'après Artimour, le duc a de bonnes chances de l'emporter, grâce à ses troupes et à ses réserves d'argent. A l'heure qu'il est, Cadwyr doit nous croire vaincus d'avance.

« Il n'est pas le seul », pensa Nessa en voyant le doute s'installer sur plus d'un visage. D'ailleurs, ils étaient sans doute plusieurs à se demander ce qu'elle faisait ici. Mais l'idée qu'elle était probablement une enfant de Beltane lui avait redonné confiance en ses propres capacités. Depuis qu'elle pouvait se les expliquer, elle assumait mieux les dons mystérieux dont elle semblait pourvue, et cela l'avait enhardie au point de réclamer une place à la table du Conseil.

— Néanmoins, il y a des choses qu'il ignore, dit Cecily en tapant du doigt sur la carte. Il ne sait pas que nous avons passé notre propre alliance avec les sylphes. Ni que nous connaissons l'existence de ses otages. Ni que nous sommes informés de ses plans, et que nous sommes en mesure de les contrer.

— Croyez-vous vraiment que nous le soyons, madame ? demanda un chef portant un tartan inconnu de Nessa.

— Si Cadwyr veut entrer en Faërie, dit Artimour, il devra bien choisir son moment. Il lui faudra attendre que s'ouvre un portail assez vaste pour laisser passer une armée aussi nombreuse. Et ces portails n'existent qu'à certains endroits. L'eau est la voie la plus sûre vers la Faërie ; or, je vois qu'une branche du Daraghduin coule dans la vallée de Gard. A mon avis, il n'y a que deux moments propices à la traversée : le crépuscule de la pleine lune, et l'aube qui suivra. Les troupes devront donc traverser les prés, vers la rivière, à l'un de ces deux moments. La pleine lune tombe dans deux jours. Il serait étonnant que Cadwyr tente de franchir la frontière au crépuscule, mais tout dépendra, sans doute, des appuis dont il dispose en Faërie.

— Je vous demande pardon, seigneur sylphe, intervint Mungo. Soupçonnez-vous Cadwyr d'avoir d'autres alliés que Finuviel, en Faërie ?

— Ce n'est pas exclu, répondit Artimour. Et puis, comme l'a fait remarquer le seigneur Uwen, il n'est pas impossible que le duc soit également de mèche avec le roi des gobelins. Qu'il détienne non seulement Finuviel, mais également la reine de Faërie en personne, voilà qui me fait craindre des trahisons bien nombreuses.

Sa voix était si amère que Nessa ne put s'empêcher de lui jeter un coup d'œil. Il lui tournait le dos, mais ses épaules étaient tendues par une émotion retenue.

— Je suppose que nous n'avons pas le choix, soupira Mungo. Puisque les druides ont décrété qu'il fallait couronner Cecily sur le Tertre d'Ardagh, le château de Gard se trouve sur notre route. Autant nous battre tout de suite contre Cadwyr, tant qu'il est occupé à d'autres choses...

— Et les otages ? Et la reine de Faërie ? demanda Nessa en passant sa tête devant celle d'Uwen. Et la Résille ? Il ne faudrait pas sous-estimer Cadwyr. Il les tuera dès que la bataille commencera. Il faut que quelqu'un les sorte de là et les aide à rentrer en Faërie. Peut-être faudrait-il profiter de la confusion semée par l'attaque pour se glisser dans le château et...

— Nessa, protesta Uwen, nous n'avons guère le temps de...

— Elle a raison, coupa Cecily. Il les tuera sans hésiter. Nous savons déjà qu'il a assassiné deux sylphes de sang-froid, et je sais, dans mon cœur, qu'il est responsable de la mort de Donnor. Avant que la bataille ne commence, il faut que quelqu'un pénètre dans le château pour libérer les otages.

Un silence tomba sur l'assistance

— Je vais y aller, dit Nessa.

Indifférente aux murmures d'incrédulité et de protestation, elle poursuivit :

— Je suis allée au château de Gard assez souvent pour me faire une idée des lieux. Et puis, ils me laisseront facilement entrer, puisque je suis forgeronne. Après tout, je sais me servir d'un poignard et d'une hache, et même d'un sabre, s'il le faut. Je dirai que je suis à la recherche de l'apprenti de mon père. Il doit sûrement se trouver là-bas avec les autres forgerons...

— Mais le jeune barde a dit qu'ils avaient tous été massacrés à Samhain..., objecta Mungo, avant de s'interrompre brusquement, d'un air contrit.

— Jeune fille, si vous avez perdu un camarade, j'en suis désolé...

Engourdie par ce qu'elle venait d'entendre, Nessa sentit à peine l'angoisse poindre en elle. Elle leva la tête et regarda Cecily droit dans les yeux.

— Je peux toujours demander de ses nouvelles, dit-elle.

A présent, elle était vraiment seule au monde. Et cela ne faisait que renforcer sa détermination : retrouver ses parents et les ramener chez eux. Au bout de la table, Cecily leva la tête, et, dans ses yeux, Nessa lut une approbation tacite. Brusquement, elle ressentit un lien intime entre la duchesse et elle ; un sentiment de parenté — comme si Cecily avait été une sœur ou une cousine — tel qu'elle en avait rarement éprouvé envers une autre femme.

— Laissez-moi y aller, Votre Grâce, je vous en prie.

— C'est absolument hors de..., commença Artimour.

Nessa se tourna vers lui et déclara avec véhémence :

— De quel droit me donnez-vous des ordres, seigneur Artimour ? Vous avez déjà pris suffisamment de décisions à ma place. Laissons à Sa Grâce le soin de trancher.

Cecily se pencha en avant, le menton calé sur le bout de ses doigts.

— Pourquoi n'irait-elle pas, seigneur Artimour ? Quelle objection y voyez-vous ?

« Il connaît la véritable raison de ma proposition », pensa Nessa.

Elle le regarda droit dans les yeux, comme pour le défier de parler. Mais elle ne s'attendait pas du tout à sa réponse.

— Nessa a beau être forte et courageuse, elle est encore trop jeune pour entreprendre seule une telle mission.

— Alors qui proposez-vous pour l'accompagner ? demanda Uwen.

— Moi, dit Artimour.

« Il croit qu'il va m'empêcher d'entrer dans l'Outremonde, se dit Nessa. Eh bien on verra ce qu'on verra ! »

— Vous, seigneur Artimour ? répéta Cecily.

— En mon absence, l'un de mes compagnons prendra le commandement de ma compagnie. Je vous retrouverai dès que les otages seront en sécurité dans l'Outremonde.

— Très bien, dit Cecily. Si cette solution vous convient…

— Je vous assure, madame, qu'elle me convient parfaitement.

Nessa détecta dans la voix d'Artimour une satisfaction mêlée d'amertume. Une fois de plus, elle ne put s'empêcher de lui jeter un coup d'œil. Il la fixait d'un air furieux, mais Nessa refusa de se laisser impressionner. S'il voulait voyager avec elle jusqu'à Gard, grand bien lui fasse ! Elle lui lança un clin d'œil goguenard, pivota sur ses talons et s'éloigna d'un pas digne, laissant aux autres le soin de résoudre les problèmes pratiques liés à l'attaque.

Les pas d'Artimour résonnèrent derrière elle, mais Nessa poursuivit obstinément son chemin. Arrivée à la forge, elle tenta de claquer la porte au nez de son poursuivant ; celui-ci coinça sa botte dans l'embrasure.

— Qu'est-ce qui me vaut l'honneur de votre visite, seigneur Artimour ? demanda-t-elle sur un ton narquois.

— Tu le sais très bien. Tu te crois maligne, n'est-ce pas ? Je sais parfaitement ce que tu complotes.

— Ah oui ? Quoi donc ?

— Tu comptes te servir de ce prétexte pour faire sortir tes parents de Faërie.

— Et tu oses me le reprocher ? Tu as toi-même admis que la Faërie était sur le point de disparaître…

— Eh bien, j'espère qu'elle ne disparaîtra pas, et je cherche par tous les moyens à la sauver. Mais ce n'est pas le problème. Si tu ramènes tes parents ici, ils mourront. Il faut que tu acceptes le fait qu'ils ne reviendront jamais. Ton père…

— Tu ne connais pas plus mon père que le tien.

Artimour vacilla comme s'il avait reçu une gifle, et Nessa comprit qu'elle avait visé juste.

— Mais moi, je suis sûre d'une chose : mon père ne peut avoir aucune envie de s'attarder là-bas. Il déteste la Faërie, et la dernière chose qu'il voudrait…

— Au moins a-t-il retrouvé ta mère.

— Tu veux dire qu'il préfère rester là-bas avec elle ?

Artimour ne répondit pas.

— Peut-être que tu as raison, reprit Nessa. Mais je veux l'entendre le dire lui-même.

— Pourquoi es-tu si entêtée ?

— Qu'est-ce que cela peut te faire ?

— C'est trop dangereux !

— Dangereux pour qui ?

— Pour toi… Pour tous les mortels, je veux dire.

Nessa le toisa. Visiblement, il était gêné par le lapsus qu'il venait de commettre. Aussi décida-t-elle d'en profiter pour l'interroger à son tour.

— Comment as-tu appris que Finuviel était détenu au château de Gard ?

— Quand mon cheval est revenu sans moi à l'avant-poste, mes camarades ont envoyé trois patrouilles à ma recherche. L'une d'entre elles a péri des mains de Cadwyr et la deuxième a dû fuir devant les gobelins, à Samhain. Mais la troisième a aperçu Finuviel au moment où on le sortait de la mine d'argent.

— Pourquoi es-tu si pressé de lui sauver la vie ?

— Lui sauver la vie ? Je veux le livrer à Timias pour qu'il réponde de sa trahison, voilà tout. Crois-moi, Nessa, je ne veux plus avoir affaire ni avec Guinevère, ni avec son fils. Ils m'écœurent autant l'un que l'autre. Guinevère m'a expliqué pourquoi Finuviel m'avait poignardé. Elle pense que je mourrai quand la Résille sera détruite.

— Quoi ? Mais c'est affreux ! Est-ce que c'est vrai ?

Artimour resta silencieux quelques instants.

— Je ne sais plus ce qui est vrai, Nessa. Pour être honnête, je ne m'en soucie plus tellement. Si je dois mourir, qu'il en soit ainsi. J'ai vu de mes propres yeux les ravages causés par l'argent en Faërie. Et je sais qu'il faut que cela prenne fin. Il me reste la satisfaction de savoir que si je meurs, Guinevère mourra sans doute aussi.

— Bien. J'ai des choses à faire, maintenant, dit abruptement Nessa. Je dois me préparer.

— Te préparer à quoi ?

— A du travail de druide.

— Te voilà druide, à présent ?

— Non. Je suis forgeronne, et c'est de cela que les druides ont besoin.

Elle fit claquer un plastron de cuir sur son torse et croisa les bras d'un air agacé. Même si elle comprenait un peu mieux, maintenant, pourquoi Artimour gardait ses distances, son attitude demeurait toujours aussi difficile à accepter. Pourquoi ne pas profiter du peu de temps qu'il leur restait ? Mais elle n'allait tout de même pas le supplier…

— Dans ce cas, bonne nuit, Nessa. Nous partirons à l'aube.

— Je serai prête, dit-elle en posant un regard appuyé sur la porte.

Il parut comprendre l'allusion et s'éloigna aussitôt, la tête baissée et les épaules lourdes. Nessa se précipita vers la fenêtre et le regarda traverser la cour. Sa démarche avait changé : c'était celle d'un homme vieillissant et accablé de soucis. Mais elle n'avait plus le temps d'y songer. Déjà les ombres s'allongeaient dans la cour, et il lui restait beaucoup à faire pour se préparer. Pourtant, bien après qu'Artimour eut disparu, il lui sembla encore apercevoir sa silhouette du coin de l'œil… Allons ! Elle n'allait pas se conduire comme une ensorcelée !

— … les préparatifs ? s'éleva une voix derrière elle.

C'était Molly qui se tenait dans l'encadrement de la porte, un panier dans les bras.

— Oh !

De surprise, Nessa lâcha la fenêtre et celle-ci vint heurter son nez.

— Qu'est-ce que tu fais, penchée à la fenêtre ? la gronda Molly. Si tu dois partir à l'aube, tu ferais mieux de t'atteler tout de suite à cette épée. Heureusement, les druides pensent que cette nuit sera propice à la cérémonie.

— Enfin ! dit Nessa.

Molly eut un petit rire.

— Mon enfant, c'est toujours pareil. C'est quand tout semble aller au plus mal que les choses commencent enfin à changer.

— Tu le crois vraiment, Molly ?

— C'est ce que je me répète tous les soirs depuis un bon moment, mon petit, répondit la sorcière en lui caressant la joue. Au travail, maintenant ! Les druides seront là avant le crépuscule.

Une grosse boule orange s'enfonçait derrière l'horizon quand Uwen apparut dans l'encadrement de la porte. Debout sur la dernière marche de l'escalier, il regarda Cecily.

— J'espère que je ne vous dérange pas, Votre Grâce ?

« Comment pourrais-tu me déranger ? songea Cecily. Tu es l'être le plus proche qui me reste depuis la mort de Kian. »

Mais la journée écoulée lui pesait si lourdement qu'elle ne trouva pas la force de parler. Elle ne put que secouer la tête.

— Je sais que… que vous n'avez pas eu une minute à vous depuis l'arrivée de cette terrible nouvelle. Je voulais seulement vous dire que Kian serait fier de vous voir aussi forte.

Cecily prit une grande bouffée d'air et se mordit la langue, soudain étourdie par la douleur et le sentiment de perte qui s'abattaient sur elle. Elle posa la main sur le rebord d'un créneau et fixa sans les voir les collines lointaines et le lac sombre.

— Il y a une chose que je ne comprends pas, Uwen.

— Laquelle ? demanda-t-il d'une voix douce.

— Pourquoi Nessa l'a-t-elle sauvé ? Juste pour nous prouver qu'elle en était capable ?

— Cecily, d'après ce que vous m'avez raconté, vous et Molly, la petite n'a décidé de rien. La preuve, c'est qu'elle n'a pas pu guérir le vieux druide…

— Alors pourquoi a-t-elle guéri Kian ? Pourquoi la déesse lui a-t-elle permis de le ramener dans ce monde, si c'était pour le reprendre aussitôt ?

Son visage se contracta et les larmes si longtemps retenues débordèrent de ses yeux. Uwen ouvrit ses bras et l'attira contre lui. Cecily se raidit d'abord, puis se laissa aller en sanglotant. Bientôt elle s'aperçut que ses larmes avaient trempé sa chemise.

— Je suis désolée, dit-elle en s'essuyant les yeux. C'est juste que…

Uwen s'essuya également les yeux.

— Le chef nous manque à tous, Cecily. Et vous avez besoin de pleurer. Mais vous avez bien fait de retenir vos larmes jusqu'ici. L'heure viendra où nous pourrons tous pleurer sa mort, mais elle est encore lointaine.

Cecily se tapota les yeux avec un mouchoir de lin.

— Uwen, savez-vous ce qui est arrivé à l'épée de Kian ? Je sais qu'elle est en miettes, mais, voyez-vous, je porte son enfant. Un jour, j'aimerais pouvoir montrer son épée à son fils.

— Ah..., dit Uwen en lui frôlant doucement la joue. C'est justement pour cela que je suis ici. Nessa et les druides ont de grands projets pour cette épée, et ils vous demandent de vous joindre à eux.

Nessa prit subitement conscience que les sorcières et les druides s'étaient mis à fredonner. Cela ressemblait aux mélodies enjôleuses que l'on chantait dans les mariages brynnois pour inviter les fiancées à rejoindre l'élu de leur cœur. C'était bien un air de séduction, une invitation... mais à qui était-elle destinée ?

Ramassant son marteau, elle porta son attention sur le métal devant elle. Elle posa ses deux pieds bien à plat sur le sol dallé de l'atelier, et se sentit aussitôt en contact avec la terre. C'était le bouleau sur la colline, comprit-elle confusément, cet arbre aux racines profondément enfouies dans le sol, qui lui permettait de puiser dans les flots d'énergie qui déferlaient sous elle. Se rappelant la toute première fois qu'elle avait ressenti cette force, elle prit une grande inspiration. L'air était chaud et moite. L'un après l'autre, druides et sorcières cessèrent de chanter pour se rassembler autour de Cecily et d'Uwen, lesquels se tenaient debout devant la forge. Nessa rencontra le regard d'Uwen.

— Ça m'a l'air en bonne voie, dit-il.

Elle leva la lame grossièrement reforgée devant elle et eut aussitôt l'impression de l'avoir déjà vue. Elle se rappela sa vision fugitive d'une main brandissant une épée étincelante, et elle plongea la lame dans la cuve d'eau. Le métal brûlant siffla et fuma ; à la lumière du feu, l'eau se teintait de reflets sanguinolents. Douze fois elle battit le métal, douze fois elle l'immergea dans l'eau.

« La treizième sera la bonne », pensa-t-elle.

Petit à petit, des mots naissaient en elle, gonflaient comme des bulles irisées dans l'obscurité de son esprit.

Le marteau chantait, les étincelles volaient et l'air était chargé de sueur, de sel et de l'odeur âcre du métal frais. Au rythme des coups, les mots prenaient forme en elle ; quand elle leva les yeux, toute l'assemblée remuait comme au rythme d'une incantation inaudible. *Bouleau, if et sorbier*, se répéta-t-elle. *Non, l'aulne vient en premier. Aulne, frêne et noisetier, bouleau, if et sorbier… C'est ça !* Les coups de marteau résonnèrent dans la nuit ; des bouffées de fumée blanche s'engouffrèrent dans la hotte. *Du cercle il faut faire le tour, de l'ombre à la lumière et retour… Que le pouvoir qui m'est lié coure dans ce fer, de la racine au tronc, de la feuille à l'air*, scanda-t-elle en silence.

Le feu crépita et poussa de grandes flammes, la forge rougeoya et illumina la pièce. Des ruisselets de sueur coulaient sur ses bras et ses flancs, et un frémissement parcourut son ventre, comme lorsque Artimour l'avait touchée. Autour d'elle, un cercle s'était formé. Les sorcières, les druides, Cecily et Uwen : en tout, douze personnes. Nessa, au centre, était la treizième. *C'est ici que réside la magie*, comprit-elle. *Au milieu des choses, à leur jointure. C'est ici que le pouvoir les relie et que la force les délie. Ici, à l'endroit précis où je me tiens.*

De nouveau, des mots se présentèrent à son esprit. Elle abattit le marteau avec la même concentration intense que son père, et s'entendit dire d'une voix assurée :

Aulne, frêne et noisetier,
Bouleau, if et sorbier…

Les druides émirent de petits cris en entendant ces mots.

— Ecoutez bien, mes frères, dit Collum.

Nessa prit une grande inspiration, puis les mots s'écoulèrent de sa bouche, chargés de la force de l'air, du feu, de la terre et de l'eau réunis, et son chant conféra une telle vie au métal que l'épée devant elle lui parut presque consciente.

Houx, sureau, vigne, tremble,
Pommier, hêtre, le chêne vous lie.
Arbres sacrés, je vous nomme,
Pour éveiller le pouvoir en somme.
Venez à moi ! Je vous appelle
De la racine au tronc, de la feuille au ciel
D'un bout à l'autre du tronc il court
De l'ombre à la lumière et retour.
Que le pouvoir qui m'est lié coure dans ce fer,
De la racine au tronc, de la feuille à l'air :
Que cette épée devienne une arme de paix,
Qu'il n'y ait aucun tort qu'elle ne puisse réparer.
Qu'elle n'entaille que les chairs ignobles.
O Seigneur et dame de la forêt,
Dieu et déesse qui ma main guidez,
Tout ce que je dis trois fois sera
Puisque je l'ordonne, qu'ainsi il en soit.

La magie afflua du sol, jaillit dans ses membres, se mêla à l'air contenu dans ses poumons et traversa sa colonne vertébrale de haut en bas. Des frissons parcoururent sa nuque, et enfin la force déferla dans ses bras au rythme d'un pouls furieux. La maîtrise de son art lui permettait de contrôler la puissance magique, si bien que les outils entre ses mains n'étaient plus que des extensions de son esprit. Nessa modelait le métal incandescent aussi aisément que si ç'avait été de l'argile.

Sous le regard de l'assistance, l'épée prenait forme, ses tranchants parcourus d'étranges flammes bleues. *Tout ce que je dis trois fois sera*, répéta Nessa, *tout ce que je dis trois fois*... Le picotement à la base de sa nuque s'intensifia, comme si un jaillissement d'énergie grossissait, s'accumulait et s'épanouissait en elle. Nessa laissa cette boule de feu emplir son esprit puis parcourir ses bras pour imposer sa forme au métal incandescent. Elle frappa un dernier coup puissant : les étincelles et la vapeur se mêlèrent au rayon de lune qui entrait par la fenêtre, et l'épée fut achevée.

Puisque je l'ordonne, qu'ainsi il en soit.

A la lumière de la forge, l'épée scintillait comme une flèche d'argent. Nessa l'attrapa par le talon, porta la lame à hauteur de ses yeux, l'examina, puis la plongea une dernière fois dans l'eau. Quand elle l'en retira, de grosses gouttes d'eau luisaient comme des perles sur sa surface polie. Nessa tremblait et des ruisselets de sueur coulaient le long de ses bras. Elle faillit lâcher l'épée, et Uwen se précipita pour la prendre dans ses bras au moment où elle allait s'effondrer.

Quand Nessa ouvrit les yeux, elle crut d'abord être seule dans la petite chambre de la forge, puis, du coin de l'œil, elle sentit une présence. Artimour était là, assis sur un tabouret, sous la fenêtre. Elle se redressa si vivement dans son lit que la pièce se mit à vaciller autour d'elle.

— Que fais-tu ici ?

— J'ai vu ce qui s'est passé, tout à l'heure. Pour tout te dire, je ne sais pas vraiment pourquoi je suis ici. Mais je crois que j'aimerais m'excuser.

Nessa se cala sur un coude et repoussa les boucles poisseuses qui tombaient devant ses yeux.

— T'excuser de quoi ?

— D'avoir douté de toi. Je pense toujours qu'il est dangereux que tu ailles en Faërie. Mais j'ai vu... ce dont tu es capable. Ce n'est pas à moi de te donner des conseils. J'ai eu tort.

Il se leva lentement.

— Maintenant que je sais que tu vas bien, je vais te laisser te reposer. Nous partirons...

Nessa lui attrapa la main.

— Reste avec moi cette nuit, Artimour.

Il hésita, puis secoua la tête.

— C'est mieux ainsi, Nessa, je t'assure.

« Mieux pour qui ? » se demanda Nessa. Mais, trop épuisée pour discuter et trop fière pour le supplier, elle reposa son visage sur l'oreiller et s'endormit presque aussitôt.

A l'aube, elle eut la surprise de trouver Uwen dans les écuries.

— Je ne savais pas que vous nous accompagniez !

— Chut, dit-il en posant un doigt devant ses lèvres. Personne n'est encore au courant. Mais il me semble que vous aurez besoin de quelqu'un qui connaisse bien le château de Gard. Pour retrouver les sylphes et la Résille, il faudra chercher dans deux endroits : la chambre à coucher de Cadwyr et les cachots. Je sais où se trouvent les appartements de Cadwyr, s'il n'en a pas changé, et je connais les souterrains du château. Donc, voici mon idée : vous vous débrouillez pour nous faire entrer. Je vous aide à trouver la Résille et les otages, et Artimour les ramène en Faërie.

— Et vous, Uwen ? Comment ferez-vous pour ressortir du château de Gard ?

— Eh bien, répondit-il en vérifiant que la sacoche de Nessa était bien arrimée à sa selle, disons que ce sera l'occasion pour moi d'avoir une petite conversation privée avec Cadwyr.

13.

La fin approchait à toute vitesse. Dans un petit boudoir au sommet de la plus haute tour du palais, Guinevère regardait le soleil se lever. Elle ne pouvait voir les rayons de lumière pénétrer dans les étages inférieurs — où la bataille faisait rage depuis le crépuscule —, ni les gobelins se réfugier précipitamment dans leurs souterrains obscurs. Mais la puanteur de leurs entrailles montait jusqu'ici, et elle imaginait les traînées de sang mauve qui devaient maculer les couloirs du palais. D'un coup, la porte s'ouvrit, et Morais, le commandant de la garde royale, fit son apparition. Pâle, les traits tirés, il semblait épuisé et découragé. Le rayon de lumière rose qui tomba sur son visage ne parvint pas à lui donner meilleure mine, mais seulement à teinter de gris son pourpoint vert mousse.

— Quelles sont les nouvelles, commandant ? demanda Philomemnon, l'œil recouvert d'un bandeau noir.

Le conseiller de la reine ne serait plus jamais le même, songea Guinevère. Mais aucun d'eux, sans doute, ne sortirait intact de cette bataille. A supposer qu'ils y survivent.

Le parquet trembla, puis une terrible secousse ébranla le palais tout entier. Quelle ironie, songea Guinevère, de voir la fin du monde approcher depuis les hauteurs de cette tour de pierre et de cristal ! Combien de fois avait-elle prié, pendant son long voyage à la recherche de la Sorcière, pour qu'à son dernier souffle, ce fût l'air pur et sucré de la Faërie qui emplît ses poumons… Apparemment, son vœu était sur le point d'être exaucé.

— Les barrières magiques que nous avions d'abord posées, dit Morais, avaient été conçues à la hâte, et elles n'ont pas tenu longtemps. Celles des étages supérieurs ont mieux résisté…

— Mais pas jusqu'à l'aube.

— Seigneur Philomemnon, dit Morais, notre magie n'a que peu d'efficacité, sans l'aide de la reine. C'est pour cela que je suis ici. Nous venons d'apprendre que les gobelins creusent en dessous des écuries : ils pourraient bien se frayer un chemin jusqu'à la salle du trône et même pénétrer dans la chambre de sa majesté. Pour l'instant, les sortilèges autour des appartements royaux sont intacts, mais Timias n'a certainement pas pensé à envoûter les sols… Il n'aura pas imaginé que l'on puisse entrer par en dessous.

— Ne peut-on utiliser le feu pour les repousser ?

— Non, dit Morais. Un feu suffisamment puissant pour mettre en déroute les gobelins fragiliserait les fondations de l'édifice. De toute façon, tant que la reine et Timias sont enfermés au cœur du palais, c'est hors de question.

Dehors, le soleil levant teintait le ciel de traînées écarlates. Les paroles d'une vieille chanson traversèrent l'esprit de Guinevère : *Le fruit du houx, rouge comme le sang des mortels*… Un nouveau jour se levait sur la Faërie. Comme d'habitude, il faisait un temps magnifique. Le soleil arrosait de lumière les collines vert émeraude, comme si de rien n'était. Les plaies dans le dos de Guinevère suppuraient encore, mais elle commençait à s'y habituer. Peu à peu, la douleur se frayait un chemin en elle, l'apprivoisait et la flétrissait de l'intérieur.

« Nous allons tous mourir », pensa-t-elle.

— Voulez-vous dire, Morais, que ce n'est plus qu'une question de temps avant que…

Il y eut un long silence, puis le commandant baissa la tête.

— J'en ai bien peur, dame Guinevère. Il n'y a rien à faire. Ils sont trop nombreux, et nous, trop peu.

— Morais, je vous remercie, dit Philomemnon. Nous allons réfléchir. Essayez de vous reposer un peu.

Après le départ du commandant, les deux amis restèrent silencieux. Le soleil montait lentement dans le ciel, illuminant la petite pièce.

— Espérons qu'Artimour arrivera à temps, soupira enfin Guinevère.

— Ma chère, j'espère que vous ne vous trompez pas, cette fois-ci.

— Enfin, Philomemnon, que voulez-vous dire ?

— Je ne veux pas vous critiquer, Guinevère. Je sais que vous avez essayé de faire pour le mieux. Néanmoins, il me semble que vous avez mal choisi vos alliés. Les gremlins nous ont trahis. Le duc mortel nous a trahis. Et à présent, le sort de la Faërie dépend de quelqu'un que votre fils a tenté d'assassiner.

— Artimour comprend parfaitement...

Philomemnon la regarda d'un air triste et secoua la tête.

— Ma chère Guinevère, j'ai bien peur que vous n'ayez encore fait une terrible erreur.

Uwen arrêta sa monture au sommet de la crête. Ici, les bois s'ouvraient sur une vaste prairie qui descendait vers la vallée.

— Grande Mère ! Vous voyez ce que je vois ?

Nessa avança jusqu'à hauteur du chevalier et resta bouche bée. Elle connaissait déjà le château de Gard, cet imposant édifice qui écrasait le paysage autour de lui, mais la taille du campement qui l'entourait lui coupa le souffle. La vallée tout entière grouillait de soldats, aquiléens pour la plupart, comme l'indiquaient les drapeaux rouge, or et violet qui claquaient au vent. A contrecœur, Nessa suivit Uwen et Artimour le long d'un sentier qui menait hors des bois, vers la plaine et le camp des mercenaires.

Autour de leurs tentes, des groupes d'une dizaine de soldats à la peau mate et aux joues lisses s'occupaient à réparer du matériel, polir des armures ou affûter des lames. Ici et là, un peu à l'écart des autres, flottaient des drapeaux de tartan attachés à des piquets, mais ils paraissaient bien rudimentaires par rapport aux mâts aquiléens surmontés d'aigles en bronze.

Les soldats les dévisagèrent, semblèrent les identifier comme brynnois et se désintéressèrent d'eux. Quelques-uns poussèrent des exclamations qui n'avaient aucun sens pour Nessa, mais leurs compagnons les firent rapidement taire. C'étaient des professionnels de la mort, pensa-t-elle, effrayée par ce camp parfaitement ordonné et ces soldats soigneusement vêtus et rasés. Qui aurait cru que la mort fût aussi propre ? se demanda-t-elle en passant devant les décombres du corps de garde. A l'emplacement des grandes portes du château, il ne restait qu'un entassement de pierres fendues. Toutefois, la herse qui ouvrait sur le deuxième cercle de remparts était intacte, et l'on avait installé un corps de garde provisoire à cet endroit.

En approchant, Nessa et Artimour repoussèrent leurs capuchons, mais Uwen remonta un grand pansement de lin sur le bas de son visage. Les hommes postés devant la herse portaient le tartan de Cadwyr, et ils ne parurent pas reconnaître Uwen. Cependant, quand Nessa leur annonça qu'elle était forgeronne, ils échangèrent un regard sceptique.

— Forgeronne, vraiment ? répéta l'un d'eux.

— Oui, vraiment, répliqua-t-elle sèchement. Maître Lear est-il ici ?

Il s'agissait du forgeron chez qui Dougal avait fait son apprentissage, un homme acariâtre qui acceptait toutefois que son ancien élève utilise sa forge de temps à autre.

— Lear est mort, jeune fille, répliqua l'autre.

— On dit que le duc a besoin de forgerons. Il paraît que la plupart des siens ont été tués à Samhain, reprit Nessa. Est-ce vrai ?

Les deux gardes s'appuyèrent sur leurs lances et hochèrent la tête tout en dévisageant Artimour et Uwen.

— Tous morts, oui. Et ces deux-là ? Sont-ils forgerons, aussi ?

— Ce sont des réfugiés de Killcairn, répondit Nessa d'une voix qu'elle espérait assurée. Comme notre village a été détruit et que le fort de Killcarrick était bondé, nous avons décidé de descendre vers le sud.

Elle jeta un coup d'œil à ses compagnons, se demandant si son explication improvisée ferait l'affaire. Apparemment, Cadwyr se montrait plus prudent que prévu.

— Bien. Je suppose que vous pouvez entrer. Mais nous nous reverrons à la forge, jeune fille.

Le premier garde cligna de l'œil en leur faisant signe d'avancer.

— J'ai une lance qui a toujours besoin d'être affûtée, dit le second, un sourire grivois aux lèvres.

Artimour se retourna, furieux, mais Nessa posa la main sur son bras et le mena vers le deuxième cercle du grand château.

— Par ici, dit Uwen. Nous allons d'abord passer aux écuries, histoire de voir qui se trouve dans les parages.

Mais, alors que les trois compagnons approchaient de l'édifice principal, Artimour leva brusquement le nez et huma l'air.

— Je ne me serais jamais attendu à cela..., murmura-t-il.

— Qu'y a-t-il ? demanda Nessa en inspirant à son tour. Qu'avez-vous senti ?

— C'est très faible, répondit Artimour en reniflant de nouveau. Je ne le sens plus... J'ai dû me tromper.

— Qu'est-ce que c'était ?

— J'aurais juré avoir senti l'odeur du vin de pomme. Mais c'est impossible, évidemment. C'est une boisson extrêmement dangereuse ; les sylphes eux-mêmes n'en boivent qu'avec...

Sans achever sa phrase, il tourna la tête et promena son regard sur la cour.

Le visage recouvert de son pansement, une épaule plus haute que l'autre, boitillant exagérément, Uwen les guida à travers la foule. Il devait y avoir autant d'hommes à l'intérieur du château que dans le camp à l'extérieur, pensa Nessa. Des soldats grouillaient tout autour d'eux, se frayant un chemin entre les tas d'armes et de matériel entassés dans la cour. Partout luisaient des armes en argent. Il n'était guère étonnant que le jeune druide eût deviné les intentions de Cadwyr ! Le duc aurait aussi bien pu les annoncer à tout Brynhiver... D'une certaine façon, comprit-elle, c'était sans doute ce qu'il voulait faire.

— Quel est ce vin dont tu parlais ? demanda-t-elle à Artimour.

Les deux hommes lui firent signe de se taire. Ils tournèrent au coin et pénétrèrent dans un passage plus ou moins désert. Artimour s'arrêta net, pencha la tête et renifla encore.

— Revoici l'odeur ! dit-il.

Nessa emplit ses poumons, mais elle ne sentait rien d'autre que le crottin. Ils devaient vraiment être tout près des écuries.

— Elle vient de cette direction...

— Ce sont les communs, dit Uwen. Nous allons laisser nos chevaux à un écuyer, puis nous ferons un petit tour aux cuisines. Personne ne s'étonnera que nous voulions manger un bout...

— Ils m'ont tous l'air trop occupés pour nous remarquer, dit Nessa. Vous ne croyez pas, Uwen ?

— Ce que je crois, c'est que nous sommes arrivés juste à temps, grommela le chevalier.

Puis il remonta le pansement sur sa bouche, tira sa cape sur son visage et refusa d'ajouter un mot. Les trois compagnons confièrent leurs montures à un garçon d'écurie renfrogné, puis Uwen, toujours muet, tendit un doigt en direction des cuisines.

Mais ils n'y parvinrent jamais, car Artimour les entraîna subitement vers un escalier en pierre qui s'enfonçait dans un puits sombre. En bas des marches, une torche éteinte pendait à une grille entrouverte.

— Cela vient d'ici, chuchota-t-il, j'en suis certain.

Nessa ne sentait toujours rien de particulier. Uwen attrapa la torche et l'alluma en grattant une pierre à feu contre le mur.

— Ce sont les anciens cachots, dit-il.

Les murs étaient couverts de lichen, et de petits os de souris craquaient sous leurs pas. A plusieurs reprises, Nessa huma l'air ; finalement, elle crut percevoir autre chose que l'odeur de renfermé. Cela ressemblait à un parfum de rose, lourd et presque écœurant... Mais au moment où elle allait demander à Artimour si ce fameux vin sentait la rose, le sylphe s'engagea dans un petit couloir aboutissant à une alcôve, où étaient entreposées une douzaine de barriques.

— C'est donc cela, dit enfin Uwen après un silence.

— Je savais bien qu'il y en avait quelque part, dit Artimour en grimaçant. Comment une telle quantité de vin de pomme a-t-elle pu arriver jusqu'ici ?

— C'est quoi, au juste, du vin de pomme ? demanda Uwen.

— Un alcool que nous distillons en Faërie, une liqueur brûlante comme le feu. Les sylphes eux-mêmes doivent prendre garde à ne pas en abuser.

— Peut-être que Finuviel ou la reine...

Mais Nessa s'interrompit brusquement : de lourds pas résonnaient tout près d'eux. Tous trois plongèrent dans un petit réduit sur le côté, et Uwen éteignit la torche. L'obscurité se referma autour d'eux ; c'était à peine si Nessa osait respirer.

— ... crois-tu qu'il deviendra, quand les barriques seront vides ?

La voix paraissait venir de tout près. D'instinct, Nessa s'aplatit contre le mur, et se rendit compte qu'elle s'était plaquée contre le corps svelte d'Artimour. Un frisson la parcourut, et elle dut se concentrer sur les voix qui s'élevaient de l'autre côté du mur.

— A ce rythme, il n'y en aura plus à la fin de la semaine.

— Peuh ! A la fin de la semaine, le pauvre bougre ne sera plus ici. Et nous non plus, d'ailleurs. Tu n'as pas entendu les rumeurs ? Nous nous mettons en marche demain matin. Et là où nous allons, il y en aura pas mal, de ce breuvage. Il paraît même qu'il coule à flots…

— C'est donc vrai, ce que l'on dit ? C'est le vin de TirNa'lugh ?

Gênée par la proximité d'Artimour, Nessa changea de position ; la semelle de sa botte grinça contre le sol pavé.

— Tu as entendu ?

Pendant un instant, il n'y eut plus un seul bruit.

— Sans doute un rat, dit finalement l'un des hommes.

— Ou peut-être un lutin. Tu sais qu'on en a repéré un à l'intérieur du château ? Tu appelles ça un bon signe, toi ?

— Ce n'est pas un signe du tout. Les lutins n'existent pas.

— Mon pauvre Robb, tu n'es qu'un imbécile. Tu ne croyais pas aux gobelins non plus, avant Samhain. Que sais-tu de ces choses-là ?

— Je sais que si nous ne déménageons pas cette maudite barrique, nous n'aurons pas notre ration supplémentaire. Veux-tu bien la boucler et m'aider à la soulever ?

Nessa entendit une barrique crisser contre le sol, de l'autre côté du mur.

— Et la torche ? lança une voix.

— Elle s'éteindra toute seule. Non, non, pas par là, mon gars. On nous a bien dit de prendre l'autre chemin…

— Mais c'est là où…

— Rappelle-toi les consignes, Robb. Suivre les ordres, ne pas poser de questions... Ça te dit quelque chose ?

Les voix des gardes et le grincement de la barrique s'estompèrent. Quelques instants plus tard, Nessa, Uwen et Artimour se faufilaient hors de leur cachette.

— J'aimerais bien savoir où ils ont emporté cette barrique, dit Uwen.

— Moi aussi, ajouta Nessa. Par où allons-nous ?

Mais elle n'entendit pas la réponse d'Uwen, car des cris inhumains déchirèrent l'air, des hurlements de douleur et de désespoir qui résonnèrent dans les galeries voûtées. Tous trois se dévisagèrent, pétrifiés.

— Eh bien ! s'exclama Uwen. On dirait bien qu'une créature de l'Outremonde est enfermée ici.

— Croyez-vous que les gardes soient allés lui apporter la barrique ?

— Ce n'est pas impossible... Les sons résonnent tellement, ici, qu'on ne peut savoir d'où ils viennent.

Les hurlements reprirent, hérissant les cheveux sur la nuque de Nessa. Même les spectres de femmes qui avaient massacré les gobelins à Samhain n'avaient pas des voix aussi creuses, aussi désespérées.

— Allons-y, dit-elle.

— Je suis du même avis, déclara Uwen. Si Cadwyr a enfermé Finuviel ici, c'est peut-être lui qui s'égosille ainsi. Nous pourrons toujours fouiller les étages supérieurs plus tard, quand tout le monde sera au lit.

Il leva la torche et leur fit signe de le suivre. A cet instant, de nouveaux gémissements s'élevèrent. Nessa commençait à se demander si elle avait vraiment envie de savoir ce qui se trouvait au bout de ce couloir.

— Non ! Non ! Non !

Griffin se débattait de toutes ses forces, se tortillant et donnant des coups de pied aux gardes qui le traînaient dans l'escalier. Il planta ses dents dans une grande main poilue, mais n'obtint en retour qu'une grande claque sonore.

— Tu me paieras ça, petit vaurien ! Attends un peu !

— Au nom de la Sorcière, pourquoi le change-t-on de place ? demanda l'un des hommes, tandis que Griffin continuait à hurler.

— Cadwyr veut le garder bien au chaud jusqu'à ce qu'il ait besoin de lui.

— Besoin de lui ? Pour quoi faire ?

Les gardes ricanèrent et le serrèrent plus fort. Ils descendirent et descendirent encore, s'enfonçant au plus profond des boyaux du château, jusqu'à parvenir enfin devant une petite cellule qui ne devait pas avoir servi depuis des lustres.

— Non, non, ne me mettez pas là-dedans ! hurla-t-il.

Mais en vain : les gardes le jetèrent sur un tas de paille moisie avec autant de précautions que s'il était déjà mort. Sa tête alla heurter le mur en pierre, et des étoiles explosèrent devant ses yeux. Griffin se recroquevillait en gémissant, cherchant sa flasque, lorsqu'il s'aperçut que l'on faisait rouler une barrique de potion dans sa cellule. Une main rugueuse le saisit par le menton, le forçant à redresser la tête : le garde agita sa main ensanglantée devant les yeux de l'apprenti.

— C'est maintenant que tu vas me payer cette morsure, espèce de chien enragé. Cadwyr nous a dit de t'apporter une barrique, mais il n'a pas dit de l'ouvrir. Puisque tu aimes te servir de tes dents, débrouille-toi.

La grille claqua au nez de Griffin, qui se remit à hurler. Il agrippa les barreaux et tira de toutes ses forces, puis ouvrit sa flasque et avala une gorgée de potion. Après avoir poussé un dernier hurlement de fureur, il tomba à genoux devant la barrique, puis, du bout des doigts et de la langue, parcourut les cerceaux de cuivre à la recherche d'une faille.

Dans une cellule sombre de l'autre côté du couloir, Delphinea était blottie près de la paillasse de Finuviel. Griffin s'était mis à sangloter, puis à hurler d'une voix qui semblait venir de très profond, de la terre elle-même. Ses cris donnaient forme à la peur et au sentiment d'échec que Delphinea essayait de réprimer. *Envoyez-moi un signe, Grande Mère, un seul signe que tout n'est pas perdu…* Chaque fois qu'elle regardait le visage mutilé de Finuviel ou qu'elle se rappelait les mains de Cadwyr sur son propre corps, le désespoir la submergeait. Néanmoins, elle se traîna à genoux et appuya son visage contre les barreaux.

— Griffin, c'est toi ? Griffin ?

Il y eut un long silence ; Delphinea finit par se demander s'il allait lui répondre.

— Delphinea, dit-il enfin, c'est vous ?

— Qu'est-ce qui s'est passé, Griffin ?

— Je n'en sais rien, répondit-il en reniflant. Cadwyr est entré dans la chambre comme un fou et il a dit aux gardes de m'emmener. Mais je n'avais rien fait…

Petit à petit, sa voix devint de plus en plus aiguë et plaintive, puis il se tut. Delphinea entendit des coups sourds et comprit qu'il frappait la barrique de toutes ses forces.

— Je n'ai rien fait ! cria-t-il.

— Arrête, Griffin !

Soudain, un souffle d'air frôla la joue de la sylphe, et une lueur étincela dans un coin de sa vision. Delphinea plaqua son visage contre les barreaux froids et rouillés, mais ne put rien voir.

— Je crois qu'on vient. Est-ce que tu arrives à voir quelque chose ?

— Il y a quelqu'un ? dit une voix inconnue. Ohé ! Il y a quelqu'un, par ici ?

— Oui ! Oui ! hurla Griffin.

De nouveaux coups résonnèrent ; Delphinea eut l'impression qu'il se jetait contre la grille.

— Je suis là ! Venez m'aider, je vous en supplie ! Je n'arrive pas à ouvrir ma barrique !

La lueur tremblotante se rapprocha, et trois longues ombres se découpèrent sur le sol.

— Qui est là ? demanda une voix de mortel.

— La barrique est dans cette cellule, dit une voix tout aussi inconnue, mais dont l'accent sylphe était aisément reconnaissable.

— C'est moi, c'est moi, Griffin !

Dans la semi-pénombre, Delphinea vit briller les dents blanches du garçon, et l'étrange lueur verte de ses yeux.

— Aidez-moi, je vous en supplie ! Il me faut ma potion !

Il y eut une vive inspiration, puis un son qui ressemblait à un sanglot. La troisième ombre s'avança et prit forme : c'était une femme mortelle, grande et bien charpentée, armée comme un homme d'une hache sur le dos et d'une courte épée à la ceinture. Elle s'approcha lentement de la cellule du garçon. A la surprise de Delphinea, sa voix était jeune, douce et chargée d'incrédulité et de peur.

— Griffin ? Au nom de la Grande Mère, Griffin, est-ce vraiment toi ?

Nessa scruta la pénombre de la cellule. Difficile de croire que cet être pâle aux cheveux ternes et aux mains squelettiques pût être Griffin ! Il ressemblait davantage aux spectres de Samhain qu'à l'apprenti musclé qu'elle avait quitté quelques semaines auparavant.

— Griffin ? murmura-t-elle de nouveau, refusant de croire que ce fût lui.

— Nessa ?

Cette voix plaintive avait indéniablement quelque chose de familier. Un visage se colla derrière les barreaux : c'était bien celui de Griffin. Seulement, il avait maigri au point de ressembler à un spectre, il arborait un sourire sinistre et ses yeux luisaient d'une lueur affamée.

— Il me faudrait un couteau, dit-il.

Sa voix aussi avait changé, comme si sa gorge avait été desséchée. Il se passa la langue sur les lèvres et porta une flasque à sa bouche.

Nessa plissa le nez. Une forte odeur d'alcool émanait de la cellule.

— Griffin, est-ce que tu bois du vin des sylphes ?

— Gentilshommes, gentes dames…

Entendant une voix mélodieuse s'élever derrière elle, Nessa fit volte-face. Dans une cellule de l'autre côté du couloir luisait le visage d'une sylphe aux yeux bleus saisissants.

Artimour se retourna vivement.

— Qui êtes-vous ? Et qui… Uwen, pouvez-vous approcher la torche ? Grande Mère ! Qu'est-ce que c'est que cela ?

— C'est Finuviel, dit la voix douce. Quant à moi, je m'appelle Delphinea.

Artimour et Uwen s'approchèrent de la grille d'en face, mais Nessa revint vers Griffin. Il fallait qu'elle sache ce qui lui était arrivé.

— Griffin, qu'as-tu ?

— Rien, dit-il, les yeux brillants. Il me faut juste un peu de ma… de mon médicament. Il est là, dans cette barrique. Il m'en faut tout de suite, je ne me sens pas bien.

— Ce n'est pas un médicament, Griffin ! Qui t'a fait croire ça ? Qu'est-ce qui t'est arrivé ? Est-ce que tu es malade ?

— Non, non. Il m'est arrivé quelque chose d'horrible, à Samhain, voilà tout. Je suis le seul à avoir survécu, tu sais. Tous les autres ont été… emportés.

— Mais pourquoi es-tu ici ? Qu'as-tu fait ?

— Rien du tout ! cria-t-il. Ils n'ont aucune raison de m'enfermer. J'étais dans ma chambre, bien sagement, à faire ce qu'on me disait, quand tout d'un coup…

— Du calme, mon garçon, dit Uwen en arrivant derrière Nessa. Nous allons te sortir de là. Je sais où sont les clés… Du moins, je sais où elles se trouvaient autrefois. Ces pauvres sylphes sont dans un triste état, et toi aussi, apparemment.

Artimour apparut à son côté, le visage pâle, les lèvres pincées.

— Il faut faire vite. Il… il est presque mort.

— Qui sont-ils ? demanda Nessa. Est-elle vraiment la reine de Faërie ?

— Je ne l'ai jamais vue de ma vie. Ce n'est pas Albane, en tout cas. Mais l'autre, c'est bien Finuviel. Ce que Cadwyr lui a fait est épouvantable. Un chien ne mériterait pas d'endurer cela.

Il se détourna en secouant la tête, et Nessa s'aventura à jeter un petit coup d'œil par la grille d'en face. Une jeune sylphe aux cheveux très sombres était agenouillée près d'un grabat. Quand elle tourna son visage vers Nessa, celle-ci en eut le souffle coupé. Les hommes sylphes qu'elle avait vus lui avaient paru fort séduisants, mais la beauté de cette très jeune sylphe, qui ne paraissait pas encore avoir l'âge de Nessa, dépassait l'imagination. A cet instant, la lumière de la torche éclaira le visage du corps étendu sur la paillasse. Nessa chancela en arrière, horrifiée.

— Etes-vous sûr que c'est Finuviel ? chuchota-t-elle à Artimour.

Griffin, accroché à la grille, se balançait d'avant en arrière.

— Tout ce que je demande, c'est qu'on me prête un couteau, gémit-il.

— Doucement, mon brave, dit Uwen d'une voix apaisante. Nous allons tous vous sortir d'ici en moins de temps que…

— Je me fiche de sortir d'ici ! siffla Griffin. Je veux seulement ouvrir la barrique !

— Tu ne devrais pas boire de ce vin, Griffin, dit Nessa en se retournant vivement vers lui.

— Même les sylphes n'en boivent pas avec un tel abandon.

La voix de la jeune sylphe était tout aussi ravissante que son visage : elle rappelait à Nessa le bruissement du vent dans les fleurs de cerisier. D'un coup, elle comprit pourquoi Artimour l'avait rejetée. Si les autres dames sylphes ressemblaient, même de loin, à celle-ci, ce n'était guère étonnant qu'il les préférât à elle.

— Il appelle cela de la potion, poursuivit la sylphe.

— De la potion ? répéta Nessa. Griffin, ce n'est pas de la potion, c'est du vin de Faërie…

— Peu importe ! hurla-t-il. Je veux juste ouvrir cette barrique !

— Combien de temps faudra-t-il pour sortir d'ici ? demanda Artimour.

Uwen donna une claque sur les doigts de Griffin, entortillés autour des barreaux.

— Ça suffit, mon garçon. On va l'ouvrir aussi vite qu'on pourra, mais cesse de t'époumoner, tu vas attirer l'attention des gardes. Et c'est la dernière chose dont nous ayons besoin.

Prenant une profonde inspiration, il se retourna vers Artimour.

— Un tour de sablier, peut-être moins. Tout dépendra du temps qu'il faudra pour trouver les clés. Dis-moi, mon garçon, dans combien de temps les gardes vont-ils repasser ?

— Qu'est-ce que j'en sais ? dit Griffin. On vient à peine de m'enfermer ici… alors que je n'avais rien fait de mal…

Uwen ferma les yeux et parut se maîtriser à grand-peine.

— J'essaie de t'aider, mon pauvre ami. Tu aurais plutôt intérêt à coopérer.

— J'ai dit que je n'en savais rien.

La voix du garçon était redevenue boudeuse et enfantine. Nessa poussa un soupir. Le nouveau Griffin était tellement différent de l'ancien qu'elle n'était plus certaine de l'aimer.

— Bon. Je reviens tout de suite, soupira Uwen.

Il frôla la joue de Nessa, donna une tape sur l'épaule d'Artimour et se pencha vers la grille.

— Tiens-toi tranquille, mon garçon, sinon je te tranche la gorge à mon retour.

La note de dureté dans la voix d'Uwen effraya Nessa. Il était tout à fait capable d'un tel acte, comprit-elle, si les circonstances l'exigeaient.

Quand les pas d'Uwen se furent estompés au bout du couloir, Griffin se plaqua de nouveau contre la grille.

— Donne-moi ton épée, Nessa !

— Griffin, je ne crois pas que ce soit une bonne idée de boire autant. Pourquoi est-ce que tu ne...

— Il n'y peut rien, c'est plus fort que lui, chuchota Artimour à son oreille.

En voulant passer sa main par la grille, Griffin s'écorcha les doigts quasiment jusqu'à l'os, et Nessa réprima un cri d'horreur.

— Assez, Griffin ! Arrête ! Tiens, la voilà.

Elle tenta de passer son épée entre les barreaux, mais la poignée resta bloquée.

— Tourne-la ! Tourne-la !

— Griffin, ça ne passe pas, je n'y suis pour rien. Ne peux-tu attendre qu'Uwen revienne ?

— Essaie de lui donner la mienne, dit Artimour.

Mais l'épée d'Artimour ne passait pas non plus. Griffin se remit à hurler, secouant la grille comme s'il voulait l'arracher du cadre. A la stupéfaction de Nessa, les gonds de la porte commencèrent à céder.

— Calme-toi, Griffin ! Une fois que nous serons sortis d'ici...

Il cessa de s'agiter et appuya son visage contre la grille.

— Nessa, je ne peux pas partir d'ici. Le duc me tuerait...

— Il t'a déjà tué, dit Artimour, sans que tu t'en rendes compte.

— Mais qu'est-ce tu racontes, Artimour ? dit Nessa en se tournant vers lui. Griffin est malade, c'est tout. Il ira mieux dès que nous serons…

— Je ne peux pas bouger d'ici, Nessa. C'est impossible. Cadwyr veut que je reste en lieu sûr. Ces méchants gardes ont refusé de m'ouvrir la barrique, parce que je les avais mordus. Mais…

— Griffin, écoute-moi.

Nessa déglutit et posa sa main sur les doigts griffus de son ancien camarade. La peau de Griffin était chaude et sèche ; ses os paraissaient fragiles comme des brindilles.

— Griffin, Cadwyr se prépare à partir en guerre. Tu ne peux pas rester ici. C'est bien trop dangereux. Il faut que tu viennes avec nous…

— Non ! gémit-il en se jetant contre la grille comme un fou. Tu ne comprends pas !

— Explique-moi, alors.

Le nouveau Griffin avait quelque chose de terrifiant. Son visage se contracta comme s'il allait éclater en sanglots.

— Je n'ai pas le choix. Je dois rester avec lui. Sans ma potion, je mourrai.

— Tu te trompes, Griffin ! Ce n'est sûrement pas si grave… Tu te souviens de Molly ? Elle te soignera, et les druides aussi…

— Noooon ! hurla-t-il.

Et il se jeta sur la barrique pour en renifler chaque interstice.

— Nessa, dit Artimour en lui frôlant l'épaule, ce n'est pas sa faute. Pour une raison ou une autre, Cadwyr l'a accoutumé à boire de ce vin, et maintenant…

Il s'interrompit et jeta un coup d'œil par-dessus son épaule.

— Ce que je me demande, c'est comment le duc se l'est procuré. Qui peut être assez stupide pour donner autant de barriques de vin de pomme à un mortel ?

Nessa jeta un coup d'œil vers la cellule d'en face et vit que Delphinea l'observait de ses yeux bleus étincelants.

— Pourquoi Cadwyr tient-il à te garder en lieu sûr ? demanda-t-elle. Griffin, arrête de faire ces bruits atroces et réponds-moi. Quelle sorte de marché as-tu passé avec lui ?

— C'est lui qui a la Résille, répondit Delphinea, tandis que Griffin continuait à hurler désespérément. Pour une raison que j'ignore, Cadwyr le force à la porter sur lui. Au début, il avait enchaîné Griffin dans ses propres appartements, puis il l'a mis ici avec nous. Je crois qu'il ne tient pas trop à ce que les gens du château nous voient.

— Griffin, calme-toi !

Les cris du garçon s'estompèrent et, enfin, sans quitter sa place près de la barrique, il leva les yeux vers Nessa.

— Est-ce vraiment toi qui as la Résille ?

Griffin jeta un coup d'œil apeuré autour de lui, puis hocha la tête.

— Donne-la-moi !

— Je ne peux pas ! gémit-il.

Nessa recouvrit sa bouche de sa main. Cette créature effrayante qui vociférait et se jetait contre les murs n'était pas le Griffin qu'elle connaissait.

— Me crois-tu, à présent, murmura Artimour, quand je te dis que les rencontres entre nos deux mondes ne donnent rien de bon ?

Avant qu'elle ait pu répondre, il poursuivit :

— S'il continue comme ça, il va alerter les gardes. Essaie de le raisonner un peu.

La gorge serrée, Nessa scruta la pénombre de la cellule. Accroupi près de la barrique, Griffin penchait la tête aussi loin en arrière que possible, et tapotait furieusement le fond d'une flasque en métal. Nessa vit les muscles de sa gorge se contracter et sa bouche remuer.

Quand il reposa la flasque, ses lèvres étaient brillantes et gonflées.

— Pardonne-moi, Nessa, dit-il en léchant une dernière fois le goulot. Je suis désolé. Je suis obligé de boire cette potion, sinon je me sens mal.

— Griffin, que t'est-il arrivé ?

Elle pressa son visage si fort contre la grille que les barreaux rouillés lui écorchèrent les joues.

— Qui t'a donné ce vin, et pourquoi ?

Il avala de nouveau, puis rattacha la flasque à sa ceinture, d'un geste machinal qui fit se serrer le cœur de Nessa.

— On nous donnait cette potion dans le camp des forgerons. Nous travaillions jour et nuit, dans la vallée d'Ardagh.

— Que faisiez-vous ?

— Des armes en argent : des haches, des épées, des couteaux, de cottes de mailles, des boucliers. Parfois il fallait plaquer de l'argent sur des armes ordinaires. A la fin, c'étaient surtout des chaînes. Je n'oublierai jamais ces centaines de maillons. Puis nous sommes partis vers les mines d'Allovale, mais nous n'y sommes jamais arrivés. Parce qu'à Samhain, les gobelins sont revenus.

— Comment leur as-tu échappé ?

— Grâce à la potion.

Il tapota sa flasque avec affection.

— Enfin, pas tout à fait. C'est plutôt grâce à un garçon qui m'en a donné un peu. Tu comprends, on refusait de nous en distribuer pendant le voyage. Sans elle, nous n'étions que des chiffes molles, faciles à garder. Le capitaine, un brave homme, nous en a finalement accordé un peu au crépuscule de Samhain. Mais c'était trop tard... Nous étions tous à moitié ramollis. Cette flasque était celle de Gareth. Il l'a fait tomber quand... quand ils l'ont pris.

Sa voix s'érailla et il baissa les yeux. Nessa crispa ses doigts autour des barreaux, ne sachant que dire pour le réconforter.

— Quel marché as-tu passé avec Cadwyr ? demanda-t-elle finalement. Nous avons besoin de la Résille, tu le sais bien. Rien ne pourra jamais s'arranger si nous ne la ramenons pas en Faërie. Tu ne veux tout de même pas que les gobelins reviennent ?

— Mais je lui ai promis..., commença Griffin. Je... j'ai déjà failli la perdre... Il me tuera, c'est sûr...

— Il est déjà en train de te tuer à petit feu ! s'exclama Nessa, exaspérée. Tu ne comprends donc rien ? Il se sert de toi comme d'un coffre à trésor vivant ! Il te fait boire ce vin qui t'empoisonne... Est-ce que tu t'es regardé dans un miroir, ces derniers temps, Griffin ? As-tu remarqué que tes vêtements étaient dix fois trop grands ?

— Je n'ai pas eu beaucoup d'appétit, voilà tout. Cette puanteur m'a donné la nausée.

— Tu sais bien que c'est faux.

Nessa s'interrompit et détourna la tête pour cacher les larmes qui lui montaient aux yeux. Au creux de son estomac grandissait un malaise qui n'était pas seulement dû à l'air nauséabond des cachots. Elle avait le sentiment que la terre et les rochers autour d'eux étaient aussi malades que Griffin.

— Qu'as-tu promis à Cadwyr ?

— De lui rendre la Résille dès qu'il me la réclamerait. En échange, il a promis de me donner toute la potion que je voudrais. Nessa...

Peu à peu, il prenait un ton pleurnicheur.

— Nessa, quoi que tu penses de moi, j'ai vraiment besoin de ma potion... Je te dirai tout, si seulement tu m'aides à ouvrir cette barrique. Je t'en supplie, aide-moi.

— Prête-moi ton poignard, dit Nessa à Artimour.

Elle sortit son épée du fourreau et la cala sous la pointe de sa botte. Appuyée sur un genou, elle se servit du poignard d'Artimour comme levier pour séparer la poignée de la lame. Puis elle fit passer les deux morceaux entre les barreaux.

— Attention à ne pas te couper, Griffin.

Ce dernier poussa un cri de joie, et bientôt des effluves de fleurs mortuaires transpirèrent de sa cellule. A cet instant, des pas lourds résonnèrent au bout du couloir. Artimour et Nessa se figèrent, et le sylphe lui fit signe d'avancer avec lui vers le fond du couloir. Mais quand Nessa reprit son bâton, elle s'aperçut que l'extrémité brillait d'une lueur étrange.

— Que… que se passe-t-il ? bégaya-t-elle.

— Ton bâton a de la magie en lui, expliqua Artimour. Il réagit à la présence de Finuviel et de Delphinea. Tu sais, certains disent que les arbres de la Faërie et ceux de l'Outremonde sont les mêmes.

Le bruit des bottes s'amplifiait.

— Mais que pouvons-nous y faire ?

— Trouve quelque chose pour le recouvrir, et dépêche-toi. Ils seront bientôt là.

Nessa enfouit son bâton sous un pan de sa cape et s'aplatit contre le mur.

— Donc, mon bâton ne s'allume pas en ta présence ? demanda-t-elle.

Les yeux d'Artimour brillèrent d'un éclat presque sauvage, et Nessa comprit qu'elle l'avait piqué au vif. *Tu aurais besoin de te raser*, voulut-elle ajouter, mais à cet instant, Uwen apparut à l'autre bout du couloir, entouré de cinq chevaliers. Il jeta un coup d'œil à la cellule de Griffin, puis à celle des sylphes.

— Nessa ? Artimour ?

Nessa s'avança d'un pas.

— Uwen, qui sont ces…

— Les chevaliers de la Compagnie de Donnor. Du moins, ce qu'il en reste. Comme Cadwyr n'a pas trouvé d'excuse pour les tuer, il les a mis en prison dans l'espoir d'en tirer une rançon. Par chance, le duc n'a jamais fait partie de notre compagnie, et il ne connaît pas toutes les entrées des cachots. Mes gars avaient déjà commencé à lui préparer de petites surprises.

Uwen débita les noms de ses compagnons si rapidement que Nessa n'essaya même pas de les retenir.

— C'est le blessé qui m'inquiète, expliqua-t-il aux autres chevaliers. D'après ce que j'ai vu, il est incapable de marcher…

— Donnez-lui du vin de pomme, dit Delphinea. Il m'a dit que cela l'avait aidé pendant le voyage jusqu'à Gard.

« Il est capable de parler ? » se demanda Nessa. Comment des sons intelligibles pouvaient-ils sortir de cette gorge en charpie ? Un gargouillement la fit se retourner : allongé à même le sol, Griffin buvait à un petit trou percé dans la barrique.

— Griffin !

La pitié qu'elle ressentait pour lui était mêlée de colère.

— Griffin ! Arrête de boire ! Ecoute-moi !

Le garçon se redressa sur un coude et se lécha le bout des doigts, l'air repu et ensommeillé.

— Que veux-tu ? demanda-t-il d'une voix pâteuse.

— Le sylphe a besoin d'un peu de vin, Griffin.

— Non. Cette potion est à moi.

Il se redressa ; curieusement, il paraissait plus grand, à présent, et plus fort.

— C'est ma barrique, Nessa !

— Griffin...

Nessa avait bien envie de le gifler.

— Nous t'en apporterons une autre, d'accord ? Il y en a tout un tas à l'autre bout du couloir. S'il te plaît, Griffin !

De l'autre côté du couloir, les chevaliers faisaient jouer le cadre de la porte à l'aide de leviers. Nessa jeta un coup d'œil interrogateur à Uwen.

— Nous n'avons pas eu le temps de chercher les clés, alors nous avons pris des outils.

Quelques instants plus tard, les gonds de la porte des sylphes avaient cédé.

— Comment saviez-vous que ce serait aussi facile ? demanda Nessa.

— Donnor ne se servait jamais de ces cachots. Nous venions souvent nous amuser ici. A Samhain, on y enfermait les cadets pour les effrayer.

— Tu te souviens des courses souterraines ? demanda l'un des chevaliers en se penchant sur la porte de la cellule de Griffin.

Les gonds de celle-ci cédèrent plus rapidement encore, sans même un grincement. Mais Griffin ne bougea pas.

— Griffin, donne-m'en un petit peu, dit Nessa en lui tendant la main. Je sais bien que c'est ta potion. Mais tu serais gentil de la partager avec nous. Père n'en attendrait pas moins de toi. Rappelle-toi ce qu'il nous disait toujours : « Il faut donner le meilleur aux invités, quel que soit leur rang »… Tu vois bien que ces pauvres sylphes ont été maltraités. Voilà une chance de réparer ce tort.

Sans dire un mot, Griffin décrocha sa flasque, la remplit et la reboucha soigneusement avant de la lui tendre.

— Il peut avoir la potion, mais pas la flasque. Je veux la récupérer. Elle m'aide… elle m'aide à dormir.

« Oh, Griffin… », pensa Nessa, affligée. Son ami était tellement changé ! Comment pourrait-il redevenir lui-même, à présent ? Réprimant un soupir, elle fit passer la flasque aux sylphes. Dans la cellule d'en face, autour de la couche de Finuviel, Uwen et les autres chevaliers s'entretenaient avec Artimour de la marche à suivre. Griffin, quant à lui, s'était rallongé sous le trou percé dans la barrique, et buvait comme un enfant au sein.

Nessa avança vers lui et lui frôla l'épaule.

— Griffin ? murmura-t-elle.

Il déglutit, puis se tourna vers elle. Ses yeux brillaient du même éclat vert que celui des sylphes. A force de boire de leur vin, comprit Nessa, il commençait à se métamorphoser. Une étrange expression passa sur le visage de Griffin ; il fouilla dans sa tunique et en retira un objet brillant. Nessa reconnut son amulette.

— Regarde, Nessa. Elle ne m'a pas quitté, et je suis sûr que c'est elle qui m'a sauvé la vie. Je t'avais laissé la mienne, tu sais…

D'abord touchée, puis effrayée par l'expression du garçon, Nessa sortit l'amulette de Griffin qu'elle portait autour du cou.

— Je l'ai sur moi.

— Je t'aurais attendue, tu sais, mais…

Au loin, une porte claqua. Uwen passa sa tête dans la cellule.

— Il faut partir tout de suite.

Nessa se leva en sursautant.

— Viens, Griffin.

Une moue grognonne s'installa sur le visage de ce dernier, et il enfouit la tête dans ses bras. Nessa lui secoua l'épaule.

— Griffin, enfin !

Il leva vers elle un visage mouillé de larmes.

— Nessa, chuchota-t-il, je n'ai fait que penser à toi, tout ce temps…

Il referma une poigne de fer autour de la main de la jeune fille, et l'attira vers lui.

— Griffin, il faut absolument que nous partions.

Dans le couloir, les hommes discutaient du meilleur moyen de sortir du château. Finuviel gémissait de douleur et Delphinea lui murmurait des encouragements à mi-voix.

— Quand je t'ai laissé mon amulette, c'était pour que tu comprennes les sentiments que j'éprouvais pour toi.

Nessa regarda le visage squelettique de Griffin et fut prise de frissons. Derrière elle, Uwen lui tapa doucement sur l'épaule.

— Partons, Nessa.

Mais Griffin serrait fermement sa main dans la sienne et ne semblait pas avoir l'intention de la lâcher.

— J'entends quelqu'un venir, dit la voix d'Artimour dans le couloir.

— Griffin, je t'en supplie… Viens avec moi, nous retournerons à Killcairn ensemble. Tu n'as pas envie de rentrer à la maison ?

C'était la seule chose qu'elle avait trouvée à lui dire. Après tout, ce n'était pas entièrement faux. Ils finiraient bien par rentrer à Killcairn un jour ou l'autre.

— Je veux bien, Nessa, mais à une condition.

Sa voix lui rappela le crissement des pattes d'un insecte.

— Epouse-moi, Nessa. Promets-moi de m'épouser et je te suivrai où tu voudras.

— Griffin ! s'exclama-t-elle en écarquillant les yeux.

Il refusait toujours de lâcher sa main.

— Nessa, dit Uwen, il n'y a plus une minute à perdre.

— D'accord, Griffin. Je t'épouserai dès que nous serons rentrés à Killcairn.

Avant qu'elle s'en rende compte, les mots étaient sortis de sa bouche. Uwen avait dû entendre, car il lui serra l'épaule. Comment avait-elle pu prononcer des paroles aussi graves sans réfléchir un instant aux conséquences ? Choquée, Nessa remarqua à peine qu'après avoir pris une dernière grande gorgée, Griffin s'était levé et la tirait par la main.

— En avant, dit-il en dénudant d'éblouissantes dents blanches.

Nessa rencontra le regard d'Artimour et lut dans ses pensées aussi clairement que s'il lui avait parlé. Voilà donc ce qui arrivait quand leurs deux mondes se mélangeaient… Ses parents étaient-ils devenus des monstres comme Griffin ? Une sueur froide parcourut le dos de Nessa tandis qu'elle comprenait enfin contre quoi Artimour cherchait à la protéger.

— Il me faut ma flasque, siffla Griffin tandis qu'ils avançaient dans le couloir sombre et mal aéré.

Devant eux, Finuviel chancelait, appuyé sur deux chevaliers.

— Tu l'auras dès que nous serons sortis d'ici, dit Nessa. Lâche mon poignet, Griffin, tu me fais mal.

Mais le garçon s'immobilisa et resserra son étreinte, de sorte que Nessa virevolta devant lui et faillit tomber. Derrière eux, des bruits de bottes et des éclats de voix se firent entendre.

— Au nom du Grand Herne, Griffin, ce n'est pas le moment…

— Portez-les, ordonna Uwen.

Un des chevaliers jeta Finuviel sur son épaule comme un sac, tandis que l'autre soulevait Delphinea dans ses bras. Les deux hommes s'élancèrent vers le bout du couloir, et Uwen se tourna vers Griffin.

— Mon garçon, soit tu cours, soit je te tue de mes propres mains.

Griffin lâcha subitement le poignet de Nessa et avança vers Uwen. Ses yeux dardaient des lueurs vertes inhumaines, sa voix était aiguë et sifflante.

— Je veux ma flasque.

Au moment où il allait se jeter sur Uwen, une flèche se planta dans son dos avec un bruit sourd. Les yeux de Griffin s'écarquillèrent et du sang jaillit de sa bouche.

— Cours, Nessa ! dit Uwen en dégainant son épée.

— Il nous faut la Résille ! s'écria-t-elle.

Elle fouilla la tunique de Griffin, son pantalon, sa ceinture. Au-dessus d'elle, Uwen dansait presque, tant il trépignait.

— Le cou ! suggéra-t-il.

Une flèche siffla au-dessus de leurs têtes.

— Les voilà ! murmura-t-il.

Une dizaine de gardes apparurent au bout du couloir, juste au moment où Nessa refermait sa main sur le petit paquet en lin. Elle l'arracha à la cordelette de cuir et s'élança vers la sortie. Alors qu'Uwen et elle fuyaient devant les gardes, il lui sembla entendre la voix de Griffin murmurer son nom.

14.

— Donne-moi la Résille.

Dans l'obscurité, Delphinea entendit clairement Artimour adresser ces mots à Nessa. L'espace d'un instant, elle en oublia la terreur et la confusion ambiantes, puis le grand chevalier qui la portait resserra son étreinte et se mit à courir à toutes jambes. L'air était chargé de peur ; Delphinea la sentait dans la sueur qui s'élevait des hommes et dans celle qui perlait sur les paumes de ses mains... Mais ils avaient la Résille, et ils avaient Finuviel.

« Faites que ce ne soit pas trop tard », pria-t-elle intérieurement.

Ils finirent par retrouver la sortie du labyrinthe souterrain et débouchèrent dans la nuit froide et claire. Le chevalier posa Delphinea à terre, et elle regarda alentour. Ils se trouvaient dans un passage à arcades abrité par un haut mur. Le vent humide lui caressa la joue ; à son côté, Finuviel poussa un gémissement et s'écroula à genoux. Deux hommes s'approchèrent aussitôt pour l'aider à se relever. Sa respiration était saccadée et des bulles de sang irisées sortaient de sa bouche. Finuviel leva les yeux et fixa Delphinea d'un regard insoutenable, tant il était empreint de souffrance. Le cœur de la jeune sylphe se serra et elle resta figée sur place, la main suspendue en l'air, ne sachant comment guérir de telles blessures.

Aide-moi.

Les lèvres du sylphe remuèrent sans qu'aucun son n'en sortît.

« Grande mère, donnez-moi un signe, rien qu'un seul signe que tout n'est pas perdu, que nous avons encore une petite chance de réussir… », pria-t-elle.

— Qui a la flasque ? demanda-t-elle.

Quelqu'un lui passa le flacon, et elle porta le goulot aux lèvres de Finuviel, lui soutenant la tête pour l'aider à boire. Les dernières mèches de cheveux noirs encore accrochées à son crâne se détachèrent et restèrent sur le bras de Delphinea.

— Si la chance est de notre côté, nous arriverons à nous faufiler entre les décombres. Mais il ne faut surtout pas s'éloigner les uns des autres.

— Où allons-nous ? demanda Artimour.

— Vers le fleuve, non ? dit Uwen. Vous aviez bien dit que l'eau était la voie…

— Non, répliqua subitement Delphinea.

Elle toucha l'épaule d'Uwen du bout des doigts, et celui-ci sursauta.

— Nous n'avons pas besoin de passer par le fleuve, capitaine.

Delphinea n'avait aucune idée de son titre exact, mais elle avait entendu les autres chevaliers l'appeler ainsi.

— La frontière est tout près d'ici. Je la sens.

— Je suis capable de marcher, gargouilla Finuviel.

— Allons-y, dit Artimour.

— Je vous accompagne, dit Nessa.

— C'est une très mauvaise idée, Nessa, répliqua Artimour sur un ton furieux. La Faërie est en train de mourir. Nous n'avons certainement pas le temps de…

— Que voudrais-tu que je fasse, Artimour ? demanda Nessa. Que je reste ici à travailler dans la forge de Gard ? Tu as entendu ce qui est arrivé à Griffin et à ses camarades, n'est-ce pas ?

Delphinea releva brusquement la tête. Les mots que Nessa venait de prononcer résonnèrent en elle tandis qu'Artimour continuait à opposer à la jeune fille toute une série d'arguments.

— Non ! dit Delphinea en l'interrompant. Demoiselle… Quel est votre prénom ? Nessa ! Vous avez bien dit que vous travailliez à la forge ?

— Oui, dame Delphinea, répondit-elle d'un air perplexe.

« C'est le signe, pensa Delphinea. La déesse nous accorde une dernière chance… »

Retenant les larmes qui emplissaient ses yeux, elle se redressa et prit une grande inspiration.

— Seigneur Artimour, dit-elle, Nessa doit nous accompagner. Nous avons besoin de son savoir-faire…

— Guinevère a déjà un forgeron mortel, coupa Artimour.

— Mais c'est d'une *femme* que nous avons besoin, déclara Delphinea. Seule une femme mortelle pourra défaire la Résille.

— Comment le sais-tu ? demanda Artimour.

— C'est Gloriana qui me l'a dit, affirma Delphinea en se tournant vers lui d'un air de défi.

— Assez ! dit Uwen. Vous vous expliquerez de l'autre côté de la frontière. Ceux qui veulent la franchir doivent le faire immédiatement. Les gardes ne vont pas tarder à découvrir le raccourci.

— C'est ici, murmura Delphinea. Il suffit que nous marchions face au soleil…

Elle fit quelques pas sur le chemin qui serpentait vers le haut de la colline ; l'instant d'après, elle passait la lisière d'une épaisse forêt et posait pied sur l'immense pelouse émeraude du palais de Faërie. Au loin, crevant des nuages de brume, se dressaient de hautes tourelles blanches dont les carreaux en cristal jetaient des reflets écarlates.

— Nous sommes arrivés à temps ! lança Delphinea à ses compagnons. Le palais est encore debout !

Mais aussitôt, une terrible puanteur emplit ses narines, et elle vit que ce qu'elle avait pris pour du brouillard était en réalité un nuage de fumée.

Finuviel s'écroula dans l'herbe, haletant, son visage sanguinolent tourné vers le ciel radieux.

— Du vin..., souffla-t-il.

Delphinea lui donna une gorgée à boire. Artimour et Nessa le hissèrent debout, et ils traversèrent en clopinant la pelouse déserte, en direction du palais. Au grand désarroi de Delphinea, les forces de Finuviel semblaient décliner à chaque pas qu'il faisait.

— C'est bizarre, chuchota Nessa en vacillant sous le poids du sylphe. Les feuilles des arbres sont toutes fanées...

« La Faërie se meurt, songea Delphinea. Mais il n'est peut-être pas trop tard pour la sauver. »

Le portail menant au palais était ouvert. Un seul homme le gardait. En apercevant leur petit groupe, il lâcha sa lance et se précipita dans l'allée. Il ne sembla même pas remarquer la présence d'une mortelle parmi eux.

— Seigneur Artimour ! s'écria-t-il, les larmes aux yeux. Vous êtes revenu juste à temps...

Puis Finuviel repoussa son capuchon et le garde se figea sur place.

— Qui... qui êtes... Prince Finuviel, est-ce bien vous ?

Finuviel détourna son visage en soupirant et Delphinea s'avança.

— Où est Guinevère ? demanda-t-elle.

— Toute la cour s'est réfugiée dans la plus haute tour, madame. Nous allons vous y conduire tout de suite. Il ne devrait plus y avoir de danger : les gobelins ont fui sous terre dès que le soleil s'est levé.

Il hésita un instant, puis regarda avec insistance l'allée déserte.

— Pour vous dire la vérité, seigneur Artimour, nous espérions tous que vous ramèneriez la compagnie de la frontière avec vous.

— Ils seront là avant la nuit, dit Artimour.

— C'est une heureuse nouvelle, seigneur. Nous n'aurions pas pu tenir une nuit de plus. On n'a jamais vu des gobelins pareils. Ils sont plus énormes et voraces que jamais…

Le garde poursuivit, débitant des nouvelles tellement désolantes que Delphinea, étourdie et prise de nausée, perdit bientôt le fil de ce qu'il racontait. Mais quelques instants plus tard, les grandes portes de l'entrée basculèrent sur leurs gonds et l'horreur de la situation s'imposa à elle.

Des cadavres de gobelins s'amoncelaient sur le sol. Çà et là gisaient, comme abandonnés, des uniformes de soldats sylphes. Du sang mauve émaillait les murs, tachait les tentures de soie, dégoulinait en ruisselets sur les mosaïques. Sans un mot, un garde épuisé leur indiqua l'escalier au bout de l'entrée.

Delphinea se tourna subitement vers Nessa.

— Venez, dit-elle. Je viens de comprendre qui vous êtes. Il y a quelqu'un ici que vous serez très heureuse de retrouver, je pense.

La joie qui éclata sur le visage de Nessa était contagieuse. Malgré la douleur sourde qui s'insinuait dans ses articulations, Delphinea continua à sourire en montant les marches. Chaque pas lui paraissait plus difficile que le précédent, et à chaque marche que les deux femmes gravissaient, le bâton de Nessa brillait plus intensément.

— Qu'est-ce que cela veut dire ? chuchota cette dernière.

Delphinea lui jeta un regard furtif.

— On dit que les arbres de la Faërie et ceux de l'Ombre sont les mêmes… Regardez !

Elle porta la main à sa ceinture, et sortit son bâton de houx du sac en plumes de corbeau.

— J'en ai un, moi aussi.

Ils arrivaient enfin à un palier. Au-dessus d'eux, une sylphe élancée, vêtue d'une longue robe brun-rouge, sortit d'une porte ; en apercevant le petit groupe, elle laissa tomber le panier qu'elle tenait dans ses mains.

— Delphinea ! Artimour ! s'écria-t-elle.

Elle se précipita vers eux.

— Delphinea, mon enfant, nous étions sûrs que vous… Oh !

Elle s'interrompit et se couvrit la bouche alors que Finuviel levait vers elle son visage défiguré.

— Bonjour, dame Léonine, articula-t-il.

Une goutte de sang irisée dégoulina sur son menton.

— Auriez-vous la courtoisie de prévenir ma mère que son fils… la prie de lui accorder…

Puis il s'écroula aux pieds d'un grand homme brun qui avait subitement surgi sur le palier. Derrière lui se pressait une femme rousse, mince comme un roseau, vêtue d'une robe blanche. Son visage brillait de cette transparence particulière qui marquait les mortels restés trop longtemps en Faërie. Une émotion douce et poignante étreignit le cœur de Delphinea, et des larmes lui vinrent aux yeux.

— Papa ! s'écria Nessa.

Puis, d'une voix faible et émerveillée, comme celle d'un très jeune enfant, elle ajouta :

— Maman, c'est toi ?

Griffin avait beau appeler la mort de ses vœux, elle ne venait pas. Suspendu par les poignets à des menottes de cuir, il luttait en vain pour poser le bout de ses orteils sur le sol. Ses épaules menaçaient de se déboîter sous le poids de son propre corps. Près de lui, sur un brasero rougeoyant, reposaient divers instruments de fer incandescents. Il avait déjà tant hurlé qu'il n'avait plus de voix.

— Dis-le-moi !

La voix de Cadwyr était devenue un ver monstrueux, hérissée d'épines coupantes comme des lames, qui se tortillait dans la tête de Griffin.

— Dis-moi ce qui s'est passé.

Venant de très loin, une voix à l'accent étranger parvint aux oreilles de Griffin.

— Vous allez le tuer, si vous continuez.

Griffin ouvrit les yeux. Dans l'embrasure de la porte, un homme vêtu d'un uniforme aquiléen croisait ses bras sur sa poitrine, l'air mal à l'aise.

— Il devrait déjà être mort, d'après les hurlements que j'ai entendus. Pourquoi continuez-vous à le torturer ainsi ?

Cadwyr s'éloigna vers l'étranger en grommelant un juron, et Griffin bénit le dieu miséricordieux qui avait pris l'apparence d'un capitaine aquiléen.

— Enfin, que cherchez-vous à savoir ? Il me semble assez évident que quelqu'un s'est infiltré dans le château. C'est ce qui s'est passé, n'est-ce pas ?

Griffin hocha faiblement la tête et l'étranger poursuivit :

— Si vous êtes aussi fâché d'avoir perdu ces prisonniers, vous auriez dû prendre la précaution de les tuer.

— Général, répliqua Cadwyr sèchement, vos troupes sont toujours prêtes à partir sur-le-champ, n'est-ce pas ? Parfait. Nous nous mettrons en route ce soir. Sergent ! Que mes hommes se préparent à marcher au crépuscule.

Il pivota sur ses talons et quitta la pièce à grands pas en crachant des ordres par-dessus son épaule. Ottavius Lussius resta un instant immobile. Comme le dernier garde s'apprêtait à quitter la pièce en suivant Cadwyr, le général l'arrêta d'un signe de tête.

— Coupez-lui les menottes, dit-il.

L'homme s'exécuta aussitôt, puis disparut. Avec le calme exigé par son rang et sa profession, Lussius se dirigea vers le corps écroulé sur le sol. Le visage de la victime, ridé et flétri comme un vieux fruit, l'étonna considérablement, car sa voix lui avait semblé jeune et fluette. Mais ces choses-là arrivaient parfois, sous la torture. D'évidence, ce corps ratatiné était celui d'un vieillard. Et pourtant, songea Lussius, il était certain d'avoir entendu Cadwyr l'appeler « gamin »...

Le général s'accroupit et examina le visage contorsionné. Quelque chose d'étrange, d'indéfinissable en lui incita Lussius à retourner doucement le corps inerte. Il fronça les sourcils : une flèche était plantée entre les deux omoplates. La pointe, profondément enfoncée, était prolongée par un fragment de la tige de bois, maculé de sang coagulé. Cet homme aurait dû être mort depuis bien longtemps. Mais à la stupéfaction de Lussius, il remua faiblement, puis leva son visage torturé vers celui du général.

— Je reviens tout de suite, dit Lussius en se redressant.

Il s'étonna qu'il pût se préoccuper de cet être misérable. Néanmoins, il y avait là quelque chose de louche. Il allait emmener le rescapé jusqu'à sa tente, et voir s'il pouvait en tirer quelques renseignements.

Enlacés sur une banquette sous la fenêtre de la tour, les mortels — Dougal, Essa et Nessa — ne cessaient de chuchoter et de s'embrasser. De temps à autre, Delphinea jetait un rapide coup d'œil vers eux, comme si la vision de leur bonheur pouvait repousser le désespoir qui menaçait de l'engloutir.

— Ce philtre n'a pas l'air d'être efficace, murmura Guinevère.

Celle-ci se tenait dans un coin de la pièce aux côtés de Delphinea et Léonine, toutes trois penchées sur le divan bas où gisait Finuviel. Manifestement, le poison poursuivait en lui son œuvre destructrice. Ses forces s'épuisaient, et son esprit semblait vagabonder, car il murmurait des paroles incompréhensibles. Delphinea elle-même sentait une lassitude de plus en plus grande s'emparer d'elle. Voilà presque un tour complet de sablier qu'elle patientait, pendant que Guinevère et sa dame d'honneur arrosaient le blessé du contenu d'un minuscule flacon en cristal, sans aucune amélioration visible.

— Je crois que tous les philtres de la Faërie seraient impuissants à le guérir, dit Delphinea. Nous n'avons plus le choix. Il nous faut détruire la Résille.

Elle leva les yeux vers Artimour. Adossé à l'encadrement de la porte, celui-ci partageait son attention entre Finuviel et les capitaines de la garde qui s'entretenaient dans le couloir. Plusieurs fois déjà, Delphinea l'avait entendu demander à Morais s'il ne connaissait pas un moyen d'entrer dans la Chambre sacrée. Son insistance lui avait paru surprenante ; à présent, elle se rappela que c'était lui qui détenait la Résille.

— Guinevère, je me demande si vous ne vous êtes pas trompée.

— Que voulez-vous dire, Delphinea ?

La jeune sylphe rassembla tout son courage.

— Vous dites que Finuviel doit guérir pour défaire la Résille. Et si c'était l'inverse ? Peut-être qu'il faut détruire la Résille pour que Finuviel puisse vivre.

Elle se pencha vers la princesse, dont le visage s'empourprait de rage.

— Réfléchissez bien, Guinevère. Vous vous êtes déjà trompée sur bien des points. Vous ne pouvez vous souvenir de tout ce que la Sorcière vous a dit. Et puis, vous m'avez avoué que vous ne compreniez plus aussi bien qu'avant le langage des arbres. Il me semble clair qu'il faut tenter quelque chose avant que le soleil ne se couche, avant que les gobelins ne reviennent. Car, ensuite, il sera trop dangereux de s'aventurer dans la chambre de la Résille. Et je ne crois pas que Finuviel passera la nuit. Pas plus que nous, d'ailleurs.

— Mais que proposez-vous, Delphinea ? demanda Artimour derrière elle. Le commandant de la garde m'assure que toutes les voies vers la chambre de la Résille sont fermées par un sortilège.

— Oui, j'ai entendu, répondit Delphinea en se tournant vers lui. Mais je suis certaine de pouvoir trouver un passage. Timias a bien dû oublier un miroir ou deux. Une fois de l'autre côté, nous aviserons, Nessa et moi...

— Et moi, dit Artimour.

— Nous avons certes besoin d'une troisième personne, dit Delphinea en essayant de se rappeler ce que lui avait dit Gloriana.

— Vous avez besoin du véritable roi de Faërie, siffla Guinevère, pas de cette...

— Abomination ? proposa Artimour d'un air serviable.

— Quoi qu'il en soit, nous n'avons plus de temps à perdre, dit Philomemnon.

Il tendit le doigt vers la fenêtre qui donnait sur l'ouest. Dehors, une boule rougeoyante flottait juste au-dessus de la crête verte des collines.

Nessa, qui semblait avoir suivi leur discussion, fit ses adieux à ses parents d'un air résolu. Elle voulut laisser son épée à son père, mais il refusa d'un geste.

— Ne t'en fais pas pour nous, ma fille. J'ai mon propre poignard en argent. Je n'ai pas eu le temps de l'achever correctement, ni de l'affûter, mais il m'a déjà sauvé la vie.

Tandis que les mortels s'enlaçaient une dernière fois, Guinevère prit la main de Delphinea dans la sienne.

— J'espère que vous savez ce que vous faites, mon enfant.

— Espérons que Gloriana, elle, le savait, répliqua Delphinea.

Elle toucha le sac en plumes de corbeau pour s'assurer qu'il était bien là. Léonine tendit à Nessa un paquet entouré de cuir, long comme un bras et deux fois plus épais.

— Vous y trouverez un marteau et des pinces. Des outils de mortel, pour travailler l'argent.

— Très bien, dit Nessa en les rangeant dans la besace qu'elle portait sur son dos.

Quand elle se redressa, les yeux de la jeune forgeronne se posèrent sur Delphinea… et une expression d'horreur déforma ses traits.

— Qu'y a-t-il ? demanda Delphinea.

Nessa se mordit la lèvre.

— Dame Delphinea…, commença-t-elle.

Près d'eux, un serviteur tirait les lourds rideaux de velours rouge qui dissimulaient le miroir.

— Votre visage…, dit enfin Nessa. Regardez dans la glace.

Delphinea se retourna vers son propre reflet et réprima un cri. Une grande tache rose s'étendait sur ses pommettes, entourant ses yeux comme un masque. La jeune sylphe lança un regard à Nessa par-dessus son épaule.

— Je crois qu'il ne nous reste plus beaucoup de temps. Partons.

— Mais comment ? demanda Nessa.

— Comme cela, dit Delphinea.

Elle prit Nessa et Artimour par les poignets, plongea tête la première dans le miroir et les entraîna de l'autre côté.

— On dirait qu'il y a eu un changement de plan, fit remarquer Uwen d'un air songeur.

Dans la confusion qui avait suivi l'alerte, des troupes étaient accourues de toutes parts. Uwen et ses compagnons n'avaient eu aucun mal à se couler dans la foule qui grouillait dans la grande cour du château.

A présent, la pleine lune se levait au-dessus des remparts. Dans le ciel bleu sombre du crépuscule, elle avait une teinte rousse : une lune de sang, comme disaient les sorcières, une lune de chasse. Mais qui serait le chasseur, et qui la proie, ce soir ? se demanda Uwen. Il fit signe à son frère d'armes, Ygerne, de s'approcher.

— Retourne aux écuries, selle nos chevaux et attends-nous dans la cour d'exercice.

— Que se passe-t-il, à ton avis ? demanda le chevalier Urchart.

— Cadwyr doit être averti de la disparition de ses otages et de la Résille. Regardez, ils s'arment tous pour la bataille…

Uwen et ses compagnons s'aplatirent dans une alcôve pour laisser passer un escadron de cavaliers qui fonçait vers les écuries.

— Je pense qu'il a avancé l'heure du départ au crépuscule, plutôt que d'attendre l'aube, pour essayer de rattraper les prisonniers.

— Cela change-t-il quelque chose pour la duchesse ? demanda Tomough, le quatrième chevalier.

Uwen haussa les épaules et leur fit signe de le suivre. Les quatre compagnons passèrent une porte basse et s'engagèrent dans un long couloir.

— A l'heure qu'il est, les nôtres doivent déjà être en position sur la crête. Le départ de l'armée de Cadwyr ne pourra pas leur échapper. Si tout se passe comme je l'espère…

Il s'arrêta. On était parvenu à un embranchement : à gauche, le couloir menait vers la grande salle du château ; à droite se trouvaient les cuisines et la petite cour d'exercice de la Compagnie de Gard.

— Allons, mes amis, dit Uwen. Voyons si Cadwyr est aussi courageux quand il s'agit d'un combat loyal.

La voix et le visage du garçon n'avaient cessé de hanter Lussius pendant que celui-ci distribuait ses ordres aux centurions, puis que son écuyer l'habillait et l'armait. A présent, perché sur son cheval, le général observait anxieusement les mouvements apparemment chaotiques de ses régiments se rangeant en ordre de bataille.

Son malaise s'accrut encore lorsque le soleil plongea derrière les collines et qu'une lune couleur de sang grimpa au-dessus de la cime des arbres. Une phrase d'un ancien traité de stratégie militaire lui revint à l'esprit :

« L'art de la guerre est celui de la tromperie. » Mais il sentait obscurément que la stratégie de Cadwyr allait bien au-delà de la simple illusion.

Lussius, vétéran d'innombrables batailles, savait faire croire à l'ennemi que l'on marchait vers le sud quand on marchait vers l'est, ou que l'on était en position de faiblesse quand c'était en réalité le contraire. Mais à présent, il était désemparé. Ses pensées ne cessaient de revenir vers ce malheureux garçon... Il balaya du regard la forêt épaisse qui recouvrait les collines alentour. Elle constituait une excellente couverture pour quiconque voudrait attaquer des rangées de troupes en marche.

— Surveillez vos flancs, dit-il aux centurions.

Il indiqua d'un geste les collines qui s'élevaient au bout des prés.

— S'il y a une attaque, elle viendra forcément de là-haut.

— Avez-vous remarqué quelque chose de suspect, mon général ? demanda un jeune centurion.

Un nuage de poussière, soulevé par les premiers rangs de la cavalerie de Cadwyr, dissimula une partie de la crête à leur vue.

— Non, non..., marmonna Lussius.

Il ne s'agissait pas de semer le doute parmi les rangs de son armée. Ces maudits Brynnois étaient déjà bien assez superstitieux. Mais au moment où le général s'apprêtait à donner ses derniers ordres, son serviteur personnel, un homme âgé qui l'accompagnait depuis qu'il était enfant, fendit les rangs et se précipita vers lui.

— Seigneur Lussius ! Le garçon a disparu !

Le général fronça les sourcils, et les hommes autour de lui échangèrent des regards curieux.

— Comment a-t-il pu disparaître ?

— Il m'a dit qu'il allait aux latrines, mais il n'est jamais revenu. J'ai fouillé partout, mais il a... il a tout simplement disparu.

— Ne t'inquiète pas, Leptus. Dans l'état où il est, il n'a pas dû aller très loin. Sans doute s'est-il caché dans une tente.

Lussius renvoya le vieil homme d'un geste plus impatient qu'il n'aurait voulu, et se retourna vers ses hommes.

— Messieurs, à vos rangs ! Surveillez vos flancs !

Poussant des cris de guerre, un escadron de la cavalerie de Cadwyr fit irruption au milieu des Aquiléens et força un carré de légionnaires à rompre les rangs pour les laisser passer. Lussius grimaça. Il admirait Cadwyr pour son audace, son ambition, et sa volonté de jouer la puissance de l'Aquilée contre les appétits de la Hombrie. Cependant, il y avait quelque chose qui le dérangeait. Quand il avait quitté le garçon, celui-ci n'était pas en mesure de ramper, encore moins de marcher jusqu'aux latrines. Mais il était trop tard pour reculer. Refoulant ses appréhensions, le général claqua des doigts, et, suivi de ses porte-drapeaux et de sa garde personnelle, prit place au sein de son armée.

Depuis le haut de la crête, Cecily contempla la vallée qui s'étendait devant elle. C'était une chose de parler de milliers de soldats, c'en était une autre de les voir grouiller à ses pieds, entre des centaines de tentes parfaitement alignées, leurs armures scintillant au soleil de fin d'après-midi. Au-delà du campement des mercenaires, le château de Gard se blottissait contre le tertre comme un grand fauve blessé. Les étendards noirs qu'elle y avait laissés avaient été remplacés par le drapeau de Cadwyr, mais rien d'autre ne semblait avoir changé.

— Vous ne nous aviez pas dit que les murs étaient en miettes, Cecily, dit Mungo. La forteresse de Gard n'est plus vraiment ce qu'elle était… Regardez ! Le seigneur sylphe a dit que Cadwyr marcherait à l'aube, mais j'ai bien l'impression qu'il s'est trompé.

Sous leurs yeux, une onde parcourut les rangs des soldats. De grandes bouffées de fumée blanche montèrent des feux de cuisine éteints à la hâte, et le camp tout entier fut pris d'effervescence.

— Ils sont fous de tenter la traversée au crépuscule, marmonna le lieutenant désigné par Artimour pour le remplacer, un grand sylphe du nom d'Eberiel.

La lune flottait déjà, pleine et rougeâtre, juste au-dessus de l'horizon.

— C'est peut-être pour cela, dit Cecily. Il n'a plus la patience d'attendre.

— Peut-être aussi que la fillette et le sylphe ont réussi à libérer les otages, et qu'il compte les poursuivre jusque dans l'Outremonde, dit Mungo.

Le sylphe prit ses rênes en main.

— Je pars rassembler mes troupes, dame Cecily. N'oubliez pas de dire à vos hommes de se protéger les oreilles avec des bouchons de laine. Sans cela, ils tomberont morts d'effroi en entendant nos cornes de guerre.

Cecily se tourna vers Mungo. Son plastron de cuir, usé par de nombreuses batailles, venait visiblement d'être astiqué ; il étincelait autant que ses yeux.

— C'est l'heure, ma fille, dit-il.

La duchesse posa la main sur l'épée forgée par Nessa et jeta un dernier coup d'œil sur la vallée. A cet instant, des torches s'embrasèrent sur les murs du château. Des cris de cornemuse déchirèrent l'air, et une bouffée de fumée noire attira son regard vers une rangée de lances hérissées au-dessus du portail. Au début, Cecily ne fut pas sûre de ce qu'elle voyait, puis elle comprit qu'il s'agissait de têtes d'hommes. Nul doute que celle de Kian se trouvât parmi elles : Cadwyr devait se faire une joie de l'exhiber. La nausée lui tordit le ventre, et elle déglutit avec difficulté. Ce n'était pas le moment de montrer de la faiblesse.

— Allons-y, dit-elle. Ce n'est pas la mort qui importe, mais la façon de mourir, n'est-ce pas ?

— C'est ce que Kian disait toujours, murmura quelqu'un derrière elle.

Cecily se retourna vivement, mais ne put distinguer, parmi les hommes qui l'entouraient, celui qui venait de parler. Malgré tout, ces paroles la réconfortèrent, et ce fut calme et confiante qu'elle reprit au galop le chemin de son propre campement.

— N'éteins pas les lampes, dit Cadwyr à son écuyer.

Le serviteur ajusta la cotte de mailles en argent sur la tunique de cuir du duc. Celui-ci tendit les bras pour lui permettre de fixer ses brassards, puis s'assit tandis que l'homme attachait les jambières qui remontaient des chevilles jusqu'aux genoux.

Cadwyr prit sa ceinture et l'examina.

— Va chercher mon épée, elle est restée sur l'autre ceinture.

L'homme hocha la tête, s'inclina et disparut. Cadwyr arpenta un instant la chambre, puis s'avança vers la fenêtre entrouverte. Dehors, les premiers rangs de sa cavalerie franchissaient déjà le portail. Au-dessus d'eux se dressaient les têtes de Kian et d'autres chevaliers de la Compagnie de Donnor. Voilà qui servirait d'avertissement à tous ceux qui envisageraient de le défier. Le duc prit une profonde inspiration : l'odeur de la bataille flottait dans l'air, mélange grisant de cuir, de cheval, de sueur et de métal. Une petite gorgée de vin de Faërie serait des plus indiquées... Mais au fait, où était passé son écuyer ?

Cadwyr se dirigea à pas résolus vers son cabinet de toilette et poussa la porte. Une silhouette était affalée sur la paillasse de Griffin. Fronçant les sourcils, le duc s'avança pour retourner le corps du bout de sa botte. C'était son serviteur ; il n'était pas mort, mais il n'allait pas se réveiller avant longtemps. La main de Cadwyr se porta machinalement à sa ceinture ; son épée ne s'y trouvait pas. De l'autre côté du mur, un loquet cliqueta doucement. En quelques enjambées, le duc traversa la petite pièce, ouvrit la porte du couloir, et se trouva face à Uwen, second chevalier de la Compagnie de Donnor. Il tenait l'épée de Cadwyr à la main.

— Avez-vous l'intention de tuer un homme désarmé, seigneur Uwen ?

— Pas du tout, Cadwyr d'Allovale.

Uwen lui lança son épée. Le duc l'attrapa au vol et la sortit du fourreau d'un seul geste rapide.

— J'ai l'intention de vous tuer en un combat loyal. Sans doute le premier que vous ayez livré depuis un bon moment.

— Six contre un, vous appelez cela un combat loyal ? dit Cadwyr en indiquant les chevaliers postés au bout du couloir.

— Ils se tiendront tranquilles, ne vous inquiétez pas. Ils sont seulement là pour s'assurer que vos hommes n'essaieront pas de me jouer un mauvais tour.

Uwen brandit son épée et les deux hommes se mirent en garde.

— Je vais te trancher la tête, espèce de bandit boiteux !

— C'est ce que nous allons voir.

Dans l'espace étroit du couloir, les deux combattants tournèrent l'un autour de l'autre. Profitant de la proximité du mur, qui gênait Uwen, Cadwyr attaqua violemment. Uwen se dégagea d'un grand moulinet, mais Cadwyr para et attaqua de nouveau. Poussant un juron, Uwen envoya du bout du pied un banc de bois heurter les genoux de Cadwyr. Mais celui-ci, protégé par ses jambières en argent, porta un coup de pointe au bras d'Uwen, où fleurit une traînée de sang écarlate. Saisissant l'avantage, Cadwyr fit des feintes à droite et à gauche et évita le violent coup de lame de son adversaire, lequel fit voler le banc en éclats.

— Rends-toi maintenant, jure-moi fidélité, et je te récompenserai comme tu le mérites, Uwen des Îles.

— Que me promets-tu ? Du vin des sylphes ? Je parie que tu aimerais faire de moi un monstre, comme ce pauvre bougre dans les cachots…

Un coup furieux de Cadwyr fit voler l'épée du chevalier hors de ses mains. Uwen attrapa son sabre et para l'attaque de Cadwyr au dernier moment.

— Voilà donc comment il est sorti de là, marmonna Cadwyr entre ses dents.

Il lui sembla entendre, venant de très loin, la sonnerie d'une corne de guerre. Son attention faiblit momentanément, ce qui permit à Uwen de se glisser par en dessous et de lui érafler la cuisse. Cadwyr chancela un instant et retrouva l'équilibre alors que le sang se mettait à jaillir de sa jambe.

— Rends-toi maintenant, et je te promets que tu n'auras pas à payer de ta tête le prix du sang versé, souffla Uwen.

— De quel prix parles-tu ?

Par-delà l'épaule d'Uwen, Cadwyr vit que le couloir s'était vidé : les hommes du chevalier se battaient maintenant contre les siens. Uwen et lui étaient seuls. Le duc repoussa son adversaire en arrière, vers l'escalier.

— Celui que tu dois à chaque homme, femme et enfant qui a perdu quelqu'un à Samhain, espèce de monstre ! cracha Uwen.

Alors qu'ils arrivaient devant l'escalier, un coup terrible vint ébranler Cadwyr et le fit tomber à genoux. Il se redressa en trébuchant et descendit quelques marches à reculons. Uwen s'avança avec méfiance ; Cadwyr, haletant, guetta l'instant où son adversaire lèverait son arme pour le frapper. A cet instant, il se rua en avant, le visage congestionné, ses tresses dorées volant derrière lui, et décocha deux coups vicieux sur les bras d'Uwen. Celui-ci vacilla en arrière, se reprit, et leurs lames se soudèrent l'une à l'autre, faisant jaillir des étincelles bleues.

— N'oublie pas de saluer Donnor de ma part, ce soir ! grogna Uwen.

— Tu le salueras toi-même, de *ma* part ! rétorqua Cadwyr.

Il repoussa Uwen en arrière et, d'un coup sec, enroula son sabre et le fit voler en l'air. Le chevalier, désarmé de nouveau, posa rapidement un genou à terre et dégaina d'une main ensanglantée la petite dague qu'il portait à sa botte. Cadwyr brandit une dernière fois son épée, s'apprêtant à porter un coup fatal.

Mais à cet instant, une petite main armée d'un poignard se glissa devant le duc et, d'un seul coup net, lui trancha la gorge. Comme Cadwyr vacillait et s'écroulait, Griffin apparut derrière lui et s'exclama :

— C'est de ma part que tu le salueras, Cadwyr !

— Comment est-ce possible ? souffla Uwen. Je t'ai vu prendre une flèche dans le dos…

Griffin se lécha les lèvres et tapota sa flasque.

— C'est ma potion, voyez-vous, seigneur Uwen. C'est elle qui me garde en vie.

Il fit un pas vers le chevalier, mais alors qu'il enjambait le corps inerte de Cadwyr, celui-ci tendit le bras et sa lame transperça la poitrine du garçon.

— Tu m'as trahi… sale monstre…, grogna Cadwyr dans un dernier souffle.

L'épée argentée siffla et fuma. Griffin poussa un hurlement, et tourna sa tête vers le mur. De manière inexplicable, l'agonie qui se lisait sur son visage se mua en joie.

— Les cornes ! Je les entends sonner… Les sylphes arrivent ! Les sylphes sont là !

Puis sa voix fut noyée dans un gargouillis de sang et ses traits se figèrent à jamais.

Dans les prés devant le château de Gard, c'était le chaos le plus complet. On se battait au corps à corps, dans un enchevêtrement de tentes, de matériel et de chevaux. Depuis sa position sur la crête, Cecily et les autres chefs regardaient la bataille faire rage. Les bouchons de laine qu'elle portait atténuaient les cris d'agonie, mais le spectacle qui se déroulait en contrebas n'en était pas moins terrible à voir.

— Regardez ! s'écria soudain Mungo en la secouant par le bras.

Le drapeau qui volait au-dessus de la tour du château s'était mis à descendre lentement. Une petite silhouette isolée s'avança sur les remparts et brandit une pique surmontée d'une tête pâle. Malgré la distance, Cecily reconnut sans l'ombre d'une hésitation la teinte particulière de cette chevelure dorée.

— Il est mort ! cria-t-elle. Ils ont réussi... Uwen a réussi !

Dans la vallée, un hurlement de cornemuse sonna la retraite, et les hommes de Cadwyr comme les mercenaires aquiléens reculèrent, puis fuirent à toutes jambes en entendant les sons effrayants qui montaient du fleuve. Alors les flots s'ouvrirent et les sylphes surgirent vers la rive, chantant et soufflant dans leurs terribles cornes.

15.

En pénétrant dans l'espace étrange de l'autre côté du miroir, où la lumière était grise et les sons déformés, Nessa comprit à quel point la Faërie était différente de son monde. Les yeux écarquillés, elle suivait Delphinea d'un pas mal assuré, réprimant le désir de saisir la main de la jeune sylphe et de la serrer convulsivement. Elle toucha l'épée qui pendait à sa ceinture, celle qu'elle avait forgée pour Artimour, et en fut quelque peu rassurée. C'était réconfortant, aussi, de savoir que ses parents l'attendaient au sommet de la tour… même si elle commençait à penser qu'ils allaient tous les trois passer l'éternité à courir derrière la Chasse sauvage de Herne. La tache rouge qui s'étendait sur le visage de Delphinea lui avait subitement fait prendre conscience du peu d'espoir qui restait.

Delphinea filait devant elle, intrépide et légère, sans être ralentie le moins du monde par les virages abrupts et les escaliers en colimaçon. Ce fut seulement quand ils arrivèrent au niveau le plus inférieur du palais que la sylphe s'arrêta et se mordit la lèvre.

— La gauche est à droite, murmura Delphinea comme pour elle-même, et la droite est à gauche. Ou bien est-ce l'inverse ?

Cet espace parallèle dégageait quelque chose de sinistre et de surnaturel qui faisait frissonner Nessa. Elle s'entoura de ses bras et tenta de se calmer.

— Vous ne savez pas où nous allons ? demanda-t-elle.

— Je sais où nous allons, répondit Delphinea en fronçant les sourcils. C'est juste que... je ne sais plus par quel chemin on y arrive.

Elle secoua la tête comme pour s'éclaircir les idées.

— Je suis un peu désorientée, avoua-t-elle.

Delphinea jeta un coup d'œil par-dessus son épaule, et Nessa eut l'impression que la tache sur son visage avait grossi. Mais ce n'était peut-être qu'un effet de lumière.

— Dans les miroirs, dit Delphinea, la gauche est à droite et la droite est à gauche. Il n'y a pas d'inverse possible... En avant, maintenant !

— Mais où allons-nous ? insista Nessa.

— A la Chambre de la Résille, bien sûr. Nous allons essayer de traverser le miroir qui se trouve en face des portes d'entrée. Espérons que Timias a oublié de l'inclure dans son sortilège... et que nous arriverons à temps.

Comme ils s'élançaient à travers un long couloir, Nessa aperçut des lustres dorés et des formes floues qui scintillaient de l'autre côté des miroirs. Mais Artimour lui tenait la main, et il refusa de ralentir. Enfin, tous trois parvinrent devant un grand rectangle gris clair.

— C'est ici, j'en suis sûre, dit Delphinea.

Elle s'enfonça dans la glace et disparut.

— Après vous, demoiselle, dit Artimour.

Nessa ferma les yeux, prit une grande bouffée d'air, et plongea dans le miroir... pour en ressortir aussitôt, car Delphinea la repoussait violemment en arrière.

— Je me suis trompée, haleta-t-elle. Il faut vite partir d'ici.

— Pourquoi ? demanda Artimour en passant la tête dans le miroir.

— Non, Artimour ! s'écria Nessa.

Elle avait vu ce qui avait effrayé Delphinea : un immense gobelin fonçait droit sur le miroir. Artimour retira précipitamment sa tête, et tous trois reculèrent tandis que la glace se fendait sous un choc violent. De l'autre côté du miroir s'élevèrent des rugissements étouffés.

— Ils attaquent, dit Nessa.

— Par ici, vite ! dit Delphinea.

— En êtes-vous sûre ? demanda Artimour.

— Je ne suis plus sûre de rien, à présent.

Delphinea réussit pourtant à retrouver le chemin par lequel ils étaient arrivés. Ils retournèrent jusqu'à un embranchement d'où partaient trois couloirs.

— Et maintenant ? dit Artimour.

Des cris de terreur leur parvenaient à présent, ainsi que des hurlements sauvages, et de la fumée filtrait par les bords des miroirs.

— A gauche, dit Delphinea en toussotant.

Quelques instants plus tard, elle s'arrêta devant un nouveau miroir. La lumière réfléchie par la glace avait quelque chose de particulier ; quand Delphinea posa la main dessus, Nessa, stupéfaite, s'aperçut que le verre lui résistait.

— Que se passe-t-il ? demanda-t-elle. Pourquoi est-ce que cela ne marche pas ? Etes-vous sûre que c'est le bon miroir ?

— J'en suis certaine, répondit Delphinea. Regardez cette poussière : c'est un effet de la Résille.

Puis, avec un petit sourire triste, elle ajouta :

— Il n'y a jamais eu de poussière en Faërie.

Elle enfonça une main dans la surface poisseuse et tendit l'autre à Nessa.

— Venez. C'est difficile, mais je vais vous aider.

Nessa eut l'impression de se frayer un chemin dans une toile d'araignée géante, mais finalement, elle s'en extirpa et posa le pied dans une vaste entrée. Devant elle se dressait une double porte en cuivre, couverte de grosses cloques d'où suintait un liquide malodorant.

— Grande Mère ! chuchota-t-elle. C'est ici que se trouvait la Résille ?

Delphinea hocha la tête.

— Maintenant, il faut encore parvenir à ouvrir ces portes. Vous et moi, Artimour, devons poser la main sur la poignée…

— Ce n'est pas une bonne idée, coupa Nessa. Ce liquide m'a l'air brûlant. Essayons plutôt d'enfoncer les portes.

Artimour donna un coup de pied à gauche, puis à droite, mais, bien qu'elle fût rouillée et boursouflée, la serrure dorée ne céda pas. Derrière les portes, une terrible cacophonie s'éleva.

— Qu'est-ce que c'est ? murmura Nessa.

— Les gremlins, dit Delphinea. Timias les a enfermés ici après la disparition de la Résille.

— Je vais essayer de fendre la serrure, dit Artimour.

Il tira son épée et porta un coup puissant : sa lame se planta dans le métal corrodé… et y resta. Se dégageant d'un geste puissant, il poussa un soupir.

— Essayez la mienne, suggéra Nessa.

Elle dégaina son épée et la tendit à Artimour. Au premier coup, sa lame argentée fit sauter le loquet. Nessa lui jeta un coup d'œil triomphant, essuya son épée sur sa tunique et la remit dans son fourreau. Puis les grandes portes basculèrent sur leurs gonds, et les trois compagnons franchirent le seuil de la Chambre Sacrée.

Le spectacle qui les attendait était plus étrange que tout ce que Nessa avait vu jusqu'ici.

Au centre de la pièce ronde, au haut plafond voûté, s'élevait une colonne de marbre. Un vieillard rabougri y était adossé, sa canne serrée dans la main. Au-dessus, posé sur la colonne, un globe opalin réfléchissait les rayons de lumière qui filtraient par une fenêtre circulaire au sommet de la voûte.

Tout près des murs, des créatures semblables à des gobelins en miniature se blottissaient les unes contre les autres ; çà et là gisaient de petits corps carbonisés. Voyant les portes s'ouvrir, le vieil homme sursauta et brandit sa canne, à l'extrémité de laquelle crépita une lueur verte menaçante.

— Non, Timias ! s'écrièrent Delphinea et Artimour d'une seule voix.

Aussitôt, le vieux sylphe abaissa sa canne et leur sourit.

— Mes enfants ! Quelle joie de vous revoir…

— Où est la reine ? demanda Artimour.

Timias poussa un long soupir et écarta les bras.

— La reine, hélas, est morte. Et sans la Résille…

— Nous l'avons retrouvée, dit Artimour.

— Nous sommes venus la détruire, Timias, ajouta Delphinea.

Elle lui montra son sac à plumes noires et son petit bâton de houx.

Timias s'appuya lourdement sur sa canne.

— Etes-vous certains que ce soit une bonne idée ?

Le vieux sylphe posa les yeux sur chacun d'eux à tour de rôle — des yeux qui brillaient de reflets non pas verts, comme ceux des autres sylphes, mais d'un rouge vif. Soudain, Nessa eut très peur. Elle glissa furtivement la main vers sa ceinture et la posa sur son épée. Timias tourna le regard, sourit et pointa son bâton vers elle.

Le fourreau se désintégra et l'épée alla rebondir sur le sol, son tranchant argenté sifflant au contact du marbre. Curieusement, ni Artimour ni Delphinea ne semblèrent avoir remarqué ce qui venait de se passer.

— Ainsi, vous avez la Résille, Artimour, dit Timias.

Artimour hocha la tête et sortit de sous son pourpoint le petit mouchoir de lin noué.

— Vous savez, poursuivit Timias en se penchant vers lui, si vous la remettiez à sa place, tout cela redeviendrait comme avant… à quelques détails près, évidemment.

— Ne l'écoutez pas, Artimour ! dit Delphinea. Rappelez-vous ce que je vous ai dit ! Rappelez-vous comment votre mère est morte, dévorée par les loups !

— Est-ce vrai, Timias ? demanda Artimour.

Nessa sentit des liens solides s'entortiller autour de ses jambes. Elle baissa rapidement les yeux, mais ne vit rien.

Artimour était suspendu aux lèvres de Timias, tandis que Delphinea remuait frénétiquement la bouche sans qu'aucun son en sortît.

— Vous pourriez être roi, Artimour, dit Timias.

— Moi ? répéta-t-il, blême.

— Pourquoi pas ? N'êtes-vous pas né de la grande Gloriana ? Vous pouvez prétendre à la couronne autant qu'Albane et Guinevère. Surtout depuis qu'Albane est morte.

— Artimour, chuchota Nessa, ne l'écoute pas ! Il veut seulement te prendre la Résille !

Les gremlins se mirent à ramper vers le milieu de la pièce en poussant des sifflements, les yeux brillant de lueurs vertes, rouges et violettes. Aussitôt, Timias pointa son bâton d'un côté puis de l'autre, décochant des éclairs au hasard dans la foule. Les petites bêtes poussèrent des hurlements et se réfugièrent près des murs en agitant leurs mains, leurs queues et leurs oreilles. Elles se parlaient, comprit Nessa.

— Delphinea, chuchota-t-elle tandis que Timias se tournait vers Artimour, savez-vous parler aux gremlins ?

— Assez, mortelle ! dit Timias en braquant son bâton sur elle.

Un souffle puissant souleva Nessa et l'envoya s'écraser visage contre terre, tout près de la porte.

— Donnez-moi la Résille, mon garçon. Nous la remettrons à sa place, je vous donnerai mon bâton, et vous serez roi. C'est à vous de choisir. Prenez la couronne, ou périssez.

Prenez la couronne, ou périssez...

Les paroles de Timias résonnaient à l'infini dans l'esprit d'Artimour. Guinevère lui avait bien dit qu'il ne survivrait pas à la destruction de la Résille. Après tout, c'était pour cette raison que Finuviel n'avait pas hésité à le poignarder. Mais Artimour n'avait jamais songé un instant à monter sur le trône. Lui, roi ? Ce serait certes un retournement inattendu. Il s'imaginait déjà l'expression de Gilleas, de Morais, de Guinevère… et surtout celle de Finuviel. Il n'aurait qu'à remettre la Résille à sa place, sur la Pierre de Lune, et monter sur le trône. Aussitôt la menace mortelle s'évanouirait, et lui, Artimour, le bâton de Timias à la main, repousserait les gobelins vers les Terres Brûlées. Le sol remua sous ses pieds, et les murs parurent frémir.

— Vite, dit Timias, donnez-moi la Résille ! Les gobelins sont déjà tout près. Ne les sentez-vous pas arriver ? Donnez-moi la Résille, et vous aurez le pouvoir de vaincre le roi des gobelins. Vous seul en êtes capable, Artimour, fils de Gloriana, roi de tous les sylphes.

Roi de tous les sylphes… Le choix qui s'offrait à lui était clair : monter sur le trône ou mourir. Artimour s'avança d'un pas, mais la voix de Nessa l'arrêta net.

— Artimour…, dit-elle faiblement.

Du sang rouge vif coulait sur son visage.

— Artimour, ne l'écoute pas. Il ment. Il cherche seulement à te manipuler. Regarde autour de toi. Regarde le visage de Delphinea. Regarde les portes rouillées. La Résille est un poison : il faut la détruire, c'est toi-même qui me l'as dit…

Un nouvel éclair s'abattit sur Nessa, et elle s'affala sur le sol, inerte.

— J'ai dit *assez*, mortelle. Tuez-la, mon prince. Nous n'avons pas besoin d'elle.

Artimour s'avança vers Nessa et se planta au-dessus d'elle. Des gouttes de sang écarlate luisaient sur son visage pâle, et ses boucles noires s'étalaient sur le marbre comme des plumes de corbeau. Elle avait le même air calme et enfantin que lorsqu'elle dormait — et le souvenir de la nuit qu'ils avaient passée ensemble éveilla en lui une vague de tendresse. Relevant la tête, il vit que les gremlins s'étaient tournés vers Delphinea. Ses yeux bleus remplis de terreur, elle remuait silencieusement les lèvres en gesticulant.

D'un coup, les gremlins se retournèrent vers Artimour et, tous ensemble, firent simultanément les mêmes gestes.

Il ment. C'est lui qui mourra avec la destruction de la Résille.

Nessa ouvrit les yeux.

— Il ment, dit-elle.

Leurs yeux se rencontrèrent, puis Artimour ramassa l'épée argentée qui gisait sur le sol, fit volte-face et visa Timias. La lame alla se planter dans son ventre : le vieil homme se raidit, écarquilla les yeux et, dans un dernier souffle, pointa son bâton vers son adversaire. Mais au moment où une immense boule de feu volait à travers la pièce, Nessa releva le bras et poussa violemment Artimour vers le sol.

Avec la mort de Timias, le sortilège qui paralysait Delphinea s'évapora. Elle se pencha sur Artimour et Nessa, folle d'inquiétude. Les gremlins s'agglutinèrent autour d'elle, poussant des cris qui résonnaient à l'infini dans la chambre voûtée. Voilà qui n'allait pas manquer d'attirer tous les gobelins à portée de voix, se dit la jeune sylphe.

D'un pas résolu, elle marcha vers la colonne de marbre et souleva le globe opalin. Dans le marbre creux, des cristaux s'entassaient, scintillants.

— Venez ! dit-elle aux gremlins. Reprenez ce qui vous appartient, et allez-vous-en !

Ne fais jamais confiance à un lutin, dit la voix de Dougal dans sa tête.

— Et pas de mauvais tours ! ajouta-t-elle.

— Nous ne connaissons pas de mauvais tours, dit l'un d'eux en s'approchant avec méfiance.

— Comment pouvons-nous être certains que vous détruirez la Résille ? hurla un autre.

— C'est elle qui nous retient ici, siffla un troisième.

Delphinea ramassa le bâton de chêne de Timias, et le brandit à bout de bras. Contrairement au bâton de

Nessa, dont elle avait senti le pouvoir dès qu'elle s'en était approchée, celui-ci lui parut froid et inerte. Néanmoins, les gremlins reculèrent, impressionnés.

— Si vous reprenez vos cristaux, je vous jure que nous déferons la Résille.

Les petites bêtes marmonnèrent, sifflèrent et gesticulèrent entre elles, puis, enfin, l'une d'elles hocha la tête.

— D'accord. Nous tiendrons notre promesse si vous tenez la vôtre.

— Allez-vous-en, maintenant !

Tandis que les gremlins s'emparaient de leurs œufs cristallins et couraient vers la sortie, Delphinea retourna près d'Artimour et de Nessa, qui commençaient à remuer.

— Nessa ? Artimour ? Etes-vous sains et saufs ?

Ils hochèrent la tête en se redressant lentement. Nessa essuya sa joue ensanglantée sur la manche de sa tunique, et inspira profondément.

— Et maintenant ? demanda-t-elle.

— Le rocher sur lequel la Résille a été forgée se trouve sous la colonne de marbre, dit Artimour. Ma mère me l'a montré, il y a bien longtemps.

Il leur fit un petit sourire triste et s'avança vers le centre de la pièce. Comme Nessa s'approchait, il lui tendit le petit mouchoir noué.

— Prends-la. Ne comprends-tu pas ? Tant qu'elle ne sera pas détruite, la tentation demeure de faire ce que Timias m'a dit de faire.

Une rumeur sourde fit trembler le sol sous leurs pieds.

— Dépêchons-nous, dit Delphinea.

— Et Nessa ? demanda Cecily.

Depuis quelques jours, la duchesse semblait changée : plus forte, plus sûre d'elle et — bien que ce fût impossible — un peu plus grande. Dans le château de Gard, la vie reprenait peu à peu ses droits. Comme c'était étrange, songea Uwen, de se retrouver ici, où tout avait commencé. Evidemment, ils n'étaient pas tous là. Uwen ressentait avec acuité l'absence de Kian, mais aussi, parfois, sa présence — comme cela avait été le cas pendant le combat contre Cadwyr.

A présent, la dépouille du duc d'Allovale s'entassait avec les autres sur les bûchers funèbres que les druides allaient enfin pouvoir allumer. Les sylphes étaient partis livrer leurs propres batailles, et les restes du campement aquiléen s'étalaient, déserts et silencieux, sous un linceul de brume. La simple vue des sylphes avait terrifié les mercenaires ; le sol résonnait encore du tonnerre de leur fuite.

Cecily poursuivit d'une voix douce mais insistante :

— Avez-vous pensé à elle ? Et à son père ? Il ne mérite pas de mourir dans une bataille qui ne le concerne en rien !

Uwen soupira. Il était fatigué, et blessé. Il songea distraitement aux barriques entassées dans la cave. Quelques gouttes de vin de pomme l'aideraient peut-être à récupérer... Cela avait certainement revigoré le pauvre sylphe brûlé ! Mais, se rappelant ce qui était arrivé à Griffin, il se redressa et ramassa la ceinture d'armes qui pendait à une chaise.

— D'accord, d'accord. Je vais chercher la petite et la ramener ici.

Il enfila la ceinture par la tête, la cala sur ses hanches et posa un baiser rapide sur la joue de Cecily.

— Vous êtes une vraie mère poule, Cecily.

— C'est ce que Kian disait toujours.

— Avec quelque raison, Votre Grâce.

Il lui baisa la main, espérant que l'empreinte de ses lèvres brûlerait longtemps sur sa paume froide.

— Nous ne pouvons pas rester ici, dit Dougal.

Les murs de la tour vibraient si fort que les carreaux de cristal commençaient à se fêler.

— Il nous faut trouver refuge plus bas. Quel est l'endroit le plus sûr du palais ?

— La salle du trône, dit Léonine, assise à l'autre bout de la pièce, près de Finuviel. Le trône et la voûte sont taillés dans du marbre massif. Rien ne pourra les ébranler.

— Mais les gobelins..., commença Guinevère.

— Et Nessa ? murmura Essa en regardant Dougal.

Le forgeron mit un bras autour des épaules de sa femme et l'éloigna de la fenêtre, cherchant quelque chose à dire pour la rassurer.

Mais avant qu'il ait pu rassembler ses idées, la porte s'ouvrit et Philomemnon passa la tête dans la pièce.

— Il faut partir d'ici. La tour n'est plus sûre : les gobelins ont pris les écuries, et la garde s'est repliée dans le bâtiment principal.

— Finuviel ne peut pas se déplacer, Guinevère.

— Je le porterai, s'il le faut, dit Dougal. Viens, Essa.

Un nouveau choc fit vaciller la tour jusque dans ses fondations, et les carreaux au-dessus de Finuviel se brisèrent en une pluie d'éclats cristallins.

— Partons, Guinevère ! s'écria Philomemnon. Maintenant !

— Cela pourrait tuer Finuviel ! gémit-elle.

— Mère, dit Finuviel en luttant pour se redresser, si nous restons ici, nous allons tous mourir.

— Et Nessa ? répéta Essa.

— Elle est déjà réfugiée dans les souterrains, dit Dougal.

Les courtisans rassemblés dans la tour se déversèrent dans l'escalier, Dougal soutenant Finuviel. A mesure qu'ils descendaient, les hurlements et la puanteur s'intensifièrent, et la fumée envahit l'air.

— Que font-ils, en dessous ? demanda Dougal en s'épongeant le front.

— Ce qu'ils peuvent, maître forgeron, répliqua Finuviel. Ils combattent les gobelins par le feu. La lumière est le dernier recours des sylphes. Vous savez, je crois que je suis capable de marcher seul. L'odeur des gobelins me redonne de la force.

Il repoussa le bras de Dougal et voulut se redresser, mais ses genoux ployèrent sous lui.

— Il me semble qu'elle vous rend surtout entêté, grogna Dougal.

A cet instant, un groupe de gardes déboucha d'un couloir au pas de course.

— Suivez-nous, dame Guinevère, dit leur sergent, sans nullement se soucier du reste du groupe. Venez, nous allons vous escorter...

— Nous allons à la salle du trône, coupa Finuviel.

— Seigneur, tout indique que les gobelins ont percé...

— Mais c'est l'endroit le plus sûr du palais, dit Guinevère. Et nous y serons tout près de la Chambre de la Résille...

— Si vous insistez, dame Guinevère...

— Sergent, les forces des gobelins sont concentrées dans les écuries..., commença un garde.

Mais tous se figèrent brusquement : au loin, on entendait résonner des cornes de guerre.

— C'est la compagnie de la frontière ! s'écria quelqu'un. Elle arrive !

— Espérons qu'elle n'arrive pas trop tard, dit Dougal.

Lentement, bien trop lentement du point de vue des soldats sylphes, le cortège se fraya un chemin jusqu'aux portes de la salle du trône. Les gardes s'arrêtèrent ; Guinevère s'avança d'un pas chancelant.

— Le sortilège..., murmura-t-elle.

Un garde posa précautionneusement sa main sur l'une des portes. Elle s'entrebâilla avec un grincement.

— Intéressant, souffla Guinevère.

Elle s'éclaircit la gorge.

— Sergent, vous devriez aller dire à Morais que ses craintes se sont réalisées. Timias doit être mort, car son sortilège est brisé. Si les gobelins percent un tunnel jusqu'au Bois Sacré, la vie de ma sœur…

— Votre sœur n'est peut-être déjà plus en vie, dit Dougal.

Le sol trembla sous leurs pieds, puis l'on entendit un bruit de verre brisé et de pierres s'entrechoquant. Dougal prit appui contre le mur pour ne pas perdre l'équilibre.

— Au lieu de nous inquiéter pour elle, il vaudrait mieux nous réfugier ici et espérer que cette fameuse compagnie de la frontière pourra retenir les gobelins.

Deux hommes ouvrirent en grand les lourdes portes, et un souffle d'air froid fouetta le groupe de courtisans. Dougal soutenait Finuviel d'un bras, Essa de l'autre. Il se tourna vers sa femme, croisa son regard et lut dans ses pensées. Sous leurs pieds, au plus profond du palais, leur fille invoquait une étrange magie. Le forgeron prit une profonde inspiration et franchit le seuil de la pièce.

La salle du trône était plongée dans la pénombre. Derrière les grandes fenêtres voûtées surmontées de rosaces, encadrées de lourds rideaux vert pâle, il faisait nuit. Le sol marbré était lézardé par de grandes crevasses et les murs — pour autant qu'on pût les distinguer — semblaient également fissurés par endroits. Surtout derrière le trône, où une série de sillons irréguliers créaient l'illusion d'une saillie arrondie…

Ce n'était pas une illusion. Les gardes se déployèrent sur le pourtour de la pièce, tandis que Dougal entourait Essa de son bras et l'attirait vivement vers lui. Derrière le trône, le mur vibra, gonfla et, dans un roulement de pierres et un nuage de poussière, s'effondra pour laisser passer un gobelin immense. Celui-ci claqua sa langue noire et fouetta l'air de sa queue tannée.

Guinevère poussa un petit cri ; Philomemnon pâlit, puis s'évanouit. Mais Finuviel se redressa et se tourna vers le sergent.

— Donnez-moi votre épée, murmura-t-il.

— J'espère que vous plaisantez, dit Dougal. Sergent, il ne tient pas sur ses jambes !

— C'est moi qu'il veut, dit Finuviel. Il est venu pour me tuer.

— Eh bien, ne lui rendons pas la tâche trop facile, dit Dougal en dégainant son poignard d'argent.

— En garde ! ordonna le sergent.

Il fit claquer son épée dans la main de Finuviel et saisit la lance que lui tendait l'un de ses camarades.

Les sonneries de corne se rapprochaient, mais les cris et les grognements s'intensifiaient également, et l'air était chargé de la puanteur des gobelins. Il y avait autre chose, aussi, une odeur fétide qui émanait par bouffées du monstre. *Une odeur de chair humaine*, se dit Dougal.

— Roitelet, je suis Xerruw, seigneur des gobelins, et bientôt seigneur de tous les mondes, dit la créature. Cela fait longtemps que j'attends d'accrocher votre tête dans mon palais. Mes sujets prendront un plaisir particulier à la regarder pourrir.

Puis sa longue queue cingla l'air et il avança vers Finuviel.

Dans la caverne creusée sous la Chambre de la Résille, un mince filet d'eau jaillissait d'une source souterraine, et un rocher plat, un peu évidé, contenait un petit tas de cendres. Il n'y avait rien d'autre.

Delphinea détacha le sac à plumes noires de sa ceinture.

— Il faut le tremper dans l'eau de la source.

— Qu'est-ce donc ? demanda Nessa.

— Un chaudron qui a appartenu à la Sorcière. Au contact de cette eau, il est censé reprendre sa véritable forme.

De fait, comme elle tournait et retournait l'objet sous l'eau, il sembla gonfler et se rigidifier. Ce n'était pas de l'eau ordinaire qui coulait de cette fontaine, pensa Nessa, mais un liquide épais et visqueux, qui enduisait et polissait le sac à plumes jusqu'à le rendre dur et brillant. Quelques instants plus tard, Delphinea tenait à la main un petit chaudron en fonte.

— Et maintenant ? demanda-t-elle.

— Il nous faudrait du feu, dit Nessa. Une pierre à feu, et du charbon…

— Inutile, dit Delphinea. Gloriana m'a dit d'allumer le feu avec le bâton de chêne.

D'un geste de la tête, elle indiqua la canne qu'Artimour tenait entre ses mains.

— Si vous essayiez de le pointer vers le chaudron, comme Timias, pour en faire sortir des étincelles ?

— Vous savez bien que j'en suis incapable, dit Artimour en secouant la tête. Essayez vous-même, Delphinea.

La jeune sylphe prit le bâton des mains d'Artimour. Nessa plaça le chaudron au milieu du tas de cendres et dénoua le mouchoir de lin qui contenait la Résille. Une ombre passa sur son visage, et Delphinea comprit qu'elle pensait au pauvre garçon malade qui l'avait forcée à lui promettre sa main. Nessa sortit de son baluchon le paquet contenant le marteau et les pinces, et les disposa sur la pierre.

— Nous pouvons commencer, dit-elle.

Artimour regardait les outils d'un drôle d'air.

— Je crois qu'ils appartenaient à mon père, murmura-t-il.

— Nessa, je ne sais pas si c'est à moi de faire cela, dit Delphinea.

Posée près d'elle, sa baguette de houx éclairait la caverne d'une lumière douce et chaude — aussi chaude que la brûlure qu'elle sentait s'étendre sur son visage.

— Essayez, dit Nessa. Essayez seulement.

Mais il n'y avait rien à faire. Le bâton de chêne lui paraissait un bout de bois mort.

— Cela ne marche pas, dit finalement Delphinea.

Nessa se passa la main dans les cheveux. Au fond du petit chaudron, la Résille luisait, innocente et meurtrière.

— Je sens une odeur de fumée, dit-elle subitement.

— Ils se rapprochent, dit Delphinea. Si nous ne détruisons pas la Résille, j'ai bien peur que le roi des gobelins ne tue Finuviel. Et alors… alors…

« Réfléchis, Nessa, réfléchis ! » s'intima la jeune fille. Les arbres de la Faërie étaient liés à ceux de l'Ombre, avait dit Delphinea. Et si son bâton de bouleau pouvait lui apporter la solution ? Après tout, on était sous terre, là où les arbres enfonçaient leurs racines. Nessa cala fermement son bâton contre le sol et y appuya le front. *Donnez-moi votre sagesse,* pensa-t-elle. *Grande Mère, reine de la forêt, entendez ma prière, exaucez mon vœu. Vous m'avez guérie, puis vous avez guéri Kian. Aujourd'hui, pour la troisième fois, je vous demande votre aide pour sauver la terre des sylphes.*

Une forte impulsion monta du sol et lui coupa le souffle. L'onde parcourut ses bras et atteignit son front ; alors, derrière ses paupières fermées, Nessa eut une vision claire et précise.

— Delphinea, dit-elle, utilisez la baguette de houx pour enflammer le bâton de chêne. Réveillez la terre. La reine doit éveiller l'esprit de la terre… Artimour, prenez le bâton de Timias…

Tout se passa très vite : Delphinea ramassa sa baguette, Artimour brandit le bâton de Timias et, à l'instant où les baies de houx frôlèrent le bois de chêne, de hautes flammes jaillirent autour du minuscule chaudron. L'argent se mit aussitôt à bouillonner. Tandis que la Résille fondait en ruisselets d'argent, Nessa prit une grande bouffée d'air et laissa une fois de plus les mots monter en elle :

Aulne, frêne et noisetier,
Bouleau, if et sorbier,
Houx, sureau, vigne, tremble,
Pommier, hêtre, le chêne vous lie.
Par le feu sacré qui nous éclaire
Que les ténèbres redeviennent lumière
Que la grande roue complète son tour,
De l'ombre à la lumière, de la nuit au jour.

D'autres voix vinrent se mêler à la sienne : celle de Delphinea, douce et pure, et celle d'Artimour, profonde et mélodieuse. Et tous trois récitaient les mêmes mots. Leurs voix ricochèrent sur les parois de la grotte, s'amplifièrent jusqu'à résonner comme des coups de marteau. Pour la troisième et dernière fois, Nessa répéta l'ultime phrase de l'incantation, puis elle saisit les pinces et ramassa le métal malléable.

— Et maintenant ? chuchota-t-elle.

Soudain, une image éblouissante s'imposa à elle, et elle sut exactement ce qu'elle devait faire. En quelques coups de marteau, elle façonna un disque plat et y grava une étoile à cinq branches. Satisfaite de la forme de l'amulette, elle la ramassa du bout des pinces pour la plonger dans la source qui jaillissait du sol.

Le métal sifflait, fumait et commençait à durcir, lorsque le sol de la grotte s'inclina brusquement et se fissura dans un grincement terrible. Puis une grande partie du plafond de la grotte s'effondra, ouvrant un trou béant dans la chambre de la Résille. Delphinea poussa un cri de terreur, mais Nessa fut incapable de réagir. Une grande fatigue s'abattait sur elle, semblable à celle qui l'avait terrassée après la guérison de Kian, puis la fabrication de l'épée de Cecily. Elle vacilla : l'amulette lui échappa et alla rouler sous les décombres du plafond.

— Il faut sortir d'ici, et vite, dit Artimour. Non, Delphinea, laissez cette amulette ! C'est trop dangereux !

Les parois de la grotte tournoyaient autour de Nessa. Artimour la rattrapa comme elle s'effondrait et la souleva dans ses bras.

— Prenez les bâtons et la baguette de houx, l'entendit-elle dire.

Puis il y eut un nouveau tremblement, et tout s'obscurcit.

*
**

Finuviel sut précisément à quel moment la Résille fut détruite. L'incendie qui le dévorait s'éteignit, sa respiration devint plus aisée, et une sensation d'apaisement s'installa dans son corps. Il put de nouveau agripper son épée.

D'un grand coup de patte, Xerruw écarta le dernier garde qui les séparait.

— On dirait que vous vous sentez mieux, petit roi, dit-il en se léchant les babines. Moi aussi.

Sa longue queue jaillit, fouetta l'air et faucha les jambes du sylphe, lequel tomba à genoux et recula en rampant. Xerruw s'avança vers lui, une griffe géante levée, prêt à frapper.

En titubant, Dougal s'élança, poussa un cri féroce et planta sa lame en argent dans le dos du monstre.

— Pas du jeu ! hurla Xerruw.

Il se retourna, arracha le poignard et fit voler le forgeron à l'autre bout de la pièce, où il alla s'écraser au pied d'un grand miroir.

Finuviel s'était déjà relevé et mis en garde, lorsque Delphinea et Artimour — celui-ci portant Nessa dans ses bras — surgirent brusquement du miroir. Artimour confia la jeune fille à Dougal, dégaina son épée, et se jeta dans la bataille en décochant un puissant coup de lame au roi des gobelins. Celui-ci fit volte-face, rugit et fouetta les jambes d'Artimour, lequel s'étala de tout son long. A cet instant, Nessa se redressa un peu et ouvrit les yeux.

Elle se leva d'un bond, sourde aux protestations de Dougal, et tira sa lame argentée de son fourreau.

Finuviel ouvrit la bouche pour hurler, mais avant que le roi des gobelins ait pu la faucher, Artimour s'était relevé et lui avait tranché la queue. L'épée échappa à Nessa, rebondit sur le sol avec un grand fracas, et échoua près de Finuviel, qui la ramassa.

La lame darda un reflet argenté, et Xerruw recula en grognant. Alors qu'Artimour entraînait Nessa vers le coin où se blottissaient les autres sylphes, tous relevèrent subitement les yeux : un flocon blanc flottait dans l'air.

Une partie du plafond s'était effondré, et il commençait à neiger.

— Par le Grand Herne, dit Artimour, il ne manquait plus que…

— Papa, j'entends des cornemuses, dit Nessa.

Au centre de la pièce, Finuviel et Xerruw se tournaient autour. Le roi des gobelins rugissait et fouettait l'air de ses griffes, mais le sylphe, plus agile d'instant en instant, faisait de grands bonds pour l'éviter.

— Ne pouvez-vous l'aider ? souffla Nessa.

— Cela ne sert à rien, dit Artimour. Seul le véritable roi de Faërie peut tuer le seigneur des gobelins. Et puis…

Il tendit le doigt vers une fissure au pied du trône en marbre, qui s'élargissait à vue d'œil.

— Je crois que d'autres gobelins arrivent…

Subitement, Finuviel se rua sur le roi des gobelins, une épée dans chaque main. A cet instant, Uwen pénétra dans la salle, suivi d'une dizaine de guerriers montés à cheval. Xerruw poussa un terrible cri, vacilla et tomba à la renverse : Finuviel lui avait planté l'épée d'argent dans l'œil.

Le roi des sylphes eut juste le temps de se retourner vers Nessa et de lui sourire, avant de s'écrouler, haletant, sur le sol. La neige tombait de plus en plus drue.

— Sortez-les d'ici ! dit Artimour aux chevaliers.

Les grondements sinistres se rapprochaient, et les fissures du sol s'élargissaient à toute vitesse. Artimour hissa Nessa sur la selle d'Uwen, tandis que deux autres chevaliers emportaient Dougal et Essa.

— Viens avec nous ! s'écria Nessa.

— Non, demoiselle, dit-il en secouant la tête. Ma place est ici, en Faërie.

— Allons-y ! s'écria Uwen.

Un nouveau mur s'affaissa tout près d'eux, et il sembla à Nessa que c'était une avalanche de chagrin et de lassitude qui s'abattait sur elle. Elle s'abandonna à l'étreinte protectrice du chevalier, et, l'instant d'après, ils descendaient le tertre vers le château de Gard. Le soleil se levait à peine, et le drapeau d'Uwen flottait aux tourelles.

La neige tombait, fine comme de la poussière de diamant, sur les ruines du palais royal. Elle tapissa le sol, adoucit les angles des éclats de marbre et de cristal, recouvrit d'une fine couverture blanche les sylphes endormis sur le sol. Et dans leur sommeil, les sylphes rêvaient pour la première fois.

Loin au-dessous, dans la caverne souterraine, l'amulette d'argent luisait parmi les décombres. La grande pierre sur laquelle elle avait été forgée trembla, se souleva, et se déplia pour prendre les traits grossiers de la Sorcière.

Marmonnant dans sa barbe, celle-ci ramassa son sac à plumes, puis, avec un petit sifflement de joie, referma ses doigts griffus autour de la Pierre de Lune. Elle renifla, cherchant ce qui lui appartenait, puis trouva la tête de Timias et l'enfouit dans son sac en poussant un caquètement.

— Tu croyais pouvoir m'arrêter, pas vrai ? marmonna-t-elle. Mais la grande roue ne cesse jamais de tourner...

Apercevant un éclat argenté, elle se pencha, ramassa l'amulette, la flaira puis la tendit à bout de bras. Des reflets en forme de pentacle dansèrent sur les parois de la caverne.

— Pas mal, pas mal du tout...

Qu'allait devoir payer cette petite mortelle contre le savoir de la Sorcière ? On verrait bien. Il était toujours facile de réclamer leur dû aux mortels.

Soudain, une grande lassitude s'empara d'elle. Sous sa peau flétrie, ses vieux os étaient lourds comme du plomb. Bientôt, elle aussi pourrait se reposer. Mais il lui restait encore une dernière chose à faire.

Jetant son sac sur son épaule voûtée, elle erra dans la pénombre jusqu'à la salle du trône. Sur le sol gisaient les survivants de la bataille, profondément endormis, et la grande dépouille du roi des gobelins.

La Sorcière soupira, s'avança vers le pied du trône et, d'un geste puissant, retira l'épée de l'œil du monstre. Le cadavre remua et Herne en sortit. Ses cornes avaient disparu ; des traces rouge sombre séchaient sur son front.

— Tu finis toujours par gagner, dit-il.

— *Nous* finissons toujours par gagner, répliqua-t-elle. Mais cette fois-ci, nous avons bien failli perdre… et par ta faute.

Elle secoua la tête.

— Tu es vraiment impossible, avec ta manie de tout me dissimuler. Parfois, je ne te comprends vraiment plus.

Une lueur de colère flamboyait dans les yeux de la Sorcière, mais Herne rit doucement.

— J'aime bien te laisser dans le doute, dit-il.

Une réplique lui vint à l'esprit, mais, soudain lasse de discuter, elle s'appuya lourdement sur son bâton et jeta un regard circulaire sur la pièce.

— Finissons-en, veux-tu ? demanda-t-elle.

Herne eut tôt fait de soulever Finuviel et Delphinea et de les placer tous deux sur le trône. Les bâtons de chêne et de houx se croisaient sur leurs genoux.

— Tu l'as drôlement abîmé, grommela Herne.

La Sorcière épousseta délicatement la neige qui recouvrait le visage mutilé de Finuviel.

— Il ne sera plus jamais tel que je l'avais fait… C'est tout de même dommage.

— Bah ! La petite est libre de choisir : elle n'est pas obligée de le prendre comme consort. De toute façon, regarde cette joue brûlée. Crois-tu qu'elle va se réveiller aussi belle qu'avant ? Ils se débrouilleront, tu verras. Dans la vie, on a toujours le choix.

— Mais tu fausses tout dès le départ ! Je te connais, ma chère : tu leur laisses le choix entre le mauvais et le pire.

— Quand apprendras-tu à me faire confiance ?

Alors Herne se pencha par-dessus le trône et lui chatouilla le dessous du menton. Son immense sourire fit à la Sorcière l'effet d'un subit rayon de soleil.

— Je sens le printemps arriver, dit-il.

— Tant mieux pour toi, soupira la Sorcière.

Elle aspira l'air et promena son regard sur la pièce. Les ombres se faisaient de plus en plus épaisses, la neige s'entassait de plus en plus haut. Elle était si fatiguée... Lui l'était tout autant, mais il aurait sans doute préféré mourir une deuxième fois plutôt que de l'admettre.

— Que faisons-nous de celui-ci ? dit Herne, planté au-dessus d'Artimour.

— Pourquoi me le demandes-tu ? C'est l'un des tiens, après tout. C'est toi qui décides.

— Ah non ! Tu crois me piéger aussi facilement, vieille furie ? Il n'aura qu'à choisir tout seul.

— Eh bien, dit la Sorcière, je vais te prouver que je ne suis pas aussi cruelle que tu le prétends.

Tandis que Herne soufflait sur le visage d'Artimour pour en enlever la neige, la Sorcière sortit l'amulette de son sac et la glissa délicatement entre les doigts du sylphe.

— Je me demande combien de temps il lui faudra pour résoudre l'énigme, dit-elle avec un petit gloussement.

Herne releva les yeux vers elle, mais il ne riait plus.

— Et toi, comment te sens-tu ? demanda-t-il d'une voix douce.

La Sorcière se redressa avec peine. La neige arrivait à hauteur des genoux, à présent. Il était grand temps de partir.

— Je suis un peu fatiguée, voilà tout, dit-elle.

— Le contraire m'aurait étonné.

Il vint se tenir tout près elle, et la Sorcière sentit la force et la vitalité qui émanaient de lui.

— Qui ne serait pas fatigué, au bout de mille ans ? dit-il. En avons-nous terminé ?

— Pour l'instant, oui.

La Sorcière observa les ruines silencieuses et les sylphes endormis, puis hocha la tête, satisfaite.

— Bien.

Herne la souleva aussi facilement que si elle avait été une enfant, et rabattit les pans de sa cape noire sur son visage pour le protéger de la neige. Il la serrait si fort qu'elle entendait les pulsations lentes et puissantes de son cœur, comme un grand tambour battant le rythme éternel de toute vie. La Sorcière soupira, ferma les yeux et enfouit son visage dans la douce toison brune qui couvrait la poitrine de Herne. Peu à peu, elle s'abandonna au sommeil et se mit elle aussi à rêver : redevenue enfant, elle courait à travers un champ arrosé de soleil, parfumé de thym, pour retrouver un petit garçon nu à la peau brune qui l'attendait sous les branches déployées d'un grand chêne.

16.

— Est-ce toi, Nessa ?

Une voix familière flotta dans l'air du crépuscule, puis Bethy se précipita sur Nessa et l'enveloppa dans ses bras. Un vent glacé soufflait au pied du mont Ardagh, et la jeune fille s'abandonna volontiers à l'étreinte chaude et étouffante de la sorcière rondouillette.

— Comment vont tes parents, mon petit agneau ?

C'était précisément la question que Nessa redoutait. Mais elle savait que la vieille femme croyait bien faire. C'est pourquoi elle haussa les épaules en essayant de sourire.

— Pas... pas aussi mal qu'on pourrait le penser. Ils sont encore au château de Gard. La reine a chargé sa propre herboriste de les soigner. Ils ont tous deux insisté pour que je vienne.

Elle lissa de ses mains sa nouvelle robe de laine blanche, de loin la tenue la plus somptueuse qu'elle eût jamais possédée. Sa mère l'avait aidée à la choisir ; rien que pour cela, cette robe était extraordinaire. Autour d'elle se bousculaient une foule de femmes surexcitées.

— Regardez, ils arrivent !

— Les voilà !

Des notes de cornemuse et des roulements de tambour s'élevèrent, et la foule s'écarta pour laisser passer le cortège. Sur le chemin tapissé d'aiguilles de pin, éclairé par de hautes torches entourées de guirlandes de houx, la reine et son escorte s'avancèrent.

Quand la baie rouge luit, le houx salue la reine de Faërie... Le refrain d'une vieille berceuse traversa l'esprit de Nessa, et ses pensées se tournèrent vers l'Outremonde. Qu'était-il arrivé aux sylphes ? Etaient-ils tous morts ensevelis sous la neige ? Le sol gelé craqua sous des bottes, puis Molly apparut à son côté, les joues aussi roses qu'une jeune fille.

— Regarde, mon enfant, les voilà enfin.

Cecily était éclatante de beauté, pensa Nessa. Repoussés par un bandeau de fils d'or, d'argent et de cuivre entrelacés, ses longs cheveux blonds coulaient sur ses épaules. Elle était vêtue d'une robe de laine blanche ; à son côté, Uwen portait son tartan et — d'après ce que Nessa arrivait à voir — rien d'autre.

— Ce n'est pas le moment de faiblir ! cria une voix anonyme.

Des rires et des acclamations fusèrent de toutes parts. Uwen eut un grand sourire enjoué et leva la main pour saluer la foule.

Sautillant derrière Molly, Nessa gravit la colline avec le groupe de sorcières, reprenant en chœur le chant des demoiselles d'honneur qui précédaient Cecily.

Dire que l'endroit où elle marchait était le centre même de Brynhiver, et que c'était ici que Cecily allait s'accoupler avec la terre ! Décidément, tout cela était très mystérieux, songea Nessa en observant les jeunes filles, tout de blanc vêtues, qui levaient haut des bougies cernées de guirlandes dorées.

— On dirait des noces, souffla-t-elle à Molly.

Parvenue au sommet de la colline, Cecily s'arrêta. Le nouvel archidruide d'Ardagh, qui venait d'être élu, s'avança vers elle, un bâton de chêne dans une main, une baguette de houx dans l'autre.

— C'est justement ça, ma fille, dit Molly. Les noces de la reine et de la terre.

En se dressant sur la pointe des pieds, Nessa apercevait le ventre bombé de Cecily, qui portait l'enfant de Kian. Comme il devait lui manquer ! Nessa eut une petite pensée pour Artimour, et son cœur se serra. Avait-il survécu ? Restait-il encore des sylphes en Faërie ? Revenant à la réalité, elle concentra son attention sur le visage sévère de l'archidruide.

— Pourquoi êtes-vous ici ? demanda-t-il.

— Je suis venue répondre à l'appel de la terre, dit Cecily.

Le vent froid portait leurs voix jusqu'à la foule rassemblée sur le flanc de la colline. Nessa frissonna, et se pencha vers Molly.

— Faut-il vraiment qu'elle s'étende toute nue sur le rocher, par un temps pareil ? demanda-t-elle.

Cette cérémonie lui semblait indécente, presque cruelle. Mais les druides et les sorcières soutenaient que la nuit de la mi-hiver, coïncidant avec la nouvelle lune, était le moment le plus propice à un nouveau commencement. Molly se tourna vers elle, un doigt réprobateur sur les lèvres.

— Acceptez-vous d'obéir à la terre, quelle que soit sa réponse ?

Cecily redressa les épaules et leva fièrement le menton.

— Je l'accepte.

— Molly, comment connaîtrons-nous la réponse de la terre ? chuchota Nessa.

— Veux-tu bien cesser de t'agiter, ma fille ? dit Molly. Si tu veux faire du bruit, va chanter avec les autres. Tu n'as pas de souci à te faire, tu sais. Personne ne pourra douter de la réponse. Du moins…

Elle s'interrompit et échangea un regard entendu avec les autres sorcières.

— Du moins si c'est oui, finit-elle.

Quand le druide s'écarta pour laisser passer Cecily, la musique enfla dans la vallée, et Nessa fut entraînée dans une ronde folle, où les rangs de femmes et d'hommes se faisaient face et se tournaient autour. Dansant et tourbillonnant, ils descendaient vers la vallée en décrivant un grand cercle autour du tertre sacré, lorsque Nessa, levant les yeux vers le ciel constellé, sentit la terre frémir doucement sous ses pieds.

— Molly, dit-elle en se penchant pour toucher l'épaule de la sorcière, je crois que je sens venir la réponse !

Entre les pierres levées, la nuit était très noire. Tout au centre, plate, froide et silencieuse, s'étendait la Pierre Sacrée. Alors qu'Uwen la menait par le bras vers le cercle intérieur, Cecily lança un dernier coup d'œil par-dessus son épaule. Au pied de la colline, ses gens dansaient en chantant un air doux et langoureux, et la mélodie, emportée par le vent, flottait par-delà le sommet, vers la forêt sombre. De hautes flammes bleues et orange s'élevaient des torches et des feux, tandis qu'autour des pierres s'entassaient des fagots sombres et gelés. Si la terre l'acceptait comme reine, ce bûcher devait s'embraser de lui-même, envoyant un signe à tous ceux qui attendaient, réunis sur les tertres à travers Brynhiver. Le vent perçait l'étoffe de sa robe, et le rocher était couvert d'une fine pellicule de neige. La duchesse frissonna et resserra son tartan autour de ses épaules.

Uwen épousseta la neige du rocher, puis se retourna vers Cecily. On entendait à peine, maintenant, la musique et les voix lointaines ; des nuages de fumée avaient envahi l'air. Dans la pénombre, le visage d'Uwen était pâle, ses cheveux roux tirés en arrière et tressés autour de son visage.

— Cecily, dit-il avec douceur.

Elle faillit esquisser un mouvement de recul. Le moment que Kian avait tant attendu était arrivé, mais il n'était plus là pour le savourer avec elle. En choisissant Uwen pour l'accompagner dans ce rite, Cecily avait espéré ressentir moins vivement l'absence de Kian. Mais à présent, en regardant le chevalier, elle voyait seulement qu'il n'était pas l'homme qu'elle aurait voulu.

— Je sais que je ne suis pas celui que vous désireriez, reprit Uwen.

Cecily releva vivement la tête. Avait-il lu dans ses pensées ? Elle s'avança d'un pas et observa son visage faiblement éclairé par le ciel. C'était la nouvelle lune, ce soir — le meilleur moment, selon les druides, pour entamer quelque chose de nouveau.

— Je suis honoré et flatté que vous m'ayez choisi malgré cela, poursuivit-il. Je suis venu vous honorer, vous, la terre et le chef, un brave entre les braves. Car s'il y a une cause pour laquelle il aurait aimé donner sa vie, c'est bien celle-ci. Je suis venu en honneur à sa vie, à sa mort, et à l'amour que vous lui portez.

Les yeux d'Uwen étaient si pleins de douceur que Cecily s'avança vers lui, prit son visage dans ses mains et posa un baiser sur ses lèvres.

— Merci, murmura-t-elle. Seigneur Uwen des Îles, duc de Gard, voulez-vous me conduire à la terre ?

Souriant, il monta sur le rocher, enleva son tartan et l'étala sur la pierre froide. Cecily ôta lentement sa robe blanche, s'étendit sur le tartan d'Uwen, puis lui ouvrit le sien et, quand il se fut allongé sur elle, en referma les pans. Leurs corps glacés se rencontrèrent et ils frissonnèrent tous deux.

— Je ne sais pas exactement ce que nous devons faire, maintenant, murmura-t-elle.

— Ah, Cecily..., soupira-t-il. Moi, je le sais.

Il prit son menton en coupe et leva son visage vers le sien.

— Cecily de Mochmorna, reine de Brynhiver, vous êtes la plus belle des femmes.

Puis il l'embrassa. Il n'était pas Kian, ni Donnor, ni les autres avec qui elle avait badiné, autrefois, parmi les bruyères et le thym sauvage ; mais d'une certaine façon, il était tous ces hommes réunis — à la fois timide et audacieux, hésitant et expérimenté. Des bribes de mélodie montèrent de la vallée, leurs corps s'entrelacèrent, et leurs peaux se réchauffaient l'une à l'autre quand, soudain, Cecily eut l'impression qu'Uwen se transformait sous ses doigts. Ses épaules s'élargirent, son torse gonfla, ses muscles se tendirent, et un grand rire résonna comme un grondement de tonnerre. Cecily ouvrit les yeux et poussa un cri.

Ce n'était plus Uwen qu'elle tenait dans ses bras. A la lueur des étoiles, sa peau avait pris une teinte verte. Ses cheveux étaient entrelacés de feuilles, son visage taillé au burin. Il n'avait plus de cornes, mais Cecily le reconnut sans peine, car elle l'avait déjà rencontré : à Samhain, dans la grande salle du château de Gard, à la tête de la Chasse sauvage.

— Grand Herne..., dit-elle dans un souffle.

Elle se couvrit la bouche et se recroquevilla, mais le dieu lui prit l'autre main et la porta à ses lèvres.

— N'aie pas peur, Cecily, belle épouse de la terre.

Son sourire était doux, ses yeux chatoyants de reflets verts, et Cecily sentit sa peur disparaître.

— Je suis simplement venu t'apporter la réponse de la terre.

— Vous... vous me devez une faveur, balbutia Cecily.

Frissonnante, elle se blottit dans son tartan, enviant à Herne les ondes de chaleur qui émanaient de son corps.

— Certains diraient que ma présence ici est une faveur en soi, répliqua Herne avec un joyeux sourire. Mais ils auraient tort. Je suis obligé de vous donner moi-même la réponse de la terre. Alors, charmante Cecily...

Il posa un baiser sur chacun de ses doigts, et ce geste, qui était celui de Kian, serra le cœur de la duchesse.

— ... demandez-moi ce que vous voudrez.

Cecily déglutit. Depuis sa première rencontre avec Herne, elle n'avait cessé de réfléchir à la promesse du dieu. Dès le début, elle avait pensé à une chose qu'elle devait absolument lui demander. Mais à présent, une seconde chose la préoccupait, au point d'occulter presque la première. Ne sachant laquelle choisir, elle décida de tenter sa chance.

— Je voudrais vous demander deux choses.

Rejetant sa tête en arrière, Herne éclata de rire.

— Une faveur, deux demandes ! La Grande Mère vous crée décidément toutes à son image… Parle, ma fille.

Cecily resserra son tartan sur son corps nu et leva la tête, évitant de poser son regard sur le phallus qui se dressait entre les cuisses de Herne.

— Je voudrais que vous libériez les âmes que vous avez emportées à Samhain. C'étaient des guerriers, tous. Ils méritent de festoyer dans les Terres d'Eté, pas de courir derrière la Chasse sauvage pour l'éternité.

Herne partit d'un nouveau rire qui fit trembler ses épaules, comme s'il s'agissait d'une merveilleuse plaisanterie.

— Ainsi, tu voudrais me reprendre la chose qui t'a valu ma faveur ? Quoi d'autre ?

Cecily détourna un instant le visage, écoutant les bribes de musique et de voix qui montaient de la foule lointaine.

— Il s'agit d'une jeune forgeronne, dont les parents ont été cruellement maltraités par les sylphes. Sans l'aide de cette fille, sans son savoir-faire, je ne serais pas reine — et Brynhiver n'existerait plus. Si cela est en votre pouvoir, seigneur Herne, je vous demande de rendre à ses parents les années qui leur restent à vivre. Depuis leur retour dans l'Ombre, ils dépérissent à vue d'œil ; Nessa pense qu'ils ne passeront pas Imbolc. Elle n'a jamais connu sa mère, et les sylphes ont dupé son père pour le convaincre d'abandonner sa femme en Faërie. Voilà les deux faveurs que je vous demande, Grand Herne, pour mon peuple.

— Et pour toi, tu ne demandes rien ?

Cecily releva ses yeux vers lui. Les paupières de Herne étaient baissées, et la moue renfrognée qui flottait sur ses lèvres éveilla la méfiance de la jeune femme.

— Que voulez-vous dire ?

— Tu m'as très bien compris. N'y a-t-il rien, ni personne, qui te manque ?

Herne se pencha vers elle, le visage sombre, des lueurs mauves et rouges tourbillonnant dans ses yeux.

Cecily pressentit qu'il s'agissait d'une épreuve, et, subitement, elle en comprit la nature. Son cœur martela violemment sa poitrine et elle fut prise de nausée. Le visage de Kian flotta devant ses yeux, et elle entendit sa voix de nouveau… *Les guerriers naissent et meurent, avait-il dit, mais la terre est éternelle.* Refoulant le flot de souvenirs qui déferlait en elle, la duchesse ouvrit les yeux.

— Je sais ce que vous attendez de moi, dit-elle.

— Vraiment ? demanda Herne, les yeux rouge sombre.

— Oui, je le sais.

Elle serra son tartan autour d'elle, comme s'il pouvait la protéger contre la tentation.

— Vous croyez que je vais vous demander de me rendre Kian.

Ses yeux se remplirent de larmes et une boule enfla dans sa gorge.

— Mais je ne le ferai pas. Je ne sais pas vraiment pourquoi ni comment, mais la mort de Kian m'a changée. C'est elle qui m'a fait comprendre pourquoi je devais monter sur le trône, qui m'a montré combien nos vies étaient négligeables pour Cadwyr. C'est elle qui m'a convaincue qu'il ne fallait surtout pas lui permettre de l'emporter. Sans sa mort, je ne l'aurais peut-être jamais compris. Et si vous changez le passé, cela changera peut-être aussi. En tant que reine, je ne peux pas prendre ce risque.

Elle s'essuya les yeux et redressa les épaules.

— Je sais que Kian festoie dans les Terres d'Eté, reprit-elle. Je sais qu'un jour, je l'y rejoindrai. Mais je sais aussi que, pour l'instant, je dois régner sur Brynhiver, et que rien — pas même le retour de celui que j'aime — ne doit mettre cela en péril.

Herne ne répondit pas. Pendant un moment, Cecily se demanda si elle avait échoué à l'épreuve. Mais enfin il s'inclina devant elle et dit :

— Je vois que vous n'êtes pas seulement belle, Cecily, mais que vous apprenez aussi à être sage. La Sorcière ne s'est pas trompée sur votre compte. Je ne sais pas comment elle s'y prend, mais elle ne se trompe jamais. Vos deux vœux seront exaucés, et je vous accorde moi-même une faveur supplémentaire, car les faveurs arrivent toujours par trois. Belle et sage reine de Brynhiver, votre règne sera long et les terres de votre royaume fécondes.

Il lui tendit la main.

— Venez, laissez-moi vous donner la réponse de la terre.

Cecily glissa ses doigts froids et pâles dans son immense paume tannée, et Herne l'attira contre le creux de sa poitrine. C'était Herne, et c'était Uwen, et Kian aussi… et tous les hommes qui l'avaient un jour embrassée ou même regardée. Et cet être multiple connaissait tous les secrets de son corps, car il la touchait comme seuls l'avaient fait ses amants les plus attentifs. Il l'étendit sur le rocher et s'apprêta à la recouvrir de son corps, mais, la voyant se crisper au contact de la pierre, il s'y allongea lui-même et l'entraîna sur lui. Ses immenses mains couvertes de boucles brunes parcoururent son corps, puis Herne prit ses seins en coupe, et porta ses tétons, l'un après l'autre, jusqu'à ses lèvres, avec une infinie douceur, comme s'il les savait sensibles, gonflés par l'enfant à venir. Le corps de Cecily vibra et, malgré le vent froid, elle rejeta son tartan et baigna nue dans la lumière argentée des étoiles. Un éclair écarlate et brûlant jaillit du rocher, et le rouge et l'argent tourbillonnèrent et se mêlèrent en elle. Cecily posa les mains à plat sur le torse de Herne et le regarda droit dans les yeux. C'étaient les yeux d'Uwen : bruns, doux, humains ; et elle comprit que s'il était le Dieu, en cet instant, elle ne pouvait être que la Déesse.

Son phallus se glissa entre ses cuisses aussi facilement qu'une graine s'enfonce dans la terre. Le battement lointain des tambours se répercuta dans les veines de la jeune femme, et, soudain, le rocher ne lui parut plus froid et dur, mais aussi doux et tiède que la terre chauffée au soleil. La musique s'amplifia, et leurs deux corps se transformèrent au rythme des grandes pulsations qui montaient de la terre... Le sexe de Herne durcit et grandit encore en elle, et son propre corps se tendit en réponse, comme un fruit rouge et mûr prêt à éclater ; puis un frémissement monta du plus profond de son être et le plaisir fusa comme une lave dorée. Elle cambra les reins et posa une main sur le Rocher tandis qu'une nouvelle vague grossissait, montait en crête et se répandait en elle, faisait trembler la pierre et la terre tout autour. Sous elle, Uwen s'arc-bouta, poussa un cri, et Cecily sentit sa semence jaillir dans son ventre.

Elle s'effondra sur lui, haletante, mais une nouvelle onde la souleva brusquement, puis déferla sur la terre. Les pierres levées semblèrent vaciller tandis que cette vague souterraine roulait sous elles ; alors, devant les yeux ébahis de Cecily, les fagots recouverts de neige crépitèrent et s'embrasèrent dans un rugissement.

Les flammes s'élevèrent si haut qu'Uwen et elle furent entourés un instant d'un grand rempart de feu. De la vallée montèrent des cris de stupeur, puis des acclamations ; des cornes sonnèrent, les cornemuses attaquèrent un chant de victoire. Hors d'haleine, Cecily se blottit contre le torse soudain diminué d'Uwen et, peu à peu, revint à elle-même.

Etendu sur le dos, le regard perdu dans les étoiles, le chevalier haletait. Son visage était sillonné de sueur, ses cheveux hérissés de feuilles et de petites brindilles.

— Au nom du Grand Herne, souffla-t-il, je crois bien que la terre a dit oui.

Sous l'impact de la première onde, Nessa chancela et se rattrapa de justesse au bras de Molly. Les autres l'avaient sentie aussi, car tout autour d'elle, on vacillait, on tombait, on se raccrochait les uns aux autres. Quand la deuxième vague déferla, Nessa leva les yeux vers le sommet du mont : il y eut des crépitements, puis de grandes flammes jaillirent et explosèrent.

— Molly, s'écria-t-elle, regarde ! Le bûcher s'est allumé tout seul...

La foule poussait des cris de joie et de stupéfaction, les cornes chantèrent et les musiciens attaquèrent un air de victoire. Tous riaient et s'embrassaient ; Molly la serra dans ses bras presque au point de lui briser les os. Soudain, Nessa tendit le doigt vers l'horizon : comme une dernière vibration faisait trembler la terre, des feux s'embrasèrent sur toutes les collines à la ronde, de sorte que le tertre d'Ardagh se trouva au centre d'un anneau de lumière.

— Eh bien, ma fille, dit Molly en entourant Nessa du bras, me crois-tu, maintenant ?

Delphinea ouvrit les yeux et entendit un rossignol chanter. Elle se redressa sur un coude ; autour d'elle, Finuviel et quelque deux cents autres sylphes gisaient endormis au creux d'une vaste vallée. C'était le crépuscule : un mince croissant de lune se levait dans le ciel rose et mauve. L'herbe de la vallée était épaisse, douce, d'un vert très vif. De l'herbe de printemps, songea-t-elle. Il lui sembla entendre un cheval hennir, et elle leva les yeux. Au loin, sur les flancs des collines, des chevaux blancs gambadaient parmi des troupeaux de vaches aux oreilles rouges. Tout était paisible et silencieux.

La baguette de houx reposait sur ses genoux ; le bâton de chêne, sur ceux de Finuviel. *Tu peux garder les deux sceptres, comme l'a fait Gloriana*, murmura une petite voix en elle. *Ou bien prendre Finuviel comme consort, et l'accepter tel qu'il est.*

Delphinea se pencha sur lui et observa son visage endormi. Son crâne était tout à fait chauve, ses joues grêlées de cicatrices. Autour d'eux, les autres sylphes arboraient des cheveux de toutes les teintes imaginables : bleu, rose, mauve et même vert. Certains étaient demeurés tels qu'ils s'étaient endormis, avec des cornes, des becs ou des oreilles pointues. Ils étaient tous transformés. Tout était différent, à présent.

Un parfum de pommiers en fleur flotta dans la brise fraîche et printanière. La rosée commençait à tomber. Delphinea s'étendit au côté de Finuviel : dans la voûte indigo du ciel, les étoiles scintillaient d'une lueur argentée. C'était le visage de Finuviel qui lui était apparu en rêve, sa voix qui l'avait si longtemps hantée. Elle songea aux pauvres veaux et poulains empoisonnés ; elle ne les avait pas moins aimés lorsque la maladie les avait enlaidis. Du coin de l'œil, elle regarda les mains de Finuviel, qui reposaient gracieusement sur le bâton de chêne. Son corps était aussi beau et droit qu'avant ; seul son visage était transformé. Delphinea prit une profonde inspiration, se pencha sur le sylphe et posa un baiser sur la mince balafre qui avait pris la place de ses lèvres.

A son retour au château de Gard, Nessa s'aperçut que ni Dougal ni Essa ne l'y attendaient. Elle eut beau presser Mag de questions, l'herboriste se contenta de dire que ses parents avaient voulu revoir Killcairn avant de mourir, et qu'ils s'étaient mis en route dès le lendemain de la mi-hiver.

— Dans la neige et le froid ? s'écria Nessa. Dame herboriste, il fallait que vous soyez folle pour les laisser partir !

Mais Mag se taisait obstinément. Le mauvais temps, qui avait tardé à venir dans les semaines précédant le couronnement de Cecily, s'installa pour de bon, et près d'un mois s'écoula avant que Nessa pût partir à son tour. A la première belle journée, Molly et elle se mirent en route, car elles devaient faire le chemin ensemble jusqu'à Killcrag.

— Viens passer quelques jours avec moi, quand tu en auras envie, Nessa, dit Molly sur le seuil de sa petite maison.

Elle lui mit dans les bras un panier rempli de teintures et d'onguents.

— Ce n'est pas trop lourd, ma fille ?

— Non, répondit Nessa en souriant. Pas lourd du tout.

Elle leva les yeux vers le ciel radieux. Il faisait encore froid, mais le soleil brillait de toutes ses forces. Les jours rallongeaient : bientôt, le printemps serait là.

— Je verrai, Molly. Je ne sais pas combien de temps il leur reste. Papa ne s'est pas trop attardé en Faërie, mais il a été gravement blessé. Et maman… Bah ! Je suppose qu'après vingt ans dans l'Outremonde, cela pourrait être pire. Mais ils sont si diminués, Molly… J'ai l'impression de les voir disparaître à vue d'œil. J'essaie de me dire qu'ils vont partir ensemble dans les Terres d'Eté. Mais c'est si… si douloureux à voir. Dire que je viens à peine de les retrouver…

Sa voix s'érailla et ses yeux se remplirent de larmes.

— Je viendrai te rendre visite dans quelques jours, dit Molly en l'embrassant. Tu n'es pas seule, Nessa, ne l'oublie jamais. N'hésite pas à m'envoyer chercher, si tu as besoin de quoi que ce soit. Allez ! File, maintenant, avant que le soir tombe.

Nessa posa un dernier baiser sur la joue chaude et replète de la sorcière, puis, arrivée au bout du chemin, se retourna pour lui faire signe de la main. S'engageant sur la route qui longeait le lac, elle se rappela la dernière fois qu'elle avait pris ce chemin. Il faisait gris et lourd, ce jour-là, et sa route l'avait menée vers un village dévasté et jonché d'horreurs… Mais à présent, le ciel était clair et éclatant, et le paysage lui paraissait changé, presque rajeuni. Tout était neuf, propre et brillant. Serrant son bâton dans la main, Nessa partit sur la route en fredonnant.

Elle croisa des troupeaux d'oies gardés par des filles gloussantes, puis un jeune berger maussade qui menait ses moutons aux pâturages. Une douce brise soufflait et les ondes du lac étincelaient au soleil. *Une reine a été appelée à la terre, et la terre l'a reconnue comme sienne !* La voix de l'archidruide résonna en elle.

Le soleil avait déjà tourné au coin, comme disait son père, quand elle arriva en vue de Killcairn. Dans les chemins du village, elle salua les rares personnes qu'elle reconnaissait. Tant de gens étaient morts... Des visages inconnus apparaissaient aux fenêtres ; sans doute des réfugiés venus s'installer là, ou des parents des disparus. Car Killcairn, le tout premier village attaqué par les gobelins, avait échappé à la fureur des hordes de Samhain, et ses maisons étaient à peu près en bon état.

En apparence, tout était redevenu comme avant, pensa Nessa en poussant la grille de la cour. De la fumée blanche s'échappait de la cheminée ; au loin, on entendait une femme chanter et des coups de marteau résonner. Nessa crut même sentir l'odeur du poulet rôti et du pain frais... puis elle se ressaisit. Tout cela était impossible. Quand elle l'avait quitté, son père ne tenait même plus sur ses jambes ; il ne pouvait en aucun cas se servir d'un marteau. Quant à sa mère, elle peinait à lever sa tête de l'oreiller.

Nessa remonta sa jupe d'une main et se pressa à travers la cour. Arrivée sur le seuil de l'atelier, elle s'arrêta net. Dougal se tenait devant la forge, vêtu de son tablier et de ses brassards de cuir. Un chiffon de lin entourait son front maculé de sueur et de suie. Quand il aperçut Nessa, il posa ses outils et lui fit un large sourire.

— Te voilà enfin, ma fille. Nous étions sûrs que tu t'étais perdue en route.

— Papa ? dit Nessa, éberluée.

Elle avança à pas circonspects dans la forge, puis se figea de nouveau en voyant Essa sortir de la cuisine, un tablier taché noué par-dessus sa tunique de laine grise. Elle s'essuya les mains et lui ouvrit les bras.

— Maman ? demanda Nessa.

— Nessa, ma chérie... Tu es là, enfin.

Essa la serra fermement contre elle, mais Nessa échappa à son étreinte et recula d'un pas.

Le changement était encore plus apparent chez sa mère que chez Dougal. Sa peau n'avait plus cette effrayante transparence : ses joues étaient pleines et roses. Des mèches de gris étaient apparues dans ses cheveux, de fines rides autour de ses yeux. Elle avait l'air… parfaitement normale. Comme si elle avait passé les vingt dernières années ici, plutôt que dans l'Outremonde.

— Maman ? répéta-t-elle. Est-ce vraiment toi ? Que… que s'est-il passé ?

— Ah, ma petite fille, nous t'avons fait un choc. Mais n'est-ce pas merveilleux ? C'est arrivé à la mi-hiver, juste après que les feux se furent allumés sur les monts sacrés. Ton père et moi, nous nous sommes endormis, et le lendemain matin… Eh bien, voilà ! Evidemment, je ne suis plus tout à fait aussi jeune qu'avant…

Avec un petit rire, elle se tapota le ventre en lançant un coup d'œil aguicheur à Dougal, lequel — à la complète stupéfaction de Nessa — lui répondit par un clin d'œil.

— C'est comme si nous avions retrouvé les années perdues, Nessa. Je ne peux rien t'expliquer de plus.

— Je suis tellement heureuse…, commença Nessa.

Sa voix s'érailla, et elle posa la main sur la joue de sa mère. Elle était chaude, charnue, humaine. Sa mère ressemblait à Molly, maintenant : elle avait la même douceur, la même solidité rassurante. Des larmes brûlèrent les yeux de Nessa, et elle posa sa tête sur l'épaule de sa mère. A cet instant, une silhouette élancée se découpa dans la porte de la cuisine, celle d'un homme vêtu d'un tablier de cuir semblable à celui de son père. Ses bras nus dépassant de ses manches retroussées paraissaient presque frêles, comparés à ceux du forgeron… C'était Artimour.

Nessa se redressa vivement, ouvrit la bouche et vacilla comme si elle avait reçu un coup de poing.

— Nessa ? Est-ce que tout va bien ?

Sa mère lui entoura les épaules pour la soutenir.

— Que fait-il ici ? dit la jeune fille. Artimour ? Au nom de la Sorcière, que fais-tu ici ?

Elle passa la main sous sa tunique et sortit la bague qui pendait à une cordelette de cuir autour de son cou.

— Es-tu venu reprendre ceci ?

Mais avant qu'Artimour ait pu dire un mot, Dougal s'interposa.

— Eh bien, Nessa, voilà ce qui s'est passé. Tu sais que nous avons besoin d'un gars à la forge. Tu es forte, pour une fille, mais tu restes quand même une fille. Et Artimour... Eh bien, il s'est proposé pour la place d'apprenti. A condition, bien sûr, que ça ne t'ennuie pas. Ta mère et moi sommes d'accord là-dessus.

Nessa laissa tomber son baluchon et tendit son panier à Essa.

— Il faut que je te parle, lança-t-elle à Artimour.

Sans attendre sa réponse, elle s'entoura de son tartan et pivota sur ses talons. Ses joues s'étaient embrasées, et le vent qui montait du lac lui parut soudain glacé. Elle partit à grands pas vers la plage, le seul endroit désert qui lui était venu à l'esprit.

— Nessa ?

Il n'avait même pas pris le temps d'enfiler une cape : ses bras nus étaient hérissés de chair de poule, et le vent fouettait ses longs cheveux noirs.

— Tu vas attraper la mort, si tu te promènes comme ça en plein hiver. Ne fait-il jamais froid, en Faërie ?

— Pas autant qu'ici.

Artimour croisa ses bras sur sa poitrine et frissonna.

— Ecoute, Nessa. Si tu veux que je parte, je le ferai. Mais quand je me suis réveillé, là-bas, j'ai regardé autour de moi et... c'était magnifique. L'herbe, le ciel, tout était redevenu comme avant. Même la pluie qui tombait était belle à voir. Mais je me suis aperçu que j'avais quelque chose entre les doigts...

Il fouilla sous sa chemise et, à l'ébahissement de Nessa, en sortit l'amulette d'argent qu'elle avait forgée en Faërie.

— Je la serrais dans ma main, mais elle ne me brûlait pas. Alors j'ai compris que j'avais changé, comme tous les autres sylphes. Seulement, il semble bien que je sois… que je sois devenu mortel.

— Que s'est-il passé ensuite ?

— Ils m'ont proposé de rester. Finuviel s'est confondu en excuses et en lamentations, m'a promis toutes les terres et tous les troupeaux que je désirerais. Mais je ne pensais qu'à une seule chose : être ici, avec toi.

— Je croyais que c'était une terrible erreur, ce qui s'est passé entre nous.

— Je suis désolé, Nessa. Tu m'as fait connaître des sentiments dont je ne soupçonnais pas l'existence. Te dire que je ne voulais plus de toi, cela a été la chose la plus difficile de mon existence. Mais j'avais vu ce qui était arrivé à tes parents, et je ne voulais pas que la même chose t'arrive. Et puis, tu es tellement entêtée… Quand tu as une idée en tête, il est impossible de te faire changer d'avis. Je savais que si tu te décidais à rester avec moi en Faërie, tu n'y renoncerais jamais. C'est pour cela que je t'ai blessée. J'en suis infiniment désolé. Mais si tu me permets de rester ici et d'apprendre ton métier, je te jure que je ne recommencerai jamais.

— Mais que va-t-il se passer si tu restes ? Te rends-tu compte de ce que j'éprouvais pour toi ? Toi aussi, tu m'as fait ressentir des choses que je ne connaissais pas. Ce n'était pas juste le désir d'une mortelle pour un sylphe… Je t'aimais ! J'ai fondu l'amulette de mon père, je t'ai forgé une épée…

Il s'avança d'un pas, les lèvres bleuies par le froid.

— Je sais, Nessa. Je m'en rends compte, maintenant, et j'en suis désolé. Mais je ne peux pas refaire le passé, et… Je ne suis pas doué, de toute évidence, pour les déclarations. Ce que j'essaie de te dire, c'est que je crois éprouver de l'amour pour toi — de l'amour mortel — et que j'aimerais rester ici, avec toi, et…

Nessa chancela en arrière, se couvrant la bouche, luttant pour retenir les larmes qui lui montaient aux yeux.

« C'est maintenant qu'il m'annonce tout cela ! » pensa-t-elle, prête à lui ordonner de rentrer dans son monde et d'y rester pour l'éternité.

Oui, maintenant, dit une petite voix en elle, et son attention fut soudain happée par les reflets brillants qui dansaient à la surface de l'eau. *Maintenant, quand le monde est jeune.* Le parfum du thym à petites feuilles flotta jusqu'à ses narines. *Veux-tu vraiment qu'il parte ?* Un choix se présentait à elle, un choix important. Elle ne devait surtout pas se tromper.

— Je ne sais pas comment te le dire, Nessa, poursuivit Artimour, l'air profondément malheureux. Je ne sais pas comment t'expliquer que je t'aime et que je veux rester dans ce monde aussi longtemps que la Sorcière et toi me le permettrez…

— Tu me l'expliqueras plus tard, dit Nessa, soudain certaine de ce qu'elle voulait.

Rougissante, étourdie, prise d'une joie déraisonnable, elle lui ouvrit grand les bras. Devant elle, les derniers reflets du jour rebondissaient comme des poissons argentés sur les ondes du lac.

— Pour l'instant, montre-le-moi.

Épilogue

Les vagues fouettaient les flancs des navires élancés et rapides de la flotte de Hombrie, et faisaient grincer leurs membrures.

— Le ciel est clair, le vent est en poupe ! lança un vieux marin grisonnant en clignant de l'œil à Hoell.

Les hommes s'agitaient dans le gréement, les rameurs suivaient le rythme effréné des tambours. Hoell s'accrocha à un mât et se pencha aussi loin qu'il l'osait, cherchant à apercevoir son pays natal dans les brumes mauves du lointain. Un éclat de vert… C'était cela ! Hoell se retourna et se trouva nez à nez avec le commandant de l'armée hombrienne, lequel arborait une mine renfrognée.

— J'ai aperçu la côte ! dit Hoell avec enthousiasme.

Le commandant, vêtu d'un splendide uniforme doré, fit une grimace qui aurait pu passer pour un sourire, et déclara :

— Vous avez dû vous tromper, Votre Grâce.

En dépit du rang de Hoell, tous refusaient de le considérer comme l'égal du roi de Hombrie. Cela avait le don d'exaspérer Merle, mais Hoell ne s'en souciait guère. Il était heureux de retourner dans le pays verdoyant où il était né, de retrouver ses fleuves, ses lacs, et les eaux fumantes des chutes d'Ardagh. C'était la mer qui l'inquiétait, avec ses eaux vertes et mouvantes qui léchaient goulûment la proue du navire. Même le visage du capitaine était moucheté d'écume.

— Dès que nous serons en vue de la côte, nous virerons de bord, puis nous attendrons le crépuscule…

— Le crépuscule ? répéta Hoell, soudain parcouru d'un frisson. Non, commandant, c'est une très mauvaise idée…

— Je vous rappelle, Votre Grâce, que vous étiez présent lors des discussions.

Une peur profonde, ancienne, remontait en Hoell et lui faisait perdre tous ses moyens.

— Mais j'avais bien dit… je m'en souviens parfaitement… que le crépuscule n'était pas…

— Mon cher ami, les plans sont déjà faits.

— Vous ne comprenez pas, murmura Hoell.

Comment expliquer à ce pantin raide comme un tisonnier que le crépuscule était l'heure la plus périlleuse d'entre toutes ? Celle où les frontières entre les mondes s'estompaient, où les gobelins chassaient, où tous ceux qui avaient un brin de bon sens s'enfermaient entre quatre murs, sous un bon toit solide ?

— Attendons plutôt la nuit, commandant. Nous pourrions aborder à minuit, par exemple. Les villageois de la côte seront endormis…

— Seigneur Hoell, nous sommes l'armée royale de Hombrie, pas des voleurs de chevaux. L'objectif est de mettre en place une tête de pont. Si les habitants sont à l'intérieur quand nous débarquerons, tant mieux, mais ce n'est pas indispensable.

A cet instant, la vigie postée à mi-hauteur du mât principal poussa un cri.

— Terre !

L'équipage poussa des hourras, mais Hoell sentit un frisson glacé parcourir son dos.

A l'horizon, une petite masse verdâtre apparut dans la brume, pour prendre bientôt la forme arrondie de la presqu'île de Far Nearing. Des gouttes d'embruns fouettèrent les joues de Hoell, et il lui sembla entendre quelqu'un chanter. *C'est au crépuscule que les gobelins chassent…* Ce n'était qu'un vieux dicton ! Comment pouvait-il lui inspirer une peur aussi intense ? Une bribe de mélodie l'arracha à ses pensées ; il leva les yeux, s'attendant à voir un homme siffler dans le gréement. Mais il n'y avait personne à portée de voix : le commandant s'était éloigné pour s'entretenir avec le capitaine du navire. Les sons s'amplifièrent, se rapprochèrent, et Hoell se pencha vers la mer.

Sous l'eau, un visage le regardait fixement. Hoell poussa un petit cri et faillit tomber à la renverse. Les voix s'élevaient tout autour de lui, à présent ; se penchant par-dessus bord, il vit une foule d'êtres souriants entourer la proue du navire et lui faire signe de les rejoindre.

Hoell jeta un coup d'œil par-dessus son épaule : le commandant le fixait, un sourcil levé. Il donna un coup de coude au capitaine, et les deux hommes échangèrent un regard entendu.

« Ils me prennent pour un fou, pensa Hoell. Mais je sais très bien ce que je vois. Il y a des gens sous l'eau, et ils m'appellent à eux. »

Leur chant devenait plus clair ; Hoell distinguait des voix masculines et féminines, à présent. La mélodie était encore plus belle que le redoutable chant des sylphes qui l'avait ramené à la raison. C'était une harmonie subtile : à l'instar des courants qui se mêlaient à l'eau des profondeurs, les sons se fondaient les uns dans les autres sans qu'on y prenne garde. Et c'était pour lui qu'ils chantaient.

De cela, il ne pouvait douter. Hoell appuya le genou sur le bastingage pour mieux voir.

— Attention, Votre Grâce ! Attrapez au moins quelque chose, si vous devez vous pencher ainsi ! cria le capitaine.

Hoell se retourna, hocha la tête en souriant et s'agrippa à une corde au moment où une houle soudaine faisait tanguer le navire, soulevé par la foule d'êtres qui se pressaient autour de la proue. Leurs visages étaient magnifiques, pleins de bonté, et ils lui souriaient en chantant. Hoell leva les yeux vers l'horizon, vers Brynhiver, et vit une masse sombre s'y amonceler. Il tendit le bras et cria :

— Un orage ! Un orage se lève sur la côte !

Ni le commandant ni le capitaine ne semblèrent l'entendre, mais les visages immergés hochèrent la tête comme s'ils le comprenaient et lui donnaient raison. C'était pour lui qu'ils chantaient, vers lui qu'ils tendaient leurs doigts pâles, lui qu'ils appelaient à les rejoindre. Ils s'écartaient pour lui montrer les lueurs bleues qui tourbillonnaient dans les profondeurs, ils sortaient les mains des flots et l'éclaboussaient de fines gouttelettes. Hoell se pencha encore, tendant la main pour essayer de toucher leurs doigts.

— Seigneur Hoell ! hurlèrent le capitaine et le commandant d'une seule voix.

Il y était presque, pourtant ; une coquine aux yeux sombres lui fit un clin d'œil avant de plonger sous les vagues rejoindre ses sœurs. Hoell releva les yeux vers Brynhiver ; les nuages noirs barraient l'horizon comme un rempart menaçant.

— Faites demi-tour ! cria-t-il au capitaine. Demi-tour !

Mais les deux hommes se précipitèrent vers lui et tentèrent de l'arracher au bastingage, juste au moment où ses doigts allaient frôler ceux d'une créature scintillante.

— Revenez, Hoell, vous allez tomber !

— N'entendez-vous pas les voix ? s'écria-t-il.

L'orage fondait sur le navire comme une effroyable armée en marche, et Hoell, désespéré, tendit le doigt vers le ciel.

— Ne voyez-vous pas les nuages ?

Il repoussa les hommes d'un geste brusque et se pencha de nouveau vers la mer. La femme aux yeux sombres se hissait au-dessus des vagues, et la mélodie qui s'écoulait de sa gorge amena les larmes aux yeux de Hoell.

Venez, pauvre Hoell, dit-elle. *Laissez ces aveugles, et venez chanter avec ceux qui voient.*

« Elle comprend, pensa-t-il. Ils comprennent tous. »

Hoell regarda les visages devant lui et, soudain, il comprit où était sa véritable place. Il l'avait toujours su, obscurément ; si seulement il s'en était rendu compte plus tôt ! Ce n'était pas étonnant qu'il ait toujours habité des maisons au-dessus de l'eau. D'un coup de pied, il se débarrassa de ses bottes et plongea par-dessus bord.

Il est rapporté dans les annales du royaume de Hombrie qu'en la trente-cinquième année de règne de Fedarovahr, quatrième de ce nom, la tentative d'invasion de Brynhiver fut contrecarrée par un violent orage, lequel s'éleva de la côte au crépuscule et fit échouer la flotte hombrienne. Hoell, roi des Brynnois, périt dans la tempête, et les pertes d'hommes, de navires et de matériel furent si grandes que Fedarovahr dut renoncer enfin à annexer Brynhiver.

Mais dans les chants des druides de Brynhiver, on se souvient de cette date comme de celle où, pour la première fois, Finuviel, roi des sylphes, et Cecily, reine des mortels, joignirent leurs forces pour repousser un envahisseur hors de leur royaume.

Composé et édité par les

éditions Harlequin

Achevé d'imprimer en octobre 2005

par

LIBERDÚPLEX

Dépôt légal : novembre 2005

N° d'imprimeur : 00000 — N° d'éditeur : 11690

Imprimé en Espagne